Qidade do que a maioria das pessoas consegue ingressar nela. Caminhei à luz do luar por trilhas de que outros temem falar durante o dia. Conversei com deuses, amei mulheres e escrevi canções que fazem chorar os menestréis.

Vocês devem ter ouvido falar de mim.

O NOME DO VENTO

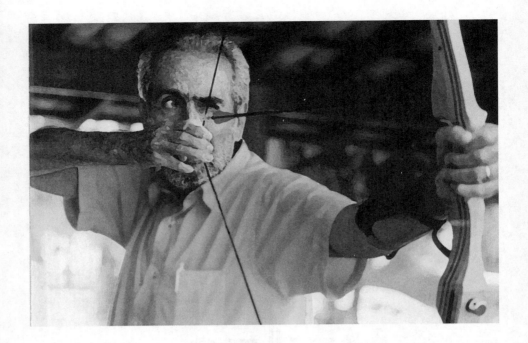

O Arqueiro

GERALDO JORDÃO PEREIRA (1938-2008) começou sua carreira aos 17 anos, quando foi trabalhar com seu pai, o célebre editor José Olympio, publicando obras marcantes como *O menino do dedo verde*, de Maurice Druon, e *Minha vida*, de Charles Chaplin.

Em 1976, fundou a Editora Salamandra com o propósito de formar uma nova geração de leitores e acabou criando um dos catálogos infantis mais premiados do Brasil. Em 1992, fugindo de sua linha editorial, lançou *Muitas vidas, muitos mestres*, de Brian Weiss, livro que deu origem à Editora Sextante.

Fã de histórias de suspense, Geraldo descobriu *O Código Da Vinci* antes mesmo de ele ser lançado nos Estados Unidos. A aposta em ficção, que não era o foco da Sextante, foi certeira: o título se transformou em um dos maiores fenômenos editoriais de todos os tempos.

Mas não foi só aos livros que se dedicou. Com seu desejo de ajudar o próximo, Geraldo desenvolveu diversos projetos sociais que se tornaram sua grande paixão.

Com a missão de publicar histórias empolgantes, tornar os livros cada vez mais acessíveis e despertar o amor pela leitura, a Editora Arqueiro é uma homenagem a esta figura extraordinária, capaz de enxergar mais além, mirar nas coisas verdadeiramente importantes e não perder o idealismo e a esperança diante dos desafios e contratempos da vida.

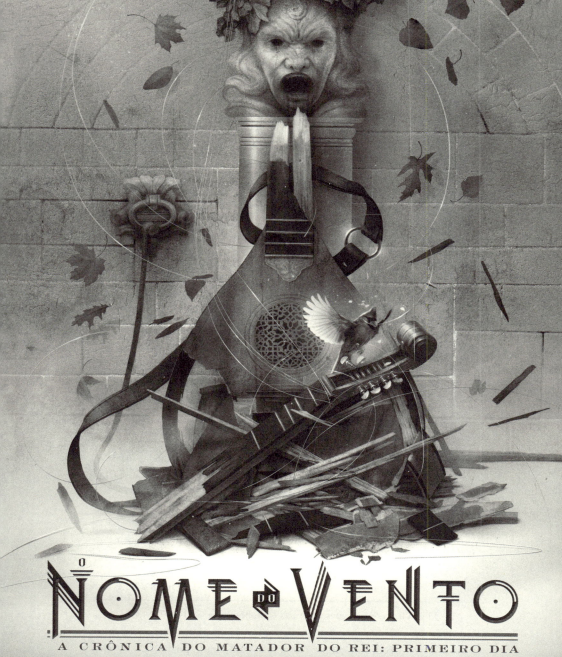

O NOME DO VENTO

A CRÔNICA DO MATADOR DO REI: PRIMEIRO DIA

PATRICK ROTHFUSS

ARQUEIRO

Título original: *The Name of the Wind*
Copyright © 2007 por Patrick Rothfuss
Copyright da nota do autor e dos apêndices © 2017 por Patrick Rothfuss
Copyright da tradução © 2009, 2021 por Editora Arqueiro Ltda.

Todos os direitos reservados. Nenhuma parte deste livro pode ser utilizada ou reproduzida sob quaisquer meios existentes sem autorização por escrito dos editores.

"Guia de pronúncia": Amanda Hoerter e Ellen B. Wright
tradução: Vera Ribeiro
preparo de originais: Cláudia Pessoa e Gabriel Machado
revisão: Ana Grillo, José Tedin e Luis Américo Costa
ilustrações de miolo: Dan dos Santos
mapas e ilustrações dos apêndices: Nate Taylor
diagramação e adaptação de capa e guardas: Ana Paula Daudt Brandão
lettering das guardas: John Stevens
design e tipologia de capa: Paul Buckley
ilustração de capa: Sam Weber
impressão e acabamento: Pancrom Indústria Gráfica Ltda.

CIP-BRASIL. CATALOGAÇÃO NA PUBLICAÇÃO
SINDICATO NACIONAL DOS EDITORES DE LIVROS, RJ

R755n

Rothfuss, Patrick, 1973-
  O nome do vento / Patrick Rothfuss ; ilustração Dan dos Santos, Nate Taylor ; tradução Vera Ribeiro. - 1. ed. - São Paulo : Arqueiro, 2021.
  768 p. : il. ; 23 cm. (A Crônica do Matador do Rei ; primeiro dia)

  Tradução de: The name of the wind
  Continua com: O temor do sábio
  Apêndice
  ISBN 978-65-5565-185-0

  1. Ficção americana. I. Santos, Dan dos. II. Taylor, Nate. III. Ribeiro, Vera. IV. Título. V. Série.

21-71526
CDD: 813
CDU: 82-3(73)

Meri Gleice Rodrigues de Souza - Bibliotecária - CRB-7/6439

Todos os direitos reservados, no Brasil, por
Editora Arqueiro Ltda.
Rua Funchal, 538 – conjuntos 52 e 54 – Vila Olímpia
04551-060 – São Paulo – SP
Tel.: (11) 3868-4492 – Fax: (11) 3862-5818
E-mail: atendimento@editoraarqueiro.com.br
www.editoraarqueiro.com.br

*Para minha mãe, que me ensinou a
amar os livros e me abriu as portas de Nárnia,
Pern e a Terra-média.*

*E para meu pai, que me ensinou
que se eu pretendia fazer alguma coisa
devia ir com calma e fazê-la direito.*

SUMÁRIO

PRÓLOGO	*Um silêncio de três partes*	11
CAPÍTULO 1	*Um lugar para demônios*	12
CAPÍTULO 2	*Um lindo dia*	28
CAPÍTULO 3	*Madeira e palavra*	32
CAPÍTULO 4	*A meio caminho de Nalgures*	44
CAPÍTULO 5	*Notas*	50
CAPÍTULO 6	*O preço da recordação*	54
CAPÍTULO 7	*Sobre primórdios e os nomes das coisas*	62
CAPÍTULO 8	*Ladrões, hereges e prostitutas*	68
CAPÍTULO 9	*Andando de carroça com Ben*	79
CAPÍTULO 10	*Alar e diversas pedras*	85
CAPÍTULO 11	*A conexão do ferro*	88
CAPÍTULO 12	*Peças encaixadas no quebra-cabeça*	95
CAPÍTULO 13	*Interlúdio – Carne com sangue por baixo*	107
CAPÍTULO 14	*O nome do vento*	113
CAPÍTULO 15	*Distrações e despedidas*	123
CAPÍTULO 16	*Esperança*	129
CAPÍTULO 17	*Interlúdio – Outono*	139
CAPÍTULO 18	*Estradas para locais seguros*	142
CAPÍTULO 19	*Dedos e cordas*	146
CAPÍTULO 20	*De mãos ensanguentadas a punhos de dor lancinante*	151
CAPÍTULO 21	*Porão, pão e pipa*	160
CAPÍTULO 22	*Um tempo para demônios*	164

CAPÍTULO 23	*A roda ardente*	*176*
CAPÍTULO 24	*As próprias sombras*	*189*
CAPÍTULO 25	*Interlúdio – Ansiando por uma razão*	*191*
CAPÍTULO 26	*Lanre transformado*	*194*
CAPÍTULO 27	*Olhos desvendados*	*209*
CAPÍTULO 28	*O olhar vigilante de Tehlu*	*212*
CAPÍTULO 29	*As portas da minha mente*	*218*
CAPÍTULO 30	*Restauração*	*221*
CAPÍTULO 31	*A natureza da nobreza*	*224*
CAPÍTULO 32	*Cobres, calçados e coletividades*	*231*
CAPÍTULO 33	*Um mar de estrelas*	*239*
CAPÍTULO 34	*Ainda por aprender*	*245*
CAPÍTULO 35	*Separação de caminhos*	*249*
CAPÍTULO 36	*Menos talentos*	*252*
CAPÍTULO 37	*De olhos brilhantes*	*267*
CAPÍTULO 38	*Simpatia no Magno*	*278*
CAPÍTULO 39	*Corda suficiente*	*287*
CAPÍTULO 40	*No chifre*	*292*
CAPÍTULO 41	*Sangue de amigo*	*304*
CAPÍTULO 42	*Sem-Sangue*	*310*
CAPÍTULO 43	*O caminho bruxuleante*	*317*
CAPÍTULO 44	*O vidro ardente*	*331*
CAPÍTULO 45	*Interlúdio – Uma história de taberna*	*339*
CAPÍTULO 46	*O vento eternamente mutável*	*341*
CAPÍTULO 47	*Alfinetadas*	*354*
CAPÍTULO 48	*Interlúdio – Um silêncio de um tipo diferente*	*357*
CAPÍTULO 49	*A natureza das coisas selvagens*	*360*
CAPÍTULO 50	*Negociações*	*363*
CAPÍTULO 51	*Piche e zinco*	*373*
CAPÍTULO 52	*Queimando*	*378*
CAPÍTULO 53	*Círculos lentos*	*390*

CAPÍTULO 54	Um lugar para incendiar	396
CAPÍTULO 55	Chama e trovão	412
CAPÍTULO 56	Mecenas, mocinhas e metheglin	413
CAPÍTULO 57	Interlúdio – As partes que nos formam	424
CAPÍTULO 58	Nomes para um começo	428
CAPÍTULO 59	Todo esse saber	438
CAPÍTULO 60	Sorte	439
CAPÍTULO 61	Asno, asno	452
CAPÍTULO 62	Folhas	463
CAPÍTULO 63	Andando e falando	473
CAPÍTULO 64	Nove no fogo	478
CAPÍTULO 65	Fagulha	485
CAPÍTULO 66	Volátil	494
CAPÍTULO 67	Uma questão de mãos	503
CAPÍTULO 68	O vento sempre mutável	509
CAPÍTULO 69	Vento ou capricho feminino	520
CAPÍTULO 70	Sinais	536
CAPÍTULO 71	Estranha atração	546
CAPÍTULO 72	Mordzulmo	562
CAPÍTULO 73	Poicos	584
CAPÍTULO 74	Marco do percurso	596
CAPÍTULO 75	Interlúdio – Obediência	604
CAPÍTULO 76	Os hábitos de acasalamento do Dracus comum	605
CAPÍTULO 77	Penedos	608
CAPÍTULO 78	Veneno	627
CAPÍTULO 79	Conversa sedutora	632
CAPÍTULO 80	Em contato com o ferro	641
CAPÍTULO 81	Orgulho	651
CAPÍTULO 82	Freixo, ulmo...	652
CAPÍTULO 83	Retorno	662
CAPÍTULO 84	Uma súbita tempestade	664

CAPÍTULO 85	*Mãos contra mim*	*674*
CAPÍTULO 86	*O fogo em si*	*679*
CAPÍTULO 87	*Audácia*	*685*
CAPÍTULO 88	*Interlúdio – Procurando*	*691*
CAPÍTULO 89	*Uma tarde prazerosa*	*710*
CAPÍTULO 90	*Casas semiconstruídas*	*711*
CAPÍTULO 91	*Digna de perseguição*	*719*
CAPÍTULO 92	*A música que toca*	*723*
EPÍLOGO	*Um silêncio de três partes*	*732*

| *Agradecimentos* | *734* |
| *Nota do autor* | *735* |

APÊNDICES
As sementes do império	*744*
O calendário aturense	*748*
As moedas de Temerant	*751*
Guia de pronúncia	*762*
Lista das imagens	*767*

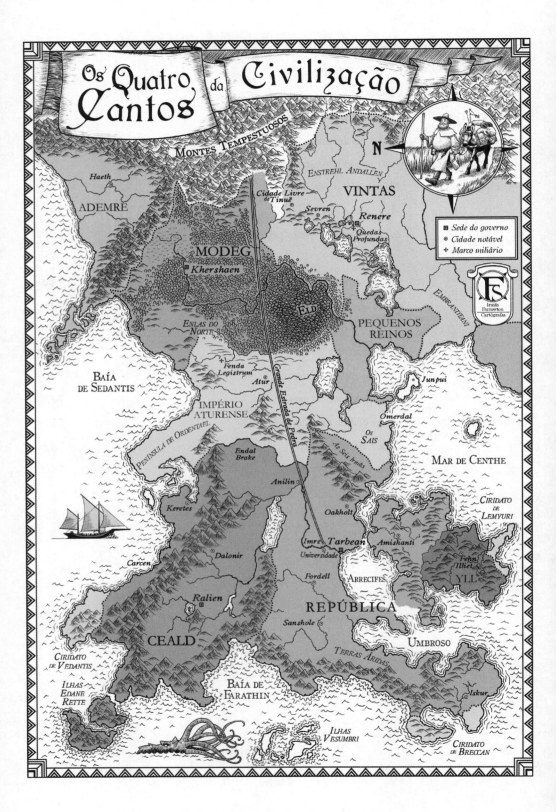

PRÓLOGO

Um silêncio de três partes

NOITE OUTRA VEZ. A Pousada Marco do Percurso estava em silêncio, e era um silêncio em três partes.

A parte mais óbvia era uma quietude oca e repleta de ecos, feita das coisas que faltavam. Se houvesse vento, ele sussurraria por entre as árvores, faria a pousada ranger em suas juntas e sopraria o silêncio estrada afora, como folhas de outono arrastadas. Se houvesse uma multidão, ou pelo menos um punhado de homens na pousada, eles encheriam o silêncio de conversa e riso, do burburinho e do clamor esperados de uma casa em que se bebe nas horas sombrias da noite. Se houvesse música... Mas não, é claro que não havia música. Na verdade, não havia nenhuma dessas coisas e por isso o silêncio persistia.

Dentro da pousada, uma dupla de homens se encolhia num canto do bar. Os dois bebiam com serena determinação, evitando discussões sérias ou notícias inquietantes. Com isso, acrescentavam um silêncio pequeno e soturno ao maior e mais oco. Ele formava uma espécie de amálgama, um contraponto.

O terceiro silêncio não era fácil de se notar. Se você passasse uma hora escutando, talvez começasse a senti-lo no assoalho de madeira sob os pés e nos barris toscos e lascados atrás do bar. Ele estava no peso da lareira de pedras negras, que conservava o calor de um fogo há muito extinto. Estava no lento vaivém de uma toalha de linho branco esfregada nos veios da madeira do bar. E estava nas mãos do homem ali postado, que polia um pedaço de mogno já reluzente à luz do lampião.

O homem tinha cabelos ruivos de verdade, vermelhos como a chama. Seus olhos eram escuros e distantes, e ele se movia com a segurança sutil de quem conhece muitas coisas.

Dele era a Pousada Marco do Percurso, como dele era também o terceiro silêncio. Era apropriado que assim fosse, pois esse era o maior silêncio dos três, englobando os outros dentro de si. Era profundo e amplo como o fim do outono. Pesado como um pedregulho alisado pelo rio. Era o som paciente – som de flor colhida – do homem que espera a morte.

CAPÍTULO 1

Um lugar para demônios

ERA NOITE DO DIA-DA-SEGA e o grupo de praxe se reunia na Pousada Marco do Percurso. Cinco pessoas não chegavam a ser propriamente uma grande aglomeração, mas eram tudo o que a hospedaria andava recebendo nos últimos tempos, dada a situação vigente.

O velho Cob cumpria seu papel de contador de histórias e distribuidor de conselhos. Os homens no bar bebericavam e escutavam. No quarto dos fundos, um jovem hospedeiro se postava fora da visão deles, atrás da porta, sorrindo ao ouvir os detalhes de uma história familiar.

— Quando acordou, o Grande Taborlin descobriu-se trancado numa torre alta. Tinham levado sua espada e tirado suas ferramentas: chave, moeda e vela, tudo se fora. Mas isso não era o pior, vocês sabem... — Cob fez uma pausa para aumentar o efeito — ...porque as lamparinas da parede emitiam uma chama azul!

Graham, Jake e Shep acenaram com a cabeça, absortos. Os três amigos haviam crescido juntos, ouvindo as histórias de Cob e ignorando seus conselhos.

Cob olhou de perto para o membro mais novo e mais atento de sua pequena plateia, o aprendiz de ferreiro.

— Sabe o que isso quer dizer, garoto?

Todos o chamavam "garoto", apesar de ele ser um palmo mais alto que qualquer dos presentes. Sendo as cidadezinhas como são, o mais provável era que ele continuasse a ser "garoto" até ficar com a barba farta ou ensanguentar o nariz de alguém por causa disso.

O aprendiz balançou a cabeça devagar:

— O Chandriano.

— Isso mesmo — disse Cob, com ar de aprovação. — O Chandriano. Todo mundo sabe que o fogo azul é um dos sinais do grupo. Pois então ele estava...

— Mas como foi que eles o acharam? — interrompeu o garoto. — E por que não o mataram quando tiveram chance?

— Cale a boca, você terá todas as respostas antes do final — repreendeu Jake. — Deixe ele contar a história.

— Não precisa falar assim, Jake — interpôs Graham. — O garoto só está curioso. Tome a sua bebida.

— Já tomei minha bebida — resmungou Jake. — Preciso de outra, mas o hospedeiro inda tá esfolando ratos no quarto dos fundos. Ei! — exclamou, elevando a voz e batendo com o caneco vazio no tampo do bar de mogno. — Tem gente com sede aqui!

O hospedeiro apareceu com cinco tigelas de ensopado e duas broas quentinhas. Serviu mais cerveja a Jake, Shep e ao velho Cob, movimentando-se com um ar eficiente e atarefado.

A história foi posta de lado enquanto os homens tratavam de jantar. O velho Cob devorou sua tigela de ensopado com a desenvoltura predatória de um solteirão vitalício. Os outros ainda estavam soprando o vapor das tigelas quando ele terminou o último pedaço de pão e retomou a história.

— Pois então Taborlin precisava fugir, mas, ao olhar ao redor, viu que sua cela não tinha porta. Nem janelas. Em toda a sua volta não havia nada além de pedra lisa e dura. Era uma cela da qual nenhum homem jamais havia escapado. Mas Taborlin sabia os nomes de todas as coisas, de modo que todas as coisas estavam sob o seu comando. Ele disse à pedra: "*Quebre!*", e a pedra se quebrou. A parede se rasgou feito um pedaço de papel e, pelo buraco, Taborlin pôde ver o céu e respirar o ar adocicado da primavera. Pisou na borda, olhou para baixo e, sem pensar duas vezes, deu um passo no ar...

Os olhos do garoto se arregalaram.

— Ele não pode ter feito isso!

Cob balançou a cabeça, com ar sério.

— E assim Taborlin caiu, mas não se desesperou. É que ele sabia o nome do vento e por isso o vento lhe obedecia. Falou com o vento, que o aninhou e afagou. Levou-o até o chão com a suavidade de um sopro na lanugem de um cardo e o pôs de pé devagarzinho, como um beijo materno. Quando chegou ao solo, ele apalpou o lado em que o haviam esfaqueado e viu que mal havia um arranhão. Bem, pode ser que tenha sido apenas sorte — disse Cob, com um tapinha de entendido na lateral do nariz. — Ou talvez tenha tido a ver com o amuleto que ele usava embaixo da camisa.

— Que amuleto? — perguntou o garoto, ansioso, com a boca cheia de ensopado.

O velho Cob reclinou-se no banco, contente pela oportunidade de se estender.

— Dias antes, Taborlin tinha topado com um latoeiro na estrada e, mesmo não tendo muito o que comer, dividira sua refeição com o velho.

– E foi uma coisa muito sensata – disse Graham ao garoto, baixinho. – Todo mundo sabe: "O latoeiro paga em dobro pela bondade."

– Não, não – resmungou Jake. – Fale direito: "O conselho do latoeiro dobra a bondade em dinheiro."

O hospedeiro se manifestou pela primeira vez nessa noite.

– Na verdade, você está pulando mais da metade – disse, parado no vão da porta atrás do bar, e acrescentou:

"Dívida de latoeiro é sempre quitada:
Se é negócio simples, uma vez por cada;
Duas pela ajuda, se de graça é dada,
E três há de pagar a ofensa praticada."

Os homens do bar pareceram quase surpresos ao ver Kote parado ali. Fazia meses que iam à Marco do Percurso, toda noite do dia-da-sega, e ele nunca havia interposto nada até então. Não que se pudesse esperar outra coisa, na verdade. Mal fazia um ano que estava na cidade. Ainda era um estranho. O aprendiz de ferreiro morava lá desde os 11 anos e todos ainda se referiam a ele como "aquele garoto de Rannish", como se Rannish fosse outro país e não uma cidade a menos de 50 quilômetros de distância.

– É só uma coisa que ouvi um dia – disse Kote, para encher o silêncio, obviamente constrangido.

O velho Cob balançou a cabeça antes de pigarrear e tornar a se lançar na história.

– Pois bem, esse amuleto valia um balde inteiro de régios de ouro, mas, graças à bondade de Taborlin, o latoeiro o vendeu a ele por nada além de um vintém de ferro, um de cobre e um de prata. Era negro como uma noite de inverno e frio como gelo, mas, enquanto Taborlin o usasse no pescoço, ficaria livre dos danos de coisas maléficas: demônios e outros que tais.

– Eu daria um bom dinheiro por um amuleto desses hoje em dia – disse Shep, com ar lúgubre. Ele era quem mais tinha bebido e menos falado ao longo da noitada. Todos sabiam que alguma coisa ruim acontecera em sua fazenda no último dia-da-pira, à noite, mas, como eram bons amigos, percebiam que não deviam pressioná-lo para obter detalhes. Pelo menos não tão cedo, não enquanto estivessem sóbrios como estavam.

– Ora, e quem não daria? – retrucou o velho Cob, em tom judicioso, bebendo uma boa golada.

– Eu não sabia que o Chandriano era um grupo de demônios – comentou o garoto. – Tinha ouvido falar...

– Eles não são demônios – interrompeu Jake, com firmeza. – Foram as primeiras seis pessoas a recusar a escolha do caminho proposta por Tehlu, então ele os amaldiçoou e os condenou a vagar pelos confins...

— É você que está contando essa história, Jacob Walker? — perguntou Cob, ríspido. — Porque, se for, eu o deixo continuar.

Os dois se olharam de cara feia por um bom minuto, mas Jake acabou desviando o rosto e resmungando alguma coisa que bem poderia ser um pedido de desculpas.

Cob voltou-se outra vez para o garoto.

— Esse é o mistério do Chandriano — explicou. — De onde vem o grupo? Para onde vai, depois de praticar suas maldades sangrentas? Serão homens que venderam a alma? Demônios? Espíritos? Ninguém sabe — concluiu. Em seguida lançou um olhar profundamente desdenhoso a Jake: — Embora qualquer bobalhão *afirme* saber...

Nesse ponto, a história enveredou por novas altercações a respeito da natureza do Chandriano, dos sinais que indicavam sua presença aos precavidos e de determinar se o amuleto protegeria Taborlin de bandidos, cães raivosos ou de uma queda do cavalo. As coisas iam ficando quentes quando a porta da entrada se abriu de chofre.

Jake virou-se.

— Já era hora de você chegar, Carter. Diga a esse idiota a diferença entre um demônio e um cão. Todo mundo sa... — Interrompeu-se no meio da frase e correu para a porta: — Pelo corpo de Deus, que aconteceu com você?

Carter entrou na parte iluminada, com o rosto pálido e sujo de sangue. Segurava junto ao peito uma velha manta para sela que tinha uma forma estranha, desajeitada, como se embrulhasse um monte de gravetos.

Os amigos pularam das banquetas e correram em sua direção ao vê-lo.

— Eu estou bem — disse ele, entrando a passos lentos no salão. Tinha o olhar meio arisco, feito um cavalo assustado. — Estou bem, estou bem.

Largou na mesa mais próxima a trouxa de manta, que bateu com força na madeira, como se estivesse cheia de pedras. A roupa de Carter estava retalhada em cortes compridos e retos. A camisa cinza pendia em frangalhos, exceto nos pontos em que se grudara no corpo, manchada de um vermelho escuro e sombrio.

Graham tentou ajudá-lo a se acomodar numa cadeira.

— Pela mãe de Deus, sente-se, Carter. Que foi que aconteceu? Sente-se.

Carter abanou a cabeça, obstinado.

— Eu já disse que estou bem. Não me machuquei tanto assim.

— Quantos foram? — indagou Graham.

— Um. Mas não é o que vocês estão pensando...

— Raios, eu lhe avisei, Carter! — explodiu o velho Cob, com o tipo de raiva assustada que só os parentes e amigos íntimos conseguem acumular. – Já faz meses que eu lhe aviso! Você não pode sair sozinho. Nem mesmo só para ir a Baedn. Não é seguro.

Jake pôs uma das mãos no braço do velho, para acalmá-lo.

– Trate apenas de se sentar – repetiu Graham, ainda tentando conduzir Carter a uma cadeira. – Vamos tirar essa sua camisa e limpá-lo.

Carter abanou a cabeça.

– Eu estou bem. Só me cortei um pouco, mas o sangue é quase todo da Nelly. A coisa pulou em cima dela. Matou-a a uns 3 quilômetros da entrada da cidade, depois da Velha Ponte de Pedra.

A notícia foi seguida por um momento grave de silêncio. O aprendiz de ferreiro pôs sua mão solidária no ombro de Carter.

– Droga. Isso é duro. E olhe que ela era meiga feito um cordeiro. Nunca tentou morder nem escoicear quando você a levava para pôr ferraduras. A melhor égua da cidade. Droga. Eu... – Sua voz se extinguiu. – Droga, não sei o que dizer – repetiu, olhando em volta com ar desamparado.

Cob finalmente conseguiu livrar-se de Jake.

– Eu bem que avisei – reiterou, balançando o dedo na direção de Carter. – Nos últimos tempos, tem gente por aí que é capaz de matar por um par de vinténs, que dirá por um cavalo e uma carroça. O que você vai fazer agora? Vai puxá-la, você mesmo?

Fez-se um momento de silêncio incômodo. Jake e Cob trocaram olhares furiosos, enquanto os demais pareciam incapazes de falar, sem saber ao certo como consolar o amigo.

O hospedeiro se deslocou com cuidado em meio ao silêncio. Com os braços carregados, contornou Shep em passos ágeis e começou a arrumar umas coisas numa mesa próxima: uma vasilha com água quente, um tesourão, panos limpos, alguns frascos de vidro, agulha e linha para suturar.

– Isso nunca teria acontecido se ele tivesse me escutado, para começo de conversa – resmungou o velho Cob. Jake tentou acalmá-lo, mas Cob o afastou. – Só estou dizendo a verdade. É uma pena o que aconteceu com a Nelly, mas é melhor ele me dar ouvidos agora, senão vai acabar morto. Não se tem sorte duas vezes com esse tipo de gente.

A boca de Carter formou uma linha fina. Ele esticou o braço e puxou a ponta da manta ensanguentada. O que quer que estivesse lá dentro rolou uma vez e ficou preso no tecido. Carter puxou com mais força e houve um barulhão, como se um saco de seixos do rio virasse sobre o tampo da mesa.

Era uma aranha do tamanho de uma roda de carroça, negra como uma lousa.

O aprendiz de ferreiro deu um pulo para trás e esbarrou numa mesa, derrubando-a e quase caindo no chão. Cob ficou boquiaberto. Graham,

Shep e Jake emitiram sons assustados, sem palavras, e se afastaram, levando as mãos ao rosto. Carter deu um passo atrás, quase como um tique nervoso. O silêncio encheu o aposento feito suor frio.

O hospedeiro franziu o cenho.

— Ainda não era para eles terem avançado tanto para o oeste — murmurou, baixinho.

Não fosse o silêncio, era improvável que alguém o tivesse ouvido. Mas ouviram. Desviaram os olhos da coisa em cima da mesa e fitaram o homem ruivo, emudecidos.

Jake foi o primeiro a recuperar a voz:

— Você sabe o que é isso?

O hospedeiro tinha o olhar distante.

— Scrael — respondeu ele, distraído. — Eu pensava que as montanhas...

— Scrael? — Jake o interrompeu. — Pelo corpo enegrecido de Deus, Kote! Você já viu uma dessas coisas?

— Hein? — fez o hospedeiro ruivo, levantando os olhos abruptamente, como se de repente se lembrasse de onde estava. — Ah, não. Não, é claro que não — disse. Ao ver que era o único situado a um braço de distância daquela coisa escura, deu um passo comedido para trás. — Foi só uma história que ouvi.

Todos o fitaram.

— Vocês se lembram do mercador que passou por aqui há umas duas onzenas?

Todos fizeram que sim.

— O cretino tentou me cobrar 10 vinténs por 200 gramas de sal — disse Cob, pensativo, repetindo a queixa talvez pela centésima vez.

— Eu gostaria de ter comprado um pouco — resmungou Jake. Graham assentiu em silêncio, balançando a cabeça.

— Ele era um pão-duro nojento — cuspiu Cob, parecendo consolar-se com as palavras conhecidas. — Dois eu poderia pagar, numa hora de aperto, mas 10 é um roubo.

— Não se houver mais dessas aí na estrada — disse Shep, com ar sinistro.

Todos os olhos se voltaram para a coisa na mesa.

— Ele me disse ter ouvido falar delas lá perto de Melcombe — apressou-se a explicar Kote, observando os rostos de todos, enquanto o grupo estudava a coisa na mesa. — Achei que só estava tentando aumentar os preços.

— O que mais ele disse? — perguntou Carter.

O hospedeiro fez um ar pensativo por um instante, depois deu de ombros.

— Não peguei a história toda. Ele só passou umas duas horas na cidade.

— Não gosto de aranhas — disse o aprendiz de ferreiro, que continuou do outro lado da mesa, a uns 4 metros de distância. — Cubra isso.

– Não é aranha – disse Jake. – Não tem olhos.
– E também não tem boca – observou Carter. – Como é que isso come?
– E come *o quê*? – perguntou Shep, desanimado.

O hospedeiro continuou a fitar a coisa com curiosidade. Chegou mais perto, estendendo a mão. Todos se afastaram um pouquinho mais da mesa.

– Cuidado – disse Carter. – Os pés são afiados feito facas.

– São mais como lâminas, eu diria – comentou Kote. Seus dedos longos roçaram o corpo negro e amorfo do scrael. – É liso e duro feito louça.

– Não mexa com esse troço – disse o aprendiz.

Movendo-se com cautela, o hospedeiro pegou uma das pernas compridas e lisas e tentou quebrá-la com as duas mãos, como um graveto.

– Louça, não – corrigiu-se. Pôs a perna da coisa na borda da mesa e apoiou o peso do corpo sobre ela, que se partiu com um estalo forte. – Parece pedra – comentou e olhou para Carter. – Como foi que ele ficou com todas essas rachaduras? – indagou, apontando para as fraturas finas que fissuravam a superfície negra e lisa do corpo.

– A Nelly caiu em cima dele – respondeu Carter. – Essa coisa pulou de uma árvore e começou a andar pelo corpo dela, cortando-a com os pés. Era muito rápida. Nem entendi o que estava acontecendo.

Carter finalmente afundou na cadeira que Graham insistia em lhe oferecer e prosseguiu:

– A Nelly se enroscou nos arreios e caiu em cima desse troço, quebrou-lhe umas pernas. Depois ele veio atrás de mim, me alcançou e começou a rastejar por tudo – disse, cruzando os braços sobre o peito ensanguentado e estremecendo. – Consegui arrancá-lo de mim e pulei em cima dele com toda a força. Depois ele subiu em mim de novo...

A voz de Carter se extinguiu, o rosto empalideceu.

O hospedeiro balançou a cabeça, pensativo, e continuou a investigar a coisa.

– Não há sangue. Nem órgãos. É tudo cinza por dentro – disse, cutucando-o com um dedo. – Feito um cogumelo.

– Pelo grande Tehlu, deixe isso em paz! – implorou o aprendiz. – Às vezes as aranhas se crispam depois de mortas.

– Escutem só o que vocês estão dizendo – veio a observação cáustica de Cob. – Aranhas não ficam do tamanho de porcos. Vocês sabem o que é isso – afirmou, olhando em volta e encarando cada um dos presentes. – É um demônio.

Todos olharam para a coisa quebrada.

– Ora, vamos – discordou Jake, basicamente por hábito. – Isso não parece... – Fez um gesto desconjuntado. – Não pode...

Todos sabiam o que ele estava pensando. É claro que havia demônios no mundo. Mas eram como os anjos de Tehlu. Iguais a heróis e reis. Seu lugar era nas histórias. Eles pertenciam ao *era uma vez*. O Grande Taborlin invocava o fogo e o raio para destruir os demônios. Tehlu os estraçalhava nas mãos e os atirava uivando no vazio sem nome. Um amigo de infância não pisoteava um demônio até a morte na estrada para Baedn-Bryt. Isso era ridículo.

Kote passou a mão pelo cabelo ruivo e rompeu o silêncio.

– Só há um jeito de saber com certeza – disse, enfiando a mão no bolso. – Ferro ou fogo. – Ele puxou uma bolsinha de couro estufada.

– E o nome de Deus – salientou Graham. – Os demônios temem três coisas: o ferro frio, o fogo vivo e o santo nome de Deus.

A boca do hospedeiro se espremeu numa linha reta, que não chegou a ser propriamente uma carranca.

– É claro – concordou ele, esvaziando a bolsa na mesa e vasculhando as diversas moedas misturadas: pesados talentos e finas lascas de prata, iotas de cobre, moedas de meio-vintém e ocres de ferro. – Alguém tem um gusa?

– Use um ocre – disse Jake. – É ferro de boa qualidade.

– Não quero ferro de boa qualidade – retrucou o hospedeiro. – O ocre tem carbono demais. É quase aço.

– Ele tem razão – confirmou o aprendiz. – Só que não é carbono. A gente usa coque para produzir aço. Coque e cal.

O hospedeiro meneou a cabeça para o garoto, com ar deferente:

– Você é que sabe, meu jovem mestre. Afinal, é o seu ofício – disse. Seus dedos compridos finalmente encontraram um gusa no monte de moedas. – Aqui temos.

– O que é que isso vai fazer? – perguntou Jake.

– O ferro mata demônios – respondeu Cob, com a voz insegura –, mas esse já morreu. Pode ser que não faça nada.

– Só há um jeito de descobrir – disse o hospedeiro, cruzando rapidamente o olhar com cada um deles, como se os avaliasse. Depois virou-se com deliberação para a mesa e os outros se afastaram um pouquinho mais.

Kote comprimiu o gusa de ferro na lateral negra da criatura e houve um estalido curto e estridente, como uma tora de pinho estalando na fogueira. Todos se assustaram, depois se acalmaram, vendo a coisa negra permanecer imóvel. Cob e os outros trocaram sorrisos trêmulos, feito meninos assombrados por uma história de fantasmas. Os sorrisos murcharam quando a sala se encheu do aroma adocicado e acre de flores em putrefação e cabelo queimado.

O hospedeiro apertou o gusa na mesa com um clique agudo.

– Bem – disse, esfregando as mãos no avental –, acho que isso resolve a questão. Que faremos agora?

Horas depois o hospedeiro se postou à entrada da Marco do Percurso e deixou os olhos relaxarem na escuridão. Rastros de luz das janelas da hospedaria se estendiam pela estrada de terra e pelas portas da ferraria do outro lado. Não era uma estrada larga nem muito movimentada. Não parecia levar a parte alguma, como faziam outras estradas. O hospedeiro inalou o ar outonal, respirando fundo, e olhou ao redor, inquieto, como se esperasse acontecer alguma coisa.

Chamava-se Kote. Escolhera o nome com cuidado ao chegar a esse lugar. Havia adotado um nome novo pela maioria das razões habituais e também por algumas inusitadas, dentre as quais se destacava o fato de os nomes não lhe serem importantes.

Levantando os olhos, ele viu milhares de estrelas cintilando no veludo escuro de uma noite sem lua. Conhecia todas, com suas histórias e seus nomes. Conhecia-as de um jeito familiar, como conhecia as próprias mãos.

Baixou os olhos, soltou um suspiro sem se dar conta e tornou a entrar. Trancou a porta e as venezianas das janelas largas da hospedaria, como para se afastar das estrelas e todos os seus nomes variados.

Varreu metodicamente o chão, limpando todos os cantos. Lavou as mesas e o bar, movendo-se com eficiência paciente. Ao cabo de uma hora de trabalho, a água do balde ainda estava tão limpa que uma dama poderia usá-la para lavar as mãos.

Por último, puxou uma banqueta atrás do bar e começou a polir o vasto sortimento de garrafas aninhadas entre os dois enormes barris. Nem de longe foi tão desenvolto e eficiente nessa tarefa quanto nas anteriores, e não tardou a ficar claro que o polimento era apenas uma desculpa para tocar e segurar. Kote chegou até a cantarolar um pouco, embora não o percebesse, e teria sustado a voz se o soubesse.

Enquanto girava as garrafas nas mãos longas e graciosas, o movimento familiar alisou algumas rugas de fadiga em seu rosto, fazendo-o parecer mais jovem, com certeza abaixo dos 30 anos. Nem chegava perto dos 30. Jovem para um hospedeiro. Jovem para um homem com tantas rugas de cansaço no rosto.

———

Kote chegou ao alto da escada e abriu a porta. Seu quarto era austero, quase monástico. Havia uma lareira de pedra negra no centro do cômodo, um par de poltronas e uma mesinha. Os outros móveis eram uma cama estreita e um baú grande e escuro a seus pés. Nada decorava as paredes nem cobria o assoalho de madeira.

Houve passos no corredor e um rapaz entrou no quarto carregando uma tigela fumegante de guisado que recendia a pimenta. Era moreno e atraente, de sorriso fácil e olhar astuto.

— Faz uma boa onzena que você não fica aberto até tão tarde — disse, entregando a tigela. — Hoje as histórias devem ter sido boas, Reshi.

Reshi era outro nome do hospedeiro, quase um apelido. Ouvi-lo o fez repuxar um canto da boca num sorriso irônico enquanto afundava na poltrona em frente à lareira.

— E então, o que aprendeu hoje, Bast?

— Hoje, mestre, aprendi por que os grandes amantes enxergam melhor do que os grandes eruditos.

— E qual é a razão, Bast? — perguntou Kote, com um toque levemente divertido na voz.

Bast fechou a porta e foi sentar na segunda poltrona, virando-a de frente para o professor e a lareira. Movia-se com estranha graça e delicadeza, como se estivesse prestes a dançar.

— Bem, Reshi, todos os livros enriquecedores ficam em lugares fechados, nos quais a luz é ruim. Mas as moças encantadoras tendem a ficar do lado de fora, ao sol, e por isso são muito mais fáceis de estudar, sem risco de prejudicar os olhos.

Kote assentiu com a cabeça e disse:

— Mas um aluno excepcionalmente inteligente poderia levar o livro para o lado de fora e melhorar sua situação, sem medo de reduzir sua amada faculdade da visão.

— Também pensei nisso, Reshi. Por ser, é claro, um aluno excepcionalmente inteligente.

— É claro.

— Mas quando encontrei um lugar ao sol em que podia ler apareceu uma moça bonita que me impediu de fazer qualquer coisa desse tipo — concluiu com um floreio.

Kote deu um suspiro.

— Será que tenho razão ao presumir que você não conseguiu ler nada do *Celum Tinture* hoje?

Bast conseguiu fazer um ar meio envergonhado.

Contemplando o fogo, Kote tentou assumir uma expressão severa, mas fracassou.

— Ah, Bast, espero que ela tenha sido encantadora como uma brisa morna na sombra. Sou um mau professor por dizer isso, mas fico contente. Não estou com disposição para uma longa série de aulas neste momento — disse. Houve um instante de silêncio. — Hoje à noite o Carter foi atacado por um scrael.

O sorriso fácil de Bast ruiu como uma máscara rachada, deixando seu rosto abalado e pálido.

– Scrael? – repetiu. Chegou quase a ficar de pé, como se fosse disparar do quarto, depois franziu o cenho, sem jeito, e se obrigou a sentar novamente. – Como você soube? Quem encontrou o corpo?

– Carter ainda está vivo, Bast. Ele trouxe o scrael para cá. Só havia um.

– Não existe isso de scrael sozinho – contrapôs Bast, categórico. – Você sabe.

– Eu sei – concordou Kote. – Mas persiste o fato de que só havia um.

– E ele o *matou*? – indagou Bast. – Não pode ter sido um scrael. Talvez...

– Bast, era um scrael. Eu o vi – declarou Kote, lançando-lhe um olhar sério. – Ele teve sorte, só isso. Mesmo assim, ficou muito machucado. Quarenta e oito pontos. Usei quase toda a minha linha de sutura – informou, beliscando o ensopado na tigela. – Se alguém perguntar, diga que meu avô era guarda de caravanas e me ensinou a limpar e suturar ferimentos. Hoje eles estavam chocados demais para perguntar, mas amanhã pode ser que alguns fiquem curiosos. Não quero que isso aconteça – completou. Soprou a tigela e levantou uma nuvem de vapor quente em volta do rosto.

– O que você fez com o corpo?

– *Eu* não fiz nada – disse Kote, em tom incisivo. – *Eu* sou apenas um hospedeiro. Esse tipo de coisa está muito além da minha alçada.

– Reshi, você não pode simplesmente deixar que eles se metam nisso sozinhos.

Kote deu um suspiro.

– Eles o levaram para o padre. Ele fez tudo certo, por todas as razões erradas.

Bast abriu a boca, mas Kote prosseguiu antes que ele pudesse dizer alguma coisa:

– Sim, eu me certifiquei de que a cova fosse bem funda. Sim, certifiquei-me de que houvesse madeira de sorveira-brava no fogo. Sim, certifiquei-me de que o queimassem por muito tempo na fogueira ardente antes de enterrá-lo. E sim, eu me assegurei de que ninguém guardasse um pedaço dele como lembrança – completou, franzindo o sobrolho até quase juntar as sobrancelhas. – Não sou idiota, você sabe.

Bast relaxou visivelmente, reacomodando-se na poltrona.

– Sei que não é, Reshi. Mas eu não confiaria em que metade dessa gente soubesse urinar na direção do vento sem ajuda – retrucou o rapaz. Fez um ar pensativo por um momento. – Não consigo imaginar por que só havia um.

– Talvez eles tenham morrido ao atravessar as montanhas – sugeriu Kote. – Todos, menos esse.

– É possível – admitiu Bast, com relutância.

— Talvez tenha sido aquele temporal de dias atrás — lembrou Kote. — Um verdadeiro virador de carroças, como costumávamos dizer nos tempos da trupe. Pode ser que todo aquele vento e a chuva tenham feito um deles se desgarrar do bando.

— Gosto mais da sua primeira ideia, Reshi — disse Bast, incomodado. — Três ou quatro scraels passariam por esta cidade como... como...

— Como uma faca quente na manteiga?

— Seria mais como várias facas quentes atravessando várias dezenas de lavradores — retrucou Bast, em tom seco. — Essa gente não sabe se defender. Aposto que não há nem seis espadas em toda a cidade. Não que as espadas fossem adiantar grande coisa contra um scrael.

Houve uma longa pausa de silêncio pensativo. Passado mais um momento, Bast começou a se remexer.

— Alguma novidade?

Kote abanou a cabeça.

— Hoje eles não chegaram às notícias. O Carter perturbou a situação quando ainda estavam contando histórias. Já é alguma coisa, suponho. Amanhã à noite eles voltam. Isso lhes dará algo que fazer.

Kote cutucou preguiçosamente o ensopado com a colher.

— Eu devia ter comprado o scrael do Carter — refletiu. — Ele podia ter usado o dinheiro num cavalo novo. Viria gente de toda parte para vê-lo. Poderíamos ter algum movimento, para variar.

Bast lançou-lhe um olhar mudo, horrorizado.

Kote fez um gesto pacificador com a mão que segurava a colher.

— Estou brincando, Bast. — Deu um sorriso tímido. — Mesmo assim, teria sido bom.

— Não, Reshi, com toda a certeza, *não teria sido bom* — objetou Bast enfaticamente. — "Viria gente de toda parte para vê-lo" — repetiu em tom zombeteiro. — Até parece.

— O *movimento* seria bom — esclareceu Kote. — O mo-vi-men-to seria bom. — Tornou a fincar a colher no ensopado. — Qualquer coisa já seria agradável.

Os dois permaneceram quietos por um bom momento, Kote franzindo o cenho para a tigela de ensopado nas mãos, com o olhar distante.

— Isto aqui deve ser terrível para você, Bast — disse, por fim. — Você deve ficar entorpecido de tédio.

Bast encolheu os ombros.

— Há umas esposas jovens na cidade e um punhado disperso de filhas — disse, sorrindo feito criança. — Sou levado a criar minha própria diversão.

— Isso é bom, Bast. — E veio outro silêncio. Kote pôs mais uma colherada na boca, mastigou e engoliu. — Eles acharam que era um demônio, sabe?

Bast deu de ombros.

– É bem possível que fosse, Reshi. Provavelmente, é a melhor coisa que eles podem achar.

– Eu sei. Eu os incentivei, na verdade. Mas você sabe o que isso significa – disse. Fitou Bast nos olhos. – O ferreiro ficará com os negócios movimentados nos próximos dias.

O rosto do rapaz assumiu uma expressão cuidadosamente vazia.

– Ah.

Kote balançou a cabeça.

– Não vou censurá-lo se quiser ir embora, Bast. Você tem lugares melhores para ficar do que aqui.

A expressão do outro foi de choque.

– Eu não poderia ir embora, Reshi – disse. Abriu e fechou a boca algumas vezes, incapaz de encontrar as palavras. – Quem mais me ensinaria?

Kote sorriu e, por um instante, seu rosto mostrou como ele era realmente jovem. Por trás das rugas cansadas e da expressão plácida de hospedeiro, parecia não ser mais velho do que seu companheiro de cabelos pretos.

– É mesmo, quem? – indagou. Apontou para a porta com a colher. – Então vá fazer suas leituras ou importunar a filha de alguém. Tenho certeza de que você tem coisas melhores a fazer do que me olhar enquanto eu como.

– Na verdade...

– Vade-retro, satanás! – exclamou Kote, passando para um sotaque têmico carregado, ainda com a boca meio cheia. – *Tehus antausa eha!*

De susto, Bast soltou uma gargalhada e fez um gesto obsceno com uma das mãos.

Kote engoliu e trocou de língua:

– *Aroi te denna-leyan!*

– Ora, francamente – censurou Bast, cujo sorriso se desfez. – Isso é ofensivo.

– Em nome da terra e da pedra, eu o renego! – fez Kote. Molhou os dedos na xícara a seu lado e borrifou umas gotas sem cerimônia na direção de Bast. – Que seja banida a sedução!

– Com sidra? – perguntou ele, que conseguiu fazer um ar divertido e irritado ao mesmo tempo, enquanto secava uma gota de líquido no peito da camisa. – É melhor isso não manchar.

Kote comeu outra colherada.

– Vá colocá-la de molho. Se a situação ficar desesperadora, recomendo que você se sirva de uma das numerosas fórmulas de solventes constantes do *Celum Tinture*. Capítulo 13, eu acho.

– Ótimo – disse Bast. Levantou-se e se encaminhou para a porta, pisando

com uma graça estranha e desenvolta. – Chame, se precisar de alguma coisa.
– E fechou a porta ao sair.

Kote comeu devagar, enxugando o restinho do ensopado com um pedaço de pão. Olhou pela janela enquanto comia, ou tentou, já que a luz da lamparina transformava sua superfície num espelho contra a escuridão ao fundo.

Seus olhos vagaram pelo quarto, inquietos. A lareira era feita da mesma rocha negra da que ficava no térreo. Situava-se no centro do cômodo, uma pequena proeza de engenharia da qual Kote se orgulhava muito. A cama era pequena, pouco mais que um catre, e quem a tocasse veria que o colchão era quase inexistente.

Um observador tarimbado talvez notasse que havia uma coisa que o olhar dele evitava, do mesmo jeito que se evita encarar um ex-amante num jantar formal, ou um velho inimigo sentado do outro lado do salão de uma taberna cheia, tarde da noite.

Kote tentou relaxar, não conseguiu, remexeu-se, suspirou, mudou de posição na poltrona e, sem querer, deu com os olhos no baú aos pés da cama.

Era de roah, uma espécie rara e pesada de madeira, preta como carvão e lisa como vidro polido. Valorizada por perfumistas e alquimistas, um pedacinho dela, do tamanho do polegar, valia facilmente seu peso em ouro. Ter um baú dessa madeira ia muito além da extravagância.

O baú tinha três fechos. Um de ferro, um de cobre e um terceiro que não se podia ver. Nessa noite a madeira enchia o quarto do aroma quase imperceptível de frutas cítricas e ferro ao ser temperado.

Ao pousarem no baú, os olhos de Kote não se desviaram depressa. Não resvalaram de lado com ar sonso, como se ele quisesse fingir que o baú não estava lá. Mas, em um minuto de contemplação, seu rosto recuperou todas as rugas que os prazeres simples do dia tinham aos poucos alisado. O consolo trazido pelas garrafas e pelos livros se apagou num segundo, não deixando em seu olhar nada além de vazio e dor. Por um momento, a saudade e o pesar intensos entraram em guerra em sua face; depois desapareceram, substituídos pelo rosto fatigado de um hospedeiro, de um homem que se dava o nome de Kote. Ele tornou a suspirar, sem perceber, e se forçou a ficar de pé.

Demorou muito até passar pelo baú e chegar à cama. Uma vez deitado, custou muito a dormir.

———

Como imaginara Kote, eles voltaram à Marco do Percurso na noite seguinte, para jantar e beber. Houve algumas tentativas frouxas de contar histórias, mas logo se extinguiram. Ninguém estava mesmo no clima.

Por isso, ainda era cedo quando a discussão se voltou para assuntos de maior peso. Os homens remoeram os boatos que haviam chegado à cidade, quase todos perturbadores. O Rei Penitente vinha enfrentando dificuldades com os rebeldes em Resavek. Isso causou certa apreensão, mas apenas num sentido geral. Resavek ficava muito longe, e até Cob, o mais experiente deles, teria dificuldade para encontrá-la no mapa.

Os homens discutiram a guerra em seus próprios termos. Cob previu uma terceira arrecadação de impostos, depois de terminada a colheita. Ninguém o contestou, embora não houvesse na memória viva nenhum ano em que o povo tivesse sido sangrado três vezes.

Jake achou que a safra seria boa o bastante para que a terceira cobrança não levasse a maioria das famílias à bancarrota; exceto os Bentley, que já andavam apertados mesmo; os Orisson, cujas ovelhas continuavam a desaparecer; e Martin Maluco, que nesse ano só havia plantado cevada. Todos os lavradores com um mínimo de cérebro tinham plantado feijão. Essa era uma coisa boa em toda aquela brigalhada: soldados comiam feijão e os preços subiriam.

Depois de mais alguns copos, expressaram-se preocupações mais profundas. As estradas estavam cheias de soldados desertores e outros oportunistas, o que tornava arriscadas até as viagens curtas. As estradas eram sempre ruins, é claro, assim como o inverno era sempre frio. A pessoa reclamava, tomava precauções sensatas e ia tratando de levar a vida.

Mas isso era diferente. Nos dois meses anteriores, as estradas tinham ficado tão ruins que as pessoas haviam parado de reclamar. A última caravana tivera duas carroças e quatro guardas. O mercador pedia 10 vinténs por 200 gramas de sal, 15 por um torrão de açúcar. Ele não tinha pimenta, canela nem chocolate. Tinha uma pequena saca de café, mas pedia dois talentos de prata por ela. No começo, as pessoas riram de seus preços. Depois, quando fincara pé, o pessoal cuspira e praguejara contra ele.

Isso tinha sido duas onzenas antes: 22 dias. Não surgira nenhum outro mercador sério desde então, embora essa fosse a temporada certa para tal. Por isso, mesmo com a terceira arrecadação de impostos avultando na cabeça de todos, as pessoas remexiam na bolsa e desejavam ter comprado alguma coisinha, para o caso de as neves chegarem cedo.

Nenhum deles falou da noite anterior nem da coisa que haviam queimado e enterrado. Outras pessoas comentavam, é claro. A cidade fervilhava de fofocas. Os ferimentos de Carter garantiam que as histórias fossem levadas mais ou menos a sério, porém não muito mais do que meio a sério. Falava-se a palavra "demônio", mas com sorrisos parcialmente escondidos por trás das mãos levantadas.

Só os seis amigos tinham visto a coisa antes de ela ser queimada. Um deles fora ferido e os outros tinham estado bebendo. O padre também a vira, mas ver demônios era seu ofício. Os demônios eram bons para seus negócios.

O hospedeiro a vira igualmente, parecia. Mas não era da região. Não podia conhecer a verdade tão evidente para todos os nascidos e criados naquela cidadezinha: ali se contavam histórias, mas estas aconteciam noutros lugares; ali não era lugar para demônios.

Além disso, as coisas já andavam mal o suficiente sem que se acrescentassem outros problemas. Cob e os demais sabiam que não fazia sentido conversar sobre o assunto. Tentar convencer a população só faria transformá-los em motivo de chacota; como o Martin Maluco, que já fazia anos que tentava escavar um poço dentro de casa.

Mesmo assim, cada um deles comprou do ferreiro um pedaço de ferro batido tão pesado quanto era capaz de manejar, e nenhum comentou sobre o que pensava. Em vez disso, todos se queixaram de que as estradas andavam ruins e vinham piorando. Falaram de mercadores, desertores e impostos, e de não haver sal suficiente para atravessar o inverno. Recordaram que três anos antes ninguém pensava em fechar as portas à noite, muito menos em lhes pôr trancas.

A partir daí a conversa tomou um rumo decrescente e, embora ninguém dissesse o que pensava, a noite terminou com um toque de tristeza. Do jeito que os tempos andavam, a maioria acabava assim, ultimamente.

CAPÍTULO 2

Um lindo dia

ERA UM DAQUELES DIAS PERFEITOS de outono tão comuns nas histórias e tão raros na vida real. O tempo estava quente e seco, ideal para amadurecer um campo de trigo ou de milho. Dos dois lados da estrada as árvores mudavam de cor: os choupos altos ganhavam um tom amarelo-amanteigado, enquanto as sumagreiras que invadiam o caminho se tingiam de um vermelho violento. Só os velhos carvalhos pareciam relutar em desistir do verão e suas folhas permaneciam mescladas de dourado e verde.

No cômputo geral, não se poderia esperar um dia mais agradável para que meia dúzia de ex-soldados munidos de arcos de caça tirassem de um sujeito tudo o que ele possuía.

– Ela não é lá grande coisa como montaria, senhor – disse o Cronista. – É pouco melhor que um animal de tração, e quando chove ela...

O homem o interrompeu com um gesto ríspido.

– Escute aqui, amigo, o exército do rei paga um bom dinheiro por qualquer coisa que tenha quatro patas e pelo menos um olho. Se você fosse doido varrido e montasse um cavalinho de pau pela estrada, mesmo assim eu o tomaria de suas mãos.

O líder do grupo tinha um ar de comando. O Cronista calculou que devia ter sido um oficial subalterno não fazia muito tempo.

– Pule fora – disse o homem, com ar sério. – Vamos resolver logo isso e você pode seguir seu caminho.

O Cronista desceu da égua. Já tinha sido assaltado antes e sabia quando não havia nada a ganhar com uma discussão. Aqueles sujeitos entendiam do riscado. Não desperdiçaram energia nem bravatas com ameaças vãs. Um deles examinou a égua, verificando os cascos, os dentes e os arreios. Outros dois vasculharam os alforjes com eficiência militar, dispondo no chão todas as posses mundanas do Cronista: dois cobertores, uma capa com capuz, a sacola achatada de couro e sua mochila pesada e bem fornida.

— É só isso, comandante — disse um dos homens. — Exceto por uns 9 quilos de aveia.

O comandante se ajoelhou e abriu a sacola chata de couro, espiando seu interior.

— Aí só há papel e algumas penas — disse o Cronista.

O comandante virou para trás, olhando-o por cima do ombro.

— Quer dizer que você é escriba?

O Cronista assentiu com a cabeça.

— É o meu ganha-pão, senhor. E não tem serventia real para o senhor.

O homem vasculhou a sacola, constatou que era verdade e a pôs de lado. Em seguida, emborcou a mochila na capa do Cronista, que fora estendida no chão, e esmiuçou sem pressa o conteúdo.

Levou quase todo o sal do Cronista e um par de cadarços para botas. Depois, para grande desolação do escriba, pegou a camisa que ele tinha comprado em Linwood. Era de linho fino, tingido de um vivo azul-real, boa demais para viajar. O Cronista nem tivera a oportunidade de usá-la... Deu um suspiro.

O comandante deixou todo o resto em cima da capa e se pôs de pé. Os outros se alternaram no exame dos pertences da vítima.

O comandante perguntou:

— Você só tem um cobertor, não é, Janns? — Um dos homens balançou a cabeça. — Então pegue um destes, você vai precisar de uma segunda coberta antes de acabar o inverno.

— A capa dele está em melhor estado que a minha, senhor.

— Leve-a, mas deixe a sua. E você também, Witkins. Deixe o seu estojo velho de pederneira se vai pegar o dele.

— Perdi o meu, senhor — disse Witkins —, senão eu deixava.

Todo o processo foi surpreendentemente civilizado. O Cronista perdeu todas as suas agulhas, com exceção de uma, os dois pares de meias extras, um pacote de frutas secas, um torrão de açúcar, meia garrafa de álcool e um par de dados de marfim. Deixaram-lhe o resto da roupa, sua carne defumada e metade de um pão de centeio incrivelmente dormido. A sacola achatada de couro continuou intacta.

Enquanto os homens repunham as sobras na mochila, o comandante se dirigiu ao Cronista:

— Então vamos ver a bolsa de moedas.

O Cronista a entregou.

— E o anel.

— Ele quase não tem prata — resmungou o escriba, enquanto o tirava do dedo.

– Que é isso no seu pescoço?

O Cronista desabotoou a camisa, revelando um anel fosco de metal pendurado num cordão de couro.

– É apenas ferro, senhor.

O comandante se aproximou e o esfregou entre os dedos, antes de soltá-lo de novo no peito do homem.

– Então fique com ele. Não sou de me meter entre um homem e sua religião – disse, enquanto esvaziava a bolsa numa das mãos, dando um estalido agradável de surpresa ao remexer as moedas com o dedo. – Escrever paga melhor do que eu pensava – comentou, começando a fazer as contas da partilha entre seus homens.

– Será que o senhor poderia deixar um ou dois vinténs para mim? – perguntou o Cronista. – Só o bastante para umas duas refeições quentes?

Os seis homens se viraram para olhá-lo, como se não conseguissem acreditar no que tinham ouvido.

O comandante riu.

– Pelo corpo de Deus, você tem mesmo um par de bagos pesados, não é? – comentou. A contragosto, houve um tom de respeito em sua voz.

– O senhor parece ser um homem ponderado – disse o escriba, encolhendo os ombros. – E a pessoa precisa comer.

O líder do bando sorriu pela primeira vez.

– Está aí um sentimento com que posso concordar – disse. Pegou dois vinténs e os sacudiu, antes de repô-los na bolsa do Cronista. – Então aqui está um par para o seu par.

Jogou a bolsinha para o escriba e guardou em seu alforje a bonita camisa azul-real.

– Obrigado, senhor. Talvez lhe interesse saber que aquela garrafa que um dos seus homens pegou é álcool metílico que eu uso para limpar minhas penas. Vai fazer mal se ele beber.

O comandante sorriu e balançou a cabeça.

– Está vendo no que dá tratar bem as pessoas? – disse, dirigindo-se a seus homens, enquanto montava no cavalo. – Foi um prazer, senhor escriba. Se começar a andar agora, você ainda conseguirá chegar ao Vau do Abade ao escurecer.

Quando deixou de ouvir o bater dos cascos dos cavalos ao longe, o Cronista rearrumou a mochila, certificando-se de que estava tudo nos lugares. Depois tirou uma das botas, arrancou o forro e apanhou um montinho bem amarrado de moedas, enfiado bem no fundo, perto do dedão. Passou algumas para a bolsinha; em seguida desamarrou as calças, tirou outro embrulhinho de moedas que estava embaixo de várias camadas de roupas e também passou parte desse dinheiro para a bolsa.

O segredo era manter a quantidade certa na bolsinha. Se fosse muito pouco, os ladrões se decepcionariam e ficariam tentados a procurar mais. Havendo dinheiro em excesso, poderiam se empolgar e se tornar gananciosos.

Havia um terceiro embrulho de moedas enfurnado no pedaço de pão dormido, pelo qual só o mais desesperado dos criminosos se interessaria. Esse ele deixou sossegado momentaneamente, assim como o talento de prata que escondera num vidro de tinta. No correr dos anos passara a pensar nesta última moeda mais como um amuleto. Ninguém jamais a havia encontrado.

Teve de admitir que provavelmente aquele tinha sido o assalto mais civilizado que já sofrera. Os bandidos tinham sido educados, eficientes e não tremendamente espertos. A perda da égua e da sela fora um golpe duro, mas ele poderia comprar outras no Vau do Abade e ainda ficar com dinheiro suficiente para viver com conforto, até acabar com aquela tolice e se encontrar com Skarpi em Treya.

Sentindo um chamado urgente da natureza, o Cronista abriu caminho pelas sumagreiras vermelho-sangue à beira da estrada. Quando reabotoava as calças, percebeu um movimento súbito na vegetação rasteira e uma sombra escura se desvencilhou aos trancos de uma moita próxima.

O Cronista recuou, cambaleante, e gritou de susto, antes de perceber que não passava de uma gralha batendo as asas para levantar voo. Rindo de sua tolice, endireitou a roupa e voltou para a estrada por entre as sumagreiras, afastando os fios invisíveis de teia de aranha que haviam grudado em seu rosto e faziam cócegas.

Ao pendurar no ombro a mochila e a sacola, descobriu que se sentia admiravelmente bem-disposto. O pior já havia passado e não fora tão mau assim. Uma brisa soprou por entre as árvores, fazendo as folhas dos choupos rodopiarem no ar feito moedas douradas, descendo sobre a estrada de terra esburacada. Estava um dia lindo.

CAPÍTULO 3

Madeira e palavra

KOTE FOLHEAVA DISTRAIDAMENTE as páginas de um livro, procurando ignorar o silêncio da hospedaria deserta, quando a porta se abriu e Graham entrou de costas no salão.

– Acabei de terminar – disse, manobrando com um cuidado exagerado por entre o labirinto de mesas. – Eu ia trazê-lo ontem à noite, mas aí pensei: "Mais uma última demão de óleo, polir e deixar secar." Não posso dizer que eu me arrependa. E pronto, damas e cavalheiros, é a coisa mais bonita que estas mãos já fizeram!

Uma pequena ruga se formou entre as sobrancelhas do hospedeiro. Depois, ao ver o embrulho achatado nos braços do homem, seu rosto se iluminou.

– Ahhh! O suporte de madeira! – exclamou, com um sorriso cansado. – Desculpe, Graham. Fazia tanto tempo que eu quase tinha esquecido.

Graham lançou-lhe um olhar meio esquisito.

– Quatro meses não são muito para uma madeira que vem lá de Aryen, não com as estradas ruins do jeito que andam.

– Quatro meses – repetiu Kote. Ele viu que Graham o observava e se apressou a acrescentar: – Isso pode ser uma vida quando se está à espera de alguma coisa. – Tentou dar um sorriso confiante, mas saiu amarelo.

Na verdade, o próprio Kote parecia meio caído. Não exatamente sem saúde, mas encovado. Abatido. Como uma planta transplantada para o tipo errado de solo e que, na falta de alguma coisa vital, começa a murchar.

Graham notou a diferença. Os gestos do hospedeiro não eram tão extravagantes. A voz não estava tão grave, nem os olhos luminosos como um mês antes. A cor parecia mais opaca. Estavam menos cor de espuma do mar, menos verde-grama do que tinham sido. Agora, lembravam musgo ou o fundo de uma garrafa de vidro verde. E o cabelo, que costumava brilhar com a cor da chama, parecia agora... vermelho. Apenas cor de cabelo ruivo, na verdade.

Kote afastou o tecido e examinou o que havia por baixo. A madeira tinha um tom escuro de carvão, com veios negros, pesada como uma lâmina de ferro. Três ganchos escuros tinham sido presos acima de uma palavra gravada a cinzel.

– "*Insensatez*" – leu Graham. – Nome esquisito para uma espada.

Kote assentiu com a cabeça, mantendo o rosto cuidadosamente inexpressivo.

– Quanto lhe devo? – perguntou baixinho.

Graham pensou um instante.

– Depois do que você me deu para cobrir o custo da madeira – disse, com um brilho astuto no olhar –, mais ou menos um e três.

Kote entregou-lhe dois talentos.

– Fique com o troco. É uma madeira difícil de se trabalhar.

– Isso ela é – concordou Graham, com certa satisfação. – Embaixo da serra parece pedra. Se a gente tenta o formão, parece ferro. Aí, terminada toda a barulheira, eu não conseguia chamuscá-la.

– Eu notei – disse Kote, com um lampejo de curiosidade, deslizando um dedo pelo sulco mais escuro que as letras formavam na madeira. – Como conseguiu?

– Bem – respondeu Graham, com ar convencido –, depois de desperdiçar meio dia, levei-a para o ferreiro. Eu e o garoto conseguimos cauterizá-la com um ferro em brasa. Gastamos mais de duas horas para fazê-la ficar preta. Nem um fiapo de fumaça, mas ela soltou um cheiro forte de couro velho e de cravo. A coisa mais esquisita. Que madeira é essa que não queima?

Graham esperou um minuto, mas o hospedeiro não deu sinal de ter escutado.

– Bem, onde quer que eu a pendure?

Kote soergueu-se o bastante para dar uma olhada em volta pelo salão.

– Pode deixar comigo, eu acho. Ainda não decidi direito onde colocá-la.

O outro deixou um punhado de pregos de ferro e deu bom-dia ao hospedeiro. Kote permaneceu no bar, deslizando displicentemente as mãos pela madeira e pela palavra. Pouco depois, Bast veio da cozinha e olhou por cima do ombro do mestre.

Houve um longo momento de silêncio, como num tributo aos mortos. Bast acabou dizendo:

– Posso fazer uma pergunta, Reshi?

Kote deu um sorriso gentil.

– Sempre, Bast.

– Uma pergunta complicada?

– Essas costumam ser o único tipo que vale a pena.

Os dois passaram outro momento em silêncio, contemplando o objeto no bar, como que tentando gravá-lo na memória. *Insensatez*.

Bast se debateu por um instante, abrindo e fechando a boca com ar frustrado e repetindo o processo.

— Desembuche — disse Kote, por fim.

— Que ideia foi essa? — perguntou ele, com uma mistura curiosa de confusão e apreensão.

Kote demorou muito a responder.

— Eu tenho o hábito de pensar demais, Bast. Meus maiores sucessos vieram de decisões que tomei quando parei de pensar e simplesmente fiz o que me parecia certo. Mesmo que não haja uma boa explicação para o que fiz — disse, com um sorriso tristonho. — Mesmo que tenha havido ótimas razões para eu *não* fazer o que fiz.

Bast passou a mão pelo lado do rosto.

— Quer dizer que vai tentar não se censurar?

Kote hesitou e admitiu:

— Pode-se dizer que sim.

— Isso é o que *eu* diria, Reshi — comentou Bast, com ar arrogante. — Você, por outro lado, complicaria as coisas sem necessidade.

Kote deu de ombros e tornou a voltar os olhos para o suporte de madeira.

— Não há nada a fazer senão achar um lugar para isso, imagino.

— Aqui? — espantou-se Bast, com uma expressão horrorizada.

Kote deu um sorriso moleque, que lhe devolveu um pouquinho de vitalidade ao rosto.

— É claro — respondeu, parecendo saborear a reação do pupilo. Olhou com ar especulativo para as paredes e franziu os lábios. — Onde você a pôs, afinal?

— No meu quarto — admitiu Bast. — Embaixo da cama.

Kote balançou a cabeça, distraído, ainda olhando para as paredes.

— Então vá buscá-la — ordenou. Fez um pequeno gesto de enxotar com uma das mãos e Bast saiu apressado, com ar infeliz.

O bar era decorado por garrafas reluzentes e, no momento em que Kote ficara de pé sobre o balcão vazio, entre os dois barris de carvalho pesados, Bast tornou a entrar no salão com algo numa bainha preta balançando solto numa das mãos. Kote interrompeu a instalação do suporte de madeira acima de um dos barris e gritou, apreensivo:

— Cuidado com isso, Bast! Você está carregando uma dama, e não fazendo uma mocinha gingar num baile de celeiro.

Bast sustou o passo e segurou zelosamente a peça embainhada com as duas mãos, antes de percorrer o resto do trajeto até o bar.

Kote cravou um par de pregos na parede, enrolou um arame e pendurou firmemente o suporte.

— Suspenda-a para mim, sim? — pediu, com a voz estranhamente embargada.

Usando as duas mãos, Bast a ergueu, lembrando, por um momento, um escudeiro oferecendo a espada a um cavaleiro de armadura cintilante. Mas ali não havia cavaleiro, apenas um hospedeiro, apenas um homem de avental que dizia chamar-se Kote. Ele pegou a espada e ficou ereto no balcão atrás do bar.

Desembainhou-a sem nenhum floreio. A arma emitiu um brilho fosco, branco-acinzentado, na luz outonal do salão. Tinha a aparência de uma espada nova. Não exibia ranhuras nem ferrugem. Não havia arranhões reluzentes deslizando pela lateral cinzenta e opaca. Mas, embora não tivesse marcas, ela era antiga e, apesar de ser obviamente uma espada, não tinha um formato conhecido. Pelo menos ninguém dessa cidade a acharia familiar. Era como se um alquimista tivesse destilado uma dúzia de espadas e, uma vez esfriado o cadinho, essa jazesse no fundo: uma espada em forma pura. Era fina e graciosa. Mortífera como uma pedra afiada sob uma corredeira.

Kote a segurou por um instante. Sua mão não tremeu.

Depois colocou-a no suporte de madeira. O metal branco-acinzentado reluziu em contraste com a roah negra ao fundo. Embora o punho fosse visível, era tão escuro que quase não se distinguia da madeira. A palavra abaixo da arma, negra contra o fundo escuro, parecia uma censura: *Insensatez*.

Kote desceu e, por um momento, os dois ficaram lado a lado, olhando para cima, em silêncio.

Foi Bast que o rompeu.

— Ela *é* impressionante — disse, como se lamentasse a verdade. — Mas...
— Sua voz se extinguiu, na tentativa de encontrar as palavras adequadas. O jovem estremeceu.

Kote deu-lhe um tapinha nas costas, curiosamente bem-disposto.

— Não se dê o trabalho de se inquietar por minha causa — aconselhou. Agora parecia mais animado, como se a atividade lhe tivesse dado energia.
— Gostei — declarou, com súbita convicção, e pendurou a bainha preta num dos ganchos do suporte.

Depois disso, houve outras coisas a fazer. Garrafas para polir e repor no lugar certo. O almoço por preparar. A bagunça do almoço para arrumar. Por um período, as coisas ficaram animadas, de um jeito atarefado e agradável. Os dois conversaram sobre coisas leves enquanto trabalhavam. E, apesar de se movimentarem muito, era óbvio que relutavam em terminar qualquer tarefa que estivessem prestes a concluir, como se ambos temessem o instante em que o trabalho acabaria e o silêncio tornaria a encher o aposento.

E então aconteceu uma coisa curiosa. A porta se abriu e o barulho inundou a Pousada Marco do Percurso como uma onda suave. Entrou um grupo ruidoso de pessoas, falando e largando as trouxas com seus pertences. Elas escolheram mesas e penduraram os casacos nos encostos das cadeiras. Um homem com uma camisa de argolas metálicas pesadas desembainhou uma espada e a encostou na parede. Dois ou três usavam facas na cinta. Quatro ou cinco pediram bebida.

Kote e Bast observaram por um momento, depois entraram agilmente em ação. Kote sorriu e começou a servir as bebidas. Bast correu até lá fora para ver se algum cavalo precisava ser levado para a estrebaria.

Em 10 minutos a hospedaria era um lugar diferente. Tilintaram moedas no bar. Queijo e frutas foram arrumados em bandejas e uma grande panela de cobre foi pendurada para cozinhar em fogo brando na cozinha. Os homens deslocaram cadeiras e mesas para acomodar melhor seu grupo de quase uma dúzia de pessoas.

Kote os identificou ao entrarem: dois homens e duas mulheres, carroceiros embrutecidos pelos anos ao relento, sorridentes por passarem uma noite longe da ventania. Três guardas de olhar severo, cheirando a ferro. Um latoeiro barrigudo, de riso franco, que exibia os poucos dentes que lhe restavam. Dois rapazes – um de cabelos cor de areia e outro moreno, bem-vestidos e bem-falantes –, viajantes com sensatez suficiente para se ligarem a um grupo maior a fim de se protegerem na estrada.

O período de acomodação demorou uma ou duas horas. Os preços dos quartos foram pechinchados. Iniciaram-se discussões amistosas sobre quem dormiria com quem. Pequenos objetos necessários foram retirados de carroças ou alforjes. Solicitaram-se banhos e a água foi aquecida. Apanhou-se feno para os cavalos e Kote encheu de óleo todas as lamparinas.

O latoeiro correu para o lado de fora a fim de aproveitar o que restava da luz do dia. Rodou pelas ruas da cidade com sua carroça de duas rodas. As crianças se aglomeraram à volta dele, pedindo doces, histórias e moedas de gusa.

Quando ficou claro que nada seria dado, a maioria perdeu o interesse. Elas formaram uma roda com um menino no meio e começaram a bater palmas, marcando o ritmo de uma cantiga infantil já muito antiga na época em que seus avós a cantavam:

"Quando na lareira azula o fogo,
O que fazer? O que fazer?
Correr para fora e se esconder."

Rindo, o menino do centro tentou romper a roda, enquanto as outras crianças o empurravam de volta.

– Latoeiro! – ressoou a voz do velho feito um sino. – Panelas, soldar; facas, afiar; água, encontrar; cortiça, cortar. Erva-de-mãe, colher; echarpes de seda, trazer. Papel para escrever; guloseimas para comer.

Isso chamou a atenção das crianças, que tornaram a cercá-lo, formando um pequeno cortejo enquanto ele seguia pela rua entoando seu pregão:

– Couro para o cinturão. Pimenta-do-reino em grão. Pluma colorida, renda fina. Latoeiro aqui e agora; amanhã terá ido embora. Vai-se a luz crepuscular e continuo a trabalhar. Venha, minha filha; venha, esposa formosa! Tenho bordados em pano e água de rosas.

Passados alguns minutos, ele se instalou do lado de fora da Marco do Percurso, montou sua roda de amolar e começou a afiar uma faca.

Enquanto os adultos se juntavam ao redor do velho, as crianças voltaram para sua brincadeira. Uma menina no centro da roda tapou os olhos com uma das mãos e tentou pegar as outras crianças, que fugiam batendo palmas e cantando:

"Negros como o corvo os olhos dele a luzir,
Para onde fugir? Para onde fugir?
Perto e longe se encontrarão. Logo, logo, aqui estão."

O latoeiro foi atendendo a todos alternadamente, às vezes a dois ou três ao mesmo tempo. Trocou facas cegas e uma moedinha por facas afiadas. Vendeu tesouras e agulhas, panelas de cobre e pequenos frascos que as esposas escondiam depressa depois de comprar. Negociou botões e saquinhos de canela e de sal. Limas de Tinuë, chocolate de Tarbean, chifres polidos de Aerueh...

Durante todo esse tempo as crianças continuaram a cantar:

"Viu um homem que rosto não tem
Andar qual fantasma aqui e além?
Qual é o seu plano? Qual é o seu plano?
Chandriano. Chandriano."

―――

Kote calculou que fazia mais ou menos um mês que os viajantes estavam juntos, o bastante para ficarem à vontade entre si, mas não o suficiente para brigarem por ninharias. Cheiravam a poeira e a cavalo. O hospedeiro aspirou esse aroma como se fosse perfume.

O melhor de tudo era o barulho. Couro rangendo. Homens dando risadas. A lareira crepitava e soltava fagulhas. As mulheres flertavam. Alguém chegou até a derrubar uma cadeira. Pela primeira vez num longo tempo não houve silêncio na Pousada Marco do Percurso. Se houve, foi pequeno demais para ser notado ou ficou muito bem escondido.

Kote circulou por tudo, sempre em movimento, como um homem que cuidasse de uma grande e complexa máquina. Com a bebida pronta assim que alguém pedia, falou e ouviu nas doses certas. Achou graça das piadas, apertou mãos, sorriu e arrebatou as moedas do bar, como se realmente necessitasse do dinheiro.

Depois, quando chegou a hora da música e todos entoaram suas canções favoritas e ainda queriam mais, Kote regeu o coro atrás do balcão do bar, batendo palmas para manter o ritmo. Com o fogo reluzindo em seu cabelo, cantou *Latoeiro curtumeiro* com mais versos do que qualquer um já ouvira, e ninguém se importou nem um pouco.

———

Horas depois o salão transmitia uma sensação calorosa e jovial. Kote estava ajoelhado junto à lareira, atiçando o fogo, quando alguém falou às suas costas.

— Kvothe?

O hospedeiro virou-se, exibindo um sorriso meio confuso.

— Senhor?

Era um dos viajantes bem-vestidos. Estava meio trôpego.

— Você é o Kvothe.

— Kote, senhor — retrucou o hospedeiro, no tom indulgente que as mães usam com as crianças, e os taberneiros, com os bêbados.

— Kvothe, o Sem-Sangue — insistiu o homem, com a persistência obstinada dos embriagados. — Você me pareceu familiar, mas eu não estava conseguindo situá-lo — acrescentou. Deu um sorriso orgulhoso e uma batidinha com o dedo no nariz. — Depois escutei-o cantar e tive certeza de que era você. Eu o ouvi em Imre uma vez. E me debulhei em lágrimas. Nunca ouvi nada igual àquilo, nem antes nem nunca mais. Fiquei com o coração dilacerado.

As frases do rapaz foram se engrolando à medida que ele prosseguia, mas seu rosto continuava sério.

— Eu sabia que não podia ser você. Mas achei que era, mesmo assim. Ora, quem mais tem o seu cabelo? — indagou. Abanou a cabeça, tentando em vão desanuviá-la. — Vi o lugar em que você o matou, em Imre. Perto da fonte. Todas as pedras do calçamento ficaram estilhaçadas — disse, franzindo o cenho e se concentrando nessa palavra. — *Estilhaçadas*. Dizem que ninguém é capaz de remendá-las.

O rapaz do cabelo cor de areia fez outra pausa. Estreitando os olhos para ajustar o foco, pareceu surpreso com a reação do hospedeiro.

O homem ruivo estava sorrindo.

— O senhor está dizendo que eu pareço com o Kvothe? *O* Kvothe? É o que eu mesmo sempre achei. Tenho uma gravura dele lá nos fundos. Meu ajudante vive implicando comigo por causa disso. O senhor quer dizer a ele o que acabou de me dizer?

Kote jogou um último pedaço de lenha no fogo e se levantou. Mas, ao se afastar da lareira, torceu uma das pernas e caiu pesadamente no chão, derrubando uma cadeira.

Vários viajantes correram para acudi-lo, mas ele já estava de pé, fazendo sinal para que as pessoas voltassem para seus lugares.

– Não, não. Está tudo bem comigo. Desculpem se assustei alguém.

Apesar do sorriso, era óbvio que se machucara. O rosto estava tenso de dor e ele se apoiou com força numa cadeira, para escorar o peso do corpo.

– Levei uma flechada no joelho quando passava pela Eld, três verões atrás. Volta e meia ele perde a firmeza – disse. Fez uma careta e acrescentou, tristonho: – Foi o que me fez desistir da vida boa da estrada.

Estendeu a mão e tocou com delicadeza na perna curiosamente dobrada. Um dos guardas se manifestou:

– Eu poria um cataplasma nisso, senão vai inchar que é um horror.

Kote tornou a tocar no joelho e assentiu com a cabeça.

– Acho que o senhor disse uma coisa sensata – retrucou. Virou-se para o rapaz louro, que cambaleava de leve junto à lareira. – Pode me fazer um favor, filho?

O homem fez que sim, com uma expressão abobalhada.

– É só fechar o fumeiro – disse, apontando para a lareira. – Bast, você me ajuda a subir?

Bast se aproximou depressa e pôs um dos braços de Kote em seus ombros. O hospedeiro se apoiava nele a cada passo, enquanto os dois cruzavam a porta e subiam a escada.

– Flechada na perna? – perguntou Bast entre dentes. – Você fica mesmo tão sem jeito assim por levar um tombinho?

– Que bom que você é tão crédulo quanto eles – veio a resposta ríspida assim que os dois saíram do campo visual dos hóspedes. Kote começou a praguejar baixinho enquanto subia mais alguns degraus, obviamente sem nenhum machucado no joelho.

Os olhos de Bast se arregalaram, depois se estreitaram.

Kote parou no alto da escada e esfregou os olhos.

– Um deles sabe quem eu sou. Desconfia – corrigiu-se, franzindo o sobrolho.

– Qual deles? – perguntou Bast, com uma mistura de apreensão e raiva.

– Camisa verde, cabelo louro. O que estava mais perto de mim, junto à lareira. Dê-lhe alguma coisa para dormir. Ele já andou bebendo. Ninguém se espantará se por acaso desmaiar.

Bast pensou depressa:
— Erva-da-perdição?
— Menka.
Bast ergueu uma sobrancelha, mas concordou.
Kote endireitou o corpo.
— Escute três vezes, Bast.
Bast piscou uma vez e fez que sim.
Kote falou com rapidez e clareza:
— Eu era guardião em Ralien, licenciado pela cidade. Fui ferido ao defender com sucesso uma caravana. Uma flechada no joelho direito. Há três anos. No verão. Um comerciante cealdo agradecido me deu dinheiro para abrir uma hospedaria. Seu nome é Deolan. Estávamos vindo de Purvis. Mencione isso como quem não quer nada. Entendeu?
— Escutei-o três vezes, Reshi — retrucou Bast, em tom formal.
— Vá.

———

Meia hora depois, Bast levou uma tigela de comida para o quarto de seu mestre, assegurando-lhe que estava tudo bem lá embaixo. Kote balançou a cabeça e deu instruções concisas para não ser incomodado pelo resto da noite.

Ao fechar a porta na saída, Bast tinha uma expressão apreensiva. Passou algum tempo parado no alto da escada, tentando pensar em alguma coisa que pudesse fazer.

É difícil dizer o que tanto o perturbava. Kote não parecia perceptivelmente mudado em nenhum sentido. Exceto, talvez, por ter andado um pouco mais devagar e pelo fato de a centelha acendida em seus olhos pela atividade da noite estar mais apagada. Aliás, quase não se podia vê-la. Na verdade, talvez nem tivesse existido.

Kote se sentou diante da lareira e fez sua refeição mecanicamente, como se apenas achasse dentro de si um lugar para guardar a comida. Depois da última colherada, ficou contemplando o vazio, sem se lembrar do que havia ingerido nem do sabor que tinha.

O fogo estalou, fazendo-o piscar e correr os olhos pelo quarto. Olhou para as mãos, uma aninhada na outra, ambas descansando no colo. Passado um momento, ele as levantou e abriu, como que para aquecê-las junto ao fogo. Eram graciosas, com dedos longos e delicados. Kote as observou com atenção, como se esperasse vê-las fazerem alguma coisa sozinhas. Depois arriou-as no colo, uma envolvendo de leve a outra, e tornou a contemplar o fogo. Sem expressão, imóvel, sentou-se ali até não restar nada além de cinzas e brasas de brilho opaco.

Quando se despia para dormir, o fogo crepitou. A luz vermelha desenhou linhas finas em seu corpo, nas costas e nos braços. Todas as cicatrizes eram lisas e prateadas, riscando-o como raios, feito marcas de suave recordação. O clarão da chama as revelou brevemente: as feridas antigas e as novas. Todas as cicatrizes eram lisas e prateadas, menos uma.

O fogo bruxuleou e apagou. O sono foi ao encontro de Kote como uma amante num leito vazio.

———

Os viajantes se foram logo cedo, na manhã seguinte. Bast atendeu-os, explicando que o joelho de seu amo estava muito inchado e que ele não se sentia disposto a descer a escada tão cedo. Todos compreenderam, exceto o filho louro do comerciante, grogue demais para entender muita coisa. Os guardas trocaram sorrisos e reviraram os olhos, enquanto o latoeiro fazia um sermão de improviso sobre a questão da temperança. Bast recomendou vários tratamentos desagradáveis para a ressaca.

Depois que eles partiram, Bast ficou cuidando da hospedaria, o que não era uma grande tarefa, já que não havia fregueses. Passou a maior parte do tempo tentando encontrar maneiras de se divertir.

Um pouco depois do meio-dia, Kote desceu a escada e foi encontrá-lo quebrando nozes no bar com um livro pesado, encadernado em couro.

— Bom dia, Reshi.

— Bom dia, Bast. Alguma novidade?

— O garoto dos Orrison passou por aqui. Queria saber se precisávamos de carneiro.

Kote balançou a cabeça, quase como se desconfiasse da notícia.

— Quanto você encomendou?

Bast fez uma careta.

— Detesto carneiro, Reshi. Tem gosto de luvas molhadas.

Kote deu de ombros e se dirigiu à porta.

— Tenho umas coisas para fazer. Fique de olho por aí, sim?

— Eu sempre fico.

Fora da Pousada Marco do Percurso, o ar estava parado e pesado sobre a deserta rua de terra batida que atravessava o centro da cidade. O céu era um lençol cinza coberto de nuvens que pareciam querer transformar-se em chuva mas não conseguiam reunir forças para isso.

Kote atravessou a rua e entrou na porta aberta da ferraria. O ferreiro tinha cabelo curto e uma barba espessa e encaracolada. Enquanto Kote o observava, cravou cuidadosamente um par de pregos na aba superior de uma lâmina de foice, fixando-a com firmeza num cabo de madeira recurvado.

— Olá, Caleb.

O ferreiro encostou a foice na parede.

— Que posso fazer pelo senhor, Mestre Kote?

— O garoto dos Orrison também passou por aqui?

Caleb confirmou, acenando com a cabeça.

— Eles continuam perdendo ovelhas? — indagou Kote.

— Na verdade, algumas das extraviadas finalmente apareceram. Rasgadas de um jeito terrível, praticamente esfrangalhadas.

— Lobos?

O ferreiro encolheu os ombros.

— Não é a época certa do ano, porém o que mais seria? Um urso? Acho que eles só andam vendendo aquilo que não têm como vigiar direito, já que estão com poucos ajudantes e tudo o mais.

— Poucos ajudantes?

— Tiveram que despedir o ajudante contratado, por causa dos impostos, e o filho mais velho virou recruta, passou a receber o soldo do rei no começo do verão. Agora está combatendo os rebeldes em Menat.

— Meneras — corrigiu Kote, em tom delicado. — Se você tornar a ver o garoto, diga-lhe que estou disposto a comprar umas três metades.

— Farei isso — prometeu o ferreiro, lançando um olhar entendido para Kote. — Mais alguma coisa?

— Bem... — retrucou o hospedeiro, desviando os olhos, subitamente sem graça. — Eu *estava* me perguntando se você teria uma barra de ferro por aí — explicou, sem encarar o ferreiro. — Não precisa ser nada especial, entenda bem. Uma boa e velha barra de ferro-gusa serviria muito bem.

Caleb deu um risinho.

— Eu não sabia se o senhor ia aparecer. O velho Cob e os outros passaram por aqui anteontem — disse. Em seguida foi até uma bancada e levantou um pedaço de lona. — Fiz algumas de sobra, por via das dúvidas.

Kote pegou uma barra de ferro de uns 60 centímetros de comprimento e a girou com displicência numa das mãos.

— Homem inteligente.

— Entendo do meu ofício — retrucou o ferreiro com ar emproado. — Precisa de mais alguma coisa?

— Na verdade — respondeu Kote, ajeitando comodamente a barra de ferro no ombro —, há mais uma coisa. Será que você tem um avental e um par de luvas para forja que estejam sobrando?

— Pode ser — disse Caleb, hesitante. — Por quê?

— Há um velho pedaço de terra coberto de espinheiros atrás da hospedaria — respondeu Kote, acenando com a cabeça em direção à Marco do Percurso.

— Estou pensando em arrancá-los para poder fazer um jardim no ano que vem, mas não gosto da ideia de perder metade da pele fazendo isso.

O ferreiro fez um gesto para que Kote o acompanhasse até os fundos da loja.

— Tenho meu jogo antigo — disse, pegando um par de luvas pesadas e um avental endurecido de couro; ambos tinham uns chamuscados enegrecidos em alguns pontos e estavam manchados de graxa. — Não são bonitos, mas acho que o protegerão do pior dos espinhos.

— Quanto valem para você? — indagou Kote, pegando a bolsinha de moedas.

O ferreiro abanou a cabeça.

— Um iota de cobre já seria muito. Essas coisas não têm serventia para mim nem para o garoto.

O hospedeiro entregou uma moeda e o ferreiro a guardou num velho saco de estopa.

— Tem certeza de que quer fazer isso agora? — perguntou Caleb. — Já não chove há algum tempo. O solo ficará mais macio depois do degelo da primavera.

Kote encolheu os ombros.

— Meu avô sempre me disse que o outono é a época certa para arrancar as coisas que a gente não quer que voltem a incomodar — disse, e acrescentou, imitando o tremor da voz de um velho: — "As coisas ficam muito cheias de vida na primavera. No verão ficam fortes demais e não se soltam. O outono..." — Interrompeu-se e deu uma espiada em volta, observando as folhas que mudavam de cor nas árvores. — "O outono é a época. No outono tudo se cansa e fica pronto para morrer."

———

Depois, naquela tarde, Kote mandou Bast recuperar o sono atrasado. Em seguida circulou lentamente pela hospedaria, fazendo uma ou outra tarefa que restara da véspera. Não havia clientes. Quando enfim anoiteceu, ele acendeu as lamparinas e se pôs a folhear com desinteresse as páginas de um livro.

O outono era para ser a estação de maior movimento do ano, mas os viajantes andavam escassos nos últimos tempos. Kote sabia com desolada certeza quão longo seria o inverno.

Fechou cedo a hospedaria, coisa que nunca tinha feito. Não se deu ao trabalho de varrer. O assoalho não precisava disso. Não lavou as mesas nem o bar; nenhum deles fora usado. Poliu uma ou duas garrafas, trancou a porta e foi dormir.

Não havia ninguém para notar a diferença. Ninguém a não ser Bast, que ficou observando seu mestre, inquietou-se e esperou.

CAPÍTULO 4

A meio caminho de Nalgures

O CRONISTA ANDOU. Tinha mancado na véspera, mas, nesse dia, não havia nenhuma parte de seus pés que não doesse, de modo que mancar não adiantava. Ele procurara cavalos no Vau do Abade e em Rannish, oferecendo preços escandalosos até pelas montarias mais alquebradas. Mas, em cidadezinhas como aquelas, ninguém tinha cavalos sobrando, especialmente com a proximidade da colheita.

Apesar da árdua caminhada do dia inteiro, ele ainda estava na estrada quando caiu a noite, transformando a via esburacada num campo de tropeços. Após duas horas tateando no escuro, o Cronista viu uma luz bruxuleando entre as árvores e abandonou qualquer ideia de chegar a Nalgures naquela noite, concluindo que a hospitalidade de uma fazenda seria muito bem-vinda.

Saiu da estrada e se entranhou por entre as árvores, em direção à luz. Mas o fogo estava mais longe do que ele havia pensado, e era maior. Não era a luz dos lampiões de uma casa nem das fagulhas de uma pequena fogueira de acampamento. Era uma grande fogueira rugindo entre as ruínas de uma velha casa, pouco mais que duas paredes de pedra em vias de desmoronar. Encolhido no canto formado pelas paredes estava um homem. Usava uma capa pesada com capuz, embrulhando-se nela como se fosse o auge do inverno, e não uma noite amena de outono.

As esperanças do Cronista aumentaram à visão de um pequeno fogareiro com uma panela pendurada em cima. Ao se aproximar, porém, ele captou um cheiro pútrido, misturado com a fumaça da lenha. Fedia a cabelo queimado e flores apodrecidas. Em dois tempos o Cronista resolveu que, o que quer que o homem estivesse cozinhando na panela de ferro, ele não gostaria de comer. No entanto, até um lugar junto a uma fogueira já seria melhor do que se enroscar à beira da estrada.

Entrou no círculo de luz.

– Eu vi a sua fo... – começou a dizer. Parou ao ver a figura pôr-se de pé num salto, segurando uma espada com as duas mãos. Não, uma espada não, uma espécie de porrete comprido e escuro, de formato regular demais para ser um pedaço de lenha.

O Cronista estancou.

– Eu só estava procurando um lugar para dormir – apressou-se a dizer, apertando inconscientemente o aro de ferro pendurado em seu pescoço. – Não quero criar problemas. Vou deixá-lo com o seu jantar. – E deu um passo atrás.

A figura relaxou e arriou o porrete, que raspou metalicamente numa pedra.

– Pelo corpo chamuscado de Deus, o que está fazendo aqui a esta hora da noite? – perguntou o encapuzado.

– Eu estava a caminho de Nalgures e vi sua fogueira.

– Simplesmente seguiu um clarão desconhecido numa floresta durante a noite? – disse a figura de capuz, abanando a cabeça. – Pode vir até aqui, se quiser. – E fez um gesto para o Cronista se aproximar. O escriba notou que ele usava luvas grossas de couro. – Mas, por Tehlu, você foi azarado a vida inteira, ou andou guardando tudo para esta noite?

– Não sei quem você está esperando – retrucou o Cronista, dando um passo atrás –, mas tenho certeza de que prefere esperá-lo sozinho.

– Cale a boca e escute – disse o homem rispidamente. – Não sei quanto tempo temos – acrescentou. Em seguida olhou para baixo e esfregou o rosto. – Meu Deus, eu nunca sei o quanto dizer a vocês. Se não acreditar em mim, você vai pensar que sou louco. Se *acreditar*, entrará em pânico e será mais do que inútil.

O homem tornou a erguer os olhos e viu que o Cronista não se mexera.

– Venha para cá, droga. Se voltar para lá, você está praticamente morto.

O Cronista deu uma olhadela para trás, contemplando a escuridão da floresta.

– Por quê? O que há ali?

O homem deu uma risada curta e amarga, abanando a cabeça, exasperado.

– Para ser franco? – perguntou. Passou a mão no cabelo, distraído, empurrando o capuz para trás. À luz da fogueira, seu cabelo era de um vermelho inacreditável, os olhos, de um tom verde vibrante, assustador. O homem fitou o Cronista, avaliando-o. – Demônios – disse. – Demônios sob a forma de grandes aranhas negras.

O Cronista relaxou.

– Demônios não existem.

A julgar por seu tom, era óbvio que ele já dissera a mesma coisa muitas, muitas vezes.

O homem ruivo soltou uma gargalhada incrédula.

– Bem, então acho que todos podemos ir para casa! – E deu um sorriso maníaco para o Cronista. – Escute, você me parece um homem instruído. Respeito isso e, na maioria dos casos, você teria razão – disse, assumindo uma expressão séria. – Mas aqui e agora, nesta noite, está errado. Tão errado quanto se pode estar. É melhor que não esteja do lado de lá da fogueira quando descobrir isso.

A certeza categórica na voz do homem provocou no Cronista um calafrio na espinha. Sentindo-se bastante tolo, ele contornou delicadamente a fogueira e passou para o outro lado.

O homem se apressou a segurá-lo.

– Não imagino que você tenha nenhuma arma, tem?

O Cronista abanou a cabeça.

– Não tem importância, na verdade. Uma espada não lhe serviria de grande coisa – o homem comentou. Entregou ao Cronista um pedaço pesado de lenha. – É provável que você não consiga atingir nenhum, mas vale a pena tentar. Eles são velozes. Se algum o alcançar, simplesmente caia. Procure cair em cima dele, esmagá-lo com o corpo. Role por cima dele. Se conseguir segurar algum, jogue-o na fogueira.

Tornou a cobrir a cabeça com o capuz, falando depressa:

– Se tiver alguma roupa extra, vista-a. Se tiver um cobertor em que possa se enrolar...

Parou de repente e olhou para o outro lado do círculo de fogo.

– Fique de costas para a parede – disse abruptamente, baixando o porrete de ferro com as duas mãos.

O Cronista olhou para o outro lado da fogueira. Uma coisa escura se movia por entre as árvores.

Elas entraram na luz, arrastando-se pelo chão: formas negras, com uma porção de pernas e grandes como rodas de carroça. Uma delas, mais veloz do que as outras, precipitou-se para a luz da fogueira sem hesitação, movendo-se com a velocidade inquietante e sinuosa de um inseto apressado.

Antes que o Cronista pudesse levantar seu pedaço de lenha, a coisa se desviou de lado ao redor da fogueira e saltou em cima dele, rápida como um grilo. O Cronista ergueu as duas mãos no instante em que a coisa negra o atingiu no rosto e no peito. As pernas frias e duras lutaram para se agarrar nele, e o escriba sentiu lanhos de dor aguda na parte posterior dos braços. Ao se afastar, trôpego, sentiu o salto da bota prender no chão irregular e começou a despencar para trás, agitando loucamente os braços.

Enquanto caía, teve um último vislumbre do círculo de luz da fogueira. Outras coisas negras saíram correndo da escuridão, batendo os pés em *staccato* sobre as raízes, as pedras e as folhas. Do outro lado da fogueira, o homem da capa pesada segurava o porrete de ferro com as duas mãos, em estado de prontidão. Estava perfeitamente imóvel, perfeitamente calado, à espera.

Ainda tombando para trás com a coisa negra por cima, o Cronista sentiu uma explosão seca de negrume, ao bater com a parte posterior da cabeça na parede de pedra às suas costas. O mundo se tornou mais lento, embaçado e, depois, negro.

———

Abriu os olhos e viu uma massa confusa de formas escuras e luz de fogueira. Sua cabeça latejava. Sentia diversas pontadas de dor viva e intensa cruzando a parte posterior de seus braços, e uma dor surda lhe repuxava o lado esquerdo toda vez que respirava.

Após um longo momento de concentração, o mundo entrou num foco turvo. O homem encolhido estava sentado ali perto. Já não usava as luvas, e a capa pesada pendia de seu corpo em farrapos soltos; mas, afora isso, ele parecia ileso. Estava com o capuz levantado, escondendo o rosto.

— Está acordado? — perguntou-lhe o sujeito, curioso. — Isso é bom. Com um ferimento na cabeça, nunca se pode ter certeza — acrescentou. O capuz se inclinou um pouco. — Você consegue falar? Sabe onde está?

— Sim — disse o Cronista, com a voz engrolada. Formar uma única palavra parecia exigir um esforço imenso.

— Melhor ainda. Agora a terceira pergunta compensa tudo. Acha que pode se levantar e me dar uma mãozinha? Precisamos queimar e enterrar os corpos.

O Cronista mexeu um pouco a cabeça e, de repente, sentiu-se tonto e nauseado.

— O que aconteceu?

— Eu poderia ter quebrado umas duas costelas suas — respondeu o homem. — Um daqueles demônios estava em cima de você. Não tive muitas opções — disse, encolhendo os ombros. — Desculpe, se é que isso adianta alguma coisa. Já suturei os cortes nos seus braços. Devem cicatrizar direitinho.

— Eles foram embora?

O capuz balançou uma vez.

— Um scrael não recua. Eles são como as vespas de uma colmeia. Continuam atacando até morrer.

Uma expressão horrorizada se espalhou pelo rosto do Cronista.

— Existe uma colmeia dessas coisas?

— Deus do céu, não. Só havia essas cinco. Mesmo assim, temos de queimá-las e enterrá-las, só para ter certeza. Já cortei a lenha de que precisaremos: freixo e sorveira-brava.

O Cronista deu uma risada, que soou levemente histérica.

— Igualzinho à cantiga infantil:

"Deixe que eu lhe diga como proceder.

*De dez por dois um buraco fazer,
Para freixo, ulmo e sorveira conter."*

— Sim, isso mesmo — disse o homem de cócoras, em tom seco. — Você ficaria surpreso com as coisas que se escondem nas cantigas infantis. Mas, mesmo não achando que precisemos cavar todos os 10 metros de profundidade, eu não recusaria uma ajudinha... — E se calou, num silêncio significativo.

O Cronista mexeu uma das mãos para apalpar com muito cuidado a parte posterior da cabeça, depois olhou para os dedos, surpreso ao ver que não estavam cobertos de sangue.

— Acho que estou bem — disse, apoiando-se com cautela num cotovelo e usando-o como alavanca para se sentar. — Será que há algum...

Seus olhos pestanejaram, o corpo amoleceu e ele desabou de costas, como se não tivesse ossos. A cabeça bateu no chão, quicou uma vez e descansou, ligeiramente caída para um lado.

———

Kote passou longos minutos sentado, observando com paciência o homem inconsciente. Ao ver que não havia outro movimento senão o lento subir e descer do peito, pôs-se de pé, com o corpo rígido, depois se ajoelhou ao lado do Cronista. Levantou uma de suas pálpebras, em seguida a outra, e murmurou um grunhido diante do que viu, sem parecer particularmente surpreso.

— Imagino que não haja nenhuma chance de você tornar a acordar, não é? — perguntou, sem muita esperança na voz. Bateu de leve no rosto pálido do Cronista. — Não há chance de...

Uma gota de sangue manchou a testa do escriba, rapidamente seguida por outra.

Kote endireitou o corpo, não mais debruçado sobre o homem inconsciente, e secou o sangue da melhor maneira que pôde, o que não foi grande coisa, já que suas próprias mãos estavam todas ensanguentadas.

— Sinto muito — disse, distraído.

Soltou um suspiro profundo e empurrou o capuz para trás. O cabelo ruivo estava grudado na cabeça, e metade do rosto, borrada de sangue seco. Lentamente ele começou a despir o que sobrara da capa em frangalhos. Por baixo havia um avental de couro de ferreiro, loucamente riscado por cortes. Kote o tirou também, revelando uma simples camisa cinza de tecido de fio cru, feito em casa. Os dois ombros e o braço esquerdo estavam escuros e molhados de sangue.

Apalpou por um instante os botões da camisa, depois resolveu não tirá-la. Levantando-se com cuidado, pegou a pá e aos poucos, dolorosamente, começou a cavar.

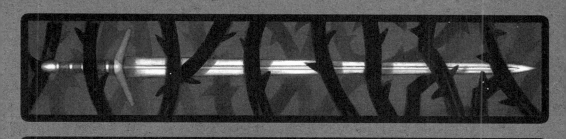

CAPÍTULO 5

Notas

PASSAVA MUITO DA MEIA-NOITE quando Kote retornou a Nalgures com o corpo flácido do Cronista atravessado sobre seus ombros lacerados. As casas e lojas da cidade estavam escuras e silenciosas, mas a Marco do Percurso irradiava luz.

Bast se postava à porta, praticamente dançando de irritação. Ao avistar a figura que se aproximava, saiu correndo pela rua, agitando com raiva um pedaço de papel.

– Um *bilhete?* Você sai sorrateiramente e me deixa um bilhete? – sibilou, furioso. – O que é que eu sou: uma prostituta de beira de cais?

Kote se virou e encolheu os ombros, deixando o corpo amolecido do Cronista cair nos braços de Bast.

– Eu sabia que você só faria discutir comigo, Bast.

O rapaz segurou o Cronista sem dificuldade.

– E nem sequer foi um *bom* bilhete. "Se você estiver lendo isto, é provável que eu tenha morrido." Que espécie de bilhete é esse?

– Não era para você achá-lo antes do amanhecer – retrucou Kote, cansado, enquanto os dois começavam a andar pela rua em direção à hospedaria.

Bast baixou os olhos para o homem que carregava nos braços, como se o notasse pela primeira vez.

– Quem é este? – perguntou. Sacudiu-o um pouco, fitando-o com ar curioso antes de jogá-lo com desenvoltura sobre um dos ombros, feito um saco de aniagem.

– Um pobre idiota que por acaso estava na estrada na hora errada – respondeu Kote com indiferença. – Não o sacuda demais. Pode ser que a cabeça dele esteja meio solta.

– Para que diabos você escapuliu em surdina, afinal? – perguntou Bast ao entrar na pousada. – Se ia me deixar um bilhete, pelo menos ele devia me dizer o que...

Os olhos de Bast se arregalaram ao ver Kote à luz da hospedaria, pálido e todo riscado de sangue e terra.

— Pode se preocupar, se quiser — disse o hospedeiro em tom seco. — É exatamente tão ruim quanto parece.

— Você saiu para caçá-los, não foi? — Bast sibilou e logo depois arregalou os olhos. — Não, você ficou com um pedaço daquele que o Carter matou. Não posso acreditar. Você mentiu para mim. Para *mim!*

Kote deu um suspiro, arrastando-se em direção à escada.

— Você está aborrecido com a mentira ou com o fato de não ter me apanhado? — perguntou, começando a subir os degraus.

Bast explodiu:

— Estou aborrecido por você ter achado que não podia confiar em mim.

Os dois deixaram a conversa morrer enquanto abriam um dos muitos quartos vazios do segundo andar, despiam o Cronista e o ajeitavam na cama. Kote largou a sacola e a mochila do homem no chão, perto dele.

Ao fechar a porta do quarto, depois de sair, disse:

— Confio em você, Bast, mas queria que ficasse em segurança. Eu sabia que podia lidar com isso.

— Eu poderia ter ajudado, Reshi! — exclamou Bast, num tom magoado. — Você sabe que eu ajudaria.

— Ainda pode ajudar, Bast — disse o hospedeiro, entrando em seu quarto e sentando pesadamente na beirada da cama estreita. — Preciso levar uns pontos. — Começou a desabotoar a camisa. — Eu mesmo poderia fazer isso, mas é difícil alcançar o alto dos ombros e as costas.

— Ridículo, Reshi. Eu cuido disso.

Kote fez um gesto para a porta.

— Meu estoque está lá embaixo, no porão.

Bast fungou com desdém.

— Usarei minhas próprias agulhas, muito obrigado. De bom e velho osso. Nada dessas suas coisas horrorosas e tortas de ferro que perfuram a pessoa como lasquinhas de ódio — disse e estremeceu. — Pelos santos rios e pedras, é assustador ver como vocês são primitivos!

Saiu às pressas do quarto, deixando a porta aberta.

Kote tirou a camisa devagar, fazendo caretas e aspirando o ar por entre os dentes, à medida que o sangue seco prendia e repuxava as feridas. Tornou a assumir uma expressão estoica quando Bast voltou para o quarto com uma bacia de água e começou a limpá-lo.

Lavado o sangue ressequido, uma confusão de marcas de cortes retos e longos ficou visível. Eles se abriam, vermelhos, na pele alva do hospedeiro, como se ele tivesse sido retalhado com uma lâmina de barbeiro ou um caco de vidro. Ao todo havia talvez uns 12 cortes, a maioria em cima dos ombros, alguns nas costas e na extensão dos braços. Um deles começava no alto da cabeça e descia pelo couro cabeludo até atrás da orelha.

– Pensei que você não sangrasse, Reshi – disse Bast. – Você sabe, Sem--Sangue e tudo o mais.

– Não acredite em tudo que ouve nas histórias, Bast. Elas mentem.

– Bem, você não está nem de longe tão mal quanto eu pensei – retrucou o outro, limpando as mãos. – Embora, justiça seja feita, devesse ter perdido um pedaço da orelha. Eles estavam feridos como o que atacou o Carter?

– Não que eu visse – respondeu Kote.

– Quantos eram?

– Cinco.

– Cinco? – repetiu Bast, estarrecido. – Quantos o outro sujeito matou?

– Ele distraiu um deles por algum tempo – disse Kote, com generosidade.

– *Anpauen*, Reshi – fez Bast, abanando a cabeça, enquanto enfiava numa agulha de osso uma coisa mais fina e mais delicada que as linhas de sutura feitas de tripa. – Era para você ter morrido. Ter morrido *duas vezes*.

Kote encolheu os ombros.

– Não é a primeira vez que eu deveria estar morto, Bast. Sou bom em evitar isso.

Bast se debruçou sobre seu trabalho.

– Vai arder um pouco – disse, usando as mãos estranhamente delicadas. – Francamente, Reshi, não sei como você conseguiu ficar vivo até hoje.

Kote tornou a dar de ombros e fechou os olhos.

– Nem eu, Bast – retrucou. Tinha a voz cansada e sombria.

―――

Horas depois a porta do quarto de Kote se entreabriu e Bast deu uma espiada lá dentro. Não ouvindo nada, a não ser a respiração compassada e lenta, entrou de mansinho, parou junto à cama e se debruçou sobre o homem adormecido. Examinou a cor de suas faces, cheirou seu hálito e o tocou de leve na testa, no pulso e no oco da garganta, acima do coração.

Depois puxou uma cadeira para junto da cama e se sentou, observando o mestre e ouvindo-o respirar. Após um momento, estendeu a mão e afastou o cabelo ruivo e rebelde do rosto dele, como faria uma mãe com um filho adormecido. Então começou a cantar, baixinho, uma melodia cadenciada e estranha, quase uma cantiga de ninar:

"*Que estranho ver a chama de um mortal arder,
E depois, dia a dia esmaecer.*

Saber que é graveto essa alma a luzir
E que o vento fará dela o que bem decidir.
Oxalá meu fogo eu lhe pudesse emprestar.
Que pressagia o seu bruxulear?"

A voz de Bast foi se apagando, até ele finalmente ficar imóvel observando o subir e descer da respiração silenciosa do patrão durante as longas horas mortas antes do alvorecer.

CAPÍTULO 6

O preço da recordação

LOGO APÓS O ANOITECER DO DIA SEGUINTE, o Cronista desceu a escada que dava no salão da Pousada Marco do Percurso. Pálido e meio bambo, carregava a sacola achatada de couro embaixo do braço.

Kote estava atrás do bar, folheando um livro.

— Ah, nosso convidado não intencional! Como vai a cabeça?

O Cronista ergueu uma das mãos para tocá-la na parte posterior.

— Lateja um pouco quando eu me mexo muito depressa, mas ainda funciona.

— Fico feliz em saber – disse Kote.

— Aqui é... – hesitou o Cronista, olhando em volta. – Estamos em Nalgures?

Kote fez que sim.

— Na verdade, você está bem no meio de Nalgures. – Fez um gesto amplo e dramático com uma das mãos. – Próspera metrópole. Lar de dezenas.

O Cronista fitou o homem ruivo atrás do bar. Encostou-se numa das mesas para encontrar apoio.

— Pelo corpo chamuscado de Deus! – exclamou, sem fôlego. – É você mesmo, não é?

O hospedeiro fez um ar intrigado.

— Perdão, como disse?

— Sei que você vai negar – disse o Cronista –, mas o que eu vi ontem à noite...

O hospedeiro ergueu a mão para silenciá-lo.

— Antes de discutirmos a possibilidade de você ter ficado de miolo mole com aquela rachadura na cabeça, diga-me, como está a estrada para Tinuë?

— O quê? – perguntou o Cronista, irritado. – Eu não estava a caminho de Tinuë. Estava... ah! Bem, mesmo descontando a noite de ontem, a estrada anda bem ruinzinha. Fui roubado perto do Vau do Abade e fiquei a pé desde então. Mas tudo valeu a pena, já que você realmente está aqui – disse.

Olhou de relance para a espada pendurada acima do bar e respirou fundo, assumindo uma expressão vagamente ansiosa. – Não estou aqui para criar problemas, entenda bem. Não estou aqui por causa do prêmio pela sua cabeça – acrescentou, com um sorriso pálido. – Não que eu pudesse ter a esperança de incomodá-lo...

– Ótimo – interrompeu o hospedeiro, pegando um pano de linho branco e começando a polir o bar. – E então, quem é você?

– Pode me chamar de Cronista.

– Não perguntei como posso chamá-lo. Qual é seu nome?

– Devan. Devan Lochees.

Kote parou de polir o bar e ergueu os olhos.

– *Lochees?* Você é parente do duque... – Kote deixou a voz se extinguir, meneando a cabeça consigo mesmo. – Sim, é claro que é. Não é *um* cronista, é *o* Cronista – e encarou com expressão dura o homem meio calvo, examinando-o de alto a baixo. – Que tal, hein? O grande desmascarador em pessoa.

O Cronista relaxou um pouco, obviamente satisfeito ao ver que sua fama o precedia.

– Eu não estava tentando ser desagradável. Faz anos que não penso em mim como Devan. Deixei esse nome para trás há muito tempo – explicou, com um olhar significativo para o hospedeiro. – Imagino que você mesmo saiba alguma coisa a esse respeito...

Kote ignorou a pergunta não formulada.

– Li o seu livro anos atrás. *Os hábitos de acasalamento do Dracus comum.* Muito bom para abrir os olhos de um rapazola com a cabeça cheia de histórias – comentou. Baixando a cabeça, recomeçou a passar o pano branco pelos veios da madeira do bar. – Admito ter ficado desapontado ao saber que os dragões não existiam. É uma dura lição para um garoto aprender.

O Cronista sorriu.

– Sinceramente, eu mesmo fiquei meio desapontado. Saí à procura de uma lenda e encontrei um lagarto. Um lagarto fascinante, mas, assim mesmo, um lagarto.

– E agora está aqui – disse Kote. – Veio provar que eu não existo?

O Cronista deu uma risada nervosa.

– Não. Sabe, nós ouvimos um boato...

– "*Nós*"? – interrompeu Kote.

– Estive viajando com um velho amigo seu, o Skarpi.

– Ele o acolheu sob sua proteção, não foi? – disse Kote, como quem pensasse em voz alta. – Que tal essa? Aprendiz do Skarpi.

– Foi mais como um colega, na verdade.

O hospedeiro assentiu com a cabeça, ainda com a expressão vazia.

— Eu poderia ter adivinhado que ele seria o primeiro a me encontrar. Espalhadores de boatos, isso é o que vocês são.

O sorriso do Cronista se desfez e ele engoliu as primeiras palavras que lhe vieram à boca. Por um instante lutou para recompor a postura serena.

— E então, que posso fazer por você? — perguntou Kote, deixando de lado o pano limpo de linho e oferecendo seu melhor sorriso de hospedeiro. — Alguma coisa para comer ou beber? Um quarto para pernoitar?

O Cronista hesitou.

— Tenho tudo bem aqui — fez Kote, com um gesto largo para o fundo do bar. — Vinho suave, claro e envelhecido? Aguardente de hidromel curtido? Cerveja escura? Doce licor de fruta madura! Ameixa? Cereja? Amora? Maçã? Hortelã? — E foi apontando alternadamente para as garrafas. — Ora, vamos! Com certeza você deve querer alguma coisa!

Enquanto falava, seu sorriso se alargou, mostrando dentes demais para o semblante afável de um hospedeiro. Ao mesmo tempo, seus olhos ficaram frios, duros e enraivecidos.

O Cronista baixou a cabeça.

— Eu pensei que...

— Você *pensou* — disse Kote em tom zombeteiro, abandonando qualquer simulacro de sorriso. — Duvido muito. Caso contrário, poderia ter *pensado* — frisou a palavra — no perigo a que está me expondo ao vir aqui.

O rosto do Cronista enrubesceu.

— Ouvi dizer que Kvothe era destemido — retrucou, em tom acalorado.

O hospedeiro deu de ombros.

— Só os clérigos e os tolos são destemidos, e nunca mantive grandes relações com Deus.

O Cronista franziu o cenho, cônscio de estar sendo ridicularizado.

— Escute — prosseguiu ele calmamente —, tomei um cuidado extraordinário. Ninguém, a não ser o Skarpi, soube de minha vinda. Não falei de você a ninguém. Na verdade, não esperava encontrá-lo.

— Imagine o meu alívio — rebateu Kote, sarcástico.

Obviamente desanimado, o Cronista voltou a falar:

— Sou o primeiro a admitir que talvez minha vinda aqui tenha sido um erro. — Fez uma pausa, dando a Kote a oportunidade de contradizê-lo. Ele não o fez. O Cronista deu um pequeno suspiro tenso e prosseguiu: — Mas o que está feito está feito. Você não quer ao menos considerar...

Kote abanou a cabeça.

— Isso foi há muito tempo...

— Não faz nem dois anos — protestou o escriba.

— ...e não sou quem eu era — continuou Kote, sem nenhuma pausa.

— E o que era exatamente?

— Kvothe — ele respondeu com simplicidade, recusando-se a ser levado a dar outras explicações. — Agora sou Kote. Cuido da minha hospedaria. Isso significa que a cerveja custa três gusas e um quarto particular é pago em cobre. — Recomeçou a polir o bar com uma intensidade furiosa. — Como você disse, "o que está feito está feito". As histórias se arranjarão sozinhas.

— Mas...

Kote olhou para cima e, pela segunda vez, o Cronista enxergou algo por trás da raiva que reluzia na superfície daqueles olhos. Por um instante, viu a dor por baixo dela, penetrante e sangrenta, como um ferimento fundo demais para ser tratado. Depois Kote desviou o olhar e restou apenas a raiva.

— O que é que você poderia me oferecer que fizesse valer a pena recordar?

— Todos acham que você morreu.

— Você não entende, não é? — disse Kote, abanando a cabeça, preso entre a diversão e a exasperação. — A ideia é justamente essa. As pessoas não nos procuram quando estamos mortos. Os velhos inimigos não tentam acertar contas. Não aparece gente para pedir histórias — concluiu, mordaz.

O Cronista se recusou a recuar.

— Outras pessoas dizem que você é um mito.

— Eu sou um mito — confirmou Kote, descontraído, com um gesto extravagante. — Um tipo de mito muito especial, que cria a si mesmo. As melhores mentiras a meu respeito são as que *eu* contei.

— Dizem que você nunca existiu — corrigiu o Cronista gentilmente.

Kote deu de ombros, desinteressado, e seu sorriso esmaeceu um tantinho quase imperceptível.

Intuindo um ponto fraco, o Cronista prosseguiu:

— Algumas histórias o retratam como pouco mais do que um assassino que tem as mãos tintas de sangue.

— Também sou isso — disse Kote, virando-se para polir o balcão atrás do bar. Tornou a dar de ombros, não com a mesma desenvoltura de antes. — Já matei homens e coisas que eram mais do que homens. Todos o mereceram.

O Cronista abanou a cabeça devagar.

— As histórias dizem "assassino", não "herói". *Kvothe, o Arcano* e *Kvothe, o Matador do Rei* são dois homens muito diferentes.

O hospedeiro parou de polir o bar e deu as costas para o salão. Balançou a cabeça uma vez, sem olhar para cima.

— Há até quem diga que existe um novo Chandriano. Um novo terror na noite. Ele tem o cabelo vermelho como o sangue que derrama.

— As pessoas que importam sabem a diferença — disse Kote, como quem tentasse convencer a si mesmo, mas sua voz soou cansada e desesperançada, sem convicção.

O Cronista deu um risinho.

– Com certeza. Por enquanto. Mas você, justamente você, deve se dar conta de como é tênue a distinção entre a verdade e uma mentira convincente. Entre a História e uma historinha para divertir. – O Cronista deixou correr um minuto para que suas palavras fossem absorvidas. – Com o tempo, você sabe qual delas sairá vencedora.

Kote continuou virado para a parede dos fundos, com as mãos espalmadas no balcão. Tinha a cabeça levemente recurvada, como se um grande peso houvesse se abatido sobre ele. Não disse uma palavra.

O Cronista deu um passo ansioso à frente, intuindo a vitória.

– Algumas pessoas dizem que houve uma mulher...

– E o que é que elas sabem? – interrompeu Kote, com a voz cortante como uma serra atravessando um osso. – O que sabem do que aconteceu? – repetiu, falando tão baixo que o Cronista teve de prender a respiração para ouvir.

– Dizem que ela...

Suas palavras ficaram presas na garganta, subitamente seca, enquanto um silêncio anormal desceu sobre o salão. Kote permaneceu de costas para o cômodo, com o corpo imóvel e um silêncio terrível preso entre os dentes. Sua mão direita, enrolada no pano branco e limpo, fechou-se lentamente.

A 20 centímetros dela, uma garrafa se espatifou. O cheiro de morango encheu o ar junto com o som do vidro estilhaçado. Um ruído ínfimo dentro de uma calmaria enorme, mas foi o bastante: o bastante para quebrar o silêncio em lascas miúdas e afiadas. O Cronista sentiu um calafrio ao perceber subitamente o jogo perigoso que estava fazendo. *Então essa é a diferença entre contar uma história e estar dentro dela*, pensou, entorpecido: *o medo*.

Kote se virou.

– O que é que algum deles pode saber sobre ela? – perguntou em voz baixa.

A respiração do Cronista parou quando ele viu o rosto de Kote. A expressão plácida do hospedeiro parecia uma máscara estilhaçada. Por baixo, era atormentada, com os olhos meio voltados para este mundo, meio para outro lugar, recordando.

O Cronista se viu pensando numa história que tinha ouvido. Uma dentre muitas. A história de como Kvothe saíra em busca do desejo de seu coração. Precisara enganar um demônio para alcançá-lo. Mas, depois de tê-lo nas mãos, fora obrigado a lutar com um anjo para conservá-lo. *Eu acredito*, descobriu-se pensando o escriba. *Antes era só uma história, mas agora acredito nela. Esse é o rosto de um homem que matou um anjo.*

– O que pode algum deles saber sobre mim? – indagou Kote, com uma raiva surda na voz. – O que podem saber sobre isso? – E fez um gesto curto, furioso, que pareceu abarcar tudo: a garrafa quebrada, o bar, o mundo.

O Cronista engoliu em seco.

– Só o que lhes foi contado.

Tac, tac-tac. A bebida da garrafa quebrada começou a tamborilar no chão, num ritmo irregular.

– Ahhhh! – exclamou Kote, soltando um longo suspiro. *Tac-tac, tac-tac, tac.* – Esperto. Você quer usar o meu melhor truque contra mim. Quer tomar minha história como refém.

– Eu contaria a verdade.

– Nada senão a verdade poderia me abater. O que pode ser mais difícil do que a verdade?

Um sorriso doentio e zombeteiro cruzou seu rosto por um instante. Durante um longo minuto, apenas o tamborilar suave das gotas pingando no chão manteve o silêncio afastado.

Por fim, Kote atravessou a porta atrás do bar. O Cronista ficou parado no salão deserto, sem jeito, sem saber ao certo se fora dispensado.

Minutos depois Kote voltou com um balde de água e sabão. Sem olhar na direção do contador de histórias, começou a limpar suas garrafas delicadamente, com gestos metódicos. Uma por uma, limpou-as do licor de morango que lhes sujara a base e as colocou no balcão, entre ele e o Cronista, como se elas pudessem defendê-lo.

– Quer dizer que você saiu em busca de um mito e encontrou um homem – disse-lhe, sem nenhuma inflexão na voz e sem erguer os olhos. – Você ouviu as histórias e agora quer a verdade.

Radiante de alívio, o Cronista depositou a sacola numa das mesas, surpreso com o leve tremor em suas mãos.

– Tivemos notícias suas algum tempo atrás. Apenas a insinuação de um boato. Eu realmente não esperava... – Fez uma pausa, subitamente constrangido. – Pensei que você fosse mais velho.

– Eu sou – disse Kote. O Cronista pareceu intrigado, mas, antes que pudesse dizer alguma coisa, o hospedeiro prosseguiu: – O que o traz a este cantinho imprestável do mundo?

– Um encontro com o conde de Baedn-Bryt – informou o Cronista, empertigando-se um pouco. – Daqui a três dias, em Treya.

O hospedeiro interrompeu a meio o polimento.

– Você espera chegar ao solar do conde em três dias? – perguntou baixinho.

– Estou atrasado – admitiu o Cronista. – Minha égua foi roubada perto do Vau do Abade – explicou. Deu uma olhada pela janela para o céu escurecido. – Mas estou disposto a perder um pouco de sono. Partirei de manhã e o deixarei em paz.

– Bem, eu não gostaria de lhe custar seu sono – disse Kote com sarcasmo, o olhar novamente endurecido. – Posso contar-lhe a coisa toda de um só fôlego – afirmou. Pigarreou e concluiu: – "Fiz parte de uma trupe, viajei, amei, perdi, confiei e fui traído." Escreva isso e queime, pelo grande bem que lhe fará.

– Não precisa levar as coisas dessa maneira – apressou-se a dizer o Cronista. – Podemos usar a noite inteira, se você quiser. E mais algumas horas de manhã.

– Quanta gentileza! – rebateu Kote. – Você quer que eu lhe conte minha história numa *noite*? Sem tempo para me recompor? Sem tempo para me preparar? Não – disse, cerrando a boca numa linha fina. – Vá passear com o seu conde. Não quero ter nada a ver com isso.

O Cronista se apressou a falar:

– Se você tem certeza de que vai precisar...

– Sim – fez Kote, pondo uma garrafa no balcão com força. – É certo que precisarei de mais tempo do que isso. E você não conseguirá nada esta noite. Uma verdadeira história leva tempo para ser preparada.

O Cronista franziu o cenho, nervoso, e passou as mãos pelo cabelo.

– Eu poderia passar o dia de amanhã colhendo a sua história... – Interrompeu-se ao ver Kote abanando a cabeça. Depois de uma pausa, começou de novo, quase falando sozinho. – Se eu pegar um cavalo em Baedn, posso lhe dar todo o dia de amanhã, a maior parte da noite e um pedaço do dia seguinte. – Esfregou a testa e continuou: – Detesto viajar à noite, mas...

– Precisarei de três dias – disse Kote. – Tenho certeza.

O Cronista empalideceu.

– Mas... o conde...

Kote deu um aceno indiferente com a mão.

– Ninguém precisa de três dias – objetou o escriba em tom firme. – Entrevistei Oren Velciter. *Oren Velciter*, veja bem. Ele tem 80 anos e levou uma vida que vale uns 200. Quinhentos, se você contar as mentiras. Ele *me* procurou – sublinhou o Cronista, com ênfase especial – e só levou dois dias.

– Esta é a minha oferta – retrucou o hospedeiro, simplesmente. – Ou farei isto direito, ou não o farei.

– Espere! – exclamou o Cronista, animando-se de repente. – Estou pensando nisso tudo de trás para a frente – disse, abanando a cabeça ante sua própria tolice. – Simplesmente visitarei o conde e voltarei. Aí você poderá levar o tempo que quiser. Posso até trazer o Skarpi comigo.

Kote lhe lançou um olhar de profundo desdém.

– O que lhe dá a mais ínfima impressão de que eu estarei aqui na sua volta? – perguntou, incrédulo. – Aliás, o que o leva a crer que tem a liberdade de simplesmente sair daqui, sabendo o que sabe?

O Cronista ficou imóvel.

– Você está... – engoliu em seco e recomeçou. – Está me dizendo que...

– A história levará três dias – interrompeu Kote. – A partir de amanhã. É *isto* que estou dizendo.

O Cronista fechou os olhos e passou a mão no rosto. O conde ficaria furioso, é claro. Não havia como saber o que seria necessário para tornar a cair em suas graças. No entanto...

– Se essa é a única maneira de eu conseguir a história, aceito.

– Alegra-me saber – disse o hospedeiro, relaxando com um meio sorriso. – Ora, vamos, será que três dias é mesmo algo tão fora do comum?

A expressão séria do Cronista retornou.

– Três dias é muito fora do comum. Mas, por outro lado... – e parte de sua presunção pareceu escoar-se. – Por outro lado – repetiu com um gesto, como que para mostrar como eram inúteis as palavras –, você é o Kvothe.

O homem que se dizia Kote levantou os olhos das garrafas. Um sorriso largo pairou sobre seus lábios. Uma centelha se acendeu no fundo de seus olhos. Ele pareceu mais alto.

– É, acho que sou – disse, e havia ferro em sua voz.

CAPÍTULO 7

Sobre primórdios e os nomes das coisas

A LUZ DO SOL DERRAMOU-SE na Pousada Marco do Percurso. Era uma luz fria e nova, adequada aos começos. Roçou no moleiro que acionava sua roda-d'água para a jornada de trabalho. Iluminou a forja que o ferreiro reatiçava após quatro dias malhando a frio no metal. Tocou nos cavalos de tração presos a carroças e nas lâminas das foices reluzentes, afiadas e prontas no início de um dia de outono.

Dentro da hospedaria a luz incidiu sobre o rosto do Cronista e tocou em algo que começava: uma página em branco à espera das primeiras palavras de uma história. A luz fluiu pelo bar, espalhando milhares de minúsculos princípios de arco-íris sobre as garrafas coloridas, e escalou a parede em direção à espada, como à procura de um último começo.

No entanto, quando ela pousou na espada, não havia começo algum a ser visto. Na verdade, a luz refletida pela arma era opaca, polida e muito antiga. Ao contemplá-la, o Cronista se lembrou de que, embora fosse o início de um dia, era também final de outono e já principiava a esfriar. A espada reluziu com a percepção de que a aurora era um pequeno começo, comparado ao término de uma estação: ao término de um ano.

O Cronista desviou os olhos da espada, ciente de que Kvothe dissera alguma coisa, mas sem saber o quê.

— Desculpe-me, o que disse?

— Como é que as pessoas costumam começar a narrar suas histórias?

O Cronista encolheu os ombros.

— A maioria simplesmente conta o que lembra. Depois eu registro os acontecimentos na ordem apropriada, retiro as partes desnecessárias, esclareço, simplifico, esse tipo de coisa.

Kvothe franziu a testa.

— Acho que isso não vai funcionar.

O Cronista deu um sorriso tímido.

— Os contadores de histórias são sempre diferentes. Preferem que não mexam em suas histórias. Mas também preferem uma plateia atenta. Em geral, eu escuto e anoto depois. Tenho a memória quase perfeita.

— *Quase perfeita* não me serve — disse Kvothe, encostando um dedo nos lábios. — Com que velocidade você consegue escrever?

O Cronista deu um sorriso sagaz.

— Mais rápido do que um homem é capaz de falar.

Kvothe ergueu uma sobrancelha.

— Isso eu gostaria de ver.

O Cronista abriu a sacola, tirou uma pilha de papel branco e fino e um tinteiro. Depois de arrumá-los com cuidado, molhou a ponta da pena e olhou para Kvothe, esperando.

Kvothe se inclinou para a frente na cadeira e falou depressa:

— Eu sou. Nós somos. Ela é. Ele foi. Eles serão. — A pena do Cronista dançou e arranhou a página enquanto Kvothe observava. — Eu, o Cronista, confesso, por meio deste documento, que não sei ler nem escrever. Supino. Irreverente. Gralha-de-nuca-cinzenta. Quartzo. Laca. Ovoleante. *Lhin ta Lu soren hea.* "Havia uma jovem viúva de Faeton cuja moral era sólida como uma rocha. Ela ia à confissão, pois sua verdadeira obsessão..." — Interrompeu-se, chegando mais para a frente, para ver o Cronista escrever. — Interessante... ah, pode parar.

O Cronista tornou a sorrir e enxugou a pena num pedaço de pano. A página à sua frente continha uma única linha de símbolos incompreensíveis.

— Será uma espécie de código? — intrigou-se Kvothe, em voz alta. — E escrito com muito capricho, além disso. Aposto que você não estraga muitas páginas. — E virou o papel para examinar o texto com mais atenção.

— Nunca estrago página alguma — disse o Cronista, com ar altivo.

Kvothe acenou com a cabeça, sem levantar os olhos.

— O que significa "ovoleante"? — perguntou o Cronista.

— Hmmm? Ah, nada. Eu inventei isso. Queria ver se uma palavra desconhecida o faria ir mais devagar — disse. Em seguida, espreguiçou-se e puxou a cadeira para mais perto do escriba. — Assim que você me mostrar como ler isso, podemos começar.

O Cronista fez um ar de dúvida.

— É muito complexo... — Mas suspirou ao ver Kvothe franzir o cenho. — Vou tentar.

Respirou fundo e começou a escrever uma linha de sílabas enquanto falava.

— Há cerca de 50 sons diferentes que usamos para falar. Criei um símbolo para cada um, composto de um ou dois traços da pena. É tudo som. Pode-se dizer que eu seria capaz de transcrever uma língua sem sequer compreendê-la. — E apontou: — Estes são diferentes sons vocálicos.

– Todos em linhas verticais – disse Kvothe, olhando atentamente para a página.

O Cronista fez uma pausa, por ter sua atenção desviada.

– Bem... sim.

– Então as consoantes seriam horizontais? E se combinariam assim?

Kvothe segurou a pena e fez ele mesmo algumas marcas na página, comentando:

– Inteligente. Você nunca precisaria de mais de dois ou três por palavra.

O Cronista o observou em silêncio.

Kvothe não notou; sua atenção estava voltada para o papel.

– Se isso é "ar", então esses devem ser sons de *a*. – Fez sinal para um grupo de caracteres escritos pelo Cronista. – *Ah, âi, ae, au*. Esses aqui seriam os *os*.

Kvothe meneou a cabeça para si mesmo e repôs a pena na mão do outro.

– Mostre-me as consoantes.

O Cronista as escreveu com ar aturdido, recitando os sons ao registrá-los. Passado um momento, Kvothe pegou a pena e concluiu a lista, pedindo ao homem perplexo que o corrigisse caso cometesse um erro.

O escriba o observou e escutou completar a lista. Do princípio ao fim, o processo inteiro levara uns 15 minutos. Ele não cometeu nenhum erro.

– Sistema esplendidamente eficiente – comentou Kvothe, admirado. – Muito lógico. Foi você mesmo que o inventou?

O Cronista levou um bom momento para responder, fitando as fileiras de caracteres na página em frente a Kvothe. Por fim, desconsiderando a pergunta, indagou:

– É verdade mesmo que você aprendeu temano em um dia?

Kvothe deu um sorriso vago e baixou os olhos para a mesa.

– Essa é uma história antiga. Eu quase a tinha esquecido. Levei um dia e meio, na verdade. E um dia e meio sem dormir. Por que pergunta?

– Ouvi falar disso na Universidade. Nunca acreditei realmente – disse. Olhou para a página com seu código, escrito na letra caprichada de Kvothe.

– Toda ela?

Kvothe pareceu intrigar-se.

– O quê?

– Você aprendeu a língua toda?

– Não. É claro que não – foi a resposta meio áspera. – Só uma parte. Uma parte grande, é claro, mas creio que nunca se pode aprender tudo de coisa alguma, muito menos uma língua.

Esfregou as mãos e indagou:

– E então, está pronto?

O Cronista abanou a cabeça, como que para desanuviá-la, preparou uma nova folha de papel e fez sinal que sim.

Kvothe ergueu uma das mãos para impedi-lo de escrever.

— Nunca contei esta história e duvido que um dia volte a contá-la — disse. Inclinou-se para a frente na cadeira. — Antes de começarmos, você precisa se lembrar que sou um Edena Ruh. Contávamos histórias antes do incêndio de Caluptena. Antes de haver livros em que se pudesse escrever. Antes de haver música para tocar. Quando a primeira fogueira crepitou, nós, os Ruh, já contávamos histórias no círculo de sua luz bruxuleante.

Kvothe fez um sinal com a cabeça para o escriba.

— Conheço a sua reputação de grande colecionador de histórias e registrador de eventos — declarou. Seus olhos ficaram duros como o aço, cortantes como vidro quebrado. — Dito isto, não tenha a pretensão de alterar uma palavra do que eu disser. Se eu parecer divagar, se parecer me perder, lembre-se de que as histórias verdadeiras raramente seguem em linha reta.

O Cronista fez um aceno solene com a cabeça, tentando imaginar um cérebro capaz de decifrar seu código em menos de uma hora. Um cérebro capaz de aprender uma língua em um dia.

Kvothe deu um sorriso gentil e uma olhadela pelo salão, como que para gravá-lo na memória. O escriba molhou a ponta da pena e o hospedeiro baixou os olhos para suas mãos cruzadas pelo tempo necessário para respirar fundo três vezes.

E começou a falar.

— De certa maneira, tudo começou quando eu a ouvi cantar. A voz dela se entrelaçando, se misturando com a minha. A voz era um retrato de sua alma: rebelde como a chama, cortante como vidro partido, meiga e limpa como um trevo.

Kvothe balançou a cabeça.

— Não. Começou na Universidade. Entrei para estudar a magia do tipo de que se fala nas histórias. Magia como a do Grande Taborlin. Eu queria aprender o nome do vento. Queria o fogo e o relâmpago. Queria respostas para 10 mil perguntas e acesso aos arquivos deles. Mas o que encontrei na Universidade foi muito diferente de uma história e fiquei desencantado. Mas imagino que o verdadeiro começo esteja no que me levou para a Universidade — prosseguiu. — Incêndios inesperados ao entardecer. Um homem de olhos de gelo no fundo de um poço. Cheiro de sangue e cabelo queimado. O Chandriano.

Fez um gesto para si mesmo.

– Sim. Suponho que foi aí que tudo começou. Esta, sob muitos aspectos, é uma história sobre o Chandriano.

Sacudiu a cabeça, como que para se livrar de uma ideia sombria.

– Mas imagino que eu deva recuar ainda mais. Para que isto se pareça com o livro dos meus feitos, posso dedicar-lhe tempo. Valerá a pena se eu for lembrado, mesmo que não de forma lisonjeira, mas pelo menos com uma pequena parcela de exatidão. Entretanto, o que diria meu pai se me ouvisse narrar uma história desse jeito? – indagou. – "Comece do princípio." Muito bem, se vamos ter uma narrativa, tratemos de fazê-la direito.

Kvothe chegou mais para a frente na cadeira.

– No princípio, ao que eu saiba, o mundo foi tecido a partir do vazio inominável por Aleph, que a tudo deu um nome. Ou que, dependendo da versão da história, descobriu os nomes que todas as coisas já possuíam.

O Cronista deixou escapar um risinho, embora não erguesse os olhos da página nem parasse de escrever.

Kvothe continuou, também sorrindo:

– Vejo que você está rindo. Muito bem. Em nome da simplicidade, presumamos que sou o centro da criação. Para isso, deixemos de lado inúmeras histórias maçantes: a ascensão e queda de impérios, as sagas de heroísmo, as baladas de amor trágico. Avancemos depressa para a única história que tem importância real. – Seu sorriso se alargou. – A minha.

———

Meu nome é Kvothe, com pronúncia semelhante à de "Kvouth". Os nomes são importantes, porque dizem muito sobre as pessoas. Já tive mais nomes do que alguém tem o direito de possuir.

Os ademrianos me chamam de Maedre, o que, dependendo de como é falado, pode significar "A Chama", "O Trovão" ou "A Árvore Partida".

"A Chama" é óbvio, se algum dia você já me viu. Tenho o cabelo ruivo, vermelho vivo. Se tivesse nascido há uns 200 anos, é provável que tivessem me queimado na fogueira como demônio. Eu o mantenho curto, mas ele é rebelde. Deixado ao natural, fica espetado e faz com que eu pareça estar pegando fogo.

"O Trovão" é um nome que atribuo à voz forte de barítono e a uma longa formação no palco, em idade precoce.

Nunca pensei em "A Árvore Partida" como muito significativo. Mas, em retrospectiva, suponho que poderia ser considerado ao menos parcialmente profético.

Meu primeiro mentor me chamava de E'lir, porque eu era inteligente e sabia disso. Minha primeira amada de verdade me chamava de Duleitor, porque gostava desse som. Já fui chamado de Umbroso, Dedo-Leve e Seis-Cordas. Fui chamado de Kvothe, o Sem-Sangue; Kvothe, o Arcano; e Kvothe, o Matador do Rei. Mereci esses nomes. Comprei e paguei por eles.

Mas fui criado como Kvothe. Uma vez meu pai me disse que isso significava "saber".

Fui chamado de muitas outras coisas, é claro. Grosseiras, na maioria, embora pouquíssimas não tenham sido merecidas.

Já resgatei princesas de reis adormecidos em sepulcros. Incendiei a cidade de Trebon. Passei a noite com Feluriana e saí com minha sanidade e minha vida. Fui expulso da Universidade com menos idade do que a maioria das pessoas consegue ingressar nela. Caminhei à luz do luar por trilhas de que outros temem falar durante o dia. Conversei com deuses, amei mulheres e escrevi canções que fazem chorar os menestréis.

Vocês devem ter ouvido falar de mim.

CAPÍTULO 8

Ladrões, hereges e prostitutas

PARA QUE ESTA HISTÓRIA SEJA ALGO parecido com o livro de minhas proezas, devemos começar do princípio. Do cerne de quem realmente sou. Para isso, você precisa se lembrar de que, antes de ser qualquer outra coisa, fui um dos Edena Ruh.

Ao contrário da crença popular, nem todos os artistas itinerantes fazem parte dos Ruh. Minha trupe não era um pobre bando mambembe fazendo graça nas encruzilhadas em troca de ninharias, cantando para ganhar uma refeição. Éramos atores da corte, Vassalos de Lorde Greyfallow. Nossa chegada à maioria das cidadezinhas era um evento maior do que se juntássemos o Festival do Solstício de Inverno com os Jogos das Solinadas. Em geral, havia pelo menos oito carroças em nossa trupe e bem mais de duas dúzias de artistas: atores e acrobatas, músicos e mágicos, malabaristas e bufões – minha família.

Meu pai era melhor ator e músico do que qualquer um que você já tenha visto. Minha mãe tinha um talento natural para as palavras. Ambos eram bonitos, de cabelos pretos e riso fácil. Eram Ruh até os ossos, e isso, a rigor, é tudo o que precisa ser dito; exceto, talvez, que mamãe tinha pertencido à nobreza antes de participar da trupe. Ela me contou que papai a seduziu a deixar "um inferno enfadonho e miserável" com melodias doces e palavras mais doces ainda. Só posso presumir que se referisse a Três Encruzilhadas, onde estivemos visitando parentes uma vez, quando eu era muito pequeno.

Meus pais nunca se casaram realmente, com o que pretendo dizer que nunca se deram ao trabalho de oficializar seu relacionamento em nenhuma igreja. Esse fato não me constrange. Eles se consideravam casados e não viam muito sentido em anunciar isso a qualquer governo ou a Deus. Respeito essa postura. Na verdade, eles me pareciam mais felizes e fiéis do que muitos casais oficialmente casados que conheci desde então.

Nosso mecenas era o barão Greyfallow, cujo nome abria muitas portas que, em circunstâncias comuns, estariam fechadas para os Edena Ruh. Em troca, usávamos suas cores, o verde e o cinza, e contribuíamos para sua reputação aonde quer que fôssemos. Uma vez por ano passávamos duas onzenas em sua herdade, oferecendo entretenimento a ele e sua família.

Foi uma infância feliz, crescendo no meio de um interminável parque de diversões. Papai lia os grandes monólogos para mim nas longas viagens de carroça entre as cidades. Recitando-os quase sempre de memória, a voz dele se estendia por uns 400 metros de estrada. Lembro-me de acompanhá-lo na leitura, entrando nos papéis secundários. Ele me incentivava a tentar as partes especialmente boas, e aprendi a amar a sensação das palavras corretas.

Mamãe e eu compúnhamos canções juntos. Noutras ocasiões, meus pais encenavam diálogos românticos, enquanto eu os acompanhava nos livros. Na época, eles me pareciam brincadeiras. Mal sabia eu com que sagacidade estava sendo ensinado.

Fui uma criança curiosa: rápido nas perguntas e ávido de aprender. Tendo por mestres acrobatas e atores, não admira que eu nunca tenha passado a ter pavor das aulas, como a maioria das crianças.

As estradas eram mais seguras naqueles tempos, mas as pessoas cautelosas continuavam a viajar com nossa trupe, por questões de segurança. Elas complementavam minha educação. Adquiri um conhecimento superficial das leis da República com um advogado itinerante, bêbado ou pomposo demais para se dar conta de que estava lecionando para um menino de oito anos. Aprendi a arte de trabalhar a madeira com um caçador chamado Laclith, que viajou conosco durante quase uma temporada inteira. Aprendi sobre o sórdido funcionamento interno da corte imperial de Modeg com... uma cortesã. Como meu pai costumava dizer: "Chame um plebeu de plebeu; diga pão, pão, queijo, queijo; mas sempre chame uma prostituta de senhora. A vida delas já é difícil o bastante, e ser educado nunca fez mal a ninguém."

Hetera tinha um vago aroma de canela e, aos nove anos, eu a achava fascinante, sem saber exatamente por quê. Ela me ensinou a nunca fazer em particular aquilo de que não quisesse ouvir falar em público e me alertou a não falar durante o sono.

Havia ainda Abenthy, meu primeiro verdadeiro professor. Ele me ensinou mais do que todos os outros juntos. Não fosse por ele, eu jamais teria me transformado no homem que sou hoje.

Peço a você que não o censure por isso. Suas intenções foram boas.

―――

— Vocês terão que ir andando – disse o prefeito. – Acampem fora da cidade e ninguém os importunará, desde que não comecem nenhuma briga nem saiam por aí com coisas que não lhes pertençam – instruiu. Ele dirigiu um olhar significativo a meu pai. – Depois tratem de seguir seu caminho amanhã. Nada de espetáculos. Eles mais criam encrencas do que agregam valor.

– Nós temos uma *licença* – objetou meu pai, tirando do bolso interno do paletó um pedaço de pergaminho dobrado. – Temos a incumbência de nos apresentar, na verdade.

O prefeito abanou a cabeça e não fez menção de examinar nossa licença de patrocínio.

– Isso deixa o povo alvoroçado – disse, com firmeza. – Da última vez, houve uma briga terrível durante a peça. Bebida em excesso, empolgação demais. As pessoas arrebentaram as portas da taberna e quebraram as mesas. O salão pertence ao município, entende? A cidade arca com a despesa dos reparos.

A essa altura, nossas carroças já chamavam a atenção. Trip fazia alguns malabarismos. Marion e sua mulher improvisavam um espetáculo de marionetes. Eu observava meu pai da traseira de nossa carroça.

– Certamente não gostaríamos de ofender vocês *nem* o seu patrono – retrucou o prefeito. – Mas a cidade dificilmente poderia arcar com outra noite como aquela. Num gesto de boa vontade, estou disposto a oferecer uma moeda a cada um de vocês, digamos, 20 vinténs de cobre, simplesmente para que sigam seu caminho e não nos criem problemas.

Ora, convém compreender que 20 vinténs de cobre talvez fossem um bom dinheirinho para uma trupezinha ordinária que vivesse ao deus-dará. Mas, para nós, era simplesmente um insulto. Ele deveria ter nos oferecido 40 para nos apresentarmos à noite e mais o uso gratuito da taberna, uma boa refeição e camas na hospedaria. Destas últimas nós declinaríamos gentilmente, já que sem dúvida as camas deles teriam percevejos, o que não acontecia com as de nossas carroças.

Se meu pai ficou surpreso ou ofendido, não demonstrou.

– Preparem-se para a partida! – gritou por cima de um dos ombros.

Trip guardou suas pedras de malabarista em diversos bolsos, sem nem ao menos um floreio. Houve um coro decepcionado de várias dezenas de cidadãos quando as marionetes pararam no meio do espetáculo e foram guardadas. O prefeito pareceu aliviado, pegou sua bolsa e tirou dois vinténs de prata.

– Eu me certificarei de falar de sua generosidade com o barão – disse meu pai, com cuidado, quando o prefeito depositou as moedas em sua mão.

O homem estacou em meio ao movimento.

– Barão?

– Barão Greyfallow – disse meu pai, fazendo uma pausa à procura de algum lampejo de reconhecimento no rosto do prefeito. – Senhor dos Charcos Orientais, de Hudumbran-no-Thiren e das Colinas de Wydeconte – esclareceu. Correu os olhos pelo horizonte. – Ainda *estamos* nas Colinas de Wydeconte, não é?

— Bem, sim — fez o prefeito. — Mas o fidalgo rural Semelan...

— Ah, estamos no feudo de *Semelan!* — exclamou papai, olhando em volta como se tivesse acabado de se situar. — Um cavalheiro magro, com uma barbicha bem cuidada? — E passou os dedos no queixo. O prefeito assentiu com a cabeça, confuso. — Um homem encantador, esplêndida voz para cantar. Eu o conheci quando entretínhamos o barão no último solstício de inverno.

— É claro — fez o prefeito, com uma pausa significativa. — Posso ver sua licença?

Observei-o durante a leitura. Ele demorou um pouco, já que meu pai não se dera ao trabalho de mencionar a maioria dos títulos do barão, como visconde de Montrone e lorde de Trelliston. O resumo era o seguinte: era verdade que o fidalgo Semelan controlava a cidadezinha e todas as terras a seu redor, mas Semelan devia fidelidade diretamente a Greyfallow. Em termos mais concretos: Greyfallow era o comandante do navio; Semelan limpava o convés e lhe batia continência.

O prefeito tornou a dobrar o pergaminho e o devolveu a meu pai.

— Entendo.

E foi só. Lembro-me de ter ficado perplexo por ele não pedir desculpas nem oferecer mais dinheiro a meu pai.

Papai também fez uma pausa, depois continuou.

— A cidade é sua jurisdição, senhor. Mas nós nos apresentaremos de qualquer modo. Será aqui ou nos arredores, logo depois dos limites da cidade.

— Vocês não podem usar a taberna — disse o prefeito em tom firme. — Não admitirei que ela volte a ser destruída.

— Podemos apresentar-nos aqui mesmo — retrucou papai, apontando para a praça do mercado. — Haverá bastante espaço e manterá todos no centro da cidade.

O prefeito hesitou, embora eu mal pudesse acreditar. Às vezes optávamos por fazer nossa apresentação na praça, quando os prédios locais não tinham tamanho suficiente. Duas de nossas carroças eram construídas para se transformar em palcos, exatamente para essa eventualidade. Mas, em todos os meus 11 anos de memória, eu mal podia contar nos dedos as vezes em que fôramos *obrigados* a nos apresentar na praça. Nunca fizemos apresentações fora dos limites da cidade.

Mas isso nos foi poupado. O prefeito finalmente assentiu com a cabeça e fez um gesto para que meu pai se aproximasse. Saí de mansinho da traseira da carroça e me aproximei o bastante para ouvir o final do que ele disse.

— ...pessoas tementes a Deus na cidade. Nada de vulgar nem herege. Tivemos um duplo punhado de problemas com a última trupe que passou por aqui: duas brigas, gente que perdeu a roupa lavada, e uma das filhas do Branston ficou em estado interessante.

Fiquei escandalizado. Esperei que papai mostrasse ao prefeito o lado contundente de sua língua, que lhe explicasse a diferença entre meros artistas itinerantes e os Edena Ruh. Nós não roubávamos. Jamais permitiríamos que as coisas fugissem do controle a ponto de um bando de beberrões destruir o salão em que nos apresentássemos.

Mas meu pai não fez nada disso, apenas assentiu com a cabeça e retornou à nossa carroça. Fez um sinal e Trip recomeçou os malabarismos. As marionetes voltaram a emergir de suas caixas.

Ao contornar a carroça, ele me viu parado junto aos cavalos, meio escondido.

– Suponho que você tenha escutado tudo, a julgar pela expressão do seu rosto – disse, com um sorriso enviesado. – Deixe para lá, meu menino. Ele merece a nota máxima pela franqueza, se não pela cortesia. Apenas diz em voz alta o que outras pessoas guardam nos recônditos do coração. Por que você acha que faço todos andarem aos pares quando exercemos nosso ofício em cidades maiores?

Eu sabia que era verdade. Mas era uma pílula difícil de engolir para um jovem rapaz.

– Vinte vinténs – comentei em tom mordaz. – Como se ele estivesse nos oferecendo uma caridade.

Essa era a parte mais difícil de crescer entre os Edena Ruh. Éramos estrangeiros em toda parte. Muitas pessoas nos viam como vagabundos e mendigos, enquanto outras nos julgavam pouco mais do que ladrões, hereges e prostitutas. É difícil sofrer acusações injustas, mas é pior quando quem nos olha com desdém são grosseirões que nunca leram um livro nem viajaram para mais de 30 quilômetros do lugar em que nasceram.

Meu pai riu e afagou meu cabelo.

– Tenha pena dele, filhote. Amanhã seguiremos nosso caminho, mas ele terá de suportar sua própria companhia desagradável até o dia em que morrer.

– Ele é um falastrão ignorante – retruquei, ressentido.

Papai pôs a mão firme em meu ombro, para deixar claro que eu já falara o bastante.

– É nisso que dá chegar muito perto de Atur, suponho. Amanhã seguiremos para o sul: pastos mais verdes, povo mais generoso, mulheres mais bonitas – disse. Pôs a mão em concha na orelha, em direção à carroça, e me cutucou com o cotovelo.

– Estou ouvindo tudo que vocês dizem – informou mamãe lá de dentro, com sua voz meiga. Papai sorriu para mim e me deu uma piscadela.

– E que peça apresentaremos? – perguntei-lhe. – Nada vulgar, preste atenção. Eles são pessoas tementes a Deus aqui nestas paragens.

Ele me olhou:

– O que você escolheria?

Refleti por um bom momento.

– Eu apresentaria alguma coisa do Ciclo de Brightfield. *Forjando o caminho* ou algo assim.

Papai fez uma careta.

– Não é uma peça muito boa.

Dei de ombros.

– Eles não saberão a diferença. Além disso, ela está abarrotada de Tehlu, de modo que ninguém reclamará de ser vulgar – afirmei. Olhei para o céu. – Só espero que não chova em cima da gente no meio da apresentação.

Meu pai olhou para as nuvens.

– Vai chover. Mesmo assim, há coisas piores do que representar na chuva.

– Como, por exemplo, representar na chuva e ainda perder na barganha? – indaguei.

O prefeito se aproximou de nós a passos rápidos. Havia um brilho fino de suor em sua testa e ele bufava um pouco, como se tivesse corrido.

– Conversei com alguns membros da assembleia e resolvemos que ficaria tudo bem se vocês usassem a taberna, caso queiram.

A linguagem corporal de meu pai foi impecável. Ficou perfeitamente claro que ele estava ofendido, mas era cortês demais para dizer alguma coisa.

– Com certeza, eu não gostaria de submetê-los a...

– Não, não. Não há problema algum. Na verdade, eu insisto.

– Muito bem, se o senhor insiste.

O prefeito sorriu e se afastou às pressas.

– Bem, assim é um pouco melhor – suspirou papai. – Ainda não precisamos apertar o cinto.

———

– Meio-vintém por cabeça. Isso mesmo. Quem não tiver cabeça entra de graça. Obrigado, senhor.

Trip ficou trabalhando na porta, para ter certeza de que todos pagassem para assistir à peça:

– Meio-vintém por cabeça. Mas, pelo brilho rosado nas bochechas da sua senhora, eu deveria cobrar-lhe uma cabeça e meia. Não que seja da minha conta, entenda bem.

Trip tinha a língua mais afiada que qualquer componente da trupe, o que fazia dele a pessoa mais adequada para a tarefa de se certificar de que ninguém tentasse entrar na base da conversa fiada ou da intimidação. Com sua variegada roupa verde e cinza de bobo da corte, ele era capaz de dizer praticamente qualquer coisa e ficar impune.

– Olá, madame, o neném não paga, mas, se ele começar a guinchar, é melhor a senhora lhe dar o seio depressa ou levá-lo para o lado de fora – disse Trip, seguindo adiante com sua tagarelice interminável. – Isso mesmo, meio-vintém. Sim, senhor, cabeça oca ainda paga inteira.

Embora sempre fosse divertido vê-lo trabalhar, quase toda a minha atenção estava voltada para uma carroça que havia entrado pelo outro extremo da cidade fazia cerca de um quarto de hora. O prefeito discutira com o velho que a conduzia e se afastara abruptamente. Nesse momento eu o vi voltar para a carroça, acompanhado por um sujeito alto que carregava um porrete comprido e só podia ser o condestável, a menos que eu me enganasse.

Fui vencido pela curiosidade e me aproximei, fazendo o melhor possível para não ser visto. O prefeito e o velho estavam novamente discutindo quando cheguei perto o bastante para ouvi-los. O condestável se postara nas imediações, com ar irritado e ansioso.

– ...lhe disse. Não tenho licença. Não *preciso* de licença. Vendedor ambulante precisa de licença? Latoeiro precisa de licença?

– O senhor não é latoeiro – disse o prefeito. – Não tente se fazer passar por um deles.

– Não estou tentando me fazer passar por coisa alguma – rebateu o velho. – Sou latoeiro e vendedor ambulante, e sou mais do que ambos. Sou *arcanista*, seu grandessíssimo idiota trapalhão.

– É exatamente o que eu quero dizer – insistiu o prefeito, obstinado. – Somos tementes a Deus aqui nestas paragens. Não queremos nos meter com coisas obscuras, que melhor seria deixar em paz. Não queremos as complicações que podem ser trazidas por gente como o senhor.

– Gente como eu? – retrucou o velho. – O que sabe o senhor sobre gente como eu? É provável que nenhum arcanista tenha passado por aqui nos últimos 50 anos.

– É assim que nós gostamos. Trate de dar meia-volta e regressar para o lugar de onde veio.

– Raios me partam se vou passar a noite na chuva por causa da sua cabeça dura! – exclamou o velho, exasperado. – Não preciso da sua permissão para alugar um quarto nem para fazer negócios na rua. Agora afaste-se de mim, senão eu lhe mostro em primeira mão o tipo de encrenca que *gente como eu* é capaz de criar.

O medo cruzou o rosto do prefeito, mas logo ele foi tomado pela indignação. Em seguida fez um gesto para o condestável.

– Nesse caso, vai passar a noite na cadeia, por vadiagem e conduta ameaçadora. Nós o deixaremos seguir seu caminho de manhã, se o senhor tiver aprendido a manter uma língua civilizada nessa sua cabeça.

O condestável avançou para a carroça, segurando cautelosamente o porrete junto ao corpo.

O velho se manteve firme e ergueu uma das mãos. Uma luz vermelho-escura surgiu nos quatro cantos de sua carroça.

– Já chega – disse, em tom sinistro. – Caso contrário, as coisas podem piorar.

Passado um momento de surpresa, percebi que a luz estranha vinha de um par de lamparinas de simpatia que o velho montara em sua carroça. Eu só tinha visto uma até então, na biblioteca de lorde Greyfallow. Elas eram mais luminosas do que os lampiões a gás, mais estáveis do que as velas ou os candeeiros e duravam quase para sempre. Eram também tremendamente caras. Eu seria capaz de apostar que naquela cidadezinha ninguém jamais ouvira falar delas, muito menos as vira.

O condestável estancou de repente quando a luz começou a se intensificar. No entanto, como não pareceu acontecer mais nada, levantou o queixo e continuou andando para a carroça.

O velho assumiu uma expressão aflita:

– Ora, espere um instante – disse quando a luz vermelha da carroça começou a esmaecer. – Não queremos...

– Feche a matraca, seu velho desaforado – ordenou o condestável. Fez um gesto rápido para segurar o braço do arcanista, como quem enfiasse a mão num forno. Ao ver que nada acontecia, sorriu e ficou mais confiante. – Não pense que eu não lhe acerto uma boa, para não deixá-lo fazer outras das suas bruxarias.

– Isso mesmo, Tom – disse o prefeito, radiante de alívio. – Traga-o com você e vamos mandar alguém buscar a carroça.

O condestável sorriu e torceu o braço do velho. O arcanista dobrou o corpo na cintura e soltou um arquejo curto de dor.

De onde eu me escondia, vi seu rosto passar de aflito a sofrido e a raivoso, tudo num segundo. Vi sua boca se mexer.

Uma rajada furiosa de vento surgiu do nada, como se de repente houvesse eclodido uma tempestade sem aviso prévio. O vento bateu na carroça do velho, que se inclinou de lado sobre duas rodas, antes de tornar a se assentar sobre as quatro com um baque. O condestável cambaleou e caiu, como que atingido pela mão de Deus. Mesmo onde eu estava escondido, a quase 10 metros de distância, o vento era tão forte que fui obrigado a dar um passo à frente, como se tivesse levado um forte empurrão por trás.

– Vão-se embora! – gritou o velho, enraivecido. – Não me incomodem mais! Porei fogo em seu sangue e os encherei de um pavor igual ao gelo e ao ferro!

Havia alguma coisa familiar em suas palavras, mas não consegui identificar exatamente o quê. O prefeito e o condestável deram meia-volta e saíram correndo, de olhos revirados e em desvario, feito cavalos assustados.

O vento amainou com a mesma rapidez com que surgira. Toda aquela rajada súbita não podia ter durado mais de cinco segundos. Como a maior parte da população da cidade estava reunida nas imediações da taberna, duvidei que alguém a tivesse sentido, a não ser eu, o prefeito, o condestável e os burricos do velho, que continuavam placidamente atrelados, inteiramente imperturbáveis.

– Livrem este lugar de sua repugnante presença – resmungou o arcanista consigo mesmo, ao vê-los se afastarem. – Pelo poder do meu nome, ordeno que assim seja.

Finalmente percebi por que suas palavras me soavam tão familiares. Ele estava citando trechos da cena de exorcismo de *Daeonica*. Não havia muita gente que conhecesse essa peça.

O velho virou para sua carroça e começou a improvisar:

– Vou transformá-los em manteiga num dia de verão. Eu os transformarei num poeta com alma de sacerdote. Vou enchê-los de creme de limão e atirá-los de uma janela – cuspiu. – Canalhas.

Sua irritação pareceu deixá-lo e ele soltou um suspiro longo e cansado.

– Bem, não poderia ter sido muito pior – resmungou, friccionando o ombro do braço que o condestável havia torcido. – Vocês acham que eles vão voltar seguidos por uma turba?

Por um instante pensei que estivesse falando comigo. Em seguida, percebi a verdade. Ele falava com seus burregos.

– Também acho que não – disse-lhes. – Mas já me enganei antes. Vamos ficar perto dos limites da cidade e dar uma olhada no que sobrou da aveia, sim?

Trepou com esforço na traseira da carroça e desceu com um balde grande e um saco de estopa quase vazio. Virou o saco no balde e pareceu desanimado com o resultado. Tirou um punhado para si, antes de empurrar o balde com o pé para os burros.

– Não olhem para mim desse jeito – disse. – A ração anda escassa por toda parte. Além disso, vocês podem pastar.

Afagou um dos burros enquanto comia seu punhado de aveia crua, parando de quando em quando para cuspir uma casca.

Pareceu-me muito triste ver aquele ancião inteiramente só na estrada, sem ninguém com quem falar além de seus animais. A vida era difícil para nós, os Edena Ruh, mas pelo menos tínhamos uns aos outros. Aquele homem não tinha ninguém.

– Afastamo-nos demais da civilização, meninos. Os que precisam de mim não me devotam confiança, e os que confiam em mim não podem me pagar – disse o velho, espiando sua bolsinha de moedas. – Temos um vintém e meio, de modo que nossas opções são limitadas. Preferimos ficar molhados hoje ou famintos amanhã? Não faremos nenhum negócio, de modo que é provável que seja uma coisa ou a outra.

Contornei pé ante pé a parede do prédio até conseguir ler o que estava escrito na lateral de sua carroça. Dizia:

> ABENTHY: ARCANISTA EXTRAORDINÁRIO.
> Escriba. Rabdomante. Farmacêutico. Dentista.
> Produtos raros encontrados. Sofredores de malestias curados.
> Objetos perdidos, achados. Objetos quebrados, consertados.
> Nada de horóscopos. Nada de poções amorosas. Nada de malefícios.

Abenthy notou minha presença assim que saí de onde me escondera atrás do prédio.

– Olá. Posso ajudá-lo em alguma coisa?

– Você escreveu "moléstias" errado – assinalei.

Ele fez um ar surpreso, mas explicou:

– É uma brincadeira, na verdade. Fermento umas bebidinhas.

– Ah. Cerveja *ale*. Entendi – disse eu, balançando a cabeça. Tirei a mão do bolso. – Pode me vender alguma coisa por um vintém?

Ele pareceu hesitar entre achar divertido e ficar curioso.

– O que você está procurando?

– Eu gostaria de uma porção de lacillium – respondi. Fizéramos umas 12 apresentações de *Farien, o Magnífico* no mês anterior e a peça enchera minha cabeça juvenil de intrigas e assassinatos.

– Você está esperando que alguém o envenene? – indagou ele, meio assustado.

– Na verdade, não. Mas acho que, se a pessoa esperar até saber que precisa de um antídoto, provavelmente será tarde demais para arranjar algum.

– Creio que eu poderia vender-lhe uma porção correspondente a um vintém – disse ele. – Seria mais ou menos uma dose para uma pessoa do seu tamanho. Mas é um produto perigoso, a seu modo. Só cura alguns venenos. Pode fazer mal se tomá-lo na hora errada.

– Ah, eu não sabia – comentei. Na peça, o lacillium era alardeado como uma panaceia infalível.

Abenthy deu um tapinha nos lábios, pensativo.

– Enquanto isso, pode me responder uma pergunta? – indagou, e fiz que sim. – De quem é aquela trupe?

– De certo modo, é minha. Mas de outro, é do meu pai, porque ele dirige o espetáculo e indica que rumo as carroças devem tomar. Mas também é do barão Greyfallow, porque ele é o nosso mecenas. Somos Vassalos de Lorde Greyfallow.

O velho me olhou de forma divertida.

– Ouvi falar de vocês. Boa trupe. Boa reputação.

Fiz que sim com a cabeça, não vendo nenhum sentido na falsa modéstia.

– Acha que seu pai poderia interessar-se por um ajudante? Eu não diria que sou grande coisa como ator, mas é útil ter alguém como eu por perto. Eu poderia fazer corantes faciais e ruge para vocês, sem uma porção de chumbo, mercúrio e arsênico. Também sei fazer fontes de luz rápidas, limpas e brilhantes. De cores diferentes, se vocês quiserem.

Não precisei pensar muito; as velas eram caras e vulneráveis às correntes de ar, as tochas eram sujas e perigosas. E todos os componentes da trupe conheciam os perigos dos cosméticos desde cedo. Era difícil tornar-se um artista velho e tarimbado quando o sujeito se pintava com veneno a cada três dias e acabava doido varrido ao chegar aos 25 anos.

– Pode ser que eu esteja me excedendo um pouco – afirmei, estendendo-lhe a mão para que ele a apertasse –, mas permita-me ser o primeiro a dar as boas-vindas à trupe.

———

Para que este seja um relato completo e franco da minha vida e dos meus feitos, sinto-me no dever de mencionar que minhas razões para convidar Ben a ingressar em nossa trupe não foram inteiramente altruístas. É verdade que os cosméticos de boa qualidade e a iluminação limpa eram um acréscimo bem-vindo em nosso grupo. Também é verdade que fiquei com pena de ver o ancião sozinho na estrada.

Por trás disso tudo, no entanto, fui movido por minha curiosidade. Vira Abenthy fazer algo que eu não sabia explicar, algo estranho e maravilhoso. Não tinha sido seu truque com as lamparinas de simpatia – aquilo eu reconhecera pelo que era: um toque hábil de dramaticidade, um blefe para impressionar o populacho ignorante.

O que ele fizera depois tinha sido diferente. Ele havia chamado o vento, e o vento viera. Magia de verdade. O tipo de magia do qual eu ouvira falar nas histórias do Grande Taborlin. O tipo de magia em que eu não acreditava desde meus seis anos de idade. Agora não sabia no que acreditar.

Assim, convidei-o para nossa trupe, na esperança de descobrir respostas para minhas perguntas. Embora não o soubesse na época, eu estava buscando o nome do vento.

CAPÍTULO 9

Andando de carroça com Ben

ABENTHY FOI O PRIMEIRO ARCANISTA que conheci, uma figura estranha e empolgante para um rapazinho. Ele era versado em todas as ciências: botânica, astronomia, psicologia, anatomia, alquimia, geologia, química...

Era corpulento, de olhos cintilantes que se deslocavam depressa de uma coisa para outra. Tinha uma cabeleira cinza-escura que lhe caía pela parte posterior da cabeça, mas (e é disso que mais me lembro nele) não tinha sobrancelhas. Ou melhor, tinha, no entanto elas viviam em perpétuo estado de recomeçar a crescer, de tanto serem queimadas no curso de suas pesquisas alquímicas. Isso lhe dava uma expressão ao mesmo tempo surpresa e inquisitiva.

Ele falava em tom suave, ria muito e nunca exercitava sua sabedoria à custa dos outros. Praguejava feito um marinheiro bêbado de perna quebrada, mas só contra seus burros, que se chamavam Alfa e Beta. Abenthy lhes dava cenouras e torrões de açúcar quando achava que não havia ninguém olhando. A química era sua grande paixão e meu pai disse nunca ter conhecido um homem que soubesse cuidar melhor de um alambique.

Em seu segundo dia na trupe, eu já estava transformando em hábito andar em sua carroça. Fazia perguntas e Abenthy respondia. Depois ele me pedia canções e eu as dedilhava num alaúde que pegara emprestado na carroça de meu pai.

Vez por outra, chegava até a cantar. Tinha uma voz límpida e descuidada de tenor, que vivia saindo do tom procurando notas nos lugares errados. Não raro ele parava e ria de si mesmo quando isso acontecia. Era um bom homem e não carregava em si a menor presunção.

Não muito depois de Abenthy juntar-se a nossa trupe, perguntei-lhe como era ser arcanista. Ele me fitou, pensativo:

— Você já conheceu algum arcanista?

— Uma vez pagamos a um deles na estrada para consertar um eixo rachado — respondi. Parei para pensar e completei: — Ele estava indo para o interior, numa caravana de pescado.

Abenthy fez um gesto desdenhoso.

– Não, não, menino. Estou falando de *arcanistas*. Não de um pobre mago que atrai o frio e trabalha para lá e para cá nas rotas das caravanas tentando impedir que a carne fresca apodreça.

– Qual é a diferença? – perguntei, intuindo que ele esperava isso de mim.

– Bem, talvez isso precise de um pouco de explicação...

– O que eu mais tenho é tempo.

Abenthy me olhou com ar avaliador. Era um olhar que dizia: "A sua fala não é tão jovem quanto a sua aparência." Torci para que ele não se prolongasse nessa questão. É cansativo as pessoas se dirigirem a nós como se fôssemos crianças, mesmo quando por acaso o somos.

Ele respirou fundo.

– O simples fato de alguém conhecer um ou dois truques não significa que seja um arcanista. Ele pode saber reduzir uma luxação ou ler víntico antigo. Talvez até conheça algumas simpatias. Mas...

– Simpatias? – interrompi, com toda a educação possível.

– Provavelmente você chamaria isso de mágica – respondeu Abenthy, com relutância. – Mas não é, na verdade. – E encolheu os ombros. – No entanto, mesmo saber praticar a simpatia não faz do sujeito um arcanista. O verdadeiro arcanista é aquele que fez seu curso no Arcanum, na Universidade.

À menção do Arcanum, senti-me ouriçar com umas duas dúzias de novas perguntas. Nem tantas, talvez pense você, mas, somando-as à outra meia centena que eu carregava comigo por toda parte, por pouco não estourei. Só com uma enorme força de vontade permaneci calado, esperando Abenthy prosseguir sozinho.

Mas ele notou minha reação.

– Quer dizer que você ouviu falar no Arcanum, não é? – indagou, com um ar que me pareceu divertido. – Pois então conte-me o que escutou.

Esse pequeno incentivo era a desculpa de que eu precisava.

– Ouvi um garoto no Vale da Têmpera dizer que, se o braço de uma pessoa for arrancado, eles sabem costurá-lo de volta na Universidade. Sabem mesmo? Algumas histórias dizem que o Grande Taborlin foi para lá com o objetivo de aprender os nomes de todas as coisas. Há uma biblioteca com mil livros. São tantos assim, de verdade?

Ele respondeu à última pergunta, porque as outras tinham passado depressa demais para que as respondesse.

– São mais de mil. A rigor, 10 vezes 10 mil. Mais do que isso. Mais livros do que você jamais conseguiria ler. – A voz de Abenthy ficou vagamente saudosa.

Mais livros do que eu poderia ler? Por algum motivo, eu duvidava disso.

Ben continuou:

— As pessoas que você vê viajando com as caravanas, esses feiticeiros que impedem a comida de estragar, rabdomantes, adivinhos, charlatães, eles são tão pouco arcanistas quanto todos os artistas itinerantes são Edena Ruh. Podem conhecer um pouco de alquimia, de simpatia, de medicina. Mas não são *arcanistas* — completou, abanando a cabeça. — Muitos fingem ser. Usam mantos e se dão ares de grandeza para se aproveitar dos ignorantes e dos crédulos. Mas há um modo de você reconhecer um verdadeiro arcanista.

Abenthy tirou uma corrente fina pela cabeça e me entregou. Foi a primeira vez que vi um guildre do Arcanum. Não parecia muito impressionante: apenas um pedaço achatado de chumbo em que estava gravada uma inscrição desconhecida.

— Esse é um *gilthe* de verdade. Ou guildre, se você preferir — explicou Abenthy com certa satisfação. — É a única maneira segura de se ter certeza de quem é e de quem não é arcanista. Seu pai pediu para ver o meu antes de me deixar integrar sua trupe. Isso mostra que ele é um homem tarimbado — disse. Observou-me com falso desinteresse e indagou: — Incômodo, não é?

Trinquei os dentes e fiz que sim. Minha mão ficara dormente no instante em que eu o tocara. Estava curioso para estudar as inscrições na frente e no verso, mas, no intervalo de tempo de duas respirações, meu braço ficara dormente até o ombro, como se eu tivesse dormido em cima dele a noite inteira. Perguntei-me se meu corpo todo ficaria dormente caso o segurasse por tempo suficiente.

Não pude descobrir, porque a carroça deu um solavanco e minha mão dormente quase deixou o guildre de Abenthy cair nas tábuas do piso. Ele o segurou e o repôs no pescoço, rindo.

— Como é que você aguenta? — perguntei, tentando friccionar a mão para recuperar um pouco da sensação.

— Ele só provoca essa sensação em outras pessoas — explicou-me. — Para o dono, é apenas quentinho. É assim que se descobre a diferença entre um arcanista e alguém com o dom de encontrar água ou prever o tempo.

— O Trip tem um dom parecido — disse eu. — Ele rola dados e acerta o sete.

— Isso é meio diferente — riu Abenthy. — Não é nada tão inexplicável quanto um dom. — Afundou um pouco mais na cadeira e continuou: — É provável que seja melhor assim. Duzentos anos atrás, a pessoa estava praticamente morta se alguém descobrisse que ela possuía dons. Os tehlinianos os chamavam de sinais do demônio e queimavam na fogueira quem os possuísse.

O humor de Abenthy pareceu abater-se.

— Tivemos que tirar o Trip da cadeia uma ou duas vezes — contei, procurando tornar mais leve o tom da conversa. — Mas ninguém tentou realmente pôr fogo nele.

Abenthy deu um sorriso cansado.

— Desconfio que o Trip tenha um par de dados viciados ou uma habilidade igualmente engenhosa, que provavelmente também se estende às cartas. Agradeço o seu aviso oportuno, mas um dom é algo totalmente diferente.

Não suporto ser tratado com condescendência.

— O Trip seria incapaz de trapacear, nem se fosse para salvar a vida — retruquei, num tom um pouco mais ríspido do que pretendia. — E qualquer pessoa da trupe é capaz de distinguir um dado bom de um viciado. O Trip joga e dá sete. Não importa de quem sejam os dados que usa, ele tira sete. Quando aposta numa pessoa, ela acerta o sete. Até quando ele esbarra numa mesa em que há dados soltos, sete.

— Hmmm — resmungou Abenthy, com uma expressão pensativa. — Mil desculpas. Isso parece mesmo um dom. Estou curioso para vê-lo.

Concordei.

— Leve os seus próprios dados. Faz anos que não o deixamos jogar — disse. Ocorreu-me uma ideia: — Pode ser que não funcione mais.

Abenthy deu de ombros.

— Os dons não desaparecem com toda essa facilidade. Quando eu era garoto, em Staup, conheci um rapaz que tinha um dom. Era incomumente bom com as plantas — disse. Seu sorriso desapareceu enquanto ele contemplava alguma coisa que eu não podia ver. — Os tomates dele ficavam maduros quando as mudas de todo mundo ainda estavam brotando. Suas abóboras eram maiores e mais doces, as uvas mal tinham que ser engarrafadas para se transformar em vinho... — E sua voz se extinguiu, o olhar perdido na distância.

— Ele foi queimado? — perguntei, com a curiosidade mórbida dos jovens.

— O quê? Não, é claro que não. Não sou tão velho assim — disse, franzindo o sobrolho para mim, com falso ar de severidade. — Houve uma seca e ele foi expulso da cidade. Sua pobre mãe ficou arrasada.

Fez-se um momento de silêncio. Duas carroças à nossa frente, ouvi Teren e Shandi ensaiarem as falas de *O porqueiro e o rouxinol*.

Abenthy também parecia estar ouvindo, com ar descuidado. Quando Teren se perdeu a meio caminho do monólogo de Fain no jardim, virei-me para o arcanista.

— Também ensinam arte dramática na Universidade?

Abenthy abanou a cabeça, parecendo se divertir com a questão.

— Ensinam muitas coisas, mas não isso.

Olhei para ele e vi que me observava. Seus olhos bailavam.

— Você pode me ensinar algumas dessas outras coisas? — pedi.

Ele sorriu, e foi simples assim.

Abenthy tratou de me dar uma ideia geral e resumida de todas as ciências. Embora seu grande amor fosse a química, ele era favorável a uma educação abrangente. Aprendi a trabalhar com o sextante, o compasso, a régua de cálculo e o ábaco. Mais importante do que isso, aprendi a me arranjar sem eles.

Em uma onzena tornei-me capaz de identificar qualquer substância química em sua carroça. Em dois meses sabia destilar bebidas até ficarem fortes demais para serem tomadas, aplicar ataduras em ferimentos, reduzir fraturas e diagnosticar centenas de doenças pelos sintomas. Conhecia o processo de fabricação de quatro afrodisíacos diferentes, três misturas anticoncepcionais, nove para impotência e duas poções conhecidas simplesmente como "ajudantes de donzelas". Abenthy foi bastante vago a respeito da finalidade destas últimas, porém eu tinha fortes suspeitas.

Aprendi as fórmulas de uma dúzia de venenos e ácidos e de uma centena de medicamentos e panaceias, algumas das quais até funcionavam. Dupliquei meus conhecimentos sobre ervas, na teoria, se não na prática. Abenthy começou a me chamar de Rubro e eu a chamá-lo de Ben, primeiro por retaliação, depois por amizade.

Só agora, decorrido muito tempo, reconheço o cuidado com que ele me preparou para o que viria na Universidade. Ben o fez com sutileza. Uma ou duas vezes por dia, misturando-o a minhas aulas normais, apresentava-me a um pequeno exercício mental que eu tinha que dominar antes de passarmos para qualquer outra coisa. Fazia-me jogar tirani sem o tabuleiro e guardar de cabeça a sequência das pedras. Noutras ocasiões parava no meio de uma conversa e me fazia repetir tudo o que fora dito nos minutos anteriores, palavra por palavra.

Isso ficava muito acima da simples memorização. Eu havia me exercitado para o palco. Minha mente estava aprendendo a trabalhar de maneiras diferentes, a se tornar mais forte. Era a mesma sensação que se experimenta no corpo depois de um dia cortando lenha, nadando ou tendo relações sexuais. A pessoa se sente exausta, lânguida, quase divina. O que eu sentia era parecido, só que era meu intelecto que ficava cansado e expandido, lânguido e latentemente poderoso. Eu sentia minha mente começando a despertar.

Era como se ganhasse impulso ao progredir, como quando a água começa a desmanchar um dique de areia. Não sei se você entende o que é uma progressão geométrica, mas é a melhor maneira de descrever o que acontecia. Durante toda essa fase, Ben continuou a me ensinar os exercícios mentais que eu estava parcialmente convencido que ele inventava por pura maldade.

CAPÍTULO 10

Alar e diversas pedras

BEN SEGUROU UM PEDAÇO de pedra comum, ligeiramente maior que seu punho.

— Que acontece se eu soltar esta pedra?

Pensei um pouco. Durante as aulas, as perguntas simples raríssimas vezes eram simples. Por fim, dei a resposta óbvia:

— É provável que ela caia.

Ben ergueu uma sobrancelha. Fazia meses que eu o mantinha ocupado, de modo que ele não tivera a oportunidade de queimá-las acidentalmente.

— Provável? Você parece um sofista, menino. Por acaso ela não cai sempre?

Mostrei-lhe a língua:

— Não tente me enrolar descaradamente. Isso é uma falácia. Foi você mesmo quem me ensinou.

Ele riu.

— Ótimo. Seria lícito dizer que você acredita que ela cairá?

— Bastante.

— Quero que acredite que ela subirá quando eu soltá-la. — Seu sorriso se alargou.

Tentei. Era como fazer ginástica mental. Passado algum tempo, balancei a cabeça.

— Está bem.

— Até que ponto você acredita?

— Não muito — admiti.

— Quero que acredite que esta pedra sairá flutuando. Acredite com uma fé capaz de mover montanhas e sacudir árvores — instruiu. Fez uma pausa e pareceu mudar de estratégia. — Você acredita em Deus?

— Em Tehlu? De certo modo.

— Não é o bastante. Acredita em seus pais?

Dei um sorrisinho.

– Às vezes. Não posso vê-los neste exato momento.

Ben deu um grunhido e soltou do gancho o bastão que usava para instigar Alfa e Beta quando eles estavam com preguiça.

– Acredita nisto, E'lir? – perguntou. Só me chamava de E'lir quando achava que eu estava sendo de uma teimosia especialmente proposital. Segurou o bastão para que eu o examinasse.

Havia um brilho malicioso em seu olhar. Resolvi não desafiar a sorte.

– Sim.

– Ótimo – retrucou, e bateu com ele num dos lados da carroça, produzindo um estalo agudo. Uma das orelhas de Alfa girou ao ouvir o ruído, sem saber ao certo se era ou não dirigido a ela. – É esse o tipo de fé que eu quero. Chama-se *Alar:* a convicção do rebenque. Quando eu largar esta pedra, ela sairá flutuando, livre como um pássaro.

Abenthy brandiu de leve o bastão e acrescentou:

– E nada da sua vã filosofia nem eu o faremos arrepender-se de ter gostado deste joguinho.

Assenti com a cabeça. Esvaziei a mente, usando um dos truques que já tinha aprendido, e fiz força para acreditar. Comecei a transpirar.

Passados talvez 10 minutos, tornei a balançar a cabeça.

Ben soltou a pedra. Ela caiu.

Comecei a ficar com dor de cabeça.

Ele tornou a pegá-la.

– Você acredita que ela flutuou?

– Não! – retruquei, amuado, esfregando as têmporas.

– Ótimo. Ela não flutuou. Nunca se deixe enganar enxergando coisas que não existem. Há uma diferença sutil, mas a simpatia não é uma arte para quem tem espírito fraco.

Tornou a exibir a pedra:

– Acredita que ela vai flutuar?

– Ela não flutuou!

– Não faz mal. Tente outra vez. – E a sacudiu. – Alar é a pedra angular da simpatia. Se você pretende impor sua vontade ao mundo, tem que exercer controle sobre aquilo em que acredita.

Tentei sem parar. Foi uma das coisas mais difíceis que já tinha feito. Levei quase a tarde toda.

Por fim, Ben pôde soltar a pedra e eu mantive minha firme convicção de que ela não cairia, a despeito das provas em contrário.

Ouvi o baque e olhei para ele.

– Entendi – disse calmamente, sentindo-me um bocado convencido.

Ele me espiou pelo canto do olho, como se não acreditasse muito, mas não quisesse admitir. Pegou a pedra com uma unha, distraído, depois encolheu os ombros e tornou a levantá-la.

– Quero que você acredite que esta pedra cairá e não cairá quando eu a soltar.

E sorriu.

———

Fui dormir tarde nessa noite. Estava com o nariz sangrando e um sorriso de satisfação. Mantive as duas convicções separadas na cabeça, soltas, e deixei que sua fluente discordância me embalasse até perder os sentidos.

Poder pensar em duas coisas díspares ao mesmo tempo, além de ser de esplêndida eficiência, era mais ou menos como poder cantar em dueto comigo mesmo. Tornou-se um de meus jogos favoritos. Após dois dias de prática, eu já podia cantar num trio. Em pouco tempo estava praticando o equivalente mental de escamotear cartas e fazer malabarismos com facas.

Houve muitas outras lições, mas nenhuma tão axial quanto a do Alar. Ben me ensinou o Coração de Pedra, um exercício mental que permitia ao sujeito pôr de lado as emoções e preconceitos e pensar com clareza no que bem entendesse. Disse-me que o homem que realmente dominasse o Coração de Pedra seria capaz de ir ao funeral da própria irmã sem verter uma lágrima.

Ben também me ensinou um jogo chamado Procure a Pedra. A ideia era fazer com que uma parte da mente escondesse uma pedra imaginária num aposento imaginário. Depois uma outra parte separada da mente tentava encontrá-la.

Na prática, isso ensina um valioso controle mental. Quando você realmente consegue jogar Procure a Pedra, está desenvolvendo um Alar férreo do tipo que é necessário para as simpatias.

Mas, embora conseguir pensar em duas coisas ao mesmo tempo seja tremendamente conveniente, o treinamento necessário para chegar lá é frustrante, na melhor das hipóteses, e, às vezes, muito perturbador.

Lembro-me de uma ocasião em que passei quase uma hora procurando a pedra antes de consentir em perguntar à minha outra metade onde eu a havia escondido, e descobri que não a escondera coisa nenhuma. Estivera apenas esperando para ver por quanto tempo a procuraria antes de desistir. Você já se aborreceu e se divertiu consigo mesmo simultaneamente? É uma sensação interessante, para dizer o mínimo.

Noutra ocasião pedi umas sugestões e acabei fazendo troça de mim mesmo. Não admira que tantos arcanistas que conhecemos sejam meio excêntricos, quando não completamente birutas. Como dissera Ben, a simpatia não é coisa para quem tem espírito fraco.

CAPÍTULO 11

A conexão do ferro

Eu estava sentado na traseira da carroça de Abenthy. Era um lugar maravilhoso para mim, sede de uma centena de frascos e feixes, saturado por mil odores. Para minha mente juvenil, em geral era mais divertido que a carroça de um latoeiro; mas não nesse dia.

Chovera forte na noite anterior e a estrada se tornara um denso lodaçal. Como a trupe não tinha nenhuma programação específica, decidíramos esperar um ou dois dias para que as estradas tivessem tempo de secar. Era um acontecimento bastante comum e caiu num momento perfeito para Ben aprimorar minha educação. Assim, sentei-me diante da bancada de madeira nos fundos de sua carroça, impaciente por desperdiçar o dia a ouvi-lo me ensinar coisas que eu já havia compreendido.

Meus pensamentos devem ter transparecido, porque Abenthy deu um suspiro e se sentou a meu lado.

– Não é bem o que você esperava, hein?

Relaxei um pouco, sabendo que seu tom significava um adiamento da lição. Ele recolheu um punhado de ocres de ferro que estavam na mesa e os chacoalhou na mão, pensativo.

Olhou para mim e perguntou:

– Você aprendeu a fazer malabarismos de uma vez só? Com cinco bolas de cada vez? E com facas também?

Enrubesci um pouco ao me lembrar. No começo, Trip não me deixara nem mesmo tentar com três bolas. Fizera-me jogar com duas e eu até as deixara cair algumas vezes. Foi o que contei a Ben.

– Certo – disse ele. – Domine este truque e você aprenderá outro.

Esperei que se levantasse e recomeçasse a aula, mas não foi o que ele fez.

Em vez disso, exibiu o punhado de ocres de ferro e indagou:

– O que acha destes? – E bateu uns nos outros na mão.

– Em que sentido? Em termos físicos, químicos, históricos...

– Históricos. – Ele sorriu. – Assombre-me com a sua compreensão das minúcias históricas, E'lir.

Eu lhe perguntara uma vez o que significava E'lir. Ele tinha dito que significava "sábio", mas eu tinha minhas dúvidas, por seu jeito de torcer a boca ao dizê-lo.

– Muito tempo atrás, as pessoas que... – comecei.

– Quanto tempo?

Franzi o cenho, esboçando um ar severo.

– Mais ou menos 2 mil anos. Os nômades que vagavam pelos sopés da cordilheira de Shalda foram reunidos sob o comando de um chefe.

– Como era o nome dele?

– Heldred. Seus filhos eram Heldim e Heldar. Quer que eu lhe dê a linhagem inteira, ou devo ir direto ao ponto? – indaguei, fechando a cara.

– Desculpe-me, senhor – disse ele. Sentou-se empertigado na cadeira e assumiu uma expressão de atenção tão absorta que ambos começamos a rir.

Recomecei.

– Heldred acabou controlando os contrafortes de Shalda. Isso significou que passou a controlar as próprias montanhas. Eles começaram a cultivar a terra, abandonaram seu estilo de vida nômade e, aos poucos, foram...

– Quer ir direto ao ponto? – interrompeu Abenthy. Em seguida jogou os ocres de ferro na mesa à minha frente.

Ignorei-o tanto quanto me foi possível.

– Eles assumiram o controle da única fonte de metal que era abundante e de fácil acesso numa grande extensão, e logo se tornaram também as pessoas mais habilidosas no trabalho desse metal. Exploraram essa vantagem e conquistaram grande riqueza e poder. Até essa ocasião – prossegui –, o escambo era o método de comércio mais comum. Algumas cidades maiores cunhavam sua própria moeda, mas, fora delas, o dinheiro valia apenas o seu peso em metal. As barras de metal eram melhores para o escambo, porém era inconveniente carregar as barras inteiras.

Ben me exibiu sua melhor expressão de aluno entediado. O efeito só foi ligeiramente inibido pelo fato de ele ter queimado de novo as sobrancelhas, uns dois dias antes.

– Você não vai entrar no mérito das moedas representativas, vai? – perguntou.

Respirei fundo e resolvi não atormentá-lo tanto quando ele estivesse me dando aulas.

– Os ex-nômades, já então chamados de ceáldimos, foram os primeiros a criar uma moeda padronizada. Cortando uma daquelas barras menores em cinco pedaços, obtinham-se cinco ocres – continuei. Comecei a juntar duas fileiras de cinco ocres cada uma, para ilustrar o que dizia. Elas ficaram parecendo pequenos lingotes de metal. – Dez ocres valem o mesmo que um iota de cobre; 10 iotas...

– Basta – interrompeu Ben, dando-me um susto. – Então estes dois ocres de ferro poderiam ter vindo da mesma barra, certo? – E segurou um par para que eu o inspecionasse.

– Na verdade, é provável que eles os cunhassem individualmente... – Deixei a voz morrer, sob seu olhar severo.

– Apesar disso, ainda há alguma coisa que os conecta, não é? – E tornou a me olhar da mesma forma.

Eu não tinha certeza, na verdade, mas sabia que não convinha interromper.

– Certo.

Ben pôs os dois na mesa.

– Logo, quando você movimentar um deles, o outro deve se mexer, não? Concordei, a bem da argumentação, e estendi um braço para mexer num deles. Mas Ben deteve minha mão, abanando a cabeça.

– Primeiro você tem que lhes recordar isso. Tem que convencê-los, na verdade.

Buscou uma tigela e a usou para decantar lentamente uma massa de piche de pinho. Molhou um dos ocres no piche, grudou o outro nele, disse várias palavras que não reconheci e separou lentamente as duas moedinhas, com fios de piche se esticando entre elas.

Colocou uma na mesa, mantendo a outra na mão. Depois murmurou mais alguma coisa e relaxou. Levantou a mão e o ocre que estava na mesa imitou o movimento. Girou a mão para lá e para cá e o ocre de ferro oscilou no ar.

Olhou de mim para a moeda.

– A lei da simpatia é uma das partes mais básicas da magia. Ela afirma que, quanto mais semelhantes são dois objetos, maior é sua conexão por afinidade. Quanto maior a conexão, maior a facilidade com que eles se influenciam mutuamente.

– A sua definição é circular.

Ben soltou a moeda. Sua fachada de professor deu lugar a um sorriso enquanto ele tentava com sucesso precário limpar o piche das mãos com um trapo. Ele pensou um pouco.

– Parece bem inútil, não é?

Balancei a cabeça com hesitação, já que as perguntas traiçoeiras eram bastante comuns durante as aulas.

– Você preferiria aprender a chamar o vento?

Seus olhos dançaram diante de mim. Ele murmurou uma palavra e a cobertura de lona da carroça farfalhou à nossa volta.

Senti um sorriso voraz tomar conta do meu rosto.

— É uma pena, E'lir — comentou Ben, cujo sorriso também era voraz e selvagem. — Você precisa aprender as letras antes de ser capaz de escrever. Precisa aprender a dedilhar as cordas para poder tocar e cantar.

Pegou um pedaço de papel e rabiscou umas duas palavras.

— O truque é manter o Alar firme em sua mente. Você precisa acreditar que eles estão ligados. Precisa *saber* que estão. — E me entregou o papel. — Aqui está a pronúncia fonética. Chama-se Simpatia da Conexão de Movimentos Paralelos. Exercite-se.

Ele estava com um ar ainda mais lupino do que antes, velho, grisalho e sem sobrancelhas.

Retirou-se para lavar as mãos. Esvaziei a mente, usando o Coração de Pedra. Pouco depois eu já flutuava num mar de calma desapaixonada. Grudei as duas moedinhas de metal com o piche de pinho. Fixei mentalmente o Alar — a convicção de rebenque de que os dois ocres de ferro estavam ligados. Proferi as palavras, separei as moedas, pronunciei a palavra final e aguardei.

Nada de afluxo impetuoso de força. Nada de onda de calor nem calafrio. Nenhum facho radiante de luz me atingiu.

Fiquei bastante decepcionado. Pelo menos, tão decepcionado quanto era capaz de ficar com o Coração de Pedra. Levantei a moeda que segurava na mão e a da mesa se ergueu de modo semelhante. Era magia, quanto a isso não havia dúvida. Mas fiquei bem pouco impressionado. Eu esperava... Não sei o que eu esperava. Não era aquilo.

O resto desse dia foi gasto em experimentos com as simpatias de conexões simples que Abenthy me ensinou. Aprendi que era possível conectar quase tudo. Um ocre de ferro e um talento de prata, uma pedra e um pedaço de fruta, dois tijolos, um punhado de terra e um dos burros. Levei umas duas horas para descobrir que o piche de pinho não era necessário. Quando lhe perguntei, Ben admitiu que aquilo fora um mero auxiliar da concentração. Acho que ficou surpreso por eu ter descoberto sem que me dissesse.

Deixe-me resumir muito rapidamente a simpatia, já que, provavelmente, você nunca precisará de mais do que uma compreensão grosseira de como essas coisas funcionam.

Primeiro, a energia não pode ser criada nem destruída. Quando você suspende um ocre e o outro se levanta da mesa, o que está em sua mão pesa como se você estivesse suspendendo os dois, porque, na verdade, está.

Essa é a tese. Na prática, é como se você levantasse três ocres. Nenhuma conexão por simpatia é perfeita. Quanto mais diferentes são os objetos, mais energia se perde. Pense nisso como um aqueduto com um vazamento, levando a uma roda hidráulica. A boa conexão por simpatia tem pouquíssimos vazamentos e quase toda a energia é usada. A conexão ruim é cheia de furos; uma parte muito pequena do esforço que você investe vai para o que você quer fazer.

Por exemplo, tentei conectar um pedaço de giz a uma garrafa de vidro. Havia pouquíssima semelhança entre os dois, de modo que, embora a garrafa talvez pesasse 1 quilo, quando tentei levantar o giz, a sensação foi de que pesava quase 30. A melhor conexão que descobri foi com um galho de árvore que eu tinha partido ao meio.

Depois que compreendi essa pequena parte das simpatias, Ben me ensinou outras. Uma grosa de conexões por simpatia. Uma centena de truquezinhos para canalizar a força. Cada um deles era uma palavra diferente num vasto vocabulário que eu mal começava a falar. Em muitos momentos era maçante, e não estou lhe contando nem a metade da história.

Ben continuou a me dar umas pinceladas de aulas em outras áreas: história, aritmética e química. Mas eu agarrava tudo que pudesse me ensinar sobre simpatias. Ele repartia seus segredos com parcimônia, fazendo-me provar que tinha dominado um antes de me revelar outro. Mas eu parecia ter um dom para aquilo, algo que ia muito além de meu pendor natural para absorver conhecimentos, de modo que nunca houve uma espera muito longa.

Não pretendo insinuar que o caminho tenha sido sempre tranquilo. A mesma curiosidade que me tornava um estudante tão voraz também me criava encrencas com bastante regularidade.

Uma noite, quando eu preparava o fogo para meus pais cozinharem, mamãe me surpreendeu cantando uns versos que eu tinha aprendido na véspera. Sem que eu me desse conta de sua presença atrás de mim, ela me entreouviu recitar, distraído, enquanto batia com um graveto no outro:

"Lady Lackless tem sete coisas não reveladas
Sob o vestido negro guardadas.
Uma é um anel, não para enfeitar,
Outra, uma palavra ardente, não para xingar.
Bem junto à vela do marido, secreta,
Fica uma porta sem maçaneta.
Numa caixa que nem tampa ou chave tem
Ficam as pedras do marido também.
Há um segredo que ela anda guardando:
Lackless não vem dormindo, mas sonhando.

*Numa estrada que não é para viajar
Agrada-lhe seu enigma enredar."*

Eu tinha ouvido uma garotinha cantá-la enquanto brincava de pular numa perna só. Escutara a musiquinha apenas duas vezes, mas ela me ficara gravada na memória. Era memorável, como a maioria das cantigas infantis.

Mamãe me ouviu e veio parar junto ao fogo.

— O que você estava cantando, amorzinho?

Seu tom não era zangado, mas percebi que também não estava satisfeita.

— Uma coisa que eu ouvi lá em Fallows — respondi, evasivo. Fugir para brincar com as crianças da cidade era uma atividade essencialmente proibida. *A desconfiança transforma-se rapidamente em antipatia*, dizia meu pai aos novos membros da trupe, *portanto, fiquem juntos quando estiverem na cidade e sejam educados*. Pus uns gravetos mais grossos no fogo e deixei que as chamas os lambessem.

Mamãe passou um tempo calada e eu já começava a esperar que ela deixasse essa história para lá quando disse:

— Não é uma coisa bonita para se cantar. Você parou para pensar no tema?

Na verdade, eu não havia pensado. Parecia quase tudo uma rima sem sentido. Mas, quando a reexaminei mentalmente, percebi a insinuação sexual bastante óbvia.

— Sim. Não tinha pensado nisso antes.

A expressão de mamãe se abrandou um pouco e ela afagou meu cabelo.

— Sempre pense no que canta, meu bem.

Eu parecia ter escapado da encrenca, mas não pude me impedir de perguntar:

— Em que ela é diferente de alguns trechos de *Apesar da espera dele?* Como aquele em que o Fain pergunta a lady Perial pelo chapéu: "Ouvi tantos homens falarem dele que eu mesmo gostaria de experimentá-lo, para ver se serve." É bem óbvio do que ele está realmente falando.

Vi mamãe ficar com a boca cerrada; não aborrecida, mas tampouco satisfeita. Então alguma coisa em seu rosto mudou.

— Diga-me você qual é a diferença.

Eu detestava essas perguntas de fisgar respostas traiçoeiras. A diferença era evidente: uma me criaria problemas, a outra não. Esperei um pouco, para deixar claro que dera a devida consideração ao assunto, e abanei a cabeça.

Mamãe se ajoelhou delicadamente diante de mim, aquecendo as mãos.

— A diferença... vá buscar o suporte para mim, sim?

Deu-me um pequeno empurrão e saí correndo para pegá-lo nos fundos da carroça, enquanto ela continuava:

— A diferença é entre dizer uma coisa *a* alguém e dizer alguma coisa *sobre* alguém. A primeira pode ser grosseria, mas a segunda é sempre mexerico.

Voltei com o suporte e a ajudei a colocá-lo sobre o fogo.

— Além disso — ela continuou —, lady Perial é só um personagem. Lady Lackless é uma pessoa real, cujos sentimentos podem ser melindrados. — E levantou os olhos para mim.

— Eu não sabia — protestei.

Devo ter exibido uma expressão suficientemente deplorável, porque mamãe me puxou para me dar um abraço e um beijo.

— Não é motivo para você chorar, amorzinho. Apenas se lembre de sempre pensar no que faz — disse. Passou a mão na minha cabeça e me deu um sorriso ensolarado. — Acho que você poderia se redimir com lady Lackless e comigo se fosse procurar umas urtigas-brancas para eu pôr na panela do jantar de hoje.

Qualquer pretexto para fugir do julgamento e brincar um pouco no emaranhado de árvores à beira da estrada era mais do que bom para mim. Eu já estava longe quase antes de ela terminar de dizer as palavras.

———

Também devo deixar claro que boa parte do tempo que eu passava com Ben era em minhas horas de folga. Eu continuava responsável por minhas obrigações normais na trupe. Fazia o papel do jovem pajem quando necessário. Ajudava a pintar cenários e a costurar roupas. Escovava os cavalos à noite e sacudia a folha de latão nos bastidores quando precisávamos de trovões no palco.

Mas eu não lamentava a perda de minhas horas de folga. A energia interminável de uma criança e meu desejo insaciável de conhecimentos fizeram do ano seguinte uma das épocas mais felizes de que tenho lembrança.

CAPÍTULO 12

Peças encaixadas no quebra-cabeça

QUASE NO FIM DO VERÃO, ouvi acidentalmente uma conversa que me arrancou num tranco de meu estado de abençoada ignorância. Quando crianças, raramente pensamos no futuro. Essa inocência nos deixa livres para nos divertirmos como poucos adultos conseguem. O dia em que nos inquietamos com o futuro é aquele em que deixamos a infância para trás.

Era noite e a trupe havia acampado à beira da estrada. Abenthy me dera uma nova simpatia para praticar: O Máximo de Calor Variável Transferido para o Movimento Constante, ou qualquer coisa pretensiosa assim.

Era complicado, mas se encaixara no lugar como uma peça num quebra-cabeça. Levei uns 15 minutos e, pelo tom de Abenthy, calculei que ele esperava levar três ou quatro horas, pelo menos.

Assim, fui procurá-lo: em parte para receber minha nova lição, em parte para poder me mostrar só um bocadinho prosa.

Achei-o na carroça de meus pais. Ouvi os três muito antes de vê-los. Suas vozes eram simples murmúrios, aquela música distante de conversa quando ela é baixa demais para se discernirem as palavras. Mas, ao me aproximar, ouvi nitidamente uma palavra: *Chandriano*.

Estaquei ao ouvi-la. Todo mundo na trupe sabia que meu pai vinha trabalhando numa canção. Fazia mais de um ano que arrancava antigas histórias e poemas do povo das cidades em todos os lugares em que parávamos para nos apresentar.

Durante meses, tinham sido histórias sobre Lanre. Depois papai também se pusera a recolher contos de fadas e lendas sobre duendes e seres trapentos. E então havia começado a fazer perguntas sobre o Chandriano...

Isso meses antes. No semestre anterior ele fizera mais perguntas sobre o Chandriano e menos sobre Lanre, Lyra e o resto. Quase todas as músicas que meu pai se propunha escrever eram concluídas numa só temporada, mas essa já se estendia pelo segundo ano.

Você também precisa saber que papai nunca deixava uma palavra ou sussurro de uma canção serem ouvidos antes de ela ficar pronta para ser tocada. Só minha mãe era admitida em sua confiança, já que sempre havia a mão dela em qualquer canção que ele compusesse. O talento para a melodia era dele. As melhores letras eram dela.

Quando se espera algumas onzenas ou meses para ouvir uma música terminada, a expectativa acrescenta sabor. Passado um ano, porém, a empolgação começa a murchar. Àquela altura, decorrido um ano e meio, o pessoal estava quase louco de curiosidade. Às vezes isso levava a palavras ríspidas quando alguém era apanhado vagando um pouco perto demais de nossa carroça enquanto papai e mamãe trabalhavam.

Assim, aproximei-me mais da carroça, pisando leve. Bisbilhotar a conversa alheia é um hábito deplorável, mas criei outros piores desde então.

– ...muita coisa sobre eles – ouvi Ben dizer. – Mas estou disposto.

– Fico contente por conversar com um homem instruído sobre esse assunto – disse papai. Seu tom forte de barítono contrastava com o de tenor de Ben. – Estou cansado desses camponeses supersticiosos, e o...

Alguém pôs mais lenha na fogueira e perdi as palavras de meu pai na crepitação que se seguiu. Andando tão depressa quanto me atrevia, passei para a sombra comprida da carroça de meus pais.

– ...como se eu estivesse perseguindo fantasmas com essa música. Tentar juntar os pedaços dessa história é idiotice. Eu gostaria de nunca ter começado.

– Bobagem – disse mamãe. – Será sua melhor obra e você sabe disso.

– Quer dizer que vocês acham que há uma história original de onde vêm todas as outras? – indagou Ben. – Uma base histórica de Lanre?

– Todos os sinais apontam para isso – respondeu meu pai. – É como olhar para uma dúzia de netos e ver que 10 têm olhos azuis. A pessoa sabe que a avó também tinha olhos azuis. Já fiz isso antes; sou bom nisso. Escrevi "Abaixo dos Muros" do mesmo jeito. Mas... – E eu o ouvi suspirar.

– Então qual é o problema?

– A história é mais antiga – mamãe explicou. – É mais como se ele estivesse olhando para trinetos.

– Eles estão espalhados pelos Quatro Cantos – queixou-se meu pai. – E, quando finalmente encontro algum, ele tem cinco olhos: dois verdes, um azul, um castanho e um amarelo-esverdeado. Depois, o seguinte tem um olho só, que muda de cor. Como é que vou tirar conclusões disso?

Ben pigarreou.

– É uma analogia inquietante – disse. – Mas fique à vontade para vasculhar meu cérebro a respeito do Chandriano. Ouvi muitas histórias nesses anos todos.

— A primeira coisa que preciso saber é exatamente quantos deles existem – disse papai. – A maioria das histórias fala em sete, mas até isso é duvidoso. Umas dizem três, outras, cinco, e em *A queda de Felior* chega a haver 13: um para cada pontifado de Atur e um extra para a capital.

— Essa eu sei responder – afirmou Ben. – São sete. A isso você pode se ater com alguma certeza. Na verdade, faz parte do nome deles. *Chaen* significa sete. *Chaen-dian* significa "sete deles". O Chandriano.

— Eu não sabia – disse meu pai. – *Chaen*. Que língua é essa: ylliche?

— Parece temano – interpôs mamãe.

— Você tem bom ouvido – disse-lhe Ben. – É têmico, na verdade. Cerca de mil anos anterior ao temano.

— Bem, isso simplifica as coisas – ouvi meu pai dizer. – Eu gostaria de ter lhe perguntado um mês atrás. Presumo que você não saiba por que eles fazem o que fazem, não é?

Pelo tom de meu pai, percebi que realmente não esperava uma resposta.

— Esse é o verdadeiro mistério, não? – respondeu Ben, rindo. – Creio que é o que os torna mais assustadores do que o resto dos bichos-papões de que ouvimos falar nas histórias. Os fantasmas querem vingança, os demônios querem nossa alma, os trapentos sentem fome e frio. As coisas que compreendemos nós podemos tentar controlar. Mas o Chandriano surge como o relâmpago num céu azul e límpido. É pura destruição. Sem sentido nem razão.

— Minha música terá os dois – disse meu pai, com sombria determinação. – Creio ter descoberto a razão deles depois de todo esse tempo. Depreendi-a juntando fragmentos de relatos aqui e ali. E isso é o que há de mais exasperante: ter feito a parte mais difícil e ficar com todos esses detalhezinhos específicos a me dar tanto trabalho.

— Você acha que sabe qual é ela? – indagou Ben, curioso. – Qual é sua teoria?

Meu pai deu uma risadinha baixa.

— Ah, não, Ben, você terá que esperar junto com os outros. Já suei demais por causa dessa música para revelar a essência dela antes de terminá-la.

Percebi o desapontamento na voz de Ben, que reclamou:

— Tenho certeza de que isso tudo é só um ardil esmerado para me fazer continuar viajando com vocês. Não poderei ir embora enquanto não ouvir essa danada.

— Então ajude-nos a terminá-la – disse mamãe. – Os sinais do Chandriano são outra informação fundamental que não conseguimos confirmar. Todos concordam em que há sinais que alertam para a presença do grupo, mas ninguém concorda sobre quais são.

— Deixe-me pensar... – disse Ben. – A chama azul é óbvia, é claro. Mas eu hesitaria em atribuí-la particularmente ao Chandriano. Em algumas histórias ela é sinal de demônios; em outras, de criaturas do reino das fadas ou de algum tipo de magia.

– Também indica o ar nocivo das minas – assinalou mamãe.

– É mesmo? – papai perguntou.

Ela fez que sim.

– Quando uma lamparina queima com um halo azul, a pessoa sabe que há grisu no ar.

– Santo Deus, grisu numa mina de carvão! – exclamou papai. – É apagar a chama e ficar perdido nas trevas, ou deixá-la arder e explodir tudo em estilhaços. Isso é mais apavorante do que qualquer demônio.

– Devo admitir que alguns arcanistas de vez em quando usam tochas ou velas preparadas para impressionar o povo ingênuo – disse Ben, pigarreando embaraçado.

Mamãe riu, comentando:

– Lembre-se de com quem está falando, Ben. Não se pode censurar um homem por um pouquinho de senso dramático. Na verdade, umas velas azuis seriam perfeitas, da próxima vez que encenarmos *Daeonica*. Isso, é claro, se por acaso você encontrar umas duas enfurnadas por aí.

– Verei o que posso fazer – disse Ben, com ar divertido. – Outros sinais... parece que um deles tem olhos de cabra, ou olhos negros, ou não tem olhos. Essa eu ouvi várias vezes. Também ouvi dizer que as plantas morrem quando o Chandriano está por perto. A madeira apodrece, o metal enferruja, os tijolos se esfarelam... – Fez uma pausa. – Mas não sei se isso são diversos sinais ou se é tudo um só.

– Você já começa a perceber o problema que tenho enfrentado – disse papai, mal-humorado. – E existe ainda a questão de saber se todos no grupo têm os mesmos sinais, ou se cada um tem um par deles.

– Eu já lhe disse – interpôs mamãe, exasperada. – Um sinal para cada um. É o que faz mais sentido.

– Essa é a teoria favorita da minha senhora – fez papai. – Mas não se encaixa. Em algumas histórias, o único sinal é a chama azul. Noutras, os animais enlouquecem e não há chama azul. Noutras ainda, temos um homem de olhos negros *e* animais que enlouquecem *e* a chama azul.

– Eu lhe disse como interpretar isso – retrucou mamãe, cujo tom irritado indicava que os dois já tinham tido essa discussão específica. – Eles nem sempre têm que estar juntos. Podem sair em grupos de três ou quatro. Quando um faz as fogueiras se extinguirem, a impressão é a mesma que se *todos* as fizessem extinguir-se. Isso explicaria as diferenças nas histórias. Números diferentes e sinais diferentes, dependendo de como eles se agrupem.

Meu pai resmungou alguma coisa.

— Essa sua esposa é inteligente, Arl — elogiou Ben, aliviando a tensão. — Por quanto você quer vendê-la?

— Preciso dela no meu trabalho, infelizmente. Mas, se você estiver interessado num aluguel por prazo curto, tenho certeza de que podemos combinar um preço raz...

Ouvi o som leve de um tapa, seguido por um risinho meio dolorido no tom de barítono de papai, que prosseguiu:

— Mais algum sinal que lhe venha à lembrança?

— Dizem que eles transmitem uma sensação gelada quando tocados. Mas não consigo entender como é que alguém poderia saber disso. Ouvi dizer que as fogueiras não queimam perto deles. Mas isso contradiz diretamente a chama azul. Talvez...

O vento soprou mais forte, balançando as árvores. O farfalhar das folhas abafou a voz de Ben. Aproveitei o barulho para me aproximar furtivamente mais alguns passos.

— ...ser "encangados pela sombra", o que quer que isso signifique — ouvi papai dizer quando o vento amainou.

Ben deu um grunhido.

— Eu também não saberia dizer. Ouvi uma história em que eles eram descobertos porque sua sombra apontava no sentido errado, em direção à luz. Outra em que se referiam a um deles como "ajaezado de sombra". Era *"alguma coisa*, o ajaezado de sombra". Mas duvido que eu consiga me lembrar do nome...

— Por falar em nomes, esse é outro ponto em que tenho tido dificuldades — disse papai. — Colecionei umas duas dúzias sobre as quais apreciaria ouvir sua opinião. Os mais...

— Na verdade, Arl — interrompeu Ben —, eu agradeceria se você não os dissesse em voz alta. Nomes de pessoas, quero dizer. Pode rabiscá-los na terra, se quiser, ou posso ir buscar uma lousa, mas eu me sentiria mais à vontade se você não *pronunciasse* nenhum deles. É melhor prevenir do que remediar, como dizem.

Fez-se um silêncio profundo. Parei no meio de uma passada furtiva, com um dos pés levantado, por medo de que eles me ouvissem.

— Ora, não fiquem me olhando desse jeito, vocês dois — disse Ben, exasperado.

— Só estamos surpresos, Ben — veio a voz doce de mamãe. — Você não parece ser do tipo supersticioso.

— Não sou. Sou cuidadoso. Há uma diferença — disse Ben.

— É claro — concordou papai. — Eu nunca...

— Arl, guarde isso para os espectadores pagantes — cortou-o Ben, com clara irritação na voz. — Você é um ator bom demais para demonstrá-lo, mas sei perfeitamente quando alguém me acha amalucado.

— É só que eu não esperava por isso, Ben — disse papai, em tom de desculpa. — Você é instruído e ando muito cansado de gente que bate no ferro e entorna um pouco da cerveja assim que menciono o Chandriano. Só estou reconstruindo uma história, não me metendo em artes ocultas.

— Bem, escute com atenção. Gosto demais de vocês para deixar que pensem em mim como um velho tolo. Além disso, tenho uma coisa sobre a qual quero conversar com vocês depois e vou precisar que me levem a sério.

O vento continuou a aumentar e aproveitei o barulho para abafar meus últimos passos. Contornei de mansinho um canto da carroça de meus pais e espiei por entre um véu de folhas. Os três estavam sentados em volta da fogueira. Ben se acomodara num toco, encolhido sob a capa marrom esgarçada. Meus pais estavam defronte dele — mamãe encostada em papai —, envolvidos num cobertor frouxo.

Ben serviu um líquido de uma botija de barro num caneco de couro e o entregou a minha mãe. Soltou baforadas de vapor ao falar.

— Como é que eles se sentem a respeito de demônios em Atur? — perguntou.

— Apavorados — respondeu papai, dando um tapinha na têmpora. — Aquela religião toda os deixa de miolo mole.

— E em Vintas? — continuou Ben. — Há um bom número de tehlinianos por lá. Eles sentem o mesmo?

Mamãe abanou a cabeça.

— Acham isso meio bobo. Gostam que seus demônios sejam metafóricos.

— E o que eles temem à noite em Vintas, então?

— Os encantados — respondeu mamãe.

— Draugar — disse meu pai, falando ao mesmo tempo.

— Vocês dois têm razão, dependendo da parte do país em que estejam — declarou Ben. — E aqui, na República, as pessoas riem à socapa das duas ideias — acrescentou. Fez um gesto apontando as árvores ao redor. — Mas tomam cuidado quando chega o outono, por medo de chamar a atenção dos trapentos.

— Assim é a vida — disse papai. — Metade do sucesso de um artista itinerante está em saber para que lado se inclina a plateia.

— Você ainda parece achar que fiquei meio biruta — disse Ben, divertindo-se. — Escute, se chegasse amanhã a Biren e alguém lhe dissesse que havia trapentos na floresta, você acreditaria?

Papai abanou a cabeça.

— E se duas pessoas lhe dissessem isso?

Outra negativa.

Ben se inclinou para a frente em seu toco de árvore:

— E se uma dúzia de pessoas lhe dissesse, com perfeita sinceridade, que havia trapentos nas florestas comendo...

— É claro que eu não acreditaria — interrompeu meu pai, irritado. — Isso é ridículo.

— É claro que é — concordou Ben, levantando um dedo. — Mas a verdadeira pergunta é esta: você entraria na mata?

Papai ficou muito quieto e pensativo por um momento.

Ben fez um aceno com a cabeça.

— Você seria um tolo se ignorasse o aviso de metade da população da cidade, mesmo não acreditando nas mesmas coisas que eles. Se não é de trapentos, de que você tem medo?

— De ursos.

— De salteadores.

— São temores muito sensatos para quem integra uma trupe. Temores que o povo dos vilarejos não aprecia. Todo lugar tem suas pequenas superstições e todo mundo ri do que pensa a gente do outro lado do rio — disse Ben, lançando-lhes um olhar sério. — Mas algum de vocês já ouviu uma música ou uma história humorística sobre o Chandriano? Aposto um vintém que não.

Mamãe abanou a cabeça após um instante de reflexão. Papai bebeu um gole grande antes de acompanhá-la.

— Bem, não estou dizendo que o Chandriano esteja por aí, atacando como um raio que caísse do céu. Mas gente de toda parte tem medo dele. Em geral, há uma razão para isso.

Ben sorriu e virou o caneco de barro, entornando as últimas gotículas de cerveja no chão.

— E os nomes são coisas estranhas. Coisas perigosas — disse, com um olhar incisivo. — Disso eu sei com certeza, *porque* sou um homem instruído. Se também sou um tantinho supersticioso — encolheu os ombros —, bem, eu prefiro assim. Estou velho. Vocês têm que ser indulgentes comigo.

Meu pai adquiriu uma expressão pensativa.

— É estranho eu nunca ter notado que todos tratam o Chandriano da mesma maneira. É algo que eu deveria ter percebido. — Sacudiu a cabeça, como para desanuviá-la. — Acho que podemos voltar a falar dos nomes depois. Sobre o que você queria conversar?

Preparei-me para sair de fininho antes de ser apanhado, mas o que Ben disse a seguir me imobilizou no lugar, antes de dar um passo sequer.

— É provável que isso seja difícil de vocês perceberem como pais dele e tudo o mais; porém o seu pequeno Kvothe é muito inteligente – disse Ben. Tornou a encher o caneco e estendeu a botija para meu pai, que a recusou. – Aliás, "inteligente" não dá nem para começo de conversa, nem de longe.

Mamãe o observou por cima da borda do caneco.

– Qualquer pessoa que passe um tempinho com o menino percebe isso, Ben. Não vejo por que alguém o acharia importante. Muito menos você.

– Acho que vocês não estão realmente captando a situação – retrucou Ben, esticando os pés quase até dentro da fogueira. – Com que facilidade ele aprendeu a tocar alaúde?

Meu pai pareceu meio surpreso com a mudança repentina de assunto.

– Com bastante facilidade. Por quê?

– Quantos anos ele tinha?

Papai passou um instante puxando a barba, pensativo. No silêncio, a voz de mamãe soou como uma flauta.

– Oito.

– Pense em quando você aprendeu a tocar. Lembra-se de quantos anos tinha? Lembra-se das dificuldades que enfrentou?

Papai continuou a puxar a barba, mas agora com uma expressão mais reflexiva e o olhar distante.

Abenthy continuou:

– Aposto que ele aprendeu cada acorde, cada dedilhado depois de lhe mostrarem uma única vez como eram, sem tropeços nem reclamações. E, quando ele cometia um erro, nunca o fazia mais de uma vez, certo?

Meu pai ficou com um ar meio perturbado.

– Quase sempre, mas ele teve dificuldades, sim, como qualquer um. Os acordes em mi. Ele teve muitos problemas com o mi maior e o mi menor.

Mamãe o interrompeu baixinho:

– Também me lembro disso, querido, mas acho que foi só por causa das mãos pequenas. Ele era muito novinho...

– Aposto que isso não o deteve por muito tempo – disse Ben, em tom sereno. – Ele tem mãos maravilhosas; minha mãe as chamaria de dedos de mágico.

Meu pai sorriu.

– Nisso ele saiu à mãe: dedos delicados, mas fortes. Perfeitos para esfregar panelas, hein, mulher?

Mamãe lhe deu um tapinha, depois segurou uma das mãos dele e a abriu para que Ben a visse:

– Ele os herdou do pai: dedos graciosos e gentis. Perfeitos para seduzir as filhas jovens dos nobres.

Meu pai já ia protestando, mas ela o ignorou:

— Com os olhos dele e aquelas mãos, nenhuma mulher estará segura no mundo inteiro quando ele começar a perseguir as damas.

— Cortejar, querida — corrigiu-a meu pai, delicadamente.

— Semântica — retrucou ela, dando de ombros. — É tudo uma perseguição e, quando a corrida termina, acho que tenho pena das mulheres castas que fogem.

Tornou a se encostar em papai, mantendo a mão dele em seu colo. Inclinou a cabeça de leve e ele entendeu a dica, curvando-se para lhe dar um beijo no canto da boca.

— Amém — disse Ben, levantando o caneco numa saudação.

Meu pai pôs o outro braço em volta de mamãe e a estreitou.

— Ainda não vejo aonde você quer chegar, Ben.

— Ele faz tudo assim, rápido como um chicote, e raramente comete erros. Aposto que sabe todas as músicas que vocês já cantaram para ele. Sabe mais sobre o que há na minha carroça do que eu.

Pegou a botija e tirou a rolha.

— Mas não é só memorização. Ele compreende. Metade das coisas que pretendo mostrar-lhe ele já descobriu sozinho.

Ben tornou a encher o caneco de mamãe.

— Ele tem 11 anos. Vocês já conheceram algum menino dessa idade que fale como ele? Grande parte disso provém de viver num clima tão esclarecido — disse, gesticulando para as carroças. — Mas as reflexões mais profundas da maioria dos meninos de 11 anos têm a ver com fazer pedrinhas quicarem na água e descobrir como pegar um gato pelo rabo.

Mamãe deu uma risada sonora, mas o rosto de Abenthy estava sério.

— É verdade, senhora. Já tive alunos mais velhos que adorariam fazer a metade do que ele faz. — Sorriu. — Se eu tivesse as mãos dele e um quarto da sua inteligência, estaria comendo em travessas de prata em menos de um ano.

Houve uma pausa. Mamãe disse baixinho:

— Eu me lembro de quando ele era só um bebezinho, aprendendo a andar. Observando, sempre observando. Com olhos claros e vivos, que pareciam querer devorar o mundo.

Houve um ligeiro tremor em sua voz. Papai a envolveu com um dos braços e ela apoiou a cabeça em seu peito.

O silêncio seguinte foi mais longo. Eu estava pensando em escapulir quando meu pai o quebrou:

— O que você sugere que façamos? — indagou, com uma mescla de leve apreensão e orgulho paterno na voz.

Ben deu um sorriso gentil:

— Nada, exceto pensar nas opções que vocês terão para lhe oferecer quando chegar o momento. Ele deixará sua marca no mundo como um dos melhores.

— Melhores o quê? — trovejou meu pai.

— O que ele quiser. Se ficar aqui, não duvido que se torne o próximo Illien.

Papai sorriu. Illien era o herói dos componentes da trupe. O único Edena Ruh realmente famoso em toda a História. Todas as nossas melhores e mais antigas canções eram dele.

E mais: a acreditarmos nas histórias que contavam, Illien tinha reinventado o alaúde durante sua vida. Mestre *luthier*, transformara o alaúde arcaico, frágil e desajeitado no maravilhoso e versátil alaúde de sete cordas da trupe que usávamos nessa época. As mesmas histórias diziam que o alaúde de Illien tinha um total de oito cordas.

— Illien. Gosto dessa ideia — disse mamãe. — Reis viajando quilômetros para ouvir meu pequeno Kvothe tocar.

— Sua música fazendo cessarem as brigas nas tabernas e as guerras de fronteira — acrescentou Ben, sorridente.

— As mulheres enlouquecidas no colo dele — entusiasmou-se papai —, deitando os seios em sua cabeça.

Houve um momento de silêncio perplexo. Então mamãe falou devagar, com um toque de aspereza na voz.

— Acho que você quer dizer "as feras deitando a cabeça no colo dele".

— É?

Ben tossiu e continuou.

— Se ele resolver virar arcanista, aposto que terá um cargo nomeado pela realeza ao chegar aos 24 anos. Se enfiar na cabeça a ideia de ser mercador, não duvido que possua metade do mundo ao morrer.

As sobrancelhas de papai se juntaram. Ben sorriu e disse:

— Não se preocupe com esta última ideia. Ele é curioso demais para ser mercador.

Fez uma pausa, como quem considerasse com muito cuidado suas palavras seguintes.

— Ele seria aceito na Universidade, vocês sabem. Não antes de alguns anos, é claro. Dezessete é mais ou menos a idade dos mais jovens, mas não tenho dúvida quanto...

Perdi o resto do que Ben disse. A Universidade! Eu passara a pensar nela do mesmo jeito que a maioria das crianças pensa na corte dos seres encantados, um lugar mítico, reservado aos sonhos. Uma escola do tamanho de um vilarejo. Dez vezes 10 mil livros. Pessoas que saberiam as respostas para qualquer pergunta que um dia eu viesse a fazer...

Fazia silêncio quando tornei a voltar a atenção para eles.

Papai olhava para mamãe, aninhada sob seu braço.

– E então, mulher? Será que você se deitou com um deus que vagava por aí há 12 anos? Isso resolveria nosso pequeno mistério.

Ela lhe deu um tapinha brincalhão e uma expressão pensativa cruzou seu rosto.

– Pensando bem, houve uma noite, há mais ou menos 12 anos, em que um homem se aproximou de mim. Atou-me com beijos e acordes de canções. Roubou minha virtude e me raptou. – Fez uma pausa. – Mas ele não tinha cabelo ruivo. Não pode ter sido esse.

Deu um sorriso malicioso para papai, que pareceu meio sem jeito. Depois beijou-o. Ele retribuiu o beijo.

É assim que gosto de recordá-los hoje em dia. Saí de lá pé ante pé, com ideias sobre a Universidade dançando em minha cabeça.

CAPÍTULO 13

Interlúdio – Carne com sangue por baixo

CAIU O SILÊNCIO NA POUSADA MARCO do Percurso. Circundou os dois homens sentados a uma mesa no salão, que, a não ser por eles, estava deserto. Kvothe havia parado de falar e, embora parecesse fitar as mãos cruzadas, na verdade tinha o olhar distante. Quando enfim levantou os olhos, pareceu quase surpreso ao deparar com o Cronista sentado defronte dele, com a pena erguida acima do tinteiro.

Kvothe soltou a respiração, constrangido, e fez sinal para que o Cronista depusesse sua pena. Passado um momento, o homem obedeceu, limpando a ponta num pano limpo, antes de deitá-la sobre a mesa.

– Eu gostaria de uma bebida – anunciou Kvothe subitamente. – Não tenho contado muitas histórias nos últimos tempos e percebi que estou com uma sede absurda.

Levantou-se serenamente e começou a transitar pelo labirinto de mesas vazias em direção ao bar deserto.

– Posso lhe oferecer quase tudo: cerveja preta, vinho branco, sidra aromatizada, chocolate, café...

O Cronista ergueu uma sobrancelha.

– Chocolate seria maravilhoso, se você tiver. Eu não esperaria encontrar esse tipo de coisa tão longe de... – Interrompeu-se e pigarreou polidamente. – Bem, de qualquer lugar.

– Temos de tudo aqui na pousada – disse Kvothe, com um gesto displicente para o salão vazio. – Exceto fregueses, é claro – acrescentou. Pegou uma botija de barro embaixo do bar e a pôs no balcão, fazendo um som oco. Deu um suspiro antes de chamar: – Bast! Traga um pouco de sidra, sim?

Uma resposta indistinta ecoou por uma porta nos fundos do salão.

– Bast... – reclamou Kvothe, aparentemente baixo demais para ser ouvido.

– Venha você mesmo buscá-la aqui embaixo, seu escritor de meia-tigela! – gritou a voz do porão. – Estou no meio de uma coisa.

– Ajudante contratado? – perguntou o Cronista.

Kvothe apoiou os cotovelos no bar e deu um sorriso indulgente.

Passado um momento, o som de alguém subindo um lance de escada de madeira com botas de sola grossa ecoou no vão da porta. Bast entrou no salão resmungando entre dentes.

Usava uma roupa simples: camisa preta de mangas compridas enfiada em calças pretas; calças pretas enfiadas em macias botas também pretas. Seu rosto era astuto e delicado, quase bonito, com notáveis olhos azuis.

Ele levou uma botija para o bar, andando com uma graça estranha, mas não desagradável.

– *Um* freguês? – perguntou, em tom de censura. – Não podia pegá-la você mesmo? Você me tirou do *Celum Tinture*. Faz quase um mês que me atormenta para ler esse livro.

– Bast, sabe o que eles fazem na Universidade com os alunos que bisbilhotam a conversa dos professores? – perguntou Kvothe, com ar matreiro.

O jovem levou uma das mãos ao peito e começou a protestar inocência.

– Bast... – disse Kvothe, lançando-lhe um olhar severo.

Ele fechou a boca e por um instante pareceu prestes a tentar oferecer uma explicação, mas arriou os ombros.

– Como você soube?

Kvothe riu.

– Faz a idade de um mortal que você evita aquele livro. Ou se tornou um aluno excepcionalmente dedicado de uma hora para outra, ou estava fazendo alguma coisa incriminadora.

– O que eles *fazem* na Universidade com os alunos bisbilhoteiros? – indagou Bast, curioso.

– Não faço a menor ideia. *Eu* nunca fui apanhado. Acho que obrigá-lo a se sentar e ouvir o resto da minha história seria um castigo suficiente. Mas estou me portando mal – disse, fazendo um gesto para o salão. – Estamos negligenciando nosso hóspede.

O Cronista parecia tudo, menos entediado. Assim que Bast entrara no salão, tinha começado a observá-lo com curiosidade. Com a continuação da conversa, aos poucos assumira uma expressão mais intrigada e mais atenta.

Para sermos justos, é preciso dizer uma coisa sobre Bast. À primeira vista, ele parecia um rapaz comum, embora atraente. Mas havia algo diferente. Por exemplo, usava botas pretas de couro macio. Pelo menos, era o que se via ao olhá-lo. No entanto, se por acaso você o vislumbrasse pelo canto do olho e ele estivesse parado no tipo certo de sombra, talvez você visse algo inteiramente diverso. E se você tivesse o tipo certo de mente, aquele tipo de mente que realmente *vê* aquilo para que se olha, talvez notasse que os olhos dele eram estranhos. Se sua mente tivesse o raro talento de não se deixar enganar por suas próprias expectativas, você notaria uma outra coisa neles, algo insólito e maravilhoso.

Era por isso que o Cronista vinha encarando o jovem estudante de Kvothe, tentando decidir o que havia de diferente nele. Quando a conversa dos dois terminou, seu olhar poderia ser considerado intenso, para dizer o mínimo, e rude, para a maioria das pessoas. Quando Bast enfim se afastou do bar, os olhos do Cronista se arregalaram perceptivelmente e a cor desapareceu de seu rosto já pálido.

O homem enfiou a mão por dentro da camisa e puxou alguma coisa do pescoço. Colocou-a na mesa, entre ele e Bast. Tudo isso foi feito em meio segundo e nem por um instante seus olhos desgrudaram do rapaz moreno no bar. O rosto do Cronista estava calmo quando ele comprimiu firmemente o disco de metal na mesa, usando dois dedos.

— Ferro — disse. Sua voz teve uma ressonância estranha, como se aquela fosse uma ordem a ser obedecida.

Bast vergou-se como quem tivesse levado um soco no estômago, arreganhando os dentes e produzindo um ruído a meio caminho entre um rosnado e um grito. Movendo-se com uma velocidade sinuosa e pouco natural, levou uma das mãos para trás, ao lado da cabeça, e se retesou para saltar.

Tudo isso aconteceu no tempo que se leva para respirar fundo. Mesmo assim, de algum modo a mão de Kvothe, com seus dedos longos, agarrou o pulso de Bast. Sem perceber ou se importar, o rapaz deu um salto em direção ao Cronista, mas foi estancado, como se a mão de Kvothe fosse um grilhão. Debateu-se furiosamente para se soltar, mas o outro continuou em pé atrás do bar, com o braço esticado, imóvel como o aço ou a rocha.

— Pare! — A voz de Kvothe reverberou no ar como uma ordem e, no silêncio que se seguiu, suas palavras foram ríspidas e raivosas. — Não admitirei brigas entre meus amigos. Já perdi o bastante sem isso — declarou. Seus olhos se voltaram para o Cronista. — Desfaça isso, senão eu o quebro.

O escriba parou, abalado. Depois moveu a boca em silêncio e, com um ligeiro tremor, tirou a mão do círculo de metal opaco depositado sobre a mesa.

A tensão escoou de Bast e por um momento ele ficou mole como uma boneca de trapo, pendurado pelo pulso que Kvothe ainda segurava, parado atrás do bar. Trêmulo, conseguiu firmar os pés e se encostar no balcão. Kvothe lhe lançou um longo olhar perscrutador, depois soltou seu pulso.

Bast desabou na banqueta, sem tirar os olhos do Cronista. Moveu-se com cautela, como um homem com um ferimento doloroso.

Ele tinha mudado. Os olhos que vigiavam o Cronista ainda eram de um impressionante azul-marinho, mas agora pareciam ter uma cor só, como pedras preciosas ou lagoas nas profundezas da floresta, e suas botas de couro macio tinham sido substituídas por graciosos cascos fendidos.

Kvothe fez um sinal imperioso para que o Cronista se aproximasse, depois virou-se para pegar dois copos grossos e uma garrafa aparentemente ao acaso. Pôs os copos no bar, enquanto Bast e o escriba se observavam, encabulados.

— Ora — disse Kvothe, zangado —, vocês dois se portaram de modo compreensível, o que não significa, em absoluto, que algum tenha se portado bem. Portanto, é bom recomeçarmos tudo do início.

Respirou fundo e disse:

— Bast, permita-me apresentar-lhe Devan Lochees, também conhecido como o Cronista. No dizer de todos, um grande narrador, recordador e registrador de histórias. Além disso, a menos que de repente eu tenha perdido todo o juízo, é um membro competente do Arcanum, pelo menos um Re'lar, e uma dentre talvez duas vintenas de pessoas no mundo que sabem o nome do ferro.

— Entretanto — prosseguiu —, apesar desses louvores, ele parece meio ingênuo em matéria de como funciona o mundo, o que fica demonstrado por sua abundante imprudência ao fazer um ataque quase suicida contra o que imagino ser o primeiro membro da raça que ele já teve a sorte de ver.

O Cronista se manteve impassível durante toda a apresentação, observando Bast como se ele fosse uma cobra.

— Cronista, permita-me apresentar-lhe Bastas, filho de Remmen, Príncipe do Crepúsculo e dos Telwyth Mael. O mais brilhante, o que significa o *único* estudante para quem tive o infortúnio de lecionar. Magnetizador, encarregado do bar e, não menos importante, meu amigo. O qual — continuou —, ao longo de 150 anos de vida, para não falar dos quase dois sob a minha tutela pessoal, conseguiu evitar aprender algumas realidades importantes, a primeira das quais é esta: atacar um membro do Arcanum dotado de aptidão suficiente para fazer conexões com o ferro é idiotice.

— Ele me atacou! — exclamou Bast, acalorado.

Kvothe lançou-lhe um olhar frio.

— Eu não disse que foi injustificado. Disse que foi idiotice.

— Eu teria vencido.

— É muito provável. Mas ficaria machucado e ele sairia ferido ou morto. Lembra-se de que eu o apresentei como meu hóspede?

Bast calou-se. Sua expressão continuou beligerante.

— Agora vocês foram apresentados — disse Kvothe com uma animação fugaz.

— Prazer — disse Bast, gélido.

— Igualmente — retrucou o Cronista.

— Não há razão para vocês serem outra coisa senão amigos — prosseguiu Kvothe, deixando um certo azedume insinuar-se na voz. — E não é assim que os amigos se cumprimentam.

Bast e o Cronista se encararam; nenhum dos dois se mexeu.

Kvothe baixou a voz:

— Se não pararem com essa tolice, podem se retirar agora, os dois. Um de vocês ficará com uma nesga estreita de uma história, o outro poderá procurar outro professor. Se há uma coisa que não tolero é a insensatez do orgulho obstinado.

Algo na baixa intensidade de sua voz rompeu o olhar fixo entre os outros dois e quando eles se viraram para fitá-lo pareceu haver alguém muito diferente parado atrás do bar. O hospedeiro jovial tinha desaparecido e em seu lugar surgira alguém sinistro e feroz.

Ele é muito jovem, deslumbrou-se o Cronista. *Não pode ter mais de 25 anos. Como não percebi antes? Poderia ter me partido entre as mãos feito um graveto. Como pude confundi-lo com um hospedeiro, por um momento sequer?*

E então viu os olhos de Kvothe aprofundados num verde tão escuro que chegavam a ser quase negros. *Foi esse que eu vim procurar*, pensou consigo mesmo. *É esse o homem que foi conselheiro de reis e percorreu antigas estradas sem nada além de sua perspicácia para guiá-lo. Esse é o homem cujo nome tornou-se um elogio e uma maldição na Universidade.*

Kvothe fitou alternadamente o Cronista e Bast; nenhum dos dois pôde sustentar seu olhar por muito tempo. Depois de uma pausa constrangida, Bast estendeu a mão. O Cronista hesitou por um breve instante, mas estendeu prontamente a sua, como se a pusesse na fogueira.

Nada aconteceu e ambos pareceram moderadamente surpresos.

— Espantoso, não é? — comentou Kvothe, dirigindo-se a eles em tom mordaz. — Cinco dedos e carne com sangue por baixo. Quase daria para crer que na outra ponta dessa mão há alguma espécie de pessoa.

A culpa se insinuou na expressão dos dois homens, que soltaram a mão um do outro.

Kvothe serviu um líquido da garrafa verde nos copos. Esse gesto simples o modificou. Ele pareceu retransformar-se aos poucos nele mesmo, até restar pouca coisa do homem de olhos escuros que estivera atrás do bar um minuto antes. O Cronista sentiu uma fisgada de dor ao contemplar o hospedeiro com uma das mãos escondida num trapo de linho.

— Agora — disse Kvothe, empurrando os dois copos — peguem essa bebida, sentem-se àquela mesa e conversem. Quando eu voltar, não quero encontrar nenhum dos dois morto nem a casa em chamas. Está bem?

Bast deu um sorriso embaraçado, enquanto o Cronista pegou os copos e voltou para a mesa. O rapaz o seguiu e já ia sentando quando voltou para buscar a garrafa também.

– Sem exagero com isso – advertiu Kvothe, retirando-se para o quarto dos fundos. – Não quero vocês rindo da minha história.

Os dois homens iniciaram uma conversa tensa e hesitante à mesa, enquanto Kvothe entrava na cozinha. Minutos depois ele voltou trazendo queijo, pão preto, frango frio, linguiça, manteiga e mel.

Mudaram-se para uma mesa maior, enquanto Kvothe carregava as bandejas, com ar atarefado e toda a aparência de um hospedeiro. O Cronista o observou disfarçadamente, achando difícil acreditar que aquele homem que cantarolava baixinho e cortava linguiça pudesse ser a mesma pessoa que estivera atrás do bar minutos antes, terrível e de olhar sinistro.

Quando o escriba juntou seu papel e as penas, Kvothe estudou o ângulo do sol que se filtrava pela janela com uma expressão pensativa no rosto. Depois virou-se para Bast.

– Quanto você conseguiu escutar?

– Quase tudo, Reshi – sorriu Bast. – Tenho bons ouvidos.

– Isso é bom. Não temos tempo para voltar atrás – fez Kvothe. Respirou fundo. – Então recomecemos. Preparem-se, porque agora a história dá uma guinada... para baixo. Fica mais sombria. Nuvens no horizonte.

CAPÍTULO 14

O nome do vento

O INVERNO É UMA ESTAÇÃO fraca para uma trupe itinerante, porém Abenthy fez bom uso dele e finalmente começou a me ensinar as simpatias com afinco. Mas, como tantas vezes acontece – especialmente com as crianças –, a expectativa se revelou muito mais empolgante do que a realidade.

Seria um erro dizer que me decepcionei com a simpatia. Sinceramente, no entanto *fiquei* desapontado. Não era como eu esperava que fosse a magia. Era útil. Isso não se podia negar. Ben a usava para fazer a iluminação de nossos espetáculos. A simpatia podia acender fogo sem pederneiras ou levantar grandes pesos sem incômodas cordas e polias.

Só que, na primeira vez que eu o vira, Ben tinha conseguido, de alguma forma, chamar o vento. Aquilo não fora mera simpatia. Era magia de livros de histórias. Era o segredo que eu queria mais do que tudo.

———

Já deixáramos o degelo da primavera bem para trás e a trupe seguia pelas florestas e campos da parte ocidental da República. Eu seguia junto de Ben, como de hábito, na dianteira de sua carroça. O verão estava decidindo dar novamente o ar de sua graça e tudo verdejava e crescia.

Fazia cerca de uma hora que as coisas andavam calmas. Ben cochilava, com as rédeas frouxas numa das mãos, quando a carroça bateu numa pedra e nos arrancou num solavanco de nossos respectivos devaneios.

Ele se empertigou no assento e se dirigiu a mim num tom que eu passara a interpretar como "ora se tenho um quebra-cabeça para você!".

– Como você faria uma chaleira de água ferver?

Com uma olhada ao redor, vi um pedregulho à beira da estrada. Apontei para ele.

– Aquela pedra deve estar quente, imóvel sob o sol. Eu faria uma ligação com a água da chaleira e usaria o calor da pedra para fazer a água ferver.

– Pedra com água não é uma conexão muito eficiente – repreendeu-me Ben. – Apenas uma em cada 15 partes acabaria aquecendo a água.

– Funcionaria.

– Admito que sim. Mas é um trabalho malfeito. Você pode fazer melhor do que isso, E'lir.

Em seguida pôs-se a gritar com Alfa e Beta, sinal de que estava realmente de bom humor. Eles acolheram os gritos com a calma de sempre, apesar de serem acusados de coisas que nenhum burro jamais faria de propósito, especialmente Beta, que possuía um caráter moral impecável.

Parando no meio da descompostura, Ben me perguntou:

– Como você derrubaria aquele pássaro?

E apontou para um gavião que sobrevoava um trigal ao lado da estrada.

– Não o derrubaria, provavelmente. Ele não me fez nada.

– Em termos hipotéticos.

– Estou dizendo que, hipoteticamente, eu não o derrubaria.

Ben deu um risinho.

– Entendido, E'lir. Exatamente *como* você não o faria? Detalhes, por favor.

– Eu mandaria o Teren abatê-lo com um tiro.

Ele balançou a cabeça, pensativo.

– Bom, bom. Mas a questão é entre você e o pássaro. Aquele gavião – fez um gesto indignado – disse uma coisa grosseira sobre a sua mãe.

– Ah. Nesse caso, minha honra exige que eu mesmo defenda o nome dela.

– Sem dúvida que sim.

– Eu tenho uma pluma?

– Não.

– Que Tehlu detenha e... – Mordi a língua, silenciando o resto do que ia dizer, ante seu olhar de reprovação. – Você nunca facilita nada, não é?

– É um hábito irritante que aprendi com um aluno que era inteligente demais para o seu próprio bem. – Sorriu. – O que você poderia fazer, mesmo que tivesse uma pluma?

– Eu a conectaria ao pássaro e a cobriria com espuma de sabão de barrela.

Ben franziu as sobrancelhas, se é que elas existiam.

– Que tipo de conexão?

– Química. A segunda catalítica, provavelmente.

Uma pausa pensativa.

– Segunda catalítica... – fez ele, coçando o queixo. – Para dissolver o óleo que deixa as penas lisas?

Assenti com a cabeça.

Ele ergueu os olhos para a ave.

— Eu nunca tinha pensado nisso — disse, com uma espécie de serena admiração. Aceitei-a como um elogio.

— Mas você não tem nenhuma pluma — repetiu Ben, tornando a olhar para mim. — Como o derrubaria?

Passei vários minutos refletindo, mas não consegui pensar em nada. Resolvi tentar transformar aquilo num tipo diferente de aula.

— Eu simplesmente chamaria o vento — respondi, com ar displicente — e o faria derrubar o pássaro do céu.

Ben me deu uma olhada calculista, deixando transparecer que ele sabia exatamente o que eu pretendia.

— E como faria isso, E'lir?

Senti que ele talvez estivesse finalmente pronto para me revelar o segredo que tinha guardado durante todos os meses do inverno. Ao mesmo tempo, ocorreu-me uma ideia.

Inspirei bem fundo e proferi as palavras para ligar o ar de meus pulmões ao ar do lado de fora. Fixei mentalmente o Alar com firmeza, pus o polegar e o indicador diante dos lábios franzidos e soprei entre eles.

Houve um leve golpe de vento em minhas costas, que desalinhou meu cabelo e fez a cobertura de lona da carroça esticar-se por um instante. Podia não ter passado de uma coincidência, mas, ainda assim, senti um sorriso exultante inundar meu rosto. Por um segundo não fiz nada além de rir feito um maníaco para Ben, que tinha o rosto pasmo de incredulidade.

Então senti alguma coisa me apertar o peito, como se eu estivesse embaixo d'água.

Tentei respirar, mas não consegui. Levemente confuso, continuei tentando. A sensação era a de ter-me estatelado de costas e de o ar ter sido arrancado de mim.

Súbito, compreendi o que eu tinha feito. Meu corpo explodiu em suores frios e agarrei freneticamente a camisa de Ben, apontando para meu peito, meu pescoço, minha boca aberta.

O rosto dele passou de chocado a pálido, olhando para mim.

Notei como tudo estava quieto. Nem uma haste de capim se mexia. Até o som da carroça parecia emudecido, como que a uma longa distância.

O pavor parecia gritar em minha cabeça, abafando qualquer pensamento. Comecei a agarrar minha garganta e rasguei a camisa para abri-la. Meu coração trovejava, zumbindo em meus ouvidos. A dor apunhalou meu peito distendido, enquanto eu arquejava.

Mexendo-se mais depressa do que eu jamais o vira fazer, Ben me agarrou pelos retalhos da camisa e me arrancou do banco da carroça. Ao pular na grama à beira da estrada, derrubou-me no chão com tanta força que, se houvesse algum ar em meus pulmões, teria sido expulso de dentro de mim.

As lágrimas me rolavam pelas faces, enquanto eu me debatia às cegas. Sabia que ia morrer. Senti os olhos quentes e vermelhos. Arranhei loucamente a terra, com as mãos dormentes e frias como gelo.

Tive consciência de alguém gritando, mas o som me pareceu muito longínquo. Ben se ajoelhou a meu lado, mas atrás dele o céu empalideceu. Ele me pareceu quase transtornado, como se escutasse algo que eu não conseguia ouvir.

Depois olhou para mim. Só me lembro de seus olhos, que pareciam distantes e cheios de uma força terrível, desapaixonada e fria.

Ele me olhou. Sua boca se moveu. Ben chamou o vento.

Como uma folha sob o relâmpago, estremeci. E o trovão foi negro.

———

Minha lembrança seguinte é de Ben me ajudando a ficar de pé. Tive vaga consciência das outras carroças parando e de rostos curiosos olhando para nós. Mamãe desceu de sua carroça e Ben foi encontrá-la a meio caminho, rindo e dizendo alguma coisa tranquilizadora. Não consegui discernir as palavras, porque estava concentrado em respirar fundo – inspirar e expirar.

As outras carroças seguiram adiante e acompanhei Ben de volta à dele, calado. Ele fez que se ocupava com uma coisa e outra, verificando as cordas que mantinham a lona esticada. Eu me recompus e já estava dando a melhor ajuda possível quando a última carroça da trupe passou por nós.

Ao levantar a cabeça, dei com os olhos de Ben, furiosos.

– Que ideia foi essa? – ele sibilou. – Bom? E então? Que ideia foi essa?

Eu nunca o vira daquele jeito, com o corpo todo crispado num nó de raiva. Chegava a tremer. Levantou o braço para me bater... e parou. Passado um momento, deixou a mão pender junto ao corpo.

Movendo-se metodicamente, verificou o último par de cordas e tornou a subir na carroça. Sem saber o que mais fazer, decidi segui-lo.

Ben puxou as rédeas e Alfa e Beta puseram a carroça em movimento. Agora éramos os últimos da fila. Ben olhava fixo para a frente. Passei a mão no peito rasgado da camisa. Fez-se um silêncio tenso.

Em retrospectiva, o que fiz foi de uma estupidez gritante. Quando conectei minha respiração ao ar do lado de fora, isso me tornou impossível respirar. Meus pulmões não tinham força suficiente para mover tanto ar assim. Seria preciso que eu tivesse um peito como um fole de ferro. Minha sorte seria a mesma se eu tentasse beber um rio ou levantar uma montanha.

Rodamos por umas duas horas num silêncio incômodo. O sol roçava o topo da copa das árvores quando Ben finalmente respirou fundo e soltou o ar num suspiro explosivo. Entregou-me as rédeas.

Quando tornei a fitá-lo, percebi pela primeira vez como era velho. Eu sempre soubera que estava próximo de sua terceira vintena de anos, mas nunca o tinha visto aparentá-los.

— Menti para sua mãe lá atrás, Kvothe. Ela viu o final do que havia acontecido e estava preocupada com você — comentou, sem tirar os olhos da carroça adiante da nossa enquanto falava. — Eu disse a ela que estávamos ensaiando uma coisa para uma apresentação. Ela é uma boa mulher. Merece mais do que mentiras.

Seguimos numa interminável agonia de silêncio, mas ainda faltavam algumas horas para o pôr do sol quando ouvi vozes gritarem "Monólito cinzento!" no começo da caravana. O sacolejo de nossa carroça virando para a grama arrancou Ben de sua meditação carrancuda.

Ele olhou em volta e percebeu que o sol ainda brilhava no céu.

— Por que estamos parando tão cedo? Alguma árvore atravessada na estrada? — perguntou.

— Marco cinzento — respondi, apontando para o bloco de pedra que assomava acima da cobertura das carroças adiante de nós.

— O quê?

— Volta e meia deparamos com um deles à beira da estrada — expliquei. Tornei a apontar para a rocha cinzenta que se erguia acima das copas das árvores mais baixas junto à estrada. Como a maioria delas, era um retângulo toscamente acabado, de uns 3,5 metros de altura. As carroças que se juntavam a seu redor pareciam insubstanciais, comparadas à sólida presença da pedra. — Já ouvi quem as chamasse de pedras verticais, mas vi muitas que não estavam de pé, e sim deitadas de lado. Sempre fazemos uma parada de um dia ao encontrar um desses monólitos cinzentos, a menos que estejamos com uma pressa terrível.

Parei, ao perceber que estava tagarelando demais.

— Eu os conhecia por outro nome. Marcos do percurso — disse Ben baixinho. Parecia velho e cansado. Após um momento, indagou: — Por que vocês param ao encontrá-los?

— É o que sempre fazemos, só isso. Um intervalo na jornada — respondi. Pensei um instante. — Acho que eles parecem dar sorte.

Desejei ter mais coisas a dizer, para continuar a conversa e manter o interesse dele aguçado, porém não consegui pensar em mais nada.

— Suponho que possam dar — disse Ben, guiando Alfa e Beta para um ponto do outro lado da pedra, longe da maioria das outras carroças. — Volte para o jantar, ou logo depois. Precisamos conversar – acrescentou. Virou-se sem olhar para mim e começou a desatrelar Alfa da carroça.

Eu nunca o vira naquele estado de ânimo. Com medo de ter estragado as coisas entre nós, fiz meia-volta e corri para a carroça de meus pais.

Encontrei mamãe sentada diante de uma fogueira recém-preparada, acrescentando gravetos aos poucos para atiçá-la. Meu pai sentava-se atrás dela, massageando seu pescoço e seus ombros. Os dois ergueram os olhos ao som de meus pés correndo em sua direção.

– Posso jantar com o Ben hoje?

Mamãe olhou para papai e novamente para mim.

– Você não deve se tornar um incômodo para ele, querido.

– Ele me convidou. Se eu for agora, posso ajudá-lo a se instalar para passar a noite.

Mamãe remexeu os ombros e papai recomeçou a massageá-los. Ela me deu um sorriso.

– Muito bem, mas não o mantenha acordado até altas horas. Dê-me um beijo – disse, com outro sorriso. Estendeu os braços e eu a abracei e beijei.

Meu pai também me deu um beijo.

– Deixe-me ficar com a sua camisa. Ela me dará alguma coisa para fazer enquanto sua mãe prepara o jantar – disse ele. Ajudou-me a despi-la e passou os dedos nas bordas rasgadas. – Esta camisa está toda esburacada, mais do que seria justificável.

Comecei a gaguejar uma explicação, mas ele a descartou.

– Sei, sei, foi tudo por um bem maior. Procure ter mais cuidado, senão eu faço você mesmo costurá-la. Há uma camisa limpa no seu baú. Traga-me agulha e linha quando for lá, por gentileza.

Corri até os fundos da carroça e peguei uma camisa limpa. Enquanto procurava agulha e linha, ouvi minha mãe cantar:

"Quando, no ocaso, ligeiro o sol se deitar,
Alto, bem do alto, te haverei de observar.
Passou-se há muito a hora do teu regresso,
Mas um amor fiel é o que sempre te ofereço."

Meu pai respondeu:

"Quando, no ocaso, a luz do céu se apagar,
Meus pés irão enfim à casa retornando.
Com o vento entre os salgueiros a soprar,
Mantém, eu te rogo, o fogo da lareira crepitando."

No momento em que saí da carroça, ele inclinava o corpo de mamãe num abraço dramático e lhe dava um beijo. Pus a agulha e a linha junto a minha camisa e esperei. Parecia um bonito beijo. Observei com um olhar atento, vagamente cônscio de que, em algum momento futuro, poderia querer beijar uma dama. Se o fizesse, gostaria que fosse um trabalho bem-feito.

Passado um instante, papai notou minha presença e colocou mamãe de pé.

— Meio-vintém pelo espetáculo, Sr. Voyeur — disse-me, rindo. — O que ainda está fazendo aqui, menino? Aposto o mesmo vintém que foi uma pergunta que o reteve.

— Por que paramos ao encontrar monólitos cinzentos?

— Tradição, meu rapaz — respondeu ele, com ar grandiloquente, abrindo os braços. — E superstição. Elas são a mesma coisa, de qualquer modo. Paramos para ter boa sorte e porque todos gostam de uma folga inesperada — completou. Após uma pausa, disse: — Eu sabia um poeminha sobre eles. Como era mesmo...?

"Feito a pedra-de-atrair, para quem está adormecido,
É pela pedra erguida, vista em toda velha estrada,
Que se vai mais e mais fundo até o reino encantado.
Marco miliário para quem em monte ou vale se deita,
Marco cinzento leva não-sei-quê, não-sei-quê 'eita'."

Meu pai ficou um ou dois segundos olhando para o espaço e puxando o lábio inferior. Por fim, abanou a cabeça:

— Não consigo me lembrar do final desse último verso. Puxa, como antipatizo com a poesia! Como é que alguém pode se lembrar de palavras não musicadas? — Franziu a testa, concentrado, proferindo as palavras em silêncio para si mesmo.

— Que é pedra-de-atrair? — perguntei.

— É um nome antigo das pedras-loden. São pedaços de ferro estelar que atraem todas as outras formas de ferro. Vi uma delas, anos atrás, numa vitrine de curiosidades — disse mamãe. Olhou para meu pai, que ainda resmungava consigo mesmo. — Vimos uma pedra-loden em Peleresin, não foi?

— Hein? O quê? — fez ele, arrancado de seu devaneio pela pergunta. — É. Peleresin — confirmou. Tornou a puxar o lábio e franzir o cenho. — Lembre-se disto, meu filho, se vier a esquecer todo o resto: poeta é um músico que não sabe cantar. As palavras têm que chegar à mente do homem para poderem tocar seu coração, e a mente de alguns homens é um alvo tristemente pequeno. A música toca diretamente o coração, por menor ou mais teimosa que seja a cabeça do homem que escuta.

Mamãe deu um grunhido ligeiramente pouco feminino.

– Elitista. Você só está ficando velho – disse, com um suspiro dramático. – Na verdade, a tragédia é ainda maior; a segunda coisa que acaba é a memória do homem.

Papai se empertigou numa pose indignada, mas mamãe o ignorou e me disse:

– Além disso, a única tradição que mantém as trupes perto do marco cinzento é a preguiça. O poema devia dizer assim:

"Não importa a estação
Em que eu me veja na estrada,
Sempre busco uma razão,
Pedra em pé, pedra deitada,
P'ra uma boa descansada."

Meu pai tinha um brilho obscuro no olhar ao se colocar atrás dela.

– Velho, é? – disse baixinho, recomeçando a lhe massagear os ombros. – Senhora, estou pensando em lhe provar que está enganada.

Ela deu um sorriso irônico.

– Senhor, estou pensando em permitir que o faça.

Resolvi deixá-los com sua discussão e comecei a voltar depressa para a carroça de Ben, quando ouvi meu pai gritar:

– Escalas amanhã, depois do almoço? E o segundo ato de *Tinbertin*?

– Está bem. – E saí correndo.

Quando cheguei de novo à carroça de Ben, ele já havia desatrelado Alfa e Beta e os estava escovando. Comecei a preparar a fogueira, cercando folhas secas com uma pirâmide de gravetos e galhos progressivamente maiores. Ao terminar, virei-me para onde o arcanista estava sentado.

Mais silêncio. Quase pude vê-lo escolher as palavras ao falar:

– Quanto você sabe sobre essa nova música do seu pai?

– A que fala de Lanre? Não muito. Você sabe como ele é. Ninguém ouve uma canção enquanto não fica pronta. Nem mesmo eu.

– Não estou falando da canção em si. Da história por trás dela. A história de Lanre.

Pensei nas dezenas de histórias que ouvira meu pai recolher durante o ano anterior, na tentativa de identificar os fios comuns.

– Lanre era um príncipe. Ou um rei. Alguém importante. Queria ser mais poderoso do que qualquer outra pessoa no mundo. Vendeu a alma em troca de poder, mas alguma coisa deu errado; depois, acho que ele enlouqueceu, ou nunca mais conseguiu dormir, ou... – Interrompi-me ao ver Ben abanando a cabeça.

— Ele não vendeu a alma. Isso é pura bobagem — objetou. Deu um grande suspiro, que pareceu deixá-lo esvaziado. — Estou fazendo tudo errado. Esqueça a canção do seu pai. Falaremos dela depois que ele a terminar. Conhecer a história de Lanre talvez lhe dê alguma perspectiva.

Ben respirou fundo e tentou de novo.

— Suponha que você tenha um filho insensato de seis anos. Que mal ele pode fazer?

Pensei um pouco, sem saber ao certo que tipo de resposta ele queria. Direta seria melhor, provavelmente.

— Não muito.

— Suponha que a pessoa tenha 20 anos e continue insensata; quão perigosa ela será?

Resolvi me ater às respostas óbvias.

— Ainda não muito, porém mais do que antes.

— E se você lhe der uma espada?

A compreensão começou a despontar em mim e fechei os olhos.

— Muito, muito mais. Eu entendo, Ben. Entendo mesmo. O poder é bom e a estupidez é inofensiva, em geral. Mas o poder e a estupidez juntos são um perigo.

— Eu nunca disse *estupidez* — corrigiu-me Ben. — Você é inteligente. Ambos sabemos disso. Mas é capaz de ser irrefletido. Uma pessoa inteligente e insensata é uma das coisas mais assustadoras que há.

Olhou para a fogueira que eu havia preparado, pegou uma folhinha, murmurou umas palavras e observou uma pequena chama ganhar vida no centro dos gravetos e galhos. Virou-se para mim.

— Você poderia se matar, fazendo uma coisa simples como aquela — disse, com um sorriso débil. — Ou procurando o nome do vento.

Começou a falar alguma outra coisa, mas parou e esfregou o rosto com as mãos. Soltou um grande suspiro, que pareceu esvaziá-lo. Ao baixar as mãos, havia fadiga em seu rosto.

— Qual é mesmo a sua idade?

— Faço 12 no mês que vem.

Ele abanou a cabeça.

— Isso é muito fácil de esquecer. Você não se porta como uma pessoa da sua idade — afirmou, cutucando o fogo com um graveto. — Eu tinha 18 anos quando entrei na Universidade. Estava com 20 antes de saber o que você sabe. — Parou e contemplou a fogueira. — Sinto muito, Kvothe. Hoje eu preciso ficar sozinho. Tenho umas coisas para pensar.

Assenti com a cabeça, em silêncio. Fui até sua carroça, peguei o tripé, a chaleira, a água e o chá. Levei-os para junto de Ben e os deixei lá, calado. Ele continuava a contemplar o fogo quando me afastei.

Sabendo que meus pais não me esperavam tão cedo, fui para a floresta. Eu tinha umas coisas em que pensar. Devia isso a Ben. Gostaria de ter mais.

———

Ele levou uma onzena inteira para voltar à sua jovialidade normal. Mesmo então, porém, as coisas não foram as mesmas. Continuamos grandes amigos, mas havia algo entre nós, e eu sentia que ele se mantinha conscientemente afastado.

As aulas se reduziram até quase parar. Ben suspendeu meus estudos iniciantes de alquimia, restringindo-me à química. Recusou-se a me ensinar qualquer noção de siglística e, ainda por cima, começou a racionar as poucas simpatias que julgava seguras para mim.

Irritei-me com a demora, mas me mantive calado, confiando em que, se me mostrasse responsável e meticulosamente cuidadoso, ele acabaria relaxando e as coisas voltariam ao normal. Éramos uma família e eu sabia que qualquer problema entre nós acabaria por ser superado. Eu só precisava de tempo.

Mal sabia que nosso tempo se aproximava rapidamente do fim.

CAPÍTULO 15

Distrações e despedidas

A CIDADE SE CHAMAVA HALLOWFELL. Paramos lá por alguns dias porque havia no local um bom fabricante de carroças e quase todos os nossos veículos precisavam de algum tipo de cuidado ou conserto. Enquanto aguardávamos, Ben recebeu uma proposta que não pôde recusar.

Tratava-se de uma viúva razoavelmente rica, razoavelmente jovem e, para meus olhos inexperientes, razoavelmente atraente. A história oficial era que ela precisava de alguém para servir de tutor do filho pequeno. Mas quem visse os dois caminhando juntos perceberia a verdade por trás dessa história.

Ela fora casada com o cervejeiro, que tinha morrido afogado dois anos antes. Vinha tentando dirigir a cervejaria da melhor maneira possível, mas a rigor não tinha conhecimento nem experiência para fazer um bom trabalho...

Como você vê, acho que ninguém conseguiria construir uma armadilha melhor para Ben, nem se tentasse.

Os planos foram modificados e a trupe permaneceu mais alguns dias em Hallowfell. Antecipou-se a data do meu aniversário para combiná-la com a festa de despedida de Ben.

Para ter uma ideia clara do que foi isso, você precisa entender que nada é tão grandioso quanto os integrantes de uma trupe ao se exibirem uns para os outros. Os bons artistas procuram tornar especial cada apresentação, mas convém lembrar que o espetáculo que eles montam para você é o mesmo que já montaram para centenas de outras plateias. Até as trupes mais dedicadas têm lá suas apresentações desenxabidas vez por outra, especialmente quando sabem que podem sair impunes.

As cidadezinhas, as hospedarias rurais, esses lugares não sabiam a diferença entre um bom e um mau espetáculo. Mas os colegas do meio artístico sabiam.

Então pense só: como entreter pessoas que já o viram representar mil vezes? Você sacode a poeira dos velhos truques. Experimenta alguns novos.

Torce pelo melhor. E, é claro, os grandes fracassos divertem tanto quanto os grandes sucessos.

Lembro-me dessa noite como um maravilhoso borrão de emoções calorosas, com toques de tristeza. Violinos, alaúdes e tambores, todos tocaram seus instrumentos, dançaram e cantaram o quanto quiseram. Eu diria que rivalizamos com qualquer festejo do reino encantado de que você possa se lembrar.

Ganhei presentes. Trip me deu uma faca com cabo de couro para usar na cinta, alegando que todos os meninos deviam ter algo com que pudessem machucar-se. Shandi me deu uma capa encantadora, feita por ela, cheia de bolsinhos espalhados para guardar os tesouros de um menino. Meus pais me deram um alaúde, uma peça linda, de madeira escura e lisa. Tive de tocar uma música, é claro, e Ben cantou comigo. Meus dedos escorregaram um pouco nas cordas do instrumento pouco conhecido e Ben desafinou uma ou duas vezes procurando as notas, mas foi bonito.

Ben abriu um barrilzinho de aguardente de hidromel que vinha guardando "justamente para uma ocasião como essa". Lembro-me de ela ter o sabor de como eu me sentia: agridoce e taciturno.

Várias pessoas tinham colaborado na composição de *A Balada de Ben, Cervejeiro-Mor*. Meu pai a declamou com a gravidade de quem recitasse a linhagem da casa real de Modeg, acompanhando-se numa pequena harpa. Todos riram de chorar, Ben, duas vezes mais que os outros.

A certa altura da noite, mamãe me tomou nos braços e dançou comigo, rodopiando num grande círculo. Seu riso parecia cantarolar feito música levada pelo vento. Seu cabelo e sua saia giravam à minha volta enquanto ela rodava. Seu perfume era reconfortante, como só o das mães sabe ser. Essa fragrância e o beijo risonho e rápido que ela me deu ajudaram mais a amenizar a dor surda da partida de Ben do que todas as outras diversões juntas.

Shandi se ofereceu para lhe fazer uma dança especial, mas só se Ben entrasse em sua tenda para vê-la. Eu nunca o tinha visto enrubescer, mas ele corou como poucos. Hesitou e, quando se recusou, ficou óbvio que isso lhe foi tão fácil quanto arrancar a própria alma. Shandi protestou e fez biquinho com muito jeito, dizendo que vinha ensaiando fazia um tempão. Por fim, arrastou-o para dentro da tenda e o desaparecimento dos dois foi incentivado por vivas de toda a trupe.

Trip e Teren travaram uma falsa luta de espadas, que em parte foi uma emocionante exibição de esgrima, em parte, um solilóquio dramático (proporcionado por Teren) e, em parte, uma bufonaria que tenho certeza que Trip deve ter inventado na hora. A luta abarcou todo o acampamento. No decorrer dela, Trip conseguiu quebrar sua espada, esconder-se sob o vestido de uma dama, esgrimir com uma linguiça e executar acrobacias tão fantásticas que foi um milagre não ter-se machucado seriamente. Mas rasgou os fundilhos.

Dax incendiou seu rosto, na tentativa de executar um número espetacular de cuspir fogo, e teve de ser encharcado. Sofreu apenas umas chamuscadas na barba e ficou com o orgulho levemente ferido. Recuperou-se depressa sob os ternos cuidados de Ben, com um caneco de aguardente de hidromel e um lembrete de que nem todos foram feitos para ter sobrancelhas.

Meus pais cantaram *O Lai de Sir Savien Traliard*. A exemplo da maioria das grandes canções, *Sir Savien* fora escrita por Illien e era considerada praticamente por todos como o coroamento de sua obra.

É uma bela canção, que se tornou ainda mais bonita pelo fato de até então eu só ter ouvido meu pai interpretá-la na íntegra umas poucas vezes. É de uma complexidade infernal e provavelmente ele era o único na trupe que conseguia ficar à sua altura. Embora papai não o demonstrasse particularmente, eu sabia que era um grande esforço até mesmo para ele. Mamãe fez o contracanto, com voz suave e ritmada. Até o fogo parecia aquietar-se quando eles faziam uma pausa para respirar. Senti meu coração se elevar e se abater. Chorei tanto pela glória daquelas duas vozes tão perfeitamente entrelaçadas quanto pela tragédia da canção.

Sim, chorei no final. Foi o que fiz naquele momento e em todas as ocasiões desde então. Até a leitura da história em voz alta me traz lágrimas aos olhos. Na minha opinião, quem não se comove com ela não chega a ser humano por dentro.

Quando eles terminaram houve um silêncio momentâneo, no qual todos enxugaram os olhos e assoaram o nariz. Depois, uma vez decorrido um período adequado de recuperação, alguém gritou:

— Lanre! Lanre!

Papai deu um sorriso torto e abanou a cabeça. Nunca apresentava nenhuma parte de uma canção enquanto não estivesse terminada.

— Vamos, Arl! — exclamou Shandi. — Você já está cozinhando isso há muito tempo. Dê-nos uma provinha!

Ele tornou a abanar a cabeça, sempre sorridente.

— Ainda não está pronta — disse, abaixando-se e guardando cuidadosamente seu alaúde na caixa.

— Só uma provinha, Arliden — veio a voz de Teren dessa vez.

— É, pelo Ben. Não é justo ele ter que ouvi-lo resmungar sobre isso durante tanto tempo e não ter...

— ...ficam pensando no que você faz naquela carroça com a sua mulher, se não é...

— Cante!

– Lanre!

Trip organizou rapidamente a trupe inteira numa grande massa a cantar e ulular. Papai conseguiu suportar por quase um minuto, até se abaixar e tornar a tirar o alaúde do estojo. Todos deram vivas.

A multidão se calou mal ele tornou a se sentar. Ele afinou uma ou duas cordas, apesar de ter acabado de guardar o instrumento. Flexionou os dedos e dedilhou baixinho algumas notas experimentais, depois entrou tão suavemente na canção que eu me apanhei escutando antes de saber que ela já havia começado. Então a voz de meu pai se fez ouvir acima do subir e descer da melodia.

"*Sentem-se e ouçam todos, pois cantarei*
Uma história criada e esquecida em velhos
E idos tempos. A história de um homem:
O orgulhoso Lanre, forte como o flexível aço,
Da espada que sempre tinha pronta à mão.
Ouçam como ele lutou, caiu e tornou a se erguer,
Para de novo tombar e à sombra padecer.
Derrubado pelo amor, o amor à terra natal,
E o amor por sua esposa, Lyra, a cujo chamado fatal
Ele se ergueu e cruzou as portas da morte, ouvi dizer,
Para pronunciar o nome da amada
Como o sopro primeiro de seu renascer."

Meu pai respirou fundo e fez uma pausa com a boca aberta, como se fosse continuar. Então um sorriso largo e malicioso se espalhou por seu rosto e ele se curvou para guardar o alaúde em segurança. Houve uma grande gritaria e muitas reclamações, mas todos sabiam ter tido sorte por ouvir o pouco que tinham escutado. Outra pessoa iniciou uma canção dançante e os protestos se extinguiram.

Meus pais dançaram juntos, mamãe com a cabeça no peito dele. Ambos tinham os olhos fechados. Pareciam perfeitamente felizes. Quem consegue encontrar alguém assim, alguém a quem abraçar e com quem fechar os olhos para o mundo, é uma pessoa de sorte. Mesmo que dure apenas um minuto, ou um dia. A imagem deles balançando suavemente ao som da música é como visualizo mentalmente o amor, mesmo decorridos tantos anos.

Mais tarde, Ben dançou com mamãe, com passos seguros e majestosos. Impressionou-me ver como eram bonitos juntos. Ben, idoso, grisalho e corpulento, com o rosto enrugado e as sobrancelhas meio queimadas. Mamãe, esguia, jovem e luminosa, com a tez pálida e lisa à luz da fogueira. Os dois se complementavam pelo contraste. Foi doloroso saber que talvez eu nunca mais os visse juntos.

Já então o céu começava a clarear no leste. Todos se reuniram para suas despedidas finais.

Não consigo lembrar-me do que disse a Ben antes de partirmos. Sei que me pareceu tristemente insuficiente, mas sei também que ele compreendeu. Fez-me prometer que eu não me meteria em encrencas brincando com as coisas que me ensinara.

Abaixou-se um pouco e me deu um abraço, depois despenteou meu cabelo. Nem me importei. Numa semirretaliação, tentei alisar suas sobrancelhas, coisa que sempre tivera vontade de fazer.

Sua expressão de surpresa foi maravilhosa. Ele me estreitou noutro abraço. Depois afastou-se.

Meus pais prometeram redirecionar a trupe para a cidade quando estivéssemos naquela região. Todos os integrantes disseram que não precisariam de muito direcionamento. Mas, mesmo jovem como era, eu sabia a verdade. Muito tempo se passaria até que eu voltasse a vê-lo. Anos.

Não me recordo da partida naquela manhã, mas me lembro de ter tentado dormir e me sentido muito sozinho, a não ser por uma dor difusa e agridoce.

———

Depois, quando acordei à tarde, encontrei um embrulho a meu lado. Envolto num pedaço de aniagem e amarrado com um cordão, trazia um pedaço brilhante de papel com meu nome preso por cima, balançando ao vento feito uma bandeirola.

Ao desfazer o embrulho, reconheci a encadernação. Era *Retórica e lógica*, o livro que Ben havia usado para me ensinar argumentação. De sua pequena biblioteca de uma dúzia de livros, era o único que eu não tinha lido de ponta a ponta. Eu o detestava.

Abri-o e vi a dedicatória na parte interna da capa. Dizia:

"Kvothe,

Defenda-se bem na Universidade. Deixe-me orgulhoso.
Lembre-se da canção de seu pai. Cuidado com a insensatez.

Seu amigo
Abenthy"

Ben e eu nunca havíamos conversado sobre eu cursar a Universidade. É claro que eu sonhava ir para lá um dia. Mas eram sonhos que relutava em compartilhar com meus pais. Frequentar a Universidade significaria deixá-los, assim como a minha trupe, deixar todos e tudo que eu já havia conhecido.

Para ser muito franco, era uma ideia assustadora. Como seria eu me instalar num lugar não apenas por uma noite ou alguns dias, mas por meses, anos? Não representar mais? Não fazer cabriolas com Trip nem o papel do filho jovem e atrevido do nobre em *Três vinténs por um desejo?* Nada mais de carroças? Ninguém com quem cantar?

Eu nunca dissera nada em voz alta, mas Ben devia ter adivinhado. Reli sua dedicatória, chorei um pouco e lhe prometi que faria o melhor que pudesse.

CAPÍTULO 16

Esperança

NOS MESES SEGUINTES, meus pais fizeram o possível para preencher o vazio deixado pela ausência de Ben, trazendo os outros artistas da trupe para ocupar meu tempo de forma produtiva e impedir que eu ficasse triste.

Sabe, na trupe a idade pouco tinha a ver com o que quer que fosse. Se a pessoa tivesse força suficiente para selar cavalos, selava os cavalos. Se suas mãos fossem rápidas o bastante, fazia malabarismos. Se tivesse o rosto bem escanhoado e coubesse no vestido, fazia o papel de lady Reythiel em *O porqueiro e o rouxinol*. Em geral, era tudo simples assim.

Por isso, Trip me ensinou a fazer piadas e dar cambalhotas. Shandi me conduziu pelas danças da corte de meia dúzia de países. Teren mediu minha altura pelo punho de sua espada e julgou que eu havia crescido o bastante para me iniciar nos fundamentos da esgrima. Não o bastante para lutar propriamente, frisou, mas o suficiente para fazer uma boa exibição no palco.

As estradas ficavam boas nessa época do ano, de modo que fizemos o trajeto para o norte pela República num tempo excelente: 25 a 30 quilômetros por dia, procurando novos vilarejos em que nos apresentarmos. Com a partida de Ben, eu viajava com meu pai com mais frequência e ele iniciou minha preparação formal para o palco.

Eu já sabia muita coisa, é claro. Mas o que tinha aprendido fora uma misturada sem disciplina. Papai tratou de me mostrar sistematicamente a verdadeira mecânica do ofício de ator: como ligeiras mudanças de inflexão ou postura faziam um homem parecer atrapalhado, astucioso ou tolo.

Por último, mamãe começou a me ensinar a me comportar na companhia de pessoas refinadas. Eu sabia algumas coisas, por nossas temporadas infrequentes com o barão Greyfallow, e me julgava suficientemente polido sem ter que decorar formas de tratamento, detalhes de etiqueta à mesa e a hierarquia complicada e confusa da nobreza. E foi exatamente o que acabei dizendo a mamãe.

— Quem se importa se um visconde modegano é superior a um spara-thain víntico? — protestei. — E quem se importa se um deles é "vossa graça" e o outro é "milorde"?

— Eles se importam — respondeu minha mãe em tom firme. — Se vai se apresentar para eles, você precisa conduzir-se com dignidade e aprender a manter o cotovelo fora da sopa.

— Papai não se preocupa com que garfo usar nem com quem é superior a quê — reclamei.

Mamãe carregou o sobrolho e estreitou os olhos.

— Quem é superior a *quem* — corrigi-me, de má vontade.

— Seu pai sabe mais do que deixa transparecer. E o que não sabe, ele contorna sem pestanejar, graças a seu charme considerável. É assim que ele se arranja — disse. Segurou meu queixo e levantou meu rosto para ela. Seus olhos eram verdes, com um halo dourado em volta das pupilas. — Você quer simplesmente se arranjar? Ou quer me deixar orgulhosa?

Só havia uma resposta para isso. Uma vez que me empenhei em aprender, foi só mais um tipo de encenação. Outro roteiro. Mamãe fazia rimas para me ajudar a lembrar dos detalhes mais absurdos da etiqueta. Juntos escrevemos uma musiquinha obscena, chamada *O pontífice está sempre embaixo da rainha*. Rimos com ela por um mês inteiro, e mamãe me proibiu rigorosamente de cantá-la para papai, por medo de que um dia ele a tocasse diante das pessoas erradas e nos metesse a todos numa grande enrascada.

———

— Árvore! — veio o grito quase inaudível lá da frente. — Carvalhaço triplo!

Meu pai parou no meio do monólogo que estava recitando para mim e deu um suspiro irritado.

— Então é só até onde chegaremos hoje — resmungou, olhando para o céu.

— Nós vamos parar? — gritou mamãe de dentro da carroça.

— Outra árvore atravessada na estrada — expliquei.

— Francamente! — exclamou papai, virando a carroça em direção a uma clareira à margem da estrada. — Esta é ou não é a estrada real? É como se fôssemos as únicas pessoas nela! Há quanto tempo foi aquele temporal? Duas onzenas?

— Nem isso — respondi. — Dezesseis dias.

— E ainda há árvores bloqueando a estrada! Ando com vontade de mandar uma conta para o consulado por cada árvore que tivemos de cortar e arrastar para fora do caminho. Isso nos atrasará mais umas três horas.

Meu pai saltou da carroça quando ela parou.

— Eu acho agradável — disse mamãe, dando a volta por trás da carroça. — Isso nos dá a chance de ter alguma coisa quente — dirigiu um olhar significativo a meu pai – para comer. É frustrante nos arranjarmos com o que quer que possamos conseguir no fim do dia. O corpo pede mais do que isso.

O estado de humor de papai pareceu melhorar consideravelmente.

– Isso é verdade – concordou ele.

– Benzinho – mamãe me chamou. – Você acha que pode encontrar um pouco de sálvia-brava para mim?

– Não sei se ela cresce por aqui – respondi, com a dose adequada de insegurança na voz.

– Procurar não faz mal – retrucou mamãe sensatamente. Olhou de soslaio para meu pai. – Se você encontrar bastante, traga-me uma braçada. Vamos secá-la para depois.

Tipicamente, não tinha muita importância se eu encontrava ou não o que estava procurando.

Era meu hábito perambular para longe da trupe ao entardecer. Em geral, eu tinha alguma coisa para fazer enquanto meus pais preparavam o jantar. Mas era só uma desculpa para nos afastarmos um pouco. É difícil ter privacidade na estrada, e eles precisavam dela tanto quanto eu. Por isso, se eu levasse uma hora para trazer uma braçada de lenha, eles não se importavam. E, se não tivessem começado a fazer o jantar quando eu voltava, bem, era justo, não era?

Espero que tenham aproveitado bem aquelas últimas horas. Espero que não as tenham desperdiçado em tarefas insignificantes, como acender a fogueira para a noite e picar legumes para o jantar. Espero que tenham cantado juntos, como faziam tantas vezes. Espero que se tenham recolhido à nossa carroça e passado um bom tempo nos braços um do outro. Espero que depois tenham-se deitado bem juntinhos e conversado em voz baixa sobre bobagens. Espero que tenham ficado juntos, ocupados em se amar, até chegar o fim.

É uma pequena esperança, e inútil, na verdade. Eles estão mortos, de qualquer jeito.

Mesmo assim, eu espero.

———

Deixemos de lado o tempo que passei sozinho na mata naquele entardecer, brincando de coisas que as crianças inventam para se divertir. Nas últimas horas despreocupadas da minha vida. Os últimos momentos da minha infância.

Deixemos de lado minha volta ao acampamento quando o sol começava a se pôr. A visão dos corpos espalhados, feito bonecas quebradas. O cheiro de sangue e cabelo queimado. O modo como perambulei a esmo, desnorteado demais para ficar propriamente em pânico, entorpecido pelo choque e pelo pavor.

Eu gostaria de passar por cima de toda aquela noite, na verdade. Gostaria de poupar você do fardo de qualquer parte dela se uma de suas peças não fosse necessária à história. É vital. É o eixo em torno do qual gira a história, como uma porta que se abre. Em certo sentido, é onde a história começa.

Então vamos acabar logo com isso.

———

Retalhos dispersos de fumaça se elevavam no ar parado do crepúsculo. Fazia silêncio, como se todos da trupe estivessem à escuta de algo. Como se todos prendessem a respiração. Um vento indolente pelejava com as folhas das árvores, e soprou um retalho de fumaça como uma nuvem baixa na minha direção. Deixei a floresta e atravessei a fumaça, caminhando para o acampamento.

Saí da nuvem esfregando os olhos, para tirar um pouco da ardência. Ao olhar em volta, vi a barraca do Trip meio desabada, ardendo em sua fogueira. A lona queimava intermitentemente e a fumaça cinzenta e acre pairava junto ao chão, no ar sereno do anoitecer.

Vi o corpo de Teren caído junto à sua carroça, a espada quebrada na mão. O verde e cinza que ele normalmente usava estava molhado e vermelho de sangue. Uma de suas pernas se contorcia numa posição antinatural e o osso estilhaçado que varava a pele era muito, muito branco.

Fiquei parado, sem conseguir desviar os olhos dele, da camisa cinzenta, do sangue vermelho, do osso branco. Fitei-os como um diagrama que eu tentasse compreender num livro. Com o corpo entorpecido, tive a sensação de tentar raciocinar imerso num xarope.

Uma partezinha racional de mim se deu conta de que eu estava em choque profundo. Repetiu-me esse fato vez após outra. Usei todo o treinamento recebido de Ben para ignorá-la. Eu não queria pensar no que estava vendo. Não queria saber o que havia acontecido ali. Não queria saber o que significava nada daquilo.

Depois de não sei quanto tempo, um fiapo de fumaça rompeu meu campo visual. Sentei-me perto da fogueira mais próxima, aturdido. Era a fogueira de Shandi; uma panelinha pendurada fervilhava em fogo brando, cozinhando batatas, estranhamente familiares em meio ao caos.

Concentrei-me na panela. Uma coisa normal. Usei um graveto para tocar o conteúdo e vi que as batatas estavam cozidas. Normal. Levantei a panela do fogo e a pus no chão, ao lado do corpo de Shandi. A roupa dela pendia em frangalhos. Tentei afastar-lhe o cabelo do rosto e minha mão ficou pegajosa de sangue. A luz do fogo se refletia em seus olhos foscos, vazios.

Levantei-me e olhei em volta, a esmo. A barraca de Trip já estava inteiramente tomada pelas chamas e a carroça de Shandi tinha uma roda sobre a fogueira de Marion. Todas as chamas tinham um toque azulado, o que tornava a cena onírica e surreal.

Ouvi vozes. Espiando pelo canto da carroça de Shandi, vi vários homens e mulheres desconhecidos sentados ao redor de uma fogueira. A fogueira de meus pais. Uma tonteira se apossou de mim e estendi a mão para me firmar na roda da carroça. Quando a segurei, as tiras de ferro que a reforçavam se desfizeram em minha mão, esfareladas em camadas granulosas de ferrugem marrom. Quando tirei a mão, a roda rangeu e começou a rachar. Dei um passo atrás enquanto ela tombava, desfazendo a carroça em lascas, como se sua madeira estivesse podre feito um velho toco de árvore.

Tive então uma visão plena da fogueira. Um dos homens deu uma cambalhota para trás e se pôs de pé, com a espada em punho. Seu movimento me fez lembrar mercúrio rolando de um pote num tampo de mesa: corredio e elástico. Sua expressão era concentrada, mas o corpo estava relaxado, como se ele houvesse apenas levantado para se espreguiçar.

A espada era alva e elegante. Ao se mover, cortou o ar com um som agudo. Fez-me lembrar o silêncio que cai sobre os dias mais frios do inverno, quando é doloroso respirar e tudo fica inerte.

Ele estava a uns 7, 8 metros de mim, mas pude vê-lo perfeitamente à luz esmaecente do crepúsculo. Lembro-me dele com a mesma clareza com que me lembro de minha mãe; às vezes mais. Seu rosto era estreito, de linhas bem definidas, com a beleza perfeita da porcelana. O cabelo descia até os ombros, emoldurando-lhe o rosto em cachos soltos, da cor da geada. Era uma criatura com a lividez do inverno. Tudo nele era frio, cortante e branco.

Exceto os olhos. Esses eram negros como os de uma cabra, mas não tinham íris. Eram como sua espada, e nenhum dos dois refletia a luz da fogueira ou do sol poente.

Ele relaxou ao me ver. Arriou a ponta da espada e sorriu com perfeitos dentes de marfim. Foi a expressão de um pesadelo. Uma pontada de sensação penetrou na confusão com que eu me agasalhava, como se fora uma grossa capa protetora. Alguma coisa afundou as mãos em meu peito e apertou. Talvez tenha sido a primeira vez na vida em que fiquei verdadeiramente apavorado.

Junto à fogueira, um homem calvo, de barba grisalha, deu um risinho.

— Parece que deixamos um coelhinho escapar. Cuidado, Gris, os dentes dele podem ser afiados.

O chamado Gris embainhou a espada com o som de uma árvore rachando sob o peso do gelo hibernal. Mantendo a distância, ajoelhou-se. Mais uma vez lembrei-me dos movimentos do mercúrio. Olhos nivelados com os meus, sua expressão se tornou apreensiva por trás dos olhos negros e foscos.

– Como é seu nome, garoto?

Fiquei inerte, mudo. Congelado como uma corça assustada.

Gris deu um suspiro e baixou os olhos para o chão por um instante. Quando tornou a erguê-los para me fitar, vi a piedade me encarando com um olhar vazio.

– Rapazinho, onde estão seus pais? – indagou. Reteve meu olhar por um momento, depois olhou para trás por cima dos ombros, em direção à fogueira em volta da qual os outros se sentavam.

– Alguém sabe onde estão os pais dele?

Alguns sorriram, um sorriso duro e fugaz, como quem apreciasse uma excelente piada. Um ou dois riram alto. Gris se virou para mim e a piedade desapareceu como uma máscara esfacelada, deixando apenas o sorriso de pesadelo em seu rosto.

– Esta é a fogueira dos seus pais? – perguntou, com terrível prazer na voz.

Assenti com a cabeça, aturdido.

Seu sorriso se desfez lentamente. Sem expressão, ele me lançou um olhar penetrante. Tinha a voz baixa, fria, aguda:

– Os pais de alguém andaram cantando o tipo inteiramente errado de canção.

– *Gris* – veio uma voz fria da direção da fogueira.

Os olhos negros se estreitaram, irritados.

– O que é? – ele sibilou.

– *Você está atraindo meu desagrado. Esse aí não fez nada. Mande-o para o cobertor macio e indolor do sono.*

A voz fria se embargou de leve nesta última palavra, como se ela fosse difícil de enunciar.

A voz vinha de um homem sentado longe dos demais, envolto em sombras, nos limites do fogo. Embora o pôr do sol ainda clareasse o céu e não houvesse nada entre a fogueira e o lugar onde ele se sentava, as sombras se acumulavam a seu redor como óleo espesso. O fogo crepitava e dançava, animado e quente, com um toque azulado, mas nenhum lampejo de sua luz se aproximava dele. A sombra se adensava em volta de sua cabeça. Captei o vislumbre de um capuz grande e escuro, como os que usavam alguns sacerdotes, mas as sombras embaixo dele eram tão profundas que era como olhar para um poço à meia-noite.

Gris deu uma olhadela no homem ensombrecido, depois virou a cabeça.

– Você é tão bom quanto um vigia, Haliax – disparou.

– *E você parece esquecer-se do nosso objetivo* – retrucou o homem obscuro, cuja voz fria se aguçou. – *Ou será que o seu objetivo simplesmente difere do meu?*

Estas últimas palavras foram proferidas com cuidado, como se encerrassem um significado especial.

A arrogância de Gris o abandonou num segundo, como água despejada de um balde.

— Não — disse ele, virando-se novamente para a fogueira. — Não, certamente não.

— *Isso é bom. Eu detestaria pensar em nosso longo convívio chegando ao fim.*

— Eu também.

— *Relembre-me outra vez nossa relação, Gris* — disse o homem ensombrecido, seu tom paciente perpassado por um fio cortante de raiva.

— Eu... eu estou a seu serviço... — retrucou Gris, com um gesto apaziguador.

— *Você é um instrumento em minhas mãos* — interrompeu gentilmente o homem envolto em sombras. — *Nada mais.*

Um toque de desafio se esboçou na expressão de Gris. Ele fez uma pausa.

— Eu gos...

— *Férula* — disse a voz baixa, endurecendo-se como uma barra de aço de Ramston.

A graça mercurial de Gris desapareceu. Ele cambaleou, com o corpo subitamente enrijecido de dor.

— *Você é um instrumento em minhas mãos* — repetiu a voz gélida. — *Diga-o!*

O queixo de Gris se travou de raiva por um instante, depois ele teve um espasmo e gritou, mais parecendo um animal ferido que um homem.

— Sou um instrumento nas suas mãos — arquejou.

— *Lorde Haliax.*

— Sou um instrumento em suas mãos, lorde Haliax — corrigiu-se Gris, arriando de joelhos, trêmulo.

— *Quem conhece seu nome até as entranhas, Gris?*

As palavras foram ditas com lenta paciência, como um professor que recitasse uma lição esquecida.

Gris cruzou os braços trêmulos sobre a cintura e se curvou, fechando os olhos.

— O senhor, lorde Haliax.

— *Quem o mantém protegido dos Amyr? E dos cantores? E dos sithes? De todos os que gostariam de feri-lo no mundo?* — indagou Haliax com serena polidez, como que sinceramente curioso a respeito de qual seria a resposta.

— O senhor, lorde Haliax — admitiu Gris, cuja voz era um farrapo esgarçado de dor.

— *E a que propósitos você serve?*

– Aos seus, lorde Haliax. – As palavras vieram estranguladas. – Aos seus. Aos de mais ninguém.

A tensão desapareceu do ar e o corpo de Gris amoleceu subitamente. Ele tombou para a frente sobre as mãos e as gotas de suor pingaram de seu rosto, tamborilando no chão feito chuva. O cabelo branco lhe escorria sobre as faces.

– Obrigado, senhor – ofegou ele, compenetrado. – Não tornarei a me esquecer.

– *Tornará, sim. Você gosta demais das suas pequenas crueldades. Todos vocês.* – O rosto de Haliax virou de um lado para outro, fitando cada figura sentada ao redor do fogo. Todos se remexeram, incomodados. – *Fico feliz por ter decidido acompanhá-los hoje. Vocês estão se desviando, entregando-se a caprichos. Alguns parecem ter esquecido o que buscamos, o que desejamos realizar.*

Os outros ao redor da fogueira se alvoroçaram, inquietos.

O capuz se virou novamente para Gris.

– *Mas vocês têm o meu perdão. Talvez, a não ser por esses lembretes, fosse eu a esquecer* – disse, com um tom incisivo nestas últimas palavras. – *Agora, terminem o que...*

Sua voz fria se extinguiu, enquanto o capuz ensombrecido se inclinava lentamente para olhar o céu. Houve um silêncio expectante.

Os que se sentavam em torno da fogueira ficaram perfeitamente imóveis, com uma expressão atenta. Em conjunto, todos inclinaram a cabeça, como que fitando o mesmo ponto do céu crepuscular. Como que tentando captar o aroma de alguma coisa no vento.

A sensação de estar sendo vigiado me chamou a atenção. Experimentei uma tensão, uma mudança súbita na textura do ar. Concentrei-me nela, contente por essa distração, contente por qualquer coisa que me impedisse de pensar com clareza, só por mais alguns segundos.

– *Eles estão vindo* – disse Haliax, baixinho. Levantou-se, e a sombra pareceu borbulhar para fora dele como uma neblina tenebrosa. – *Depressa. Para mim.*

Os outros se levantaram de seus lugares ao redor da fogueira. Gris se pôs de pé, numa pressa atrapalhada, e deu meia dúzia de passos, cambaleando em direção ao fogo.

Haliax abriu os braços e a sombra à sua volta se desdobrou como uma flor desabrochando. Então cada um dos outros se virou com estudada desenvoltura e iniciou um passo em direção a ele, à sombra que o circundava. No entanto, enquanto seus pés baixavam, todos se moveram com mais lentidão e, pouco a pouco, como areia soprada pelo vento, desapareceram. Apenas Gris olhou para trás, com um toque de raiva nos olhos de pesadelo.

E se foram.

Não sobrecarregarei você narrando o que veio depois. O modo como corri de um corpo para outro, numa busca frenética de sinais de vida, como Ben me havia ensinado. Minha vã tentativa de cavar uma sepultura. A maneira como raspei a terra até ficar com os dedos ensanguentados, em carne viva. O modo como encontrei meus pais...

Foi nas horas mais tenebrosas da noite que encontrei nossa carroça. Nosso cavalo a arrastara pela estrada por quase 100 metros, antes de morrer. Ela parecia muito normal por dentro, bem arrumada e calma. Fiquei impressionado com o tanto que a parte traseira recendia ao cheiro deles dois.

Acendi todos os lampiões e velas que havia lá dentro. A luz não trouxe nenhum consolo, mas tinha o dourado franco do fogo real, sem toques de azul. Peguei o estojo com o alaúde de papai. Deitei-me na cama de meus pais com o instrumento a meu lado. O travesseiro de mamãe tinha o perfume de seu cabelo, de um abraço. Eu não pretendia dormir, mas o sono se apoderou de mim.

Acordei tossindo, com tudo em chamas a meu redor. Tinham sido as velas, é claro. Ainda entorpecido pelo choque, juntei algumas coisas numa sacola. Movi-me com vagar e a esmo, sem sentir medo ao puxar o livro de Ben de baixo de meu colchão em chamas. Que horror poderia um simples incêndio ter para mim naquele momento?

Pus o alaúde de papai no estojo. Era como se o estivesse roubando, mas não pude pensar em mais nada que me lembrasse deles. As mãos de ambos haviam alisado aquela madeira milhares e milhares de vezes.

Depois disso, fui embora. Entrei na floresta e continuei andando até o alvorecer começar a clarear as fímbrias orientais do céu. Quando os pássaros se puseram a cantar, parei e arriei a sacola. Peguei o alaúde de meu pai e o estreitei junto ao corpo. Comecei a tocar.

Meus dedos doíam, mas toquei assim mesmo. Toquei até sangrarem nas cordas. Toquei até o sol brilhar por entre as árvores. Toquei até ficar com os braços doloridos. Toquei, tentando não lembrar, até adormecer.

CAPÍTULO 17

Interlúdio – Outono

KVOTHE ESTENDEU A MÃO para o Cronista, depois virou-se para seu discípulo, franzindo o cenho.

– Pare de me olhar desse jeito, Bast.

Ele parecia à beira das lágrimas.

– Ah, Reshi – disse, com a voz embargada –, eu não fazia ideia.

Kvothe fez um gesto de quem cortasse o ar com a lateral da mão.

– Não havia razão para que fizesse, Bast, e não há razão para fazer um escarcéu por causa disso.

– Mas Reshi...

Kvothe lhe lançou um olhar severo.

– O que é, Bast? Devo chorar e arrancar os cabelos? Maldizer Tehlu e seus anjos? Dar murros no peito? Não. Isso seria um drama barato.

Sua voz se abrandou um pouco e ele acrescentou:

– Agradeço seu interesse, mas isto é apenas um pedaço da história, nem sequer o pior, e *não* o estou contando para despertar piedade.

Em seguida afastou a cadeira da mesa e se levantou.

– Ademais, tudo isso aconteceu há muito tempo – disse, com um gesto desdenhoso. – O tempo é um grande remédio, e por aí vai.

Esfregou as mãos e completou:

– Agora vou buscar lenha suficiente para atravessarmos a noite. Vai esfriar, se é que sou um bom juiz do tempo. Vocês podem preparar uns dois pães para assar enquanto vou lá fora, e tratem de se recompor. Eu me recuso a contar o resto desta história se ficarem me olhando com esses olhos choramingões.

Com isso, Kvothe foi para trás do bar e cruzou a porta da cozinha, em direção à saída dos fundos da hospedaria.

Bast esfregou os olhos com gestos rudes, depois observou seu mestre afastar-se.

– Ele fica bem, desde que se mantenha ocupado – disse baixinho.

– Perdão, como disse? – perguntou o Cronista, com ar pensativo. Remexeu-se na cadeira, sem jeito, como quem quisesse levantar-se mas não conseguisse descobrir uma forma educada de pedir licença.

Bast lhe deu um sorriso caloroso, com os olhos novamente de um azul humano.

– Fiquei muito empolgado ao saber quem você era, saber que ele ia contar sua história. Ele anda muito abatido ultimamente e não há nada que consiga arrancá-lo disso, nada a fazer senão ficar sentado, remoendo as ideias. Tenho certeza de que a recordação dos bons tempos fará... – Fez uma careta e se interrompeu. – Não estou me expressando muito bem. Desculpe-me por agora há pouco. Eu não estava raciocinando direito.

– N... não – gaguejou o Cronista, depressa. – Eu é que... a culpa foi minha, desculpe.

Bast abanou a cabeça.

– Você apenas ficou surpreso, mas só tentou me prender numa conexão – disse, assumindo uma expressão meio sofrida. – Não que tenha sido agradável, entenda bem. É como levar um chute entre as pernas... no corpo todo. Faz a gente sentir-se enjoado e fraco, mas é só dor. Não foi como se você quisesse realmente me ferir – completou, com ar constrangido. – Eu ia fazer muito mais do que feri-lo. Poderia tê-lo matado antes mesmo de parar para pensar.

Antes que se instaurasse um silêncio incômodo, o Cronista perguntou:

– Por que não aceitamos a palavra dele, reconhecemos que estávamos ambos sofrendo de uma idiotice cegante e deixamos para lá?

Ele conseguiu dar um sorriso pálido e sincero, apesar das circunstâncias.

– Paz? – sugeriu, estendendo a mão.

– Paz – concordou Bast.

E os dois apertaram-se as mãos com uma afabilidade muito mais autêntica do que tinham feito antes. Quando Bast estendeu o braço sobre a mesa, sua manga foi repuxada e revelou um machucado despontando no pulso.

Sem jeito, ele repôs a camisa no lugar.

– Foi de quando ele me segurou – apressou-se a explicar. – Ele é mais forte do que parece. Não lhe mencione isso. Só o fará sentir-se mal.

———

Kvothe emergiu da cozinha e fechou a porta ao sair. Deu uma olhada em volta e pareceu surpreso ao ver uma tarde amena de outono, e não a floresta primaveril de sua história. Levantou as alças de um carrinho de mão de fundo chato e o levou para o bosque atrás da hospedaria, pisoteando as folhas caídas.

Não muito longe, entre as árvores, ficava o suprimento de lenha para o inverno. Pedaços e mais pedaços de carvalho e freixo se empilhavam, formando paredes tortas entre os troncos das árvores vivas. Kvothe jogou dois deles no carrinho; a lenha bateu no fundo como num tambor surdo. A esses seguiram-se outros dois. Os movimentos de Kvothe eram precisos, seu rosto não tinha expressão e o olhar estava muito distante.

À medida que ele continuava a carregar o carrinho, os gestos iam ficando cada vez mais lentos, como uma máquina cuja corda acabasse. Por fim, Kvothe parou por completo e passou um bom minuto de pé, imóvel como uma rocha. Só então perdeu a compostura. Mesmo não havendo ninguém presente para ver, cobriu o rosto com as mãos e chorou baixinho, o corpo sacudindo em ondas e mais ondas de soluços pesados e silenciosos.

CAPÍTULO 18

Estradas para locais seguros

A MAIOR FACULDADE QUE nossa mente possui é, talvez, a capacidade de lidar com a dor. O pensamento clássico nos ensina sobre as quatro portas da mente, e cada um cruza de acordo com sua necessidade.

Primeiro, existe a porta do sono. O sono nos oferece uma retirada do mundo e de todo o sofrimento que há nele. Marca a passagem do tempo, dando-nos um distanciamento das coisas que nos magoaram. Quando uma pessoa é ferida, é comum ficar inconsciente. Do mesmo modo, quem ouve uma notícia dramática comumente tem uma vertigem ou desfalece. É a maneira de a mente se proteger da dor, cruzando a primeira porta.

Segundo, existe a porta do esquecimento. Algumas feridas são profundas demais para cicatrizar, ou profundas demais para cicatrizar depressa. Além disso, muitas lembranças são simplesmente dolorosas e não há cura alguma a realizar. O provérbio "O tempo cura todas as feridas" é falso. O tempo cura a maioria das feridas. As demais ficam escondidas atrás dessa porta.

Terceiro, existe a porta da loucura. Há momentos em que a mente recebe um golpe tão violento que se esconde atrás da insanidade. Ainda que isso não pareça benéfico, é. Há ocasiões em que a realidade não é nada além do penar, e, para fugir desse penar, a mente precisa deixá-la para trás.

Por último, existe a porta da morte. O último recurso. Nada pode ferir-nos depois de morrermos, ou assim nos disseram.

Depois que minha família foi assassinada, embrenhei-me a esmo na floresta e dormi. Meu corpo o exigia e minha mente usou a primeira porta para embotar a dor. A ferida foi coberta até que a hora certa para tratá-la pudesse chegar. Num movimento de autodefesa, boa parte do meu cérebro simplesmente parou de funcionar — foi dormir, se você quiser.

Enquanto ele dormia, muitas experiências dolorosas do dia anterior foram empurradas pela segunda porta. Não completamente. Não me esqueci do que havia acontecido, mas a lembrança embotou-se, como que vista através de uma gaze espessa. Se quisesse, eu poderia trazer à lembrança os rostos dos mortos, as recordações do homem de olhos negros. Mas eu não queria me lembrar. Afastei esses pensamentos e os deixei acumular poeira num canto raramente usado da minha cabeça.

Sonhei, não com sangue, olhos vidrados e cheiro de cabelo queimado, mas com coisas mais suaves. E, aos poucos, a ferida foi ficando dormente...

———

Sonhei que eu andava pela floresta com Laclith, o lenhador feioso que viajara com nossa trupe quando eu era menor. Ele caminhava em silêncio por entre a vegetação rasteira, enquanto eu fazia mais barulho do que um boi ferido puxando uma carroça virada.

Após um longo período de silêncio confortável, parei para examinar uma planta. Ele se aproximou de mansinho por trás de mim.

— Barba-de-sábio — disse. — Você reconhece pela borda.

Estendeu a mão e tocou delicadamente a parte apropriada da folha. Parecia mesmo uma barba. Balancei a cabeça.

— Este é um salgueiro. Você pode mastigar a casca para diminuir dores — acrescentou. Era amargo e ligeiramente granuloso. — Isto é heléboro-branco; não toque nas folhas. — Não toquei. — Isto é erva-de-são--cristóvão; as frutinhas podem ser comidas em segurança quando estão vermelhas, mas nunca ao passar de um tom verde para amarelo ou laranja. É assim que se pisa quando se quer andar em silêncio — prosseguiu. Fez minhas panturrilhas doerem. — É assim que se afasta a vegetação em silêncio, sem deixar sinal de sua passagem. É aqui que você encontra lenha seca. É assim que se protege da chuva quando não tem uma lona. Isto é raiz-de-padre. Você pode comê-la, mas o gosto é ruim. Estas aqui — apontou —, bastão-reto e risca-de-laranja, nunca as coma. A que tem os botõezinhos brancos é burrum. Você só deve comê-la se tiver acabado de comer alguma coisa como raiz-de-padre. Ela o fará vomitar tudo que estiver no estômago. É assim que se prepara uma armadilha que não mata o coelho — continuou. — Esta aqui mata. — E enrolou a corda primeiro num sentido, depois noutro.

Enquanto eu observava suas mãos manipularem a corda, percebi que já não era Laclith, mas Abenthy. Andávamos na carroça e ele me ensinava a fazer nós de marinheiro.

— Os nós são coisas interessantes — disse Ben, enquanto trabalhava. — O nó pode ser a parte mais forte ou mais fraca da corda. Depende inteiramente de como se faz o atamento. — E levantou as mãos, mostrando-me um padrão absurdamente complexo, separado entre os dedos. Seus olhos brilhavam. — Alguma pergunta?

— Alguma pergunta? — indagou meu pai. Tínhamos parado cedo naquele dia, por causa de um marco cinzento. Ele estava sentado, afinando o alaúde, e finalmente ia tocar sua canção para mamãe e para mim. Fazia muito tempo que esperávamos. — Alguma pergunta? — repetiu, sentado com as costas apoiadas no grande monólito.

— Por que paramos ao encontrar marcos do percurso?

— Tradição, principalmente. Mas há quem diga que eles marcavam as estradas antigas — transformou-se a voz de meu pai, passando a ser a de Ben —, estradas seguras. Ora estradas para lugares seguros, ora estradas seguras que conduziam ao perigo.

Ben estendeu uma das mãos para a pedra, como se verificasse o calor de uma fogueira, e disse:

— Mas há um poder nelas. Só um tolo o negaria.

Depois Ben já não estava lá e não havia apenas uma pedra vertical, porém muitas. Mais do que eu já tinha visto num único lugar. Formavam um círculo duplo à minha volta. Uma pedra se apoiava sobre o topo de outras duas, formando um enorme arco com uma sombra espessa por baixo. Estendi a mão para tocá-lo...

E acordei. Meu cérebro tinha encoberto uma dor recente com os nomes de centenas de raízes e frutos silvestres, quatro maneiras de acender uma fogueira, nove armadilhas feitas apenas com uma árvore nova e um pedaço de corda, e o local onde encontrar água fresca.

Pensei muito pouco no outro assunto do sonho. Ben nunca me ensinara a fazer nós de marinheiro. Papai nunca terminara sua canção.

Fiz um inventário do que levava comigo: um saco de lona, uma faquinha, um rolo de barbante, um pouco de cera, um vintém de cobre, dois gusas de ferro e *Retórica e lógica*, o livro que Ben me dera. Afora minha roupa e o alaúde de papai, eu não tinha mais nada.

Comecei a procurar água potável. "A água vem em primeiro lugar", Laclith me dissera. "Você pode passar dias sem qualquer outra coisa." Examinei a disposição do terreno e segui alguns rastros de animais. Quando achei um laguinho alimentado por uma nascente, aninhado entre algumas bétulas, vi o céu arroxear-se no crepúsculo por trás das árvores. Eu estava com uma sede terrível, mas a cautela prevaleceu e tomei apenas um gole.

Em seguida colhi lenha seca do oco das árvores e sob as copas. Montei uma armadilha simples. Procurei e achei vários talos de erva-de-mãe e espalhei a seiva nos dedos, nos lugares cortados e sujos de sangue. A ardência me ajudou a desviar a lembrança de como eu os havia ferido.

Enquanto esperava a seiva secar, dei minha primeira olhadela displicente em volta. Os carvalhos e as bétulas disputavam o espaço. Seus troncos desenhavam padrões alternados de luz e escuridão sob o toldo das copas. Um regato corria do laguinho sobre algumas pedras, em direção ao leste. Talvez fosse bonito, mas não reparei. Não podia reparar. Para mim, as árvores eram abrigo, a vegetação rasteira, uma fonte de nutrição, e o lago que refletia o luar só me fazia recordar minha sede.

Havia também uma grande pedra retangular caída de lado, perto do lago. Dias antes eu a teria reconhecido como um marco cinzento. Nesse momento, vi-a como um quebra-vento eficaz, algo em que apoiar minhas costas para dormir.

Por entre as copas das árvores, vi que as estrelas haviam surgido. Isso queria dizer que várias horas tinham-se passado desde o momento em que eu experimentara a água. Já que ela não me fizera mal, concluí que devia ser segura e bebi uma grande quantidade.

Em vez de me refrescar, tudo o que ela fez foi me deixar consciente do quanto eu estava faminto. Tirei as folhas dos talos da erva-de-mãe e comi um deles. Era rugoso, amargo e parecia papel. Comi o resto, mas não adiantou. Bebi mais água, depois me deitei para dormir, sem me importar com o fato de a pedra ser fria e dura, ou, pelo menos, fingindo não me importar.

―――

Acordei, bebi água e fui verificar a armadilha que havia montado. Fiquei surpreso ao já encontrar um coelho se debatendo na corda. Peguei a faquinha e me lembrei de como Laclith havia me ensinado a preparar coelhos. Depois pensei no sangue e na sensação que ele teria em minhas mãos. Fiquei nauseado e vomitei. Soltei o bicho e voltei para o lago.

Bebi mais um pouco de água e me sentei na pedra. Estava meio zonzo e me perguntei se seria por causa da fome.

Passado um momento, minha cabeça se desanuviou e eu me repreendi por minha tolice. Encontrei alguns cogumelos que cresciam numa árvore morta e os comi, depois de lavá-los no laguinho. Eram rugosos e tinham gosto de terra. Eu comia tudo que conseguia encontrar.

Preparei outra armadilha, uma que matasse. Depois, sentindo cheiro de chuva no ar, voltei ao monólito cinzento para providenciar um abrigo para meu alaúde.

CAPÍTULO 19

Dedos e cordas

NO COMEÇO, EU ERA QUASE um autômato, executando, sem pensar, os atos que me mantivessem vivo.
Comi o segundo coelho que cacei, e o terceiro. Descobri um pedacinho de terra coberto por morangos silvestres. Escavei o chão à procura de raízes. No fim do quarto dia eu tinha tudo o que era preciso para sobreviver: um braseiro escavado no chão e cercado de pedras, um abrigo para meu alaúde. Havia até reunido um pequeno estoque de alimentos a que podia recorrer em caso de emergência.

Dispunha também de uma coisa de que não precisava: tempo. Depois de cuidar das necessidades imediatas, descobri que não tinha nada para fazer. Acho que foi nesse momento que uma pequena parte da minha mente começou aos poucos a despertar.

Sem sombra de dúvida, eu não era eu mesmo. Pelo menos, não era a mesma pessoa que fora uma onzena antes. Dedicava-me a tudo o que fazia usando a totalidade da mente, sem deixar nenhum espaço livre em mim para recordar.

Fiquei mais magro e mais maltrapilho. Dormia sob a chuva ou o sol, na relva macia, na terra úmida ou em pedras duras, com uma intensidade de indiferença que só o luto é capaz de promover. A única diferença que eu notava no ambiente era quando chovia, porque então não podia pegar meu alaúde para tocar, e isso me era doloroso.

É claro que eu tocava. Era meu único consolo.

No fim do primeiro mês, meus dedos tinham calos duros feito pedra e eu era capaz de tocar por horas e mais horas. Tocava e tornava a executar todas as músicas que sabia de cor. Depois dedilhava também outras de que me lembrava parcialmente, preenchendo da melhor maneira possível os pedaços esquecidos.

Acabei podendo tocar desde a hora em que acordava até a hora em que ia dormir. Parei de executar as melodias conhecidas e comecei a inventar outras. Já inventara canções antes; tinha até ajudado meu pai a compor um ou dois versos musicais. Agora, porém, dedicava a isso toda a minha atenção. Algumas daquelas canções eu guardo comigo até hoje.

Logo depois que comecei a tocar... como posso descrevê-lo?

Comecei a dedilhar algo diferente de canções. Quando o sol aquece a relva e a brisa nos refresca, isso traz uma certa sensação. Eu tocava até encontrar a sensação certa. Tocava até a música soar como Relva Morna e Brisa Fresca.

Tocava só para mim, mas eu era uma plateia exigente. Lembro-me de ter passado quase três dias inteiros tentando captar Vento Girando uma Folha.

No fim do segundo mês, conseguia tocar as coisas quase com a facilidade com que as via e sentia: *Sol poente por trás das nuvens, Pássaro bebendo água, Orvalho nas samambaias.*

Em algum ponto do terceiro mês parei de olhar para fora e comecei a olhar para dentro, em busca de outras coisas para tocar. Aprendi *Andando na carroça com Ben, Cantando com papai junto à fogueira, Vendo Shandi dançar, Triturando folhas quando faz bom tempo, Mamãe sorrindo...*

Nem preciso dizer que tocar essas coisas doía, mas era uma dor como a de dedos tenros nas cordas do alaúde. Eu sangrava um pouco e torcia para logo criar calos.

Perto do fim do verão, uma das cordas se partiu, rompeu-se de forma irremediável. Passei a maior parte do dia num estupor mudo, sem saber ao certo o que fazer. Minha mente ainda estava entorpecida e quase toda dormindo. Concentrei-me em meu problema com uma pálida sombra de minha inteligência habitual. Depois de me dar conta de que não poderia fazer uma corda nem comprar outra nova, sentei-me e comecei a aprender a tocar com apenas seis cordas.

Em uma onzena, já era quase tão bom com seis cordas quanto tinha sido com sete. Três onzenas depois, estava tentando tocar *À espera enquanto chove* quando uma segunda corda arrebentou.

Dessa vez não hesitei: arranquei a corda inútil e recomecei a aprender.

A terceira corda se rompeu em meados da ceifa. Após quase meio dia tentando, reconheci que três cordas arrebentadas eram demais. Assim, pus a faquinha cega, meio rolo de barbante e o livro de Ben num saco de lona em frangalhos. Depois pendurei o alaúde de papai no ombro e comecei a andar.

Tentei cantarolar *Neve caindo com as últimas folhas de outono,* ou *Dedos calejados* e *Um alaúde de quatro cordas,* mas não foi a mesma coisa que tocar.

Meu plano era encontrar uma estrada e segui-la até uma cidade. Eu não fazia ideia da distância a que estava de qualquer cidade, da direção em que ela poderia se situar ou de qual seria seu nome. Sabia que me achava em algum lugar do sul da República, mas a localização exata estava enterrada, emaranhada com as outras lembranças que eu não ansiava por desencavar.

O tempo me ajudou a tomar uma decisão. O frescor do outono começava a se transformar no frio do inverno. Eu sabia que fazia mais calor no sul. Assim, na falta de um plano melhor, pus o sol nascente do lado do ombro esquerdo e procurei percorrer a maior distância possível.

A onzena seguinte foi um suplício. Os poucos alimentos que eu levara comigo não demoraram a acabar, e tive que parar e procurar o que comer quando sentia fome. Houve dias em que não consegui encontrar água e, quando a encontrei, não tive nada em que pudesse carregá-la. Uma pequena trilha de carroças desembocou numa estrada maior, que se juntou a outra maior ainda. Meus pés se ralaram na parte interna dos sapatos e ficaram cheios de bolhas. Houve noites de um frio terrível.

Havia hospedarias, mas, afora um gole de água ocasional furtado das gamelas dos cavalos, eu me mantinha longe delas. Passei também por alguns vilarejos, mas eu precisava de um lugar maior. Os lavradores não precisam de cordas de alaúde.

A princípio, toda vez que ouvia uma carroça ou um cavalo se aproximar, eu me apanhava cambaleando para longe, para me esconder à beira da estrada. Não tinha falado com outro ser humano desde a noite em que minha família fora assassinada. Mais parecia um animal selvagem do que um menino de 12 anos. No entanto, a estrada acabou ficando larga e movimentada demais, e me descobri passando mais tempo escondido do que andando. Por fim resolvi enfrentar o trânsito, e senti alívio ao ser basicamente ignorado.

―

Certa manhã, fazia menos de uma hora que eu estava andando quando ouvi uma carroça aproximar-se por trás de mim. A estrada era larga o bastante para que duas delas andassem lado a lado, mas, mesmo assim, passei para a grama à sua margem.

― Ei, garoto! ― gritou uma rude voz masculina às minhas costas. Não me virei. ― Olá, garoto!

Afastei-me mais para a grama à beira da estrada, sem olhar para trás. Mantive os olhos no chão sob meus pés.

A carroça passou lentamente a meu lado. A voz gritou duas vezes mais alto do que antes:

― Menino! Ô menino!

Levantei a cabeça e vi um velho curtido, semicerrando os olhos contra o sol. Podia ter qualquer idade entre 40 e 70 anos. Havia um rapazinho de rosto comum e ombros largos sentado a seu lado na carroça. Imaginei que fossem pai e filho.

— Ocê é surdo, menino? — perguntou o velho, que pronunciou a palavra como *suirdo*.

Abanei a cabeça.

— Então é mudo?

Tornei a abanar a cabeça e confirmei:

— Não.

Foi estranho falar com alguém. Minha voz soou esquisita, rouca e enferrujada por falta de uso.

Ele me fitou, estreitando os olhos.

— Ocê tá indo pra cidade?

Fiz que sim, sem vontade de falar outra vez.

— Então sobe aí — disse ele, apontando com a cabeça para a traseira da carroça. — A Sara num vai se incomodá de puxá um fiapinho que nem ocê. — E deu um tapinha no traseiro da mula.

Era mais fácil concordar do que fugir. Além disso, as bolhas dos meus pés ardiam, por causa do suor nos sapatos. Fui até a traseira da carroça aberta e subi, puxando meu alaúde. Uns três quartos dela estavam cheios de grandes sacos de aniagem. Algumas abóboras redondas e encalombadas tinham caído de um saco aberto e rolavam para lá e para cá pelo chão da carroça.

O velho sacudiu as rédeas, gritando "ooooô!", e a mula retomou o passo, de má vontade. Apanhei as abóboras soltas e as enfiei no saco aberto que tombara. O velho lavrador me deu um sorriso por cima do ombro.

— 'Brigado, menino. Eu sou o Seth, e este aqui é o Jake. É mió ocê se sentá; um solavanco forte pode fazê ocê cair pelos lado.

Sentei-me num dos sacos, tenso sem nenhum bom motivo, sem saber o que esperar.

O velho lavrador passou as rédeas para o filho, tirou uma grande broa marrom de uma sacola encaixada entre os dois, cortou um bom pedaço, espalhou nele uma camada grossa de manteiga e o entregou a mim.

Essa bondade desprendida me deu dor no peito. Fazia meio ano desde a última vez que eu comera pão. Era macio e quente, e a manteiga tinha um sabor adocicado. Guardei um pedaço para depois, enfiando-o em minha sacola de lona.

Após um quarto de hora em silêncio, o velho deu uma meia virada para trás.

— Ocê toca isso aí, garoto? — indagou, apontando para o alaúde.

Apertei o instrumento mais junto do corpo.

– Está quebrado.

– Ah – fez ele, decepcionado. Pensei que fosse me pedir para descer, mas, em vez disso, ele sorriu e fez sinal para o rapaz a seu lado. – Então nós é que vai diverti ocê.

E começou a cantar *Latoeiro curtumeiro*, uma canção para beberrões que é mais velha do que Deus. Um segundo depois o filho o acompanhou, e suas vozes rudes compuseram uma harmonia simples que fez doer alguma coisa dentro de mim, trazendo a lembrança de outras carroças, canções diferentes e um lar meio esquecido.

CAPÍTULO 20

De mãos ensanguentadas a punhos de dor lancinante

ERA MAIS OU MENOS MEIO-DIA quando a carroça dobrou numa outra estrada, larga como um rio e pavimentada de pedra. No começo havia apenas um punhado de viajantes e uma ou duas carroças, mas para mim pareceu uma grande multidão, depois de tanto tempo sozinho.

Seguimos cidade adentro e as construções baixas deram lugar a armazéns mais altos e a hospedarias. Árvores e jardins foram substituídos por ruelas e vendedores ambulantes. A estrada que parecia um grande rio ficou entupida e sufocada pela barafunda de uma centena de carrinhos e pedestres, dezenas de carretas e carroças de vários tamanhos e um ou outro homem a cavalo.

Havia sons de cascos e gente gritando, e cheiro de cerveja, suor, lixo e alcatrão. Perguntei a mim mesmo que cidade era aquela e se eu estivera ali antes, antes...

Trinquei os dentes e me obriguei a pensar em outras coisas.

— 'Tamo quase chegando — disse Seth, elevando a voz acima do burburinho. A estrada acabou dando num mercado. As carroças rolavam sobre as pedras do calçamento com um barulho que lembrava um trovão distante. Vozes pechinchavam e discutiam. Em algum lugar ao longe uma criança chorava alto, com voz estrídula. Rodamos a esmo por algum tempo, até encontrar uma esquina desocupada em frente a uma livraria.

Seth parou a carroça e pulei para o chão enquanto eles esticavam o corpo para tirar a dormência da estrada. Depois, numa espécie de acordo mudo, ajudei-os a descarregar as sacas caroçudas da traseira e empilhá-las ao lado da carroça.

Meia hora depois, descansávamos em meio ao monte delas. Seth me olhou, fazendo sombra nos olhos com uma das mãos.

— O que ocê veio fazê na cidade hoje, menino?

— Preciso de cordas de alaúde — respondi. Só então me dei conta de que não sabia onde estava o alaúde de meu pai. Olhei em volta, aflito. Não estava onde eu o deixara na carroça, nem encostado na parede, nem nas pilhas de abóboras. Senti um aperto no peito, até que o avistei embaixo de uns sacos de aniagem soltos. Fui buscá-lo com mãos trêmulas.

O velho lavrador deu um sorriso e me estendeu um par das abóboras encalombadas que tínhamos descarregado.

— Será que sua mãe ia gostá de ocê levar pra casa duas das mió abobra-cheirosa do lado de cá de Eld?

— Não, não posso — gaguejei, afastando a lembrança dos dedos esfolados escavando a lama e do cheiro de cabelo queimado. — Eu... quer dizer, o senhor já...

Minha voz se extinguiu, enquanto eu apertava mais o alaúde contra o peito e recuava alguns passos.

Ele me olhou com mais atenção, como se me visse pela primeira vez. Subitamente sem jeito, imaginei a aparência que devia ter: maltrapilho e semimorto de fome. Abracei o alaúde e me afastei mais. O lavrador deixou os braços caírem junto ao corpo e seu sorriso desapareceu.

— Ah, garoto... — soltou, baixinho.

Pôs as abóboras no chão, depois virou-se para mim e disse, com delicada seriedade:

— Eu e o Jake vamo ficá vendendo aqui até o pôr do sol, mais ou menos. Se até lá ocê tivé encontrado o que tá procurando, será bem-vindo pra voltá pra fazenda cum nóis. A patroa e eu bem que podia usá uma ajuda extra de vez em quando. Ocê seria muito bem-vindo. Não é, Jake?

Jake também me olhava, com a piedade estampada no rosto franco.

— É claro, pai. Foi o que ela disse antes de nóis saí.

O velho lavrador continuou a me fitar com um olhar sério.

— Esta é a Praça Praieira — disse, apontando para os pés. — Vamo ficá aqui até escurecê, talvez um pouco mais. Ocê trate de vortá, se quisé uma carona. Tá me ouvindo? — perguntou, com ar de preocupação. — Ocê pode vortá conosco.

Continuei a recuar, passo a passo, sem saber direito por que o fazia. Só sabia que, se fosse com ele, teria que explicar, teria que lembrar. Qualquer coisa era melhor do que abrir aquela porta...

— Não. Não, obrigado — gaguejei. — O senhor já ajudou muito. Eu vou ficar bem.

Levei um empurrão por trás, de um homem de avental de couro. Assustado, fiz meia-volta e saí correndo.

Ouvi um deles me chamar, mas a multidão abafou sua voz. Corri, com o coração pesado no peito.

Tarbean é tão grande que não se pode andar de uma ponta à outra da cidade num dia só. Nem mesmo se a pessoa conseguir não se perder nem ser assaltada no emaranhado de ruas sinuosas e becos sem saída.

Era grande demais, na verdade. Vasta, imensa. Mares de gente, florestas de construções, ruas largas feito rios. Cheirava a urina e suor, fumaça de carvão e alcatrão. Se estivesse em meu juízo perfeito, nunca teria ido para aquele lugar.

Lá pelas tantas, eu me perdi. Dobrei uma esquina antes ou depois da hora, depois tentei compensar, cortando caminho por uma viela que parecia um vão estreito entre dois prédios altos. Ela serpenteava como um rego cavado por um rio que tivesse partido para encontrar um leito mais limpo. O lixo subia pelas paredes e enchia as frestas entre os prédios e as portas recuadas feito alcovas. Depois de dar várias voltas, captei o cheiro pútrido de alguma coisa morta.

Virei uma esquina, dei uma topada numa parede e vi estrelas de dor que me deixaram cego. Senti um par de mãos brutas agarrarem meus braços.

Abri os olhos e vi um menino mais velho. Tinha o dobro do meu tamanho, cabelos pretos e olhar selvagem. A sujeira que lhe manchava o rosto dava a impressão de que ele tinha barba, tornando estranhamente cruel o seu rosto juvenil.

Outros dois garotos me afastaram da parede com um arrancão. Gritei quando um deles torceu meu braço. O garoto maior sorriu ao ouvir meu berro e passou a mão pelo cabelo.

— Tá fazendo o que aqui, naltinho? Tá perdido? — E alargou o sorriso.

Tentei me soltar, mas um dos meninos torceu meu pulso e soltei um "não" arquejante.

— Acho que ele tá perdido, Pike — disse o garoto à minha direita. O da esquerda me deu uma forte cotovelada do lado da cabeça e a viela balançou feito louca à minha volta.

Pike riu.

— Estou procurando a oficina de marcenaria — balbuciei, meio zonzo.

Pike assumiu uma expressão homicida. Suas mãos me agarraram pelos ombros.

— Eu lhe perguntei alguma coisa? — gritou. — Eu disse que você podia falar?

Deu uma testada no meu rosto e senti um estalo agudo, seguido por uma explosão de dor.

— Ei, Pike — disse uma voz que parecia vir de uma direção impossível. Um pé cutucou o estojo de meu alaúde, virando-o. — Ei, Pike, olhe só pra isso.

Pike baixou os olhos para o baque surdo do estojo se estatelando no chão.

— Que foi que você roubou, naltinho?

— Eu não o roubei.

Um dos garotos que seguravam meus braços deu uma risada.

— É, foi seu tio que lhe deu para você poder vender e comprar remédio para a vovozinha doente. — E tornou a rir, enquanto eu tentava piscar para tirar as lágrimas dos olhos. Ouvi três cliques quando os fechos foram abertos. Depois veio a inconfundível vibração harmônica do alaúde ao ser retirado do estojo.

— Sua vovó vai ficar muito triste por você ter perdido isso, naltinho — disse Pike, com a voz serena.

— Tehlu dos cacetes! — explodiu o menino à minha direita. — Pike, você sabe quanto custa um treco desses? Isso vale ouro, Pike!

— Não diga o nome de Tehlu assim — disse o menino da esquerda.

— O quê?

— "Não invoque Tehlu, a não ser em extrema necessidade, pois Tehlu julga todos os pensamentos e ações" — recitou ele.

— Tehlu, com o seu grande pênis radiante, pode me mijar todo se esse troço não vale 20 talentos, o que quer dizer que podemos arranjar pelo menos seis com o Diken. Sabe o que você pode fazer com todo esse dinheiro?

— Você não vai ter chance de fazer nada com ele se não parar de dizer essas coisas. Tehlu nos protege, mas é vingativo — disse a voz do segundo menino, reverente e amedrontada.

— Você andou dormindo na igreja de novo, não foi? Você pega religião que nem eu pego pulgas.

— Vou dar um nó nos seus braços.

— Sua mãe é uma vagabunda ordinária que se vende por vinténs.

— Não fale da minha mãe, Lin.

— Vinténs *de ferro*.

A essa altura, eu tinha conseguido me livrar das lágrimas, piscando muito, e vi Pike agachado na viela. Parecia fascinado com meu alaúde. Meu lindo alaúde. Segurava-o com um olhar sonhador, girando-o repetidamente nas mãos sujas. Um lento pavor começou a despontar dentro de mim, em meio às brumas de dor e medo.

À medida que as duas vozes se elevavam às minhas costas, comecei a sentir uma raiva fumegante por dentro. Fiquei tenso. Não podia lutar com eles, mas sabia que, se pegasse meu alaúde e entrasse numa aglomeração, poderia fugir e ficar de novo em segurança.

— ...mas ela continuou a trepar assim mesmo. E agora só arruma meio--vintém por trepada. É por isso que o seu miolo é tão mole. Você tem sorte de não ser retardado. Então não se sinta mal, é por isso que é tão fácil você ficar todo religioso — concluiu o primeiro menino, triunfante.

Senti apenas uma tensão do lado direito. Também me retesei, pronto para disparar.

– Mas obrigado pelo aviso – recomeçou o provocador. – Ouvi dizer que Tehlu gosta de se esconder atrás de montões de bosta de cavalo e q...

De repente meus dois braços ficaram livres, enquanto um garoto jogava o outro na parede. Cobri num salto os três passos que me separavam de Pike, segurei o alaúde pelo braço e puxei.

Mas Pike era mais rápido do que eu havia esperado, ou mais forte. O alaúde não se soltou dele na minha mão. Fui parado com um tranco e o garoto, com o puxão, ficou de pé.

Minha frustração e minha raiva transbordaram. Larguei o alaúde e me atirei em cima dele. Dei-lhe unhadas furiosas no rosto e no pescoço, mas Pike era veterano em brigas de rua, numerosas demais para deixar que eu chegasse perto de alguma coisa vital. Uma de minhas unhas rasgou uma tira de sangue em seu rosto, da orelha até o queixo. Aí ele partiu para cima de mim, me empurrando até eu bater na parede do beco.

Dei com a cabeça nos tijolos e teria caído se Pike não estivesse me esmagando contra a parede decrépita. Fiquei sem fôlego e só então percebi que estivera gritando o tempo todo.

Ele tinha uma morrinha de suor e gordura rançosa. Suas mãos prenderam meus braços dos lados do corpo e ele me imprensou com mais força na parede. Tive uma vaga consciência de que ele devia ter deixado meu alaúde cair.

Tornei a tentar respirar, ofegante, e me debati às cegas, voltando a dar com a cabeça na parede. Meu rosto ficou espremido contra seu ombro e mordi com força. Senti a pele dele se romper sob meus dentes e provei o gosto do sangue.

Pike soltou um grito e se afastou de mim com um safanão. Respirei fundo e me encolhi, com uma dor lancinante no peito.

Antes que eu conseguisse me mexer ou raciocinar, ele me agarrou de novo. Jogou-me contra a parede, uma, duas vezes. Minha cabeça chicoteou para a frente e para trás, quicando nos tijolos. Depois ele me agarrou pelo pescoço, girou meu corpo e me atirou no chão.

Foi então que ouvi o barulho e tudo pareceu parar.

―

Depois que minha trupe foi assassinada, houve ocasiões em que sonhei com meus pais, vivos e cantando. Nos meus sonhos, a morte deles tinha sido um engano, um mal-entendido, uma nova peça que eles estavam ensaiando. Por alguns minutos, eu era aliviado da imensa tristeza que cobria tudo e me esmagava constantemente. Abraçava-os e ríamos da minha preocupação tola. Eu cantava com eles e, por um momento, tudo era maravilhoso. Maravilhoso.

Mas eu sempre acordava sozinho no escuro, junto ao lago da floresta. Que estava fazendo ali? Onde estavam meus pais?

E então me lembrava de tudo, como uma ferida aberta. Eles haviam morrido e eu estava terrivelmente só. E aquele peso enorme que fora suspenso apenas por um instante tornava a me oprimir, pior do que antes, porque eu não estava preparado. Assim, eu ficava deitado de costas, fitando a escuridão, com o peito doído e a respiração difícil, sabendo, no fundo, que nunca, nunca mais nada correria bem.

Quando Pike me atirou no chão, meu corpo estava quase entorpecido demais para que eu sentisse o alaúde de papai sendo esmagado sob o meu peso. O som que ele fez foi como um sonho agonizante, e trouxe de volta aquela mesma dor doentia e sem fôlego para o meu peito.

Olhei em volta e vi Pike, com a respiração arfante, segurando o ombro. Um dos garotos estava ajoelhado sobre o peito do outro. Tinham parado de lutar e ambos olhavam na minha direção, perplexos.

Aturdido, fitei minhas mãos, ensanguentadas onde as lascas de madeira tinham perfurado a pele.

— O merdinha me mordeu — disse Pike em voz baixa, como se não conseguisse muito bem acreditar no que havia acontecido.

— Sai de cima de mim — disse o garoto que estava deitado de costas.

— Eu falei que você não devia dizer essas coisas. Olha o que aconteceu.

As feições de Pike se contorceram e seu rosto ganhou um vermelho colérico.

— Ele me mordeu! — gritou, e desferiu um chute violento na minha cabeça.

Tentei me esquivar sem causar mais danos ao alaúde. O chute dele me atingiu nos rins e fez com que eu me estatelasse de novo sobre os destroços, estilhaçando o instrumento ainda mais.

— Viu o que acontece quando você zomba do nome de Tehlu?

— Fecha a matraca sobre Tehlu. Sai de cima de mim e pega aquele troço. Pode ser que ainda tenha algum valor para o Diken.

— Olha o que você fez! — continuou a berrar Pike, acima de mim. Um pontapé me pegou de banda e me fez rolar meio de lado. As bordas da minha visão começaram a escurecer. Acolhi isso quase de bom grado, como uma distração. Mas a dor mais profunda continuava ali, intacta. Fechei as mãos ensanguentadas, transformadas em punhos de dor lancinante.

— Esses trecos com jeito de nó ainda parecem direitos. São prateados, aposto que a gente consegue arranjar alguma coisa por eles.

Pike tornou a mover o pé para trás. Tentei erguer as mãos para repeli-lo, mas meus braços apenas estremeceram e ele me chutou na barriga.

— Pegue aquele pedaço ali...

— Pike. Pike!

Pike me acertou outro pontapé no estômago e vomitei nas pedras do calçamento, já sem forças.

– Vocês aí, parem! Vigilância Urbana! – gritou uma nova voz. Um instante de silêncio foi seguido por um alvoroço de pés se arrastando e partindo num tropel. Um segundo depois, botas pesadas passaram batendo no chão e o som se desfez na distância.

Lembro-me da dor em meu peito. Mergulhei na escuridão, inconsciente.

———

Fui sacudido das trevas por alguém que virava meus bolsos pelo avesso. Sem sucesso, tentei abrir os olhos.

Ouvi uma voz resmungando para si mesma:

– É só isso que eu ganho por salvar sua vida? Cobre e um par de gusas? Bebida para uma noite? Bostinha imprestável.

Ele deu uma tossida do fundo do peito e me inundou com o bafo azedo de bebida.

– Gritando daquele jeito! Se você não parecesse uma menina, eu não teria corrido todo esse estirão até aqui.

Tentei dizer alguma coisa, mas a voz escoou da minha boca feito um gemido.

– Bom, você está vivo. Já é alguma coisa, eu acho.

O homem se levantou e as pisadas duras de suas botas se diluíram no silêncio.

Passado algum tempo, descobri que conseguia abrir os olhos. Tinha a visão embaçada e o nariz parecia maior que o resto da minha cabeça. Apalpei-o delicadamente. Quebrado. Lembrando o que Ben me ensinara, pus uma das mãos de cada lado e, com uma torção forte, recoloquei-o no lugar. Trinquei os dentes para não gritar de dor e meus olhos se encheram de lágrimas.

Pisquei até afastá-las e fiquei aliviado ao enxergar a rua sem o embaçamento doloroso de um minuto antes. O conteúdo da minha sacola estava caído no chão a meu lado: meio rolo de barbante, uma faquinha cega, *Retórica e lógica* e a sobra do pedaço de pão que o lavrador me dera para almoçar. Parecia ter-se passado uma eternidade.

O lavrador. Pensei em Seth e Jake. Pão macio com manteiga. Canções ao andar de carroça. Sua oferta de um lugar seguro, um novo lar...

Uma lembrança repentina foi seguida por um pânico súbito e nauseante. Corri os olhos pela viela, sentindo a cabeça doer com o movimento abrupto. Remexi o lixo e encontrei umas lascas de madeira terrivelmente familiares. Contemplei-as, mudo, enquanto o mundo escurecia imperceptivelmente a meu redor. Dei uma olhada rápida na estreita faixa de céu visível lá no alto e vi que ela ia adquirindo o tom lilás do crepúsculo.

Que horas seriam? Recolhi depressa minhas posses, tratando o livro de Ben com mais carinho do que o resto, e saí capengando na direção que esperava ser a da Praça Praieira.

O que restara do crepúsculo já havia esmaecido no céu quando a encontrei. Algumas carroças rolavam preguiçosas por entre os poucos fregueses dispersos. Manquejei feito um louco de um canto ao outro da praça, numa busca aflitiva pelo velho lavrador que me dera carona. Em busca da visão de uma daquelas abóboras feias e nodosas.

Quando enfim encontrei a livraria em frente à qual Seth havia parado, estava arfante e trôpego. Não se viam nem ele nem a carroça em parte alguma. Desabei no espaço vazio deixado pelo veículo e senti as dores e o incômodo de uma dúzia de ferimentos que me forçara a ignorar.

Apalpei-os um por um. Várias costelas me doíam, mas eu não sabia dizer se estavam quebradas ou se a cartilagem se rompera. Eu ficava tonto e enjoado quando mexia a cabeça muito depressa; provavelmente sofrera uma concussão. Meu nariz estava quebrado e eu tinha mais machucados e arranhões do que me conviria contar. Também estava faminto.

Como essa era a única coisa a respeito da qual podia tomar alguma providência, peguei o que sobrara do meu pão e o comi. Não bastou, mas foi melhor do que nada. Bebi água de uma gamela de cavalos, e minha sede era tanta que não me importei com o fato de ela estar salobra e ácida.

Pensei em ir embora, mas isso me faria andar durante horas no estado em que me encontrava. Depois, não havia nada à minha espera nos arredores da cidade, a não ser quilômetros e mais quilômetros de terras cultivadas. Nenhuma árvore para afastar o vento. Nenhuma lenha para fazer uma fogueira. Nenhum coelho para o qual preparar armadilhas. Nenhuma raiz para desenterrar, nenhum urzedo para me servir de cama.

Eu estava tão faminto que meu estômago era um nó duro. Ali, pelo menos, eu podia sentir o cheiro de frango cozinhando em algum lugar. Tive vontade de sair à procura dele, mas me sentia tonto e com dores nas costelas. No dia seguinte talvez alguém me desse algo que comer. Naquele momento eu estava cansado demais. Só queria dormir.

As pedras do calçamento estavam perdendo o restinho do calor do sol e o vento foi ficando mais forte. Recuei até a porta da livraria para me proteger dele. Tinha quase adormecido quando o dono da loja abriu a porta e me deu um pontapé, dizendo para eu cair fora, senão chamaria o guarda. Saí capengando o mais depressa que pude.

Depois disso, encontrei uns caixotes vazios numa ruela. Encolhi-me atrás deles, machucado e exausto. Fechei os olhos e procurei não lembrar como era dormir aquecido e farto, cercado por pessoas que me amavam.

Assim foi a primeira noite dos quase três anos que passei em Tarbean.

CAPÍTULO 21

Porão, pão e pipa

FOI LOGO DEPOIS DA HORA DO ALMOÇO. Ou melhor, teria sido depois do almoço, se eu houvesse comido alguma coisa. Eu estava mendigando no Círculo dos Mercadores e, até aquele momento, o dia me rendera dois pontapés (de um guarda e um mercenário), três safanões (de dois carroceiros e um marinheiro), um novo xingamento concernente a uma improvável configuração anatômica (também do marinheiro), e uma cusparada de um senhor muito pouco carinhoso, de ocupação indefinida. E um gusa de ferro, o qual eu mais atribuía às leis da probabilidade do que a qualquer bondade humana. Até um porco cego acha uma bolota de vez em quando.

Fazia quase um mês que eu estava morando em Tarbean e, na véspera, havia arriscado a sorte no furto pela primeira vez. Fora uma estreia pouco auspiciosa. Tinham me apanhado com a mão no bolso de um açougueiro. Isso me rendera um sopapo tão violento na lateral da cabeça que, no dia seguinte, eu me sentia zonzo toda vez que tentava me levantar ou andar depressa. Pouco encorajado por minha primeira incursão como gatuno, eu tinha decidido que esse era um dia para mendigar. Como tal, estava na média.

Meu estômago se contraía de fome, e um pão dormido no valor de um simples gusa não ajudaria muito. Eu estava considerando a mudança para outra rua quando vi um garoto correr até um mendigo mais jovem, do outro lado. Eles trocaram algumas palavras animadas por um momento e saíram às pressas.

Segui-os, é claro, demonstrando uma pálida sombra da minha antiga curiosidade insaciável. Além disso, qualquer coisa que os tirasse de uma esquina movimentada no meio do dia estava fadada a valer a pena para mim. Talvez os tehlinianos estivessem distribuindo pão outra vez, uma carroça de frutas houvesse virado ou o guarda estivesse enforcando alguém. Isso valeria meia hora do meu tempo.

Segui os garotos pelas ruas sinuosas até vê-los dobrar uma esquina e descer correndo uma escada para o porão de um prédio decrépito. Parei, com meu tênue lampejo de curiosidade sufocado por meu bom senso.

Um minuto depois eles reapareceram, cada um segurando um pedaço de pão preto achatado. Observei-os passarem, rindo e trocando empurrões. O mais novinho, que não passava de seis anos, me viu olhando e acenou.

– Inda sobrou um pouco – gritou, com a boca cheia de pão. – Mas é melhor correr.

Meu bom senso deu uma rápida reviravolta e desci a escada, cauteloso. Em sua base havia umas tábuas apodrecidas, tudo o que restara de uma porta quebrada. Do lado de dentro, vi um corredor curto que dava numa sala mal iluminada. Uma garotinha de expressão dura passou por mim sem levantar os olhos. Agarrava outro pedaço de pão.

Passei por cima dos pedaços quebrados de porta e entrei na escuridão fria e úmida. Depois de uns 10 passos ouvi um gemido baixo que me fez estacar de estalo. Era um som quase animalesco, mas meu ouvido me disse que vinha de uma garganta humana.

Não sei o que eu esperava, mas não era nada parecido com o que encontrei. Duas antigas lamparinas queimavam óleo de peixe e lançavam tênues sombras nas paredes escuras de pedra. Havia seis catres no cômodo, todos ocupados. Duas crianças que mal passavam de bebês dividiam um cobertor no piso de pedra, enquanto outra se enroscava sobre uma pilha de trapos. Havia um garoto da minha idade sentado num canto escuro, com a cabeça encostada na parede.

Um dos meninos se mexeu de leve em seu catre, como se estivesse com o sono agitado. Mas houve algo errado nesse movimento. Foi forçado demais, tenso demais. Olhei com mais atenção e percebi a verdade. Ele estava amarrado no catre. Todos estavam.

O garoto se retesou contra as cordas e produziu o ruído que eu ouvira no corredor. Dessa vez foi mais claro, um grito longo e gemido. "Aaaaaaabaaaaaaah."

Por um instante, só consegui pensar em todas as histórias que já tinha ouvido sobre o duque de Gibea. Sobre como ele e seus asseclas haviam sequestrado e torturado pessoas durante 20 anos, antes de a Igreja intervir e acabar com aquilo.

– Que foi, que foi... – veio uma voz de outro cômodo. A voz tinha uma inflexão estranha, como se não estivesse realmente fazendo uma pergunta.

O garoto do catre se debateu contra as cordas.

– Aaaahbiiiiih!

Um homem entrou pela porta, esfregando as mãos na frente do roupão esfarrapado.

– Que foi, que foi... – repetiu, no mesmo tom não indagador. Sua voz soava velha e cansada nas bordas, mas no meio era paciente. Paciente como uma pedra pesada, ou uma gata com filhotes. Não era a voz que eu esperaria em alguém como o duque de Gibea.

– Que foi, que foi... Quietinho, quietinho, Tani. Não fui embora, só dei uma saída. Agora estou aqui.

Seus pés produziam um som de tapas sobre o piso nu de pedra. Ele estava descalço. Senti a tensão escoar aos poucos de mim. O que quer que estivesse acontecendo ali, não parecia nem de longe tão sinistro quanto eu pensara originalmente.

O menino parou de forçar as cordas ao ver o homem se aproximar.

– Iiiiiaaaaa – disse ele, e puxou com força nas cordas que o prendiam.

– O quê? – Foi uma pergunta, dessa vez.

– Iiiiiaaaaa.

– Hein? – retrucou o velho, que se virou e me viu pela primeira vez.

– Ah, olá – disse. Tornou a olhar para o menino do catre. – Ora se você não está esperto hoje! O Tani me chamou para ver que temos uma visita! – O rosto de Tani se abriu num sorriso pavoroso e ele soltou um arquejo áspero como um grasnido. A despeito do som doloroso, ficou claro que estava rindo.

Virando-se para mim, o homem descalço disse:

– Não o reconheço. Você já esteve aqui?

Abanei a cabeça.

– Bem, tenho um pão, de apenas dois dias atrás. Se você carregar um pouco de água para mim, pode comer quanto aguentar – disse, me olhando. – Isso lhe parece bom?

Balancei a cabeça. Uma cadeira, uma mesa e um barril aberto junto a uma das portas eram o único mobiliário do cômodo, afora os catres. Havia quatro pães grandes e redondos empilhados na mesa.

Ele também balançou a cabeça, depois começou a andar com cuidado até a cadeira. Era um andar cauteloso, como se lhe doesse pôr os pés no chão.

Ao chegar à cadeira e afundar nela, apontou para o barril junto à porta.

– Cruzando aquela porta, há uma bomba e uma pipa d'água. Não precisa se apressar, não é nenhuma correria – disse. Enquanto falava, cruzou distraidamente as pernas e começou a massagear um dos pés descalços.

Má circulação, pensou uma parte de mim que há muito não era usada. *Risco maior de infecções e um incômodo considerável. Os pés e as pernas deveriam ser levantados, massageados e embebidos numa infusão morna de casca de salgueiro, cânfora e araruta.*

– Não encha demais a pipa. Não quero que você se machuque nem respingue água em tudo. Já é úmido o bastante aqui – acrescentou. Baixou o pé no chão outra vez, devagar, e se inclinou para pegar uma das crianças pequenas, que começava a se agitar no cobertor, inquieta.

Enquanto enchia o barril, dei umas olhadelas furtivas no homem. O cabelo era grisalho, mas, apesar disso e de seu andar lento e frágil, ele não era muito velho. Talvez 40 anos, provavelmente um pouco menos. Usava um roupão comprido, tão cheio de remendos e consertos que realmente não pude adivinhar sua cor ou forma originais. Apesar de quase tão maltrapilho quanto eu, o homem era mais limpo. Isso não significa que fosse propriamente limpo, apenas mais limpo. O que não era difícil.

Seu nome era Trapis. O roupão remendado era a única peça de vestuário que possuía. Ele passava quase todos os instantes de sua vida de vigília naquele porão úmido, cuidando de pessoas desamparadas com quem ninguém mais se importava. Quase todos eram meninos pequenos. Alguns, como Tani, tinham que ser contidos para não se machucarem nem caírem da cama. Outros, como Jaspin, que enlouquecera por causa de uma febre dois anos antes, precisavam ser contidos para não ferir os demais.

Paralíticos, aleijados, catatônicos, espásticos, Trapis cuidava de todos com a mesma infinita paciência. Nunca o ouvi reclamar de coisa alguma, nem mesmo de seus pés descalços, que viviam inchados e deviam causar-lhe dores constantes.

A nós, crianças, ele dava a ajuda que podia e um pouco de comida, quando lhe sobrava alguma. Para ganhar uma coisinha de comer, carregávamos água, esfregávamos o chão, fazíamos serviços na rua e segurávamos os bebês para que não chorassem. Fazíamos tudo que ele pedia e, quando não havia comida, sempre podíamos contar com um pouco de água, um sorriso cansado e alguém que nos via como se fôssemos humanos, e não animais esfarrapados.

Às vezes, Trapis parecia ser o único a cuidar de todas as criaturas desamparadas de nosso canto em Tarbean. Em troca, nós o amávamos com uma ferocidade silenciosa, à qual só a dos animais pode se equiparar. Se um dia alguém levantasse a mão contra ele, 100 crianças uivantes despedaçariam esse agressor em tiras ensanguentadas no meio da rua.

Passei muitas vezes por seu porão naqueles primeiros meses, depois cada vez menos, com o correr do tempo. Trapis e Tani eram ótimos companheiros. Nenhum de nós sentia necessidade de falar muito, o que me convinha especialmente. Mas as outras crianças da rua me deixavam num nervosismo indizível, de modo que minhas visitas eram infrequentes, ocorrendo apenas quando eu precisava desesperadamente de ajuda ou quando tinha algo para dividir.

Embora eu raras vezes fosse lá, era bom saber que havia um lugar na cidade onde eu não seria chutado, perseguido ou cuspido. Isso ajudava quando eu ficava sozinho nos telhados, sabendo que Trapis e o porão existiam. Era quase como ter uma casa para onde poder voltar. Quase.

CAPÍTULO 22

Um tempo para demônios

A**PRENDI MUITAS COISAS** naqueles primeiros meses em Tarbean. Aprendi quais eram as estalagens e restaurantes que jogavam fora a melhor comida e quão estragada a comida tinha que estar para fazer mal, se a gente a comesse.

Aprendi que o complexo de construções muradas perto do cais era o Templo de Tehlu. Às vezes os tehlinianos distribuíam pão, fazendo-nos rezar antes de receber nossa parte. Eu não me incomodava. Era mais fácil do que mendigar. De vez em quando os sacerdotes de manto cinza tentavam me fazer entrar na igreja para entoar as orações, mas eu tinha ouvido uns boatos e fugia sempre que me convidavam, tendo ou não recebido meu pão.

Aprendi a me esconder. Eu tinha um lugar secreto no alto de um velho curtume, onde três telhados se encontravam, criando um abrigo contra o vento e a chuva. O livro de Ben eu escondi embaixo dos caibros, embrulhado em lona. Só o manuseava raramente, como uma relíquia sagrada. Era o último pedaço concreto do meu passado e eu tomava todas as precauções para mantê-lo seguro.

Aprendi que Tarbean era vasta. Você não pode entender sem tê-la visto pessoalmente. É como o oceano. Posso lhe falar das ondas e da água, mas você nem começa a ter ideia do seu tamanho enquanto não ficar parado na praia. Só se compreende realmente o oceano quando se está no meio dele, sem nada além de mar por todos os lados, estendendo-se até o infinito. Só então a pessoa se apercebe de como é pequena e impotente.

Parte da vastidão de Tarbean estava no fato de ela se dividir em mil pedacinhos, cada qual com sua personalidade. Havia a Chapada, o Largo dos Tropeiros, Lavadouro, Mediavila, Candeias, Tanoaria, Docas, Alcatroeiros, a Alameda dos Modistas... Podia-se passar a vida inteira em Tarbean sem jamais conhecer todas as suas partes.

Mas, para a maioria dos efeitos de ordem prática, Tarbean tinha duas partes: a Beira-Mar e a Serrania. A Beira-Mar era onde as pessoas eram pobres.

Isso fazia delas mendigos, ladrões e prostitutas. A Serrania era onde as pessoas eram ricas. Isso fazia delas magistrados, políticos e cortesãs.

    Fazia dois meses que eu estava em Tarbean quando pensei pela primeira vez em arriscar a sorte mendigando na Serrania. O inverno tinha agarrado firmemente a cidade e o Festival do Solstício de Inverno vinha tornando as ruas mais perigosas que de hábito.

    Isso era chocante para mim. Em todos os invernos, durante a minha meninice inteira, nossa trupe havia organizado o Festival do Solstício de Inverno em alguma cidade. Usando máscaras de demônios, nós aterrorizávamos durante os sete dias do Luto Fechado, para grande deleite de todos. Papai encenava Encanis de um modo tão convincente que era como se o tivéssemos invocado. E, o que era mais importante, sabia ser assustador e cuidadoso ao mesmo tempo. Ninguém jamais se machucou quando nossa trupe dirigia o espetáculo.

    Mas era diferente em Tarbean. Ah, as *partes* do festival eram todas iguais. Continuava a haver homens com máscaras de demônios pintadas em cores berrantes, andando sorrateiros pela cidade e fazendo diabruras. Encanis também estava lá, com a tradicional máscara negra, criando problemas mais sérios. Embora eu não o tivesse visto, não duvidava que Tehlu, com sua máscara prateada, perambulasse pelos bairros melhores, desempenhando seu papel. Como eu disse, as *partes* do festival eram as mesmas.

    Mas se desenrolavam de outra maneira. Para começar, Tarbean era grande demais para que uma única trupe fornecesse demônios suficientes. Uma centena de trupes não bastaria. Assim, em vez de pagarem a profissionais, como seria sensato e seguro, as igrejas de Tarbean optavam pela via mais lucrativa de vender máscaras de demônios.

    Por causa disso, no primeiro dia do Luto Fechado 10 mil demônios eram soltos na cidade. Dez mil demônios *amadores*, com permissão para fazer as diabruras que quisessem.

    Essa talvez parecesse a situação ideal para ser aproveitada por um jovem ladrão, mas, a rigor, a verdade era o inverso. Os demônios eram sempre mais abundantes na Beira-Mar. Embora a grande maioria se comportasse bem, fugindo ao som do nome de Tehlu e mantendo suas diabruras dentro de limites razoáveis, muitos não o faziam. As coisas eram perigosas nos primeiros dias do Luto Fechado, e eu passava a maior parte do tempo simplesmente me mantendo a salvo.

    Com a aproximação do solstício de inverno, as coisas se acalmavam. O número de demônios diminuía sistematicamente à medida que as pessoas iam perdendo suas máscaras ou se cansavam da brincadeira. Sem dúvida, Tehlu também eliminava lá o seu quinhão, mas, com ou sem máscara prateada, ele era um só. Dificilmente poderia cobrir a totalidade de Tarbean em apenas sete dias.

Escolhi o último dia do Luto para minha ida à Serrania. Os ânimos estão sempre alegres no dia do solstício, e bom humor significa boa mendicância. E o melhor de tudo era que as fileiras dos demônios sofriam um esvaziamento perceptível, o que significava que era razoavelmente seguro tornar a andar pelas ruas.

Saí no início da tarde, com fome, pois não conseguira achar nenhum pão para furtar. Lembro-me de ter sentido uma vaga empolgação ao tomar o rumo da Serrania. Talvez parte de mim se recordasse de como tinham sido os solstícios de inverno com minha família: refeições quentes e camas também quentes depois. Talvez eu até tivesse sido contagiado pelo aroma dos galhos de sempre-verdes reunidos em pilhas para serem incendiados em homenagem à vitória de Tehlu.

Nesse dia aprendi duas coisas. Aprendi por que os mendigos ficavam na Beira-Mar, e aprendi que, diga a Igreja o que disser, o solstício de inverno é um tempo para demônios.

Emergi de uma ruela e fiquei instantaneamente impressionado com a diferença de clima entre essa parte da cidade e aquela de onde eu viera.

Na Beira-Mar, os comerciantes adulavam e engabelavam os fregueses, na esperança de atraí-los para suas lojas. Quando isso não dava resultado, não se acanhavam em explodir em acessos de belicosidade, xingando ou até intimidando abertamente a freguesia.

Na Serrania, os lojistas torciam as mãos, nervosos. Curvavam-se, faziam rapapés e eram invariavelmente polidos. As vozes nunca se elevavam. Depois da realidade brutal das coisas na Beira-Mar, para mim foi como se eu tivesse tropeçado num baile de gala. Todos usavam roupas novas. Todos eram limpos e pareciam participar de algum tipo de complexa dança social.

Mas ali também havia sombras. Ao inspecionar a rua, avistei um par de homens espreitando numa viela do outro lado. Suas máscaras eram muito boas, vermelho-sangue e ferozes. Uma delas tinha a boca escancarada, a outra exibia uma careta com dentes brancos e pontiagudos. Os dois usavam as tradicionais capas pretas com capuz, o que eu aprovava. Eram muitos os demônios da Beira-Mar que não se importavam com o traje apropriado.

O par de demônios saiu da viela em surdina, para seguir um jovem casal bem-vestido que passeava lentamente pela rua de braços dados. Os demônios os perseguiram com cuidado por quase 30 metros, depois um deles arrancou o chapéu do cavalheiro e o atirou num monte de neve próximo.

O outro agarrou a mulher num abraço grosseiro e a levantou do chão. Ela gritou, enquanto o homem lutava com o demônio pela posse de sua bengala, obviamente atordoado com a situação.

Por sorte, a moça manteve a compostura.

– *Tehus! Tehus!* – gritou. – *Tehus antausa eha!*

Ao som do nome de Tehlu, as duas figuras de máscaras vermelhas se encolheram, deram meia-volta e saíram correndo pela rua.

Todos deram vivas. Um dos lojistas ajudou o cavalheiro a recuperar seu chapéu. Fiquei muito surpreso com a civilidade daquilo tudo. Aparentemente, até os demônios eram educados no lado bom da cidade.

Animado com o que vira, dei uma olhada na aglomeração, à procura de minhas melhores perspectivas. Aproximei-me de uma jovem. Ela usava um vestido azul-claro e uma estola de pele branca. Tinha o cabelo comprido e dourado, encaracolado com esmero em volta do rosto.

Quando avancei, ela baixou os olhos para mim e parou. Ouvi um suspiro assustado, enquanto uma das mãos lhe cobria a boca.

– Uma esmolinha, moça? – pedi, estendendo a mão e fazendo-a tremer só um pouquinho. Minha voz também tremeu. – Por favor! – insisti, procurando parecer tão pequeno e desamparado quanto me sentia. Arrastei um pé, depois outro na neve fina e cinzenta.

– Coitadinho – suspirou ela, quase baixo demais para eu ouvir. Remexeu na bolsa que carregava do lado, sem poder ou sem querer tirar os olhos de mim. Depois de um instante, deu uma espiada dentro da bolsa e tirou alguma coisa. Quando a fechou entre meus dedos, senti o peso frio e tranquilizador de uma moeda.

– Obrigado, moça – retruquei automaticamente, baixando a cabeça por um instante e vendo a prata reluzir entre meus dedos. Abri a mão e vi um vintém de prata. Um vintém inteiro de prata!

Fiquei boquiaberto. Um vintém de prata valia 10 de cobre ou 50 de ferro. Mais do que isso, valia a barriga cheia todas as noites durante meio mês. Por um vintém de ferro eu poderia pernoitar na estalagem Olho Vermelho, dormindo no chão; por dois, poderia dormir junto à lareira, perto das brasas do fogo noturno. Poderia comprar um cobertor de trapos e escondê-lo nos telhados, para me manter aquecido o inverno inteiro.

Levantei a cabeça para a mulher, que continuava a me olhar com ar penalizado. Ela não tinha como saber o que aquilo significava.

– Obrigado, senhora – repeti, com a voz falhando. Lembrei-me de uma das coisas que dizíamos nos tempos em que eu vivia na trupe e a repeti: – Que todas as suas histórias sejam felizes e que suas estradas sejam desimpedidas e curtas.

Ela me sorriu e talvez tenha dito alguma coisa, porém tive uma estranha sensação perto da base do pescoço. Alguém me observava. Na rua, ou a gente desenvolve uma sensibilidade para certas coisas ou tem uma vida miserável e curta.

Olhei em volta e vi um lojista falando com um guarda e apontando na minha direção. Aquele não era um guarda como os da Beira-Mar. Tinha a barba escanhoada e o porte ereto. Usava uma jaqueta preta de couro com tachas de metal e segurava um porrete com cabo de latão, do comprimento de seu braço. Ouvi uns fragmentos do que dizia o lojista:

– ...clientes. Quem vai comprar chocolate com... – E tornou a gesticular em direção a mim, falando alguma coisa que não consegui captar. – ...lhe paga? Isso mesmo. Talvez eu deva mencionar...

O guarda virou a cabeça para o meu lado. Captei seu olhar. Fiz meia-volta e corri.

Parti para a primeira ruela que avistei, com os sapatos finos escorregando na rasa camada de neve que cobria o chão. Ouvi suas botas pesadas batendo no chão atrás de mim ao dobrar numa segunda ruela que saía da primeira.

Minha respiração queimava no peito enquanto eu procurava algum lugar para ir, um lugar onde me esconder. Mas não conhecia aquela parte da cidade. Não havia montes de lixo em que me encolher nem prédios dilapidados para escalar. Senti o cascalho congelado e pontiagudo rasgar a sola fina de um de meus sapatos. A dor penetrou em meu pé enquanto eu me forçava a continuar correndo.

Topei com um beco sem saída ao dobrar a terceira esquina. Já havia escalado metade de uma das paredes quando senti aquela mão fechar-se em meu tornozelo e me puxar para baixo.

Bati a cabeça nas pedras do calçamento e o mundo girou vertiginosamente, enquanto o guarda me levantava do chão, segurando-me por um dos pulsos e pelo cabelo.

– Garoto esperto, não é? – arquejou ele, com o hálito quente em meu rosto. O homem cheirava a couro e suor. – Você é bem grandinho, já devia saber que não deve fugir. – E me sacudiu com raiva, puxando meu cabelo. Soltei um grito ao sentir a viela balançando à minha volta.

Ele me imprensou com brutalidade na parede.

– Você já devia saber que também não deve vir à Serrania. – E tornou a me sacudir. – Você é burro, menino?

– Não – respondi, atordoado, tateando a parede fria com a mão livre. – Não.

Minha resposta pareceu enfurecê-lo.

– *Não?* – repetiu ele, cuspindo a palavra. – Você me deixou numa encrenca, guri. Posso ser denunciado. Se você não é burro, deve estar precisando de uma lição.

O guarda me rodou e me jogou no chão. Escorreguei na neve engordurada do beco. Bati com o cotovelo ao cair e fiquei com o braço dormente. A mão que segurava um mês de comida, cobertores quentes e sapatos secos se abriu. Uma coisa preciosa voou longe e aterrissou sem ao menos tilintar quando bateu no chão.

Mal a percebi. O ar zumbiu antes que o porrete atingisse minha perna.

— Não venha para a Serrania, entendeu? — rosnou o guarda. O porrete tornou a me atingir, dessa vez nas omoplatas. — Tudo que fica depois da Rua Fallow é proibido para vocês, filhinhos da puta. Entendeu?

Lascou-me uma bofetada no rosto, e senti gosto de sangue quando minha cabeça resvalou pelas pedras cobertas de neve.

Enrosquei-me feito uma bola, enquanto ele sibilava:

— E eu trabalho na Rua da Moenda e no Mercado da Moenda, portanto: nunca-mais-volte-aqui — disse, pontuando cada palavra com uma porretada. — Entendeu?

Fiquei caído ali, trêmulo, na neve revolvida, torcendo para que aquilo tivesse acabado. Torcendo para que ele fosse embora.

— Entendeu? — repetiu o guarda. Deu-me um pontapé na barriga e senti alguma coisa romper-se dentro de mim.

Gritei e devo ter balbuciado alguma coisa. Ele tornou a me chutar quando não me levantei, depois foi embora.

Acho que desfaleci, ou fiquei aturdido. Quando enfim recobrei os sentidos, começava a escurecer. Eu estava gelado até a medula. Rastejei pela neve lamacenta e pelo lixo molhado, procurando o vintém de prata com dedos tão dormentes de frio que mal conseguiam funcionar.

De tão inchado, um de meus olhos se fechara, e eu sentia gosto de sangue, mas continuei procurando até desaparecer a última réstia de luz vespertina. Mesmo depois de o beco ficar negro como piche, continuei a revolver a neve com as mãos, embora soubesse, no fundo do coração, que meus dedos estavam dormentes demais para sentir a moeda, ainda que por acaso topassem com ela.

Usei a parede para ficar de pé e comecei a andar. Meu pé ferido tornou lento o progresso. A dor dava pontadas em minha perna a cada passo e tentei usar a parede como muleta, para tirar um pouco do peso de cima dela.

Segui em direção à Beira-Mar, a parte da cidade que tinha mais jeito de lar para mim do que qualquer outra. Meu pé também ficou dormente e duro de frio e, embora isso inquietasse meu lado racional, meu lado prático apenas ficou contente por haver menos uma parte do corpo doendo.

Seriam quilômetros até meu esconderijo secreto, e meu progresso claudicante era lento. Em algum ponto do trajeto, devo ter caído. Não me lembro

como foi, mas me lembro bem de ter deitado na neve e percebido o quanto ela era encantadoramente confortável. Senti o sono estender-se sobre mim como um cobertor pesado, como a morte.

Fechei os olhos. Lembro-me do silêncio profundo da rua deserta a meu redor. Eu estava entorpecido e cansado demais para ficar propriamente com medo. No meu delírio, imaginei a morte sob a forma de um grande pássaro com asas de fogo e sombra. Ele pairava lá no alto, observando pacientemente, à minha espera...

Adormeci e o grande pássaro estendeu suas asas ardentes sobre mim. Imaginei um calor delicioso. Depois senti suas garras a me rasgar a pele...

Não. Foi só a dor de minhas costelas partidas quando alguém me rolou de barriga para cima.

Com a visão turva, abri um olho e vi um demônio parado junto a mim. Em meu estado de confusão e credulidade, ver o homem mascarado de demônio me fez despertar de susto, e o calor sedutor que eu sentira um minuto antes dissipou-se, deixando meu corpo mole e pesado feito chumbo.

— É. Eu lhe disse. Há um garoto caído aqui na neve! — disse o demônio, e me pôs de pé.

Já desperto, notei que a máscara dele era totalmente negra. Esse era Encanis, o Senhor dos Demônios. Ele me ergueu sobre minhas pernas bambas e começou a sacudir a neve que me cobria.

Pelo olho bom, vi uma figura de máscara verde-clara parada por perto.

— Vamos... — disse o outro demônio, em tom premente, e sua voz feminina soou oca por trás da fileira de dentes pontudos.

Encanis a ignorou.

— Você está bem?

Não consegui pensar numa resposta, por isso me concentrei em manter o equilíbrio, enquanto o homem continuava a sacudir a neve com a manga de sua capa negra. Ouvi o som de trombetas distantes.

O outro demônio olhou nervosamente para a rua.

— Se não continuarmos à frente deles, ficaremos enterrados na neve até as canelas — sibilou a mulher, nervosa.

Encanis tirou a neve do meu cabelo com os dedos enluvados de preto, depois parou e se inclinou para olhar meu rosto mais de perto. Sua máscara negra avultou estranhamente em minha visão embotada.

— Pelo corpo de Deus, Holly, alguém espancou esse menino. E no Dia do Solstício, ainda por cima.

— Guarda — consegui dizer num murmúrio rouco. Senti o gosto do sangue ao pronunciar a palavra.

— Você está congelando — comentou Encanis, e começou a friccionar meus braços e pernas, tentando fazer meu sangue voltar a fluir. – Terá que vir conosco – disse. As trombetas tornaram a tocar mais perto, misturadas com o vago burburinho de uma multidão.

– Não seja idiota – disse o outro demônio. – Ele não está em condições de sair correndo pela cidade.

– Ele não está em condições de ficar aqui – rebateu Encanis. Continuou a massagear vigorosamente meus braços e pernas. Um pouco da sensação foi retornando devagar, quase toda ela um calor que formigava e espetava, e mais parecia um arremedo lastimável do calor repousante que me envolvera um minuto antes, quando eu começara a mergulhar no sono. Eu sentia fisgadas de dor a cada vez que ele friccionava um machucado, mas meu corpo estava cansado demais para se encolher.

O demônio de máscara verde se aproximou e pôs a mão no ombro do amigo.

– Agora nós temos que ir, Gerrek! Outra pessoa cuidará dele. – Tentou puxar o homem consigo, mas sem sucesso. – Se nos encontrarem aqui com ele, acharão que fomos nós.

O homem por trás da máscara negra soltou uma imprecação, depois balançou a cabeça e começou a procurar alguma coisa por baixo da capa.

– Não torne a se deitar – disse-me, num tom urgente. – E entre num lugar fechado. Um lugar em que possa se aquecer.

O som da multidão estava perto o bastante para eu ouvir vozes isoladas, misturadas com o barulho de cascos de cavalos e o estalar de rodas de madeira. O homem da máscara negra estendeu a mão.

Levei um momento para identificar o que ele segurava. Um talento de prata, mais grosso e mais pesado que o vintém que eu havia perdido. Era tanto dinheiro que eu mal podia conceber.

– Vamos, pegue.

Ele era uma forma de escuridão – capa negra com capuz, máscara negra, luvas negras. Encanis parou diante de mim, estendendo um pedaço luminoso de prata que captou a luz do luar. Aquilo me fez lembrar a cena de *Daeonica* em que Tarsus vende sua alma.

Peguei o talento, mas estava com a mão tão dormente que não pude senti-lo. Precisei olhar para ter certeza de que meus dedos o seguravam. Imaginei poder sentir o calor se irradiando por meu braço e me senti mais forte. Sorri para o homem da máscara negra.

– Fique com as minhas luvas também. – Ele as tirou e encostou no meu peito. Então a mulher de máscara verde de demônio puxou meu benfeitor antes que eu pudesse dizer uma palavra de agradecimento. Observei-os se afastarem. Suas capas escuras faziam com que parecessem pedaços de sombra recuando, em contraste com as cores sombrias das ruas enluaradas de Tarbean.

Nem um minuto se passou até eu ver a luz das tochas do cortejo dobrar a esquina em minha direção. As vozes de centenas de homens e mulheres, cantando e gritando, despencaram sobre mim como ondas. Afastei-me até sentir as costas apoiadas numa parede, depois fui deslizando de lado, enfraquecido, até encontrar o recesso de uma porta.

Dali assisti ao desfile. As pessoas passaram em bando, cantando e rindo. Tehlu se erguia, alto e orgulhoso, na traseira de uma carroça puxada por quatro cavalos brancos. Sua máscara de prata reluzia à luz das tochas. O manto branco era imaculado, debruado de pele nos punhos e na gola. Sacerdotes de túnicas cinzentas seguiam ao lado da carroça, badalando sinetas e entoando cânticos. Muitos usavam as pesadas correntes de ferro dos padres penitentes. O som das vozes e das sinetas, dos cânticos e das correntes se misturou, produzindo uma espécie de música. Todos os olhos se voltavam para Tehlu. Ninguém me viu parado à sombra da porta.

Demorou quase 10 minutos para que todos passassem, e só então emergi e comecei a refazer com cuidado o caminho de casa. Foi um progresso lento, mas eu me sentia fortalecido pela moeda que segurava. Verifiquei o talento a cada 10 ou 12 passos, para me certificar de que minha mão dormente ainda o segurava com força. Tive vontade de calçar as luvas que ganhara, mas fiquei com medo de deixar a moeda cair e perdê-la na neve.

Não sei quanto tempo levei para voltar. A caminhada me aqueceu um pouco, embora meus pés continuassem dormentes e insensíveis. Quando olhei para trás, vi que meu rastro era marcado por um borrão de sangue a cada passo. De uma forma estranha, aquilo me tranquilizou. Um pé que sangra é melhor do que um pé totalmente congelado.

Parei na primeira hospedaria que reconheci, O Homem Risonho. Estava inundada de música, vozes cantantes e comemoração. Evitei a entrada principal e dei a volta pela ruela dos fundos. Duas jovens conversavam à porta da cozinha, fugindo do trabalho.

Aproximei-me delas, mancando e usando a parede como muleta. As moças só perceberam minha presença quando quase lhes dei um esbarrão. A mais nova me olhou e soltou uma exclamação abafada.

Cheguei um passo mais perto.

— Será que uma de vocês pode me trazer comida e um cobertor? Eu posso pagar.

Estendi a mão e me assustei ao ver como tremia. Estava manchada de sangue, da hora em que eu havia tocado na lateral do rosto. O interior de minha boca parecia estar em carne viva. Era doloroso falar.

– Por favor?

As duas me fitaram por um instante, num silêncio perplexo. Depois entreolharam-se, e a mais velha fez sinal para que a outra entrasse. A mocinha desapareceu pela porta sem dizer palavra. A mais velha, que devia ter uns 16 anos, aproximou-se e estendeu a mão.

Entreguei-lhe a moeda e deixei o braço cair pesadamente. Ela examinou o dinheiro e desapareceu lá dentro, depois de uma segunda olhadela demorada para mim.

Pela porta aberta, ouvi o som acolhedor e alvoroçado de uma hospedaria com muito movimento: o murmúrio baixo da conversa pontilhado de risos, o tilintar alegre do vidro das garrafas e o baque surdo dos canecos de madeira nos tampos das mesas.

E ao fundo, entrelaçando-se suavemente com tudo aquilo, um alaúde tocava. Era um som tênue, quase abafado pelo outro barulho, mas eu o ouvi do mesmo jeito que uma mãe é capaz de identificar o choro de um filho a 12 cômodos de distância. A música foi como uma lembrança da família, da amizade e das coisas acolhedoras. Fez meu estômago revirar e meus dentes doerem. Por um instante, minhas mãos pararam de doer de frio e ansiaram, em vez disso, pela conhecida sensação da música fluindo por meus dedos.

Dei um passo lento, arrastado. Devagar, deslizando junto à parede, afastei-me da porta até não poder mais ouvi-la. Dei outra passada, até minhas mãos recomeçarem a doer de frio e o aperto em meu peito não provir de nada além de costelas quebradas. Essas eram dores mais simples, mais fáceis de suportar.

Não sei quanto tempo levou para as duas mocinhas voltarem. A mais nova segurava um cobertor que embrulhava alguma coisa. Apertei-o contra o peito dolorido. Ele me pareceu desproporcionalmente pesado para o tamanho, mas meus braços tremiam um pouco com seu próprio peso, de modo que era difícil dizer. A moça mais velha me entregou uma bolsinha pequena e sólida. Peguei-a também, segurando-a com tanta força que meus dedos queimados de frio doeram.

Ela me olhou e disse:

– Você pode ficar num canto perto do fogo, se quiser.

A mais nova concordou, acenando com a cabeça.

– A Nattie não vai se incomodar. – Deu um passo à frente para segurar meu braço.

Desvencilhei-me dela com um safanão, quase caindo.

– Não! – protestei. Minha intenção era gritar, mas a voz saiu como um gemido rouco. – Não toque em mim – insisti. Minha voz estava trêmula, não sei se de raiva ou de medo. Cambaleei em direção à parede, ouvindo essa voz embotada. – Ficarei bem.

A moça mais nova começou a chorar, as mãos pendendo inúteis junto ao corpo.

– Eu tenho para onde ir – expliquei. Minha voz falhou e dei meia-volta. Afastei-me o mais depressa que pude. Não sabia ao certo do que estava fugindo, a menos que fosse das pessoas. Essa era outra lição que eu havia aprendido, talvez bem demais: as pessoas significavam sofrimento. Ouvi uns soluços abafados às minhas costas. Muito tempo pareceu passar até eu chegar à esquina.

Alcancei meu esconderijo, onde os telhados de dois prédios se encontravam sob a projeção de um terceiro. Não sei como consegui subir.

Dentro do cobertor havia uma garrafa inteira de vinho aromatizado e um pão fresco, aninhado junto a um peito de peru maior que meus dois punhos fechados. Enrolei-me no cobertor e saí da direção do vento, enquanto a neve se transformava numa chuva semicongelada. Os tijolos da chaminé atrás de mim estavam mornos, maravilhosos.

O primeiro gole de vinho queimou minha boca feito fogo nos lugares em que ela estava cortada. Mas o segundo nem de longe ardeu tanto. O pão era macio e o peru ainda estava quente.

Acordei à meia-noite, quando todos os sinos da cidade começaram a badalar. Havia gente correndo e gritando nas ruas. Os sete dias do Luto Fechado tinham ficado para trás. O solstício de inverno havia passado. Um novo ano começara.

CAPÍTULO 23

A roda ardente

FIQUEI ENCOLHIDO EM MEU ESCONDERIJO aquela noite inteira e acordei tarde no dia seguinte, constatando que meu corpo se enrijecera num nó apertado de dor. Como tinha comida e um pouco de vinho, permaneci onde estava, para não me arriscar a cair na tentativa de descer para a rua.

Era um dia sem sol, com um vento úmido que não parecia parar. A chuva gelada batia em rajadas na proteção do telhado que se projetava sobre os outros. A chaminé estava quente atrás de mim, mas não realmente o bastante para secar meu cobertor ou afastar a umidade enregelante que me empapava a roupa.

Terminei cedo o vinho e o pão e depois disso passei a maior parte do tempo roendo os ossos do peito de peru e tentando aquecer um punhado de neve na garrafa vazia de vinho, para poder bebê-la. Nenhuma das duas coisas se revelou muito produtiva, e acabei comendo punhados de neve meio derretida, que me deixaram tiritando de frio e com um gosto de alcatrão na boca.

Apesar dos ferimentos, peguei no sono à tarde e acordei no meio da noite, com a mais esplêndida sensação de calor. Afastei o cobertor e rolei para longe da chaminé, agora quente demais; tornei a acordar perto do amanhecer, tiritando de frio e encharcado até os ossos. Sentia-me estranho, zonzo e confuso. Tornei a me aninhar junto à chaminé e passei o resto do dia entrando e saindo de um sono irrequieto e febril.

Não tenho lembrança de como desci do telhado, delirante de febre e semi-inválido. Não me lembro de ter percorrido os mais de mil metros que cruzavam Candeias e Canastras. Só me lembro de ter despencado na escada que descia para o porão de Trapis agarrado à minha bolsinha de dinheiro. Caído ali, trêmulo e suando, ouvi o vago chapinhar de seus pés descalços na pedra.

— Que foi, que foi... — fez ele em tom gentil, enquanto me levantava. — Quietinho, quietinho.

Trapis cuidou de mim durante os longos dias da febre. Embrulhou-me em cobertores, alimentou-me e, quando minha febre não deu sinal de baixar sozinha, usou parte do dinheiro que eu tinha levado para comprar um remédio agridoce. Manteve meu rosto e minhas mãos úmidos e frescos, enquanto murmurava seu doce e paciente "Que foi, que foi... Quietinho, quietinho" e eu chorava por causa dos intermináveis sonhos febris com meus pais mortos, o Chandriano e um homem de olhos vazios.

———

Acordei com a cabeça desanuviada e sem febre.

— Ooóóriiii — chamou Tani em voz alta, do lugar em que estava amarrado em seu catre.

— Que foi, que foi... Quietinho, quietinho, Tani — disse Trapis, pondo um dos bebês sobre os trapos e pegando o outro. A criança lançou um olhar de coruja em volta, os olhos arregalados e negros, mas parecia incapaz de sustentar o peso da cabeça. Fez-se silêncio no quarto.

— Oooóóóriiii — repetiu Tani.

Tossi, procurando limpar a garganta.

— Há um copo no chão perto de você — disse Trapis, passando a mão na cabeça do bebê que segurava.

— OÓÓÓÓ ÓÓRII IIIIIHHAA! — berrou Tani, com estranhos arquejos pontuando seu grito. O barulho agitou várias outras crianças, que se remexeram em seus catres, inquietas. O menino mais velho sentado no canto pôs as duas mãos dos lados da cabeça e começou a gemer. Passou a se balançar para a frente e para trás, a princípio de leve, depois com violência cada vez maior, a tal ponto que, quando ia para a frente, sua cabeça batia na parede de pedra nua.

Trapis correu para seu lado antes que o menino se machucasse de verdade. Abraçou o garoto oscilante.

— Quietinho, quietinho, Loni. Quietinho, quietinho — repetiu. O balanço do menino ficou mais lento, mas não cessou por completo. — Tani — disse Trapis com a voz séria, mas não severa —, você sabe que não deve fazer tanto barulho. Por que está criando dificuldades? O Loni podia se machucar.

— Oóórii — disse Tani, baixinho. Julguei detectar um toque de remorso em sua voz.

— Acho que ele quer ouvir uma história — comentei, surpreendendo-me ao me ouvir falar.

— Aaaa — fez Tani.

— É isso que você quer, Tani?

— Aaaa.

Houve um momento de silêncio.

– Não conheço história nenhuma – lamentou Trapis.

Tani permaneceu num silêncio teimoso.

Todo mundo conhece uma história, pensei. *Todo mundo conhece pelo menos uma.*

– Oóóóórii!

Trapis correu os olhos pelo quarto silencioso, como se procurasse uma desculpa.

– Bem – disse, com relutância –, já faz tempo que não ouvimos uma história, não é? – E olhou para o menino em seus braços. – Você gostaria de uma história, Loni?

Loni cabeceou uma afirmação violenta, quase acertando o rosto de Trapis com a parte posterior da cabeça.

– Você vai ser um bom menino e ficar sentado sozinho para eu poder contar a história?

Loni parou de se balançar quase no mesmo instante. Trapis soltou lentamente os braços que o envolviam e se afastou. Depois de uma boa olhada, para se certificar de que o menino não se machucaria, voltou pisando com cautela para sua cadeira.

– Bem – murmurou baixinho consigo mesmo, abaixando-se para apanhar o bebê que deixara de lado. – Será que eu sei uma história? – perguntou. Falou muito baixo, fitando os olhos da criança. – Não. Não, não sei. Será que me lembro de alguma? Acho que é melhor lembrar.

Passou um longo momento sentado cantarolando para a criança em seu colo, com uma expressão pensativa no rosto.

– Sim, é claro – disse, empertigando-se na cadeira. – Estão prontos?

———

Esta é uma história de muito tempo atrás. Antes de qualquer um de nós nascer. Antes de nossos pais nascerem, também. Foi há muito, muito tempo. Talvez... Talvez uns 400 anos. Não, mais do que isso. Provavelmente, mil anos. Ou talvez nem tanto assim.

Era uma época ruim no mundo. As pessoas andavam famintas e doentes. Havia períodos de fome e grandes pragas. Havia muitas guerras e outras coisas ruins na época, porque não existia ninguém para impedi-las.

Mas a pior coisa desse período é que havia demônios andando pela Terra. Alguns eram pequenos e encrenqueiros, criaturas que aleijavam cavalos e azedavam o leite. Mas muitos eram ainda piores.

Havia demônios que se escondiam no corpo dos homens e os faziam adoecer ou enlouquecer, mas esses não eram os piores. Havia demônios iguais a grandes feras, que agarravam e devoravam os homens enquanto eles ainda estavam vivos e gritando, mas também não eram os piores. Alguns demônios roubavam a pele dos homens e a usavam como roupa, mas nem esses eram os piores.

Havia um demônio que ficava acima dos demais: Encanis, a escuridão devoradora. Por onde quer que ele andasse, seu rosto era ocultado pelas sombras, e os escorpiões que o picavam morriam da podridão em que haviam tocado.

Ora, Tehlu, que fez o Universo e é o senhor de tudo, observou o mundo dos homens. Viu que os demônios troçavam de nós, matavam-nos e comiam nossos corpos. Alguns homens ele salvou, mas apenas alguns. Porque Tehlu é justo e só salva os que são dignos, e, naqueles tempos, poucos homens agiam por seu próprio bem, que dirá pelo bem dos outros.

Por isso Tehlu estava infeliz. É que ele fizera o mundo para ser um bom lugar para os homens viverem. Mas sua Igreja era corrupta. Roubava dos pobres e não vivia de acordo com as leis que ele ditara...

Não, esperem. Ainda não havia Igreja nem sacerdotes. Só homens e mulheres, e alguns sabiam quem era Tehlu. Mas até esses eram iníquos e, por isso, quando pediam ajuda ao Senhor Tehlu, ele não tinha vontade de ajudá-los.

Contudo, após anos observando e esperando, Tehlu viu uma mulher pura de coração e de espírito. Seu nome era Perial. A mãe a criara conhecendo Tehlu, e ela o cultuava tão bem quanto permitiam suas circunstâncias precárias. Embora sua vida fosse difícil, Perial só rezava pelos outros, nunca por si mesma.

Tehlu passou longos anos a observá-la. Viu que sua vida era dura, repleta de infortúnios e tormentos nas mãos de demônios e homens perversos. Porém ela nunca maldisse o nome dele nem abandonou suas preces e nunca tratou nenhuma pessoa senão com bondade e respeito.

Assim, uma noite Tehlu a visitou em sonho. Postou-se diante dela, parecendo inteiramente feito de fogo ou luz solar. Apareceu-lhe em todo o seu esplendor e lhe perguntou se sabia quem ele era.

– Certamente – disse a mulher. Sabem, ela estava muito calma com aquilo, pois achava estar apenas tendo um sonho estranho. – É o Senhor Tehlu.

Ele assentiu com a cabeça e indagou se Perial sabia por que ele fora visitá-la.

– O Senhor fará alguma coisa por minha vizinha Débora? – perguntou ela. É que essa era a mulher por quem havia rezado antes de dormir. – Porá sua mão sobre o marido dela, Losel, e o tornará um homem melhor? A maneira como ele a trata não é correta. O homem nunca deve pôr as mãos numa mulher, a não ser no amor.

Tehlu conhecia os vizinhos de Perial. Sabia que eram pessoas iníquas, que tinham feito coisas perversas. Todos no vilarejo eram iníquos, menos ela. Assim eram todas as pessoas do mundo. Foi o que Tehlu lhe disse.

– A Débora tem sido muito gentil e bondosa comigo – disse Perial. – E até o Losel, de quem não gosto, é um de meus vizinhos, afinal.

Tehlu lhe contou que Débora passava o tempo nas camas de muitos homens diferentes e que Losel bebia todos os dias, inclusive no dia-do-luto. Não, esperem, ainda não havia dia-do-luto. Mas ele bebia muito, de qualquer maneira. Às vezes ficava tão furioso que espancava a mulher até ela não se aguentar em pé, ou sequer poder gritar.

Perial se calou por um bom tempo em seu sonho. Sabia que Tehlu estava dizendo a verdade, mas, apesar de ter o coração puro, ela não era boba. Havia suspeitado que os vizinhos faziam as coisas ditas por Tehlu. Mesmo nesse momento, porém, ao saber delas com certeza, continuou a se importar com os vizinhos.

– O Senhor não vai ajudá-la?

Tehlu disse que o marido e a mulher eram a punição adequada um do outro. Eram maus e os maus deviam ser castigados.

Perial falou com franqueza, talvez por achar que estava sonhando, mas possivelmente teria dito a mesma coisa se estivesse acordada, pois expressou o que estava em seu coração.

– Não é culpa deles se o mundo é cheio de escolhas difíceis e de fome e solidão – afirmou. – O que se pode esperar das pessoas quando seus vizinhos são demônios?

Entretanto, embora Tehlu escutasse com os ouvidos aquelas sábias palavras, disse-lhe que a humanidade era má e que os maus deviam ser castigados.

– Acho que o Senhor entende muito pouco do que é ser humano. E eu os ajudaria assim mesmo, se pudesse – retrucou ela, resoluta.

– POIS ASSIM FARÁS – disse-lhe Tehlu, e estendeu a mão para pousá-la no coração de Perial. Quando a tocou, a mulher se sentiu como se fosse um grande sino dourado que tivesse acabado de fazer soar sua primeira nota. Abriu os olhos e compreendeu que aquele não fora um sonho normal.

E foi por isso que não se surpreendeu ao descobrir que estava grávida. Em três meses deu à luz um menininho perfeito, de olhos negros. Deu-lhe o nome de Menda. Com um dia de nascido, Menda já sabia engatinhar. Em dois dias, sabia andar. Perial ficou surpresa, mas não preocupada, pois sabia que o menino era uma dádiva de Deus.

Ainda assim, Perial era sensata. Sabia que as pessoas talvez não compreendessem. Por isso manteve Menda junto de si e, quando os amigos e vizinhos iam visitá-la, mandava-os embora.

Mas isso só podia durar algum tempo, porque numa cidade pequena não existem segredos. O povo sabia que Perial não era casada e, embora os filhos nascidos fora do casamento fossem comuns nessa época, as crianças que atingiam a idade adulta em menos de dois meses não o eram. As pessoas ficaram com medo de que Perial se houvesse deitado com um demônio e de que seu filho fosse filho de um demônio. Essas coisas não eram inéditas naqueles tempos tenebrosos, e as pessoas se amedrontaram.

Assim, todos se reuniram no primeiro dia da sétima onzena e se dirigiram à casinha minúscula em que Perial morava sozinha com o filho. O ferreiro da cidade, cujo nome era Rengen, liderou-os.

– Mostre-nos o menino – gritou. Mas não houve resposta na casa. – Traga o menino aqui fora e mostre que ele é apenas uma criança humana.

A casa permaneceu em silêncio e, embora houvesse muitos homens no grupo, nenhum quis entrar numa morada em que talvez estivesse o filho de um demônio. Assim, o ferreiro tornou a gritar:

– Perial, traga o pequeno Menda aqui fora, senão vamos incendiar sua casa com vocês aí dentro.

A porta se abriu e saiu um homem. Ninguém o reconheceu, porque, embora fizesse apenas sete onzenas que ele saíra do ventre materno, Menda parecia um rapaz de 17 anos. Tinha um porte alto e orgulhoso, com cabelos e olhos negros como o carvão.

– Sou aquele que presumis ser Menda – disse, com uma voz potente e grave. – O que quereis de mim?

O som dessa voz fez Perial soltar um grito abafado dentro do chalé. Não só era a primeira vez que Menda falava como a mãe reconheceu naquela voz a mesma que lhe falara num sonho meses antes.

– Que quer dizer com "presumimos" que você seja Menda? – perguntou o ferreiro, segurando com firmeza seu martelo. Ele sabia que existiam demônios com aparência de homens ou que usavam a pele destes como roupa, tal como um homem podia esconder-se sob uma pele de ovelha.

O menino que não era menino tornou a falar:

– Sou filho de Perial, mas não sou Menda. E não sou um demônio.

– Então toque o ferro do meu martelo – disse Rengen, ciente de que todos os demônios temiam duas coisas: ferro frio e fogo puro. Estendeu o pesado martelo da forja. A ferramenta balançou em suas mãos, mas ninguém pensou mal dele por isso.

Aquele que não era Menda deu um passo à frente e pôs as duas mãos na cabeça do martelo de ferro. Nada aconteceu. Da porta de casa, de onde estava observando, Perial prorrompeu em lágrimas, pois, embora confiasse em Tehlu, parte dela nutria uma preocupação de mãe com seu filho.

– Não sou Menda, apesar de ser esse o nome que minha mãe me deu. Sou Tehlu, o senhor de todas as coisas. Venho libertar-vos dos demônios e da maldade de vossos corações. Sou Tehlu, filho de mim mesmo. Que os iníquos ouçam minha voz e tremam.

E eles tremeram. Mas muitos se recusaram a acreditar. Chamaram-no de demônio e o ameaçaram. Disseram palavras ríspidas, assustadas. Alguns atiraram pedras e o xingaram, e cuspiram nele e em sua mãe.

Então Tehlu se zangou, e poderia ter matado a todos, mas Perial se aproximou de um salto e pôs a mão em seu ombro para detê-lo.

— O que mais se pode esperar — perguntou-lhe baixinho — de homens que têm demônios como vizinhos? Até o melhor dos cães é capaz de morder, se for chutado o suficiente.

Tehlu considerou suas palavras e viu que ela era sensata. Assim, ele olhou para Rengen por cima de suas mãos, examinou as profundezas do coração do ferreiro e disse:

— Rengen, filho de Engen, tens uma amante a quem pagas para se deitar contigo. Alguns homens te procuram em busca de trabalho e tu os enganas ou roubas. E, embora rezes em voz alta, não acreditas que eu, Tehlu, tenha criado o mundo e zele por todos que aqui vivem.

Ao ouvir isso, Rengen empalideceu e deixou cair o martelo, pois o que Tehlu lhe disse era verdade. Tehlu olhou para todos os homens e mulheres presentes. Perscrutou-lhes o coração e falou do que viu. Todos eram iníquos, tanto assim que Rengen estava entre os melhores.

Depois Tehlu riscou uma linha no chão da estrada entre ele e aqueles que tinham ido até lá.

— Esta estrada é como os meandros do curso da vida. Há duas trilhas a seguir, lado a lado. Cada um de vós já viajou do lado de lá. Agora tendes que escolher: ficai em vossa própria trilha ou passai para a minha.

— Mas a estrada é a mesma, não é? Continua indo para o mesmo lugar — disse alguém.

— Sim.

— Para onde ela leva?

— Para a morte. Todas as vidas terminam na morte, exceto uma. Assim são as coisas.

— Então que importância tem o lado em que o homem fica?

Foi Rengen quem fez essas perguntas. Era um sujeito grande, um dos poucos que eram mais altos que o Tehlu de olhos tenebrosos. Mas estava abalado com tudo o que tinha visto e ouvido nos momentos anteriores.

— O que há no nosso lado da estrada?

— Sofrimento — disse Tehlu, com a voz dura e fria como pedra. — Castigo.

— E do seu lado?

— Por ora, sofrimento — respondeu Tehlu no mesmo tom. — Castigo agora, por tudo o que fizeste. Isso é inevitável. Mas também estou aqui, esta é a minha trilha.

— Como faço para atravessar?

— Lamenta, arrepende-te e vem a mim.

Rengen cruzou a linha e se colocou ao lado de seu deus. Então Tehlu se abaixou para pegar o martelo que o ferreiro deixara cair. Em vez de devolvê-lo, porém, golpeou Rengen com ele, como se fosse um chicote. Uma. Duas. Três vezes. E o terceiro golpe fez Rengen prostrar-se de joelhos, soluçando e gritando de dor. Após o terceiro golpe, contudo, Tehlu pôs o martelo de lado e se ajoelhou para fitar o rosto de Rengen.

— Foste o primeiro a atravessar — disse em voz baixa, para que só o ferreiro pudesse ouvi-lo. — Isso foi corajoso, uma coisa difícil de fazer. Orgulho-me de ti. Não és mais Rengen, agora és Wereth, o que forja o caminho.

Depois disso, Tehlu o envolveu nos braços e seu toque tirou grande parte da dor de Rengen, que agora era Wereth. Mas não toda, pois Tehlu falara a verdade ao dizer que o castigo era inevitável.

Um a um, eles atravessaram a linha e, um a um, Tehlu os golpeou com o martelo. No entanto, depois que cada homem ou mulher caía, Tehlu se ajoelhava e lhe dirigia a palavra, dando-lhe novo nome e curando parte de sua dor.

Muitos homens e mulheres tinham demônios escondidos em seu interior, que fugiram aos gritos ao serem atingidos pelo martelo. Com essas pessoas Tehlu falou um pouco mais, porém sempre acabou por abraçá-las, e todas ficaram gratas. Algumas dançaram de alegria por serem libertadas das coisas terríveis que viviam dentro delas.

No final, sete permaneceram do outro lado da risca. Tehlu lhes perguntou três vezes se queriam atravessá-la, e três vezes elas recusaram. Depois da terceira pergunta, Tehlu saltou sobre a linha e desferiu em cada uma um grande golpe, prostrando-as no chão.

Mas nem todas essas pessoas eram homens. Quando Tehlu golpeou a quarta, houve um som de ferro esfriando e cheiro de couro queimado. É que o quarto homem não era homem algum, e sim um demônio vestido na pele de um humano. Quando ele foi revelado, Tehlu o agarrou e o partiu em suas mãos, maldizendo o nome do demônio e mandando-o de volta para as trevas externas, morada daqueles de sua espécie.

Os três restantes se deixaram derrubar. Nenhum desses era demônio, embora demônios fugissem do corpo de alguns dos que caíram. Ao terminar, Tehlu não falou com os seis que não tinham atravessado nem se ajoelhou para abraçá-los e minorar a dor de suas feridas.

No dia seguinte, partiu para concluir o que havia iniciado. Andou de cidade em cidade, oferecendo a cada vilarejo encontrado a mesma escolha que oferecera antes. Os resultados foram sempre os mesmos: uns cruzaram a linha, outros ficaram, alguns não eram homens, e sim demônios, e estes ele destruiu.

Mas houve um demônio que escapou de Tehlu. Encanis, cujo rosto ficava todo na sombra. Encanis, cuja voz era como uma faca na mente dos homens.

Toda vez que Tehlu parava para oferecer aos homens a escolha do caminho, Encanis tinha acabado de passar por lá matando a lavoura e envenenando os poços, impelindo os homens a assassinarem uns aos outros e a roubarem crianças de suas camas durante a noite.

Ao cabo de sete anos, os pés de Tehlu o haviam transportado pelo mundo inteiro. Ele expulsara os demônios que nos atormentavam. Todos, menos um. Encanis correu solto e executou o trabalho de mil demônios, causando destruição e flagelos por onde quer que passasse.

Assim, Tehlu perseguia e Encanis fugia. Em pouco tempo Tehlu ficou a 11 dias do demônio, depois a dois, depois a meio dia. Por fim, chegou tão perto que sentiu o frio de sua passagem e pôde enxergar onde ele pusera as mãos e os pés, pois esses lugares ficavam marcados por uma camada fria e negra de gelo.

Sabendo-se perseguido, Encanis chegou a uma cidade grande. O Senhor dos Demônios pôs seu poder em ação e a cidade foi arruinada. Encanis fez isso na esperança de que Tehlu demorasse e ele conseguisse escapar; mas o Deus Andarilho parou apenas para designar sacerdotes para cuidar das pessoas da cidade devastada.

Durante seis dias Encanis fugiu e seis grandes cidades foram destruídas. No sétimo dia, porém, Tehlu se aproximou antes que ele pudesse usar seu poder e a sétima cidade foi salva. É por isso que 7 é um número de sorte e é por isso que o celebramos no chaen.

Encanis se viu pressionado e dedicou todo o seu pensamento à fuga. Mas, no oitavo dia, Tehlu não parou para dormir nem comer. E foi assim que, ao final do dia-da-sega, pôde alcançá-lo. Saltou sobre o demônio e o golpeou com seu martelo de forja. Encanis desabou como uma pedra, mas o martelo de Tehlu se despedaçou e ficou caído na poeira da estrada.

Tehlu carregou o corpo inanimado do demônio durante toda a longa noite e na manhã do nono dia chegou à cidade de Atur. Quando os homens o viram carregando a forma inerte do demônio, acharam que Encanis havia morrido. Mas Tehlu sabia que isso não era coisa fácil de fazer. Nenhuma lâmina ou golpe simples poderia matá-lo. Nenhuma cela com grades poderia mantê-lo encerrado com segurança.

Por isso levou Encanis para a ferraria. Pediu ferro, e as pessoas levaram todo o que possuíam. Apesar de não ter descansado nem provado um pedacinho que fosse de comida, Tehlu trabalhou durante o nono dia inteiro. Com 10 homens acionando os foles, forjou a grande roda de ferro.

Trabalhou a noite toda e, ao ser tocado pela primeira luz da manhã do décimo dia, martelou a roda pela última vez e ela ficou pronta. Toda batida em ferro negro, era mais alta do que um homem. Tinha seis raios, todos mais grossos que o cabo de um martelo, e seu aro tinha um palmo de largura. Pesava o equivalente a 40 homens e era gélida quando tocada. O som de seu nome era terrível e ninguém podia proferi-lo.

Tehlu reuniu as pessoas que observavam e entre elas escolheu um sacerdote. Depois fez com que cavassem um enorme fosso no centro da cidade, com quase 5 metros de largura e 6 de profundidade.

Ao nascer do sol, deitou o corpo do demônio sobre a roda. Ao primeiro contato com o ferro, Encanis começou a se agitar em seu sono, mas Tehlu o acorrentou à roda com força, martelando os elos e unindo-os com mais força do que qualquer cadeado.

Em seguida deu um passo atrás e todos viram Encanis tornar a se mexer, como que perturbado por um sonho desagradável. Depois ele se sacudiu e despertou por completo. Debateu-se contra as correntes, arqueando o corpo para cima ao puxá-las. Nos pontos em que a roda encostava em sua pele, a sensação era de facas, agulhas e pregos, como a ardência dolorosa da geladura, como a picada de uma centena de insetos. Encanis se debateu na roda e começou a urrar, à medida que o ferro o queimava, picava e congelava.

Para Tehlu, o som foi uma doce melodia. Ele se deitou no chão ao lado da roda e dormiu um sono profundo, pois estava muito cansado.

Quando acordou, era o entardecer do décimo dia. Encanis continuava amarrado à roda, mas já não urrava nem se debatia como um animal aprisionado. Tehlu se curvou e, com grande esforço, levantou uma borda da roda e a encostou numa árvore próxima. Tão logo Tehlu se aproximou, Encanis o xingou em línguas que ninguém conhecia, arranhando e mordendo.

– Tu mesmo te causaste isso – disse Tehlu.

Nessa noite houve uma comemoração. Tehlu mandou os homens cortarem uma dúzia de sempre-verdes para fazer uma fogueira no fundo da grande cova que tinham cavado.

Durante a noite inteira o povo da cidade cantou e dançou em volta da fogueira ardente: as pessoas sabiam que o último e mais perigoso dos demônios do mundo tinha sido finalmente capturado. E durante toda a noite Encanis ficou pendurado em sua roda, imóvel como uma cobra, a observar a população.

Ao chegar a manhã do décimo primeiro dia, Tehlu se dirigiu a Encanis pela terceira e última vez. O demônio parecia desgastado e feroz. Tinha a tez macilenta e os ossos pressionando a pele. Mas seu poder ainda o cercava como um manto negro, ocultando-lhe o rosto na sombra.

– Encanis – disse-lhe Tehlu. – Esta é tua última chance de falar. Faze-o, pois sei que isso está em teu poder.

– Senhor Tehlu, não sou Encanis – retrucou o demônio. Por um breve momento sua voz foi de fazer dó, e todos que o ouviram se sentiram penalizados e tristes. Em seguida, porém, ouviu-se um som de ferro sendo temperado e a roda vibrou como um sino. O corpo de Encanis se arqueou dolorosamente diante desse som, depois pendeu dos pulsos, amolecido, e o retinir da roda se extinguiu.

– Não tentes nenhum truque, ser das trevas. Não digas mentiras – falou Tehlu com severidade, seus olhos negros e duros como o ferro da roda.

– O que, então? – sibilou Encanis, numa voz de pedra raspando pedra. – O que é? Sejas tu destroçado e estilhaçado; o que queres de mim?

– Tua estrada é muito curta, Encanis. Mas ainda podes escolher um lado para viajar.

Encanis riu.

– Tu me darás a escolha que ofereces ao gado? Pois bem, então passarei para o teu lado do caminho, eu lamento e me arrep...

A roda tornou a reverberar, como o dobre longo e profundo de um grande sino. Encanis jogou novamente o corpo retesado contra as correntes e, mais uma vez, o som de seu grito abalou a terra e estilhaçou pedras no raio de 1 quilômetro em todas as direções.

Ao cessarem os sons da roda e do grito, Encanis ficou pendurado em seus grilhões, arfante e trêmulo.

– Eu te disse para não mentires, Encanis – reiterou Tehlu, implacável.

– Pois então que seja o meu caminho! – berrou o demônio. – Não me arrependo! Se pudesse escolher novamente, eu só mudaria a rapidez com que corri. Teu povo é como o gado de que a minha gente se alimenta! Corroído e despedaçado sejas! Se me desses meia hora, eu faria coisas que deixariam esses campônios miseráveis e boquiabertos enlouquecidos de medo. Beberia o sangue de seus filhos e me banharia nas lágrimas das mulheres.

Talvez ele fosse falar ainda mais, porém estava sem fôlego, de tanto se debater contra as correntes que o retinham.

– Então seja – fez Tehlu, dando um passo em direção à roda. Por um momento, pareceu que abraçaria Encanis, mas estava apenas estendendo as mãos para os aros de ferro. Em seguida, com esforço, ergueu a roda acima da cabeça. Com os braços levantados, carregou-a até a cova e atirou Encanis lá dentro.

Durante as longas horas da noite, uma dúzia de sempre-verdes havia alimentado a fogueira. As chamas tinham se apagado de manhã cedo, deixando um leito profundo de brasas escurecidas que reluziam quando roçadas pelo vento.

A roda caiu deitada, com Encanis por cima. Houve uma explosão de centelhas e cinzas quando ela aterrissou e afundou nas brasas quentes. Encanis ficou suspenso sobre as brasas pelo ferro que o prendia, queimava e fisgava.

Apesar de ser mantido longe do fogo em si, o calor era tão intenso que sua roupa se carbonizou e começou a se desfazer, sem explodir em chamas. O demônio se debateu contra os grilhões, fazendo a roda acomodar-se com mais firmeza nas brasas. Encanis gritou, pois sabia que até os demônios podiam morrer pelo fogo ou pelo ferro e, embora fosse poderoso, estava amarrado e queimando. Sentiu o metal da roda aquecer-se sob seu corpo, escurecendo a carne dos braços e das pernas. Gritou e, mesmo quando sua pele começava a fumegar e carbonizar-se, seu rosto continuou oculto numa sombra que se elevava dele qual uma chama escura.

Depois Encanis se calou e o único som audível foi o chiar do suor e do sangue que pingavam de seus membros retesados. Por um longo momento tudo se aquietou. Encanis forçou as correntes que o prendiam à roda, fazendo parecer que se debateria até seus músculos se desprenderem dos ossos e tendões.

Então houve um som agudo, como o de um sino se partindo, e um dos braços do demônio se soltou da roda. Alguns elos da corrente, já vermelhos e incandescentes por causa do calor do fogo, voaram para cima e caíram, fumegantes, aos pés dos que estavam no alto. O único som que se ouviu foi a gargalhada de Encanis, como vidro estilhaçando.

Num instante a segunda mão do demônio se libertou, mas, antes que ele pudesse fazer mais alguma coisa, Tehlu se atirou na cova e aterrissou com tamanha força que o ferro vibrou. Ele agarrou as mãos do demônio e tornou a pressioná-las de encontro à roda.

Encanis gritou de fúria e incredulidade, pois, embora fosse empurrado de volta para a roda ardente, e apesar de perceber que a força de Tehlu era maior que a das correntes que ele havia rompido, viu que Tehlu ardia em chamas.

— Tolo! – exclamou, num grito de dor. – Morrerás aqui comigo. Deixa-me partir e ficar vivo. Solta-me e não te perturbarei mais.

E dessa vez a roda não tiniu, porque Encanis estava realmente apavorado.

— Não – disse Tehlu. – Teu castigo é a morte. Tu te submeterás a ele.

— Tolo! Insano! – gritou Encanis, debatendo-se inutilmente. – Arderás nas chamas comigo, morrerás como eu!

— Às cinzas tudo retorna, e assim também esta carne queimará. Mas eu sou Tehlu. Filho de mim mesmo. Pai de mim mesmo. Aquele que foi e que será. Se sou um sacrifício, sou unicamente um sacrifício a mim mesmo. E, se necessitarem de mim e me invocarem da maneira apropriada, retornarei para julgar e punir.

E assim Tehlu o manteve preso à roda ardente e nenhuma das ameaças ou gritos do demônio o demoveu minimamente. Desse modo Encanis se foi deste mundo, e com ele foi Tehlu, que era Menda. Ambos queimaram até se transformar em cinzas na cova de Atur. É por isso que os sacerdotes tehlinianos usam mantos cinzentos. E é assim que sabemos que Tehlu se importa conosco, zela por nós e nos mantém a salvo de...

―――

Trapis interrompeu sua história quando Jaspin começou a uivar e a se debater contra as cordas que o prendiam. Tornei a deslizar de mansinho para a inconsciência assim que deixei de ter a história para reter minha atenção.

Depois disso, passei a alimentar uma suspeita que nunca me deixou por completo. Seria Trapis um sacerdote tehliniano? Seu manto era esfarrapado e sujo, mas talvez tivesse sido do tom cinza adequado muito tempo antes. Partes de sua história haviam se mostrado canhestras e hesitantes, mas algumas tinham sido imponentes e grandiosas, como se ele as recitasse de uma lembrança semiesquecida. De sermões? De suas leituras do *Livro do Caminho*?

Nunca perguntei. E, apesar de ter passado por seu porão com frequência nos meses seguintes, nunca mais ouvi Trapis contar outra história.

CAPÍTULO 24

As próprias sombras

DURANTE TODO O TEMPO QUE PASSEI em Tarbean, continuei a aprender, mas a maioria das lições foi dolorosa e desagradável.

Aprendi a mendigar. Foi uma aplicação muito prática da arte cênica, com uma plateia muito difícil. Eu me saí bem, mas o dinheiro na Beira--Mar era curto, e a vasilha de pedinte vazia significava uma noite de frio e fome.

Mediante um perigoso método de ensaio e erro, descobri a maneira certa de cortar uma bolsa e surrupiar coisas de um bolso. Era especialmente eficaz nesta última atividade. Cadeados e trincos de toda sorte não tardaram a me revelar seus segredos. Meus dedos ágeis foram empregados de um modo que meus pais ou Abenthy nunca teriam imaginado.

Aprendi a fugir de qualquer um que tivesse o sorriso anormalmente branco. A resina de dênera branqueia os dentes pouco a pouco, de modo que, quando um papa-doces vive o bastante para seus dentes ficarem completamente brancos, o provável é que já tenha vendido qualquer coisa de valor que possuísse. Tarbean era repleta de gente perigosa, mas ninguém é mais perigoso que um papa-doces tomado pelo desejo desesperador de consumir mais resina. Eles são capazes de matar por um par de vinténs.

Aprendi a atar trapos, criando sapatos improvisados. Os sapatos de verdade se tornaram coisa de sonho para mim. Nos primeiros dois anos meus pés pareciam estar sempre gelados, cortados ou ambas as coisas, mas no terceiro já eram como couro velho, e eu podia passar horas correndo descalço pelas pedras ásperas da cidade sem sentir nada.

Aprendi a não esperar ajuda de ninguém. Nas partes ruins de Tarbean, um grito de socorro atrai predadores, como o cheiro de sangue carregado pelo vento.

Eu estava dormindo no alto do prédio, bem encolhido em meu esconderijo onde três telhados se encontravam. Acordei de um sono profundo ao som de risadas altas e passos pesados na ruela lá embaixo.

A batida dos passos parou e vieram outras risadas depois de um som de pano rasgado. Deslizando até a beira do telhado, olhei para a ruela. Vi diversos garotos crescidos, quase homens. Vestiam-se, como eu, de andrajos e sujeira. Deviam ser cinco, talvez seis. Entravam e saíam das sombras como se eles próprios fossem sombras. Seu peito arfava com a correria e pude ouvir sua respiração do alto do telhado.

O objeto da perseguição estava no meio da viela: um garotinho, de uns oito anos, no máximo. Um dos meninos mais velhos o segurava. A pele nua do pequeno brilhou pálida à luz do luar. Houve outro barulho de tecido rasgado e ele soltou um grito tímido que terminou num soluço abafado.

Os outros olhavam e conversavam entre si em tom baixo e urgente, exibindo sorrisos cruéis e famintos.

Eu já tinha sido perseguido à noite várias vezes. Também fora apanhado alguns meses antes. Quando olhei para baixo, fiquei surpreso ao descobrir uma telha vermelha e pesada em minha mão, pronta para ser atirada.

Então parei, voltando os olhos para meu esconderijo secreto. Nele eu tinha um cobertor esfarrapado e metade de um pão. Meu dinheiro para os dias de aperto estava ocultado ali: oito vinténs de ferro que eu tinha acumulado para uma eventual fase de azar. E, mais valioso do que tudo, havia o livro de Ben. Ali eu estava seguro. Mesmo que acertasse um dos garotos, os outros chegariam ao telhado em dois minutos. E então, ainda que escapasse, eu não teria para onde ir.

Larguei a telha. Voltei para o que se transformara em meu lar e me enrosquei no abrigo do nicho sob a projeção do telhado. Torci o cobertor nas mãos e trinquei os dentes, procurando barrar o murmúrio baixo da conversa pontuado pelas gargalhadas grosseiras e pelos soluços baixos e desamparados que vinham lá de baixo.

CAPÍTULO 25

Interlúdio – Ansiando por uma razão

KVOTHE FEZ UM GESTO para que o Cronista descansasse a pena e se espreguiçou, entrelaçando os dedos acima da cabeça.

– Faz muito tempo que eu não me lembrava disso – comentou. – Se você está ansioso por descobrir a razão de eu ter-me tornado o Kvothe sobre quem contam histórias, acho que talvez possa procurá-la aí.

O cenho do Cronista se franziu.

– O que você quer dizer, exatamente?

Kvothe fez uma longa pausa, olhando para as mãos.

– Você sabe quantas vezes fui espancado no decorrer da minha vida?

O Cronista abanou a cabeça. Erguendo os olhos, Kvothe sorriu e encolheu os ombros com ar displicente.

– Nem eu. Seria de se supor que esse tipo de coisa ficasse gravado na memória da pessoa. Seria de se supor que eu me lembrasse de quantos de meus ossos foram quebrados. Seria de se supor que eu recordasse os pontos e os curativos – completou. Abanou a cabeça. – Nada disso. O que eu me lembro é daquele garotinho soluçando no escuro. Claro como um sino, depois de todos esses anos.

O Cronista carregou o sobrolho.

– Você mesmo disse que não havia nada que pudesse fazer.

– Podia – disse Kvothe, com ar sério –, mas não fiz. Fiz uma escolha e me arrependo dela até hoje. Os ossos se consolidam. O arrependimento fica com a gente para sempre.

Kvothe se afastou da mesa.

– Já basta isso sobre o lado mais negro de Tarbean, imagino. – Ficou de pé, dando uma grande espreguiçada, com os braços levantados.

– Por que, Reshi? – brotaram as palavras de Bast, num jorro súbito. – Por que ficou lá, se era tão terrível?

Kvothe meneou a cabeça, ensimesmado, como se estivesse esperando essa pergunta.

– Para onde mais eu iria, Bast? Todas as pessoas que eu conhecia estavam mortas.

– Nem todas – insistiu Bast. – Havia Abenthy. Você poderia tê-lo procurado.

– Hallowfell ficava a centenas de quilômetros de distância, Bast – retrucou Kvothe, com ar cansado, caminhando devagar para o outro lado do salão e passando para trás do bar. – Centenas de quilômetros sem os mapas do meu pai para me orientar. Centenas de quilômetros sem carroças para viajar ou dormir. Sem nenhum tipo de ajuda, nem dinheiro, nem sapatos. Não seria uma jornada impossível, suponho. Mas, para um menino pequeno, ainda atordoado com o choque da perda dos pais...

Kvothe abanou a cabeça e prosseguiu:

– Não. Em Tarbean, pelo menos eu podia esmolar ou roubar. Conseguira sobreviver na floresta durante um verão com dificuldade. Mas, e no inverno? – Tornou a abanar a cabeça. – Eu teria morrido de fome ou congelado.

Parado no bar, encheu seu caneco e começou a acrescentar pitadas de especiarias tiradas de vários recipientes pequenos, depois foi até a grande lareira de pedra, com uma expressão pensativa no rosto.

– Você tem razão, é claro. Qualquer lugar teria sido melhor do que Tarbean.

Deu de ombros, contemplando o fogo.

– Mas todos somos criaturas do hábito. É muito fácil permanecer nas trilhas conhecidas que nós mesmos cavamos. Talvez eu até considerasse aquilo justo. Meu castigo por não ter estado presente para ajudar quando os membros do Chandriano chegaram. Meu castigo por não ter morrido quando devia, com o resto da minha família.

Bast abriu a boca, tornou a fechá-la e baixou os olhos para o tampo da mesa, franzindo o cenho.

Kvothe olhou para trás e deu um sorriso gentil.

– Não estou dizendo que seja racional, Bast. Por sua própria natureza, as emoções não são coisas racionais. Não me sinto assim agora, mas era o que sentia na época. Eu me lembro.

Tornou a se virar para o fogo.

– O treinamento de Ben me deu uma memória tão nítida e aguçada que às vezes preciso tomar cuidado para não me cortar.

Tirou uma pedra do fogo e a deixou cair em seu caneco de madeira. Ela afundou com um chiado agudo. O aroma de cravo e noz-moscada tostando encheu o aposento.

Kvothe mexeu sua sidra com uma colher de cabo comprido enquanto voltava para a mesa.

—Você também precisa lembrar que eu não estava em meu juízo perfeito. Grande parte de mim ainda estava em choque, dormindo, se você quiser. Eu precisava de algo ou de alguém que me acordasse.

Fez um sinal com a cabeça para o Cronista, que sacudiu displicentemente a mão com que escrevia, para relaxá-la, e destampou o tinteiro.

Kvothe tornou a se reclinar na cadeira.

— Eu precisava que me lembrassem de coisas que tinha esquecido. Precisava de uma razão para ir embora. Passaram-se anos até eu conhecer alguém capaz disso – declarou, e sorriu para o Cronista. – Até conhecer Skarpi.

CAPÍTULO 26

Lanre transformado

À QUELA ALTURA, FAZIA ANOS que eu estava em Tarbean. Três aniversários haviam passado despercebidos e eu acabara de completar 15 anos. Sabia sobreviver na Beira-Mar. Tornara-me um mendigo e ladrão competente. Fechaduras e bolsos se abriam a um toque meu. Eu sabia quais eram as casas de penhores que compravam mercadorias "do titio" sem fazer perguntas.

Continuava maltrapilho e frequentemente faminto, mas não corria verdadeiro risco de passar fome. Andara acumulando aos poucos meu dinheiro, para os momentos de aperto. Mesmo depois de um inverno rigoroso, que muitas vezes me obrigara a pagar por um lugar quente para dormir, minhas economias ultrapassavam 20 vinténs de ferro. Para mim, eles eram como o tesouro do dragão.

Eu havia me acomodado por lá. No entanto, afora o desejo de aumentar meu dinheiro para os tempos difíceis, não tinha nada por que viver. Nada que me motivasse. Nada por que ansiar. Meus dias eram gastos procurando coisas para furtar e maneiras de me divertir.

Mas isso tinha mudado dias antes no porão do Trapis. Eu ouvira uma garota falar com assombro de um contador de histórias que passava o tempo todo numa taberna das Docas, chamada Meio Mastro. Ao que parecia, toda vez que soava o sexto sino, ele contava uma história. Qualquer história que se pedisse, o homem conhecia. E mais, a menina disse que ele fazia uma aposta: se não conhecesse a história pedida, daria à pessoa um talento inteiro.

Passei o resto do dia pensando no que ela dissera. Duvidei que fosse verdade, mas foi impossível deixar de pensar no que eu poderia fazer com todo um talento de prata. Poderia comprar sapatos e talvez uma faca, dar dinheiro ao Trapis e, ainda assim, duplicar minha reserva para as horas de aperto.

Mesmo que a menina estivesse mentindo sobre a aposta, eu continuava interessado. Era difícil encontrar diversão na rua. Vez por outra, uma trupe maltrapilha encenava uma peça numa esquina, ou eu ouvia um violinista numa taberna. Mas quase todas as diversões de verdade custavam dinheiro, e minhas moedinhas duramente ganhas eram preciosas demais para serem desperdiçadas.

Só que havia um problema. As Docas não eram seguras para mim.

Convém eu me explicar. Mais de um ano antes, eu tinha visto Pike andando na rua. Fora a primeira vez que o vira desde meu primeiro dia em Tarbean, quando ele e seus amigos tinham me atacado naquele beco e destruído o alaúde de meu pai.

Segui-o cautelosamente durante a maior parte do dia, mantendo distância e permanecendo nas sombras. Ele acabou indo para casa, para um pequeno beco apertado nas Docas, onde tinha sua versão de meu esconderijo. O dele era um ninho de caixotes quebrados que ele juntara de qualquer jeito para se proteger do mau tempo.

Encarapitei-me num telhado a noite inteira, à espera de que ele saísse na manhã seguinte. Então desci até seu ninho de caixotes para dar uma espiada. Era aconchegante, cheio de pequenas posses acumuladas durante vários anos. Pike tinha uma garrafa de cerveja, que bebi. Havia também metade de um queijo, que comi, e uma camisa, que furtei porque estava ligeiramente menos esfarrapada que a minha.

Uma busca adicional revelou várias miudezas, uma vela, um rolo de barbante e algumas bolas de gude. O mais surpreendente foram diversos pedaços de pano de velame com desenhos a carvão de um rosto de mulher. Tive de procurar por quase 10 minutos até achar o que realmente buscava. Escondida atrás de todo o resto estava uma caixinha de madeira com a aparência de ser muito manuseada. Continha um ramo de violetas secas, atadas com uma fita branca, um cavalinho de brinquedo que perdera quase toda a crina de barbante e um cacho de cabelo louro e encaracolado.

Gastei vários minutos com a pederneira e o aço para atear o fogo. As violetas deram um bom pavio e, em pouco tempo, nuvens escuras de fumaça subiram em espirais pelo ar. Fiquei por perto, observando tudo o que Pike amava arder em chamas.

Só que me demorei demais, saboreando o momento. Pike e um amigo vieram correndo pelo beco, atraídos pela fumaça, e fiquei encurralado. Furioso, Pike investiu contra mim. Era uns 15 centímetros mais alto e quase 20 quilos mais pesado que eu. Pior ainda, segurava um pedaço de vidro envolto em corda numa das extremidades, o que o transformava numa faca grosseira.

Ele me esfaqueou uma vez na coxa direita, logo acima do joelho, antes que eu achatasse sua mão nas pedras do calçamento, estilhaçando a faca. Depois disso ainda me deixou com um olho roxo e várias costelas quebradas antes que eu conseguisse lascar-lhe um belo pontapé entre as pernas e me soltar. Enquanto eu dava nos calcanhares, ele saiu mancando atrás de mim, gritando que me mataria pelo que eu tinha feito.

Acreditei nele. Após fazer um curativo na perna, peguei todo o dinheirinho que havia economizado para as horas de aperto e comprei cinco quartilhos de zurrapa, uma bebida barata e fétida, tão forte que fazia bolhas dentro da boca. Depois capenguei até as Docas e esperei Pike e seus amigos me verem.

Não demorou muito. Deixei que dois deles me seguissem por quase 1 quilômetro, passando pela Alameda dos Modistas e por Candeias. Mantive-me nas ruas principais, sabendo que eles não se atreveriam a me atacar em plena luz do dia, com gente por perto.

Mas, quando disparei por uma ruela, eles se apressaram a me alcançar, desconfiados de que eu tentava fugir. Ao dobrarem a esquina, no entanto, não havia ninguém.

Pike teve a ideia de olhar para cima no exato momento em que derramei o balde de zurrapa sobre ele, da beirada do telhado baixo. A bebida o encharcou, respingando em seu rosto e seu peito. Ele gritou e tapou os olhos, caindo de joelhos. Então risquei o fósforo que havia furtado e o soltei nele, vendo-o crepitar e se inflamar ao cair.

Tomado pelo ódio puro e inflexível das crianças, torci para que Pike explodisse numa pilastra de chamas. Não aconteceu, mas ele pegou fogo. Tornou a gritar e saiu cambaleando, enquanto os amigos lhe davam tapas, tentando apagá-lo. Deixei-os enquanto estavam ocupados.

Isso fora mais de um ano antes, e eu não vira Pike desde então. Ele não tentara me encontrar e eu me mantivera bem longe das Docas, às vezes dando voltas de quilômetros para não passar perto de lá. Foi uma espécie de trégua, mas eu não tinha dúvida de que Pike e seus amigos se lembravam da minha aparência e estariam dispostos a acertar as contas se me avistassem.

Depois de muito refletir, concluí que era perigoso demais. Nem mesmo a promessa de histórias de graça e da chance de ganhar um talento de prata valia o risco de tornar a agitar as coisas com Pike. Além disso, que história eu pediria?

Essa pergunta ficou rodando na minha cabeça nos dias que se seguiram. Que história eu pediria? Dei um esbarrão num estivador, mas levei um cachação antes de conseguir enfiar a mão inteira em seu bolso. Que história? Fiquei esmolando na esquina em frente à igreja dos tehlinianos. Que história? Roubei três pães e levei dois de presente para Trapis. Que história?

Então, deitado em meu esconderijo secreto nas alturas, onde os três telhados se encontravam, a resposta me veio quando eu já ia pegando no sono. Lanre. É claro. Eu lhe pediria a verdadeira história de Lanre. A história que meu pai estivera...

Meu coração saltou no meu peito quando de repente me lembrei de coisas que tinha evitado durante anos: meu pai dedilhando indolentemente o alaúde, minha mãe a seu lado na carroça, cantando. Pensativo, comecei a me distanciar das lembranças, como quem puxa a mão para tirá-la do fogo.

Mas fiquei surpreso ao constatar que essas lembranças traziam apenas uma dor suave, não o sofrimento profundo que eu esperava. Ao contrário, descobri o desabrochar de uma pequena animação ao pensar em ouvir uma história que meu pai teria buscado. Uma história que talvez ele mesmo contasse.

Mesmo assim, eu sabia que era pura loucura correr para as Docas por causa de uma história. Todo o rigoroso pragmatismo que Tarbean me ensinara ao longo dos anos insistia em que eu ficasse em meu canto conhecido do mundo, onde eu estava seguro...

———

A primeira coisa que vi ao entrar no Meio Mastro foi Skarpi. Ele estava sentado numa banqueta alta do bar, um velho com olhos de diamante e corpo de espantalho, feito um destroço de madeira lançado à costa pelo mar. Era magro e curtido, com fartos cabelos brancos nos braços, no rosto e na cabeça. A brancura do cabelo contrastava com a tez muito bronzeada, fazendo-o parecer respingado pela espuma das ondas.

A seus pés havia um grupo de 20 crianças, poucas da minha idade, a maioria mais nova. Elas compunham a imagem de uma mistura estranha, que ia de moleques imundos e descalços como eu até crianças razoavelmente bem-vestidas e bem esfregadas, que provavelmente tinham pais e moradia. Nenhuma delas me pareceu conhecida, mas eu não tinha como saber quem poderia ser amigo do Pike. Achei um lugar perto da porta, de costas para a parede, e me agachei.

Skarpi pigarreou uma ou duas vezes, de um jeito que me deixou com sede. Em seguida, num ritual significativo, lançou um olhar pesaroso para o caneco de cerâmica à sua frente e o emborcou cuidadosamente no bar.

As crianças se precipitaram para ele, pondo moedas no balcão. Fiz uma conta rápida: dois meios-vinténs, nove gusas e um ocre, todos de ferro. No total, pouco mais de três vinténs de ferro em moeda da República. Talvez ele não estivesse mais apostando um talento de prata. O mais provável era que o boato ouvido por mim fosse um engano.

O velho fez um aceno quase imperceptível com a cabeça para o encarregado do bar.

– Um Fallows tinto – disse. Sua voz era grave e rouca, quase hipnótica. O careca atrás do bar recolheu as moedas e serviu com destreza o vinho no grande caneco de cerâmica de Skarpi.

– E então, o que é que todos gostariam de ouvir hoje? – perguntou o contador de histórias, cujo vozeirão grave soou como uma trovoada distante. Houve um momento de silêncio, que de novo me pareceu ritualístico, quase reverente. E então eclodiu um alarido vindo de todas as crianças ao mesmo tempo.

– Quero um conto de fadas!
– ...Oren e a luta em Mnat...
– É, Oren Velciter! Aquela com o barão...
– Lartam...
– Myr Tariniel!
– Illien e o Urso!
– Lanre – disse eu, quase sem intenção.

A sala voltou a ficar em silêncio, enquanto Skarpi bebia um gole. As crianças o fitavam com uma intensidade conhecida que não pude identificar muito bem.

Skarpi se manteve calmamente sentado em meio a essa quietude.

– Será – perguntou com a voz se derramando lentamente, como mel escuro – que ouvi alguém dizer Lanre? – E olhou diretamente para mim, com aqueles olhos azuis límpidos e penetrantes.

Fiz que sim com a cabeça, sem saber o que esperar.

– Quero ouvir uma história das terras secas dos Montes Tempestuosos – reclamou uma das meninas menores. – Das cobras-de-areia que saem do chão feito tubarões. E dos homens secos que se escondem embaixo das dunas e bebem sangue de gente em vez de água. E...

Ela foi prontamente obrigada a silenciar pelas crianças à sua volta, que a bombardearam de uma dúzia de direções diferentes.

Caiu um silêncio abrupto quando Skarpi tomou outro gole. Observando as crianças que o examinavam, percebi o que elas me faziam lembrar: alguém vigiando ansiosamente um relógio. Depreendi que, quando terminasse a bebida do velho, a história contada por ele também acabaria.

Skarpi bebeu outro trago, não mais que um golinho dessa vez, depôs o caneco e girou na banqueta para nos olhar.

– Quem quer ouvir a história de um homem que perdeu um olho e ficou com a visão melhor?

Alguma coisa no tom de sua voz ou na reação das outras crianças me disse que se tratava de uma pergunta puramente retórica.

– Então *Lanre e a Guerra da Criação*. Uma história muito, muito antiga – disse, correndo os olhos pelas crianças. – Sentem-se e escutem, porque falarei da cidade cintilante tal como foi em certa época, há anos e quilômetros de distância...

———

Era uma vez, há anos e quilômetros de distância, um lugar chamado Myr Tariniel: a cidade cintilante. Aninhava-se entre as montanhas elevadas do mundo como uma pedra preciosa na coroa de um rei.

Imaginem uma cidade grande como Tarbean, mas tendo em cada esquina uma fonte luminosa, uma árvore verdejante ou uma estátua tão linda que faria um homem orgulhoso chorar ao contemplá-la. As construções eram altas e graciosas, entalhadas na própria montanha, lavradas numa brilhante pedra branca que retinha a luz do sol muito depois do cair da noite.

Selitos era o senhor de Myr Tariniel. Bastava-lhe olhar para uma coisa e era capaz de enxergar seu nome oculto e compreendê-la. Havia muitos que sabiam fazer essas coisas, mas Selitos era o mais poderoso nomeador vivo nessa era.

Ele era benquisto pela população que protegia. Seus julgamentos eram rigorosos e imparciais, e ninguém conseguia influenciá-lo pela falsidade ou pela simulação. Tamanho era o poder de sua visão que ele conseguia ler o coração dos homens como livros de letras grossas.

Ora, havia nessa época uma guerra terrível sendo travada num vasto império. Chamava-se Guerra da Criação, e o nome do império era Ergen. Apesar de o mundo nunca ter visto um império tão grandioso nem uma guerra tão terrível, ambos vivem hoje apenas nas histórias. Até os livros de História que os mencionavam como um boato duvidoso desfizeram-se em pó há muito tempo.

A guerra já durava tanto que o povo mal conseguia lembrar-se de um período em que o céu não escurecesse com a fumaça de cidades em chamas. Antes houvera centenas de cidades orgulhosas espalhadas por todo o império. Agora havia apenas ruínas, coalhadas de corpos dos mortos. A fome e a peste campeavam por toda parte e, em alguns lugares, o desespero era tamanho que as mães não conseguiam munir-se de esperança suficiente para dar nome a seus filhos. Entretanto, restavam oito cidades: Belen, Antus, Vaeret, Tinusa, Emlen e as cidades gêmeas de Murilla e Murella. Por último, havia Myr Tariniel, a maior de todas e a única sem cicatrizes dos longos séculos de guerra. Ela era protegida pelas montanhas e por soldados valentes. Mas a verdadeira causa da paz de Myr Tariniel era Selitos. Usando o poder de sua visão, ele vigiava os desfiladeiros das montanhas que conduziam a sua amada cidade. Seus aposentos ficavam nas torres mais altas, para que ele pudesse ver qualquer ataque muito antes de que ele se convertesse numa ameaça.

As outras sete cidades, que não contavam com o poder de Selitos, encontravam sua segurança em outras fontes. Depositavam sua confiança em grossas muralhas de pedra e aço. Depositavam sua confiança na força dos braços, na coragem, na intrepidez e no sangue. E por isso depositavam sua confiança em Lanre.

Lanre tinha sido lutador desde quando se mostrara apto a erguer uma espada e, quando sua voz começara a mudar, já se equiparava a uma dezena de homens mais velhos. Casou-se com uma mulher chamada Lyra, e seu amor por ela era uma paixão mais impetuosa do que a fúria.

Lyra era terrível e sábia, detentora de um poder tão grande quanto o dele. É que, enquanto Lanre possuía a força dos braços e o comando de soldados leais, Lyra sabia os nomes das coisas e a força de sua voz era capaz de matar um homem ou serenar uma tempestade.

Ao longo dos anos Lanre e Lyra foram combatendo lado a lado. Defenderam Belen de um ataque de surpresa, salvando a cidade de um inimigo que os teria suplantado a ambos. Reuniram exércitos e levaram as cidades a reconhecer a necessidade da fidelidade. No correr de longos anos rechaçaram os inimigos do império. Pessoas que se haviam entorpecido de desespero começaram a sentir avivar-se nelas uma cálida centelha de esperança. Esperavam pela paz e depositavam essas tênues esperanças em Lanre.

Então veio a Blac de Drossen Tor. Blac significava "batalha" na língua da época, e em Drossen Tor travou-se a maior e mais terrível batalha dessa enorme e terrível guerra. Por três dias e três noites eles lutaram sem cessar, fosse à luz do sol, fosse à luz da lua. Nenhum dos lados conseguia derrotar o outro e nenhum se dispunha a recuar.

Da batalha em si, tenho apenas uma coisa a dizer: morreu mais gente em Drossen Tor do que o número de pessoas que hoje vivem no mundo.

Lanre sempre estava onde a luta era mais acirrada, onde era mais necessário. Sua espada nunca deixava sua mão nem repousava na bainha. Bem no fim de tudo, coberto de sangue e em meio a um campo de cadáveres, Lanre se ergueu sozinho contra um inimigo terrível. Era uma enorme fera com escamas de ferro negro, cujo bafo era uma escuridão que sufocava os homens. Lanre enfrentou a besta e a matou. Levou a vitória para o seu lado, mas pagou por ela com a vida.

Uma vez terminada a batalha e expulso o inimigo para fora dos portões de pedra, os sobreviventes encontraram o corpo de Lanre, frio e sem vida, perto da fera que ele havia eliminado. A notícia de sua morte se espalhou depressa, cobrindo o campo como um manto de desespero. Eles tinham vencido a batalha e invertido o rumo da guerra, mas todos se sentiam frios por dentro. A pequena chama de esperança que cada um havia acalentado começou a bruxulear e a se extinguir. Eles tinham depositado suas esperanças em Lanre, e Lanre estava morto.

Em meio ao silêncio, Lyra se postou junto ao corpo do marido e disse seu nome. Sua voz foi uma ordem. Sua voz foi aço e pedra. Sua voz ordenou ao marido que voltasse à vida. Mas Lanre permaneceu imóvel e morto.

Em meio ao temor, Lyra se ajoelhou ao lado do corpo de Lanre e soprou seu nome. Sua voz foi um apelo. Sua voz foi amor e saudade. Sua voz o convocou a retornar à vida. Mas Lanre permaneceu frio e morto.

Em meio ao desespero, Lyra tombou sobre o corpo de Lanre e chorou seu nome. Sua voz foi um sussurro. Sua voz foi eco e vazio. Sua voz implorou que ele voltasse à vida. Mas Lanre permaneceu sem respiração e morto.

Lanre estava morto. Lyra chorou, desolada, e tocou o rosto do amado com as mãos trêmulas. À sua volta, os homens desviaram os olhos, porque o campo ensanguentado era menos terrível de contemplar do que a tristeza de Lyra.

Mas Lanre ouviu seu chamado. Virou-se ao som de sua voz e voltou para Lyra. De além das portas da morte, Lanre retornou. Disse o nome dela e a tomou nos braços para consolá-la. Abriu os olhos e fez o melhor que pôde para lhe enxugar as lágrimas com as mãos trêmulas. Depois inspirou um profundo sorvo de vida.

Os sobreviventes da batalha viram Lanre mexer-se e se deslumbraram. A hesitante esperança de paz que cada um havia alimentado por tanto tempo irrompeu dentro deles como uma chama ardente.

— Lanre e Lyra! — gritaram, com vozes trovejantes. — O amor do nosso senhor é mais forte do que a morte! A voz de nossa senhora o chamou de volta! Juntos, eles derrotaram a morte! Juntos, como podemos deixar de sair vitoriosos?

E assim a guerra prosseguiu, mas, com Lanre e Lyra lutando lado a lado, o futuro pareceu menos sombrio. Em pouco tempo todos souberam da história de como Lanre havia morrido e de como seu amor e o poder de Lyra o haviam trazido de volta. Pela primeira vez na memória dos vivos as pessoas puderam falar abertamente na paz sem serem vistas como tolas ou loucas.

Passaram-se os anos. Os inimigos do império ficaram enfraquecidos e desesperados, e até o mais cético dos homens podia ver que o fim da guerra se aproximava rapidamente.

E então boatos começaram a se espalhar: Lyra estava doente. Lyra fora sequestrada. Lyra havia morrido. Lanre fugira do império. Lanre enlouquecera. Houve até quem dissesse que Lanre se matara e saíra em busca da esposa na terra dos mortos. Havia uma profusão de histórias, mas ninguém sabia a verdade das coisas.

Em meio a esses rumores, Lanre chegou a Myr Tariniel. Foi sozinho, usando sua espada de prata e sua cota de malha, coberta de negras escamas de ferro. A armadura se ajustava a seu corpo como uma segunda pele feita de sombra. Ele a havia forjado com a carcaça da fera que matara em Drossen Tor.

Lanre convidou Selitos a caminhar em sua companhia fora da cidade. Selitos aceitou, na esperança de descobrir a verdade sobre os problemas dele e lhe oferecer o consolo que um amigo pudesse dar. Era comum os dois seguirem os conselhos um do outro, pois ambos eram senhores de seus povos.

Selitos ouvira os boatos e estava apreensivo. Temia pela saúde de Lyra, porém temia mais ainda por Lanre. Selitos era sábio. Compreendia o quanto a tristeza é capaz de deturpar um coração, o quanto as paixões levam homens bons à insensatez.

Juntos, os dois caminharam pelas trilhas da montanha. Com Lanre à frente, chegaram a um lugar alto na cordilheira, de onde podiam avistar toda a terra. As imponentes torres de Myr Tariniel cintilavam com um brilho intenso à última luz do sol poente.

Passado muito tempo, Selitos disse:

— Ouvi boatos terríveis a respeito de tua esposa.

Lanre permaneceu calado, e pelo seu silêncio Selitos compreendeu que Lyra estava morta.

Após outra longa pausa, Selitos tentou novamente:

— Embora eu não tenha conhecimento de toda a história, Myr Tariniel está aqui a teu lado, e eu te prestarei todo o auxílio que um amigo possa oferecer.

— Já me deste o bastante, meu velho amigo — disse Lanre, voltando-se e pondo a mão no ombro de Selitos. — *Silanxi*, eu te conecto. Em nome da pedra, imobiliza-te como pedra. *Aeruh*, eu comando o ar. Que haja chumbo em tua língua. *Selitos*, assim te nomeio. Que todos os teus poderes te faltem, exceto a visão.

Selitos sabia que no mundo inteiro havia apenas três pessoas capazes de se igualar à habilidade dele com os nomes: Aleph, Iax e Lyra. Lanre não tinha talento para nomes — seu poder estava na força do braço. Uma tentativa sua de conectar Selitos pelo nome seria tão infrutífera quanto um menino que atacasse um soldado com um graveto de salgueiro.

No entanto, o poder de Lanre pesou sobre ele como um enorme fardo, como um torno de ferro, e Selitos se descobriu impossibilitado de se mexer ou de falar. Ali permaneceu, imóvel como a pedra, e nada pôde fazer senão admirar-se: como tinha Lanre adquirido tamanho poder?

Confuso e aflito, Selitos contemplou a noite que caía sobre as montanhas. Horrorizado, viu que parte da escuridão invasiva era, na verdade, um grande exército que se deslocava para Myr Tariniel. Pior ainda, não havia sinos de alerta tocando. Só restou a Selitos, imóvel, observar o exército que se aproximava mais e mais, em segredo.

Myr Tariniel foi incendiada e trucidada, e quanto menos se falar disso, melhor. Os muros brancos ficaram carbonizados e correu sangue pelas fontes. Durante uma noite e um dia, Selitos permaneceu inerme ao lado de Lanre, e nada pôde fazer além de observar e ouvir os gritos dos moribundos, o clangor do ferro, o estalar das pedras que se partiam.

Quando o dia seguinte alvoreceu sobre as torres enegrecidas da cidade, Selitos descobriu que podia se mexer. Virou-se para Lanre e, dessa vez, sua visão não lhe faltou. Ele viu em Lanre uma grande escuridão e um espírito perturbado, mas ainda sentia os grilhões do feitiço a atá-lo. A fúria e a perplexidade se digladiaram em seu âmago, e ele disse:

— Lanre, o que fizeste?

Lanre continuou a contemplar as ruínas de Myr Tariniel. Seus ombros se curvaram, como se ele suportasse um enorme peso. Havia cansaço em sua voz quando ele disse:

— Eu era considerado um bom homem, Selitos?

— Eras tido como um dos melhores dentre nós. Nós te considerávamos irrepreensível.

— No entanto, eu fiz isso.

Selitos não suportava contemplar sua cidade destruída.

— No entanto, fizeste isso — concordou. — Por quê?

Lanre refletiu.

— Minha esposa está morta. A falsidade e a traição me levaram a isso, mas a morte dela está em minhas mãos.

Engoliu em seco e se virou para correr os olhos pela terra.

Selitos acompanhou seu olhar. Do mirante no alto da montanha avistou rolos de fumaça negra se elevando da terra lá embaixo. Selitos compreendeu, com certeza e horror, que Myr Tariniel não tinha sido a única cidade destruída. Os aliados de Lanre haviam provado a devastação dos últimos bastiões do império.

Lanre virou-se.

— E eu *era tido como um dos melhores* — disse, com um rosto terrível de se ver. A tristeza e o desespero haviam-no devastado. — Eu, considerado sábio e bondoso, fiz tudo isso! — exclamou, com gestos desvairados. — Imagina as perversidades que um homem inferior deve guardar no íntimo de seu coração — acrescentou. Voltou-se para Myr Tariniel e uma espécie de paz desceu sobre ele. — Para eles, pelo menos, acabou-se. Eles estão seguros. A salvo dos milhares de males do dia a dia. A salvo das dores de um destino injusto.

Selitos retrucou, baixinho:

— A salvo da alegria e do assombro...

— Não existe alegria! — gritou Lanre, numa voz tenebrosa. Pedras se estilhaçaram ao som dela, e as bordas afiadas do eco voltaram para cortá-las. — Qualquer alegria que cresça aqui é prontamente sufocada pelas ervas daninhas. Não sou um monstro que destrói por um prazer perverso. Semeio o sal porque a escolha é entre as ervas daninhas e o nada.

Selitos não discerniu nada senão o vazio por trás dos olhos de Lanre.

Abaixou-se para pegar uma lasca irregular de pedra, com uma extremidade pontuda.

— Pretendes matar-me com uma pedra? — perguntou Lanre, com uma risada oca. — Eu queria que compreendesses, que soubesses que não foi a loucura que me levou a fazer essas coisas.

— Não és louco — admitiu Selitos. — Não vejo loucura em ti.

— Eu tinha a esperança de que talvez te juntasses a mim no que almejo fazer — disse Lanre, com um anseio desesperado na voz. — Este mundo é como um amigo com um ferimento mortal. Uma poção amarga, administrada com rapidez, só faria minorar a dor.

— Destruir o mundo? — disse Selitos consigo mesmo, em voz baixa. — Não estás louco, Lanre. O que se apossou de ti é algo pior do que a loucura. Não posso curar-te — e alisou a ponta afiada da pedra que tinha nas mãos.

— Queres me matar para me curar, meu velho amigo? — fez Lanre, rindo outra vez, uma gargalhada terrível e selvagem. Depois voltou-se para Selitos, com uma esperança súbita e aflita nos olhos vazios. — Será que podes? Podes me matar, meu velho amigo?

Selitos, já de olhos desanuviados, fitou-o. Viu que Lanre, quase louco de tristeza, havia buscado o poder de restituir a vida a Lyra. Por amor a Lyra, buscara o conhecimento onde mais valeria deixá-lo em paz, e o obtivera a um preço terrível.

No entanto, nem mesmo na plenitude de seu poder, duramente conquistado, ele conseguira trazer Lyra de volta. Sem ela, a vida de Lanre não passava de um fardo, e o poder que ele havia adquirido jazia em sua mente como uma faca em brasa. Para fugir ao desespero e à agonia, Lanre se matara. Buscara o último refúgio de todos os homens, tentando fugir para além das portas da morte.

Mas, tal como o amor de Lyra já o trouxera de volta, impedindo-o de cruzar a última porta, dessa vez o poder de Lanre o forçou a retornar da doce deslembrança. Seu poder recém-adquirido cravou-o de novo no próprio corpo, obrigando-o a viver.

Selitos o fitou e compreendeu tudo. Ante o poder de sua visão, essas coisas penderam, como negras tapeçarias no ar, em torno da forma trêmula de Lanre.

— Posso matar-te — respondeu Selitos, e desviou os olhos da expressão subitamente esperançosa de Lanre. — Por uma hora ou um dia. Mas tu retornarias, atraído como o ferro pela pedra-ímã. Teu nome arde com o poder que há em ti. Tenho tão pouca possibilidade de extingui-lo quanto de atirar uma pedra e derrubar a Lua.

Os ombros de Lanre se curvaram.

— Eu tinha esperança — disse ele simplesmente. — Mas sabia a verdade. Já não sou o Lanre que conheceste. A mim pertence um novo e terrível nome. Sou Haliax, e nenhuma porta é capaz de barrar minha passagem. Está tudo perdido para mim: nem Lyra, nem a doce fuga do sono, nem o abençoado esquecimento; até a loucura foge ao meu alcance. A própria morte é uma porta aberta para meu poder. Não há como escapar. Resta-me apenas a esperança do vazio, depois que tudo se for e que o Aleu cair do céu, anônimo.

E, ao dizer isso, Lanre escondeu o rosto entre as mãos e seu corpo foi sacudido por soluços torturantes e silenciosos.

Selitos contemplou a terra lá embaixo e sentiu uma pequena centelha de esperança. Seis rolos de fumaça subiam do vale. Myr Tariniel se fora e havia seis cidades destruídas. Mas isso significava que nem tudo estava perdido. Ainda restava uma cidade...

Apesar de tudo o que acontecera, olhou para Lanre com piedade e, quando falou, foi com tristeza na voz.

— Então não há nada? Nenhuma esperança? — Pôs a mão no braço do amigo. — Existe doçura na vida. Mesmo depois disso tudo, eu te ajudarei a procurá-la. Se quiseres tentar.

— Não — respondeu Lanre. Empertigou o corpo em sua plena estatura, com o rosto majestoso por trás dos vincos de tristeza. — Nada é doce. Semearei o sal para que as ervas daninhas da amargura não cresçam.

— Sinto muito — disse Selitos, e também se empertigou. Depois, em voz estrondosa, prosseguiu: — Minha visão nunca fora turvada até hoje. Deixei de enxergar a verdade em teu coração. — Respirou fundo e acrescentou: — Por meu olho fui enganado, porém nunca mais... — Ergueu a pedra e cravou a ponta afiada em seu próprio olho. Seu grito ecoou por entre as pedras e ele caiu de joelhos, arfante. — Que eu nunca mais seja tão cego.

Um grande silêncio desceu, e os grilhões do encantamento se desprenderam de Selitos. Ele jogou a pedra aos pés de Lanre e disse:

— Pelo poder do meu sangue, eu te conecto. Por teu próprio nome sejas amaldiçoado.

Enunciou o extenso nome que estava no coração de Lanre e, ao som dele, o sol escureceu e o vento arrancou pedras das encostas.

Então Selitos falou:

— Esta é minha maldição sobre ti. Que teu rosto permaneça eternamente na sombra, negro como as torres derrubadas da minha amada Myr Tariniel...

"Esta é minha maldição sobre ti. Que teu próprio nome se volte contra ti, para que não tenhas paz...

"Esta é minha maldição sobre ti e sobre todos aqueles que te seguirem. Que ela perdure até o fim do mundo e até o Aleu cair do céu, anônimo."

Selitos observou as trevas envolverem Lanre. Em pouco tempo, nada mais se via de seus belos traços, apenas uma vaga impressão do nariz, boca e olhos. Tudo o mais era sombra, negra e contínua.

Depois Selitos se levantou e disse:

— Venceste-me uma vez pela deslealdade, porém nunca mais. Agora vejo com mais nitidez do que antes e meu poder está em mim. Não posso matar-te, mas posso mandar-te embora deste lugar. Vai-te! Tua aparência é ainda mais medonha por eu saber que um dia foste belo.

Já ao proferi-las, no entanto, as palavras tiveram um sabor amargo em sua boca. Lanre, com o rosto envolto numa sombra mais negra que uma noite sem estrelas, foi soprado para longe, qual fumaça pelo vento.

E então Selitos baixou a cabeça e verteu quentes lágrimas de sangue sobre a terra.

———

Só depois que Skarpi parou de falar foi que notei quanto me havia perdido na história. Ele inclinou a cabeça para trás e tomou a última gota de vinho de seu largo caneco de cerâmica. Emborcou-o e o pôs no bar, com um baque seco e definitivo.

Houve um pequeno clamor de perguntas, comentários, pedidos e agradecimentos das crianças, que se mantiveram imóveis como pedras ao longo de toda a história. Skarpi acenou para o homem do bar, que lhe serviu um caneco de cerveja enquanto as crianças começavam a sair lentamente para a rua.

Esperei até a última partir para me aproximar de Skarpi. Ele pousou em mim aqueles olhos azuis diamantinos. Então gaguejei:

— Obrigado. Eu queria agradecer-lhe. Meu pai teria adorado essa história. Ela é... — interrompi-me. — Eu queria lhe dar isto — e tirei do bolso meio-vintém de ferro. — Eu não sabia o que estava acontecendo, por isso não paguei.

Minha voz pareceu enferrujada. Provavelmente isso era mais do que eu havia falado em um mês. Ele me olhou atentamente.

— As regras são estas — disse, contando-as nos dedos nodosos. — Um: não fale enquanto eu estiver falando. Dois: dê uma moeda pequena, *se* puder dispor dela.

Olhou para o meio-vintém no bar.

Sem querer admitir o quanto eu precisava do dinheiro, procurei alguma outra coisa para dizer.

— O senhor conhece muitas histórias?

Ele sorriu, e a rede de linhas que lhe cruzavam o rosto se transformou, passando a fazer parte desse sorriso.

— Só conheço uma história. Muitas vezes, porém, uns pedacinhos pare-

cem histórias inteiras – disse, e tomou um gole. – Ela cresce por todo canto à nossa volta. Nas mansões dos ceáldimos e nas oficinas dos ceáldaros, nos Montes Tempestuosos, no grande mar de areia. Nas casas baixas de pedra dos ademrianos, repletas de conversa silenciosa. E, às vezes – sorriu –, às vezes a história cresce nas tabernas das ruelas miseráveis das Docas, em Tarbean.

Seus olhos luminosos me fitaram fundo, como se eu fosse um livro que ele pudesse ler.

– Não existe boa história que não toque na verdade – retruquei, repetindo algo que meu pai costumava dizer, basicamente para preencher o silêncio. Era uma sensação estranha voltar a conversar com alguém; estranha, mas boa. – Há tanta verdade aqui quanto em qualquer outro lugar, eu acho. É uma pena, porque o mundo poderia arranjar-se com um pouco menos de verdade e um pouco mais...

Fui parando de falar, sem saber qual dessas coisas eu queria mais. Baixei os olhos para as mãos e desejei que estivessem mais limpas.

Ele empurrou o meio-vintém para mim. Peguei-o e Skarpi sorriu. Sua mão calejada pousou com a leveza de um pássaro em meu ombro.

– Todos os dias, exceto no dia-do-luto. Ao soar do sexto sino, mais ou menos.

Comecei a me retirar, mas parei.

– É verdade essa história... – fiz um gesto meio desconexo – ...o pedaço que o senhor contou hoje?

– Todas as histórias são verdadeiras. Mas essa realmente aconteceu, se é isso que você quer saber – disse Skarpi. Bebeu outro gole devagar, depois tornou a sorrir, com os olhos luminosos dançando, e acrescentou: – Mais ou menos. É preciso ser um pouquinho mentiroso para contar uma história direito. O excesso de verdade confunde os fatos. O excesso de franqueza nos faz soar insinceros.

– Meu pai dizia a mesma coisa.

Mal o mencionei, um tumulto de emoções confusas brotou dentro de mim. Só ao ver os olhos de Skarpi me seguindo foi que me dei conta de que estava recuando de costas para a saída, nervoso. Parei e me forcei a virar e sair porta afora.

– Estarei aqui, se puder.

Ouvi o sorriso na voz dele atrás de mim.

– Eu sei.

CAPÍTULO 27

Olhos desvendados

SAÍ DA TABERNA SORRINDO, desatento ao fato de que ainda estava nas Docas e em perigo. Sentia-me despreocupado, sabendo que logo teria a chance de escutar outra história. Fazia muito tempo que eu não tinha nada por que ansiar. Voltei para minha esquina e desperdicei três horas mendigando, sem ganhar nem mesmo um mero gusa por meus esforços. Mas nem isso conseguiu abater meu ânimo. O dia seguinte seria dia-do-luto, mas logo no outro haveria histórias!

No entanto, sentado ali, um vago mal-estar se infiltrou em mim. A sensação de estar esquecendo alguma coisa se impôs a minha raríssima felicidade. Tentei ignorá-la, mas ela permaneceu comigo o dia inteiro e pelo dia seguinte adentro, feito um mosquito que eu não conseguia ver, muito menos matar. Ao final do dia, eu estava certo de ter esquecido algo. Alguma coisa na história contada por Skarpi.

Para você é fácil perceber, sem dúvida, ouvindo a história assim, convenientemente disposta e narrada. Mas lembre-se de que fazia quase três anos que eu vivia em Tarbean como um animal. Partes da minha mente ainda estavam adormecidas e minhas lembranças dolorosas vinham acumulando poeira atrás da porta do esquecimento. Eu me habituara a evitá-las, do mesmo modo que um coxo mantém o peso fora da perna machucada.

A sorte me sorriu no dia seguinte, e consegui furtar um feixe de trapos da traseira de uma carroça e vendê-lo a um trapeiro por quatro vinténs de ferro. Faminto demais para me preocupar com o amanhã, comprei uma fatia grossa de queijo e uma linguiça quente, depois um pão fresco inteiro e uma torta de maçã morninha. Por fim, num impulso, fui até a porta dos fundos da estalagem próxima e gastei meu último vintém num caneco de cerveja forte.

Sentei-me nos degraus de uma padaria do outro lado da rua, em frente à estalagem, e fiquei observando o movimento das pessoas enquanto desfrutava minha melhor refeição em meses. O crepúsculo não tardou a se desfazer em escuridão, e minha cabeça começou a rodar de um jeito agradável, por causa da cerveja. Mas, quando a comida se acomodou em meu estômago, a sensação incômoda voltou, mais forte do que antes. Franzi o cenho, irritado por haver uma coisa estragando um dia que, afora isso, tinha sido perfeito.

A noite se adensou até a estalagem defronte ficar imersa numa poça de luz. Algumas mulheres perambulavam nas imediações da porta. Murmuravam em voz baixa e lançavam olhares entendidos para os homens que passavam.

Bebi o resto da cerveja e já ia atravessando a rua para devolver o caneco quando vi o lampejo de uma tocha aproximar-se. Observando a rua, vi o cinza característico de um sacerdote tehliniano e resolvi esperar que ele passasse. Bêbado no dia-do-luto e autor de um furto recente, achei que quanto menos contato eu tivesse com o clero, melhor seria para mim.

Ele usava um capuz e a tocha que carregava ficou entre nós, de modo que não pude ver seu rosto. Aproximou-se do grupo de mulheres ali por perto e houve um murmúrio baixo de discussão. Ouvi um nítido tilintar de moedas e me escondi ainda mais na sombra do portal.

O tehliniano fez meia-volta e retornou por onde tinha vindo. Continuei imóvel, sem querer chamar sua atenção, sem querer ter que dar uma corrida para me proteger enquanto minha cabeça rodava. Dessa vez, porém, a tocha não ficou entre nós. Quando ele se virou e olhou na minha direção, não consegui ver nada do seu rosto, apenas escuridão sob a curva do capuz; apenas sombras.

Ele seguiu seu caminho, alheio à minha presença ou sem se importar com ela. Mas eu continuei onde estava, incapaz de me mexer. A imagem do encapuzado de rosto oculto nas sombras abrira uma porta em minha mente, e as lembranças foram escapando. Recordei um homem de olhos vazios e sorriso de pesadelo, relembrei o sangue em sua espada. Pensei em Gris, cuja voz era um vento gelado: "Esta é a fogueira dos seus pais?"

Mas não nele, no homem atrás dele. O silencioso, que ficara sentado junto ao fogo. O homem cujo rosto se escondia na escuridão. Haliax. Era essa a coisa semirrelembrada que tinha pairado nas fímbrias da minha consciência desde o momento em que eu ouvira a história de Skarpi.

Corri para os telhados e me embrulhei em meu cobertor esfarrapado. Pedaços da história e da memória foram se encaixando aos poucos. Comecei a admitir para mim mesmo algumas verdades impossíveis. O Chandriano era real. Haliax era real. Se a história contada por Skarpi era verdadeira, Lanre e Haliax eram a mesma pessoa. O Chandriano tinha matado meus pais, minha trupe inteira. Por quê?

Outras lembranças subiram à superfície de minha mente, fervilhando. Vi o homem de olhos negros, Gris, ajoelhado à minha frente. O rosto inexpressivo, a voz cortante e fria. "Os pais de alguém", dissera ele, "andaram cantando o tipo inteiramente errado de canção".

Eles haviam assassinado meus pais por terem colhido histórias a seu respeito. Haviam matado toda a minha trupe por causa de uma canção. Passei a noite inteira acordado, com pouco mais do que essas ideias me passando pela cabeça. Aos poucos dei-me conta de que elas eram a verdade.

E o que fiz então? Jurei que os encontraria e mataria a todos pelo que tinham feito? Talvez. Mas, mesmo que tenha jurado, no fundo eu sabia que isso era impossível. Tarbean me ensinara duramente a ser prático. Matar o Chandriano? Matar Lanre? Como eu poderia sequer começar? Teria mais sorte se tentasse roubar a Lua. Ao menos eu sabia onde procurá-la à noite.

Mas havia uma coisa que eu podia fazer. No dia seguinte, perguntaria a Skarpi qual era a verdade real por trás de suas histórias. Não era grande coisa, mas era tudo que eu tinha. A vingança podia estar fora do meu alcance, pelo menos nesse momento, mas eu ainda tinha uma esperança de saber a verdade.

Agarrei-me a essa esperança durante as horas tenebrosas da madrugada, até que o sol nasceu e adormeci.

CAPÍTULO 28

O olhar vigilante de Tehlu

N**O DIA SEGUINTE ACORDEI** embotado ao badalar da hora. Contei quatro badaladas, mas não sabia durante quantas teria dormido. Pisquei os olhos para afastar o sono e tentei calcular o horário pela posição do sol. Por volta do sexto sino. Skarpi devia estar começando a contar sua história.

Corri pelas ruas. Meus pés descalços foram batendo nas pedras ásperas, chapinhando pelas poças e usando atalhos por entre as vielas. Tudo se tornou um borrão a meu redor conforme eu enchia os pulmões com grandes golfadas do ar úmido e estagnado da cidade.

Irrompi porta adentro na Meio Mastro, quase em disparada, e me acomodei encostado na parede dos fundos, ao lado da porta. Percebi vagamente que havia mais gente na taberna do que era costumeiro num começo de noite. Depois a história de Skarpi me absorveu e não pude fazer nada além de ouvir sua voz grave e sonora e observar seus olhos brilhantes.

"...Selitos, o Monóculo, deu um passo à frente e perguntou:

– Senhor, se eu fizer isso, receberei o poder de vingar a perda da cidade cintilante? Conseguirei desbaratar as tramas de Lanre e seu Chandriano, que mataram os inocentes e incendiaram minha amada Myr Tariniel?

Aleph respondeu:

– Não. Tudo que é pessoal deve ser posto de lado e deves punir ou premiar apenas aquilo que tu mesmo testemunhares de hoje em diante.

Selitos baixou a cabeça.

– Lamento, mas meu coração me diz que devo tentar impedir essas coisas antes que sejam feitas, e não esperar e castigar depois.

Alguns Ruaches murmuraram sua concordância com Selitos e foram postar-se ao lado dele, pois se lembravam de Myr Tariniel e estavam carregados de raiva e ressentimento pela traição de Lanre.

Selitos se aproximou de Aleph e se ajoelhou diante dele:

— Tenho que recusar, porque não posso esquecer. Mas hei de me opor a ele com estes fiéis Ruaches que estão ao meu lado. Vejo que eles têm o coração puro. Vamos chamar-nos de Amyr, em memória da cidade destruída. Atrapalharemos Lanre e todos os que o seguirem. Nada nos impedirá de atingir o bem maior.

A maioria dos Ruaches relutou em ficar com Selitos. Eles estavam com medo e não queriam se envolver em assuntos de peso.

Mas Tehlu deu um passo à frente e disse:

— A justiça é o que mais prezo em meu coração. Deixarei este mundo para melhor poder servi-lo, servindo a vós. — E se ajoelhou diante de Aleph, com a cabeça curvada e as mãos abertas junto ao corpo.

Outros se apresentaram: o imponente Kirel, que fora queimado porém deixado com vida nas cinzas de Myr Tariniel; Deah, que tinha perdido dois maridos na luta e cujo rosto, boca e coração eram duros e frios como pedra; Enlas, que não portava espada nem comia carne de animais, e que ninguém jamais ouvira dizer palavras ásperas; a bela Geisa, que tivera uma centena de pretendentes em Belen antes da queda dos muros — a primeira mulher a conhecer o toque não solicitado de um homem; Lecelte, de riso fácil e frequente, mesmo quando cercado por uma densa tristeza; Imet, pouco mais que um menino, que não cantava nunca e matava com ligeireza e sem lágrimas; Ordal, a mais jovem de todos, que nunca vira algo morrer, e que se postou bravamente diante de Aleph, com os cabelos dourados coloridos por fitas; e ao lado de Ordal veio Andan, cujo rosto era uma máscara de olhos ardentes e cujo nome significava raiva.

Aproximaram-se de Aleph e ele os tocou. Tocou-lhes as mãos, os olhos e o coração. Na última vez que os tocou houve dor, e de suas costas brotaram asas, para que eles pudessem ir aonde quisessem. Asas de fogo e sombra. Asas de ferro e cristal. Asas de pedra e sangue.

Então Aleph pronunciou seus nomes plenos e eles foram circundados por um fogo branco. O fogo bailou por suas asas e eles se tornaram ágeis. O fogo cintilou em seus olhos e eles enxergaram as profundezas do coração dos homens. O fogo lhes encheu a boca e eles entoaram canções de poder. Depois o fogo se instalou em sua testa como uma estrela de prata e eles se tornaram a um tempo justos e sábios e terríveis de contemplar. E então o fogo os consumiu e eles desapareceram para sempre da visão dos mortais.

Ninguém senão os mais poderosos é capaz de vê-los, mesmo assim com grande dificuldade e correndo enorme perigo. Eles distribuem a justiça no mundo, e Tehlu é o maior de todos..."

— Já ouvi o bastante — disse uma voz. Não falou alto, mas foi como se houvesse gritado. Quando Skarpi contava uma história, qualquer interrupção era como mastigar um grão de areia ao comer um pedaço de pão.

Do fundo da sala, dois homens de capa escura partiram em direção ao bar: um, alto e orgulhoso; outro, baixo e encapuzado. Ao andarem, vislumbrei túnicas cinzentas sob suas capas: sacerdotes tehlinianos. Pior, vi outros dois homens de armadura sob as capas. Não os tinha visto enquanto estavam sentados, mas, no momento em que se mexeram, ficou dolorosamente óbvio que eram guarda-costas da Igreja. Tinham rostos sombrios e o contorno de suas capas me fez pensar em espadas.

Não fui o único a ver. Havia crianças saindo de mansinho pela porta. As mais espertas procuraram assumir um ar displicente, porém algumas começaram a correr antes de chegar à rua. Contrariando o bom senso, três crianças ficaram: um menino de ar ceáldico, com renda na camisa, uma garotinha de pés descalços e eu.

— Creio que todos ouvimos o bastante — disse o mais alto dos dois sacerdotes, com serena severidade. Era esguio, de olhos fundos que ardiam como brasas parcialmente escondidas. A barba cuidadosamente aparada, cor de fuligem, acentuava os contornos de seu rosto afiado.

Ele entregou a capa ao sacerdote mais baixo e encapuzado. Embaixo dela usava a túnica cinza-pálido dos tehlinianos. No pescoço levava uma balança de prata. Senti o coração afundar na boca do estômago. Não era apenas um sacerdote, mas um juiz. Vi as outras duas crianças escapulirem pela porta.

Disse o juiz:

— Sob o olhar vigilante de Tehlu, eu o acuso de heresia.

— Atestado — confirmou o segundo sacerdote sob seu capuz.

O juiz fez sinal para os mercenários:

— Amarrem-no.

Assim fizeram os mercenários, com rude eficiência. Skarpi suportou tudo placidamente, sem dizer palavra.

O juiz observou um guarda-costas começar a atar os pulsos de Skarpi e virou meio de lado, como quem tirasse da cabeça o contador de histórias. Correu os olhos demoradamente pelo salão, deixando sua inspeção enfim encerrar-se no homem calvo de avental atrás do bar.

— Que-que as bênçãos de Te-Tehlu o protejam! — gaguejou explosivamente o proprietário da Meio Mastro.

— Elas protegem — retrucou o juiz, com ar simples.

Deu outra olhada demorada pelo salão. Por fim virou a cabeça para o segundo sacerdote, que estava um pouco mais perto do bar.

– Anthony, será que um belo lugar como este estaria abrigando hereges?
– Tudo é possível, senhor juiz.
– Ahhh... – fez o juiz, baixinho, e tornou a correr os olhos devagar pelo salão, novamente terminando num exame do homem atrás do bar.
– Posso oferecer uma bebida a Vossas Excelências, por obséquio? – apressou-se a dizer o proprietário.
Houve apenas silêncio.
– Quero dizer... uma bebida para os senhores e seus irmãos. Um bom barril de vinho branco de Fallows? Para demonstrar minha gratidão. Deixei-o ficar porque as histórias dele eram interessantes, no começo – declarou, engolindo em seco e prosseguindo depressa –, mas depois ele começou a dizer coisas malévolas. Tive medo de pô-lo na rua, porque é óbvio que ele é louco, e todos sabem que o desagrado de Deus cai pesadamente sobre quem levanta as mãos contra os loucos...
Sua voz se extinguiu, deixando o salão num silêncio repentino. Ele tornou a engolir em seco e, de onde eu estava, junto à porta, pude ouvir o estalar de sua garganta.
– É uma oferta generosa – disse enfim o juiz.
– Muito generosa – ecoou o sacerdote mais baixo.
– No entanto, às vezes a bebida forte deixa os homens tentados a praticar atos perversos.
– Perversos – sussurrou o outro sacerdote.
– E alguns de nossos irmãos fizeram votos contra as tentações da carne. É mister que eu recuse – concluiu o juiz, cuja voz exsudava um pesar devoto.
Consegui trocar uma olhadela com Skarpi, que me deu um meio sorriso. Senti o estômago embrulhar-se. O velho contador de histórias não parecia fazer a menor ideia do tipo de encrenca em que estava. Mas, ao mesmo tempo, bem no fundo, alguma coisa egoísta dentro de mim dizia: *se você tivesse chegado mais cedo e descoberto o que precisava saber, agora já não seria tão ruim, não é?*
O homem do bar rompeu o silêncio:
– Nesse caso, os senhores aceitariam o preço do barril, se não o barril em si?
O juiz fez uma pausa, como quem refletisse.
– Pelo bem das crianças! – implorou o careca. – Sei que os senhores usarão o dinheiro em benefício delas.
O juiz fez um muxoxo:
– Muito bem – disse, após um momento. – Pelo bem das crianças.
A voz do sacerdote mais baixo teve um toque incisivo e desagradável quando ele repetiu:
– Das crianças.

O taberneiro conseguiu esboçar um sorriso débil.

Skarpi revirou os olhos e me deu uma piscadela.

– Seria de se supor – a voz de Skarpi fluiu como mel espesso – que admiráveis homens da Igreja como os senhores encontrassem coisa melhor para fazer do que prender contadores de histórias e extorquir dinheiro de homens honestos.

O tilintar das moedas do taberneiro se extinguiu e o salão pareceu prender a respiração. Com estudada displicência, o juiz deu as costas a Skarpi e se dirigiu por cima do ombro ao sacerdote mais baixo:

– Anthony, parece que encontramos um herege cortês... Que estranho e admirável! Devemos vendê-lo a uma trupe dos Ruh; de certo modo, ele se assemelha a um cachorro falante.

Skarpi falou às costas do homem:

– Não que eu espere vê-los saírem correndo, pessoalmente, à procura de Haliax e dos Sete. "Pequenas proezas para pequenos homens", é o que sempre digo. Imagino que o difícil seja encontrar atos suficientemente mesquinhos para homens como os senhores. Mas os senhores são engenhosos. Poderiam recolher o lixo, ou verificar se há piolhos nas camas dos bordéis quando os visitam.

Virando-se, o juiz pegou o caneco de cerâmica no bar e deu com ele na cabeça de Skarpi, espatifando-o.

– Não fale na minha presença! – cuspiu. – Você não sabe nada!

Skarpi sacudiu um pouco a cabeça, como que para desanuviá-la. Um filete vermelho escorreu por seu rosto de madeira lançada à praia, descendo sobre uma de suas sobrancelhas de espuma do mar.

– Suponho que possa ver verdade – retrucou. – Tehlu sempre disse...

– Não profira o nome dele! – gritou o juiz, com o rosto vermelho de ódio. – Sua boca o emporcalha. Ele é uma blasfêmia em sua língua.

– Ora, vamos, Erlus – repreendeu-o Skarpi, como quem falasse com uma criança pequena. – Tehlu o odeia mais ainda do que o resto do mundo, o que é um bocado.

O salão caiu num silêncio antinatural. O rosto do juiz empalideceu.

– Deus tenha piedade de você – disse ele, num tom frio e trêmulo.

Skarpi o olhou em silêncio por um instante. Em seguida, começou a rir. Enormes gargalhadas, sonoras e impossíveis de contar, saídas do fundo da alma.

Os olhos do juiz se voltaram para um dos homens que haviam amarrado o contador de histórias. Sem qualquer preâmbulo, o sujeito de rosto sinistro atingiu Skarpi com o punho cerrado. Uma vez no rim, outra na nuca.

Skarpi desabou no chão. O salão ficou em silêncio. O som do corpo dele, batendo nas tábuas do assoalho, pareceu extinguir-se antes dos ecos de suas risadas. A um gesto do juiz, um dos guardas levantou o velho pela gola. Ele ficou pendurado feito uma boneca de trapo, com os pés arrastando no chão.

Mas Skarpi não estava inconsciente, apenas atordoado. Seus olhos reviraram para se concentrar no juiz.

— Piedade da *minha* alma — disse, com um grunhido débil que talvez tivesse sido um risinho em dias melhores. — Não sabe como isso é engraçado, vindo de você.

Skarpi pareceu se dirigir ao ar à sua frente:

— Você deve correr, Kvothe. Ninguém ganha nada ao se meter com esse tipo de homens. Vá para os telhados. Fique por algum tempo onde eles não possam vê-lo. Tenho amigos na Igreja que podem me ajudar, mas não há nada que você possa fazer aqui. Vá.

Como ele não estava olhando para mim ao falar, houve um momento de confusão. O juiz tornou a gesticular e um dos guardas deu uma pancada no dorso da cabeça de Skarpi. Seus olhos viraram para cima, a cabeça pendeu para a frente. Esgueirei-me porta afora, buscando a rua.

Segui o conselho de Skarpi, e já corria num telhado antes de eles saírem do bar.

CAPÍTULO 29

As portas da minha mente

NOVAMENTE NOS TELHADOS, de volta a meu lugar secreto, embrulhei-me em meu cobertor e chorei. Chorei como se alguma coisa dentro de mim houvesse quebrado e tudo estivesse saindo aos borbotões.

Quando me cansei de soluçar, era alta madrugada. Fiquei lá deitado, olhando para o céu, exausto, mas sem conseguir dormir. Pensei em meus pais e na trupe, e fiquei surpreso ao descobrir que minhas lembranças eram menos amargas do que antes.

Pela primeira vez em anos usei um dos truques que Ben me ensinara para acalmar e aguçar a mente. Foi mais difícil do que eu recordava, mas eu o fiz.

Se você já dormiu uma noite inteira sem se mexer e acordou de manhã com o corpo rígido por causa da inatividade, se consegue lembrar-se da sensação terrível daquela primeira espreguiçada, talvez compreenda como minha mente se sentiu, depois de todos aqueles anos, espreguiçando-se ao acordar nos telhados de Tarbean.

Passei o resto da noite abrindo portas na minha mente. Lá dentro encontrei coisas esquecidas de longa data: mamãe combinando palavras na letra de uma canção, a dicção para o palco, três receitas de chá para acalmar os nervos e favorecer o sono, escalas para dedilhar no alaúde.

Minha música. Será que haviam realmente passado anos desde a última vez que eu pegara num alaúde?

Gastei muito tempo pensando no Chandriano, no que seu grupo tinha feito com minha trupe, no que havia tirado de mim. Lembrei-me do sangue e do cheiro de cabelo queimado e senti uma raiva profunda e soturna queimando no peito.

Admito que nessa noite alimentei pensamentos tenebrosos e vingativos; mas os anos passados em Tarbean haviam instilado em mim um férreo senso prático. Eu sabia que a vingança não passava de uma fantasia infantil. Eu tinha 15 anos. O que poderia fazer?

De uma coisa eu sabia. Ela me voltara à cabeça enquanto eu rememorava. Era algo que Haliax tinha dito a Gris. *Quem o mantém protegido dos Amyr? E dos cantores? E dos sithes? De todos os que gostariam de feri-lo no mundo?*

O Chandriano tinha inimigos. Se eu conseguisse encontrá-los, eles me ajudariam. Eu não fazia ideia de quem eram os cantores ou os sithes, mas todos sabiam que os Amyr eram cavaleiros da Igreja, a mão direita forte do Império Aturense. Infelizmente, todo mundo também sabia que não houvera um único Amyr nos últimos 300 anos. Eles tinham sido dispersados quando do colapso do Império Aturense.

Mas Haliax se referira a eles como se ainda existissem. E a história de Skarpi implicava que os Amyr tinham começado com Selitos, e não com o Império Aturense, como sempre me haviam ensinado. Era óbvio que havia mais coisas nessa história, outras coisas que eu precisava saber.

Quanto mais eu pensava nisso, mais surgiam perguntas. Obviamente, o Chandriano não matava todos os que colhiam histórias ou entoavam canções a seu respeito. Todo mundo conhecia uma ou duas histórias sobre eles e toda criança havia cantado, em algum momento, aquela quadrinha boba sobre seus sinais. O que teria tornado a canção de meus pais tão diferente?

Eu tinha perguntas. E só havia um lugar para onde ir, é claro.

Examinei minhas míseras posses. Eu possuía um cobertor esfarrapado e um saco de aniagem com um pouco de palha, que usava como travesseiro. Tinha uma garrafa de meio litro, com água potável até a metade. Um pedaço de pano de vela de barco, que eu firmava com tijolos e usava como quebra-vento nas noites frias. Um par de cubos de sal grosso e um pé de sapato gasto, pequeno demais para mim, mas que eu tinha esperança de trocar por outra coisa.

E 27 vinténs de ferro em moeda comum. Meu dinheiro para as horas de aperto. Dias antes aquilo me parecera um vasto tesouro, mas agora eu sabia que nunca seria o suficiente.

Ao nascer do sol, tirei *Retórica e lógica* de seu esconderijo embaixo de um caibro. Desembrulhei o retalho de lona que usava para protegê-lo e fiquei aliviado ao encontrá-lo seco e em bom estado. Alisei o couro macio com as mãos. Segurei o livro junto ao rosto e senti o aroma da traseira da carroça de Ben – especiarias e levedura, misturadas a um toque amargo de ácidos e sais químicos. Era o último pedaço tangível do meu passado.

Abri a primeira página e li a dedicatória que Ben tinha escrito, fazia mais de três anos:

"Kvothe,

Defenda-se bem na Universidade. Deixe-me orgulhoso.
Lembre-se da canção de seu pai. Cuidado com a insensatez.

Seu amigo
Abenthy"

Balancei a cabeça e virei a página.

CAPÍTULO 30

Restauração

A TABULETA ACIMA DA PORTA DIZIA: RESTAURAÇÃO. Achei que era um sinal auspicioso e entrei.

Havia um homem sentado atrás de uma escrivaninha. Presumi que fosse o dono. Era alto e desengonçado, com o cabelo ralo. Levantou os olhos de um livro contábil e me olhou com expressão vagamente irritada.

Decidido a reduzir ao mínimo as trocas de gentilezas, aproximei-me da escrivaninha e lhe entreguei o livro.

– Quanto o senhor me daria por isto?

Ele o folheou com ar profissional, apalpando o papel entre os dedos e verificando a encadernação. Deu de ombros.

– Uns dois iotas.

– Vale mais do que isso! – retruquei, indignado.

– Vale o que você conseguir por ele – disse o homem, de um jeito displicente. – Dou-lhe um e meio.

– Dois talentos, e eu fico com a opção de recomprá-lo durante um mês.

Ele deu uma risada curta feito um latido.

– Isto aqui não é loja de penhores. – E empurrou o livro pela escrivaninha para mim, enquanto pegava a pena com a outra mão.

– Vinte dias?

O homem hesitou, deu outra espiada rápida no livro e pegou a bolsa de moedas. Tirou dois pesados talentos de prata. Era mais dinheiro do que eu já tinha visto num mesmo lugar em muito, muito tempo.

Deslizou-os pelo tampo da escrivaninha. Refreei o desejo de agarrá-los no mesmo instante e disse:

– Vou precisar de um recibo.

Dessa vez ele me lançou um olhar tão severo e demorado que comecei a ficar meio nervoso. Só então me dei conta da aparência que eu devia ter, coberto por um ano de sujeira das vielas, tentando obter um recibo por um livro que obviamente devia ter roubado.

Mas ele acabou tornando a dar de ombros, de um jeito suave, e rabiscou uma anotação num pedaço de papel. Traçou uma linha no final e fez um gesto com a pena.

– Assine aqui.

Olhei para o papel, que dizia:

Eu, abaixo assinado, atesto por este documento que não sei ler nem escrever.

Olhei para o proprietário. Ele manteve a cara séria. Molhei a pena e grafei com cuidado as letras D. D., como se fossem iniciais.

Ele abanou o papel para secar a tinta e empurrou o "recibo" para mim pela escrivaninha.

– O que significa D? – perguntou, com a mais discreta insinuação de um sorriso.

– Derrogação – respondi. – Significa anular e invalidar uma coisa, em geral um contrato. O segundo D é de Decrepitar. Que significa jogar alguém na fogueira.

Ele me olhou como se não compreendesse.

– Decrepitação é a punição pela fraude em Junpui. Creio que os recibos falsos se enquadram nessa categoria.

Não fiz nenhum movimento para tocar no dinheiro ou no recibo. Um silêncio tenso pairou no ar.

– Aqui não é Junpui – disse ele, com o rosto cuidadosamente sóbrio.

– É verdade – admiti. – O senhor tem um senso apurado para o desfalque. Talvez eu deva acrescentar um terceiro D.

Ele soltou outra risada ríspida, depois sorriu.

– Você me convenceu, jovem mestre – disse. Pegou um novo pedaço de papel e o pôs na minha frente. – Escreva você um recibo para mim e eu assino.

Tomei da pena e escrevi: "Eu, abaixo assinado, concordo em devolver o exemplar do livro *Retórica e lógica* com a dedicatória 'para Kvothe' ao portador desta nota, em troca de dois vinténs de prata, desde que ele apresente este recibo até o dia..."

Levantei os olhos.

– Que dia é hoje?

– Orden, dia 38.

Eu tinha perdido o hábito de prestar atenção às datas. Na rua, um dia é basicamente igual a outro, a não ser pelo fato de que as pessoas ficam um pouco mais bêbadas no hepten, e um pouco mais generosas no dia-do-luto.

Mas, se estávamos no dia 38, eu só teria cinco dias para chegar à Universidade. Soubera por Ben que a matrícula só ia até o dia-da-pira. Se a perdesse, eu teria que esperar dois meses até o início do período letivo seguinte.

Pus a data no recibo e tracei uma linha para o livreiro assinar. Ele pareceu meio intrigado quando lhe passei o papel. E mais, não notou que o recibo dizia vinténs, em vez de talentos. Os talentos tinham um valor significativamente maior. Isso queria dizer que acabara de concordar em me devolver o livro por menos do que tinha pagado por ele.

Minha satisfação diminuiu ao me ocorrer a bobagem que era aquilo tudo. Vinténs ou talentos, eu não teria dinheiro suficiente para recomprar o livro em duas onzenas. Se tudo corresse bem, nem sequer estaria em Tarbean no dia seguinte.

Apesar de sua inutilidade, o recibo ajudou a minorar minha dor por me separar da última coisa que possuía da minha infância. Soprei o papel, dobrei-o com cuidado e o guardei num bolso, depois peguei meus dois talentos de prata. Fiquei surpreso quando o homem me estendeu a mão.

Ele deu um sorriso meio compungido e disse:

— Desculpe pelo recibo. Mas você não dava a impressão de que fosse voltar. — Encolheu de leve os ombros. — Tome — acrescentou, pondo um iota de cobre na minha mão.

Concluí que não era realmente um mau sujeito. Retribuí o sorriso e, por um segundo, quase me senti culpado pelo modo como tinha escrito o recibo.

Também me senti culpado pelas três penas que havia furtado, mas só por um segundo. E, como não havia nenhuma forma conveniente de devolvê-las, roubei um tinteiro antes de sair.

CAPÍTULO 31

A natureza da nobreza

HAVIA NOS DOIS TALENTOS um peso tranquilizador, que nada tinha a ver com o quanto eles eram pesados. Qualquer um que tenha passado muito tempo sem dinheiro saberá do que estou falando. Meu primeiro investimento foi uma boa bolsinha de couro. Coloquei-a embaixo da roupa, bem junto da pele.

A seguir veio um verdadeiro café da manhã. Um prato cheio de ovos quentes e uma fatia de presunto. Pão fresco e macio, muito mel e manteiga para acompanhar, e um copo de leite que saíra da vaca fazia menos de dois dias. Isso me custou cinco vinténs de ferro. Talvez fosse a melhor refeição que eu já tinha feito.

Era estranho sentar a uma mesa, comendo com garfo e faca. Era estranho estar perto de outras pessoas. Era estranho ter alguém para me trazer a comida.

Ao raspar as sobras do café da manhã com um bico do pão, percebi que eu tinha um problema. Mesmo ali, naquela estalagem meio furreca na Beira-Mar, eu despertava atenção. Minha camisa era um velho saco de aniagem com buracos para a cabeça e os braços. Minhas calças eram de lona e muito maiores do que eu. Cheiravam a fumaça, gordura e água estagnada das vielas. Eu as amarrava com um pedaço de corda que havia catado no lixo. Estava imundo, descalço e cheirava mal.

Devia comprar roupas ou tentar encontrar um banheiro? Se tomasse banho primeiro, depois teria que vestir minha roupa velha. Mas, se tentasse comprar roupas com a aparência que tinha, talvez nem me deixassem entrar na loja. E eu duvidava que alguém quisesse tirar minhas medidas para um traje qualquer.

O estalajadeiro veio tirar meu prato e resolvi tomar primeiro um banho, principalmente por estar farto de cheirar a um rato com vários dias de morto. Sorri para ele.

— Onde posso encontrar um banheiro aqui perto?

— Aqui, se você tiver uns dois vinténs — disse ele, olhando-me de cima a baixo. — Ou então posso fazê-lo trabalhar para mim por uma hora, uma hora firme no batente. A lareira está merecendo uma boa esfregada.

— Precisarei de muita água e sabão.

— Então duas horas, porque também tenho a louça. Lareira primeiro, depois banho, depois louça. Está bom assim?

Cerca de uma hora depois, meus ombros doíam e a lareira estava limpa. O estalajadeiro me levou a um cômodo nos fundos, onde havia uma grande tina de madeira e uma grade no chão. Também havia ganchos nas paredes para a roupa, e uma folha de estanho pregada numa delas servia como um tosco espelho.

Ele me levou uma escova, um balde de água fervendo e um pedaço de sabão de barrilha. Esfreguei-me até ficar dolorido e vermelho. Depois levou-me um segundo balde de água quente, em seguida o terceiro. Fiz uma prece silenciosa agradecendo por constatar que eu não parecia ter piolhos. Provavelmente andara imundo demais para que qualquer piolho que se prezasse fixasse residência em mim.

Ao me enxaguar pela última vez, olhei para a roupa que havia descartado. Mais limpo do que estivera em anos, eu não queria tocá-la, muito menos vesti-la. Se tentasse lavá-la, ela simplesmente se desmancharia.

Enxuguei-me e usei a escova dura para tirar os nós do cabelo. Estava mais comprido do que parecia quando sujo. Sequei o vapor do espelho improvisado e fiquei surpreso. Eu parecia velho, ou mais velho, pelo menos. E não era só: parecia o jovem filho de um nobre. Tinha o rosto fino e alvo. Meu cabelo precisava de uma ligeira aparada, mas descia até os ombros e era liso, como estava na moda. A única coisa que faltava era uma roupa de nobre.

Isso me deu uma ideia.

Ainda nu, enrolei-me numa toalha e saí pela porta dos fundos. Levei minha bolsa, mas a mantive escondida. Faltava pouco para o meio-dia e havia gente por toda parte. Nem preciso dizer que vários olhares se voltaram na minha direção. Ignorei-os e andei com passadas rápidas, sem tentar me esconder. Transformei meu rosto numa máscara de expressão impassível e aborrecida, sem o menor vestígio de constrangimento.

Parei perto de um homem e seu filho que empilhavam sacos de estopa numa carroça. O filho era uns quatro anos mais velho do que eu e uma cabeça mais alto.

— Garoto, onde posso comprar roupas por aqui? — indaguei em tom áspero. Dei uma olhadela incisiva em sua camisa e emendei: — Roupas decentes.

Ele me olhou com uma expressão que oscilava entre a confusão e a raiva. O pai apressou-se a tirar o chapéu e deu um passo à frente do filho.

– Vossa Graça pode tentar a loja do Bentley. São roupas simples, mas ela fica a uma ou duas ruas daqui.

Fiz uma fisionomia carrancuda:

– Esse é o único lugar nas imediações?

O homem abriu a boca.

– Bem... poderia... há uma...

Com um aceno impaciente, reduzi-o ao silêncio.

– Onde fica? Simplesmente aponte, já que os seus recursos mentais parecem havê-lo deixado.

Ele apontou e eu me afastei. Ao andar, lembrei-me de um dos papéis de jovem pajem que costumava representar na trupe. O nome do pajem era Dunstey, um garotinho de uma petulância insuportável e com um pai importante. Ele era perfeito. Dei à minha cabeça uma inclinação imperiosa, ajeitei os ombros de modo um pouco diferente e fiz alguns ajustes mentais.

Escancarei a porta e entrei com brusquidão. Havia um homem de avental de couro que só pude presumir que fosse Bentley. Estava ali pela casa dos 40 anos, era magro e começava a ficar calvo. Deu um pulo ao ouvir a porta batendo na parede. Virou-se para me olhar com uma expressão incrédula.

– Busque-me um roupão, mentecapto. Estou farto do seu olhar embasbacado, o seu e o de todos os outros papalvos que resolveram fazer feira hoje – ordenei, desabando numa cadeira e amarrando a cara. Quando ele não se mexeu, lancei-lhe um olhar enfurecido. – Será que gaguejei? Porventura minhas necessidades não são óbvias? – Puxei a ponta de minha toalha à guisa de demonstração.

O homem continuou parado, boquiaberto.

Baixei a voz, com ar ameaçador:

– Se você não me trouxer algo para vestir – nesse momento, pus-me de pé e gritei –, destroçarei este lugar! Pedirei seus testículos a meu pai de presente no Solstício de Inverno. Farei os cães dele cobrirem o seu cadáver. VOCÊ TEM ALGUMA IDEIA DE QUEM SOU EU?

Bentley saiu em disparada e tornei a me atirar na cadeira. Uma freguesa que eu não havia notado até então retirou-se às pressas, detendo-se por um instante para me fazer uma reverência antes de sair. Reprimi a vontade de dar risadas.

Depois disso, foi surpreendentemente fácil. Mantive Bentley correndo para lá e para cá durante meia hora, trazendo-me uma peça de vestuário após outra. Fiz troça dos tecidos, do corte e do acabamento de tudo que ele me mostrou. Em suma, fui um insolentezinho perfeito.

Na verdade, eu não poderia ter ficado mais satisfeito. A roupa era simples, mas bem-feita. Aliás, comparado ao que eu estivera usando até uma hora antes, um saco de estopa limpo teria sido um grande avanço.

Se você não passou muito tempo na corte ou em cidades grandes, não compreenderá por que me foi tão fácil fazer isso. Permita-me explicar.

Os filhos dos nobres são uma das grandes forças destrutivas da natureza, como as inundações ou os tornados. Ao ser atingido por uma dessas catástrofes, a única coisa que o homem comum pode fazer é ranger os dentes e tentar minimizar os estragos.

Bentley sabia disso. Fez as marcações na camisa e nas calças e me ajudou a despi-las. Tornei a pôr o roupão que ele me dera e o homem pôs-se a costurar como se o demônio estivesse bufando em seu cangote. Quanto a mim, tornei a afundar na cadeira e disse:

— Pode perguntar, se quiser. Percebo que está morto de curiosidade.

Ele levantou momentaneamente os olhos da costura.

— Senhor?

— As circunstâncias que cercam meu estado atual de nudez.

— Ah, sim — fez ele, esticando a linha e começando a trabalhar nas calças. — Admito uma leve curiosidade. Não mais do que o apropriado. Não sou de bisbilhotar assuntos alheios.

— Ah — assenti com a cabeça, fingindo desapontamento. — É uma atitude louvável.

Seguiu-se um longo momento em que o único som audível foi o da linha costurando o tecido. Remexi-me. Por fim, continuei, como se ele me houvesse feito a pergunta:

— Uma prostituta roubou minhas roupas.

— De fato, senhor?

— Sim, tentou fazer-me trocar minha bolsa por elas, a cadela.

Bentley ergueu rapidamente os olhos, com genuína curiosidade no rosto.

— Sua bolsa não estava com sua roupa, senhor?

Fiz um ar chocado.

— Decerto que não! "A mão de um cavalheiro nunca fica muito longe de sua bolsa", como diz meu pai. — E sacudi a bolsinha para ele, frisando minha afirmação.

Notei que Bentley tentou prender o riso, o que me fez sentir-me um pouco melhor. Fazia quase uma hora que eu vinha afligindo o homem, e o mínimo que podia fazer era dar-lhe uma história para contar aos amigos.

— Ela me disse que, se eu quisesse conservar minha dignidade, deveria dar-lhe minha bolsa e voltar para casa usando minhas roupas. — Abanei a cabeça com ar desdenhoso. — "Vadia", respondi, "a dignidade de um cavalheiro não está em sua roupa. Se eu entregasse a bolsa apenas para me poupar um constrangimento, estaria abrindo mão da minha dignidade".

Fiz um ar pensativo por um segundo, depois falei baixinho, como se pensasse em voz alta:

– Então deve-se deduzir que a dignidade de um cavalheiro está em sua bolsa.

Olhei para o objeto em minhas mãos e fiz uma longa pausa:

– Creio ter ouvido meu pai dizer algo parecido um dia desses.

Bentley deu uma risada, que procurou transformar numa tosse, depois levantou-se e sacudiu a camisa e as calças.

– Pronto, senhor. Agora elas lhe cairão como uma luva.

Notei a sugestão de um sorriso bailando em seus lábios ao me entregar as peças.

Despi o roupão e vesti as calças.

– Elas me levarão até em casa, suponho. Quanto lhe devo por seu transtorno, Bentley?

Ele pensou por um segundo e respondeu:

– Um e dois.

Comecei a atar os cordões da camisa sem dizer nada.

– Perdão, senhor – ele se apressou a acrescentar, engolindo em seco. – Esqueci com quem estava lidando. Um já estaria muito bom.

Pegando a bolsa, pus um talento de prata em sua mão e o fitei nos olhos:

– Precisarei de algum dinheiro trocado.

Sua boca cerrou-se numa linha fina, mas ele acenou com a cabeça e me deu dois iotas de troco.

Guardei as moedas e amarrei a bolsa com firmeza sob a camisa, depois lancei-lhe um olhar significativo e dei um tapinha na bolsa. Vi o sorriso voltar a lhe repuxar os lábios de leve.

– Adeus, senhor.

Peguei a toalha, saí da loja e refiz meu percurso, muito menos conspícuo, para a estalagem onde havia encontrado café da manhã e banho.

———

– Que posso trazer-lhe, meu jovem senhor? – perguntou o estalajadeiro quando me aproximei do bar. Sorriu e limpou as mãos no avental.

– Uma pilha de pratos sujos e um trapo.

Ele estreitou os olhos, abriu um sorriso e deu uma gargalhada.

– Pensei que você tinha fugido nu pelas ruas.

– Não exatamente nu. – Coloquei a toalha no bar.

– Antes havia mais sujeira do que gente. E eu teria apostado um marco inteiro que o seu cabelo era preto. Você realmente não parece o mesmo – disse, maravilhando-se em silêncio por um segundo. – Quer sua roupa velha?

Abanei a cabeça.

– Jogue-a no lixo. Melhor ainda, queime-a, e se certifique de que ninguém respire acidentalmente a fumaça.

Ele tornou a rir.

– Mas eu tinha algumas outras coisas – recordei-lhe.

O homem assentiu com a cabeça e bateu de leve no lado do nariz.

– Isso mesmo. Só um segundo – disse. Fez meia-volta e desapareceu por uma porta atrás do bar.

Deixei a atenção vagar pelo salão. Parecia diferente, agora que eu já não atraía olhares hostis. A lareira de pedra com o caldeirão negro fervilhando, os aromas levemente acres da madeira polida e da cerveja derramada, o burburinho baixo das conversas...

Sempre gostei de tabernas. Isso vem de crescer na estrada, creio. A taberna é um lugar seguro, uma espécie de refúgio. Senti-me muito à vontade naquele momento, e me ocorreu que possuir um lugar como aquele não seria uma vida ruim.

– Aqui está – disse o estalajadeiro, depondo três penas, um tinteiro e meu recibo da livraria. – Isso me deixou quase tão intrigado quanto a razão por que você teria fugido sem roupa.

– Vou para a Universidade – expliquei.

Ele ergueu uma sobrancelha:

– Você é meio novinho, não?

Senti um calafrio nervoso ao ouvir suas palavras, mas o afastei com um dar de ombros.

– Eles aceitam toda sorte de pessoas.

O homem assentiu com gentileza, como se isso explicasse por que eu havia aparecido descalço e fedendo a vielas. Depois de aguardar um pouco para ver se eu me estenderia, ele se serviu de uma bebida.

– Não se ofenda, mas você não me parece exatamente o tipo que gostaria de continuar a lavar pratos.

Abri a boca para protestar: um vintém de ferro por uma hora de trabalho era uma pechincha que eu relutava em dispensar. Dois vinténs equivaliam a um pão, e eu não conseguiria contar todas as vezes que havia passado fome no ano anterior.

Então vi minhas mãos apoiadas no bar. Eram rosadas e limpas; quase não as reconheci como minhas.

Percebi que não queria lavar louça. Tinha coisas mais importantes a fazer. Afastei-me do bar e tirei um vintém da bolsa.

– Onde fica o melhor lugar para encontrar uma caravana que esteja partindo para o norte? – indaguei.

– No Campo dos Tropeiros, subindo para a Serrania. Quatrocentos metros depois do moinho da Rua Verde.

Senti um arrepio à menção da Serrania. Ignorei-o da melhor maneira que pude e assenti com a cabeça.

– Você tem aqui uma estalagem encantadora. Eu me considerarei um homem de sorte se tiver uma tão charmosa quanto ela, quando crescer. – E lhe entreguei o vintém.

Ele abriu um sorriso largo e me devolveu a moeda.

– Com elogios tão gentis, volte quando quiser.

CAPÍTULO 32

Cobres, calçados e coletividades

FALTAVA CERCA DE UMA HORA para o meio-dia quando saí à rua. Fazia um sol forte e as pedras do calçamento estavam quentes sob meus pés. Quando o barulho da feira se elevou a um zumbir irregular à minha volta, procurei desfrutar a agradável sensação de estar com a barriga cheia e o corpo limpo.

Mas experimentei um vago mal-estar na boca do estômago, como aquela sensação que surge quando alguém nos crava os olhos na nuca. Ela me acompanhou até eu ser vencido por meus instintos e me infiltrar numa viela lateral, veloz como um peixe.

Quando me encostei numa parede, esperando, a sensação desapareceu. Passados alguns minutos, comecei a me sentir tolo. Eu confiava em meus instintos, mas volta e meia eles soavam um alarme falso. Aguardei mais alguns minutos, para ter certeza, e retornei à rua.

A sensação de vago mal-estar voltou quase de imediato. Ignorei-a, ao mesmo tempo que tentei descobrir de onde estaria vindo. Contudo, passados cinco minutos, perdi a coragem, entrei numa ruela e fiquei observando a aglomeração para ver quem estava me seguindo.

Ninguém. Precisei de uma meia hora exasperante e de entrar em mais duas vielas para finalmente descobrir do que se tratava.

Era estranho caminhar em meio à multidão.

Nos dois anos anteriores, as aglomerações haviam se tornado parte do cenário da cidade para mim. Eu podia usá-la para me esconder de um guarda ou de um lojista. Podia deslocar-me por elas para chegar aonde estivesse indo. Podia até caminhar na mesma direção que uma multidão, mas nunca fazia parte dela.

Estava tão acostumado a ser ignorado que quase fugi do primeiro mercador que tentou me vender alguma coisa.

Depois que descobri o que estava me incomodando, a maior parte do meu mal-estar desapareceu. O medo costuma provir da ignorância. Uma vez que eu soube qual era o problema, ele se tornou apenas um problema, nada a temer.

———

Como já mencionei, Tarbean tinha duas divisões principais: Serrania e Beira-Mar. A Beira-Mar era pobre. A Serrania era rica. A Beira-Mar cheirava mal. A Serrania era limpa. Na Beira-Mar havia punguistas. Na Serrania havia banqueiros – perdão, ladrões.

Já contei a história de minha incursão pouco auspiciosa na Serrania. Portanto, talvez você entenda por que, quando a multidão à minha frente abriu casualmente uma brecha momentânea, vi o que estava procurando. Um integrante da guarda. Enfiei-me pela primeira porta que achei, com o coração em disparada.

Gastei um momento para relembrar a mim mesmo que eu não era mais aquele garotinho imundo de rua que levara uma surra anos antes. Estava limpo e bem-vestido. Parecia fazer parte do lugar. Mas os velhos hábitos demoram a morrer. Lutei para controlar uma raiva profunda, mas não soube dizer se estava com raiva de mim, do guarda ou do mundo em geral. Provavelmente, um pouco de cada um.

– Já vou atendê-lo – disse uma voz animada de trás de uma cortina.

Corri os olhos pela loja. A luz da janela da frente incidia sobre uma bancada abarrotada e algumas prateleiras com dezenas de pares de sapatos. Concluí que eu poderia ter escolhido uma loja pior para entrar ao acaso.

– Deixe-me adivinhar – tornou a dizer a voz que vinha dos fundos. Um homem grisalho, com ar de avô, surgiu de trás da cortina segurando um pedaço comprido de couro. Era baixo e recurvado, mas seu rosto me sorriu por entre as rugas. – Você precisa de sapatos.

Deu-me um sorriso tímido, como se a piada tivesse a ver com um par de botas velhas e muito surradas, mas confortáveis demais para se abrir mão delas. Olhou para meus pés. Olhei-os também, a despeito de mim mesmo.

Eu estava descalço, é claro. Fazia tanto tempo que não tinha sapatos que já nem pensava neles. Pelo menos, não no verão. No inverno, sonhava com sapatos.

Olhei para cima. Os olhos do velho dançavam, como se ele não conseguisse decidir se uma risada iria ou não custar-lhe o freguês.

– Acho que preciso de sapatos – admiti.

Ele riu e me guiou para um assento, medindo meus pés descalços com as mãos. Por sorte, as ruas estavam secas, de modo que meus pés haviam ficado meramente empoeirados por causa das pedras. Se tivesse chovido, estariam vergonhosamente imundos.

– Vejamos o que lhe agrada e se tenho alguma coisa do seu tamanho. Se não tiver, posso fazer ou modificar um par que lhe sirva em uma ou duas horas. E então, para que gostaria dos sapatos? Andar? Dançar? Montar?

Inclinou-se em seu banco e tirou um par de uma prateleira às suas costas.

– Andar.

– Achei que sim – disse ele. Calçou habilmente um par de meias em meus pés, como se todos os seus clientes chegassem descalços. Enfiou-os num par de coisas pretas e cheias de fivelas. – Que tal estes? Ponha um pouco de peso em cima para ter certeza.

– Eu...

– Estão apertados. Achei que sim. Nada é mais incômodo do que um sapato apertando – me descalçou e pôs meus pés noutro par, rápido como um chicote. – Que tal estes?

Eram de um roxo escuro e feitos de veludo ou feltro.

– Eles...

– Não são exatamente o que você procura? Não se censure, eles de fato se desgastam com uma rapidez terrível. Mas a cor é bonita, boa para perseguir as damas. – Calçou um novo par em meus pés. – E estes?

Eram de um simples couro marrom e calçavam como se ele houvesse tirado minhas medidas antes de fazê-los. Apoiei o pé no chão e o sapato pareceu me abraçar. Eu tinha esquecido como podia ser maravilhosa a sensação de um bom calçado.

– Quanto? – indaguei, apreensivo.

Em vez de responder, ele se levantou e começou a vasculhar as prateleiras com os olhos.

– Pode-se dizer muito sobre uma pessoa por seus pés – refletiu. – Há homens que entram aqui sorridentes, às gargalhadas, de sapatos bem limpos e escovados e meias cheias de talco. Mas, quando tiram os sapatos, os pés têm um cheiro pavoroso. São pessoas que escondem coisas. Têm segredos malcheirosos e procuram ocultá-los, assim como tentam esconder os pés.

Virou-se para me olhar e prosseguiu:

– Mas nunca funciona. A única maneira de impedir que os pés cheirem mal é arejá-los um pouco. O mesmo pode ocorrer com os segredos. Disso eu não entendo, porém. Só entendo de calçados.

Começou a examinar o amontoado de coisas em sua bancada.

– Alguns desses rapazes da corte chegam abanando o rosto e reclamando da última tragédia. Mas têm pés todos rosados e macios. Logo se vê que nunca foram a lugar nenhum sozinhos. Percebe-se que nunca foram realmente feridos.

Finalmente encontrou o que procurava e segurou um par de sapatos semelhante ao que eu estava usando.

– Aqui estão. Estes eram do meu Jacob quando ele tinha a sua idade.

Sentou-se em seu banquinho e desatou os cadarços do par que estava em meus pés.

– Já você – prosseguiu – tem solas velhas para um mocinho tão jovem: cicatrizes, calos. Pés como esses poderiam correr descalços pelas pedras o dia inteiro sem precisar de sapatos. Só há um modo de um menino da sua idade ficar com os pés assim.

Levantou os olhos para me fitar, transformando a observação numa pergunta. Assenti com a cabeça.

Ele sorriu e pôs a mão em meu ombro.

– E esses, como estão?

Levantei-me para testá-los. No mínimo, eram ainda mais confortáveis do que o par mais novo, por estarem meio amaciados.

– Pois bem, este par é novo – disse o homem, balançando os sapatos que segurava. – Ainda não foi usado nem por 2 quilômetros, e por sapatos novos como estes eu cobro um talento, talvez um talento e dois – informou. Apontou para meus pés. – Esses aí, por outro lado, são usados, e não vendo sapatos usados.

Virou-me as costas e começou a arrumar sua bancada meio ao acaso, cantarolando baixinho. Levei um segundo para reconhecer a canção: *Saia da cidade, latoeiro*.

Eu sabia que ele estava tentando me fazer um favor e, poucos dias antes, teria ficado radiante com a oportunidade de ganhar sapatos de graça. Mas, por alguma razão, aquilo não me pareceu correto. Recolhi minhas coisas em silêncio e deixei um par de iotas de cobre em seu banquinho antes de sair.

Por quê? Porque o orgulho é uma coisa estranha, e porque a generosidade merece ser retribuída com generosidade. Mas foi sobretudo por me parecer a coisa certa, e essa é uma razão suficiente.

———

– Quatro dias. Seis, se chover.

Roent foi o terceiro carroceiro a quem perguntei sobre o percurso para o norte, em direção a Imre, a cidade mais próxima da Universidade. Era um homem corpulento, ceáldico, com uma barba negra e rebelde que lhe escondia quase todo o rosto. Afastou-se e xingou rudemente em siaru um homem que empilhava rolos de tecido numa carroça. Ao falar sua língua natal, soou como a um raivoso deslizamento de pedras.

Sua voz ríspida baixou para um ruído surdo quando ele se virou para mim.

– Dois cobres. Iotas de cobre; não vinténs. Você pode viajar numa carroça, se houver espaço. Pode dormir embaixo dela à noite, se quiser. Pode jantar conosco. O almoço é só pão. Se uma carroça ficar atolada, você ajuda a empurrar.

Houve outra pausa enquanto ele gritava com os homens. Três carroças estavam sendo carregadas com mercadorias para vender; a quarta era dolorosamente familiar: uma casa sobre rodas como aquelas em que eu tinha viajado durante quase todos os meus primeiros anos de vida. A mulher de Roent, Rita, estava sentada na dianteira dela. Sua expressão ia da severidade, ao observar os homens que carregavam as carroças ao sorriso quando falava com uma mocinha parada ali perto.

Presumi que a jovem fosse uma passageira como eu. Tinha a minha idade, talvez um ano a mais; porém um ano faz uma enorme diferença nessa fase da vida. Os Tahl têm um provérbio sobre as crianças da nossa idade: *Os meninos espicham, as meninas crescem*.

Ela usava uma roupa prática para viajar, calças e blusa, e ainda tinha a dose exata de meninice para que isso não parecesse impróprio. Seu porte era tal que, fosse ela um ano mais velha, eu seria obrigado a vê-la como uma dama. Nesse momento, ao conversar com Rita, ela oscilava entre uma graça refinada e uma exuberância infantil. Tinha cabelos negros e compridos e...

Dito em termos simples, era linda. Fazia muito tempo que eu não via algo de belo.

Roent acompanhou meu olhar e prosseguiu:

— Todos ajudam a montar o acampamento à noite. Todos se alternam como sentinelas. Se você dormir no seu turno, fica para trás. Pode comer conosco, qualquer coisa que minha mulher cozinhar. Se reclamar, fica para trás. Se andar muito devagar, fica para trás. Se incomodar a menina... — passou a mão na barba negra, longa e farta — ...acontecem coisas ruins.

Na esperança de fazê-lo desviar o pensamento para uma direção diferente, perguntei:

— Em quanto tempo as carroças terminarão de ser carregadas?

— Em duas horas — disse ele, com uma certeza rígida, como se desafiasse os trabalhadores a contradizê-lo.

Um dos homens ficou em pé em cima de uma carroça protegendo os olhos da luz com a mão. Gritou de lá, elevando a voz acima do som dos cavalos, carroças e homens que enchiam a praça:

— Não o deixe assustá-lo, garoto. Ele é muito bom sujeito depois que para de rosnar.

Roent apontou um dedo austero e o homem retomou seu trabalho.

Eu nem precisava ser convencido. Em geral, um homem que viaja com sua mulher merece confiança. Além disso, o preço era justo e ele partiria no mesmo dia. Aproveitei essa oportunidade para tirar um par de iotas da bolsa e entregá-los a Roent.

Ele se virou para mim e repetiu:

– Duas horas. – E levantou dois dedos grossos para frisar o que dizia.

–Você se atrasa, fica para trás – retruquei com um aceno solene. – *Rieusa, tu kialus A'isha tua. Obrigado por me aproximar da sua família.*

As enormes sobrancelhas hirsutas de Roent se elevaram. Ele se recuperou depressa e fez um gesto rápido com a cabeça, quase uma pequena reverência. Corri os olhos pela praça, tentando me situar.

– Alguém aí é cheio de surpresas – ouvi. Virei-me e deparei com o trabalhador que gritara para mim da carroça. Ele estendeu a mão. – Derrik.

Apertei-a, meio sem jeito. Fazia tanto tempo que eu não mantinha uma simples conversa com alguém que me senti estranho e hesitante.

– Kvothe.

Derrik pôs as mãos para trás e esticou as costas, fazendo careta. Tinha uns 20 anos, era esguio e louro e uma cabeça mais alto do que eu.

–Você deu um certo susto no Roent agora há pouco. Onde aprendeu a falar siaru?

– Um arcanista me ensinou um pouco – expliquei. Observei Roent indo conversar com a mulher. A garota de cabelos negros virou-se na minha direção e sorriu. Olhei para outro lado, sem saber como entender aquilo.

Derrik deu de ombros.

– Bem, vou deixá-lo buscar suas coisas. O Roent só ladra, não morde, mas também não espera quando as carroças estão carregadas.

Concordei, balançando a cabeça, embora "minhas coisas" fossem inexistentes. Eu tinha mesmo que fazer umas comprinhas. Dizem que se pode encontrar qualquer coisa em Tarbean quando se tem dinheiro. Na maioria das vezes, têm razão.

———

Desci a escada para o subsolo de Trapis. Foi estranho fazer aquele percurso de sapatos. Eu estava habituado à fria umidade da pedra nas solas dos pés quando ia visitá-lo.

Quando eu ia passando pelo curto vestíbulo, um menino maltrapilho emergiu dos cômodos internos segurando uma pequena maçã de inverno. Estacou ao me ver, depois carregou o sobrolho, fitando-me com os olhos semicerrados, desconfiados. Baixou os olhos e passou por mim com um esbarrão brusco.

Sem pensar duas vezes, dei-lhe um tapa na mão para afastá-la da minha bolsa e me virei para ele, atônito demais para encontrar palavras. O garoto disparou porta afora, deixando-me confuso e perturbado. Nunca roubávamos uns dos outros ali. Na rua era cada um por si, mas o porão do Trapis era, no pouco que tínhamos, aquilo que mais se aproximava de um santuário, como uma igreja. Nenhum de nós se arriscaria a estragar isso.

Dei os últimos passos até a sala principal e fiquei aliviado ao perceber que tudo o mais parecia estar dentro da normalidade. Trapis havia saído, provavelmente para recolher donativos que o ajudassem a cuidar de suas crianças. Havia seis catres, todos ocupados, e outras crianças deitadas no chão. Vários molecotes sujos se reuniam em volta de uma cesta grande posta na mesa, pegando maçãs. Viraram-se para me encarar, com expressões duras e ressentidas.

Então compreendi. Nenhum deles havia me reconhecido. Limpo e bem-vestido, eu parecia um menino comum, que houvesse entrado ali por acaso. Não fazia parte daquele grupo.

Logo depois Trapis chegou, carregando vários pães achatados embaixo de um braço e uma criança chorona no outro.

– Ari – disse, dirigindo-se a um dos meninos próximos da cesta. – Venha ajudar. Temos uma nova visitante e ela precisa trocar a fralda.

O menino se apressou a atendê-lo e tirou a menina de seus braços. Trapis pôs os pães na mesa, ao lado da cesta de maçãs, e os olhos de todas as crianças se fixaram nele, atentos. Senti um aperto no peito. Trapis nem tinha olhado para mim. E se não me reconhecesse? E se me mandasse embora? Eu não sabia se conseguiria lidar com isso, e comecei a me esgueirar em direção à porta.

Ele apontou para as crianças, uma de cada vez.

– Vejamos. David, você esvazia e escova o tonel de água. Ela está ficando salobra. Quando tiver terminado, o Nathan pode enchê-lo com a bomba.

– Posso pegar dois pedaços de pão? – perguntou Nathan. – Preciso de um para o meu irmão.

– Seu irmão pode vir buscar o pão dele – respondeu Trapis em tom gentil, depois fitou-o mais atentamente, intuindo alguma coisa. – Ele está doente?

Nathan confirmou com a cabeça, baixando os olhos.

Trapis pôs a mão no ombro do menino.

– Traga-o para cá. Vamos cuidar dele.

– É a perna dele! – soltou Nathan, parecendo à beira das lágrimas. – Está toda quente, e ele não consegue andar!

Trapis balançou a cabeça e apontou para o menino seguinte.

– Jen, você ajuda o Nathan a trazer o irmão para cá. – Os dois garotos saíram apressados. – Tarn, já que o Nathan saiu, carregue você a água.

– Kvothe, você corra para buscar sabão. – Estendeu-me uma moeda de meio-vintém. – Vá à loja da Mama, no Lavadouro. Conseguirá alguma coisa melhor com ela se disser para quem é.

Senti um nó me apertar a garganta de repente. Ele me reconhecera. Não tenho nem a esperança de explicar a você o alívio que foi isso. Trapis era o que eu tinha de mais próximo de uma família. A ideia de que não me reconhecesse fora apavorante.

– Não tenho tempo para cuidar dessa incumbência, Trapis – retruquei, hesitante. – Estou de partida. Vou para o interior, para Imre.

– Ah, vai? – perguntou ele. Depois parou e me olhou pela segunda vez, com mais atenção. – Bem, nesse caso, acho que vai mesmo.

É claro. Trapis nunca via a roupa, só a criança dentro dela.

– Passei para lhe dizer onde estão as minhas coisas. Em cima da fábrica de velas há um lugar onde três telhados se encontram. Há umas coisas lá: um cobertor, uma garrafa. Não preciso de mais nada daquilo. É um bom lugar para dormir se alguém precisar, um lugar seco. Ninguém vai lá... – Minha voz se extinguiu.

– É muita bondade sua. Vou mandar um dos meninos passar por lá – disse Trapis. – Venha aqui. – E se aproximou, acolhendo-me num abraço desajeitado, a barba fazendo cócegas no meu rosto. – Sempre fico contente ao ver um de vocês escapar – disse-me baixinho. – Sei que você se arranjará muito bem, mas pode voltar quando quiser, se precisar.

Uma das meninas de um catre próximo começou a se debater e a gemer. Trapis se afastou de mim e se virou para olhar.

– Que foi, que foi... – disse, apressando-se a ajudá-la, os pés descalços batendo no chão. – Que foi, que foi... Quietinha, quietinha.

CAPÍTULO 33

Um mar de estrelas

VOLTEI PARA O CAMPO DOS TROPEIROS com um saco de viagem pendurado no ombro. Continha uma muda de roupa, um pão de milho, um pouco de carne-seca, um odre de água, agulha e linha, pederneira e aço, penas e tinta. Em suma, tudo que uma pessoa inteligente leva numa viagem para uma necessidade eventual.

A aquisição que me deu mais orgulho, entretanto, foi uma capa azul-escura que comprei na carroça de um adeleiro por apenas três iotas. Era quente, limpa e, a menos que meu palpite estivesse errado, só tivera um dono.

Agora, deixe-me dizer-lhe o seguinte: quando se viaja, uma boa capa vale mais do que todas as outras posses juntas. Se você não tem onde dormir, ela pode lhe servir de cama e cobertor. Afasta a chuva das suas costas e o sol de seus olhos. Você pode esconder toda sorte de armas interessantes embaixo dela, se for esperto, e um sortimento menor, se não for.

Mas, além disso tudo, persistem dois fatos que recomendam seu uso. Primeiro, pouquíssimas coisas impressionam tanto quanto uma capa de bom caimento, inflando-se de leve em volta do corpo, na brisa. Segundo, as melhores capas têm inúmeros bolsinhos pelos quais sinto uma atração irracional e esmagadora.

Essa, como eu disse, era uma boa capa e tinha vários desses bolsos. Armazenados neles eu levava barbante e cera, um punhado de maçãs secas, um estojo de pederneira, uma bola de gude num saquinho de couro, uma bolsinha de sal, uma agulha de ponta curva e fio de sutura feito de tripas.

Eu fizera questão de gastar todo o meu dinheiro em moedas da República cuidadosamente acumuladas, guardando minhas sólidas moedas ceáldicas para a viagem. Os vinténs eram bem aceitos para custear gastos em Tarbean, mas o dinheiro ceáldico era válido em qualquer lugar dos Quatro Cantos em que a pessoa se encontrasse.

Um alvoroço final de preparativos estava em andamento quando cheguei. Roent circulava por entre as carroças feito um animal irrequieto, conferindo e reconferindo tudo. Rita vigiava os trabalhadores com olhar severo e com observações rápidas sobre qualquer coisa que não estivesse sendo feita a contento. Fui confortavelmente ignorado até partirmos de Tarbean em direção à Universidade.

À medida que os quilômetros foram passando, foi como se, pouco a pouco, um grande peso saísse dos meus ombros. Deliciei-me ao sentir o chão através dos sapatos, o sabor do ar e o sussurro calmo do vento que roçava o trigo primaveril nos campos. Apanhei-me sorrindo sem nenhuma razão especial, exceto o fato de que estava feliz. Nós, os Ruh, não fomos feitos para permanecer tanto tempo num lugar só. Respirei fundo e por pouco não soltei uma gargalhada.

Mantive-me reservado enquanto viajávamos, desacostumado que estava à companhia de outras pessoas. Roent e os trabalhadores se mostraram dispostos a me deixar no meu canto. Derrik brincou comigo algumas vezes, mas, de modo geral, achou-me introspectivo demais para o seu gosto.

Restava a outra passageira, Denna. Não nos falamos até quase o final do primeiro dia de percurso. Eu viajava com um dos trabalhadores, arrancando distraidamente a casca de um graveto de salgueiro. Enquanto meus dedos trabalhavam, eu estudava o perfil dela, admirando a linha de seu queixo, a curva entre o pescoço e os ombros. Perguntei-me por que estaria viajando sozinha e para onde iria. No meio de minhas reflexões, ela virou o rosto na minha direção e me apanhou a fitá-la.

– Uma moedinha por seus pensamentos – disse, afastando uma mecha errante do cabelo.

– Estava pensando no que faz aqui – respondi, apenas meio sincero.

Sorrindo, sustentou o olhar no meu.

– Mentiroso.

Usei um velho truque do palco para não enrubescer, fiz o meu melhor dar de ombros despreocupado e baixei os olhos para o graveto que estava descascando. Após alguns minutos, ouvi-a retomar sua conversa com Rita. Descobri-me estranhamente desapontado.

Montado o acampamento e com o jantar no fogo, perambulei por entre as carroças, examinando os nós que Roent havia usado para fixar a carga nos devidos lugares. Ouvi uma passada atrás de mim, virei-me e vi Denna aproximar-se. Meu estômago deu uma volta e respirei depressa para me recompor.

Ela parou a 3 ou 4 metros de mim.

– Já descobriu? – perguntou.

– Perdão?

— Por que estou aqui — retrucou, com um sorriso meigo. — Tenho pensado na mesma coisa durante a maior parte da minha vida, sabe? Achei que, se você tivesse alguma ideia... — Deu-me um olhar irônico e esperançoso.

Abanei a cabeça, inseguro demais da situação para perceber seu humor.

— Só consegui presumir que você está indo a algum lugar.

Ela assentiu com a cabeça, com ar sério.

— Também foi o que eu presumi — disse. Parou para olhar o círculo formado pelo horizonte à nossa volta. O vento desalinhou seu cabelo e ela tornou a empurrá-lo para trás. — Porventura você sabe para onde estou indo?

Senti um sorriso insinuar-se lentamente em meu rosto. Foi esquisito. Eu estava sem prática para sorrir.

— *Você* não sabe?

— Tenho minhas desconfianças. Neste momento estou pensando em Anilin — ela respondeu. Elevou-se na ponta dos pés e tornou a baixá-los. — Mas já me enganei antes.

Caiu um silêncio sobre nossa conversa. Denna baixou os olhos para as mãos, remexendo e girando um anel que tinha no dedo. Vislumbrei prata e uma pedra azul-clara. De repente ela soltou as mãos ao longo do corpo e ergueu os olhos para mim.

— Para onde você está indo?

— Para a Universidade.

Ela arqueou uma sobrancelha, parecendo 10 anos mais velha.

— Que segurança! — comentou. Sorriu e, súbito, ficou jovem de novo. — Como é saber para onde se vai?

Não consegui pensar numa resposta, mas fui salvo da necessidade de encontrá-la pelo chamado de Rita para o jantar. Denna e eu voltamos juntos para a fogueira do acampamento.

———

O começo do dia seguinte foi gasto numa corte breve e desajeitada. Ansioso, mas sem querer demonstrá-lo, fiz uma dança lenta em volta de Denna, até finalmente encontrar um pretexto para passar o tempo com ela.

Denna, por seu lado, parecia perfeitamente à vontade. Passamos o resto do dia como se fôssemos velhos amigos. Fizemos piadas e contamos histórias. Apontei os diferentes tipos de nuvens e comentei o que elas informavam sobre a previsão do tempo. Denna me mostrou as formas que havia nelas: uma rosa, uma harpa, uma cachoeira.

E assim transcorreu o dia. Mais tarde, quando se fez um sorteio para ver qual o turno em que se ficaria de sentinela, Denna e eu pegamos os dois primeiros. Sem discutir o assunto, compartilhamos nossas quatro horas de vigilância.

Conversando baixinho para não acordar os outros, sentamos junto à fogueira e passamos o tempo vigiando muito pouca coisa além de um ao outro.

O terceiro dia foi praticamente idêntico. Passamos horas agradáveis, não em conversas longas, porém não raro observando a paisagem e dizendo o que nos vinha à cabeça. À noite, paramos numa estalagem à beira da estrada, onde Rita comprou forragem para os cavalos e alguns outros mantimentos.

Rita se recolheu cedo com o marido, dizendo a cada um de nós que havia providenciado jantar e cama para todos com o hospedeiro. A primeira parte foi muito boa – sopa de toucinho e batatas com pão fresco e manteiga. A última ficava nos estábulos, mas ainda assim era muito melhor do que o que eu costumava ter em Tarbean.

O salão da estalagem cheirava a fumaça, suor e cerveja derramada. Fiquei contente quando Denna perguntou se eu queria dar uma volta. Lá fora fazia o silêncio morno de uma noite primaveril sem vento. Conversamos durante nossa lenta caminhada pelo pedaço de floresta virgem atrás da estalagem. Passado algum tempo, chegamos a uma ampla clareira que circundava um laguinho.

À beira da água havia um par de marcos de percurso cujas superfícies prateavam-se contra o negrume do céu e o negrume da água. Um deles era vertical: um dedo apontando para o céu. O outro estava deitado, estendendo-se para dentro d'água como um píer curto de pedra.

Nenhum sopro de vento perturbava a superfície da água. Por isso, ao subirmos na pedra caída, as estrelas reluziam duplamente, tanto no alto quanto em seu reflexo abaixo. Foi como se nos sentássemos em meio a um mar de estrelas.

Conversamos durante horas até tarde da noite. Nenhum de nós mencionou seu passado. Senti que havia coisas de que ela preferia não falar e, por seu jeito de evitar me fazer perguntas, creio que ela achou o mesmo. Assim, falamos de nós mesmos, de fantasias agradáveis e de coisas impossíveis. Apontei para o céu e lhe disse nomes de estrelas e constelações. Denna me contou histórias sobre elas que eu nunca tinha ouvido.

Meus olhos se voltavam constantemente para a jovem. Ela ficou sentada a meu lado, os braços envolvendo os joelhos. Tinha a pele mais luminosa que a Lua, os olhos mais vastos que o céu, mais profundos que a água, mais escuros que a noite.

Aos poucos, comecei a me dar conta de que a estivera fitando, sem palavras, por um tempo incalculável. Perdido em meus pensamentos, perdido na visão dela. Mas seu rosto não pareceu ofender-se nem divertir-se. Era quase como se ela estudasse as linhas do meu rosto, quase como se esperasse.

Tive vontade de segurar sua mão. Tive vontade de roçar sua face com a ponta dos dedos. Tive vontade de lhe dizer que ela era a primeira coisa linda que eu via em três anos. Que a visão dela, bocejando no dorso da mão, era o bastante para me deixar sem fôlego. Que, em certos momentos, eu perdia o sentido de suas palavras no doce flauteio de sua voz. Tive vontade de dizer que, se ela estivesse comigo, de algum modo, nada jamais poderia tornar a correr mal para mim.

Naquele segundo sem fôlego, quase lhe fiz um pedido. Senti-o fervilhar em meu peito. Lembro-me de ter respirado fundo e em seguida hesitado – o que eu poderia dizer? Venha comigo? Fique comigo? Venha para a Universidade? Não. Uma certeza súbita me apertou o peito como um punho frio. O que eu poderia pedir-lhe? O que tinha para oferecer? Nada. Qualquer coisa que eu dissesse soaria tola, uma fantasia de criança.

Fechei a boca e contemplei a água. A centímetros de distância, Denna fez o mesmo. Pude sentir seu calor. Ela recendia a poeira de estrada, mel e àquele cheiro que paira no ar segundos antes de uma chuvarada de verão.

Nenhum de nós falou. Fechei os olhos. A proximidade dela era a coisa mais doce e mais pungente que minha vida já conhecera.

CAPÍTULO 34

Ainda por aprender

NO DIA SEGUINTE ACORDEI ZONZO após duas horas de sono, encolhi-me numa das carroças e passei o resto da manhã cochilando. Era quase meio-dia quando percebi que havíamos apanhado outro passageiro na estalagem na noite anterior.

Seu nome era Josn e ele havia pagado a Roent uma passagem até Anilin. Tinha modos desenvoltos e sorriso franco. Parecia ser um homem sério. Não gostei dele.

Minha razão foi simples: ele passou o dia inteiro viajando ao lado de Denna. Lisonjeou-a de uma forma escandalosa e brincou a respeito de ela se tornar uma de suas esposas. Ela não fora afetada pelas horas em claro na noite anterior, parecendo ter o brilho e o frescor de sempre.

O resultado foi que passei o dia irritado e com ciúme, embora agisse com ar desinteressado. Como era orgulhoso demais para participar da conversa deles, fiquei sozinho. Atravessei o dia remoendo ideias tristonhas, tentando ignorar o som da voz de Josn e, vez por outra, recordando a visão de Denna na noite anterior, com o luar refletido na água atrás dela.

Nessa noite eu planejava convidá-la para um passeio depois que todos se recolhessem. Antes que pudesse abordá-la, porém, Josn entrou numa das carroças e voltou com um estojo grande e preto, com fechos de latão numa das laterais. Aquela visão fez meu coração revirar dentro do peito.

Sentindo a expectativa do grupo, embora não a minha em particular, Josn abriu lentamente os fechos de latão e pegou seu alaúde com ar de estudada displicência. Era um alaúde de artista de trupe; seu braço longo e gracioso e sua caixa redonda me eram dolorosamente familiares. Certo da atenção de todos, o rapaz inclinou a cabeça e dedilhou o instrumento, parando para escutar o som. Em seguida, fazendo que sim para si mesmo, começou a tocar.

Tinha uma bela voz de tenor e dedos razoavelmente habilidosos. Tocou uma balada, depois uma cançoneta ligeira sobre a bebida e em seguida uma melodia triste, com versos numa língua que não reconheci, mas suspeitei ser ylliche. Por fim, tocou *Latoeiro curtumeiro* e todos entraram no coro. Todos menos eu.

Fiquei imóvel como uma pedra, com os dedos doendo. Eu queria tocar, não ouvir. Querer não é uma palavra suficientemente forte. Eu estava sedento, faminto. Não me orgulho do fato de ter pensado em roubar o alaúde e fugir na escuridão da noite.

Ele terminou a canção com um floreio e Roent bateu palmas umas duas vezes, para chamar a atenção de todos.

— Hora de dormir. Se vocês forem dormir muito tarde...

— *...ficaremos para trás* — interrompeu Derrik, caçoando dele com gentileza. — Já sabemos, mestre Roent. Estaremos prontos para partir ao amanhecer.

Josn riu e abriu o estojo do alaúde com o pé. Antes que pudesse guardá-lo, porém, perguntei:

— Posso dar uma olhada nele por um segundo? — Tentei tirar o desespero da voz, tentei fazer com que o pedido soasse como vã curiosidade.

Detestei-me por ter feito a pergunta. Pedir para segurar o instrumento de um músico é mais ou menos como pedir para beijar a esposa de um homem. Quem não é músico não compreende. O instrumento é um companheiro e uma amante. Os estranhos pedem para apalpá-lo e segurá-lo com irritante regularidade. Eu sabia que não devia fazê-lo, mas não pude resistir.

— Só um segundo?

Vi-o enrijecer-se um pouco, relutante. Mas manter a aparência de amabilidade é obrigação do menestrel, assim como de sua música.

— É claro — disse ele, com uma jocosidade que percebi ser falsa, mas provavelmente foi convincente para os outros. Caminhou até onde eu estava e me estendeu o alaúde. — Tome cuidado...

Recuou alguns passos e fez uma ótima encenação de quem estava tranquilo. Mas notei que ficou com os braços ligeiramente curvados, pronto para se precipitar e arrancar de mim o alaúde, se surgisse a necessidade.

Girei o instrumento nas mãos. Objetivamente, não era nada de especial. Meu pai o teria classificado como um passinho acima da lenha. Toquei na madeira. Aninhei-o contra o peito.

Falei sem erguer os olhos, baixinho, "É lindo", com a voz rouca de emoção.

Era lindo. Era a coisa mais bela que eu já vira em três anos. Mais bela que a visão de um campo primaveril após três anos vivendo numa cidade pestilenta como uma lixeira. Mais bela do que Denna. Quase.

Posso dizer com franqueza que, na verdade, eu ainda não era eu mesmo. Fazia apenas quatro dias que deixara de viver nas ruas. Não era a mesma pessoa que tinha sido nos tempos da trupe, mas também ainda não era a pessoa de quem se ouve falar nas histórias. Havia mudado, por causa de Tarbean. Aprendera muitas coisas sem as quais seria mais fácil viver.

Mas, sentado junto à fogueira, debruçado sobre o alaúde, senti quebrarem-se em mim as partes duras e desagradáveis que eu havia adquirido em Tarbean. Como um molde de barro em volta de um pedaço de ferro já resfriado, elas caíram, deixando surgir algo limpo e sólido.

Experimentei as cordas, uma a uma. Ao dedilhar a terceira, vi que estava ligeiramente desafinada e, sem pensar, fiz um ajuste diminuto numa das cravelhas.

— Ei, não mexa nisso aí — disse Josn, tentando parecer despreocupado —, senão você vai desafiná-lo.

Mas não o ouvi. O menestrel e todo o resto não poderiam estar mais longe de mim se estivessem no fundo do Mar de Centhe.

Toquei a última corda e também a afinei muito ligeiramente. Fiz um acorde simples e o dedilhei. O som produzido foi suave e afinado. Desloquei um dedo e o acorde tornou-se menor, de um jeito que sempre me soara como se o alaúde dissesse "triste". Tornei a mover as mãos e ele produziu dois acordes que segredavam um para o outro. E então, sem perceber o que fazia, comecei a tocar.

As cordas provocaram uma sensação estranha em meus dedos, como a de amigos que se reencontram depois de haverem esquecido o que tinham em comum. Toquei baixo e devagar, sem levar as notas além do círculo de luz de nossa fogueira. Dedos e cordas travaram uma conversa cuidadosa, como se sua dança descrevesse os versos de um enamoramento.

E então senti alguma coisa romper-se dentro de mim e a música começou a se derramar no silêncio. Meus dedos dançaram; intricados e velozes, teceram algo diáfano e trêmulo no círculo de luz da fogueira. A música se moveu qual teia de aranha balançada por uma brisa suave, mudou como uma folha rodopiando ao cair e soou como três anos de Beira-Mar em Tarbean, com um vazio por dentro e mãos doendo de frio intenso.

Não sei por quanto tempo toquei. Podem ter sido 10 minutos ou uma hora. Porém minhas mãos não estavam habituadas àquele esforço. Escorregaram e a música se desfez em pedaços, como um sonho quando a gente desperta.

Levantei os olhos e vi todos perfeitamente imóveis, com expressões que iam do susto à admiração. Depois, como se meu olhar tivesse quebrado um encanto, todos se moveram. Roent se remexeu em seu banco. Os dois mercadores viraram um para o outro e levantaram as sobrancelhas. Derrik me olhou como se nunca tivesse me visto. Rita continuou estática, com a mão erguida diante da boca. Denna baixou o rosto nas mãos e começou a chorar em soluços mansos e desolados. Josn ficou simplesmente imóvel. Tinha o rosto abalado e exangue, como se o houvessem esfaqueado.

Entreguei-lhe o alaúde, sem saber se devia agradecer ou pedir desculpas. Ele o recebeu com ar entorpecido. Após um momento, incapaz de pensar em alguma coisa para dizer, deixei-os sentados junto à fogueira e me encaminhei para as carroças.

E foi assim que Kvothe passou sua última noite antes de chegar à Universidade, com sua capa a lhe servir de cobertor e cama. Quando se deitou, havia atrás dele um círculo de fogo e, à frente, sombras reunidas como um manto. Seus olhos estavam abertos, isso é certo, mas quem de nós pode dizer que sabe o que ele estava vendo?

Em vez disso, olhemos para trás dele, para o círculo de luz criado pela fogueira, e deixemos Kvothe sozinho por enquanto. Todos merecem um ou dois momentos de solidão, quando a desejam. E, se por acaso tiver havido lágrimas, vamos perdoá-lo. Afinal, ele era apenas uma criança e ainda estava por aprender o que era tristeza de verdade.

CAPÍTULO 35

Separação de caminhos

O TEMPO CONTINUOU BOM, o que significou que as carroças entraram em Imre no momento em que o sol se punha. Eu estava taciturno e magoado. Denna tinha compartilhado uma carroça com Josn durante o dia inteiro, e eu, tolo e orgulhoso, me mantivera distante.

Surgiu um turbilhão de atividades tão logo as carroças pararam. Roent pôs-se a discutir com um homem de barba escanhoada e chapéu de veludo antes mesmo de parar sua carroça por completo. Após o período inicial de barganha, uns 12 homens começaram a descarregar peças de tecido, barris de melado e sacas de café. Rita olhou severamente para todos eles. Josn correu de um lado para outro, tentando impedir que sua bagagem fosse danificada ou roubada.

Minha bagagem era mais fácil de controlar, já que eu só tinha meu saco de viagem. Resgatei-o do meio de umas peças de tecido e me afastei das carroças. Pendurei-o num ombro e fui procurar Denna.

Em vez dela, encontrei Rita.

— Você foi de grande ajuda na estrada — disse ela com clareza. Seu aturano era muito melhor que o de Roent, praticamente sem nenhum vestígio de sotaque siaru. — É bom ter por perto alguém que seja capaz de desatrelar um cavalo sem precisar ser conduzido pela mão — comentou, e me estendeu uma moeda.

Peguei-a sem pensar. Foi um reflexo dos meus anos de mendigo. Como o avesso de puxar a mão do fogo. Só depois que a moeda estava em minha mão foi que a examinei melhor. Era um iota inteiro de cobre, metade do que eu tinha pagado para viajar com eles até Imre. Quando tornei a erguer os olhos, Rita estava voltando para as carroças.

Sem saber ao certo o que pensar, fui até onde Derrik estava sentado, na beirada de um bebedouro para cavalos. Ele protegeu os olhos do sol vespertino com uma das mãos ao olhar para mim.

— Então, já está indo embora? Cheguei quase a pensar que passaria algum tempo conosco.

Abanei a cabeça.

— A Rita acabou de me dar um iota.

Ele assentiu.

— Não fico muito surpreso. A maioria das pessoas não passa de um peso morto — disse, encolhendo os ombros. — E ela apreciou o seu jeito de tocar. Já pensou em tentar a sorte como menestrel? Dizem que Imre é um bom lugar para isso.

Desviei a conversa novamente para Rita:

— Não quero que o Roent se zangue com ela. Ele parece levar seu dinheiro muito a sério.

Derrik deu uma risada.

— E ela não leva?

— Entreguei meu dinheiro ao Roent — esclareci. — Se ele quisesse devolver uma parte, acho que o faria pessoalmente.

Derrik concordou.

— Não é o jeito deles. Homem não dá dinheiro.

— É o que estou dizendo. Não quero que ela tenha problemas.

Derrik abanou as mãos de um lado para outro, cortando minha fala.

— Não estou me explicando direito — disse. — O Roent sabe. Pode ser até que tenha mandado Rita fazer isso. Mas os homens cealdos adultos não dão dinheiro. Isso é visto como um comportamento de mulher. Eles nem sequer fazem compras, se tiverem como evitar. Você não notou que foi a Rita que negociou nossos quartos e nossa comida na estalagem, noites atrás?

Eu me lembrei, quando ele o mencionou.

— Mas por quê? — indaguei.

Derrik deu de ombros.

— Não existe um porquê. É só o jeito de eles fazerem as coisas. É por isso que tantas caravanas ceáldicas são equipes de marido e mulher.

— Derrik! — veio a voz de Roent de trás das carroças.

— O dever me chama — disse ele, suspirando ao se levantar. — Vejo você por aí.

Enfiei o iota no bolso e pensei no que Derrik dissera. A verdade era que minha trupe nunca tinha ido tanto para o norte que chegasse ao Shald. Era exasperante pensar que eu não tinha tanta tarimba no mundo quanto havia suposto.

Pendurei o saco de viagem no ombro e olhei em volta pela última vez, achando que talvez fosse melhor ir embora sem despedidas problemáticas. Não vi Denna em parte alguma. Então estava resolvido. Virei-me para ir embora...

...E a encontrei parada atrás de mim. Ela me deu um sorriso meio sem graça, com as mãos cruzadas nas costas. Era encantadora como uma flor e totalmente inconsciente disso. Fiquei subitamente sem fôlego e me esqueci de mim mesmo, de minha irritação e de minha mágoa.

— Você vai mesmo? — perguntou ela.

Fiz um gesto com a cabeça, confirmando.

— Poderia ir conosco para Anilin — sugeriu. — Dizem que as ruas de lá são pavimentadas com ouro. Você poderia ensinar o Josn a tocar aquele alaúde que ele carrega. — Sorriu. — Eu perguntei, e ele disse que não se incomodaria.

Pensei no assunto. Por uma fração de segundo, quase larguei de lado todo o meu projeto, só para ficar um pouco mais com ela. Mas o momento passou e sacudi a cabeça.

— Não fique com essa cara — ela me repreendeu, risonha. — Vou ficar lá durante algum tempo. Caso as coisas não corram bem para você aqui... — concluiu, com ar esperançoso.

Eu não sabia o que *poderia* fazer se as coisas não corressem bem para mim ali. Estava depositando todas as minhas esperanças na Universidade. Além disso, Anilin ficava a centenas de quilômetros de distância. Eu mal possuía a roupa do corpo. Como haveria de encontrá-la?

Denna deve ter visto meus pensamentos refletidos em meu rosto. Deu um sorriso brincalhão:

— Nesse caso, acho que eu mesma terei que ir à sua procura.

Nós, os Ruh, somos viajantes. Nossa vida é feita de encontros e despedidas, com breves e luminosos contatos entre uma coisa e outra. Por isso eu sabia a verdade. Podia senti-la, pesada e certeira, na boca do estômago: eu nunca mais tornaria a ver Denna.

Antes que eu pudesse dizer alguma coisa, ela deu uma olhadela nervosa para trás.

— Melhor eu ir andando. Procure por mim — disse. Abriu seu sorriso travesso mais uma vez, antes de me virar as costas e se afastar.

— Procurarei — gritei-lhe. — Verei você onde as estradas se encontram.

Ela deu outra olhada para trás e hesitou por um instante, depois acenou e correu para o crepúsculo que anunciava a noite.

CAPÍTULO 36

Menos talentos

PASSEI A NOITE DORMINDO fora dos limites da cidade de Imre, numa cama fofa de urze. No dia seguinte, acordei tarde, lavei-me num riacho próximo e tomei o rumo oeste, a caminho da Universidade.

Enquanto caminhava, procurei no horizonte o maior prédio da Universidade. Pelas descrições de Ben, sabia como ele seria: sem características marcantes, cinzento e quadrado como um bloco. Maior do que quatro celeiros empilhados. Sem janelas nem elementos decorativos e com apenas um conjunto de enormes portas de pedra. Dez vezes 10 mil livros. O Arquivo.

Eu tinha ido para a Universidade por muitas razões, mas essa era a essência de tudo. O Arquivo continha respostas, e eu tinha muitas, muitas perguntas. Primeiro e acima de tudo, queria saber a verdade sobre o Chandriano e os Amyr. Precisava saber quanto da história de Skarpi era verdade.

Onde a estrada cruzava o rio Omethi havia uma velha ponte de pedra. Não duvido que você conheça o tipo. Era uma daquelas antigas e gigantescas obras de arquitetura espalhadas por todo o mundo, tão vetustas e solidamente construídas que se tornavam parte da paisagem, sem que ninguém se perguntasse quem as havia erigido nem por quê. Essa era particularmente impressionante, com mais de 60 metros de comprimento e larga o bastante para que duas carroças se cruzassem sobre ela; estendia-se sobre o abismo cavado na rocha pelo Omethi. Quando cheguei a seu ponto mais alto, avistei pela primeira vez na vida o Arquivo erguendo-se como uma enorme pedra cinzenta acima das árvores, a oeste.

———

A Universidade ficava no coração de uma cidadezinha. Embora, verdade seja dita, eu relute em chamá-la de cidade. Não se assemelhava em nada a Tarbean, com suas vielas tortuosas e seu cheiro de lixo; mais parecia um vilarejo, com ruas largas e ar puro. Gramados e jardins ocupavam os espaços entre pequenas casas e lojas.

Contudo, visto que esse vilarejo tinha crescido para atender às necessidades peculiares da Universidade, o observador cuidadoso poderia notar as pequenas diferenças nos serviços que ele prestava. Por exemplo, havia dois vidreiros, três boticários com um estoque completo, duas oficinas de encadernação, quatro livrarias, dois bordéis e um número realmente desproporcional de tabernas. Uma delas tinha na porta uma grande tabuleta de madeira que anunciava: PROIBIDO FAZER SIMPATIAS! Perguntei a mim mesmo o que pensariam dessa advertência os visitantes não arcanistas.

A Universidade propriamente dita compunha-se de cerca de 15 prédios com pouca semelhança entre si. O Cercado tinha um eixo circular central com oito alas que se irradiavam em todas as direções, de modo que parecia uma rosa dos ventos. O Cavus era simples e quadrado, com janelas de vitral que mostravam Teccam numa pose clássica: de pé e descalço na entrada de sua caverna falando com um grupo de estudantes. O Magno era o prédio mais singular do conjunto: ocupava quase um acre e meio e parecia ter sido montado de qualquer jeito a partir de várias construções menores e desconexas.

Quando me aproximei do Arquivo, sua superfície cinza e sem janelas me fez lembrar um imenso monólito cinzento. Era difícil acreditar, depois de tantos anos de espera, que eu finalmente estava ali. Contornei-o até encontrar a entrada, um par de maciças portas de pedra totalmente escancaradas. Acima delas, entalhadas na pedra, estavam as palavras *Vorfelan Rhinata Morie*. Não reconheci a língua. Não era siaru... talvez ylliche ou têmico. Era mais uma pergunta para a qual eu precisava de resposta.

Cruzando as portas de pedra, entrava-se numa pequena antecâmara com um par mais comum de portas de madeira. Abri-as e senti um ar frio e seco passar por mim. As paredes eram de pedra cinzenta lisa, iluminadas pela luz avermelhada e estável dos candeeiros de simpatia. Havia uma grande escrivaninha de madeira sobre a qual estavam abertos vários livros grandes, semelhantes a registros contábeis. Junto a ela sentava-se um jovem que parecia um cealdo puro, com a típica tez rosada, olhos e cabelos escuros.

— Posso ajudá-lo? — perguntou-me, com a rude pronúncia gutural do sotaque siaru.

— Estou aqui por causa do Arquivo — disse eu estupidamente. Sentia borboletas dançarem no meu estômago e as palmas de minhas mãos estavam suadas.

Ele me examinou, obviamente intrigado com a minha idade.

— Você é estudante?

— Em breve — respondi. — Ainda não passei pelo exame de admissão.

– Precisará fazer isso primeiro – disse ele em tom sério. – Não posso deixar ninguém entrar, a menos que esteja no livro. – E apontou para os registros sobre a escrivaninha à sua frente.

As borboletas morreram. Não me dei ao trabalho de ocultar minha decepção.

– Tem certeza de que não posso dar só uma olhadinha por alguns minutos? Fiz um percurso tremendamente longo...

Olhei para as duas portas duplas que saíam da antecâmara, uma com a tabuleta TOMOS, a outra com a indicação ACERVO. Atrás da escrivaninha, uma porta menor exibia a tabuleta SOMENTE ESCRIBAS.

A expressão dele se abrandou um pouco.

– Não posso. Haveria problemas. – Tornou a me examinar. – Você vai mesmo submeter-se ao exame de admissão? – indagou. Seu ceticismo era óbvio, mesmo através do sotaque carregado.

Fiz que sim com a cabeça.

– Apenas vim aqui primeiro – expliquei, correndo os olhos pela sala vazia, espiando as portas fechadas, tentando pensar em algum modo de convencê-lo a me deixar entrar.

Ele falou antes que eu pudesse pensar em alguma coisa.

– Se realmente pretende fazer isso, você deve se apressar. Hoje é o último dia. Às vezes eles não passam muito do meio-dia.

Meu coração bateu forte e acelerado no peito. Eu havia presumido que a admissão seria feita durante o dia inteiro.

– Onde eles ficam?

– No Cavus – respondeu o rapaz, apontando para a porta externa. – Em frente, depois à esquerda. Um prédio baixo com... janelas coloridas. Duas grandes... árvores em frente. – Fez uma pausa e acrescentou: – Bordo? É essa a palavra correspondente a "árvore"?

Confirmei com a cabeça e me apressei a sair; em pouco tempo já corria pela rua.

———

Duas horas depois cheguei ao Cavus, lutando com a acidez no estômago e subindo no palco de um teatro vazio. O aposento estava às escuras, exceto pelo amplo círculo de luz que abrigava a mesa dos professores. Andei até a borda dessa luz e esperei. Aos poucos, os nove professores pararam de falar uns com os outros e se viraram para mim.

Estavam sentados diante de uma mesa enorme em forma de meia-lua. Era elevada, de modo que, mesmo sentados, eles me olhavam de cima. Eram homens de aparência séria, cuja idade variava de madura a avançada.

Houve um longo momento de silêncio até o sujeito sentado no centro fazer sinal para que eu me aproximasse. Calculei que seria o Reitor.

— Venha até onde eu possa vê-lo. Assim está bom. Olá. Como é o seu nome, menino?

— Kvothe, senhor.

— E por que está aqui?

Fitei-o nos olhos.

— Quero frequentar a Universidade. Quero ser arcanista.

Olhei para cada um deles. Alguns pareceram achar aquilo divertido. Nenhum se mostrou particularmente surpreso.

— Você está ciente — disse o Reitor — de que a Universidade é para a continuação dos estudos, não para o começo deles, não?

— Sim, senhor Reitor. Eu sei.

— Muito bem. Posso ver sua carta de apresentação?

Não hesitei.

— Receio não tê-la, senhor. Ela é absolutamente necessária?

— É costume haver um patrono — explicou ele. — De preferência, um arcanista. A carta dele nos diz o que você sabe. Suas áreas de excelência e seus pontos fracos.

— O arcanista com quem estudei se chama Abenthy, senhor. Mas ele nunca me deu uma carta de apresentação. Posso enunciá-la para o senhor, eu mesmo?

O Reitor meneou a cabeça com ar sério.

— Infelizmente, não temos como saber se você realmente estudou com um arcanista sem dispormos de algum tipo de comprovação. Tem alguma coisa que possa corroborar sua história? Algum outro tipo de correspondência?

— Ele me deu um livro antes de seguirmos caminhos separados, senhor. Dedicou-o a mim e assinou seu nome.

O Reitor sorriu:

— Isso deve convir perfeitamente. Está aí com você?

— Não — respondi, deixando uma sincera amargura insinuar-se em minha voz. — Tive que penhorá-lo em Tarbean.

Sentado à esquerda do Reitor, Hemme, o Retórico-Mor, fez um barulho enojado diante de meu comentário, o que lhe rendeu um olhar irritado do primeiro.

— Ora, vamos, Herma — disse-lhe Hemme, batendo com a mão na mesa. — É óbvio que o garoto está mentindo. Tenho assuntos importantes de que cuidar esta tarde.

O Reitor lançou-lhe um olhar sumamente irritado.

— Não lhe dei permissão para falar, Mestre Hemme — disse. Os dois se encararam por um longo momento, até Hemme desviar os olhos, de sobrolho carregado.

O Reitor virou-se novamente para mim e então seu olhar captou um movimento de um dos outros professores.

— Sim, Mestre Lorren?

O professor alto e magro me olhou com ar passivo.

— Como se chama o livro?

— *Retórica e lógica*, senhor.

— E onde você o empenhou?

— Na livraria Restauração, na Praça Praieira.

Lorren virou-se para o Reitor e disse:

— Partirei amanhã para Tarbean a fim de buscar materiais necessários para o próximo período letivo. Se o livro estiver lá, eu o trarei de volta. Então a questão da afirmação do menino poderá ser resolvida.

O Reitor balançou de leve a cabeça.

— Obrigado, Mestre Lorren — disse. Reacomodou-se na cadeira e cruzou as mãos à frente. — Muito bem, então. O que nos diria a carta de Abenthy, se ele a tivesse escrito?

Respirei fundo.

— Ele diria que sei de cor as primeiras 90 conexões por simpatia. Que sei fazer destilação dupla, titulação, calcificação, sublimação e soluções de precipitados. Que sou versado em história, argumentação, diferentes gramáticas, medicina e geometria.

O Reitor fez o melhor que pôde para não aparentar que achava aquilo divertido.

— É uma lista e tanto. Tem certeza de que não esqueceu nada?

Pensei um pouco.

— É provável que ele também mencionasse minha idade, senhor.

— Quantos anos você tem, menino?

— Kvothe, senhor.

— Kvothe. — Um sorriso se insinuou em seu rosto.

— Quinze, senhor.

Houve um leve burburinho, conforme cada um dos professores fazia um pequeno gesto, trocava olhares, levantava as sobrancelhas, revirava os olhos. Hemme revirou os dele para cima. Só o Reitor não fez nada.

— E exatamente de que maneira ele mencionaria a sua idade?

Esbocei um leve sorriso.

— Ele insistiria em que os senhores a ignorassem.

Houve um sopro de silêncio. O Reitor respirou fundo e se recostou de novo na cadeira.

— Muito bem. Temos algumas perguntas para você. Gostaria de começar, Mestre Brandeur? — E gesticulou para uma das pontas da meia-lua.

Virei-me de frente para Brandeur. Corpulento e meio calvo, ele era o Aritmético-Mor da Universidade.

— Quantos grãos existem em 13 onças?

— Seis mil duzentos e quarenta — respondi prontamente.

Ele ergueu um pouco as sobrancelhas.

— Se eu tivesse 50 talentos de prata e os convertesse em moeda vintasiana, e depois os reconvertesse, quanto teria, se o ceáldimo tirasse 4% de cada vez?

Comecei a fazer a laboriosa conversão entre as moedas, depois sorri, ao perceber que ela era desnecessária.

— Quarenta e seis talentos e oito ocres, se ele for honesto. Quarenta e seis exatos, se não for.

Ele tornou a assentir com a cabeça, fitando-me com mais atenção.

— Você tem um triângulo — disse, devagar. — Um lado tem sete pés. O outro, três. Um ângulo tem 60 graus. Qual é o comprimento do outro lado?

— É o ângulo entre esses dois lados?

Ele fez que sim.

Fechei os olhos pelo intervalo de meia respiração e tornei a abri-los.

— Seis pés e seis polegadas. Exatinhos.

Ele emitiu um ruído parecido com *hummmf* e fez um ar surpreso.

— Está bom o bastante. Mestre Arwyl?

Arwyl fez sua pergunta antes que eu tivesse tempo de me virar para olhá-lo de frente.

— Quais são as propriedades medicinais do heléboro?

— Ele é anti-inflamatório, antisséptico, sedativo brando, analgésico brando, purificador do sangue — respondi, erguendo os olhos para o senhor de óculos com jeito de avô. — É tóxico, se usado em excesso. Perigoso para mulheres gestantes.

— Nomeie as estruturas componentes da mão.

Nomeei todos os 27 ossos em ordem alfabética. Em seguida, os músculos, do maior para o menor. Listei-os depressa, objetivamente, indicando sua localização em minha mão levantada.

A rapidez e a exatidão de minhas respostas os impressionaram. Alguns esconderam a admiração, outros a estamparam abertamente no rosto. A verdade é que eu precisava impressioná-los. Por minhas conversas anteriores com Ben, sabia que era preciso ter dinheiro ou inteligência para ingressar na Universidade. Quanto mais se tinha de um, menos se precisava do outro.

Por isso eu estava trapaceando. Infiltrara-me no Cavus por uma entrada nos fundos, fazendo papel de mensageiro. Depois tinha aberto duas fechaduras e passado mais de uma hora assistindo a entrevistas de outros estudantes. Ouvira centenas de perguntas e milhares de respostas.

Também ouvira como eram estipuladas as taxas escolares dos outros alunos. A menor delas fora de quatro talentos e seis iotas, porém a maioria tinha sido o dobro disso. De um estudante eles haviam cobrado mais de 30 talentos pelo bimestre. Seria mais fácil eu conseguir um pedaço da Lua do que todo esse dinheiro.

Eu tinha dois iotas de cobre no bolso e nenhum modo de conseguir sequer um vintém entortado a mais. Por isso precisava impressioná-los. Mais até. Precisava aturdi-los com minha inteligência. Deslumbrá-los.

Terminei de listar os músculos da mão e ia começando a relacionar os ligamentos quando Arwyl fez um gesto para que eu me calasse e formulou a pergunta seguinte:

— Quando se deve sangrar um paciente?

A pergunta me fez estacar.

— Quando se quer que ele morra? — perguntei, em tom de dúvida.

Ele assentiu com a cabeça, basicamente para si mesmo.

— Mestre Lorren?

Mestre Lorren era pálido e parecia ter uma altura inusitada, mesmo sentado.

— Quem foi o primeiro rei declarado de Tarvintas?

— Postumamente? Feyda Calanthis. Caso contrário, seria seu irmão, Jarvis.

— Por que o Império Aturense desmoronou?

Parei para pensar, surpreso com o alcance da pergunta. A nenhum outro estudante se fizera uma pergunta dessa amplitude.

— Bem, senhor — respondi devagar, a fim de dar a mim mesmo um ou dois minutos para organizar as ideias —, em parte foi porque lorde Nalto era um egomaníaco inepto. Em parte porque a Igreja se rebelou e denunciou a Ordem dos Amyr, que era uma grande parcela da força de Atur; em parte porque os militares estavam travando três guerras diferentes de conquista ao mesmo tempo. E em parte porque os impostos elevados fomentaram a rebelião em terras situadas dentro do império.

Observei a expressão do professor, torcendo para que ele desse algum sinal quando julgasse ter ouvido o bastante.

— Eles também desvalorizaram a moeda, solaparam a universalidade da Lei Férrea e antagonizaram os ademrianos — completei. Encolhi os ombros e acrescentei: — Porém é mais complicado que isso, é claro.

A expressão de Mestre Lorren se manteve inalterada, mas ele meneou a cabeça.

— Quem foi o maior homem que já viveu?

Outra pergunta desconhecida. Pensei por um instante.

— Illien.

Mestre Lorren piscou os olhos uma vez, sem qualquer expressão.

— Mestre Mandrag?

Mandrag tinha a barba escanhoada e o rosto liso, as mãos manchadas de uma centena de cores diferentes e parecia todo feito de ossos e nós.

— Se você precisasse de fósforo, onde o obteria?

Por um instante, seu tom foi tão parecido com o de Abenthy que me distraí e falei sem pensar:

— Com um boticário?

Um dos professores do outro lado da mesa deu um risinho e mordi minha língua apressada.

Ele me deu um sorriso tênue e eu inspirei uma leve baforada de ar.

— Salvo o acesso a um boticário.

— Eu poderia retirá-lo da urina — respondi depressa. — Se me dessem um forno e tempo suficiente.

— De quanto precisaria para obter duas onças puras? — perguntou ele, estalando os dedos com ar distraído.

Parei para pensar, já que essa também era uma pergunta nova.

— Pelo menos 40 galões, Mestre Mandrag, dependendo da qualidade do material.

Houve uma longa pausa e ele estalou os dedos, um de cada vez.

— Quais são as três regras mais importantes do químico?

Isso eu aprendera com Ben.

— Rotular com clareza. Medir duas vezes. Comer em outro lugar.

Ele assentiu com a cabeça, ainda exibindo o vago sorriso.

— Mestre Kilvin?

Kilvin tinha um jeito ceáldico, e seus ombros fortes e a barba negra e hirsuta me lembraram um urso.

— Certo — resmungou ele, cruzando as mãos grossas à frente do corpo. — Como você faria uma lâmpada de combustão permanente?

Todos os outros oito professores fizeram algum ruído ou gesto de exasperação.

— O que foi? — indagou Kilvin, olhando-os, irritado. — A pergunta é minha. Quem pergunta sou eu. — Tornou a voltar a atenção para mim. — E então, como você a faria?

— Bem — respondi, devagar —, provavelmente eu começaria por algum tipo de pêndulo. Depois faria uma conexão entre ele e...

— *Kraem* — praguejou ele. — Não. Assim não — repetiu. Grunhiu algumas palavras e deu vários socos na mesa, sendo cada batida acompanhada por uma explosão em *staccato* de uma luz avermelhada que brotava de sua mão.

– Nada de simpatias. Não quero um candeeiro de brilho permanente. Quero um de *combustão* permanente. – Olhou-me de novo, mostrando os dentes, como se fosse me devorar.

– Sal de lítio? – perguntei sem pensar, depois voltei atrás. – Não, óleo de sódio queimando num recipiente fechado... não, droga. – Fui murmurando coisas até parar. Os outros candidatos não tinham tido que lidar com perguntas desse tipo.

Ele me interrompeu com um gesto curto da lateral da mão.

– Chega. Conversaremos depois. Elxa Dal.

Levei um momento para me lembrar de que Elxa Dal era o professor seguinte. Virei-me para ele. Dal se assemelhava ao arquétipo do mágico sinistro que parece ser um requisito de inúmeras peças aturenses de má qualidade: olhos negros e severos, rosto magro, barba negra e curta. Apesar disso tudo, tinha uma expressão bastante amistosa.

– Quais são as palavras para a primeira conexão cinética paralela?

Recitei-as fluentemente.

Ele não pareceu surpreso.

– Qual foi a conexão que Mestre Kilvin usou agora há pouco?

– Luminosidade Cinética Capacitancial.

– Qual é o período sinódico?

Olhei-o com estranheza.

– Da Lua?

A pergunta parecia meio sem sincronia com as outras duas.

Ele fez que sim.

– Setenta e dois dias e um terço, senhor. Pouco mais ou menos.

Elxa Dal encolheu os ombros e deu um sorriso irônico, como se tivesse esperado apanhar-me com a última pergunta.

– Mestre Hemme?

Hemme encarou-me por cima dos dedos unidos em ponta.

– Quanto mercúrio seria necessário para reduzir dois guiles de enxofre branco? – perguntou com ar pomposo, como se eu já tivesse dado a resposta errada.

Uma das coisas que eu havia aprendido durante minha hora de observação silenciosa fora esta: Mestre Hemme era o supremo cretino do grupo. Comprazia-se com o mal-estar dos estudantes e fazia todo o possível para atormentá-los e desestabilizá-los. Tinha predileção por perguntas traiçoeiras.

Por sorte, essa era uma que eu o vira usar com outros estudantes. Sabe, *não se pode* reduzir enxofre branco com mercúrio.

– Bem – respondi, arrastando a palavra e fingindo ponderar a resposta. O sorriso presunçoso de Hemme alargou-se a cada segundo –, presumindo que o senhor queira se referir ao enxofre *vermelho*, seriam aproximadamente 41 onças. – Dei-lhe um sorriso esperto. Cheio de dentes.

– Nomeie as nove principais falácias – rebateu ele.

– Simplificação, generalização, circularidade, redução, analogia, falsa causalidade, semasiologia, irrelevância... – Fiz uma pausa, sem conseguir lembrar-me do nome formal da última. Ben e eu a chamávamos de Naltismo, por causa do imperador Nalto. Aborreceu-me não conseguir recordar seu nome real, uma vez que eu o lera em *Retórica e lógica* ainda dias antes.

Minha irritação deve ter transparecido em meu rosto. Hemme lançou-me um olhar furioso quando parei, dizendo:

– Com que então você não sabe tudo, afinal! – E se reclinou na cadeira com uma expressão satisfeita.

– Eu não estaria aqui se achasse que não tinha nada a aprender – retruquei em tom sarcástico, antes de conseguir controlar de novo minha língua. Do outro lado da mesa, Kilvin deu uma risadinha gutural.

Hemme abriu a boca, mas o Reitor o silenciou com um olhar, antes que ele pudesse dizer mais alguma coisa.

– Pois bem, então – disse o Reitor –, creio...

– Eu também gostaria de fazer algumas perguntas – disse o homem à sua direita. Tinha um sotaque que não consegui situar com exatidão. Ou talvez tenha sido por haver uma certa ressonância em sua voz. Quando ele falou, todos à mesa se remexeram de leve, depois se aquietaram, como folhas tocadas pelo vento.

– Mestre Nomeador – disse o Reitor, com parcelas iguais de deferência e apreensão.

Elodin era pelo menos uns 12 anos mais moço que os demais. Barba escanhoada e olhar profundo, estatura e compleição medianas, não havia nada de particularmente notável nele, exceto seu modo de se sentar à mesa, ora observando algo atentamente, ora, no instante seguinte, entediado e deixando a atenção vagar pelas vigas altas do teto. Era quase como uma criança que tivesse sido forçada a se sentar com adultos.

Senti o olhar de Mestre Elodin pousar em mim. Senti-o de verdade, reprimindo um arrepio.

– *Soheketh ka Siaru krema'teth tu?* Quão bem você fala siaru? – perguntou.

– *Rieusa, ta krelar deala tu.* Não muito bem, obrigado.

Ele ergueu uma das mãos, com o indicador apontado para cima.

– Quantos dedos estou levantando?

Fiz uma pequena pausa, o que era uma consideração maior do que a pergunta parecia justificar.

– Pelo menos um – respondi. – Provavelmente não mais do que seis.

Ele abriu um sorriso largo e tirou a outra mão de baixo da mesa; dois de seus dedos estavam levantados. Balançou-os para lá e para cá, para que os outros professores os vissem, abanando a cabeça de um lado para outro, de um jeito ausente e infantil. Depois baixou as mãos sobre a mesa à sua frente, subitamente sério.

— Você sabe as sete palavras que farão uma mulher amá-lo?

Olhei-o, tentando decidir se havia algo mais na pergunta. Quando não veio mais nada, respondi simplesmente:

— Não.

— Elas existem — ele me assegurou, e voltou a sentar-se com um ar de contentamento.

— Mestre Linguista? — disse, meneando a cabeça para o Reitor.

— Isso me parece cobrir a maior parte do mundo acadêmico — disse o Reitor, quase falando consigo mesmo. Tive a impressão de que algo o havia inquietado, mas ele era controlado demais para que eu soubesse exatamente o quê. — Você me perdoará se eu lhe perguntar algumas coisas de natureza menos erudita?

Sem ter realmente escolha, concordei.

Ele me deu um olhar demorado, que pareceu estender-se por vários minutos.

— Por que Abenthy não mandou uma carta de recomendação por você?

Hesitei. Nem todos os artistas viajantes eram tão respeitáveis quanto nossa trupe; por isso, como era compreensível, nem todos os respeitavam. Mas duvidei que mentir fosse o melhor curso de ação.

— Ele deixou minha trupe há três anos. Não o vi desde então.

Percebi que todos os professores me olharam. Quase pude ouvi-los fazendo as contas mentalmente, calculando minha idade de frente para trás.

— Ora, vamos — disse Hemme, com aversão, e se mexeu como se fosse levantar-se.

O Reitor deu-lhe uma olhada severa, silenciando-o.

— Por que você quer frequentar a Universidade?

Fiquei atônito. Era a única pergunta para a qual estava completamente despreparado. O que poderia dizer? *Dez vezes 10 mil livros. O seu Arquivo. Eu sonhava lê-los quando era pequeno.* Verdade, mas demasiado infantil. *Quero me vingar do Chandriano.* Dramático demais. *Quero me tornar tão poderoso que ninguém jamais possa ferir-me outra vez.* Excessivamente assustador.

Levantei os olhos para o Reitor e me dei conta de que passara muito tempo em silêncio. Incapaz de pensar em outra coisa, encolhi os ombros e respondi:

— Não sei, senhor. Acho que também terei de aprender isso.

O olhar do Reitor assumira uma expressão de curiosidade, mas ele a deixou de lado e indagou:

– Há mais alguma coisa que você queira dizer?

Tinha feito essa pergunta aos outros candidatos, mas nenhum a aproveitara. Ela parecia quase retórica, um ritual antes que os professores discutissem a taxa escolar do candidato.

– Sim, por favor – retruquei, surpreendendo-o. – Tenho um pedido a fazer, além da simples admissão. – Respirei fundo, deixando a atenção de todos concentrar-se em mim. – Levei quase três anos para chegar aqui. Posso parecer jovem, mas tenho tanto ou mais direito a estar aqui quanto qualquer lordezinho rico que não saiba diferenciar o sal do cianureto, nem mesmo provando-os.

Fiz uma pausa.

– Entretanto, neste momento disponho de dois iotas em minha bolsa, e não há nenhum lugar no mundo em que possa conseguir mais do que isso. Não tenho nada de valor para vender que já não tenha vendido. Aceitem-me por mais de dois iotas – prossegui – e não poderei frequentar a Universidade. Aceitem-me por menos e estarei presente todos os dias, e todas as noites farei o que for preciso para me manter vivo enquanto estudo aqui. Dormirei em vielas e estábulos, lavarei louça por sobras da cozinha, mendigarei vinténs para comprar penas. Farei o que quer que seja necessário – afirmei, dizendo estas últimas palavras em tom feroz, quase rosnando para eles. Entretanto – concluí –, aceitem-me gratuitamente e me forneçam três talentos para que eu possa viver e comprar o que for preciso para aprender da forma adequada e serei um estudante como os senhores nunca viram outro igual.

Fez-se meio segundo de silêncio, seguido por uma gargalhada trovejante de Kilvin.

– HA! – rugiu ele. – Se um em cada 10 alunos tivesse metade do ardor desse aí, eu lhe ensinaria com um chicote e uma cadeira em vez de giz e lousa. – E deu um tapa com força na parte da mesa à sua frente.

Foi a centelha para que todos começassem a falar ao mesmo tempo, em seus diversos tons pessoais. O Reitor fez um pequeno aceno em minha direção e eu me arrisquei a me sentar na cadeira postada na borda do círculo de luz.

A discussão pareceu prosseguir por longo tempo, mas até dois ou três minutos teriam parecido uma eternidade para mim, sentado ali enquanto um grupo de senhores debatia meu futuro. Não houve propriamente gritos, mas uma boa dose de mãos agitadas, a maioria por parte de Mestre Hemme, que parecia haver sentido por mim a mesma antipatia que eu nutria por ele.

Não teria sido tão ruim se eu pudesse compreender o que eles diziam, mas nem meus ouvidos apurados de bisbilhoteiro de conversas alheias foram capazes de discernir o que falavam.

A conversa cessou de repente e o Reitor olhou em minha direção, fazendo sinal para que eu me aproximasse.

— Fique registrado — disse em tom formal — que Kvothe, filho de... — Fez uma pausa e me olhou com ar inquisitivo.

— Arliden — completei. O nome soou-me estranho depois de tantos anos. Mestre Lorren virou para me olhar, piscando os olhos uma vez.

— ...filho de Arliden, foi admitido na Universidade para dar continuidade a seus estudos, no 43º dia do mês de equis. Sua admissão no Arcanum dependerá da comprovação de que ele dominou os princípios básicos da simpatia. Seu patrono oficial será Kilvin, Artífice-Mor. Sua taxa escolar é aqui estipulada no valor de menos três talentos.

Senti um grande peso instalar-se dentro de mim. Três talentos poderiam muito bem ser todo o dinheiro do mundo, a julgar por qualquer esperança que eu tivesse de ganhá-los antes de se iniciar o período letivo. Trabalhando em cozinhas, executando incumbências diversas em troca de vinténs, talvez eu pudesse economizar todo esse valor em um ano, se tivesse sorte.

Alimentei uma esperança desesperada de conseguir punguear aquilo tudo em tempo hábil, mas sabia que essa ideia era exatamente isso: desesperada. As pessoas com esse tipo de dinheiro tinham consciência, em geral, de que não deviam deixá-lo dando sopa numa bolsa.

Não percebi que os professores haviam saído da mesa, até que um deles se aproximou. Olhei para cima e vi o Arquivista-Mor me abordando.

Lorren era mais alto do que eu teria imaginado, tinha perto de 2 metros. O rosto e as mãos compridos faziam-no parecer quase espichado. Ao perceber que dispunha de minha atenção, ele perguntou:

— Você disse que o nome de seu pai era Arliden?

Fez a pergunta com muita calma, sem qualquer indício de pesar ou desculpa na voz. Súbito fiquei com muita raiva de ele frustrar minhas ambições de ingressar na Universidade e, em seguida, aproximar-se para indagar sobre meu pai morto, com a facilidade de quem desse bom-dia.

— Sim — respondi, tenso.

— Arliden, o bardo?

Meu pai sempre havia pensado em si mesmo como artista de trupe. Nunca falara de si como bardo ou menestrel. Ouvi-lo mencionado dessa maneira me irritou ainda mais, se é que isso era possível. Não me dignei responder; fiz apenas um único aceno ríspido com a cabeça.

Se ele julgou concisa a minha resposta, não demonstrou.

— Eu estava me perguntando em que trupe ele se apresentava.

Minha precária continência esgotou-se numa explosão.

— Ah, o senhor estava *se perguntando* — retruquei, com todo o veneno que minha língua afiada na trupe era capaz de acumular. – Bem, talvez possa indagar-se um pouco mais. Estou preso na ignorância, neste momento. Creio que o senhor pode suportar um pouquinho dela por algum tempo. Quando eu voltar, depois de ganhar meus três talentos, talvez o senhor possa me perguntar de novo. – Lancei-lhe um olhar feroz, como que esperando queimá-lo com os olhos.

Sua reação foi mínima; só muito depois descobri que despertar alguma reação em Mestre Lorren era mais ou menos tão provável quanto ver uma pilastra de pedra dar uma piscadela.

Ele pareceu vagamente intrigado a princípio; depois, levemente surpreso. Então, quando o fuzilei com os olhos, deu um sorriso tênue e fino e, em silêncio, entregou-me um pedaço de papel.

Desdobrei-o e li. Dizia: "Kvothe. Período letivo da primavera. Taxa escolar: –3Tal." *Menos* três talentos. É claro!

Senti-me inundar de alívio. Como se uma grande onda tivesse arrastado para longe as pernas que me sustentavam, sentei-me de repente no chão e chorei.

CAPÍTULO 37

De olhos brilhantes

MESTRE LORREN CONDUZIU-ME através de um pátio.
— Foi a respeito disso a maior parte da discussão — explicou, desapaixonado como uma pedra. — Você tinha que ter uma taxa escolar. Todos têm.

Eu havia recuperado a compostura e me desculpado por minha grosseria terrível. Ele concordara calmamente e se oferecera para me levar ao escritório do tesoureiro, para se certificar de que não haveria nenhuma confusão acerca de minha "taxa" de admissão.

— Depois que se decidiu admiti-lo da maneira que você havia sugerido — Lorren fez uma pausa breve, mas significativa, levando-me a crer que a coisa não fora tão simples assim —, houve o problema de não haver precedente para a concessão de verbas a alunos que se matriculam. — Fez outra pausa. — Uma coisa bastante inusitada.

Levou-me a outra construção de pedra, onde cruzamos um corredor e descemos um lance de escada.

— Olá, Rieme — disse Lorren.

O tesoureiro era um homem idoso e irritadiço, que ficou ainda mais aborrecido ao descobrir que tinha de me dar dinheiro, e não o inverso. Depois que recebi meus três talentos, Mestre Lorren me acompanhou até fora do prédio.

Lembrei-me de uma coisa e pus a mão no bolso, contente por ter um pretexto para desviar a conversa.

— Tenho um recibo da livraria Restauração. — Entreguei-lhe o pedaço de papel, pensando com meus botões no que acharia o proprietário quando o Arquivista-Mor da Universidade aparecesse para resgatar o livro que um moleque imundo de rua lhe vendera. — Mestre Lorren, agradeço-lhe por concordar em fazer isso, e espero que não me considere ingrato se eu lhe pedir outro favor...

Lorren deu uma espiada no recibo antes de guardá-lo num bolso e me fitou atentamente. Não, não atentamente, não com ar intrigado. Não havia nenhuma expressão em seu rosto. Nenhuma curiosidade. Nenhuma irritação. Nada. Não fosse o fato de seus olhos estarem focados em mim, eu suporia que ele havia esquecido da minha presença.

– Sinta-se à vontade para pedir – disse ele.

– Esse livro. Ele é tudo que tenho de... daquela época da minha vida. Gostaria muitíssimo de recomprá-lo do senhor um dia, quando tiver dinheiro.

Ele balançou a cabeça, sempre sem expressão.

– Isso pode ser arranjado. Não desperdice sua preocupação com a segurança dele. Será guardado com o mesmo cuidado que qualquer outro livro do Arquivo.

Ergueu uma das mãos e fez sinal para um estudante que passava.

O menino de cabelos cor de areia estacou e se aproximou, nervoso. Deferente, balançou a cabeça quase numa reverência para o Arquivista-Mor.

– Pois não, Mestre Lorren?

Lorren apontou para mim com uma de suas mãos compridas.

– Simmon, este é o Kvothe. Ele precisa conhecer as instalações, inscrever-se nas aulas e coisas similares. O Kilvin o quer na Artificiaria. Afora isso, confie no seu julgamento. Você cuida desse assunto?

Simmon tornou a assentir com a cabeça e afastou o cabelo dos olhos.

– Sim, senhor.

Sem mais uma palavra, Lorren deu meia-volta e se afastou, as passadas largas fazendo com que sua toga negra de professor esvoaçasse atrás dele.

———

Simmon era jovem para estar entre os alunos, embora, mesmo assim, fosse uns dois anos mais velho que eu. Também era mais alto, porém seu rosto ainda era de menino, e seu jeito, puerilmente tímido.

– Você já tem onde ficar? – perguntou-me, quando começamos a andar. – Um quarto numa hospedaria ou coisa assim?

Abanei a cabeça.

– Acabei de chegar, ainda hoje. Não pensei em muito mais do que passar no exame de admissão.

Ele deu um risinho.

– Sei como é isso. Ainda transpiro de nervoso no começo de cada período letivo – disse. Apontou para a esquerda, descendo uma alameda larga, ladeada por árvores. – Vamos primeiro ao Cercado, então.

Parei de andar.

– Não tenho muito dinheiro – admiti. Eu não havia planejado arranjar um quarto. Estava acostumado a dormir ao relento e sabia que teria de economizar meus três talentos para roupa, comida, papel e a matrícula do período seguinte. Não poderia contar com a generosidade dos professores por dois períodos consecutivos.

– O exame de admissão não correu tão bem assim, não é? – disse Simmon com ar simpático, segurando meu cotovelo e me dirigindo para mais um dos prédios cinzentos da Universidade. Esse tinha três andares, muitas janelas e diversas alas que saíam de um núcleo central. – Não se sinta mal por isso. Fiquei nervoso e me mijei todo na primeira vez. Figurativamente.

– Não me saí muito mal – retruquei, de repente muito cônscio dos três talentos na minha bolsa. – Mas acho que ofendi Mestre Lorren. Ele me pareceu meio...

– Frio? – perguntou Simmon. – Distante? Como uma impassível coluna de pedra? – Riu. – O Lorren é sempre assim. Dizem os boatos que o Elxa Dal mantém uma oferta permanente de 10 marcos de ouro para qualquer um que consiga fazê-lo rir.

– Ah – fiz eu, e relaxei um pouco. – Isso é bom. Ele é a última pessoa em quem eu gostaria de despertar antipatia. Estou ansioso por passar muito tempo no Arquivo.

– É só tratar os livros com carinho que você se dará bem. Ele é muito desprendido com a maioria das coisas, mas tome cuidado quando estiver perto dos seus livros – recomendou. Levantou as sobrancelhas e abanou a cabeça. – Ele é mais feroz do que uma mãe ursa protegendo os filhotes. Na verdade, eu preferiria ser pego por uma mãe ursa a deixar o Lorren me ver fazendo uma orelha numa página.

Simmon chutou uma pedra, que saiu quicando pelo pavimento.

– Muito bem. Você tem algumas opções no Cercado. Um talento lhe dará um beliche e um cartão-refeição para todo o período letivo – explicou. Encolheu os ombros e prosseguiu: – Nada sofisticado, mas você fica protegido da chuva. Pode dividir um quarto por dois talentos ou ficar com um quarto só para você por três.

– O que é cartão-refeição?

– São três refeições por dia no Rancho – disse ele, apontando para um prédio comprido e baixo do outro lado do gramado. – A comida não é ruim, desde que você não pense muito em de onde ela pode ter vindo.

Fiz umas contas rápidas. Um talento por dois meses de refeições e um lugar seco para dormir era o melhor negócio que eu poderia esperar. Sorri para Simmon:

– Parece perfeito.

Ele meneou a cabeça, abrindo a porta do Cercado.

– Pois então, aos beliches. Ande, vamos procurar um ecônomo para você se registrar.

Os beliches dos estudantes não pertencentes ao Arcanum ficavam no quarto andar da ala leste do Cercado; eram os mais distantes das instalações de banho do térreo. As acomodações eram como descritas por Sim, nada sofisticadas; mas a cama estreita tinha lençóis limpos e havia um baú com tranca onde eu poderia guardar minhas magras posses.

Todos os beliches inferiores já tinham sido requisitados, de modo que peguei o superior no canto mais ao fundo do quarto. Ao olhar por uma das janelas estreitas, do alto do meu beliche, lembrei-me de meu esconderijo nos telhados de Tarbean. A semelhança foi curiosamente reconfortante.

O almoço foi uma tigela de sopa de batata fumegante, fatias estreitas de toucinho gorduroso e pão integral fresco. As grandes mesas de tábuas do refeitório estavam ocupadas quase até a metade, acomodando uns 200 alunos. O murmúrio baixo das conversas enchia o aposento, pontilhado por risadas e pelo som metálico das colheres e garfos arranhando as bandejas de latão.

Simmon me conduziu a um canto no final do comprido refeitório. Dois alunos levantaram os olhos ao nos aproximarmos.

Apontando para mim com uma das mãos, Simmon pôs sua bandeja na mesa e disse:

— Conheçam o Kvothe, nosso mais novo calouro de olhos marejados do primeiro período — e foi nos apresentando: — Kvothe, esses são os piores alunos que o Arcanum tem a oferecer: Manet e Wilem.

— Já o conheci — disse Wilem. Ele era o ceáldimo de cabelo preto do Arquivo. — Você ia mesmo para o exame de admissão! — prosseguiu, meio surpreso. — Achei que estava me enrolando com uma conversa fiada. — Estendeu a mão para que eu a apertasse. — Seja bem-vindo.

— Ora, por Tehlu — resmungou Manet, me olhando de cima a baixo. Tinha pelo menos 50 anos, cabelo desgrenhado e barba grisalha. Exibia uma aparência meio desleixada, como se tivesse acabado de acordar. — Será que eu sou tão velho como me sinto, ou ele é tão jovem quanto parece?

— As duas coisas — disse Simmon em tom alegre ao sentar-se. — Kvothe, o Manet aqui está no Arcanum há mais tempo do que todos nós juntos.

Manet bufou:

— Dê-me um pouco de crédito. Estou no Arcanum há mais tempo do que qualquer um de vocês tem de vida.

— E ainda é um reles E'lir — disse Wilem, cujo forte sotaque siaru tornava difícil dizer se estava sendo sarcástico ou não.

— Viva a condição de E'lir! — retrucou Manet, com ar sério. — Vocês, garotos, vão se arrepender de subir mais na hierarquia. Confiem em mim. É só mais chateação e taxas escolares mais caras.

— Queremos nossos guílderes — disse Simmon. — De preferência, um pouco antes de morrer.

— O guílder também é superestimado — retrucou Manet, cortando um pedaço de pão e mergulhando-o na sopa. O diálogo tinha um jeito descontraído, e deduzi que aquela era uma conversa familiar.

— Como você se saiu? — Simmon perguntou a Wilem, ansioso.

— Sete e oito — resmungou Wilem.

Simmon pareceu surpreso.

— Mas o que aconteceu, pelo amor de Deus? Você socou a cara de um deles?

— Eu me atrapalhei com as cifras — respondeu Wilem, aborrecido. — E o Lorren fez perguntas sobre a influência da subenfiteuse na moeda de Modeg. O Kilvin teve que traduzir. Nem assim consegui responder.

— Minha alma chora por você — retrucou Simmon, descontraído. — Você me passou a perna nos dois últimos períodos, era fatal que eu tivesse uma chance mais cedo ou mais tarde. Consegui cinco talentos exatos neste período — acrescentou, estendendo a mão. — Pague.

Wilem enfiou a mão no bolso e lhe entregou um iota de cobre.

Olhei para Manet e perguntei:

— Você não entrou na aposta?

O homem de cabelos revoltos deu uma risada orgulhosa e abanou a cabeça.

— Haveria sérias desvantagens para quem apostasse contra mim — respondeu, com a boca meio cheia.

— Diga lá — perguntou Simmon, com um suspiro. — Quanto foi este período?

— Um e seis — disse Manet, com um sorriso lupino.

Antes que alguém pensasse em me perguntar quanto tinha custado a minha taxa escolar, resolvi abrir a boca.

— Ouvi dizer que chegaram a impor a alguém uma taxa de 30 talentos. Elas costumam ser altas assim?

— Não se você tiver o bom senso de ficar nos níveis inferiores — resmungou Manet.

— Só para os nobres — disse Wilem. — Aqueles kraeminhas safados que não tinham nada que vir estudar aqui. Acho que cobram taxas escolares altas só para eles poderem reclamar.

— Eu não me incomodo — disse Manet. — Pois que tirem o dinheiro deles. E mantenham a minha taxa baixa.

Levei um susto quando uma bandeja baixou com estardalhaço do outro lado da mesa.

— Presumo que vocês estejam falando de mim.

O dono da bandeja era bonito e de olhos azuis, com uma barba cuidadosamente aparada e as altas maçãs do rosto dos modeganos. Usava cores fortes e discretas. Na cinta levava uma faca de cabo aramado. Era a primeira arma que eu via alguém portar na Universidade.

– Sovoy? – disse Simmon, perplexo. – O que está fazendo aqui?

– Eu me pergunto a mesma coisa – respondeu Sovoy, olhando para o banco. – Não há uma cadeira decente neste lugar? – comentou. Sentou-se, movendo-se com uma curiosa combinação de graciosa cortesania e inflexível, afrontada dignidade. – Excelente. Quando menos esperar, estarei comendo num tabuleiro de trinchar carne e atirando ossos para os cães por cima dos ombros.

– Manda a etiqueta que seja o ombro esquerdo, Alteza – disse Manet sorridente, com a boca cheia de pão.

Os olhos de Sovoy chisparam de raiva, mas, antes que ele pudesse dizer alguma coisa, Simmon falou:

– O que aconteceu?

– Minha taxa do bimestre custou 68 strehlaums – respondeu ele, indignado.

Simmon intrigou-se:

– Isso é muito?

– É. É muito – disse Sovoy, em tom sarcástico. – E sem nenhuma boa razão. Respondi às perguntas deles. Isso é implicância pura e simples. O Mandrag não gosta de mim. Nem o Hemme. Além disso, todos sabem que eles extorquem os nobres duas vezes mais do que a vocês; arrancam-nos até o último tostão, deixando-nos duros feito pedras.

– A nobreza do Simmon – fez Manet, apontando-o com a colher. – Ele parece se sair muito bem.

Sovoy bufou com força pelo nariz:

– O pai do Simmon é um duque de papel que se curva perante um rei de lata em Atur. Os estábulos do meu pai têm linhagens mais antigas do que metade dos seus nobres aturenses.

Simmon se enrijeceu um pouco no banco, mas não levantou os olhos do prato.

Wilem virou-se para Sovoy com uma expressão endurecida nos olhos, mas, antes que pudesse falar, Sovoy arriou os ombros e esfregou uma das mãos no rosto.

– Desculpe. Sim, minha casa e meu nome são seus criados. É só que... as coisas deveriam melhorar neste bimestre, mas agora ficaram piores. A minha mesada não cobrirá nem mesmo a taxa escolar, e ninguém mais quer me dar crédito. Você sabe como isso é humilhante? Tive que abrir mão das minhas acomodações na Pônei Dourado. Estou no terceiro andar do Cercado e por pouco não tive que dividir um quarto. O que diria meu pai se soubesse disso?

Simmon, com a boca cheia, deu de ombros e fez um gesto com a colher, parecendo indicar que não tinha se ofendido.

– Talvez as coisas corressem melhor se você não entrasse lá parecendo um pavão – comentou Manet. – Esqueça as sedas quando for fazer os exames de admissão.

– Ah, é assim? – disse Sovoy, novamente inflamado de raiva. – Devo me rebaixar? Esfregar cinza no cabelo? Rasgar a roupa? – enumerou. À medida que se enfurecia, mais se acentuava a cadência de seu sotaque. – Não. Nenhum deles é melhor do que eu. Não preciso me curvar diante deles.

Houve um momento de silêncio incômodo à mesa. Notei que um bom número dos estudantes à nossa volta observava o espetáculo de suas mesas.

– *Hylta tiam* – continuou Sovoy. – Não há nada que eu não deteste neste lugar. O clima de vocês é maluco e incivilizado. Sua religião é bárbara e pudica. Suas prostitutas são de uma ignorância e descortesia intoleráveis. Sua língua mal tem a sutileza necessária para expressar quão deplorável é este lugar...

Quanto mais ele falava, mais sua voz ia baixando, até quase parecer que Sovoy estava falando sozinho.

– Meu sangue remonta a 50 gerações passadas, mais velho do que a árvore ou a pedra. E fiquei reduzido a isto – disse, baixando a cabeça nas palmas das mãos e contemplando a bandeja de latão. – Pão de cevada. Por todos os deuses que nos cercam, o homem foi feito para comer trigo!

Observei-o enquanto mastigava um bom pedaço do pão fresco e escuro. Tinha um sabor maravilhoso.

– Não sei onde eu estava com a cabeça! – disse Sovoy de repente, pondo-se de pé. – Não posso lidar com isso. – E se retirou num rompante, largando a bandeja na mesa.

– Esse é o Sovoy – disse-me Manet, com ar descontraído. – Não é mau sujeito, mas nem de longe costuma ficar bêbado desse jeito.

– Ele é modegano?

Simmon riu:

– Não se pode ser mais modegano que o Sovoy.

– Você não devia provocá-lo – disse Wilem a Manet. Seu sotaque ríspido tornava difícil saber se estava repreendendo o estudante mais velho, porém seu rosto moreno e ceáldico exibia uma clara censura. Como estrangeiro, calculei que ele se solidarizava com a dificuldade de Sovoy para se adaptar à língua e à cultura da República.

– Ele vem enfrentando tempos difíceis – admitiu Simmon. – Lembra-se de quando teve que dispensar o criado? – perguntou, dirigindo-se a Manet.

Com a boca cheia, Manet gesticulou com as duas mãos, como se tocasse um violino imaginário. Revirou os olhos, com uma expressão de vasta insensibilidade.

— Desta vez ele teve que vender os anéis — acrescentei.

Wilem, Simmon e Manet viraram-se para me olhar, curiosos.

— Havia linhas brancas nos dedos dele — expliquei, levantando a mão para demonstrar.

Manet me deu uma olhada atenta.

— Ora, ora! Parece que o nosso novo aluno é todo cheio de espertezas — comentou. Em seguida virou-se para Wilem e Simmon. — Rapazes, estou com vontade de fazer uma aposta. Aposto dois iotas que o nosso jovem Kvothe entra no Arcanum antes de terminar o terceiro período.

— Três períodos? — repeti, surpreso. — Eles me disseram que eu só tinha que provar que dominava os princípios básicos da simpatia.

Manet deu-me um sorriso gentil.

— Eles dizem isso a todo mundo. "Princípios de Simpatia" é uma das disciplinas em que você terá que batalhar antes que o elevem à condição de E'lir. — Virou-se para Wil e Sim, com ar expectante. — E então? Dois iotas?

— Eu aposto — disse Wilem, encolhendo os ombros para mim, com ar de quem pedisse desculpas. — Sem ofensa. Gosto de correr riscos.

— E então, o que você pretende estudar? — perguntou-me Manet, depois que os dois trocaram um aperto de mãos.

A pergunta me pegou desprevenido.

— Tudo, eu acho.

— Você parece eu há 30 anos — disse Manet, com um risinho. — Por onde vai começar?

— Pelo Chandriano — respondi. — Quero aprender o máximo possível sobre eles.

Manet franziu a testa, depois caiu na gargalhada.

— Ora, isso é perfeito, eu imagino. O Sim, aqui, estuda fadas e fradinhos-da-mão-furada. O Wil, ali, acredita em toda sorte de besteiras, como espíritos celestiais ceáldicos e coisas do tipo — disse, e estufou o peito de maneira absurda. — Quanto a mim, sou muito chegado a diabretes e seres trapentos.

Senti o rosto enrubescer de vergonha.

— Pelo corpo de Deus, Manet! — interrompeu Simmon. — O que deu em você?

— Acabei de apostar dois iotas num garoto que quer estudar histórias de ninar — resmungou Manet, apontando para mim com o garfo.

— Ele quis dizer folclore, esse tipo de coisa — retrucou Wilem, virando-se para mim. — Você pretende trabalhar no Arquivo?

— O folclore é parte disso — resguardei-me depressa, ansioso por salvar as aparências. — Quero ver se as histórias populares das diferentes culturas confirmam a teoria de Teccam sobre a septagia narrativa.

Sim tornou a se virar para Manet.

— Viu? Por que você está tão nervoso hoje? Quando foi a última vez que dormiu?

— Não fale comigo nesse tom — resmungou Manet. — Dormi umas horas na noite passada.

— E que noite foi essa? — insistiu Sim.

Manet pensou um pouco, olhando para a bandeja.

— A do dia-da-sega?

Wilem abanou a cabeça, murmurando alguma coisa em siaru.

Simmon fez um ar horrorizado.

— Manet, ontem foi dia-da-pira. Você não dorme há dois dias?

— É provável que não — respondeu Manet, inseguro. — Sempre perco a noção do tempo na época das provas. Não há aulas. Isso bagunça o meu calendário. E depois, andei preso num projeto na Ficiaria. — Deixou a fala se extinguir, esfregando o rosto com as mãos, depois olhou para mim.

— Eles têm razão. Ando com a cabeça meio virada neste momento. A septagia de Teccam, o folclore e tudo o mais, isso é meio livresco para mim, mas é bonito de se estudar. Não pretendi ofendê-lo.

— Não estou ofendido — disse eu, relaxado, e fiz sinal com a cabeça para a bandeja do Sovoy. — Empurre isso para cá, sim? Se o nosso jovem nobre não pretende voltar, vou comer o pão dele.

———

Depois de Simmon me levar para a inscrição nas aulas, fui até o Arquivo, ansioso por dar uma espiada por lá, após tantos anos sonhando.

Dessa vez havia um jovem cavalheiro sentado atrás da escrivaninha batendo com a pena num pedaço de papel que dava mostras de ter sido muito reescrito e rabiscado. Quando me aproximei, ele franziu o sobrolho e riscou outra linha. Seu rosto fora feito para ficar com a expressão carregada. As mãos eram macias e alvas. A camisa de linho, de um branco ofuscante, e o colete tingido num belo tom de azul recendiam a dinheiro. A parte de mim que saíra de Tarbean pouco tempo antes teve vontade de afanar sua grana.

Ele bateu com a pena por mais alguns momentos, antes de depô-la com um suspiro de enorme irritação.

— Nome? — disse, sem olhar para cima.

— Kvothe.

Folheou o registro, encontrou uma página particular e franziu o cenho.

— Você não está registrado — disse. Levantou os olhos rapidamente, tornou a fechar a cara e voltou para sabe-se lá que poema em que estava trabalhando. Quando não dei sinal de sair, agitou os dedos como quem enxotasse um inseto. — Fique à vontade para cair fora.

— Eu acabei...

Ele tornou a baixar a pena.

— Escute — disse-me devagar, como se explicasse a um idiota —, você não está registrado. — Usou as duas mãos num gesto exagerado, apontando para o livro de registro. — Portanto, não entra. — Fez outro gesto para as portas internas. — Fim.

— Acabei de passar pelas provas de admissão...

Ele levantou as mãos, exasperado.

— Então é claro que não está registrado.

Enfiei a mão num bolso, procurando meu bilhete de admissão.

— Mestre Lorren me deu isto pessoalmente.

— Pouco me importaria se ele o carregasse para cá nos ombros — retrucou, tornando a molhar a pena com ar incisivo. — Agora pare de desperdiçar o meu tempo. Tenho mais o que fazer.

— Desperdiçar o *seu* tempo? — repeti, começando finalmente a perder as estribeiras. — Você faz alguma ideia do que passei para chegar aqui?

O jovem ergueu os olhos para mim, assumindo subitamente uma expressão divertida.

— Espere, deixe-me adivinhar — disse, espalmando as mãos sobre a mesa e se pondo de pé. — Você sempre foi mais esperto do que as outras crianças lá da Boçalândia, ou seja qual for a cidadezinha pé de chinelo de onde saiu. A sua capacidade de ler e fazer contas deixava assombrados os aldeãos do lugar.

Ouvi a porta externa abrir e fechar atrás de mim, mas ele não prestou a menor atenção, contornando a escrivaninha para se encostar em sua parte frontal.

— Os seus pais sabiam que você era especial, por isso passaram uns dois anos economizando, compraram-lhe um par de sapatos e lhe fizeram uma camisa com o cobertor dos porcos — continuou, estendendo a mão para esfregar entre os dedos o tecido de minha roupa nova. — Foram meses de caminhada, centenas de léguas chacoalhando na traseira de carroças puxadas por mulas. Mas, no fim... — abriu as duas mãos num gesto largo — ...louvados sejam Tehlu e todos os anjos! Aqui está você! Com os olhinhos brilhando e cheio de sonhos!

Ouvi as risadas e me virei, deparando-me com dois homens e uma moça que haviam entrado durante o discurso dele.

— Pelo corpo de Deus, Ambrose, o que foi que desatou sua língua?

– Esses malditos calouros – grunhiu ele, voltando para trás da escrivaninha e se sentando. – Chegam aqui vestidos feito um saco de trapos e se portam como se fossem os donos do lugar.

Os três recém-chegados dirigiram-se às portas com a indicação ACERVO. Fiz força para combater um rubor de vergonha quando me olharam de cima a baixo.

– Ainda vamos mesmo à Eólica logo mais?

Ambrose confirmou com a cabeça.

– É claro. Ao sexto sino.

– Você não vai verificar se eles estão registrados? – perguntei, quando a porta se fechou atrás dos três.

Ambrose virou-se outra vez para mim com um sorriso largo, frio e nada amistoso.

– Escute, vou lhe dar um conselhinho gratuito. Lá na sua terra você era uma coisa especial. Aqui, é só mais um garoto linguarudo. Portanto, dirija-se a mim como Re'lar, volte para o seu catre e agradeça a seja qual for o deus pagão para o qual reza por não estarmos em Vintas. Meu pai e eu o amarraríamos num poste feito um cão raivoso.

Deu de ombros e prosseguiu:

– Ou então, não. Fique aqui. Faça uma cena. Comece a chorar. Melhor ainda, parta para cima de mim. – Sorriu. – Eu lhe darei uma surra e o porei porta afora pelas orelhas.

Tornou a pegar a pena e se voltou para o que quer que estivesse escrevendo.

Fui embora.

Talvez você pense que esse contato me deixou desanimado. Talvez ache que me senti traído, que meus sonhos infantis com a Universidade foram cruelmente destroçados.

Pelo contrário. Aquilo me tranquilizou. Eu vinha me sentindo muito fora do meu elemento até Ambrose me mostrar, à sua maneira especial, que não havia muita diferença entre a Universidade e as ruas de Tarbean. Não importa onde se esteja, as pessoas são basicamente iguais.

Além disso, a raiva é capaz de nos manter aquecidos durante a noite, e o orgulho ferido pode instigar um homem a fazer coisas maravilhosas.

CAPÍTULO 38

Simpatia no Magno

O MAGNO ERA O PRÉDIO MAIS ANTIGO da Universidade. No correr dos séculos, fora crescendo lentamente em todas as direções, tragando as construções e pátios menores à medida que se espalhava. Tinha a aparência de uma ambiciosa espécie de líquen arquitetônico, que tentasse cobrir o maior número possível de acres.

Era um lugar difícil para a pessoa se localizar. Os corredores faziam curvas estranhas, acabavam em inesperados becos sem saída, ou então seguiam cursos longos, desconexos e sinuosos. Era fácil gastar 20 minutos para ir de uma sala a outra, a despeito de elas estarem a apenas 4,5 metros de distância. Os alunos mais experientes conheciam atalhos, é claro: sabiam por quais oficinas e salões de conferência cortar caminho para chegar a seu destino.

Pelo menos um dos pátios fora completamente isolado e só se podia ter acesso a ele pulando uma janela. Diziam os boatos que havia salas totalmente emparedadas, algumas ainda com estudantes lá dentro. Seus fantasmas, segundo os rumores, andavam pelos corredores de madrugada, lamentando sua sorte e reclamando da comida do Rancho.

Minha primeira aula teve lugar no Magno. Por sorte, eu fora avisado por meus colegas de dormitório de que o prédio era difícil de percorrer e, assim, apesar de ter-me perdido, ainda consegui chegar com tempo de sobra.

Quando enfim encontrei a sala de minha primeira aula, fiquei surpreso ao ver que parecia um modesto anfiteatro. Os assentos se distribuíam em semicírculos superpostos em torno de um pequeno palco elevado. Em cidades maiores, minha trupe se apresentara em lugares não muito diferentes daquele. Essa ideia me acalmou enquanto eu encontrava um assento na parte de trás.

Senti-me uma confusa pilha de nervos ao ver os outros alunos entrarem aos poucos na sala. Todos eram pelo menos alguns anos mais velhos que eu. Revisei mentalmente as 30 primeiras conexões de simpatia, enquanto o anfiteatro se enchia de estudantes ansiosos. Devíamos ser uns 50 ao todo, enchendo aproximadamente três quartos da sala. Alguns tinham pena e papel com capa dura para escrever. Outros tinham tábulas revestidas de cera. Eu não levara nada, mas não me preocupei muito com isso. Sempre tive excelente memória.

Mestre Hemme entrou na sala e se dirigiu ao tablado, postando-se atrás de uma grande bancada de trabalho feita de pedra. Tinha um ar imponente com sua toga escura de professor, e em poucos segundos o murmúrio e o arrastar de pés no anfiteatro cheio de estudantes silenciaram.

– Quer dizer que vocês querem tornar-se arcanistas, não é? – disse o mestre. – Querem a magia de que ouviram falar nas histórias da hora de dormir. Ouviram canções sobre o Grande Taborlin. Estrepitosas cortinas de fogo, anéis mágicos, mantos invisíveis, espadas que nunca perdem o fio, poções que fazem voar – prosseguiu, abanando a cabeça, enojado. – Bem, se é isso que estão procurando, podem se retirar agora, porque não o encontrarão aqui. Isso não existe.

Nesse momento um estudante entrou, percebeu que estava atrasado e se dirigiu depressa a um lugar vazio. Mas Hemme o avistou.

– Olá. Alegra-me que você tenha resolvido comparecer. Como é seu nome?

– Gel – disse o menino, nervoso. – Desculpe-me. Tive certa dificuldade...

– Gel – interrompeu-o Hemme. – Por que você está aqui?

Gel passou um instante engasgado, antes de conseguir responder:

– Para a aula de Princípios de Simpatia, não?

– Não gosto de atrasos em minha aula. Para amanhã, você pode preparar um relatório sobre o desenvolvimento do relógio de simpatia, suas diferenças dos relógios anteriores, mais arbitrários, que usavam o movimento harmônico, e seu efeito sobre o tratamento preciso do tempo.

O menino se remexeu na cadeira.

– Sim, senhor.

Hemme pareceu satisfeito com a reação.

– Muito bem. Então o que é simpatia?

Outro menino entrou apressado, segurando um livro de capa dura. Era jovem, com o que pretendo dizer que não parecia ser mais de dois anos mais velho que eu. Hemme o deteve antes que pudesse chegar a um dos assentos.

– Olá! – exclamou, num tom exageradamente cortês. – E você, quem é?

– Basil, senhor – disse o menino, parado no corredor, meio sem jeito. Reconheci-o. Eu havia espionado sua entrevista no exame de admissão.

– Basil, por acaso você não seria de Yll, seria? – indagou Hemme, com um sorriso cortante.

– Não, senhor.

– Ahhh... – fez o mestre, fingindo desapontamento. – Ouvi dizer que as tribos yllianas usam o sol para ver as horas e por isso não têm um conceito preciso de pontualidade. Mas, já que você não é ylliano, não vejo desculpas para o seu atraso. E você?

A boca de Basil se mexeu em silêncio por um momento, como que para enunciar uma desculpa, mas obviamente ele pensou melhor.

– Não, senhor.

– Ótimo. Para amanhã, você pode preparar um relatório sobre o calendário lunar de Yll, comparando-o ao calendário mais preciso e civilizado de Atur, com o qual já deveria estar familiarizado. Sente-se.

Basil desabou numa cadeira próxima sem dizer uma palavra, como um cão chicoteado.

Hemme desistiu de qualquer simulacro de aula e esperou pelo próximo aluno retardatário. Por isso o anfiteatro se encontrava num silêncio tenso quando ela entrou, hesitante.

Era uma jovem de uns 18 anos. Uma espécie de raridade. A proporção de homens para mulheres na Universidade era de aproximadamente 10 para um.

A conduta de Hemme abrandou-se quando a jovem entrou na sala. O homem subiu rapidamente os degraus para cumprimentá-la.

– Ah, minha cara. De repente, fico feliz por ainda não havermos iniciado a discussão de hoje – disse. Segurou-a pelo cotovelo e a conduziu alguns degraus abaixo, até o primeiro assento disponível.

A moça ficou visivelmente embaraçada com essa atenção.

– Eu lhe peço desculpas, Mestre Hemme. O Magno é maior do que eu havia suposto.

– Não se preocupe – retrucou ele, com ar gentil. – Agora você está aqui, e é isso que importa. – E a ajudou solicitamente a arrumar seu papel e sua tinta antes de retornar ao tablado.

Lá chegando, deu a impressão de que efetivamente começaria a aula. Antes disso, porém, tornou a olhar para a moça.

– Desculpe-me, senhorita – disse. Ela era a única mulher na sala. – Que indelicadeza a minha! Como é seu nome?

– Ria.

– Ria. Será um diminutivo de Rian?

– É, sim – disse ela, sorrindo.

– Rian, quer ter a bondade de cruzar as pernas?

O pedido foi feito em tom tão sério que nem mesmo um risinho escapou da turma. Com ar intrigado, Rian cruzou as pernas.

– Agora que as portas do inferno estão fechadas – disse Hemme, em seu tom normal e mais grosseiro –, podemos começar.

E assim fez, ignorando a aluna pelo resto da aula – o que, a meu ver, foi uma gentileza involuntária.

Foram longas duas horas e meia. Ouvi atentamente, sempre na esperança de que ele chegasse a alguma coisa que eu ainda não tivesse aprendido com Abenthy. Mas não houve nada. Logo percebi que, embora discutisse os princípios da simpatia, Hemme o fazia num nível muito, muito elementar. A aula era um desperdício colossal do meu tempo.

Depois que ele dispensou a turma, desci os degraus correndo e o alcancei no momento em que ele ia saindo por uma porta inferior.

— Mestre Hemme?

O homem virou-se para mim.

— Ah, sim, o nosso menino-prodígio. Eu não sabia que você estava na minha aula. Não fui rápido demais para você, fui?

Eu sabia que não podia dar uma resposta franca.

— O senhor discorreu com muita clareza sobre os pontos fundamentais, mestre. Os princípios que mencionou hoje lançarão uma boa base para os outros alunos da turma.

A diplomacia é grande parte do trabalho dos integrantes de trupes.

Ele se envaideceu um pouco com o que percebeu como um elogio, depois me olhou com mais atenção.

— *Outros* alunos? — indagou.

— Eu diria que já estou familiarizado com os pontos fundamentais, senhor. Conheço as três leis e os 14 corolários. Bem como os 90 primeiros...

— Sei, sei, entendo — ele me cortou. — Estou bastante ocupado no momento. Podemos falar disso amanhã, antes da aula. — Deu-me as costas e se afastou a passos rápidos.

Como metade de um pão é melhor do que nenhum, dei de ombros e me dirigi ao Arquivo. Se não ia aprender nada nas aulas de Hemme, eu poderia muito bem começar a me educar sozinho.

———

Quando entrei no Arquivo dessa vez, havia uma moça sentada atrás da escrivaninha. Era de uma beleza marcante, com cabelos pretos e olhos claros, luminosos. Um aprimoramento notável em relação a Ambrose, sem dúvida.

Ela sorriu quando me aproximei.

— Como é seu nome?

— Kvothe — respondi. — Filho de Arliden.

Ela balançou a cabeça e começou a folhear o registro.

— E o seu, qual é? — perguntei, para preencher o silêncio.

— É Feila — disse a jovem, sem levantar os olhos. Depois meneou a cabeça e deu um tapinha no registro. — Aqui está você, pode entrar.

Havia duas portas duplas que saíam da antecâmara: uma com a indicação ACERVO, a outra com a indicação TOMOS. Sem saber a diferença entre as duas, dirigi-me para a que dizia ACERVO. Era o que eu queria. Um montão de livros. Enormes montanhas de livros. Prateleiras e mais intermináveis prateleiras de livros.

Já estava com a mão na maçaneta quando a voz de Feila me deteve:
– Desculpe. É a sua primeira vez aqui, não?

Fiz que sim, sem soltar a maçaneta. Eu estava tão perto! Que aconteceria agora?

– O Acervo é só para os integrantes do Arcanum – explicou-me, em tom pesaroso. Levantou-se e contornou a escrivaninha, dirigindo-se à outra porta dupla. – Venha, deixe que eu lhe mostre.

Soltei com relutância a maçaneta da porta e a acompanhei.

Usando as duas mãos, ela abriu uma das pesadas portas de madeira e revelou um aposento amplo, de pé-direito alto, cheio de mesas compridas. Havia uma dúzia de estudantes espalhados, lendo. O lugar era bem iluminado pela luz estável de dezenas de candeeiros de simpatia.

Feila inclinou-se para mim e disse em voz baixa:
– Esta é a área principal de leitura. Você encontrará todos os volumes necessários usados nas aulas mais elementares.

Manteve a porta aberta com o pé e apontou para uma seção comprida de estantes ao longo de uma parede, com uns 300 ou 400 livros. Mais livros do que eu jamais vira num único lugar.

Feila continuou a falar baixinho:
– É um lugar silencioso. Nenhuma palavra acima de um sussurro – esclareceu. Eu tinha notado que havia no salão um silêncio quase anormal. – Se você quiser algum livro que não esteja aqui, pode fazer o pedido naquela escrivaninha. – Apontou. – Eles o encontrarão e o trarão para você.

Virei-me para lhe fazer uma pergunta e só então percebi como Feila estava perto. Uma boa dimensão do quanto eu estava apaixonado pelo Arquivo foi o fato de não ter notado uma das mulheres mais atraentes da Universidade, parada a menos de 15 centímetros de distância.

– Quanto tempo eles costumam levar para encontrar um livro? – perguntei em voz baixa, tentando não encará-la.

– Isso depende – disse Feila, empurrando o cabelo comprido e negro para trás, por cima do ombro. – Ficamos mais atarefados em alguns momentos do que em outros. E há pessoas melhores do que outras para encontrar os livros apropriados – acrescentou. Encolheu os ombros e parte do cabelo tornou a vir para a frente, roçando em meu braço. – Em geral, não mais de uma hora.

Balancei a cabeça, decepcionado por não poder investigar a totalidade do

Arquivo, mas ainda empolgado por estar lá dentro. Mais uma vez, meio pão era melhor do que nenhum.

— Obrigado, Feila.

Entrei e deixei a porta fechar-se às minhas costas.

Mas Feila veio atrás de mim um minuto depois.

— Uma última coisa — disse, baixinho. — Quer dizer, nem é preciso dizê-lo, mas é a sua primeira vez aqui... — A expressão de seu rosto era séria. — Os livros não podem sair desta sala. Nada sai do Arquivo.

— É claro. Naturalmente — concordei. Eu não sabia.

Feila sorriu e assentiu com a cabeça.

— Eu só queria ter certeza. Uns dois anos atrás tivemos um jovem cavalheiro que estava acostumado a tirar livros da biblioteca do pai. Eu nunca tinha visto o Lorren franzir o cenho até então, nem falar numa altura muito acima de um sussurro. Mas quando ele apanhou o menino na rua com um de seus livros... — Feila abanou a cabeça, como se não tivesse nem esperança de explicar o que vira.

Tentei imaginar o professor alto e taciturno enfurecido, mas não consegui.

— Obrigado pelo aviso.

— De nada — fez ela, e voltou para a antessala.

Aproximei-me da escrivaninha que Feila havia apontado.

— Como faço para pedir um livro? — perguntei em voz baixa ao escriba.

Ele me mostrou um grande livro de registro, parcialmente cheio de nomes e requisições de estudantes. Alguns eram pedidos de obras com títulos ou autores específicos, porém outros eram pedidos mais gerais de informações. Uma das anotações me chamou a atenção: "Basil — calendário lunar ylliano. História do calendário aturense." Corri os olhos pela sala e vi o menino da aula de Hemme debruçado sobre um livro, tomando notas.

Escrevi: "Kvothe — História do Chandriano. Descrições do Chandriano e seus sinais: olhos negros, chama azul, etc."

Depois disso, fui até as prateleiras e comecei a examinar os livros. Reconheci um ou dois de meus estudos com Ben. Os únicos sons da sala eram o arranhar ocasional de uma pena no papel ou o vago ruído de asa de pássaro quando uma página era virada. Em vez de perturbador, achei aquele silêncio estranhamente reconfortante. Mais tarde viria a descobrir que o lugar tinha o apelido de "Túmulos", por causa de seu silêncio de cripta.

Acabei tendo a atenção despertada por um livro intitulado *Os hábitos de acasalamento do Dracus comum* e o levei para uma das mesas de leitura. Peguei-o porque tinha um dragão muito elegante gravado na capa, mas, quando comecei a ler, descobri que era uma investigação erudita de vários mitos populares.

Estava a meio caminho do artigo homônimo ao título, o qual explicava que, muito provavelmente, o mito do dragão evoluíra a partir do *Dracus* – muito mais corriqueiro –, quando um escriba apareceu junto a meu cotovelo.

– Kvothe? – perguntou. Fiz que sim e ele me entregou um livrinho de capa de tecido azul.

Ao abri-lo, tive uma decepção imediata. Era uma coleção de contos de fadas. Folheei-o na esperança de achar alguma coisa útil, mas era repleto de aventuras água com açúcar feitas para divertir crianças. Você conhece o tipo: órfãos valentes enganam o Chandriano, ficam ricos, casam-se com princesas e vivem felizes para sempre.

Dei um suspiro e fechei o livro. Em parte, esperava por aquilo. Até os membros do Chandriano matarem minha família, eu também havia achado que não passavam de histórias infantis. Aquele tipo de busca não me levaria a parte alguma.

Depois de me dirigir à escrivaninha, pensei bem antes de escrever uma nova linha no livro de requisições: "Kvothe – História da Ordem dos Amyr. Origens dos Amyr. Práticas dos Amyr." Cheguei ao fim da linha e, em vez de começar outra, parei e olhei para o escriba:

– Na verdade, aceitarei qualquer coisa sobre os Amyr.

– Estamos meio ocupados agora – disse ele, gesticulando para a sala. Uns outros 10 estudantes haviam entrado aos poucos desde a minha chegada. – Mas lhe traremos alguma coisa assim que for possível.

Voltei para a mesa e tornei a folhear o livro infantil, antes de abandoná-lo em favor do bestiário. A espera foi muita mais longa dessa vez, e eu estava aprendendo sobre a estranha hibernação de verão dos susquinianos quando senti um leve toque no ombro. Virei-me, esperando ver um escriba com os braços carregados de livros, ou talvez Basil vindo me cumprimentar. Levei um susto ao ver Mestre Lorren avultando à minha frente, com sua negra toga professoral.

– Venha – disse baixinho, com um gesto para que eu o seguisse.

Sem saber qual seria o assunto, saí do salão de leitura atrás dele. Passamos por trás da escrivaninha do escriba e descemos um lance de escada até uma salinha sem maior destaque, com uma mesa e duas cadeiras. O Arquivo era repleto de salinhas dessa natureza, refúgios de leitura criados para dar aos membros do Arcanum um lugar em que se sentassem com privacidade para estudar.

Lorren pôs na mesa o livro de requisições do setor de Tomos.

– Reparei no seu pedido enquanto ajudava um dos escribas mais novos em seus deveres – disse-me. – Você está interessado no Chandriano e nos Amyr?

Assenti com a cabeça.

– Isso diz respeito a algum trabalho pedido por um de seus instrutores?

Por um momento pensei em lhe contar a verdade. Em dizer o que havia acontecido com meus pais. Em falar da história que ouvira em Tarbean.

Mas a reação de Manet à minha menção ao Chandriano me mostrara o quanto isso seria tolo. Até ver o Chandriano, eu mesmo não acreditara nele. Se alguém me dissesse tê-lo visto, eu acharia que era maluco.

Na melhor das hipóteses, Lorren me tomaria por delirante; na pior, por uma criança boba. Tive súbita e aguda consciência de estar numa das pedras angulares da civilização, falando com o Arquivista-Mor da Universidade.

Isso me deu uma nova perspectiva das coisas. De repente, as histórias de um velho numa taberna das Docas pareceram-me muito longínquas e insignificantes.

Abanei a cabeça.

— Não, senhor. É apenas para satisfazer minha curiosidade.

— Tenho grande respeito pela curiosidade — afirmou Lorren, sem nenhuma inflexão especial na voz. — Talvez eu possa satisfazer um pouco a sua. Os Amyr eram parte da Igreja, na época em que o Império de Atur ainda era forte. Seu credo era *Ivare Enim Euge*, o que se traduz aproximadamente por "pelo bem maior". Eles eram uma mescla em proporções iguais de cavaleiros andantes e vingadores. Tinham poderes judiciários e podiam funcionar como juízes em tribunais religiosos e laicos. Todos eles, em graus variáveis, eram dispensados do cumprimento da lei.

Eu já sabia de quase tudo isso.

— Mas de onde eles vieram? — perguntei. Foi o mais perto que me atrevi a chegar de uma referência à história de Skarpi.

— Eles evoluíram a partir dos juízes itinerantes — disse Lorren. — Homens que iam de cidade em cidade levando as normas legais aos vilarejos aturenses.

— Então eram originários de Atur?

Lorren fitou-me.

— De onde mais se originariam?

Não consegui dizer-lhe a verdade: dizer que, por causa da história de um velho, eu desconfiava que os Amyr tinham raízes muito mais antigas do que o Império Aturense. E esperava que ainda existissem em algum lugar do mundo.

Lorren entendeu meu silêncio como uma resposta e disse, em tom gentil:

— Um conselho: os Amyr são personagens dramáticos. Quando pequenos, todos fingimos ser Amyr e travar batalhas com espadas de faz de conta, feitas de galhos de salgueiro. É natural os meninos se sentirem atraídos por essas histórias — comentou, e me fitou nos olhos. — Mas um homem, um arcanista, deve concentrar-se no presente. Deve atentar para as coisas práticas.

Reteve meu olhar e prosseguiu:

– Você é jovem. Muitos o julgarão exclusivamente com base nisso – comentou. Respirei fundo, mas ele ergueu a mão. – Não o estou acusando de se entregar a fantasias infantis. Estou recomendando que evite a *aparência* de fantasias infantis. – E me deu um olhar imparcial, com o rosto sereno como sempre.

Pensei em como Ambrose havia me tratado e assenti com a cabeça, sentindo o rubor colorir minhas faces.

Lorren pegou uma pena e riscou uma série de traços em minha única linha anotada no livro de requisições.

– Tenho enorme respeito pela curiosidade – repetiu. – Mas outros não pensam como eu. E eu não gostaria de ver o seu primeiro período letivo desnecessariamente complicado por coisas desse tipo. Imagino que a situação já lhe será bastante difícil sem essa preocupação adicional.

Curvei a cabeça, com a sensação de tê-lo desapontado de algum modo.

– Compreendo. Obrigado, senhor.

CAPÍTULO 39

Corda suficiente

NO DIA SEGUINTE CHEGUEI 10 minutos antes do horário da aula de Hemme e me sentei na primeira fila. Tinha a esperança de abordá-lo antes que a aula começasse e, com isso, poupar-me de ter que assistir a outra de suas palestras.

Infelizmente, ele não chegou cedo. O anfiteatro já estava cheio quando entrou pela porta inferior da sala e subiu os três degraus do tablado de madeira. Percorreu os olhos pelo aposento à minha procura.

– Ah, sim, o nosso jovem prodígio. Levante-se, sim?

Sem saber ao certo o que estava acontecendo, pus-me de pé.

– Tenho uma notícia agradável para todos – disse. – O Sr. Kvothe aqui me assegurou de seu domínio completo dos princípios da simpatia. Ao fazê-lo, ofereceu-se para dar a aula de hoje.

Com um gesto largo, convidou-me a subir com ele ao tablado. Sorriu-me com um olhar duro.

– Sr. Kvothe?

Estava troçando de mim, é claro, esperando que eu me afundasse na cadeira, acovardado e envergonhado. Mas eu já havia conhecido um número suficiente de valentões intimidadores na vida. Assim, subi ao tablado e apertei sua mão. Usando uma boa voz de palco, dirigi-me aos estudantes:

– Agradeço a Mestre Hemme por esta oportunidade. Só espero poder ajudá-lo a lançar alguma luz sobre este assunto importantíssimo.

Já que havia iniciado o joguinho, Hemme não podia interrompê-lo sem fazer papel de bobo. Ao apertar minha mão, deu-me o olhar que um lobo dirigiria a um gato trepado numa árvore. Sorrindo consigo mesmo, retirou-se do tablado e ocupou meu lugar recém-desocupado na primeira fila. Confiando em minha ignorância, dispôs-se a deixar a pantomima prosseguir.

Eu nunca teria conseguido me safar, não fosse por duas incríveis falhas de Hemme. Primeiro, sua estupidez geral em não acreditar no que eu lhe dissera na véspera. Segundo, seu desejo de me ver constrangido da maneira mais completa possível.

Dito em termos simples, ele estava dando corda suficiente para que eu me enforcasse. Ao que parece, não se deu conta de que, uma vez atado, o laço tanto serve num pescoço quanto em outro.

Encarei a turma.

– Hoje apresentarei um exemplo das leis da simpatia. No entanto, como o tempo é limitado, precisarei de ajuda nos preparativos – declarei, e apontei ao acaso para um aluno. – Você pode ter a bondade de me trazer um fio do cabelo de Mestre Hemme, por favor?

Hemme o ofereceu com exagerada gentileza. Quando o estudante me entregou o fio, o professor sorriu com ar de quem se divertia sinceramente, certo de que, quanto mais pomposos fossem os meus preparativos, maior seria meu embaraço no final.

Aproveitei essa ligeira demora para dar uma olhada no equipamento de que dispunha para trabalhar. Havia um fogareiro num canto do tablado, e um exame rápido das gavetas da mesa revelou giz, um prisma, fósforos de enxofre, uma lente de aumento, algumas velas e uns blocos de metal de formato curioso. Peguei três velas e deixei o resto.

Recebi o fio de cabelo de Mestre Hemme e reconheci o estudante como Basil, o menino que ele havia intimidado na véspera.

– Obrigado, Basil. Pode trazer aquele fogareiro para cá e acendê-lo o mais depressa possível?

Quando o menino o trouxe para perto, fiquei encantado ao ver que era equipado com um pequeno fole. Enquanto Basil derramava álcool no carvão e o acendia com uma fagulha, dirigi-me à turma.

– Os conceitos da simpatia não são inteiramente fáceis de apreender; mas restam, por baixo de tudo, três leis simples. Primeiro, existe a Doutrina da Correspondência, que diz que "a semelhança favorece a simpatia". Segundo, temos o Princípio da Consanguinidade, que afirma que "parte de uma coisa pode representar a totalidade da coisa". Terceiro, temos a Lei da Conservação, que diz que "a energia não pode ser destruída nem criada". Correspondência, Consanguinidade e Conservação. Os três "cês".

Fiz uma pausa e ouvi o som de meia centena de penas anotando minhas palavras. A meu lado, Basil bombeava diligentemente o fole. Percebi que eu poderia vir a gostar daquilo.

– Não se preocupem se a coisa ainda não fizer sentido. A demonstração deverá deixar tudo abundantemente claro.

Olhando para baixo, vi que o fogareiro se aquecia esplendidamente.

Agradeci a Basil, coloquei um tacho raso de metal sobre as brasas e joguei duas velas dentro dele para derreter.

Pus a terceira vela num suporte sobre a mesa e usei um dos fósforos de enxofre da gaveta para acendê-la. Depois afastei o tacho do calor e derramei cuidadosamente seu conteúdo já derretido na mesa, formando uma bolota de cera amolecida do tamanho de um punho. Tornei a olhar para os estudantes.

— Na simpatia, a maior parte do que se faz é redirecionar a energia. Os laços simpáticos são a maneira de a energia se deslocar — expliquei. Retirei o pavio e comecei a moldar a cera num boneco de forma aproximadamente humana. — A primeira lei que mencionei, a de que "a semelhança favorece a simpatia", significa simplesmente que, quanto mais as coisas se parecem umas com as outras, mais forte é a conexão simpática entre elas.

Levantei o boneco tosco para que a turma o examinasse.

— Este é Mestre Hemme — disse-lhes. Os risinhos baixos correram a sala de um lado a outro. — Na verdade, esta é minha representação simpática de Mestre Hemme. Alguém gostaria de dar um palpite sobre por que ela não é muito boa?

Houve um momento de silêncio. Deixei que se prolongasse um pouco; era uma plateia fria. Hemme os havia traumatizado na véspera e eles demoravam a reagir. Por fim, do fundo da sala, um aluno disse:

— É do tamanho errado?

Fiz que sim com a cabeça e continuei a correr os olhos pela sala.

— Ele também não é de cera.

Assenti:

— O boneco tem uma pequena semelhança com ele, na forma geral e nas proporções. Mas é uma representação simpática muito precária. Por isso, qualquer conexão simpática baseada nela seria muito fraca. Talvez uns 2% de eficiência. Como poderíamos melhorá-la?

Houve outro silêncio, mais curto do que o primeiro.

— Você poderia fazê-lo maior — alguém sugeriu. Balancei a cabeça e esperei. Outras vozes disseram "Você poderia entalhar nele o rosto do Mestre Hemme", "Pintá-lo", "Pôr uma toguinha nele". Todos riram.

Levantei a mão para pedir silêncio e fiquei surpreso com a rapidez com que ele veio.

— Deixando de lado as questões práticas, digamos que vocês tivessem feito todas essas coisas. Um Mestre Hemme de 1,80m, totalmente vestido e magistralmente entalhado, estaria aqui junto a mim. — Apontei para o boneco. — Mesmo com todo esse esforço, o melhor que vocês teriam a esperança de obter seria uma conexão simpática de 10 ou 15%. Não seria muito bom, não

seria nada bom. Isso me traz à segunda lei, a da Consanguinidade – prossegui.
– Um modo fácil de pensar nela é "uma vez unidos, sempre unidos". Graças à generosidade de Mestre Hemme, tenho um fio do seu cabelo – acrescentei. Levantei-o e o prendi sem cerimônia na cabeça do boneco. – E, por mais simples que seja isso, temos agora uma conexão que funcionará com uma proporção de 30 a 35%.

Eu vinha observando Hemme. Embora tivesse parecido meio desconfiado a princípio, ele havia reassumido seu sorrisinho arrogante. Sabia que sem a conexão adequada e sem a concentração apropriada do Alar nem toda a cera e fios de cabelo do mundo serviriam para coisa alguma.

Certo de que ele me tomara por um idiota, apontei para a vela e lhe perguntei:

– O senhor me permite, Mestre?

Ele fez um aceno magnânimo de concordância e se reacomodou na cadeira, cruzando os braços sobre o peito, confiante em sua segurança.

É claro que eu conhecia a conexão. Dissera isso a ele. E Ben me ensinara sobre o Alar – a convicção do rebenque –, quando eu tinha 12 anos.

Mas também não me importei com isso. Pus o pé do boneco na chama da vela, que estalou com a cera derretida e soltou fumaça.

Houve um silêncio tenso, de respiração presa, no qual todos se espicharam em seus assentos para dar uma olhada em Mestre Hemme.

Ele encolheu os ombros, fingindo espanto, mas seus olhos tinham a expressão de uma armadilha prestes a se fechar. Um sorrisinho repuxou-lhe um canto da boca e ele começou a se levantar.

– Não estou sentindo nada. O que...

– Exatamente – interrompi, estalando a voz como um chicote e, no susto, atraindo novamente a atenção dos alunos. – E por que será? – indaguei, olhando com expectativa para o anfiteatro.

"Por causa da terceira lei que mencionei – eu mesmo esclareci –, a da Conservação. 'A energia não pode ser destruída nem criada, apenas encontrada ou perdida.' Se eu segurasse uma vela sob o pé do nosso estimado professor, pouquíssima coisa aconteceria. E, visto que apenas 30% do calor são transmitidos, não obteríamos nem mesmo esse pequeno resultado."

Fiz uma pausa para deixá-los pensarem por um momento.

– Esse é o problema fundamental da simpatia. Onde obter a energia? No caso presente, entretanto, a resposta é simples.

Apaguei a vela com um sopro e a reacendi no fogareiro, murmurando entre dentes as poucas palavras necessárias.

– Se acrescentarmos uma segunda conexão simpática entre a vela e um fogo mais substancial... – prossegui, dividindo minha mente em duas partes, uma para conectar Hemme e o boneco, outra para ligar a vela e o fogareiro – ...obteremos o efeito desejado.

Movi displicentemente o pé do boneco de cera para o espaço situado uns 2 centímetros acima do pavio da vela, que é, na verdade, a parte mais quente da chama.

Houve uma exclamação de susto no lugar em que Hemme estava sentado.

Sem olhar na direção dele, continuei a me dirigir à turma no mais seco dos tons:

– E parece que desta vez logramos êxito.

A turma riu.

Apaguei a vela.

– Este é também um bom exemplo do poder que tem nas mãos o praticante inteligente de simpatias. Imaginem o que aconteceria se eu jogasse este boneco no próprio fogo. – E o ergui acima do fogareiro.

Como que pegando a deixa, Hemme irrompeu tablado acima. Talvez fosse minha imaginação, mas me pareceu que ele estava poupando um pouco a perna esquerda.

– Parece que Mestre Hemme quer retomar a nossa instrução neste momento – comentei. As risadas percorreram a sala, dessa vez mais altas. – Agradeço a todos vocês, estudantes e amigos. E assim se encerra minha humilde aula.

Nesse ponto, usei um dos truques do palco. Há uma certa inflexão da voz e da linguagem corporal que dá à plateia o sinal para aplaudir. Não sei explicar exatamente como isso acontece, mas surtiu o efeito que eu pretendera. Curvei a cabeça para a turma e me virei de frente para Hemme, em meio a aplausos que, embora estivessem longe de ser ensurdecedores, provavelmente eram mais fortes do que ele jamais havia recebido.

Quando o professor deu os últimos passos em minha direção, quase recuei. Seu rosto exibia um vermelho assustador e uma veia pulsava na sua têmpora, como que prestes a explodir.

De minha parte, a formação teatral me ajudou a manter a compostura. Retribuí o olhar com firmeza e estendi a mão para que ele a apertasse. Não foi pequena a minha satisfação ao vê-lo dar uma olhada rápida para a turma, que continuava a aplaudir, engolir em seco e apertar minha mão.

O aperto foi doloroso como o de um torno. Talvez tivesse sido pior se eu não houvesse feito um pequeno gesto acima do fogareiro com o boneco de cera. O rosto de Hemme passou da raiva rubra para uma palidez fantasmagórica mais depressa do que eu imaginaria ser possível. Seu punho sofreu uma transformação similar e recuperei minha mão.

Acenando mais uma vez para os estudantes sentados, retirei-me da sala de aula sem olhar para trás.

CAPÍTULO 40

No chifre

DEPOIS QUE MESTRE HEMME dispensou a turma, a notícia do que eu tinha feito se espalhou pela Universidade como um relâmpago. Pelas reações dos estudantes, percebi que o professor não era particularmente benquisto. Quando me sentei num banco do lado de fora do Cercado, os alunos que passavam sorriram para mim. Outros acenaram ou levantaram o polegar, dando risadas.

Embora a notoriedade me agradasse, uma angústia fria cresceu pouco a pouco em minhas entranhas. Eu fizera de um dos nove mestres um inimigo. Precisava saber em que enrascada havia me metido.

———

O jantar no Rancho foi pão de centeio com manteiga, ensopado de carne com legumes e feijão. Manet estava lá, a cabeleira branca e desgrenhada fazendo-o parecer um grande lobo branco. Simmon e Sovoy reclamaram displicentemente da comida, tecendo especulações sombrias sobre o tipo de carne que estaria no guisado. Para mim, saído das ruas de Tarbean menos de uma onzena antes, era uma refeição realmente maravilhosa. No entanto, comecei a perder rapidamente o apetite diante do que ouvi de meus amigos.

— Não me entenda mal — disse Sovoy. — Você tem um par de bagos admirável. *Isso* eu jamais questionarei. Mas, mesmo assim... — Fez um gesto com a colher. — Vão enforcá-lo por isso.

— Se ele tiver sorte — acrescentou Simmon. — Quer dizer, estamos falando de uma violação das normas, não é?

— Não foi grande coisa — retruquei, com mais segurança do que sentia. — Esquentei um pouquinho o pé dele, só isso.

— Qualquer simpatia que cause danos se enquadra na categoria das infrações — disse Manet, apontando para mim com seu pedaço de pão e arqueando seriamente as sobrancelhas hirsutas e grisalhas acima do nariz. — Você tem que saber escolher suas batalhas, garoto. Perto dos professores, mantenha a cabeça baixa. Eles podem transformar sua vida num verdadeiro inferno se você entrar no caderninho preto.

— Foi ele quem começou — rebati, mal-humorado, com a boca cheia de feijão.

Um garotinho veio correndo até a mesa. Arfava.

— Você é o Kvothe? — perguntou, olhando-me de cima a baixo.

Assenti com a cabeça, sentindo um bolo repentino no estômago.

— Estão chamando você no Prédio dos Professores.

— Onde fica isso? — perguntei. — Faz apenas dois dias que estou aqui.

— Será que um de vocês pode mostrar a ele? — indagou o menino, correndo os olhos pela mesa. — Tenho que dizer ao Jamison que o encontrei.

— Eu mostro — disse Simmon, afastando a tigela de ensopado. — Não estou mesmo com fome.

O mensageiro de Jamison foi embora e Simmon começou a se levantar.

— Espere aí — disse eu, apontando com a colher para minha bandeja. — Ainda não acabei.

A expressão de Simmon foi de ansiedade.

— Não acredito que você esteja comendo. *Eu* não consigo comer. Como é que você consegue?

— Estou com fome — respondi. — Não sei o que me espera no Prédio dos Professores, mas acho melhor estar com o estômago cheio para enfrentá-lo.

— Você vai para o chifre — disse Manet. — É a única razão que os levaria a chamá-lo lá a esta hora da noite.

Eu não sabia o que ele queria dizer, mas não estava disposto a anunciar minha ignorância para todas as pessoas da sala.

— Eles podem esperar eu terminar — retruquei, comendo outra colherada do guisado.

Simmon voltou para seu lugar e ficou cutucando distraidamente a comida. A bem da verdade, eu já não estava realmente com fome, mas ficara fulo da vida por ser retirado da mesa, depois de ter passado fome tantas vezes em Tarbean.

Quando enfim nos levantamos, o alarido normal do Rancho se aquietou, enquanto os colegas nos observavam sair. Sabiam para onde eu estava indo.

Do lado de fora, Simmon enfiou as mãos nos bolsos e partiu energicamente em direção ao Cavus.

— Sem brincadeira, você está numa encrenca danada, sabia?

— Eu tinha a esperança de que o Hemme ficasse envergonhado e calasse a boca sobre essa história — admiti. — Eles costumam expulsar muitos alunos? — perguntei, tentando fazer a pergunta soar como uma piada.

— Neste período letivo ainda não saiu ninguém — respondeu Simmon, com seu tímido sorriso de olhos azuis. – Mas só estamos no segundo dia de aulas. É capaz de você estabelecer uma espécie de recorde.

– Não tem graça – retruquei, mas me vi sorrindo, ainda assim. Simmon sempre conseguia me fazer sorrir, a despeito do que estivesse acontecendo.

Ele orientou o caminho e chegamos ao Cavus depressa demais para o meu gosto. Levantou a mão num adeus hesitante, enquanto eu abri a porta e entrei.

Fui recebido por Jamison. Ele supervisionava tudo que não ficava sob o controle direto dos professores: as cozinhas, a lavanderia, os estábulos, os depósitos de material e mantimentos. Era nervoso feito um passarinho. Um homem com corpo de pardal e olhos de gavião.

Escoltou-me até uma sala grande e sem janelas, com uma mesa familiar em forma de meia-lua. O Reitor estava sentado no centro, como no exame de admissão. A única diferença real era que essa mesa não era elevada e os olhos dos professores sentados ficavam à altura dos meus.

Os olhares com que me deparei não foram amistosos. Jamison conduziu-me à frente da mesa. Vê-la por esse ângulo me permitiu compreender as referências a estar "no chifre". Depois retirou-se para sua própria mesinha menor e molhou a pena.

O Reitor ergueu as mãos, juntou as pontas dos dedos e falou sem nenhum preâmbulo:

– No dia dois de caitelyn, Hemme convocou uma reunião dos professores.

A pena de Jamison foi arranhando um pedaço de papel, voltando de vez em quando a mergulhar no tinteiro em cima da mesa. O Reitor prosseguiu, em tom formal:

– Todos os mestres estão presentes?

– Fisiopata-Mor – disse Arwyl.

– Arquivista-Mor – disse Lorren, com o rosto impassível como sempre.

– Aritmético-Mor – apresentou-se Brandeur, com um estalar distraído dos dedos.

– Artífice-Mor – resmungou Kilvin, sem levantar os olhos do tampo da mesa.

– Alquimista-Mor – disse Mandrag.

– Retórico-Mor – fez Hemme, com o rosto enfurecido e vermelho.

– Simpatista-Mor – disse Elxa Dal.

– Nomeador-Mor – manifestou-se Elodin, que me sorriu de verdade. Não foi só um curvar superficial dos lábios, mas um sorriso caloroso, cheio de dentes. Dei um suspiro meio trêmulo, aliviado por haver ao menos uma pessoa presente que não parecia ansiosa por me pendurar pelos polegares.

– E Linguista-Mor – completou o Reitor. – Todos os oito... – franziu o cenho. – Perdão, risque isso. Todos os *nove* mestres se encontram presentes. Formule sua queixa, Mestre Hemme.

Hemme não hesitou:

– Hoje o estudante Kvothe, do primeiro período e não pertencente ao Arcanum, praticou conexões de simpatia comigo com intenção maldosa.

– Duas queixas são registradas contra Kvothe por Mestre Hemme – disse o Reitor em tom severo, sem desgrudar os olhos de mim. – Primeira queixa, uso não autorizado de simpatia. Qual é a medida disciplinar apropriada para isso, Mestre Arquivista?

– Por uso não autorizado de simpatia que resulte em ferimento, o estudante transgressor deve ser amarrado e açoitado nas costas um certo número de vezes não inferior a duas e não superior a 10 vezes consecutivas – respondeu Lorren, falando como quem lesse as instruções de uma receita.

– Número pretendido de chicotadas? – indagou o Reitor, olhando para Hemme.

O professor pensou um pouco.

– Cinco.

Senti o sangue fugir de meu rosto e me obriguei a respirar fundo e devagar pelo nariz, para me acalmar.

– Algum mestre objeta a isso? – indagou o Reitor, correndo os olhos pela mesa, mas todas as bocas se mantiveram caladas e todos os olhares, severos. – Segunda queixa: violação das normas. Mestre Arquivista?

– Quatro a 15 chicotadas e expulsão da Universidade – enunciou Lorren com voz firme.

– Chicotadas pretendidas?

Hemme olhou diretamente para mim.

– Oito.

Treze chicotadas e expulsão. Um suor frio percorreu meu corpo e a náusea se manifestou na boca de meu estômago. Eu já conhecera o medo. Em Tarbean, ele nunca estivera muito longe. O medo mantinha a pessoa viva. Mas até esse momento eu nunca havia sentido um desamparo tão aflitivo. Um medo não apenas de ter o corpo ferido, mas a vida inteira arruinada. Comecei a ficar zonzo.

– Compreende as queixas formuladas contra você? – perguntou-me o Reitor, em tom severo.

Respirei fundo.

– Não exatamente, senhor.

Odiei o som de minha voz, trêmulo e fraco.

O Reitor levantou a mão e Jamison suspendeu a pena do papel.

– É contra as leis da Universidade que um aluno não pertencente ao Arcanum use simpatias sem a permissão de um professor. – A expressão dele endureceu-se. – E é sempre, *sempre* expressamente proibido causar ferimentos com a simpatia, especialmente a um professor. Há algumas centenas de anos, os arcanistas eram perseguidos e queimados na fogueira por coisas desse tipo. Não toleramos essa forma de comportamento aqui.

Ouvi a rispidez insinuar-se na voz do Reitor e só então percebi como estava realmente zangado. Ele respirou fundo.

– Compreende agora?

Respondi com um aceno trêmulo da cabeça.

Ele fez outro sinal para Jamison, que repôs a pena no papel.

– Você, Kvothe, compreende as queixas formuladas contra sua pessoa?

– Sim, senhor – respondi, no tom mais firme que pude usar. Tudo me parecia ofuscante demais e havia um leve tremor em minhas pernas. Tentei forçá-las a ficarem imóveis, mas isso só pareceu fazê-las chacoalhar ainda mais.

– Tem alguma coisa a dizer em sua defesa? – indagou secamente o Reitor.

Eu só queria ir embora. Sentia os olhares fixos dos mestres cravados em mim. Minhas mãos estavam úmidas e frias. Provavelmente eu teria abanado a cabeça e saído furtivamente da sala se o Reitor não houvesse voltado a falar.

– Bem? – repetiu ele, irritado. – Nenhuma defesa?

Essas palavras mexeram com alguma coisa dentro de mim. Eram as mesmas que Ben havia usado centenas de vezes, ao me questionar incessantemente numa discussão. Suas palavras me voltaram à lembrança, numa admoestação: *Como? Nenhuma defesa? Qualquer aluno meu deve ser capaz de defender suas ideias contra um ataque. Não importa como você leve sua vida, sua inteligência o defenderá melhor do que uma espada. Trate de mantê-la afiada!*

Tornei a respirar fundo, fechei os olhos e me concentrei. Após um longo momento, senti a fria impassibilidade do Coração de Pedra me envolver. Meu tremor cessou.

Abri os olhos e ouvi minha voz dizer:

– Tive permissão para usar a simpatia, senhor.

O Reitor fitou-me longamente, com uma expressão dura antes de dizer:

– O quê?

Mantive o Coração de Pedra à minha volta como um manto tranquilizador.

– Tive a permissão de Mestre Hemme, tanto expressa quanto implícita.

Os professores se remexeram em seus lugares, intrigados.

O Reitor não pareceu nada satisfeito.

– Explique-se.

– Procurei Mestre Hemme depois de sua primeira aula e lhe disse que já estava familiarizado com os conceitos que ele havia discutido. Ele falou que conversaríamos sobre o assunto no dia seguinte. Hoje, quando cheguei para a aula, Mestre Hemme anunciou que eu daria a lição, a fim de demonstrar os princípios da simpatia. Depois de observar os materiais que estavam disponíveis, ofereci à turma a primeira demonstração que meu mestre me dera.

Não era verdade, é claro. Como já mencionei, minha primeira lição tinha envolvido um punhado de ocres de ferro. Era mentira, mas uma mentira plausível.

A julgar pelas expressões dos professores, isso era novidade para eles. Em algum lugar, no fundo do Coração de Pedra, senti-me relaxar, contente pelo fato de a irritação dos mestres basear-se na versão raivosamente abreviada da verdade que Hemme lhes havia apresentado.

— Você fez uma demonstração perante a turma? — perguntou o Reitor, antes que eu pudesse prosseguir. Olhou de relance para Hemme, depois tornou a se voltar para mim.

Banquei o inocente.

— Foi apenas uma demonstração simples. Isso é incomum?

— É um tanto estranho — disse ele, olhando para Hemme. Tornei a perceber sua raiva, mas dessa vez ela não pareceu dirigir-se a mim.

— Pensei que fosse essa a maneira de a pessoa provar seus conhecimentos e passar para uma classe mais adiantada — declarei, com ar inocente. Outra mentira, mas também plausível.

Elxa Dal se manifestou:

— O que envolveu essa demonstração?

— Um boneco de cera, um fio de cabelo de Mestre Hemme e uma vela. Eu teria escolhido um exemplo diferente, mas o material de que dispunha era limitado. Pensei que isso fosse outra parte do teste: arranjar-me com o que me era oferecido. — Tornei a encolher os ombros. — Não pude pensar em nenhuma outra maneira de demonstrar todas as três leis com o material disponível.

O Reitor olhou para Hemme.

— É verdade o que o menino está dizendo?

Hemme abriu a boca como quem fosse negar, mas, aparentemente, lembrou-se de uma turma inteira de estudantes que havia testemunhado o fato. Não disse nada.

— Com mil diabos, Hemme! — explodiu Elxa Dal. — Você deixa o menino fazer uma imagem sua e depois o traz aqui, sob a acusação de infringir as normas? — Cuspiu. — Você merece coisa pior do que recebeu.

— O E'lir Kvothe não poderia machucá-lo apenas com uma vela — murmurou Kilvin. Olhou para os dedos com ar intrigado, como se elaborasse mentalmente alguma coisa. — Não com um fio de cabelo e cera. Talvez com sangue e barro...

— Ordem! – disse o Reitor. Sua voz saiu baixa demais para ser considerada um grito, mas teve a mesma autoridade. Ele lançou olhares rápidos a Elxa Dal e Kilvin.

— Kvothe, responda à observação de Mestre Kilvin.

— Fiz uma segunda conexão entre a vela e o fogareiro para ilustrar a Lei da Conservação.

Kilvin não ergueu os olhos das mãos.

— Cera e cabelo? – resmungou, como se não estivesse inteiramente satisfeito com minha explicação.

Lancei-lhe um olhar meio intrigado, meio sem jeito, e disse:

— Eu mesmo não compreendo, senhor. Deveria ter resultado numa transferência de 10%, na melhor das hipóteses. Não deveria ter sido o suficiente para causar uma bolha em Mestre Hemme, muito menos para queimá-lo.

Virei-me para Hemme.

— Realmente não tive intenção de lhe fazer nenhum mal, senhor – disse-lhe, com a voz mais aflita que pude arranjar. – Era para ser apenas um calorzinho no seu pé, para fazê-lo dar um pulo. Não fazia mais de cinco minutos que o fogo estava aceso, e não imaginei que um fogo recente, a 10%, pudesse machucá-lo.

Cheguei até a torcer um pouco as mãos, bancando à perfeição o aluno aflito. Foi uma boa encenação. Meu pai teria ficado orgulhoso.

— Bem, pois machucou – rebateu Hemme, ressentido. – E onde está o maldito boneco, afinal? Exijo que você o devolva imediatamente!

— Receio não poder fazê-lo, senhor. Eu o destruí. Era perigoso demais deixá-lo por aí.

Hemme lançou-me um olhar sagaz.

— Não é motivo para grande preocupação – resmungou.

O Reitor retomou as rédeas do processo.

— Isso altera consideravelmente as coisas. Hemme, você ainda quer apresentar queixa contra Kvothe?

Os olhos de Hemme faiscaram e ele não disse nada.

— Proponho a retirada das duas queixas – disse Arwyl. A voz envelhecida do fisiopata foi uma certa surpresa para mim. – Se o Hemme o pôs diante da classe, ele deu permissão. E não há infração das normas se você lhe deu um fio do seu cabelo e o viu grudá-lo na cabeça do boneco.

— Eu esperava que ele controlasse melhor o que estava fazendo – retrucou Hemme, dirigindo-me um olhar venenoso.

— Não há infração – repetiu Arwyl, obstinado, fuzilando Hemme por trás dos óculos, enquanto as rugas idosas de seu rosto compunham uma expressão feroz.

— Isso se enquadraria em uso temerário da simpatia — interpôs Lorren com frieza.

— Essa é uma moção para cancelar as duas queixas anteriores e substituí-las por uso temerário da simpatia? — perguntou o Reitor, tentando resgatar um simulacro de formalidade.

— Sim — disse Arwyl, ainda fuzilando Hemme assustadoramente pelas lentes dos óculos.

— Todos a favor? — perguntou o Reitor.

Houve um coro de "*sims*" de todos, com exceção de Hemme.

— Contra?

Hemme permaneceu calado.

— Mestre Arquivista, qual é a medida disciplinar aplicável por uso temerário da simpatia?

— Se alguém se ferir em consequência do uso temerário da simpatia, o aluno transgressor deverá ser açoitado nas costas não mais de sete vezes.

Perguntei a mim mesmo que livro Mestre Lorren estaria recitando.

— Número pretendido de chicotadas?

Hemme olhou para os rostos dos outros professores, ciente de que a maré se voltara contra ele.

— Meu pé está cheio de bolhas quase até o joelho — grunhiu. — Três chicotadas.

O Reitor pigarreou.

— Algum mestre se opõe a essa ação?

— Sim — disseram juntos Elxa Dal e Kilvin.

— Quem deseja suspender a aplicação da medida disciplinar? Votação levantando as mãos.

Elxa Dal, Kilvin e Arwyl levantaram as suas prontamente, seguidos pelo Reitor. Mandrag manteve a mão abaixada, assim como Lorren, Brandeur e Hemme. Elodin me deu um sorriso animado, mas não ergueu a mão. Fiquei furioso comigo mesmo por minha ida recente ao Arquivo e pela má impressão que a visita causara em Lorren. Não fosse por isso, ele poderia ter virado a balança a meu favor.

— Quatro e meio a favor da suspensão do castigo — disse o Reitor, depois de uma pausa. — Está mantida a medida disciplinar: três chicotadas a serem aplicadas amanhã, dia três de caitelyn, ao meio-dia.

Como eu me encontrava profundamente imerso no Coração de Pedra, tudo que senti foi uma ligeira curiosidade analítica sobre como seria a experiência de ser açoitado em público. Todos os professores deram sinais de estar se preparando para levantar e sair, mas, antes que pudesse ocorrer o encerramento, levantei a voz:

— Senhor Reitor?

Ele respirou fundo e soltou o ar numa bufada.

— Sim?

— Durante meu exame de admissão, o senhor disse que minha entrada no Arcanum estaria assegurada mediante a comprovação de eu haver dominado os princípios básicos da simpatia — relembrei, citando quase literalmente as palavras dele. — Isto constitui uma prova?

Hemme e o Reitor abriram a boca para dizer alguma coisa. Hemme falou mais alto:

— Olhe aqui, seu pirralhinho!

— Hemme! — rebateu o Reitor que, em seguida, voltou-se para mim. — Receio que a comprovação de mestria exija mais do que uma simples conexão simpática.

— Uma conexão dupla — corrigiu Kilvin em tom brusco.

Elodin levantou a voz, parecendo assustar todos à mesa.

— Sou capaz de pensar em alunos atualmente matriculados no Arcanum que ficariam em grandes apuros para concluir uma conexão dupla e, mais ainda, para reunir calor suficiente para "fazer bolhas nos pés de um homem até os joelhos".

Eu havia esquecido como a voz leve de Elodin se movia pelas profundezas do peito da gente quando ele falava. O mestre tornou a me dar um sorriso alegre.

Houve um momento de silenciosa reflexão.

— É verdade — admitiu Elxa Dal, examinando-me com ar atento.

O Reitor baixou os olhos por um minuto para a mesa vazia. Depois encolheu os ombros, olhou para cima e deu um sorriso surpreendentemente animado:

— Todos que forem a favor de aceitar o uso temerário da simpatia feito pelo estudante Kvothe, aluno do primeiro período, como prova de seu domínio dos princípios fundamentais da simpatia, levantem as mãos.

Kilvin e Elxa Dal levantaram as mãos juntos. Arwyl acrescentou a dele um instante depois. Elodin fez um aceno. Após uma pausa, o Reitor também levantou a mão e disse:

— Cinco e meio a favor da admissão de Kvothe no Arcanum. Moção aprovada. Encerrada a reunião. Que Tehlu nos proteja a todos, os tolos e as crianças.

Esta última frase ele disse bem baixinho, apoiando a testa na base da mão.

Hemme saiu da sala ventando, com Brandeur a reboque. Depois que os dois cruzaram a porta, ouvi Brandeur perguntar:

— Você não estava usando a proteção?

— Não, não estava — rebateu Hemme com brusquidão. — E não use esse tom comigo, como se a culpa fosse minha. É como se você culpasse um sujeito esfaqueado numa viela por não estar de armadura.

— Todos devemos tomar precauções — disse Brandeur, procurando aplacá-lo. — Você sabe disso tão bem quanto...

Suas vozes foram cortadas pelo som de uma porta fechando.

Kilvin levantou-se, encolheu os ombros e se espreguiçou. Olhando na minha direção, coçou a barba revolta com as duas mãos, com uma expressão pensativa no rosto, e se aproximou de onde eu estava.

— Você já estudou siglística, E'lir Kvothe?

Olhei-o sem entender.

— O senhor se refere às runas, mestre? Receio que não.

Kilvin passou as mãos pela barba, pensativo.

— Não se incomode com a aula de Fundamentos de Artificiaria em que se inscreveu. Em vez disso, vá à minha oficina amanhã. Ao meio-dia.

— Receio ter outro compromisso ao meio-dia, Mestre Kilvin.

— Hmmm. Sim — fez ele, franzindo o cenho. — Então ao primeiro sino.

— Creio que o menino terá um encontro com o meu pessoal logo depois do açoitamento, Kilvin — disse Arwyl, com um brilho divertido no olhar. — Mande alguém levá-lo para a Iátrica depois, filho. Vamos recosturá-lo.

— Sim, senhor, obrigado.

Arwyl acenou com a cabeça e se retirou da sala.

Kilvin o viu afastar-se e tornou a se voltar para mim.

— Na minha oficina. Depois de amanhã. Ao meio-dia.

O tom de sua voz deixou implícito que não se tratava propriamente de uma pergunta.

— Será uma honra, Mestre Kilvin.

Ele grunhiu a título de resposta e foi embora com Elxa Dal.

Assim, fiquei sozinho com o Reitor, que permanecia sentado. Fitamo-nos enquanto o som dos passos desaparecia no corredor. Retirei-me do Coração de Pedra e senti uma fisgada de expectativa e medo depois de tudo que acabara de acontecer.

— Lamento lhe causar tantos problemas tão cedo, senhor — arrisquei, hesitante.

— Ah, sim? — fez ele. Sua expressão era consideravelmente menos severa, agora que estávamos sozinhos. — Quanto tempo você pretendia esperar?

— Pelo menos uma onzena, senhor — respondi. Minha roçada no desastre me deixara tonto de alívio. Senti um sorriso irreprimível despontar em meu rosto.

— Pelo menos uma onzena — resmungou o Reitor. Pôs as mãos no rosto e o esfregou, depois levantou os olhos e me surpreendeu com um sorriso irônico. Notei que não era particularmente velho, quando não tinha o rosto cristalizado numa expressão severa. Provavelmente não passava de uns 40 e poucos anos. – Você não está com jeito de quem sabe que será açoitado amanhã – comentou.

Afastei a ideia.

– Imagino que ficarei curado, senhor – respondi. Ele me lançou um olhar estranho, que demorei a reconhecer como aquele a que me havia acostumado na trupe. Abriu a boca para falar, mas me lancei sobre as palavras antes que conseguisse proferi-las. – Não sou tão novo quanto pareço, senhor. Eu sei disso. Só gostaria que os outros também soubessem.

– Imagino que logo venham a saber – ele comentou e me deu um olhar prolongado, antes de se levantar da mesa. Em seguida estendeu a mão. – Seja bem-vindo ao Arcanum.

Apertei-lhe a mão solenemente e nos despedimos. Encontrei o caminho da saída e me surpreendi ao ver que já era noite fechada. Inspirei uma grande lufada do doce ar primaveril e senti meu sorriso voltar à tona.

E então alguém pôs a mão em meu ombro. Dei um pulo de meio metro e por pouco não caí em cima de Simmon na confusão de gritos, arranhões e dentadas que tinha sido meu único método de defesa em Tarbean.

Ele deu um passo atrás, assustado com a expressão do meu rosto.

Tentei tranquilizar meu coração disparado.

– Desculpe, Simmon. É só que... procure fazer algum barulho quando chegar perto de mim. Eu me assusto com facilidade.

– Eu também – murmurou ele, trêmulo, passando a mão pela testa. – Mas não posso culpá-lo, na verdade. Enfrentar o chifre faz isso com os melhores dentre nós. Como foram as coisas?

– Serei açoitado e fui aceito no Arcanum.

Ele me olhou com curiosidade, tentando descobrir se eu estava fazendo piada.

– Sinto muito e parabéns? – disse, com um sorriso tímido. – Devo comprar-lhe um curativo ou lhe oferecer uma cerveja?

Retribuí o sorriso.

– Os dois.

Quando voltei ao quarto andar do Cercado, o boato sobre minha não-expulsão e minha aceitação no Arcanum já se espalhara, precedendo minha chegada. Fui recebido com alguns aplausos de meus companheiros de beliche. Hemme não era muito querido. Alguns de meus colegas me deram parabéns, assombrados, enquanto Basil fez questão de se aproximar para apertar minha mão.

Eu tinha acabado de me sentar em meu beliche e estava explicando a Basil a diferença entre um chicote simples e um azorrague quando o encarregado do terceiro andar apareceu à minha procura. Instruiu-me a empacotar minhas coisas e explicou que os estudantes do Arcanum ficavam alojados na ala oeste.

Todas as minhas posses cabiam perfeitamente em meu saco de viagem, de modo que isso não deu muito trabalho. Quando o encarregado me levou embora, fez-se ouvir um coro de despedidas de meus colegas calouros.

Os beliches da ala oeste eram parecidos com os que eu havia deixado. Continuavam a ser fileiras de camas estreitas, mas não formavam pilhas muito altas. Cada cama tinha um pequeno guarda-roupa e uma escrivaninha, além de um baú. Nada muito chique, mas, decididamente, era um progresso.

A diferença principal apareceu nas atitudes de meus colegas. Encontrei caras fechadas e olhares furiosos, embora, na maioria dos casos, eu fosse francamente ignorado. Foi uma recepção gélida, sobretudo à luz das boas-vindas que eu tinha acabado de receber de meus companheiros não pertencentes ao Arcanum.

Era fácil compreender por quê. A maioria dos estudantes frequenta a Universidade por vários períodos antes de ser aceita no Arcanum. Todos ali haviam trabalhado duro para subir nas fileiras. Eu não.

Apenas três quartos dos beliches estavam ocupados. Escolhi um no canto dos fundos, longe dos outros. Pendurei minha camisa extra e minha capa no guarda-roupa e pus o saco de viagem no baú aos pés da cama.

Deitei-me e fiquei olhando para o teto. Meu beliche estava fora da luz das velas e candeeiros de simpatia dos outros estudantes. Finalmente eu era membro do Arcanum, que, de certo modo, era exatamente onde eu sempre quisera estar.

CAPÍTULO 41

Sangue de amigo

NA MANHÃ SEGUINTE, ACORDEI CEDO, tomei banho e comi alguma coisa no Rancho. Depois, como não tinha nada a fazer antes de meu açoitamento ao meio-dia, passeei a esmo pela Universidade. Perambulei por alguns boticários e vidrarias e admirei os gramados e jardins bem cuidados.

Acabei descansando num banco de pedra de um pátio amplo. Ansioso demais para pensar em fazer qualquer coisa de produtivo, simplesmente fiquei sentado, desfrutando o bom tempo e observando o vento arrastar pedacinhos de papéis descartados pelas pedras do calçamento.

Não demorou muito para que Wilem se aproximasse e sentasse a meu lado, sem que eu o convidasse. Seus cabelos e olhos negros, tipicamente ceáldicos, faziam-no parecer mais velho do que Simmon e eu, mas ele ainda tinha o jeito meio desengonçado do garoto que não se acostumou muito a ter tamanho de homem.

– Nervoso? – perguntou, com o erre gutural e rude produzido pelo sotaque siaru.

– Na verdade, estou tentando não pensar no assunto – respondi.

Wilem grunhiu. Permanecemos calados por um minuto, observando os estudantes que passavam. Alguns interromperam sua conversa e apontaram para mim.

Logo me cansei da atenção deles.

– Você tem alguma coisa para fazer agora?

– Sentar – disse Wilem simplesmente. – Respirar.

– Muito sensato. Dá para perceber por que você está no Arcanum. Tem alguma coisa para fazer na próxima hora, mais ou menos?

Ele encolheu os ombros e me olhou com ar de expectativa. Eu perguntei:

– Pode me mostrar onde fica Mestre Arwyl? Ele me disse para passar por lá... depois.

— É claro — retrucou Wilem, apontando para uma das saídas do pátio. — A Iátrica fica do outro lado do Arquivo.

Contornamos o maciço bloco sem janelas que era o Arquivo. Wilem apontou:

— A Iátrica é ali.

Era um prédio grande, de formato estranho. Parecia uma versão mais alta e menos esparramada do Magno.

— É maior do que eu havia imaginado — comentei. — Tudo isso para ensinar medicina?

Wil abanou a cabeça.

— Eles trabalham muito cuidando dos doentes. Nunca rejeitam ninguém pelo simples fato de não poder pagar.

— É mesmo? — perguntei, e tornei a olhar para a Iátrica, pensando em Mestre Arwyl. — Isso é surpreendente.

— Ninguém precisa pagar *adiantado*. Depois que a pessoa se recupera — esclareceu, fazendo uma pausa, e entendi a implicação clara: "*se vier a se recuperar*" —, ela acerta as contas. Se não tiver dinheiro em espécie, trabalha até a dívida ser... — Fez outra pausa. — Qual é a palavra correspondente a *sheyem*? — perguntou, estendendo as mãos com as palmas para cima e fazendo-as subir e descer, como se fossem os pratos de uma balança.

— Pesada? — sugeri.

Ele abanou a cabeça.

— Não. *Sheyem* — e frisou a palavra, pondo as mãos no mesmo nível.

— Ah! — exclamei, imitando o gesto. — Ajustada.

Wilem fez que sim.

— A pessoa trabalha até *ajustar* as contas com a Iátrica. Poucas saem sem quitar as dívidas.

Dei um risinho amargo e comentei:

— Não chega a ser tão surpreendente. De que adianta fugir de um arcanista que tem um par de gotas de nosso sangue?

Pouco depois chegamos a outro pátio. Havia no centro dele um mastro com uma bandeirola, sob o qual ficava um banco de pedra. Não precisei adivinhar quem seria amarrado a ele dali a mais ou menos uma hora. Uns 100 estudantes circulavam nas imediações, dando à situação um ar estranhamente festivo.

— Não costuma ser tão pomposo assim — disse Wilem, em tom de desculpa —, mas alguns professores suspenderam as aulas.

— O Hemme, imagino, e o Brandeur.

Wilem assentiu com a cabeça.

— O Hemme é rancoroso — disse, com uma pausa para dar ênfase ao eufemismo. – Estará aqui com toda a sua panelinha – e pronunciou devagar esta última palavra. – Essa é a palavra certa: *panelinha?*

Confirmei com a cabeça e Wilem fez um ar vagamente orgulhoso. Depois franziu o cenho:

– Isso me lembra uma coisa estranha na sua língua. As pessoas vivem me perguntando sobre a estrada para Tinuë. Repetem sem parar: "Como vai a estrada para Tinuë?" O que quer dizer isso?

Sorri.

– É uma expressão idiomática. Isso significa...

– Sei o que é uma expressão idiomática – interrompeu Wilem. – O que significa essa?

– Ah – fiz eu, meio sem jeito. – É só uma saudação. É como perguntar "como vai o seu dia", ou "como vão as coisas".

– Essas também são expressões idiomáticas – resmungou Wilem. – A sua língua é cheia de disparates. Não sei como vocês entendem uns aos outros. *Como vão as coisas?* Vão para onde? – E sacudiu a cabeça.

– Para Tinuë, aparentemente – respondi com um sorriso. – *Tuan volgen oketh ama* – acrescentei, usando um de meus idiomatismos favoritos em siaru. Significava "não deixe isso enlouquecê-lo", mas tinha a tradução literal de "não ponha uma colher no seu olho por causa disso".

Afastamo-nos do pátio e passamos algum tempo andando a esmo pela Universidade. Wilem me apontou mais uns prédios notáveis, inclusive várias boas tabernas, o conjunto de edifícios da alquimia, a lavanderia ceáldica e os bordéis, tanto os autorizados quanto os não autorizados. Passamos pelas paredes lisas de pedra do Arquivo, por uma tanoaria, uma oficina de encadernação, uma botica...

Ocorreu-me uma ideia.

– Você entende muito de ervas?

Ele abanou a cabeça.

– Um pouco de química, basicamente, e às vezes faço umas *soldagens* no Arquivo com o Marionetista.

– Sondagens – corrigi, enfatizando o som do *ene* para ele. – Soldagem é outra coisa. Quem é o Marionetista?

Wil parou para pensar.

– É difícil descrevê-lo – disse, abanando a mão para descartar a pergunta. – Depois eu o apresento a ele. O que você precisa saber sobre ervas?

– Nada, na verdade. Pode me fazer um favor?

Ele assentiu e apontei para a loja do boticário ali perto.

– Vá comprar dois escrópulos de nahlruta para mim. – Entreguei-lhe dois ocres de ferro. – Isso deve bastar.

– Por que eu? – perguntou Wilem, desconfiado.

– Porque não quero que o sujeito me venha com aquele olhar de "você é muito garoto" – respondi, franzindo o cenho. – Não quero ter que lidar com isso hoje.

Já estava quase pulando de ansiedade quando Wilem voltou.

– O homem estava ocupado – explicou-se ao ver minha expressão de impaciência. E me entregou um saquinho de papel e umas moedinhas de troco. – O que é isso?

– É para acalmar o estômago. O café da manhã não me caiu muito bem, e não quero vomitar no meio do açoitamento.

Comprei sidra para nós numa taberna próxima e usei a minha para engolir a nahlruta, tentando não fazer uma careta por causa do gosto amargo e da textura de giz. Não muito depois ouvimos a torre do sino bater 12 horas.

– Acho que tenho que ir para a aula – disse Wil. Tentou falar com indiferença, mas o som saiu quase estrangulado. Olhou para mim, sem jeito e meio pálido sob a tez morena. – Não gosto de sangue – explicou, com um sorriso trêmulo. – Meu sangue... o sangue de um amigo...

– Não pretendo sangrar muito. Mas não se preocupe. Você me ajudou a atravessar a parte mais difícil, a espera. Obrigado.

Separamo-nos e procurei sufocar uma onda de culpa. Fazia menos de três dias que Wil me conhecia, e tinha feito o impossível para me ajudar. Poderia ter escolhido o caminho mais fácil, ressentindo-se da minha entrada rápida no Arcanum, como tantos outros. Em vez disso, cumprira um dever de amigo, ajudando-me a atravessar um momento difícil, e eu lhe retribuíra com mentiras.

Ao caminhar para o mastro da bandeira, senti o peso dos olhares da aglomeração sobre mim. Quantos seriam? Duzentos? Trezentos? Depois que se chega a certo ponto, o número deixa de ter importância e resta apenas a massa sem rosto da multidão.

Minha formação no palco me sustentou diante daqueles olhares. Caminhei com passos firmes para o mastro, em meio a um mar de sussurros. Não me empertiguei com orgulho, pois sabia que isso poderia fazer com que se voltassem contra mim. Também não me mostrei arrependido. Portei-me com dignidade, como meu pai me ensinara, sem medo nem pesar no rosto.

Enquanto andava, senti a nahlruta começar a se apoderar firmemente de mim. Fiquei totalmente desperto, enquanto tudo a meu redor ganhava uma luminosidade quase dolorosa. O tempo pareceu arrastar-se quando me aproximei do centro do pátio. Ao pousar os pés nas pedras do calçamento, observei as nuvenzinhas de poeira que eles levantavam. Senti um sopro de vento bater na bainha da minha capa e subir em volteios por baixo dela, esfriando o suor entre meus ombros. Por um segundo tive a impressão de que, se quisesse, seria capaz de contar os rostos na multidão à minha volta, como flores numa campina.

Não vi nenhum dos professores na aglomeração, exceto Hemme. Estava parado perto do mastro da bandeira, lembrando um porco, com seu ar complacente. Cruzou os braços, deixando as mangas da toga preta de professor caírem soltas junto ao corpo. Seus olhos cruzaram com os meus e sua boca torceu-se num sorrisinho arrogante que eu sabia ser endereçado a mim.

Resolvi que preferiria arrancar a língua com uma dentada a lhe dar a satisfação de parecer amedrontado, ou sequer apreensivo. Em vez disso, abri-lhe um sorriso largo e confiante, depois virei a cabeça, como se ele não me fosse do menor interesse.

Então cheguei ao mastro. Ouvi alguém ler alguma coisa, mas as palavras não passaram de um vago zumbido, enquanto eu tirava a capa e a colocava no encosto do banco de pedra na base do mastro. Em seguida comecei a desabotoar a camisa, com o ar displicente de quem se preparasse para tomar banho.

Uma mão segurou meu pulso para me deter. O homem que tinha lido o anúncio me deu um sorriso que tentou ser consolador.

— Não precisa tirar a camisa — disse-me. — Ela lhe poupará um pouco da ardência.

— Não vou estragar uma camisa perfeitamente boa — retruquei.

Ele me olhou com estranheza, depois deu de ombros e passou um pedaço de corda por uma argola de ferro acima de nossas cabeças.

— Preciso das suas mãos.

Fitei-o com ar impassível.

— Não precisa se preocupar com a minha fuga.

— É só para não deixá-lo cair, se você desmaiar.

Endureci o olhar.

— Se eu desmaiar, o senhor pode fazer o que quiser — retruquei em tom firme. — Até lá, eu me recuso a ser amarrado.

Alguma coisa em minha voz o fez refletir. O homem não me questionou quando subi no banco de pedra sob o mastro e estiquei os braços para alcançar a argola de ferro. Segurei-a firmemente com as duas mãos. Lisa e fria, ela me pareceu curiosamente reconfortante. Concentrei-me na argola enquanto me deixava mergulhar no Coração de Pedra.

Ouvi as pessoas se afastando da base do mastro. A multidão calou-se e não houve nenhum som além do leve sibilar e estalar do chicote soltando-se atrás de mim. Foi um alívio saber que eu seria açoitado com um chicote de uma ponta só. Em Tarbean eu tinha visto a terrível pasta ensanguentada em que um açoite de seis pontas era capaz de transformar as costas de um homem.

Fez-se um silêncio repentino. E então, antes que eu pudesse preparar-me, houve um estalo mais alto que os anteriores. Senti uma linha de brasa viva descer por minhas costas.

Trinquei os dentes. Mas não foi tão ruim quanto eu havia imaginado. Mesmo com as precauções tomadas, eu havia esperado uma dor mais aguda, mais lancinante.

Veio então a segunda chibatada. O estalo foi mais alto, e eu mais o ouvi com o corpo do que com os ouvidos. Senti uma estranha frouxidão nas costas. Prendi a respiração, sabendo que estava cortado e sangrando. Tudo se avermelhou por um instante e eu me apoiei na madeira áspera e enegrecida do mastro.

A terceira chibatada veio antes que eu estivesse pronto. Lambeu meu ombro esquerdo e desceu rasgando até o quadril. Tornei a trincar os dentes, recusando-me a emitir um único som. Mantive os olhos abertos e vi o mundo enegrecer nas bordas por um instante antes de entrar de novo num foco brilhante e nítido.

Depois disso, ignorando a queimação nas costas, pus os pés no banco e soltei os dedos que agarravam a argola de ferro. Um rapaz deu um pulo à frente, como se esperasse ter que me segurar. Lancei-lhe um olhar sarcástico e ele recuou. Peguei a camisa e a capa, coloquei-as cuidadosamente sobre um dos braços e me retirei do pátio, ignorando a multidão silenciosa que me cercava.

CAPÍTULO 42

Sem-Sangue

— **P**ODERIA TER SIDO PIOR, ISSO É CERTO — disse Mestre Arwyl com uma expressão séria no rosto redondo enquanto andava à minha volta. — Eu esperava que você fosse ficar apenas com vergões, mas, com a sua pele, já devia saber que não seria assim.

Eu estava sentado na beira de uma mesa comprida no interior da Iátrica. Arwyl foi apalpando minhas costas de leve enquanto continuava a conversar.

— Mas, como eu disse, poderia ter sido pior. Dois cortes e, em matéria de cortes, você não poderia ter-se saído melhor. Limpos, superficiais e retos. Se fizer o que eu mandei, não terá nada além de cicatrizes lisas e prateadas para mostrar às damas como é corajoso — completou. Parou diante de mim e levantou com entusiasmo as sobrancelhas brancas por trás dos aros redondos dos óculos. — Hein?

Sua expressão me arrancou um sorriso.

Virou-se para o rapaz que estava parado à porta.

— Vá buscar o próximo Re'lar da lista. Diga-lhe para trazer apenas o necessário para suturar uma laceração reta e superficial.

O rapaz deu meia-volta e saiu. O som de suas pisadas rápidas desapareceu ao longe.

— Você proporcionará um exercício excelente para um de meus Re'lar — disse Arwyl animado. — Tem um belo corte reto, com poucas probabilidades de complicação, mas não há muita carne aí — comentou. Apalpou meu peito com o dedo enrugado e estalou a língua nos dentes. — Só ossos e um pequeno invólucro. Para nós é mais fácil quando há mais carne para trabalhar. Mas — encolheu os ombros, erguendo-os quase até as orelhas e tornando a baixá-los — nem sempre as coisas são o ideal. É isso que um jovem fisiopata deve aprender acima de qualquer outra coisa.

Olhou-me como quem esperasse uma resposta. Assenti com a cabeça, com ar sério.

Isso pareceu deixá-lo satisfeito e o sorriso largo reapareceu. Arwyl virou-se para um armário encostado numa parede e o abriu.

— Dê-me só um minuto para entorpecer a ardência que deve estar tomando as suas costas — disse. Fez umas garrafas tilintarem enquanto examinava as prateleiras.

— Está tudo bem, Mestre Arwyl. O senhor pode me costurar do jeito que estou — eu disse, estoicamente. Havia dois escrópulos de nahlruta me entorpecendo e eu sabia que não convinha misturar anestésicos se pudesse evitá-lo.

Ele parou, com um braço enfiado no fundo do armário, e teve que retirá-lo para virar de frente para mim.

— Já levou pontos alguma vez, meu rapaz?

— Sim — respondi com sinceridade.

— Sem nada para aliviar a dor?

Tornei a assentir com a cabeça.

Sentado na mesa, eu tinha os olhos um pouco acima dos dele. Arwyl fitou-me com ar cético.

— Nesse caso, deixe-me ver — disse, como se não acreditasse muito em mim.

Levantei uma perna das calças acima do joelho, trincando os dentes quando o movimento repuxou minhas costas, e revelei uma cicatriz de um palmo na parte externa da coxa, acima do joelho, no lugar em que Pike me havia esfaqueado com sua navalha de vidro de garrafa em Tarbean.

Arwyl examinou a cicatriz de perto, segurando os óculos com uma das mãos. Cutucou-a de leve com o indicador antes de endireitar o corpo.

— Malfeito — decretou com leve desagrado.

Eu achava que tinha feito um trabalho bastante bom.

— Meu fio arrebentou no meio do processo — expliquei, em tom resoluto. — Eu não estava trabalhando em condições ideais.

Arwyl calou-se por um momento, batendo com um dedo no lábio superior, enquanto me observava com os olhos semicerrados.

— E você gosta desse tipo de coisa? — indagou, com ar de dúvida.

Ri de sua expressão, mas o riso estancou quando a dor contínua proliferou em minhas costas.

— Não, mestre. Eu só estava cuidando de mim da melhor maneira possível.

Arwyl continuou a me olhar, ainda batendo no lábio superior.

— Mostre-me onde o fio arrebentou.

Apontei o local. Não era o tipo de coisa de que a gente se esquecesse.

Ele examinou mais atentamente a antiga cicatriz e tornou a cutucá-la antes de erguer os olhos.

— Talvez você esteja me dizendo a verdade, não sei — comentou, encolhendo os ombros. — Mas eu diria que, se... — Interrompeu-se, inspecionando meus olhos com ar especulativo. Estendeu a mão e levantou uma de minhas pálpebras. – Olhe para cima – ordenou, em tom rotineiro.

Franzindo o cenho diante do que viu, pegou uma de minhas mãos, apertou com força a ponta de uma unha e a observou atentamente por um ou dois segundos. Carregando ainda mais o sobrolho ao se aproximar de mim, segurou meu queixo com uma das mãos, abriu minha boca e cheirou-a.

– Tenasina? – perguntou, mas logo respondeu à própria pergunta. – Não. Nahlruta, é claro. Devo estar ficando velho, para não ter percebido antes. Ela também explica por que você não está sangrando em toda a minha linda mesa limpa. – Olhou-me com seriedade. – Quanto?

Não tive como negar.

– Dois escrópulos.

Arwyl passou um tempo calado, olhando para mim. Depois tirou os óculos e os esfregou furiosamente no punho. Recolocou-os e me encarou com expressão mais severa:

– Não é de admirar que um menino sinta tanto medo de ser açoitado que chegue a se drogar. Mas, se estava com tanto medo, por que tiraria a camisa primeiro? – indagou, tornando a franzir o cenho. – Você me explicará tudo isso. Se mentiu para mim, admita-o, e ficará tudo bem. Sei que às vezes os meninos inventam histórias bobas.

Seus olhos cintilaram por trás das lentes dos óculos.

– Mas, se mentir para mim agora, nem eu nem ninguém do meu pessoal vai suturá-lo. Não admito que mintam para mim – disse, e cruzou os braços. – Portanto, explique-se. Não compreendo o que está havendo aqui. E isso, mais do que qualquer outra coisa, não me agrada.

Portanto, meu último recurso: a verdade.

– Meu professor, Abenthy, ensinou-me tudo o que pôde sobre a arte dos fisiopatas. Quando me vi morando nas ruas de Tarbean, passei a cuidar de mim mesmo – expliquei, apontando para o joelho. – Não usei minha camisa hoje porque só tenho duas, e fazia muito tempo que não tinha nem isso.

– E a nahlruta?

Dei um suspiro.

– Não me enquadro aqui na Universidade, mestre. Sou mais novo do que todos e muita gente acha que este não é o meu lugar. Aborreci muitos estudantes por entrar tão depressa no Arcanum. E consegui despertar a antipatia de Mestre Hemme. Todos esses alunos, e Hemme e os amigos dele, estariam me observando, à espera de um sinal de fraqueza.

Respirei fundo.

– Tomei a nahlruta porque não queria desmaiar. Precisava fazê-los saber que não podem me ferir. Aprendi que a melhor maneira de a pessoa ficar segura é deixar os inimigos cientes de que não podem feri-la – concluí. Parecia feio falar com tanta crueza, mas era a verdade. Olhei para Arwyl com ar desafiador.

Fez-se um longo silêncio enquanto ele me fitava semicerrando de leve os olhos por trás dos óculos, como se tentasse enxergar alguma coisa dentro de mim. Tornou a roçar o lábio superior com o dedo e começou a falar lentamente.

– Suponho que, se eu fosse mais velho – disse, tão baixo que era como se falasse consigo mesmo –, diria que você está sendo ridículo. Que nossos estudantes são adultos, e não garotos briguentos e geniosos.

Fez outra pausa, de novo batendo no lábio, distraído. Depois franziu os cantos dos olhos e me deu um sorriso.

– Mas não sou tão velho assim. *Hmmm*. Ainda não. Nem de longe. Quem pensa que os meninos são meigos e inocentes nunca foi menino, ou já se esqueceu como é. E quem pensa que os homens não são ferinos e cruéis de vez em quando provavelmente não sai muito de casa e com certeza nunca foi fisiopata. Nós vemos os efeitos da crueldade mais do que qualquer outra pessoa.

Antes que eu pudesse responder, Arwyl acrescentou:

– Feche a boca, E'lir Kvothe, senão serei obrigado a enchê-la de um tônico horroroso. Ah, aí vêm eles.

Esta última frase foi dita para dois estudantes que entraram na sala, um deles o mesmo assistente que me levara até lá, o outro, surpreendentemente, uma moça.

– Ah, Re'lar Moula – exclamou o mestre com entusiasmo, enquanto todos os sinais de nossa conversa séria desapareciam de seu rosto. – Você já soube que o nosso paciente tem duas lacerações retas e limpas. O que trouxe para cuidar dessa situação?

– Linho fervido, uma agulha de gancho, fios de tripa, álcool e iodo – disse ela, com voz firme. Tinha olhos verdes que se destacavam no rosto pálido.

– Mas como? Nenhuma cera de simpatia? – perguntou Arwyl.

– Não, Mestre Arwyl – respondeu a jovem, empalidecendo um pouco ante o tom do professor.

– E por que não?

A aluna hesitou.

– Porque não preciso dela.

Arwyl pareceu abrandar-se.

– Sim, é claro que não precisa. Ótimo. Lavou as mãos antes de vir para cá?

Moula assentiu e seu cabelo curto e louro balançou com o movimento da cabeça.

— Nesse caso, desperdiçou tempo e esforço — disse Arwyl em tom severo. — Pense em todos os germes de doença que pode ter recolhido na longa caminhada pelo corredor. Lave-se de novo e começaremos.

A jovem lavou-se com vigor minucioso numa bacia próxima. Arwyl me ajudou a deitar de bruços na mesa.

— O paciente foi sedado? — indagou Moula. Embora eu não pudesse ver seu rosto, notei um toque de dúvida em sua voz.

— Anestesiado — corrigiu Arwyl. — Você tem um bom olho para os detalhes, Moula. Não, ele não foi anestesiado. E o que você faria se o E'lir Kvothe lhe garantisse que não necessita dessas coisas? Ele afirma ter o autocontrole de uma barra de aço de Ramston e diz que não se mexerá quando você suturá-lo.

O tom de Arwyl era sério, mas detectei no fundo uma pitada de diversão. Moula me fitou, depois tornou a olhar para o mestre.

— Eu lhe diria que ele está sendo tolo — retrucou, após uma breve pausa.

— E se ele insistisse na afirmação de que não precisa de um agente entorpecedor?

Houve uma pausa mais longa de Moula.

— Ele não parece estar sangrando muito, de modo que eu prosseguiria. Também lhe deixaria claro que, caso se mexesse demais, eu o amarraria na mesa e o trataria como julgasse melhor para o seu bem-estar.

— Hmmm — fez Arwyl, parecendo meio surpreso com a resposta. — Sim. Muito bem. E então, Kvothe, ainda quer abrir mão do anestésico?

— Obrigado — respondi em tom gentil. — Não preciso dele.

— Muito bem — disse Moula, como que resignada. — Primeiro vamos limpar e esterilizar o ferimento.

O álcool ardeu, mas essa foi a pior parte. Tentei relaxar o máximo que pude enquanto Moula ia descrevendo o procedimento. Ocupei a cabeça com outras coisas e procurei não me mexer sob as espetadelas da agulha entorpecidas pela nahlruta.

Moula terminou depressa e em seguida me fez um curativo, com uma rapidez e uma eficiência que achei admiráveis. Quando me ajudou a sentar e me envolveu o tronco com as ataduras de linho, perguntei-me se todos os alunos de Arwyl eram tão bem treinados quanto ela.

A jovem estava atando os últimos nós às minhas costas quando senti um toque no ombro, leve como uma pluma e quase imperceptível sob o efeito entorpecedor da nahlruta.

— Ele tem uma pele linda — ouvi-a comentar, presumivelmente com Arwyl.

— Re'lar! — exclamou o mestre em tom severo. — Esses comentários não são profissionais. Estou decepcionado com sua falta de bom senso.

— Eu estava me referindo à natureza da cicatriz que ele pode esperar — retrucou Moula em tom ríspido. — Imagino que seja pouco mais do que uma linha pálida, desde que ele evite abrir o ferimento.

— Hmmm — fez Arwyl. — Sim, é claro. E de que modo ele deve evitar isso?

Moula deu a volta à mesa e parou defronte de mim.

— Evite movimentos como este — e esticou as mãos à frente do corpo — ou este — e levantou os dois braços. — Evite qualquer tipo de movimento muito rápido: correr, pular, escalar. O curativo poderá ser retirado em dois dias. Não o molhe — instruiu, desviando os olhos de mim e fitando o professor.

Arwyl meneou a cabeça.

— Muito bem, Re'lar. Está dispensada.

Olhou para o rapazola mais novo que acompanhara todo o procedimento em silêncio e acrescentou:

— Pode ir também, Geri. Se alguém perguntar, estarei no meu gabinete. Obrigado.

Um momento depois Arwyl e eu ficamos novamente a sós. Ele se manteve imóvel, cobrindo a boca com uma das mãos, enquanto eu vestia cuidadosamente a camisa. Por fim, pareceu chegar a uma decisão:

— E'lir Kvothe, gostaria de estudar aqui na Iátrica?

— Eu gostaria muito, Mestre Arwyl — respondi com toda a sinceridade.

Ele balançou a cabeça, ainda com a mão na boca:

— Volte daqui a quatro dias. Se tiver sido inteligente o bastante para não arrebentar os pontos, eu o receberei.

Seus olhos cintilaram.

CAPÍTULO 43

O caminho bruxuleante

ENCORAJADO PELOS EFEITOS ESTIMULANTES da nahlruta e sentindo pouquíssima dor, caminhei até o Arquivo. Como já era membro do Arcanum, estava livre para explorar o Acervo, coisa que havia esperado a vida inteira para fazer.

Melhor ainda, desde que não pedisse ajuda aos escribas, nada seria anotado nos registros do Arquivo. Isso significava que eu poderia pesquisar o Chandriano e os Amyr até ficar satisfeito, e ninguém, nem mesmo Lorren, jamais precisaria saber de minhas buscas "infantis".

Ao entrar na luz avermelhada do Arquivo, deparei com Ambrose e Feila sentados à escrivaninha da entrada. Aquilo é que era bênção duvidosa, se é que podia haver alguma.

Ambrose inclinava-se para ela, falando em voz baixa. Feila exibia a expressão nitidamente incomodada da mulher que sabe da inutilidade de uma recusa gentil. Uma das mãos do rapaz estava em seu joelho, enquanto o outro braço se apoiava no encosto da cadeira, com a mão no pescoço de Feila. Ambrose pretendia dar uma impressão terna e afetuosa, mas havia no corpo da moça a tensão de um cervo assustado. A verdade é que ele a estava segurando, tal como se prende um cachorro pela nuca para não deixá-lo fugir.

Quando a porta bateu atrás de mim, Feila levantou a cabeça, deparou com meu olhar e baixou o rosto, envergonhada da situação. Como se tivesse feito alguma coisa. Eu já vira aquele olhar um sem-número de vezes nas ruas de Tarbean, e ele acendeu em mim uma raiva antiga.

Aproximei-me da escrivaninha, fazendo mais barulho do que o necessário. Havia pena e tinteiro do outro lado, com um pedaço de papel quase todo preenchido por textos riscados e reescritos. A julgar pela aparência, Ambrose estivera tentando compor um poema.

Cheguei à beira da mesa e parei por um momento. Feila olhou para todos os lados, menos para mim ou para Ambrose. Remexeu-se na cadeira, incomodada, mas obviamente sem querer fazer uma cena. Pigarreei de forma conspícua.

Ambrose me olhou de esguelha, amarrando a cara.

— Você tem um senso de oportunidade lamentável, E'lir. Volte mais tarde. — E me deu novamente as costas, descartando-me.

Bufei e me debrucei sobre a escrivaninha, inclinando o pescoço para examinar o papel que ele deixara ali.

— *Eu* tenho um senso de oportunidade lamentável? Ora, por favor, você escreveu 13 sílabas num verso aqui. — Bati com o dedo na página. — E também não é um verso iâmbico. Nem sei se tem alguma métrica.

Ambrose tornou a me olhar com expressão irritada.

— Cuidado com a língua, E'lir. O dia em que eu lhe pedir ajuda para minha poesia será o dia...

— ...o dia em que você puder dispor de duas horas — interrompi-o. — Duas longas horas, e isso seria só o começo. "Assim mesmo pode o humilde tordo conhecer seu norte"? Ora, nem sei por onde começar a criticar isso. É algo que praticamente zomba de si mesmo.

— O que você entende de poesia? — disse Ambrose, sem se dar ao trabalho de se virar.

— Conheço um verso manco quando o vejo. Mas isso nem é mancar. O verso manco tem ritmo. Isso mais parece alguém caindo da escada. Com degraus irregulares e um monte de lixo na base.

— É ritmo saltante — disse ele, ríspido e ofendido. — Eu não esperaria que você compreendesse.

— Saltante? — repeti, soltando uma gargalhada incrédula. — O que eu sei é que, se visse um cavalo com uma perna "saltitando" assim, eu o mataria por piedade e enterraria o pobre cadáver para que os cães locais não viessem a mordiscá-lo e morrer.

Ambrose finalmente se virou para mim e, para fazê-lo, teve que tirar a mão direita do joelho de Feila. Era meia vitória, mas a outra mão continuou no pescoço da moça, prendendo-a na cadeira, com a aparência de um afago casual.

— Achei que você poderia passar por aqui hoje — disse ele, com fria animação. — Por isso, já verifiquei o registro. Você ainda não está listado. Terá que se conformar com os Tomos ou voltar mais tarde, depois que eu houver atualizado os livros.

— Não se ofenda, mas, quer ter a bondade de verificar de novo? Não tenho certeza de poder confiar na competência alfabética de quem tenta rimar "norte" com "tordo". Não admira que você tenha que prender as mulheres na cadeira para obrigá-las a ouvir.

Ambrose se enrijeceu e seu braço deslizou do encosto da cadeira, pendendo junto ao corpo. Sua expressão foi de puro veneno.

— Quando for mais velho, E'lir, você entenderá que o que um homem e uma mulher fazem juntos...

— Como? Na privacidade do salão de entrada do Arquivo? — perguntei, gesticulando para o ambiente. — Pelo corpo de Deus, isto aqui não é um bordel! E, caso você não tenha percebido, ela é estudante, não um prego pelo qual você tenha pagado para dar umas marteladas. Se pretende tomar uma mulher à força, tenha a decência de fazê-lo num beco. Pelo menos, desse jeito ela se sentirá à vontade para gritar.

O rosto de Ambrose ficou vermelho de fúria e ele levou um bom momento para recuperar a voz.

— Você não entende nada de mulheres.

— Quanto a isso, pelo menos, podemos concordar — retruquei, desenvolto. — Aliás, foi essa a razão de eu ter vindo aqui hoje. Queria pesquisar um pouco. Encontrar um ou dois livros sobre o assunto. — Bati com dois dedos no registro, com força. — Por isso, verifique o meu nome e me deixe entrar.

Ambrose abriu o registro, encontrou a página adequada e virou o livro para mim.

— Pronto. Se conseguir achar seu nome nessa lista, você será bem-vindo para examinar o Acervo o quanto quiser — disse, com um sorriso tenso. — Caso contrário, sinta-se à vontade para voltar daqui a uma onzena, mais ou menos. Até lá, deveremos ter as coisas atualizadas.

— Pedi aos professores que mandassem um bilhete, para o caso de haver alguma confusão quanto à minha admissão no Arcanum — retruquei. Despi a camisa pela cabeça e me virei, para que ele pudesse ver a grande área coberta por curativos em minhas costas. — Você consegue ler daí, ou preciso chegar mais perto?

Houve um silêncio marcante de Ambrose. Assim, baixei a camisa e me virei para Feila, ignorando-o por completo.

— Cara senhora escriba — disse-lhe com uma mesura (uma mesura muito pequena, já que as costas não permitiam que eu me curvasse muito) —, quer ter a bondade de me ajudar a localizar um livro a respeito das mulheres? Fui instruído por meus superiores a me informar sobre esse assunto sutilíssimo.

Feila deu um leve sorriso e relaxou um pouco. Continuara sentada, tensa e numa posição incômoda, depois de Ambrose retirar a mão. Calculei que devia conhecer suficientemente bem o temperamento do rapaz para saber que, se saísse correndo e o constrangesse, ele a faria pagar por isso depois.

— Não sei se temos algo desse tipo.

— Eu me contentaria com um manual para iniciantes — retruquei sorrindo. — Sei por fonte segura que não conheço nem a primeira coisa sobre elas, de modo que qualquer informação aprimoraria meus conhecimentos.

— Alguma coisa ilustrada? — vociferou Ambrose.

— Se a nossa pesquisa degenerar a esse ponto, esteja certo de que eu o chamarei — respondi, sem olhar na direção dele. Sorri para Feila. — Talvez um bestiário — disse-lhe em tom gentil. — Ouvi dizer que elas são criaturas singulares, muito diferentes dos homens.

O sorriso de Feila se alargou e ela deu uma risadinha.

— Acho que poderíamos dar uma olhada por aí.

Ambrose fechou a cara para a jovem, que lhe fez um gesto pacificador e disse:

— Todos sabem que ele é do Arcanum, Ambrose. Qual é o problema de deixá-lo entrar?

Ambrose a fuzilou com os olhos.

— Por que você não corre até os Tomos e banca a menina boazinha que busca e carrega livros? — disse friamente. — Posso cuidar das coisas aqui sozinho.

Movendo-se com gestos rígidos, Feila levantou-se da escrivaninha, pegou o livro que estivera tentando ler e se dirigiu aos Tomos. Quando abriu a porta, agrada-me pensar que me deu uma rápida olhadela de gratidão e alívio. Mas talvez tenha sido apenas minha imaginação.

Depois que a porta se fechou às suas costas, o aposento pareceu ficar um pouco mais escuro. Não falo em linguagem poética. A luz pareceu mesmo diminuir. Olhei para os candeeiros de simpatia pendurados na antecâmara e me perguntei qual seria o problema.

No instante seguinte, porém, experimentei uma lenta sensação de ardência começando a se espalhar por minhas costas e me dei conta da verdade. O efeito da nahlruta estava passando.

A maioria dos analgésicos potentes tem graves efeitos colaterais. Vez por outra, a tenasina provoca delírios ou desmaios. O lacilium é venenoso. O ophalum vicia terrivelmente. A menka talvez seja o mais potente de todos, mas há razões para ser chamada de "raiz-do-diabo".

A nahlruta era menos potente do que esses, porém muito mais segura. Era um anestésico leve, além de estimulante e vasoconstritor, e era por isso que eu não havia sangrado como um porco abatido ao ser açoitado. E o melhor era que o medicamento não tinha grandes efeitos colaterais. Mesmo assim, há sempre um preço a ser pago. Quando o efeito da nahlruta passa, ela deixa a pessoa física e mentalmente exausta.

A despeito disso, eu estava ali para ver o Acervo. Agora era membro do Arcanum e não pretendia ir embora antes de entrar no Arquivo. Virei-me para a escrivaninha com expressão resoluta.

Ambrose me dirigiu um olhar demorado e calculista antes de soltar um suspiro.

— Está bem — disse. — Que tal um acordo? Você fica quieto sobre o que viu aqui hoje e eu esqueço o regulamento e o deixo entrar, mesmo não constando oficialmente do livro. Que lhe parece? — indagou meio nervoso.

Enquanto ele falava, senti diminuir o efeito estimulante da nahlruta. Meu corpo foi ficando pesado e cansado, minhas ideias, lentas e amolecidas. Levantei as mãos para esfregar o rosto e estremeci ao sentir o movimento repuxar com força os pontos em minhas costas.

— Está ótimo — respondi, com a voz pastosa.

Ambrose abriu um dos registros e deu um suspiro, enquanto virava as páginas.

— Já que é a sua primeira vez no Arquivo propriamente dito, você terá que pagar a taxa do Acervo.

Minha boca tinha um estranho gosto de limão. Era um efeito colateral que Ben nunca havia mencionado. Era perturbador e, passado um momento, vi Ambrose me olhando em expectativa.

— O que disse?

Ele me encarou com um ar estranho.

— A taxa do Acervo.

— Não houve nenhuma taxa antes, quando estive na seção dos Tomos.

O rapaz me fitou como se eu fosse um idiota.

— É porque essa é a taxa do Acervo — explicou, tornando a baixar os olhos para o registro. — Normalmente ela é paga junto com a taxa escolar do primeiro período no Arcanum. Mas, como você entrou pela janela, passando à frente de todos, terá que pagá-la agora.

— Quanto é? — perguntei, procurando a bolsinha de moedas.

— Um talento. E você *tem* que pagar para poder entrar. Regra é regra.

Depois de pagar pelo beliche no Cercado, um talento era quase todo o dinheiro que me restava. Eu tinha aguda consciência de que precisava economizar meus recursos e guardá-los para custear o período letivo seguinte. No instante em que não pudesse pagar, teria que deixar a Universidade.

Ainda assim, era um preço pequeno por algo com que eu havia sonhado quase a vida inteira. Tirei um talento da bolsa e o entreguei.

— Preciso assinar o registro?

— Não há tantas formalidades — disse Ambrose, abrindo uma gaveta e tirando um disco de metal.

Atordoado pelos efeitos colaterais da nahlruta, levei alguns instantes para reconhecer do que se tratava: um candeeiro portátil de simpatia.

— Não há iluminação no Acervo — esclareceu Ambrose, com ar displicente. — O espaço lá dentro é muito grande e ela prejudicaria os livros a longo prazo. As lamparinas portáteis custam um talento e meio.

Hesitei.

Ambrose meneou a cabeça, com ar pensativo.

– Muita gente acaba ficando apertada no primeiro período – comentou, vasculhando uma gaveta inferior por um bom tempo. – As lamparinas portáteis custam um talento e meio, e não há nada que eu possa fazer. Mas as velas custam só meio-vintém – acrescentou, apanhando uma vela de cera de 10 centímetros.

Meio-vintém por uma vela era um negócio excelente. Peguei um vintém.

– Vou levar duas.

– Esta é a última – apressou-se ele a dizer. Deu uma olhadela nervosa ao redor, antes de enfiá-la na minha mão. – Vamos combinar o seguinte. Pode ficar com ela de graça. – Sorriu. – Só não conte a ninguém. Será o nosso segredinho.

Peguei a vela, bastante surpreso. Aparentemente eu o havia assustado com minha vã ameaça. Ou isso, ou aquele filho pomposo e grosseiro da nobreza não era nem de longe o canalha que eu havia suposto.

———

Ambrose me empurrou para o Acervo o mais depressa que pôde, sem me dar tempo para acender a vela. Quando as portas se fecharam atrás de mim, tudo ficou negro como o interior de um saco, apenas com uma vaga réstia da luz avermelhada de simpatia que passava pelas frestas da porta.

Como não tinha fósforos, precisei recorrer à simpatia. Em condições normais, eu o faria num piscar de olhos, mas minha cabeça, esgotada pela nahlruta, mal conseguia reunir a concentração necessária. Trinquei os dentes, fixei mentalmente o Alar e, segundos depois, senti uma friagem insinuar-se em meus músculos ao tirar do corpo calor suficiente para fazer o pavio estalar e ganhar vida.

Livros.

Sem janelas que deixassem entrar a luz do sol, o Acervo era de uma escuridão profunda, a não ser pela luz suave de minha vela. Estendendo-se pelas trevas havia prateleiras e mais prateleiras de livros. Mais livros do que eu conseguiria olhar se levasse um dia inteiro. Mais livros do que poderia ler em toda a minha vida.

O ar era frio e seco. Recendia a couro envelhecido, pergaminho e segredos esquecidos. Matutei em vão, perguntando a mim mesmo como eles mantinham o ar tão fresco num prédio sem janelas.

Com a mão em concha à frente da vela, fui percorrendo meu caminho bruxuleante por entre as prateleiras, saboreando o momento, absorvendo tudo. As sombras executavam uma dança louca no teto, conforme a chama da vela se deslocava de um lado para outro.

A essa altura o efeito da nahlruta havia passado por completo. Minhas costas latejavam e minhas ideias pareciam chumbo, como se eu estivesse com febre alta ou tivesse levado uma pancada forte na cabeça. Eu sabia que não estaria em condições de fazer leituras demoradas, mas não consegui convencer-me a ir embora tão depressa. Não depois de tudo por que passara para chegar ali.

Perambulei a esmo por talvez uns 15 minutos, explorando. Descobri várias salinhas de pedra, com pesadas portas e mesas de madeira. Obviamente, eram concebidas como locais em que pequenos grupos pudessem reunir-se e conversar sem perturbar o silêncio perfeito do Arquivo.

Encontrei escadas que descem e subiam. O Arquivo tinha seis andares, mas eu não sabia que se estendia também para um subterrâneo. Até onde desceria? Quantas dezenas de milhares de livros estariam esperando sob meus pés?

Mal posso descrever como era reconfortante aquela escuridão fresca e silenciosa. Senti-me perfeitamente feliz, perdido entre os livros intermináveis. Trazia uma sensação de segurança saber que as respostas para todas as minhas perguntas encontravam-se ali, à minha espera, em algum lugar.

Foi por mero acaso que topei com a porta das quatro chapas.

Era de um pedaço sólido de pedra cinzenta, da mesma cor das paredes circundantes. O umbral tinha 20 centímetros de largura, também cinzento e também feito de uma única peça inteiriça de pedra. A porta e o umbral tinham encaixes tão justos que seria impossível enfiar um alfinete em suas frestas.

Sem dobradiças. Sem maçaneta. Sem janela ou painel corrediço. Sua única característica eram quatro chapas duras de cobre. Ficavam grudadas na lâmina da porta, que se nivelava com a frente da moldura, a qual era nivelada com a parede ao redor. Podia-se passar a mão de um lado ao outro da porta praticamente sem notar qualquer divisão.

Apesar dessas ausências notáveis, aquela vastidão de pedra cinzenta era sem dúvida uma porta. Cada chapa de cobre tinha um furo no centro e, mesmo não sendo do formato convencional, certamente se tratava de fechaduras. Lá estava ela, imóvel como uma montanha, serena e indiferente como o mar num dia sem vento. Não era uma porta para ser aberta. Era uma porta para permanecer fechada.

No centro dela, entre as chapas imaculadas de cobre, se via uma palavra gravada na pedra, em baixo-relevo: VALARITAS.

Havia na Universidade outras portas fechadas, locais em que coisas perigosas eram guardadas, onde dormiam segredos antigos e esquecidos, silenciosos e escondidos. Portas cuja abertura era proibida. Portas cujas soleiras ninguém cruzava, trancadas por segurança ou porque suas chaves tinham sido destruídas ou perdidas.

Mas todas se apequenavam se comparadas à porta das quatro chapas. Pus a palma da mão em sua superfície fria e lisa e empurrei, na vã esperança de que ela pudesse abrir-se ao meu toque. Mas era sólida e imóvel como um monólito cinzento. Tentei espiar pelas fechaduras nas chapas de cobre, mas não pude ver nada além da luz de minha vela.

Tamanha foi minha vontade de entrar que cheguei a saboreá-la. Provavelmente um componente perverso da minha personalidade transpareceu no fato de, apesar de estar finalmente dentro do Arquivo, cercado por segredos infindáveis, eu ter-me sentido atraído pela única porta fechada que encontrei. Talvez seja da natureza humana procurar coisas ocultas. Talvez fosse apenas a minha natureza.

Nesse momento vi a luz vermelha e estável de um candeeiro de simpatia aproximar-se por entre as estantes. Era o primeiro sinal que eu via de qualquer outro estudante no Arquivo. Dei um passo atrás e aguardei, pensando em perguntar a quem aparecesse o que havia por trás daquela porta, o que significava *Valaritas*.

A luz vermelha aumentou e vi dois escribas dobrarem uma esquina. Eles estacaram; depois um disparou até onde eu estava e me arrancou a vela, derramando cera quente na minha mão ao apagá-la. Sua expressão não poderia ter revelado um horror maior se ele tivesse me encontrado carregando uma cabeça recém-decepada.

– Que está fazendo com uma chama acesa aqui? – perguntou-me, no sussurro mais alto que eu já tinha escutado. Baixou ainda mais a voz e sacudiu a vela já apagada diante de mim. – Pelo corpo carbonizado de Deus, o que há com você?

Esfreguei a cera quente no dorso da mão, tentando raciocinar com clareza em meio às brumas da dor e do esgotamento. *É claro*, pensei, recordando o sorriso de Ambrose ao enfiar a vela na minha mão e me empurrar às pressas pela porta. *Nosso segredinho*. É claro. Eu deveria ter sabido.

———

Um dos escribas me conduziu para fora do Acervo, enquanto o outro correu para chamar Mestre Lorren. Quando chegamos à antecâmara, Ambrose conseguiu mostrar um ar confuso e assustado. Exagerou na interpretação, mas ela foi convincente o bastante para o escriba que me acompanhava.

– O que ele está fazendo aqui? – indagou.

– Nós o encontramos perambulando – explicou o escriba. – *Com uma vela.*

– O quê? – exclamou Ambrose, com a expressão perfeitamente horrorizada. — Bem, *eu* não o deixei entrar — disse, abrindo um dos livros de registro. — Olhe. Veja você mesmo.

Antes que alguém pudesse dizer mais alguma coisa, Lorren irrompeu cômodo adentro. Sua expressão, normalmente plácida, mostrava-se feroz e dura. Comecei a suar frio e pensei no que Teccam escrevera em sua *Teofania: Há três coisas que todo homem sensato deve temer: o mar durante a borrasca, as noites sem lua e a ira de um homem gentil.*

Lorren avultou sobre a escrivaninha da entrada.

— Explique-se — exigiu do escriba mais próximo. Sua voz era um nó de fúria.

— O Micah e eu vimos uma luz bruxuleante no Acervo e fomos verificar se alguém estava tendo dificuldades com a lamparina. Encontramos esse menino perto da escada sudeste com isto. — Levantou a vela. Sua mão tremeu levemente sob o olhar enfurecido de Lorren.

O Arquivista-Mor virou-se para a escrivaninha à qual se sentava Ambrose.

— Como aconteceu isso, Re'lar?

Ambrose levantou as mãos, com ar desamparado.

— Ele chegou aqui mais cedo e eu não quis deixá-lo entrar, porque seu nome não estava no livro. Discutimos um pouco, e a Feila esteve aqui durante a maior parte da discussão — afirmou, e olhou para mim. — Acabei dizendo que ele tinha de ir embora. Ele deve ter entrado de mansinho quando fui à sala dos fundos buscar mais tinta — acrescentou; depois encolheu os ombros. — Ou talvez tenha-se esgueirado para dentro, passando pela escrivaninha dos Tomos.

Fiquei imóvel, estupefato. A pequena parte do meu cérebro que não fora derrubada pelo cansaço estava preocupada com a dor lancinante em minhas costas.

— Isso... isso não é verdade — desmenti-o, olhando para Lorren. — Ele me deixou entrar. Mandou a Feila embora e me deixou entrar.

— O quê? — exclamou Ambrose, boquiaberto e momentaneamente sem fala. Por mais que não gostasse dele, tive de reconhecer seu mérito por um desempenho magistral. — E por que, em nome de Deus, eu faria isso?

— Porque eu o envergonhei diante da Feila — respondi. — E ele também me vendeu a vela — acrescentei, dirigindo-me a Lorren. Abanei a cabeça, na tentativa de desanuviá-la. — Não, ele me deu a vela.

Ambrose fez uma expressão de espanto e disse, rindo:

— Olhem só para ele! O galinho de briga está bêbado, ou coisa assim.

— Acabei de ser açoitado! — protestei. Minha voz soou estrídula a meus próprios ouvidos.

— Basta! — gritou Lorren, erguendo-se sobre nós como um pilar de ira. Os escribas empalideceram ao som de sua voz.

Lorren desviou o rosto de mim e fez um gesto curto e desdenhoso em direção à escrivaninha:

– O Re'lar Ambrose está oficialmente detido por negligência no cumprimento do dever.

– Como? – fez Ambrose, cujo tom indignado não foi fingido dessa vez.

Lorren o fitou com o sobrolho carregado e Ambrose calou a boca. Voltando-se para mim, o Arquivista-Mor declarou:

– O E'lir Kvothe está banido do Arquivo. – Fez um gesto largo com a palma da mão.

Tentei pensar em algo que pudesse dizer em minha defesa.

– Mestre, eu não tive a intenção...

Lorren virou-se para mim. Sua expressão, sempre tão calma até esse momento, estava carregada de uma raiva tão fria e terrível que sem querer dei um passo atrás.

– *Intenção?* Pouco me importam as suas *intenções*, E'lir Kvothe, equivocadas ou não. A única coisa que importa é a realidade dos seus atos. Sua mão segurou o fogo. A culpa é sua. Esta é a lição que todos os adultos devem aprender.

Baixei os olhos para os pés, tentando desesperadamente pensar em algo que pudesse dizer, alguma prova que pudesse mostrar. Meus pensamentos pesados ainda se arrastavam quando Lorren se retirou da sala.

– Não vejo por que eu deva ser punido pela estupidez dele – queixou-se Ambrose com os outros escribas, enquanto eu me dirigia à porta, entorpecido. Cometi o erro de me virar para olhá-lo. Sua expressão era séria, cuidadosamente controlada.

Mas os olhos se divertiam imensamente, repletos de riso.

– Francamente, garoto – disse-me –, não sei o que deu na sua cabeça. Seria de se supor que um membro do Arcanum tivesse mais juízo.

───

Voltei para o Rancho com as rodas do pensamento girando devagar, enquanto eu caminhava a passos arrastados. Tateante, pus o cartão-refeição numa bandeja de latão fosco e peguei uma porção de purê fumegante, uma linguiça e um pouco do eterno feijão. Com ar estúpido, corri os olhos em volta até avistar Simmon e Manet sentados no lugar de sempre, no canto nordeste do salão.

Chamei bastante atenção ao andar até a mesa. Era compreensível, já que mal fazia duas horas que fora colocado no mastro da bandeira e açoitado em público. Ouvi alguém cochichar: "...Não sangrou quando o chicotearam. Eu estava lá. Nem uma gota".

Tinha sido a nahlruta, é claro. Ela não me deixara sangrar. Parecera uma ótima ideia naquele momento. Agora, parecia mesquinha e tola. Ambrose nunca teria conseguido me tapear com tanta facilidade se meu temperamento naturalmente desconfiado não estivesse aturdido. Com certeza eu teria encontrado um modo de explicar as coisas a Lorren se dispusesse de minhas faculdades mentais.

Ao caminhar para o canto oposto do salão, compreendi a verdade. Eu havia trocado meu acesso ao Arquivo por um pouco de notoriedade.

Mas não havia nada a fazer senão tirar o máximo proveito disso. Se um pouquinho de fama era tudo que eu tinha para exibir depois daquele fiasco, eu precisaria fazer o melhor que pudesse para promovê-la. Mantive a cabeça erguida ao atravessar o salão, até chegar a Simmon e Manet e pôr a comida na mesa.

— Não existe nenhuma taxa de Acervo, existe? — perguntei baixinho, deslizando no banco e tentando não fazer careta por causa da dor nas costas.

Simmon me lançou um olhar inexpressivo:

— Taxa de Acervo?

Manet deu um risinho sobre sua tigela de feijão.

— Faz anos que eu não ouvia falar disso. Na época em que trabalhei como escriba, costumávamos tapear os calouros para que nos dessem um vintém pelo uso do Arquivo. Chamávamos isso de taxa do Acervo.

Simmon olhou para ele com reprovação:

— Isso é um horror.

Manet levantou as mãos diante do rosto, num gesto defensivo, e objetou:

— Era só uma diversãozinha inofensiva.

Depois deu-me uma boa olhada e perguntou:

— É por isso que você está com essa cara emburrada? Alguém lhe surrupiou um vintém de cobre?

Abanei a cabeça. Não ia anunciar que Ambrose me levara um talento inteiro na vigarice.

— Adivinhem quem acabou de ser banido do Arquivo? — perguntei em tom grave, tirando a côdea do pão e jogando-a dentro do feijão.

Eles me olharam com ar intrigado. Passado um momento, Simmon deu o palpite óbvio:

— Hmmm... Você?

Assenti com a cabeça e comecei a comer colheradas de feijão. Não estava realmente com fome, mas tinha esperança de que um pouco de comida no estômago ajudasse a dissipar a letargia causada pela nahlruta. Além disso, era contra minha natureza dispensar a oportunidade de uma refeição.

— Você foi suspenso no primeiro dia? — espantou-se Simmon. — Isso tornará muito mais difícil seu estudo do folclore sobre o Chandriano.

Dei um suspiro.

— Presumo que sim.

— Por quanto tempo ele o suspendeu?

— Ele disse *banido*. Não mencionou nenhum limite de tempo.

— Banido? — repetiu Manet, levantando os olhos para mim. — Faz uns 12 anos que ele não bane ninguém. O que você fez? Urinou num livro?

— Uns escribas me encontraram lá dentro com uma vela.

— Tehlu misericordioso! — exclamou Manet, baixando o garfo e assumindo uma expressão séria pela primeira vez. — O velho Lorren deve ter ficado furioso.

— Furioso é a palavra exata — confirmei.

— Que diabo deu em você para entrar lá com uma chama acesa? — perguntou Simmon.

— Não pude comprar um candeeiro portátil. Por isso, o escriba da escrivaninha me deu uma vela.

— Ele não fez isso — disse Simmon. — Nenhum escriba daria...

— Espere aí — interrompeu Manet. — Era um sujeito de cabelo preto? Bem-vestido? De sobrancelhas severas? — Franziu o cenho de forma exagerada. Assenti com a cabeça, exausto:

— Ambrose. Nós nos conhecemos ontem. Começamos com o pé esquerdo.

— Ele é difícil de evitar — disse Manet, cuidadoso, com uma olhadela significativa para as pessoas sentadas à nossa volta. Notei que um número razoável delas ouvia nossa conversa com ar indiferente. — Alguém devia tê-lo avisado para ficar longe dele — acrescentou, falando mais baixo.

— Pela mãe de Deus! — disse Simmon. — De todas as pessoas com quem não se deve entrar numa disputa...

— Bom, já entrei — interrompi. Começava a me sentir um pouco mais senhor de mim, com a cabeça menos confusa e exausta. Ou os efeitos colaterais da nahlruta estavam diminuindo ou minha raiva começava a queimar lentamente as brumas da exaustão. — Ele vai descobrir que posso entrar na disputa com os melhores. Desejará nunca ter-me conhecido, muito menos ter-se metido na minha vida.

Simmon pareceu meio nervoso:

— Você realmente não deveria ameaçar outros alunos — disse com um risinho, como se tentasse descartar meu comentário como uma piada. Em voz mais baixa, acrescentou: — Você não está entendendo. O Ambrose é herdeiro de um baronato em Vintas. — Hesitou, olhando para Manet. — Nossa, nem sei por onde começar!

Manet se inclinou para a frente e também falou em tom confidencial:

— Ele não é desses nobres que passam um ou dois períodos aqui como amadores e depois vão embora. Faz anos que está na Universidade, e chegou a Re'lar. E também não é o sétimo filho. É o herdeiro primogênito. O pai dele é um dos 12 homens mais poderosos de toda Vintas.

— Na verdade, ele é o décimo sexto na linhagem dos pares — disse Simmon, com ar prático. — Você tem a família real, depois os príncipes regentes, o maer Alveron, a duquesa Samista, Aculeus e Meluan Lackless... — Foi parando de falar sob o olhar raivoso de Manet.

— Ele tem dinheiro — disse Manet sem rodeios. — E tem os amigos que o dinheiro pode comprar.

— E gente que quer cair nas graças do pai dele — acrescentou Simmon.

— A questão — continuou Manet, em tom sério — é que não convém irritá-lo. Quando ele estava no primeiro ano, um dos alquimistas despertou sua antipatia. Ambrose comprou a dívida que ele tinha com o agiota de Imre. Quando o sujeito não pôde pagar, jogaram-no na prisão dos devedores.

Manet cortou um pedaço de pão ao meio, espalhou manteiga e concluiu:

— Quando a família o tirou de lá, o alquimista tinha tuberculose pulmonar. O sujeito estava um caco. Nunca mais voltou aos estudos.

— E os professores simplesmente deixaram isso acontecer? — indaguei.

— Foi tudo perfeitamente legal — disse Manet, ainda em voz baixa. — Mesmo assim, o Ambrose não foi bobo de comprar *pessoalmente* a dívida do sujeito — acrescentou, com um gesto desdenhoso. — Mandou outra pessoa fazê-lo, mas se certificou de que todos soubessem que o responsável tinha sido ele.

— E também houve a Tábata — disse Simmon, com ar grave. — Ela fez todo aquele barulho sobre como o Ambrose lhe prometera casamento. E simplesmente desapareceu.

Por certo, isso explicava por que Feila havia hesitado tanto em ofendê-lo. Fiz um gesto pacificador para Simmon.

— Não estou ameaçando ninguém — afirmei em tom inocente, elevando a voz para que qualquer pessoa atenta pudesse ouvir com facilidade. — Só estou citando uma das minhas peças literárias favoritas. É do quarto ato da *Daeonica*, quando Tarsus diz:

"*Sobre ele farei cair a fome e o fogo*
Até que a sua volta ecoe a desolação
E todos os demônios da escuridão externa
Contemplem, admirados, e reconheçam
Que a vingança é obra de um homem."

Houve um momento de silêncio e perplexidade nas mesas próximas, que se espalhou pelo Rancho um pouco mais do que eu havia esperado. Aparentemente, eu tinha subestimado o número de pessoas que estavam escutando. Tornei a voltar a atenção para minha comida e resolvi deixar o assunto de lado momentaneamente. Sentia-me cansado e dolorido, e não tinha interesse especial em enfrentar mais problemas nesse dia.

– Você não precisará desta informação por algum tempo, já que foi banido do Arquivo e tudo o mais – disse Manet, baixinho, após um longo silêncio. – Mesmo assim, acho que gostaria de saber... – Pigarreou sem jeito. – Não é preciso comprar um candeeiro portátil. Você apenas assina para retirá-lo e depois o devolve, ao terminar.

Ele ficou olhando para mim, como que ansioso por saber como eu reagiria diante daquela informação.

Balancei a cabeça, esgotado. Eu estava certo. Ambrose não era nem de longe o canalha que eu havia suposto. Era 10 vezes pior.

CAPÍTULO 44

O *vidro ardente*

A FICIARIA ERA ONDE SE PRODUZIA a maior parte dos trabalhos artesanais da Universidade. O prédio tinha oficinas de vidreiros, marceneiros, oleiros e vidraceiros. Havia também uma forja completa e uma oficina de fundição que figurariam com destaque nos devaneios de qualquer metalúrgico.

A oficina de Kilvin localizava-se na Artificiaria ou, como era mais comumente chamada, Ficiaria. Era grande como o interior de um celeiro, com pelo menos duas dúzias de bancadas de madeira grossa, nas quais se espalhavam inúmeras ferramentas indescritíveis e projetos em andamento. A oficina era o coração da Ficiaria e Kilvin era o coração da oficina.

Quando cheguei, ele estava vergando um pedaço retorcido de barra de ferro no que só pude presumir que fosse um formato mais desejável. Ao me ver espiando, ele o deixou bem preso na bancada e veio me receber, limpando as mãos na camisa.

Deu-me uma olhada crítica.

– Você vai bem, E'lir Kvothe?

Eu estivera caminhando mais cedo e encontrara um pouco de casca de salgueiro para mascar. Minhas costas ainda ardiam e coçavam, mas o incômodo era suportável.

– Bastante bem, Mestre Kilvin.

Ele balançou a cabeça.

– Ótimo. Os garotos da sua idade não devem preocupar-se com essas insignificâncias. Você logo estará sólido como uma rocha.

Eu estava tentando pensar numa resposta gentil quando tive o olhar atraído por alguma coisa no alto.

Kilvin acompanhou meu olhar, virando-se para trás. Ao ver o que eu contemplava, um sorriso se abriu em seu rosto grande e barbudo.

– Ahhh! – exclamou, com orgulho paternal. – Meus encantos.

Lá em cima, entre os caibros altos da oficina, havia meia centena de esferas de vidro penduradas em correntes. Eram de tamanhos variados, embora nenhuma fosse muito maior que a cabeça de um homem.

E estavam acesas.

Ao ver minha expressão, Kilvin gesticulou. Disse "Venha" e me conduziu a uma escada estreita de ferro batido. Ao chegarmos ao topo, andamos sobre uma série de finas passarelas de ferro, quase 8 metros acima do chão, que serpeavam por entre os grossos caibros de sustentação do telhado. Após algumas manobras pelo labirinto de madeira e ferro, chegamos à fileira de esferas de vidro com fogo aceso no interior.

– Estas – fez Kilvin, apontando-as – são as minhas lamparinas.

Só então percebi do que se tratava. Algumas continham um líquido e um pavio muito semelhantes aos das lamparinas comuns, porém a maioria era totalmente desconhecida. Uma não continha nada além de uma fumaça cinzenta fervilhante que faiscava esporadicamente. Outra continha um pavio suspenso no ar por um fio prateado que ardia com uma chama branca e imóvel, apesar da evidente falta de combustível.

Duas esferas penduradas lado a lado eram gêmeas, exceto pelo fato de uma ter a chama azul e a outra uma chama laranja como uma fornalha quente. Algumas eram pequenas como ameixas, outras, grandes como melões. Uma delas continha o que pareciam ser um pedaço de carvão negro e um pedaço de giz branco e, no ponto em que os dois se tocavam, uma raivosa chama vermelha se espalhava em todas as direções.

Kilvin deixou que eu as examinasse longamente antes de se aproximar.

– Existem lendas entre os ceáldaros sobre lâmpadas que ardem eternamente. Creio ter havido época em que esse tipo de coisa esteve ao alcance da nossa arte. Faz 10 anos que venho pesquisando. Fiz muitas lâmpadas, algumas ótimas, de duração muito longa. – Olhou para mim. – Mas nenhuma de combustão eterna.

Kilvin percorreu a fileira e apontou para uma das esferas penduradas.

– Conhece esta, E'lir Kvothe? – indagou.

A lamparina não continha nada além de uma cera cinza-esverdeada da qual se desprendia uma língua de fogo também cinza-esverdeada. Abanei a cabeça.

– Hmmm. Pois deveria. Sal branco de lítio. Pensei nele três onzenas antes de você vir para cá. Está indo bem até agora: 24 dias e espero muitos mais – disse e tornou a olhar para mim. – O seu palpite a esse respeito me surpreendeu, já que levei 10 anos para pensar nisso. O seu segundo palpite, óleo de sódio, não foi tão bom. Eu o experimentei anos atrás. Durou 11 dias.

Caminhou até o fim da fileira, apontando para a esfera vazia com a chama branca e imóvel.

— Setenta dias — disse, orgulhoso. — Não espero que seja ela, porque esperar é uma tolice. Mas, se ela arder por mais seis dias, será minha melhor lâmpada dos últimos 10 anos.

Observou-a por algum tempo com expressão curiosamente meiga.

— Mas não tenho esperança — repetiu, resoluto. — Crio novas lâmpadas e faço minhas medições. É a única maneira de progredir.

Depois, sem dizer palavra, reconduziu-me ao térreo da oficina. Lá chegando, virou-se para mim.

— Mãos — disse peremptoriamente. Estendeu suas manzorras com ar expectante.

Sem saber o que ele queria, levantei as minhas. Ele as segurou, com um toque surpreendentemente delicado. Virou-as para cima e para baixo, examinando-as cuidadosamente.

— Você tem mãos ceáldicas — disse, num elogio relutante. Levantou as suas para que eu as visse. Tinham dedos grossos e palmas largas. Ele cerrou os punhos, que mais pareciam malhos do que mãos fechadas. — Levei muitos anos para que estas mãos pudessem aprender a ser ceáldicas. Você tem sorte. Vai trabalhar aqui — completou. Somente a inclinação inquisitiva de sua cabeça transformou a declaração brusca e resmungada num convite.

— Ah, sim. Quer dizer, obrigado, senhor. É uma honra para mim que o senh...

Ele me interrompeu com um gesto impaciente.

— Procure-me se tiver alguma ideia sobre lâmpadas de combustão permanente. Se a sua cabeça for tão inteligente quanto parecem ser as suas mãos... — Parou. O que talvez fosse um sorriso ficou escondido pela barba espessa, mas outro sorriso brilhou em seus olhos negros enquanto ele hesitava, com ar provocante, quase brincalhão. — Se... — repetiu, levantando um dedo cuja ponta era do tamanho da cabeça de um martelo — então eu e as minhas mãos lhe mostraremos umas coisas.

―――

— Você precisa decidir de quem vai puxar o saco — disse Simmon. — Um professor tem que ser seu patrono para você chegar a Re'lar. Portanto, escolha um e grude nele feito bosta na sola do sapato.

— Que encanto — comentou Sovoy em tom seco.

Sovoy, Wilem, Simmon e eu estávamos sentados a uma mesa meio escondida nos fundos da Anker, isolados da turma das noites de dia-da-sega, que enchia o salão com o rugido baixo de sua conversa. Meus pontos tinham sido tirados dois dias antes e estávamos comemorando minha primeira onzena completa no Arcanum.

Nenhum de nós estava particularmente bêbado. Mas, por outro lado, também não havia ninguém particularmente sóbrio. Nossa posição exata entre esses dois pontos é matéria para conjecturas inúteis, e não perderei tempo com isso.

— Eu simplesmente me concentro em ser brilhante — disse Sovoy. — Depois, espero os professores se aperceberem disso.

— E como foi que isso funcionou com o Mandrag? — perguntou Wilem, com um raro sorriso.

Sovoy lançou-lhe um olhar irado.

— O Mandrag é um bundão de asno.

— O que explica por que você o ameaçou com seu rebenque — comentou Wilem.

Tapei a boca para abafar o riso.

— Foi mesmo? — perguntei.

— Eles não estão contando a história toda — disse Sovoy, indignado. — Ele me preteriu na minha promoção em favor de outro aluno. Reteve-me para poder me usar como mão de obra contratada, em vez de me promover a Re'lar.

— E você o ameaçou com o rebenque.

— Tivemos uma discussão — disse Sovoy calmamente. — E por acaso eu estava com o rebenque na mão.

— Você o brandiu para ele — insistiu Wilem.

— Eu estivera cavalgando! — retrucou Sovoy, acalorado. — Se tivesse saído com uma prostituta antes da aula e brandisse um espartilho para ele, ninguém pensaria duas vezes no assunto!

Houve um momento de silêncio na mesa.

— Agora estou pensando duas vezes — disse Simmon, antes de cair na gargalhada com Wilem.

Sovoy reprimiu um sorriso e se virou para mim.

— O Sim tem razão numa coisa. Você deve concentrar seus esforços numa disciplina. Caso contrário, vai terminar como o Manet, o eterno E'lir — disse. Em seguida, levantou-se e alisou a roupa. — E então, como estou?

Não estava vestido com elegância, no sentido mais estrito, já que se agarrava aos estilos modeganos, em vez dos locais. Mas não havia como negar que era uma bela figura, com os tons suaves de suas sedas e suedes finos.

— Que importância tem isso? — perguntou Wilem. — Está querendo marcar um encontro amoroso com o Sim?

Sovoy sorriu.

— Infelizmente tenho que deixá-los. Marquei um compromisso com uma dama e duvido que nossas andanças nos tragam para este lado da cidade hoje.

— Você não nos disse que tinha um encontro — protestou Simmon. — Não podemos jogar quatro-cantos só com três.

A simples presença de Sovoy conosco já era uma espécie de concessão. Ele torcera um pouco o nariz ante a escolha da taberna feita por Wil e Sim. A Anker era proletária o bastante para que a bebida fosse barata, mas suficientemente classuda para não termos que nos preocupar com a possibilidade de alguém puxar uma briga ou vomitar em cima da gente. Gostei de lá.

— Vocês são bons amigos e uma boa companhia — disse Sovoy. — Mas nenhum de vocês é mulher e, com a possível exceção do Simmon, nenhum é encantador — acrescentou, com uma piscadela para ele. — Francamente, qual de vocês deixaria de dispensar os outros se houvesse uma dama esperando?

Murmuramos um agradecimento de má vontade. Sovoy sorriu; tinha dentes muito alvos e perfeitos.

— Vou mandar a garota trazer mais bebidas — disse, ao se virar para sair. — Para minorar a amargura da minha partida.

— Ele não é mau sujeito, para um nobre — ponderei, depois que Sovoy se foi.

Wilem assentiu com a cabeça.

— É como se soubesse que é superior a nós, mas não nos olhasse com desdém, por saber que a culpa não é nossa.

— E então, com quem você vai se enturmar? — perguntou Sim, apoiando os cotovelos na mesa. — Imagino que não seja o Hemme.

— Nem o Lorren — acrescentei, amargurado. — Maldito seja o Ambrose 12 vezes! Eu adoraria trabalhar no Arquivo.

— O Brandeur também está riscado — disse Sim. — Quando o Hemme fica de má vontade, o Brandeur o ajuda a pô-la em prática.

— Que tal o Reitor? — perguntou Wilem. — Linguística? Você já fala siaru, mesmo que o seu sotaque seja um horror.

Abanei a cabeça.

— Que tal o Mandrag? — arrisquei. — Tenho muita experiência com a química. Seria um pequeno passo para a alquimia.

Simmon riu.

— Todo mundo pensa que a química e a alquimia são muito parecidas, mas, na verdade, não são. Não são nem aparentadas. Apenas moram na mesma casa.

Wilem balançou a cabeça devagar, concordando:

— Está aí uma boa formulação.

— Além disso — continuou Simmon —, o Mandrag aceitou uns 20 novos E'lir no último período. Eu o ouvi reclamar de como as coisas ficaram apertadas.

— Você vai pastar por um tempo enorme se for para a Iátrica — disse Wilem. — O Arwyl é teimoso que nem ferro-gusa. Não há jeito de dobrá-lo.

– Fez gestos com a mão, como quem picasse algo em pedaços, enquanto falava. – Seis períodos como E'lir. Oito períodos como Re'lar. Dez períodos como El'the.

– Pelo menos, a Moula é Re'lar dele há quase três anos – acrescentou Simmon.

Tentei pensar em como eu conseguiria arranjar dinheiro para cobrir seis anos de estudos.

– Talvez eu não tenha paciência para isso – declarei.

A moça que servia as mesas da taberna apareceu com uma bandeja de bebidas. Apenas metade da Anker estava cheia; por isso, ela só havia corrido o suficiente para ficar com as faces rosadas.

– Aquele cavalheiro, seu amigo, pagou esta rodada e a próxima – anunciou.

– Gosto cada vez mais do Sovoy – disse Wilem.

– Mas – acrescentou a moça, segurando a bebida de Wil fora do alcance dele – não pagou para passar a mão no meu traseiro. – Encarou cada um de nós, olho no olho. – Espero que vocês três quitem essa dívida antes de irem embora.

Sim gaguejou um pedido de desculpas.

– Ele... ele não teve a intenção... Na cultura dele, esse tipo de coisa é comum.

A moça revirou os olhos e sua expressão se abrandou.

– Bem, nesta cultura aqui uma gorjeta polpuda constitui um belo pedido de desculpas.

Entregou a bebida a Wil e se virou para se afastar, apoiando a bandeja vazia no quadril.

Ficamos a observá-la, cada qual remoendo suas ideias particulares.

– Notei que o Sovoy recuperou os anéis – mencionei depois.

– Ontem à noite ele jogou uma rodada brilhante de bassat – esclareceu Simmon. – Dobrou a aposta seis vezes seguidas e quebrou a banca.

– Ao Sovoy – fez Wilem, erguendo o caneco de latão. – Que a sorte o conserve nas aulas e a nós na bebida!

Brindamos e bebemos, e depois Wilem nos levou de volta ao assunto em discussão:

– Isso lhe deixa o Kilvin e o Elxa Dal – disse, levantando dois dedos.

– E quanto ao Elodin? – interrompi.

Os dois me olharam perplexos.

– O que tem ele? – perguntou Simmon.

– Ele parece bem agradável. Não poderia ser meu orientador nos estudos?

Simmon caiu na gargalhada. Wilem deu um raro sorriso.

– O que foi? – perguntei.

– O Elodin não ensina nada – explicou Sim. – A não ser, talvez, esquisitice avançada.

– Ele tem que ensinar alguma coisa – protestei. – É professor, não é?

– O Sim tem razão. O Elodin é parado – disse Wil, batendo do lado da cabeça.

– Pirado – corrigiu Simmon.

– Pirado – repetiu Wilem.

– Ele parece mesmo meio... estranho – comentei.

– Você *realmente* pega as coisas depressa – disse Wilem, meio seco. – Não admira que tenha entrado no Arcanum em idade tão tenra.

– Vá com calma, Wil; mal faz uma onzena que ele está aqui – reclamou Simmon, virando-se então para mim. – O Elodin era Reitor uns cinco anos atrás.

– Reitor? – repeti, sem conseguir esconder a incredulidade. – Mas ele é tão moço e tão... – Deixei a frase morrer, não querendo dizer a primeira palavra que me veio à cabeça: *maluco*.

Simmon concluiu minha frase:

– ...brilhante. E não é tão jovem assim, se você considerar que foi aceito na Universidade quando mal tinha 14 anos. Era arcanista pleno aos 18. Depois ficou mais alguns anos por aqui como guildeiro.

– Guildeiro? – interrompi.

– Os guildeiros são os arcanistas que permanecem na Universidade – explicou Wilem. – São responsáveis por boa parte do ensino. Você conhece o Cammar, na Ficiaria?

Abanei a cabeça.

– Alto, cheio de cicatrizes – disse Wilem, apontando para um lado do rosto. – Com um olho só, lembra-se?

Assenti com a cabeça. Era difícil não reparar em Cammar. O lado esquerdo de seu rosto era uma rede de cicatrizes irradiadas que deixavam faixas calvas na cabeleira e na barba pretas. Ele usava uma venda sobre a cavidade do olho esquerdo. Era uma lição objetiva ambulante de como o trabalho na Ficiaria podia ser perigoso.

– Já o vi por aí. Ele é arcanista pleno?

Wil confirmou.

– É o imediato do Kilvin. Leciona siglística aos estudantes mais novos.

Simmon pigarreou:

– Como eu ia dizendo, o Elodin foi o mais novo a ser admitido, o mais novo a se tornar arcanista e o mais novo a se tornar Reitor.

– Mesmo assim, você tem que admitir que ele é meio esquisito para ser Reitor – insisti.

— Não naquela época — objetou Simmon, com ar sisudo. — Foi antes de acontecer.

Como não disse nada mais, instiguei-o:

— Acontecer o quê?

Wil encolheu os ombros.

— Alguma coisa. Eles não falam do assunto. Deixaram o Elodin trancado no Aluadouro até ele reapertar a maioria de seus parafusos.

— Nem gosto de pensar nisso — comentou Simmon, remexendo-se incomodamente na cadeira. — Quer dizer, um ou dois alunos ficam doidos a cada período, certo? — Olhou para Wilem. — Lembra-se do Slyhth?

Wil, taciturno, assentiu com a cabeça.

— Pode acontecer com qualquer um de nós — completou Simmon.

Houve um momento de silêncio enquanto os dois bebericavam suas bebidas sem olhar para nada em particular. Tive vontade de pedir detalhes mais específicos, mas pude perceber que o assunto era delicado.

— Enfim — acrescentou Sim, em voz baixa —, ouvi dizer que não o soltaram do Aluadouro. Eu soube que ele fugiu.

— Nenhum arcanista que se preze pode ser mantido numa cela — observei. — Não é de admirar.

— Você já esteve lá? — perguntou Simmon. — O lugar foi construído para manter os arcanistas trancados. Todo de pedra endentada. Guardas nas portas e janelas — disse e abanou a cabeça. — Não consigo imaginar como alguém conseguiria sair, nem mesmo um dos professores.

— Tudo isso está fugindo do assunto — interrompeu Wilem com firmeza, trazendo-nos de volta à tarefa. — O Kilvin o recebeu bem na Ficiaria. Causar uma boa impressão nele será a sua melhor chance de chegar a Re'lar. Concordam? — Olhou para cada um de nós.

— Concordo — disse Simmon.

Fiz que sim, mas as engrenagens da minha cabeça giravam. Eu estava pensando no Grande Taborlin, que sabia os nomes de todas as coisas. Pensei nas histórias que Skarpi havia contado em Tarbean. Ele não havia mencionado arcanistas, apenas nomeadores.

E pensei em Elodin, o Nomeador-Mor, e em como poderia me aproximar dele.

CAPÍTULO 45

Interlúdio – Uma história de taberna

A UM GESTO DE KVOTHE, O CRONISTA enxugou a ponta da pena e sacudiu a mão. Bast deu uma longa espreguiçada, sentado, arqueando os braços sobre o encosto da cadeira.

– Eu quase havia esquecido a rapidez com que tudo aconteceu – refletiu Kvothe. – Provavelmente, essas foram as primeiras histórias que alguém contou a meu respeito.

– Ainda as contam na Universidade – disse o Cronista. – Ouvi três versões diferentes da aula que você deu. E do seu açoitamento. Foi nessa ocasião que começaram a chamá-lo de Kvothe, o Sem-Sangue?

Kvothe fez que sim.

– É possível.

– Já que estamos fazendo perguntas, Reshi – disse Bast, com ar tímido –, seria possível saber por que o senhor não procurou o Skarpi?

– O que eu poderia fazer, Bast? Cobrir o rosto de negro de fumo e montar um resgate ousado à meia-noite? – disse Kvothe, com um risinho sem humor. – Eles o tinham prendido por *heresia*. Só me restava esperar que ele realmente tivesse amigos na Igreja.

Respirou fundo e deu um suspiro.

– Porém a razão mais simples é a menos satisfatória, suponho. A verdade é esta: eu não estava vivendo uma história.

– Acho que não o compreendo, Reshi – disse Bast, intrigado.

– Pense em todas as histórias que você ouviu, Bast. Você tem um rapazinho, o herói. Os pais dele são mortos. Ele parte em busca de vingança. O que acontece depois?

Bast hesitou, ainda com a expressão intrigada. Foi o Cronista quem respondeu à pergunta:

– Ele encontra ajuda. Um esquilo falante inteligente. Um velho espadachim bêbado. Um eremita louco na floresta. Esse tipo de coisa.

Kvothe assentiu com a cabeça.

– Exatamente! Ele encontra o eremita louco na floresta, prova o seu valor e aprende os nomes de todas as coisas, tal como o Grande Taborlin. Depois, com esses poderes mágicos à sua disposição, o que ele faz?

O Cronista deu de ombros.

– Encontra os vilões e os mata.

– É claro – disse Kvothe, com ar pomposo. – Limpo, rápido e fácil como mentir. Sabemos como termina praticamente antes de começar. É por isso que as histórias nos atraem. Elas nos dão a clareza e a simplicidade que faltam à vida real.

Kvothe inclinou-se para a frente:

– Se esta fosse uma história de taberna, toda feita de meias verdades e aventuras absurdas, eu lhes contaria que o meu tempo na Universidade foi gasto numa dedicação pura. Eu teria aprendido o nome eternamente mutável do vento, partiria a galope e me vingaria do Chandriano. – Estalou os dedos com força. – Simples assim. Mas, embora isso pudesse render uma história divertida, não seria a verdade. A verdade é esta: fazia três anos que eu vivia o luto pela morte de meus pais, e o sofrimento daquilo tinha-se esmaecido numa dor surda e contínua.

Kvothe fez um gesto conciliatório com uma das mãos e deu um sorriso tenso.

– Não mentirei para vocês. Houve momentos, durante a noite, em que fiquei insone e desesperadamente sozinho em meu beliche estreito no Cercado, momentos em que fiquei engasgado com uma tristeza tão infindável e vazia que pensei que ela fosse me sufocar.

"Houve momentos em que eu via uma mãe segurando uma criança no colo, ou um pai rindo com seu filho, e a raiva se inflamava dentro de mim, quente e furiosa, com a lembrança do sangue e do cheiro de cabelo queimado."

Kvothe deu de ombros.

– Porém há mais coisas na vida do que a vingança. Eu tinha obstáculos muito reais a superar bem ali. Minha pobreza. Minha origem humilde. Os inimigos que eu fizera na Universidade eram mais perigosos para mim do que qualquer dos componentes do Chandriano.

Fez um gesto para que o Cronista pegasse a pena.

– Mas, apesar disso tudo, ainda podemos ver que até a história mais fantasiosa contém um fragmento de verdade, porque de fato encontrei algo muito próximo do eremita louco da floresta.

Kvothe sorriu.

– E eu estava decidido a aprender.

CAPÍTULO 46

O vento eternamente mutável

Elodin revelou-se um homem difícil de achar. Tinha um gabinete no Cavus, mas nunca parecia usá-lo. Quando visitei a seção de Registros e Listas, descobri que ele só lecionava uma matéria: Matemática Improvável. Mas isso não chegou a ser útil para encontrá-lo, porque, de acordo com o registro, o horário da aula era "agora" e o local era "todos os lugares".

No fim, avistei-o por mero acaso do outro lado de um pátio apinhado de gente. Usava sua toga negra de professor, o que era uma raridade. Eu estava a caminho da Iátrica, mas resolvi que preferia atrasar-me para a aula a perder a oportunidade de falar com ele.

Quando consegui atravessar a multidão do meio-dia e alcançá-lo, estávamos no limite norte da Universidade, seguindo uma larga estrada de terra que levava à floresta.

– Mestre Elodin – chamei, precipitando-me a seu encontro. – Eu tinha a esperança de poder falar com o senhor.

– Esperancinha lamentável – disse ele, sem diminuir o passo nem olhar na minha direção. – Você deveria ter metas mais elevadas. Um jovem deve inflamar-se com grandes ambições.

– Então tenho a esperança de estudar a arte de nomear – retruquei, encadeando o passo com o dele, a seu lado.

– Alta demais – ele rebateu sem rodeios. – Tente de novo. Alguma coisa a meio caminho.

A estrada de terra fez uma curva e as árvores bloquearam a visão dos prédios da Universidade atrás de nós.

– Espero que o senhor me aceite como aluno – tentei de novo. – E me ensine o que achar melhor.

Elodin parou de andar abruptamente e se virou para me olhar.

– Ótimo. Vá procurar três pinhas para mim – disse. Fez um círculo com o polegar e o indicador e acrescentou: – Deste tamanho, sem nenhum pedacinho quebrado. – Sentou-se bem no meio da estrada, fazendo um gesto de enxotar. – Vá. Depressa.

Disparei para as árvores circundantes. Levei uns cinco minutos para encontrar três pinhas do tipo apropriado. Quando voltei para a estrada, estava descabelado e cheio de arranhões feitos pelas sarças. Não se via Elodin em parte alguma.

Olhei em volta como um idiota, disse um palavrão, larguei as pinhas e saí correndo, seguindo a estrada para o norte. Alcancei-o bem depressa, já que ele caminhava com vagar, olhando para as árvores.

– E então, o que aprendeu? – perguntou-me.

– Que o senhor quer que o deixem em paz?

– Você *é* rápido – fez ele. Abriu dramaticamente os braços e entoou: – Eis que se encerra a lição! Aqui termina minha profunda tutelagem do E'lir Kvothe!

Dei um suspiro. Se fosse embora naquele momento, ainda conseguiria pegar minha aula na Iátrica, mas parte de mim desconfiou que aquilo poderia ser uma espécie de teste. Talvez Elodin quisesse simplesmente certificar-se de que eu estava de fato interessado, antes de me aceitar como aluno. É assim que costuma acontecer nas histórias: o jovem tem que provar sua dedicação ao velho eremita da floresta para que este o acolha sob sua proteção.

– O senhor poderia responder algumas perguntas?

– Certo – disse ele, levantando a mão com o polegar e o indicador fechados. – Três perguntas. Se você concordar em me deixar sossegado depois delas.

Refleti por um instante.

– Por que o senhor não quer me ensinar?

– Porque os Edena Ruh são alunos excepcionalmente ruins – respondeu-me em tom brusco. – São ótimos para memorizar o que precisa ser aprendido, mas o estudo da nomeação exige um nível de dedicação que gente enrolada como vocês raramente possui.

Meu ânimo se inflamou com tanto calor e rapidez que cheguei a sentir a pele enrubescer. O rubor começou em meu rosto e desceu queimando pelo peito e pelos braços. Deixou os pelos de meus braços arrepiados.

Respirei fundo.

– Lamento que a sua experiência com os Ruh tenha deixado algo a desejar – respondi com cuidado. – Permita-me assegurar-lhe que...

– Pelos deuses! – suspirou Elodin, enojado. – Um lambe-botas, ainda por cima. Faltam-lhe a garra e a força testicular necessárias para estudar comigo.

Palavras acaloradas ferviham dentro de mim. Reprimi-as. Ele estava tentando me fisgar.

– O senhor não está me dizendo a verdade. Por que não quer me ensinar?

— Pela mesma razão por que não quero um cachorrinho! — gritou Elodin, agitando os braços no ar como um lavrador que tentasse espantar corvos de um campo. — Porque você é baixo demais para ser nomeador. Seus olhos são verdes demais. Você tem a quantidade errada de dedos. Volte quando for mais alto e houver encontrado um par decente de olhos.

Encaramo-nos por um bom tempo. Por fim, ele deu de ombros e recomeçou a andar.

— Está bem. Eu lhe mostro por quê.

Seguimos pela estrada para o norte. Elodin foi passeando, catando pedras e atirando-as nas árvores. Pulava para arrancar folhas de galhos baixos, fazendo a toga de professor inflar-se de um jeito ridículo. A certa altura, parou e ficou imóvel e atento por quase meia hora, contemplando uma samambaia que balançava devagar ao vento.

Mas prendi firmemente a ponta da língua entre os dentes. Não perguntei para onde íamos nem o que ele estava olhando. Conhecia uma centena de histórias sobre garotos que desperdiçavam perguntas ou desejos por falarem demais. Restavam-me duas perguntas, e eu pretendia fazer com que valessem.

Por fim saímos da floresta e a estrada se transformou numa trilha que atravessava um vasto gramado em direção a um enorme solar. Maior do que a Artificiaria, tinha linhas elegantes, cobertura de telhas vermelhas, janelas altas, portais em arco e pilastras. Havia fontes, flores, cercas vivas...

Mas alguma coisa não estava muito certa. Quanto mais nos aproximávamos dos portões, mais duvidava de que aquela fosse a propriedade de um nobre. Talvez isso tivesse algo a ver com o projeto dos jardins, ou com o fato de que a grade de ferro batido que circundava os gramados tinha 3 metros de altura e era impossível de escalar, para meu olhar treinado de ladrão.

Dois homens de expressão séria abriram o portão e seguimos pela trilha que levava à porta de entrada. Elodin me olhou.

— Você já ouviu falar do Refúgio?

Abanei a cabeça.

— Tem outros nomes: Ninho de Gralhas, Aluadouro...

O manicômio da Universidade.

— É enorme. Como... — parei antes de fazer a pergunta.

Elodin sorriu, ciente de quase ter me pego.

— Jeremias — disse, chamando o homem corpulento parado à porta de entrada. — Quantos convidados temos hoje?

— A recepção pode fornecer-lhe a contagem, senhor — respondeu o homem, com mal-estar.

— Dê um palpite — disse Elodin. — Aqui somos todos amigos.

—Vinte e três? – disse Jeremias, encolhendo os ombros. – Cinquenta e três?

Elodin bateu com o nó do dedo na porta de madeira grossa e o homem correu para destrancá-la.

– Quantos mais poderíamos acomodar, se fosse preciso? – perguntou-lhe Elodin.

– Outros 150, facilmente – informou Jeremias, empurrando a porta para abri-la. – Creio que mais, numa emergência.

– Viu, Kvothe? – disse o mestre, piscando o olho para mim. – Estamos preparados.

O vestíbulo era imenso, com janelas altas de vitral e teto abobadado. O piso era de mármore, polido até brilhar como um espelho.

Fazia no lugar um silêncio sobrenatural. Não consegui compreender. O Manicômio Vista do Arrecife, em Tarbean, tinha apenas uma fração do tamanho desse, mas soava como um bordel cheio de gatos furiosos. Podia-se ouvi-lo acima do barulho da cidade a mais de 1 quilômetro de distância.

Elodin dirigiu-se a passos lentos a uma grande recepção onde havia uma jovem em pé.

– Por que não há ninguém do lado de fora, Emmie?

Ela lhe deu um sorriso sem graça.

– Hoje eles estão muito agitados, senhor. Achamos que vem uma tempestade – disse, e retirou um registro da prateleira. – E também estamos entrando na lua cheia. O senhor sabe como isso afeta as coisas.

– É claro que sei – concordou Elodin, que se agachou e começou a desamarrar os sapatos. – Onde puseram o Whin desta vez?

A moça folheou algumas páginas do livro.

– Segundo andar à direita, 247.

Elodin se levantou e pôs os sapatos no balcão.

– Dê uma olhada neles, sim?

Emmie deu-lhe um sorriso inseguro e assentiu com a cabeça.

Engoli outra porção de perguntas.

– A Universidade parece ter uma despesa enorme aqui – comentei.

Ele me ignorou e subiu uma ampla escada de mármore, apenas de meias. Depois entramos num corredor comprido e branco, ladeado por portas de madeira. Pela primeira vez ouvi os sons que esperaria num lugar daqueles. Gemidos, choro, um tagarelar incessante, gritos, tudo muito vago.

Elodin deu uns passos correndo, soltou-se e deixou os pés deslizarem pelo piso liso de mármore, com a toga de professor esvoaçando às suas costas. Repetiu o procedimento: alguns passos ligeiros, depois um deslizar comprido, com os braços abertos para manter o equilíbrio.

Continuei caminhando a seu lado.

– Acho que os professores poderiam encontrar outros usos mais acadêmicos para a verba da Universidade.

Elodin não me olhou. *Passo. Passo, passo, passo.*

– Você está tentando me fazer responder a perguntas que não formulou – *deslizar.* – Não vai funcionar.

– O senhor está tentando me induzir a fazer perguntas – assinalei. – Parece justo.

Passo, passo, passo. Deslizar.

– Então, por que diabo você se incomoda comigo, afinal? O Kilvin gosta muito de você. Por que não atrela sua estrela à carroça dele?

– Creio que o senhor sabe coisas que não posso aprender com mais ninguém.

– Coisas como o quê?

– Coisas que quero saber desde a primeira vez que vi alguém chamar o vento.

– O nome do vento, foi isso? – disse Elodin, erguendo as sobrancelhas. *Passo. Passo. Passo, passo, passo.* – Isso é complicado. – *Deslizaaaaar.* – O que o leva a crer que sei alguma coisa sobre chamar o vento?

– Um processo de eliminação. Nenhum dos outros mestres faz esse tipo de coisa, portanto, deve ser da sua alçada.

– Pela sua lógica, eu também deveria ser o encarregado das danças nas Solinadas, de bordados e costura e do roubo de cavalos.

Chegamos ao fim do corredor. No meio de uma escorregadela, Elodin quase derrubou um sujeito grandalhão e espadaúdo que carregava um livro de capa dura.

– Mil perdões, senhor – disse o homem, embora obviamente a culpa não fosse dele.

– Timóteo – disse Elodin, apontando-lhe um dedo comprido. – Venha conosco.

O professor seguiu à frente, atravessando vários corredores menores, e acabou chegando a uma porta pesada de madeira, com um painel de correr na altura dos olhos. Abriu-o e espiou o interior.

– Como está ele?

– Calmo – disse o grandalhão. – Acho que não tem dormido muito.

Elodin experimentou o trinco e, com expressão carrancuda, se virou para o homem de ombros largos.

– Você o trancou?

O homem era uma cabeça mais alto que Elodin e provavelmente tinha o dobro do peso, mas o sangue sumiu de seu rosto quando o mestre descalço lhe lançou um olhar furioso.

– Eu não, Mestre Elodin. É...

Elodin o interrompeu com um gesto ríspido.

– Destranque a porta.

Timóteo se atrapalhou com o molho de chaves, enquanto Elodin continuava a encará-lo.

– Alder Whin não deve ser confinado. Pode entrar e sair quando bem entender. Nada deve ser posto em sua comida, a menos que ele o peça especificamente. Vou responsabilizá-lo por isso, Timóteo Generoy – disse Elodin, cutucando-lhe o peito com seu dedo comprido. – Se eu descobrir que o Whin foi sedado ou contido, eu o farei correr nu pelas ruas de Imre, de quatro, e o montarei feito um poneizinho cor-de-rosa. – Tornou a fuzilá-lo com os olhos. – Saia daqui.

O sujeito se afastou o mais depressa que pôde, sem propriamente sair correndo.

Elodin virou-se para mim.

– Você pode entrar, mas não faça barulhos nem movimentos súbitos. Não fale, a menos que ele fale com você. Se falar, mantenha a voz baixa. Entendeu?

Fiz que sim e ele abriu a porta.

O cômodo não era como eu havia esperado. Janelas altas deixavam entrar a luz do sol, revelando uma cama ampla e uma mesa com cadeiras. Todas as paredes, o teto e o piso eram acolchoados com um grosso tecido branco, que abafava até os ruídos mais leves do corredor. As cobertas tinham sido tiradas da cama e um homem magro, de uns 30 anos, embrulhava-se nelas, aninhado contra a parede.

Elodin fechou a porta e o homem miúdo se encolheu um pouco.

– Whin? – disse baixinho o professor, chegando mais perto. – O que aconteceu?

Alder Whin levantou a cabeça, com um olhar de coruja. Um gravetinho de homem, estava de peito nu por baixo do cobertor, o cabelo em completo desalinho, os olhos redondos e arregalados. Falava baixo, com a voz meio embargada.

– Eu estava bem. Estava indo bem. Mas toda aquela gente falando, cachorros, as pedras do calçamento... Não posso ficar perto disso agora.

Whin encostou-se ainda mais na parede e o cobertor escorregou de seus ombros ossudos. Levei um susto ao ver um guílder de chumbo pendurado em seu pescoço. O homem era arcanista diplomado.

Elodin assentiu com a cabeça.

– Por que você está no chão?

Whin olhou para a cama com pânico nos olhos.

— Vou cair – disse baixinho, com a voz entre o pavor e o constrangimento. – E há molas e ripas. Pregos.

— Como está neste momento? – perguntou Elodin, com delicadeza. – Quer voltar comigo?

— *Nããããooo* – fez Whin, soltando um gemido de desamparo, desesperado, espremendo os olhos e puxando o cobertor para si. Sua voz fina e rachada tornou o apelo mais desolador do que se ele tivesse berrado.

— Tudo bem. Você pode ficar – disse Elodin, baixinho. – Eu volto para visitá-lo.

Ao ouvir isso, Whin arregalou os olhos, agitado.

— Não traga o trovão – implorou. Esticou a mão fina para fora do cobertor e agarrou a camisa de Elodin. – Mas preciso de um apito de gato e de lanugem azul, e de ossos também – acrescentou, em tom urgente. – Ossos de tendão.

— Eu os trarei – garantiu-lhe Elodin, fazendo sinal para que eu saísse do quarto. Saí.

Ele fechou a porta atrás de nós com uma expressão tristonha.

— O Whin sabia no que estava se metendo quando se tornou meu guildeiro – comentou, começando a andar pelo corredor. – Você não sabe. Não sabe nada da Universidade. Dos riscos envolvidos. Pensa que este lugar é a terra das fadas, um parque de diversões. Não é.

— Tem razão – rebati. – É um parque de diversões, e todas as outras crianças estão com inveja porque eu brinquei de "seja banido do Arquivo e chicoteado até sangrar" e elas não.

Elodin parou de andar e se virou para mim.

— Ótimo. Prove que estou errado. Prove que pensou bem nisso. Por que a Universidade, com menos de 1.500 alunos, precisa de um manicômio do tamanho do palácio real?

Minha cabeça disparou.

— A maioria dos estudantes vem de famílias abastadas. Tem vida fácil. Quando eles são obrigados a...

— Errado – disse Elodin, com indiferença, e continuou a percorrer o corredor. – É por causa do que estudamos. Da maneira como treinamos a mente a funcionar.

— O senhor está dizendo que as cifras e a gramática enlouquecem as pessoas – comentei, tomando o cuidado de formular a frase em tom de afirmação.

Elodin parou de andar e escancarou a porta mais próxima. Gritos de pânico irromperam pelo corredor.

— ...DE MIM! ESTÃO DENTRO DE MIM! ESTÃO DENTRO DE MIM! ESTÃO DENTRO DE MIM!

Pela porta aberta vi um rapaz se debatendo contra as tiras de couro que o prendiam à cama pelos pulsos, cintura, pescoço e tornozelos.

— A trigonometria e a lógica diagramática não fazem isso — afirmou Elodin, encarando-me.

— ESTÃO DENTRO DE MIM! ESTÃO DENTRO DE MIM! ESTÃO DENTRO... — continuaram os gritos, num cantochão ininterrupto, como o ladrar interminável e disparatado de um cão na madrugada. — ...DE MIM! ESTÃO DENTRO DE MIM! ESTÃO DENTRO DE MIM! ESTÃO...

Elodin fechou a porta. Embora eu ainda pudesse ouvir vagamente os gritos através de sua grossa espessura, o quase-silêncio era espantoso.

— Sabe por que chamam este lugar de Ninho de Gralhas?

Abanei a cabeça.

— Porque é para onde você vai quando matraqueia feito gralha em seu delírio.

Deu-me um sorriso desvairado. Soltou uma gargalhada terrível.

———

Elodin me conduziu por uma longa série de corredores a uma ala diferente do Aluadouro. Finalmente dobramos uma esquina e vi algo novo: uma porta inteiramente feita de cobre.

Ele tirou uma chave do bolso e a abriu.

— Gosto de dar uma passada aqui quando estou pela vizinhança — disse, de modo displicente. — Para verificar minha correspondência, regar as plantas, esse tipo de coisa.

Tirou uma das meias, deu-lhe um nó e usou-a para manter a porta aberta.

— É um lugar agradável para se visitar, mas, sabe como é... — disse, dando uma puxada na porta para ter certeza de que ela não se fecharia. — De novo, não.

A primeira coisa que notei no quarto foi algo estranho no ar. A princípio pensei que fosse à prova de som, como o quarto de Alder Whin, mas, olhando em volta, vi que as paredes e o teto eram de pedra cinzenta e nua. Achei então que o ar talvez cheirasse a bolor, mas, ao respirar fundo, senti o aroma de lavanda e roupa de cama limpa. Foi quase como se houvesse uma pressão em meus ouvidos, como se eu estivesse embaixo d'água; só que não estava, é claro. Agitei uma das mãos à minha frente, quase esperando que o ar fosse diferente, mais denso. Não era.

— Bem irritante, hein? — fez Elodin. Virei-me e vi que ele me observava. — Fico surpreso por você ter notado. Não são muitos os que notam.

O quarto era decididamente melhor que o de Alder Whin. Tinha uma cama de baldaquino, um sofá superestofado, uma estante vazia e uma mesa grande, com várias cadeiras. O mais notável eram as janelas imensas, que davam para gramados e jardins. Vi uma sacada do lado de fora, mas parecia não haver acesso a ela.

– Observe isto – disse Elodin. Pegou uma das cadeiras de espaldar alto, suspendeu-a com as duas mãos, girou-a no ar e a atirou com força na janela. Estremeci, mas, em vez de um estrépito terrível, houve apenas o som surdo de madeira quebrada. A cadeira despencou no chão, numa mistura de tábuas e estofamento destruídos.

– Eu passava horas fazendo isso – comentou Elodin, respirando fundo e correndo os olhos pelo quarto com ar amoroso. – Bons tempos.

Fui examinar as janelas. Eram mais grossas que de hábito, mas não tanto assim. Pareciam normais, exceto pelas tênues riscas avermelhadas que apresentavam. Olhei para o caixilho. Também era de cobre. Corri os olhos devagar pelo quarto, examinando as paredes nuas de pedra, sentindo seu ar estranhamente pesado. Notei que a porta não tinha nem maçaneta do lado de dentro, muito menos fechadura. *Por que alguém se daria ao trabalho de fazer uma porta sólida de cobre?*

Resolvi fazer minha segunda pergunta.

– Como o senhor saiu?

– Até que enfim! – disse o mestre, com um toque de exasperação.

Afundou no sofá.

– Sabe, era uma vez o dia em que o Grande Elodin se descobriu trancafiado numa torre alta. – Fez um gesto para o quarto em que estávamos. – Tinham-no despojado de seus instrumentos: a moeda, a chave e a vela. Além disso, sua cela não tinha uma porta digna de ser mencionada. Nem janelas que fosse possível romper. – Gesticulou com displicência para cada uma delas. – Até o nome do vento lhe fora escondido pelas maquinações ardilosas de seus captores.

Levantou-se do sofá e começou a andar pelo quarto.

– À sua volta não havia nada senão a pedra dura e lisa. Era uma cela da qual nenhum homem jamais havia escapado.

Parou de andar e levantou um dedo, com ar dramático.

– Mas Elodin, o Grande, sabia os nomes de todas as coisas, e por isso todas as coisas estavam sob o seu comando – continuou. Pôs-se de frente para a parede cinzenta ao lado das janelas. – E ele disse à pedra: "QUEBRA-TE", e ela...

Sua voz se extinguiu e ele inclinou a cabeça de lado, com ar curioso. Estreitou os olhos.

– Raios me partam, eles a trocaram – disse consigo mesmo, baixinho, aproximando-se da janela e ali colocando uma das mãos. – Hum.

Deixei minha atenção vagar. Wil e Sim tinham razão, o homem tinha o miolo mole. Que aconteceria se eu saísse correndo do quarto, soltasse a porta e a deixasse bater? Os outros professores me agradeceriam?

— Ora! — exclamou Elodin, de repente, rindo. — Foi quase esperto por parte deles! — comentou, recuando dois passos da parede. — *CYAERBASALIEN*.

Vi a parede mover-se. Ondulou-se como um tapete pendurado e sovado com um pau. Depois simplesmente... ruiu. Feito água suja derramada de um balde, toneladas de areia cinzenta se espalharam pelo chão num jorro súbito, enterrando os pés de Elodin até as canelas.

A luz do sol e o canto dos pássaros inundaram o quarto. Onde antes houvera 30 centímetros de sólida rocha cinzenta havia agora um enorme buraco, tão grande que uma carroça poderia cruzá-lo.

Mas o buraco não estava completamente desobstruído; um material verde estendia-se pela abertura. Chegava quase a parecer uma rede suja e emaranhada, mas era irregular demais para uma rede. Mais parecia uma teia de aranha grossa e esfrangalhada.

— Isso não estava aí antes — desculpou-se Elodin, soltando os pés da areia cinzenta. — Foi muito mais dramático da primeira vez, posso lhe assegurar.

Fiquei literalmente parado, perplexo com o que acabara de ver. Aquilo não era simpatia. Não era nada que eu já tivesse visto. Só consegui pensar no antigo verso de uma centena de histórias parcialmente recordadas: *E o Grande Taborlin disse à pedra: "QUEBRA-TE!", e a pedra se quebrou...*

Elodin arrancou uma perna da cadeira e a usou para bater na rede verde e emaranhada que se estendia pela abertura. Partes dela se quebraram facilmente ou se desfizeram em lascas. Nos pontos em que a rede era mais grossa, ele usou a perna da cadeira como uma alavanca para entortar os pedaços. Nos pontos em que se vergou ou quebrou, a rede cintilou ofuscante à luz do sol. Mais cobre, pensei. Veios de cobre perpassando os blocos de pedra que compunham a parede.

Elodin largou a perna da cadeira e passou pela abertura agachado. Pela janela eu o vi debruçar-se sobre a balaustrada de pedra branca da sacada.

Segui-o para o lado de fora. Assim que pisei na sacada, o ar deixou de parecer estranhamente pesado e parado.

— Dois anos — disse ele, olhando para os jardins — podendo ver esta sacada, mas não postar-me nela. Podendo ver o vento, mas não ouvi-lo nem senti-lo no rosto.

Passou uma de suas pernas pela balaustrada de pedra, sentando-se nela, depois deixou-se escorregar 1 metro e pouco até pisar no pedaço plano de telhado logo abaixo. Andou por ele, afastando-se do prédio.

Eu mesmo pulei a balaustrada e o segui até a borda do telhado. Estávamos a uma altura de apenas uns 6 metros, mas os jardins e fontes que se espalhavam por todos os lados ofereciam uma vista espetacular. Elodin ficou perigosamente perto da borda, com a toga de professor esvoaçando a seu redor como uma bandeira negra. Pareceu-me muito imponente, na verdade, se a gente se dispusesse a ignorar que ele usava apenas um pé de meia.

Fui postar-me junto dele na beira do telhado, sabendo qual teria que ser minha terceira pergunta.

– O que tenho de fazer para estudar a arte de nomear, sob a sua orientação?

Ele me fitou calmamente, avaliando-me.

– Pule. Pule deste telhado.

Foi nesse momento que me dei conta de que tudo fora um teste. Elodin estivera me avaliando desde o momento em que nos encontráramos. Sentia um respeito relutante por minha tenacidade e ficara surpreso por eu haver notado algo estranho no ar de seu quarto. Estava prestes a me aceitar como seu aluno.

Mas precisava de algo mais, de uma prova da minha dedicação. Uma demonstração. Um salto no escuro, um ato de fé.

Parado ali, lembrei-me de um trecho de uma história. *E assim, Taborlin caiu, mas não se desesperou. É que sabia o nome do vento, e por isso o vento lhe obedecia. O vento o aninhou e acariciou. Carregou-o para o chão com a suavidade da brisa ao soprar a lanugem do cardo. Colocou-o de pé com a doçura de um beijo materno.*

Elodin sabia o nome do vento.

Ainda a fitá-lo nos olhos, avancei além do beiral do telhado.

A expressão dele foi maravilhosa. Eu nunca tinha visto um homem tão atônito. Girei de leve ao cair, de modo que ele continuou na minha linha de visão. Vi-o levantar de leve uma das mãos, como que numa tentativa tardia de me segurar.

Senti-me sem peso, como se flutuasse.

Depois, despenquei no chão. Não com suavidade, como uma pluma que pousasse. Com força. Como um tijolo batendo numa rua de pedra. Caí de costas, com o braço esquerdo embaixo do corpo. Minha vista escureceu quando a cabeça atingiu o chão, e todo o ar foi expulso do meu corpo.

Não perdi a consciência. Fiquei caído ali, sem fôlego e incapaz de me mexer. Lembro-me de ter pensado, com toda a seriedade, que estava morto. Que estava cego.

Aos poucos minha visão voltou, fazendo-me piscar diante da luminosidade súbita do céu azul. Senti uma dor lancinante no ombro e o gosto de sangue. Não conseguia respirar. Tentei sair de cima do braço, mas meu corpo se recusou a me obedecer. Eu tinha quebrado o pescoço... a coluna...

Depois de um momento prolongado e apavorante, consegui dar um arquejo superficial, depois outros. Suspirei de alívio e percebi que tinha pelo menos uma costela quebrada, além de todo o resto, mas mexi de leve os dedos das mãos, a seguir os dos pés. Funcionavam. Então vi que não tinha fraturado a espinha.

Enquanto eu permanecia deitado lá, contando minhas bênçãos e minhas costelas quebradas, Elodin entrou em meu campo visual e baixou os olhos para mim.

— Parabéns — disse. — Foi a coisa mais idiota que eu já vi em todos os tempos — sentenciou, com uma expressão que misturava assombro e incredulidade.

———

E foi então que decidi dedicar-me à nobre arte da Artificiaria. Não que tivesse muitas outras opções. Antes de me ajudar a capengar até a Iátrica, Elodin deixou claro que qualquer pessoa estúpida o bastante para pular de um telhado era inconsequente demais para segurar uma colher em sua presença, que dirá para estudar algo tão "profundo e volátil" como a nomeação das coisas.

Mesmo assim, não fiquei terrivelmente arrasado com sua recusa. Magia de contos de fadas ou não, eu não estava ansioso por estudar com um homem cujas primeiras lições tinham-me deixado com três costelas quebradas, uma concussão leve e um ombro deslocado.

CAPÍTULO 47

Alfinetadas

AFORA O COMEÇO TUMULTUADO, meu primeiro período letivo correu com bastante tranquilidade. Estudei na Iátrica, aprendendo mais sobre o corpo e como curá-lo. Treinei meu siaru com Wilem e, em troca, ajudei-o em seu aturano.

Percorri as fileiras da Artificiaria, aprendendo a soprar vidros, misturar ligas, fundir metal em fios de arame, gravar superfícies metálicas e esculpir a pedra.

Na maioria das noites, voltava à oficina de Kilvin para trabalhar. Tirava armações das peças fundidas em bronze, lavava objetos de vidro e moía minério para as ligas. Não era um trabalho exigente, mas Kilvin me dava um iota de cobre por onzena, às vezes dois. Eu desconfiava que havia uma grande tábua de registro em sua cabeça metódica assinalando cuidadosamente as horas que cada pessoa trabalhava.

Também aprendi coisas de natureza menos acadêmica. Alguns de meus colegas de beliche que eram do Arcanum me ensinaram um jogo de cartas chamado hálito-de-cão. Retribuí o favor dando-lhes uma aula improvisada de psicologia, probabilidade e destreza manual. Ganhei quase dois talentos antes de eles pararem de me convidar para seus jogos.

Tornei-me amigo íntimo de Wilem e Simmon. Havia alguns outros, não muitos, e nenhum tão chegado quanto Wil e Sim. Minha ascensão rápida à condição de E'lir me alienou da maioria dos outros estudantes. Fosse por ressentimento ou por me admirarem, quase todos se mantiveram afastados.

E havia Ambrose. Considerar-nos simples inimigos seria deixar escapar o verdadeiro sabor de nossa relação. Era mais como se nós dois tivéssemos feito uma parceria comercial para buscar com mais eficiência nosso interesse recíproco de odiar um ao outro.

No entanto, mesmo com meu projeto de vingança contra Ambrose, eu ainda tinha muito tempo livre nas mãos. Como não podia gastá-lo no Arquivo, passei parte dele alimentando minha reputação florescente.

Veja bem, minha entrada dramática na Universidade causara uma agitação e tanto. Eu havia passado ao Arcanum em três dias, em vez dos três bimestres habituais. Era o membro mais jovem, com uma diferença de quase dois anos. Desafiara abertamente um dos professores diante de sua própria turma e conseguira evitar a expulsão. Ao me açoitarem, não havia chorado nem sangrado.

Ainda por cima eu parecia ter conseguido enfurecer Mestre Elodin a ponto de ele me jogar do telhado do Aluadouro. Deixei essa história circular sem retificação, já que ela era preferível à embaraçosa verdade.

No cômputo geral, era o bastante para iniciar um fluxo contínuo de boatos a meu respeito, e resolvi tirar proveito disso. A fama é uma espécie de armadura ou uma arma que se pode brandir quando necessário. Decidi que, se ia ser arcanista, eu bem poderia ser um arcanista famoso.

Assim, deixei algumas informações escaparem: eu fora aceito sem ter uma carta de recomendação. Os professores tinham me dado três talentos para frequentar a Universidade, em vez de eu pagar a taxa escolar. Eu sobrevivera durante anos nas ruas de Tarbean à custa do meu talento.

Cheguei até a desencadear alguns boatos que eram um absurdo completo, mentiras tão escandalosas que as pessoas viriam fatalmente a repeti-las, a despeito de serem obviamente falsas: eu tinha sangue de demônio; conseguia enxergar no escuro; só dormia uma hora por noite; na lua cheia, falava durante o sono, numa língua estranha que ninguém conseguia entender.

Basil, meu ex-companheiro nos beliches do Cercado, ajudou-me a deflagrar esses boatos. Eu inventava as histórias, ele as contava a algumas pessoas e depois, juntos, nós as víamos espalhar-se como fogo na campina. Era um passatempo divertido.

Mas minha desavença permanente com Ambrose contribuiu mais do que qualquer outra coisa para minha reputação. Todos ficavam perplexos por eu me atrever a desafiar abertamente o filho primogênito de um nobre poderoso.

Tivemos vários encontros dramáticos naquele primeiro período. Não incomodarei você com os detalhes. Nossos caminhos se cruzavam e nós tecíamos um ou outro comentário de improviso, alto o bastante para que todos os presentes no cômodo o ouvissem. Ou então ele zombava de mim, à guisa de elogio: "Você *precisa* me dizer quem corta o seu cabelo..."

Qualquer pessoa com um mínimo de bom senso sabe lidar com nobres arrogantes. O alfaiate que eu havia aterrorizado em Tarbean soubera o que fazer. Nessas horas, você aguenta o tranco, abaixa a cabeça e acaba com a história toda o mais depressa possível.

Mas eu *sempre* revidava e, embora Ambrose fosse inteligente e razoavelmente bem-falante, não era páreo para minha língua de integrante de trupe.

Eu fora criado no palco e minha inteligência afiada de Ruh garantia que eu levasse a melhor em nossos diálogos.

Mesmo assim, ele continuava a me procurar, feito um cachorro estúpido demais para evitar um porco-espinho. Soltava um desaforo para mim e ia embora com a cara cheia de alfinetadas. E, toda vez que nos despedíamos, odiávamos um ao outro um pouquinho mais.

As pessoas notavam e, no fim do período letivo, eu já tinha a fama de uma bravura inconsequente. Mas a verdade é que eu era apenas destemido.

Há uma diferença, sabe? Em Tarbean, eu aprendera a conhecer o verdadeiro medo. Temia a fome, a pneumonia, os guardas com pregos de ferro nas botas, os garotos maiores com facas de vidro de garrafa. Enfrentar Ambrose não exigia nenhuma valentia real de minha parte. Eu simplesmente não conseguia sentir o menor medo dele. Para mim, ele era um palhaço empolado. Eu o considerava inofensivo.

Fui um idiota.

CAPÍTULO 48

Interlúdio – Um silêncio de um tipo diferente

BAST PERMANECEU SENTADO na Pousada Marco do Percurso e tentou manter as mãos imóveis no colo. Havia contado 15 respirações desde a última vez que Kvothe tinha falado, e o silêncio inocente que se acumulara como uma poça transparente ao redor dos três homens começava a escurecer, adensando-se num silêncio de outro tipo. Bast respirou fundo mais uma vez – a décima sexta – e se preparou para o momento que temia ver chegar.

Seria desconhecer o mérito de Bast dizer que ele não tinha medo de nada, já que só os tolos e os sacerdotes nunca temem. Mas a verdade é que pouquíssimas coisas o deixavam nervoso. Lugares altos, por exemplo, não lhe agradavam muito. E os grandes temporais de verão que apareciam nessa área, enegrecendo o céu e arrancando carvalhos de raízes profundas, faziam-no sentir-se incomodamente pequeno e desamparado.

No entanto, pensando bem, nada o assustava realmente – nem os temporais nem as escadas altas, nem mesmo um scrael. Bast era corajoso, por ser basicamente destemido. Nada o fazia empalidecer, ou, se fazia, ele não ficava pálido por muito tempo.

Ah, é claro que não gostava da ideia de que alguém o ferisse. De que o perfurasse com ferro afiado, ou o marcasse com carvão em brasa, esse tipo de coisa. Mas o simples fato de não gostar da ideia de ver seu sangue jorrando do lado de fora não significava que temesse coisas desse tipo. Só não queria que acontecessem. Para temer algo de verdade é preciso pensar nele. E, como não havia nada que acossasse dessa forma a mente desperta de Bast, não havia nada que seu coração realmente temesse.

Mas o coração pode mudar. Dez anos antes ele havia perdido a força da mão ao trepar numa árvore alta para colher uma fruta para uma moça de quem gostava. Depois de escorregar, passara um longo minuto pendurado de cabeça para baixo, antes de cair. Nesse longo minuto, um pequenino medo criara raízes em seu íntimo e permanecera com ele desde então.

Do mesmo modo, Bast havia adquirido um novo medo nos últimos tempos. Um ano antes, era tão destemido quanto qualquer homem sensato poderia ter a esperança de ser, mas agora Bast temia o silêncio. Não o silêncio comum que vinha da simples ausência de coisas se movimentando e fazendo barulho. Ele temia o silêncio profundo e cansado que às vezes envolvia seu amo como uma mortalha invisível.

Tornou a respirar – pela décima sétima vez. Lutou para não retorcer as mãos enquanto aguardava o silêncio profundo invadir o aposento. Esperou que ele se cristalizasse e mostrasse os dentes, nas fímbrias da quietude fria que se havia acumulado na hospedaria. Sabia como ele chegava, feito a geada que sangra no solo hibernal, endurecendo a água cristalina que o degelo precoce deixava nos sulcos das carroças.

Mas, antes que Bast pudesse respirar mais uma vez, Kvothe se endireitou na cadeira e fez sinal para que o Cronista descansasse a pena. Bast quase chorou, ao sentir o silêncio dissipar-se como um pássaro escuro voando sobressaltado.

Kvothe soltou um suspiro entre o aborrecimento e a resignação e disse:
– Admito: não sei ao certo como abordar a próxima parte da história.

Com medo de deixar o silêncio estender-se por tempo demais, Bast propôs:
– Por que não fala primeiro do mais importante? Depois poderá voltar atrás e tocar em outras coisas, se achar que precisa.

– Como se fosse simples assim – disse Kvothe com rispidez. – O que é o mais importante: minha magia ou minha música? Minhas vitórias ou minhas loucuras?

Bast enrubesceu até ficar roxo e mordeu os lábios.

Kvothe soltou a respiração numa bufada repentina.

– Desculpe-me, Bast. É um bom conselho, como todos os seus conselhos aparentemente tolos acabam por se revelar.

Afastou a cadeira da mesa e continuou:
– Mas, antes de prosseguirmos, a vida real me convoca para algumas necessidades que já não posso ignorar. Vocês me dão licença por um momento?

O Cronista e Bast também se levantaram, esticando as pernas e cuidando dos seus próprios chamados. Bast acendeu os candeeiros. Kvothe trouxe mais queijo, pão e linguiça picante. Todos comeram e houve um pequeno esforço para manter uma conversa educada, mas cada um tinha a cabeça noutro lugar, pensando na história.

Bast traçou metade de tudo. O Cronista comeu uma porção considerável, porém mais modesta. Kvothe deu uma ou duas beliscadas antes de recomeçar a falar.

– Então vamos em frente. Música e magia. Vitórias e insensatez. Pensem bem. Do que é que a nossa história precisa? Que elemento vital está faltando?

— Mulheres, Reshi — disse Bast prontamente. — Há uma verdadeira escassez de mulheres.

Kvothe sorriu.

— *Mulheres* não, Bast. *Uma mulher. A mulher.*

Olhou para o Cronista.

— Você já ouviu uma coisa ou outra, não duvido. Vou dizer-lhe a verdade sobre ela, embora tema não ficar à altura do desafio.

O Cronista apanhou sua pena, mas, antes que pudesse molhá-la na tinta, Kvothe levantou a mão.

— Deixe-me dizer uma coisa antes de começar. Já contei histórias no passado, pintei quadros com palavras, contei mentiras terríveis e verdades ainda piores. Certa vez toquei as cores para um cego. Passei sete horas tocando, mas, no fim, ele disse que conseguia vê-las: o verde, o vermelho e o dourado. Acho que aquilo foi mais fácil do que isto. Tentar fazer com que vocês a entendam, sem nada além de palavras. Vocês nunca a viram, nunca ouviram sua voz. Não têm como saber.

Kvothe fez um gesto para que o Cronista apanhasse a pena.

— Mesmo assim, vou tentar. Agora ela está nos bastidores, esperando sua deixa. Preparemos o palco para sua chegada...

CAPÍTULO 49

A natureza das coisas selvagens

COMO ACONTECE COM TODAS AS COISAS verdadeiramente selvagens, há que se ter cuidado ao abordá-las. Agir furtivamente é inútil. Os seres impetuosos reconhecem a conduta furtiva pelo que ela é: uma mentira e uma armadilha. Embora as criaturas selvagens possam agir com dissimulação e, assim fazendo, vez por outra até se tornarem presas dela, nunca são realmente pegas por conta disso.

Então, com lento cuidado, e não de maneira furtiva, devemos abordar o tema de uma certa mulher. Tamanha é sua impetuosidade que temo abordá-la apressadamente, mesmo numa história. Se agir com precipitação, posso assustar até mesmo a ideia dela, impelindo-a a uma fuga repentina.

Portanto, em nome do lento cuidado, contarei como a conheci. E, para isso, devo falar dos acontecimentos que me levaram, muito a contragosto, a atravessar o rio e entrar em Imre.

Concluí meu primeiro bimestre com três talentos de prata e um único iota. Não fazia muito tempo, isso me pareceria ser todo o dinheiro do mundo. Agora eu apenas esperava que fosse o bastante para as mensalidades de mais um período e um beliche no Cercado.

A última onzena de cada período na Universidade era reservada para os exames de admissão ou promoção. As aulas eram suspensas e os professores passavam várias horas por dia aplicando provas. A taxa escolar cobrada pelo período seguinte baseava-se no desempenho de cada aluno. Um sorteio determinava o dia e a hora em que ele se submeteria ao exame de admissão.

Quase tudo dependia dessa breve entrevista. Errar algumas respostas podia facilmente dobrar o valor da taxa. Por isso, prezavam-se muito os horários mais para o final da onzena, já que eles davam aos estudantes mais tempo para estudarem e se prepararem. Havia uma vigorosa negociação dos horários marcados depois de realizado o sorteio. Trocavam-se dinheiro e favores à medida que cada um disputava o horário que mais lhe conviesse.

Tive a sorte de pegar um horário no meio da manhã do dia-da-pira, o último dia dos exames. Se quisesse, poderia tê-lo vendido, mas preferi usar o tempo adicional para estudar. Sabia que meu desempenho teria de ser brilhante, visto que, àquela altura, diversos professores já não estavam tão impressionados comigo. Meu truque anterior de espionagem estava fora de cogitação. Eu tinha descoberto que essa conduta dava margem à expulsão e não podia arriscar.

Apesar dos longos dias que passei estudando com Wil e Sim, as provas foram difíceis. Respondi sem problemas a muitas perguntas, mas Hemme foi francamente hostil, formulando questões com mais de uma resposta, de modo que nada do que eu respondesse pudesse estar certo. Brandeur também se mostrou difícil, claramente ajudando Hemme a dar vazão ao seu ressentimento. Lorren foi indecifrável, porém mais intuí sua desaprovação do que a percebi em seu rosto.

Em seguida inquietei-me enquanto os professores discutiam minha taxa escolar. As vozes foram serenas e baixas no começo, depois ficaram um pouco mais altas. Kilvin acabou por se levantar e sacudir o dedo para Hemme, berrando e esmurrando a mesa com a outra mão. Hemme manteve uma compostura maior do que eu teria conseguido, se tivesse de enfrentar quase 130 quilos de um artífice furioso aos gritos.

Depois que o Reitor conseguiu recobrar o controle da situação, fui convidado a me aproximar e me entregaram meu recibo: "E'lir Kvothe. Período de verão. Taxa: 3 Tal. 9 It. 7 Fe."

Oito iotas além do que eu tinha. Ao sair do Prédio dos Professores, ignorei a sensação de vazio na boca do estômago e procurei pensar num modo de conseguir pôr as mãos em mais dinheiro até as 12 horas do dia seguinte.

Dei uma rápida passada por dois cambistas ceáldicos do lado de cá do rio. Como eu suspeitava, recusaram-se a me emprestar até mesmo um fino gusa. Embora isso não me surpreendesse, foi uma experiência acauteladora que mais uma vez me lembrou como eu era diferente dos outros estudantes. Eles tinham família para pagar suas taxas escolares e lhes dar mesadas para cobrir as despesas cotidianas. Tinham sobrenomes bem conceituados, com os quais podiam obter empréstimos numa situação de emergência. Possuíam bens que podiam empenhar ou vender. E, se ocorresse o pior, tinham lares para onde voltar.

Eu não tinha nenhuma dessas coisas. Se não conseguisse arranjar mais oito iotas para a taxa escolar, não haveria nenhum lugar no mundo para onde pudesse ir.

Tomar empréstimo de um amigo parecia a alternativa mais simples, porém eu valorizava demais meu punhado de amigos para me arriscar a perdê-los por dinheiro. Como dizia meu pai, "há dois modos certeiros de perder um amigo: um é pedir empréstimos, outro é concedê-los".

Além disso, eu fazia o possível para guardar segredo de minha pobreza aflitiva. O orgulho é uma tolice, mas é uma força poderosa. Eu só lhes pediria dinheiro como ultimíssimo recurso.

Considerei brevemente a ideia de afaná-lo, mas vi que era ruim. Se fosse apanhado com a mão no bolso de alguém, eu levaria mais do que um cachação. Na melhor das hipóteses, seria preso e forçado a enfrentar a Lei Férrea. Na pior, acabaria diante do chifre e expulso por Conduta Imprópria para um Membro do Arcanum. Não podia correr esse risco.

Eu precisava de um usurário, um daqueles homens perigosos que emprestam dinheiro a pessoas desesperadas. Talvez você tenha ouvido referências românticas a eles, como gaviões do cobre, porém o mais comum era serem chamados de raspa-gusas ou futres. Qualquer que fosse o nome, eles existiam em todo lugar. O difícil era achá-los. Tendiam a ser muito sigilosos, já que seu ramo de negócios era, na melhor das hipóteses, semilegal.

Mas a vida em Tarbean me ensinara uma ou duas coisinhas. Passei umas duas horas visitando as tabernas mais fuleiras nas imediações da Universidade, puxando conversas informais, fazendo perguntas como quem não quer nada. Depois visitei uma loja de penhores chamada Vintém Torto e fiz perguntas mais incisivas. Acabei descobrindo aonde precisava ir: ao outro lado do rio, em Imre.

CAPÍTULO 50

Negociações

IMRE LOCALIZAVA-SE A POUCO MENOS de 4 quilômetros da Universidade, no lado leste do rio Omethi. Como ficava a apenas dois dias de viagem de Tarbean num coche rápido, inúmeros nobres ricos, políticos e homens da corte construíam suas casas lá. Era convenientemente próxima do centro de governo da República e, ao mesmo tempo, situava-se a uma distância confortável do cheiro de peixe podre, piche quente e vômito de marinheiros bêbados.

Era um refúgio para as artes. Havia músicos, dramaturgos, escultores, dançarinos e praticantes de uma centena de outras artes menores, inclusive a mais humilde de todas: a poesia. Os artistas iam para lá porque a cidade oferecia aquilo de que todos mais precisavam – um público apreciador e abastado.

Imre também se beneficiava da proximidade da Universidade. O acesso ao sistema de canalização e a lâmpadas de simpatia melhorava a qualidade do ar local. Era fácil obter vidro de ótima qualidade, por isso janelas e espelhos eram comuns. Óculos e outras lentes polidas, apesar de caros, eram prontamente encontrados.

Apesar disso, havia pouca afeição entre as duas cidades. A maioria dos cidadãos de Imre não gostava da ideia de centenas de cabeças mexendo com forças sinistras que mais valeria deixar em paz. Ao ouvir a fala do cidadão comum, era fácil esquecer que fazia quase 300 anos que essa parte do mundo não via um arcanista arder na fogueira.

Para ser justo, convém mencionar que a Universidade também nutria um vago desprezo pelo populacho de Imre, que era tido como comodista e decadente. As artes tão altamente apreciadas no local eram vistas como frívolas pelos integrantes da Universidade. Era comum dizer-se que os alunos que a abandonavam tinham "atravessado o rio", e isso significava que mentes fracas demais para o mundo acadêmico tinham que se resignar a improvisar com as artes.

E os dois lados do rio, em última instância, eram hipócritas. Os estudantes universitários se queixavam dos músicos frívolos e dos atores canastrões, depois faziam fila para comprar os ingressos dos espetáculos. A população de Imre reclamava de haver artes antinaturais sendo praticadas a menos de 4 quilômetros de distância, mas, quando um aqueduto ruía ou alguém adoecia repentinamente, corria a chamar engenheiros e médicos formados na Universidade.

No cômputo geral, tratava-se de uma trégua antiga e incômoda, na qual os dois lados se queixavam mas conservavam uma tolerância relutante. Afinal, essa gente tinha sua serventia; apenas não se gostaria de ver a própria filha casar-se com um deles...

Como Imre era tamanho refúgio para a música e o teatro, talvez você imagine que eu passava muito tempo lá, porém nada estaria mais longe da verdade. Só visitara a cidade uma vez. Wilem e Simmon tinham me levado a uma taberna em que um trio de músicos habilidosos tocava alaúde, flauta e tambor. Eu havia comprado uma cerveja pequena por meio-vintém e relaxado, com a absoluta intenção de aproveitar a noite com meus amigos...

Mas não conseguira. Minutos depois de iniciada a música eu praticamente fugira do salão. Duvido muito que você possa entender por que, mas suponho ter de explicar, para que as coisas façam algum sentido.

Eu não suportava ficar perto da música e não participar dela. Era como ver a mulher amada deitar-se com outro homem. Não. Na verdade, não. Era como...

Era como os papa-doces que eu vira em Tarbean. A resina de dênera era totalmente ilegal, é claro, mas isso não vinha ao caso na maioria dos pontos da cidade. Era vendida embrulhada em papel encerado, como uma bala ou um caramelo. Chupá-la inundava o sujeito de euforia. Êxtase. Contentamento.

Passadas algumas horas, porém, a pessoa tremia, tomada por uma ânsia desesperadora de consumir mais. Essa ânsia piorava quanto mais se prolongava o uso da substância. Uma vez, em Tarbean, eu vira uma mocinha de não mais de 16 anos com os reveladores olhos encovados e os dentes antinaturalmente brancos dos viciados contumazes. Ela implorava um doce a um marinheiro que o segurava tentadoramente fora do seu alcance. O homem lhe dissera que ela o teria, se tirasse a roupa e dançasse para ele, bem ali, no meio da rua.

A moça se despira, sem se importar com quem estaria olhando, sem se importar com o fato de ser quase o auge do inverno e de ela estar em pé sobre 10 centímetros de neve. Havia tirado a roupa e dançado desesperadamente, seus membros magros e pálidos sacudindo em movimentos patéticos e trôpegos. Depois, ao ver o marinheiro rir e abanar a cabeça, ela se prostrara de joelhos na neve, implorando e chorando, freneticamente agarrada às pernas dele, prometendo qualquer coisa, qualquer coisa...

Era assim que eu me sentia ao ver músicos tocarem. Não podia suportar. A falta cotidiana da minha música era como uma dor de dentes a que eu houvesse me acostumado. Eu sabia conviver com ela. Mas ver o que queria balançando à minha frente era mais do que eu conseguia aguentar.

Por isso, evitei Imre até o problema da taxa escolar de meu segundo período me obrigar a atravessar outra vez o rio. Eu fora informado de que Devi era a pessoa a quem qualquer um podia pedir empréstimos, por mais aflitivas que fossem suas circunstâncias.

———

Assim, cruzei o Omethi na Ponte de Pedra e segui para Imre. Chegava-se à casa de negócios de Devi passando por uma viela e subindo uma escada estreita de sacada atrás de um açougue. Essa parte de Imre me fez lembrar a Beira-Mar de Tarbean. O cheiro enjoativo de gordura rançosa que vinha do açougue no térreo me levou a dar graças pela brisa fresca, que parecia outonal.

Hesitei diante da porta pesada que dava para a viela. Estava prestes a me envolver num negócio perigoso. Um agiota cealdo poderia levar a pessoa aos tribunais, se ela não pagasse um empréstimo. Um usurário simplesmente mandaria espancá-la ou assaltá-la, ou as duas coisas. Não era sensato. Eu estava brincando com fogo.

Mas não tinha nenhuma opção melhor. Respirei fundo, empertiguei os ombros e bati à porta.

Enxuguei as palmas das mãos suadas na capa, torcendo para mantê-las razoavelmente secas na hora de apertar a mão de Devi. Em Tarbean eu aprendera que a melhor maneira de lidar com esse tipo de gente era agir com ar confiante e seguro. O negócio deles era tirar proveito da fraqueza alheia.

Ouvi o som de uma tranca pesada sendo levantada e a porta se abriu, revelando uma moça de cabelo liso, louro-avermelhado, que emoldurava um rosto de fada. Ela sorriu para mim, linda como um botão em flor.

— Pois não?

— Estou procurando Devi.

— Já a encontrou — disse a jovem, descontraída. — Vamos entrando.

Entrei e ela fechou a porta, repondo a tranca de ferro no lugar. O cômodo não tinha janelas, mas era bem iluminado e recendia a alfazema, o que era uma mudança bem-vinda, comparada ao cheiro da viela. Havia tapeçarias nas paredes, mas a única mobília de verdade compunha-se de uma escrivaninha pequena, uma estante de livros e uma grande cama de baldaquino com as cortinas cerradas.

— Sente-se, por favor — disse a moça, apontando para a escrivaninha.

Instalou-se atrás dela e cruzou as mãos sobre o tampo. Seu jeito de se portar me fez reconsiderar sua idade. Eu a avaliara mal por causa do porte miúdo, mas, ainda assim, ela não poderia ter muito mais de 20 e poucos anos – o que estava longe de ser o que eu esperava encontrar.

Devi piscou os olhos para mim de um jeito gracioso.

– Preciso de um empréstimo – informei.

– Que tal o seu nome primeiro? – Ela sorriu. – Você já sabe o meu.

– Kvothe.

– É mesmo? – fez ela, arqueando uma sobrancelha. – Ouvi umas coisas a seu respeito – comentou, olhando-me de cima a baixo. – Pensei que fosse mais alto.

Eu poderia dizer o mesmo. Fui apanhado de surpresa pela situação. Tinha me preparado para um brutamontes musculoso e para negociações repletas de ameaças e bravatas mal disfarçadas. Não sabia como lidar com aquela mocinha risonha, de ar desamparado.

– O que você ouviu? – perguntei, para preencher o silêncio. – Nada de mau, espero.

– Coisas boas e ruins. Porém nada entediante. – Tornou a sorrir.

Cruzei as mãos, para não ficar me remexendo.

– E como vamos fazer isso, exatamente?

– Você não é de muita conversa, não? – disse Devi, com um rápido suspiro de decepção. – Muito bem, direto aos negócios. De quanto você precisa?

– Apenas um talento. Oito iotas, na verdade.

Ela abanou a cabeça com ar sério, fazendo o cabelo louro-avermelhado balançar para a frente e para trás.

– Receio não poder atendê-lo. Para mim, não vale a pena fazer empréstimos de meio-vintém.

Franzi o cenho.

– Quanto vale a pena para você?

– Quatro talentos. É o mínimo.

– E os juros?

– Cinquenta por cento a cada dois meses. Portanto, se você está pensando em tomar o mínimo possível, serão dois talentos no fim do período. Você poderá quitar a dívida toda por seis, se quiser. Mas, até eu receber de volta todo o principal, serão dois talentos a cada período.

Assenti com a cabeça, não terrivelmente surpreso. Era mais ou menos quatro vezes o que até o agiota mais avarento cobraria.

– Mas estarei pagando juros por um dinheiro de que não preciso propriamente.

– Não – retrucou ela, fitando-me com um olhar sério. – Estará pagando juros pelo dinheiro que tomou emprestado. A negociação é essa.

– Que tal dois talentos? Assim, no final...

Devi abanou as mãos, interrompendo-me.

– Isto aqui não é uma barganha. Estou apenas informando as condições do empréstimo. – Deu um sorriso escusatório. – Desculpe se não deixei isso claro desde o começo.

Olhei-a, observando a postura de seus ombros, o jeito como enfrentava meu olhar.

– Está bem – respondi, resignado. – Onde eu assino?

Devi me olhou com um ar levemente intrigado e um ligeiro franzir da testa.

– Não é preciso assinar nada – respondeu. Abriu uma gaveta e tirou um frasquinho marrom com tampa de vidro. Pôs um alfinete comprido a seu lado em cima da escrivaninha. – Só um pouquinho de sangue.

Fiquei enregelado na cadeira, com os braços caídos junto ao corpo.

– Não se preocupe – tranquilizou-me Devi. – O alfinete está limpo. Só preciso de umas três boas gotas.

Finalmente recobrei a voz.

– Você só pode estar brincando.

Ela inclinou a cabeça de lado e deu um sorrisinho, levantando um dos cantos da boca.

– Você não sabia? – indagou, surpresa. – É raro alguém entrar aqui sem conhecer a história toda.

– Não posso acreditar que alguém realmente... – Parei, sem saber o que dizer.

– Nem todos acreditam. Em geral, faço negócios com alunos e ex-alunos. O pessoal do lado de cá do rio acharia que sou uma espécie de bruxa, demônio, ou algum disparate desse tipo. Os membros do Arcanum sabem exatamente por que quero o sangue e o que posso fazer com ele.

– Você também é membro do Arcanum?

– Ex-membro – respondeu ela, deixando o sorriso atenuar-se um pouco. – Cheguei a Re'lar antes de sair. Sei o bastante para compreender que, com um pouquinho de sangue, você nunca poderá esconder-se de mim. Posso arrancá-lo de qualquer lugar.

– Entre outras coisas – retruquei, incrédulo, pensando no boneco de cera que fizera de Hemme no começo do período. Aquilo tinha sido apenas um fio de cabelo. O sangue era muito mais eficaz para estabelecer um elo. – Você poderia me matar.

Devi me olhou e foi franca:

– Você tem tudo para se tornar o brilhante novo astro do Arcanum. Pense bem. Eu me manteria nos negócios se tivesse o hábito de agir com má-fé?

– Os professores sabem disso?

Ela riu.

— Pelo corpo de Deus, é claro que não! E o condestável, o bispo e minha mãe também não sabem — disse. E apontando para o próprio peito, depois para mim: — Você sabe e eu sei. Isso costuma ser o bastante para garantir uma boa relação de negócio entre duas pessoas.

— E quanto ao que *não costuma* acontecer? E se eu não tiver seu dinheiro no fim do período? O que acontece?

Ela afastou as mãos e deu de ombros, despreocupada.

— Nesse caso, combinaremos alguma coisa entre nós. Como pessoas racionais. Talvez você trabalhe para mim. Revelando segredos. Fazendo favores. — Sorriu, dando-me uma olhada lasciva e lenta, achando graça de meu embaraço. — Se acontecer o pior e você acabar sendo extraordinariamente imprestável, é provável que eu possa vender seu sangue a alguém, para recuperar meu prejuízo. Todo mundo tem inimigos — acrescentou, com um dar de ombros descontraído. — Mas nunca precisei descer a esse nível. Em geral, a ameaça é o bastante para manter as pessoas na linha.

Devi observou a expressão do meu rosto e arriou um pouco os ombros.

— Ora, vamos — disse, com ar gentil. — Você chegou aqui na expectativa de encontrar um usurário de pescoço grosso e uma porção de cicatrizes nos punhos. Estava disposto a negociar com alguém que estaria pronto a espancá-lo até fazê-lo ver 12 cores diferentes, se atrasasse o pagamento por um dia. O meu jeito é melhor. Mais simples.

— Isso é loucura — retruquei, ficando de pé. — De jeito nenhum.

A expressão animada de Devi desapareceu.

— Controle-se — recomendou, ficando visivelmente exasperada. — Você está se portando como um lavrador, pensando que eu quero comprar sua alma. É só um pouco de sangue para eu poder controlar seu paradeiro. É uma espécie de garantia. — Fez um gesto tranquilizador com as duas mãos, como se alisasse o ar. — Certo, façamos o seguinte. Eu o deixo pegar emprestada a metade do mínimo. — Olhou para mim com expectativa. — Dois talentos. Isso facilita as coisas?

— Não. Lamento ter tomado o seu tempo, mas não posso fazer isso. Há outros usurários aqui por perto?

— É claro — respondeu Devi friamente. — Mas não me sinto particularmente inclinada a fornecer esse tipo de informação — e inclinou a cabeça com ar inquisitivo. — A propósito, hoje é dia-da-pira, não é? Você não precisa do dinheiro da taxa até o meio-dia de amanhã?

— Nesse caso, acharei os usurários sozinho — afirmei, ignorando a pergunta.

— Tenho certeza de que achará, sendo o menino inteligente que é — disse Devi, despachando-me com o dorso da mão. — Fique à vontade para se retirar. E tenha bons pensamentos sobre a Devi daqui a dois meses, quando um brutamontes estiver arrancando a pontapés os dentes dessa sua linda boquinha.

———

Depois de sair da casa de Devi, andei pelas ruas de Imre, nervoso e irritado, tentando pôr as ideias em ordem. Tentando pensar num modo de contornar meu problema.

Eu teria uma chance razoável de pagar o empréstimo de dois talentos. Esperava subir nas fileiras da Ficiaria em pouco tempo. Assim que obtivesse permissão para cuidar de meus próprios projetos, poderia começar a ganhar dinheiro de verdade. Só precisava continuar em aula por tempo suficiente. Era apenas uma questão de tempo.

Na verdade, era isso que eu estava pedindo emprestado: tempo. Mais um período letivo. Quem saberia dizer que oportunidades poderiam se apresentar nos dois meses seguintes?

No entanto, mesmo ao tentar me convencer disso, eu sabia a verdade. Era má ideia. Eu estava procurando sarna para me coçar. Engoliria o orgulho e veria se Wilem, Simmon ou Sovoy poderiam me emprestar os oito iotas de que precisava. Dei um suspiro, resignando-me a dormir um período ao relento e catar comida onde pudesse encontrar. Pelo menos, não poderia ser pior do que minha época em Tarbean.

Estava prestes a voltar para a Universidade quando minha perambulação irrequieta me levou à vitrine de uma loja de penhores. Senti aquela antiga dor nos dedos...

– Quanto custa o alaúde de sete cordas? – perguntei. Até hoje não me lembro de ter efetivamente entrado na loja.

– Quatro talentos exatos – disse o dono, animado. Imaginei que fosse novo no negócio, ou que estivesse bêbado. Os donos ou empregados de lojas de penhor nunca são animados, nem mesmo em cidades ricas como Imre.

– Ah – suspirei, sem me dar ao trabalho de esconder minha decepção. – Posso dar uma olhada nele?

O homem me entregou o alaúde. Não era grande coisa de se ver. Os veios da madeira eram irregulares, o verniz era tosco e estava arranhado. Os trastos eram feitos de tripa e precisavam ser trocados, mas isso pouco me preocupava, já que, de qualquer modo, era normal eu tocar sem eles. A caixa do alaúde era de cabiúna, de modo que o som não seria tremendamente sutil, mas, por outro lado, a cabiúna ecoaria melhor numa taberna repleta, cortando o zum-zum-zum das conversas. Bati com o dedo na caixa e ela emitiu um zumbido sonoro. Sólido, embora não bonito. Comecei a afinar o instrumento, a fim de ter uma desculpa para segurá-lo um pouco mais.

– Eu poderia descer até três e cinquenta – disse o homem atrás do balcão.

Espichei os ouvidos ao escutar algo em seu tom: desespero. Ocorreu-me que um alaúde feio e usado talvez não vendesse muito bem numa cidade cheia de nobres e músicos prósperos. Abanei a cabeça.

– As cordas estão velhas.

Na verdade, estavam ótimas, mas eu tinha esperança de que ele não soubesse disso.

– É verdade – admitiu, o que me confirmou sua ignorância –, mas as cordas são baratas.

– Imagino que sim – respondi, com ar inseguro. Seguindo um plano proposital, ajustei cada corda um tantinho desafinada em relação às demais. Toquei um acorde e ouvi o som irritante. Lancei um olhar azedo e especulativo para o braço do alaúde. – Parece que o braço está rachado – comentei, dedilhando um acorde menor que soou ainda menos agradável. – Isso não lhe parece um som de junco rachado? – E tornei a dedilhar com mais força.

– Três e vinte? – perguntou o homem, esperançoso.

– Não é para mim – respondi, como se o corrigisse. – É para meu irmão caçula. O cretininho não deixa o meu em paz.

Tornei a dedilhar o instrumento e fiz uma careta.

– Posso não gostar muito do diabinho, mas não sou cruel a ponto de lhe comprar um alaúde com o braço ruim – continuei. Fiz uma pausa significativa. Como não viesse nada, instiguei-o. – Por três e vinte não dá.

– Três redondos? – indagou o homem, de novo esperançoso.

Na aparência, eu segurava o alaúde com ar desprendido, descuidado. Mas, no fundo do coração, agarrava-o com uma ferocidade de branquear os nós dos dedos. Não espero que você compreenda. Quando mataram minha trupe, os membros do Chandriano destruíram cada pedaço de família e lar que eu havia conhecido. Mas, em certos aspectos, tinha sido pior quando o alaúde de meu pai fora quebrado em Tarbean. Tinha sido como perder um membro, um olho, um órgão vital. Sem minha música, eu passara anos vagando por Tarbean, semimorto, como um veterano aleijado ou uma alma penada.

– Escute – dirigi-me a ele com franqueza –, eu lhe dou dois e dois. – Peguei a bolsa de moedas. – Você pode aceitar ou deixar essa coisa horrorosa pegando poeira numa prateleira alta pelos próximos 10 anos.

Encarei-o, tomando o cuidado de não deixar que minha expressão demonstrasse o quanto eu precisava do instrumento. Faria qualquer coisa para ficar com aquele alaúde. Dançaria nu na neve. Agarraria as pernas dele, trêmulo e desvairado, prometendo-lhe qualquer coisa, qualquer coisa...

Contei dois talentos e dois iotas expostos no balcão entre nós – quase todo o dinheiro que eu havia economizado para a taxa escolar do segundo período. Cada moeda fez um estalido alto quando a bati na mesa.

O homem me dirigiu um olhar demorado, avaliador. Pus mais um iota e esperei... E esperei. Quando enfim ele estendeu a mão para pegar o dinheiro, sua expressão abatida foi a mesma que eu estava acostumado a ver no rosto dos donos de lojas de penhores.

———

Devi abriu a porta e sorriu.

– Ora, ora, sinceramente, não pensei que voltasse a vê-lo. Entre – disse, trancando a porta atrás de mim e se dirigindo à escrivaninha. – Mas não posso dizer que esteja desapontada – acrescentou, olhando para trás e abrindo seu sorriso travesso. Depois sentou-se e completou: – Eu estava ansiosa para fechar um negocinho com você. E então, dois talentos?

– Na verdade, seria melhor pegar quatro – respondi. O bastante para eu pagar a taxa escolar e um beliche no Cercado. Eu poderia dormir ao relento, sob o vento e a chuva. Mas meu alaúde merece coisa melhor.

– Esplêndido – disse ela, pegando o frasco e o alfinete.

Eu precisava manter intactas as pontas dos dedos, por isso espetei o dorso da mão e deixei três gotas de sangue se juntarem lentamente e caírem no frasquinho marrom. Entreguei-o a Devi.

– Jogue o alfinete aí dentro também.

Assim fiz.

Devi pincelou a tampa com uma substância transparente e a encaixou na boca do frasco.

– É um adesivo inteligente dos seus amigos lá do outro lado do rio – explicou. – Assim, não posso abrir o frasco sem quebrá-lo. Quando você pagar sua dívida, vai recebê-lo intacto e poderá dormir sossegado, sabendo que não guardei nenhum sangue para mim.

– A menos que você tenha o solvente – assinalei.

Devi lançou-me um olhar incisivo.

– Você não é muito chegado a confiar, não é?

Vasculhou uma gaveta, tirou um pouco de cera selante e começou a aquecê-la no candeeiro da escrivaninha.

– Imagino que você não tenha um selo, um anel ou coisa parecida, tem? – perguntou, espalhando a cera por toda a tampa do frasco.

– Se eu tivesse joias para vender, não estaria aqui – respondi com franqueza, e pressionei o polegar na cera. Ele deixou uma impressão digital reconhecível. – Mas isso deve servir.

Devi rabiscou um número na lateral do frasco com um estilete de diamante, depois pegou um pedaço de papel. Escreveu por um instante e abanou o papel com a mão, esperando que secasse.

– Pode levar isto a qualquer agiota em ambos os lados do rio – disse, animada, entregando-me o papel. – Foi um prazer negociar com você. Não desapareça.

———

Voltei para a Universidade com dinheiro no bolso e o peso reconfortante do alaúde pendurado numa alça em meu ombro. Ele era feio, de segunda mão e me custara muito caro em dinheiro, sangue e paz de espírito.

Mas eu o amava como uma criança, como a respiração, como a minha própria mão direita.

CAPÍTULO 51

Piche e zinco

NO INÍCIO DE MEU SEGUNDO PERÍODO, Kilvin me deu permissão para estudar siglística. Isso fez algumas sobrancelhas se levantarem, mas nenhuma na Ficiaria, onde eu me revelara um operário trabalhador e um estudante dedicado.

A siglística, dito em termos simples, é um conjunto de instrumentos para canalizar forças. Como simpatia em forma sólida. Por exemplo, se você entalhasse um tijolo com a runa *ule* e outro com a runa *doch*, as duas runas fariam os tijolos se grudarem um ao outro, como se tivessem sido fixados com argamassa.

Mas não é tão simples assim. O que realmente acontece é que as duas runas racham os tijolos com a força de sua atração. Para que isso não aconteça, você tem que acrescentar uma runa *aru* a cada tijolo. *Aru* é a runa do barro; ela faz os dois pedaços de barro se grudarem, resolvendo o seu problema.

No entanto, *aru* e *doch* não se encaixam, têm o formato errado. Para fazê-las se encaixarem você tem que acrescentar runas de ligação: *gea* e *teh*. Depois, para equilibrar as coisas, também tem que acrescentar *gea* e *teh* ao outro tijolo. Desta forma, eles se colam um ao outro sem quebrar.

Isso só acontece, porém, se forem feitos de barro. A maioria não é. Por isso, em geral, é melhor misturar ferro à cerâmica do tijolo antes de levá-lo ao forno, o que, é claro, significa que você tem de usar *fehr* em vez de *aru*. Depois, precisa trocar *teh* e *gea* de lugar para que as pontas se encaixem direito...

Como vê, usar argamassa é o caminho mais simples e mais confiável para juntar tijolos.

Estudei siglística com Cammar. Esse homem de um olho só, cheio de cicatrizes, era o guardião dos portões de Kilvin. Só depois de conseguir provar um domínio sólido da siglística é que o aluno podia passar para uma posição meio informal de aprendiz de um dos artífices mais experientes. Ele os ajudava em seus projetos e, em troca, eles lhe mostravam as minúcias refinadas da arte.

Existiam 197 runas. Era como aprender uma nova língua, porém, eram quase 200 letras desconhecidas, e tínhamos que inventar nossas próprias palavras, em grande parte do tempo. A maioria dos alunos fazia pelo menos um mês de estudos antes de Cammar considerá-los aptos a seguir adiante. Alguns levavam um bimestre inteiro.

Do começo ao fim, precisei de sete dias.

Como?

Primeiro, estava motivado. Outros alunos podiam se dar ao luxo de passear com indolência por seus estudos. Seus pais ou padrinhos arcavam com as despesas. Eu, por outro lado, precisava subir depressa na hierarquia da Ficiaria para poder ganhar dinheiro trabalhando em meus próprios projetos. Minha prioridade máxima já não era a taxa escolar; era Devi.

Segundo, eu era brilhante. E não era só aquele brilhantismo corriqueiro que se vê por aí. Eu era extraordinariamente brilhante.

Por último, tive sorte. Pura e simples.

———

Andei pela colcha de retalhos dos telhados do Magno com meu alaúde atravessado nas costas. Era um pôr do sol nublado e sombrio, mas eu já conhecia o caminho. Ative-me ao piche e ao zinco, sabendo que as telhas vermelhas ou a ardósia cinzenta eram um suporte traiçoeiro para os passos.

Em algum momento da reforma do Magno, um dos pátios ficara completamente isolado. Só se tinha acesso a ele subindo por um janelão alto numa das salas de aula ou descendo por uma macieira toda torta, caso se estivesse no telhado.

Eu ia lá me exercitar no alaúde. Meu beliche no Cercado não convinha. Não só a música era considerada frívola desse lado do rio como eu só viria a fazer mais inimigos se tocasse enquanto meus companheiros de dormitório tentavam dormir ou estudar. Por isso ia para esse lugar. Era perfeito, ermo e praticamente à minha porta.

As cercas cresciam ao acaso e o gramado era um tumulto de ervas daninhas e plantas em flor. Mas havia sob a macieira um banco que se prestava perfeitamente para minhas necessidades. Em geral, eu chegava tarde da noite, quando o Magno estava trancado e abandonado. Mas esse dia era theden, o que significava que, se jantasse depressa, eu teria quase uma hora entre a aula de Elxa Dal e meu trabalho na Ficiaria. Tempo de sobra para praticar um pouco.

Nesse entardecer, porém, quando cheguei ao pátio vi luzes pelas janelas. A aula de Brandeur estava atrasada.

Assim, fiquei no telhado. As janelas da sala estavam fechadas, portanto não havia muita probabilidade de que me entreouvissem.

Apoiei as costas numa chaminé próxima e comecei a tocar. Passados uns 10 minutos, as luzes se apagaram, mas resolvi ficar onde estava, em vez de perder tempo para descer.

Estava a meio caminho de *Tim dos Dez Barris* quando o sol espiou por trás das nuvens. Uma luz dourada cobriu o telhado e se derramou por sua borda sobre uma faixa estreita do pátio lá embaixo.

Foi então que ouvi o barulho. Um farfalhar súbito, como o de um animal assustado no pátio. Mas depois houve outra coisa, um som diferente do que faria um esquilo ou um coelho na cerca viva. Foi um ruído forte, um baque vagamente metálico, como se alguém tivesse deixado cair uma barra de ferro.

Parei de tocar, ainda com a melodia inacabada na cabeça. Haveria outro estudante ali, escutando? Repus o alaúde no estojo, antes de me aproximar da beira do telhado e olhar para baixo.

Não consegui enxergar através da sebe densa que cobria a maior parte da borda leste do pátio. Teria um aluno entrado lá pela janela?

O crepúsculo se desfez depressa e, quando acabei de descer pela macieira, a maior parte do pátio estava na sombra. Dali pude ver que a janela alta estava fechada; ninguém tinha entrado por ela. Embora estivesse escurecendo depressa, a curiosidade venceu a cautela e entrei na sebe.

Havia muito espaço nela. Partes da cerca viva eram quase ocas, uma concha verde de ramos que deixava espaço suficiente para uma pessoa se agachar à vontade. Registrei mentalmente o local como um bom pouso para dormir, caso eu não tivesse dinheiro suficiente para um beliche no Cercado no período letivo seguinte.

Mesmo à luz esmaecente, vi que eu era a única pessoa ali. Não havia espaço para que nada maior do que um coelho se escondesse. Na penumbra, também não consegui avistar nada que pudesse ter produzido o ruído metálico.

Cantarolando o refrão de *Tim dos Dez Barris*, muito fácil de gravar, rastejei até o outro extremo da sebe. Só ao chegar ao outro lado notei a tampa gradeada do bueiro. Já vira outras parecidas espalhadas pela Universidade, mas essa era mais antiga e maior. Na verdade, a abertura talvez fosse grande o bastante para dar passagem a uma pessoa, se a grade fosse retirada.

Hesitante, enrosquei a mão numa das barras frias de metal e puxei. A grade pesada girou numa dobradiça e subiu meio palmo antes de parar. À luz tênue, eu não soube dizer por que não subia mais. Puxei com mais força, porém não consegui fazê-la se mexer. Por fim, desisti e a repus no lugar. Ela fez um barulho forte, vagamente metálico. Como se alguém tivesse deixado cair uma barra de ferro.

Então meus dedos apalparam algo que tinha escapado a meus olhos: uma confusão de sulcos gravados na superfície das barras. Olhei mais de perto e reconheci algumas das runas que vinha estudando com Cammar: *ule* e *doch*.

Veio-me então um estalo. O refrão de *Tim dos Dez Barris* se encaixou de repente com as runas que eu andara estudando nos últimos dias, sob a orientação de Cammar:

"*Ule e doch são
Para vincular;
Reh para buscar,
Kel para encontrar;
Gea é a chave;
Teh, uma tranca;
Pesin, a água;
Resin, a rocha.*"

Antes que eu pudesse continuar, soou o sexto sino. O som me arrancou de meu devaneio, num susto. Mas, quando estendi o braço para me firmar, minha mão não se apoiou nas folhas e na terra. Tocou em algo redondo, duro e liso: uma maçã verde.

Saí da sebe e fui até o canto noroeste, onde ficava a macieira. Não havia maçãs no chão. Era cedo demais para isso naquela época do ano. E mais: a grade de ferro ficava do lado oposto do patiozinho. A maçã não poderia ter rolado tanto. Devia ter sido levada para lá.

Sem saber ao certo o que pensar, mas ciente de que estava atrasado para meu turno da noite na Ficiaria, subi na macieira, peguei meu alaúde e corri para a oficina de Kilvin.

Mais tarde, naquela noite, encaixei o resto das runas na música. Levou algumas horas, mas, quando acabei, foi como se tivesse uma lista de consulta na cabeça. No dia seguinte Cammar me submeteu a um longo exame de duas horas, no qual fui aprovado.

———

Na etapa seguinte de minha educação na Ficiaria, tornei-me aprendiz de Manet, o estudante velho e de cabelo desgrenhado que eu conhecera em meus primeiros dias na Universidade. Fazia quase 30 anos que Manet frequentava a Universidade, e todos o conheciam como o eterno E'lir. Porém, apesar de estarmos na mesma categoria, ele tinha mais experiência prática na Ficiaria do que qualquer dúzia de estudantes de categoria superior, todos juntos.

Manet era paciente e atencioso. Na verdade, ele fez-me lembrar meu antigo mestre, Abenthy. Com a diferença que Abenthy vagava pelo mundo como um faz-tudo irrequieto, ao passo que era do conhecimento geral que Manet não desejava outra coisa senão permanecer na Universidade pelo resto da vida, se o conseguisse.

Ele começou devagar, ensinando-me fórmulas simples, do tipo necessário para vidros de dureza dupla e tubos de aquecimento. Sob sua tutela, aprendi a arte dos artífices com a mesma rapidez com que aprendia tudo, e não demorou a evoluirmos para o trabalho em projetos mais complexos, como absorvedores de calor e lâmpadas de simpatia.

O trabalho artesanal realmente de alto nível, como relógios de simpatia ou conversores de giros, ainda estava fora do meu alcance, mas eu sabia que era apenas questão de tempo. Infelizmente, o tempo vinha-se revelando escasso.

CAPÍTULO 52

Queimando

POSSUIR OUTRA VEZ UM ALAÚDE SIGNIFICAVA que minha música voltara, mas logo percebi que tinha perdido três anos de prática. O trabalho na Artificiaria, nos dois meses anteriores, havia tornado minhas mãos fortes e resistentes, mas não exatamente da maneira certa. Passaram-se vários dias frustrantes antes que eu conseguisse tocar confortavelmente até mesmo por uma hora seguida.

Eu poderia ter progredido mais depressa se não estivesse tão atarefado com os outros estudos. Passava duas horas por dia na Iátrica, correndo ou ficando de pé; uma média de duas horas de aula e codificação diárias na Matemática, e três horas de estudos com Manet na Ficiaria, aprendendo os segredos do ofício.

Havia também a simpatia avançada com Elxa Dal. Fora da aula, ele era encantador, de fala mansa e até um pouquinho ridículo quando lhe dava na telha. Ao lecionar, porém, sua personalidade oscilava entre o profeta louco e o escravo batedor de tambor nas galés. Todos os dias, em sua aula, eu queimava outras três horas de tempo e cinco de energia.

Combinado com meu trabalho remunerado na oficina do Kilvin, isso mal me deixava tempo suficiente para comer, dormir e estudar, que dirá para dar a meu alaúde a atenção que ele merecia.

A música é uma amante orgulhosa e temperamental. Recebendo o tempo e a atenção que merece, ela é sua. Desdenhada, chega o dia em que você a chama e ela não responde. Por isso comecei a dormir menos, para lhe dar o tempo de que ela precisava.

Após uma onzena nesse regime, senti-me cansado. Depois de três, ainda estava bem, mas só por meio de um tipo soturno de determinação, trincando os maxilares. Mais ou menos na quinta onzena comecei a dar sinais claros de desgaste.

Foi durante essa quinta onzena que desfrutei um raro almoço compartilhado com Wilem e Simmon. Eles haviam encomendado suas refeições numa taberna próxima. Eu não podia gastar um ocre de ferro numa torta de carne e uma maçã, e por isso tinha surrupiado um pão de cevada e uma linguiça cheia de cartilagens no Rancho.

Sentamos no banco de pedra sob o mastro da bandeira em que eu tinha sido açoitado. Esse lugar me enchera de pavor depois do açoitamento, mas eu me obrigava a passar algum tempo ali, para provar a mim mesmo que era capaz. Depois que ele parara de me deixar tenso, eu me sentava lá porque os olhares dos estudantes me divertiam. Agora sentava-me ali porque era confortável. Era o meu lugar.

E, como passávamos um bom tempo juntos, tornara-se também o lugar de Wilem e Simmon. Se eles achavam estranha a minha escolha, não diziam nada.

– Você anda meio sumido – comentou Wilem, com a boca cheia de torta de carne. – Esteve doente?

– Até parece – disse Simmon, sarcástico. – Faz um mês inteiro que ele anda doente.

Wilem lançou-lhe um olhar furioso e grunhiu, fazendo-me lembrar de Kilvin por um momento.

Sua expressão fez Simmon rir:

– O Wil é mais educado que eu. Aposto que você anda gastando todas as suas horas de folga em Imre, indo e voltando a pé. Cortejando um jovem bardo fabulosamente atraente. – E apontou para o estojo do alaúde a meu lado.

– Ele parece andar doente – repetiu Wilem, fitando-me com olhar crítico. – A sua mulher não tem cuidado bem de você.

– Ele está apaixonado – disse Simmon com ar de entendido. – Não consegue comer. Não consegue dormir. Fica pensando nela, quando devia estar tentando decorar sua linguagem codificada.

Não consegui pensar em nada para dizer.

– Viu? – disse Simmon a Wil. – Ela roubou a língua dele, além do coração. Todas as suas palavras são para ela. O Kvothe não pode desperdiçar nenhuma conosco.

– E também não pode gastar seu tempo – concordou Wilem, atacando a torta de carne, que diminuía rapidamente.

Era verdade, é claro. Eu vinha negligenciando meus amigos mais ainda do que a mim mesmo. Senti-me invadir por uma onda de culpa. Não podia dizer-lhes toda a verdade: que precisava aproveitar ao máximo aquele período letivo porque era muito provável que fosse o último. Eu estava sem um tostão.

Se você não consegue entender por que eu não podia contar isso a meus amigos, duvido que algum dia tenha sido pobre de verdade. Duvido que possa realmente compreender como é constrangedor só ter duas camisas e cortar o próprio cabelo, da melhor maneira que puder, por não ter condição de pagar o barbeiro. Perdi um botão e não pude gastar um gusa para comprar outro igual. Rasguei as calças no joelho e tive que me arranjar com linha de cor diferente para fazer um remendo. Eu não podia pagar o sal para minhas refeições, nem a bebida nas raras noites em que saía com os amigos.

O dinheiro que ganhava na oficina do Kilvin era gasto em coisas essenciais: tinta, sabão, cordas de alaúde... A única outra coisa que eu podia me dar ao luxo de ter era orgulho. Não suportava a ideia de que meus dois melhores amigos soubessem como era desesperada a minha situação.

Se tivesse uma sorte extraordinária, talvez conseguisse juntar dois talentos para pagar os juros de minha dívida a Devi. Mas seria preciso um ato direto de Deus para que, de algum modo, eu reunisse dinheiro suficiente para pagar isso e também a taxa escolar do período letivo seguinte. Depois que fosse obrigado a sair da Universidade e quitasse minha dívida com Devi, eu não sabia o que iria fazer. Levantar acampamento e partir para Anilin à procura de Denna, talvez.

Olhei para os dois, sem saber o que dizer.

— Wil, Simmon, desculpem. É só que tenho andado muito ocupado ultimamente.

Simmon ficou um pouco mais sério e percebi que estava sinceramente magoado com minha ausência inexplicável.

— Nós também andamos ocupados, sabe? Tenho aulas de retórica e química *e* estou aprendendo siaru — disse. Virou-se para Wil e fechou a cara. — Você precisa saber que estou começando a detestar a sua língua, seu cretino ordinário.

— *Tu kralim* — respondeu amavelmente o jovem cealdo.

Simmon tornou a se virar para mim e falou com uma franqueza admirável:

— É só que a gente gostaria de vê-lo mais de uma vez a cada não sei quantos dias, quando você corre do Magno para a Ficiaria. As garotas são maravilhosas, admito, mas quando uma delas afasta um amigo meu fico meio enciumado. — Deu um sorriso luminoso e repentino. — Não que eu pense em você desse jeito, é claro.

Tive dificuldade de engolir, com o bolo que se formou subitamente em minha garganta. Não me lembrava da última vez em que alguém sentira minha falta. Durante um longo tempo não houvera ninguém para sentir saudade de mim. Pelo nó na garganta, intuí o começo das lágrimas quentes se aproximando.

— Não há nenhuma garota, é verdade. Estou falando sério — afirmei, engolindo com força para tentar recobrar a compostura.

– Sim, acho que estamos deixando escapar alguma coisa nessa história – disse Wilem, olhando-me de forma estranha. – Dê uma boa espiada nele.

Simmon fitou-me com um olhar analítico semelhante. Esse olhar dos dois bastou para me irritar, arrancando-me da beira das lágrimas.

– Vejamos – disse Wilem, como quem desse uma aula. – Há quantos períodos o nosso jovem E'lir está frequentando a Universidade?

A compreensão derramou-se pelo rosto franco de Simmon.

– Oh!

– Alguém se importa de falar comigo? – questionei-os, petulante.

Wilem ignorou minha pergunta.

– Que matérias você está cursando?

– Todas – respondi, contente por ter um pretexto para me queixar. – Geometria, Observação na Iátrica, Simpatia Avançada com o Elxa Dal, e ainda tenho o trabalho de aprendiz com o Manet na Ficiaria.

Simmon fez um ar meio assustado.

– Não é de admirar que esteja com cara de quem não dorme há uma onzena.

Wilem assentiu com a cabeça e indagou.

– E você continua trabalhando na oficina do Kilvin, não é?

– Umas duas horas por noite.

Simmon ficou estarrecido:

– E está estudando um instrumento ao mesmo tempo? Ficou maluco?

– A música é a única coisa que me mantém com os pés no chão – respondi, estendendo a mão para o alaúde. – E não estou aprendendo a tocar. Só preciso de exercício.

Wilem e Simmon se entreolharam:

– Quanto tempo você acha que ele tem?

Simmon me examinou:

– Uma onzena e meia, se tanto.

– O que vocês querem dizer?

Wilem se inclinou para a frente.

– Todos nós abarcamos coisas demais, cedo ou tarde. Mas alguns estudantes não sabem quando é hora de relaxar um pouco as pernas e soltar uma parte do mundo. Eles se queimam. Desistem, ou então enfiam os pés pelas mãos nos exames. Alguns piram. – Deu um tapinha na cabeça. – Costuma acontecer com os alunos do primeiro ano – concluiu, dirigindo-me um olhar significativo.

– Não estou abarcando o mundo com as pernas.

– Olhe-se num espelho – sugeriu Wilem, peremptório.

Abri a boca para garantir a Wil e Sim que eu estava bem, mas, nesse instante, ouvi a sineta marcando a hora e só tive tempo para um até logo apressado. Mesmo assim, tive de correr para chegar na hora à aula de Simpatia Avançada.

———

Elxa Dal parou entre dois braseiros de tamanho médio. Com sua barba bem aparada e a toga preta de professor, ele ainda me lembrava o estereotipado mágico perverso que aparecia em inúmeras peças aturenses de má qualidade.

– O que todos vocês precisam lembrar é que o simpatista está ligado à chama – disse. – Somos senhores e escravos dela.

Enfiou as mãos nas mangas compridas e recomeçou a andar de um lado para outro.

– Somos senhores do fogo porque o dominamos – prosseguiu, batendo com a palma da mão num braseiro próximo e fazendo-o tilintar baixinho. As chamas atiçaram o carvão e começaram a subir em labaredas vorazes. – A energia de todas as coisas pertence ao arcanista. Damos ordens ao fogo e ele obedece.

Caminhou lentamente até o outro canto da sala. As chamas do braseiro às suas costas diminuíram, enquanto o braseiro do qual ele se aproximou ganhou vida e começou a arder. Apreciei seu talento cênico.

Elxa Dal parou e tornou a fitar a turma:

– Porém também somos servos do fogo. Porque o fogo é a mais comum das formas de energia, e, sem energia, nossa mestria como simpatistas pouca serventia tem.

Deu as costas para a classe e começou a apagar as fórmulas escritas no quadro de ardósia.

– Peguem seu material e vamos ver quem vai disputar com o E'lir Kvothe hoje. – Começou a escrever uma lista com os nomes de todos os alunos. O meu foi o primeiro.

Três onzenas antes, Dal começara a nos fazer competir uns com os outros. Dava a isso o nome de duelo. E, embora fosse uma forma bem-vinda de quebrar a monotonia da aula, essa atividade recentíssima também tinha um componente sinistro.

Uma centena de alunos saía do Arcanum a cada ano, talvez um quarto deles com seus guílderes. Isso significava que todo ano havia mais 100 pessoas formadas no uso da simpatia. Pessoas que, por uma ou outra razão, talvez tivéssemos de enfrentar num momento posterior da vida. Embora Dal nunca o dissesse explicitamente, sabíamos que estava nos ensinando algo que ia além da mera concentração e da engenhosidade. Estávamos sendo ensinados a lutar.

Elxa Dal mantinha um registro cuidadoso dos resultados. Na turma de 38 alunos, eu era o único que ainda não fora vencido. A essa altura, até os estudantes mais obtusos e ressentidos eram obrigados a admitir que minha pronta aceitação no Arcanum tinha sido mais do que um golpe de sorte.

Duelar também podia ser modestamente lucrativo, já que havia algumas apostas clandestinas. Quando queríamos apostar em nossos duelos, Sovoy e eu fazíamos o jogo um para o outro, embora, via de regra, eu não tivesse dinheiro para empatar.

Assim, não foi por acaso que nos esbarramos ao pegar nosso material. Entreguei-lhe dois iotas por baixo da mesa e ele os enfiou no bolso sem olhar para mim.

— Caramba — disse baixinho —, hoje uma certa pessoa está muito confiante!

Dei de ombros com ar despreocupado, embora, na verdade, estivesse meio nervoso. Eu havia iniciado esse período letivo sem um centavo e me virava como podia. Na véspera, entretanto, Kilvin me pagara uma onzena de trabalho na Ficiaria: dois iotas. Era todo o dinheiro que eu tinha no mundo.

Sovoy começou a vasculhar uma gaveta e pegou cera de simpatia, corda e uns pedaços de metal.

— Não sei se vou conseguir muita coisa para você. A cotação está ficando ruim. Acho que três para um será o máximo que você vai arranjar hoje. Ainda estará interessado, se descer tanto assim?

Dei um suspiro. A cotação vinha caindo por causa da minha classificação como invicto. Na véspera, tinha sido de dois para um, o que significava que eu teria que arriscar dois vinténs pela chance de ganhar um.

— Tenho uma coisinha planejada. Não aposte enquanto não tivermos estabelecido os termos. Você precisa conseguir pelo menos três para um contra mim.

— *Contra* você? — murmurou Sovoy, enquanto recolhia uma braçada da parafernália. — Só se você estiver disputando com o Dal.

Desviei o rosto, para esconder um rubor levemente embaraçado diante desse elogio.

Dal bateu palmas e todos se apressaram a ocupar seus lugares apropriados. Fiz par com um garoto vintasiano chamado Fenton. Ele estava uma posição atrás de mim na classificação da turma. Eu o respeitava como um dos poucos da classe que seriam capazes de representar um desafio real para mim na situação certa.

— Muito bem — disse Elxa Dal, esfregando as mãos com ar ansioso. — Fenton, você está numa classificação inferior; escolha o seu veneno.

— Velas.

— E o seu vínculo? — indagou Dal ritualisticamente. Com as velas, era sempre pavio ou cera.

— Pavio — respondeu ele, e levantou um pedaço para que todos o vissem.

Dal virou-se para mim.

– Vínculo?

Pus a mão num bolso e tirei meu vínculo com um floreio.

– Palha.

Houve um murmúrio na sala. Era um elo ridículo. O melhor que eu poderia ter esperança de conseguir seria uma transferência de 3%, talvez 5. O pavio de Fenton seria 10 vezes melhor.

– Palha?

– Palha – repeti, com um pouquinho mais de confiança do que sentia. Se aquilo não virasse a cotação contra mim, eu não sabia o que conseguiria fazê-lo.

– Pois então que seja palha – disse Dal, descontraído. – E'lir Fenton, já que o Kvothe está invicto, caberá a você indicar a fonte.

Um risinho baixo se espalhou pela turma.

Senti um bolo no estômago. Não esperava por essa. Normalmente, quem não escolhia o jogo ficava com a indicação da fonte. Eu tinha planejado escolher o braseiro, por saber que a quantidade de calor ajudaria a compensar minha desvantagem autoimposta.

Fenton sorriu, cônscio de sua vantagem:

– Nenhuma fonte.

Fiz uma careta. A única coisa a que poderíamos recorrer seria o calor do próprio corpo. Difícil, nas melhores circunstâncias, para não mencionar que era meio perigoso.

Eu não conseguiria vencer. Não só perderia minha classificação perfeita como não havia jeito de fazer um sinal para que Sovoy não apostasse meus dois últimos iotas. Tentei fazê-lo olhar para mim, mas ele já estava empenhado em intensas negociações, em voz baixa, com um punhado de outros estudantes.

Sem dizer palavra, Fenton e eu fomos sentar em lados opostos de uma grande bancada de trabalho. Elxa Dal pôs dois cotos de vela no tampo, um em frente a cada um de nós. O objetivo era cada qual acender a vela do adversário, sem permitir que ele fizesse a mesma coisa com a sua. Isso envolvia dividir a mente em duas partes diferentes, uma das quais sustentava o Alar de que o pedaço de pavio (ou palha, se o aluno fosse burro) era idêntico ao pavio da vela que se queria acender. Depois cada um tirava energia de sua fonte para fazer com que isso acontecesse.

Entrementes, a segunda parte da mente ocupava-se em tentar manter a convicção de que o pedaço de pavio do adversário não era igual ao da própria vela.

Se tudo isso parece difícil, acredite, você não sabe da missa a metade.

Para piorar a situação, nenhum de nós tinha uma fonte simples de que extrair energia. Era preciso ter cuidado ao usar o próprio corpo como fonte. O corpo é aquecido por uma razão. Reage mal quando seu calor é retirado.

A um gesto de Elxa Dal, começamos. Dediquei de imediato toda a minha mente à defesa de minha vela e me pus a pensar furiosamente. Não havia meio de eu vencer. Por melhor esgrimista que você seja, não tem como evitar a derrota quando o seu oponente conta com uma lâmina de aço de Ramston e você optou por lutar usando um graveto de salgueiro.

Desci ao Coração de Pedra. Depois, ainda dedicando a maior parte do pensamento à proteção de minha vela, murmurei uma conexão entre esta e a dele. Estendi a mão e deitei minha vela de lado, obrigando-o a agarrar a sua antes que ela fizesse o mesmo e rolasse para longe.

Tentei tirar proveito da distração de Fenton e acender sua vela. Atirei-me a isso e senti uma friagem subir por meu braço a partir da mão direita, que segurava o pedaço de palha. Nada aconteceu. A vela dele continuou fria e apagada.

Pus a mão em concha em torno do pavio da minha, para bloquear a visão de Fenton. Era um truque banal e praticamente inútil contra um simpatista hábil, porém minha única esperança era perturbá-lo de algum modo.

– Ei, Fen – disse-lhe. – Você já conhece aquela do latoeiro, do tehliniano, da filha do lavrador e da desnatadeira?

Fen não respondeu. Seu rosto pálido se cristalizara numa concentração ferrenha.

Desisti da distração, tomando-a por uma causa perdida. Fenton era esperto demais para se deixar distrair desse jeito. Além disso, eu começava a ter dificuldade de empenhar a concentração necessária para manter minha vela em segurança. Desci mais fundo no Coração de Pedra e me esqueci do mundo, afora as duas velas, um pedaço de pavio e um pouco de palha.

Após um minuto, estava coberto de um suor frio e pegajoso. Estremeci. Fenton percebeu e me deu um sorriso com seus lábios exangues. Redobrei meus esforços, mas sua vela ignorou minhas melhores tentativas de inflamá-la.

Passaram-se cinco minutos, com a turma inteira num silêncio pétreo. A maioria dos duelos não durava mais de um ou dois minutos, com uma pessoa provando rapidamente ser mais inteligente ou dotada de uma vontade maior. Àquela altura, meus dois braços estavam frios. Vi um músculo do pescoço de Fenton contrair-se num espasmo, como o flanco de um cavalo na tentativa de afastar uma picada de mutuca. Sua postura se enrijeceu quando ele reprimiu a ânsia de estremecer. Um fiapo de fumaça começou a se elevar do pavio de minha vela.

Continuei a descer. Notei que minha respiração sibilava por entre os dentes cerrados, repuxando os lábios num arreganho de fera. Fenton não pareceu perceber, ficando com os olhos vidrados e sem foco. Estremeci de novo, com tanta violência que por pouco deixei de ver o tremor na mão dele. Então, lentamente, a cabeça de Fenton começou a baixar em direção à bancada. Suas pálpebras se fecharam. Trinquei os dentes e tive a recompensa de ver um rolo fino de fumaça elevar-se do pavio de sua vela.

Estupidamente, Fenton virou-se para olhar, mas, em vez de cerrar fileiras em sua própria defesa, fez um gesto pesado de descaso e baixou a cabeça na dobra do braço.

Não olhou para cima quando a vela junto a seu cotovelo se acendeu em surtos espasmódicos. Houve uma breve salva de palmas, mesclada com exclamações de incredulidade.

Alguém bateu em minhas costas:

– Que tal essa? Ele se desgastou todo.

– Não – respondi com a voz engrolada, estendendo a mão por cima da mesa. Com dedos desajeitados, abri a mão que segurava o pavio e vi que havia sangue nela. – Mestre Dal – chamei o mais depressa que pude. – Ele está congelando.

Falar me fez perceber o quanto meus lábios estavam frios.

Mas Dal já havia se aproximado, trazendo um cobertor para envolvê-lo.

– Você – ordenou, apontando ao acaso para um dos alunos. – Traga alguém da Iátrica. Vá logo!

O estudante saiu correndo.

– Que tolice – disse Mestre Dal, murmurando uma conexão para atrair o calor. Olhou para mim e acrescentou: – É bom você andar um pouco. Não está com aspecto muito melhor que o dele.

Não houve outros duelos nesse dia. O resto da turma ficou observando Fenton ser reanimado aos poucos, sob os cuidados de Elxa Dal. Quando chegou um El'the mais velho da Iátrica, Fenton já se aquecera o bastante para começar a tremer violentamente. Após um quarto de hora de cobertores e simpatias cuidadosas, conseguiu tomar uma bebida quente, embora suas mãos ainda tremessem.

Terminado o tumulto, estávamos quase no terceiro sino. Mestre Dal conseguiu fazer todos os alunos se sentarem e ficarem em silêncio por tempo suficiente para lhes dizer algumas palavras.

– O que vimos hoje foi um excelente exemplo de congelamento de quem faz a conexão. O corpo é uma coisa delicada e alguns graus de calor perdidos com rapidez podem perturbar todo o sistema. Um caso brando de congelamento é apenas isso, um resfriamento. No entanto, os casos mais extremos podem levar ao choque e à hipotermia – explicou, olhando em volta. – Alguém sabe me dizer qual foi o erro do Fenton?

Houve um momento de silêncio, depois alguém levantou a mão.

— Pois não, Brae.

— Ele usou sangue. Quando o sangue perde calor, o corpo se resfria como um todo. Nem sempre isso é vantajoso, uma vez que as extremidades podem suportar uma perda mais drástica de temperatura do que as vísceras.

— Então por que alguém pensaria em usar o sangue?

— Ele cede mais calor, mais depressa do que a carne.

— Quanta energia seria seguro ele extrair? – perguntou Dal, correndo os olhos pela sala.

— Dois graus? – sugeriu alguém.

— Um e meio – corrigiu Dal, escrevendo algumas equações no quadro para demonstrar quanto calor isso geraria. – Dados os sintomas, quanto vocês acham que ele realmente extraiu?

Houve uma pausa. Por fim, Sovoy manifestou-se:

— Oito ou nove.

— Muito bem – disse Dal, aborrecido. – Ainda bem que pelo menos um de vocês andou lendo – comentou, e assumiu uma expressão grave. – A simpatia não é para pessoas de mente fraca, mas também não é para as que têm um excesso de confiança. Se não estivéssemos aqui para prestar a ajuda de que o Fenton precisava, ele teria resvalado serenamente para o sono e morrido.

Dal fez uma pausa para deixar suas palavras serem absorvidas.

— É melhor vocês conhecerem francamente os seus limites do que fazerem suposições exageradas sobre suas habilidades e perderem o controle.

Soou o terceiro sino e de repente a sala se encheu de barulho, com os alunos se levantando para sair. Mestre Dal elevou a voz para se fazer ouvir:

— E'lir Kvothe, importa-se de ficar aqui um instante?

Fiz uma careta. Sovoy aproximou-se por trás de mim, deu-me um tapinha no ombro e murmurou "Sorte". Eu não soube dizer se estava fazendo referência a minha vitória ou me desejando boa sorte.

Depois que todos se foram, Dal virou-se para mim, depôs o trapo que havia usado para apagar a lousa e perguntou, em tom cordial:

— E então, como foram os números?

Não fiquei surpreso por ele saber das apostas.

— Onze para um – admiti. Eu tinha ganhado 22 iotas. Pouco mais de dois talentos. A presença desse dinheiro em meu bolso me aquecia.

Ele me deu uma olhadela especulativa:

— Como está se sentindo? Você mesmo ficou meio pálido, no fim.

— Tive um pequeno calafrio – menti.

Na verdade, na comoção que se seguira ao desmaio de Fenton, eu tinha saído furtivamente e passado alguns minutos assustadores num corredor dos fundos. Os calafrios quase convulsivos por pouco não me haviam impossibilitado de ficar de pé. Por sorte, ninguém me vira tremendo no corredor, trincando os dentes com tanta força que temi que se quebrassem.

Ninguém me vira. Minha reputação estava intacta.

Dal lançou-me um olhar que demonstrou que talvez suspeitasse da verdade.

– Venha até aqui – disse, apontando para um dos braseiros ainda acesos. – Um pouco de calor não lhe fará mal.

Não discuti. Ao estender as mãos para o fogo, senti-me relaxar um pouquinho. De repente me dei conta de como estava cansado. Meus olhos coçavam, pelo excesso de noites maldormidas. O corpo estava pesado, como se meus ossos fossem de chumbo.

Com um suspiro relutante, recuei as mãos e abri os olhos. Dal fitava atentamente meu rosto.

– Tenho que ir – disse-lhe, com certo pesar na voz. – Obrigado por me deixar usar seu fogo.

– Somos ambos simpatistas – disse ele, dando-me um aceno amistoso enquanto eu recolhia minhas coisas e me dirigia à porta. – Sirva-se dele quando quiser.

―

Mais tarde naquela noite, no Cercado, Wilem abriu a porta quando bati.

– Raios me partam! – exclamou. – Duas vezes no mesmo dia! A que devo essa honra?

– Acho que você sabe – resmunguei, entrando no quartinho que parecia uma cela. Encostei o estojo do alaúde numa parede e desabei numa cadeira.

– O Kilvin me baniu do trabalho na oficina.

Wilem se inclinou para a frente, sentado na cama:

– Por quê?

Lancei-lhe um olhar de quem já sabia.

– Imagino que seja porque você e o Simmon passaram por lá e lhe sugeriram isso.

Ele me observou por um instante, depois deu de ombros.

– Você adivinhou mais depressa do que eu imaginava – disse, esfregando o lado do rosto. – Não parece terrivelmente aborrecido.

Eu tinha ficado furioso. Justo quando minha sorte parecia estar mudando, fui obrigado a deixar meu único trabalho remunerado por causa da intromissão bem-intencionada de meus amigos. Mas, em vez de atacá-los numa explosão de raiva, tinha ido para o telhado do Magno e tocado um pouco para esfriar a cabeça.

Minha música me acalmara, como sempre. E, enquanto tocava, eu havia refletido muito. Meu aprendizado com Manet ia bem, mas eram simplesmente coisas demais para aprender: como acender os fornos, como estirar arame na consistência adequada, que ligas metálicas escolher para obter os efeitos apropriados... Não havia esperança de eu progredir na marra, do jeito que fizera ao estudar as runas. Eu não conseguiria ganhar o suficiente, trabalhando na oficina de Kilvin, para pagar minha dívida à Devi no fim do mês, muito menos ganhar o bastante para cobrir também o custo dos estudos.

— Provavelmente eu ficaria muito aborrecido — admiti. — Mas o Kilvin me fez olhar num espelho. — Dei um sorriso cansado. — Estou com uma aparência dos diabos.

— Você parece cansado como o diabo — corrigiu ele displicentemente; depois fez uma pausa constrangida. — Fico contente por não estar zangado.

Simmon bateu e abriu a porta. A culpa espantou a surpresa de seu rosto ao me ver sentado ali.

— Não era para você estar... humm... na Ficiaria? — perguntou, sem graça.

Dei uma risada e o alívio de Simmon foi quase palpável. Wilem tirou uma pilha de papéis de outra cadeira e Simmon arriou nela.

— Está tudo perdoado — declarei, com ar magnânimo. — Só peço uma coisa: digam-me tudo o que sabem sobre a taberna Eólica.

CAPÍTULO 53

Círculos lentos

A EÓLICA É ONDE NOSSA TÃO ESPERADA personagem aguarda nos bastidores. Não me esqueci de que é para ela que estou me encaminhando. Se pareço enredado, descrevendo voltas lentas em torno do assunto, é perfeitamente apropriado, já que ela e eu sempre nos aproximamos um do outro em círculos lentos.

Por sorte, Wilem e Simmon já tinham ido à Eólica. Juntos, contaram-me o pouco que eu ainda não sabia.

Havia uma porção de lugares a que se podia ir para ouvir música em Imre. Na verdade, quase todas as hospedarias, tabernas e pensões tinham algum tipo de músico dedilhando cordas, cantando ou tocando instrumentos de sopro ao fundo. Mas a Eólica era diferente. Recebia os melhores músicos da cidade. Se a pessoa soubesse distinguir música de qualidade da que não prestava, saberia que a Eólica tinha a melhor.

Cruzar a porta de entrada da Eólica custava um iota inteiro de cobre. Uma vez lá dentro, a pessoa podia ficar o tempo que quisesse e ouvir tanta música quanto lhe agradasse.

Mas o pagamento à porta não dava ao músico o direito de tocar. Aquele que desejasse pôr os pés no palco da Eólica tinha que pagar por esse privilégio: um talento de prata. Isso mesmo, as pessoas pagavam para tocar lá, e não o inverso.

Por que alguém pagaria uma soma tão escandalosa apenas para tocar? Bem, alguns dos que entregavam sua prata eram simplesmente ricaços decididos a satisfazer seus desejos. Para eles, um talento não era um preço alto para se exibirem de maneira tão orgulhosa.

Mas alguns músicos sérios também pagavam. Quando seu desempenho impressionava suficientemente o público e os proprietários da casa, eles recebiam uma lembrança: uma miniatura de gaita-de-tubos, feita em prata, que podia ser montada num broche ou num colar. A gaita-de-tubos concedida pelo talento era reconhecida como uma clara marca de distinção na maioria das grandes hospedarias num raio de 300 quilômetros ao redor de Imre. Quem a possuísse podia entrar de graça na Eólica e tocar quando lhe desse vontade.

A única responsabilidade implícita na gaita do talento era a apresentação. Quem a recebia podia ser convocado a tocar. Em geral, isso não era um ônus pesado, já que os nobres que frequentavam a Eólica costumavam oferecer dinheiro ou presentes aos artistas de que gostavam. Era a versão classe alta de pagar bebidas para o violinista.

Alguns músicos tocavam sem muita esperança de realmente receberem a gaita-de-tubos. Pagavam para tocar porque nunca se sabia quem estaria na Eólica numa dada noite, escutando. A boa apresentação de uma única melodia podia não trazer a gaita-de-tubos, mas, em vez dela, proporcionar um patrocinador rico.

Um mecenas.

— Você não é capaz de adivinhar o que eu soube — disse-me Simmon uma tardinha, quando nos sentamos em nosso banco de praxe na praça do mastro. Estávamos sozinhos, já que Wilem fora lançar olhares enamorados para uma criada da Anker. — Os alunos têm ouvido toda sorte de coisas estranhas no Magno à noite.

— É mesmo? — retruquei, fingindo desinteresse.

Simmon insistiu.

— É. Alguns dizem que é o fantasma de um aluno que se perdeu no prédio e morreu de fome — disse, batendo com o dedo na lateral do nariz, como um velhote matuto contando uma história. — Dizem que ele vagueia até hoje pelos corredores sem conseguir encontrar a saída.

— Ah.

— Outras opiniões sugerem que é um espírito raivoso. Dizem que ele tortura animais, especialmente gatos. É esse o som que os alunos ouvem, tarde da noite: saído das entranhas de gatos torturados. É realmente apavorante, pelo que entendi.

Olhei para ele. Parecia prestes a cair na gargalhada.

— Ora, desembuche logo — eu lhe disse com falsa severidade. — Vá em frente. Você merece por ser tão tremendamente esperto. Embora ninguém mais use cordas de tripa hoje em dia.

Ele deu um risinho consigo mesmo, deliciando-se. Peguei um de seus doces e comecei a comê-lo, na esperança de lhe dar uma valiosa lição de humildade.

— E então, você vai mesmo tentar?

Fiz que sim.

Simmon pareceu aliviado:

— Achei que talvez tivesse mudado seus planos. Ultimamente não o tenho visto carregar o alaúde por aí.

— Não é necessário — expliquei. — Agora que tenho tempo para me exercitar, não preciso me preocupar em agarrar todos os minutos possíveis.

Passou um grupo de estudantes, um dos quais acenou para Simmon.

— Quando é que você vai?

— Neste dia-do-luto.

— Tão cedo? Só faz duas onzenas que você andava apreensivo por estar enferrujado. Já voltou tudo tão rápido assim?

— Nem tudo. Vai levar anos para eu recuperar tudo — admiti. Dei de ombros e pus o último pedaço do doce na boca. — Mas tornou a ficar fácil. A música já não para nas minhas mãos, ela... — Fiz força para explicar, depois desisti. — Eu estou pronto.

Para ser sincero, gostaria de ter mais um mês, um ano de prática, antes de apostar um talento inteiro. Mas não havia tempo. O período letivo estava quase encerrado. Eu precisava de dinheiro para adiar minha dívida com a Devi e pagar a taxa do bimestre seguinte. Não podia esperar mais.

— Tem certeza? — perguntou Simmon. — Ouvi dizer que há gente muito boa arriscando a sorte com um talento. No começo deste período, um senhor cantou uma música sobre... sobre uma mulher cujo marido havia partido para a guerra.

— *Na ferraria da aldeia.*

— Sei lá — disse Simmon, desinteressado. — Só estou dizendo que ele era bom mesmo. Ri e chorei até doer — acrescentou, olhando-me com ansiedade. — Mas ele não ganhou a gaita-de-tubos.

Disfarcei minha própria ansiedade com um sorriso.

— Você ainda não me ouviu tocar, ouviu?

— Você sabe muito bem que não — retrucou ele, arrevesado.

Sorri. Eu me recusara a tocar para Wilem e Simmon enquanto estava sem prática. A opinião deles era quase tão importante quanto a das pessoas da Eólica.

— Bom, neste dia-do-luto você terá sua chance — provoquei-o. — Você vai lá?

Simmon confirmou com a cabeça.

— O Wilem também. Salvo terremotos ou uma chuva de sangue.

Olhei para o pôr do sol.

— Preciso ir andando — disse, e me levantei. — É a prática que leva à perfeição.

Simmon me deu um adeusinho e segui para o Rancho, onde me sentei por tempo suficiente para comer meu feijão às colheradas e mastigar um pedaço achatado de carne dura e cinzenta. Levei o pãozinho comigo, provocando olhares de estranheza dos estudantes próximos.

Fui até meu beliche e tirei o alaúde do baú aos pés da cama. Depois, dados os rumores mencionados por Simmon, tomei um dos caminhos mais complicados para o telhado do Magno, escalando uma série de canos de escoamento num beco protegido. Não queria chamar mais atenção para minhas atividades noturnas ali.

Já tinha anoitecido quando cheguei ao pátio isolado em que ficava a macieira. Todas as janelas estavam escuras. Olhei para baixo, da borda do telhado, sem ver nada além de sombras.

— Auri! — chamei. — Você está aí?

— Você está atrasado — veio a resposta vagamente petulante.

— Desculpe. Hoje você quer subir?

Uma pequena pausa.

— Não. Desça.

— Hoje não tem muita lua — retruquei, num tom mais encorajador. — Tem certeza de que não quer subir?

Ouvi um farfalhar nas sebes lá embaixo, depois vi Auri escalar a árvore com a rapidez de um esquilo. Correu pela borda do telhado e estacou a poucos metros de distância.

Tanto quanto eu podia calcular, Auri era poucos anos mais velha que eu; com certeza não passava dos 20. Usava roupas esfarrapadas, que deixavam à mostra os braços e as pernas, e era quase 30 centímetros mais baixa que eu. E magra. Parte disso tinha a ver apenas com sua compleição miúda, porém havia algo mais. Suas faces eram encovadas e os braços, frágeis como os de uma criança. O cabelo comprido era tão fino que parecia uma cauda, flutuando no ar feito uma nuvem.

Eu tinha levado muito tempo para arrancá-la de seu esconderijo. Desconfiara que alguém andava escutando eu me exercitar no pátio, mas levara quase duas onzenas para vislumbrá-la. Ao ver que estava semimorta de fome, passara a levar qualquer comida que conseguisse tirar do Rancho e a deixá-la para ela. Mesmo assim, outra onzena se passara até Auri se juntar a mim no telhado enquanto eu me exercitava no alaúde.

Nos últimos dias, ela até começara a falar. Eu esperava que fosse taciturna e desconfiada, mas nada poderia estar mais longe da verdade. Auri tinha o olhar vivo e era entusiástica. Embora eu não conseguisse deixar de me lembrar de mim mesmo em Tarbean ao vê-la, havia pouca semelhança real. Auri era escrupulosamente limpa e cheia de alegria.

Não gostava de locais a céu aberto, luzes brilhantes nem de gente. Eu tinha um palpite de que era uma aluna que havia pirado e fugido para o subsolo antes que a confinassem no Refúgio. Não sabia muita coisa a seu respeito, porque ela continuava tímida e assustadiça. Quando eu lhe perguntei seu nome, ela correu de volta para o subsolo e levou dias para reaparecer.

Assim, eu havia escolhido um nome para ela: Auri. No fundo, porém, pensava na moça como minha fadinha-da-lua.

Ela se aproximou mais alguns passos, parou, aguardou e tornou a avançar em disparada. Fez isso várias vezes, até postar-se diante de mim. Imóvel, com o cabelo espalhado no ar à sua volta, feito uma auréola. Estendeu as duas mãos para a frente, logo abaixo do queixo. Puxou minha manga e retirou a mão.

– O que trouxe para mim? – perguntou, empolgada.

Sorri.

– O que você trouxe para mim? – provoquei-a delicadamente.

Ela sorriu e estendeu a mão. Alguma coisa reluziu ao luar.

– Uma chave – disse, orgulhosa, empurrando-a para mim.

Aceitei-a. Tinha um peso agradável na minha mão.

– É muito bonita. O que ela abre?

– A Lua – respondeu Auri com uma expressão grave.

– Isso deve ser útil – comentei, examinando-a.

– Foi o que achei. Assim, se houver uma porta na Lua, você poderá abri-la – disse, sentando-se de pernas cruzadas no telhado e me dando um sorriso. – Não que eu encoraje esse tipo de conduta imprudente.

Agachei-me e abri o estojo do alaúde.

– Eu lhe trouxe pão – informei, entregando-lhe o pão preto de cevada embrulhado num pedaço de pano. – E uma garrafa d'água.

– Isso também é muito gentil – comentou ela com ar gracioso. A garrafa pareceu muito grande em suas mãos. – O que há na água? – perguntou, tirando a rolha e olhando para dentro.

– Flores. E o pedaço da Lua que hoje não está no céu. Também o pus aí dentro.

Auri levantou os olhos.

– Já falei da Lua – disse-me, com um toque de censura.

– Então só flores. E o brilho do dorso de uma libélula. Eu queria um pedaço da Lua, mas o brilho azulado da libélula foi o mais perto que pude chegar.

Ela inclinou a garrafa para cima e bebeu um gole.

– É um encanto – disse, afastando várias mechas de cabelo que lhe flutuavam à frente do rosto.

Estendeu o pano e começou a comer. Tirava pedaços pequeninos do pão e os mastigava com delicadeza, fazendo todo o processo parecer refinado, de algum modo.

— Gosto de pão branco — disse, em tom de conversa, entre um pedaço e outro.

— Eu também — retruquei, abaixando-me até me sentar. — Quando consigo arranjá-lo.

Auri balançou a cabeça e olhou em volta para o estrelado céu noturno e a lua crescente.

— Também gosto quando está nublado. Mas assim está bom. É acolhedor. Como os Subterrâneos.

— Subterrâneos? — repeti. Era raro ela ser tão tagarela.

— Eu moro lá — disse-me, descontraída. — Eles correm por toda parte.

— E você gosta lá de baixo?

Os olhos de Auri se iluminaram.

— Santo Deus, se gosto! É maravilhoso! A gente pode enxergar para sempre — disse. Virou-se para me olhar e acrescentou, com ar provocante: — Tenho uma novidade.

— O que é?

Deu outra mordida e terminou de mastigar antes de responder.

— Ontem à noite eu saí — disse, com um sorriso matreiro. — No alto das coisas.

— Foi mesmo? — perguntei, sem me dar ao trabalho de esconder a surpresa. — E você gostou?

— Foi lindo. Saí para dar uma espiada por aí — explicou, obviamente satisfeita consigo mesma. — Vi o Elodin.

— Mestre Elodin? — indaguei, e ela confirmou com um aceno da cabeça. — Ele também estava no alto?

Auri tornou a fazer que sim, mastigando.

— Ele a viu?

O sorriso dela tornou a despontar, fazendo-a parecer mais perto de 8 anos que de 18.

— Ninguém me vê. Além disso, ele estava ocupado, escutando o vento. — Pôs as mãos em concha na boca, produzindo um som uivante. — Ontem à noite havia um bom vento para se escutar — acrescentou, em tom confidencial.

Enquanto eu tentava compreender o que me dissera, Auri terminou o último pedaço de pão e se pôs a bater palmas, excitada, dizendo, quase sem fôlego:

— Agora, toque! Toque! Toque!

Sorrindo, tirei o alaúde do estojo. Não poderia esperar um público mais entusiasmado que ela.

CAPÍTULO 54

Um lugar para incendiar

— **H**OJE VOCÊ ESTÁ DIFERENTE — observou Simmon. Wilem concordou com um grunhido.
— Eu me sinto diferente — admiti. — Bem, mas diferente.
Nós três íamos levantando poeira na estrada para Imre. Era um dia quente e ensolarado, e não tínhamos motivo para pressa.
— Você parece... calmo — continuou Simmon, passando a mão no cabelo. — Eu gostaria de me sentir tão calmo quanto você parece.
— *Eu* gostaria de me sentir tão calmo quanto pareço — resmunguei.
Simmon se recusou a desistir:
— Você parece mais sólido — declarou, com uma careta. — Não. Parece... compacto.
— Compacto? — repeti. A tensão me obrigou a rir, o que me deixou mais relaxado. — Como é que alguém pode parecer compacto?
— Compacto, sei lá — fez ele, dando de ombros. — Feito uma mola enroscada.
— É o jeito de ele andar — disse Wilem, rompendo seu costumeiro silêncio pensativo. — Empertigado, com a cabeça erguida, os ombros levantados. — Fez um gesto vago para ilustrar suas colocações. — Quando ele pisa, o pé inteiro se apoia no chão. Não só a ponta, como se ele quisesse correr, ou o calcanhar, como se hesitasse. Ele anda com solidez, reivindicando o pedaço de chão para si.
Senti um embaraço momentâneo e tentei me observar, o que é sempre um esforço inútil.
Simmon deu uma olhadela de esguelha para Wil:
— Alguém vem passando um bocado de tempo com o Marionetista, não é?
Wilem deu de ombros, sugerindo uma vaga concordância, e atirou uma pedra nas árvores à beira da estrada.
— Quem é esse Marionetista que vocês vivem mencionando? — indaguei, em parte para afastar a atenção de mim. — Estou quase morrendo de curiosidade terminal, sabiam?

— Se alguém pudesse morrer disso, seria você — comentou Wilem.

— Ele passa quase o tempo todo no Arquivo — disse Simmon, hesitante, sabendo estar tocando num assunto delicado. — Seria difícil apresentá-lo a ele, já que... você sabe...

Chegamos à Ponte de Pedra, o antigo arco de pedras cinzentas que se elevava sobre o rio Omethi, entre a Universidade e Imre. Com mais de 60 metros de uma margem à outra e ultrapassando 18 metros no ponto mais alto do arco, a Ponte de Pedra tinha mais histórias e lendas do que qualquer outro marco da Universidade.

— Cuspa para dar sorte — exortou-nos Wilem ao começarmos a subida por um lado, e seguiu seu próprio conselho. Simmon o acompanhou, dando uma cusparada pela lateral com exuberância infantil.

Eu quase disse "Sorte não tem nada a ver com isso", usando as palavras de Mestre Arwyl, severamente repetidas milhares de vezes na Iátrica. Saboreei-as por um minuto na ponta da língua, hesitei e, em vez de proferi-las, cuspi.

———

A Eólica ficava no coração de Imre e suas portas da frente davam para a praça central da cidade, calçada de pedra. Havia bancos, algumas árvores floridas e uma fonte de mármore que borrifava água na estátua de um sátiro em perseguição a um grupo de ninfas seminuas, cuja tentativa de fuga parecia simbólica, se tanto. Pessoas bem-vestidas circulavam pela praça, quase um terço delas segurando algum tipo de instrumento musical. Contei pelo menos sete alaúdes.

Ao nos aproximarmos da Eólica, o porteiro levou a mão a seu chapéu de aba larga e se curvou numa saudação. Tinha pelo menos 1,95m de altura, era musculoso e intensamente bronzeado.

— Será um iota, meu jovem senhor. — Sorriu, e Wilem entregou-lhe uma moeda.

Virou-se então para mim, com o mesmo sorriso ensolarado. Olhando para o estojo do alaúde que eu segurava, levantou uma sobrancelha.

— É bom ver uma cara nova. Conhece as regras?

Fiz que sim com a cabeça e lhe entreguei um iota.

O homem se virou para o interior da taberna e apontou:

— Está vendo o bar? — indagou. Era difícil não ver 15 metros sinuosos de mogno que se estendiam em curva até o fundo do salão. — Viu onde aquela ponta vira em direção ao palco? — tornou a perguntar. Fiz que sim. — Está vendo o homem na banqueta? Se resolver tentar conseguir sua gaita-de-tubos, é com ele que deve falar. O nome é Stanchion.

Ambos desviamos o olhar do salão ao mesmo tempo. Suspendi mais o alaúde no ombro.

– Obrigado... – comecei, mas fiz uma pausa, sem saber seu nome.
– Deoch – fez ele, tornando a dar seu sorriso tranquilo.
Fui tomado por um impulso repentino e estendi a mão.
– Deoch significa "beber". Você me permite oferecer-lhe uma bebida mais tarde?
Ele passou um bom segundo olhando para mim, antes de dar uma risada. Foi um som alegre e incontido, que lhe saltou direto do peito. Deu-me um aperto de mão caloroso e respondeu:
– Ora, eu bem que aceitaria.
Soltou minha mão e olhou para trás de mim.
– Foi você que trouxe este aqui, Simmon?
– Na verdade, foi ele que me trouxe – respondeu Simmon, parecendo desconcertado por meu diálogo com o porteiro, embora eu não entendesse por quê. – Acho que ninguém pode realmente levá-lo a lugar nenhum – completou, entregando um iota a Deoch.
– Nisso eu posso acreditar – retrucou o homem. – Há alguma coisa nele que me agrada. Tem um certo jeito de elfo. Espero que toque para nós esta noite.
– Também espero – disse eu, e entramos.
Corri os olhos pela Eólica do modo mais despreocupado que consegui estampar. Um palco circular elevado projetava-se da parede em frente ao bar curvo de mogno. Várias escadas em espiral levavam a um segundo piso, muito parecido com uma sacada. Acima dele se via um terceiro nível, menor, que mais lembrava um jirau elevado contornando o salão.
Bancos e cadeiras circundavam todas as mesas do térreo. Também havia bancos recuados em nichos nas paredes. Candeeiros de simpatia se misturavam às velas, conferindo ao aposento uma luz natural, sem empestar o ar com fumaça.
– Bem, essa foi muito esperta – disse Simmon, mal-humorado. – Tehlu misericordioso, procure me avisar antes de fazer outras gracinhas, sim?
– O que foi? – perguntei. – A conversa com o porteiro? Simmon, você está nervoso como uma prostituta adolescente. O homem foi amável. Gostei dele. Qual é o problema de lhe oferecer uma bebida?
– O Deoch é dono disto aqui – rebateu Simmon com rispidez. – E tem absoluto horror a que os músicos lhe puxem o saco. Há duas onzenas pôs um sujeito no olho da rua por tentar dar-lhe uma gorjeta – acrescentou, olhando-me demoradamente. – Na verdade, atirou-o na rua. Longe a ponto de ele quase cair na fonte.
– Ah! – exclamei, justificadamente assustado. Olhei de relance para Deoch, que conversava com outra pessoa na porta. Vi os músculos grossos

de seu braço se retesarem e relaxarem quando ele fez um gesto para o lado de fora. – Ele lhe pareceu aborrecido? – perguntei.

– Não, não pareceu. Isso é que é o mais esquisito.

Wilem se aproximou de nós.

– Se vocês dois puderem parar de mexericar e ir para a mesa, eu pago a primeira rodada, *lhin?*

Seguimos para a mesa que ele havia escolhido, não muito longe de onde Stanchion estava sentado no bar.

– O que querem beber? – perguntou Wilem, enquanto Simmon e eu nos sentávamos e eu acomodava meu estojo com o alaúde na quarta cadeira.

– Hidromel com canela – respondeu Simmon, sem parar para pensar.

– Mocinha – disse Wilem, em tom vagamente acusatório, e se virou para mim.

– Sidra – escolhi. – Sidra sem álcool.

– Duas mocinhas – comentou ele, e partiu em direção ao bar.

Apontei para Stanchion com a cabeça.

– E ele? – perguntei a Simmon. – Pensei que ele fosse o proprietário.

– Os dois são. O Stanchion cuida da parte musical.

– Há alguma coisa que eu deva saber sobre ele? – indaguei, visto que minha quase catástrofe com Deoch havia aguçado minha ansiedade.

Simmon abanou a cabeça.

– Ouvi dizer que é muito animado, mas nunca conversei com ele. Não faça nenhuma besteira e ficará tudo bem.

– Obrigado – respondi com sarcasmo, afastando a cadeira da mesa e me levantando.

Stanchion era de estatura mediana e usava um traje elegante, verde-escuro e preto. Tinha o rosto redondo e barbudo e uma barriguinha discreta, que provavelmente só era perceptível por ele estar sentado. Sorriu e fez sinal para que eu me aproximasse, usando a mão que não estava segurando um caneco impressionantemente alto.

– Olá! – disse, em tom animado. – Você tem um ar esperançoso. Veio tocar para nós esta noite? – Levantou uma sobrancelha especulativa.

Agora que estava mais perto, notei que o cabelo de Stanchion era de um vermelho escuro e tímido, que se escondia quando a luz incidia nele pelo lado errado.

– Espero que sim, senhor. Mas estava planejando esperar um pouco.

– Ah, certamente. Nunca deixamos ninguém arriscar seu talento antes do pôr do sol.

Ele parou para tomar um gole e, quando virou a cabeça, vi que tinha uma gaita-de-tubos de ouro pendurada na orelha.

Com um suspiro, enxugou alegremente a boca na manga.

— E o que você toca? Alaúde?

Fiz que sim.

— Tem alguma ideia do que vai usar para nos seduzir?

— Isso depende, senhor. Alguém tocou *O lai de Sir Savien Traliard* ultimamente?

Stanchion levantou uma sobrancelha e pigarreou. Alisando a barba com a mão livre, respondeu:

— Bem, não. Alguém arriscou uma tentativa uns meses atrás, mas o mundo era maior do que ele podia abarcar com as pernas. Errou uns dois dedilhados e desmoronou — concluiu. Abanou a cabeça e completou: — Em termos simples, não. Não ultimamente.

Bebeu outro gole do caneco e engoliu, pensativo, antes de tornar a falar:

— A maioria das pessoas acha que uma canção de dificuldade mais moderada lhe permite exibir seu talento — disse, com ar cauteloso.

Intuí seu conselho não verbalizado e não me ofendi. *Sir Savien* era a música mais difícil que eu já tinha ouvido. Na trupe, meu pai tinha sido o único com habilidade para executá-la e eu só o ouvira tocá-la diante de uma plateia talvez umas quatro ou cinco vezes. A música durava apenas uns 15 minutos, mas esses 15 minutos exigiam um dedilhado rápido e preciso que, se corretamente executado, fazia duas vozes cantarem ao mesmo tempo no alaúde: a melodia e o acompanhamento.

Era complicado, mas nada que um alaudista habilidoso não pudesse tocar. *Sir Savien* era uma balada, e a parte vocal era um contracanto cujo ritmo contrastava com o do alaúde. Difícil. Se a música fosse adequadamente executada, com um homem e uma mulher alternando os versos, complicava-se ainda mais por causa do contracanto da voz feminina nos refrões. Se bem executada, ela era de cortar o coração. Infelizmente, poucos músicos conseguiam apresentar-se com calma em meio a tamanha tempestade melódica.

Stanchion tomou outro gole grande do caneco e enxugou a barba na manga.

— Você vai cantar sozinho? — perguntou, parecendo meio empolgado, apesar de sua advertência semienunciada. — Ou trouxe alguém para fazer o contracanto? Um dos rapazes com que você veio é *castrato*?

Lutei para reprimir o riso ao pensar em Wilem como sopranista e abanei a cabeça.

— Não tenho nenhum amigo que saiba cantá-la. Pretendia dobrar o terceiro refrão, para dar a alguém a oportunidade de entrar no papel de Aloine.

— No estilo das trupes, hein? — comentou ele, dirigindo-me um olhar sério. — Filho, não cabe a mim dizer isso, mas você quer mesmo se candidatar à gaita-de-tubos cantando com alguém com quem nem sequer ensaiou?

Tranquilizou-me ver que ele percebia como seria difícil.

— Quantas gaitas-de-tubos estarão aqui hoje, mais ou menos?

Ele pensou por um instante.

— Mais ou menos? Oito. Doze, talvez.

— Então é muito provável que haja pelo menos três mulheres que tenham recebido o prêmio, não é?

Stanchion assentiu com a cabeça, observando-me com um ar curioso.

— Bem... – ponderei lentamente. – Se o que todos me disseram é verdade, se só a verdadeira excelência consegue ganhar a gaita-de-tubos, uma dessas mulheres saberá cantar a parte de Aloine.

Stanchion bebeu outro gole grande, vagaroso, observando-me por sobre a borda do caneco. Quando enfim o pôs no balcão, esqueceu-se de enxugar a barba.

— Você é orgulhoso, não é? — comentou com franqueza.

Corri os olhos pelo salão.

— Aqui é a Eólica, certo? Ouvi dizer que é o lugar em que o orgulho é recompensado com a prata e toca como ouro.

— Gostei disso – disse Stanchion, quase falando consigo mesmo. – Tocar como ouro – repetiu. Bateu com o caneco no bar, fazendo um pequeno gêiser espumante irromper do topo. – Raios, garoto, espero que você seja tão bom quanto parece achar que é. Eu bem que gostaria de ter mais alguém por aqui com o fogo de Illien. – E passou a mão na cabeleira ruiva para deixar claro o duplo sentido.

— Espero que este lugar seja tão bom quanto todos parecem achar que é — retruquei, em tom sério. — Preciso de um lugar para incendiar.

— Ele não o pôs na rua — brincou Simmon quando voltei para a mesa. — Logo, acho que a coisa não correu tão mal quanto poderia.

— Acho que correu bem — respondi distraído. — Mas não tenho certeza.

— Como pode não ter? — objetou Simmon. — Eu vi o homem rir. Isso deve significar alguma coisa boa.

— Não necessariamente — interveio Wilem.

— Estou tentando me lembrar de tudo que disse a ele – admiti. – Às vezes minha boca começa a falar e minha cabeça demora um pouco para alcançá-la.

— E isso acontece com frequência, não é? — perguntou Wilem, com um de seus sorrisos raros e serenos.

As brincadeiras dos dois começaram a me acalmar.

— Com frequência cada vez maior — confessei rindo.

Bebemos e fizemos piada sobre coisas bobas, mexericos sobre os professores e as raras alunas que nos chamavam a atenção. Falamos das pessoas de quem gostávamos na Universidade, mas passamos mais tempo pensando naquelas de quem não gostávamos, e por que, e no que faríamos a respeito delas se tivéssemos uma oportunidade. Assim é a natureza humana.

Com isso, o tempo passou e, aos poucos, a Eólica ficou cheia. Simmon cedeu às gozações de Wilem e começou a beber scutten, um vinho forte e negro do sopé da Cordilheira de Shalda, mais comumente chamado de corta-tesão.

Simmon deixou seus efeitos se manifestarem quase de imediato, rindo mais alto, dando sorrisos mais largos e se remexendo na cadeira. Wilem persistiu em seu jeito taciturno de sempre. Paguei a rodada seguinte — grandes canecos de sidra pura para todos nós. Reagi ao desdém de Wilem dizendo-lhe que, se ganhasse meu prêmio nessa noite eu o levaria para casa boiando em corta-tesão, mas, se um dos dois se embriagasse antes disso, eu o espancaria pessoalmente e o jogaria no rio. Eles se moderaram consideravelmente e começaram a inventar versos obscenos para *Latoeiro curtumeiro*.

Deixei-os cuidando disso e me recolhi a minhas reflexões. Em primeiro plano em meus pensamentos estava a ideia de que talvez valesse a pena dar ouvidos ao conselho indireto de Stanchion. Procurei pensar em outras canções que eu pudesse apresentar e que fossem suficientemente difíceis para mostrar minha habilidade, porém fáceis o bastante para dar espaço a meu talento artístico.

A voz de Simmon puxou-me de volta para o aqui e agora.

— Ande, você é bom de rimas... — insistia ele.

Repensei no último trecho da conversa dos dois, que só escutara parcialmente.

— Experimentem *Na batina do seguidor de Tehlu* — sugeri, sem muito interesse. Estava nervoso demais para me dar ao trabalho de explicar que um dos vícios de papai tinha sido sua propensão para criar obscenos poemas humorísticos de cinco versos.

Os dois casquinaram, encantados, enquanto eu procurava descobrir uma canção diferente para cantar. Ainda não tivera muita sorte quando Wilem tornou a me distrair.

— O que é? — perguntei, irritado. E então percebi em seus olhos a expressão vazia que ele só exibia ao ver algo de que realmente não gostava. — O que é? — repeti, dessa vez num tom mais ponderado.

— Alguém que todos conhecemos e amamos — disse ele em tom sinistro, fazendo um sinal em direção à porta.

Não vi ninguém que pudesse reconhecer. A Eólica estava quase lotada, com mais de 100 pessoas circulando apenas no térreo. Pela porta aberta, notei que a noite caíra lá fora.

— Ele está de costas para nós. Jogando seu charme pegajoso para uma jovem encantadora que não deve conhecê-lo... à direita do senhor gorducho de vermelho — disse Wilem, orientando minha atenção.

— Filho da mãe — disse eu, perplexo demais para encontrar um xingamento adequado.

— Por mim, sempre achei que ele era de ascendência porcina — comentou Wilem secamente.

Simmon deu uma olhada em volta, piscando feito uma coruja.

— O que foi? Quem chegou?

— O Ambrose.

— Pelos ovos de Deus! — exclamou, curvando-se sobre o tampo da mesa. — Não me faltava mais nada. Vocês dois ainda não se entenderam?

— Estou disposto a deixá-lo em paz — protestei —, mas, toda vez que me vê, ele não consegue deixar de me dar uma alfinetada.

— Quando um não quer, dois não brigam — retrucou Simmon.

— Uma ova! — rebati. — Não quero saber de quem ele é filho. Não vou me encolher feito um cãozinho tímido. Se ele fizer a idiotice de me cutucar, eu lhe quebro o dedo — prometi. Respirei fundo para me acalmar e procurei soar racional: — Ele acabará aprendendo a me deixar em paz.

— Você poderia apenas ignorá-lo — propôs Simmon, num tom surpreendentemente sóbrio. — É só não morder a isca e num instante ele se cansa.

— Não — retruquei em tom sério, enfrentando seu olhar. — Não, não se cansará — repeti. Eu gostava do Simmon, mas às vezes ele era de uma inocência terrível. — Quando ele achar que enfraqueci, vai cair em cima de mim com o dobro da força da véspera. Conheço esse tipo.

— Lá vem ele — observou Wilem, desviando os olhos como quem não quer nada.

Ambrose me viu antes de chegar ao nosso lado do salão. Nossos olhares se cruzaram e ficou óbvio que ele não esperava me encontrar ali. Disse alguma coisa a seu grupo sempre presente de lambe-botas, que se afastou por entre a multidão numa direção diferente para pedir uma mesa. Os olhos de Ambrose deslocaram-se de mim para Wilem, para Simmon, para meu alaúde e de novo para mim. Depois disso ele nos deu as costas e se dirigiu à mesa que os amigos haviam arranjado. Olhou na minha direção antes de se sentar.

Achei irritante não vê-lo sorrir. Ele sempre sorrira para mim até então, um sorriso de pantomima, exageradamente triste, com sarcasmo nos olhos.

Em seguida vi algo que me irritou ainda mais. Ele segurava uma robusta caixa quadrada.

– O Ambrose toca lira? – perguntei ao mundo em geral.

Wilem encolheu os ombros. Simmon fez um ar constrangido.

– Pensei que você soubesse – disse fracamente.

– Vocês já o viram aqui?

Simmon assentiu com a cabeça.

– Ele tocou?

– Declamou, na verdade. Poesia. Recitou, meio que dedilhando a lira – fez Simmon, com cara de coelho prestes a sair correndo.

– E ganhou a gaita-de-tubos? – perguntei, em tom sinistro. Resolvi no mesmo instante que, se Ambrose fosse membro daquele grupo, eu não quereria ter nada a ver com ele.

– Não! – ganiu Simmon. – Ele tentou, mas... – Deixou a frase morrer, com uma expressão meio desvairada nos olhos.

Wilem pôs a mão em meu braço e fez um gesto tranquilizador. Respirei fundo, fechei os olhos e procurei relaxar.

Aos poucos percebi que nada daquilo importava. Quando muito, simplesmente subia o valor da aposta nessa noite. Ambrose não poderia fazer nada para perturbar minha apresentação. Seria obrigado a assistir e escutar. A me ouvir tocar *O lai de Sir Savien Traliard,* porque, a essa altura, não tive mais dúvida sobre o que eu tocaria nessa noite.

———

O entretenimento noturno foi iniciado por um dos músicos premiados da plateia. Ele tinha um alaúde e mostrou que sabia tocá-lo tão bem quanto qualquer Edena Ruh. Sua segunda canção foi melhor ainda, e eu nunca a tinha ouvido.

Houve um intervalo de uns 10 minutos antes que outro músico premiado fosse convidado a subir ao palco para cantar. O homem tinha uma gaita-de-tubos e a tocou melhor do que qualquer pessoa que eu já tivesse ouvido. Em seguida cantou um cativante hino de louvor em tom menor. Sem nenhum instrumento, apenas com a voz alta e clara, que subia e fluía como os tubos da gaita que tinha tocado antes.

Fiquei satisfeito ao ver que a habilidade dos músicos premiados era tudo o que diziam ser. Mas minha ansiedade teve um aumento proporcional. A excelência só é companheira da excelência. Se eu já não tivesse decidido tocar *O lai de Sir Savien Traliard* por pura pirraça, essas apresentações me haveriam convencido a fazê-lo.

Seguiu-se outro intervalo de cinco ou 10 minutos. Percebi que Stanchion estava espaçando as coisas de propósito para dar à plateia uma chance de circular e fazer barulho entre as canções. O homem entendia do riscado. Perguntei a mim mesmo se já teria feito parte de uma trupe.

Veio então o primeiro teste da noite. Um homem barbudo, de cerca de 30 anos, foi conduzido ao palco por Stanchion e apresentado à plateia. Tocava flauta. E tocou bem. Executou duas peças pequenas que eu conhecia e uma terceira que nunca tinha ouvido. Passou ao todo uns 20 minutos tocando, talvez, e cometeu apenas um pequeno erro, ao que eu pudesse perceber.

Depois dos aplausos, o flautista permaneceu no palco, enquanto Stanchion circulava pela plateia e colhia opiniões. Um garoto que servia bebidas levou ao músico um copo d'água.

Stanchion finalmente voltou ao palco. O salão ficou em silêncio e o proprietário se aproximou e apertou a mão do homem com ar solene. O flautista fez uma expressão desolada, mas conseguiu dar um sorriso amarelo e fazer uma pequena mesura para o público. Stanchion o conduziu para fora do palco e lhe ofereceu alguma coisa servida num caneco alto.

A pessoa seguinte a testar seu talento foi uma jovem ricamente vestida, de cabelos dourados. Depois que Stanchion a apresentou, ela cantou uma ária com uma voz tão cristalina e pura que, por algum tempo, esqueci minha ansiedade e me deixei cativar pela canção. Durante alguns minutos abençoados esqueci de mim mesmo e não pude fazer nada senão ouvir.

Acabou depressa demais, deixando-me um sentimento de ternura no peito e uma vaga comichão nos olhos. Simmon fungou um pouco e esfregou o rosto, sem jeito.

Depois ela entoou uma segunda canção, acompanhada de uma meia-harpa. Observei-a com atenção, e devo admitir que não foi inteiramente por sua habilidade musical. Seu cabelo era como trigo maduro. De onde eu estava, a quase 10 metros de distância, pude ver o azul cristalino de seus olhos. Os braços eram lisos, com mãozinhas delicadas, ágeis nas cordas. E seu jeito de prender a harpa entre as pernas me fez pensar em... bem, nas coisas em que todo garoto de 15 anos pensa sem parar.

A voz foi tão encantadora quanto antes, o bastante para comover o coração. Infelizmente ela não soube tocar à altura de seu canto. Errou algumas notas, ali pelo meio da segunda canção, hesitou e se recuperou, até chegar ao fim da apresentação.

Dessa vez houve uma pausa mais longa enquanto Stanchion circulava. Ele percorreu os três andares da Eólica, conversando com todos, jovens e velhos, músicos ou não.

Enquanto eu observava, Ambrose captou a atenção da moça no palco e lhe deu um daqueles sorrisos que me pareciam untuosos, mas que tanto encantavam as mulheres. Depois, desviando o rosto da jovem, deixou o olhar vagar até minha mesa e cruzar com o meu. Seu sorriso desapareceu e, durante um bom tempo, apenas nos encaramos, sem qualquer expressão. Nenhum de nós deu um sorriso zombeteiro nem moveu os lábios em pequenos insultos ao outro. Mesmo assim, nossa inimizade surda e carregada de ódio renovou-se naqueles poucos minutos. Não sei dizer ao certo quem de nós desviou o olhar primeiro.

Após quase 15 minutos colhendo opiniões, Stanchion tornou a subir ao palco. Aproximou-se da mulher de cabelos dourados e segurou sua mão, tal como fizera com o músico anterior. O rosto da jovem se abateu do mesmo jeito que o dele. Stanchion a conduziu para fora do palco e lhe ofereceu o que supus ser o caneco de consolação.

Logo depois desse fracasso veio outro músico talentoso, um violinista excelente, como os dois candidatos que o haviam antecedido. Depois um homem mais velho foi levado ao palco por Stanchion, como se estivesse testando seu talento. Mas os aplausos que o saudaram pareceram deixar implícito que ele era tão popular quanto qualquer dos músicos premiados que haviam tocado antes.

– Quem é esse? – perguntei a Simmon, cutucando-o, enquanto o homem de barba grisalha afinava a lira.

– É o Threipe – respondeu Simmon num sussurro. – Conde Threipe, na verdade. Está sempre tocando aqui, há anos. Grande patrono das artes. Desistiu de tentar ganhar a gaita de prata anos atrás. Agora apenas toca. Todo mundo o adora.

Threipe começou a tocar e percebi de imediato por que nunca havia conquistado a gaita pelo talento. Sua voz falhava e oscilava enquanto ele dedilhava a lira. O ritmo tinha variações ao acaso e era difícil dizer se ele havia tocado uma nota errada. A canção era obviamente de sua autoria, uma revelação bastante franca dos hábitos pessoais de um nobre do lugar. Mas, apesar de lhe faltar um clássico mérito artístico, apanhei-me dando risadas com o resto da plateia.

Quando ele terminou, houve uma estrepitosa salva de palmas, e algumas pessoas também socaram as mesas ou bateram com os pés. Stanchion foi direto ao palco e apertou a mão do conde, mas Threipe não pareceu minimamente decepcionado. Stanchion lhe deu tapas entusiásticos nas costas ao conduzi-lo para o bar.

Chegou a hora. Levantei-me e peguei meu alaúde.

Wilem deu um tapinha em meu braço e Simmon me abriu um sorriso, tentando não parecer quase doente de amistosa preocupação. Balancei a cabeça em silêncio para os dois e me dirigi ao assento vazio de Stanchion, na ponta em que o bar se curvava para o palco.

Apalpei o talento de prata em meu bolso, grosso e pesado. Uma parte irracional de mim quis segurá-lo, guardá-lo para depois. Mas eu sabia que, em mais alguns dias, um único talento não me faria a menor diferença. Com uma gaita de prata como prêmio eu poderia me sustentar tocando nas pousadas locais. Se tivesse a sorte de chamar a atenção de um mecenas, poderia ganhar o bastante para quitar minha dívida com Devi e pagar também a taxa do novo período escolar. Era um risco que eu tinha de correr.

Stanchion voltou sem pressa para sua banqueta no bar.

— Serei o próximo, senhor, se assim lhe convier — disse-lhe. Torci para não aparentar o nervosismo que sentia. Minhas mãos escorregavam no estojo do alaúde por causa das palmas suadas.

Ele sorriu para mim e meneou a cabeça.

— Você tem um bom olho para o público, rapaz. Esse está pronto para uma música triste. Ainda pretende tocar *Savien?*

Fiz que sim.

Ele se sentou e bebeu um trago.

— Bem, nesse caso, vamos dar-lhes uns minutos para se acalmarem e terminarem a conversa.

Concordei e me encostei no bar. Aproveitei o tempo para me inquietar inutilmente com coisas sobre as quais não tinha o menor controle. Uma das cravelhas do meu alaúde estava solta e eu não tinha dinheiro para consertá-la. Ainda não havia aparecido nenhuma mulher premiada no palco. Senti uma fisgada de angústia ao pensar que justamente nessa noite os únicos músicos premiados na Eólica seriam homens, ou mulheres que não conheciam a partitura de Aloine.

Pareceu passar pouco tempo até Stanchion levantar-se e erguer uma sobrancelha inquisitiva para mim. Fiz-lhe um sinal afirmativo e peguei o estojo do alaúde. Súbito, ele me pareceu terrivelmente surrado. Subimos a escada.

Assim que pisei no palco, o salão baixou a voz para um murmúrio. Ao mesmo tempo, meu nervosismo me abandonou, consumido pela atenção da plateia. Comigo sempre tinha sido assim. Fora do palco, eu me preocupava e transpirava. No palco, ficava calmo como uma noite hibernal sem vento.

Stanchion pediu que todos me considerassem um candidato à gaita de prata. Suas palavras surtiram um efeito tranquilizador, ritualístico. Quando ele fez sinal para mim, não houve aplausos familiares, apenas um silêncio expectante. Num lampejo, vi-me como o público devia estar me vendo. Não finamente trajado como os outros; na verdade, apenas a um passo dos andrajos. Jovem, quase um menino. Senti sua curiosidade aproximá-lo mais de mim.

Deixei-a crescer, demorando a abrir meu estojo surrado de segunda mão e a pegar meu alaúde surrado de segunda mão. Senti a atenção do público aguçar-se ante a aparência caseira que ele tinha. Toquei baixinho alguns acordes, depois mexi nas cravelhas, afinando muito de leve o instrumento. Dedilhei mais alguns acordes suaves, testando-os, escutei e meneei a cabeça.

As luzes que iluminavam o palco deixavam o resto do salão na penumbra, do lugar em que eu estava. Ao erguer a cabeça, vi o que me pareceram ser milhares de olhos. Simmon e Wilem. Stanchion junto ao bar. Deoch parado à porta. Senti um vago bolo no estômago ao notar Ambrose me observando com toda a ameaça de um carvão em brasa.

Desviei o olhar de seu rosto e observei um homem barbudo de vermelho, o conde Threipe, um casal idoso de mãos dadas, uma jovem encantadora de olhos negros... Meu público. Sorri para ele. O sorriso o aproximou ainda mais de mim, e comecei a cantar:

"Silêncio! Atentai! Pois, inda que muito ouvísseis,
Por canção tão doce em vão teríeis de esperar,
Como a Illien mesmo coube outrora aguardar:
Obra-prima de um mestre de lidas difíceis
Sobre Savien e Aloine, que ele viria a desposar."

Deixei a onda de sussurros percorrer a plateia. Os que conheciam a canção soltaram exclamações em voz baixa, e os que não a conheciam perguntaram aos vizinhos por que todo aquele alvoroço.

Levei as mãos às cordas e tornei a lhes despertar a atenção. A sala silenciou e comecei a tocar.

A música brotou fluente de mim, com o alaúde como uma segunda voz. Movi os dedos com agilidade e o instrumento produziu também uma terceira voz. Cantei no tom orgulhoso e potente de Savien Traliard, o maior dos Amyr. A plateia balançou-se ao som da música qual relva soprada pelo vento. Cantei como Sir Savien e senti o público começar a me amar e a me temer.

Estava tão acostumado a ensaiar a canção sozinho que quase me esqueci de duplicar o terceiro refrão. Mas me lembrei no último instante, num lampejo de suor frio. Dessa vez, ao entoá-lo, contemplei a plateia, na esperança de acabar ouvindo uma voz que respondesse à minha.

Cheguei ao fim do refrão antes da primeira estrofe de Aloine. Dedilhei com força o primeiro acorde e esperei, enquanto o som se desfazia no ar sem despertar uma voz na plateia. Fitei-a com calma, aguardando. A cada segundo, um alívio maior competia com uma decepção maior dentro de mim.

E então chegou ao palco uma voz suave como o roçar de uma pluma, cantando...

"Savien, como podias saber
Que era hora de me procurares?
Savien, que lembrança hás de ter
Dos nossos alegres vagares?
Quão bem carregaste na memória
O que se gravou para sempre
Em meu peito e minha história?"

Ela fez a parte de Aloine, eu, a de Savien. Nos refrões, sua voz se desdobrava, emparelhada e mesclada com a minha. Parte de mim quis procurá-la na plateia, encontrar o rosto da mulher com quem eu cantava. Tentei uma vez, mas meus dedos vacilaram enquanto eu buscava o rosto capaz de combinar com a doce voz enluarada que respondia à minha. Distraído, toquei uma nota errada e houve um zumbido na música.

Um errinho. Trinquei os dentes e me concentrei em tocar. Pus de lado a curiosidade e baixei a cabeça para observar meus dedos, cuidando para que não escorregassem nas cordas.

E como cantamos! A voz dela era prata líquida, a minha, uma resposta em eco. Savien cantava versos sólidos e potentes, qual galhos de um carvalho antigo como a pedra; Aloine, por sua vez, era um rouxinol, movendo-se em círculos velozes em torno dos galhos orgulhosos.

Passei a ter apenas uma vaga consciência da plateia, uma vaga consciência do suor em meu corpo. Aprofundei-me a tal ponto na música que não seria capaz de dizer onde terminava ela e onde começava meu sangue.

Mas acabou por estancar. A dois versos do final da canção, deu-se o fim. Toquei o acorde inicial do verso de Savien e ouvi um som cortante, que me arrancou da música como um peixe retirado de águas profundas.

Arrebentou uma corda. Estalou no alto do braço do alaúde e a tensão a fez açoitar o dorso de minha mão, produzindo um vivo filete de sangue.

Olhei-a, estupefato. Ela não devia ter-se rompido. Nenhuma das minhas cordas estava gasta a ponto de arrebentar. Mas acontecera e, quando as últimas notas da melodia se extinguiram no silêncio, senti a plateia começar a se agitar. A despertar do devaneio que eu trançara para ela com fios de canção.

No silêncio, senti tudo desfazer-se, o público acordando com o sonho inacabado, todo o meu trabalho desperdiçado, destruído. E, enquanto isso, ardia em mim a canção, a canção. A canção!

Sem saber o que fazer, repus os dedos nas cordas e sondei minhas profundezas. Desci a anos antes, quando minhas mãos tinham calos duros como pedra e a música brotava com a facilidade da respiração. Voltei ao tempo em que tocara para criar o som de *Vento girando uma folha*, num alaúde de seis cordas.

E recomecei a tocar. Lentamente, depois mais depressa, à medida que minhas mãos foram recordando. Recolhi os fios esgarçados da melodia e levei-os de volta ao que tinham sido minutos antes.

Não foi perfeito. Nenhuma canção com a complexidade de *Sir Savien* pode ser tocada em seis cordas, em vez de sete. Mas ela se completou e, enquanto eu tocava, a plateia suspirou, remexeu-se e, pouco a pouco, tornou a mergulhar no feitiço que eu havia tecido para ela.

Eu mal sabia onde estava o público e, passado um minuto, esqueci-o por completo. Minhas mãos dançaram, depois correram, depois se confundiram com as cordas, à medida que eu lutava para manter as duas vozes do alaúde cantando com a minha. E então, mesmo ao olhá-las, esqueci-as, esqueci tudo, menos de concluir a canção.

Veio o refrão e Aloine tornou a cantar. Para mim, ela não era uma pessoa, não era sequer uma voz, era apenas parte da canção que se inflamava em mim.

E então terminou. Erguer a cabeça e contemplar o salão foi como romper a superfície da água em busca de ar. Voltei a mim e deparei com minha mão sangrando e meu corpo coberto de suor. Depois o término da canção me atingiu como um murro no peito, como sempre acontecia, onde e quando quer que eu a ouvisse.

Enterrei o rosto nas mãos e chorei. Não por uma corda de alaúde arrebentada e pela probabilidade do fracasso. Não pelo sangue derramado e a mão ferida. Não chorei nem mesmo pelo menino que aprendera a tocar um alaúde de seis cordas na floresta anos antes. Chorei por Sir Savien e Aloine, pelo amor perdido, reencontrado e outra vez perdido, pelo destino cruel e pela insensatez humana. E assim, por algum tempo, perdi-me no luto e não soube de nada.

CAPÍTULO 55

Chama e trovão

LIMITEI TODO O MEU LUTO por Savien e Aloine a alguns momentos. Cônscio de que ainda estava em exibição, recompus-me e endireitei o corpo na cadeira para contemplar minha plateia. Minha plateia silenciosa.

A música tem um som diferente para quem a toca. Essa é a maldição do músico. Ainda sentado ali, o fim que eu havia improvisado começou a desaparecer de minha memória. Depois veio a dúvida. E se não tivesse sido uma coisa tão íntegra quanto me parecera? E se meu término não houvesse transmitido a terrível tragédia da canção a ninguém senão a mim mesmo? E se minhas lágrimas não se houvessem afigurado nada além da reação envergonhada de uma criança a seu próprio fracasso?

Depois, a espera. Ouvi o silêncio brotar deles. O público se manteve calado, tenso, rígido, como se a canção o tivesse queimado mais do que uma chama. Cada um estreitava seu eu ferido, agarrando-se à dor como se fosse algo de precioso.

Em seguida, um murmúrio de soluços liberados, escapando... Um suspiro lacrimoso... Um sussurro de corpos deixando lentamente a imobilidade... E então o aplauso. Um rugido como o lamber de chamas, como o trovão que acompanha o raio.

CAPÍTULO 56

Mecenas, mocinhas e metheglin

TORNEI A AFINAR MEU ALAÚDE. Foi uma distração razoável enquanto Stanchion colhia opiniões na plateia. Minhas mãos executaram os movimentos rotineiros de retirar a corda arrebentada, à medida que minha aflição crescia. Agora que os aplausos tinham cessado, minhas dúvidas haviam recomeçado a me atormentar. Seria uma única canção o bastante para provar meu talento? E se a reação do público se houvesse devido à força da canção, e não à minha execução? E quanto a meu final improvisado? Talvez a música só tivesse parecido inteira para mim...

Ao terminar de retirar a corda partida, olhei-a casualmente e todos os meus pensamentos se embaralharam.

Ela não estava gasta nem defeituosa como eu havia suposto que estaria. A extremidade partida estava perfeita, como se tivesse sido cortada com uma faca ou uma tesoura.

Passei algum tempo simplesmente a contemplá-la com o olhar fixo, perplexo. Alguém teria mexido em meu alaúde? Impossível. Eu nunca o perdia de vista. Além disso, tinha verificado as cordas antes de sair da Universidade e novamente antes de subir ao palco. Então como?

Eu estava revolvendo essa ideia na cabeça, em círculos, quando notei que o público se aquietava. Levantei a cabeça a tempo de ver Stanchion subir o último degrau do palco. Apressei-me a ficar de pé para enfrentá-lo.

Sua expressão era amistosa, mas, afora isso, indecifrável. Meu estômago deu um nó quando o vi caminhar na minha direção; depois pareceu despencar quando Stanchion me estendeu a mão do mesmo jeito que a estendera para os outros dois músicos julgados aquém do desejado.

Forcei-me a exibir meu melhor sorriso e estendi a mão para apertar a dele. Eu era filho de meu pai e integrante de uma trupe. Acolheria minha rejeição com toda a dignidade dos Edena Ruh. Mais fácil seria a terra se abrir e tragar aquele lugar reluzente e presunçoso do que eu manifestar o menor indício de desespero.

E em algum lugar da plateia de espectadores estava Ambrose. A terra teria que tragar a Eólica, Imre e todo o Mar de Centhe para que eu lhe desse um pingo de satisfação por causa disso.

Assim, exibi um sorriso luminoso e segurei a mão de Stanchion. Ao apertá-la, senti uma coisa dura na palma da mão. Olhei para baixo e vi um lampejo de prata. Minha gaita-de-tubos.

Deve ter sido um prazer observar minha expressão. Tornei a encarar Stanchion. Seus olhos dançavam e ele me deu uma piscadela.

Virei-me e levantei bem alto a gaita-de-tubos, para que todos a vissem. A Eólica tornou a fazer um grande estrondo. Dessa vez troou boas-vindas.

———

– Você tem que me prometer – disse Simmon em tom sério, com os olhos vermelhos – que nunca mais vai tocar essa música sem primeiro me avisar. Nunca!

– Foi tão ruim assim? – indaguei, dando-lhe um sorriso aturdido.

– Não! – veio a resposta quase gritada. – Ela é... Eu nunca... – Simmon esforçou-se para falar, momentaneamente sem palavras, depois baixou a cabeça e desatou num choro desamparado sobre as mãos.

Wilem passou um braço protetor em volta dele, que apoiou a cabeça em seu ombro sem a menor cerimônia.

– O nosso Simmon tem o coração delicado – comentou gentilmente. – Imagino que tenha querido dizer que gostou muito da música.

Notei que os olhos de Wilem também estavam com as bordas vermelhas. Pus a mão em suas costas.

– Ela também me pegou em cheio na primeira vez que a ouvi – contei-lhe com sinceridade. – Meus pais a tocaram no Festival do Solstício de Inverno, quando eu tinha nove anos, e passei duas horas arrasado. Tiveram de cortar meu papel em *O porqueiro e o rouxinol* porque eu não tinha condições de representar.

Simmon balançou a cabeça e fez um gesto que pareceu significar que estava tudo bem com ele, mas que não tinha a expectativa de conseguir falar nem tão cedo, e era melhor eu continuar a fazer o que quer que estivesse fazendo.

Tornei a olhar para Wilem.

– Eu tinha esquecido que ela afetava as pessoas desse jeito – comentei, sem graça.

– Eu recomendo um scutten – disse Wilem bruscamente. – Ou corta-te-são, se vocês insistirem na vulgaridade. Mas creio lembrar-me de você ter dito que hoje nos levaria de colo para casa se ganhasse sua gaita pelo talento;

o que talvez seja lamentável, já que me ocorre que estou usando meus sapatos de chumbo para pileques.

Ouvi Stanchion dar uma risadinha atrás de mim.

— Esses devem ser os dois amigos não-*castrati*, não é?

Simmon ficou tão surpreso ao ser chamado de não-*castrato* que se recompôs um pouco, esfregando o nariz com a manga da camisa.

— Wilem, Simmon, este é o Stanchion.

Simmon balançou a cabeça. Wilem fez uma pequena mesura rígida.

— Stanchion, pode nos ajudar a chegar ao bar? Prometi comprar uma bebida para eles.

— Bebidas — corrigiu Wilem. — No plural.

— Desculpe, bebidas — repeti, frisando o plural. — Eu não estaria aqui se não fossem eles.

— Ah! — disse Stanchion, com um sorriso. — Patronos! Compreendo perfeitamente!

O caneco de vitória se revelou idêntico ao de consolação. Estava pronto para mim quando Stanchion finalmente conseguiu fazer-nos atravessar a multidão até nossos novos assentos no bar. Chegou até a insistir em oferecer um scutten a Simmon e Wilem, dizendo que os patronos também tinham certo direito a reivindicar o butim da vitória. Agradeci-lhe sinceramente, do fundo de minha bolsa, que minguava a olhos vistos.

Enquanto esperávamos a chegada das bebidas de meus amigos, tentei dar uma espiada curiosa no interior de meu caneco e constatei que, para fazer isso enquanto ele estivesse no bar, eu precisaria ficar em pé no banco.

— Metheglin — informou-me Stanchion. — Experimente e pode me agradecer depois. No lugar de onde venho, dizem que um homem é capaz de ressuscitar dos mortos para bebê-lo.

Tirei-lhe um chapéu imaginário.

— Às suas ordens — saudei-o.

— Às suas e às de sua família — respondeu ele polidamente.

Bebi um gole do caneco alto para me dar uma oportunidade de me recompor, e em minha boca aconteceu algo maravilhoso: mel fresco da primavera, cravo, cardamomo, canela, uvas prensadas, maçã assada, pera doce e água cristalina da fonte. É só o que tenho a dizer sobre o metheglin. Se você não o experimentou, lamento não poder descrevê-lo da forma apropriada. Se experimentou, não precisa de mim para lhe recordar como é.

Fiquei aliviado ao ver que o corta-tesão fora servido em copos de tamanho moderado, havendo um também para Stanchion. Se meus amigos tivessem recebido canecos do vinho negro, eu precisaria de um carrinho de mão para levá-los de volta à outra margem do rio.

— A Savien! — brindou Wilem.

— Apoiado! — disse Stanchion, erguendo seu copo.

— Savien... — conseguiu repetir Simmon, com o que parecia ser um soluço abafado na voz.

— ...E a Aloine — acrescentei, manobrando para fazer meu enorme caneco tocar nos copos deles.

Stanchion bebeu seu scutten com uma displicência que me deixou de olhos marejados.

— E então — disse-me —, antes que eu o deixe entregue à adulação de seus pares, tenho que fazer uma pergunta. Onde você aprendeu a fazer isso? Refiro-me a tocar com uma corda a menos.

Pensei por um momento.

— Quer a versão comprida ou a curta?

— Fico com a curta, por enquanto.

Sorri.

— Bem, nesse caso, é só uma coisa que aprendi — retruquei com um gesto indiferente, como quem jogasse algo no lixo. — Um remanescente da minha juventude desperdiçada.

Stanchion me encarou com uma expressão divertida.

— Suponho que eu mereço. Da próxima vez fico com a versão comprida — disse. Respirou fundo e correu os olhos pelo salão; seu brinco de ouro balançou e captou a luz. — Vou organizar o público. Impedirei que venham todos para cima de você de uma só vez.

Sorri de alívio.

— Obrigado, senhor.

Ele abanou a cabeça e fez um gesto peremptório para alguém atrás do bar, que pegou prontamente seu caneco.

— Mais cedo, esta noite, "senhor" era muito bom e apropriado. Mas agora é Stanchion — disse. Tornou a olhar na minha direção, sorriu e meneou a cabeça. — E como devo chamá-lo?

— Kvothe, apenas Kvothe.

— Apenas Kvothe! — brindou Wilem atrás de mim.

— E a Aloine! — acrescentou Simmon, e começou a chorar baixinho sobre o braço dobrado.

———

O conde Threipe foi um dos primeiros a se aproximar. De perto, parecia mais baixo e mais velho; porém tinha um olhar vivaz e riu ao falar da minha música.

— E então a corda arrebentou! — disse, com gestos exagerados. — E a única coisa em que consegui pensar foi: *Não, agora não! Não antes do fim!* Mas vi o sangue na sua mão e senti um bolo no estômago. Você levantou a cabeça para nós, baixou-a para as cordas e o silêncio foi aumentando. Aí você repôs as mãos no alaúde, e só consegui pensar: *Isso é que é garoto corajoso. Corajoso demais. Não sabe que não pode salvar o final de uma canção interrompida com um alaúde quebrado.* Mas você conseguiu! — Soltou uma gargalhada, como se tivesse passado um trote no mundo fazendo um passo rápido de dança.

Simmon, que havia parado de chorar e estava a caminho de ficar bastante embriagado, riu com o conde. Wilem não pareceu saber como interpretar o homem e ficou a observá-lo com um olhar sério.

— Você precisa tocar na minha casa um dia desses — disse Threipe, e levantou rapidamente a mão. — Não falaremos disso agora e não ocuparei mais a sua noite — acrescentou, risonho. — Mas, antes de ir embora, preciso lhe fazer uma última pergunta: quantos anos o Savien passou com os Amyr?

Não precisei pensar.

— Seis. Três anos provando seu valor, três anos treinando.

— O seis lhe parece um bom número?

Eu não sabia aonde ele queria chegar.

— Seis não é exatamente o número da sorte — desconversei. — Se estivesse procurando um bom número, eu teria que subir para o sete. Ou descer para o três — completei, encolhendo os ombros.

Threipe considerou essa ponderação, batendo com o dedo no queixo.

— Tem razão. Mas seis anos com os Amyr significam que ele voltou para Aloine no sétimo ano — disse. Enfiou a mão num bolso e tirou um punhado de dinheiro, em pelo menos três moedas diferentes. Separou do bolo sete talentos e os colocou em minha mão surpresa.

— Milorde — gaguejei —, não posso aceitar seu dinheiro.

Não fora propriamente o dinheiro que me surpreendera, mas o valor.

Threipe pareceu confuso.

— Ora essa, e por que não?

Fiquei meio boquiaberto e, por um raro momento, não tive palavras.

Threipe deu um risinho e fechou minha mão em volta das moedas.

— Não é um prêmio por você ter tocado. Bem, é isso, porém é mais um incentivo para que continue a se exercitar, a ficar cada vez melhor. É pelo bem da música.

Encolheu os ombros e prosseguiu:

— Sabe, o loureiro precisa de chuva para crescer. Não posso fazer muita coisa quanto a isso. Mas posso impedir que essa chuva caia na cabeça de

alguns músicos, não é? – indagou, deixando insinuar-se um sorriso matreiro.
– Por isso Deus cuida dos loureiros e os mantém molhados. E eu cuido dos instrumentistas e os mantenho secos. E cabeças mais sábias do que a minha decidirão quando juntar os dois.

Passei um instante calado.

– Creio que o senhor talvez seja mais sábio do que se julga.

– Bem – fez ele, procurando não assumir um ar satisfeito. – Bem, não deixe que isso se espalhe, senão as pessoas começarão a esperar grandes coisas de mim.

Deu-me as costas e foi prontamente tragado pela multidão.

Guardei os sete talentos no bolso e senti um grande peso sair de meus ombros. Foi como o adiamento de uma execução. Talvez literalmente, já que eu não fazia ideia de como a Devi poderia me incentivar a quitar minha dívida. Respirei despreocupado pela primeira vez em dois meses. Foi uma boa sensação.

Depois que Threipe se foi, um dos músicos premiados veio me cumprimentar. Em seguida apareceu um agiota cealdo, que apertou minha mão e quis me oferecer uma bebida.

Vieram então um homem da pequena nobreza, outro músico e uma bonita jovem, que julguei que talvez fosse minha Aloine, até ouvir sua voz. Era filha de um agiota local e conversamos rapidamente sobre banalidades até ela seguir seu caminho. Quase tarde demais lembrei-me de meus bons modos e beijei a sua mão, antes que se retirasse.

Passado algum tempo, todos se misturaram num borrão. Um a um, aproximaram-se para me oferecer afeição, elogios, apertos de mão, conselhos, inveja e admiração. Embora Stanchion tivesse cumprido sua palavra e conseguido impedir que todos se aproximassem numa única onda, não demorou para que eu começasse a ter dificuldade de distinguir uns dos outros. E o metheglin também não estava ajudando.

Não sei ao certo quanto tempo se passou antes que eu pensasse em procurar Ambrose. Depois de vasculhar o salão, cutuquei Simmon com o cotovelo, fazendo-o levantar a cabeça da partida que estava jogando com Wilem, apostando gusas.

– Onde está o nosso melhor amigo? – perguntei.

Simmon fitou-me com uma expressão vazia e percebi que já havia bebido demais para captar o sarcasmo.

– O Ambrose – esclareci. – Onde está o Ambrose?

– Caiu fora com ar desdenhoso – anunciou Wilem com um toque de belicosidade. – Assim que você terminou de tocar. Antes mesmo que recebesse a sua gaita de prata.

— Ele sabia. Ele sabia — cantarolou Simmon, radiante. — Sabia que você a ganharia e não suportou assistir.

— Parecia mal quando saiu — acrescentou Wilem com serena maldade. — Pálido e trêmulo. Como se tivesse descoberto que alguém passara a noite toda jogando urina fermentada em sua bebida.

— Talvez alguém tenha jogado — disse Simmon, com uma perversidade atípica. — É o que eu faria.

— Trêmulo? — perguntei.

Wilem confirmou com a cabeça.

— Trêmulo. Como se tivesse levado um soco no estômago. O Linten lhe ofereceu o braço para ele se apoiar, na saída.

Os sintomas me soaram familiares, como o enregelamento de quando se fazem certas conexões simpáticas. Uma suspeita começou a se formar. Imaginei Ambrose me ouvindo deslizar pela mais linda música que já tinha escutado e percebendo que eu estava prestes a ganhar a gaita de prata.

Ele não faria nada óbvio, mas talvez conseguisse encontrar um fiapo solto, ou uma lasca fina e comprida tirada da mesa. Qualquer dos dois lhe daria apenas o mais tênue elo simpático com a corda do meu alaúde: 1%, no máximo, talvez só um décimo disso.

Imaginei-o tirando calor do próprio corpo, concentrando-se, enquanto a friagem tomava conta de seus braços e pernas. Imaginei-o tremendo, ficando com a respiração arfante, até a corda finalmente arrebentar...

...E me vendo acabar a canção, apesar dele. Sorri ao pensar nisso. Era pura especulação, é claro, mas alguma coisa com certeza havia arrebentado a corda do meu alaúde, e nem por um segundo duvidei que Ambrose fosse capaz de tentar uma coisa dessas. Tornei a me concentrar no Simmon.

— ...Chegar para ele e dizer: *Sem ressentimentos por aquela vez, no Cadinho, em que você misturou os meus sais e fiquei quase cego por um dia. Não. Não mesmo, beba tudo!* Ha! — riu Simmon, perdido em sua fantasia de vingança.

O fluxo de pessoas a me desejarem boa sorte diminuiu um pouco: outro alaudista, o flautista premiado que eu vira no palco, um comerciante local. Um senhor muito perfumado, de cabelo comprido e oleoso e sotaque vintasiano, deu-me um tapinha nas costas e me ofereceu uma bolsinha com dinheiro, "para comprar cordas novas". Não gostei dele. Fiquei com a bolsinha.

———

— Por que todo mundo continua a falar disso? — perguntou-me Wilem.

— De quê?

— Metade das pessoas que se aproximam para lhe apertar a mão se desmancha em elogios sobre como foi linda a música. A outra metade mal chega a mencioná-la, e só fala de como você tocou com uma corda arrebentada. É como se mal tivessem escutado a canção.

— A primeira metade não entende nada de música — disse Simmon. — Só as pessoas que levam a música a sério podem realmente apreciar o que fez hoje o nosso pequeno E'lir.

Wilem deu um grunhido pensativo.

— Quer dizer que o que você fez é difícil?

— Nunca vi ninguém tocar *O esquilo no telhado de sapê* sem o encordoamento completo — Simmon lhe disse.

— Bem — comentou Wilem —, você fez com que parecesse fácil. E já que recobrou o juízo, deixando de lado aquela bebida ylliana de frutas, posso lhe oferecer uma rodada de um bom scutten preto, a bebida dos reis de Ceald?

Reconheço um elogio ao escutá-lo, mas relutei em aceitar, uma vez que mal começava a sentir minha cabeça desanuviar-se outra vez.

Por sorte, fui salvo da necessidade de dar uma desculpa pela chegada de Marea, que se aproximou para render suas homenagens. Era a encantadora harpista loura que havia posto seu talento à prova e não fora premiada. Por um momento pensei que talvez fosse ela a voz da minha Aloine, mas, depois de ouvi-la por um instante, percebi que não era possível.

Mas a moça era bonita. Mais ainda do que parecera no palco, o que nem sempre acontece. Na conversa, fiquei sabendo que era filha de um dos membros do conselho municipal de Imre. Em contraste com a cascata de cabelos ouro-velho, o azul-claro de seu vestido era um reflexo do azul intenso de seus olhos.

Por mais encantadora que ela fosse, não pude dar-lhe a atenção que merecia. Estava aflito para sair do bar e encontrar a voz que tinha cantado a parte de Aloine comigo. Conversamos um pouco, sorrimos e nos despedimos com palavras gentis e promessas de voltar a conversar. Marea tornou a desaparecer na multidão: uma esplêndida coleção de curvas em movimentos suaves.

— O que foi essa exibição vergonhosa? — perguntou Wilem, depois que ela se afastou.

— Que exibição?

— *Que exibição?!* — repetiu ele, zombando do meu tom. — Será possível que você seja tão tapado? Se uma garota bonita como aquela me olhasse com um olho só do jeito que ela o olhou com os dois... agora já estaríamos num quarto, para falar com prudência.

— Ela foi amável — protestei — e nós conversamos. Ela me perguntou se eu me disporia a lhe mostrar uns dedilhados na harpa, mas faz muito tempo que não toco esse instrumento.

— E vai passar muito mais se continuar a não perceber cantadas como essa – disse Wilem com franqueza. – Ela fez de tudo; só faltou abrir mais um botão para você.

Simmon se inclinou e pôs a mão no meu ombro, a própria imagem do amigo apreensivo.

— Kvothe, tenho pensado em conversar com você justamente sobre esse problema. Se de fato você não percebeu que a moça estava interessada, talvez queira admitir a possibilidade de ser de uma obtusidade incrível em matéria de mulheres. Talvez deva pensar no sacerdócio.

— Vocês dois estão bêbados – retruquei, para disfarçar meu embaraço. – Por acaso notaram, pela nossa conversa, que ela é filha de um membro do conselho municipal?

— E você notou – retrucou Wil no mesmo tom – o jeito como ela o olhou?

Eu sabia ser de uma inexperiência desoladora com as mulheres, mas não queria ter que admiti-lo. Por isso, descartei o comentário dele e desci da banqueta.

— Por alguma razão, duvido que um sarro ligeirinho atrás do bar fosse o que a Marea tinha em mente – rebati. Bebi um pouco de água e ajeitei a capa. – Agora tenho que encontrar a minha Aloine e lhe oferecer meus mais sinceros agradecimentos. Como estou?

— Que importância tem isso? – perguntou Wilem.

Simmon tocou-lhe o cotovelo:

— Não está vendo? Ele vai atrás de uma caça mais perigosa do que a filha decotada de um conselheiro.

Afastei-me dos dois com um gesto de repulsa e parti para o salão apinhado.

Na verdade, não fazia a menor ideia de como encontrá-la. Uma parte romântica e tola de mim achava que eu a reconheceria no momento em que a visse. Se ela tivesse metade da luminosidade de sua voz, brilharia como uma vela num cômodo escuro.

Mas, enquanto eu pensava essas coisas, a parte mais sensata de mim sussurrava em meu outro ouvido. *Não tenha esperança*, dizia. *Não se atreva a esperar que uma mulher possa luzir com o brilho da voz que cantou a parte de Aloine*. E, embora essa voz não fosse reconfortante, eu sabia que era sensata. Aprendera a ouvi-la nas ruas de Tarbean, onde ela me mantivera vivo.

Circulei pelo primeiro andar da Eólica procurando sem saber a quem. Vez por outra, alguém me sorria ou acenava. Após cinco minutos, eu tinha visto todos os rostos que havia para ver e subido ao segundo andar.

Esse, na verdade, era uma galeria reformada, mas, em vez das fileiras de assentos, havia mesas em patamares ascendentes, de onde se via o nível inferior. Enquanto eu serpeava por entre as mesas em busca da minha Aloine, minha metade mais sensata continuou a murmurar: *Não tenha esperança. Só fará decepcionar-se. Ela não será tão bela quanto você imagina e você ficará desolado.*

Quando terminei de vasculhar o segundo andar, um novo temor começou a surgir dentro de mim. Talvez ela tivesse ido embora enquanto eu ficara sentado no bar, embriagando-me de metheglin e de elogios. Devia tê-la procurado de imediato, prostrando-me num dos joelhos e lhe agradecendo de todo o coração. E se ela houvesse partido? E se ninguém soubesse quem era nem para onde fora? Senti o nervosismo na boca do estômago ao subir a escada para o andar mais alto da Eólica.

Agora, veja o que a sua esperança lhe arranjou, disse a voz. *Ela se foi e tudo o que lhe resta é uma fantasia brilhante e tola para atormentá-lo.*

O último nível era o menor dos três, pouco mais do que uma fina meia-lua aninhada entre três paredes, muito acima do palco. Ali, as mesas e bancos eram mais espaçados e escassamente ocupados. Notei que a maioria dos ocupantes desse andar era formada por casais, e me senti uma espécie de *voyeur* ao passar de uma mesa para outra.

Tentando assumir um ar indiferente, fitei os rostos dos que estavam sentados bebendo e conversando. Fui ficando mais nervoso à medida que me aproximava da última mesa. Foi impossível fazê-lo sem despertar atenção, porque ela ficava num canto. O casal sentado, uma pessoa de cabelo claro, a outra de cabelo escuro, estava de costas para mim.

Quando me aproximei, a de cabelo louro riu e pude vislumbrar um rosto orgulhoso, de traços finos. Um homem. Voltei a atenção para a mulher de cabelo comprido e preto. Minha última esperança. Sabia que ela seria minha Aloine.

Ao contornar o canto da mesa, vi o rosto dela. Ou melhor, dele. Eram ambos homens. Minha Aloine tinha ido embora. Eu a havia perdido e, ciente disso, tive a sensação de que meu coração fora desalojado de seu lugar de repouso em meu peito e despencara por minhas profundezas até um ponto próximo dos meus pés.

Os dois olharam para cima e o louro sorriu para mim.

— Olhe, Thria, o jovem alaudista de seis cordas veio nos cumprimentar — disse, examinando-me de alto a baixo. — Você é bonito. Quer juntar-se a nós e tomar uma bebida?

— Não — murmurei, sem jeito. — Eu só estava procurando uma pessoa.

— Bem, pois você a encontrou — retrucou ele com desenvoltura, tocando em meu braço. — Meu nome é Fallon e este aqui é o Thria. Venha tomar uma bebida. Prometo não deixar o Thria tentar levá-lo para casa. Ele tem uma queda terrível por músicos. — E me deu um sorriso sedutor.

Murmurei uma desculpa e me despedi, aflito demais para me preocupar em saber se tinha ou não feito papel de idiota.

Quando voltava para a escada, desolado, meu eu sensato aproveitou a oportunidade para me passar uma descompostura. *É nisso que dá a esperança,* disse. *Não presta. Mesmo assim, é melhor você tê-la perdido. Ela nunca poderia ficar à altura de sua voz. Daquela voz límpida e terrível como prata derretida, como o luar sobre as pedras do rio, como uma pluma roçando seus lábios.*

Encaminhei-me para a escada, olhos grudados no chão, por medo de que alguém tentasse puxar conversa.

E então ouvi uma voz, uma voz como prata líquida, como um beijo em meus ouvidos. Levantando a cabeça, senti meu coração animar-se e soube que era a minha Aloine. Olhei para cima, vi-a e só consegui pensar: linda!

Linda.

CAPÍTULO 57

Interlúdio – As partes que nos formam

COM GESTOS LENTOS, BAST SE ESPREGUIÇOU e correu os olhos pela sala. Finalmente, o pavio curto de sua paciência se extinguiu.

– Reshi.

– Hmmm? – fez Kvothe, olhando para ele.

– E depois, Reshi? Falou com ela?

– É claro que falei com ela. Não haveria história se eu não tivesse falado. Contar essa parte é fácil. Mas primeiro preciso descrevê-la. Não sei bem como fazer isso.

Bast se remexeu.

Kvothe riu, e uma expressão afetuosa apagou a irritação de seu rosto.

– Então, para você, descrever uma bela mulher é tão simples quanto contemplá-la?

Bast baixou os olhos e enrubesceu, e Kvothe pôs a mão em seu braço, com delicadeza, sorrindo:

– O meu problema, Bast, é que ela é muito importante. Importante para a história. Não consigo pensar num modo de descrevê-la sem ficar aquém da realidade.

– Acho... acho que entendo, Reshi – disse Bast em tom conciliatório. – Também a vi. Uma vez.

Kvothe reclinou-se na cadeira, surpreso.

– Foi mesmo, não é? Eu havia esquecido – disse. Pressionou a boca com as mãos. – E como você a descreveria?

Bast se iluminou ante essa oportunidade. Endireitando-se na cadeira, assumiu um ar pensativo por um momento e disse:

– Tinha orelhas perfeitas. – Fez um gesto delicado com as mãos. – Orelhinhas perfeitas, como se tivessem sido entalhadas em... alguma coisa.

O Cronista riu, depois pareceu voltar atrás, como se tivesse surpreendido a si mesmo.

– Orelhas? – perguntou, como se não tivesse certeza de haver escutado direito.

– O senhor sabe como é difícil encontrar uma moça bonita com o tipo correto de orelhas – retrucou Bast com ar displicente.

O Cronista tornou a rir, parecendo achar mais fácil fazê-lo da segunda vez.

– Não. Tenho certeza de que não sei.

Bast lançou um olhar de profunda piedade ao colecionador de histórias.

– Bem, nesse caso, terá que aceitar minha palavra. As dela eram excepcionalmente bonitas.

– Acho que você já frisou bem isso, Bast – disse Kvothe, com ar divertido. Fez uma pequena pausa e, quando voltou a falar, foi num compasso lento, com o olhar perdido na distância. – O problema é que ela não se parece com ninguém que eu jamais tenha conhecido. Havia nela algo de intangível. Algo cativante, como o calor de uma fogueira. Havia nela uma graça, uma centelha...

– O nariz dela era torto, Reshi – disse Bast, interrompendo o devaneio do mestre.

Kvothe o fitou, com uma ruga de irritação na testa.

– O quê?

Bast levantou as mãos num gesto defensivo.

– É só uma coisa que eu notei, Reshi. Todas as mulheres da sua história são lindas. Não posso contradizê-lo em geral, já que nunca vi nenhuma delas. Mas essa eu vi. O nariz dela era meio torto. E, se vamos ser francos aqui, o rosto era meio fino para o meu gosto. Ela não era uma beleza perfeita, Reshi, de jeito nenhum. Tenho a obrigação de saber. Estudei um pouco essas coisas.

Kvothe fitou o aluno demoradamente, com expressão solene.

– Somos mais do que as partes que nos formam, Bast – declarou, com um toque de censura.

– Não estou dizendo que ela não era encantadora, Reshi – veio a resposta apressada. – Ela sorriu para mim. Foi... Tinha uma espécie de... O sorriso entrava no fundo da gente, se entende o que quero dizer.

– Entendo, Bast. Mas, afinal, eu a conheci – disse Kvothe, que se voltou para o Cronista. – O problema vem das comparações, sabe? Se eu disser que "o cabelo dela era preto", talvez você pense: "Já conheci mulheres de cabelos pretos, algumas encantadoras." No entanto, estaria muito longe de acertar na mosca, porque uma mulher dessas realmente não teria nada em comum com ela. Essa outra mulher não teria sua inteligência ágil, seu encanto desenvolto. Ela não se parecia com ninguém que eu jamais houvesse conhecido...

A voz de Kvothe se extinguiu enquanto ele contemplava as mãos cruzadas. Passou tanto tempo calado que Bast começou a se remexer, olhando em volta, ansioso.

– Acho que não faz sentido nos preocuparmos – disse finalmente, levantando a cabeça e fazendo um sinal para o Cronista. – Se eu também estragar isto, será uma coisa insignificante no que concerne ao mundo.

O Cronista pegou sua pena e Kvothe começou a falar antes que ele tivesse chance de molhá-la:

– Os olhos eram escuros. Escuros como chocolate, escuros como café, escuros como a madeira polida do alaúde de meu pai. Dispostos num belo rosto oval. Como uma lágrima.

Parou de falar de repente, como quem esgotasse as palavras. O silêncio foi tão súbito e profundo que o Cronista ergueu brevemente os olhos da página, o que não fizera antes. Mas, enquanto ele olhava para cima, outra torrente de palavras brotou de Kvothe.

– Seu sorriso era capaz de fazer o coração de um homem parar. Os lábios eram vermelhos. Não daquele vermelho pintado vulgar que muitas mulheres acreditam torná-las desejáveis. Seus lábios estavam sempre vermelhos, da manhã à noite. Como se, minutos antes de a vermos, ela tivesse comido amoras doces ou bebido sangue do coração. Onde quer que estivesse, ela era o centro de tudo – prosseguiu Kvothe, franzindo o cenho. – Não me entenda mal. Não era espalhafatosa nem fútil. Olhamos para o fogo porque ele lampeja, porque brilha. É a luz que capta nosso olhar, mas o que faz o homem ficar perto do fogo nada tem a ver com sua forma luminosa. O que nos atrai para o fogo é o calor que sentimos ao chegar perto dele. O mesmo se aplicava a ela.

Enquanto Kvothe falava, seu rosto se contorcia, como se cada palavra proferida o exasperasse mais e mais. E, apesar de serem claras, as palavras combinavam com sua expressão, como se cada uma fosse polida com uma lixa grossa antes de sair da sua boca.

– Ela... – continuou, com a cabeça tão baixa que parecia estar falando com as próprias mãos, pousadas em seu colo. – O que estou fazendo? – perguntou com a voz engrolada, como se tivesse a boca cheia de cinza. – Que bem pode advir disto? Como posso lhes dar alguma ideia dela, se eu mesmo nunca a entendi minimamente?

O Cronista já tinha escrito quase tudo isso quando se deu conta de que, provavelmente, Kvothe não pretendia que fosse escrito. Ficou imóvel por um instante, depois acabou de rabiscar o resto da frase. Então esperou calado, por um longo momento, antes de olhar de relance para o hospedeiro.

O olhar de Kvothe prendeu o seu. Eram os mesmos olhos escuros que o Cronista vira antes. Olhos de um deus irado. Durante um momento, por pouco o escriba não se afastou da mesa. Fez-se um silêncio gélido.

Kvothe levantou-se e apontou para o papel diante dele.

— Risque isso — ordenou, com a voz áspera.

O Cronista empalideceu. Sua expressão parecia a de quem tivesse levado uma punhalada.

Como ele não fizesse nenhum gesto, Kvothe estendeu a mão e puxou com toda a calma a folha parcialmente escrita debaixo de sua pena.

— Se riscar é algo que você não se sente inclinado a fazer... — Rasgou com lento cuidado a folha, produzindo um som que fez a cor acabar de se esvair do rosto do homem.

Com uma determinação tremenda, pegou um papel em branco e o colocou com cuidado em frente ao escriba atônito. Um dedo comprido pousou firme sobre a folha rasgada, borrando a tinta ainda úmida.

— Copie até este ponto — disse, num tom frio e imóvel como o ferro. E o ferro também estava em seu olhar, duro e tenebroso.

Não houve discussão. O Cronista transcreveu em silêncio o trecho que chegava até onde o dedo de Kvothe prendia o papel na mesa.

Quando ele terminou, Kvothe recomeçou a falar em tom firme e claro, como se mordesse pedaços de gelo.

— De que modo ela era bela? Vejo que não posso dizer o bastante. Então, se não posso dizer o bastante, ao menos evitarei dizer demais.

E prosseguiu:

— Escreva isto: o cabelo dela era escuro. Pronto. Era comprido e liso. Os olhos eram escuros; a tez, alva. O rosto era oval; o queixo, firme e delicado. Diga que seu porte era elegante e que ela era graciosa. Pronto.

Respirou fundo antes de continuar:

— Por último, diga que era linda. É só o que se pode dizer com acerto. Que era linda até os ossos, apesar de qualquer defeito ou imperfeição. Era linda, pelo menos para Kvothe. Pelo menos? Para Kvothe, era o que havia de mais belo.

Por um momento, ele ficou tenso, como se fosse, de um salto, arrancar também essa folha do Cronista.

Depois relaxou, como uma vela abandonada pelo vento.

— Mas, para ser honesto, é preciso dizer que ela também era bela para outros...

CAPÍTULO 58

Nomes para um começo

SERIA BONITO DIZER QUE NOSSOS olhos se cruzaram e eu me desloquei com desenvoltura para o lado dela. Seria bonito dizer que sorri e falei de coisas agradáveis, em dísticos rimados de cuidadosa métrica, como o Príncipe Encantado de um conto de fadas. Infelizmente, a vida raras vezes tem um roteiro tão bem traçado. A verdade é que simplesmente fiquei parado. Era Denna, a jovem que eu conhecera na caravana de Roent muito tempo antes.

Pensando bem, fazia apenas meio ano. Não é muito tempo quando se ouve uma história, mas meio ano é um período enorme para se viver, sobretudo quando se é jovem. E nós dois éramos muito jovens.

Avistei Denna quando ela subia o último degrau para o terceiro piso da Eólica. Estava cabisbaixa, com uma expressão pensativa, quase tristonha. Virou-se e começou a andar em direção a mim, sem levantar os olhos do chão, sem me ver.

Os meses a haviam modificado. Onde antes fora bonita, agora era também encantadora. Talvez a diferença fosse apenas a de não estar usando a roupa de viagem com que eu a tinha conhecido, e sim um vestido longo. Mas era Denna, sem sombra de dúvida. Reconheci até o anel em seu dedo: uma pedra azul-clara num engaste de prata.

Desde que nos despedíramos, eu tinha guardado pensamentos tolos e afetuosos sobre ela num canto secreto do coração. Pensara em viajar a Anilin para procurá-la, em tornar a encontrá-la por acaso na estrada, em ela ir a meu encontro na Universidade. No fundo, porém, sabia que essas ideias não passavam de devaneios infantis. Eu sabia a verdade: nunca mais voltaria a vê-la.

No entanto, ali estava ela, e eu me encontrava totalmente despreparado. Será que sequer se lembraria de mim, do garoto desajeitado que conhecera por alguns dias já fazia tanto tempo?

Denna estava a menos de 4 metros de distância quando ergueu os olhos e me viu. Sua expressão se iluminou, como se alguém tivesse acendido uma vela em seu interior, fazendo-a brilhar com a luz. Correu na minha direção, cruzando a distância entre nós com meia dúzia de passos empolgados, saltitantes.

Por um instante, pareceu correr diretamente para meus braços, mas, no último segundo, deteve-se, olhando de relance para as pessoas à nossa volta. No espaço de meia passada, transformou sua corrida radiante e impetuosa num cumprimento discreto a um braço de distância. O gesto foi gracioso, porém, mesmo assim, ela teve de estender a mão e se equilibrar apoiada em meu peito, para não cair por cima de mim, em função da freada repentina.

Deu-me então um sorriso. Um sorriso caloroso, meigo e tímido, como uma flor desabrochando. Ele foi também amável, franco e levemente embaraçado. Quando Denna me sorriu, senti...

Para ser franco, não sei como poderia descrever a sensação. Mentir seria mais fácil. Eu poderia roubar material de uma centena de histórias e lhe contar uma mentira tão familiar que você a engoliria inteira. Poderia dizer que meus joelhos viraram borracha. Que minha respiração ficou arfante. Mas não seria verdade. Meu coração não disparou, não perdeu o compasso nem parou. Esse é o tipo de coisa que dizem acontecer nas histórias. Tolice. Hipérbole. Conversa fiada. No entanto...

Saia nos primeiros dias de inverno, depois da primeira onda de frio da estação. Encontre um lago com uma camada de gelo por cima, ainda recente, nova e transparente como o cristal. Perto da margem, o gelo sustentará você. Deslize para mais longe. Mais longe. Você acabará chegando a um ponto em que a superfície mal consegue suportar seu peso. Ali sentirá o que eu senti. O gelo se estilhaça sob seus pés. Olhando para baixo, você pode ver as fissuras brancas disparando pelo gelo, feito complexas e loucas teias de aranha. É tudo perfeitamente silencioso, mas você sente as vibrações nítidas e súbitas sob a sola dos pés.

Foi o que aconteceu quando Denna sorriu para mim. Não quero fazer supor que tenha sido como parar sobre gelo quebradiço, prestes a ceder sob meu corpo. Não. Eu me senti como o próprio gelo, subitamente estilhaçado, com as rachaduras partindo em espiral do ponto em que ela havia tocado meu peito. A única razão por que me mantive inteiro foi que todas as minhas inúmeras partes se apoiaram umas nas outras. Se eu me mexesse, temia desfazer-me em cacos.

Talvez seja o bastante dizer que fui capturado por um sorriso. E, embora isso pareça saído de um livro de histórias, é muito próximo da verdade.

As palavras nunca me foram difíceis. Aliás, muito pelo contrário, inúmeras vezes acho fácil demais dizer o que penso, e as coisas correm mal por isso. Entretanto, ali, frente a Denna, fiquei aturdido demais para falar. Não conseguiria dizer uma palavra sensata nem que fosse para salvar minha vida.

Sem que eu refletisse, todos os modos corteses que minha mãe instilara repetidamente em mim vieram à tona. Estiquei gentilmente o braço e segurei a mão estendida de Denna na minha, como se ela a tivesse oferecido. Depois dei meio passo atrás e fiz uma elegante mesura de três quartos. Ao mesmo tempo, minha mão livre segurou a ponta de minha capa e a prendeu em minhas costas. Foi uma mesura lisonjeira, cortês, sem ser ridiculamente formal, e segura para um ambiente público como aquele.

E depois? Beijar a mão era tradicional, mas que tipo de beijo seria apropriado? Em Atur apenas se curvava a cabeça sobre a mão. As damas ceáldicas, como a filha do agiota com quem eu havia conversado, esperavam que o sujeito lhes roçasse de leve os nós dos dedos e produzisse um som de beijo. Em Modeg, o indivíduo encostava os lábios no dorso de seu próprio polegar.

Mas estávamos na República, e Denna não tinha sotaque estrangeiro. Portanto, um beijo franco. Encostei de leve os lábios no dorso de sua mão, pelo tempo necessário para uma inspiração rápida. A pele dela era morna e recendia vagamente a urze.

— Às suas ordens, minha senhora — disse-lhe, erguendo o corpo e soltando sua mão. Pela primeira vez na vida compreendi o verdadeiro objetivo desse tipo de cumprimento formal. Ele proporcionava um roteiro a seguir quando não se tinha absolutamente a menor ideia do que dizer.

— Minha senhora? — ecoou Denna, parecendo meio surpresa. — Muito bem, se você insiste — disse. Segurou o vestido com uma das mãos e se abaixou numa cortesia rápida, a qual, de algum modo, soube fazer parecer graciosa e zombeteira ao mesmo tempo. — Sua senhora.

Ao ouvir sua voz, tive certeza de que minhas suspeitas estavam certas. Ela era minha Aloine.

— Que está fazendo aqui sozinho no terceiro círculo? — perguntou-me, relanceando os olhos pela galeria em forma de lua crescente. — Veio sozinho?

— Eu estava sozinho — respondi. Depois, não conseguindo pensar em mais nada para dizer, tomei emprestado um verso da canção, que ainda estava fresco na memória: — "Agora, eis que a meu lado se ergue a inesperada Aloine."

Ela sorriu, lisonjeada.

— O que quer dizer com "inesperada"? — indagou.

— Eu estava mais do que convencido de que você já tinha ido embora.

— Foi por pouco — disse ela com ar travesso. — Por duas horas esperei que meu Savien chegasse. — Deu um suspiro trágico, erguendo os olhos para o lado, como uma estátua de santa. — Por fim, tomada pelo desespero, resolvi que desta vez Aloine poderia sair à procura, e que se danasse a história — completou, com um sorriso malicioso.

— "E assim, fomos barcos mal iluminados na noite..." — citei.

— "...cruzando-se de perto, mas sem saber um do outro" — completou Denna.

— *O declínio de Felward* — comentei, beirando a fronteira do respeito. — Não há muita gente que conheça essa peça.

— Não sou muita gente.

— Nunca mais me esquecerei disso — repliquei, curvando a cabeça com deferência exagerada. Ela soltou um grunhido desdenhoso. Ignorei-o e prossegui, em tom mais sério: — Não tenho como lhe agradecer pela ajuda que me deu hoje.

— Não tem? — indagou ela. — Ora, que pena. Quanto pode agradecer-me?

Num impulso, levei as mãos ao colarinho da capa e soltei a gaita-de-tubos de prata que prendera ali.

— Apenas com isto — respondi, estendendo-lhe meu prêmio.

— Eu... — hesitou Denna, meio surpresa. — Você não pode estar falando sério.

— Sem você eu não a teria conquistado. E não tenho mais nada de valor, a não ser que você queira meu alaúde.

Os olhos escuros de Denna perscrutaram meu rosto, como se ela não conseguisse decidir se eu estava brincando ou não.

— Acho que você não pode dar sua gaita de prata...

— Na verdade, posso. O Stanchion mencionou que, se eu a perdesse ou a desse a alguém, teria de ganhar outra — respondi. Segurei sua mão, abri seus dedos e pus a gaita do talento em sua palma. — Isso significa que posso fazer o que me aprouver com ela, e me apraz oferecê-la a você.

Denna contemplou o objeto na palma da mão, depois me fitou com uma atenção resoluta, como se não me houvesse propriamente notado até aquele momento. Por um instante, foi doloroso estar cônscio de minha aparência. Eu tinha a capa puída e, mesmo usando minha melhor roupa, estava a um curto passo do andrajoso.

Ela tornou a baixar os olhos e, lentamente, fechou a mão em torno da gaita-de-tubos. Em seguida, fitou-me com uma expressão indecifrável:

— Acho que talvez você seja uma pessoa maravilhosa.

Tomei fôlego, mas ela foi a primeira a falar:

— No entanto, esse é um agradecimento exagerado. Um pagamento maior do que seria apropriado pela ajuda que eu possa ter-lhe oferecido. Eu acabaria em dívida com você — disse, pegando minha mão e nela repondo a gaita. — E prefiro tê-lo em débito comigo — acrescentou, com um súbito sorriso. — Desse jeito, você continua a me dever um favor.

A pequena galeria ficou perceptivelmente mais silenciosa. Olhei em volta, confuso com o fato de ter esquecido onde estava. Denna levou um dedo aos lábios e, por cima da balaustrada, apontou o palco lá embaixo. Chegamos mais perto da borda e olhamos; vimos um senhor de barba branca abrir a caixa de um instrumento de formato estranho. Prendi o fôlego, surpreso, ao ver o que ele segurava.

– O que é aquilo? – perguntou Denna.

– É um antigo alaúde usado na corte – respondi, sem conseguir disfarçar o assombro em minha voz. – Na verdade, eu nunca tinha visto nenhum.

– Aquilo é um alaúde? – admirou-se Denna, movendo os lábios em silêncio. – Contei 24 cordas. Como é que aquilo pode funcionar? São mais cordas do que em algumas harpas!

– Era assim que eles eram feitos, anos atrás, antes das cordas de metal, antes que se soubesse fixar um braço longo. É incrível. Há uma engenharia mais refinada naquele pescoço de cisne do que em três catedrais juntas – comentei. Observei o ancião afastar a barba, para não atrapalhar, e se acomodar no banco. – Só espero que ele o tenha afinado antes de subir ao palco – acrescentei, baixinho. – Caso contrário, esperaremos uma hora enquanto mexe nas cravelhas. Meu pai costumava dizer que os antigos menestréis passavam dois dias prendendo as cordas e duas horas afinando-as, para produzir dois minutos de música num antigo alaúde da corte.

O velho só levou cerca de cinco minutos para harmonizar as cordas. Depois começou a tocar.

Sinto vergonha de admiti-lo, mas não tenho nenhuma lembrança da canção. Apesar de nunca ter visto um alaúde da corte, muito menos ouvido algum, minha cabeça estava zonza demais pensando em Denna para absorver muitas outras coisas. Quando nos debruçamos sobre a balaustrada, lado a lado, lancei-lhe olhares furtivos pelo canto do olho.

Ela não havia me chamado pelo nome nem mencionado nosso encontro anterior na caravana de Roent. Isso queria dizer que não se lembrava de mim. Não era de admirar, suponho, que tivesse esquecido um garoto esfarrapado com quem só convivera por alguns dias na estrada. Mesmo assim, foi meio doloroso, porque eu tinha passado meses pensando nela com ternura. Mas não havia como trazer o assunto à baila naquele momento sem parecer tolo. Era melhor recomeçar do zero e torcer para que eu fosse mais memorável da segunda vez.

A canção terminou antes que eu me desse conta, e bati palmas entusiásticas para compensar minha desatenção.

– Achei que você tinha cometido um erro quando duplicou o refrão naquela hora – disse Denna, terminados os aplausos. – Nem pude acreditar que realmente quisesse uma estranha para acompanhá-lo. Nunca vi ninguém fazer isso, a não ser em volta de fogueiras, à noite.

Dei de ombros.

— Todo mundo me dizia que era aqui que os melhores músicos se apresentavam — retruquei, com um gesto largo em direção a ela. — Confiei em que alguém conheceria a música.

Denna ergueu uma sobrancelha e disse:

— Foi por pouco. Fiquei esperando que outra pessoa entrasse, não eu. Pessoalmente, estava meio nervosa com a ideia de participar.

Fitei-a, intrigado.

— Por quê? Você tem a voz linda.

Ela fez uma careta acanhada.

— Eu só tinha ouvido a música duas vezes até hoje. Não tinha certeza de me lembrar de toda ela.

— Duas vezes?

Denna balançou a cabeça:

— E a segunda foi há apenas uma onzena. Um casal a tocou num jantar formal a que fui em Aetnia.

— Está falando sério? — perguntei, incrédulo.

Ela inclinou a cabeça de um lado para outro, como se tivesse sido apanhada numa mentirinha. O cabelo negro caiu-lhe no rosto e ela o afastou, distraída.

— Está bem, acho que ouvi o casal ensaiar um pouco, antes do jantar...

Abanei a cabeça, mal conseguindo acreditar em meus ouvidos.

— Isso é impressionante. A harmonia é terrivelmente difícil. E lembrar a letra toda... — comentei, deslumbrando-me em silêncio por um momento e abanando a cabeça. — Você tem um ouvido incrível.

— Você não é o primeiro homem a dizer isso — veio a resposta em tom irônico —, mas talvez seja o primeiro a dizê-lo olhando de verdade para os meus ouvidos. — Denna baixou a cabeça, num gesto significativo.

Eu começava a enrubescer furiosamente quando ouvi uma voz conhecida atrás de nós.

— Ah, aí está você!

Ao me virar, deparei com Sovoy, meu alto e belo amigo e cúmplice das aulas de Simpatia Avançada.

— Aqui estou — respondi, surpreso por ele ter me procurado. E duplamente surpreso por ter tido a descortesia de me interromper quando eu mantinha uma conversa particular com uma moça.

— Aqui estamos todos — disse Sovoy, sorrindo para mim ao se aproximar e envolvendo sem cerimônia a cintura de Denna com um braço. Fingiu uma cara fechada para ela:

— Eu vasculho os andares inferiores, tentando ajudá-la a achar o seu cantor, e, enquanto isso, cá estão vocês dois, juntinhos feito dois ladrões.

— Tropeçamos um no outro — disse Denna, pondo a mão sobre a dele, que descansava em seu quadril. — Eu sabia que você voltaria, nem que fosse para buscar sua bebida... — Fez sinal com a cabeça para uma mesa próxima, que estava vazia, a não ser por um par de taças de vinho.

Os dois se viraram e voltaram de braços dados para a mesa. Denna olhou para trás e fez com as sobrancelhas uma espécie de dar de ombros. Não tive a menor ideia do que significava aquela expressão.

Sovoy fez sinal para que eu os acompanhasse e puxou uma cadeira vazia, para eu ter onde sentar.

— Mal pude acreditar que era você lá embaixo — disse-me. — Pensei ter reconhecido a sua voz, mas... — fez um gesto para indicar o andar mais alto da Eólica — embora o terceiro círculo proporcione uma privacidade cômoda para os jovens enamorados, a visão do palco deixa um pouco a desejar. Eu não sabia que você tocava — acrescentou, passando o braço comprido pelos ombros de Denna e me dando seu encantador sorriso de olhos azuis.

— De vez em quando — retruquei com irreverência enquanto me sentava.

— Foi sorte sua eu ter escolhido a Eólica para nos divertirmos hoje — disse Sovoy. — Caso contrário, você só teria tido ecos e grilos para acompanhá-lo.

— Nesse caso, tenho que lhe agradecer — respondi, com um aceno deferente da cabeça.

— Você pode me agradecer chamando o Simmon para ser seu parceiro da próxima vez que jogarmos quatro-cantos. Desse jeito, será você a arcar com o prejuízo quando aquele cretininho tonto pagar para ver a carta mais alta e só tiver um par.

— Combinado, embora isso me entristeça — respondi. Virei-me para Denna. — E você? Eu lhe devo um grande favor. Como posso retribuir? Peça qualquer coisa e eu a darei, se estiver dentro das minhas habilidades.

— Qualquer coisa dentro das suas habilidades — repetiu ela, brincando. — E o que mais você sabe fazer, além de tocar tão bem que até Tehlu e os anjos seriam capazes de chorar ao ouvir?

— Acho que eu poderia fazer qualquer coisa — retruquei prontamente —, desde que você pedisse.

Ela riu.

— É perigoso dizer isso a uma mulher — comentou Sovoy. — Especialmente a essa. Ela o fará buscar uma folha da árvore cantante do outro lado do mundo.

Denna reclinou-se na cadeira e me fitou com um olhar perigoso.

— Uma folha da árvore cantante... — meditou. — Seria bom ter isso. Você traria uma para mim?

— Traria — respondi, e fiquei surpreso ao descobrir que era verdade.

Ela pareceu considerar a ideia, depois abanou a cabeça, com ar brincalhão.

— Eu não poderia mandá-lo viajar para um lugar tão distante. Terei que guardar o meu favor para outro dia.

Dei um suspiro.

— Então continuo tendo uma dívida com você.

— Oh, não! — exclamou ela. — Mais um peso no coração do meu Savien...

— A razão de eu estar com o coração tão pesado é meu medo de nunca saber o seu nome. Eu poderia continuar a pensar em você como Feluriana. Mas talvez isso levasse a uma confusão lamentável.

Denna me lançou um olhar especulativo.

— Feluriana? Bem que eu poderia gostar disso, se não o achasse um mentiroso.

— Mentiroso? — rebati, indignado. — A primeira coisa em que pensei ao ver você foi: "Feluriana! Que fiz eu? A adulação de meus pares lá embaixo foi um desperdício de horas. Pudesse eu recordar os momentos que por descuido joguei fora, restar-me-ia tão só a esperança de usá-los com mais senso agora e de me aquecer a uma luz rival do sol na aurora."

Denna sorriu.

— Mentiroso *e* ladrão. Você roubou isso do terceiro ato de *Daeonica*.

Ela também conhecia *Daeonica*?

— Confesso minha culpa — admiti sem pejo. — Mas isso não faz do dito uma inverdade.

Denna sorriu para Sovoy e tornou a se virar para mim.

— Está tudo muito bem com a lisonja, mas ela não lhe garantirá a obtenção do meu nome. O Sovoy mencionou que você tem acompanhado o ritmo dele na Universidade, o que significa que vem mexendo com forças obscuras que melhor seria deixar sossegadas. Se eu lhe dissesse meu nome, você teria um poder terrível sobre mim — observou. Sua boca estava séria, mas o sorriso se mostrava no canto dos olhos e na inclinação da cabeça.

— Muito verdadeiro — retruquei com igual seriedade. — Mas eu lhe proponho um negócio. Dar-lhe-ei meu nome em troca. Assim também ficarei em seu poder.

— Você seria capaz de me vender minha própria blusa. O Sovoy sabe o seu nome. Presumindo que ainda não o tenha dito a mim, posso obtê-lo com ele com a facilidade com que respiro.

— É verdade — confirmou Sovoy, parecendo aliviado por nos lembrarmos de sua presença. Em seguida segurou e beijou as costas da mão de Denna.

— Ele pode lhe *dizer* o meu nome — declarei, com ar indiferente —, mas não pode *dá-lo* a você. Isso só eu posso fazer. — Espalmei uma das mãos na mesa. — Minha oferta está de pé: o meu nome em troca do seu. Quer aceitá-lo, ou serei forçado a sempre pensar em você como uma Aloine, e nunca como você mesma?

Os olhos dela bailaram.

— Muito bem. Mas receberei o seu primeiro.

Inclinei-me para a frente e lhe fiz sinal para que também se inclinasse. Ela soltou a mão de Sovoy e virou uma orelha para mim. Com a devida solenidade, sussurrei meu nome em seu ouvido: *Kvothe*. Denna tinha um vago aroma de flores que imaginei ser um perfume, mas por baixo dele estava sua própria fragrância, como relva verde, como a estrada desimpedida após um chuvisco de primavera.

Depois disso, Denna tornou a se encostar na cadeira e pareceu refletir um pouco.

— Kvothe — acabou dizendo. — Cai bem em você. Kvothe — repetiu. Seus olhos cintilaram como se ela guardasse um segredo bem escondido. Disse meu nome devagar, como se o provasse, e então meneou a cabeça. — O que ele significa?

— Significa muitas coisas — respondi, com minha melhor voz de o Grande Taborlin. — Mas você não me distrairá com essa facilidade. Já paguei e agora estou em seu poder. Quer me dar o seu nome, para que eu possa chamá-la por ele?

Ela sorriu e tornou a se inclinar para a frente, o que também fiz. Ao virar a cabeça de lado, senti uma mecha solta de seu cabelo roçar em mim.

— Dianne — disse ela, e seu hálito morno foi uma pluma em minha orelha. — Dianne.

Ambos nos encostamos nos espaldares das cadeiras. Quando não teci nenhum comentário, ela me instigou:

— Então?

— Entendi — assegurei-lhe. — Com tanta clareza quanto sei o meu.

— Então diga-o.

— Eu o estou guardando — tranquilizei-a, sorrindo. — Presentes como esse não devem ser desperdiçados.

Ela me olhou.

Cedi.

— Dianne — disse. — Dianne. Também cai bem em você.

Fitamo-nos demoradamente e então notei que Sovoy me encarava com um olhar não muito sutil.

— Preciso voltar lá para baixo — declarei, levantando-me depressa. — Tenho pessoas importantes para conhecer.

Arrepiei-me por dentro com a inoportunidade dessas palavras assim que as proferi; mas não consegui pensar numa forma menos canhestra de retirá-las.

Sovoy levantou-se e apertou minha mão, sem dúvida ansioso por se livrar de mim.

— Parabéns por esta noite, Kvothe. Até a vista.

Virei-me para Denna, também de pé. Ela me olhou nos olhos e sorriu.

— Também espero revê-lo — disse, e estendeu a mão.

Dei-lhe meu melhor sorriso.

— Há sempre uma esperança.

Eu pretendia dar a isso um ar espirituoso, mas as palavras pareceram tornar-se grosseiras no instante em que me saíram da boca. Tive de me retirar antes que desse um vexame ainda maior. Apertei rapidamente a mão dela. Tinha um leve toque de frieza. Macia, delicada e forte. Não a beijei, porque Sovoy era meu amigo, e isso não é coisa que se faça a um amigo.

CAPÍTULO 59

Todo esse saber

NO DEVIDO TEMPO, E COM UMA AJUDA considerável de Deoch e Wilem, fiquei bêbado.

E foi assim que três estudantes fizeram seu percurso meio errático de volta para a Universidade. Observe-os passar, trocando um pouquinho as pernas. Havia quietude e, quando o sino da torre marcou a hora avançada, ele menos rompeu o silêncio do que o sublinhou. Os grilos também o respeitaram. Seu guizalhar costurou pontos cuidadosos na trama de silêncio, quase pequenos demais para serem vistos.

A noite os envolveu como um veludo cálido. As estrelas, diamantes candentes no céu sem nuvens, transformavam em cinza-prateado a estrada a seus pés. A Universidade e Imre eram os fulcros do entendimento e da arte, os mais potentes dos quatro cantos da civilização. Ali, na estrada entre as duas, não havia nada além de árvores antigas e capim alto curvando-se ao vento. Era uma noite perfeita, de um jeito selvagem, quase assustadoramente bela.

Os três meninos, um moreno, um louro e um – na falta de outra palavra melhor – flamejante, não notaram a noite. Talvez parte deles a tenha notado, mas os três eram jovens e estavam bêbados, ocupados demais em saber, no fundo do coração, que jamais envelheceriam ou morreriam. Sabiam também que eram amigos e que compartilhavam um amor certeiro que nunca os deixaria. Sabiam muitas outras coisas, mas nenhuma parecia tão importante quanto essa. Talvez tivessem razão.

CAPÍTULO 60

Sorte

NO DIA SEGUINTE COMPARECI à loteria do exame de admissão ostentando minha primeira ressaca. Debilitado e com uma vaga náusea, entrei na fila mais curta e procurei ignorar a barulheira das centenas de estudantes que circulavam comprando, vendendo, trocando e, de modo geral, reclamando dos horários sorteados para suas provas.

— Kvothe, filho de Arliden — disse eu, quando enfim cheguei à frente da fila. A mulher de ar entediado assinalou meu nome e me mandou tirar uma pedrinha da sacola de veludo preto. Dizia: "Hepten: meio-dia." Dali a cinco dias, tempo de sobra para eu me preparar.

Quando me virei para o Cercado, entretanto, ocorreu-me uma ideia. De quanta preparação eu precisava, de verdade? E, o mais importante, quanta poderia realmente conseguir sem ter acesso ao Arquivo?

Depois de refletir, levantei a mão acima da cabeça, com o polegar e o dedo médio esticados, em sinal de que tinha um horário dali a cinco dias e estava disposto a vendê-lo.

Não demorou muito para que uma aluna desconhecida se aproximasse.

— Daqui a quatro dias — disse-me, exibindo sua pedrinha. — Eu lhe dou um iota para trocar.

Abanei a cabeça. Ela deu de ombros e se afastou.

Galven, um Re'lar da Iátrica, aproximou-se. Ergueu o indicador, mostrando que tinha um horário para essa mesma tarde. A julgar pelas olheiras e pela expressão angustiada, não me pareceu que estivesse ansioso por se submeter à prova tão depressa.

— Você aceita cinco iotas?

— Eu gostaria de receber um talento inteiro...

Ele assentiu com a cabeça, girando sua pedrinha entre os dedos. Era um preço justo. Ninguém queria submeter-se ao exame de admissão no primeiro dia.

— Mais tarde, talvez. Primeiro vou dar uma olhadinha por aí.

Ao observá-lo afastar-se, admirei-me com a diferença que um simples dia era capaz de fazer. Na véspera, cinco iotas teriam parecido todo o dinheiro do mundo. Nesse dia, porém, minha bolsa estava pesada...

Eu me perdia em vagas ruminações sobre quanto dinheiro tinha realmente ganho na noite anterior quando vi Wilem e Simmon se aproximarem. Wil parecia meio pálido sob a tez ceáldica e morena. Achei que também estivesse sofrendo os efeitos de nossa noite de pândega.

Sim, por outro lado, mostrava-se alegre e ensolarado como sempre.

– Adivinhe quem sorteou horários para hoje à tarde – disse, fazendo um sinal com a cabeça por cima do meu ombro. – O Ambrose e vários amigos dele. É o quanto basta para me fazer acreditar num universo justo.

Virando-me para examinar a multidão, ouvi a voz de Ambrose antes de vê-lo:

– ...da mesma sacola, o que significa que mexeram as pedras como a cara deles. Deviam recomeçar toda essa impostura mal administrada e...

Ele caminhava com vários amigos bem-vestidos, cujos olhos vasculhavam a aglomeração à procura de mãos levantadas. Ambrose estava a uns 4 metros de distância quando finalmente olhou para baixo e percebeu que a mão para a qual se dirigia era a minha.

Estacou, fechando a cara, depois deu uma risada súbita, tossida.

– Coitadinho! Todo o tempo do mundo e não tem como gastá-lo. O Lorren ainda não o deixou entrar?

– Martelo e bigorna – disse Wil às minhas costas, cansado.

Ambrose me deu um sorriso.

– Vamos fazer o seguinte: eu dou meio-vintém e uma das minhas camisas velhas pelo seu horário. Assim você terá alguma coisa para vestir enquanto estiver lavando essa aí no rio.

Alguns de seus amigos riram atrás dele, olhando-me de alto a baixo.

Mantive uma expressão indiferente para não lhe dar a menor satisfação. A verdade é que eu tinha plena consciência de que só possuía duas camisas e, após dois períodos letivos de uso constante, elas estavam ficando surradas. Mais surradas. E, pior, eu as lavava *mesmo* no rio, já que nunca tinha dinheiro de sobra para a lavanderia.

– Dispenso – retruquei, em tom despreocupado. – As fraldas das suas camisas são um pouquinho tingidas demais para o meu gosto. – Puxei a frente da minha camisa, para deixar clara a ideia. Alguns estudantes próximos riram.

– Não entendi – ouvi Sim dizer baixinho a Wil.

– Ele deu a entender que o Ambrose está com... – Wil fez uma pausa – ...*Edanete tass*, uma doença que se pega com prostitutas. Ela dá um corrimento...

– Está bem, está bem – apressou-se a dizer Sim. – Já entendi. Argh! E, ainda por cima, o Ambrose está de verde.

Enquanto isso, Ambrose obrigou-se a rir da minha piada com os outros:

— Acho que mereci essa. Muito bem, moedinhas para os pobres. Quanto você quer? — perguntou, pegando a bolsinha e sacudindo-a.

— Cinco talentos.

Ele me encarou, paralisado no ato de abrir a bolsa. Era um preço escandaloso. Alguns espectadores se cutucaram, obviamente torcendo para que, de algum modo, eu tapeasse Ambrose e o fizesse pagar várias vezes o valor real do meu horário.

— Desculpe. Você precisa que eu converta esse valor? — perguntei. Era sabido que Ambrose se dera mal na parte de aritmética do exame de admissão para o período letivo anterior.

— Cinco é um valor ridículo. Você terá sorte se arranjar um, tarde como já é.

Forcei um dar de ombros despreocupado.

— Eu aceitaria quatro.

— Você aceitará um — insistiu Ambrose. — Não sou idiota.

Respirei fundo e soltei o ar, resignado.

— Imagino que eu não consiga fazê-lo chegar a... um e quatro, talvez? — perguntei, enojado com o tom lamuriento da minha voz.

Ambrose deu um sorriso de tubarão.

— Façamos o seguinte — disse, com ar magnânimo. — Dou-lhe um e três. Não me acanho em fazer uma caridadezinha de vez em quando.

— Obrigado, senhor — retruquei em tom manso. — Fico-lhe muito agradecido.

Senti a decepção da plateia ao ver que eu me humilhara feito um cão pelo dinheiro de Ambrose.

— Não há de quê — fez Ambrose, convencido. — É sempre um prazer ajudar os necessitados.

— Em moeda de Vintas, são dois nóbiles, seis lascas, dois vinténs e quatro gusas.

— Sei fazer minha própria conversão — rebateu ele. — Viajo pelo mundo inteiro com o séquito do meu pai desde pequeno. Sei como se usa o dinheiro.

— É claro que sabe. Bobagem minha — disse eu, baixando a cabeça. Depois ergui os olhos com uma expressão de curiosidade. — Quer dizer que você esteve em Modeg?

— É claro — respondeu ele, distraído, enquanto continuava a enfiar a mão na bolsinha e a tirar um sortimento de moedas. — Aliás, estive na câmara alta de Khershaen. Duas vezes.

— É verdade que a nobreza modegana vê a barganha como uma atividade desprezível para as pessoas de linhagem nobre? — perguntei com inocência. — Ouvi dizer que ela a considera um sinal certeiro de que a pessoa é de baixa estirpe, ou enfrenta dificuldades realmente aflitivas...

Ambrose me olhou, parando a meio caminho no ato de catar moedas na bolsa. Seus olhos se estreitaram.

– Porque, se for verdade – prossegui –, é uma enorme gentileza sua descer ao meu nível só pela diversão de uma barganhazinha. – Sorri para ele. – Nós, os Ruh, adoramos pechinchar.

Houve um murmúrio de riso na aglomeração à nossa volta. A essa altura, ela havia aumentado para várias dezenas de pessoas.

– Não é nada disso – retrucou Ambrose.

Meu rosto se converteu numa máscara de preocupação.

– Ah, sinto muito, milorde. Eu não fazia ideia de que o senhor estava passando por dificuldades... – comentei. Dei vários passos em direção a ele, mostrando minha pedrinha do exame de admissão. – Tome, pode ficar com ela por apenas meio-vintém. Também não me acanho em fazer um pouquinho de caridade. – Parei bem diante dele com a pedra na mão. – Por favor, eu insisto, é sempre um prazer ajudar os necessitados.

Ambrose fuzilou-me com os olhos.

– Pois pode engoli-la e morrer engasgado – sibilou para mim em voz baixa. – E lembre-se disso quando estiver comendo feijão e lavando a roupa no rio. Ainda estarei aqui no dia em que você for embora sem nada nos bolsos além das mãos.

Virou as costas e se foi: a própria imagem da dignidade afrontada.

Houve uma pequena salva de palmas na multidão que nos cercava. Fiz mesuras cheias de floreios em todas as direções.

– Que nota você daria a essa? – perguntou Wil a Sim.

– Dois para o Ambrose. Três para o Kvothe – disse Sim, virando-se para mim. – Não foi o seu melhor trabalho, na verdade.

– Não dormi muito esta noite – admiti.

– Toda vez que você faz isso torna a represália eventual muito pior – comentou Wil.

– Não há nada que possamos fazer além de desfeitear um ao outro. Os professores se certificaram disso. Qualquer ato extremo nos levaria a sermos expulsos por Conduta Imprópria de um Membro do Arcanum. Por que você acha que não transformei a vida dele num inferno?

– Porque é preguiçoso? – sugeriu Wil.

– A preguiça é uma das minhas melhores características – retruquei serenamente. – Se eu não fosse preguiçoso, poderia ter-me dado ao trabalho de traduzir *Edanete tass* e ficado terrivelmente ofendido ao descobrir que quer dizer "pingadeira dos Edena". – Tornei a levantar a mão, com o polegar e o dedo médio esticados. – Em vez disso, prefiro presumir que a expressão se traduz diretamente pelo nome da doença, "nenserria", e assim prevenir qualquer tensão desnecessária na nossa amizade.

Acabei vendendo meu horário para um Re'lar desesperado da Ficiaria, chamado Jaxim. Pechinchei um bocado e troquei meu horário por seis iotas e um favor, a ser indicado posteriormente.

O exame de admissão correu tão bem quanto seria de esperar, considerando-se que não pude estudar. Hemme continuava ressentido. Lorren mostrou-se frio. Elodin baixou a cabeça na mesa e pareceu adormecido. Minha taxa escolar custou seis talentos inteiros, o que me deixou numa situação interessante...

———

Quase toda a longa estrada para Imre estava deserta. O sol roçava as árvores e o vento tinha um ligeiro toque da friagem que o outono não tardaria a trazer. Fui primeiro à Eólica buscar meu alaúde. Stanchion havia insistido em que eu o deixasse lá na noite anterior, por medo de que o quebrasse em minha longa e ébria caminhada para casa.

Ao me aproximar da Eólica, vi Deoch encostado no umbral da porta deslizando uma moeda pelos nós do punho. Ele sorriu ao me ver.

— Olá, rapaz! Achei que você e seus amigos acabariam no rio, do jeito que saíram gingando ontem à noite.

— Gingamos em direções diferentes, de modo que a coisa se equilibrou.

Deoch riu.

— Estamos com a sua dama lá dentro.

Reprimi o rubor e me perguntei como ele teria sabido da minha esperança de encontrar Denna por lá.

— Não sei se eu a chamaria propriamente de *minha* dama — retruquei. Afinal, Sovoy era meu amigo.

Ele deu de ombros.

— Como quer que a chame, o Stanchion está com ela atrás do bar. Se fosse você, eu iria buscá-la antes que ele fique muito íntimo e comece a praticar seu dedilhado.

Senti uma onda de raiva e mal consegui engolir uma enxurrada de palavras ríspidas. *Meu alaúde. Ele estava falando do meu alaúde.* Entrei depressa, achando que quanto menos Deoch visse a minha expressão, melhor seria.

Circulei pelos três níveis da Eólica, mas Denna não se encontrava em parte alguma. No entanto, topei com o conde Threipe, que me fez um convite entusiástico para sentar.

— Suponho que eu não conseguiria convencê-lo a me visitar em casa em algum momento, não é? — perguntou-me com ar tímido. — Estou pensando em oferecer um jantarzinho e sei de algumas pessoas que adorariam conhecê-lo. — Deu uma piscadela. — A notícia da sua apresentação já começa a se espalhar.

Senti uma pontada de ansiedade, mas sabia que conviver com a nobreza era uma espécie de mal necessário.

— Seria uma honra para mim, milorde.

Threipe fez uma careta.

— Tem que ser *milorde?*

A diplomacia é de fundamental importância no trabalho de uma trupe e, em grande parte, é praticada respeitando os títulos e a hierarquia.

— É a etiqueta, milorde — respondi, com ar pesaroso.

— Dane-se a etiqueta — disse Threipe, em tom petulante. — A etiqueta é um conjunto de regras que as pessoas usam para poder ser grosseiras umas com as outras em público. Eu nasci Dennais em primeiro lugar, Threipe em segundo e conde por último — afirmou, e me lançou um olhar suplicante.

— Denn, para abreviar?

Hesitei.

— Pelo menos aqui — pediu ele. — Eu me sinto meio como uma erva daninha no canteiro de flores quando começam a me tratar por "milorde" aqui.

Relaxei.

— Se isso o deixa feliz, Denn.

Ele enrubesceu, como se eu o tivesse lisonjeado.

— Então fale-me um pouco de você. Onde está hospedado?

— Do outro lado do rio — respondi, evasivo. Os beliches do Cercado não eram propriamente glamorosos. Quando Threipe me olhou com ar intrigado, continuei: — Frequento a Universidade.

— A Universidade? — perguntou ele, claramente confuso. — Agora eles ensinam música?

Quase caí na gargalhada ao pensar nisso.

— Não, não. Eu estou no Arcanum.

Arrependi-me prontamente de minhas palavras. O conde se encostou no espaldar da cadeira e me olhou constrangido.

— Você é feiticeiro?

— Oh, não — respondi, com ar displicente. — Estou apenas estudando. Sabe como é, gramática, matemática... — esclareci, escolhendo dois dos campos de estudo mais inocentes em que pude pensar, e ele pareceu descontrair-se um pouco.

— Acho que pensei simplesmente que você fosse... — Deixou a frase morrer e abanou a cabeça. — Por que está estudando lá?

A pergunta me pegou desprevenido.

— Eu... eu sempre quis fazê-lo. Há muitas coisas para aprender.

— Mas você não precisa de nada disso. Quer dizer... — tateou em busca das palavras — do jeito que você toca. O seu protetor com certeza o incentiva a se concentrar na sua música...

— Não tenho nenhum mecenas, Denn — retruquei, com um sorriso tímido. — Não que me oponha a essa ideia, entenda bem.

A reação dele não foi a que eu havia esperado.

— Maldito azar o meu! — exclamou e deu um tapa com força na mesa. — Presumi que alguém estava sendo reservado, guardando segredo sobre você. — Esmurrou a mesa. — Maldição, maldição, maldição.

Recuperou um pouco a compostura e olhou para mim.

— Desculpe. É só que... — Fez um gesto frustrado e deu um suspiro. — Já ouvi o provérbio que diz "Com uma mulher o sujeito fica feliz, com duas, cansado..."

— "...com três, elas passam a se odiar..." — emendei, balançando a cabeça.

— "...e, com quatro, passam a odiar o indivíduo" — concluiu Threipe. — Bem, o mesmo se aplica duplamente aos mecenas e seus músicos. Acabei de escolher o terceiro, um flautista que luta com dificuldades — explicou, com um suspiro, e abanou a cabeça. — Eles brigam feito gatos num saco, por medo de não receberem atenção suficiente. Se eu soubesse que você ia aparecer, teria esperado.

— Você me lisonjeia, Denn.

— Estou é me dando pontapés, é isso que estou fazendo — retrucou ele, tornando a suspirar, com ar de culpa. — Isso não é justo. O Sephran é bom no que faz. São todos bons músicos e superprotetores em relação a mim, como esposas de verdade — acrescentou, com um olhar de quem se desculpasse. — Se eu tentar incluir você, será um inferno. Já tive que mentir sobre aquele presentinho que lhe dei ontem.

— Quer dizer que eu sou sua amante? — Sorri.

Threipe deu um risinho.

— Não vamos levar essa analogia longe demais. Prefiro ser promotor do seu casamento. Vou ajudá-lo a encontrar um mecenas adequado. Conheço todo mundo que tem estirpe ou dinheiro num raio de 80 quilômetros, de modo que não deve ser muito difícil.

— Seria uma grande ajuda — afirmei, com ar compenetrado. — Os círculos sociais deste lado do rio são um mistério para mim — continuei, e me ocorreu uma ideia. — Por falar nisso, ontem conheci uma jovem e não descobri muita coisa a respeito dela. Se você está familiarizado com a cidade... — Interrompi-me, esperançoso.

Ele me deu um olhar cúmplice.

— Ahhh, entendi.

— Não, não, não — protestei. — É a moça que cantou comigo. A minha Aloine. Eu só tinha a esperança de achá-la para lhe fazer uma visita de cortesia.

Threipe me olhou como quem não acreditasse, mas não estava disposto a discutir.

— Muito bem, como é o nome dela?

— Dianne — respondi. Threipe pareceu esperar algo mais. — É só o que eu sei.

O conde soltou um grunhido.

— Como era ela? Diga-me cantando, se for preciso.

Senti o começo de um rubor no rosto.

— O cabelo dela era escuro, mais ou menos por aqui. — Usei uma das mãos para indicar um ponto um pouco abaixo do ombro. — Jovem, de tez alva — acrescentei. Threipe me observou com ar de expectativa. — Bonita.

— Entendo — fez ele, esfregando os lábios. — Ela recebeu a gaita-de-tubos de prata?

— Não sei. Pode ser.

— Mora na cidade?

Tornei a indicar minha ignorância encolhendo os ombros, sentindo-me cada vez mais tolo.

Threipe riu.

— Você terá que me dar mais do que isso — disse. Olhou por cima do meu ombro e prosseguiu: — Espere, lá vem o Deoch. Se há alguém capaz de achar uma moça para você, é ele. — Levantou a mão. — Deoch!

— Na verdade, não é tão importante assim — apressei-me a dizer. Threipe me ignorou e fez sinal para que o homem espadaúdo viesse à nossa mesa.

Deoch aproximou-se devagar e se encostou nela.

— Em que posso servi-los?

— O nosso jovem cantor precisa de umas informações sobre uma jovem que conheceu ontem à noite.

— Não posso dizer que eu esteja surpreso, havia uma boa safra de beldades aqui. Uma ou duas perguntaram por você. — Deu-me uma piscadela. — Quem despertou o seu interesse?

— Não é isso — protestei. — Ela foi a moça que fez o contracanto ontem. Tinha uma voz linda, e minha esperança era encontrá-la para podermos cantar um pouco.

— Acho que sei de que música você está falando — disse Deoch, abrindo-me um sorriso largo e entendido.

Senti-me enrubescer furiosamente e recomecei a protestar.

— Ora, acalme-se. Essa eu vou guardar entre a língua e os dentes. Vou até me abster de contar ao Stanchion, que é o mesmo que contar à cidade inteira. Ele mexerica feito uma colegial depois de tomar umas e outras — explicou, olhando-me com ar expectante.

— Ela era magra, de olhos profundos, cor de café — informei, sem pensar em como soava a frase. Apressei-me antes que Threipe ou Deoch fizessem alguma brincadeira. — O nome dela era Dianne.

— Ahhh! — fez Deoch, balançando a cabeça devagar e estampando um sorriso um tantinho irônico. — Acho que eu já devia saber.

— Ela mora por aqui? — perguntou Threipe. — Acho que não a conheço.

— Você se lembraria — disse Deoch. — Mas não, acho que não mora na cidade. Eu a vejo de vez em quando. Ela viaja, vive aparecendo e sumindo de novo — explicou. Coçou a parte de trás da cabeça e me deu um sorriso apreensivo. — Não sei onde você conseguiria encontrá-la. Cuidado, menino, aquela é capaz de roubar seu coração. Os homens ficam caídos por ela feito o trigo sob o gume da foice.

Encolhi os ombros, como se essas coisas não pudessem estar mais distantes do meu pensamento, e fiquei contente quando Threipe mudou de assunto e começou a falar de um boato a respeito de um dos conselheiros da assembleia local. Ri da disputa implicante dos dois até acabar minha bebida, e em seguida me despedi e os deixei.

———

Meia hora depois parei na escada diante da porta de Devi, tentando ignorar o cheiro morrinhento de carne do açougue embaixo. Contei o dinheiro pela terceira vez e pensei em minhas opções. Eu poderia quitar toda a minha dívida e ainda bancar o custo da matrícula, mas isso me deixaria sem um centavo. Também tinha outras dívidas a pagar e, por mais que quisesse ficar fora do jugo de Devi, não me agradava a ideia de começar o período letivo sem um dinheirinho no bolso.

A porta se abriu de repente, assustando-me. O rosto de Devi espiou por uma fresta estreita, desconfiado, e então se iluminou com um sorriso quando me reconheceu.

— Por que está parado aí? Os cavalheiros costumam bater. — Escancarou a porta para eu entrar.

— Só estava pesando minhas alternativas — expliquei, enquanto ela trancava a porta atrás de mim. O cômodo era exatamente o mesmo de antes, só que, nesse dia, recendia a canela em vez de alfazema. — Espero que não lhe seja inconveniente se eu só lhe pagar os juros neste vencimento.

— De modo algum — foi a resposta gentil. — Gosto de pensar nisso como um investimento meu — acrescentou, apontando uma cadeira. — Ademais, isso significa que tornarei a vê-lo. Você ficaria surpreso se soubesse como são poucas as visitas que recebo.

— Provavelmente deve ser mais pela sua localização do que por sua companhia.

Ela franziu o nariz.

— Eu sei. No começo, instalei-me aqui porque era barato. Agora sinto-me obrigada a ficar, porque meus clientes aprenderam a me encontrar aqui.

Pus dois talentos na mesa e os empurrei para ela.

– Você se importa se eu fizer uma pergunta?
Devi me olhou com ar animado e travesso.
– É imprópria?
– Um pouquinho – admiti. – Alguém já tentou denunciá-la?
– Bem, vejamos – fez ela, inclinando-se para a frente na cadeira. – Isso pode ser interpretado de várias maneiras. – Levantou a sobrancelha sobre um dos olhos de um azul gélido. – Você está me ameaçando ou sendo curioso?
– Curioso – respondi depressa.
– Vamos fazer o seguinte – disse Devi, com um sinal para meu alaúde. – Toque uma música para mim e eu lhe conto a verdade.
Sorri e abri o estojo, tirando o alaúde.
– O que gostaria de ouvir?
Ela pensou um minuto.
– Você sabe tocar *Saia da cidade, latoeiro*?
Toquei-a com rapidez e desenvoltura. Devi entrou no coro, entusiasmada, e no fim sorriu e bateu palmas feito uma garotinha.
O que, olhando para trás, acho que ela era. Na ocasião, era uma mulher mais velha, experiente e segura de si. Eu, por minha vez, ainda não chegara aos 16 anos.
– Uma vez – veio enfim a resposta quando descansei o alaúde. – Dois anos atrás um jovem cavalheiro E'lir decidiu que seria melhor me denunciar ao condestável do que pagar sua dívida.
Olhei-a e perguntei:
– E...?
– E foi só – respondeu ela, dando de ombros com descaso. – Eles vieram, fizeram perguntas e revistaram o lugar. Não acharam nada incriminador, é claro.
– É claro.
– No dia seguinte o jovem cavalheiro admitiu a verdade ao condestável. Disse ter inventado a história toda porque eu havia desdenhado de suas investidas românticas. – Devi sorriu. – O condestável não achou graça e o rapaz foi multado por caluniar uma dama da cidade.
Não pude deixar de sorrir.
– Não posso dizer que eu fique terrivelmente... – Interrompi-me, notando uma coisa pela primeira vez. Apontei para a estante. – Aquele é *A base de toda a matéria*, do Malcaf?
– Ah, é, sim – respondeu ela, orgulhosa. – É novo. Uma quitação parcial – esclareceu, e fez um gesto para a estante. – Fique à vontade.
Fui até lá e tirei o livro.
– Se eu tivesse este livro para estudar, não teria errado uma das perguntas da prova de admissão de hoje.

– Pensei que você se saciasse com os livros do Arquivo – disse Devi, com a voz carregada de inveja.

Abanei a cabeça.

– Fui banido. Passei ao todo umas duas horas no Arquivo, metade delas sendo expulso pelas orelhas.

Devi meneou a cabeça devagar.

– Eu tinha ouvido falar nisso, mas nunca se sabe quais boatos são verdadeiros. Então estamos meio que no mesmo barco.

– Eu diria que você está em situação ligeiramente melhor – retruquei, olhando para suas prateleiras. – Você tem o Teccam ali, e a *Herobórica*. – Fui examinando todos os títulos à procura de alguma coisa que pudesse ter informações sobre os Amyr ou o Chandriano, mas nada me pareceu especialmente promissor. – Você também tem *Os hábitos de acasalamento do Dracus comum*. Eu já tinha lido uma parte dele quando fui banido.

– Essa é a última edição – disse Devi, orgulhosa. – Tem novas gravuras e uma parte sobre os Faen-Moite.

Deslizei os dedos pela lombada do livro, depois dei um passo atrás.

– É uma bela coleção.

– Bem – disse ela, com ar provocante. – Se você prometer que manterá as mãos limpas, pode vir ler um pouco aqui de vez em quando. Se trouxer o alaúde e tocar para mim, talvez eu até o deixe levar um ou dois volumes emprestados, desde que você os devolva pontualmente – acrescentou com um sorriso cativante. – Nós, os exilados, devemos ser unidos.

Passei o longo trajeto de volta à Universidade me perguntando se Devi tinha sido coquete ou afável comigo. Ao final dos 5 quilômetros não havia chegado a nada que se assemelhasse a uma conclusão. Menciono isto para deixar uma coisa clara. Eu era inteligente, um herói em flor, com um Alar que parecia uma barra de aço de Ramston. Mas era, antes e acima de tudo, um garoto de 15 anos. Em matéria de mulheres, ficava perdido como um cordeirinho na floresta.

———

Encontrei Kilvin em seu gabinete entalhando runas num globo de vidro para mais uma lamparina suspensa. Bati de leve na porta aberta.

Ele levantou os olhos.

– E'lir Kvothe, você está com a aparência melhor.

Levei um momento para me lembrar de que ele estava falando de três onzenas antes, quando me banira do meu trabalho na Ficiaria por causa da intromissão de Wilem.

– Obrigado, senhor. Estou me sentindo melhor.

Ele inclinou milimetricamente a cabeça.

Levei uma das mãos à minha bolsa.

— Eu gostaria de acertar minha dívida com o senhor.

Kilvin grunhiu:

—Você não me deve nada. — E tornou a baixar os olhos para a mesa e para o projeto que tinha nas mãos.

— Nesse caso, minha dívida com a oficina — insisti. — Já faz algum tempo que venho tirando proveito da sua generosidade. Quanto devo pelo material que usei durante meus estudos com o Manet?

Kilvin continuou a trabalhar.

— Um talento, sete iotas e três.

A exatidão do número me assustou, já que ele não tinha verificado o livro de registro no almoxarifado. Fiquei atônito ao pensar em tudo o que aquele homem com jeito de urso carregava na cabeça. Tirei da bolsa o valor mencionado por Kilvin e pus as moedas num canto relativamente desobstruído da mesa.

Kilvin olhou para elas.

— E'lir Kvothe, espero que você tenha obtido esse dinheiro de forma honrada.

Seu tom foi tão sério que tive de sorrir.

— Eu o ganhei tocando em Imre ontem à noite.

— A música paga tão bem assim do outro lado do rio?

Contive o sorriso e dei de ombros, com ar desprendido.

— Não sei se me sairei tão bem todas as noites. Afinal, foi só minha primeira vez.

Kilvin produziu um som a meio caminho entre um ronco e uma bufada e tornou a olhar para seu trabalho.

— O orgulho do Elxa Dal está contagiando você — disse. Desenhou uma linha bem-feita no vidro. — Estou certo em presumir que não vai mais passar suas noites a meu serviço?

Com o susto, levei um instante para recobrar o fôlego.

— Eu... eu não gostaria... eu vim aqui conversar com o senhor sobre... — *sobre voltar a trabalhar na oficina*. — A ideia de não trabalhar para Kilvin nem me passara pela cabeça.

— Ao que parece, a sua música dá mais lucro do que trabalhar aqui — disse ele com um olhar significativo para as moedas sobre a mesa.

— Mas eu *quero* trabalhar aqui! — retruquei, aflito.

O rosto de Kilvin abriu-se num grande e alvo sorriso.

— Ótimo. Eu não gostaria de perdê-lo para a outra margem do rio. A música é uma boa coisa, mas o metal dura. — Bateu com dois dedos enormes na mesa, para enfatizar a afirmação. Em seguida fez um gesto de quem me enxotasse, com a mão que segurava a lamparina inacabada. —Vá. Não se atrase para o trabalho, senão eu o deixarei polindo garrafas e triturando minério por mais um período.

Ao sair, pensei no que Kilvin tinha dito. Fora a primeira coisa que ele me dissera com a qual eu não havia concordado sinceramente. *O metal enferruja,* pensei; *a música dura para sempre.*

O tempo acabaria provando que um de nós estava certo.

Depois de sair da Ficiaria, fui direto à Quadriga, que podia ser considerada a melhor hospedaria do lado de cá do rio. O hospedeiro era um sujeito careca e corpulento chamado Gaverin. Mostrei-lhe a gaita-de-tubos com que fora premiado e pechinchei para lhe oferecer 15 minutos agradáveis.

O resultado final foi que, em troca de tocar três noites por onzena, eu receberia casa e comida de graça. As cozinhas da Quadriga eram notáveis, e meu cômodo, na verdade, era uma pequena suíte: quarto de dormir, quarto de vestir e sala. Era um enorme passo desde meu beliche estreito no Cercado.

Mas o melhor de tudo era que eu ganharia dois talentos de prata por mês. Uma soma quase absurda para quem tinha sido pobre por tanto tempo quanto eu. E a isso se somaria qualquer presente ou gorjeta que os fregueses ricos quisessem me dar.

Tocando ali, trabalhando na Ficiaria e tendo no horizonte um mecenas abastado, eu já não seria obrigado a viver como mendigo. Poderia comprar coisas de que precisava desesperadamente: outra muda de roupa, algumas penas e papel decentes, sapatos novos...

Se você nunca foi aflitivamente pobre, duvido que possa compreender o alívio que senti. Por meses eu havia esperado uma solução para meus problemas sabendo que qualquer pequena catástrofe poderia me destruir. Mas agora já não precisava viver todos os dias preocupado com a taxa escolar do período seguinte nem com os juros do empréstimo da Devi. Já não corria o risco de ser forçado a abandonar a Universidade.

Comi um jantar esplêndido de filé de carne de veado, salada verde e uma sopa de tomate delicadamente temperada. Também houve pêssegos e ameixas frescos e pão de trigo com manteiga cremosa e adocicada. Mesmo nem o tendo pedido, serviram-me vários copos de um excelente vinho tinto de Vintas.

Depois recolhi-me a meus aposentos, onde dormi feito um morto, perdido na vastidão do colchão de penas de minha cama nova.

CAPÍTULO 61

Asno, asno

DEIXADO PARA TRÁS O EXAME DE ADMISSÃO, eu não tinha nenhuma outra responsabilidade até o começo do bimestre de outono. Passei os dias que faltavam recuperando o sono, trabalhando na oficina de Kilvin e desfrutando minhas novas e luxuosas acomodações na Quadriga.

Também passei um tempo considerável na estrada para Imre, em geral a pretexto de fazer uma visita ao conde Threipe ou de usufruir da camaradagem dos outros músicos na Eólica. Mas a verdade por trás dessas histórias é que eu tinha a esperança de encontrar Denna.

Minha assiduidade, entretanto, não deu em nada. Ela parecia ter sumido por completo da cidade. Fiz perguntas a algumas pessoas de confiança, que não transformariam aquilo num mexerico, porém nenhuma tinha mais conhecimentos do que Deoch. Alimentei por um curto espaço de tempo a ideia de perguntar por ela ao Sovoy, mas a descartei como um plano ruim.

Depois da sexta viagem infrutífera a Imre, decidi abandonar a busca. Após a nona, convenci-me de que era um desperdício de tempo valioso. Depois da décima quarta, cheguei ao reconhecimento profundo de que não a encontraria. Ela se fora de verdade. Mais uma vez.

―――

Foi numa de minhas idas à Eólica sem Denna que recebi uma notícia perturbadora de Threipe. Aparentemente, Ambrose, o filho primogênito do rico e influente barão Dazno, andara atarefado como uma abelha nos círculos sociais de Imre. Havia espalhado boatos, feito ameaças e, de um modo geral, virado a nobreza contra mim. Embora não conseguisse me impedir de conquistar o respeito de meus colegas músicos, aparentemente *podia* me impedir de arranjar um mecenas rico. Esse foi meu primeiro vislumbre das dificuldades que Ambrose poderia criar para uma pessoa como eu.

Threipe mostrou-se compungido e tristonho, enquanto eu fervilhava de irritação. Juntos, pusemo-nos a beber uma quantidade imprudente de vinho e a reclamar de Ambrose Dazno. Mais tarde, Threipe foi chamado ao palco, onde cantou uma musiquinha sarcástica de sua autoria satirizando um dos membros do conselho municipal de Tarbean. Ela foi recebida com grandes gargalhadas e aplausos.

A partir daí, foi um pequeno passo começarmos a compor uma canção sobre Ambrose. Threipe era um fofoqueiro inveterado, com um dom para as insinuações de mau gosto, e eu sempre tive talento para melodias fáceis de gravar. Levamos menos de uma hora para compor nossa obra-prima, que intitulamos amorosamente de *Asno, asno*.

À primeira vista, era uma cançãozinha obscena sobre um asno que queria ser arcanista. Nosso trocadilho extraordinariamente habilidoso com o sobrenome de Ambrose foi o mais perto que chegamos de mencioná-lo. Mas qualquer pessoa com meio cérebro era capaz de dizer em quem pretendíamos que a carapuça servisse.

Era tarde quando Threipe e eu subimos ao palco, e não éramos os únicos embriagados. Houve gargalhadas e aplausos estrepitosos da maior parte da plateia, que pediu bis. Nós a atendemos, e todos entraram no coro.

A chave do sucesso da canção foi sua simplicidade. Podia-se assobiá-la ou cantarolá-la. Qualquer um que tivesse três dedos poderia tocá-la e, se tivesse um mínimo de ouvido, conseguiria entoar a melodia. Era fácil de gravar, vulgar e perversa. Espalhou-se pela Universidade como fogo na campina.

———

Abri a porta externa do Arquivo e entrei na antessala, adaptando os olhos à coloração vermelha das lamparinas de simpatia. O ar estava frio e seco, carregado do odor de poeira, couro e tinta velha. Respirei fundo, como faria um homem faminto do lado de fora de uma padaria.

Wilem cuidava da recepção. Eu sabia que ele estaria trabalhando. Ambrose não se encontrava em parte alguma do prédio.

— Vim apenas falar com Mestre Lorren — apressei-me a dizer.

Wil relaxou.

— Ele está com uma pessoa agora. Talvez demore um pouco...

Um homem alto e magro, de ar ceáldico, abriu a porta atrás da escrivaninha do saguão. Ao contrário da maioria dos ceáldos, tinha a barba escanhoada e usava o cabelo comprido preso num rabo de cavalo. Vestia peças de couro muito remendadas de caçador, uma capa de viagem desbotada e botas altas, todas cheias de poeira da estrada. Ao fechar a porta atrás de si, sua mão se moveu inconscientemente para o cabo da espada, para impedir que ela batesse na parede ou na mesa.

— *Tetalia tu Kiaure edan A'siath* — disse em siaru, com um tapinha no ombro de Wilem, ao sair de trás da escrivaninha. — *Vorelan tua tetam.*

Wil deu-lhe um raro sorriso, encolhendo os ombros.

— *Lhinsatva. Tua kverein.*

O homem riu e, enquanto contornava a escrivaninha, vi que levava um facão além da espada. Ali no Arquivo, parecia deslocado como um carneiro na corte do rei. Mas tinha um jeito descontraído e confiante, como se não pudesse estar mais à vontade.

Parou de andar ao me ver. Inclinou de leve a cabeça para o lado e perguntou:

— *Cyae tsien?*

Não reconheci a língua.

— Perdão, como disse?

— Ah, desculpe-me — retrucou, falando em aturano perfeito. — Você me pareceu ylliano. O cabelo ruivo me enganou. — Olhou-me mais de perto. — Mas não é, certo? Você é um dos Ruh — afirmou, dando um passo atrás e me estendendo a mão. — Uma só família.

Apertei-a sem pensar. A mão era sólida como uma rocha, e a tez ceáldica morena era ainda mais escura que de hábito, destacando algumas cicatrizes claras que marcavam os nós dos dedos e subiam pelos braços.

— Uma só família — repeti, surpreso demais para dizer outra coisa.

— O pessoal da família é coisa rara por aqui — acrescentou o homem com ar simpático, passando por mim em direção à porta da saída. — Eu pararia para lhe contar as novidades, mas tenho que chegar a Evesdown antes do pôr do sol, senão perco meu navio.

Abriu a porta e a luz do sol inundou a antessala.

— Converso com você quando estiver de volta por estas bandas — disse e, com um aceno, partiu.

Virei-me para Wilem.

— Quem é esse?

— Um dos guildeiros do Lorren. Viari.

— Ele é *escriba?* — indaguei, incrédulo, pensando nos alunos pálidos e silenciosos que trabalhavam no Arquivo separando, fazendo anotações e apanhando livros. Wil abanou a cabeça.

— Trabalha no setor de compras. Eles trazem livros do mundo inteiro. São uma espécie completamente diferente.

— Isso eu percebi — comentei, com um olhar de relance para a porta.

— Era com ele que o Lorren estava conversando, de modo que você pode entrar agora — disse Wil, levantando-se e abrindo a porta atrás da enorme escrivaninha de madeira. — Lá no fim do corredor. Há uma placa de latão na porta dele. Eu o acompanharia até lá, mas estamos com o pessoal reduzido. Não posso deixar a recepção.

Assenti com a cabeça e comecei a descer o corredor. Sorri ao ouvir Wil cantarolar baixinho, entre dentes, a melodia de *Asno, asno*. Depois a porta se fechou com um baque surdo atrás de mim e o corredor ficou em silêncio, exceto pelo som da minha respiração. Quando cheguei à porta indicada, tinha as mãos úmidas de suor. Bati.

— Entre — disse Lorren lá dentro. Sua voz parecia uma chapa de ardósia lisa e cinzenta, sem o menor indício de inflexão ou emoção.

Abri a porta. O mestre estava sentado atrás de uma enorme escrivaninha semicircular. Estantes cobriam as paredes do piso ao teto. A sala era tão cheia de livros que não havia mais de um palmo de parede visível em toda ela.

Lorren me olhou com frieza. Mesmo sentado, ainda era quase da minha altura.

— Bom dia — disse.

— Sei que fui banido do Arquivo, mestre — apressei-me a esclarecer. — Espero não estar violando essa norma por vir procurá-lo.

— Não, se estiver aqui por um bom propósito.

— Recebi algum dinheiro — informei, mostrando minha bolsa. — E tinha a esperança de readquirir meu exemplar de *Retórica e lógica*.

Lorren fez que sim com a cabeça e se pôs de pé. Alto, bem escanhoado e com a toga negra de professor, fez-me lembrar o enigmático personagem do Médico Silencioso, presente em muitas peças modeganas. Lutei contra um arrepio, procurando não me deter no fato de que o aparecimento do Médico era sempre sinal de uma catástrofe no ato seguinte.

Ele se dirigiu a uma das estantes e retirou um livrinho. Mesmo num vislumbre, reconheci-o como o meu. Uma mancha escura se desenhava na capa, da ocasião em que ele ficara molhado durante um temporal em Tarbean.

Atrapalhei-me com os cordões da bolsa, surpreso ao ver um ligeiro tremor em minhas mãos.

— Eram dois vinténs de prata, acho.

Lorren fez que sim.

— Posso oferecer-lhe alguma coisa além disso? Se o senhor não o houvesse comprado para mim, eu o teria perdido para sempre. Sem falar no fato de que a sua compra me ajudou a ser admitido, para começar.

— Dois vinténs de prata serão suficientes.

Pus as moedas na mesa e elas fizeram um pequeno estrépito, num testemunho de minhas mãos trêmulas. Lorren me estendeu o livro e enxuguei as mãos suadas na camisa antes de pegá-lo. Abri-o na dedicatória de Ben e sorri.

— Obrigado por ter cuidado dele, Mestre Lorren. É preciso para mim.

– Cuidar de um livro a mais não constitui problema – retrucou Lorren, voltando para sua cadeira. Esperei para ver se continuaria. Não continuou.

– Eu... – comecei, com a voz presa na garganta. Pigarreei para limpá-la. – Eu também queria dizer que sinto muito por... – relutei, à ideia de efetivamente mencionar a chama acesa dentro do Arquivo – ...pelo que fiz – concluí, sem jeito.

– Aceito seu pedido de desculpas, Kvothe – disse Lorren, tornando a baixar os olhos para o livro que estava lendo na minha chegada. – Bom dia.

Tornei a engolir em seco, sem nenhuma saliva na boca.

– Também andei pensando em quando poderia ter esperança de ser readmitido no Arquivo.

Lorren ergueu os olhos para mim.

– Você foi apanhado com uma chama viva entre meus livros – disse, a emoção tocando a fímbria de sua voz, como um toque de crepúsculo vermelho em contraste com nuvens cinza-chumbo.

Toda a minha persuasão, cuidadosamente planejada, fugiu-me da cabeça.

– Mestre Lorren – supliquei –, eu tinha sido açoitado naquele dia e não estava com a cabeça no lugar. O Ambrose...

Lorren ergueu da escrivaninha a mão de dedos longos, com a palma voltada para mim. O gesto cuidadoso me interrompeu mais depressa do que uma bofetada no rosto. A expressão de seu rosto era vazia como uma página em branco.

– Em quem devo acreditar: num Re'lar de três anos ou num E'lir de dois meses? Num escriba que trabalha para mim ou num aluno desconhecido, julgado culpado por Uso Imprudente da Simpatia?

Consegui recuperar parte de minha compostura.

– Compreendo a sua decisão, Mestre Lorren. Mas há alguma coisa que eu possa fazer para obter minha readmissão? – perguntei, sem conseguir tirar inteiramente o desespero da voz. – Sinceramente, eu preferiria voltar a ser açoitado do que passar mais um período banido. Daria ao senhor todo o dinheiro que tenho no bolso, embora não seja muito. Trabalharia horas a fio como escriba, sem remuneração, pelo privilégio de lhe provar meu valor. Sei que o senhor está com o pessoal reduzido neste período de exames...

Lorren fitou-me, com uma expressão quase curiosa nos olhos plácidos. Não pude deixar de notar que meu apelo o havia afetado.

– Tudo isso?

– Tudo isso – respondi, em tom sério, sentindo a esperança inflar-se loucamente em meu peito. – Tudo isso e qualquer outra punição que o senhor deseje.

– Só exijo uma coisa para rescindir minha proibição.

Lutei para impedir um sorriso maníaco em meu rosto.

– Qualquer coisa.

– Demonstre a paciência e a prudência que lhe faltaram até aqui – disse ele em tom peremptório, e tornou a olhar para o livro aberto na escrivaninha. – Bom dia.

———

No dia seguinte, um dos mensageiros de Jamison me despertou de um sono profundo em minha vasta cama na Quadriga. Informou-me que eu era esperado no chifre às 11h45. Eu fora acusado de Conduta Imprópria para um Membro do Arcanum. Ambrose finalmente tomara conhecimento de minha canção.

Passei as horas seguintes com um vago enjoo no estômago. Aquilo era exatamente o que eu tinha esperado evitar: uma oportunidade para que Ambrose e Hemme acertassem as contas comigo. Pior ainda, era fatal que isso agravasse ainda mais a opinião precária que Lorren fazia de mim, qualquer que fosse o resultado.

Cheguei cedo ao Prédio dos Professores e fiquei aliviado ao deparar com um clima muito mais descontraído que na ocasião em que fora levado ao chifre por ter agido com má-fé contra Hemme. Arwyl e Elxa Dal sorriram para mim. Kilvin meneou a cabeça. Foi um alívio saber que eu tinha amigos entre os professores, para contrabalançar os inimigos que havia feito.

– Muito bem – disse o Reitor em tom enérgico. – Temos 10 minutos antes de iniciar os exames de admissão e promoção. Não quero me atrasar, portanto tratarei disso prontamente.

Olhou em volta para os outros professores e viu apenas gestos de assentimento.

– Re'lar Ambrose, exponha sua queixa. Faça-o em menos de um minuto.

– O senhor está com uma cópia da canção bem aí – disse Ambrose, em tom acalorado. – É injuriosa. Difama meu bom nome. É uma forma vergonhosa de um membro do Arcanum se comportar. – Engoliu em seco, trincando os dentes. – É só isso.

O Reitor virou-se para mim.

– Alguma coisa a dizer em sua defesa?

– Foi uma coisa de mau gosto, senhor Reitor, mas eu não esperava que viesse a público. Na verdade, só a cantei em uma ocasião.

– Muito bem – fez o Reitor, olhando para o papel à sua frente. Pigarreou e disse: – Re'lar Ambrose, você é um asno?

Ambrose se enrijeceu.

– Não, senhor.

– Você é dotado de... – pigarreou e leu diretamente na página – ...um vergalho fadado a ser falho?

Alguns professores lutaram para controlar os sorrisos. Elodin riu abertamente.

Ambrose enrubesceu.

– Não, senhor.

– Nesse caso, receio não ver qual é o problema – disse o Reitor secamente, soltando o papel na mesa. – Proponho que a acusação de Conduta Imprópria seja substituída por Zombaria Indigna.

– Apoiado – disse Kilvin.

– Todos a favor?

Todas as mãos se ergueram, exceto as de Hemme e Brandeur.

– Moção aprovada. A punição disciplinar será a entrega de uma carta formal de desculpas.

– Pelo amor de Deus, Arthur – interrompeu Hemme. – Pelo menos faça com que seja uma carta pública.

O Reitor lançou-lhe um olhar furioso, depois deu de ombros.

– Uma carta formal de desculpas, a ser afixada publicamente antes do período letivo de outono. Todos a favor?

Todas as mãos se levantaram.

– Moção aprovada.

O Reitor se apoiou nos cotovelos, inclinando o corpo para a frente, e olhou para Ambrose.

– Re'lar Ambrose, no futuro você se absterá de desperdiçar o nosso tempo com acusações espúrias.

Senti a raiva irradiar-se de Ambrose. Era como estar junto a uma fogueira.

– Sim, senhor.

Antes que eu pudesse me encher de empáfia, o Reitor se voltou para mim.

– Quanto a você, E'lir Kvothe, no futuro você se comportará com mais decoro.

Suas palavras severas foram um pouco prejudicadas pelo fato de Elodin ter começado a cantarolar animadamente a melodia de *Asno, asno* a seu lado.

Baixei os olhos e fiz o melhor possível para conter o riso.

– Sim, senhor.

– Dispensados.

Ambrose girou nos calcanhares e se retirou num rompante, mas, antes que atravessasse a porta, Elodin danou a cantar:

"É um asno refinado, vê-se até por seu andar!
E, por um vintém de cobre, vai levá-lo a passear!"

———

A ideia de escrever um pedido público de desculpas me foi exasperante. Mas, como dizem, a melhor vingança é viver bem. Por isso, resolvi ignorar Ambrose e desfrutar meu novo e luxuoso estilo de vida na Quadriga.

No entanto, só pude vingar-me por dois dias. No terceiro, a Quadriga tinha um novo proprietário. O alegre baixote Gaverin foi substituído por um homem alto e magro que me informou que meus serviços já não eram necessários. Fui instruído a deixar meus aposentos antes do anoitecer.

Foi irritante, porém eu conhecia pelo menos quatro ou cinco pousadas de qualidade similar daquele lado do rio que acolheriam prontamente a oportunidade de empregar um músico premiado com a gaita-de-tubos.

Mas o hospedeiro da Moita de Azevinho recusou-se a falar comigo. Os da Cervo Branco e da Coroa da Rainha estavam satisfeitos com os músicos que tinham. Na Pônei Dourado, passei mais de uma hora esperando antes de me dar conta de que estava sendo polidamente ignorado. Quando fui rejeitado pela Carvalho Real, já fumegava de raiva.

Tinha sido Ambrose. Eu não sabia como o fizera, mas sabia que tinha sido ele. Talvez com propinas, ou com o boato de que qualquer hospedaria que empregasse um certo músico ruivo perderia os negócios de um grande número de nobres ricos de sua clientela.

Assim, comecei a percorrer o restante das hospedarias na margem de cá do rio. Já tinha sido rejeitado pelas de alta classe, porém sobravam muitos lugares respeitáveis. Nas horas seguintes tentei a Repouso dos Pastores, a Cabeça de Javali, a Gancho na Parede, a Aduelas e a Tabardo. Ambrose tinha sido muito meticuloso; nenhuma delas se interessou.

Era o começo da noite quando cheguei à Anker e, àquela altura, a única coisa que me mantinha indo em frente era o puro mau humor. Estava decidido a tentar todas as hospedarias desse lado do rio antes de recorrer a pagar novamente por um beliche e um cartão-refeição.

Quando cheguei à hospedaria, o próprio Anker estava no alto de uma escada repregando um pedaço comprido do revestimento externo de cedro. Olhou para mim quando parei junto ao pé da escada.

– Então você é o tal – comentou.

– Perdão, como disse? – indaguei, intrigado.

– Um sujeito passou por aqui e me disse que contratar um rapazinho ruivo causaria um monte de inconveniências – explicou ele, indicando com a cabeça meu alaúde. – Você deve ser o tal.

– Bem, nesse caso – respondi, ajeitando a alça do estojo com o alaúde no ombro –, não desperdiçarei o seu tempo.

– Ainda não o desperdiçou – disse o homem, descendo a escada e limpando as mãos na camisa. – Um pouco de música faria bem a este lugar.

Olhei-o com ar inquisitivo.

– O senhor não está preocupado?

Ele cuspiu.

– Esses moscardinhos safados acham que podem comprar até o Sol e tirá-lo do céu, não é?

– Esse, em particular, provavelmente poderia – retruquei, desanimado. – E a Lua também, se quisesse combinar os dois para usá-los como suportes de livros.

Anker deu uma bufada zombeteira.

– Ele não pode fazer porcaria nenhuma comigo. Não hospedo esse tipo de gente, de modo que ele não pode espantar minha clientela. E eu mesmo sou dono deste lugar; portanto ele não pode comprá-lo e me despedir, como fez com o pobre Gaverin...

– Alguém comprou a Quadriga?

Anker me lançou um olhar especulativo.

– Você não sabia?

Abanei a cabeça devagar, levando um minuto para digerir a informação. Ambrose havia comprado a Quadriga de pirraça, só para me deixar sem emprego. Não. Ele era inteligente demais para isso. Provavelmente emprestara o dinheiro a um amigo e fizera a coisa passar por uma iniciativa empresarial.

Quanto teria custado? Mil talentos? Cinco mil? Eu nem conseguia imaginar quanto valia uma pousada como a Quadriga. E o mais perturbador era a rapidez com que ele havia conseguido.

Aquilo me situou as coisas numa perspectiva clara. Eu sabia que Ambrose era rico, mas, francamente, *todo mundo* era rico comparado a mim. Nunca me dera ao trabalho de pensar em *quão* rico ele era, ou em como poderia usar sua fortuna contra mim. Aquilo era uma lição sobre o tipo de influência que o primogênito de um barão endinheirado era capaz de exercer.

Pela primeira vez, fiquei feliz pelo rigoroso código de conduta da Universidade. Se Ambrose estava disposto a chegar a esse ponto, só me restava imaginar as medidas drásticas que tomaria se não precisasse manter uma aparência de civilidade.

Fui arrancado de meu devaneio por uma moça que se encostou na porta de entrada da hospedaria e gritou:

– Mas que droga, Anker! Não vou ficar puxando e carregando coisas enquanto você fica aí parado coçando o rabo! Trate de entrar!

Anker resmungou alguma coisa entre dentes enquanto pegava a escada e a guardava logo adiante, no beco.

– O que você fez com esse sujeito, afinal? Cobriu a mãe dele?

– Escrevi uma canção sobre ele, na verdade.

Quando Anker abriu a porta da hospedaria, um leve burburinho se espalhou pela rua.

– Eu teria muita curiosidade de ouvir uma canção assim. – Ele sorriu. – Por que não entra e a toca um pouco?

– Se o senhor tem certeza – respondi, sem acreditar muito em minha sorte. – É fatal que haja encrenca.

– Encrenca – repetiu ele, com um risinho. – O que é que um garoto como você entende de encrenca? Eu já estava encrencado antes de você nascer. Já tive encrencas para as quais você nem tem palavras – disse. Virou-se de frente para mim, ainda parado à porta. – Faz algum tempo que não temos música por aqui numa base regular. Não posso dizer que goste de ficar sem ela. Taberna que se preze tem que ter música.

Sorri.

– Nisso eu tenho que concordar.

– A verdade é que eu o contrataria só para torcer o nariz daquele fedelho rico. Mas se você souber tocar alguma coisa que valha meia porcaria...

Abriu mais a porta, transformando o gesto num convite. Senti o cheiro de serragem, suor honesto e pão assando.

No fim da noite estava tudo acertado. Em troca de me apresentar quatro noites por onzena, ganhei um quartinho no terceiro andar e a garantia de que, se aparecesse por lá na hora das refeições, seria bem-vindo para comer um pouco do que estivesse cozinhando na panela. Devo admitir que o Anker estaria recebendo os serviços de um músico talentoso por uma ninharia, mas foi um negócio que fiquei contente em fechar. Qualquer coisa era melhor do que voltar para o Cercado e para o desdém silencioso de meus colegas de beliche.

O teto do meu quartinho se inclinava para baixo em dois cantos, o que o fazia parecer ainda menor do que realmente era. Ficaria atravancado se tivesse mais do que seu punhado de móveis: uma mesinha com cadeira e uma única prateleira acima dela. A cama era tão plana e estreita quanto qualquer beliche do Cercado.

Pus meu exemplar meio surrado de *Retórica e lógica* na prateleira acima da mesa. O estojo com o alaúde ficou comodamente encostado num canto. Pela janela eu via as luzes da Universidade, imóveis ao frio ar outonal. Estava em casa.

―

Quando olho para trás, considero-me um sujeito de sorte por ter acabado na Anker. É verdade que as plateias não eram tão ricas quanto as da Quadriga, mas me apreciavam de um modo como os nobres nunca haviam apreciado.

E, embora minha suíte na Quadriga fosse luxuosa, meu quartinho na Anker era *cômodo*. Pense em termos de sapatos. Você não precisa dos maiores que possa encontrar. Precisa do par que sirva. Com o tempo, aquele quartinho da Anker passou a ter para mim um jeito maior de lar do que qualquer outro lugar no mundo.

Mas, naquele momento específico, eu estava furioso com o que Ambrose me havia custado. Por isso, quando me sentei para escrever minha carta aberta com o pedido de desculpas, ela ficou encharcada de uma sinceridade venenosa. Foi uma obra de arte. Bati no peito de remorso. Desfiz-me em lamúrias e rangi os dentes por ter difamado um colega de estudos. Também incluí uma cópia completa da letra, com mais dois versos novos e toda a partitura musical. Depois desculpei-me com extrema minúcia por cada insinuação vulgar e mesquinha incluída na canção.

Feito isso, gastei quatro preciosos iotas do meu dinheiro em papel e tinta e cobrei o favor que Jaxim me devia por eu ter trocado com ele meu horário posterior da prova de promoção. Jaxim tinha um amigo que trabalhava numa gráfica e, com sua ajuda, imprimimos mais de 100 cópias da carta.

Então, na noite anterior ao início do bimestre de outono, Wil, Sim e eu as afixamos em todas as superfícies planas que conseguimos encontrar nas duas margens do rio. Usamos uma adorável cola alquímica preparada por Simmon para essa ocasião. A mistura era aplicada feito tinta, secava e depois endurecia com a transparência do vidro e a dureza do aço. Se alguém quisesse retirar as cartas afixadas, precisaria de martelo e formão.

Em retrospectiva, foi uma tolice tão grande quanto provocar um touro enraivecido. E, se eu tivesse que dar um palpite, diria que essa insolência, em especial, foi a principal razão de Ambrose acabar tentando me matar.

CAPÍTULO 62

Folhas

A CONSELHOS INSISTENTES DE VÁRIAS FONTES, limitei-me a três campos de estudo no período letivo seguinte. Continuei cursando Simpatia Avançada com Elxa Dal, mantive um turno na Iátrica e levei adiante o estágio de aprendiz com Manet. Meu tempo ficou agradavelmente ocupado, mas não sobrecarregado como no período anterior.

Estudei meu artesanato com mais obstinação do que qualquer outra coisa. Visto que minha busca de um mecenas dera num beco sem saída, eu sabia que minha melhor chance de autossuficiência seria tornar-me artífice. Nesse momento eu trabalhava com Kilvin e recebia tarefas relativamente simples, de remuneração relativamente baixa. Quando terminasse meu período como aprendiz, isso melhoraria. Melhor ainda, eu poderia criar meus próprios projetos e vendê-los sob encomenda e com lucro.

Se. Se conseguisse manter os pagamentos de minha dívida com a Devi. Se, de algum modo, pudesse continuar a juntar dinheiro suficiente para pagar a Universidade. Se conseguisse terminar meu aprendizado com Manet, sem me matar nem me aleijar no trabalho perigoso que era feito diariamente na Ficiaria...

———

Quarenta ou 50 de nós reunimo-nos na oficina para ver o recém-chegado. Alguns sentaram nas bancadas de pedra para ter uma boa visão, enquanto 10 ou 12 se juntaram nas passarelas de ferro nos caibros, entre as lamparinas penduradas de Kilvin.

Vi Manet lá em cima. Era difícil não percebê-lo: o triplo da idade de qualquer outro aluno e com o cabelo desgrenhado e a barba grisalha. Subi a escada e me postei ao lado dele. Manet sorriu e me deu um tapinha no ombro.

— O que está fazendo aqui? — perguntei-lhe. — Achei que isso era só para os novatos que nunca viram esse negócio.

— Pensei em bancar o mentor zeloso hoje — fez ele, dando de ombros. —

Ademais, essa exibição, em particular, merece ser vista, nem que seja pelas expressões nos rostos de todos.

Pousado sobre uma das sólidas bancadas de trabalho da oficina estava um recipiente cilíndrico maciço, com cerca de 1,20m de altura e 0,60m de diâmetro. As bordas tinham sido seladas sem soldas volumosas e o metal exibia uma aparência escura e lustrosa que me fez achar que se tratava de algo mais do que o simples aço.

Deixei os olhos vagarem pelo salão e fiquei surpreso ao ver Feila parada no meio do grupo, esperando o início da demonstração com os demais estudantes.

— Eu não sabia que a Feila trabalhava aqui — comentei com Manet.

Ele meneou a cabeça.

— Ah, é claro. Já faz o quê? Uns dois períodos?

— Estou surpreso por não ter notado — meditei, observando-a falar com uma das outras mulheres do grupo.

— Eu também — disse Manet, com um risinho baixo e sugestivo. — Mas ela não vem com muita frequência. Esculpe e trabalha com cerâmica e vidro recortados. Vem aqui por causa do equipamento, não da siglística.

A torre do sino bateu a hora e Kilvin olhou em volta, registrando os rostos de todos os presentes. Nem por um momento duvidei que houvesse tomado notas exatas de quem estava faltando.

— Teremos isto na oficina durante várias onzenas — disse em linguagem simples, apontando para o recipiente de metal ali perto. — São quase 10 galões de um agente transportador volátil: *Regim Ignaul Neratum*.

— Ele é o único que o chama assim — disse Manet, em voz baixa. — É alcatrão-de-osso.

— Alcatrão-de-osso?

Ele confirmou com a cabeça.

— É cáustico. Se você o derramar no braço, ele corrói tudo, até o osso, em cerca de 10 segundos.

Enquanto todos observavam, Kilvin calçou uma luva grossa de couro e verteu uns 30 mililitros do líquido escuro do latão metálico num frasco de vidro.

— É importante resfriar o frasco antes de verter o agente porque ele ferve à temperatura ambiente — disse.

Vedou prontamente o frasco e o levantou para que todos o vissem.

— A tampa de pressão também é essencial, já que o líquido é extremamente volátil. Sendo um gás, ele exibe tensão superficial e viscosidade, como o mercúrio. É mais pesado que o ar e não se dissipa. Adere a si mesmo.

Sem maiores preâmbulos, Kilvin jogou o frasco num fosso de incêndio próximo e ouviu-se o barulho estrídulo e claro de vidro quebrando. Da altura em que estava, vi que o fosso devia ter sido limpo especialmente para essa ocasião. Estava vazio: apenas um poço circular raso de pedra lisa.

— É uma pena ele não ter mais talento cênico — disse Manet, baixinho. — O Elxa Dal faria isso com um pouco mais de estilo.

A sala encheu-se de crepitações e silvos agudos, à medida que o líquido escuro se aqueceu em contato com a pedra do fosso e começou a ferver. De meu mirante elevado, vi uma fumaça densa e oleosa encher aos poucos a base do poço. Não se portou nem um pouco como névoa ou fumaça. Suas bordas não se difundiram. Ela se acumulou e se agregou como uma nuvenzinha negra.

Manet bateu no meu ombro e eu o olhei bem a tempo de não ficar cego com a explosão inicial da chama quando a nuvem pegou fogo. De todos os cantos vieram ruídos desolados, e calculei que a maioria dos outros fora apanhada desprevenida. Manet deu-me um sorriso e uma piscadela cúmplice.

— Obrigado — disse, e me virei de novo para observar. Chamas irregulares dançaram pela superfície da névoa, colorida de um vermelho-sódio vivo. O calor adicional fez a nuvem negra ferver mais depressa, e ela inchou até as chamas lamberem a parede em direção ao topo da borda do fosso, que batia na cintura. Mesmo de onde eu estava, em cima da passarela, pude sentir um leve calor no rosto.

— De que diabo você chama aquilo? — perguntei-lhe baixinho. — Neblina de fogo?

— Seria possível. Provavelmente o Kilvin o chamaria de ação incendiária ativada pela atmosfera.

O fogo estalou e se apagou quase no mesmo instante, deixando a oficina tomada pelo cheiro acre da pedra quente.

— Além de ser sumamente corrosivo — disse Kilvin —, o reagente, em seu estado gasoso, é inflamável. Quando se aquece o suficiente, inflama-se ao entrar em contato com o ar. O calor que isso produz pode causar uma reação exotérmica em cascata.

— Um incêndio desgraçado de grande, feito uma cascata — traduziu Manet.

— Você é melhor que um coro — comentei em voz baixa, procurando manter uma expressão séria.

Kilvin fez um gesto, concluindo:

— Esse recipiente foi projetado para manter o agente frio e sob pressão. Tomem cuidado enquanto ele estiver na oficina. Evitem o excesso de calor em sua vizinhança imediata — instruiu. Dito isso, deu-nos as costas e voltou para seu gabinete.

— É só? — indaguei.

Manet encolheu os ombros.

– O que mais é preciso dizer? O Kilvin não deixa ninguém que não seja cuidadoso trabalhar aqui, e agora todos sabem com que tomar cuidado.

– E por que isso está aqui, afinal? Para que serve?

– Deixa os alunos do primeiro período se borrando de medo – disse Manet, rindo.

– Alguma coisa mais prática que isso?

– O medo é prático à beça. Mas a substância pode ser usada para fazer um tipo de emissor diferente para as lamparinas de simpatia. Obtém-se uma luz azulada, em vez do vermelho comum. Um pouco mais relaxante para os olhos. Conseguem-se preços escandalosos.

Olhei para o salão da oficina lá embaixo, mas não vi Feila em parte alguma entre a turma que circulava. Virei-me para Manet.

– Quer continuar a bancar o mentor zeloso e me mostrar como?

Ele passou as mãos pela cabeleira revolta, com ar distraído, e deu de ombros.

– Claro.

———

Mais tarde, nessa noite, eu estava tocando na Anker quando avistei uma bela moça sentada a uma das mesas lotadas dos fundos. Tinha uma semelhança notável com Denna, mas eu sabia que isso era fruto da minha imaginação. Eu torcia tanto para vê-la que já fazia dias que a vislumbrava pelos cantos dos olhos.

Minha segunda olhadela me revelou a verdade...

Era Denna cantando *As filhas do tropeiro* com metade dos fregueses da Anker. Ela me viu olhando em sua direção e deu um adeusinho.

A tal ponto seu aparecimento me apanhou de surpresa que esqueci por completo o que meus dedos executavam, e minha canção se desfez em pedaços. Todos riram, e fiz uma mesura profunda para disfarçar o embaraço. Eles passaram cerca de um minuto me aplaudindo e vaiando em doses iguais, mais satisfeitos com meu fiasco do que tinham ficado com a música em si. Assim é a natureza humana.

Esperei que desviassem a atenção de mim e me aproximei com ar descontraído de onde Denna estava sentada.

Ela se levantou para me cumprimentar.

– Eu soube que você estava tocando deste lado do rio. Mas não imagino como possa conservar o emprego, se desmoronar toda vez que uma garota lhe der uma piscadela.

Senti-me enrubescer um pouco.

– Não acontece com toda essa frequência.

– A piscadela ou o desmoronamento?

Sem conseguir pensar numa resposta, senti que estava ficando mais vermelho, e ela riu.

— Por quanto tempo você vai tocar hoje? — perguntou-me.

— Não muito mais — menti. Eu devia pelo menos mais uma hora ao Anker. Denna animou-se.

— Ótimo. Venha comigo depois, preciso de alguém com quem caminhar.

Mal acreditando em minha sorte, fiz-lhe uma cortesia:

— Às suas ordens, com certeza. Deixe-me terminar.

Aproximei-me do bar, onde Anker e duas das moças que atendiam às mesas estavam ocupados servindo bebidas.

Sem conseguir chamar sua atenção, segurei-o pelo avental quando passou apressado por mim. Ele parou com um tranco e por pouco não derramou uma bandeja de bebidas numa mesa cheia de fregueses.

— Pelos dentes de Deus, garoto! O que há com você?

— Anker, tenho que sair. Hoje não posso ficar até o final.

Ele fechou a cara.

— Uma clientela como essa não aparece quando a gente quer. E não vai ficar aqui sem uma musiquinha ou alguma coisa para se distrair.

— Eu toco mais uma música. Bem comprida. Mas, depois disso, tenho que sair — repeti, dando-lhe um olhar desesperado. — Juro que eu recompenso você.

Anker me olhou com mais atenção.

— Está metido em alguma encrenca?

Abanei a cabeça.

— Então é uma garota — afirmou. Virou a cabeça ao som das vozes que pediam mais bebida, depois me despachou com um aceno vigoroso. — Está bem, vá. Mas trate de tocar uma música boa e comprida. E você fica me devendo.

Fui até a frente da sala e bati palmas para chamar a atenção do público. Quando o salão ficou moderadamente quieto, comecei a tocar. À execução do terceiro acorde, todos sabiam o que era: *Latoeiro curtumeiro*. A canção mais velha do mundo. Tirei as mãos do alaúde e comecei a bater palmas. Em pouco tempo todos marcavam o ritmo em uníssono, batendo os pés no chão e os canecos nos tampos das mesas.

O som era quase ensurdecedor, mas diminuiu como convinha quando cantei o primeiro verso. Em seguida regi o refrão, com todos cantando juntos, alguns com suas próprias letras, outros em seu próprio tom.

Andei até uma mesa próxima, ao terminar o segundo verso, e tornei a reger o refrão.

Depois fiz um gesto expectante para que alguém ali cantasse um verso de sua autoria. Os fregueses levaram alguns segundos para entender o que eu queria, mas a expectativa do salão inteiro foi o bastante para incentivar um dos estudantes mais empilecados a berrar um verso seu, o que lhe rendeu aplausos e vivas estrondosos. Então, quando todos entoaram o refrão mais uma vez, desloquei-me para outra mesa e fiz a mesma coisa.

Não demorou muito para que os fregueses tomassem a iniciativa de cantar seus próprios versos quando o refrão terminava. Aproximei-me de onde Denna esperava, junto à porta da saída, e escapulimos pé ante pé para as primeiras luzes do crepúsculo.

— Isso foi inteligente — comentou ela ao começarmos a nos afastar da taberna. — Quanto tempo acha que eles continuarão cantando?

— Tudo vai depender da rapidez com que o Anker conseguir servir as bebidas para o bando todo — respondi. Parei na entrada da ruela que separava os fundos da taberna do Anker da padaria vizinha. — Se você puder me dar licença um instante, preciso guardar meu alaúde.

— Num beco? — ela perguntou.

— No meu quarto — retruquei. Com passos leves, subi depressa pela lateral do prédio. Pé direito no barril de coletar água da chuva, pé esquerdo no parapeito da janela, mão esquerda no cano de ferro do escoamento e um impulso para alcançar a borda do telhado do primeiro andar. Pulei por cima da viela para o telhado da padaria e sorri quando Denna prendeu a respiração, assustada. Dali, foi uma caminhada rápida para cima, e saltei de novo sobre o beco para o telhado do segundo andar da Anker. Abrindo o trinco da minha janela, estiquei o braço para dentro e depositei delicadamente o alaúde em minha cama, antes de descer pelo mesmo caminho da subida.

— O Anker lhe cobra um vintém toda vez que você usa a escada? — perguntou Denna quando me aproximei do chão.

Desci do barril e limpei as mãos nas calças.

— Eu entro e saio em horários estranhos — expliquei, descontraído, acertando o passo com o dela. — Estou certo ao entender que você está à procura de um cavalheiro para acompanhá-la num passeio esta noite?

Um sorriso curvou seus lábios quando ela me olhou de esguelha.

— Perfeitamente.

— É uma pena. Não sou nenhum cavalheiro. — Eu suspirei.

O sorriso de Denna alargou-se.

— Eu acho que você chega bem perto.

— Mas gostaria de chegar mais perto ainda.

— Então venha andando comigo.

— Seria um grande prazer. Mas... — Reduzi um pouco o passo e meu sorriso se desfez numa expressão mais séria. — E o Sovoy?

Os lábios de Denna se comprimiram.

– Ele lhe disse ter direitos sobre mim?
– Bem, não exatamente. Mas há certos protocolos envolvidos...
– Um acordo de cavalheiros? – perguntou ela, em tom mordaz.
– Está mais para honra entre ladrões, se você prefere.

Denna fitou-me nos olhos e disse, com ar sério:
– Kvothe, roube-me.

Curvei-me numa mesura e fiz um gesto largo para o mundo.
– Às suas ordens – assenti. Continuamos a caminhar sob a lua cheia, que fazia as casas e lojas ao redor parecerem úmidas e pálidas. – E como vai o Sovoy, afinal? Faz algum tempo que não o vejo.

Denna descartou a lembrança com um aceno.
– Nem eu. Não por falta de tentativas da parte dele.

Animei-me um pouco.
– É mesmo?

Ela revirou os olhos.
– Rosas! Juro que os homens tiram todo o seu romantismo do mesmo livro surrado. Flor é uma boa coisa, uma coisa gentil para se oferecer a uma dama. Porém são sempre rosas, sempre vermelhas, e sempre perfeitos botões de estufa desabrochando, quando eles conseguem obtê-los – disse e se virou para mim. – Quando me vê, você pensa em rosas?

Fui esperto o bastante para abanar a cabeça, sorrindo.
– Então, em quê? Se não é uma rosa, o que você vê?

Ela me pegou. Olhei-a uma vez, de cima a baixo, como se tentasse decidir.
– Bem – respondi devagar –, o problema é que, ao oferecer flores a uma moça, a escolha pode ser interpretada de muitas maneiras diferentes. Um homem pode lhe dar uma rosa por achar que você é bonita, ou por imaginar que a tonalidade, a forma ou a suavidade dela se parecem com seus lábios. As rosas são caras e talvez ele pretenda mostrar, com um presente valioso, que você lhe é preciosa.

– Você faz uma bela defesa das rosas. Mas persiste o fato de que não gosto delas. Escolha outra flor que combine comigo.

– Mas, o que é combinar? Quando um homem lhe dá uma rosa, o que você vê pode não ser o que ele pretende dizer. Talvez você ache que ele a considera delicada ou frágil. Talvez antipatize com um pretendente que a considere toda meiguice e nada mais. Talvez o cabo tenha espinhos e você presuma que ele a julga propensa a ferir a mão que se apressar demais a tocá-la. Mas, se ele retirar os espinhos, talvez você ache que ele não gosta de alguém capaz de se defender com rispidez. Há inúmeras maneiras pelas quais se pode interpretar uma coisa. O que deve fazer o homem cuidadoso?

Denna me olhou de soslaio.

— Se o homem fosse você, acho que desfiaria um rosário de palavras inteligentes e torceria para a pergunta ser esquecida — disse ela, e inclinou a cabeça. — Mas não foi. Que flor você escolheria para mim?

— Muito bem, deixe-me pensar — retruquei, virando-me para olhá-la e novamente desviando o rosto. — Façamos uma lista. O dente-de-leão poderia servir: é luminoso, e há uma luminosidade em você. Mas o dente-de-leão é comum, e você não é uma criatura comum. Das rosas nós já falamos e as descartamos. Doce-amarga, não. Urtiga... talvez.

Denna fez uma careta, fingindo-se ofendida, e me mostrou a língua.

Bati com um dedo nos lábios, como se reconsiderasse.

— Tem razão; a não ser por sua língua, ela não combina com você.

Denna deu uma bufadela e cruzou os braços.

— Aveia-brava! — exclamei, arrancando-lhe uma risada por causa da surpresa. — A impetuosidade dela combina com você. Mas é uma flor pequena e tímida. Por essas e outras razões mais óbvias — acrescentei, pigarreando —, acho que deixaremos de lado a aveia-brava.

— Que pena.

— A margarida é boa — prossegui com ímpeto, sem deixar que ela me distraísse. — Alta e esguia, disposta a crescer à beira das estradas. Uma flor robusta, não muito delicada. A margarida é independente. Acho que combinaria com você. Mas continuemos com nossa lista. A íris? Muito espalhafatosa. O cardo-selvagem? Distante demais. A violeta? Efêmera demais. O trílio? Hmmm, é uma possibilidade. Uma bela flor. Não gosta de cultivo. A textura das pétalas... — comentei, fazendo o gesto mais ousado de minha curta vida e roçando delicadamente o lado de seu pescoço com dois dedos — ...é fina o bastante para combinar com a sua pele, com pouca diferença. Mas ela fica muito perto do chão.

— Você me trouxe um buquê e tanto — disse Denna, em tom gentil. Inconscientemente, levou a mão ao lado do pescoço onde eu a havia tocado, pousou-a ali por um instante e a deixou cair.

Bom ou mau sinal? Estaria afastando o meu contato, ou pressionando-o mais junto ao corpo? Enchi-me de uma insegurança mais intensa do que antes e resolvi seguir em frente, sem outros riscos flagrantes.

— Selária.

Denna parou e se virou para mim.

— Tudo isso e você escolhe uma flor que não conheço? O que é selária? Por quê?

— É uma flor de um vermelho intenso que cresce numa trepadeira forte. Tem folhas escuras e delicadas. A planta viceja melhor à sombra, mas a flor em si encontra raios de sol perdidos sob os quais florescer — expliquei. Olhei para Denna. – Isso combina com você. Que tem muito de sombra e luz. Ela cresce em florestas fechadas e é rara, porque só quem é habilidoso consegue cuidar dela sem feri-la. Tem um perfume maravilhoso e é muito procurada, mas raramente encontrada – concluí. Parei e fiz questão de examiná-la. – É, já que sou forçado a escolher, eu escolheria a selária.

Ela me olhou, depois desviou o rosto.

– Você me dá importância demais.

Sorri.

– Talvez você se dê importância de menos.

Denna captou um pedaço do meu sorriso e o devolveu luminosamente.

– Você acertou mais no começo da lista. Margaridas, simples e meigas. As margaridas são o modo de conquistar meu coração.

– Vou me lembrar – afirmei, e recomeçamos a andar. – Que flor você me traria? – provoquei-a, pensando apanhá-la desprevenida.

– Um botão de salgueiro – disse ela, sem um segundo de hesitação.

Passei um bom momento pensando.

– Os salgueiros têm botões?

Denna olhou para cima e para o lado, pensando.

– Acho que não.

– Então é um raro prazer ganhar um. – Ri. – Por que um botão de salgueiro?

– Você me lembra um salgueiro – disse ela sem pestanejar. – Forte, com raízes profundas e oculto. Move-se com fluidez quando vem a tempestade, porém nunca para mais longe do que deseja.

Levantei as mãos, como se aparasse um golpe.

– Pare com essas palavras doces – protestei. – Você está tentando dobrar-me à sua vontade, mas não vai funcionar. Para mim, sua lisonja não passa de vento!

Denna fitou-me por um instante, como que para se certificar de que meu discurso havia terminado.

– Mais do que todas as outras árvores – disse-me, com a curva de um sorriso na boca elegante –, o salgueiro se move ao sabor do vento.

―――

As estrelas me informaram que cinco horas haviam se passado. Mas não parecia haver transcorrido praticamente tempo algum ao chegarmos ao Remo de Carvalho, onde ela estava hospedada em Imre. À porta, houve um momento que durou uma hora: o momento em que pensei em beijá-la. Já me sentira tentado por essa ideia umas 10 vezes enquanto conversávamos na estrada; ao pararmos na Ponte de Pedra para contemplar o rio ao luar, sob uma tília num dos jardins de Imre...

Nessas ocasiões eu sentia uma tensão crescer entre nós, algo quase palpável. Quando ela me olhava de lado com seu sorriso secreto, a inclinação da cabeça e o jeito de quase virar de frente para mim faziam-me pensar que devia estar esperando que eu... fizesse alguma coisa. Que a envolvesse com um dos braços? Que a beijasse? Como era possível saber? Como se podia ter certeza?

Eu não tinha. Por isso, resistia à atração dela. Não queria ser presumido demais, não queria ofendê-la nem me embaraçar. E mais, a advertência de Deoch me deixara inseguro. Talvez o que eu sentia não fosse nada além do encanto natural de Denna, de seu carisma.

Como todos os garotos da minha idade, eu era um idiota em matéria de mulheres. A diferença entre mim e os outros era que eu tinha uma dolorosa consciência da minha ignorância, enquanto outros, como Simmon, saíam metendo os pés pelas mãos e fazendo papel de bobos com seu estilo desajeitado de cortejar. Eu não podia pensar em nada pior do que tomar uma liberdade indesejada com Denna e fazê-la dar risada da inépcia de minha tentativa. Não há nada a que eu tenha mais horror do que fazer coisas malfeitas.

Assim, despedi-me e a observei entrar na porta lateral da hospedaria Remo de Carvalho. Respirei fundo e mal pude me impedir de dar gargalhadas ou sair dançando. Estava totalmente impregnado dela, do aroma do vento em seu cabelo, do som de sua voz, do modo como o luar lançava sombras em seu rosto.

Depois, aos poucos, repus os pés no chão. Antes de dar seis passos, murchei como uma vela quando o vento diminui. Refazendo o trajeto pela cidade, passando por casas adormecidas e hospedarias às escuras, meu estado de ânimo oscilou entre a euforia e a dúvida no espaço de três inspirações curtas.

Eu tinha estragado tudo. Todas as coisas que dissera, coisas que haviam parecido muito inteligentes no momento, eram, na realidade, as piores que um tolo poderia dizer. Nesse exato momento ela devia estar lá dentro suspirando de alívio por finalmente ter-se livrado de mim.

Mas Denna havia sorrido. Dado risadas.

Não se lembrara do nosso primeiro encontro na estrada de Tarbean. Eu não podia ter-lhe causado uma grande impressão.

Roube-me, ela dissera.

Eu devia ter sido mais ousado e lhe dado um beijo no final. Devia ter sido mais cauteloso.

Falara demais. Dissera muito pouco.

CAPÍTULO 63

Andando e falando

WILEM E SIMMON JÁ TINHAM QUASE terminado de almoçar quando cheguei a nosso ponto de encontro habitual no pátio.

— Desculpem-me — disse, enquanto punha o alaúde nas pedras do calçamento, perto do banco. — Fiquei preso numa discussão.

Eu tinha ido à outra margem do rio comprar um dracma de mercúrio e um pacotinho de sal marinho. Os dois me haviam custado caro, mas, para quebrar a monotonia, eu não estava preocupado com o dinheiro. Se a sorte me sorrisse, eu logo subiria na estrutura hierárquica da Ficiaria, o que significava que meus problemas econômicos não tardariam a acabar.

Ao fazer compras em Imre, por mera coincidência também havia passado pela hospedaria de Denna, mas ela não estava lá, nem na Eólica, nem tampouco no jardim em que havíamos parado na noite anterior. Mesmo assim, eu estava de ótimo humor.

Deitei de lado o estojo do alaúde e o abri, para que o sol pudesse aquecer as cordas novas, ajudando-as a se esticar. Depois acomodei-me no banco de pedra sob o mastro da bandeira, ao lado de meus dois amigos.

— E então, onde você foi ontem à noite? — perguntou Simmon, com demasiada displicência.

Só então me lembrei que nós três havíamos marcado um encontro com o Fenton na véspera, para jogar quatro-cantos. Ver Denna tirara inteiramente esse plano da minha cabeça.

— Ah, meu Deus, desculpe, Sim. Quanto tempo vocês me esperaram?

Ele me olhou.

— Sinto muito — repeti, torcendo para parecer tão culpado quanto me sentia. — Eu me esqueci.

Sim sorriu, dando de ombros.

— Não é grande coisa. Quando percebemos que você não ia aparecer, fomos para a Biblioteca encher a cara e admirar as garotas.

— O Fenton ficou zangado?

— Furioso — respondeu Wilem calmamente, enfim entrando na conversa. — Disse que ia lhe acertar um tabefe nos ouvidos da próxima vez que o visse.

O sorriso de Sim se alargou:

— Chamou você de E'lir cabeça de vento, que não respeita os superiores.

— Fez umas afirmações sobre os seus ascendentes e a sua tendência sexual em relação aos animais — acrescentou Wilem, de cara séria.

— "...no hábito do tehliniano!" — cantarolou Simmon, de boca cheia. Depois deu uma risada e começou a se engasgar. Bati em suas costas.

— Aonde você foi? — perguntou Wilem, enquanto Sim procurava recobrar o fôlego. — O Anker disse que você saiu cedo.

Por alguma razão, descobri-me relutando em falar em Denna.

— Encontrei uma pessoa.

— Uma pessoa mais importante que nós? — indagou Wilem numa voz monocórdia que tanto podia ser tomada por uma forma seca de humor quanto por uma crítica.

— Uma garota — admiti.

Ele ergueu uma sobrancelha:

— A que você andou caçando por aí?

— Não andei *caçando* ninguém — protestei. — Ela me encontrou lá na Anker.

— Bom sinal — fez Wilem.

Simmon balançou sobriamente a cabeça, depois a levantou, com um brilho gozador no olhar.

— E aí, aproveitaram a música? — perguntou, cutucando-me, enquanto suspendia e abaixava as sobrancelhas. — Fizeram um duetinho?

Sua expressão era ridícula demais para eu me ofender.

— Nada de música. Ela só queria alguém para levá-la em casa.

— Levá-la em casa? — repetiu ele em tom sugestivo, tornando a mexer as sobrancelhas.

Dessa vez achei o gesto menos engraçado.

— Estava escuro — respondi com ar sério. — Apenas a acompanhei de volta a Imre.

— Ah! — fez Sim, desapontado.

— Você saiu cedo da Anker — disse Wil pausadamente. — E nós esperamos uma hora. Você leva duas horas para ir até Imre e voltar?

— Foi uma caminhada longa — admiti.

— Longa quanto? — perguntou Simmon.

— Algumas horas — respondi, e olhei para outro lado. — Seis.

— Seis horas? — admirou-se Sim. — Ora, vamos, acho que tenho o direito de saber alguns detalhes, depois de passar as duas últimas onzenas ouvindo-o divagar sobre ela.

Comecei a me eriçar.

— Eu não divago. Só ficamos andando. Conversamos.

Simmon fez um ar de dúvida.

— Ora, *sem essa!* Durante seis horas?

Wilem deu-lhe um tapinha no ombro.

— Ele está dizendo a verdade.

Simmon o olhou de relance.

— Por que diz isso?

— Porque está parecendo mais sincero do que quando mente.

— Se vocês ficarem quietos por um ou dois minutos, eu conto tudo. Está bem?

Os dois assentiram. Olhei para minhas mãos, tentando ordenar as ideias, mas elas não se enquadravam em nenhum padrão ordeiro.

— Pegamos o caminho mais longo para Imre e paramos um pouco na Ponte de Pedra. Fomos a um parque fora da cidade. Sentamos à beira do rio. Conversamos sobre... nada de especial, na verdade. Lugares em que estivemos. Músicas... — interrompi-me. Percebi que estava fazendo digressões e calei a boca. Escolhi com cuidado as palavras seguintes. — Pensei em fazer mais do que andar e conversar, mas... — Parei. Não fazia ideia do que dizer.

Os dois se calaram por um momento.

— Raios me... — deslumbrou-se Wilem. — O poderoso Kvothe derrubado por uma mulher.

— Se eu não o conhecesse, diria que você está com medo — comentou Simmon, sem muita seriedade.

— Pode apostar que estou com medo — respondi em voz baixa, esfregando as mãos nas calças, nervoso. — Vocês também estariam se a tivessem conhecido. Mal consigo ficar aqui, em vez de ir correndo a Imre, na esperança de vê-la por uma vitrine de loja ou passar por ela ao atravessar a rua — completei, com um sorriso trêmulo.

— Pois então vá — Simmon disse sorrindo e dando-me um empurrãozinho. — Boa sorte. Se eu conhecesse uma mulher assim, não ficaria aqui almoçando com tipos como vocês — aconselhou. Afastou o cabelo dos olhos e me deu outro empurrão com a mão livre. — Vá logo.

Permaneci onde estava.

— Não é tão fácil assim.

— Nada nunca é fácil com você — resmungou Wilem.

— É claro que é fácil! — Simmon riu. — Vá dizer a ela um pouco do que acabou de nos dizer.

— Sei — retruquei com amargo sarcasmo. — Como se fosse tão simples quanto cantar. Além disso, nem sei se ela quereria ouvir. Ela é algo especial... O que ia querer comigo?

Simmon deu-me um olhar franco.

— Ela foi procurá-lo. É óbvio que quer alguma coisa.

Houve um momento de silêncio, e me apressei a mudar de assunto enquanto tinha chance.

— O Manet me deu permissão para começar meu projeto como artífice assalariado.

— Já? — surpreendeu-se Sim, parecendo apreensivo. — O Kilvin vai concordar? Ele não é chegado a economizar no trabalho.

— Não economizei nada — rebati. — Apenas aprendo depressa.

Wilem deu um grunhido divertido e Simmon falou antes que começássemos a implicar um com o outro:

— O que você vai fazer no seu projeto? Uma lamparina de simpatia?

— Todo mundo faz lamparinas — disse Wilem.

Balancei a cabeça.

— Eu queria fazer algo diferente, talvez um conversor rotacional, mas o Manet me disse para ficar com a lamparina.

O sino da torre bateu 4 horas. Levantei-me e peguei o estojo com o alaúde, pronto a seguir para a aula.

— Você devia dizer a ela — afirmou Simmon. — Quando se gosta de uma garota, é preciso que ela saiba.

— E como é que isso tem funcionado para você até hoje? — retruquei, irritado por ser justamente o Sim quem tinha a pretensão de me dar conselhos sobre relacionamentos. — Em termos estatísticos, na sua vasta experiência, com que frequência essa estratégia tem sido compensadora?

Wil fez questão de olhar para outro lado enquanto Sim e eu nos encarávamos, furiosos. Fui o primeiro a desviar o rosto, com um sentimento de culpa.

— Além disso, não há nada para dizer — resmunguei. — Gosto de passar um pouco de tempo com ela, e agora sei onde está hospedada. Isso significa que posso encontrá-la quando quiser.

CAPÍTULO 64

Nove no fogo

N**O DIA SEGUINTE SUCEDEU-ME FAZER** uma viagem a Imre. Assim, já que por acaso estava na vizinhança, dei uma passada pela Remo de Carvalho.

O proprietário não conhecia os nomes "Denna" nem "Dianne", mas uma encantadora jovem de cabelos escuros, chamada "Dinnah", havia alugado um quarto lá. Não estava na hospedaria naquele momento, porém, se eu quisesse deixar um bilhete... Declinei da oferta, consolando-me com o fato de que, já que agora sabia onde Denna se hospedava, encontrá-la seria relativamente fácil.

No entanto, não tive a sorte de achá-la na Remo de Carvalho nos dois dias seguintes. No terceiro, o proprietário me informou que ela partira no meio da noite, levando tudo o que era seu e deixando a conta por pagar. Depois de rodar ao acaso por algumas tabernas e não encontrá-la, voltei para a Universidade, sem saber se devia ficar preocupado ou irritado.

Mais três dias e outras cinco idas infrutíferas a Imre. Nem Deoch nem Threipe haviam tido qualquer notícia dela. Deoch me contou que era da natureza de Denna desaparecer desse jeito e que procurá-la seria mais ou menos tão útil quanto assobiar para um gato. Eu sabia que era um bom conselho, e o ignorei.

Sentei-me no gabinete de Kilvin, tentando parecer calmo, enquanto o professor grandalhão e peludo girava minha lamparina de simpatia nas manzorras. Era meu primeiro projeto solo como artífice. Eu havia moldado as chapas e polido as lentes. Tinha aplicado o dopante no emissor sem me envenenar com arsênico. E, o que era mais importante, eram meus o Alar e a complexa siglística que haviam transformado as diferentes peças numa lamparina portátil de simpatia que funcionava.

Se Kilvin aprovasse o produto final, ele o venderia e eu receberia parte do dinheiro, a título de comissão. Mais importante ainda, eu me tornaria um artífice independente, apesar de iniciante. Seria digno de confiança para desenvolver meus próprios projetos com mais liberdade. Era um grande passo à frente nas fileiras da Ficiaria, um passo para chegar à categoria de Re'lar e, o que era importantíssimo, à minha autonomia financeira.

Kilvin finalmente ergueu os olhos.

— Está muito bem-feito, E'lir Kvothe, mas o formato não é típico.

Assenti com a cabeça.

— Fiz algumas mudanças, mestre. Se acendê-la, o senhor verá...

Kilvin emitiu um som grave, que tanto poderia ser um risinho divertido quanto um grunhido de irritação. Pôs a lamparina na mesa e andou pelo aposento, apagando todas as outras, com exceção de uma.

— Sabe quantas lâmpadas de simpatia tive que explodir nas mãos ao longo dos anos, E'lir Kvothe?

Engoli em seco e abanei a cabeça.

— Quantas?

— Nenhuma — respondeu ele em tom grave. — Porque sempre sou cuidadoso. Sempre tenho absoluta certeza do que seguro nas mãos. Você precisa aprender a ter paciência, E'lir Kvothe. Um instante na mente vale nove no fogo.

Baixei os olhos e procurei fazer um ar apropriadamente compungido.

Kilvin estendeu a mão e apagou a única lâmpada que restava, deixando o aposento em quase completa escuridão. Houve uma pausa e, em seguida, uma nítida luz avermelhada brotou da lamparina portátil e brilhou contra a parede. A luz era muito tênue, inferior à de uma simples vela.

— O funcionamento do interruptor é graduado — apressei-me a esclarecer. — Na verdade, ele é mais um reostato que um interruptor.

Kilvin meneou a cabeça.

— Habilidoso. Isso não é algo com que a maioria se importe numa lâmpada pequena como essa — comentou. A luz ficou mais forte, depois mais fraca, depois novamente mais intensa. — A siglística em si parece bastante boa — disse Kilvin devagar, pondo a lamparina na mesa. — Mas o foco da sua lente está imperfeito. Há muito pouca difusão.

Era verdade. Em vez de iluminar o aposento inteiro, como era típico, minha lamparina revelava uma faixa estreita dele: o canto da bancada de trabalho e metade da grande lousa preta encostada na parede. O resto do gabinete continuava escuro.

— É intencional — disse eu. — Existem lanternas assim, lanternas olho-de-boi.

Kilvin era pouco mais que uma forma escura do outro lado da mesa.

– Essas coisas me são conhecidas, E'lir Kvothe – disse, com um toque de censura na voz. – São muito usadas em atividades condenáveis. Atividades com que os arcanistas não devem ter nada a ver.

– Pensei que fossem usadas por marinheiros.

– São usadas por ladrões – retrucou Kilvin, em tom sério. – E por espiões e outras pessoas que não querem revelar seus atos nas horas tenebrosas da noite.

De repente, minha vaga ansiedade acentuou-se. Eu havia considerado esse encontro basicamente uma formalidade. Sabia ser um artífice habilidoso, melhor do que muitos dos que haviam trabalhado por muito mais tempo na oficina de Kilvin. E agora sentia-me subitamente apreensivo com a ideia de haver cometido um erro e desperdiçado quase 30 horas de trabalho na lamparina, sem falar em um talento inteiro do meu dinheiro investido no material.

Kilvin deu um grunhido evasivo e resmungou alguma coisa entre dentes. A meia dúzia de lamparinas espalhada pelo aposento tornou a crepitar e ganhar vida, inundando-o de luz. Fiquei deslumbrado com a execução relaxada de uma conexão sêxtupla pelo professor. Nem pude imaginar de onde ele havia retirado a energia.

– É que todo mundo faz uma lamparina de simpatia como seu primeiro projeto – falei, para preencher o silêncio. – Todos sempre seguem o mesmo antigo esquema. Eu quis fazer uma coisa diferente. Quis ver se conseguia criar algo novo.

– Imagino que o que desejava era demonstrar sua extrema inteligência – disse Kilvin, sem fazer rodeios. – Queria não apenas concluir seu estágio de aprendiz em metade do tempo habitual, mas também trazer-me uma lamparina da sua própria criação aprimorada. Sejamos francos, E'lir Kvothe. Sua produção dessa lâmpada foi uma tentativa de mostrar que você é melhor do que o aprendiz comum, não foi?

Ao dizer isso, Kilvin fitou-me diretamente e por um momento não houve nada de sua distração característica por trás dos olhos.

Fiquei com a boca seca. Por trás da barba desgrenhada e do aturano falado com um forte sotaque, a mente de Kilvin era um diamante. O que me levara a achar que poderia mentir-lhe e sair impune?

– É claro que eu queria impressioná-lo, Mestre Kilvin – respondi, baixando os olhos. – Creio que é desnecessário dizer isso.

– Não seja servil. A falsa modéstia não me impressiona.

Ergui a cabeça e empertiguei os ombros.

– Nesse caso, Mestre Kilvin, eu *sou* melhor. Aprendo mais depressa. Trabalho com mais afinco. Minhas mãos são mais ágeis. Minha mente é mais curiosa. Mas também espero que o senhor mesmo saiba disso sem que eu o precise dizer.

Kilvin assentiu com a cabeça.

— Assim é melhor. E você tem razão, eu sei dessas coisas — disse. Manuseou a lamparina, acendendo-a e apagando-a enquanto a apontava para coisas diferentes no gabinete. — E, para ser justo, estou devidamente impressionado com a sua habilidade. A lamparina foi muito bem-feita. A siglística é muito engenhosa. A gravação é precisa. Trata-se de um trabalho inteligente.

Enrubesci de prazer com os elogios.

— Porém há mais na artificiaria do que a simples habilidade — prosseguiu, pondo a lamparina na mesa e espalmando as manzorras dos dois lados dela. — Não posso vender essa lâmpada. Ela gravitaria para as pessoas erradas. Se um ladrão fosse apanhado com uma ferramenta dessas, isso repercutiria mal em todos os arcanistas. Você concluiu seu estágio como aprendiz e se distinguiu em termos de habilidade — disse, e eu relaxei um pouco. — Porém sua capacidade de avaliação, em termos mais amplos, ainda é um tanto questionável. Quanto à lamparina, nós a derreteremos para recuperar os metais, presumo.

— O senhor vai derreter minha lâmpada?

Eu havia trabalhado nela durante uma onzena inteira e investira quase todo o dinheiro que tinha na compra da matéria-prima. Contava com um bom lucro quando Kilvin a vendesse, e agora...

A expressão dele foi firme.

— Todos somos responsáveis por manter a reputação da Universidade, E'lir Kvothe. Uma peça como esta, nas mãos erradas, refletiria mal em todos nós.

Eu estava pensando num modo de persuadi-lo quando ele fez um aceno, enxotando-me porta afora.

— Vá dar a boa notícia ao Manet.

Desanimado, saí da oficina e fui saudado pelo som de centenas de mãos atarefadas em talhar madeira, cortar pedras e martelar metais. No ar havia um cheiro forte de ácidos cáusticos, ferro quente e suor. Avistei Manet num canto pondo tijolos num forno. Esperei-o fechar a porta e recuar, enxugando o suor da testa na manga da camisa.

— Como foi? — perguntou-me. — Passou, ou vou ficar empacado segurando a sua mão por mais um período?

— Passei — respondi com indiferença. — Você estava certo sobre as modificações. Ele não se impressionou.

— Eu lhe disse — retrucou ele, sem qualquer presunção. — Você precisa lembrar que estou aqui há mais tempo do que 10 estudantes juntos. Quando lhe digo que no fundo os mestres são conservadores, não estou apenas fazendo barulho. Eu sei.

Passou a mão na barba grisalha e revolta com ar distraído enquanto observava as ondas de calor que saíam do forno de tijolos, e perguntou:

— Alguma ideia sobre o que vai fazer consigo mesmo, agora que é um agente livre?

— Andei pensando em dopar um lote daqueles emissores de lamparinas azuis.

— O dinheiro é bom — disse Manet devagar. — Mas é arriscado.

—Você sabe que sou cuidadoso — assegurei-lhe.

— Risco é risco. Treinei um garoto, há mais ou menos uns 10 anos, como era mesmo o nome dele...? — tentou recordar. Tamborilou o dedo na cabeça por um instante e então deu de ombros. — Ele cometeu um pequeno lapso — prosseguiu, estalando os dedos ruidosamente. — Mas é o quanto basta. Queimou-se um bocado e perdeu uns dois dedos. Não foi lá um grande artífice depois disso.

Olhei para Cammar, que estava do outro lado da oficina, com o olho faltante e a cabeça calva e cheia de cicatrizes.

— Entendido — comentei. Flexionei as mãos, ansioso, olhando para o recipiente de metal polido. As pessoas tinham passado um ou dois dias nervosas perto dele após a demonstração feita por Kilvin, mas ele logo se transformara em apenas mais um equipamento. A verdade era que havia 10 mil maneiras diferentes de morrer na Ficiaria se o sujeito fosse descuidado. O alcatrão-de--osso era apenas a mais nova e mais empolgante para ele se matar.

Resolvi mudar de assunto.

— Posso lhe fazer uma pergunta?

— Mande fogo — disse ele, olhando de relance para o forno próximo. — Entendeu? Mande fogo?

Revirei os olhos.

—Você diria que conhece a Universidade tão bem quanto qualquer um?

Ele fez que sim e acrescentou:

— Tão bem quanto qualquer um que esteja vivo. Todos os segredinhos sórdidos.

Baixei um pouco a voz:

— Quer dizer que, se quisesse, poderia entrar no Arquivo sem o conhecimento de ninguém?

Manet semicerrou os olhos.

— Poderia — disse —, mas não o faria.

Comecei a dizer alguma coisa, porém ele me interrompeu com mais do que uma pitada de exasperação:

— Escute, meu filhote, já falamos disso. Apenas seja paciente.Você precisa dar mais tempo ao Lorren para esfriar a cabeça. Faz apenas um período, mais ou menos...

— Faz meio ano!

Ele abanou a cabeça.

— Só lhe parece ser muito tempo porque você é jovem. Acredite, é uma coisa recente na cabeça do Lorren. É só você passar mais um ou dois períodos impressionando o Kilvin e depois pedir que ele interceda a seu favor. Confie em mim. Vai funcionar.

Assumi minha melhor expressão de cachorro escorraçado.

— Você bem que poderia só...

Manet abanou a cabeça com firmeza.

— Não. Não. Não. Não vou lhe mostrar. Não lhe direi. Não lhe desenharei um mapa — disse. Depois abrandou a expressão e pôs uma das mãos em meu ombro, obviamente procurando tirar um pouco da contundência de sua recusa categórica. — Ora, por Tehlu, por que toda essa pressa? Você é jovem, tem todo o tempo do mundo — e me apontou um dedo —, mas, se for expulso, será para sempre. E é o que vai acontecer, se for apanhado entrando às escondidas no Arquivo.

Deixei os ombros arriarem, arrasado.

— Acho que você tem razão.

— Isso mesmo, tenho razão — ratificou Manet, virando-se para examinar o forno. — Agora vá cuidar da vida. Você está me dando uma úlcera.

Afastei-me pensando furiosamente no conselho de Manet e no que ele deixara escapar em nossa conversa. Em geral, eu sabia que seu conselho era bom. Se eu me comportasse bem por um ou dois períodos letivos, ganharia acesso ao Arquivo. Esse era o caminho simples e seguro para o que eu desejava.

Infelizmente eu não podia bancar essa paciência. Estava dolorosamente cônscio de que aquele período seria o último, a menos que eu conseguisse descobrir um modo de ganhar muito dinheiro em pouquíssimo tempo. Não. A paciência não era uma alternativa a meu dispor.

Na saída, dei uma espiada no gabinete de Kilvin e o vi sentado diante de sua bancada acendendo e apagando displicentemente minha lamparina. Voltara a assumir aquela expressão distraída, e não tive dúvida de que a vasta máquina que era seu cérebro estava ocupada em pensar em meia dúzia de coisas ao mesmo tempo.

Bati na ombreira da porta para chamar sua atenção.

— Mestre Kilvin?

Ele não se virou para mim.

— Sim?

— Posso comprar a lamparina? Eu poderia usá-la para ler à noite. Neste momento continuo a gastar dinheiro com velas.

Considerei por um instante a ideia de retorcer as mãos, mas decidi não fazê-lo. Melodramático demais.

Kilvin passou um bom momento pensando. A lamparina em sua mão clicou baixinho quando ele tornou a acendê-la.

– Você não pode comprar o que suas mãos construíram. O tempo e o material que o fizeram foram seus – disse, e me estendeu a lâmpada.

Entrei no gabinete para pegá-la, mas Kilvin puxou a mão e me encarou com ar sério.

– Devo deixar uma coisa clara. Você não pode vender nem emprestar isso. Nem mesmo a alguém da sua confiança. Se ela se perdesse, acabaria nas mãos erradas e seria usada em andanças furtivas no escuro fazendo coisas desonestas.

– Eu lhe dou minha palavra, Mestre Kilvin. Ninguém a usará senão eu.

Quando deixei a oficina, tomei o cuidado de ostentar uma expressão neutra, mas, por dentro, exibia um largo sorriso satisfeito. Manet me dissera exatamente o que eu precisava saber. Havia outro caminho para o Arquivo. Um caminho oculto. Se ele existia, eu saberia encontrá-lo.

CAPÍTULO 65

Fagulha

ATRAÍ WIL E SIM PARA A EÓLICA com a promessa de bebida grátis, a única forma de generosidade com que eu podia arcar.

Entenda, embora a interferência de Ambrose pudesse me impedir de arranjar um nobre rico como mecenas, ainda havia diversos amantes da música que me ofereciam mais bebidas do que eu poderia consumir confortavelmente sozinho.

Para isso existiam duas soluções simples. Eu poderia tornar-me um bêbado, ou usar um arranjo que existe desde que surgiram as tabernas e os músicos. Espere eu abrir a cortina para revelar um segredo há muito guardado pelos menestréis...

Digamos que você esteja numa hospedaria. Você me ouve tocar. Ri, chora e, de modo geral, deslumbra-se com a minha arte. Depois quer demonstrar sua apreciação, mas não dispõe de recursos para me oferecer um presente substancial em dinheiro, como faria um mercador ou um nobre abastado. Assim, você me oferece uma bebida.

Eu, porém, já tomei uma bebida. Ou várias. Ou talvez esteja tentando manter a cabeça desanuviada. Será que recuso sua oferta? É claro que não. Isso apenas desperdiçaria uma oportunidade valiosa, e é muito provável que fizesse você se sentir esnobado.

Em vez disso, aceito, com toda a gentileza, e peço ao rapaz do bar um hidromel de Greysdale. Ou um sounten. Ou um vinho branco de determinada safra.

O importante não é o nome da bebida. O importante é que, na verdade, ela não existe. O homem do bar me dá água.

Você paga a bebida, eu lhe agradeço muito e todos vão embora felizes. Mais tarde o barman, o taberneiro e o músico dividem o seu dinheiro por três.

Melhor ainda, alguns estabelecimentos sofisticados nos permitem reservar as bebidas como uma espécie de crédito para uso futuro. A Eólica era um deles.

E foi assim que, apesar de minha condição empobrecida, consegui levar uma garrafa inteira de scutten para a mesa em que Wil e Sim me esperavam.

Wil deu uma olhada apreciativa na garrafa quando me sentei.

– Qual é a comemoração especial?

– O Kilvin aprovou minha lamparina de simpatia. Vocês estão olhando para o mais novo artífice remunerado do Arcanum – respondi, meio prosa. A maioria dos estudantes leva pelo menos três ou quatro períodos para concluir o estágio como aprendiz. Guardei segredo de meu sucesso duvidoso com a lâmpada.

– Já não era sem tempo – comentou Wil, secamente. – Você levou o quê? Quase três meses? As pessoas estavam começando a dizer que você tinha perdido o seu toque.

– Achei que vocês ficariam mais satisfeitos – disse eu, tirando o lacre de cera da tampa da garrafa. – Talvez meus dias de pobretão estejam chegando ao fim.

Sim produziu um ruído indiferente.

– Até que você paga suas rodadas direitinho.

– Vou beber ao seu sucesso contínuo como artífice – disse Wil, batendo na mesa com o copo vazio –, sabendo que ele levará a mais drinques no futuro.

– Além disso – acrescentei, tirando o finalzinho do lacre –, há sempre a possibilidade de eu o embriagar o bastante para que um dia você me deixe entrar no Arquivo, quando estiver trabalhando na recepção – sugeri. Mantive um tom cuidadosamente jovial e dei uma espiada nele, para avaliar sua reação.

Wil bebeu um gole devagar, sem me olhar de frente.

– Não posso.

A decepção aninhou-se com amargura na boca do meu estômago. Fiz um gesto de descaso, como se não conseguisse acreditar que ele tinha levado minha brincadeira a sério.

– Ora, eu sei...

– Eu pensei nisso – interrompeu Wilem –, uma vez que você não merecia a punição que recebeu e sei quanto isso o tem incomodado. – Bebeu um trago e continuou: – Às vezes o Lorren suspende uns alunos. Durante alguns dias, por falarem alto demais nos Túmulos. Ou durante umas onzenas, quando são descuidados com um livro. Mas banimento é outra coisa. Fazia anos que não acontecia. Todo mundo sabe disso. Se alguém visse você... – Hesitou e abanou a cabeça. – Eu perderia minha posição de escriba. Nós dois poderíamos ser expulsos.

– Não se martirize – disse eu. – O simples fato de você ter pensado nisso significa...

— Estamos ficando sentimentais aqui — interrompeu Sim, batendo com o copo na mesa. — Abra a garrafa e vamos beber ao Kilvin, para que ele fique tão impressionado que converse com o Lorren e suspenda o seu banimento do Arquivo.

Sorri e comecei a usar o saca-rolhas.

— Tenho um plano melhor. Proponho que bebamos à perpétua *confusidade* e *incomodação* de um certo Ambrose Dazno.

— Acho que todos podemos concordar com isso — disse Wil, levantando o copo.

— Deus do céu! — exclamou Simmon baixinho. — Olhem só o que o Deoch encontrou.

— O que foi? — perguntei, concentrando-me em tirar a rolha inteira.

— Ele tornou a conseguir ficar com a mulher mais linda do lugar — respondeu Sim, num resmungo atipicamente mal-humorado. — É de deixar a gente com ódio de um homem.

— Simmon, o seu gosto em matéria de mulheres é, na melhor das hipóteses, questionável — comentei. A rolha soltou-se com um som agradável e eu a levantei, triunfalmente, para que meus amigos a vissem. Nenhum dos dois prestou a menor atenção. Seus olhos estavam grudados na porta.

Virei-me para olhar.

— Aquela é a Denna.

Simmon voltou-se para mim.

— Denna?

Franzi o cenho.

— Dianne. Denna. É a moça de quem eu falei. A que cantou comigo. Ela usa uma porção de nomes diferentes. Não sei por quê.

Wilem me olhou fixo:

— *Aquela* é a sua garota? — perguntou, com a voz carregada de descrença.

— A garota do Deoch — corrigiu Simmon gentilmente.

Era o que parecia. O belo e musculoso Deoch conversava com ela daquele seu jeito descontraído. Denna riu e passou o braço em volta dele, num abraço casual. Senti um grande peso assentar-se em meu peito ao vê-los conversar.

Depois Deoch virou-se e apontou. Ela acompanhou o gesto, deparou com meu olhar e se iluminou ao sorrir para mim. Retribuí o sorriso por mero reflexo. Meu coração voltou a bater. Fiz sinal para que ela se aproximasse. Depois de uma palavra rápida com Deoch, Denna começou a caminhar por entre as mesas em direção a nós.

Bebi um gole rápido de scutten, enquanto Simmon se virava para mim com uma incredulidade quase reverente.

Era a segunda vez que eu via Denna em roupas de passeio. Nessa noite, porém, ela usava um vestido verde-escuro que deixava os braços e ombros à mostra. Estava deslumbrante e sabia disso. Sorriu.

Nós três nos levantamos quando chegou.

— Eu tinha esperança de encontrá-lo aqui — disse ela.

Fiz uma pequena mesura.

— E eu esperava ser encontrado. Estes são dois dos meus melhores amigos. Simmon... — ele deu um sorriso ensolarado e afastou o cabelo dos olhos — ...e Wilem — que acenou com a cabeça. — Esta é a Dianne.

Ela se acomodou numa cadeira.

— O que traz à cidade um grupo de rapazes tão bonitos?

— Estamos planejando a queda de nossos inimigos — disse Simmon.

— E comemorando — apressei-me a acrescentar.

Wilem levantou o copo num brinde:

— À confusão do inimigo.

Simmon e eu o acompanhamos, mas parei ao me lembrar que Denna não tinha copo.

— Desculpe-me. Posso lhe oferecer uma bebida?

— Eu esperava que você me oferecesse um jantar — respondeu ela —, mas me sentiria culpada por roubá-lo de seus amigos.

Minha mente acelerou-se na tentativa de pensar numa forma gentil de me livrar desse compromisso.

— Você está presumindo que o queremos aqui — disse Wilem, de cara séria. — Estará nos fazendo um favor se o levar embora.

Denna inclinou-se para a frente, atenta, um sorriso a lhe roçar os cantos rosados da boca.

— É mesmo?

Wilem balançou a cabeça, com ar grave.

— Ele bebe mais até do que fala.

Denna me olhou de forma provocante.

— Tanto assim?

— Além disso — interpôs Simmon inocentemente —, ele passaria dias emburrado se perdesse a oportunidade de estar na sua companhia. Seria inteiramente inútil para nós se você o deixasse aqui.

Meu rosto queimou de rubor e tive a ânsia repentina de esganar Sim. Denna deu um risinho meigo.

— Nesse caso, acho melhor levá-lo — disse. Levantou-se, fazendo o movimento de um galho de salgueiro que se curvasse ao vento, e me ofereceu a mão. Segurei-a. — Espero vê-los de novo, Wilem, Simmon.

Os dois nos deram um adeusinho e saímos em direção à porta.

— Gostei deles — comentou Denna. — O Wilem é uma pedra em águas profundas. O Simmon é um garotinho espadanando água num regato.

Sua descrição arrancou de mim uma gargalhada surpresa.

— Eu não conseguiria me expressar melhor. Você falou em jantar?

— Eu menti — disse ela, com um encanto descontraído. — Mas adoraria a bebida que você me ofereceu.

— Que tal o Barril?

Ela torceu o nariz.

— Velhos em demasia, muito poucas árvores. Está uma noite agradável para ficarmos ao ar livre.

Apontei para a porta:

— Conduza-nos.

Denna o fez. Deleitei-me sob o reflexo de sua luz e os olhares invejosos dos homens. Ao sairmos da Eólica, até Deoch pareceu meio enciumado. Quando passei por ele, no entanto, captei um vislumbre de algo diferente em seu olhar. Tristeza? Pena?

Não perdi tempo com isso. Estava com Denna.

———

Compramos um pão preto e uma garrafa de vinho de morango avenense. Depois achamos um lugar afastado num dos muitos jardins públicos espalhados por Imre. As primeiras folhas caídas do outono bailavam pelas ruas a nosso lado. Denna tirou os sapatos e dançou de leve por entre as sombras, comprazendo-se com a sensação da relva sob os pés.

Instalamo-nos num banco embaixo de um enorme salgueiro, depois o abandonamos e achamos um lugar mais confortável no chão, aos pés da árvore. O pão era consistente e escuro, e cortar pedaços dele proporcionou uma distração para nossas mãos. O vinho era doce e leve e, depois que Denna beijou a garrafa, deixou seus lábios úmidos por uma hora.

Tudo trazia a sensação desesperada da última noite cálida de verão. Falamos de tudo e nada e, durante o tempo todo, eu mal conseguia respirar, por causa da proximidade dela, de seu jeito de se mexer, do som de sua voz ao tocar o ar outonal.

— Seu olhar estava distante agora há pouco — disse Denna. — No que estava pensando?

Encolhi os ombros, ganhando um momento para refletir. Não podia dizer-lhe a verdade. Sabia que todos os homens a elogiavam, cumulavam-na de uma lisonja mais enjoativa do que as rosas. Tomei um rumo mais sutil:

— Uma vez, um dos professores da Universidade me disse haver sete palavras que fazem uma mulher se apaixonar — comentei, com um dar de ombros desdenhoso e proposital. – Eu estava pensando em quais seriam elas.

– É por isso que você fala tanto? Na esperança de tropeçar nelas por acaso?

Abri a boca para retrucar. Depois, ao ver seus olhos dançando, comprimi os lábios e tentei reprimir meu enrubescimento constrangido. Denna pôs a mão em meu braço:

– Não fique calado por minha causa, Kvothe – disse, com meiguice. – Eu sentiria saudade de ouvir sua voz.

Bebeu um gole de vinho:

– De qualquer modo, não deve se incomodar pensando nisso. Você me disse as tais palavras quando nos encontramos pela primeira vez. Disse: *Estava pensando no que você faz aqui* – comentou, fazendo um gesto irreverente. – Desde aquele momento tornei-me sua.

Num lampejo, veio-me à lembrança nosso primeiro encontro na caravana de Roent. Fiquei perplexo:

– Pensei que você não se lembrasse.

Ela parou de cortar um pedaço do pão preto e me deu um olhar intrigado:
– Lembrar de quê?

– De mim. Do nosso encontro na caravana do Roent.

– Ora, vamos – brincou Denna. – Como é que eu poderia esquecer o menino ruivo que me trocou pela Universidade?

Fiquei atônito demais para frisar que não a havia abandonado. Não mesmo.
– Você nunca mencionou isso.

– Nem você – contrapôs ela. – Talvez eu tenha pensado que você me esquecera.

– Esquecê-la? Como é que eu poderia?

Ela sorriu ao ouvir isso, mas baixou os olhos para as mãos.

– Você ficaria surpreso com o que os homens esquecem – disse; depois prosseguiu, num tom mais leve: – Mas, por outro lado, talvez não. Não duvido que tenha esquecido coisas, já que é homem.

– Lembro-me do seu nome, Denna – retruquei. Soou agradável dizê-lo a ela. – Por que você adotou um nome novo? Ou será que Denna foi apenas o que usou na estrada para Anilin?

– Denna – fez ela, baixinho. – Eu quase a havia esquecido. Era uma menina boba.

– Era uma flor desabrochando.

– Deixei de ser Denna há anos, parece – disse ela. Esfregou os braços nus e olhou em volta, como se de repente se inquietasse com a possibilidade de alguém nos encontrar ali.

– Então devo chamá-la de Dianne? Você gostaria mais disso?

O vento agitou os galhos do salgueiro quando ela inclinou a cabeça para me olhar. Seu cabelo imitou o movimento das folhas.

– Você é bondoso. Acho que gosto mais de Denna, vindo de você. Soa diferente quando você o diz. Suave.

– Pois Denna será – retruquei em tom firme. – O que aconteceu em Anilin, afinal?

Uma folha desceu flutuando e pousou em sua cabeça. Ela a afastou com um gesto distraído.

– Nada de agradável – respondeu, evitando meu olhar. – Mas nada inesperado, tampouco.

Estendi a mão e ela me devolveu o pão preto.

– Bem, fico feliz por você ter voltado. Minha Aloine.

Denna emitiu um som decididamente impróprio para uma dama refinada.

– Por favor, se algum de nós é o Savien, certamente sou eu. Fui eu que vim procurá-lo – assinalou. – Duas vezes.

– Eu a procuro – protestei. – Só não pareço ter talento para achá-la – acrescentei, e ela revirou os olhos num gesto teatral. – Se você pudesse me recomendar um local e um momento auspiciosos para procurá-la, isso faria uma diferença gigantesca...

Deixei minha frase no ar, transformando-a numa pergunta:

– Amanhã, talvez?

Denna me olhou de viés, risonha.

– Você é sempre tão cauteloso! Nunca conheci um homem que agisse com tanto cuidado – comentou, olhando para meu rosto como se fosse um quebra-cabeça que ela pudesse resolver. – Imagino que amanhã, ao meio-dia, seja um momento auspicioso. Na Eólica.

Senti um calorzinho agradável ao pensar em reencontrá-la.

– *Estava pensando no que você faz aqui* – matutei em voz alta, relembrando a conversa que parecia ter ocorrido séculos atrás. – Depois disso você me chamou de mentiroso.

Denna inclinou-se para mim e afagou minha mão, num gesto consolador. Recendia a morangos e seus lábios eram de um vermelho perigoso, mesmo à luz do lugar.

– Como eu já o conhecia bem, mesmo naquela época!

Conversamos durante as longas horas da noite. Falei em rodeios sutis do que sentia, não querendo me atrever demais. Pareceu-me que ela talvez estivesse fazendo o mesmo, porém não pude ter certeza. Foi como se executássemos uma daquelas complexas danças da corte modegana, nas quais os parceiros ficam a meros centímetros de distância, mas, quando são habilidosos, nunca se tocam.

Assim foi nossa conversa. Mas não nos faltou apenas o tato para nos guiar:

foi como se também fôssemos estranhamente surdos. E por isso dançamos com muito cuidado, sem saber ao certo que música o outro ouvia, sem ter certeza, talvez, de que o outro sequer estava dançando.

———

Deoch fazia sentinela à porta, como sempre. Acenou com a mão ao me ver.
— Mestre Kvothe. Receio que tenha se desencontrado dos seus amigos.
— Achei que teria. Há quanto tempo eles foram embora?
— Faz apenas uma hora — disse ele, alongando os braços para o alto, com uma careta. Depois deixou-os cair com um suspiro cansado.
— Pareceram aborrecidos por eu os ter abandonado?
Deoch riu.
— Não tremendamente. Eles também toparam com umas duas beldades. Não tão encantadoras quanto a sua, é claro — disse. Pareceu constrangido por um momento, depois começou a falar devagar, como se escolhesse as palavras com enorme cuidado. — Escute, fi... Kvothe. Sei que isso não cabe a mim e espero que você não me leve a mal. — Olhou ao redor e deu uma cusparada súbita. — Diacho! Não sou bom nesse tipo de coisa.
Tornou a voltar os olhos para mim e fez um gesto vago com as mãos.
— Sabe, as mulheres são como o fogo, como chamas. Algumas parecem velas, luminosas e afáveis. Outras são como centelhas isoladas ou brasas, como pirilampos para se perseguir nas noites de verão. Há as que lembram fogueiras, todas feitas de luz e calor durante uma noite e dispostas a ser deixadas depois dela. Outras parecem lareiras: não são grande coisa para se olhar, mas, por baixo, são todas feitas de brasas vivas e quentes, que ardem por muito, muito tempo.
"Mas a Dianne... — hesitou — ...a Dianne é como uma cascata de fagulhas brotando de um pedaço pontiagudo de ferro segurado por Deus junto à pedra de amolar. Não se pode deixar de olhar, não se consegue deixar de querê-la. Você pode até colocar a mão nela por um segundo. Mas não consegue retê-la. Ela destroça seu coração..."
A noite ainda estava recente demais em minha memória para que eu prestasse muita atenção à advertência de Deoch. Sorri e disse:
— Deoch, meu coração é feito de material mais forte do que o vidro. Quando ela atacar, descobrirá que ele é forte como uma liga de bronze e ferro, ou uma mescla de ouro e diamante. Não pense que estou desprevenido, que sou um cervo assustadiço, imobilizado pela trompa de um caçador. Ela é quem deve tomar cuidado, porque, quando atacar, meu coração emitirá um som tão lindo e claro que não terá como deixar de trazê-la de volta para mim, voando como se tivesse asas.

Minhas palavras surpreenderam Deoch e o fizeram cair na gargalhada.

– Santo Deus, você é corajoso! – exclamou, abanando a cabeça. – E jovem. Eu gostaria de ser corajoso e jovem como você – disse. Ainda sorrindo, virou-se para entrar na Eólica. – Então boa noite.

– Boa noite.

Deoch gostaria de se parecer comigo? Era o maior elogio que alguém já me fizera.

Ainda melhor do que isso, porém, era o fato de meus dias de busca infrutífera por Denna estarem chegando ao fim. No dia seguinte, ao meio-dia, na Eólica: "para almoçar, conversar e passear", na expressão dela. A ideia me encheu de uma empolgação estonteante.

Como eu era jovem! Quão tolo! Quão sensato!

CAPÍTULO 66

Volátil

ACORDEI CEDO NA MANHÃ SEGUINTE, nervoso ao pensar no almoço com Denna. Sabendo que seria inútil tentar dormir de novo, fui para a Ficiaria. Os gastos extravagantes da noite anterior tinham me deixado com exatos três vinténs no bolso, e eu estava ansioso por tirar proveito de meu cargo recém-conquistado.

Em geral, eu trabalhava à noite na Ficiaria. Ela era um lugar diferente de manhã. Havia apenas umas 15 ou 20 pessoas cuidando de seus projetos individuais. À noite, costumava ter o dobro de gente. Kilvin estava em seu gabinete, como sempre, porém o clima era mais relaxado: movimentado, mas não uma correria barulhenta.

Cheguei até a ver Feila num canto da oficina, cinzelando cuidadosamente um pedaço de obsidiana do tamanho de uma broa grande. Não era de admirar que eu nunca a tivesse visto por lá, se era seu hábito estar na oficina tão cedo.

Apesar da advertência de Manet, resolvi fazer um lote de emissores de luz azul como meu primeiro projeto. Era um trabalho complicado, porque exigia o uso do alcatrão-de-osso, mas as lâmpadas se venderiam muito depressa e o processo inteiro só me consumiria quatro ou cinco horas de trabalho cuidadoso. Não só poderia ser feito a tempo de me encontrar com Denna para almoçar na Eólica como talvez eu pudesse conseguir um pequeno adiantamento com Kilvin, para ter algum dinheiro no bolso ao me encontrar com ela.

Reuni as ferramentas necessárias e me instalei numa das capelas de exaustão de vapores na parede da direita. Escolhi um lugar próximo de uma cuba, um dos tanques de 500 galões, feitos de vidro duplamente reforçado que se espalhavam a intervalos por toda a oficina. Se a pessoa derramasse alguma coisa perigosa sobre o corpo ao trabalhar numa das capelas, poderia simplesmente puxar a manivela do chuveiro e lavar a parte afetada com um jato de água fria.

É claro que eu jamais precisaria da cuba se tivesse cuidado. Mas, pelo sim, pelo não, era bom tê-la por perto.

Depois de preparar a capela de exaustão, fui até a mesa onde ficava o alcatrão-de-osso. Mesmo sabendo que ele não era mais perigoso que uma serra para cortar pedras ou a roda de sinterização, eu achava inquietante aquele cilindro de metal polido.

E havia alguma coisa diferente nesse dia. Chamei a atenção de um dos artífices mais experientes quando ele passou por mim. Jaxim tinha aquela aparência abatida comum à maioria dos artífices em meio a grandes projetos, como se andasse adiando o sono até terminar tudo.

— Era para haver tanto gelo assim? — perguntei-lhe, apontando para o cilindro de alcatrão. As bordas estavam cobertas por finos tufos, brancos feito geada, como pequenos arbustos. O ar em volta do metal, aliás, chegava a ondular com o frio.

Jaxim deu uma olhadela e encolheu os ombros.

— É melhor frio de mais que frio de menos — disse, e deu um risinho sem humor. — Hi-hi-hi. Catapum!

Não pude deixar de concordar, e achei que talvez aquilo tivesse algo a ver com o fato de a oficina ser mais fria de manhã cedo. Ainda não haviam acendido nenhum dos fornos e a maioria das forjas estava com o fogo abafado e lento.

Agindo com cuidado, refiz mentalmente o processo de decantação, para me certificar de não esquecer nada. Fazia tanto frio que meu bafo pairava branco no ar. O suor em minhas mãos congelou meus dedos nos fechos do cilindro, do mesmo jeito que a língua de uma criança curiosa gruda numa alavanca de bomba no auge do inverno.

Transferi apenas uma onça do líquido grosso e oleoso para o frasco de pressão e fixei prontamente a tampa. Depois voltei para a capela de exaustão e comecei a preparar meu material. Passados alguns minutos tensos, iniciei o longo e meticuloso processo de preparar e aplicar o lubrificante num conjunto de emissores azuis.

Minha concentração foi interrompida duas horas depois por uma voz às minhas costas. Não foi particularmente alta, mas veio num tom sério que nunca era ignorado na Ficiaria. Ela disse:

— Ai, meu Deus.

Por causa de meu trabalho do momento, a primeira coisa para a qual olhei foi o cilindro de alcatrão-de-osso. Senti-me perpassar por uma onda de suor frio ao ver o líquido preto vazando por um canto, escorrendo pela perna da bancada e se acumulando numa poça no chão. A madeira grossa da perna da mesa fora quase inteiramente corroída, e ouvi um leve borbulhar e estalar quando o líquido acumulado no chão começou a ferver. Só consegui pensar no que dissera Kilvin durante a demonstração: *além de ser sumamente corrosivo, o reagente, em estado gasoso, inflama-se ao entrar em contato com o ar...*

Bem na hora em que me virei, a perna da mesa cedeu e a bancada começou a se inclinar. O cilindro de metal polido caiu. Ao bater no piso de pedra, o metal estava tão gelado que simplesmente não rachou ou se amassou, mas se estilhaçou feito vidro. Jorraram galões do líquido escuro, formando uma grande poça no piso da oficina, que foi se enchendo de estalidos e borbulhas à medida que o alcatrão-de-osso se espalhava pelas pedras quentes e começava a ferver.

Muito tempo antes, a pessoa inteligente que fizera o projeto da Ficiaria tinha instalado umas duas dúzias de ralos na oficina para ajudar a limpar e controlar os derramamentos de líquidos. Além disso, o piso de pedra ondulava num padrão suave de altos e baixos, a fim de guiar os líquidos derramados para esses ralos. Em função disso, tão logo o cilindro se estilhaçou, a grande quantidade de líquido oleoso derramado começou a correr em duas direções diferentes, deslocando-se para dois ralos. Ao mesmo tempo, continuou a ferver, formando nuvens densas e baixas, pretas como piche, cáusticas e prestes a explodir em chamas.

Aprisionada entre esses dois braços de névoa escura que se abriam tinha ficado Feila, que trabalhava sozinha numa bancada afastada num canto da oficina. Ela permaneceu imóvel, com a boca entreaberta de susto. Usava uma roupa prática para o trabalho na oficina: calças leves e uma blusa de linho fino, com mangas até o cotovelo. O cabelo comprido e escuro estava preso num rabo de cavalo, mas ainda lhe descia pelas costas até quase a cintura. Ela se incendiaria como uma tocha.

O salão começou a se encher de uma barulheira frenética quando as pessoas perceberam o que estava acontecendo. Elas berravam ordens, ou simplesmente gritavam de pânico. Deixavam cair ferramentas e derrubavam projetos parcialmente acabados em sua correria de um lado para outro.

Feila não gritara nem pedira socorro, o que significava que ninguém além de mim havia notado o perigo que corria. Se a demonstração de Kilvin podia servir de indicação, calculei que toda a oficina poderia tornar-se um mar de chamas e névoa cáustica em menos de um minuto. Não havia tempo...

Corri os olhos pelos projetos espalhados na bancada mais próxima, à procura de alguma coisa que pudesse ter serventia, mas não havia nada: um amontoado de blocos de basalto, rolos de arame de cobre, um globo de vidro parcialmente gravado que provavelmente se destinava a se tornar uma das lamparinas de Kilvin...

E de repente, sem a menor dificuldade, compreendi o que tinha de fazer. Peguei o globo de vidro e o espatifei num dos blocos de basalto. Ao se estilhaçar, ele deixou em minha mão um caco recurvado, mais ou menos do tamanho de minha palma. Com a outra mão peguei minha capa na mesa e passei pela capela de exaustão.

Comprimi o polegar contra a borda do caco de vidro e experimentei a sensação incômoda de um repuxar, seguida por uma dor aguda. Sabendo que havia sangrado, borrei o vidro com o polegar e pronunciei as palavras de uma conexão por afinidade. Ao parar diante da cuba, deixei o vidro cair no chão, concentrei-me e pisei nele com força, esmagando-o com o salto do sapato.

Veio um frio lancinante, diferente de tudo o que eu já havia sentido. Não era o simples frio que experimentamos na pele e nos membros num dia de inverno. Atingiu meu corpo como uma trovoada. Senti-o na língua, nos pulmões e no fígado.

Mas consegui o que queria. O vidro duplamente reforçado do tanque se rachou em milhares de fraturas, como uma teia de aranha, e fechei os olhos no instante em que explodiu. Quinhentos galões de água me golpearam como um punho gigantesco, fazendo-me recuar e me encharcando até os ossos. Depois saí correndo por entre as mesas.

Por mais rápido que fosse, não fui ligeiro o bastante. Uma ofuscante chama carmesim se inflamou num canto da oficina quando a névoa começou a pegar fogo, soltando estranhas línguas angulosas de violentas labaredas vermelhas. O fogo aqueceria o resto do alcatrão, fazendo-o ferver mais depressa. Isso traria mais névoa, mais fogo e mais calor.

Enquanto eu corria, o fogo se alastrou. Seguiu as duas trilhas deixadas pelo alcatrão-de-osso ao correr para os ralos. As chamas subiam com espantosa ferocidade, erguendo duas cortinas de fogo e isolando o canto oposto da oficina. Já estavam da minha altura, e continuavam a crescer.

Feila tinha conseguido sair de trás da bancada e andara depressa ao longo da parede, em direção a um dos ralos do piso. Como o alcatrão-de-osso estava descendo pela grade, havia um espaço livre de chamas e de névoa junto à parede. Feila estava prestes a disparar por ali quando a névoa preta começou a fervilhar para fora da grade. Ela soltou um grito curto de susto ao recuar. A névoa se inflamou já ao ferver, engolfando tudo numa massa agitada de chamas.

Passei finalmente pela última mesa. Sem reduzir o passo, prendi o fôlego, fechei os olhos e pulei por cima da névoa, tentando evitar que aquela coisa pavorosa e corrosiva encostasse em minhas pernas. Senti uma onda breve e intensa de calor nas mãos e no rosto, mas minha roupa encharcada impediu que eu me queimasse ou pegasse fogo.

Como estava de olhos fechados, aterrissei de mau jeito, batendo com o quadril no tampo de pedra de uma bancada. Ignorei a dor e corri para Feila.

Ela havia começado a recuar do fogo para a parede mais externa da oficina, mas, nesse momento, ficou olhando para mim, com as mãos meio levantadas, num gesto de proteção.

– Abaixe os braços! – gritei, enquanto corria para onde ela estava e abria a capa encharcada com as duas mãos. Não sei se ela me ouviu acima do rugir das labaredas, mas, como quer que fosse, compreendeu. Baixou as mãos e se aproximou da capa.

Ao cobrir o último trecho que nos separava, olhei para trás e vi que o fogo ia aumentando ainda mais depressa do que eu havia esperado. A névoa se grudava ao chão, com mais de 30 centímetros de altura, negra como piche. As chamas eram tão altas que eu não conseguia enxergar o outro lado, muito menos saber que espessura já teria a muralha de fogo.

Pouco antes de Feila encostar na capa, levantei a peça molhada para envolver completamente sua cabeça.

– Terei que carregá-la para fora – gritei, enquanto a embrulhava na capa.
– Você vai queimar as pernas se tentar passar por ali.

Ela respondeu alguma coisa, mas o som foi abafado pelas camadas de tecido molhado e não consegui discernir as palavras em meio ao ronco das labaredas.

Peguei-a no colo, não pela frente, como faria um Príncipe Encantado saído de um livro de histórias, mas jogando-a por cima do ombro, como quem carrega um saco de batatas. O quadril de Feila se firmou com força em meu ombro e disparei em direção ao fogo. O calor me açoitou o corpo pela frente e levantei o braço livre para proteger o rosto, rezando para que a umidade das calças protegesse minhas pernas do que havia de pior na natureza corrosiva da névoa.

Respirei fundo no instante exato de chegar ao fogo, mas o ar estava pungente e acre. Num reflexo, tossi e tornei a engolir outra golfada de ar quente, já entrando na muralha de chamas. Senti o frio cortante da névoa na parte inferior das pernas e o fogo a meu redor, por todos os lados, enquanto corria tossindo e engolindo mais ar envenenado. Fiquei tonto e senti um gosto de amônia. Uma parte distante e racional da minha mente pensou: é claro, para torná-lo volátil.

Depois, nada.

———

Quando acordei, a primeira coisa que me veio à cabeça não foi o que você poderia esperar. Mas, por outro lado, talvez não seja uma surpresa tão grande assim, se um dia você já foi jovem.

– Que horas são? – perguntei, aflito.

– Primeiro sino depois do meio-dia – respondeu uma voz feminina. – Não tente levantar-se.

Tornei a desabar na cama. Devia ter me encontrado com Denna na Eólica uma hora antes.

Desolado e com um bolo no estômago, procurei me situar. O cheiro característico de antisséptico me informou que eu estava em algum lugar da Iátrica. A cama também foi reveladora: confortável o bastante para se dormir, mas não tão cômoda a ponto de se querer permanecer nela.

Virei a cabeça e vi um par conhecido de notáveis olhos verdes, emoldurados por uma cabeleira loura e curta.

— Ah! — exclamei, relaxando no travesseiro. — Oi, Moula.

Ela estava parada junto a um dos balcões altos que ladeavam as extremidades do cômodo. As clássicas cores escuras usadas pelo pessoal que trabalhava na Iátrica faziam sua tez alva parecer ainda mais pálida.

— Olá, Kvothe — respondeu, continuando a escrever sua papeleta de tratamento.

— Ouvi dizer que você finalmente foi promovida a El'the — comentei. — Parabéns. Todos sabem que já o merecia há muito tempo.

Ela levantou a cabeça, curvando os lábios pálidos num sorrisinho.

— O calor não parece ter prejudicado a gentileza que doura sua língua — comentou, baixando a pena. — E como está o resto de você?

— Minhas pernas vão bem, mas dormentes, donde presumo que eu tenha me queimado, mas você já fez alguma coisa a esse respeito — respondi. Levantei o lençol, dei uma olhada por baixo e tornei a prendê-lo cuidadosamente no mesmo lugar. — Também pareço me encontrar num estado avançado de nudismo — comentei. Então fui tomado por um pânico momentâneo: — A Feila está bem?

Moula fez que sim, com ar sério, e chegou mais perto, parando ao lado da cama.

— Tem um ou dois hematomas por causa da hora em que você a deixou cair, e está um pouquinho chamuscada nos tornozelos. Mas se saiu melhor do que você.

— E como vão todos os outros na Ficiaria?

— Surpreendentemente bem, se considerarmos tudo. Algumas queimaduras causadas pelo calor ou por ácidos. Um caso de envenenamento por metal, mas sem gravidade. A fumaça parece ser o grande criador de problemas nos incêndios, mas o que quer que tenha queimado por lá não parece ter desprendido nenhuma fumaça.

— Exalava uma espécie de vapor de amônia — comentei. Respirei fundo algumas vezes, para experimentar, e disse, aliviado: — Mas não pareço ter queimado os pulmões. Só respirei umas três vezes antes de desmaiar.

Ouvi uma batida na porta e apareceu a cabeça de Simmon:

— Você não está nu, está?

— Quase. Mas as partes perigosas estão cobertas.

Wilem entrou atrás dele, com ar visivelmente constrangido.

— Você já não está nem de longe rosado como estava — disse-me. — Acho que isso deve ser bom sinal.

— As pernas dele vão doer por algum tempo, mas não há nenhuma lesão permanente — disse Moula.

— Eu trouxe uma roupa limpa — informou Simmon, animado. — As que você estava usando ficaram destruídas.

— Espero que você tenha escolhido alguma coisa adequada no meu vasto guarda-roupa — comentei, para esconder o embaraço.

Simmon descartou minha observação com um dar de ombros.

— Você apareceu sem sapatos, mas não consegui encontrar outro par no seu quarto.

— Não tenho outro par — retruquei, pegando a trouxa com a roupa. — Não faz mal. Já andei descalço.

———

Saí da minha pequena aventura sem nenhum dano permanente. Entretanto, não havia uma parte de mim que não doesse. Eu tinha queimaduras nas mãos e no pescoço, pela rápida exposição ao calor intenso, e leves queimaduras de ácido na parte inferior das pernas, por ter chapinhado pela névoa de fogo.

Apesar disso tudo, capenguei pelos longos 5 quilômetros do trajeto até Imre, esperando sem muita convicção ainda encontrar Denna à minha espera.

Deoch me perscrutou com ar especulativo quando atravessei a praça para entrar na Eólica. Olhou-me de cima a baixo de um jeito conspícuo.

— Caramba, menino! Você parece ter caído de um cavalo. Onde estão seus sapatos?

— Bom dia para você também — respondi em tom sarcástico.

— Boa tarde — corrigiu ele, dando uma olhada significativa para o sol. Eu já ia seguindo adiante, mas Deoch levantou a mão para me deter. — Receio que ela já tenha ido embora.

— Negra... porcaria de maldição — exclamei, arriando os ombros, cansado demais para maldizer adequadamente minha sorte.

Deoch me fez uma careta solidária.

— Ela perguntou por você — disse, em tom consolador. — E também esperou um bom tempo, quase uma hora. Foi o máximo que já a vi ficar sentada quieta.

— Ela saiu com alguém?

Deoch baixou os olhos para as mãos, que brincavam com um vintém de cobre, girando-o para lá e para cá nos nós dos dedos.

— Ela não é mesmo o tipo de garota que passe muito tempo sozinha... — disse, lançando um olhar simpático. — Dispensou alguns, mas acabou saindo com um sujeito. Acho que não estava realmente com ele, se você entende o que quero dizer. Ela anda procurando um mecenas, e esse sujeito tinha aquele tipo de aparência. Cabelos brancos, rico, você conhece o tipo.

Suspirei.

— Se por acaso você a vir, será que pode lhe dizer... — Parei, tentando pensar em como poderia descrever o que havia acontecido. — Pode fazer com que "detido de maneira inevitável" soe um pouco mais poético?

— Acho que sim. Também descreverei para ela a sua aparência envergonhada e descalça. Vou preparar solidamente o terreno para você rastejar um pouco.

Sorri, a despeito de mim mesmo.

— Obrigado.

— Posso lhe oferecer uma bebida? É meio cedo para mim, mas posso abrir uma exceção para um amigo.

Abanei a cabeça.

— Preciso voltar. Tenho coisas para fazer.

———

Capenguei de volta para a Anker e encontrei o salão repleto de gente agitada, falando do incêndio na Ficiaria. Sem querer responder a perguntas, encolhi-me num ponto afastado e pedi a uma das criadas que me trouxesse uma tigela de sopa e um pouco de pão.

Enquanto comia, meus ouvidos apurados de bisbilhoteiro captaram trechos das histórias que as pessoas contavam. Só então, ao ouvi-lo narrado por terceiros, foi que me dei conta do que eu tinha feito.

Estava acostumado a que as pessoas falassem de mim. Como disse, eu vinha construindo ativamente minha reputação. Mas isso era diferente; era real. As pessoas já começavam a enfeitar os detalhes e a confundir algumas partes, porém a essência da história ainda estava lá. Eu salvara Feila, precipitando-me no fogo e carregando-a para um lugar seguro. Exatamente como o Príncipe Encantado de um livro de histórias.

Foi a primeira vez que provei o gosto de ser herói. O sabor me agradou bastante.

CAPÍTULO 67

Uma questão de mãos

DEPOIS DO ALMOÇO NA ANKER, resolvi voltar à Ficiaria e ver quais tinham sido os estragos. As histórias entreouvidas deixavam implícito que o incêndio fora controlado com bastante rapidez. Se assim fosse, talvez eu até pudesse terminar o trabalho em meus emissores azuis. Caso contrário, poderia ao menos resgatar minha capa desaparecida.

Surpreendentemente, a maior parte da Ficiaria tinha atravessado o incêndio sem nenhum dano maior, mas a parte nordeste da oficina estava praticamente destruída. Não restara nada além de um amontoado de pedras e vidros quebrados e cinzas. Borrões vivos de cobre e prata se espalhavam sobre tampos quebrados de mesas e partes do piso em que vários metais haviam derretido com o calor do fogo.

Mais inquietante que os destroços foi o fato de a oficina estar deserta. Eu nunca tinha visto aquele lugar vazio. Bati à porta do gabinete de Kilvin e dei uma olhada lá dentro. Vazio. Isso fazia certo sentido. Sem Kilvin, não havia ninguém para organizar a limpeza.

Terminar os emissores levou horas além do que eu havia esperado. Meus machucados me desviavam a atenção, e o polegar enfaixado deixara minha mão meio desajeitada. Como acontece com a maioria dos trabalhos do artífice, esse exigia duas mãos habilidosas. Até o pequeno estorvo de um curativo era um sério inconveniente.

Mesmo assim, terminei o projeto sem incidentes e me preparava para testar os emissores quando ouvi Kilvin no corredor, xingando em siaru. Olhei para trás bem a tempo de vê-lo cruzar a porta de seu gabinete, pisando duro, seguido por um dos guildeiros de Mestre Arwyl.

Fechei a capela de exaustão e fui até lá, tomando cuidado com os lugares em que punha meus pés descalços. Pela janela, vi Kilvin agitando os braços como um lavrador espantando corvos. Suas mãos estavam envoltas em ataduras brancas quase até os cotovelos.

— Já chega — declarou. — Eu mesmo vou cuidar deles.

O homem segurou um dos braços de Kilvin e fez alguns ajustes nos curativos. O professor retirou as mãos e as levantou bem alto, deixando-as fora do alcance do outro.

— Lhinsatva. Já chega, tudo tem limites.

O homem disse alguma coisa, baixo demais para que eu ouvisse, mas Kilvin continuou a abanar a cabeça.

— Não. E chega dos seus medicamentos. Já dormi o suficiente.

Kilvin fez sinal para que eu entrasse.

— E'lir Kvothe. Preciso falar com você.

Sem saber o que esperar, entrei em seu gabinete. Kilvin deu-me um olhar severo.

— Está vendo o que encontrei depois que o fogo foi extinto? – perguntou, apontando para uma massa de tecido escuro sobre sua bancada pessoal. Levantou um dos cantos cuidadosamente, com a mão enfaixada, e reconheci os restos carbonizados de minha capa. Kilvin lhe deu uma sacudida forte e minha lâmpada manual caiu, rolando desajeitada pela mesa.

— Não faz mais de dois dias que conversamos sobre a sua lâmpada para ladrões. No entanto, hoje a encontro caída por aí, onde qualquer pessoa de caráter questionável poderia pegá-la como se lhe pertencesse – comentou, franzindo o cenho para mim. – O que tem a dizer a seu favor?

Fiquei boquiaberto.

— Desculpe, Mestre Kilvin. Eu fui... Eles me levaram...

Ele olhou para meus pés, ainda de cara fechada.

— E por que está descalço? Até um E'lir deve ter bom senso suficiente para não andar com os pés desprotegidos num lugar como este. Ultimamente seu comportamento tem sido muito temerário. Estou desolado.

Enquanto eu me atrapalhava em busca de uma explicação, a expressão sombria do mestre se abriu num sorriso repentino.

— Estou brincando com você, é claro – disse-me, em tom gentil. – Devo-lhe um enorme agradecimento por ter tirado a Re'lar Feila do incêndio hoje.

Estendeu a mão para me dar um tapinha no ombro, mas pensou melhor, ao se lembrar que estava enfaixada.

Senti meu corpo amolecer de alívio. Apanhei a lamparina e a girei nas mãos. Não parecia ter sido danificada pelo incêndio nem corroída pelo alcatrão-de-osso.

Kilvin pegou um saquinho e também o pôs na mesa.

— Essas coisas também estavam na sua capa. Muitas coisas. Seus bolsos estavam cheios como a sacola de um latoeiro.

— O senhor parece estar de bom humor, Mestre Kilvin – comentei com cautela, pensando em qual analgésico lhe teriam dado na Iátrica.

– Estou – respondeu ele, animado. – Conhece o ditado *"Chan Vaen edan Kote"*?

Tentei decifrar o quebra-cabeça.

– Sete anos... não sei o que é *Kote*.

– "Espere uma desgraça a cada sete anos" – ele explicou. – É um antigo provérbio, e muito verdadeiro. Esta já estava com dois anos de atraso – acrescentou, apontando com a mão enfaixada para os destroços de sua oficina. – E, agora que veio, revelou-se uma desgraça branda. Minhas lamparinas não foram danificadas. Ninguém morreu. De todos os ferimentos leves, os meus foram os piores, como deveria ser.

Olhei para seus curativos, sentindo um nó no estômago ao pensar na hipótese de acontecer alguma coisa com suas hábeis mãos de artífice.

– Como está o senhor? – perguntei, cauteloso.

– Queimaduras de segundo grau – disse ele, descartando minha exclamação apreensiva quando ela mal havia começado. – São apenas bolhas. Dolorosas, mas sem carbonização nem perda da mobilidade a longo prazo. Mesmo assim – acrescentou, com um suspiro exasperado –, terei uma dificuldade dos diabos para fazer algum trabalho nas próximas três onzenas.

– Se tudo de que o senhor precisa são mãos, Mestre Kilvin, posso lhe emprestar as minhas.

Ele fez um aceno respeitoso com a cabeça.

– É um oferecimento generoso, E'lir. Se fosse uma simples questão de mãos, eu aceitaria. Porém grande parte do meu trabalho envolve uma siglística com que... – fez uma pausa, escolhendo as palavras seguintes com cuidado – ...não seria prudente pôr um E'lir em contato.

– Nesse caso, o senhor deveria me promover a Re'lar, Mestre Kilvin – retruquei, com um sorriso. – Para que eu possa servi-lo melhor.

Ele deu um risinho grave.

– Talvez eu o faça. Se você continuar fazendo boas obras.

Resolvi mudar de assunto, para não abusar da minha sorte.

– Qual foi o problema do cilindro?

– Frio demais – respondeu Kilvin. – O metal era apenas uma concha para proteger um recipiente de vidro por dentro e manter a temperatura baixa. Desconfio que a siglística do cilindro estava danificada, por isso ele foi ficando cada vez mais frio. Quando o reagente congelou...

Balancei a cabeça, finalmente compreendendo:

– Rachou o recipiente interno de vidro. Como uma garrafa de cerveja ao congelar. Depois ele corroeu o metal do cilindro.

Kilvin balançou a cabeça.

– No momento, o Jaxim está enfrentando o peso da minha insatisfação – comentou, em tom lúgubre. – Ele me contou que você lhe chamou a atenção para o assunto.

– Eu tinha certeza de que o prédio todo queimaria até virar cinzas. Não consigo imaginar como o senhor conseguiu controlar o incêndio com tanta *facilidade*.

– *Facilidade?* – repetiu ele, com ar vagamente divertido. – Com rapidez, sim. Mas não sei se foi com facilidade.

– Como o senhor conseguiu?

Kilvin me deu um sorriso.

– Boa pergunta. O que lhe parece?

– Bem, ouvi um aluno dizer que o senhor saiu de seu gabinete e chamou o nome do fogo, como o Grande Taborlin. Disse "Fogo, aquiete-se", e o fogo obedeceu.

Ele soltou uma grande gargalhada.

– Gostei dessa história – disse, com um largo sorriso por trás da barba. – Mas tenho uma pergunta para você. Como conseguiu atravessar o fogo? O reagente produz uma chama extremamente forte. Como não se queimou?

– Usei uma das cubas para me molhar, Mestre Kilvin.

Ele fez um ar pensativo.

– O Jaxim o viu saltando pelo fogo momentos depois de o reagente derramar. O banho é rápido, mas não tanto assim.

– Devo dizer que quebrei o tanque, Mestre Kilvin. Pareceu-me ser o único jeito.

Ele estreitou os olhos pela janela do gabinete, franziu o cenho, saiu e foi até o extremo oposto da oficina, em direção à cuba estilhaçada. Ajoelhando-se, pegou um caco de vidro entre os dedos enfaixados e indagou:

– Por todos os quatro confins, como foi que conseguiu quebrar meu tanque, E'lir Kvothe?

Seu tom foi tão intrigado que acabei rindo.

– Bem, Mestre Kilvin, de acordo com os estudantes, eu o arrebentei com um só golpe de minha mão potente.

Ele tornou a rir.

– Também gosto dessa história, mas não acredito nela.

– Fontes mais respeitáveis dizem que usei um pedaço de barra de ferro de uma mesa próxima.

Kilvin abanou a cabeça.

– Você é um bom menino, mas aquele vidro duplamente reforçado foi feito por minhas próprias mãos. O espadaúdo Cammar não conseguiria quebrá-lo com o malho da bigorna – disse. Largou o caco de vidro no chão e se pôs de pé. – Os outros que contem as histórias que quiserem, mas, aqui entre nós, vamos compartilhar segredos.

– Não é grande mistério – admiti. – Conheço a siglística do vidro duplamente reforçado. Aquilo que posso fazer, eu posso quebrar.

– Mas qual foi a sua fonte? Você não poderia ter nada pronto em tão pouco tempo...

Levantei o polegar enfaixado.

– Sangue – disse ele, com ar surpreso. – Usar o calor do seu corpo poderia ser chamado de temerário, E'lir Kvothe. E o congelamento dos simpatistas? E se você tivesse entrado em choque por hipotermia?

– Minhas opções eram bastante limitadas, Mestre Kilvin.

Ele meneou a cabeça, pensativo.

– É impressionante mesmo desfazer a conexão que eu tinha feito sem usar nada além de sangue – comentou. Começou a passar a mão na barba, depois carregou o sobrolho, irritado, quando os curativos impossibilitaram esse gesto.

– E o senhor, Mestre Kilvin? Como conseguiu controlar o incêndio?

– Não foi usando o nome do fogo – admitiu ele. – Se o Elodin estivesse aqui, teria sido muito mais simples. Mas, como desconheço o nome do fogo, fiquei por conta de meus próprios recursos.

Olhei-o com ar cauteloso, sem saber ao certo se estaria ou não fazendo outra piada. Às vezes o humor impassível de Kilvin era difícil de identificar.

– Mestre Elodin sabe o nome do fogo?

Kilvin fez que sim e acrescentou:

– Talvez haja mais uma ou duas pessoas aqui na Universidade, porém o Elodin é quem tem o domínio mais seguro.

– O nome do fogo – repeti devagar. – E essas pessoas poderiam chamá-lo, e o fogo faria o que dissessem, como o Grande Taborlin?

Ele tornou a assentir com a cabeça.

– Mas isso são apenas histórias – protestei.

Kilvin me olhou com ar divertido.

– De onde acha que vêm as histórias, E'lir Kvothe? Toda história tem raízes profundas em algum lugar do mundo.

– Que tipo de nome é? Como funciona?

Kilvin hesitou por um momento, depois encolheu os ombros enormes.

– É complicado explicá-lo nesta língua. Em qualquer língua. Pergunte ao Elodin, ele tem o hábito de estudar essas coisas.

Eu sabia por experiência própria que serventia teria Elodin.

– Então, *como foi* que o senhor deteve o incêndio?

– Não há muito mistério. Eu estava preparado para um acidente dessa natureza e tinha um frasquinho do reagente em meu gabinete. Usei-o como elo e tirei calor do líquido derramado. O reagente ficou frio demais para ferver e o resto da névoa se consumiu até apagar. A maior parte do reagente escoou pelas grades dos ralos, enquanto Jaxim e os outros espalhavam cal e areia para controlar o resto.

— O senhor não pode estar falando sério. Isto aqui tinha virado uma fornalha! O senhor não teria conseguido mover aquela quantidade de taumas de calor. Onde a colocaria?

— Eu tinha um absorsor de calor já vazio e pronto para uma emergência desse tipo. O fogo é o mais simples dos problemas para os quais me preparei.

Descartei sua explicação com um aceno.

— Mesmo assim, seria impossível. Devia haver... — Interrompi-me. Tentei calcular quanto calor ele teria tido que deslocar, mas embatuquei, sem saber por onde começar.

— Calculo que tenham sido 850 milhões de taumas — disse Kilvin —, mas precisamos verificar o absorsor para obter um número mais exato.

Fiquei sem fala.

— Mas... como?

— Com rapidez — fez ele, com um gesto significativo das mãos enfaixadas —, mas não com facilidade.

CAPÍTULO 68

O vento sempre mutável

ARRASTEI-ME DESCALÇO NO DIA SEGUINTE, sem capa e com ideias sinistras sobre minha vida. A novidade de bancar o herói se esmaeceu depressa, à luz da minha situação. Eu tinha uma muda esfarrapada de roupas. Minhas queimaduras por exposição ao calor intenso não tinham gravidade, mas doíam sem parar. Eu não tinha dinheiro para comprar analgésicos nem roupas novas. Mascava a casca amarga do salgueiro, e amargo se encontrava meu estado de espírito.

Minha pobreza pendia do meu pescoço como uma pedra pesada. Em nenhum momento anterior eu tivera mais consciência da diferença entre mim e os outros estudantes. Todos os que frequentavam a Universidade tinham uma rede de segurança para apará-los na queda. Os pais de Simmon eram da nobreza aturense. Wilem vinha de uma rica família de comerciantes no Shald. Quando as coisas apertavam, eles podiam tomar empréstimos com base no crédito da família ou escrever uma carta para casa.

Eu, por outro lado, não podia comprar sapatos. Só possuía uma camisa. Que esperança tinha de permanecer na Universidade durante os anos que levaria para me tornar um arcanista pleno? Como podia ter esperança de progredir na hierarquia, sem acesso ao Arquivo?

Lá pelo meio-dia, meu mau humor havia crescido a tal ponto que fui ríspido com Sim durante o almoço e discutimos feito um casal de velhos. Wilem não deu opinião, mantendo os olhos cuidadosamente voltados para a comida. Por fim, numa flagrante tentativa de desfazer meu mau humor, os dois me convidaram para assistir a *Três vinténs pelo desejo* na noite seguinte, do outro lado do rio. Concordei em ir, por ter sabido que os atores encenariam a versão original de Feltemi, e não uma das versões expurgadas. A peça combinava bem com meu estado de espírito, repleta de humor negro, tragédia e traição.

Depois do almoço descobri que Kilvin já tinha vendido metade de meus emissores. Como seriam os últimos emissores azuis a serem produzidos durante algum tempo, o preço foi alto e minha parte ficou um pouco acima de um talento e meio. Eu havia esperado que Kilvin elevasse um pouco mais o preço, o que me deixou com o orgulho meio ferido, mas não estava em condições de recusar cavalo dado por causa dos dentes.

No entanto, nem isso contribuiu para melhorar meu humor. Agora eu já podia comprar sapatos e uma capa de segunda mão. Se trabalhasse feito um burro de carga no restante do período letivo, talvez conseguisse ganhar o bastante para pagar os juros a Devi e também a taxa escolar. Essa ideia não me trouxe alegria. Mais do que nunca, tive consciência de como era frágil a minha situação. Eu estava separado do desastre por um fio de cabelo.

Meu estado de ânimo entrou numa espiral descendente e resolvi matar a aula de Simpatia Avançada e atravessar o rio para ir a Imre. A ideia de ver Denna era a única coisa com potencial para me animar um pouco. Eu ainda precisava lhe explicar por que tinha faltado a nosso almoço.

A caminho da Eólica, comprei um par de botas de cano curto, boas para caminhar e suficientemente quentes para os meses de inverno que vinham chegando. Isso quase tornou a esvaziar minha bolsa. Macambúzio, contei minhas moedas ao sair da loja do sapateiro: três iotas e um ocre de ferro. Eu já tivera mais dinheiro quando vivia nas ruas de Tarbean...

―

― Hoje você chegou na hora certa ― disse Deoch quando me aproximei da Eólica. ― Temos uma pessoa à sua espera.

Senti um sorriso bobo espalhar-se em meu rosto e lhe dei um tapinha no ombro ao entrar.

Em vez de Denna, avistei Feila sentada sozinha a uma mesa. Stanchion estava em pé a seu lado, conversando com ela. Ao me ver chegando, fez sinal para que eu me aproximasse e voltou para seu pouso habitual no bar, batendo afetuosamente em meu ombro ao passar por mim.

Quando me viu, Feila se levantou e correu na minha direção. Por um segundo pensei que fosse atirar-se em meus braços, como num reencontro de apaixonados em alguma tragédia aturense diversas vezes encenada. Mas ela estacou pouco antes disso, com o cabelo balançando. Estava linda como sempre, mas uma mancha roxa escurecia uma das maçãs do rosto.

― Ah, não! ― exclamei, levando a mão a meu rosto, com uma dor solidária. ― Isso é da hora em que a deixei cair? Sinto muito!

Feila me olhou, incrédula, e caiu na gargalhada:

― Você está pedindo desculpas por ter me tirado de um inferno de chamas?

― Só pela parte em que desmaiei e a deixei cair. Foi pura estupidez. Esqueci de prender a respiração e engoli um pouco do ar envenenado. Você se machucou em algum outro lugar?

— Em nenhum que eu possa mostrar em público — respondeu ela com uma leve careta, deslocando os quadris de um jeito que achei sumamente perturbador.

— Nada muito sério, espero.

Feila assumiu uma expressão feroz:

— Bem, sim. Espero que você se porte melhor da próxima vez. Quando uma garota tem a vida salva, ela espera um tratamento mais delicado, de um modo geral.

— Está certo — retruquei, relaxando. — Vamos tratar esse episódio como um exercício para ganhar prática.

Houve um segundo de silêncio entre nós e o sorriso de Feila se desfez um pouco. Ela começou a me estender uma das mãos, hesitou e a deixou cair.

— Falando sério, Kvothe. Eu... Aquele foi o pior momento da minha vida inteira. Havia fogo por toda parte...

Baixou os olhos.

— Eu sabia que ia morrer. Sabia mesmo. Mas só fiquei parada lá, feito... feito um coelho assustado — disse. Levantou a cabeça, piscando para afastar as lágrimas, e seu sorriso tornou a desabrochar, deslumbrante como sempre. — E aí apareceu você, correndo pelo meio do fogo. Foi a coisa mais impressionante que eu já vi. Parecia... você já assistiu a *Daeonica*?

Confirmei com a cabeça e sorri.

— Foi como ver Tarsus irrompendo do inferno. Você chegou, atravessando o fogo, e tive certeza de que tudo ficaria bem — disse ela. Deu meio passo em direção a mim e descansou uma das mãos em meu braço. Pude sentir seu calor através da camisa. — Eu ia morrer lá... — recomeçou, mas se interrompeu, constrangida. — Agora só estou me repetindo.

Abanei a cabeça.

— Não é verdade. Eu a vi. Você estava procurando uma saída.

— Não. Só estava parada lá. Como uma daquelas meninas bobas das histórias que mamãe costumava ler para mim. Sempre as detestei. Perguntava: "Por que ela não atira a bruxa pela janela? Por que não envenena a comida do ogro?"

A essa altura Feila baixara os olhos para os pés e o cabelo caído escondia seu rosto. Sua voz foi ficando cada vez mais baixa, até mal passar de um suspiro.

— "Por que ela fica sentada, esperando que alguém a salve? Por que não salva a si mesma?"

Pus minha mão sobre a dela, no que torci para ser um jeito reconfortante. Ao fazê-lo, notei uma coisa. Sua mão não era a coisa frágil e delicada que eu havia esperado. Era forte e cheia de calos: mão de escultora, mão que havia conhecido horas de trabalho pesado com o martelo e o cinzel.

— Esta não é a mão de uma donzela — comentei.

Feila levantou a cabeça, com os olhos iluminados pelo marejar das lágrimas. Deu uma risada assustada, parecida com um soluço.

– Eu... o quê?

Enrubesci de embaraço ao perceber o que tinha dito, mas segui em frente:

– Esta não é a mão de uma princesa desfalecente, que fica sentada fazendo renda *frivolité* enquanto espera que um príncipe venha salvá-la. É a mão de uma mulher que se disporia a subir numa corda feita com seu próprio cabelo para ganhar a liberdade, ou a matar um ogro captor enquanto dormisse – afirmei, olhando-a nos olhos. – É a mão de uma mulher que teria atravessado o fogo sozinha se eu não estivesse lá. Chamuscada, talvez, mas a salvo.

Levei sua mão aos lábios e a beijei. Pareceu-me a coisa certa a fazer.

– Mesmo assim – acrescentei com um sorriso –, fico feliz por ter estado lá para ajudar. Quer dizer... como Tarsus?

Seu sorriso tornou a me deslumbrar.

– Como Tarsus, o Príncipe Encantado e Oren Velciter, todos num só – respondeu ela, rindo. Segurou minha mão. – Venha dar uma olhada. Tenho uma coisa para você.

Puxou-me de volta para a mesa a que estivera sentada e me entregou um amontoado de tecido.

– Perguntei ao Wil e ao Sim o que poderia lhe dar de presente e, de algum modo, isso pareceu apropriado... – Parou de falar, subitamente tímida.

Era uma capa. De um verde-escuro cor de floresta, tecido magnífico, corte impecável. E não fora comprada na traseira da carroça de algum mascate. Era o tipo de roupa que eu não tinha a menor esperança de poder comprar.

– Mandei o alfaiate costurar uma porção de bolsinhos nela – disse Feila, nervosa. – O Wil e o Sim mencionaram que isso era muito importante.

– É linda – comentei.

O sorriso dela tornou a se iluminar.

– Tive de adivinhar as medidas – admitiu. – Vamos ver se serve.

Tirou a capa de minhas mãos e chegou mais perto, abrindo-a sobre meus ombros, com os braços à minha volta, num gesto muito próximo de um abraço.

Fiquei imóvel como um coelho assustado, para usar suas palavras. Feila chegou tão perto que pude sentir o calor de seu corpo e, quando se inclinou para ajeitar o caimento da capa em meus ombros, um de seus seios roçou meu braço. Continuei parado como uma estátua. Por cima do ombro de Feila vi Deoch sorrir, encostado na porta, do outro lado do salão.

Feila deu um passo atrás, examinou-me com olhar crítico, tornou a se aproximar e fez um pequeno ajuste no modo como a capa ficava presa em meu peito.

— Cai bem em você — comentou. — A cor destaca os seus olhos. Não que eles precisem. São a coisa mais verde que já vi no dia de hoje. Como um pedaço de primavera.

Quando ela deu um passo atrás para admirar seu trabalho, vi uma silhueta conhecida sair da Eólica pela porta da frente. Denna. Tive apenas um breve vislumbre de seu perfil, mas reconheci-a com a mesma certeza com que reconheceria as costas de minhas mãos. Quanto ao que ela vira e às conclusões que teria tirado, só me restava especular.

Meu primeiro impulso foi disparar porta afora atrás dela. Explicar por que havia faltado a nosso encontro dois dias antes. Dizer que sentia muito. Deixar claro que a mulher cujos braços me envolviam estava apenas me dando um presente, mais nada.

Feila alisou a capa em meus ombros e me fitou com aqueles olhos que, momentos antes, tinham se iluminado com um prenúncio de lágrimas.

— Serve perfeitamente — comentei, segurando o tecido entre os dedos e abrindo a capa de lado. — É muito mais do que eu mereço. Você não devia ter feito isso, mas obrigado.

— Eu queria lhe mostrar o quanto sou grata pelo que você fez — retrucou ela, estendendo novamente a mão para tocar meu braço. — Isso não é nada, na verdade. Se algum dia houver alguma coisa que eu possa fazer por você... Qualquer favor. Você deve dar uma passada n... — Feila se calou, olhando para mim com ar intrigado. Depois: — Você está bem?

Dei uma olhadela para a porta às suas costas. Àquela altura, Denna poderia estar em qualquer lugar. Eu jamais conseguiria alcançá-la.

— Estou ótimo — menti.

———

Feila buscou uma bebida para mim e passamos algum tempo conversando sobre uma coisa e outra. Fiquei surpreso ao saber que ela passara os últimos meses trabalhando com Elodin. Fizera umas esculturas para ele e, em troca, o mestre lhe dava umas aulas de vez em quando. Feila revirou os olhos. Ele a acordara no meio da noite para levá-la a uma pedreira abandonada no norte da cidade. Pusera barro em seus sapatos e a fizera passar um dia inteiro andando com eles. Chegara até... Ela enrubesceu e abanou a cabeça, interrompendo a história. Curioso, mas, sem querer constrangê-la, não insisti no assunto, e concordamos entre nós que Elodin era mais do que meio biruta.

Durante todo esse tempo fiquei sentado de frente para a porta, na vã esperança de que Denna pudesse voltar e eu conseguisse explicar-lhe a verdade.

Feila acabou voltando para a Universidade, para sua aula de Matemática Abstrata. Permaneci na Eólica, consumindo aos poucos uma bebida e tentando pensar num jeito de acertar as coisas com Denna. Tive vontade de tomar uma bebedeira das boas, mas não podia me dar a esse luxo, e por isso refiz devagar meu trajeto claudicante para o outro lado do rio, enquanto o sol se punha.

———

Só ao me preparar para uma de minhas idas habituais ao telhado do Magno foi que me dei conta do significado de algo que Kilvin me dissera. A maior parte do alcatrão-de-osso havia escoado pelos ralos...

Auri. Ela vivia nos túneis sob a Universidade. Disparei para a Iátrica tão depressa quanto me permitiam meu estado de esgotamento e meus pés machucados. A meio caminho, por um golpe de sorte, vi Moula atravessando o pátio. Gritei e acenei para chamar sua atenção.

Moula me olhou com ar desconfiado quando me aproximei.

— Você não vai me fazer uma serenata, vai?

Mudei o alaúde de lugar, sem jeito, e abanei a cabeça.

— Preciso de um favor. Tenho uma pessoa amiga que talvez esteja ferida.

Ela deu um suspiro cansado.

— Você devia...

— Não posso pedir ajuda na Iátrica — interrompi-a, deixando a angústia insinuar-se em minha voz. — Por favor, Moula! Juro que não vai levar mais de meia hora, ou coisa assim, mas temos que ir andando. Tenho medo de que já seja tarde demais.

Alguma coisa em meu tom a convenceu.

— Qual é o problema do seu amigo?

— Talvez queimaduras, talvez ácido, talvez fumaça. Como as pessoas apanhadas no incêndio de ontem na Ficiaria. Talvez pior.

Moula começou a andar.

— Vou buscar meu estojo no quarto.

— Eu espero aqui, se você não se importar — disse eu, sentando-me num banco próximo. — Só faria atrasá-la.

Esperei e procurei ignorar minhas várias queimaduras e machucados. Quando Moula voltou, conduzi-a para o lado sudoeste do Magno, onde havia um trio de chaminés decorativas.

— Podemos usar estas aqui para subir no telhado.

Ela me olhou com ar curioso, mas, de momento, pareceu satisfeita em guardar suas perguntas.

Subi lentamente pela chaminé, usando as projeções de pedra como apoios para as mãos e os pés. Era um dos caminhos mais fáceis para o telhado do Magno. Eu o havia escolhido, em parte, por não ter certeza das habilidades de Moula como alpinista e, em parte, porque meus próprios ferimentos me deixavam com a sensação de não estar propriamente atlético.

Moula juntou-se a mim no telhado. Continuava com o uniforme escuro da Iátrica, mas havia acrescentado uma capa cinzenta que trouxe de seu quarto. Tomei um rumo sinuoso, para podermos ficar nas partes mais seguras do Magno. Fazia uma noite sem nuvens e havia um retalho de lua a nos iluminar o caminho.

— Se eu não o conhecesse melhor — comentou Moula, ao contornarmos uma alta chaminé de tijolos —, acharia que você está me atraindo para um lugar deserto com objetivos sinistros.

— E o que a leva a pensar que não estou? — perguntei, descontraído.

— Não me parece ser o seu tipo. Além disso, você mal consegue andar. Se tentasse alguma coisa, eu simplesmente o empurraria telhado abaixo.

— Não tenha medo de me magoar — retruquei, com um risinho. — Mesmo que eu não estivesse meio aleijado, você ainda seria capaz de me derrubar deste telhado.

Tropecei num ressalto e quase caí, porque meu corpo debilitado demorou a reagir. Sentei-me num pedaço de telhado um pouquinho mais alto que os demais e esperei a tontura momentânea passar.

— Você está bem? — perguntou Moula.

— Provavelmente, não — respondi, forçando-me a ficar de pé. — É logo depois do próximo telhado. Talvez seja melhor você ficar um pouco mais atrás e guardar silêncio, por via das dúvidas.

Aproximei-me da borda do telhado. Olhei para as sebes e a macieira lá embaixo. As janelas estavam escuras.

— Auri? — chamei baixinho. — Você está aí? — insisti e esperei, ficando mais nervoso a cada segundo que passava. — Auri, você está machucada?

Nada. Comecei a praguejar entre dentes.

Moula cruzou os braços e disse:

— Está certo, acho que já fui bastante paciente. Importa-se de me dizer o que está acontecendo?

— Siga-me que eu explico.

Fui até a macieira e comecei a descer com cuidado. Contornei a sebe para chegar à grade de ferro. O cheiro de amônia do alcatrão-de-osso subiu por ela, leve mas persistente. Puxei a grade e consegui levantá-la alguns centímetros, mas alguma coisa a prendeu.

— Fiz amizade com uma moça há alguns meses — expliquei, nervoso, deslizando a mão por entre as barras. — Ela mora aí embaixo. Tenho medo de que esteja ferida. Uma grande parte do reagente desceu pelos ralos da Ficiaria.

Moula permaneceu calada por alguns minutos.

– Você está falando sério? – perguntou, enquanto eu tateava no escuro a parte inferior da grade, tentando descobrir como Auri a mantinha fechada. – Que tipo de pessoa viveria aí embaixo?

– Uma pessoa amedrontada. Uma pessoa que tem medo de barulhos fortes, de gente e do céu aberto. Levei quase um mês para convencê-la a sair dos túneis, que dirá para chegar perto o bastante para conversar.

Moula deu um suspiro.

– Se você não se importa, vou me sentar – disse, dirigindo-se a um banco. – Passei o dia inteiro em pé.

Continuei a tatear sob a grade, porém, por mais que tentasse, não encontrei trinco em parte alguma. Cada vez mais frustrado, agarrei a grade e a puxei com força, uma vez atrás da outra. Ela produziu várias batidas metálicas sonoras, mas não se soltou.

– Kvothe? – disse uma voz. Levantei a cabeça para a borda do telhado e vi Auri parada lá: uma silhueta contra o céu noturno, o cabelo delicado formando uma nuvem em volta de sua cabeça.

– Auri! – exclamei. A tensão escoou de meu corpo, deixando-me uma sensação enfraquecida e mole. – Onde você estava?

– Havia nuvens – respondeu ela simplesmente, andando pela borda do telhado em direção à macieira. – Por isso fui procurar você no alto das coisas. Mas a lua está saindo, então voltei.

Desceu depressa pela árvore, mas estacou ao ver a silhueta de Moula embrulhada na capa, sentada no banco.

– Eu trouxe uma pessoa amiga para visitá-la, Auri – expliquei, no meu tom mais gentil. – Espero que você não se incomode.

Houve uma longa pausa.

– Ele é bonzinho?

– É ela. E sim, ela é boazinha.

Auri relaxou um pouco e deu uns passos em direção a mim.

– Eu lhe trouxe uma pluma que continha o vento da primavera, mas, como você se atrasou... – olhou circunspecta para mim – ...vai ganhar uma moeda, em vez dela. – Com o braço estendido, entregou a moeda, presa entre o indicador e o polegar. – Ela o manterá em segurança à noite. Quer dizer, tanto quanto alguma coisa é capaz de fazê-lo.

A peça tinha o formato de uma moeda aturense de penitência, mas reluziu, prateada, à luz da lua. Eu nunca vira outra igual.

Ajoelhando-me, abri o estojo do alaúde e tirei um embrulhinho.

– Eu trouxe tomates, vagem e uma coisa especial – informei. Estendi-lhe o saquinho no qual tinha gasto quase todo o meu dinheiro dois dias antes, quando minha porção de problemas ainda não havia começado. – Sal marinho.

Auri o pegou e espiou o interior do saquinho de couro.

— Ora, é lindo, Kvothe! O que vive no sal?

Traços de minerais, pensei. *Cromo, bassal, malium, iodo... Tudo de que seu corpo precisa, mas provavelmente não pode extrair de maças e pão e do que mais você cata por aí quando não consigo encontrá-la.*

— Os sonhos dos peixes. E as cantigas dos marinheiros.

Auri meneou a cabeça, satisfeita, e se sentou, abrindo a toalhinha e distribuindo seus alimentos com o mesmo cuidado de sempre. Observei-a começar a comer, mergulhando de leve uma vagem no sal antes de dar uma mordida. Não parecia machucada, mas era difícil dizer, à luz pálida do luar. Eu precisava ter certeza.

— Você está boa, Auri?

Ela inclinou a cabeça, curiosa.

— Houve um grande incêndio. Grande parte dele desceu pelas grades dos ralos. Você viu? — insisti.

— Santo Deus, vi! — disse ela, de olhos arregalados. — Espalhou-se por toda parte e os musaranhos e guaxinins correram para tudo quanto é lado, tentando sair.

— O incêndio atingiu você? Você se queimou?

Ela abanou a cabeça, com um sorriso tímido de criança.

— Oh, não. Ele não conseguiu me pegar.

— Você ficou perto do fogo? Respirou alguma fumaça?

— Por que eu respiraria fumaça? — admirou-se Auri, olhando-me como se eu fosse um bocó. — Agora, todo o Subterrâneo está cheirando a xixi de gato — disse, torcendo o nariz. — Exceto o Mergulhão e o Enfurnado.

Relaxei um pouco, mas notei que Moula começava a se inquietar, sentada no banco.

— Auri, minha amiga pode vir até aqui?

Ela ficou imóvel, com uma vagem a meio caminho da boca, depois relaxou e balançou a cabeça uma vez, fazendo os cabelos finos rodopiarem a seu redor.

Fiz sinal para Moula, que começou a andar lentamente em nossa direção. Fiquei meio apreensivo quanto a como se daria o encontro das duas. Eu levara mais de um mês de delicada persuasão para tirar Auri dos túneis em que ela vivia sob a Universidade. Temia que uma reação inadequada de Moula pudesse assustá-la e mandá-la de volta para os Subterrâneos, onde eu não teria a menor chance de encontrá-la.

Apontei para onde estava Moula.

— Essa é minha amiga Moula.

— Olá, Moula — disse Auri, levantando a cabeça e sorrindo. — Você tem o cabelo ensolarado, como eu. Quer uma maçã?

Moula assumiu uma expressão cuidadosamente impassível.

– Obrigada, Auri. Eu gostaria muito.

Auri levantou-se de um salto e correu até onde a macieira se debruçava sobre a borda do telhado. Depois voltou correndo para nós, com o cabelo esvoaçando às costas feito uma bandeira. Entregou a maçã a Moula.

– Esta contém um desejo – disse, com ar displicente. – Trate de saber bem o que quer antes de dar uma mordida.

Dito isso, voltou a se sentar e pegou outra vagem, mastigando-a com cerimônia.

Moula demorou um bom tempo olhando para a maçã, antes de lhe dar uma dentada.

Depois disso, Auri terminou depressa a refeição e amarrou o saquinho de sal.

– Agora, toque! – disse, entusiasmada. – Toque!

Sorrindo, peguei o alaúde e passei as mãos pelas cordas. Por sorte, meu polegar ferido era o da mão que criava os acordes no braço, na qual seria um inconveniente relativamente pequeno.

Olhei para Moula ao afinar o instrumento.

– Você pode ir, se quiser. Eu não gostaria de lhe fazer uma serenata por acidente.

– Oh, você não deve ir embora – disse-lhe Auri, com expressão mortalmente séria. – A voz dele é como o trovão, e suas mãos conhecem todos os segredos ocultos nas profundezas da terra escura e fria.

A boca de Moula se curvou num sorriso.

– Acho que eu poderia ficar para ouvir isso.

E assim toquei para as duas enquanto, lá no alto, as estrelas seguiam em seu giro comedido.

———

– Por que você não contou a ninguém? – perguntou Moula quando refazíamos nosso percurso pelos telhados.

– Não me pareceu que fosse da conta de ninguém. Se quisesse informar às pessoas que estava lá, imagino que ela mesma lhes teria contado.

– Você sabe o que eu quero dizer – retrucou Moula, irritada.

– Sei o que você quer dizer. – Eu suspirei. – Mas que bem faria isso? Ela é feliz onde está.

– Feliz? – repetiu Moula, incrédula. – Ela está esfarrapada e semimorta de fome. Precisa de ajuda. De comida e roupas.

– Eu levo comida para ela. E também levarei roupas, assim que... – Hesitei, sem querer admitir minha pobreza abjeta, pelo menos de forma tão explícita. – Assim que eu conseguir.

— Por que esperar? Se ao menos você falasse com alguém...

— Até parece! — cortei-a, em tom sarcástico. — Tenho certeza de que o Jamison correria para lá com uma caixa de chocolates e um colchão de penas se soubesse que há uma estudante esfaimada e meio maluca morando embaixo de sua Universidade. Eles a poriam no Aluadouro, e você sabe disso.

— Não necessariamente... — começou Moula, mas nem se deu ao trabalho de terminar, sabendo que eu tinha dito a verdade.

— Moula, se forem atrás dela, a Auri simplesmente correrá feito um coelho para dentro dos túneis. Vão espantá-la para longe e perderei a pouca possibilidade que tenho de ajudá-la.

Moula olhou para mim, cruzando os braços.

— Muito bem. Por enquanto. Mas você terá que me levar de volta lá. Darei umas roupas minhas a ela. Vão ficar muito grandes, mas serão melhores do que as que ela tem.

Abanei a cabeça.

— Não vai funcionar. Levei-lhe um vestido de segunda mão há umas duas onzenas. Ela diz que usar a roupa de outra pessoa é uma imundície.

Moula ficou intrigada.

— Ela não me pareceu cealda. Nem um pouquinho.

— Talvez só tenha sido criada desse jeito.

— Você está se sentindo melhor?

— Estou — menti.

— Está tremendo — contrapôs Moula, estendendo a mão. — Vamos, apoie-se em mim.

Embrulhando-me na capa nova, segurei o braço dela e voltei lentamente para a Anker.

CAPÍTULO 69

Vento ou capricho feminino

NAS DUAS ONZENAS SEGUINTES minha capa nova me manteve aquecido nas caminhadas ocasionais até Imre, onde fracassei sistematicamente nas tentativas de encontrar Denna. Eu sempre tinha um pretexto para atravessar o rio: pegar um livro emprestado com a Devi, encontrar Threipe para almoçar, tocar na Eólica. Mas a verdadeira razão era Denna.

Kilvin vendeu o resto de meus emissores, e meu estado de humor foi melhorando com a cicatrização das queimaduras. Dispus de dinheiro para gastar com artigos de luxo, como sabonete e uma segunda camisa para substituir a que fora perdida. Nesse dia eu tinha ido a Imre comprar um punhado de limalha de bassal de que precisava para meu projeto em andamento: uma grande lamparina de simpatia que usaria dois emissores guardados por mim. Eu tinha a esperança de obter um bom lucro com ela.

Talvez pareça estranho eu ir constantemente comprar material para meus trabalhos de artífice do outro lado do rio, mas a verdade era que os comerciantes próximos da Universidade se aproveitavam da preguiça dos alunos e aumentavam os preços. Para mim, a caminhada valia a pena se pudesse economizar alguns vinténs.

Depois de terminar minhas compras, rumei para a Eólica. Deoch estava em seu posto habitual, encostado na porta de entrada.

— Andei ficando de olho, à procura da sua garota — informou-me.

Irritado com o tanto que eu devia parecer transparente, resmunguei:

— Ela *não é* minha garota.

Deoch revirou os olhos.

— Certo. *A garota*. Denna, Dianne, Dyanae... seja lá qual for o nome que ela tem usado ultimamente. Não vi nem sombra dela. Andei até fazendo umas perguntinhas por aí, mas ninguém a vê há uma onzena inteira. Isso significa que provavelmente saiu da cidade. É o jeito dela. Denna faz isso pelo menor motivo.

Tentei não deixar transparecer meu desapontamento.

— Você não precisava ter se incomodado. Mas obrigado, assim mesmo.

— Não andei perguntando unicamente por sua causa — Deoch admitiu. — Também tenho afeição por ela.

— É mesmo? — retruquei, no tom mais neutro que pude arranjar.

— Não me olhe desse jeito. Isto aqui não é uma competição — disse ele, com um sorriso torto. — Não desta vez, pelo menos. Posso não ser um de vocês, universitários, mas sei ver a lua numa noite clara. E sou esperto o bastante para não pôr a mão duas vezes na mesma fogueira.

Bastante embaraçado, esforcei-me para retomar o controle da minha expressão. Não costumo deixar as emoções desfilarem por meu rosto.

— Quer dizer que você e a Denna...

— O Stanchion implica comigo até hoje por eu ter corrido atrás de uma garota com metade da minha idade — disse ele, encolhendo timidamente os ombros largos. — Mas, apesar disso tudo, ainda gosto dela. Nos últimos tempos ela me lembra minha irmã caçula, mais do que qualquer outra coisa.

— Há quanto tempo a conhece? — perguntei, curioso.

— Eu não diria que a *conheço* realmente, garoto. Mas encontrei-a pela primeira vez, sei lá, há uns dois anos? Talvez não tanto, talvez um ano e pouco...

Deoch passou as duas mãos pelo cabelo louro e curvou as costas num grande espreguiçamento, no qual os músculos dos braços transpareceram sob a camisa. Depois relaxou com um suspiro explosivo e olhou para a praça quase vazia.

— A portaria ainda vai levar horas para ficar movimentada. Que tal dar a um velho um pretexto para se sentar e beber alguma coisa? — perguntou, balançando a cabeça em direção ao bar.

Olhei para ele: alto, musculoso, bronzeado.

— Velho? Você ainda tem todos os cabelos e todos os dentes, não é? Quantos anos tem: 30?

— Nada faz um homem se sentir mais velho do que uma mulher jovem — respondeu ele, pondo a mão em meu ombro. — Vamos, compartilhe uma bebida comigo.

Dirigimo-nos ao longo bar de mogno e Deoch foi resmungando enquanto examinava as garrafas:

— Cerveja embota a memória, conhaque a incendeia, mas o vinho é o melhor para os anseios de um coração ferido — disse. Fez uma pausa e se virou para mim, com o cenho franzido. — Não consigo me lembrar do resto. E você?

— Nunca ouvi isso antes. Mas o Teccam afirma que, de todas as bebidas alcoólicas, só o vinho se presta para a rememoração. Diz ele que um bom vinho faculta a clareza e a concentração, ao mesmo tempo que permite dar uma pequena coloração reconfortante às lembranças.

— É bom assim — comentou ele, vasculhando as prateleiras até tirar uma garrafa, levantá-la contra a luz e olhar através dela. — Vamos olhá-la sob uma luz rosada, certo?

Pegou duas taças e me conduziu a um reservado isolado num canto do salão.

— Quer dizer que você conhece a Denna há algum tempo — instiguei-o, enquanto ele servia em nossas taças um vinho tinto pálido.

Deoch se encostou na parede.

— Dia sim, dia não. Mais não do que sim, para ser sincero.

— Como era ela nessa época?

Ele demorou um bom tempo ponderando a resposta, dando à pergunta uma consideração mais séria do que eu esperava. Tomou um gole de vinho.

— A mesma — disse, por fim. — Acho que era mais jovem, mas não posso dizer que pareça mais velha agora. Ela sempre me pareceu mais velha do que a idade que tinha... — Interrompeu-se e franziu o cenho. — Não *velha*, na verdade, mais...

— Madura? — sugeri.

Deoch abanou a cabeça.

— Não. Não tenho uma palavra adequada para isso. É como quando olhamos para um carvalho grande e antigo. Não o apreciamos por ser mais velho do que as outras árvores, nem por ser mais alto. É só que há algo nele que falta às árvores mais jovens. Complexidade, solidez, importância. — Parou de falar e fechou a cara, irritado. — Ao diabo se essa não é a pior comparação que já fiz.

Um sorriso se abriu em meu rosto.

— É bom saber que não sou o único a ter dificuldade para defini-la em palavras.

— Ela não se presta muito a definições — concordou Deoch, tomando o resto do vinho. Pegou a garrafa e bateu com o gargalo de leve em minha taça. Esvaziei-a e ele tornou a nos servir.

— Ela era igualmente irrequieta e rebelde. Tão bonita quanto agora, propensa a nos encher os olhos de assombro e a fazer nosso coração vacilar — prosseguiu, tornando a dar de ombros. — Como eu disse, era basicamente a mesma. Voz linda, andar gracioso, língua afiada, objeto de adoração dos homens e desprezo das mulheres, em doses mais ou menos iguais.

— Desprezo? — perguntei.

Deoch me olhou como se não compreendesse minha pergunta.

— As mulheres odeiam a Denna — disse sem rodeios, como se repetisse algo que ambos já sabíamos.

— Odeiam? — repeti. A ideia me deixou perplexo. — Por quê?

Ele me olhou com incredulidade, depois caiu na gargalhada.

— Santo Deus, você não entende nada mesmo de mulheres, não é?

Em condições normais, eu ficaria espinhado com um comentário desses, mas Deoch só estava sendo afável.

— Pense bem. Ela é bonita e sedutora. Os homens se aglomeram à sua volta feito veados na berra — disse, e fez um gesto atrevido. — É fatal que as mulheres se ressintam.

Lembrei-me do que Sim dissera sobre o próprio Deoch não fazia uma onzena: *Ele tornou a conseguir ficar com a mulher mais linda do lugar. É de deixar a gente com ódio de um homem.*

— Sempre a achei muito solitária — comentei. — Talvez seja por isso.

Deoch balançou a cabeça com ar solene.

— Isso é verdade. Nunca a vi na companhia de outras mulheres, e ela tem mais ou menos tanta sorte com os homens quanto... — Fez uma pausa, tateando em busca de uma comparação. — Tanto quanto... Diabos! — exclamou, com um suspiro de frustração.

— Bem, você sabe o que dizem: encontrar a analogia certa é tão difícil como... — Fiz uma expressão pensativa. — Difícil como... — prossegui, com um gesto desarticulado, como se tentasse apanhar algo.

Deoch deu uma risada e nos serviu mais vinho. Comecei a me descontrair. Há um tipo de camaradagem que raramente existe, a não ser entre homens que lutaram contra os mesmos inimigos e conheceram as mesmas mulheres.

— Ela também costumava desaparecer naquela época? — indaguei.

Ele fez que sim.

— Sem aviso, apenas sumia de repente. Ora por uma onzena, ora por meses.

— "Não há maior inconstância no voo que a do vento ou a do capricho feminino" — citei. Pretendia que fosse um comentário meditativo, mas ele saiu amargo. — Você tem algum palpite sobre a razão disso?

— Andei pensando nisso — disse Deoch, com ar filosófico. — Em parte, acho que é da natureza dela. Pode ser que ela apenas tenha sangue de andarilho.

Minha irritação esfriou ainda mais ante essas palavras. Nos tempos da trupe, às vezes meu pai nos fazia levantar acampamento e deixar uma cidade, apesar de sermos bem recebidos e de haver plateias generosas. Depois, muitas vezes me explicava seu raciocínio: um olhar furioso do condestável, um excesso de suspiros encantados por parte das jovens senhoras da cidade...

Às vezes, no entanto, ele não tinha nenhuma razão para dar. *Nós, os Ruh, fomos feitos para viajar, filho. Quando meu sangue me diz para partir, sei que devo confiar nele.*

— É provável que a situação dela seja responsável pela maior parte — continuou Deoch.

— Situação? — indaguei, curioso. Denna nunca falava do passado quando estávamos juntos, e eu sempre tomava o cuidado de não pressioná-la. Sabia como era não querer falar muito do passado.

— Bem, ela não tem família nem meios de sustento. Não tem velhos amigos capazes de tirá-la de um aperto, se surgir a necessidade.

— Também não tenho nenhuma dessas coisas — resmunguei, já meio sorumbático por causa do vinho.

— Há mais do que uma pequena diferença nisso — retrucou Deoch, com um toque de censura. — O homem tem inúmeras oportunidades de construir seu caminho na vida. Você arranjou um lugar na Universidade, mas, se não o tivesse feito, ainda teria outras opções. — Lançou-me um olhar entendido. — Que alternativas tem uma jovem bonita e sem família? Sem dote? Sem casa?

Começou a contar nos dedos:

— Ela tem a mendicância e a prostituição. Ou ser amante de um grande senhor, o que é uma fatia diferente do mesmo pão. E sabemos que a nossa Denna não tem índole para ser teúda e manteúda, nem para ser concubina de ninguém.

— Há outros trabalhos que se pode fazer — objetei, também começando a contar nos dedos. — Costureira, tecelã, criada...

Deoch bufou e me lançou um olhar de nojo:

— Ora, vamos, guri, você é mais esperto que isso. Sabe como são esses lugares. E sabe que uma moça bonita e sem família acaba sendo tão explorada quanto uma prostituta e recebendo menos pelo aborrecimento.

Enrubesci com essa recriminação, mais do que me aconteceria normalmente, já que sentia os efeitos do vinho. Ele estava deixando minha boca e a ponta dos dedos meio dormentes.

Deoch tornou a encher nossas taças.

— Ela não deve ser desprezada por ir para onde o vento a leva. Tem que aproveitar as oportunidades quando as encontra. Se tem uma chance de viajar com um sujeito que gosta do seu jeito de cantar, ou com um comerciante que espera que sua carinha bonita o ajude a vender sua mercadoria, quem pode censurá-la por levantar acampamento e sair da cidade? E, se ela joga um pouco com seus encantos — prosseguiu, encolhendo os ombros largos —, não vou desprezá-la por isso. Os jovens cavalheiros a cortejam e lhe compram presentes, vestidos, joias. Se ela vende essas coisas para ganhar dinheiro com que viver, não há nada de errado nisso. Os presentes lhe são dados livremente, e ela pode fazer deles o que bem entender.

Deoch cravou os olhos em mim e continuou:

— Mas, o que ela há de fazer, quando um cavalheiro toma liberdades demais, ou quando se zanga por lhe ser negado aquilo que ele considera ter comprado e pago? Que recurso tem ela? Sem família, sem amigos, sem posição. Sem escolha. Nenhuma alternativa senão entregar-se a ele, mesmo a contragosto... – o rosto de Deoch se entristeceu – ...ou ir embora. Partir depressa e procurar outras paragens melhores. Por acaso é de admirar que seja mais difícil pôr as mãos nela do que numa folha carregada pelo vento?

Abanou a cabeça e baixou os olhos para a mesa.

– Não, eu não invejo a vida dela. E não a julgo – acrescentou. O discurso parecia tê-lo esgotado e ele fez um ar meio constrangido. Não levantou os olhos ao falar. – Apesar disso tudo, eu a ajudaria, se ela deixasse – declarou. Olhou-me de relance e me deu um sorriso tristonho. – Mas ela não é do tipo que admita dever nada a ninguém. Nem um tostãozinho. Nem um fio de cabelo – concluiu. Deu um suspiro e verteu em partes iguais as últimas gotas do vinho em nossas taças.

– Você me fez vê-la sob um novo prisma – comentei, em tom sincero. – Sinto vergonha de não ter percebido por mim mesmo.

– Bem, levei vantagem em relação a você – disse Deoch com simplicidade. – Eu a conheço há mais tempo.

– Mesmo assim, eu lhe agradeço – afirmei, erguendo a taça.

Ele fez o mesmo.

– À Dyanae – disse. – A mais encantadora.

– À Denna, repleta de alegria.

– Jovem e inflexível.

– Luminosa e pura.

– Sempre buscada, eternamente só.

– Tão sábia e tão tola. Tão alegre e tão triste.

– Deuses dos meus pais – rogou Deoch, reverente –, conservem-na sempre assim: imutável, inacessível à minha compreensão e protegida dos perigos.

Ambos bebemos e baixamos nossas taças.

– Deixe-me pagar a próxima garrafa – pedi. Isso reduziria a linha de crédito que eu vinha acumulando lentamente no bar, mas me descobri gostando cada vez mais de Deoch, e a ideia de não lhe retribuir a gentileza me era irritante demais para considerar.

– Pelos rios, pedras e céus – praguejou ele, esfregando o rosto. – Não me atrevo. Mais uma garrafa e acabaremos cortando os pulsos no rio antes que o sol se ponha.

Fiz sinal para uma das moças que serviam as mesas.

– Bobagem. Só vamos passar para uma coisa menos sentimental que o vinho.

Não notei que estava sendo seguido ao voltar para a Universidade. Talvez estivesse com a cabeça tão tomada por Denna que restava pouco espaço para qualquer outra coisa. Talvez fizesse tanto tempo que levava uma vida civilizada que os reflexos duramente aprendidos em Tarbean estavam começando a se embotar.

É provável que o conhaque de amora também tivesse tido alguma coisa a ver com isso. Deoch e eu passáramos muito tempo conversando e, juntos, havíamos tomado meia garrafa da coisa. Eu levara comigo o restante, por saber que Simmon gostava dessa bebida.

Mas não vem muito ao caso por que não os notei, suponho. O resultado foi o mesmo. Eu ia andando por uma parte mal iluminada da alameda Newhall quando uma coisa pesada me atingiu por trás na cabeça e fui arrastado feito uma trouxa para um beco próximo, semidesfalecido.

Só fiquei zonzo por um momento, mas, quando recobrei os sentidos, havia uma mão pesada tapando minha boca.

– Tudo bem, malandro – disse em meu ouvido o grandalhão atrás de mim. – Estou com uma faca encostada em você. Se tentar se debater, eu o espeto. E é só.

Senti uma cutucada leve nas costelas, embaixo do braço esquerdo.

– Cheque o visor – disse ele ao parceiro.

Uma silhueta alta foi tudo que pude ver na penumbra do beco. O homem baixou a cabeça, olhando para a mão.

– Não dá para ver.

– Então acenda um fósforo. Temos que ter certeza.

Meu nervosismo começou a desabrochar num pânico completo. Aquilo não era um simples assalto numa viela. Eles nem tinham examinado meus bolsos à procura de dinheiro. Aquilo era outra coisa.

– Sabemos que é ele – disse o homem alto, impaciente. – Vamos fazer o que tem de ser feito e acabar logo com isso. Estou com frio.

– Vamos uma ova. Confira agora, enquanto ele está perto. Já o perdemos duas vezes. Não quero outra confusão como a de Anilin.

– Detesto esse troço – disse o altão, enquanto vasculhava os bolsos, supostamente procurando um fósforo.

– Você é um idiota – retrucou o que estava atrás de mim. – Assim é mais limpo. Mais simples. Nada de descrições confusas. Nada de nomes. Sem preocupação com disfarces. É só seguir a agulha, encontrar o sujeito e acabar com a história.

O tom displicente dos dois me aterrorizou. Esses homens eram profissionais. Percebi, com súbita certeza, que Ambrose finalmente tomara providências para garantir que eu nunca mais voltasse a incomodá-lo.

Minha cabeça disparou por um momento e fiz a única coisa em que pude pensar: larguei a garrafa meio cheia de conhaque. Ela se espatifou nas pedras do calçamento e o ar noturno foi subitamente invadido pelo cheiro de amoras.

– Que ótimo – sibilou o altão. – Que tal você deixá-lo tocar um sino enquanto está com a mão na massa?

O grandalhão às minhas costas apertou mais o meu pescoço e me sacudiu com força uma vez só. Como se faria com um filhotinho travesso de cachorro.

– Chega disso – falou, irritado.

Deixei o corpo ficar bambo, na esperança de acalmá-lo, depois me concentrei e murmurei uma simpatia contra sua mão pesada.

– Tadinho – reagiu o homem. – Se você pisou no vidro, azar o se... aaaaaaah! – gritou, assustado, quando a poça de conhaque a nossos pés pegou fogo.

Aproveitei sua distração momentânea e me soltei dele. Mas não fui rápido o bastante. A faca desenhou uma linha de dor viva em minhas costelas quando me desprendi e comecei a correr pelo beco.

Só que minha fuga durou pouco. O beco não tinha saída e acabou numa parede lisa de tijolos. Não havia portas nem janelas, nada que eu pudesse usar para me esconder ou para escalar a parede. Fiquei imprensado.

Virei-me e vi os dois bloqueando a saída do beco. O grandalhão batia furiosamente na perna, tentando apagar o fogo.

Minha perna também estava em chamas, mas não perdi tempo pensando nisso. Uma queimadura à toa seria o menor dos meus problemas se eu não fizesse alguma coisa depressa. Olhei em volta mais uma vez, porém o beco era aflitivamente limpo. Não havia nem mesmo um lixo decente que eu pudesse improvisar como arma. Vasculhei freneticamente o conteúdo dos bolsos da capa, numa tentativa desesperada de criar algum tipo de plano. Uns pedaços de arame de cobre inúteis. Sal: será que eu poderia jogá-lo nos olhos deles? Não. Maçã desidratada, pena e tinta, uma bola de gude, barbante, cera...

O grandalhão finalmente apagou as chamas e os dois começaram a avançar lentamente pelo beco. A luz do círculo de conhaque em fogo tremeluziu nas lâminas das facas.

Continuando a examinar meus incontáveis bolsos, encontrei um bolo que não reconheci. Então me lembrei: era o saco de limalha de bassal que eu havia comprado para usar na lamparina de simpatia.

O bassal é um metal leve, prateado, usado em algumas ligas que eu empregaria na construção de minha lâmpada. Manet, sempre um professor cauteloso, tomava o cuidado de descrever os perigos de todos os materiais que usávamos. Se suficientemente aquecido, o bassal se inflamava numa intensa chama incandescente.

Desamarrei depressa o embrulho. O problema era que eu não sabia se conseguiria fazer aquilo funcionar. Pavios de vela ou álcool eram coisas fáceis de acender. Bastava um clarão concentrado de calor para fazê-los pegar fogo. O bassal era diferente. Precisava de uma grande quantidade de calor para entrar em ignição, razão por que não me preocupava carregá-lo no bolso.

Os homens deram mais alguns passos à frente e atirei o punhado de limalha de bassal num arco amplo. Tentei fazê-lo chegar perto do rosto dos dois, mas sem muita esperança. A limalha não tinha peso de verdade, era como jogar um punhado de neve solta.

Baixando uma das mãos até a chama que lambia minha perna, concentrei meu Alar. A poça larga de conhaque em chamas se apagou atrás dos homens, deixando o beco em completa escuridão. Mas ainda não havia calor suficiente. Precipitado pelo desespero, toquei no lado ensanguentado do meu corpo, concentrei-me e senti um frio terrível dilacerar-me enquanto eu extraía mais calor do meu sangue.

Houve uma explosão de luz branca, ofuscante no negrume do beco. Eu tinha fechado os olhos, mas, mesmo por trás das pálpebras, o bassal incandescente era de uma luminosidade cortante. Um dos homens soltou um berro, apavorado. Quando abri os olhos, não enxerguei nada além de fantasmas azuis bailando em minha vista.

O grito se reduziu a um gemido baixo e ouvi um baque surdo, como se um dos homens tivesse tropeçado e caído. O mais alto começou a balbuciar numa voz que era pouco mais que um soluço aterrorizado.

– Ai, meu Deus! Meus olhos, Tarn! Estou cego.

Enquanto ouvia isso, minha visão se desanuviou o bastante para eu enxergar os vagos contornos do beco. Vi as silhuetas escuras dos dois homens. Um estava ajoelhado, com as mãos cobrindo o rosto; o outro, estatelado no chão, imóvel, um pouco mais adiante. Parecia ter dado com a cabeça num caibro baixo na entrada do beco e sido nocauteado, ficando inconsciente. Espalhado pelas pedras do calçamento, o resto da limalha de bassal crepitava como estrelinhas branco-azuladas.

O homem de joelhos fora apenas cegado pelo clarão, mas aquilo duraria vários minutos: o bastante para eu correr para bem longe dali. Contornei-o devagar, tomando o cuidado de abafar o som de meus passos. Fiquei com o coração na boca quando ele tornou a falar.

– Tarn? – chamou, com a voz esganiçada e apavorada. – Estou cego, Tarn, eu juro. O garoto invocou um raio contra mim – disse. Vi-o se pôr de quatro e começar a tatear à sua volta. – Você tinha razão, a gente não devia ter vindo. Mexer com esse tipo de gente nunca dá certo.

Raio. É claro. Ele não fazia a menor ideia do que era magia de verdade. Isso me deu uma ideia.

Respirei fundo para acalmar os nervos.

— Quem mandou vocês? — perguntei, com a minha melhor voz de o Grande Taborlin. Não era tão boa quanto a de meu pai, mas servia.

O grandalhão soltou um gemido aflito e parou de tatear.

— Ah, senhor, não faça nada que...

— Não vou perguntar de novo — interrompi-o, furioso. — Diga quem os mandou. E, se você mentir, eu saberei.

— Eu não sei nome nenhum — o homem se apressou a dizer. — Só nos deram metade da moeda e um fio de cabelo. Não sabemos nenhum nome. Na verdade, a gente não se encontra. Eu juro...

Um fio de cabelo. Provavelmente a coisa que eles haviam chamado de "visor" era algum tipo de bússola de rabdomante. Mesmo não sabendo fazer nada tão avançado, eu conhecia os princípios envolvidos. Com um fio do meu cabelo, o instrumento apontaria para mim, não importava para onde eu corresse.

— Se algum dia eu tornar a ver um de vocês, invocarei coisa pior do que o fogo e o relâmpago — declarei, em tom ameaçador, enquanto me esgueirava para a saída do beco. Se conseguisse pegar o visor deles, não teria mais que me preocupar com a possibilidade de me encontrarem. Estava escuro e o capuz de minha capa estivera levantado. Talvez eles nem soubessem que aparência eu tinha.

— Obrigado, meu senhor — balbuciou o homem. — Eu lhe juro que o senhor nunca mais verá nem sombra de nós depois disto. Obrigado...

Olhei para o homem caído. Vi uma de suas mãos pálidas sobre as pedras do calçamento, mas estava vazia. Olhei em volta, perguntando a mim mesmo se ele teria deixado o instrumento cair. Era mais provável que o tivesse guardado. Cheguei ainda mais perto, prendendo a respiração. Estendi a mão para sua capa, à procura de bolsos, mas ela estava presa sob seu corpo. Segurei-o pelo ombro, de leve, e o afastei devagar...

Nesse momento ele soltou um gemido baixo e acabou de se virar sozinho, ficando caído de costas. O braço desabou nas pedras, frouxo, e esbarrou na minha perna.

Eu gostaria de dizer que apenas dei um passo para o lado, certo de que o homem alto estaria grogue e ainda meio cego. Gostaria de dizer que mantive a calma e fiz o melhor possível para intimidá-los ainda mais, ou, no mínimo, que disse alguma coisa dramática ou brilhante antes de ir embora.

Mas não seria verdade. A verdade é que saí correndo feito um cervo assustado. Percorri quase 400 metros antes que a escuridão e minha visão turva me traíssem e eu entrasse de cabeça numa corrente de amarrar cavalos, desabando no chão feito uma trouxa dolorida. Machucado, sangrando e meio cego, fiquei caído ali. Só então me dei conta de que não havia ninguém me perseguindo.

Pus-me de pé com grande esforço, maldizendo minha idiotice. Se tivesse mantido a lucidez, poderia ter tirado a bússola deles e garantido minha segurança. Nas circunstâncias vigentes, teria que tomar outras precauções.

Voltei para a Anker, mas, quando cheguei, todas as janelas da hospedaria estavam às escuras e a porta, trancada. Assim, meio bêbado e ferido, escalei o prédio até minha janela, soltei o trinco e puxei... mas ela não abriu.

Fazia pelo menos uma onzena desde a última vez que eu voltara tão tarde para a hospedaria que tivesse de usar a rota da janela. Será que as dobradiças tinham se enferrujado?

Apoiando-me na parede, peguei minha lâmpada manual e a acendi na graduação mais tênue. Só então vi uma coisa firmemente presa no caixilho. Teria o Anker posto uma cunha em minha janela para fechá-la?

Ao tocar na coisa, entretanto, vi que não era madeira. Era um pedaço de papel muito dobrado. Soltei-o da janela e ela se abriu sem dificuldade. Entrei aos trambolhões.

Minha camisa estava destruída, mas, ao tirá-la, fiquei aliviado com o que vi. O corte não era particularmente profundo; doloroso e feio, porém menos grave do que quando eu fora açoitado. A capa que eu ganhara de Feila também estava rasgada, o que era irritante. Mas, no cômputo geral, seria mais fácil de remendar do que um rim. Anotei mentalmente um lembrete para agradecer a Feila por ter escolhido um belo tecido grosso.

A costura poderia esperar. Ao que eu soubesse, os dois homens já deveriam ter se recuperado do pequeno susto que eu lhes dera e estariam de novo no meu encalço com a bússola.

Saí pela janela, deixando a capa, para não sujá-la de sangue. Tinha a esperança de que a hora avançada e minha habilidade natural para agir furtivamente me impedissem de ser visto. Eu nem podia imaginar os boatos que surgiriam se alguém me visse correndo pelos telhados, tarde da noite, ensanguentado e nu da cintura para cima.

Colhi um punhado de folhas ao passar para o telhado de uma estrebaria que dava para o pátio da bandeira, perto do Arquivo.

À tênue luz do luar, vi as sombras escuras e amorfas das folhas que rodopiavam por sobre as pedras cinzentas do calçamento. Passei a mão com força pelo cabelo e acabei agarrando uns fios soltos. Depois usei as unhas para cavar um sulco no piche do telhado e utilizei um pouco dele para grudar um fio de cabelo numa folha. Repeti esse gesto dezenas de vezes, deixando as folhas caírem do telhado e observando o vento arrastá-las, numa dança louca pelo pátio, de um lado para outro.

Sorri ao pensar em alguém tentando me localizar com uma bússola naquele momento, tentando compreender dezenas de sinais contraditórios conforme as folhas rodopiavam e giravam em dezenas de direções diferentes.

Eu tinha ido àquele pátio, em particular, porque nele o vento se deslocava de formas estranhas. Só notara isso depois que as folhas do outono começaram a cair. Elas se moviam numa dança complexa e caótica por entre as pedras, primeiro para um lado, depois para outro, sem jamais caírem num padrão previsível.

Depois que se percebia esse estranho rodopio do vento, era difícil ignorá-lo. Na verdade, visto do telhado, como naquele momento, ele era quase hipnótico. Do mesmo jeito que a água rolando ou as chamas de uma fogueira são capazes de nos chamar a atenção e de prendê-la.

Observá-lo nessa noite, exausto e ferido, foi muito relaxante. Quanto mais eu o observava, menos caótico ele parecia. Na verdade, comecei a intuir um padrão subjacente maior no modo de o vento se movimentar pelo pátio. Ele só parecia caótico por ser imensamente, maravilhosamente complexo. E mais, parecia mudar o tempo todo. Era um padrão feito de padrões mutáveis. Era...

— Você está estudando até terrivelmente tarde — disse uma voz baixa atrás de mim.

Arrancado de meu devaneio num susto, senti meu corpo retesar-se, pronto para sair em disparada. Como é que alguém tinha conseguido subir ali sem que eu percebesse?

Era Elodin. Mestre Elodin. Usava um par de calças remendadas e a camisa solta. Deu-me um adeusinho displicente e se agachou, sentando-se de pernas cruzadas na beira do telhado, tão sem cerimônia quanto se nos encontrássemos numa taberna para tomar uma bebida.

Baixou os olhos para o pátio e comentou:

— Hoje está especialmente bom, não é?

Cruzei os braços, tentando sem eficácia cobrir o peito nu e ensanguentado. Só então notei que o sangue em minhas mãos estava seco. Quanto tempo eu teria passado sentado ali, imóvel, observando o vento?

— Mestre Elodin... — comecei, mas me contive. Não fazia ideia do que poderia dizer numa situação como aquela.

— Por favor, aqui somos todos amigos. Fique à vontade para me chamar por meu primeiro nome: Mestre — disse ele. Deu-me um sorriso preguiçoso e tornou a olhar para o pátio lá embaixo.

Não teria notado o estado em que eu me encontrava? Estaria sendo gentil? Talvez... Abanei a cabeça. Com ele era inútil tentar adivinhar. Eu sabia melhor do que ninguém que Elodin tinha a cabeça tão oca quanto os potes do oleiro.

— Há muito tempo — disse ele, puxando conversa, sem tirar os olhos do pátio —, quando as pessoas falavam uma língua diferente, isto aqui se chamava Quoyan Hayel. Mais tarde passaram a chamá-lo de Salão das Perguntas, e os alunos brincavam de escrever perguntas em pedaços de papel e soltá-los para que fossem soprados. Diziam os boatos que era possível adivinhar a resposta pelo modo como o papel saía da praça — acrescentou Elodin, apontando para as ruas que criavam intervalos entre os prédios cinzentos. — Sim. Não. Talvez. Noutro lugar. Em breve.

Encolheu os ombros.

— Mas foi tudo um equívoco. Uma tradução malfeita. Eles pensaram que Quoyan era uma raiz primitiva de *quetentan:* questão ou pergunta. Mas não é. *Quoyan* quer dizer "vento". Isto aqui é acertadamente chamado de "Casa do Vento".

Esperei um instante para ver se ele pretendia dizer algo mais. Não vindo nada, levantei-me devagar.

— Isso é interessante, Mestre... — hesitei, sem saber ao certo até que ponto ele havia falado sério. — Mas preciso ir andando.

Elodin balançou a cabeça, distraído, e me deu um aceno que foi parte adeus, parte um gesto de dispensa. Em momento algum seus olhos deixaram o pátio lá embaixo, seguindo o vento sempre mutável.

———

De volta a meu quarto na Anker, sentei-me na cama por um bom tempo, no escuro, tentando decidir o que fazer. Tinha as ideias turvas. Estava cansado, ferido e ainda meio bêbado. A adrenalina que me impulsionara para adiante até então começava a se dissipar, e a lateral de meu tronco ardia e dava fisgadas.

Respirei fundo e procurei concentrar o pensamento. Até ali eu havia agido por instinto, mas agora precisava refletir sobre as coisas com cuidado.

Poderia pedir ajuda aos professores? Por um momento a esperança cresceu em meu peito, depois se desfez. Não. Eu não tinha provas de que Ambrose tinha sido o responsável. Pior ainda, se lhes contasse a história toda, teria de admitir que havia usado simpatia para cegar e queimar meus agressores. Legítima defesa ou não, o que eu tinha feito era, incontestavelmente, um ato de má-fé. Já houvera alunos expulsos por menos, só para preservar a reputação da Universidade.

Não. Eu não podia me arriscar a ser expulso por isso. E, se fosse à Iátrica, haveria perguntas demais. E a notícia do meu ferimento se espalharia caso eu levasse pontos. Isso significava que Ambrose ficaria sabendo como havia chegado perto de lograr êxito. Melhor seria eu lhe dar a impressão de ter saído ileso.

Eu não tinha a menor ideia de há quanto tempo os assassinos contratados por Ambrose andavam no meu encalço. Um deles dissera "já o perdemos duas vezes". Isso significava que talvez soubessem que eu tinha um quarto na Anker. Talvez aquele não fosse um lugar seguro.

Tranquei a janela e fechei a cortina antes de acender minha lamparina portátil. A luz revelou o pedaço esquecido de papel que eu encontrara enfiado na janela. Desdobrei-o e li:

Kvothe,

Subir até aqui foi exatamente tão divertido quanto você fizera parecer. Mas forçar sua janela demorou um pouco. Como constatei que você não estava em casa, espero que não se incomode por eu ter pegado papel e tinta emprestados para lhe deixar este bilhete. Visto que não está tocando lá embaixo, nem pacificamente adormecido, uma pessoa cética talvez se perguntasse o que anda fazendo tão tarde da noite, e se está aprontando coisas que não deveria. Infelizmente, terei de voltar para casa hoje sem o conforto da sua escolha nem o prazer da sua companhia.

Senti sua falta no último dia-da-sega na Eólica, mas, embora sua companhia me fosse negada, tive a sorte de conhecer uma pessoa bem interessante. É um sujeito bastante singular e estou ansiosa por lhe contar o pouco que sei dele. Quando nos encontrarmos da próxima vez.

No momento, estou instalada na Cisne e Charco, em Imre. Por favor, procure-me antes do dia 23 deste mês e teremos nosso almoço atrasado. Depois disso estarei cuidando da minha vida.

Sua amiga e aprendiz de arrombadora,
Denna

P.S. – Queira ter a certeza de que não reparei no estado vergonhoso da sua roupa de cama e não julguei seu caráter por ela.

Estávamos no dia 28. A carta não tinha data, mas provavelmente estivera ali fazia pelo menos uma onzena e meia. Denna devia tê-la deixado poucos dias depois do incêndio na Ficiaria.

Tentei por um momento decidir como me sentia a esse respeito. Lisonjeado por ela ter tentado encontrar-me? Furioso por não haver achado o bilhete até esse momento? E quanto ao "sujeito" que ela havia conhecido...

Era coisa demais para eu examinar naquele momento, cansado, ferido e ainda meio mal como estava por causa da bebida. Em vez disso, limpei rapidamente o corte superficial da melhor maneira que pude, usando minha bacia. Eu mesmo teria dado uns pontos, mas não consegui um bom ângulo. Recomecei a sangrar e rasguei os pedaços mais limpos de minha camisa destruída para improvisar um curativo.

Sangue. Os homens que haviam tentado me matar ainda tinham a bússola de rabdomante e, sem dúvida, eu havia deixado um pouco do meu sangue na faca. O sangue seria infinitamente mais eficaz numa bússola do que um simples fio de cabelo; isso queria dizer que, mesmo que ainda não soubessem onde eu morava, eles poderiam me encontrar, apesar das precauções que eu havia tomado.

Movi-me rapidamente pelo quarto, enfiando tudo o que era de valor em minha sacola de viagem, já que não sabia quando seria seguro voltar. Embaixo de uma pilha de papéis encontrei um canivetinho dobrável que ganhara do Sim numa partida de quatro-cantos, do qual até já me havia esquecido. Não teria quase nenhum valor numa luta, mas era melhor do que nada.

Depois peguei o alaúde e a capa e desci, pé ante pé, à cozinha, onde encontrei um jarro vazio, de boca larga, de vinho de Velegen. Foi um pequeno golpe de sorte, mas, àquela altura, eu ficaria contente com qualquer coisa que pudesse obter.

Segui para o leste e atravessei o rio, mas não fui até Imre propriamente dita. Em vez disso, desviei-me um pouco para o sul, rumo ao lugar em que meia dúzia de desembarcadouros, uma hospedaria imunda e um punhado de casas se erguiam junto à margem do largo rio Omethi. Era um pequeno porto que servia a Imre, insignificante demais para ter um nome próprio.

Enfiei a camisa ensanguentada no jarro e o vedei bem com um pedaço de cera de simpatia, para deixá-lo impermeável. Depois joguei-o no rio Omethi e o vi oscilar lentamente correnteza abaixo. Se usassem a bússola para localizar meu sangue, eu pareceria estar rumando para o sul, às carreiras. Com sorte, eles o seguiriam.

CAPÍTULO 70

Sinais

ACORDEI SOBRESSALTADO NA MANHÃ SEGUINTE logo cedo. Não sabia exatamente onde estava; apenas que não era onde deveria ser e que havia alguma coisa errada. Eu estava escondido. Havia alguém no meu encalço.

Descobri-me enroscado no canto de um quartinho, deitado num cobertor e embrulhado em minha capa. Aquilo era uma hospedaria, lembrei-me aos poucos. Eu havia alugado um quarto numa estalagem próxima às docas de Imre.

Pus-me de pé, esticando o corpo com cuidado para não agravar o ferimento. Tinha empurrado o roupeiro até a única porta do quarto e amarrado a janela com um pedaço de corda, embora fosse pequena demais para dar passagem a um homem adulto.

Ao ver minhas precauções à fria luz azulada do alvorecer, fiquei meio envergonhado. Não consegui lembrar se tinha dormido no chão por medo de assassinos ou de percevejos. Como quer que fosse, ficou claro que não andara pensando com muita clareza no fim da noite.

Peguei a sacola e o alaúde e desci. Tinha que fazer alguns planos, mas, antes disso, precisava do desjejum e de um banho.

———

Apesar da noite agitada, eu praticamente não havia dormido depois do nascer do sol, de modo que tive acesso fácil ao quarto de banho. Depois de me lavar e refazer o curativo na lateral do tronco, senti-me quase humano. Após um prato de ovos, duas linguiças e umas batatas fritas, percebi que podia começar a pensar racionalmente na minha situação. É incrível como é mais fácil pensar de maneira produtiva com a barriga cheia.

Sentei-me no canto mais escondido da pequena hospedaria à beira do cais e tomei um caneco de sidra recém-prensada. Já não tinha a preocupação de que assassinos contratados saltassem sobre mim para me atacar. Mesmo assim, fiquei sentado de costas para a parede, com uma boa visão da porta.

O dia anterior me deixara abalado, principalmente por ter-me apanhado tão desprevenido. Em Tarbean, eu vivera dia a dia esperando que alguém tentasse me matar. A atmosfera civilizada da Universidade me induzira a um falso sentimento de segurança. Um ano antes eu nunca teria sido pego de surpresa. E, com certeza, não teria sido surpreendido pelo ataque em si.

Meus instintos duramente desenvolvidos em Tarbean me exortavam a fugir. A sair daquele lugar. A deixar bem longe Ambrose e sua vingança. Mas essa parte feroz de mim só se importava com a segurança. Não fazia planos.

Eu não podia ir embora. Tinha coisas demais investidas ali. Meus estudos. Minhas vãs esperanças de arranjar um mecenas e minhas esperanças mais vigorosas de entrar no Arquivo. Meus poucos e preciosos amigos. Denna...

Marinheiros e estivadores foram entrando aos poucos na estalagem para sua refeição matinal, e o salão se encheu lentamente do burburinho suave das conversas. Ouvi o tênue som de um sino badalando ao longe e me ocorreu que meu turno na Iátrica estaria começando dali a uma hora. Arwyl notaria minha ausência, e não costumava perdoar essas coisas. Reprimi minha ânsia de voltar correndo para a Universidade. Sabia-se que os alunos faltosos eram punidos com taxas escolares mais altas no período letivo seguinte.

Para dar a mim mesmo algo que fazer enquanto ponderava sobre minha situação, peguei a capa, agulha e linha. A facada da noite anterior fizera um rasgão reto de uns dois palmos de comprimento. Comecei a costurá-lo com pontos miúdos, para que a emenda não ficasse óbvia.

Enquanto minhas mãos trabalhavam, meu pensamento vagou. Eu poderia confrontar Ambrose? Ameaçá-lo? Não era provável. Ele sabia que eu não poderia dar queixa dele com sucesso. Mas talvez conseguisse convencer alguns professores do que realmente havia acontecido. Kilvin ficaria indignado com a ideia de assassinos de aluguel usando bússolas rabdománticas, e talvez Arwyl...

— ...tudo num fogo azul. Todos mortos, espalhados feito bonecas de trapo, e a casa desabando em volta. Fiquei feliz por ver aquele lugar pelas costas, isso eu lhe garanto.

Espetei o dedo com a agulha quando meus ouvidos bisbilhoteiros captaram essa conversa em meio à barulheira geral do salão. Algumas mesas adiante, dois homens tomavam cerveja. Um era alto e careca, e outro, gordo, de barba ruiva.

— Você parece mesmo uma velha — disse o gordo, rindo. — Dá ouvidos a qualquer fuxico.

O homem alto abanou a cabeça com ar sombrio.

— Eu estava na taberna quando trouxeram a notícia. Estavam juntando gente com carroças para poder buscar os corpos. O grupo inteiro da festa de casamento, mortinho, mortinho. Mais de 30 pessoas estripadas feito porcos, e o lugar todo queimado numa chama azul. E isso não foi o mais esquisito, pelo que... – Ele baixou a voz e perdi o que estava dizendo em meio ao barulho geral do salão.

Foi difícil engolir, com a secura repentina da minha garganta. Arrematei devagar o último ponto na capa e a deixei de lado. Notei que meu dedo sangrava e o pus na boca, distraído. Respirei fundo. Tomei um gole de sidra.

Depois aproximei-me da mesa em que os dois homens conversavam.

– Por acaso os senhores chegaram descendo o rio?

Os dois levantaram a cabeça, obviamente irritados com a interrupção. *"Senhores" tinha sido um erro, eu devia ter dito "vocês" ou usado outro tratamento informal.* O careca fez que sim.

– Vieram por Marrow? – perguntei, escolhendo ao acaso uma cidade do norte.

– Não – respondeu o gordo. – A gente veio de Trebon.

– Ah, sei – disse eu, enquanto minha cabeça buscava às pressas uma mentira plausível. – Tenho família por aquelas bandas e andava pensando em fazer uma visita – prossegui. Mas me deu um branco ao tentar pensar num modo de lhes pedir detalhes da história que entreouvira. As palmas de minhas mãos transpiravam. – Eles estão se preparando para o festival da colheita por lá, ou será que já o perdi? – concluí, meio sem jeito.

– Inda tão preparando – disse o gordo, dando-me claramente as costas.

– Ouvi dizer que houve uns problemas num casamento por lá...

O gordo tornou a se virar para mim:

– Bom, não sei como tu ouviu falar disso, porque a notícia era nova ontem de noite e nós acabou de aportar aqui faz 10 minutos. – Olhou-me com antipatia. – Não sei qual é a tua, garoto, mas não tô interessado. Cai fora, senão eu te arrebento.

Voltei para o meu canto, sabendo ter estragado tudo de forma irresgatável. Fiquei sentado com as mãos espalmadas na mesa, para impedir que tremessem. Um grupo de pessoas brutalmente assassinado. Fogo azul. Esquisitices...

O Chandriano.

Menos de um dia antes o Chandriano estivera em Trebon.

———

Terminei minha bebida, mais por reflexo do que por qualquer outra razão, depois me levantei e fui até o bar.

Não demorei a apreender a realidade da situação. Depois de tantos anos, eu finalmente tinha uma oportunidade de descobrir alguma coisa sobre o Chandriano. E não era uma simples referência a ele, imprensada entre as páginas de um livro do Arquivo. Eu tinha a chance de ver o trabalho do grupo em primeira mão. Era uma oportunidade que talvez nunca mais voltasse.

Mas seria preciso chegar depressa a Trebon, enquanto as coisas ainda estivessem frescas na memória das pessoas. Antes que a população curiosa ou supersticiosa da cidade destruísse as provas que pudessem restar. Eu não sabia o que esperava descobrir, mas qualquer coisa que viesse a saber sobre o Chandriano seria mais do que eu sabia naquele momento. E, se pretendia ter chance de descobrir alguma coisa útil, tinha que chegar lá o mais depressa possível. Naquele dia.

A clientela matutina mantinha a hospedeira ocupada e, por causa disso, tive que pôr um ocre de ferro no bar para que ela me desse um mínimo de atenção. Depois de pagar pelo quarto particular da noite anterior e pelo banho e desjejum dessa manhã, aquela moeda representava boa parte da minha riqueza terrena, de modo que mantive o dedo em cima dela.

— O que vai querer? — perguntou a mulher ao se aproximar.

— Qual é a distância daqui até Trebon? — indaguei.

— Subindo o rio? Uns dois dias.

— Não perguntei quanto tempo leva. Preciso saber qual é a *distância*... — repeti, frisando a última palavra.

— Não precisa responder torto — disse a mulher, limpando as mãos no avental encardido. — Pelo rio, são uns 60 quilômetros, mais ou menos. Pode ser que leve mais de dois dias, dependendo de você ir de balsa ou à vela, e também das condições do tempo.

— Qual é a distância por terra?

— Que as mãos me escureçam se eu sei — resmungou ela; depois gritou para alguém no bar: — Rudd, qual é a distância daqui a Trebon por terra?

— Três ou quatro dias — respondeu um sujeito acabado, sem levantar os olhos da caneca.

— Perguntei qual é a *distância* — rebateu a mulher. — É maior que pelo rio?

— Muito maior. Umas 25 léguas pela estrada. E uma estrada ruim, subindo a serra.

Pelo corpo de Deus, quem é que ainda media as coisas em léguas nessa época? Dependendo de onde o sujeito tivesse sido criado, uma légua podia significar qualquer coisa entre 3 e 6 quilômetros. Meu pai sempre dizia que légua não era realmente uma unidade de medida, só um jeito de os lavradores atribuírem números a seus palpites estimativos.

Mesmo assim, aquilo me permitiu saber que Trebon ficava em algum ponto entre 75 e 150 quilômetros ao norte. Provavelmente mais valeria presumir o pior — pelo menos uns 110 quilômetros.

A mulher atrás do bar tornou a se virar para mim:

– Bom, é isso aí. E agora, posso lhe trazer alguma coisa?

– Preciso de um cantil de couro, se você o tiver, ou de uma garrafa de água, se não tiver. E de comida que se conserve na estrada. Linguiça defumada, queijo, pão sem fermento...

– Maçãs? – perguntou ela. – Recebi umas Jennies vermelhas lindas hoje de manhã. Boas para viagem.

Fiz que sim.

– E o que mais você tiver que seja barato e sirva para viagem.

– Um ocre não dá para muita coisa... – disse ela, com uma olhadela para o balcão. Sacudi a bolsinha e fiquei surpreso ao encontrar quatro ocres de ferro e meio-vintém de cobre com que não contava. Eu estava praticamente rico.

A mulher pegou meu dinheiro e voltou à cozinha. Rechacei a aflição momentânea de estar outra vez na mais completa penúria e fiz um rápido inventário mental do que tinha na sacola de viagem.

Ela voltou com dois pães, um salame grosso que cheirava a alho, um queijo pequeno recoberto de cera, uma garrafa de água, meia dúzia de magníficas maçãs de um vermelho vivo e um saquinho de cenouras e batatas. Agradeci muito e enfiei tudo na mochila.

Cento e dez quilômetros. Eu poderia chegar lá no mesmo dia se tivesse um bom cavalo. Mas os bons cavalos custavam dinheiro...

―――

Aspirei o cheiro de gordura rançosa ao bater na porta de Devi. Fiquei parado um minuto, lutando contra a ânsia de me remexer de impaciência. Não fazia ideia se ela estaria acordada tão cedo, mas era um risco que eu precisava correr.

Devi abriu a porta e sorriu ao ver que era eu.

– Ora, mas que surpresa agradável! – disse, abrindo mais a porta. – Entre, sente-se.

Exibi-lhe meu melhor sorriso.

– Devi, eu só...

Ela franziu o cenho e disse em tom mais firme:

– Entre. Não discuto negócios no patamar da escada.

Entrei e ela fechou a porta.

– Sente-se. A não ser que prefira se deitar um pouquinho – disse, fazendo um sinal brincalhão para a enorme cama de baldaquino no canto do aposento. – Você nem vai acreditar na história que ouvi hoje de manhã – acrescentou, com o riso escondido na voz.

Apesar de minha urgência, obriguei-me a relaxar. Devi não gostava que a apressassem e, se eu tentasse fazê-lo, só a levaria a se irritar.

– O que você ouviu?

Ela se sentou no seu lado da escrivaninha e cruzou as mãos.

— Ontem à noite, ao que parece, uma dupla de bandidos tentou roubar a bolsa de um jovem estudante. Acontece que, para grande desolação deles, ele era o próximo Taborlin, em fase de formação. Invocou o fogo e o relâmpago. Cegou um dos dois e deu uma pancada tão forte na cabeça do outro que ele ainda não acordou.

Fiquei imóvel por um instante enquanto absorvia a informação. Uma hora antes, essa teria sido a melhor notícia que eu poderia ouvir. Agora, mal passava de uma distração. Mesmo assim, apesar da urgência de minha outra missão, eu não podia ignorar a oportunidade de colher algumas informações sobre a crise mais perto de casa.

— Eles não estavam só tentando me roubar.

Devi riu.

— Eu sabia que era você! Eles não sabiam nada sobre o estudante, exceto que tinha o cabelo ruivo. Mas isso foi o bastante para mim.

— Eu ceguei mesmo um deles? E o outro continua inconsciente?

— Sinceramente, não sei — admitiu Devi. — As notícias correm depressa entre nós, os tipos condenáveis, mas quase todas são boatos.

A essa altura minha mente girava depressa em torno de um novo plano.

— Será que você mesma se disporia a espalhar um boatinho? — indaguei.

— Depende — disse Devi com um sorriso matreiro. — É superempolgante?

— Deixe escapar o meu nome. Deixe que saibam exatamente quem foi. Faça todo mundo saber que estou espumando de raiva e matarei o próximo que vier atrás de mim. Matarei os bandidos e quem os tiver contratado, os intermediários, a família deles, os cães deles, o bando todo.

A expressão encantada de Devi se diluiu em algo mais próximo do desagrado.

— Isso é meio sinistro, não acha? Admito que você seja apegado a sua bolsa — disse, dando-me uma olhadela matreira — e eu mesma tenho interesse nela. Mas não há...

— Eles não eram ladrões. Foram contratados para me matar.

Devi me olhou com ar cético. Puxei a ponta da camisa para lhe mostrar a atadura.

— Estou falando sério. Posso lhe mostrar onde um deles me esfaqueou antes de eu conseguir fugir.

Com o sobrolho carregado, Devi se levantou e contornou a escrivaninha pelo outro lado.

— Está bem. Mostre-me.

Hesitei, mas concluí que era melhor fazer o que ela queria, já que eu ainda teria favores a pedir. Tirei a camisa e a coloquei na escrivaninha.

— Essa atadura está um nojo — declarou ela, como se o curativo fosse um insulto pessoal. — Livre-se disso — ordenou. Foi até um armário nos fundos do cômodo e voltou com um estojo preto de fisiopata e uma bacia. Lavou as mãos e olhou para meu tronco. — Você nem mandou suturar isso? — perguntou, incrédula.

— Andei muito ocupado, correndo feito um louco e me escondendo a noite inteira.

Devi me ignorou e tratou de limpar meu tronco com fria eficiência, o que me deixou claro que havia estudado na Iátrica.

— Está uma sujeira, mas não é profundo — disse-me. — Nem chegou a cortar toda a epiderme em alguns pontos. Você vai precisar de uma sutura — completou, levantando-se e tirando umas coisas do estojo.

— Eu mesmo a teria feito, mas...

— ...mas é um idiota que nem se certificou de limpar isso direito — concluiu Devi. — Se infeccionar, é bem feito para você.

Terminou de limpar o corte e lavou as mãos na bacia.

— Quero que você saiba que estou fazendo isto porque tenho uma queda por meninos bonitos, doentes mentais e gente que me deve dinheiro. Considero que é uma proteção do meu investimento.

— Sim, senhora — assenti, respirando fundo quando ela aplicou o antisséptico.

— Achei que você não era de sangrar — comentou ela sem maiores rodeios.

— Está aí mais uma lenda que se revela falsa.

— Por falar nisso — disse eu, movendo-me o mínimo possível para estender o braço, tirar um livro da sacola de viagem e colocá-lo na escrivaninha —, eu trouxe o seu exemplar de Os *hábitos de acasalamento do Dracus comum*, para devolver. Você tinha razão, as gravuras contribuíram muito para o texto.

— Eu sabia que você ia gostar — observou ela. Houve um momento de silêncio enquanto começava a me recoser. Quando voltou a falar, quase todo o tom jocoso havia desaparecido da sua voz. — Esses sujeitos foram *mesmo* contratados para matá-lo, Kvothe?

Fiz que sim.

— Tinham uma bússola rabdomântica e alguns fios do meu cabelo. Foi assim que souberam que eu era ruivo.

— Ora, senhores e senhoras, se isso não faria o Kilvin espumar de raiva! — exclamou ela, abanando a cabeça. — Tem certeza de que eles não foram contratados só para amedrontá-lo? Para lhe dar uma prensa, ensiná-lo a respeitar seus superiores? — indagou. Fez uma pausa na sutura e olhou para mim. — Você não cometeu a estupidez de pegar dinheiro emprestado com o Heffron e a rapaziada dele, não é?

Abanei a cabeça e respondi, sorrindo:

— Em matéria de gavião, para mim só existe você, Devi. Aliás, foi por isso que passei aqui hoje...

— E eu pensando que você simplesmente gostava da minha companhia — disse ela, retomando a sutura. Julguei detectar um toque de irritação em sua voz. — Deixe-me acabar isto primeiro.

Passei um bom momento pensando no que ela dissera. O sujeito altão tinha dito "Vamos fazer o que tem de ser feito e acabar logo com isso", o que poderia significar uma infinidade de coisas.

— É possível que eles não estivessem tentando me matar — admiti lentamente. — Mas ele tinha uma faca. Ninguém precisa de faca para dar uma surra em alguém.

Devi bufou.

— E eu não preciso de sangue para fazer as pessoas quitarem suas dívidas. Mas que ajuda, ajuda.

Refleti sobre isso enquanto ela dava o último ponto e começava a enrolar uma atadura nova em mim. Talvez a intenção tivesse sido uma simples surra. Uma mensagem anônima de Ambrose dizendo para eu respeitar meus superiores. Talvez tivesse sido uma simples tentativa de me fazer ir embora, assustado. Dei um suspiro, tentando não me mexer demais ao fazê-lo.

— Eu gostaria de acreditar nisso, mas realmente não é o que penso. Acho que eles queriam tirar sangue, de verdade. É o que meu instinto me diz.

Devi assumiu uma expressão séria:

— Nesse caso, vou soltar umas informações por aí. Quanto à parte referente a matar os cães deles, não sei, mas vou jogar umas coisinhas na fábrica de boatos, para que as pessoas pensem duas vezes antes de aceitar esse tipo de encomenda. — Deu um risinho gutural. — Na verdade, depois de ontem, elas já estão pensando duas vezes. Isso as fará pensar três.

— Fico muito grato.

— Não é problema para mim — retrucou Devi com descaso, levantando-se e sacudindo uns fiapos dos joelhos. — Um favorzinho para ajudar um amigo — acrescentou. Lavou as mãos na bacia e enxugou-as na blusa, sem maior cuidado. — Pode falar — disse, sentando à escrivaninha com uma súbita expressão profissional.

— Preciso de dinheiro para um cavalo veloz.

— Vai sair da cidade? — indagou ela, arqueando a sobrancelha clara. — Você nunca me pareceu o tipo que foge.

— Não estou fugindo. Mas preciso cobrir uma certa distância. Uns 110 quilômetros antes que passe muito do meio-dia.

Devi arregalou um pouco os olhos:

— Um cavalo capaz de fazer esse percurso custará caro. Por que não compra um bilhete de posta e vai trocando de cavalos pelo caminho? É mais rápido e mais barato.

– Não há estalagens de posta no lugar para onde eu vou: em direção à nascente do rio, depois subindo as montanhas até uma cidadezinha chamada Trebon.

– Está bem. Quanto está querendo?

– Precisarei de dinheiro para comprar um cavalo veloz sem pechinchar. Além disso, hospedagem, comida, talvez uns subornos... Vinte talentos.

Devi soltou uma gargalhada, depois recobrou a compostura e tapou a boca.

– Não. Sinto muito, mas não. É verdade que tenho uma quedinha por jovens charmosos como você, mas isso não me passa pela cabeça.

– Tenho meu alaúde – empurrei o estojo para ela com o pé – como garantia. E qualquer outra coisa que houver aqui – acrescentei, pondo a sacola de viagem na escrivaninha.

Devi respirou fundo, como se fosse dizer um não imediato, depois encolheu os ombros e espiou o interior da sacola, bisbilhotando. Tirou meu exemplar de *Retórica e lógica* e, logo em seguida, minha lamparina portátil de simpatia.

– Ora – exclamou, curiosa, mexendo no interruptor e apontando a luz para a parede. – Isto é interessante.

Fiz uma careta:

– Tudo, menos isso. Prometi ao Kilvin que ela nunca sairia das minhas mãos. Dei minha palavra.

Ela me encarou com um olhar franco:

– Você já ouviu a expressão "quem pede não escolhe"?

– Dei minha palavra – repeti. Soltei da capa minha gaita-de-tubos de prata e a empurrei pela escrivaninha, deixando-a ao lado do exemplar de *Retórica e lógica*. – Isso não é fácil de conseguir, você sabe.

Devi olhou para o alaúde, o livro e a gaita-de-tubos e respirou fundo, bem devagar.

– Kvothe, percebo que isso é importante para você, mas as contas não batem. Você não tem condição de pagar todo esse dinheiro. Mal pode pagar os quatro talentos que me deve.

Aquilo doeu, sobretudo por eu saber que era verdade.

Devi refletiu por mais um segundo, depois abanou firmemente a cabeça:

– Não, só os juros... Em dois meses, você me deveria mais de 35 talentos.

– Ou alguma coisa igualmente valiosa para trocar.

Ela me deu um sorriso gentil.

– E o que você tem que valeria 35 talentos?

– Acesso ao Arquivo.

Devi ficou imóvel. Seu sorriso de leve condescendência se cristalizou.

— Você está mentindo.

Abanei a cabeça.

— Sei que existe uma outra entrada. Ainda não a encontrei, mas vou encontrar.

— Isso soma um monte de incertezas — ela retrucou, em tom cético. Mas seus olhos se encheram de algo mais do que um simples desejo. Algo mais próximo da fome ou da lascívia. Percebi que tinha uma ânsia tão grande de entrar no Arquivo quanto eu. Talvez até mais.

— É o que estou oferecendo — declarei. — Se eu puder lhe pagar, eu pago. Se não puder, quando descobrir a maneira de entrar no Arquivo eu a compartilharei com você.

Devi olhou para o teto, como se calculasse mentalmente os riscos.

— Com essas coisas como garantia, mais a possibilidade de ter acesso ao Arquivo, posso lhe emprestar 12 talentos.

Levantei-me e joguei a sacola de viagem no ombro.

— Receio não estarmos barganhando. Apenas lhe informei as condições do empréstimo — disse, oferecendo-lhe um sorriso compungido. — São 20 talentos ou nada. Lamento não ter deixado isso claro desde o começo.

CAPÍTULO 71

Estranha atração

TRÊS MINUTOS DEPOIS, DIRIGI-ME à entrada da cavalariça mais próxima. Um homem bem-vestido, de ar ceáldico, sorriu à minha aproximação e deu um passo à frente para me receber:

– Ah, meu jovem senhor – disse, estendendo-me a mão. – Meu nome é Kaerva. Permita-me perguntar...

– Preciso de um cavalo – interrompi, dando-lhe um rápido aperto de mão. – Saudável, descansado e bem alimentado, que possa fazer seis horas seguidas de cavalgada hoje.

– Certamente, certamente – disse Kaerva, esfregando as mãos e balançando a cabeça. – Tudo é possível, com a vontade de Deus. Terei muito prazer em...

– Escute – tornei a interromper –, estou com pressa, por isso deixaremos de lado as preliminares. De minha parte, não vou fingir desinteresse, e você não desperdiçará meu tempo com um desfile de matungos e pangarés. Se eu não houver comprado um cavalo em 10 minutos, irei comprá-lo em outro lugar – esclareci, fitando-o nos olhos. – *Lhinsatva*?

O cealdo horrorizou-se.

– Senhor, a compra de um cavalo nunca deve ser tão precipitada. O senhor não escolheria uma esposa em 10 minutos, e na estrada o cavalo é mais importante que uma esposa. – Deu-me um sorriso acanhado. – Nem mesmo o próprio Deus...

– Deus não está comprando um cavalo hoje; eu, sim – interrompi-o mais uma vez.

O esguio cealdo fez uma pausa para recompor as ideias.

– Certo – disse baixinho, mais para si mesmo do que para mim. – *Lhin*, vamos dar uma volta para ver o que temos.

Contornou os estábulos comigo e me conduziu a um pequeno curral. Apontou para um ponto próximo da cerca:

– Aquela égua mosqueada é um animal tão firme quanto se poderia esperar. Ela o levará...

Ignorei-o e corri os olhos pela meia dúzia de pangarés ociosos atrás da cerca. Embora não tivesse recursos nem razão para possuir um cavalo, eu sabia distinguir o bom do ruim, e nada do que vi ali se aproximava de atender a minhas necessidades.

Sabe, os membros de uma trupe vivem e morrem pelos cavalos que puxam suas carroças, e meus pais não haviam negligenciado minha educação nessa área. Eu já sabia avaliar um cavalo aos oito anos de idade, o que era muito bom. Era comum o pessoal das cidades tentar empurrar-nos pangarés semimortos ou dopados, sabendo que, quando descobríssemos nosso erro, estaríamos a quilômetros e dias de distância. Havia um mundo de problemas para o homem que vendesse um mancarrão doente a seu vizinho, mas que mal havia em tapear um daqueles Ruh imundos e ladrões?

Virei-me para o encarregado das cavalariças, com o sobrolho carregado:

— Você acabou de desperdiçar dois preciosos minutos do meu tempo, donde me parece que ainda não compreendeu minha situação. Deixe-me ser o mais claro possível. Quero um cavalo veloz, pronto para uma cavalgada árdua ainda hoje. Pagarei por isso com rapidez, em espécie e sem reclamações. — Levantei minha bolsa de moedas recém-recheada numa das mãos, sacudindo-a, certo de que ele era capaz de reconhecer o som da prata ceáldica verdadeira dentro dela. — Se você me vender um cavalo que perca uma ferradura — prossegui —, ou comece a mancar, ou se assuste com sombras, perderei uma oportunidade valiosa. Uma oportunidade realmente irresgatável. Se isso acontecer, não voltarei para exigir ressarcimento. Não farei uma petição ao condestável. Voltarei a pé para Imre, esta noite mesmo, e atearei fogo à sua casa. E quando você sair correndo pela porta da frente, de camisolão e touca de dormir, vou matá-lo, cozinhá-lo e comê-lo. Bem ali no seu gramado, com todos os seus vizinhos olhando.

Lancei-lhe um olhar mortalmente sério e concluí:

— É essa a proposta de negócios que lhe faço, Kaerva. Se não se sentir à vontade com ela, diga-me e irei para outro lugar. Ou então pare com esse desfile de carroças e me mostre um cavalo de verdade.

O cealdo baixote me olhou, mais perplexo que horrorizado. Percebi que tentava se haver com a situação. Deve ter achado que eu era um perfeito lunático, ou filho de um nobre importante. Ou ambas as coisas.

— Muito bem — disse-me, deixando desaparecer da voz toda a sedução melíflua. — Quando o senhor fala em cavalgada árdua, a que tipo de esforço se refere?

— Muito árduo. Preciso percorrer 110 quilômetros hoje, em estradas de terra.

— Também precisará de sela e arreios?

Fiz que sim.

– Nada sofisticado. Nada novo.

Ele respirou fundo.

– Ótimo. E de quanto dispõe para gastar?

Abanei a cabeça e lhe dei um sorriso forçado.

– Mostre-me o cavalo e diga o seu preço. Um Vaulder seria ótimo. Não me importo que seja meio arisco, se isso significar que tem energia de sobra. Até um bom mestiço de Vaulder me serviria, ou um Khershaen marcha-longa.

Kaerva balançou a cabeça e me reconduziu aos portões largos do estábulo.

– Tenho um Khershaen. Um puro-sangue, aliás – acrescentou.

Fez sinal para um dos ajudantes da estrebaria:

– Traga já o nosso cavalheiro negro – ordenou. O garoto saiu em disparada.

O cavalariço virou-se novamente para mim.

– Animal esplêndido. Eu o fiz correr atrelado antes de comprá-lo, só para me certificar. Galopei-o por quase 2 quilômetros e ele nem chegou a suar; tem o passo mais macio que já vi, e eu não mentiria a Vossa Senhoria nesse ponto.

Assenti com a cabeça. Um Khershaen puro-sangue se adequaria com perfeição a meus objetivos. Eles eram de uma resistência lendária, mas também não haveria como evitar o preço. Um marcha-longa bem treinado valia uns 12 talentos.

– Quanto você está pedindo por ele?

– Quero dois marcos inteiros – disse o homem, sem sinal de desculpa nem lisonja na voz. Tehlu misericordioso, 20 talentos! O animal precisaria ter ferraduras de prata para custar tão caro.

– Não estou com ânimo para barganhas demoradas, Kaerva – retruquei secamente.

– Vossa Senhoria já deixou isso bem claro. Estou dando o meu preço honesto. Pronto, o senhor verá por quê.

O menino vinha voltando apressado com um monstro lustroso de um cavalo. Pelo menos 18 palmos de altura, cabeça orgulhosa, e negro do focinho à ponta da cauda.

– Ele adora correr – disse Kaerva, com sincera afeição na voz. Passou a mão pelo pescoço negro e liso. – E olhe só essa cor. Nem um fio claro, e é por isso que ele vale 20 talentos e nem um gusa a menos.

– Não estou interessado na cor – comentei, com ar distraído, enquanto examinava o cavalo em busca de sinais de ferimentos ou velhice. Não havia nenhum. Ele era lustroso, jovem, forte. – Só preciso me deslocar com rapidez.

– Compreendo – fez ele, em tom de desculpa. – Mas não posso simplesmente ignorar a coloração. Se eu esperar uma ou duas onzenas, algum jovem senhor pagará pela simples elegância dele.

Eu sabia que era verdade.

– Ele tem nome? – indaguei, aproximando-me devagar do cavalo negro, deixando-o farejar minhas mãos e se acostumar comigo. Pode-se apressar uma negociação, mas não o processo de fazer amizade com um cavalo. Só um tolo se precipita na hora de causar uma primeira impressão a um Khershaen jovem e fogoso.

– Nenhum que tenha pegado.

– Como é seu nome, rapaz? – perguntei com gentileza, para que ele pudesse acostumar-se com o som da minha voz. Ele farejou delicadamente minha mão, vigiando-me de perto com um olho grande e inteligente. Não recuou, mas com certeza também não estava à vontade. Continuei a falar enquanto chegava mais perto, na esperança de que ele relaxasse com o som da minha voz. – Você merece um bom nome. Eu detestaria ver um lordezinho com delírios de espirituosidade impor-lhe um nome horroroso, como Meia-Noite, Fuligem ou Carvão.

Cheguei mais perto e pus uma das mãos em seu pescoço. A pele estremeceu, mas ele não se afastou. Eu precisava ter certeza tanto de seu temperamento quanto de sua energia. Não podia correr o risco de pular na garupa de um cavalo assustadiço.

– Uma pessoa de pouca inteligência poderia chamá-lo de Piche ou Carvoeiro, nomes repulsivos. Ou de Lousa, um nome sedentário. Deus o livre de acabar como Pretinho, o que seria impróprio para um príncipe como você.

Meu pai sempre conversava desse jeito com os novos cavalos, numa ladainha regular e calmante. Enquanto lhe afagava o pescoço, continuei a falar, sem dar a menor atenção ao que dizia. As palavras não importam para os cavalos, o tom de voz é que é o importante.

– Você fez um longo percurso. Deve ter um nome orgulhoso, para que as pessoas não o considerem um animal comum. Seu dono anterior era cealdo? – perguntei. – *Ve vanaloi. Tu teriam keta. Palan te?*

Percebi que ele relaxou um pouco ao som da língua conhecida. Fui para seu outro lado, sempre examinando-o atentamente e deixando que se habituasse à minha presença.

– *Tu Ketha?* – perguntei-lhe: Você é o carvão? – *Tu mahne?* – Você é uma sombra?

Eu queria dizer "crepúsculo", mas não consegui me lembrar da palavra em siaru. Em vez de parar, continuei tagarelando, fingindo falar siaru da melhor maneira possível enquanto lhe examinava os cascos para ver se estavam lascados ou rachados.

– *Tu Keth-Selhan?* – Você é o cair da noite?

O grande corcel negro baixou a cabeça e me cutucou com o focinho.

– Você gosta desse, não é? – comentei, meio rindo, por saber que na verdade ele farejara o embrulho das maçãs secas que eu tinha guardado num dos bolsos da capa.

O importante era ele ter uma certa familiaridade comigo nesse momento. Se ficasse à vontade o bastante para me cutucar e pedir comida, poderíamos entender-nos suficientemente bem para um dia de cavalgada firme.

– Keth-Selhan parece um bom nome para ele – comentei, virando-me outra vez para Kaerva. – Há mais alguma coisa que eu precise saber?

Kaerva pareceu desconcertado.

– Ele refuga um pouco para a direita.

– Um pouco?

– Só um pouquinho. É de se esperar que também seja meio propenso a se espantar por esse lado, mas nunca o vi fazê-lo.

– Como ele foi adestrado: na rédea curta ou no estilo das trupes?

– Curta.

– Certo. Você ainda tem um minuto para concluirmos este negócio. Ele é um bom animal, mas não vou pagar 20 talentos – disse-lhe, com segurança na voz, mas sem esperança no coração. O cavalo era magnífico e sua coloração o fazia valer pelo menos 20 talentos. Mesmo assim, resolvi seguir o roteiro de praxe, torcendo para fazer o homem reduzir o preço para 19. Isso me deixaria pelo menos o dinheiro da comida e da hospedagem quando eu chegasse a Trebon.

– Muito bem – disse Kaerva. – Dezesseis.

Só meus anos de treinamento no palco me impediram de ficar francamente boquiaberto diante dessa redução súbita.

– Quinze – retruquei, fingindo irritação. – E isso incluirá a sela, os arreios e um saco de aveia – acrescentei, começando a tirar o dinheiro da bolsa, como se o negócio já estivesse fechado.

Por incrível que pareça, Kaerva fez um sinal afirmativo e chamou um dos moços da estrebaria para que trouxesse a sela e os arreios. Contei o dinheiro na mão dele enquanto seu ajudante selava o grande corcel negro. O cealdo pareceu constrangido ao enfrentar meu olhar. Se eu não fosse tão bom conhecedor de cavalos como sou, teria presumido que estava sendo tapeado. Talvez o animal fosse roubado, ou o homem estivesse desesperado por dinheiro.

Qualquer que fosse a razão, não me importei. Eu merecia ter um pouco de sorte. E o melhor era que com isso talvez conseguisse revender o cavalo com um pequeno lucro depois de chegar a Trebon. Para ser franco, eu precisaria vendê-lo assim que me fosse possível, mesmo que perdesse dinheiro na transação. O alojamento num estábulo, a alimentação e o trato de um cavalo como aquele me custariam um vintém por dia. Eu não teria como arcar com sua manutenção.

Amarrei minha sacola de viagem num alforje, verifiquei a cilha e os estribos e montei no lombo de Keth-Selhan. Ele dançou de leve para a direita, ansioso por partir. Nisso éramos dois. Dei um puxão nas rédeas e nos pusemos a caminho.

———

A maioria dos problemas referentes aos cavalos não tem nada a ver com os animais em si. Provém da ignorância dos cavaleiros. As pessoas ferram mal os animais, usam selas impróprias e os alimentam incorretamente, e depois reclamam que alguém lhes vendeu um pangaré mancarrão, enselado e indócil.

Eu conhecia cavalos. Meus pais haviam me ensinado a montá-los e a cuidar deles. Embora o grosso da minha experiência tivesse sido com raças mais robustas, criadas para a tração e não para a corrida, eu sabia ganhar terreno depressa quando necessário.

Na pressa, quase todas as pessoas forçam as montarias cedo demais. Arrancam num galope furioso e depois se descobrem com um cavalo manco ou semimorto em menos de uma hora. Pura idiotice. Só um cretino de quatro costados trata um cavalo dessa maneira.

A bem da verdade, eu teria feito Keth-Selhan cavalgar até cair morto, se isso me levasse a Trebon em tempo hábil. Há momentos em que me disponho a ser cretino. Eu seria capaz de matar uma dúzia de cavalos, se isso me ajudasse a obter mais informações sobre o Chandriano e sobre a razão de o grupo ter matado meus pais.

Em última instância, entretanto, não fazia sentido pensar assim. Um cavalo morto não me levaria a Trebon. Vivo, sim.

Por isso parti com Keth-Selhan numa boa marcha, para fazer seu aquecimento. Ele estava ansioso por andar mais depressa, provavelmente por intuir minha impaciência, e isso seria ótimo se eu só tivesse que percorrer 2 ou 3 quilômetros. Mas eu precisaria dele por pelo menos 80, talvez 110, e isso significava paciência. Tive que refreá-lo duas vezes para reduzir o passo, até ele se resignar a esse ritmo.

Após 2 quilômetros, deixei-o trotar um pouco. Sua andadura era suave, mesmo para um Khershaen, mas o trote nos faz sacolejar de qualquer maneira e repuxou os pontos novos na lateral do meu tronco. Depois de mais uns 2 quilômetros, coloquei-o a meio-galope. Só quando já nos afastáramos uns 5 ou 6 quilômetros de Imre e chegamos a um bom trecho reto de estrada plana foi que o cutuquei de leve e o fiz galopar.

Tendo finalmente a oportunidade de correr, ele avançou em disparada. O sol mal havia acabado de secar o orvalho matutino e os lavradores que colhiam aveia e cevada nos campos levantaram a cabeça ao passarmos feito um raio. Keth-Selhan era veloz, tão veloz que o vento levantava minha capa, desfraldando-a atrás de mim como uma bandeira. Mesmo sabendo que devia estar exibindo uma figura realmente dramática, logo me cansei do puxão no pescoço, tirei a capa e a enfiei num alforje.

Ao passarmos por um arvoredo, tornei a fazer Selhan trotar. Com isso, ele pôde descansar um pouco e não corremos o risco de dobrar uma curva e nos estabacarmos num tronco caído ou numa carroça lenta. Ao entrarmos novamente numa área de pasto e enxergarmos todo o caminho, dei-lhe rédea solta e praticamente voamos.

Após hora e meia disso, Selhan estava suado e arfante, mas se saía melhor do que eu. Minhas pernas pareciam borracha. Eu estava em boa forma e era jovem, mas fazia anos que não me sentava numa sela. Montar requer o uso de músculos diferentes de andar, e galopar é tão difícil quanto correr, a menos que se queira dar um trabalho dobrado ao cavalo a cada quilômetro.

Basta dizer que acolhi de bom grado o arvoredo seguinte. Pulei da sela e fui andando ao lado de Selhan, para dar a nós dois um merecido descanso. Parti uma de minhas maçãs mais ou menos ao meio e lhe dei a parte maior. Calculei que devíamos ter percorrido uns 50 quilômetros, e o sol ainda nem estava totalmente a pino.

— Essa foi a parte fácil — eu disse, afagando-lhe o pescoço com ternura. — Puxa, você é mesmo um encanto. Ainda não está nem perto de se cansar, não é?

Andamos uns 10 minutos e tivemos a sorte de deparar com um regato atravessado por uma pontezinha de madeira. Deixei-o beber água por um bom minuto, depois o afastei, para que não bebesse demais.

Tornei a montar e fui acelerando sua marcha aos poucos, até chegarmos ao galope. Minhas pernas ardiam e doíam quando me debrucei sobre seu pescoço. O martelar de seus cascos parecia um contraponto à lenta canção do vento que soprava sem cessar por minhas orelhas.

O primeiro percalço veio cerca de uma hora depois, quando tivemos de atravessar um rio largo. Não era uma correnteza traiçoeira, de modo algum, mas tive que desencilhá-lo e carregar tudo para o outro lado, para não correr o risco de molhar a sela e os arreios. Não poderia montá-lo por horas a fio com um arreamento molhado.

Na outra margem do rio, sequei-o com meu cobertor e tornei a selá-lo. Isso levou meia hora, o que significou fazê-lo passar de descansado a frio, e por isso tive de reaquecê-lo aos poucos, do passo lento para o trote e o meio-galope. Ao todo, esse rio me custou uma hora. Temi que houvesse outro e que a friagem penetrasse nos músculos de Selhan. Se isso acontecesse, nem Tehlu seria capaz de fazê-lo galopar de novo.

Uma hora depois atravessei uma aldeola, que se resumia a pouco mais de uma igreja e uma taberna, casualmente uma ao lado da outra. Parei apenas por tempo suficiente para Selhan beber água numa gamela. Estiquei as pernas dormentes e olhei ansioso para o sol.

Depois disso os campos e fazendas foram diminuindo de número e ficando mais afastados. As árvores se tornaram mais grossas e mais densas. A estrada se estreitou, já em mau estado, cheia de pedras em alguns pontos, desnivelada e acabada em outros. O avanço se tornou cada vez mais lento. Mas, verdade seja dita, já não restava muito espírito de galope em Keth-Selhan nem em mim.

Topamos então com outro regato cruzando a estrada. Não tinha muito mais de uns dois palmos de fundo, se tanto. A água tinha um cheiro forte e desagradável, o que me fez supor que havia um curtume ou uma refinaria rio acima. Não havia ponte, e Keth-Selhan atravessou o riacho devagar, pondo os cascos com muito cuidado no leito rochoso. Perguntei a mim mesmo se aquilo seria agradável, como quando a gente balança os pés dentro d'água depois de um longo dia de caminhada.

Esse riacho não nos retardou muito, mas na meia hora seguinte tivemos de cruzá-lo três vezes, à medida que ele corria sinuosamente cortando a estrada. Mais era um inconveniente do que qualquer outra coisa, e nunca passava muito de 40, 50 centímetros de profundidade. A cada vez que o atravessávamos, o cheiro acre da água era pior. Solventes e ácidos. Se não era uma refinaria, seria ao menos uma mina. Mantive as mãos nas rédeas, pronto para levantar a cabeça de Selhan se ele tentasse beber aquela água, mas o cavalo era mais esperto que isso.

Depois de um longo meio-galope, chegamos ao alto de um morro de onde avistei uma encruzilhada na base de um valezinho coberto de capim. Bem embaixo de uma placa indicativa estava um latoeiro com um par de burros, um deles tão carregado de sacas e trouxas que parecia prestes a tombar. O outro, visivelmente sem carga, estava parado à beira da estradinha de terra, pastando, com uma pequena montanha de tralhas empilhada a seu lado.

O latoeiro estava sentado num banquinho à margem da estrada, com ar de desânimo. Sua expressão se iluminou ao me ver descendo o morro.

Li a placa ao chegar mais perto. Ao norte ficava Trebon; ao sul, Temfalls. Puxei as rédeas ao me aproximar. Um descanso faria bem a Keth-Selhan e a mim, e minha pressa não era tanta que me levasse a ser rude com um latoeiro. De jeito nenhum. Que mais não fosse, o homem poderia dizer-me quanto me faltava para chegar a Trebon.

– Olá! – cumprimentou ele, levantando a cabeça e protegendo os olhos com uma das mãos. – Você está com jeito de um garoto que precisa de alguma coisa – disse. Era mais velho, meio calvo e de rosto redondo e amável.

Respondi rindo:

– Preciso de uma porção de coisas, latoeiro, mas acho que o senhor não tem nenhuma delas nos seus fardos.

Ele me deu um sorriso sedutor.

– Ora, ora, não vá presumindo... – começou, mas parou e baixou os olhos por um instante, pensativo. Quando tornou a levantá-los, ainda exibia uma expressão gentil, porém mais séria do que antes. – Escute, serei franco com você, meu filho. Minha mulinha machucou a pata dianteira numa pedra e não aguenta carregar seu fardo. Estou preso aqui até encontrar alguma forma de ajuda.

– Normalmente, nada me deixaria mais feliz do que ajudá-lo, latoeiro. Mas preciso chegar a Trebon o mais depressa possível.

– Isso não dará grande trabalho – disse ele, balançando a cabeça para o norte, na direção do morro. – Você está a menos de 1 quilômetro de lá. Se o vento estivesse soprando para o sul, poderia sentir o cheiro da fumaça.

Olhei na direção de seu gesto e vi fumaça de chaminés subindo por trás do morro. Senti-me tomar por uma grande onda de alívio. Eu havia conseguido, e mal passara uma hora desde o meio-dia.

O latoeiro continuou:

– Preciso chegar ao porto de Evesdown. – Fez sinal para o leste. – Combinei uma viagem rio abaixo e adoraria pegar o meu barco – acrescentou, com um olhar significativo para meu cavalo. – Mas precisarei de outro animal de carga para levar minhas tralhas...

Minha sorte parecia ter finalmente mudado. Selhan era um belo cavalo, mas, agora que eu estava em Trebon, ele seria pouco mais do que um dreno constante em meus parcos recursos.

Mesmo assim, nunca é prudente parecer ansioso para vender.

– Este é um cavalo e tanto para ser usado como animal de carga – retruquei, afagando o pescoço de Keth-Selhan. – É um Khershaen puro-sangue, e eu lhe asseguro que nunca vi cavalo melhor em toda a minha vida.

O latoeiro lhe deu uma espiada cética.

– Ele está é arrasado, isso sim. Não consegue correr nem mais 2 quilômetros.

Pulei da sela, mas cambaleei um pouco, quando as pernas bambas quase se dobraram sob o peso do meu corpo.

– O senhor devia dar-lhe um pouco mais de crédito, latoeiro. Ele acabou de vir de Imre hoje.

O latoeiro deu um risinho.

– Você não é um mau mentiroso, menino, mas precisa saber a hora de parar. Quando a isca é grande demais, o peixe não a pega.

Não precisei fingir-me horrorizado.

– Desculpe-me, não me apresentei direito – disse, estendendo-lhe a mão. – Meu nome é Kvothe, sou membro de uma trupe e faço parte dos Edena Ruh. Nem mesmo em meu dia de maior desespero eu mentiria para um latoeiro.

O homem apertou minha mão e disse, meio surpreso:

– Bem, minhas sinceras desculpas a você e a sua família. É raro ver um de vocês sozinho na estrada. – Tornou a olhar para o cavalo, com ar crítico. – Todo o trajeto desde Imre, você disse?

Balancei a cabeça em sinal afirmativo.

– E isso dá o quê? Quase 100 quilômetros? É uma corrida dos diabos... – comentou, dando-me um sorriso entendido. – Como vão as suas pernas?

Retribuí o sorriso.

– Digamos apenas que ficarei contente por tornar a andar com meus próprios pés. Ele ainda aguenta uns 15 quilômetros, eu diria. Mas não posso dizer o mesmo sobre mim.

O latoeiro tornou a olhar para o cavalo e deu um suspiro estrepitoso.

– Bem, como eu disse, você me apanhou num grande aperto. Quanto quer por ele?

– Bem, o Keth-Selhan aqui é um Khershaen puro-sangue e tem uma cor linda, o senhor há de admitir. Não há um pedacinho dele que não seja negro. Nem um fio de pelo branco...

O latoeiro caiu na gargalhada.

– Retiro o que eu disse. Você é um péssimo mentiroso!

– Não vejo o que há de tão engraçado – retruquei, meio seco.

O latoeiro me olhou de forma estranha.

– Nem um fio de pelo branco, não – disse, balançando a cabeça em direção aos quartos traseiros de Selhan. – Mas, se ele é todo negro, eu sou o Oren Velciter.

Virei-me para trás e vi que a pata traseira esquerda de Keth-Selhan tinha uma nítida meia branca que subia até a metade do jarrete. Atônito, aproximei-me e me abaixei para olhar. Não era um branco alvo, mas um cinza desbotado. Senti um vago cheiro do riacho que havíamos atravessado chapinhando na última parte da viagem: solventes.

– Aquele cretino ordinário! – comentei, incrédulo. – Ele me vendeu um cavalo tingido.

– O nome não lhe deu a dica? – o latoeiro riu. – Keth-Selhan? Por Deus, garoto, alguém andou caçoando de você!

– O nome dele quer dizer "crepúsculo" – retruquei.

O latoeiro abanou a cabeça e disse:

– O seu siaru anda enferrujado. Ket-Selem seria "cair da noite". Selhan quer dizer "meia". O nome dele é "pé de meia".

Relembrei a reação do dono das cavalariças ante minha escolha do nome. Não era de admirar que tivesse parecido tão desconcertado. Não era de admirar que tivesse baixado o preço com tamanha rapidez e facilidade. Havia achado que eu descobrira seu segredinho.

O latoeiro riu da minha expressão e me deu um tapinha nas costas.

– Não esquente a cabeça, garoto. Acontece com os melhores de nós de vez em quando – disse, virando-se e começando a remexer em suas trouxas. – Acho que tenho uma coisa de que você vai gostar. Deixe-me oferecer-lhe uma troca. – Tornou a virar para mim, estendendo uma coisa preta e retorcida feito um pedaço de madeira lançado à costa pelo mar.

Peguei-a e a examinei. Era pesada e fria.

– Um pedaço de ferro-gusa? – indaguei. – O que foi? Acabaram os seus feijões mágicos?

O latoeiro estendeu a outra mão, na qual tinha um alfinete. Segurou-o a cerca de meio palmo de distância e o soltou. Em vez de cair, o alfinete voou de lado e se grudou no glóbulo liso de ferro negro.

Respirei fundo, com ar apreciativo.

– Uma pedra-loden? Eu nunca tinha visto uma delas.

– Tecnicamente, é uma pedra-trebon – disse ele, com ar displicente –, já que ela nunca esteve perto de Loden, ao passo você está bem perto de Trebon. Há todo tipo de gente que se interessaria por essa beleza lá pelas bandas de Imre...

Balancei a cabeça, distraído, enquanto a girava nas mãos. Desde pequeno, eu sempre quisera ver uma pedra-de-atrair. Puxei o alfinete, sentindo a estranha atração que ele exibia pelo metal liso e negro. Fiquei deslumbrado. Um pedaço de ferro estelar na minha mão.

– Quanto acha que ela vale? – perguntei.

O latoeiro chupou os dentes um pouco.

– Bem, calculo que aqui e agora ela valha mais ou menos o mesmo que uma mula de carga Khershaen puro-sangue...

Girei a pedra na mão e tornei a tirar o alfinete e a deixar que se prendesse de novo.

– O problema, latoeiro, é que eu me endividei com uma mulher poderosa para comprar este cavalo. Se não o vender bem, ficarei numa situação desesperadora.

Ele balançou a cabeça.

— Por um pedaço de ferro celeste desse tamanho, se você aceitar menos de 18 talentos, estará fazendo um rombo em sua bolsa. Os joalheiros vão querer comprá-lo, ou então gente rica, que o quererá pela novidade – disse, dando um tapinha do lado do nariz. – Mas, se você o levar para a Universidade, fará um negócio melhor. Os artífices gostam muito de pedras-loden. Os alquimistas também. Se você encontrar um deles no estado de ânimo certo, poderá conseguir ainda mais.

Era um bom negócio. Manet tinha me ensinado que a pedra-loden era muito valiosa e difícil de achar. Não só por suas propriedades galvânicas, mas também porque era comum pedaços de ferro celeste como aquele terem metais raros misturados com o ferro. Estendi a mão:

— Estou disposto a fechar o negócio.

Trocamos um aperto de mão solene e, quando o latoeiro começou a pegar as rédeas, indaguei:

— E quanto o senhor me dá pelos arreios e pela sela?

Fiquei com um certo receio de que o latoeiro se ofendesse com a minha conversa mole, mas, em vez disso, ele me deu um sorriso maroto, com um risinho baixo:

— Está aí um garoto esperto. Gosto do sujeito que não tem medo de insistir para arranjar uma coisinha a mais. E então, do que gostaria? Tenho aqui um lindo cobertor de lã. Ou uma boa corda? – indagou, tirando um rolo dos fardos do burro. – É sempre bom ter um pedaço de corda. Ou então, que tal isto? – Girou o corpo, com uma garrafa nas mãos e uma piscadela para mim. – Tenho um ótimo vinho de frutas de Avena. Posso lhe dar os três pelo arreamento do seu cavalo.

— Um cobertor a mais me seria útil – admiti, mas então me ocorreu outra ideia. – O senhor tem alguma roupa mais ou menos do meu tamanho? Pareço andar estragando um bocado de camisas ultimamente.

O velho pensou um pouco, segurando a corda e a garrafa de vinho, depois deu de ombros e começou a remexer em seus fardos.

— O senhor ouviu alguma coisa sobre um casamento aqui por estas paragens? – perguntei. Os latoeiros têm sempre o ouvido atento.

— O casamento dos Mauthen? – fez ele, amarrando um dos fardos e começando a remexer em outro. – Lamento dizer-lhe, mas você o perdeu. Foi ontem.

Senti um nó no estômago diante de seu tom displicente. Se tivesse havido um massacre, o latoeiro com certeza teria ouvido falar. De repente veio-me a ideia pavorosa de que eu havia me endividado e percorrido metade do caminho até as montanhas empenhado numa busca inútil.

— O senhor compareceu? Aconteceu alguma coisa estranha?

— Pronto, aqui está! — fez o latoeiro, virando-se para mim com uma camisa rústica cinzenta, de tecido feito em casa. — Não é fina, receio, mas é nova. Bem, meio nova. — E segurou a camisa diante do meu peito, para avaliar se o tamanho servia.

— E o casamento? — insisti.

— O quê? Ah, não. Não compareci. Mas foi um grande evento, pelo que sei. Era a única filha do Mauthen e eles queriam lhe dar um bota-fora em grande estilo. Passaram meses planejando.

— Quer dizer que o senhor não soube de nenhum acontecimento estranho? — perguntei, com um frio desolador na barriga.

Ele deu de ombros, com ar desamparado.

— Como eu disse, não compareci. Estive lá pelos lados da fundição nos últimos dias. — Apontou com a cabeça para o oeste. — Negociando com mineradores e com o pessoal lá de cima do rochedo — explicou, e bateu com o dedo na cabeça, como se tivesse acabado de se recordar de alguma coisa. — Isso me lembra que encontrei um alambiqueiro lá nas montanhas. — Remexeu um pouco mais nos fardos e pegou uma garrafa grossa e achatada: — Se você não liga para vinho, quem sabe uma coisinha mais forte...?

Comecei a abanar a cabeça, mas então me dei conta de que um pouco de conhaque caseiro seria útil para limpar meu ferimento à noite.

— Talvez me interessasse... dependendo da oferta na mesa.

— A um jovem cavalheiro honesto como você — disse ele, com ar magnânimo —, darei o cobertor, as duas garrafas e o rolo de corda.

— O senhor é generoso, latoeiro. Mas eu preferiria ficar com a camisa, em vez da corda e do vinho de frutas. Eles não passariam de um peso morto na minha sacola, e terei muita caminhada pela frente.

Sua expressão se fechou um pouco, mas ele deu de ombros.

— A escolha é sua, é claro. Cobertor, camisa, conhaque e três iotas.

Trocamos um aperto de mão e eu me demorei ajudando-o a carregar Keth-Selhan, por ter a vaga sensação de havê-lo insultado ao rejeitar sua oferta anterior. Dez minutos depois ele seguia para o leste, enquanto rumei para o norte pelos morros verdejantes, a caminho de Trebon.

Fiquei satisfeito por percorrer o último quilômetro usando minha própria energia, o que me ajudou a diminuir a rigidez das pernas e das costas. Ao chegar ao cimo do morro, avistei Trebon espalhada lá embaixo, aninhada numa tigela rasa formada pelas montanhas. Não era uma cidade grande, de forma alguma: talvez uma centena de construções dispersas por umas 12 ruas sinuosas de terra batida.

Em minha infância com a trupe eu havia aprendido a avaliar as cidades. É muito parecido com interpretar a plateia quando se toca numa taberna.

Os riscos são maiores, é claro: se a gente toca a música errada numa taberna, pode levar uma vaia, mas, se avalia mal uma cidade inteira, as coisas podem ficar piores do que isso.

Assim, avaliei Trebon. Era um tanto inusitada, a meio caminho entre uma cidade de mineradores e uma cidade de lavradores. Eles não tenderiam a suspeitar imediatamente dos estranhos, mas a cidade era pequena o bastante para que todos soubessem, à primeira olhadela, que o sujeito não era morador local.

Fiquei surpreso ao ver pessoas pondo bonecos de pano feitos com enchimento de palha do lado de fora das casas. Isso significava que, apesar da proximidade de Imre e da Universidade, Trebon era uma comunidade realmente atrasada. Toda cidade tinha algum tipo de festival da colheita, mas, nos últimos tempos, quase todo mundo se arranjava com uma fogueira e um pileque. O fato de ela seguir antigas tradições folclóricas era indício de que a população de Trebon era mais supersticiosa do que eu normalmente esperaria.

Ainda assim, gostei de ver os trapentos. Gosto de festas tradicionais da colheita, com superstições e tudo. Na verdade, elas são um tipo de gênero teatral.

A igreja dos tehlinianos era o melhor prédio da cidade, com três andares e feito de cantaria. Nisso nada havia de estranho, mas, fixada acima das portas da frente, muito acima do chão, ficava uma das maiores rodas de ferro que eu já tinha visto. E era ferro de verdade, não apenas madeira pintada. Tinha 3 metros de altura e devia pesar uma sólida tonelada. Em condições habituais, uma exibição daquela natureza me deixaria nervoso, mas, como Trebon era uma cidade mineradora, calculei que aquilo mais demonstrava orgulho cívico do que uma religiosidade fanática.

Quase todas as outras construções da cidade ficavam no rés do chão e eram de madeira tosca, com telhados de ripas de cedro. A hospedaria, no entanto, era respeitável, com dois andares, paredes de estuque e telhas de barro vermelho. Era fatal haver por lá alguém que tivesse mais informações sobre o casamento.

Havia apenas um punhado de pessoas, o que não era de admirar, considerando-se que era plena época da colheita e que ainda restavam cinco ou seis boas horas de luz do dia. Armei minha melhor expressão de ansiedade ao me dirigir ao bar onde se encontrava o hospedeiro.

— Desculpe-me, lamento muito incomodá-lo, mas estou procurando uma pessoa — disse-lhe. O hospedeiro era um homem de cabelo preto e cenho perpetuamente carregado.

— E quem é?

— Minha prima esteve aqui para ir a um casamento, e ouvi dizer que houve uns problemas.

À palavra casamento, o sobrolho carregado do hospedeiro assumiu um ar pétreo. Senti que os dois homens mais adiante no bar não me olharam, fizeram questão de nem sequer olhar na minha direção. Portanto, era verdade. Algo terrível tinha acontecido.

Vi o hospedeiro estender a mão e apertar os dedos no balcão do bar. Levei um segundo para perceber que estava tocando na cabeça de ferro de um prego cravado na madeira.

– Um negócio feio – falou, pouco depois. – Não tenho nada a dizer a respeito.

– Por favor – pedi, deixando a apreensão transparecer em meu tom. – Eu estava visitando a família em Temfalls quando chegou o boato de que havia acontecido alguma coisa. Estão todos ocupados, terminando a colheita da aveia, e por isso prometi vir até aqui e ver qual era o problema.

O hospedeiro me olhou de cima a baixo. Um bisbilhoteiro boquiaberto ele poderia despachar, mas não tinha como me negar o direito de saber o que havia acontecido com um membro da família.

– Tem alguém lá em cima que esteve lá – acabou dizendo. – Não é daqui. Vai ver que é a sua prima.

Uma testemunha! Abri a boca para fazer outra pergunta, mas ele abanou a cabeça.

– Não sei de nada – disse-me com firmeza. – E não quero saber.

Deu-me as costas e ficou subitamente ocupado com as torneiras de seus barris de cerveja.

– Lá em cima, no fim do corredor, à esquerda.

Atravessei o salão e comecei a subir a escada. Nesse momento senti que todos evitavam me olhar. O silêncio deles e o tom do hospedeiro deixaram claro que quem quer que estivesse lá em cima não era um dos muitos que haviam comparecido ao casório, mas o único. O único sobrevivente.

Fui até o fim do corredor e bati à porta, primeiro baixinho, depois de novo, mais alto. Abri a porta devagar para não assustar quem estivesse lá dentro.

Era um quarto estreito com uma cama estreita. Nela estava deitada uma mulher inteiramente vestida, com um braço envolto numa atadura. A cabeça estava virada para a janela, de modo que eu só podia ver seu perfil.

Mesmo assim, reconheci-a. Denna.

Devo ter feito algum ruído, porque ela se virou para me olhar. Arregalou um pouco os olhos e, para quebrar o hábito, dessa vez foi ela quem ficou sem fala.

– Eu soube que você teve um problema – comentei, com ar indiferente. – E por isso pensei em vir ajudá-la.

Ela tornou a arregalar os olhos, depois os estreitou.

– Você está mentindo – disse, torcendo a boca com ironia.
– Estou, sim – admiti. – Mas é uma boa mentira – acrescentei. Dei um passo para dentro do quarto e fechei a porta sem barulho. – Eu teria vindo antes, se tivesse sabido.
– Qualquer um pode viajar, recebida a notícia – disse ela com desdém. – É preciso um tipo especial de homem para aparecer sem ter sabido que há problemas.
Ergueu o corpo, sentou-se e se virou para mim, balançando as pernas ao lado da cama.
Então, olhando mais de perto, notei que havia um machucado no alto de uma de suas têmporas, além da atadura no braço. Dei mais um passo em sua direção.
– Você está bem? – perguntei.
– Não estou – fez ela, com brusquidão. – Mas poderia estar muito pior.
Pôs-se de pé devagar, como se não estivesse segura de sua firmeza. Deu um ou dois passos cautelosos e pareceu mais ou menos satisfeita:
– Certo. Eu consigo andar. Vamos sair daqui.

CAPÍTULO 72

Mordzulmo

AO SAIR DO QUARTO, DENNA VIROU à esquerda, não à direita. A princípio achei que estivesse desorientada, mas, quando chegou a uma escada nos fundos, percebi que, na verdade, estava tentando sair sem passar pelo salão. Achou a porta que dava para a viela, mas ela estava firmemente trancada.

Assim, fomos para a parte da frente. Mal entramos no salão, tive aguda consciência dos olhares de todos voltados para nós. Denna traçou uma reta para a porta da entrada, deslocando-se com a lenta determinação de uma nuvem de tempestade.

Quase havíamos saído quando o homem atrás do bar nos chamou.

— Ei! Vocês aí!

Os olhos de Denna se desviaram para o lado. Sua boca desenhou uma linha fina e ela continuou em direção à porta, como se não tivesse ouvido.

— Eu resolvo com ele — eu lhe disse em voz baixa. — Espere por mim. Saio num segundo.

Fui até o hospedeiro de expressão carregada.

— Então, aquela é a sua prima? — perguntou-me. — O condestável disse que ela pode ir embora?

— Pensei que o senhor não quisesse ouvir falar desse assunto.

— Com certeza não quero. Mas ela usou o quarto, fez refeições, e eu chamei o médico para lhe fazer um curativo.

Olhei-o com uma expressão dura:

— Se houver um médico nesta cidade que valha mais que meio-vintém, então eu sou o rei de Vint.

— Ela me deve meio talento, ao todo — insistiu o homem. — Atadura não é de graça, e mandei uma mulher ficar sentada com ela, esperando-a acordar.

Eu duvidava muito que lhe fosse devida metade desse valor, mas certamente não queria problemas com o condestável. Na verdade, não queria nenhum tipo de atraso. Dadas as tendências de Denna, meu medo era que, se a perdesse de vista por mais de um minuto, ela desapareceria feito as brumas da manhã.

Tirei cinco iotas da bolsa e espalhei-os no balcão do bar.

— Todo demolidor lucra com a peste — comentei em tom sarcástico, e me retirei.

Senti um alívio ridículo ao ver Denna esperando do lado de fora, encostada no poste de amarrar cavalos. Tinha os olhos fechados e o rosto inclinado para o sol. Deu um suspiro satisfeito e se virou para o som de meus passos que se aproximavam.

— Foi tão ruim assim? — indaguei.

— No começo eles até foram muito gentis — admitiu ela, apontando com o braço enfaixado. — Mas uma velha ficou me examinando sem parar — acrescentou. Franziu o cenho e afastou o longo cabelo preto, dando-me uma visão clara da mancha roxa que subia de sua têmpora até a raiz dos cabelos. — Você conhece o tipo: uma daquelas solteironas cheias de nove-horas, com a boca murcha feito traseiro de gato.

Caí na gargalhada, e o sorriso súbito de Denna foi como o sol espiando por trás de uma nuvem. Mas seu rosto voltou a ficar sombrio e ela prosseguiu:

— A velha ficava me olhando daquele jeito. Como se eu devesse ter tido a decência de morrer com todos os outros. Como se tudo aquilo fosse culpa minha.

Abanou a cabeça:

— Mas ela foi melhor que os velhos. O condestável passou a mão na minha perna! — acrescentou, estremecendo. — Veio até o prefeito, todo cheio de estalos da língua para cima de mim, como se me desse alguma importância, mas só estava lá para me bombardear com perguntas: "O que você estava fazendo lá?", "O que aconteceu?", "O que você viu?"...

O desdém na voz de Denna me fez engolir minhas próprias perguntas tão depressa que por pouco não prendi a língua entre os dentes. É da minha natureza fazer perguntas, para não mencionar que todo o objetivo daquela corrida louca para os sopés das montanhas tinha sido investigar o que acontecera.

Mesmo assim, o tom de sua voz deixou claro que ela não estava disposta a responder coisa alguma naquele momento. Ajeitei melhor a sacola de viagem no ombro e me ocorreu uma lembrança:

— Espere aí. As suas coisas. Você deixou todas elas no seu quarto.

Denna hesitou por uma fração de segundo.

— Acho que não tinha nada meu lá — disse, como se essa ideia nem sequer lhe houvesse ocorrido.

— Tem certeza de que não quer voltar para ver?

Ela abanou a cabeça com firmeza.

– Eu saio de onde não sou bem-vinda – disse, com ar displicente. – O resto eu posso recuperar no caminho.

Começou a descer a rua e me coloquei a seu lado. Entrou numa ruela estreita que levava para oeste. Passamos por uma senhora idosa, que estava pendurando um trapento feito de feixes de aveia. O boneco usava um tosco chapéu de palha e calças de aniagem.

– Para onde estamos indo? – perguntei.

– Preciso ver se minhas coisas estão lá na fazenda dos Mauthen. Depois disso, aceito sugestões. Aonde você planejava ir antes de me encontrar?

– Para ser sincero, eu mesmo estava indo à fazenda dos Mauthen.

Denna me olhou de soslaio.

– Vá lá que seja. São só 2 quilômetros até a fazenda. Podemos chegar lá ainda com muita luz.

As terras ao redor de Trebon eram agrestes, a maior parte composta de mata densa, cortada por trechos de terreno pedregoso. Depois a estrada dobrava uma curva e aparecia um campinho perfeito de trigo dourado enfiado entre as árvores, ou aninhado num vale cercado por escarpas de pedra escura. Fazendeiros e lavradores pontilhavam os campos, cobertos de joio e se movendo com o lento cansaço que vem da certeza de que metade da colheita do dia ainda está por fazer.

Só havíamos caminhado um minuto quando ouvi um bater conhecido de cascos às nossas costas. Virei-me e deparei com uma carrocinha aberta, que chacoalhava devagar ladeira acima. Denna e eu nos afastamos para os arbustos, já que a estrada mal tinha largura suficiente para a carroça. Um lavrador de ar exausto, curvado sobre as rédeas, nos olhou com desconfiança de onde estava sentado.

– Estamos indo para a fazenda dos Mauthen – disse Denna quando ele chegou mais perto. – O senhor se importaria de nos dar uma carona?

O homem nos fitou com ar sombrio, depois fez sinal para a parte de trás da carroça.

– Vou passar pelo velho Mordzulmo. De lá vocês terão que seguir sozinhos.

Denna e eu subimos e nos sentamos de costas para o lavrador, na traseira de tábuas, com os pés balançando para fora da borda. Não era muito mais rápido que andar, mas ficamos contentes por não usar nossos pés.

Seguimos em silêncio. Era óbvio que Denna não estava interessada em discutir coisas na presença do lavrador, e gostei de dispor de um momento para concatenar as ideias. Eu havia planejado contar qualquer mentira necessária para arrancar da testemunha as informações que queria. Denna tinha complicado a situação. Eu não queria mentir-lhe, mas, ao mesmo tempo, não podia me arriscar a lhe dizer coisas demais. A última coisa que desejava era convencê-la de que era maluco, contando histórias extravagantes do Chandriano...

E assim seguimos em silêncio. O simples estar perto dela era prazeroso. Talvez você não imagine que uma garota enfaixada e de olho roxo pudesse ser bonita, mas Denna era. Linda como a lua: não impecável, talvez, mas perfeita.

O lavrador ergueu a voz, rompendo meu devaneio.

— Aqui é Mordzulmo.

Morro dos Ulmos. Olhei em volta à procura de algum ulmo, mas não vi nenhum. Foi uma pena, porque eu bem que poderia sentar à sombra de uma árvore frondosa e me refrescar um pouco. As horas de cavalgada tinham me deixado suado e cheirando a cavalo.

Agradecemos ao lavrador e pulamos da carroça. Denna seguiu na frente pela trilha de terra que serpeava para lá e para cá, subindo a encosta do morro, passando por entre as árvores e um ou outro afloramento de rocha escura e desgastada. Ela me parecia mais firme do que ao sairmos da taberna, mas conservava os olhos no chão, escolhendo onde pisar com um cuidado deliberado, como se não confiasse muito em seu equilíbrio.

De repente me veio uma ideia:

— Recebi o seu bilhete — informei, tirando o papel dobrado de um bolso da capa. — Quando foi que você o deixou lá?

— Faz quase duas onzenas.

Fiz uma careta.

— Só o achei ontem à noite.

Denna balançou a cabeça.

— Fiquei preocupada quando você não apareceu. Achei que talvez ele tivesse caído, ou ficado tão molhado que você não houvesse conseguido lê-lo.

— Eu não tenho usado a janela ultimamente.

Denna deu de ombros, com ar descontraído.

— Foi mesmo bobagem minha presumir que a usaria. Pensei em deixá-lo embaixo do seu travesseiro, mas queria ter certeza de que seria você a encontrá-lo.

— Quem mais encontraria algo na minha cama?

Denna me fitou com um olhar franco.

— Acho que você superestima a minha popularidade — continuei, no tom mais seco possível, fazendo o máximo para não enrubescer. E tentei pensar em algo para acrescentar, algo que explicasse o que ela poderia ter visto na ocasião em que Feila me dera a capa de presente na Eólica. Não me ocorreu nada. — Lamento ter faltado ao almoço que combinamos.

Denna ergueu os olhos, com ar divertido.

– O Deoch me contou que você ficou preso num incêndio, ou coisa assim. Que ficou com um ar decididamente arrasado.
– Senti-me arrasado. Mais pela sua falta do que pelo incêndio...
Ela revirou os olhos:
– Tenho certeza de que ficou terrivelmente aflito. Fez-me um favor, de certa maneira. Enquanto estive sentada lá... sozinha... toda tristonha...
– Eu já pedi desculpas.
– ...um cavalheiro mais velho se apresentou a mim. Conversamos, travamos conhecimento um com o outro... – disse ela, encolhendo os ombros e me olhando de lado, quase envergonhada. – Tenho me encontrado com ele desde então. Se tudo continuar a correr bem, acho que ele será meu mecenas antes do fim do ano.
– É mesmo? – comentei, sentindo-me borrifado pelo alívio como se fosse água fria. – Isso é maravilhoso, e já não é sem tempo. Quem é ele?
Denna abanou a cabeça, fazendo o cabelo escuro cair em volta do rosto.
– Não posso dizer. Ele é obcecado com a sua privacidade. Não quis me dizer seu nome verdadeiro por mais de uma onzena. Até hoje não sei se o nome que me deu é real.
– Se não sabe direito quem ele é – retruquei, devagar –, como você sabe que é um cavalheiro?
Era uma pergunta boba. Ambos conhecíamos a resposta, mas ela a deu assim mesmo:
– O dinheiro. As roupas. O porte – disse e encolheu os ombros. – Mesmo que seja apenas um comerciante rico, ele ainda dará um bom mecenas.
– Mas não um grande mecenas. As famílias de mercadores não têm a mesma estabilidade...
– ...e seus sobrenomes não têm o mesmo peso – ela concluiu, com outro dar de ombros. – Meio pão é melhor do que nenhum, e estou cansada de não ter nenhum. – Deu um suspiro. – Tenho trabalhado muito para fazê-lo aproximar-se de mim. Mas ele é muito esquivo... Nunca nos encontramos duas vezes no mesmo lugar, e nunca em público. Às vezes ele marca um encontro e nem sequer aparece. Não que isso seja novidade para mim...
Denna oscilou quando uma pedra se deslocou sob seu pé. Estendi-lhe a mão e ela se agarrou em meu braço e meu ombro para não cair. Por um momento ficamos encostados um no outro, e tive aguda consciência de seu corpo contra o meu enquanto ela usava um instante para se equilibrar.
Firmei-a e nos afastamos. No entanto, depois de recuperar o equilíbrio, ela continuou com a mão pousada de leve em meu braço. Movimentei-me devagar, como se um pássaro selvagem tivesse pousado ali e eu tentasse desesperadamente não assustá-lo, para evitar que voasse.

Pensei em passar um braço em volta dela, em parte para lhe dar apoio, em parte por razões mais óbvias. Descartei prontamente a ideia. Ainda me lembrava da expressão de seu rosto ao mencionar que o condestável passara a mão em sua perna. O que eu faria se ela reagisse a mim de maneira semelhante?

Os homens se acumulavam em bando ao seu redor e, por nossas conversas, eu sabia o quanto ela os achava cansativos. Não suportava a ideia de cometer os mesmos erros que eles simplesmente por me deixar cair nessa. Era melhor não me arriscar a ofendê-la, melhor ser prudente. Como eu já disse, há uma enorme diferença entre ser destemido e ser audacioso.

Seguimos a trilha em seus múltiplos meandros e continuamos a subir a encosta. Tudo era silêncio, exceto o vento que agitava o capim alto.

– Então quer dizer que ele é sigiloso? – instiguei-a gentilmente, com medo de que o silêncio não tardasse a se tornar incômodo.

– Sigiloso não é nem metade da história – disse Denna, revirando os olhos. – Uma vez, uma mulher me ofereceu dinheiro para lhe dar informações sobre ele. Banquei a boba e depois, quando lhe falei disso, ele me contou que tinha sido um teste para ver até que ponto eu era digna de confiança. Noutra ocasião uns homens me fizeram ameaças. Desconfio que foi outro teste.

O sujeito me pareceu bastante sinistro, como um fugitivo da lei ou alguém que estivesse se escondendo da família. Já ia dizendo isso quando vi Denna me olhando, ansiosa. Estava preocupada, com medo de que eu a visse com maus olhos por satisfazer os caprichos de um nobrezinho paranoico.

Pensei em minha conversa com Deoch, no fato de que, por mais difícil que fosse a minha sina, a dela era sem dúvida pior. O que eu suportaria se conseguisse ganhar o apoio de um nobre poderoso? A que me submeteria para encontrar alguém que me desse dinheiro para as cordas do alaúde, garantisse minha roupa e minha alimentação e me protegesse de cretinos perversos como Ambrose?

Refreei meus comentários anteriores e lhe dei um sorriso compreensivo.

– É bom ele ser rico a ponto de compensar sua chateação. Com sacos de dinheiro chovendo a cântaros. – Denna levantou de leve o canto da boca e senti seu corpo relaxar, contente por eu não a estar julgando.

– Ora, isso é que seria incrível, não? – fez ela, e seus olhos dançaram, dizendo sim. – Ele é a razão de eu estar aqui. Disse-me para aparecer nesse casamento. É muito mais rural do que eu esperava, mas... – Tornou a dar de ombros, num comentário silencioso sobre os desejos inexplicáveis da nobreza. – Eu esperava que meu futuro mecenas estivesse presente... – Interrompeu-se, rindo. – Será que isso está fazendo algum sentido?

– Invente um nome para ele – sugeri.

— Escolha um. Eles não lhe dão aulas sobre nomes na Universidade?
— Anabela — propus.
— Eu me recuso a me referir a meu mecenas em potencial como Anabela — retrucou ela, rindo.
— Duque da Dinheirama.
— Ora, agora você só está sendo irreverente. Tente de novo.
— Diga-me quando eu acertar um que lhe agrade... Federico, o Petulante. Franco. Feroce.

Ela abanou a cabeça enquanto chegávamos ao alto do morro. Quando enfim o escalamos, o vento nos atingiu em rajadas. Denna agarrou meu braço para se equilibrar e levantei uma das mãos para proteger os olhos da poeira e das folhas. Tossi, surpreso, quando o vento empurrou uma folha para dentro da minha boca, fazendo-me engasgar e espirrar.

Denna achou isso divertidíssimo.

— Ótimo — disse eu, pescando a folha na boca. Era amarela, em forma de ponta de lança. — O vento decidiu por nós. Mestre Freixo.

— Tem certeza que não é Mestre Olmeira? — perguntou ela, examinando a folha. — Esse é um erro comum.

— Tem gosto de freixo. Além disso, olmeira é feminino.

Denna balançou a cabeça com ar sério, embora seus olhos dançassem.

— Pois que seja Freixo.

Quando saímos do arvoredo no cume do morro, o vento tornou a soprar uma rajada, fustigando-nos com mais detritos antes de amainar. Denna deu um passo para longe de mim, resmungando e esfregando os olhos. Súbito a parte de meu braço em que sua mão se apoiara ficou muito fria.

— Mãos pretas — disse ela, esfregando o rosto. — Estou com farelo nos olhos.

— Não é farelo — retruquei, correndo os olhos pelo alto do morro. A menos de 15 metros de distância havia um aglomerado de construções carbonizadas, que um dia deviam ter sido a fazenda dos Mauthen. — É cinza.

———

Levei Denna a um pequeno bosque que bloqueava o vento e a visão da fazenda. Dei-lhe minha garrafa de água e sentamos num tronco caído, descansando enquanto ela lavava os olhos.

— Sabe — disse eu, hesitante —, você não precisa ir lá. Posso procurar suas coisas se me disser onde as deixou.

Ela semicerrou um pouco os olhos.

— Não sei se você está sendo gentil ou condescendente...

— Não sei o que você viu ontem à noite, por isso não sei até que ponto devo ser delicado.

– Em geral não preciso de muita delicadeza – ela rebateu, em poucas palavras. – Não sou nenhuma margaridinha enrubescida.

– As margaridas não enrubescem.

Denna me encarou, piscando os olhos vermelhos.

– Você deve estar pensando em "violetinha inibida" ou em "donzela ruborizada" – prossegui. – Seja como for, as margaridas são brancas. Não podem ficar coradas...

– Isso foi condescendente – disse ela sem rodeios.

– Bem, achei melhor você saber qual era a aparência certa. Para efeito de comparação. Para que haja menos confusão quando eu tentar ser atencioso.

Encaramo-nos um pouco e ela acabou desviando os olhos e esfregando-os.

– Está certo – admitiu. Logo depois inclinou a cabeça para trás e borrifou mais água no rosto, piscando furiosamente. – Na verdade, não vi muita coisa – disse, enxugando o rosto na manga da blusa. – Toquei antes da cerimônia de casamento e voltei a tocar quando eles se preparavam para a ceia. Fiquei esperando que o meu... – interrompeu-se, com um sorriso pálido – ...que Mestre Freixo aparecesse, mas sabia que não podia me atrever a perguntar por ele. Ao que eu soubesse, tudo aquilo era outro teste.

Parou de falar e franziu o cenho. Depois prosseguiu:

– Ele tem um jeito de fazer sinais. De me deixar saber que está perto. Pedi licença e o encontrei perto do celeiro. Fomos andar um pouco pelo bosque e ele me fez perguntas. Quem estava presente, quantos eram, que aparência tinham.

Fez um ar pensativo e concluiu:

– Agora que estou pensando no assunto, acho que o verdadeiro teste foi esse. Ele queria saber até que ponto eu era observadora.

– Ele chega quase a parecer um espião – ponderei.

Denna encolheu os ombros:

– Passeamos por cerca de meia hora, conversando. Depois ele ouviu alguma coisa e me disse para esperá-lo. Saiu em direção à casa da fazenda e ficou muito tempo ausente.

– Quanto?

– Dez minutos? – sugeriu ela, dando de ombros. – Sabe como é, quando se espera alguém. Havia escurecido, eu sentia frio e fome – explicou. Cruzou os braços sobre a barriga e dobrou um pouco o corpo. – Puxa, também estou com fome agora. Gostaria de ter...

Tirei uma maçã da sacola de viagem e a entreguei a ela. Eram maçãs magníficas, vermelhas como sangue, doces e frescas. Do tipo com que a gente sonha o ano inteiro, mas só consegue durante algumas onzenas no outono.

Denna me olhou com curiosidade.

— Eu viajava muito — expliquei, pegando também uma maçã para mim. — E era comum ficar com muita fome. Então costumo levar alguma coisa para comer. Vou preparar-lhe um jantar de verdade quando acamparmos à noite.

— E, ainda por cima, ele sabe cozinhar... — comentou Denna. Mordeu a maçã e bebeu um gole de água para acompanhar. — Enfim, achei que tinha ouvido gritos e voltei andando para a fazenda. Quando saí de trás de uma penha, decididamente ouvi uma gritaria. Então cheguei mais perto e senti cheiro de fumaça. E vi a luz do fogo por entre as árvores...

— E de que cor era o fogo? — perguntei, com a boca meio cheia de maçã.

Denna me lançou um olhar incisivo, com a expressão subitamente desconfiada.

— Por que você está me perguntando isso?

— Desculpe, eu a interrompi — retruquei, engolindo o bocado de maçã. — Termine a história, depois eu lhe conto.

— Já falei muito, e você ainda não fez nenhuma referência ao motivo de estar neste cantinho do mundo.

— Os professores da Universidade ouviram uns boatos estranhos e me mandaram aqui para descobrir se eram verdadeiros — declarei. Não houve constrangimento nem hesitação na minha mentira. Nem sequer a planejei; aliás, ela simplesmente saiu. Forçado a tomar uma decisão assim de estalo, não seria seguro eu lhe dizer a verdade sobre minha busca do Chandriano. Eu não suportava a ideia de que ela achasse que eu tinha o miolo mole.

— A Universidade faz esse tipo de coisa? Pensei que vocês só ficassem sentados, lendo livros.

— Algumas pessoas leem — admiti —, mas, quando ouvimos rumores estranhos, alguém precisa sair para descobrir o que de fato aconteceu. Quando as pessoas se tornam supersticiosas, começam a olhar para a Universidade e a pensar: quem é aí que anda mexendo com forças obscuras que mais valeria deixar sossegadas? Quem devemos atirar numa grande fogueira flamejante?

— Quer dizer que vocês fazem muito esse tipo de coisa? — Gesticulou com a maçã parcialmente comida. — Investigações?

Abanei a cabeça:

— Apenas despertei a antipatia de um professor. Ele se certificou de que eu fosse sorteado para fazer esta viagenzinha.

Não era uma mentira ruim, considerando-se que fora tirada da algibeira. Poderia até sustentar-se, caso Denna saísse fazendo perguntas, porque algumas partes eram verdadeiras. Quando a necessidade o exige, sou um excelente mentiroso. Não é a mais nobre das habilidades, mas é útil. Combina muito com a arte cênica e com contar histórias, e aprendi os três com meu pai, que era um mestre rematado.

—Você é mesmo cheio de conversa fiada – disse Denna sem maiores rodeios.

Fiquei imóvel, com os dentes a meio caminho de uma mordida na maçã. Recuei, deixando marcas brancas na casca vermelha.

– Perdão, o que você disse?

Ela deu de ombros.

– Se não quer me contar, tudo bem. Mas não invente histórias pelo desejo equivocado de me agradar ou me impressionar.

Respirei fundo, hesitei e falei devagar:

– Não quero mentir para você sobre a razão de estar aqui. Mas tenho medo do que você pode pensar se eu lhe disser a verdade.

Os olhos dela ficaram sombrios, pensativos, sem revelar nada.

– Vá lá – disse-me finalmente, com um aceno quase imperceptível. – Nisso eu acredito.

Deu uma dentada na maçã e me fitou demoradamente enquanto mastigava, sem nunca tirar os olhos dos meus. Seus lábios eram úmidos e mais vermelhos que a maçã.

– Ouvi uns boatos – acabei dizendo. – E quero saber o que aconteceu aqui. É apenas isso, de verdade. Eu só...

– Escute, Kvothe, desculpe-me – fez ela, dando um suspiro e passando a mão pelo cabelo. – Eu não devia tê-lo forçado. Não é da minha conta, na verdade. Sei como é ter segredos.

Quase lhe contei tudo nesse momento. Toda a história de meus pais, do Chandriano, do homem de olhos negros e sorriso de pesadelo. Mas temi que parecesse a invenção desesperada da criança apanhada numa mentira. Assim, em vez disso, segui o rumo dos covardes e permaneci calado.

– Assim você nunca encontrará o verdadeiro amor – disse Denna.

Saí do meu devaneio, confuso.

– Desculpe, o que disse?

– Você come o miolo da sua maçã – comentou ela, com ar divertido. – Come tudo em volta, depois vai de baixo para cima. Nunca vi ninguém fazer isso.

– É um velho hábito – respondi com displicência, por não querer dizer-lhe a verdade. Dizer que houvera uma época na minha vida em que o miolo da maçã era tudo que eu costumava encontrar, e ainda ficava contente.

– O que você quis dizer antes disso?

– Você nunca fez essa brincadeira? – perguntou Denna, levantando o miolo de sua maçã e segurando o cabinho com dois dedos. – Você pensa numa letra e gira a maçã. Se o cabo continuar preso, pensa em outra e gira de novo. Quando o cabo se solta... – e o dela se soltou, nesse momento – ...você fica sabendo a primeira letra do nome da pessoa por quem se apaixonará.

Baixei os olhos para o pedacinho de maçã que me restava. Não era o bastante para segurar e girar. Comi a última sobra e joguei fora o cabinho.

– Parece que meu destino é ser desamado.

– Lá vai você de novo: sete palavras – fez ela, sorridente. – Já notou que você sempre faz isso?

Demorei um minuto para perceber a que ela se referia, mas, antes que pudesse responder, Denna já tinha prosseguido:

– Ouvi dizer que as sementes fazem mal. Têm arsênico.

– Isso é história da carochinha – retruquei. Tinha sido uma das 10 mil perguntas que eu fizera a Ben na época em que ele viajava com a trupe. – Não é arsênico. É cianureto, e não há uma quantidade suficiente para fazer mal, a menos que a pessoa coma baldes de sementes.

– Ah – fez Denna, fitando a sobra de sua maçã com ar especulativo e começando a comê-la de baixo para cima.

– Você estava me contando o que aconteceu com o Mestre Freixo antes da minha interrupção grosseira – instiguei-a, com toda a delicadeza possível.

Denna deu de ombros.

– Não há muito mais para contar. Vi o fogo, cheguei mais perto, ouvi mais gritaria e comoção...

– E o fogo?

Ela hesitou.

– Azul.

Senti uma espécie de antecipação sombria avolumar-se em mim. Agitação por finalmente me aproximar de respostas sobre o Chandriano, medo da ideia de estar próximo delas.

– Como eram as pessoas que a atacaram? Como você escapou?

Denna deu uma risada amarga.

– Ninguém me atacou. Vi as silhuetas de umas formas desenhadas contra o fogo e saí correndo feito o diabo – explicou. Levantou o braço enfaixado e pôs a mão na lateral da cabeça: – Devo ter entrado de cabeça numa árvore e me nocauteado. Acordei hoje de manhã, na cidade. Essa era a outra razão por que eu precisava voltar: não sei se Mestre Freixo ainda pode estar aqui. Não ouvi ninguém na cidade falar de terem encontrado um corpo a mais, só que não podia indagar sem deixar todos desconfiados...

– E ele não gostaria disso.

Ela confirmou com um aceno.

– Não duvido que ele transforme isso em outro teste, para ver até onde consigo ficar de boca fechada – disse, e me lançou um olhar significativo. – Por falar nisso...

— Farei questão de me mostrar terrivelmente surpreso se encontrarmos alguém. Não se preocupe.

Denna me deu um sorriso nervoso.

— Obrigada. Só espero que ele esteja vivo. Investi duas onzenas inteiras na tentativa de conquistar seu apoio — disse, bebendo um último gole da minha água e me devolvendo a garrafa. — Vamos dar uma olhada por aí?

Levantou-se meio trôpega enquanto eu guardava a garrafa na sacola de viagem, observando-a pelo canto do olho. Eu havia trabalhado na Iátrica durante quase um ano. Denna levara uma pancada tão forte na têmpora esquerda que ficara com um olho roxo e um hematoma que passava muito da orelha, avançando pelo couro cabeludo. O braço direito estava enfaixado e, por sua maneira de andar, calculei que ela também tinha uns machucados sérios no lado esquerdo do corpo, se não umas costelas quebradas.

Se ela se esborrachara numa árvore, devia ter sido uma árvore de formato bem estranho.

Mesmo assim, não expus essa ideia. Não a pressionei.

Como poderia? Eu também sabia o que era ter segredos.

———

A fazenda não estava nem de longe tão macabra quanto poderia estar. O celeiro não passava de um amontoado de cinzas e tábuas. De um lado havia uma gamela de água junto a um moinho carbonizado. O vento tentava girar a roda, mas só lhe restavam três palhetas e ela simplesmente balançava para a frente e para trás, para a frente e para trás.

Não havia cadáveres. Apenas os sulcos fundos cavados no chão pelas rodas dos carroções que tinham ido buscá-los.

— Quantas pessoas estavam no casamento? — perguntei.

— Vinte e seis, contando a noiva e o noivo — disse Denna, chutando a esmo um pedaço de madeira carbonizada e meio enterrada nas cinzas, perto dos restos do celeiro. — O bom é que aqui costuma chover à noite, caso contrário, todo este lado da montanha estaria em chamas agora...

— Havia alguma desavença tradicional fervilhando por aqui, em estado latente? Famílias rivais? Outro pretendente em busca de vingança?

— É claro — respondeu Denna, descontraída. — Numa cidadezinha assim, é isso que mantém a estabilidade das coisas. Essa gente é capaz de guardar rancores por 50 anos pelo que o fulano de uma família disse sobre o beltrano de outra — comentou, abanando a cabeça. — Mas nada no gênero matança. Eles eram pessoas normais.

Normais, porém ricas, pensei comigo mesmo, andando em direção à sede da fazenda. Era o tipo de casa que só uma família rica poderia se permitir construir. As fundações e as paredes inferiores eram de sólida pedra cinzenta. O andar superior era de estuque e madeira, com os cantos reforçados por pedra.

No entanto, as paredes estavam curvadas para dentro, prestes a desabar. As janelas e a porta se encontravam escancaradas, deixando escapar fuligem pelos cantos. Espiei pela porta e vi a pedra cinzenta das paredes enegrecida como carvão. Havia cacos de louça espalhados por entre os restos dos móveis e as tábuas carbonizadas do piso.

– Se as suas coisas estavam aqui – comentei com Denna –, é quase certo que estejam perdidas. Posso entrar para dar uma olhada...

– Não seja bobo. Está tudo prestes a desabar – fez ela. Bateu com o nó de um dedo no umbral da porta, produzindo um som oco.

Curioso com a estranheza desse som, fui dar uma espiada. Futuquei a ombreira da porta com a unha e tirei uma lasca comprida, do tamanho da palma da minha mão, com pouca resistência.

– Isso mais parece um tronco lançado à costa do que madeira de qualidade. Depois de gastar tanto dinheiro, por que economizar na moldura da porta? – indaguei.

Denna deu de ombros.

– Será que foi o calor do fogo?

Balancei a cabeça, distraído, e continuei a circular, examinando uma coisa e outra. Abaixei-me para apanhar um pedaço de ripa carbonizado e resmunguei entre dentes uma conexão por simpatia. Uma breve friagem se espalhou por meus braços e uma chama voltou à vida na borda áspera da madeira.

– Isso a gente não vê todo dia – disse Denna. Tinha a voz calma, porém era uma calma forçada, como se ela fizesse um grande esforço para parecer indiferente.

Levei um momento para entender do que estava falando. Aquele tipo de simpatia simples era tão corriqueiro na Universidade que nem me ocorreu a impressão que causaria a outra pessoa.

– É só uma mexidinha em forças obscuras que melhor seria deixar em paz – comentei em tom leve, segurando a ripa em chamas. – Ontem à noite o fogo foi azul?

Ela fez que sim.

– Como uma chama de gás de carvão. Como as lâmpadas que usam em Anilin.

A ripa estava queimando com uma chama laranja, comum e alegre. Nem vestígio de azul. Mas podia ter sido azul na véspera. Deixei-a cair e a esmaguei com a bota.

Tornei a circular a casa. Alguma coisa me incomodava, mas eu não conseguia descobrir exatamente o quê. Resolvi entrar e dar uma espiada.

– O incêndio não foi tão terrível assim – gritei para Denna. – O que você acabou deixando lá dentro?

– Não foi tão terrível? – repetiu ela, incrédula, ao contornar um canto da casa. – O lugar está uma verdadeira casca seca.

Apontei para cima:

– O telhado não queimou todo, exceto bem ao lado da chaminé. Isso significa que provavelmente o incêndio não danificou muito o segundo andar. O que havia de seu lá dentro?

– Umas roupas e uma lira que Mestre Freixo comprou para mim.

– Você toca lira? – perguntei, surpreso. – De quantas cordas?

– Sete. Só estou aprendendo – respondeu ela, com um risinho sem humor. – Estava aprendendo. Só sirvo para tocar em casamentos no interior, e olhe lá.

– Não desperdice o seu tempo com a lira. É um instrumento arcaico, sem margem para sutilezas. Não que eu queira desmerecer sua escolha do instrumento – apressei-me a acrescentar. – Mas a sua voz merece um acompanhamento melhor do que a lira pode lhe oferecer. Se você está procurando um instrumento de cordas que possa carregar, fique com a meia-harpa.

– Você é uma gracinha, mas eu não a escolhi. Quem escolheu foi o Mestre Freixo. Da próxima vez vou pressioná-lo a me dar uma harpa. – Olhou em volta, ao acaso, dando um suspiro. – Se ele ainda estiver vivo.

Espiei por uma das janelas abertas para ter uma ideia do lado de dentro, mas só consegui que um pedaço do parapeito saísse nas minhas mãos quando me debrucei sobre ele.

– Isto também está podre – comentei, esfarelando-o entre os dedos.

– Exatamente – fez Denna, segurando-me pelo braço e me puxando da janela. – A casa está só esperando para cair em cima de você. Não vale a pena entrar. Como você disse, é só uma lira.

Deixei que ela me afastasse, mas ponderei:

– O corpo do seu mecenas pode estar lá em cima.

Denna abanou a cabeça:

– Ele não é o tipo de homem que entra correndo num prédio em chamas e fica preso lá dentro – afirmou, e me deu um olhar severo. – O que você imagina encontrar aí, afinal?

– Não sei – admiti –, mas, se eu não entrar, não saberei onde mais procurar pistas sobre o que de fato aconteceu aqui.

– Mas, que rumores você ouviu?

– Não muitos – respondi, relembrando o que dissera o balseiro. – Uma porção de gente foi assassinada num casamento. Todos mortos, destroçados feito bonecas de trapo. Fogo azul.

— Eles não foram realmente destroçados. Pelo que ouvi na cidade, muita coisa foi obra de facas e espadas.

Desde minha chegada à cidade, eu não tinha visto ninguém portar nem mesmo uma faca na cinta. O mais próximo disso tinham sido os lavradores com foices e foicinhos nos campos. Tornei a olhar para o casarão prestes a ruir, certo de estar deixando escapar alguma coisa...

— Então o que acha que aconteceu aqui? — perguntou Denna.

— Não sei. Eu meio que esperava não descobrir nada. Você sabe como os boatos tendem a ser exagerados — comentei, olhando em volta. — Eu teria atribuído o fogo azul aos boatos se você não tivesse estado aqui para confirmá-lo.

— Outras pessoas o viram ontem. As coisas ainda estavam queimando em fogo lento quando vieram buscar os corpos e me encontraram.

Tornei a olhar ao redor, irritado. Continuava com a sensação de estar deixando escapar alguma coisa, mas não conseguia imaginar que diabo seria.

— O que eles estão pensando na cidade? — indaguei.

— O pessoal não estava muito falante perto de mim — disse Denna, em tom ressentido. — Mas entreouvi um pedaço de conversa entre o condestável e o prefeito. O povo anda murmurando sobre demônios. O fogo azul garantiu que fosse assim. Havia gente falando em trapentos. Imagino que a festa da colheita será mais tradicional que de hábito este ano. Muitas fogueiras e sidra e espantalhos...

Olhei mais uma vez ao redor. As ruínas desmoronadas do celeiro, um moinho com três palhetas e uma casca de casa queimada. Frustrado, passei as mãos pelo cabelo, ainda certo de estar deixando escapar alguma coisa. Eu havia esperado encontrar... algo. Qualquer coisa.

Parado ali, ocorreu-me o quanto fora tola essa esperança. O que eu esperara achar? Uma pegada? Um retalho de tecido da capa de alguém? Um bilhete amassado, com uma informação vital, convenientemente escrito para que eu o encontrasse? Essas coisas só aconteciam nas histórias.

Peguei a garrafa de água e bebi o pouquinho que restava.

— Bem, já acabei por aqui — comentei, andando para a gamela de água. — O que você planeja fazer a seguir?

— Ainda preciso dar uma espiada por aí. Há uma possibilidade de que o meu amigo esteja em algum lugar, ferido.

Contemplei os morros ondulantes, dourados pelo sol de outono e pelos trigais, verdes com as pastagens, os pinheirais e os bosques de abetos. Por toda parte se espalhavam as cicatrizes escuras dos penedos e dos afloramentos de rocha.

– É muito chão para percorrer... – observei.

Ela balançou a cabeça, com expressão resignada.

– Pelo menos, tenho que fazer um esforço.

– Quer ajuda? Entendo um pouco de florestas...

– Com certeza, eu não ficaria triste por ter companhia, especialmente considerando que talvez haja um bando de demônios saqueadores por estas paragens. Além disso, você já se ofereceu para me preparar o jantar de hoje.

– É verdade – confirmei. Passei pelo moinho carbonizado e cheguei à bomba manual de ferro. Segurei a alavanca, apoiei nela o peso do corpo e, ato contínuo, saí cambaleando, porque ela se quebrou na base.

Fitei a alavanca quebrada. Estava enferrujada até o miolo, desfazendo-se em camadas granulosas de ferrugem vermelha.

Num lampejo súbito, lembrei-me de quando voltara para minha trupe e a encontrara morta, muitos anos antes. Lembrei-me de ter estendido a mão para me apoiar e constatado que as sólidas ferragens da roda de uma carroça estavam apodrecidas pela ferrugem. Lembrei-me também da madeira grossa e sólida se desfazendo em pedaços quando a toquei.

– Kvothe? – chamou Denna, com o rosto junto ao meu e a expressão preocupada. – Você está bem? Por Tehlu enegrecido, sente-se, senão você vai cair. Está machucado?

Desloquei-me para sentar na beirada da gamela, mas as tábuas grossas se desmancharam sob o meu peso feito um toco de árvore podre. Deixei a gravidade acabar de me puxar para baixo e sentei na grama.

Levantei a alavanca totalmente enferrujada da bomba-d'água para que Denna a visse. Ela carregou o sobrolho:

– Essa bomba era nova. O pai se gabou de quanto havia custado construir um poço aqui no alto do morro. Ficou repetindo que nenhuma filha sua teria de carregar baldes encosta acima três vezes por dia.

– O que você acha que aconteceu aqui? Sinceramente.

Ela correu os olhos ao redor, o machucado na têmpora formando um contraste acentuado com a pele alva.

– Acho que quando acabar de procurar o meu futuro mecenas vou lavar as mãos, sair desse lugar e nunca mais olhar para trás.

– Isso não é resposta. O que acha que aconteceu?

Ela me olhou por um momento demorado antes de responder:

– Alguma coisa ruim. Nunca vi nem espero ver um demônio. Mas também nunca vi o rei de Vint...

– Você conhece aquela cantiga infantil? – perguntei. Denna me olhou sem entender e, por isso, cantei:

*"Quando na lareira azula o fogo,
O que fazer? O que fazer?
Correr para fora e se esconder.

Se a luzente espada enferrujar,
Em quem confiar? Em quem confiar?
Sozinho permaneça; como pedra, enrijeça."*

Denna empalideceu ao perceber o que eu deixava implícito. Balançou a cabeça e entoou baixinho o refrão para si mesma:

*"Vês a mulher de neve caiada?
Silente vem e sai calada.
Qual é seu plano? Qual é seu plano?
Chandriano. Chandriano."*

―――

Sentamo-nos sob os retalhos de sombra das árvores outonais, longe da visão da fazenda arruinada. O Chandriano. O Chandriano realmente estivera ali. Eu ainda tentava recompor as ideias quando Denna falou:
— Era isso o que você esperava encontrar?
— Era o que eu procurava — respondi. O Chandriano estivera ali menos de um dia antes. — Mas eu não esperava por isso. Quer dizer, quando a gente é criança e escava tesouros enterrados, não espera encontrar nenhum. A gente sai à procura de gnomos-de-dênera e fadas na floresta, mas não os acha. — Eles haviam matado minha trupe e matado os participantes desse casamento. — Diabos, eu procuro você em Imre o tempo todo, mas na verdade não espero achá--la... — Deixei minha fala se extinguir ao perceber que estava tagarelando à toa.
Parte da tensão escoou de Denna quando ela riu. Não foi um riso de mofa, apenas de diversão.
— Sou um tesouro perdido ou uma fadinha?
— As duas coisas. Oculta, valiosa, muito buscada e raramente encontrada — respondi. Fitei-a, a cabeça mal atentando para o que me saía da boca. — Também há muito de fada em você — afirmei. Eles eram reais. O Chandriano era real. — Você nunca está onde eu a procuro, e depois aparece do modo mais inesperado. Feito um arco-íris.
Ao longo do ano anterior eu guardara um medo silencioso no fundo do coração. Às vezes temia que a lembrança da morte da minha trupe e a lembrança do Chandriano fossem apenas um tipo estranho de sonho de luto, criado por minha mente para me ajudar a lidar com a perda do meu mundo

inteiro. Mas agora eu tinha algo semelhante a uma prova. Eles eram reais. Minha lembrança era real. Eu não era louco.

— Uma tarde, quando era pequeno, persegui um arco-íris durante uma hora. E me perdi na floresta. Meus pais ficaram desatinados. Achei que conseguiria alcançá-lo. Vi o lugar em que ele devia encostar no chão. É isso que você é...

Denna tocou em meu braço. Senti o calor repentino de sua mão através da camisa. Respirei fundo e senti o aroma de seu cabelo aquecido pelo sol e o cheiro da relva verde, do suor limpo de Denna, de seu hálito e de maçã. O vento suspirou entre as árvores e levantou-lhe o cabelo, que me fez cócegas no rosto.

Só quando o silêncio repentino encheu a clareira foi que me dei conta de que vinha mantendo um fluxo contínuo de tagarelice sem sentido fazia vários minutos. Corei de vergonha e olhei em volta, recordando subitamente onde estava.

— Você ficou com o olhar meio desvairado — disse ela com doçura. — Acho que nunca o tinha visto indisposto.

Tornei a respirar lentamente.

— Eu vivo indisposto. Só não o demonstro.

— É exatamente o que eu queria dizer — fez ela. Deu um passo atrás, deslizando a mão devagar por toda a extensão do meu braço, até deixá-la cair. — E agora?

— Eu... eu não faço ideia — respondi, deixando o olhar vagar a esmo.

— Isso também não é coisa sua.

— Eu gostaria de beber um pouco d'água — disse, e dei um sorriso sem jeito ao ver como isso parecia infantil. Denna retribuiu o sorriso.

— Está aí um bom lugar para começar — brincou ela. — E depois?

— Eu gostaria de saber por que o Chandriano atacou aqui.

— *Qual é seu plano*, não é? — fez ela, com ar sério. — Com você não há muito meio-termo, há? Você só quer um pouco d'água e a resposta a uma pergunta que o povo vem tentando descobrir desde... bem, desde sempre.

— O que você acha que aconteceu aqui? Quem lhe parece ter matado essas pessoas?

Ela cruzou os braços no peito.

— Não sei. Pode ter sido toda sorte... — Parou, mordendo o lábio inferior. Por fim, disse: — Não. Isso é mentira. É estranho dizê-lo, mas acho que foram eles. Parece coisa saída de uma história e por isso não quero acreditar. Mas acredito. — E me olhou com ar nervoso.

— Assim eu me sinto melhor — comentei, ficando de pé. — Achei que talvez eu estivesse meio maluco.

— Ainda pode estar. Não sou um bom parâmetro para avaliar sua sanidade.

– Você se sente maluca?

Ela abanou a cabeça, com um meio sorriso a lhe curvar os cantos da boca.

– Não. E você?

– Não especialmente.

– Isso pode ser bom ou ruim, depende. Como se propõe a solucionar esse mistério de todos os tempos?

– Preciso pensar um pouco. Enquanto isso, vamos procurar o seu misterioso Mestre Freixo. Eu adoraria fazer-lhe umas perguntas sobre o que ele viu na fazenda dos Mauthen.

Denna assentiu com a cabeça.

– Estive pensando em voltar ao lugar em que ele me deixou, atrás daquele penedo, e em procurar entre aquele ponto e a fazenda – disse, encolhendo os ombros. – Não é grande coisa em matéria de plano...

– Mas nos dá um lugar para começar. Se ele voltou e descobriu que você havia sumido, talvez tenha deixado um rastro que possamos seguir.

Denna foi à frente pela floresta. Ali fazia mais calor. As árvores mantinham o vento afastado, mas o sol ainda conseguia penetrar, já que muitas delas estavam quase nuas. Só os carvalhos altos ainda conservavam todas as folhas, como anciãos encabulados.

Enquanto andávamos, tentei pensar no motivo que o Chandriano poderia ter tido para matar aquelas pessoas. Haveria alguma semelhança entre os participantes do casamento e minha trupe?

"Os pais de alguém andaram cantando o tipo inteiramente errado de canção..."

– O que você cantou ontem à noite? – indaguei. – No casamento.

– O de praxe – respondeu Denna, chutando um monte de folhas. – Coisas animadas. *A flautinha. Venha banhar-se no rio. Panela de fundo de cobre* – acrescentou, e deu um risinho. – *A tina de tia Emme...*

– Você não cantou isso! – comentei, horrorizado. – Num casamento?

– Foi um avô bêbado quem pediu – disse ela, dando de ombros, enquanto avançava por uma moita emaranhada e densa de banérbiras amarelecidas. – Houve algumas expressões de espanto, não muitas. O pessoal daqui não tem afetação.

Caminhamos um pouco mais em silêncio. O vento soprava forte nos galhos altos acima de nós, mas, aqui no chão, onde avançávamos aos poucos, era apenas um sussurro.

– Acho que nunca ouvi *Venha banhar-se...*

– Eu teria imaginado... – Denna se interrompeu e deu uma olhada para trás, por cima do ombro. – Está tentando me engambelar para que eu cante para você?

– É claro.

Ela se virou e me deu um sorriso caloroso, o cabelo caído no rosto.

– Mais tarde, talvez. Cantarei por meu jantar.

Continuou seguindo à frente, circundando um afloramento de rocha escura. Estava mais frio nesse ponto, fora do sol.

– Acho que ele me deixou aqui – disse, olhando ao redor, insegura. – De dia tudo parece diferente.

– Quer examinar o trajeto de volta daqui para a fazenda, ou descrever círculos a partir deste ponto?

– Círculos. Mas você terá de me mostrar o que devo procurar. Sou uma garota urbana.

Mostrei-lhe rapidamente o pouco que entendia da floresta. Apontei o tipo de terreno em que uma bota deixaria o chão escarvado ou o marcaria com uma pegada. Indiquei como o monte de folhas em que ela pisara tinha ficado obviamente remexido e como os ramos de banérbira tinham sido partidos ou arrancados quando ela lutara para passar por eles.

Mantivemo-nos bem próximos, já que dois pares de olhos são melhores do que um, e também porque nenhum de nós ansiava por se aventurar sozinho. Fomos trabalhando de um lado para outro, descrevendo arcos cada vez maiores a partir do pedregulho.

Passados cinco minutos, comecei a intuir a inutilidade daquilo. Era simplesmente floresta demais. Percebi que Denna chegou depressa à mesma conclusão. Mais uma vez, as pistas de livros de histórias que esperávamos encontrar não se evidenciaram. Não havia retalhos rasgados de roupa pendurados em galhos, nem pegadas fundas ou acampamentos abandonados. Encontramos, isso sim, cogumelos, bolotas de carvalho, mosquitos e fezes de guaxinim habilmente escondidas por agulhas de pinheiros.

– Está ouvindo a água? – perguntou Denna.

Fiz que sim e disse:

– Um gole me cairia muito bem. E um banhozinho.

Afastamo-nos de nossa busca sem dizer palavra, nenhum dos dois querendo admitir que estava ansioso por desistir, e ambos sentindo, no fundo, o quanto ela era inútil. Seguimos o som da água na descida da encosta até cruzar um pinheiral denso e deparar com um rio lindo e fundo, de uns 6 metros de largura.

Nessa água não havia cheiro de escoamento de fundição, de modo que a bebemos e enchi minha garrafa.

Eu conhecia o rumo das histórias. Quando um casal jovem se aproxima de um rio, há uma forma definida do que vem a seguir. Denna se banharia do outro lado do abeto mais próximo, longe dos meus olhos, num trechinho de margem arenosa. Eu me manteria discretamente afastado, sem ser visto, mas a uma distância em que a conversa seria fácil. E então aconteceria... alguma coisa. Ela escorregaria e torceria o tornozelo, ou cortaria o pé numa pedra afiada e eu seria forçado a correr até lá. E aí...

Mas essa não era uma história de dois jovens enamorados se encontrando à beira de um rio. Assim, borrifei um pouco de água no rosto e troquei de roupa atrás de uma árvore, vestindo minha camisa limpa. Denna mergulhou a cabeça na água para se refrescar. Seu cabelo cintilante ficou preto como tinta até ela torcê-lo com as duas mãos.

Depois sentamo-nos numa pedra, com os pés balançando dentro d'água e desfrutando a companhia um do outro enquanto descansávamos. Dividimos uma maçã, passando-a para lá e para cá entre uma mordida e outra, o que é bem parecido com beijar para quem nunca beijou ninguém.

Após uma instigação gentil, Denna cantou para mim. Entoou uma estrofe de *Venha banhar-se* que eu nunca tinha ouvido; uma estrofe que, desconfio, inventou ali mesmo, de improviso. Não a repetirei aqui, porque ela a cantou para mim, não para você. E, como esta não é a história de dois enamorados se encontrando à beira do rio, a estrofe não tem um lugar particular aqui, portanto vou guardá-la para mim.

CAPÍTULO 73

Poicos

NÃO MUITO DEPOIS DE ACABAR A MAÇÃ, Denna e eu tiramos os pés da água e nos preparamos para ir embora. Pensei em continuar sem as botas, já que pés capazes de correr descalços pelos telhados de Tarbean não corriam o risco de se machucar nem mesmo no solo mais irregular de uma floresta. Mas, não querendo parecer incivilizado, calcei as meias, apesar de estarem úmidas e pegajosas de suor.

Estava amarrando as botas quando ouvi ao longe um ruído vago na floresta, fora do meu campo visual, atrás de um pinhal denso.

Sem fazer barulho, estendi a mão, toquei de leve no ombro de Denna para chamar a sua atenção e pus um dedo nos lábios.

– O que foi? – perguntou ela, mexendo a boca sem produzir nenhum som.

Cheguei mais perto, pisando com cuidado para fazer o menor barulho possível.

– Acho que ouvi alguma coisa – expliquei, com a cabeça junto à dela. – Vou dar uma olhada.

– Vai uma ova – murmurou Denna, com o rosto pálido à sombra dos pinheiros. – Foi exatamente isso o que disse o Freixo Gris ontem à noite antes de ir embora. Raios me partam se também vou deixá-lo desaparecer.

Antes que pudesse responder, ouvi mais movimento no meio das árvores. Um farfalhar de arbustos, o estalido alto de um galho seco de pinheiro quebrando. À medida que os ruídos ficavam mais altos, captei o som de alguma coisa grande, de respiração pesada. Em seguida, um grunhido grave de animal.

Não era humano. Não era o Chandriano. Meu alívio durou pouco, pois ouvi outro grunhido e uma bufadela. Provavelmente um javali a caminho do rio.

– Fique atrás de mim – eu disse a Denna. A maioria das pessoas nem sequer imagina como os porcos selvagens são perigosos, especialmente no outono, quando os machos lutam pela dominação. A simpatia não adiantaria nada. Eu não tinha nenhuma fonte, nenhuma conexão. Não tinha nem ao menos um bordão pesado. Será que o bicho se distrairia com as poucas maçãs que me restavam?

O javali empurrou com os ombros os galhos baixos do pinheiro mais próximo, fungando e bufando. Provavelmente, tinha o dobro do meu peso. Soltou um enorme grunhido gutural ao erguer os olhos e nos ver. Levantou a cabeça, torcendo o focinho para nos farejar.

— Não corra, senão ele a persegue — instruí baixinho, colocando-me devagar à frente de Denna. Na falta de coisa melhor, saquei o canivete e o abri com o polegar. — Vá recuando e entre no rio. Eles não nadam bem.

— Acho que ela não é perigosa — disse Denna atrás de mim, em tom normal. — Parece mais curiosa do que aborrecida — completou, fazendo uma pausa. — Não que eu não aprecie suas nobres advertências e tudo o mais.

Olhando melhor, vi que Denna tinha razão. Era uma porca, não um javali, e, sob a pátina de lama, tinha a coloração rosada dos porcos domésticos, não as cerdas duras e acinzentadas dos porcos selvagens. Entediada, baixou a cabeça e começou a fuçar a vegetação rasteira sob os pinheiros.

Então percebi que eu tinha assumido uma pose meio agachada, com uma das mãos estendida, feito um lutador. Na outra segurava meu canivete desprezível, tão pequeno que precisava cortar várias vezes para partir ao meio uma maçã de bom tamanho. E o pior de tudo é que só havia calçado uma das botas. Estava com uma aparência ridícula: doido como Elodin em seus piores dias.

Senti o rosto queimar e percebi que devia estar vermelho feito uma beterraba.

— Tehlu misericordioso, estou me sentindo um idiota.

— Até que é muito lisonjeiro, na verdade — comentou Denna. — Com exceção de umas bravatas bem irritantes nas tabernas, não sei se alguém já tinha saltado de verdade em minha defesa até hoje.

— Sim, é claro — respondi, mantendo os olhos baixos enquanto enfiava a outra meia e a bota, envergonhado demais para encará-la. — O sonho de toda garota é ser salva do porco de estimação de alguém.

— Estou falando sério — ela contrapôs. Levantei a cabeça e vi em seu rosto um ar de meiga diversão, mas nenhuma zombaria. — Você pareceu... feroz. Feito um lobo com o dorso eriçado. — Parou de falar, olhando para a minha cabeça. — Ou uma raposa, eu acho. Você é ruivo demais para um lobo.

Relaxei um pouco. Uma raposa eriçada era melhor do que um idiota lunático com um único pé calçado.

— Mas segura o canivete da maneira errada — Denna acrescentou com ar displicente, apontando com a cabeça para minha mão. — Se esfaqueasse mesmo alguém, perderia a firmeza e cortaria seu próprio polegar — explicou.

Estendeu a mão, segurou meus dedos e os deslocou de leve. – Se o segurar desse jeito, seu polegar ficará protegido. O lado negativo é que você perde muita mobilidade no pulso.

– Você já brigou muitas vezes com faca? – perguntei, intrigado.

– Não tantas como você poderia supor – disse ela, com um sorriso maroto. – É uma outra página daquele livro surrado que vocês, homens, gostam tanto de usar para nos cortejar. – Revirou os olhos, exasperada. – Nem sei contar os homens que tentaram me seduzir a abrir mão da minha virtude ensinando-me a defendê-la.

– Nunca a vi usando facas. Por quê?

– E por que eu usaria uma faca? Sou uma florzinha delicada. É óbvio que uma mulher que anda por aí usando facas está procurando encrenca – disse. Enfiou a mão no bolso e tirou um pedaço de metal comprido e fino, com um gume reluzente. – Mas a mulher armada com uma faca está pronta para enfrentar encrencas. Em geral, é mais fácil parecer inofensiva. Costuma ser menos complicado.

Somente o fato de ela ser tão direta impediu que eu levasse um susto. Sua lâmina não era muito maior que a minha, porém não era dobrável. Era um pedaço reto de metal com o punho envolto num couro fino. Obviamente não fora concebido para comer nem para fazer um ou outro serviço em volta da fogueira. Mais parecia uma das afiadas lâminas cirúrgicas da Iátrica.

– Como é que você carrega isso no bolso sem se retalhar toda?

Denna virou-se de lado para me mostrar:

– Meu bolso tem, por dentro, um corte em toda a extensão. Ela fica presa na minha perna. É por isso que é tão chata. Para ninguém ver que a estou carregando – explicou. Pegou o cabo de couro e segurou a faca à frente do corpo, para que eu visse. – É assim. Você tem que manter o polegar na parte plana.

– Você está tentando me seduzir a abrir mão da minha virtude, ensinando-me a defendê-la? – perguntei.

– Ora, como se você tivesse alguma virtude – riu-se Denna. – Estou tentando impedi-lo de cortar suas lindas mãos, da próxima vez que salvar uma garota de um porco. – Inclinou a cabeça de lado. – Por falar nisso, sabia que quando você fica zangado os seus olhos...

– Eia, poico! – veio uma voz de trás das árvores, acompanhada pelo tilintar monótono de uma sineta. – Poico, poico, poico...

A porca enorme ficou atenta e voltou trotando pela mata em direção ao som da voz. Denna levou um instante para repor a faca no lugar, enquanto eu pegava a sacola de viagem. Seguindo a porca, avistamos um homem a jusante do rio, com meia dúzia de porcas grandes a rondá-lo. Havia também um velho javali eriçado e uma vintena de leitõezinhos zanzando por perto.

O porqueiro olhou para nós com ar desconfiado.

– Ei, oceis! – gritou. – Num carece de ficá cum medo. Eis num morde.

Era magro e curtido pelo sol e tinha a barba descuidada. Seu bordão comprido tinha pendurada uma tosca sineta de bronze e ele carregava num ombro um saco esfarrapado. Cheirava melhor do que se esperaria, provavelmente, já que os porcos criados soltos eram mais limpos do que os mantidos em cercados. Mesmo que ele cheirasse como um porco de chiqueiro, a rigor eu não poderia censurá-lo por isso, já que sem dúvida eu tivera um cheiro pior em vários momentos da minha vida.

– Achei que tinha escuitado quarqué coisa ali pelas banda d'água – disse, com um sotaque tão carregado e escorregadio que quase dava para sentir seu gosto. Mamãe costumava referir-se a ele como o sotaque das profundezas do vale, uma vez que só era encontrado em vilarejos sem muito contato com o mundo externo. Nem mesmo em cidadezinhas rurais como Trebon as pessoas tinham muito sotaque, nessa época. Tendo vivido em Tarbean e Imre por tanto tempo, fazia anos que eu não ouvia um dialeto tão carregado. O sujeito devia ter crescido num lugar realmente remoto, provavelmente enfurnado nas montanhas.

Aproximou-se de onde estávamos com um ar sombrio no rosto curtido, estreitando os olhos.

– Qu'é q'oceis dois tão fazeno por aqui? – perguntou, cheio de suspeita. – Achei q'o tinha uvido arguém cantá.

– Foi minha prima – disse eu, com um aceno da cabeça em direção a Denna. – Ela tem uma voz munita pra cantá, num tem? – Estendi a mão. – É um prazê cunhecê o sinhô. Pode me chamá de Kowthe.

Ele pareceu surpreso ao me ouvir falar assim, e boa parte da desconfiança ameaçadora desapareceu de sua expressão.

– Tomém é um prazê pra mim, inhô Kowthe – disse, apertando minha mão. – É raro nóis incuntrá um moço que fala direito. Os ricaço das banda de cá parece que vive co'a boca cheia de argodão.

Dei uma risada.

– Meu pai costumava dizê: "Argodão na boca e argodão na cabeça."

Ele sorriu, ainda apertando minha mão:

– Meu nome é Skoivan Schiemmelpfenneg.

– Ocê tem é nome de rei. Fica muito zangado se eu diminuí ele pra Schiem?

– Meus amigo tudo faz isso – respondeu ele com um sorriso e um tapinha nas minhas costas. – "Schiem" tá muito bom pra duas pessoinha bonita que nem oceis. – E correu os olhos para a frente e para trás, de Denna para mim e de mim para Denna.

Denna, verdade seja dita, nem havia piscado ante minha mudança súbita de dialeto.

— Me discurpe — disse eu, apontando na direção dela. — Schiem, essa aqui é a minha prima mais querida.

— Daina — disse ela.

Baixei a voz para o nível de um sussurro no palco:

— Mocinha meiga, mas encabulada que só ela, sô. Acho que ocê num vai escuitá muitas palavra dela...

Denna pegou a deixa do papel sem a menor hesitação, olhando para os pés e torcendo os dedos, com ar nervoso. Levantou os olhos por tempo suficiente para sorrir para o porqueiro, depois tornou a baixá-los, criando uma imagem tão perfeita de acanhamento envergonhado que até eu quase me deixei enganar.

Schiem levou a mão à testa polidamente e balançou a cabeça:

— Prazê em conhecê ocê, nhá Daina. Nunca ouvi uma voz tão munita na minha vida toda — disse, empurrando um pouco para trás da cabeça o chapéu amorfo. Quando, mesmo assim, Denna não o encarou, virou-se outra vez para mim.

— Bonito rebanho — comentei, movendo a cabeça em direção aos porcos dispersos que andavam ziguezagueando por entre as árvores.

Ele abanou a cabeça, com um risinho:

— Num é rebanho. Oveia e boi é que faiz rebanho. Poico foima vara!

— É mermo, sô? Escuite, amigo Schiem, será que dava jeito d'eu cumprá um bom leitãozinho d'ocê? Minha prima e eu sentiu farta do jantá de hoje...

— Pode sê — fez ele, com cautela e uma olhadela rápida para minha bolsa.

— Se ocê perpará ele pra nóis, eu lhe dô quatro iota — propus, sabendo que era um preço generoso. — Mas só se ocê nos fizé o favô de se sentá pra dividi um bocado com nóis.

Era uma sondagem informal. As pessoas que têm trabalhos solitários, como os pastores ou os porqueiros, tendem a apreciar sua própria companhia, ou a ficar ávidas de uma conversa. Torci para que Schiem fosse deste último tipo. Eu precisava de informações sobre o casamento e nenhuma das pessoas da cidade parecia inclinada a falar.

Dei-lhe um sorriso matreiro e enfiei a mão na sacola de viagem, tirando a garrafa de conhaque que havia comprado do latoeiro.

— Tenho inté uma coisinha aqui pra temperá. Isso se ocê num fô contra um traguinho com dois estranho ansim tão cedo...

Denna pegou a deixa e levantou a cabeça a tempo de atrair a atenção de Schiem, dar-lhe um sorriso tímido e tornar a baixar os olhos.

— Bom, a minha mãe me inducô direito — disse o porqueiro com ar reverente, espalmando a mão no peito. — Eu só bebo quando tô com sede, ou senão quando o vento assopra. – Tirou da cabeça o chapéu amorfo com um gesto dramático e uma meia mesura para nós. – Oceis parece gente boa. Vai sê um grande prazê fazê uma boquinha com oceis.

———

Schiem agarrou um leitãozinho e o levou até um pouco adiante, onde o abateu, esfolou e estripou, usando uma faca tirada de sua sacola. Afastei as folhas e empilhei umas pedras para fazer um braseiro improvisado.

Passado um minuto, Denna se aproximou com uma braçada de gravetos secos.

– Imagino que você pretenda arrancar desse sujeito todas as informações que puder, não é? – perguntou baixinho, por cima do meu ombro.

Fiz que sim.

– Desculpe pela prima tímida, mas...

– Não, foi bem pensado. Não sou fluente nesse linguajar matuto, e é provável que ele se abra mais com alguém que o seja – disse, e deu uma olhadela rápida para trás de mim. – Ele está quase acabando – informou, e se afastou em direção ao rio.

Usei disfarçadamente a simpatia para acender o fogo, enquanto Denna improvisava um par de espetos para assar, com galhos bifurcados de salgueiro. Schiem voltou com o leitãozinho bem esquartejado.

Circulei a garrafa de conhaque enquanto ele assava no fogo, fumegando e soltando gordura nas brasas. Fingi que bebia, apenas levantando a garrafa e umedecendo a boca. Denna também a inclinou em sua passagem por ela e, mais tarde, ficou com uma cor rosada nas bochechas. Schiem foi fiel a sua palavra e, já que o vento estava soprando, não demorou a ficar com o nariz confortavelmente vermelho.

Ele e eu conversamos, sem nos determos em nenhum assunto em particular, até o porco ficar dourado e crocante do lado de fora. Quanto mais eu ouvia, mais o sotaque de Schiem se desfazia num canto da minha consciência, e eu já não precisava me concentrar tanto para manter o meu. Assado o porco, mal me dava conta de todo o linguajar.

– Ocê é bom mesmo co'a faca – elogiei-o. – Mas me espantei de ver ocê estripá o coitadinho bem ali, perto dos outro poico...

Schiem abanou a cabeça:

– Os poico é uns safado perverso – disse. Apontou para uma das porcas, que trotava para o pedaço de terra em que ele havia esfolado o leitão. – Tá veno? Ela tá atrás dos bofe dessezinho aqui. Os poico são esperto, mas nem um tiquinho sentimentar.

Declarando que o porco estava praticamente pronto, Schiem pegou uma broa de lavrador e a cortou em três partes.

— Carneiro, hum — resmungou consigo mesmo. — Quem é que qué carneiro quando pode tê um bom pedaço de toucim? — disse. Em seguida levantou-se e começou a cortar o porco com o facão. — A mocinha aí, vai querê o quê? — perguntou a Denna.

— Num sô munto de preferença, não. Eu aceito o que o sinhô tivé pra dá.

Fiquei contente por Schiem não estar olhando para mim quando ela falou. Seu sotaque não era perfeito, meio arrastado nos "ôs" e gutural demais, porém, na verdade, era bastante bom.

— Num carece de se acanhá, não — disse Schiem. — Vai tê carne que dá e sobra.

— Cá cumigo, eu sempre gostei das parte traseira — disse Denna, que depois se alvoroçou, constrangida, e baixou os olhos. Dessa vez a pronúncia foi melhor.

Schiem demonstrou sua natureza realmente cavalheiresca ao se abster de tecer qualquer comentário grosseiro enquanto depositava uma fatia grossa de carne fumegante no pedaço de pão que ela segurava:

— Cuidado c'os dedo. Dá um minuto pra esfriá.

Todos caímos de boca na carne e Schiem nos serviu uma segunda vez, depois a terceira. Não demorou muito, lambíamos a gordura dos dedos, empanturrando-nos até não caber mais nada. Resolvi ir ao que interessava. Se Schiem não estivesse pronto para uns mexericos nessa hora, nunca estaria.

— Tô surpreso de vê ocê circulano por aí, com todas essas coisa ruim que andô acuntecendo por esses dia.

— Que coisa ruim? — perguntou ele.

Ainda não soubera do massacre no casamento. Perfeito. Embora não pudesse me fornecer detalhes sobre o ataque em si, isso significava que estaria mais disposto a falar dos eventos anteriores ao casamento. Mesmo que nem todos na cidade estivessem mortos de medo, eu duvidava que conseguisse encontrar alguém disposto a falar com toda a franqueza sobre os mortos.

— Ouvi dizê que teve uns problema lá na fazenda do Mauthen — respondi, mantendo minhas informações tão vagas e inofensivas quanto possível.

Ele deu um grunhido:

— Num posso dizê que isso me espante nadica de nada.

— E por quê?

Schiem deu uma cusparada de lado:

— Aqueles Mauthen é um belo bando de safado, é isso que eis é. — Tornou a abanar a cabeça. — Eu fico longe do Mordzulmo por causa que tenho um tantim de juízo que a minha mãe me enfiô na cabeça. Os Mauthen num tem nem isso.

Só quando escutei Schiem dizer o nome do lugar, com seu sotaque carregado, foi que o ouvi direito. Não era Mordzulmo. Não tinha nada a ver com ulmos. Era dos túmulos, Morro dos Túmulos.

— Nem num levo meus poico pra pastá por lá, mas aquele asno cretino construiu uma casa... — E abanou a cabeça, enojado.

— E o pessoar num tentô fazê ele pará? — instigou Denna.

O porqueiro emitiu um som rude.

— O Mauthen num é muito de escuitá. Num tem nada que nem dinheiro pra tampá os uvido de um home.

— Mesmo ansim, é só uma casa — retruquei, com ar displicente. — Num tem muita ruindade.

— Um home querê que a fia tenha uma boa casa, c'uma vista munita, inté aí, tudo bem — admitiu Schiem. — Mas, se ocê tá cavano as fundação e acha osso e outros traste desse tipo, e mesmo ansim num para... aí já é uma burrice de fazê dó.

— Ele num feis isso! — exclamou Denna, horrorizada.

Schiem balançou a cabeça e se inclinou para a frente:

— E isso num foi o pió. Ele foi cavano e bateu nas pedra. E por acauso parô? — Deu uma bufadela. — Começô foi a arrancá tudo, catano inda mais pra podê usá na casa!

— E pru que ele num havera de usá as pedra que achou? — perguntei.

Schiem me olhou como se eu fosse um imbecil.

— Ocê ia construí uma casa cum pedra de tumlo? Ia escavá uma coisa d'um tumlo e dá pra sua fia de presente de casamento?

— Ele achô arguma coisa? Era o quê? — perguntei, passando-lhe a garrafa.

— Uai, esse é que era o grande segredo, num é? — disse Schiem, ressentido, bebendo outro trago. — Pelo que eu sube, ele tava lá cavano as fundação da casa e arrancano as pedra. Aí achô um quartim todo fechado e vedado. Mas feis todo mundo ficá na moita sobre o que ele encontrô lá, por causo que queria que fosse a grande surpresa do casório.

— Era argum tesouro? — perguntei.

— Não, num era dinheiro — fez Schiem, abanando a cabeça. — O Mauthen nunca foi de fechá o bico sobre a gaita. Deve tê sido argum tipo de... — abriu e fechou a boca, procurando a palavra — ...cumé que se chama um treco que gente rica bota nas prateleira, a mod'impressioná os amigo mais rico?

Encolhi os ombros, com ar desamparado.

— Um legado de famía? — perguntou Denna.

Schiem deslizou o dedo pelo nariz e apontou para ela, sorridente.

— É isso aí. Um traste vistoso pra impressioná as pessoa. Ele é um cretino exibido, aquele tar de Mauthen.

— Entonce, ninguém sabia o que era? — indaguei.

Schiem balançou a cabeça.

— Só aquele grupinho é que sabia. O Mauthen e o irmão, dois fio dele e tarvez a muié. E tudo escondeno do povo o grande segredo, e isso ansim por meio ano, besta que nem papa.

Aquilo punha tudo sob uma nova perspectiva. Eu precisava voltar à fazenda e reexaminar as coisas.

— Ocê viu arguém hoje pelas banda de cá? — perguntou Denna. — Nóis tá procurano o meu tio.

Schiem abanou a cabeça:

— Num posso dizê que tenha tido esse prazê.

— Eu tô é preocupada cum ele — insistiu Denna.

— Num vou menti pr'ocê, benzim. Ocê tem razão de tá preocupada, se ele tivé andano sozinho por essas mata.

— Tem gente ruim por aqui? — indaguei.

— Não do jeito que ocê tá pensano. Só venho aqui uma veis por ano, no outono. Alimentá os poico fais valê a pena pra mim, mas é só. Tem umas coisa esquisita nessa floresta. Principarmente no norte — disse. Olhou de relance para Denna e para os próprios pés, obviamente sem saber ao certo se devia ou não continuar.

Esse era exatamente o tipo de coisa que eu queria saber; por isso descartei seu comentário, na esperança de provocá-lo:

— Eita, Schiem, num vem cum conto de fada pra cima de nóis.

Ele franziu o cenho:

— Fais duas noite, quand'eu me levantei pra... — hesitou, olhando de relance para Denna — ...pra cuidá das minhas necessidade pessoar, vi luz lá pras banda do norte. Um luzão de chama azur. Grande que nem foguera, mas ansim, de repente. — Estalou os dedos. — Dispois, nada. Aconteceu treis veis. Deu um arrupio bem no meio das minhas costa.

— Fais duas noite? — perguntei. O casamento só havia ocorrido na véspera.

— Eu disse duas noite, num foi? Desde entonce, tô seguino meu camim pro sur. Num quero tê nada a vê co'as coisa que tão fazeno fogo azur de noite por lá.

— Oia lá, Schiem, fogo azur mermo?

— Num sô nenhum Ruh mentiroso não, inventano história pra assustá ocê e tirá seus trocado, menino — disse ele, visivelmente irritado. — Passei minha vida toda nessas montanha. Todo mundo sabe que tem quarqué coisa lá nos penhasco do norte. Tem uma razão pro povo ficá longe de lá.

— Num tem nenhuma fazenda por lá? — perguntei.

— Num tem lugá pra plantá nem criá nada por lá, a num sê que ocê crie pedra — respondeu ele, acalorado. — Ocê pensa qu'o num cunheço vela nem fogueira quando vejo uma na minha frente? Era azur, o tô te dizeno. Uns ondão de azul — fez um gesto largo com os dois braços — que nem quando a gente joga árcu na fogueira.

Deixei o assunto de lado e dirigi a conversa para outro tema. Não demorou muito, Schiem deu um longo suspiro e ficou de pé.

— Os poico já cumero tudo que tinha por aqui — disse, pegando e sacudindo o cajado para fazer a tosca sineta tilintar alto. Os porcos vieram trotando obedientemente de todas as direções. — Eia, poico! — gritou ele. — Poico, poico, poico! Anda logo oceis!

Embrulhei as sobras do porco assado num pedaço de pano de saco e Denna fez algumas viagens com a garrafa d'água para apagar o fogo. Quando terminamos, Schiem já havia organizado sua vara. Era maior do que eu tinha suposto. Mais de duas dúzias de porcas adultas, além dos leitões e do javali de dorso cinzento e eriçado. Ele nos deu um breve aceno e, sem mais uma palavra, foi-se embora, a sineta do bordão tilintando com seu andar e os porcos seguindo atrás, num bando meio desordenado.

— Isso não foi de grande sutileza — comentou Denna.

— Tive que pressioná-lo um pouquinho. Esse pessoal supersticioso não gosta de falar das coisas que teme. Ele estava prestes a se fechar, e eu precisava saber o que tinha visto na floresta.

— Eu poderia ter arrancado a informação dele. Mosca se pega com mel.

— É provável que pudesse — admiti, pondo a sacola de viagem no ombro e começando a andar. — Pensei que você tivesse dito que não falava a língua dos matutos.

— Tenho ouvido de imitador — disse ela, com um dar de ombros indiferente. — Pego essas coisas com muita rapidez.

— Ocê me deu um baita susto. — Cuspi. — Droga! Vou levar uma onzena inteira para me livrar desse sotaque. Parece um pedaço de cartilagem preso nos meus dentes.

Denna estava examinando a paisagem ao redor com ar desanimado.

— Então acho que devemos recomeçar a vasculhar o terreno. Achar o meu mecenas e descobrir umas respostas para você.

— Não adianta.

— Eu sei, mas não posso desistir sem ao menos tentar.

— Não foi isso que eu quis dizer. Olhe... — Apontei para onde os porcos haviam fuçado a terra e as folhas à procura de algum petisco. — O Schiem deixou os porcos comerem por toda parte. Mesmo que haja rastros, jamais os encontraremos.

Denna respirou fundo e soltou um suspiro cansado.

— Será que sobrou alguma coisa naquela garrafa? — perguntou, abatida. — Minha cabeça continua a doer.

– Eu sou um idiota – comentei, olhando em volta. – Gostaria que você tivesse mencionado antes que estava com dor de cabeça. – Fui até uma bétula novinha, cortei várias tiras longas da casca e as entreguei a ela. – A parte interna da casca é um bom analgésico.

– Você é um sujeito bom de se ter por perto – disse Denna. Descascou uma porçãozinha com a unha e a pôs na boca. Franziu o nariz. – É amargo.

– É assim que se sabe que é remédio de verdade. Se o gosto fosse bom, seria um manjar.

– Não é assim que a vida funciona? Queremos coisas doces, mas precisamos das desagradáveis – disse ela sorrindo apenas por fora. – Por falar nisso, como vou encontrar meu mecenas? Estou aceitando sugestões.

– Tenho uma ideia – disse eu, ajeitando a sacola no ombro. – Mas primeiro temos que voltar à fazenda. Há uma coisa em que preciso dar uma segunda olhada.

———

Refizemos o percurso para o topo do Morro dos Túmulos e percebi por que o local havia recebido esse nome. Protuberâncias estranhas e irregulares subiam e desciam, apesar de não haver outras pedras por perto. Agora que eu as estava procurando, era impossível não vê-las.

– O que você precisa examinar? – perguntou Denna. – Espero que entenda que, se você tentar entrar na casa, talvez eu seja obrigada a contê-lo fisicamente.

– Olhe para a casa. Agora olhe para o penedo que se projeta das árvores atrás dela. – Apontei o local. – As pedras daqui são escuras...

– ...e as pedras da casa são cinzentas – ela concluiu.

Confirmei com um aceno da cabeça.

Denna continuou a me olhar com expectativa:

– E isso quer dizer o quê, exatamente? Como o porqueiro disse, eles encontraram pedras de túmulos.

– Não há nenhum túmulo por aqui. As pessoas constroem túmulos em Vintas, onde isso é tradicional, ou em locais baixos e alagadiços, onde não se pode cavar uma sepultura. É provável que estejamos a uns 800 quilômetros de um túmulo de verdade.

Cheguei mais perto da sede da fazenda.

– Além disso, ninguém usa pedras para construir túmulos. Mesmo que usasse, não seriam pedras lavradas e acabadas como essas. Isso foi trazido de muito longe – afirmei, passando a mão pelas pedras cinzentas e lisas da parede – porque alguém quis construir uma coisa que durasse. Uma coisa sólida. – Virei de frente para Denna. – Acho que há uma antiga fortaleza sepultada aqui.

Denna pensou um pouco:

– Por que chamariam o lugar de Morro dos Túmulos se não houvesse nenhum túmulo de verdade?

– Provavelmente porque o pessoal daqui nunca viu um de verdade, apenas ouviu falar deles em histórias. Ao encontrar um morro com grandes cabeços... – apontei para os outeiros de formas estranhas – ...pronto, Morro dos Túmulos.

– Mas isto aqui é o cúmulo do lugar nenhum. É depois da curva de lugar nenhum...

– Agora, é – concordei. – Mas e quando foi construído?

Apontei para uma clareira entre as árvores, ao norte da casa queimada, e acrescentei:

– Venha aqui um segundo. Quero que você veja outra coisa.

Passando pelas árvores na crista norte do morro, tinha-se uma visão deslumbrante da zona rural ao redor. O vermelho e o amarelo das folhas de outono eram de tirar o fôlego. Observei algumas casas e celeiros dispersos, cercados por campos dourados, ou por faixas verde-claras de pasto, pontilhadas por ovelhas brancas. Avistei o rio em que Denna e eu tínhamos balançado os pés.

Olhando para o norte, vi as penhas que Schiem havia mencionado. O terreno parecia mais irregular por lá.

Balancei a cabeça, essencialmente matutando:

– Daqui se enxergam uns 50 quilômetros em todas as direções. O único morro com uma vista melhor é aquele – comentei, apontando para um morro alto que tapava minha visão das penhas ao norte. – E ele termina praticamente numa ponta. É estreito demais no cume para qualquer fortificação de tamanho decente.

Denna correu os olhos em volta, pensativa, e assentiu com a cabeça:

– Está certo, você me convenceu. Havia uma fortificação aqui. E agora?

– Bem, eu gostaria de chegar ao topo daquele morro antes de acamparmos por hoje – respondi, apontando para a elevação alta e estreita que, nesse momento, escondia de nossa visão uma parte das penhas. – Fica a apenas 2 ou 3 quilômetros, e, se houver alguma coisa estranha acontecendo nos penedos do norte, de lá nós teremos uma visão clara. E depois – acrescentei, pensando um instante –, se o Mestre Freixo estiver em qualquer lugar num raio de 30 quilômetros, poderá ver nossa fogueira e nos procurar. Mesmo que esteja tentando adotar uma postura discreta e não queira entrar na cidade, talvez se aproxime de uma fogueira.

Denna balançou a cabeça:

– Com certeza isso é muito melhor do que sair tropeçando pelos arbustos.

– Tenho os meus momentos – retruquei, com um gesto pomposo para a descida do morro. – Por gentileza, primeiro as damas.

CAPÍTULO 74

Marco do percurso

APESAR DE NOSSO CANSAÇO, Denna e eu nos deslocamos com rapidez e chegamos ao alto do morro, ao norte, no momento em que o sol se punha atrás das montanhas. Embora todos os lados do morro fossem arborizados, seu pico era careca feito cabeça de clérigo. A vista irrestrita em todas as direções era de uma beleza arrebatadora. Meu único pesar foi que o vento trouxera nuvens enquanto andávamos, deixando o céu fosco e cinzento como ardósia.

Vi ao sul um punhado de fazendas. Alguns rios e estradas estreitas serpenteavam pelo meio das árvores. As montanhas a oeste pareciam uma muralha distante. Ao sul e a leste vi fumaça subindo e os prédios marrons e baixos de Trebon.

Ao me virar para o norte, constatei que era verdade o que dissera o porqueiro. Não havia sinal de habitação humana nessa direção. Nenhuma estrada, fazenda ou fumaça de chaminé; apenas um terreno cada vez mais irregular, rochas à mostra e árvores agarradas aos penedos.

A única coisa no alto do morro era um punhado de monólitos cinzentos. Três pedras maciças se empilhavam formando um imenso arco, como um portal enorme. Outras duas estavam de lado, como se descansassem na grama espessa. Achei sua presença reconfortante, como a companhia inesperada de velhos amigos.

Denna sentou-se num dos monólitos caídos enquanto eu olhava, de pé, para toda a zona rural. Senti no rosto uma espetada leve de chuva e resmunguei um xingamento, levantando o capuz de minha capa.

– Não vai durar muito – disse Denna. – Foi assim também nas duas últimas noites. Fica tudo nublado, chove por mais ou menos meia hora, depois passa.

– Que bom. Eu detesto dormir na chuva.

Pus a sacola de viagem junto a um dos monólitos, ao abrigo do vento, e começamos a nos preparar para acampar. Cada um cuidou de suas tarefas como se já tivesse feito aquilo uma centena de vezes. Denna limpou um espaço para a fogueira e juntou algumas pedras. Voltei com braçadas de lenha e acendi rapidamente o fogo. Na viagem seguinte colhi um pouco de sálvia e umas cebolas silvestres que tinha avistado na subida do morro.

A chuva caiu forte, depois foi diminuindo, e comecei a preparar o jantar. Usei minha panelinha para fazer um guisado com as sobras de carne de porco do almoço, umas cenouras, algumas batatas e as cebolas que havia encontrado. Temperei tudo com sal, pimenta e sálvia, depois esquentei um pão sem fermento junto ao fogo e tirei o lacre do queijo. Por último, finquei duas maçãs entre as pedras aquecidas da fogueira. Assariam a tempo de as comermos de sobremesa.

Quando ficou pronto o jantar, Denna já havia juntado uma pequena montanha de gravetos. Estendi meu cobertor para que se sentasse e ela, ao começarmos a refeição, emitiu ruídos apreciativos sobre a comida.

— Uma garota pode se acostumar com esse tipo de tratamento — comentou ao terminarmos. Contente, recostou-se num dos monólitos. — Se o seu alaúde estivesse aqui, você poderia cantar para eu dormir e tudo ficaria perfeito.

— Hoje de manhã encontrei um latoeiro na estrada e ele tentou me vender uma garrafa de vinho de frutas. Eu gostaria de ter aceitado a oferta.

— Adoro vinho de frutas. Era de morango?

— Acho que sim — admiti.

— Bem, é nisso que dá não dar ouvidos a um latoeiro na estrada — repreendeu ela, com olhos sonolentos. — Um menino esperto como você já ouviu histórias suficientes para ter mais juízo... — Soergueu o corpo de repente, sentando-se, e apontou por cima do meu ombro. — Olhe!

Virei-me.

— O que eu devo procurar? — perguntei. O céu ainda estava carregado de nuvens, de modo que a região em volta era apenas um mar de negrume.

— Fique olhando. Pode ser que... Olhe ali!

Eu vi: um lampejo de luz azul ao longe. Levantei-me e contornei a fogueira, deixando-a atrás de mim, para que não me toldasse a visão. Denna postou-se a meu lado e esperamos um instante, com a respiração presa. Outro clarão de luz azul, mais intenso.

— O que você acha que é? — perguntei.

— Tenho certeza de que todas as minas de ferro ficam a oeste — refletiu Denna. — Não podem ser elas.

Houve outro clarão. Parecia realmente estar vindo dos penedos, o que significava que, se era uma chama, era das grandes. Pelo menos de uma fogueira várias vezes maior que a nossa.

— Você disse que o seu mecenas tinha um modo de lhe fazer sinais — comentei, devagar. — Não quero me intrometer, mas, será que...

— Não. Não tem nada a ver com fogo azul — retrucou ela, rindo baixinho do meu embaraço. — Isso seria sinistro demais, até para ele.

Observamos um pouco mais, porém não voltou a acontecer. Peguei um galho da grossura do meu polegar, parti-o ao meio e usei uma pedra para bater nos dois pedaços e cravá-los no chão, feito suportes de barraca. Denna levantou uma sobrancelha inquisitiva.

— Isso aponta para onde vimos a luz — expliquei. — Não enxergo nenhum marco nesta escuridão, mas de manhã isso nos dirá em que direção ela estava.

Retomamos nossas posições anteriores e joguei mais lenha na fogueira, o que fez cintilarem faíscas no ar.

— Provavelmente, um de nós devia ficar acordado, cuidando do fogo — comentei. — Para o caso de aparecer alguém.

— Não costumo mesmo dormir a noite inteira, de modo que não será problema — disse Denna.

— Você tem dificuldade para dormir?

— Eu tenho sonhos — retrucou ela, num tom que deixou claro que era só o que pretendia dizer sobre o assunto.

Catei uns carrapichos marrons que haviam grudado na bainha da minha capa e joguei-os no fogo.

— Acho que tenho uma ideia do que aconteceu na fazenda dos Mauthen.

Denna ficou atenta.

— Então fale.

— A pergunta é: por que o Chandriano atacaria justamente naquele lugar e naquele momento?

— Ora, por causa do casamento, é óbvio.

— Mas por que esse casamento em especial? Por que naquela noite?

— Por que não diz de uma vez? — retrucou Denna, esfregando a testa. — Não venha tentar me levar a uma explosão súbita de compreensão, como se fosse meu professor.

Tornei a me sentir rubro de vergonha.

— Sinto muito.

— Não sinta. Normalmente, nada me agradaria mais do que uma brilhante troca de ideias com você, mas tive um dia cansativo e minha cabeça está doendo. Vá logo para o final...

— Trata-se do que quer que o Mauthen tenha encontrado ao escavar a antiga fortaleza quando procurava pedras. Ele tirou alguma coisa das ruínas e passou meses tagarelando sobre isso. O Chandriano ouviu e apareceu para roubá-la — concluí, com um certo floreio.

Denna carregou o sobrolho.

— Não faz sentido. Se eles só quisessem esse objeto, poderiam ter esperado até depois da festa de casamento e matado só o casal. Seria muito mais fácil.

Isso tirou um pouco do vento que enfunava minhas velas.

— Tem razão.

— Faria mais sentido se o que eles quisessem de verdade fosse livrar-se de todo e qualquer conhecimento desse treco. Como fez o antigo rei Celon quando achou que seu regente ia denunciá-lo por traição. Matou a família inteira do sujeito e incendiou a propriedade, para ter certeza de que nada transpiraria e não restaria nenhuma prova que alguém pudesse encontrar.

Apontou para o sul e continuou:

— Como todos os que conheciam o segredo estariam no casamento, o Chandriano podia chegar, matar todos os que sabiam de alguma coisa e destruir ou roubar fosse lá o que fosse. — Fez um movimento com a mão espalmada: — Limpeza geral.

Fiquei perplexo, embora não tanto com o que Denna tinha dito, o que, é claro, era muito melhor que o meu palpite. É que me lembrei do que havia acontecido com minha trupe. "Os pais de alguém andaram cantando o tipo inteiramente errado de canção." Mas eles não tinham matado apenas meus pais. Mataram todos os que haviam estado perto o bastante para ouvir até mesmo parte da canção.

Denna enrolou-se em meu cobertor e encolheu as pernas, de costas para a fogueira:

— Vou deixá-lo ponderar sobre a minha vasta inteligência enquanto eu durmo. Acorde-me quando precisar que alguma outra coisa seja esclarecida.

Mantive-me acordado sobretudo graças a minha força de vontade. Tivera um dia longo e exaustivo, cavalgando 100 quilômetros e andando outros 10. Mas Denna estava ferida e precisava mais do sono. Além disso, eu queria ficar de olho em qualquer outro sinal de luz azul no norte.

Não houve nenhum. Alimentei o fogo e me perguntei vagamente se, na Universidade, Wilem e Simmon estariam preocupados com meu sumiço repentino. E quanto a Arwyl, Elxa Dal e Kilvin? Estariam intrigados com o que me acontecera? Eu deveria ter deixado um bilhete...

Não tinha como saber que horas eram, porque as nuvens ainda escondiam as estrelas; mas já havia reatiçado o fogo pelo menos seis ou sete vezes quando vi Denna ficar tensa e acordar de repente. Não deu um pulo, mas prendeu a respiração e vi seus olhos escuros correrem de um lado para outro, transtornados, como se ela não soubesse onde estava.

— Desculpe-me — disse eu, principalmente para lhe dar alguma coisa conhecida em que se concentrar. — Acordei você?

Ela relaxou e se sentou.

— Não, eu... não. Não mesmo. Eu já dei minha dormida da vez. Quer dar a sua agora? — perguntou. Esfregou os olhos e me espiou por cima do fogo. — Pergunta boba. Você está com uma cara horrível — disse. Começou a tirar o cobertor. — Tome...

Fiz que não.

— Fique com ele. A capa é suficiente para mim — respondi. Suspendi o capuz e me deitei na grama.

— Quanto cavalheirismo! — brincou ela, enrolando o cobertor nos ombros.

Apoiei a cabeça num braço e, enquanto tentava pensar numa resposta inteligente, peguei no sono.

Despertei de um sonho obscuro, no qual andava numa rua movimentada, e deparei com o rosto de Denna acima do meu, rosado e delineado em sombras pela luz da fogueira. Pensando bem, era um modo muito agradável de acordar.

Já ia dizendo alguma coisa nesse sentido quando ela pôs um dedo em meus lábios, perturbando-me de umas 18 maneiras diferentes.

— Quieto — disse, baixinho. — Escute.

Sentei-me.

— Ouviu? — perguntou, passado um momento.

Inclinei a cabeça:

— Só o vento...

Ela abanou a cabeça e me interrompeu com um gesto:

— Escute!

Dessa vez eu ouvi. A princípio, achei que fossem pedras remexidas deslizando pela encosta; mas não, o som não se desfez ao longe, como aconteceria nesse caso. Era mais como se alguma coisa estivesse sendo arrastada morro acima.

Levantei-me e olhei em volta. Enquanto eu dormia, as nuvens tinham sido levadas pelo vento e agora o luar iluminava a zona rural circundante com um pálido brilho prateado. Nossa larga fogueira cercada de pedras estava cheia até a borda de brasas reluzentes.

Nesse momento, não muito abaixo na encosta, ouvi... Dizer que ouvi um galho quebrar seria enganoso. Quando uma pessoa quebra um galho ao andar pela floresta, isso produz um estalido curto e seco, porque qualquer galho acidentalmente partido por um homem é pequeno e se quebra com rapidez.

O que ouvi não foi o estalar de um graveto. Foi um estalejar comprido, o som produzido por um galho da grossura de uma perna ao ser arrancado de uma árvore: kriik-kerrrkakrraakkk.

E então, ao me virar para Denna, ouvi o outro barulho. Como posso descrevê-lo?

Quando eu era pequeno, mamãe me levara para ver uma coleção de animais em Senarin. Tinha sido a única vez que eu vira um leão e ouvira o seu rugido. As outras crianças do grupo tinham se assustado, mas eu rira, encantado. O som fora tão grave e profundo que eu o havia sentido ribombar no peito. Tinha adorado aquela sensação e ainda me lembrava dela.

O som que ouvi no morro perto de Trebon não foi o rugido de um leão, mas me trouxe a mesma sensação no peito. Foi um grunhido mais grave que o rugir do leão. Mais próximo do som de trovoadas ao longe.

Outro galho quebrou quase no cume do morro. Olhei nessa direção e vi uma silhueta enorme tenuemente delineada pela luz da fogueira. Senti o chão estremecer de leve sob os pés. Denna virou-se para mim com os olhos arregalados de pânico.

Segurei-a pelo braço e corri para o lado oposto do morro. A princípio, ela me acompanhou, depois fincou os pés no chão ao ver para onde eu ia.

— Não seja idiota — sibilou. — Vamos quebrar o pescoço se descermos correndo por aí, no escuro — advertiu. Olhou em volta, aflita, depois ergueu os olhos para os monólitos cinzentos próximos de nós. — Ponha-me lá em cima que depois eu puxo você.

Trancei os dedos para formar um degrau. Denna apoiou o pé, e dei um impulso tão forte que por pouco não a lancei para o alto, mas ela agarrou a borda da pedra. Esperei um breve instante enquanto ela suspendia a perna e, em seguida, joguei o saco de viagem no ombro e escalei com mãos e pés a lateral da pedra imensa.

Melhor dizendo, tentei escalar a lateral. A pedra fora alisada por séculos de exposição às variações do clima e não tinha nenhum ressalto para contar a história. Escorreguei para o chão, com as mãos buscando apoio inutilmente.

Corri para o outro lado, trepei numa das pedras mais baixas e dei outro pulo.

Bati com força com toda a frente do corpo, o que me tirou o fôlego e arrebentou meu joelho. Minhas mãos se agarraram ao topo do arco, mas eu não conseguia encontrar um ponto de apoio...

Denna me segurou. Se isso fosse uma balada heroica, eu lhe diria que ela pegou minha mão com firmeza e me puxou para a segurança. Mas a verdade é que ela agarrou minha camisa com uma das mãos enquanto a outra apertava meu cabelo no punho cerrado. Içou-me com força e me impediu de cair por tempo suficiente para eu encontrar um apoio e, aos trancos, subir para o alto da pedra, a seu lado.

Deitados lá, arfantes, espiamos por cima da borda. No alto do morro, a forma obscura começou a se deslocar para o círculo de luz da fogueira.

Meio escondida nas sombras, parecia maior do que qualquer animal que eu já tivesse visto, grande como uma carroça de carga. Era preta e tinha o corpo maciço de um touro. Chegou mais perto, movendo-se com um arrastar estranho, não como um boi ou um cavalo. O vento atiçou o fogo e o fez soltar labaredas, e vi que a coisa deslocava o corpanzil rente ao chão, com as pernas para os lados, feito um lagarto.

Quando se aproximou mais da luz, a constatação foi inevitável. Era um lagarto imenso. Não era comprido como uma cobra, mas atarracado feito um tijolo de lava, e o pescoço grosso se fundia com uma cabeça do formato de uma enorme cunha achatada.

Ele cobriu metade da distância do topo do morro até nossa fogueira num único impulso espasmódico e veloz. Tornou a grunhir como o ribombar grave de um trovão, cujo tremor senti no peito. Ao chegar mais perto, passou pelo outro monólito cinzento deitado no chão e percebi que meus olhos não estavam me pregando peças. A coisa era maior do que o monólito. Uns 2 metros de altura nos ombros, quase 5 de comprimento. Grande como uma carroça. Maciço como 12 bois amarrados juntos.

Deslocou a cabeçorra para a frente e para trás, abrindo e fechando a boca enorme, como se provasse o ar.

Depois veio a explosão de chama azul. A luz repentina foi ofuscante e ouvi Denna gritar a meu lado. Abaixei a cabeça e senti a onda de calor passar por cima de nós.

Esfregando os olhos, tornei a olhar para baixo e vi a coisa chegar mais perto da fogueira. Era negra, cheia de escamas, imensa. Tornou a grunhir feito o trovão, depois balançou a cabeça e soltou outra enorme golfada de fogo azul e ondulante.

Era um dragão.

CAPÍTULO 75

Interlúdio – Obediência

NA POUSADA MARCO DO PERCURSO, Kvothe fez uma pausa expectante. O momento se estendeu até o Cronista levantar os olhos da página.

– Estou dando a você a oportunidade de falar alguma coisa – disse Kvothe. – Alguma coisa do tipo "Não é possível!" ou "Dragões não existem".

O Cronista limpou a ponta da pena.

– Não cabe a mim, na verdade, tecer comentários sobre a história – retrucou, placidamente. – Se você diz que viu um dragão... – Deu de ombros.

Kvothe lançou-lhe um olhar de profunda decepção.

– E isso vem do autor de *Os hábitos de acasalamento do Dracus comum?* De Devan Lochees, o grande desmascarador?

– Vem do Devan Lochees que concordou em não interromper nem alterar uma só palavra da história que está registrando – disse o Cronista, depondo a pena e massageando a mão. – Porque foram essas as únicas condições em que ele poderia ter acesso a uma história que desejava muito.

Kvothe olhou-o com franqueza:

– Já ouviu a expressão "motim branco"?

– Já – retrucou o escriba, com um sorriso pálido.

– Eu poderia dizer alguma coisa, Reshi – interpôs Bast, animado. – Não concordei com absolutamente nada.

Kvothe olhou para um e outro, depois deu um suspiro.

– Poucas coisas são tão nauseantes quanto a obediência cega. Seria bom vocês se lembrarem disso – comentou. Fez um sinal para que o Cronista retomasse a pena. – Muito bem... Era um dragão.

CAPÍTULO 76

Os hábitos de acasalamento do Dracus comum

— É UM DRAGÃO — SUSSURROU DENNA. — Que Tehlu nos defenda e proteja! É um dragão.
— Não é um dragão. Dragões não existem.
— Olhe para ele! — exclamou ela, sibilando. — Está bem ali! Olhe para a porcaria do dragão gigantesco!
— É um dracus — retruquei.
— É grande para diabo — insistiu ela, com um toque de histeria na voz. — É uma porcaria de um dragão enorme que virá aqui para nos devorar.
— Ele não come carne. É herbívoro. É como uma vaca enorme.
Denna me olhou e começou a rir. Não um riso histérico, mas o riso irrefreável de quem acaba de ouvir uma coisa tão engraçada que não consegue deixar de gargalhar. Pôs as mãos na boca e se sacudiu de rir, e o único som produzido foi uma bufadela baixa que lhe escapou por entre os dedos.
Houve outro clarão de fogo azul lá embaixo. Denna se imobilizou no meio da risada, depois tirou as mãos da boca. Fitou-me de olhos arregalados e disse baixinho, com um leve tremor na voz:
— Muuuuu.
Nós dois passamos de apavorados a seguros tão depressa que estávamos prestes a gargalhar de puro alívio, de qualquer modo. Assim, quando ela tornou a se contorcer de rir, abafando o som com as mãos, comecei a gargalhar também e sacudia a barriga na tentativa de não fazer barulho. E lá ficamos, feito duas crianças a dar risadas, enquanto, mais abaixo, a enorme fera grunhia e farejava nossa fogueira, soltando de tempos em tempos baforadas de chamas.
Passados uns bons minutos, recuperamos o autocontrole. Denna enxugou as lágrimas e respirou fundo, trêmula. Deslizou para mais perto, até ficar com o lado esquerdo do seu corpo bem encostado no lado direito do meu.
— Escute — disse-me, baixinho, enquanto espiávamos pela borda da pedra.

– Aquela coisa não pasta, ela é imensa. Jamais conseguiria arranjar alimento suficiente. E olhe para aquela boca. Veja aqueles dentes.

– Exato. São planos, não pontiagudos. Ele come árvores. Árvores inteiras. Veja como é grande. Onde teria possibilidade de encontrar carne suficiente? Teria de comer 10 cervos por dia. Seria impossível sobreviver!

Denna virou a cabeça para mim:

– Diabos, como você sabe disso?

– Li sobre o assunto na Universidade, num livro chamado *Os hábitos de acasalamento do Dracus comum*. Ele usa o fogo para se exibir na busca de parceiras. É como a plumagem de um pássaro.

– Quer dizer que aquela coisa lá embaixo – começou Denna, tateando em busca das palavras e deixando a boca mover-se em silêncio por um instante – vai tentar copular com a nossa fogueira? – indagou. Por um momento, pareceu prestes a cair de novo na gargalhada, mas optou por uma inspiração trêmula e profunda e se recompôs. – Ora, está aí uma coisa que eu tenho que ver...

Ambos sentimos um estremecimento na pedra sob nossos corpos, um tremor que vinha do chão. Ao mesmo tempo, tudo se tornou perceptivelmente mais escuro.

Olhando para baixo, vimos o dracus rolar na fogueira feito um porco na lama. O chão tremeu enquanto ele se contorcia, esmagando o fogo sob o corpo.

– Aquela coisa deve pesar... – começou Denna, parando e abanando a cabeça.

– Talvez cinco toneladas – calculei. – Pelo menos cinco.

– Pode ser que venha nos pegar. Ele poderia derrubar estas pedras.

– Disso eu não sei – redargui, dando um tapa na pedra e procurando soar mais seguro do que de fato estava. – Faz muito tempo que elas estão aqui. Estamos seguros.

Ao rolar por nossa fogueira, o dracus foi espalhando galhos em chamas pelo alto do morro. Perambulou, então, até uma tora semicarbonizada que ainda ardia, caída no capim. Farejou-a, depois rolou o corpo, esmagando-a na terra. Em seguida tornou a ficar de pé, cheirou a tora e a comeu. Não mastigou. Engoliu-a inteira, feito um sapo enfiando um grilo goela abaixo.

O bicho fez isso várias vezes, descrevendo um círculo em torno da fogueira, já então praticamente extinta. Farejava, rolava em cima dos pedaços em chamas e os comia antes que se apagassem.

– Imagino que isso faça sentido – comentou Denna, observando-o. – Ele incendeia coisas e vive na floresta. Se não tivesse algo na cabeça que o fizesse querer apagar fogueiras, não sobreviveria por muito tempo.

— Provavelmente foi por isso que veio para cá. Deve ter visto a nossa fogueira.

Após vários minutos farejando e rolando, o dracus voltou ao leito plano de brasas, que era tudo o que restava da fogueira. Circundou-o algumas vezes, depois se aproximou e deitou em cima dele. Encolhi-me de horror, mas o bicho apenas se deslocou para lá e para cá, feito uma galinha se ajeitando no ninho. O cimo do morro ficou totalmente escuro, a não ser pelo pálido luar.

— Como é possível eu nunca ter ouvido falar dessas coisas? — perguntou Denna.

— Eles são muito raros. As pessoas costumam matá-los por não entenderem que são relativamente inofensivos. E eles não se reproduzem muito depressa. Esse aí embaixo deve ter uns 200 anos e atingiu o tamanho máximo que eles costumam ter — acrescentei, maravilhado com o animal. — Aposto que não há mais de uns 200 dracus desse tamanho no mundo inteiro.

Observamos por mais alguns minutos, porém não houve qualquer movimento lá embaixo. Denna deu um bocejo de estalar o queixo.

— Pelos deuses, estou exausta. Não há nada como a certeza da própria morte para a pessoa ficar esgotada — disse. Deitou-se de costas, rolou de lado, depois tornou a virar de frente para mim, tentando achar uma posição confortável. — Puxa, está frio aqui em cima — queixou-se, tremendo visivelmente. — Dá para entender por que ele se aninhou na nossa fogueira.

— Podemos descer e pegar o cobertor — sugeri.

— Nem pensar — fez ela, com um grunhido. Cruzou os braços no peito. Tremia a olhos vistos.

— Tome — disse eu, levantando e tirando a capa. — Enrole-se nisto. Não é muita coisa, mas é melhor do que a pedra fria. — Entreguei-lhe a capa. — Eu fico de vigia enquanto você dorme, para ter certeza de que não vai cair.

Ela me encarou por um bom tempo e cheguei quase a esperar que recusasse a oferta. Passado um momento, porém, pegou a capa e se embrulhou nela.

— Você, Mestre Kvothe, certamente sabe fazer uma garota passar horas agradáveis.

— Espere até amanhã. Eu estou só começando.

Fiquei sentado em silêncio, procurando não tiritar de frio, e a respiração de Denna acabou se regularizando. Observei-a dormir com a alegria serena do menino que não faz ideia de como é tolo nem imagina as tragédias inesperadas que o amanhã pode trazer.

CAPÍTULO 77

Penedos

A CORDEI SEM ME LEMBRAR DE QUANDO tinha adormecido. Denna me sacudia de leve:
— Não se mexa muito depressa. A descida é longa.

Desenrosquei-me devagar, com quase todos os músculos do corpo reclamando do tratamento recebido na véspera. As coxas e as panturrilhas pareciam nós apertados e duros de dor.

Só então me dei conta de que estava de novo usando minha capa.
— Eu a acordei? Não me lembro...
— De certo modo, sim. Você cochilou e caiu bem em cima de mim. Nem mexeu as pálpebras quando o xinguei para se afastar... — disse, mas sua voz foi morrendo à medida que ela me via ficar de pé lentamente. — Santo Tehlu, você parece um vovô com artrite.
— Sabe como é, a rigidez é sempre maior quando a gente acorda.

Ela deu um risinho desdenhoso.
— Nós, mulheres, não costumamos ter esse problema — comentou. Sua expressão foi se fechando ao me observar. —Você está falando sério, não é?
— Cavalguei uns 100 quilômetros ontem, antes de encontrar você. Não estou realmente habituado a isso. E à noite, na hora em que pulei, bati na pedra com bastante força.
— Está machucado?
— Com certeza. Especialmente em todas as partes do corpo.
— Ah! — ela exclamou, levando as mãos à boca. — As suas lindas mãos!

Baixei os olhos e percebi o que queria dizer. Eu devia tê-las machucado bastante na tentativa louca de trepar no monólito na noite anterior. Meus calos de músico haviam poupado a maior parte da ponta dos dedos, mas as articulações estavam muito arranhadas e com uma crosta de sangue. Outras partes de meu corpo doíam tanto que eu nem tinha notado.

Meu estômago deu um nó quando vi minhas mãos, mas, ao abri-las e fechá-las, percebi que só estavam dolorosamente raladas, sem ferimentos graves. Como músico, eu sempre temia que acontecesse alguma coisa com elas, e meu trabalho de artífice havia redobrado essa ansiedade.

– Parece pior do que é – acalmei-a. – Há quanto tempo o dracus foi embora?

– Ah, faz pelo menos umas duas horas. Saiu andando pouco depois do nascer do sol.

Contemplei a paisagem do meu elevado posto de observação no arco de monólitos. Na tarde anterior, o alto do morro consistira numa vastidão uniforme de capim verde. Nessa manhã parecia um campo de batalha. A grama fora pisoteada em alguns pontos e queimada até virar cinza em outros. Havia sulcos fundos nos lugares em que o lagarto havia rolado ou arrastado o corpanzil pela terra.

A descida do monólito foi mais difícil que a subida. A parte superior do arco ficava a uns 4 metros do chão, alta demais para que um pulo fosse conveniente. Em condições normais, eu não me preocuparia com isso, mas, em meu estado enrijecido e machucado, tive medo de cair de mau jeito e torcer um tornozelo.

Acabamos conseguindo, usando a alça de meu saco de viagem como uma corda improvisada. Enquanto Denna se firmava e segurava uma ponta, deixei-me descer. O saco rasgou-se todo, é claro, e espalhou meus pertences, mas consegui chegar ao chão sem nada mais sério do que uma mancha de terra.

Depois Denna se pendurou na beirada da pedra e segurei suas pernas, deixando-a escorregar devagar até o chão. Embora estivesse todo machucado na parte da frente, essa experiência contribuiu muito para melhorar meu estado de humor.

Recolhi minhas coisas e me sentei com agulha e linha para costurar o saco de viagem. Passado um momento, Denna voltou de sua ida ligeira ao meio das árvores e fez uma pausa rápida para apanhar o cobertor que havíamos largado. Ele exibia diversos rasgões feitos pelas garras do dracus ao pisoteá-lo.

– Você já viu uma destas antes? – perguntei, estendendo a mão.

Denna ergueu uma sobrancelha.

– Quantas vezes já terei ouvido essa pergunta?

Sorrindo, entreguei-lhe o pedaço de ferro negro que tinha recebido do latoeiro. Ela o examinou com curiosidade.

– É uma pedra-loden?

– Muito me admira que você a reconheça.

– Conheci um sujeito que usava uma delas como peso de papel – disse-me, com um sorriso desdenhoso. – Fazia questão de frisar que, apesar de

se tratar de uma pedra muito valiosa e excepcionalmente rara, ele a usava como peso de papel. Era um bobalhão – acrescentou com uma bufadela.
– Você tem algum pedaço de ferro?

– Pesque aí – sugeri, apontando para a misturada de meus pertences. – Tem que haver alguma coisa.

Denna sentou-se num dos monólitos baixos e se pôs a brincar com a pedra-loden e um pedaço quebrado de uma fivela de ferro. Remendei devagar a sacola e depois tornei a prender a alça, costurando-a várias vezes para que não viesse a se soltar.

Denna ficou totalmente absorta com a pedra-loden.

– Como funciona? – perguntou, afastando a fivela e deixando-a grudar-se de novo. – De onde vem o puxão?

– É uma espécie de força galvânica – respondi e depois hesitei. – O que é um modo de dizer que não faço a mínima ideia.

– Fico pensando se ela só gosta do ferro por ser de ferro – refletiu Denna encostando o anel de prata na pedra, sem o menor efeito. – Se alguém achasse uma pedra-loden de bronze, ela gostaria de outras peças de bronze?

– Talvez atraísse o cobre e o zinco. É disso que é feito o bronze – respondi. Virei a sacola do lado direito e comecei a guardar minhas coisas. Denna me devolveu a pedra-loden e saiu andando em direção aos restos destruídos do braseiro.

– O bicho comeu a madeira toda antes de ir embora – disse.

Também fui dar uma olhada. A área em torno do braseiro era uma bagunça revolvida, como se toda uma legião de cavalaria a tivesse pisoteado. Com a ponta da bota, examinei um torrão coberto de grama, virado de cabeça para baixo, e me curvei para pegar uma coisa.

– Veja isto.

Denna chegou mais perto e segurei o objeto para ela ver. Era uma escama do dracus, negra e lisa, aproximadamente do tamanho da palma da minha mão e em formato de gota. Tinha uns 6 milímetros de espessura no meio e se afinava nas pontas.

Estendi-a a Denna.

– Para a senhora, milady. Uma lembrança.

Ela a balançou na mão, comentando:

– É pesada. Vou procurar uma para você... – E voltou a vasculhar os restos do braseiro. – Acho que ele comeu umas pedras junto com a madeira. Sei que ontem juntei mais do que estas para cercar a fogueira.

– Os lagartos vivem comendo pedras. É assim que digerem a comida. As pedras moem o alimento em suas entranhas – expliquei. Denna me olhou com ar cético. – É verdade. As galinhas também fazem isso – completei.

Ela abanou a cabeça e desviou os olhos, revirando a terra remexida.

– Sabe, no começo eu tinha certa esperança de que você transformasse este encontro numa canção. No entanto, quanto mais você fala dessas coisas, menos certeza tenho. Vacas e galinhas. Onde está seu pendor para o dramático?

– Ele funciona bastante bem sem os exageros. Essa escama é quase puro ferro, se meu palpite não está errado. Como posso tornar isso mais dramático do que já é?

Denna levantou a escama, examinando-a de perto:

– Você está brincando.

Dei-lhe um sorriso.

– As pedras daqui são cheias de ferro. O dracus come as pedras e, aos poucos, elas são moídas em seu bucho. O metal vai se filtrando lentamente para os ossos e as escamas – expliquei, pegando a escama e me aproximando de um dos monólitos cinzentos. – Ano após ano, ele se desfaz da pele e depois a come, mantendo o ferro no organismo. Passados 200 anos... – Bati com a escama na pedra. Ela produziu um som agudo e retinido, a meio caminho entre o de um sino e o de um pedaço de cerâmica esmaltada.

Devolvi-lhe a escama e prossegui:

– Antes da mineração moderna, é provável que eles fossem caçados por causa do ferro. Ainda hoje imagino que um alquimista pagasse um bom dinheiro por suas escamas ou seus ossos. O ferro orgânico é uma verdadeira raridade. É provável que se possa fazer toda sorte de coisas com ele.

Denna olhou para a escama em sua mão.

– Você venceu. Pode escrever a música – disse. Em seguida seus olhos se iluminaram com uma ideia. – Deixe-me ver a pedra-loden.

Catei-a no saco de viagem e a entreguei. Denna colocou-a perto da escama e as duas aderiram com firmeza, produzindo o mesmo tilintar estranho de louça. Ela sorriu e voltou à fogueira, onde começou a aproximar a pedra-loden das sobras, à procura de mais escamas.

– Detesto ser portador de más notícias – eu lhe disse, fitando os penedos ao norte e apontando para uma vaga mancha de fumaça que subia das árvores –, mas há alguma coisa queimando por lá. Os marcadores que eu tinha fincado se foram, mas acho que foi naquela direção que vimos o fogo azul ontem à noite.

Denna movimentava a pedra-loden de um lado para outro sobre as ruínas do braseiro.

— O dracus não pode ter sido responsável pelo que aconteceu na fazenda dos Mauthen — comentou, mostrando a terra e a relva bastante revolvidas. — Não havia nenhum desses estragos por lá.

— Não estou pensando na fazenda. Acho que o mecenas de alguém andou cortando um dobrado ontem à noite com uma fogueirinha animada...

A expressão de Denna toldou-se:

— E o dracus a viu.

— Eu não me preocuparia com isso — apressei-me a dizer. — Se ele é esperto como você diz, é provável que esteja tão seguro quanto são as casas.

— Mostre-me uma casa que fique a salvo daquela coisa — retrucou ela em tom soturno, devolvendo-me a pedra-loden. — Vamos dar uma olhada.

———

Eram poucos quilômetros até o local em que a tênue linha de fumaça erguia-se da floresta, mas demoramos a chegar. Estávamos doloridos e cansados, e nenhum de nós sentia-se esperançoso quanto ao que encontraria ao chegarmos a nosso destino.

Enquanto caminhávamos, dividimos minha última maçã e metade do pão sem fermento que sobrara. Cortei tiras de casca de bétula, que Denna e eu mordiscamos e mastigamos. Após cerca de uma hora, os músculos de minhas pernas ficaram suficientemente relaxados para que andar já não fosse doloroso.

Ao chegarmos mais perto, nosso progresso diminuiu. As colinas onduladas foram substituídas por penedos íngremes e encostas cobertas por pedaços de rocha. Tivemos de escalar ou fazer o longo percurso que os contornava, às vezes precisando retroceder até encontrar uma passagem.

E houve contratempos. Topamos com um trecho de erva-gris madura que nos reteve por quase uma hora. Não muito depois, encontramos um regato e paramos para beber água, descansar e tomar banho. Mais uma vez minha esperança de um encontro romântico como nos livros de histórias foi frustrada pelo fato de que o córrego não tinha mais que uns 15 centímetros de profundidade. Não era propriamente ideal para um banho.

Já era o começo da tarde quando enfim chegamos à fonte da fumaça, e o que encontramos não foi nada do que havíamos esperado.

———

Tratava-se de um vale isolado escondido no meio dos penedos. Digo "vale", porém, na verdade, mais parecia um degrau gigantesco entre os sopés das montanhas. De um lado erguia-se uma alta muralha escarpada de rocha escura, do outro descia um despenhadeiro íngreme. Denna e eu chegamos ali por dois ângulos diferentes e inacessíveis até finalmente descobrirmos um modo de entrar. Por sorte, era um dia sem vento e a fumaça subia reta como uma flecha em direção ao límpido céu azul. Não fosse ela para nos guiar, é provável que nunca tivéssemos encontrado o local.

Em algum momento ele devia ter sido um trechinho aprazível de floresta, mas agora era como se um tornado o houvesse atingido. Árvores quebradas, arrancadas pela raiz, queimadas e esmigalhadas; pedras e enormes sulcos de terra expostos, cavados por toda parte, como se um lavrador gigantesco tivesse enlouquecido por completo ao arar seu campo.

Dois dias antes eu teria sido incapaz de imaginar o que causaria tamanha destruição; mas depois do que vira na noite anterior...

— Pensei que você tivesse dito que eles eram inofensivos, não? — perguntou Denna, virando-se para mim. — Ele teve uma explosão de cólera aqui.

Começamos a andar por entre os destroços. A fumaça branca se elevava do buraco deixado por um grande sicômoro derrubado. O fogo não passava de um punhado de brasas ardendo no fundo da cova, onde antes tinham estado as raízes.

Com a ponta da bota chutei mais uns torrões para dentro do buraco.

— Bem, a boa notícia é que o seu mecenas não está aqui. A má notícia... — Interrompi-me, respirando fundo. — Está sentindo esse cheiro?

Denna também respirou fundo e fez que sim, franzindo o nariz.

Subi no sicômoro caído e olhei em volta. O vento virou e o cheiro veio mais forte: alguma coisa morta e putrefeita.

— Pensei que você tivesse dito que eles não comem carne — comentou Denna olhando ao redor com ar preocupado.

Pulei da árvore e voltei à muralha escarpada. Encostada nela havia uma pequena cabana de madeira desfeita em lascas. O cheiro de podridão se intensificou.

— Certo. Isso não me parece nada inofensivo — disse Denna, examinando os destroços.

— Não sabemos se o dracus foi responsável por isso. Se o Chandriano atacou aqui, pode ser que o dracus tenha sido atraído pelo fogo e causado a destruição ao apagá-lo.

— Você acha que foi o Chandriano? Isso não combina com coisa alguma que eu tenha ouvido sobre o grupo. Dizem que eles atacam feito um relâmpago, depois desaparecem. Não fazem visitas, preparam fogueiras e voltam para resolver umas coisinhas.

— Não sei o que pensar. Mas duas casas destruídas... — Comecei a vasculhar os destroços. — Parece razoável haver alguma relação entre elas.

Denna respirou fundo. Acompanhei a linha de seu olhar e vi um braço se projetando por baixo de vários troncos pesados.

Cheguei mais perto. As moscas zumbiam e tapei a boca, na tentativa inútil de barrar o mau cheiro.

— Faz umas duas onzenas que ele morreu — afirmei. Curvei-me e peguei um emaranhado de madeira estilhaçada e metal. — Olhe só para isto.

— Traga aqui que eu olho.

Levei-o até onde ela estava. A coisa fora destroçada a ponto de ficar quase irreconhecível.

— Uma balestra — comentei.

— Não teve grande serventia para esse homem.

— A pergunta, para começo de conversa, é por que ele a possuía — retruquei. Examinei o pedaço grosso de aço azul da barra transversal. — Isto não era um arco de caça. Era o que se usa para matar um homem de armadura do outro lado do campo. Essas armas são ilegais.

Denna grunhiu:

— Essas leis não se aplicam por aqui. Você sabe disso.

Dei de ombros.

— Persiste o fato de que era um equipamento caro. Por que uma pessoa que mora numa cabana minúscula, com piso de terra batida, teria uma balestra que vale 10 talentos?

— Talvez ele soubesse do dracus — disse Denna, olhando nervosamente ao redor. — Eu não me incomodaria de ter uma balestra neste momento.

Abanei a cabeça.

— Os dracus são tímidos. Ficam longe das pessoas.

Denna fitou-me com um olhar franco e apontou a destruição da cabana.

— Pense em todas as criaturas selvagens da floresta — insisti. — Todas essas criaturas evitam o contato com as pessoas. Você mesma disse que nunca tinha sequer ouvido falar do dracus. Há uma razão para isso.

— Será que ele é hidrófobo?

Isso me fez estacar.

— Está aí uma ideia apavorante — declarei, correndo os olhos pelo cenário de ruína. — Como é que se sacrifica uma coisa daquelas? Será que lagarto sequer pega hidrofobia?

Denna oscilou sobre um pé e outro, incomodada, lançando olhares tensos em volta.

— Há mais alguma coisa que você queira ver aqui? Porque, por mim, já dei este lugar por encerrado. Não quero estar aqui quando aquilo voltar.

— Algo dentro de mim acha que devíamos proporcionar um enterro decente a esse sujeito...

Denna abanou a cabeça:

— Não vou demorar tanto assim por aqui. Podemos contar na cidade e alguém virá cuidar do assunto. Aquela coisa pode voltar a qualquer momento.

— Mas por quê? Por que será que ele fica voltando aqui? Aquela árvore ali está morta há vários dias, mas aquela outra acabou de ser arrancada há apenas uns dois dias...

— E que importância tem isso para você? — perguntou Denna.

— O Chandriano. Quero saber por que o grupo esteve aqui. Será que eles controlam o dracus?

— Não acho que tenham estado aqui. Na fazenda dos Mauthen, até pode ser. Mas isso aqui é apenas obra de um lagarto-boi hidrófobo — disse ela, perscrutando meu rosto demoradamente. — Não sei o que você veio procurar, mas acho que não vai encontrar.

Abanei a cabeça, olhando ao redor.

— Isso tem que estar ligado à fazenda.

— Acho que você quer que esteja ligado — rebateu ela, em tom meigo. — Mas esse sujeito está morto há muito tempo. Você mesmo o disse. Está lembrado do batente da porta e da gamela de água da fazenda? — indagou, curvando-se e batendo com os nós dos dedos num dos troncos da cabana destruída. O som produzido foi sólido. — E olhe para a balestra: o metal não está enferrujado. Eles não estiveram aqui.

Senti o coração afundar no peito. Ela estava certa. No fundo, eu sabia que vinha me agarrando a esperanças vãs. Mesmo assim, achava errado desistir sem tentar tudo o que fosse possível.

Denna segurou minha mão:

— Ande, vamos — disse, sorrindo e me puxando. Sua mão transmitiu uma sensação fria e lisa à minha. — Há coisas mais interessantes para fazer do que caçar...

Um barulho alto de algo se estilhaçando veio das árvores: kkkraak-ke--krrk. Denna largou minha mão e se virou para o lugar de onde viéramos.

— Não... — disse. — Não, não, não...

A ameaça súbita do dracus me fez recobrar o foco.

— Nós estamos bem — declarei, olhando em volta. — Ele não pode subir, é pesado demais.

— Subir em quê? Numa árvore? Essas ele está derrubando para se distrair!

— Nos penedos. — Apontei para a muralha escarpada que delimitava o pequeno trecho de floresta. — Venha...

Corremos atrapalhados para a base da escarpa, tropeçando em sulcos e saltando sobre árvores caídas. Ouvi o grunhido ribombante de trovão atrás de nós. Dei uma espiada, mas o dracus ainda estava em algum lugar entre as árvores.

Chegamos à base do penhasco e comecei a procurar uma parte em que pudéssemos subir. Depois de um minuto prolongado e frenético, emergimos de uma densa moita de sumagreiras e deparamos com uma faixa de terra violentamente revolvida. O dracus andara escavando por ali.

– Olhe! – exclamou Denna, apontando para uma fenda na escarpa, uma fresta profunda de cerca de meio metro de largura. Era o bastante para uma pessoa se espremer por ela, mas estreita demais para o enorme lagarto. Havia marcas de garras afiadas na escarpa e pedaços de pedra espalhados em volta da terra revolvida.

Denna e eu nos espremmos pela abertura estreita. Era escura, iluminada apenas pela pequena nesga de céu azul lá no alto. Enquanto me esgueirava, fui obrigado a virar de lado em alguns pontos para conseguir passar. Quando tirei as mãos das paredes, tinha as palmas cobertas de fuligem negra. Aparentemente, não conseguindo entrar, o dracus havia soprado fogo na passagem estreita.

Depois de apenas uns 4 metros, a fenda se alargou ligeiramente.

– Há uma escada ali – disse Denna. – Vou subir. Se aquela coisa cuspir fogo em nós, será como água de chuva num rego.

Ela subiu e eu a segui. A escada era tosca, mas robusta, e depois de uns 6 metros deu num pedaço de terreno plano. Pedras escuras nos cercavam por três lados, mas tinha-se uma visão clara da cabana destruída e das árvores destroçadas lá embaixo. Havia um caixote de madeira encostado na muralha.

– Você está vendo ele? – perguntou Denna, olhando para baixo. – Não vá dizer que eu ralei meus joelhos para fugir de coisa nenhuma.

Ouvi um *ffrrrump* surdo e senti uma onda de ar quente subir por minhas costas. O dracus tornou a grunhir e outra língua de fogo atravessou a fenda estreita abaixo de nós. Depois veio um som repentino e enfurecido, como o de unhas na lousa, quando o dracus arranhou loucamente a base da escarpa.

Denna me encarou.

– Inofensivo!

– Ele não está atrás de nós. Você viu. Andou arranhando aquela muralha muito antes de chegarmos aqui.

Denna sentou-se.

– Que lugar é este?

– Uma espécie de mirante. Daqui se avista o vale inteiro.

— É óbvio que isto é um mirante – resmungou ela. – Estou falando do lugar todo.

Abri o caixote de madeira. Dentro havia um cobertor de lã grosseira, um cantil de couro cheio d'água, um pedaço de charque e uma dúzia de flechas de balestra, muito bem afiadas.

— Também não sei – admiti. – Talvez o sujeito fosse um fugitivo.

Cessou o barulho lá embaixo. Denna e eu espiamos o vale destruído. O dracus acabou se afastando. Deslocou-se devagar, o corpanzil cavando um sulco irregular no chão.

— Ele não está andando depressa como ontem – comentei. – Vai ver que está doente.

— Talvez esteja exausto depois de um dia cansativo tentando nos achar e nos matar – Denna disse e olhou para mim. – Sente-se. Você está me deixando nervosa. Não vamos a lugar nenhum por algum tempo.

Sentei-me e ficamos observando o dracus arrastar-se lentamente até o meio do vale. Aproximou-se de uma árvore de uns 9 metros de altura e a derrubou, sem esforço perceptível. Pôs-se a comê-la, a começar pelas folhas. Depois mastigou galhos da grossura do meu pulso com a facilidade com que uma ovelha comeria um punhado de capim. Quando o tronco enfim ficou nu, presumi que ele teria de parar. Mas o bicho simplesmente cravou a bocarra plana numa das extremidades e girou o pescoço maciço. O tronco rachou e se partiu, deixando o dracus com um pedaço grande mas cabível na boca, o qual ele engoliu mais ou menos inteiro.

Denna e eu aproveitamos a oportunidade para fazer nossa própria refeição. Apenas um pouco de pão sem fermento, linguiça e as sobras das cenouras. Hesitei em confiar na comida do caixote, já que havia uma clara possibilidade de que o sujeito que morava lá fosse uma espécie de maluco.

— Ainda me admira que ninguém daqui jamais o tenha visto – disse Denna.

— É provável que as pessoas tenham tido uns vislumbres. O porqueiro disse que todos sabem que há uma coisa perigosa nesta floresta. Devem ter apenas presumido que era um demônio, ou qualquer bobagem desse tipo.

Denna tornou a me fitar, com uma expressão divertida:

— Assim diz o sujeito que veio à cidade procurar o Chandriano.

— Isso é diferente – protestei, acalorado. – Não saio por aí contando histórias de fadas e tocando no ferro para me proteger. Estou aqui para descobrir a verdade. Para obter informações vindas de uma fonte mais confiável do que relatos de terceira mão.

— Não tive a intenção de melindrá-lo – disse Denna, surpresa. Tornou a olhar para baixo. – Ele é mesmo um animal incrível.

— Quando li sobre ele, não acreditei realmente na história do fogo — admiti. — Pareceu-me meio exagerada.

— Mais exagerada que um lagarto do tamanho de uma carroça?

— Isso é só uma questão de tamanho. Mas o fogo não é uma coisa natural. Que mais não seja, onde ele o guarda? É óbvio que não fica em combustão por dentro.

— Não explicaram isso no livro que você leu?

— O autor deu uns palpites, mas foi só. Não conseguiu capturar nenhum para dissecá-lo.

— É compreensível — comentou Denna enquanto observávamos o dracus derrubar com displicência outra árvore e também começar a comê-la. — Que tipo de rede ou jaula conseguiria contê-lo?

— É, mas ele tinha umas teorias interessantes. Você sabia que o estrume de gado emite um gás que é combustível?

Denna virou-se para mim e riu.

— Não. É mesmo?

Fiz que sim, sorrindo.

— A meninada do interior risca fósforos nos montes de esterco fresco para vê-lo pegar fogo. É por isso que os lavradores têm que tomar cuidado quando armazenam estrume. O gás pode se acumular e explodir.

— Sou uma garota urbana — disse ela, dando um risinho. — Não fazíamos esse tipo de brincadeira.

— Pois perdeu uma grande diversão. O autor sugeriu que o dracus simplesmente armazena esse gás em algum tipo de bexiga. A grande questão é como o acende. O autor teve uma ideia inteligente sobre o arsênico. O que faz sentido, em termos químicos. O arsênico e o gás de carvão explodem se alguém juntá-los. É por isso que vemos clarões nos pântanos. Mas isso me parece meio absurdo. Se o dracus tivesse muito arsênico no organismo, ele se envenenaria.

— A-hã — concordou Denna, ainda observando o animal lá embaixo.

— Mas, pensando bem, só precisa de uma pequena faísca para acender o gás. E há muitos animais capazes de criar força galvânica suficiente para produzir uma faísca. A enguia-grampo, por exemplo, consegue gerar o bastante para matar um homem e só tem cerca de meio metro. — Apontei para o dracus. — Uma coisa grande como aquela com certeza geraria força suficiente para uma centelha.

Eu tinha esperança de que Denna se impressionasse com minha engenhosidade, mas ela parecia distraída com a cena lá embaixo.

— Você não está realmente me ouvindo, está?

— Não muito — respondeu ela, virando-se e me dando um sorriso. —

Quer dizer, para mim faz pleno sentido. Ele come madeira. Madeira é combustível. Por que ele não cuspiria fogo?

Enquanto eu tentava pensar numa resposta, Denna apontou para o vale.

– Olhe aquelas árvores lá adiante. Elas lhe parecem estranhas?

– Afora estarem destruídas e quase todas comidas? Não especialmente.

– Veja como estão dispostas. É difícil perceber, porque o lugar está uma bagunça, mas é como se elas crescessem em fileiras. Como se alguém as tivesse plantado.

Depois que ela o havia assinalado, observei que grande parte das árvores realmente parecia ter crescido em fileiras. Uma dúzia de fileiras com três arvores em cada uma. Agora, com a chegada do dracus, a maioria não passava de tocos ou buracos vazios.

– Por que alguém plantaria árvores no meio da floresta? – refletiu. – Não é um pomar... Você viu alguma fruta?

Abanei a cabeça.

– E aquelas são as únicas árvores que o dracus andou comendo. Há uma grande clareira bem no meio. As outras ele derruba, mas aquelas ele derruba e come – disse, e estreitou os olhos. – Que tipo de árvore ele está comendo?

– Daqui não dá para eu dizer. Bordo? Será que ele gosta de doces?

Olhamos um pouco mais, depois Denna ficou de pé:

– Bem, o importante é que ele não virá correndo cuspir fogo nas nossas costas. Vamos ver o que há na outra ponta daquela trilha. Desconfio que ali há uma saída daqui.

Descemos a escada e seguimos lentamente pela trilha sinuosa na base da fenda estreita. Ela ziguezagueou por mais uns 6 metros e desembocou num pequeno desfiladeiro com paredes íngremes se elevando por todos os lados.

Não havia nenhuma saída, mas era óbvio que o lugar vinha sendo usado. As plantas tinham sido retiradas, deixando um piso de terra batida. Havia dois fornos compridos escavados no chão e, acima deles, apoiados em plataformas de tijolos, alguns tachos de metal. Chegavam a lembrar as tinas de derretimento usadas pelos abatedores de animais na produção de sebo. Mas esses eram largos, planos e rasos, como assadeiras para enormes tortas.

– Ele gosta mesmo de doces! – riu-se Denna. – Esse sujeito fazia balas de bordo aqui. Ou xarope.

Cheguei mais perto para ver. Havia, espalhados, baldes do tipo ideal para se carregar a seiva do bordo para ser fervida. Abri a porta de um galpãozinho semidestruído e vi mais baldes, longas pás de madeira para mexer a seiva, raspadores para tirá-la dos tachos...

Mas alguma coisa estava errada. Havia uma profusão de bordos-doces na floresta. Não fazia sentido cultivá-los. E por que escolher um local tão isolado?

Talvez o sujeito fosse simplesmente maluco. Peguei ao acaso um dos raspadores e o examinei. A ponta tinha uma mancha escura, como se houvesse raspado alcatrão...

— Argh! — exclamou Denna às minhas costas. — É amargo. Acho que eles deixaram queimar.

Virei-me e a vi parada junto a um dos braseiros escavados no chão. Tirara uma rodela grande de material pegajoso do fundo de um dos tachos e dera uma mordida. Era um material preto, mas não tinha o tom de âmbar escuro do xarope ou do caramelo de bordo.

De repente compreendi o que de fato acontecia naquele lugar.

— Não! — gritei.

Ela me olhou intrigada.

— Não é tão ruim assim — disse, com as palavras abafadas na boca pegajosa. — É estranho, mas não chega a ser desagradável.

Aproximei-me e arranquei a rodela de sua mão com um tapa. Seus olhos me fuzilaram de raiva.

— Cuspa isso! — gritei. — Já! É veneno!

A expressão de seu rosto passou de furiosa a apavorada num segundo. Denna abriu a boca e deixou um bolo da coisa escura cair no chão. Depois cuspiu uma saliva espessa e preta. Pus a garrafa de água em suas mãos.

— Bocheche para lavar a boca. Bocheche e cuspa.

Ela pegou a garrafa, e então me lembrei que estava vazia. Nós havíamos bebido a água no almoço.

Saí correndo, atravessei aos trambolhões a passagem estreita, disparei escada acima, peguei o cantil de couro, tornei a descer e voltei para o pequeno desfiladeiro.

Denna estava sentada no chão, muito pálida e de olhos arregalados. Enfiei o cantil em sua mão e ela tomou a água tão depressa que se engasgou; depois teve ânsias de vômito ao cuspi-la.

Enfiei a mão no braseiro e vasculhei bem fundo entre as cinzas até encontrar pedaços de carvão não desfeitos embaixo. Tirei a mão cheia e a sacudi, dispersando quase toda a cinza, depois joguei o punhado de carvão negro para Denna:

— Coma isso — ordenei.

Ela me olhou sem entender.

— Ande! — E sacudi os pedaços de carvão. — Se você não mastigar e engolir isso, vou dar-lhe um murro e enfiá-lo pela sua goela abaixo!

Pus um pouco de carvão na minha boca.

– Olhe, está tudo certo. Apenas coma – insisti. Meu tom se abrandou, tornando-se mais suplicante do que imperativo. – Denna, confie em mim.

Ela pegou uns pedaços de carvão e os pôs na boca. Com o rosto pálido e os olhos começando a lacrimejar, mastigou uma porção e bebeu um gole de água para ajudá-la a descer, fazendo uma careta.

– Estão cultivando o maldito ophalum aqui. Sou um idiota por não ter percebido antes.

Denna começou a dizer alguma coisa, mas eu a interrompi.

– Não fale. Continue comendo. Tudo o que conseguir aguentar.

Ela balançou a cabeça com ar solene, os olhos arregalados. Mastigou, engasgou-se um pouco e engoliu o carvão com outro gole d'água. Comeu umas 12 porções em sucessão rápida, depois tornou a lavar a boca.

– O que é ophalum? – perguntou baixinho.

– Uma droga. Aquelas são dêneras. Você acabou de encher a boca de resina de dênera – respondi, e me sentei a seu lado com as mãos trêmulas. Espalmei-as nas pernas para disfarçar.

Diante disso, ela se calou. Todo mundo conhecia a resina de dênera. Em Tarbean, tinham de chamar os magarefes nos abatedouros para buscar os cadáveres dos papa-doces que morriam de superdose nas vielas e portas das Docas.

– Quanto você engoliu?

– Eu só estava mastigando, como se fosse um caramelo – respondeu Denna, tornando a empalidecer. – Ainda tenho um pouco preso nos dentes.

Apontei-lhe o cantil:

– Continue a lavar a boca.

Ela bochechou a água de um lado para outro antes de cuspir e repetir o processo. Procurei calcular a quantidade da droga que ela teria introduzido no organismo, porém as variáveis eram muitas: eu não sabia quanto ela havia engolido, quão refinada era essa resina e se os cultores tinham tomado alguma providência para filtrá-la ou purificá-la.

Denna remexeu a boca enquanto a língua deslizava sobre os dentes.

– Pronto, estou limpa.

Forcei uma risada.

– Você está tudo, menos limpa. Está com a boca toda preta. Parece uma menina que andou brincando no depósito de carvão.

– Você não está muito melhor. Parece um limpador de chaminés – disse, tocando em meu ombro nu. Eu devia ter rasgado a camisa nas pedras, na correria para buscar o cantil. Denna me deu um sorriso pálido, que nem

de longe chegou a seus olhos assustados. – Por que estou com a barriga cheia de carvão?
– O carvão é como uma esponja química. Absorve drogas e venenos.
Ela se animou um pouco:
– Todos eles?
Considerei a possibilidade de mentir, mas pensei melhor:
– Quase todos. Você o comeu bem depressa. Ele absorverá grande parte do que você engoliu.
– Quanto?
– Umas 6 partes em 10. Um pouco mais, espero. Como está se sentindo?
– Apavorada. Trêmula. Mas, afora isso, não me sinto diferente.
Remexeu-se, nervosa, no lugar onde estava sentada e pôs a mão na rodela pegajosa de resina que eu arrancara dela. Atirou-a longe e limpou a mão nas calças, tensa.
– Quanto tempo até nós sabermos? – indagou.
– Não sei quanto eles refinaram a droga. Se ainda estiver sem refino, demorará mais para se disseminar pelo seu organismo. Isso é bom, porque os efeitos se estenderão por um período mais longo.
Apalpei-lhe o pescoço para sentir seu pulso. Estava disparado, o que não queria dizer nada. O meu também estava.
– Olhe para cá – instruí, com a mão levantada, e observei seus olhos. As pupilas demoraram a reagir à luz. Pus a mão na sua cabeça e, a pretexto de erguer um pouco sua pálpebra, apertei com força o machucado na têmpora. Ela não recuou nem deu o menor sinal de ter sentido dor.
– Antes eu achava que era minha imaginação – disse, olhando para mim. – Mas seus olhos mudam mesmo de cor. Normalmente são de um verde vivo, com um anel dourado por dentro...
– Eu os herdei da minha mãe.
– Mas andei observando. Ontem, quando você quebrou a alavanca da bomba, eles ficaram com um verde opaco, sem brilho. E, quando o porqueiro fez aquele comentário sobre os Ruh, ficaram escuros, só por um instante. Pensei que fosse apenas a luz, mas agora percebo que não é.
– Fico surpreso por você ter notado. A única outra pessoa que já havia observado isso foi um velho professor meu. Ele era arcanista, o que significa que a função dele, na verdade, era notar coisas.
– Bem, é minha função notá-las em você – disse ela, inclinando um pouco a cabeça. – As pessoas devem ficar perturbadas com o seu cabelo. É tão luminoso! É muito... muito perturbador. E o seu rosto é realmente expressivo. Você sempre o controla, até mesmo o jeito de seus olhos se portarem. Mas não a cor – acrescentou, com um vago sorriso. – Agora

eles estão pálidos. Feito geada verde. Você deve estar sentindo um medo terrível.

— Acho que é só a velha luxúria — retruquei no meu tom mais grosseiro. — Não é sempre que uma moça bonita me deixa chegar tão perto.

— Você sempre diz as mais lindas mentiras — fez ela, desviando os olhos de mim para suas mãos. — Eu vou morrer?

— Não — respondi com firmeza. — De jeito nenhum.

— Você pode... — disse, levantando a cabeça e tornando a sorrir para mim, com os olhos úmidos, mas não em lágrimas. — Pode me dizer isso em voz alta?

— Você não vai morrer — repeti, ficando de pé. — Venha, vamos ver se o nosso amigo lagarto já foi embora.

Eu queria mantê-la distraída e em movimento, e assim ambos tomamos outro gole de água e voltamos para o mirante. O dracus dormia deitado ao sol.

Aproveitei a oportunidade para enfiar o cobertor e o charque em meu saco de viagem.

— Antes eu me sentia culpado por roubar dos mortos, mas agora...

— Ao menos agora sabemos por que ele estava escondido no meio de lugar nenhum, com uma balestra, um posto de observação e tudo o mais. Um pequeno mistério resolvido.

Comecei a amarrar a sacola de viagem, mas, pensando melhor, guardei as flechas da balestra também.

— Para que serve isso? — perguntou Denna.

— Elas valem alguma coisa. Estou endividado com uma pessoa perigosa. Qualquer vintém vem a calhar... — Interrompi-me, com a cabeça em disparada.

Denna me olhou e percebi que sua mente havia chegado à mesma conclusão:

— Você sabe quanto valeria toda essa resina? — perguntou.

— Na verdade, não — respondi, pensando nos 30 tachos, cada um com uma bolacha de resina preta e pegajosa congelada no fundo, do tamanho de um prato de jantar. — Calculo que seja muito. Muito mesmo.

Denna oscilou sobre os pés, para a frente e para trás:

— Kvothe, não sei como você se sente a esse respeito. Já vi garotas se viciarem nesse troço. Preciso de dinheiro — explicou, com uma risada amarga. — No momento, nem tenho outra muda de roupa. — Fez um ar preocupado. — Mas não sei se preciso tanto dela.

— Eu estava pensando nos boticários — apressei-me a dizer. — Eles a refinariam para transformá-la em remédio. É um analgésico potente. O preço não seria nem de longe tão bom quanto se procurássemos o outro tipo de pessoas, mas, ainda assim, meio pão...

Denna abriu um sorriso largo:

— Eu adoraria meio pão. Especialmente já que o safado enigmático do meu mecenas parece ter desaparecido.

Descemos novamente ao desfiladeiro. Dessa vez, ao transpor a passagem estreita, vi os tachos em evaporação sob um prisma diferente. Agora cada um equivalia a uma moeda pesada em meu bolso. A anuidade seguinte na Universidade, roupas novas, a libertação da dívida com a Devi...

Notei que Denna olhava para os tachos com o mesmo fascínio, embora seus olhos estivessem um pouco mais vidrados do que os meus:

— Eu poderia levar uma vida confortável com isso por um ano. E sem ficar endividada com ninguém.

Fui até o galpão das ferramentas e peguei um raspador para cada um de nós. Após alguns minutos de trabalho, havíamos juntado todos os pedaços negros e pegajosos num único bolo, do tamanho de um melão-cantalupo.

Denna estremeceu um pouco, depois me olhou, sorridente. Estava com as bochechas vermelhas.

— De repente, sinto-me realmente muito bem — disse. Juntou os braços no peito, esfregando as mãos para cima e para baixo. — Muito, muito bem. Acho que não é só a ideia de todo esse dinheiro.

— É a resina. É bom sinal ela ter demorado todo esse tempo para surtir efeito. Eu ficaria preocupado se tivesse acontecido mais depressa — disse-lhe. Olhei-a com ar sério. — Agora, escute. Você tem que me dizer se sentir algum peso no peito, ou se tiver dificuldade para respirar. Desde que nenhuma dessas coisas aconteça, você ficará ótima.

Ela assentiu com a cabeça, inspirou fundo e soltou o ar:

— Santo anjo Ordal celeste, eu estou ótima! — exclamou. Fitou-me com uma expressão ansiosa, mas o sorriso largo continuava a aparecer. — Eu vou ficar viciada por conta disso?

Abanei a cabeça e ela deu um suspiro, aliviada.

— Sabe o que é mais incrível? Estou com medo de ficar viciada, mas não me importo por estar com medo. Nunca me senti desse jeito. Não admira que o nosso amigo escamado continue voltando para buscar mais...

— Tehlu misericordioso! — exclamei. — Eu nem tinha pensado nisso. É por isso que ele estava tentando entrar aqui às patadas. Sente o cheiro da resina. Faz umas duas onzenas que ele vem comendo as árvores, três ou quatro por dia.

— O maior papa-doces de todos voltando para buscar sua dose. — Denna riu e depois fez uma expressão horrorizada. — Quantas árvores sobraram?

— Duas ou três — respondi, pensando nas fileiras de buracos vazios e tocos quebrados. — Mas talvez ele tenha comido mais uma depois que viemos para cá.

— Você já viu um papa-doces quando bate a secura da droga? — ela perguntou, com o rosto abalado. — Eles ficam doidos.

— Eu sei — respondi, pensando na moça que vira dançar nua na neve em Tarbean.

— O que acha que vai acontecer quando acabarem as árvores?

Passei um bom momento pensando.

— Ele vai procurar mais, e ficará desesperado. E sabe que o último lugar em que encontrou as árvores tinha uma casinha com cheiro de gente... Teremos que matá-lo.

— Matá-lo? — disse Denna, rindo, depois tornou a pôr as mãos na boca. — Sem nada além da minha linda voz de cantora e da sua fanfarrice masculina? — Começou a rir, descontrolada, apesar de tapar a boca com as duas mãos. — Puxa, desculpe, Kvothe. Quanto tempo ficarei assim?

— Não sei. Os efeitos do ophalum são a euforia...

— Confere — fez ela, com uma piscadela risonha para mim.

— Seguida pela mania, um pouco de delírio, se a dose tiver sido grande o bastante, e depois a exaustão.

— Talvez eu durma uma noite inteira para variar. Você não pode estar falando sério sobre matar essa coisa. O que vai usar? Um graveto pontudo?

— Não posso deixá-lo solto por aí, desvairado. Trebon fica a apenas 8 quilômetros daqui. E há fazendas menores ainda mais perto. Pense no estrago que ele faria.

— Mas como? — repetiu ela. — Como é que se mata uma coisa dessas?

Virei-me para o abrigo minúsculo.

— Se tivermos sorte, esse sujeito terá tido o bom senso de comprar uma balestra de reserva... — Comecei a escavacar, atirando as coisas porta afora. Pás de mexer a seiva, baldes, raspadores, uma pá, mais baldes, um barril...

O barril era mais ou menos do tamanho de um barril de cerveja. Levei-o para fora do abrigo e tirei a tampa. No fundo estava um saco de oleado com uma grande massa viscosa e negra de resina de dênera pelo menos quatro vezes maior do que a porção que Denna e eu tínhamos raspado.

Tirei o saco e o pousei no chão, abrindo-o para que ela olhasse. Denna espiou, soltou um arquejo abafado e deu uns pulinhos:

— Agora posso comprar um pônei! — exclamou, rindo.

— Pônei eu não sei — rebati, fazendo contas mentalmente —, mas acho que, antes de dividirmos o dinheiro, devemos comprar uma boa meia--harpa para você com isso. Não uma lira lamentável.

– Sim! – concordou ela, lançando os braços em volta de mim num abraço delirante, encantado. – E para você vamos comprar... – Interrompeu-se, olhando-me com curiosidade, o rosto enegrecido a centímetros do meu. – O que você quer?

Antes que eu pudesse dizer ou fazer alguma coisa, o dracus rugiu.

CAPÍTULO 78

Veneno

O RUGIDO PARECEU UMA TROMBETA, se você for capaz de imaginar uma trombeta do tamanho de uma casa e feita de pedra, trovão e chumbo derretido. Não o senti no peito. Senti-o nos pés, quando a terra tremeu. Por pouco ele não nos fez saltar para fora da própria pele. O alto da cabeça de Denna bateu no meu nariz e cambaleei, cego de dor. Denna não notou, pois estava ocupada em tropeçar e desabar num emaranhado burlesco de braços e pernas.

Enquanto a ajudava a se levantar, ouvi um estalar distante, e voltamos com cuidado para o posto de observação.

O dracus estava... dando pinotes, saltitando feito um cachorro bêbado, derrubando árvores como um garotinho arrancaria pés de milho no campo.

Prendi a respiração ao vê-lo aproximar-se de um antigo carvalho de uns 100 anos de idade, sólido como um monólito cinzento. O dracus se empinou e jogou as patas dianteiras num dos galhos mais baixos, como se quisesse trepar na árvore. O galho, ele próprio do tamanho de uma árvore, praticamente explodiu.

O dracus tornou a se empinar e arriou o corpo com força sobre a árvore. Observei, certo de que ele estava prestes a se empalar no galho partido, mas a ponta irregular de madeira sólida mal fez uma mossa em seu peito antes de se estilhaçar. Ele se atirou sobre o tronco e este, embora não estalasse, se partiu com o som da descarga de um relâmpago.

O animal se jogou de um lado para outro, pulou e caiu, rolando sobre pedras pontiagudas. Arrotou uma enorme golfada de chamas e investiu de novo contra o carvalho rachado, atacando-o com a cunha cega de sua cabeça. Dessa vez derrubou a árvore, provocando uma explosão de terra e pedras quando as raízes foram arrancadas do chão.

Só consegui pensar na inutilidade de tentar ferir aquela criatura. Ela jogava mais força contra si mesma do que eu jamais teria esperança de reunir.

– Não há maneira de conseguirmos matar aquilo – comentei. – Seria como tentar atacar uma tempestade. Como é que poderíamos machucá-lo?

– Vamos atraí-la para a beira do penhasco – disse Denna sem maiores rodeios.

– Atraí-la? Por que você acha que é uma fêmea?

– Por que você acha que é um macho? – retrucou ela e sacudiu a cabeça, como que para desanuviá-la. – Deixe para lá, não vem ao caso. Sabemos que essa coisa é atraída por fogueiras. É só fazermos uma e pendurá-la num galho. – Apontou para algumas árvores que se debruçavam sobre o penhasco mais abaixo. – Aí, quando ela correr para apagá-la... – Interrompeu-se, imitando com as duas mãos uma coisa caindo.

– Você acha mesmo que isso o machucaria? – perguntei.

– Bem, quando a gente tira uma formiga da mesa com um peteleco, ela não se machuca, embora, para a formiga, deva ser como cair de um penhasco. Mas, se um de nós pulasse de um telhado, iria machucar-se, porque somos mais pesados. Faz sentido supor que as coisas maiores caiam com força ainda maior – disse e lançou um olhar significativo para o dracus. – Ninguém consegue ser muito maior que aquilo.

Ela estava certa, é claro. Estava falando da proporção entre o quadrado e o cubo, embora não soubesse que nome lhe dar.

– Pelo menos deve machucá-lo – prosseguiu Denna. – E aí, sei lá, poderíamos jogar pedras nele, ou alguma coisa. – Olhou para mim. – O que foi? Alguma coisa errada com a minha ideia?

– Não é muito heroica – respondi, com ar indiferente. – Eu esperava algo com um pouco mais de estilo.

– Bem, deixei a armadura e o corcel em casa. Você só está aborrecido porque o seu grande cérebro universitário não conseguiu pensar num jeito, e o meu plano é brilhante – declarou. Apontou para o pequeno desfiladeiro atrás de nós e disse: – Faremos a fogueira num daqueles tachos de metal. São largos, rasos e suportam o calor. Havia alguma corda naquele abrigo?

– Eu... – comecei, experimentando a velha sensação de desânimo no peito. – Não. Acho que não.

Denna me deu um tapinha no braço:

– Não fique assim. Quando o bicho sair, examinaremos os destroços da casa. Aposto que há um pedaço de corda por lá. Para ser sincera – continuou, olhando para o dracus –, sei como ela se sente. Também estou com vontade de correr por aí e pular em cima das coisas.

– Essa é a mania de que lhe falei.

Passado um quarto de hora, o dracus saiu do vale. Só então Denna e eu saímos de nosso esconderijo, eu carregando o saco de viagem, ela com a saca pesada de oleado que continha toda a resina encontrada por nós; quase um alqueire inteiro.

– Dê-me sua pedra-loden – disse ela, arriando a saca. Entreguei-lhe a pedra. – Vá procurar uma corda. Vou lhe dar um presente. – E saiu saltitando de leve, o cabelo negro esvoaçando às costas.

Fiz uma busca rápida na casa, prendendo ao máximo a respiração. Encontrei uma machadinha, louça quebrada, uma barrica de farinha de trigo bichada, um colchão de palha úmido de orvalho e um rolo de barbante, mas nada de corda.

Denna deu um grito radiante no meio das árvores, correu para mim e me pôs uma escama negra na mão. Estava quente do sol e era ligeiramente maior que a dela, porém com a forma mais ovalada que a de gota.

– Muito agradecido, milady.

Ela fez uma pequena mesura encantadora, sorrindo.

– Corda?

Mostrei o rolo de barbante grosseiro:

– Foi o mais próximo que consegui achar. Desculpe.

Denna franziu o cenho, depois deu de ombros.

– Ora, tudo bem. Sua vez de fazer um plano. Você tem alguma estranha e maravilhosa magia da Universidade? Alguma força obscura que melhor seria deixar sossegada?

Girei a escama nas mãos e pensei no assunto. Eu tinha cera, e aquela escama faria uma ligação tão boa quanto qualquer fio de cabelo. Eu poderia fazer um boneco imitando o dracus, mas, e daí? Esquentar o pé não incomodaria uma criatura que ficava perfeitamente à vontade deitada num leito de carvão em brasa.

Porém há coisas mais sinistras que podem ser feitas com um boneco. Coisas em que nunca se supôs que um bom arcanista devesse pensar. Coisas com alfinetes e facas, capazes de deixar um homem sangrando, mesmo a léguas de distância. Malefícios de verdade.

Olhei para a escama em minha mão, considerando-a. Era quase toda de ferro e, na parte central, mais grossa que minha palma. Mesmo com um boneco e uma fogueira quente para gerar energia, eu não sabia se conseguiria atravessar as escamas e ferir aquela coisa.

O pior de tudo era que, se tentasse, não saberia se havia funcionado. Não suportava a ideia de ficar sentado à toa junto a uma fogueira, espetando alfinetes num boneco de cera, enquanto, a quilômetros dali, um dracus enlouquecido rolava nos destroços flamejantes da casa de uma família inocente de lavradores.

– Não – respondi. – Não há qualquer magia em que eu consiga pensar.

— Podemos ir dizer ao condestável que ele precisa designar uns 12 homens munidos de flechas para virem matar um dragão-frango enlouquecido, do tamanho de uma casa.

A solução me ocorreu num lampejo:

— Veneno. Nós temos que envenená-lo.

— Você tem aí 2 litros de arsênico? — perguntou ela, cética. — Será que isso seria suficiente para um bicho daquele tamanho?

— Arsênico, não — respondi, cutucando a saca com o pé.

Denna baixou os olhos:

— Oh — disse, arrasada. — E o meu pônei?

— É provável que você tenha de abrir mão do pônei. Mas ainda teremos o bastante para lhe comprar uma meia-harpa. Na verdade, aposto que poderemos ganhar ainda mais dinheiro com o corpo do dracus. As escamas terão enorme valor e os naturalistas da Universidade adorarão poder...

— Não precisa me convencer. Sei que é a coisa certa — retrucou ela, olhando para mim e sorrindo. — Além disso, seremos heróis e mataremos o dragão. O tesouro dele é só um bônus.

Dei uma risada.

— Então está certo. Acho que devemos voltar ao morro dos monólitos cinzentos e preparar uma fogueira para atraí-lo.

Denna pareceu intrigada.

— Por quê? Sabemos que ele vai voltar para cá. Por que não acampamos aqui e esperamos?

Abanei a cabeça:

— Olhe quantas dêneras restaram.

Ela olhou ao redor:

— O dracus comeu todas?

Fiz que sim.

— Se o matarmos esta tarde, poderemos voltar a Trebon à noite. Estou cansado de dormir ao relento. Quero um banho, uma refeição quente e uma cama de verdade.

— Você está mentindo de novo — disse ela, animada. — Sua encenação está melhorando, mas, para mim, você é transparente como um córrego raso. — Cutucou meu peito com um dedo. — Diga-me a verdade.

— Quero levá-la de volta a Trebon. Para o caso de você ter ingerido mais resina do que lhe convém. Eu não confiaria em nenhum médico de lá, mas é provável que eles tenham uns medicamentos que eu poderia usar. Pelo sim, pelo não.

— Meu herói — sorriu Denna. — Você é um amor, mas eu estou ótima.

Estendi a mão e lhe dei um peteleco forte na orelha.

Denna levou a mão ao lado da cabeça, com uma expressão ultrajada.
– Ai... ah... – Pareceu confusa.
– Não dói nada, não é?
– Não.
– A verdade é esta – declarei com ar sério –: acho que você ficará boa, mas não sei ao certo. Não sei quanto daquele troço ainda está penetrando no seu organismo. Daqui a uma hora terei uma ideia melhor, mas, se algo der errado, eu preferiria estar uma hora mais perto de Trebon. Isso significa que não terei de carregá-la por uma distância tão grande – disse, olhando-a nos olhos. – Não brinco com a vida das pessoas com quem me importo.

Ela escutou com uma expressão sombria. Depois o sorriso tornou a desabrochar em seu rosto.

– Gosto da sua fanfarrice masculina. Gabe-se um pouco mais.

CAPÍTULO 79

Conversa sedutora

LEVAMOS CERCA DE DUAS HORAS para voltar ao morro dos monólitos cinzentos. Poderia ter sido mais rápido, porém a mania de Denna estava se acentuando, e toda a sua energia extra mais era um estorvo do que uma ajuda. Qualquer coisa a distraía, e ela saía saltitando por seu próprio caminho quando via algo interessante.

Atravessamos o mesmo regato que havíamos cruzado antes e, apesar de a água não subir muito acima do tornozelo, Denna insistiu em tomar banho. Lavei-me um pouco, afastei-me a uma distância discreta e fiquei a ouvi-la cantar várias canções picantes. Ela também fez diversos convites não muito sutis, sugerindo que eu fosse a seu encontro na água.

Nem preciso dizer que mantive a distância. Existem nomes para as pessoas que se aproveitam de mulheres que não estão em pleno controle de suas faculdades, e nenhum desses nomes jamais será justificadamente aplicado a mim.

———

Ao chegarmos ao pico do morro dos monólitos cinzentos, servi-me do excesso de energia de Denna e a mandei colher lenha, enquanto eu escavava no chão um braseiro ainda maior do que o anterior. Quanto maior a fogueira, mais depressa ela atrairia o dracus.

Sentei-me ao lado da saca de oleado e a abri. A resina exalava um cheiro de terra, de palha de canteiro adocicada e fumarenta.

Denna voltou para o alto do morro e deixou cair uma braçada de lenha.

— E quanto disso aí você vai usar? — perguntou.

— Ainda preciso fazer as contas da quantidade. Isso vai me exigir uma certa adivinhação.

— Dê logo tudo a ele. Sabe, é melhor prevenir do que remediar.

Abanei a cabeça.

— Não há motivo para ir tão longe. Seria mero desperdício. Depois, a resina vira um analgésico potente se corretamente refinada. O remédio poderia ser útil às pessoas...

— ...e o dinheiro seria útil para você.

— Seria — admiti. — Mas, para ser sincero, eu estava pensando mais na sua harpa. Você perdeu sua lira naquele incêndio, certo? Sei como é ficar sem um instrumento.

— Algum dia você já ouviu a história do menino das flechas de ouro? — perguntou Denna. — Sempre me incomodou, quando eu era pequena. É preciso querer muito matar uma pessoa para disparar uma flecha de ouro contra ela. Por que não ficar logo com o ouro e ir para casa?

— Não há dúvida de que isso lança uma nova luz sobre a história — retruquei, olhando para a saca. Calculei que aquela quantidade de resina de dênera valeria pelo menos 50 talentos para um boticário. Talvez até 100, dependendo de quanto estivesse refinada.

Denna deu de ombros e voltou à floresta para buscar mais lenha. Então iniciei o complexo trabalho de tentar adivinhar quanta resina seria necessária para envenenar um lagarto de 5 toneladas.

Foi um pesadelo de elaboradas estimativas, complicado pelo fato de que eu não tinha como calcular medidas exatas. Comecei por uma conta do tamanho da falange distal do meu dedo mínimo, meu palpite sobre a quantidade de resina que Denna teria efetivamente engolido. Mas ela havia recebido uma dose generosa de carvão, que de fato reduzira isso à metade. Restou-me uma bolota de resina negra pouco maior do que uma ervilha.

Mas essa era só a quantidade necessária para deixar uma garota *humana* eufórica e cheia de energia. Eu queria matar o dracus. Por isso, tripliquei a dose, depois tornei a triplicá-la, para me certificar. O resultado final foi uma bola do tamanho de uma uva grande e madura.

Calculei que o dracus pesava 5 toneladas, ou 800 pedras. Presumi que Denna pesava oito ou nove pedras; oito, por medida de segurança. Isso significava que eu precisaria de 100 vezes aquela dose do tamanho de uma uva para matar o dracus. Fiz 10 bolotas do tamanho da uva, depois as juntei todas. Ficou do tamanho de um damasco. Fiz mais nove bolas do tamanho de um damasco e as coloquei no balde de madeira que trouxéramos da plantação de dêneras.

Denna despejou outra braçada de lenha e espiou dentro do balde.

— Só isso? — perguntou. — Não parece muito.

Tinha razão. Não parecia muito mesmo, em relação à massa gigantesca do dracus. Expliquei como havia chegado a essa estimativa. Ela assentiu com a cabeça.

— Parece mais ou menos certo, acho. Mas não se esqueça de que ele tem comido árvores há quase um mês. É provável que tenha desenvolvido alguma tolerância.

Concordei e acrescentei ao balde mais cinco bolas do tamanho de um damasco.

– E talvez ele seja mais resistente do que você supõe. Pode ser que a resina funcione de forma diferente nos lagartos.

Tornei a concordar e adicionei outras cinco bolas ao balde. Então, depois de pensar por um minuto, acrescentei mais uma.

– Isso nos leva a 21. É um bom número. Três vezes sete.

– Não há nada de errado em querermos ter a sorte ao nosso lado – concordou Denna.

– Também queremos que ele morra depressa. Será mais humano para o dracus e mais seguro para nós.

Denna me olhou.

– Então dobramos a dose?

Balancei a cabeça e ela voltou para as árvores, enquanto eu moldava mais 21 bolas e as jogava no balde. Denna retornou com mais madeira quando eu estava enrolando a última.

Compactei a resina no fundo do balde, dizendo:

– Isso deve ser mais do que suficiente. Essa quantidade de ophalum daria para matar duas vezes toda a população de Trebon.

Olhamos para o balde. Ele continha cerca de um terço de toda a resina que havíamos encontrado. O que restava na saca de oleado bastaria para comprar uma meia-harpa para Denna, quitar minha dívida com Devi e ainda sobraria o bastante para vivermos com conforto durante meses. Pensei em comprar roupas novas, um novo encordoamento para o alaúde, uma garrafa de vinho de frutas avenense...

Pensei no dracus derrubando árvores como se fossem gavelas de trigo, destroçando-as com seu peso sem a menor cerimônia.

– Devemos duplicar de novo, só para ter certeza – disse Denna, dando eco a meus pensamentos.

Tornei a dobrar a quantidade, enrolando mais 42 bolas de resina, enquanto Denna buscava braçadas e mais braçadas de lenha.

Fiz a fogueira pegar no exato momento em que começou a chover. Nós a construímos maior do que a anterior, na esperança de que chamas mais vivas atraíssem o dracus mais depressa. Eu queria levar Denna de volta à relativa segurança de Trebon o quanto antes.

Por último improvisei uma escada tosca, usando a machadinha e o barbante que havia encontrado. Era feia, mas útil, e deixei-a encostada na lateral do arco de monólitos. Dessa vez Denna e eu teríamos uma rota fácil para a segurança.

Nosso jantar não foi nem de longe tão esplêndido quanto o da noite anterior. Arranjamo-nos com a última sobra do pão já seco, o charque e as derradeiras batatas, assadas à beira do fogo.

Enquanto comíamos, contei a Denna toda a história do incêndio na Ficiaria, em parte porque eu era jovem e homem e queria desesperadamente impressioná-la, mas também porque queria deixar claro que havia faltado ao nosso almoço por circunstâncias que fugiram inteiramente ao meu controle. Ela foi a plateia perfeita, atenta e arquejante em todos os momentos certos.

Eu já não temia que ela morresse de overdose. Depois de juntar uma pequena montanha de lenha, sua mania foi se dissipando, deixando-a numa letargia satisfeita, quase onírica. Ainda assim, eu sabia que os efeitos secundários da droga a deixariam exausta e enfraquecida. Queria vê-la em segurança na cama, em Trebon, para que se recuperasse.

Terminado o jantar, aproximei-me de onde ela havia sentado com as costas apoiadas num dos monólitos. Arregacei as mangas.

— Muito bem, preciso examiná-la — anunciei, com ar pomposo.

Ela me deu um sorriso lânguido, com os olhos semicerrados.

— Você sabe mesmo jogar uma conversa sedutora numa garota, não é?

Medi-lhe o pulso na base do pescoço fino. Estava lento, mas regular. Ela recuou um tantinho do meu contato.

— Você está me fazendo cócegas.

— Como se sente? — perguntei.

— Cansada — respondeu, engrolando de leve a voz. — Bem mas cansada, com um pouco de frio...

Mesmo não sendo inesperado, isso era meio surpreendente, considerando-se que estávamos a pouco mais de 1 metro das chamas de uma fogueira. Busquei o cobertor extra na sacola e o entreguei a Denna, que se aninhou nele.

Inclinei-me sobre ela para examinar seus olhos. As pupilas ainda estavam dilatadas e meio lentas, porém não mais do que antes. Ela levantou a mão e a pousou em meu rosto.

— Você tem o rosto mais meigo que existe — disse-me, com um olhar sonhador. — É como a cozinha perfeita.

Fiz força para não rir. Aquilo era o delírio. Denna entraria e sairia dele até que a exaustão profunda a arrastasse para a inconsciência. Se você vir alguém dizendo uma porção de besteiras a si mesmo numa viela de Tarbean, é provável que ele não seja realmente maluco, mas apenas um papa-doces perturbado pelo excesso de dênera.

— Uma cozinha?
— É. Tudo combina, e o açucareiro fica exatamente onde deve ficar.
— Qual é a sensação quando você respira?
— Normal — disse ela, descontraída. — Constrita, mas normal.

Meu coração se acelerou um pouco:
— Que quer dizer com isso?
— Estou com dificuldade de respirar. Às vezes sinto um aperto no peito, é como se respirasse por um pudim — explicou. Deu uma risada. — Eu disse pudim? Queria dizer melado. Como um pudim doce de melado.

Lutei contra a ânsia de lembrar-lhe, zangado, que tinha pedido para ela me avisar se sentisse qualquer coisa errada com a respiração.
— Está difícil respirar agora?

Ela deu de ombros, indiferente.
— Preciso auscultar seu pulmão. Mas não tenho nenhum instrumento, por isso, se você puder desabotoar um pouco a blusa... Terei que encostar o ouvido no seu peito.

Denna revirou os olhos e desabotoou mais botões da blusa do que seria estritamente necessário.
— Ora, essa é inteiramente nova — comentou com ar malicioso, por um instante mais parecida com seu eu normal. — Essa eu nunca tinha visto ninguém tentar.

Virei-me e encostei o ouvido em seu esterno.
— Como está o som do meu coração?
— Lento, mas forte. É um bom coração.
— Está dizendo alguma coisa?
— Nada que eu possa ouvir.
— Escute com mais atenção.
— Respire fundo algumas vezes e não fale. Preciso ouvir sua respiração.

Ouvi-a. O ar entrou e senti um de seus seios pressionar meu braço. Ela exalou e senti seu hálito morno em minha nuca. Fiquei com o corpo todo arrepiado.

Cheguei a visualizar o olhar reprovador de Arwyl. Fechei os olhos e procurei me concentrar no que fazia. Ar entrando e saindo: era como ouvir o vento nas árvores. Entrando e saindo: ouvi uma crepitação leve, como papel sendo amarrotado, como um vago suspiro. Mas não havia umectação nem borbulhamento.
— O perfume do seu cabelo é gostoso — disse ela.

Endireitei o corpo.
— Você está ótima. Trate de me dizer se isso piorar, ou se tiver uma sensação diferente.

Ela balançou a cabeça amavelmente, com um sorriso sonhador.

Irritado porque o dracus parecia estar demorando o que bem entendia para aparecer, empilhei mais lenha na fogueira. Olhei para os penedos do norte, mas não se enxergava nada na semiescuridão senão as silhuetas de árvores e rochas.

De repente, Denna soltou uma gargalhada.

– Eu chamei o seu rosto de açucareiro ou coisa assim? – perguntou, olhando para mim. – Estou fazendo algum sentido neste exato momento?

– É só um pequeno delírio – tranquilizei-a. – Você entrará e sairá dele até adormecer.

– Tomara que seja tão divertido para você quanto é para mim – disse ela, apertando mais o cobertor em volta do corpo. – É como um sonho felpudo, mas não tão quentinho.

Subi pela escada ao topo do monólito, onde tínhamos escondido nossos pertences. Peguei um punhado da resina de dênera na saca de oleado, desci com ele e o joguei na borda da fogueira. A droga queimou com lentidão, expelindo uma fumaça acre que o vento levou para o norte e o oeste, em direção aos penedos invisíveis. Minha esperança era que o dracus sentisse o cheiro e viesse correndo.

– Tive pneumonia quando era bem pequenininha – disse Denna, sem qualquer inflexão especial. – É por isso que meus pulmões não são bons. Às vezes é horrível não poder respirar.

Seus olhos ficaram semicerrados enquanto ela prosseguiu, quase como se falasse sozinha:

– Fiquei dois minutos sem respirar; quase morri. Às vezes me pergunto se tudo isso não é uma espécie de erro, se eu não deveria estar morta. Mas, se não é um erro, tenho que estar aqui por alguma razão. Mas, se existe uma razão, não sei qual é.

Havia uma clara possibilidade de que ela nem soubesse que estava falando, e uma possibilidade ainda maior de que quase todas as partes importantes de seu cérebro já estivessem dormindo e de que de manhã ela não se lembrasse de nada do que acontecera nesse momento. Como eu não sabia o que responder, apenas balancei a cabeça.

– Foi a sua primeira frase para mim: "Estava pensando no que você faz aqui." Minhas sete palavras. Passei muito tempo pensando na mesma coisa.

O sol, já escondido pelas nuvens, finalmente se pôs atrás das montanhas do oeste. À medida que a paisagem foi sumindo nas trevas, o alto do pequeno morro tornou-se uma ilha num vasto oceano noturno.

Denna começava a cabecear sentada, descendo lentamente o queixo até o peito e tornando a levantá-lo. Aproximei-me dela e estendi a mão.

— Venha, o dracus não demora a chegar. Precisamos ir para o alto das pedras.

Ela fez que sim e se pôs de pé, ainda embrulhada nos cobertores. Segui-a até a escada e ela subiu devagar, meio trôpega, para o alto do monólito cinzento.

Fazia frio em cima da pedra, longe da fogueira. O vento soprava, roçando nosso corpo e piorando a leve friagem. Estendi um cobertor na pedra e Denna se sentou, aninhada no outro. O frio pareceu despertá-la um pouco, fazendo-a olhar em volta, mal-humorada e trêmula.

— Diabo de galinha. Venha comer o seu jantar. Estou com frio.

— Eu tinha esperança de já tê-la aninhado numa cama quentinha em Trebon a esta hora — admiti. — Foi-se o meu plano brilhante.

— Você sempre sabe onde faz — ela retrucou, meio confusa. — Você é importante, olhando para mim com esses seus olhos verdes como se eu significasse alguma coisa. Não faz mal que tenha mais o que fazer. Basta eu vê-lo uma vez ou outra. De vez em quando. Sei que é sorte minha ter só um pouquinho de você.

Meneei a cabeça gentilmente, enquanto vigiava a encosta em busca de sinais do dracus. Passamos mais um tempo sentados, de olhos fixos na escuridão. Denna cabeceou um pouco, tornou a se empertigar e lutou contra outro tremor violento.

— Sei que você não pensa em mim... — Sua voz se extinguiu.

Convém agradar as pessoas delirantes para que não se tornem violentas.

— Penso em você o tempo todo, Denna.

— Não me trate com condescendência — disse ela, mal-humorada, depois tornou a abrandar o tom. — Não é assim que você pensa em mim. Tudo bem. Mas, se também estiver com frio, pode vir para cá e pôr os braços em volta de mim. Só um pouquinho.

Com o coração na boca, cheguei mais perto e sentei atrás dela, envolvendo-a nos braços.

— Isso é bom — fez ela, relaxando. — Acho que sempre me senti com frio.

Ficamos sentados, olhando para o norte. Denna encostou-se em mim: um encanto em meus braços. Respirei de leve para não perturbá-la.

Ela se mexeu um pouco, murmurando:

— Você é muito gentil. Nunca impõe nada... — Parou outra vez, apoiando-se mais no meu peito. Depois agitou-se. — Poderia se impor mais, sabe? Só um pouquinho.

Fiquei ali sentado no escuro escorando nos braços seu corpo adormecido. Ela era macia e morna, indescritivelmente preciosa. Eu nunca havia abraçado uma mulher. Depois de alguns minutos, minhas costas começaram a doer pelo esforço de sustentar o peso dela e o meu. Minhas pernas foram ficando dormentes. O cabelo dela fazia cócegas no meu nariz. Mesmo assim, não me mexi, por medo de estragar o que me pareceu ser o momento mais maravilhoso da minha vida.

Denna agitou-se durante o sono, começou a escorregar de lado e despertou num sobressalto.

— Deite-se — disse-me de novo com a voz límpida. Atrapalhou-se com o cobertor e o afastou, para tirá-lo do espaço entre nós. — Ande, você também deve estar com frio. Não é sacerdote, portanto não terá problemas por isso. Vamos ficar bem. Só um pouquinho melhor no frio.

Envolvi-a nos braços e ela estendeu o cobertor sobre nós dois.

Ficamos deitados de lado, feito colheres aninhadas numa gaveta. Meu braço acabou sob a cabeça dela, como um travesseiro. Denna se ajeitou, bem encostada na frente do meu corpo, descontraída e natural, como se tivesse sido feita para se encaixar ali.

Deitado na pedra, percebi que me enganara antes: aquele era o momento mais maravilhoso da minha vida.

Ela se agitou no sono:

— Sei que você não estava falando sério — disse com clareza.

— Falando sério sobre quê? — indaguei, baixinho. A voz dela estava diferente, não mais sonhadora e cansada. Perguntei-me se estaria falando enquanto dormia.

— Naquela hora. Você disse que me daria um murro e me obrigaria a comer o carvão. Você nunca me bateria — afirmou, virando um pouco a cabeça. — Não bateria, não é? Nem se fosse para meu próprio bem...

Senti um calafrio.

— O que quer dizer?

Houve uma longa pausa e comecei a achar que ela pegara no sono, mas Denna voltou a falar:

— Não lhe contei a verdade. Sei que o Mestre Freixo não morreu na fazenda. Quando eu ia andando em direção ao incêndio, ele me encontrou. Voltou e disse que estavam todos mortos. Que as pessoas ficariam desconfiadas se eu fosse a única sobrevivente...

Senti uma raiva implacável e obscura avolumar-se dentro de mim. Sabia o que viria a seguir, mas deixei-a falar. Não queria ouvir, mas sabia que ela precisava contar a alguém.

— Ele não fez aquilo a troco de nada. Certificou-se de que era mesmo o que eu queria. Eu sabia que não pareceria convincente se eu mesma o fizesse. Ele se assegurou de que eu queria que fosse ele. Fez eu lhe pedir para me bater. Só para ter certeza. E ele tinha razão — prosseguiu, sem se mexer enquanto falava. — Mesmo assim, acharam que eu tivera alguma coisa a ver com aquilo. Se ele não houvesse me batido, talvez agora eu estivesse na cadeia. Eles me enforcariam.

Meu estômago revirou-se, produzindo ácido.

— Denna, um homem capaz de fazer isso com você... não é digno do seu tempo. Nem de um minuto. Não se trata de ser apenas meio pão. Ele é podre da cabeça aos pés. Você merece coisa melhor.

— Quem sabe o que eu mereço? Ele não é o meu melhor pão. É o único. É ele ou a fome.

— Você tem outras opções — comecei, mas me detive, pensando na conversa com Deoch. — Você... você tem...

— Eu tenho você — ela interrompeu, sonhadora. Ouvi o sorriso morno e sonolento em sua voz, como o de uma criança aninhada na cama. — Quer ser o meu príncipe encantado de olhos sombrios e me proteger dos porcos? Cantar para mim? Arrebatar-me para as árvores mais altas... — E sua voz extinguiu-se no nada.

— Quero — respondi. Mas, por seu peso em meu braço, percebi que ela finalmente havia adormecido.

CAPÍTULO 80

Em contato com o ferro

PERMANECI ACORDADO, SENTINDO A SUAVE respiração de Denna no braço. Não conseguiria dormir, mesmo se quisesse. A proximidade dela me inundava de uma energia crepitante, um calor brando, um cantarolar pulsante e suave. Fiquei acordado saboreando tudo, e cada momento foi precioso como uma joia.

E então ouvi o estalar distante de um galho se quebrando. Depois outro. Algum tempo antes eu não desejara outra coisa senão que o dracus corresse para a nossa fogueira. Nesse momento, no entanto, teria dado minha mão direita para que ele seguisse seu caminhozinho por mais cinco minutos.

Mas ele veio. Comecei a me soltar delicadamente de Denna. Ela mal se mexia no sono.

– Denna – chamei, sacudindo-a de leve, depois com mais força. Nada. Não fiquei surpreso. Poucas coisas são mais profundas que o sono de um papa-doces.

Cobri-a com o cobertor e pus minha sacola de viagem de um lado do seu corpo, a saca de oleado do outro, feito suportes de livros. Se ela se virasse dormindo, bateria numa delas antes de se aproximar da borda do monólito.

Passei para o outro lado da pedra e olhei para o norte. As nuvens continuavam carregadas, de modo que não enxerguei nada fora do círculo de luz da fogueira.

Tateando com cuidado, localizei o pedaço de barbante que havia deixado atravessado sobre o topo do monólito. A outra ponta estava amarrada na alça de corda do balde de madeira mais abaixo, a meio caminho entre o fogo e as pedras. Meu grande temor era que o dracus esmagasse acidentalmente o balde antes de farejá-lo. Eu pretendia suspendê-lo a uma altura segura, se isso acontecesse, e depois lançá-lo de novo. Denna rira do meu plano, referindo-se a ele como pesca de galinha.

O dracus chegou ao alto do morro, deslocando-se ruidosamente pela vegetação. Parou logo ao entrar no círculo de luz. Seus olhos escuros tinham um brilho vermelho, assim como havia vermelho em suas escamas. Deu uma bufada grave e começou a circundar a fogueira, balançando a cabeça devagar de um lado para outro. Soprou uma larga pluma de fogo, no que eu já começava a reconhecer como uma espécie de saudação ou desafio.

Precipitou-se para a fogueira. Apesar de já tê-lo observado por um bom tempo, continuei surpreso com a rapidez dos movimentos do gigantesco animal. Ele se deteve pouco antes de chegar ao fogo, tornou a bufar e partiu em direção ao balde.

Embora fosse de madeira resistente e feito para conter pelo menos dois galões, o balde parecia minúsculo como uma xícara de chá perto da cabeçorra do dracus. O bicho tornou a farejá-lo, acertou-o com o nariz e o virou.

O balde rolou num meio círculo, mas eu havia calcado a resina pegajosa dentro dele com força. O dracus deu outro passo, bufou mais uma vez e meteu tudo na boca.

Meu alívio foi tanto que quase me esqueci de soltar o barbante, que me foi arrancado das mãos quando o dracus mastigou um pouco o balde, esmigalhando-o entre os imensos maxilares. Depois levantou e abaixou a cabeça, forçando a massa grudenta a lhe descer pela goela.

Soltei um enorme suspiro de alívio e me sentei para observá-lo contornar o fogo. Ele soltou uma onda de chama azul, depois outra, e então virou-se e rolou na fogueira, meneando o corpo e calcando-a na terra.

Uma vez aplainada a fogueira, o bicho retomou o mesmo padrão de antes. Procurou os pedaços espalhados de fogo, rolou neles até extingui-los e devorou a madeira. Quase pude visualizar cada novo graveto e toco engolidos, empurrando a resina de dênera mais para o fundo do seu bucho, misturando-a, fragmentando-a, forçando-a a se dissolver.

Passou-se um quarto de hora e eu o vi concluir seu circuito da fogueira. A essa altura eu esperava que os efeitos da resina já se manifestassem. Segundo meus melhores palpites, o lagarto havia comido seis vezes a dose letal. Deveria passar depressa pelas etapas iniciais de euforia e mania. Depois viriam o delírio, a paralisia, o coma e a morte. De acordo com todos os meus cálculos, o processo deveria terminar em menos de uma hora, talvez mais cedo, eu esperava.

Senti uma pontada de pesar ao vê-lo cuidar da tarefa de esmagar os pontos de fogo dispersos. Era um animal magnífico. Eu detestava matá-lo, mais ainda do que detestava desperdiçar os mais de 60 talentos que valeria o ophalum. Porém não havia como negar o que aconteceria se eu deixasse os eventos seguirem seu curso. Não queria ter a morte de inocentes em minha consciência.

Ele não tardou a parar de comer. Apenas rolou sobre os galhos espalhados, apagando-os. Mexia-se com mais vigor, num sinal de que a dênera já estava surtindo efeito. Começou a grunhir em tom grave e baixo. Grunhido. Grunhido. Uma língua de fogo azul. Rolar. Grunhir. Rolar.

Por fim, não restou nada senão o leito de brasas faiscantes. Como nas vezes anteriores, o dracus postou-se em cima delas e se deitou, extinguindo toda a luz no alto do morro.

Passou um momento quieto. Tornou a grunhir. Grunhido. Grunhido. Língua de fogo. Balançou a barriga, afundando-a mais nas brasas, como se estivesse irrequieto. Se aquilo era o começo da mania, estava demorando demais para o meu gosto. Eu achava que a essa altura ele já deveria ter avançado bastante pelo delírio. Teria subestimado a dose?

À medida que meus olhos se adaptaram lentamente à escuridão, percebi que havia uma outra fonte de luz. A princípio achei que o céu se houvesse desanuviado e que a lua nos espiasse no horizonte. Mas, ao desviar os olhos do dracus e me virar para trás, percebi a verdade.

A sudoeste, a menos de 4 quilômetros dali, Trebon se enchera de luzes de fogueiras. Não era a tênue luz de candeias saindo pelas janelas, mas labaredas altas, saltando por toda parte. Por um momento achei que a cidade se houvesse incendiado.

Então me dei conta do que estava acontecendo: a festa da colheita. Havia uma enorme fogueira no centro da cidade e outras menores do lado de fora das casas, onde as pessoas deviam estar oferecendo sidra aos lavradores cansados. Eles beberiam e jogariam seus bonecos trapentos nas chamas. Bonecos feitos de gavelas de trigo, fardos de cevada, palha ou joio. Bonecos feitos para pegar fogo num clarão luminoso e súbito, num ritual que celebrava o fim do ano e pretendia afastar os demônios.

Atrás de mim, ouvi o dracus grunhir. Olhei para baixo. Tal como acontecera comigo, sua cabeça estava voltada para o lado oposto a Trebon, para as escarpas escuras ao norte.

Não sou uma pessoa religiosa, mas admito que naquela hora rezei. Rezei com empenho a Tehlu e todos os seus anjos, pedindo que o dracus morresse, que deslizasse serenamente para o sono e para a morte, sem se virar e enxergar as fogueiras da cidade.

Esperei longos minutos. De início, achei que o animal estava dormindo, mas, à medida que meus olhos se aguçaram, vi que sua cabeça ondulava ritmicamente para a frente e para trás, para a frente e para trás. Com os olhos mais acostumados à escuridão, as fogueiras de Trebon me pareceram adquirir um brilho mais intenso. Fazia meia hora que o dracus tinha comido a resina. Por que ainda não estava morto?

Tive vontade de lhe atirar o resto da resina, mas não me atrevi. Caso se virasse para mim, ele ficaria de frente para o sul, para a cidade. Mesmo que eu jogasse o saco de resina bem na frente dele, talvez o bicho se virasse para se reacomodar nas brasas. Talvez se...

Nesse momento, ele soltou um rugido, grave e potente como antes. Não tive dúvida de que fora ouvido em Trebon. Não me surpreenderia saber que fora ouvido até mesmo em Imre. Olhei de relance para Denna. Ela se mexeu, mas não acordou.

O dracus pulou da cama de brasas com todo o jeito de um filhotinho saltitante. As brasas ainda cintilavam em alguns pontos, o que me deu luz suficiente para ver a enorme besta rolar, virar, morder o ar, girar o corpo...

– Não! – exclamei. – Não, não, não!

Ele olhou para Trebon. Vi as labaredas das fogueiras da cidade refletidas em seus olhos enormes. O dracus soltou outra baforada de fogo azul num arco alto. O mesmo gesto de antes: uma saudação ou um desafio.

E então se pôs a correr, partindo encosta abaixo com louca impetuosidade. Ouvi-o abalroando e quebrando as árvores ao passar. Outro rugido.

Acendi minha lamparina portátil de simpatia e me aproximei de Denna, sacudindo-a com força.

– Denna! Denna! Você tem que se levantar!

Ela mal se mexeu.

Levantei suas pálpebras e examinei as pupilas. Nenhuma apresentava a lentidão anterior e ambas se contraíram rapidamente em reação à luz, o que significava que a resina de dênera já havia perdido o efeito em seu organismo. Seu sono era simples exaustão, nada mais. Só para ter certeza, levantei as duas pálpebras ao mesmo tempo e aproximei a lâmpada mais uma vez.

Sim. Suas pupilas estavam bem. Ela estava bem. Como que para confirmar minha opinião, franziu o cenho, aborrecida, e se contorceu para afastar a luz, resmungando alguma coisa indistinta e decididamente imprópria para uma dama. Não consegui entender tudo, mas as palavras "cafetão" e "cai fora, desgraçado" foram usadas mais de uma vez.

Peguei-a no colo, com cobertores e tudo, e desci com cuidado até o chão. Tornei a ajeitá-la e cobri-la sob o arco de monólitos cinzentos. Ela pareceu despertar um pouco quando a movimentei.

– Denna!

– Moteth? – resmungou ela com a boca sonolenta, os olhos mal se movendo sob as pálpebras.

– Denna, o dracus está indo para Trebon! Tenho que...

Interrompi-me. Em parte por ser óbvio que ela resvalara de novo para a inconsciência, em parte também por não ter plena certeza do que fazer.

Alguma coisa precisava ser feita. Em condições normais, o dracus evitaria as cidades, mas, enlouquecido pela droga e em estado maníaco, eu não fazia ideia de qual seria sua reação às fogueiras da festa da colheita. Se ele devastasse a cidade, a culpa seria minha. Eu tinha que fazer alguma coisa.

Corri para o alto do monólito, peguei as duas sacas e tornei a descer. Emborquei o saco de viagem e o esvaziei no chão. Peguei as flechas da balestra, embrulhei-as na camisa rasgada e as enfiei nele. Guardei ainda a escama dura de ferro, depois enrolei a garrafa de conhaque na saca de oleado para protegê-la e também a pus no saco.

Senti a boca seca, tomei um gole rápido de água do cantil, fechei-o de novo e o deixei para Denna. Ela sentiria uma sede terrível ao acordar.

Coloquei o saco de viagem no ombro e o apertei bem nas costas. Depois acendi a lâmpada de simpatia, apanhei a machadinha e desatei a correr.

Tinha um dragão para matar.

———

Corri feito um louco pela floresta, com a luz da lâmpada balançando furiosamente e me revelando os obstáculos do caminho apenas instantes antes de eu tropeçar neles. Não admira que eu tenha me estabacado, descendo a encosta aos trambolhões. Quando me levantei, achei facilmente a lâmpada, mas abandonei a machadinha no fundo sabendo que ela não teria a menor serventia contra o dracus.

Levei mais dois tombos antes de chegar à estrada, onde baixei a cabeça feito um velocista e disparei para a luz distante da cidade. Sabia que o dracus podia deslocar-se mais depressa do que eu, mas minha esperança era que as árvores o retivessem, ou que ele ficasse desorientado. Se eu conseguisse chegar à cidade primeiro, poderia avisá-los, fazer a população se preparar...

Mas, quando a estrada emergiu do arvoredo, vi que as fogueiras brilhavam mais forte, mais descontroladas. Havia casas pegando fogo. Ouvi os rugidos quase constantes do dracus, pontuados por clamores e gritos estridentes.

Reduzi a velocidade para um trote ao entrar na cidade, recobrando o fôlego. Depois subi depressa a lateral de uma casa até o telhado de uma das poucas construções de dois andares para ver o que de fato estava acontecendo.

Na praça da cidade, a fogueira se espalhara por toda parte. Várias casas e lojas vizinhas estavam esmagadas como barris podres, quase todas ardendo em espásticas chamas. O fogo lambia as telhas de madeira de um punhado de telhados. Não fosse a chuva da tardinha, a cidade já arderia inteira em vez de o incêndio atingir apenas uns prédios esparsos. Mas isso era só questão de tempo.

Não consegui ver o dracus, mas ouvi o ruidoso esmigalhamento que ele produziu ao rolar sobre os destroços de uma casa incendiada. Vi um jato de chama azul erguer-se bem acima dos telhados e tornei a ouvir o rugido. O som me fez suar frio. Quem saberia dizer o que se passava naquele momento em sua mente turvada pela droga?

Havia gente por todo canto. Uns simplesmente paravam, confusos; outros corriam em pânico para a igreja, na esperança de encontrar abrigo no alto edifício de pedra ou na imensa roda de ferro nele pendurada, que a todos prometia salvar dos demônios. Mas as portas da igreja estavam trancadas e o povo se viu forçado a buscar abrigo em outro lugar. Algumas pessoas observavam de suas janelas, horrorizadas e em prantos, mas um número surpreendente conservou a calma e começou a formar uma fila para transportar baldes de água da cisterna da cidade, no alto da prefeitura municipal, para um edifício próximo que ardia em chamas.

E foi assim que descobri o que tinha de fazer. Foi como se, de repente, subisse num palco. O medo e a hesitação me deixaram. Restou-me apenas desempenhar meu papel.

Pulei para um telhado vizinho, depois atravessei vários outros, até chegar a uma casa próxima da prefeitura onde um pedaço disperso da fogueira ateara fogo ao telhado. Arranquei um sarrafo grosso que ardia numa das pontas e corri para o telhado da prefeitura.

Estava a duas casas de distância quando escorreguei. Tarde demais, percebi ter saltado para o telhado da hospedaria, onde não havia ripas de madeira, e sim telhas de barro que a chuva tornara escorregadias. Ao cair, agarrei-me ao sarrafo em chamas, sem querer soltá-lo para deter minha queda. Deslizei quase até a beira do telhado antes de conseguir parar, com o coração aos pinotes.

Arfante, ainda deitado, chutei longe as botas. Depois, com a sensação familiar dos telhados sob os pés cheios de calos, corri, saltei, escorreguei e tornei a pular. Por fim, usando uma das mãos, balancei-me ao longo de um beiral até alcançar a superfície plana de pedra do telhado da prefeitura municipal.

Ainda segurando o sarrafo com fogo numa das pontas, subi a inclinação até o alto da cisterna, murmurando um agradecimento arfante a quem a havia deixado destampada.

Enquanto eu disparava pelos telhados, a chama do sarrafo havia se apagado, deixando uma linha fina de brasa vermelha na ponta. Soprei-a com cuidado para reavivá-la e ela não tardou a voltar a arder alegremente. Quebrei o sarrafo ao meio e joguei metade no telhado plano abaixo.

Virando-me para examinar a cidade, identifiquei os piores incêndios. Havia seis especialmente grandes lançando labaredas no céu noturno. Elxa Dal sempre dissera que todas as formas de fogo eram um mesmo fogo, e todas podiam ser comandadas pelo simpatista. Muito bem, todas as formas de fogo eram uma só. Este fogo. Este pedaço de sarrafo em chamas. Murmurei uma conexão por afinidade e concentrei meu Alar. Usei a unha do polegar para rabiscar às pressas uma runa ule na madeira, depois doch, depois pesin. No breve momento que levei para fazê-lo, o sarrafo inteiro passou a arder e fumegar, quente em minha mão.

Prendi um pé no degrau da escada da cisterna e deixei pender o corpo para o lado de dentro, apagando a madeira na água. Por um breve instante senti a água fria envolver minha mão e se aquecer rapidamente. Mesmo com o sarrafo embaixo d'água, pude ver a fina linha da brasa vermelha ainda ardendo ao longo de sua borda.

Com a outra mão, peguei o canivete e o cravei no sarrafo até atingir a parede de madeira da cisterna, prendendo embaixo d'água meu artefato improvisado de siglística. Não tenho dúvida de que se tratou do absorsor de calor mais rápido e atamancado que alguém já criara até então.

Erguendo o corpo e me endireitando na escada, corri os olhos por uma cidade abençoadamente escura. As labaredas haviam diminuído e, na maioria dos lugares, estavam reduzidas a brasas escurecidas. Eu não tinha apagado os incêndios, simplesmente os reduzira o bastante para dar à população da cidade e a seus baldes uma chance de combatê-los.

Mas apenas metade do meu trabalho fora concluída. Pulei da cisterna para o telhado e apanhei o outro pedaço do sarrafo ainda ardente que largara ali. Depois deslizei por um cano de escoamento, saí andando pelas ruas escuras e atravessei a praça da cidade, até ficar defronte da igreja dos tehlinianos.

Parei embaixo do imenso carvalho que se erguia diante da porta de entrada e ainda retinha todo o seu leque de folhas outonais. Ajoelhei-me, abri o saco de viagem e peguei a saca de oleado com toda a resina que restara. Derramei sobre ela o conhaque da garrafa e a acendi com o sarrafo em chamas. Ela se inflamou num instante, soltando uma fumaça acre e adocicada.

Feito isso, prendi a ponta apagada da madeira entre os dentes, pulei para alcançar um galho baixo e comecei a trepar na árvore. Foi mais fácil do que escalar a lateral de um prédio, e subi alto o bastante para poder pular para o largo parapeito de pedra de uma janela no segundo andar da igreja. Quebrei um graveto do carvalho e o guardei no bolso.

Esgueirei-me pelo parapeito até o ponto em que ficava a imensa roda de ferro atarraxada na parede de pedra. Escalá-la foi mais rápido do que subir uma escada, embora os raios de ferro fossem surpreendentemente frios em contato com minhas mãos ainda molhadas.

Cheguei ao topo da roda e de lá me alcei ao cume plano da construção mais alta da cidade. Os focos de incêndio ainda estavam escuros, em sua maioria, e quase toda a gritaria tinha se reduzido a soluços e a um murmúrio baixo de frases urgentes, apressadas. Tirei da boca o pedaço de sarrafo e o soprei até reavivar a chama. Em seguida, concentrei-me, resmunguei outra simpatia e segurei o graveto do carvalho acima da chama. Corri os olhos pela cidade e vi que as brasas bruxuleantes escureceram ainda mais.

Passou-se um instante.

O carvalho explodiu numa chama brilhante e súbita. Produziu um clarão mais luminoso que o de mil tochas quando todas as suas folhas pegaram fogo ao mesmo tempo.

À luz repentina, vi o dracus levantar a cabeça, a duas ruas dali. Soltou um rugido e uma nuvem de chama azul no instante em que começou a correr em direção ao fogo. Dobrou uma esquina depressa demais e trombou violentamente com a parede de uma loja, derrubando-a e passando sem muita resistência.

Diminuiu a velocidade ao se aproximar da árvore, soltando repetidas baforadas de chama. As folhas se incendiaram e se apagaram depressa, sem deixar nada além de milhares de brasas, o que fez o carvalho assemelhar-se a um imenso candelabro apagado.

À tênue luz vermelha, o dracus mal passava de uma sombra. Mas ainda pude ver a atenção da fera vagar, agora que as chamas luminosas haviam desaparecido. A cunha maciça de sua cabeça balançou para cá e para lá, para cá e para lá. Xinguei baixinho entre dentes. Ele não chegara perto o bastante...

Nesse momento o dracus fungou tão alto que pude ouvi-lo de onde estava, metros e metros acima do chão. A cabeça virou num estalo quando o bicho farejou a fumaça adocicada da resina que queimava. Ele fungou, grunhiu e deu mais um passo em direção à saca de resina fumegante. Nem de longe exibiu a continência de antes e praticamente saltou sobre ela, abocanhando a saca em brasa com a bocarra escancarada.

Respirei fundo e sacudi a cabeça, tentando desanuviá-la um pouco da lerdeza que a tomara. Eu havia praticado duas simpatias bastante substanciais em rápida sucessão e me sentia meio abobalhado por isso.

Mas, como dizem, a terceira vez compensa tudo. Desdobrei minha mente em duas partes e, com certa dificuldade, numa terceira. Nada menos do que uma conexão tríplice funcionaria nesse caso.

Enquanto o dracus movimentava os maxilares, tentando engolir a massa pegajosa de resina, remexi na sacola de viagem até achar a pesada escama preta e peguei a pedra-loden em minha capa. Enunciei as conexões com clareza e concentrei meu Alar. Aproximei a escama e a pedra diante de mim até senti-las puxando uma à outra.

Concentrei-me, aprimorei o foco.

Soltei a pedra-loden. Ela disparou em direção à escama de ferro. Lá embaixo deu-se uma explosão de pedras quando a enorme roda de ferro se soltou da parede da igreja.

Caiu uma tonelada de ferro batido. Se houvesse alguém olhando, teria notado que a roda caiu mais depressa do que a gravidade poderia explicar. Teria notado que ela caiu enviesada, quase como se fosse atraída pelo dracus. Quase como se o próprio Tehlu a tivesse direcionado para a fera com mão vingativa.

Mas não havia ninguém para ver a verdade das coisas. E não havia nenhum deus a guiá-la. Apenas eu.

CAPÍTULO 81

Orgulho

AO OLHAR PARA BAIXO, vi o dracus preso sob a enorme roda de ferro batido. Jazia imóvel e escuro em frente à igreja, e, a despeito da necessidade imperiosa daquilo tudo, senti uma pontada de tristeza por ter matado o pobre animal.

Tive um longo momento de puro e exausto alívio. A brisa outonal era fresca e suave, apesar da fumaça da madeira, e o telhado de pedra da igreja era frio sob meus pés. Sentindo-me muito prosa, tornei a guardar a escama e a pedra-loden no saco de viagem. Respirei fundo e contemplei a cidade que tinha salvado.

Ouvi então um forte rangido e senti o telhado vibrar embaixo de mim. A fachada do prédio abaulou-se e despencou, e fiquei cambaleando enquanto o mundo desaparecia sob meus pés. Procurei um telhado seguro para o qual saltar, mas não havia nenhum perto o bastante. Recuei aos trambolhões enquanto o telhado se desintegrava numa massa de destroços cadentes.

Desesperado, pulei para o carvalho. Agarrei-me num galho, mas ele se partiu com meu peso. Fui despencando por entre os galhos, bati com a cabeça e desabei na escuridão.

CAPÍTULO 82

Freixo, ulmo...

ACORDEI NUMA CAMA. Num quarto. Numa hospedaria. Mais do que isso não me ficou claro de imediato. Tinha a sensação exata de que alguém me batera na cabeça com uma igreja.

Alguém havia me lavado e enfaixado. Enfaixado minuciosamente. Alguém julgara oportuno tratar de todos os meus ferimentos recentes, por menores que fossem. Eu tinha ataduras de linho branco envolvendo a cabeça, o peito, o joelho e um dos pés. Alguém tinha até limpado e feito curativos nos arranhões leves de minhas mãos e no ferimento a faca sofrido três dias antes, quando os capangas de Ambrose haviam tentado me matar.

O galo na cabeça parecia o pior de tudo. Latejou e me deixou zonzo quando tentei levantá-la. Mexer-me foi uma aula de anatomia punitiva. Joguei os pés pela lateral da cama e fiz uma careta: trauma tissular profundo nos polos mediais da perna direita. Sentei-me: lesão oblíqua na cartilagem entre as costelas inferiores. Fiquei de pé: pequeno entorse no sub... trans... Diabo, como era mesmo que se chamava? Imaginei o rosto de Arwyl carregando o sobrolho por trás dos óculos redondos.

Minha roupa tinha sido lavada e consertada. Vesti-a com gestos lentos, para saborear todas as mensagens empolgantes que meu corpo me enviava. Fiquei contente por não haver espelho no quarto, certo de que devia estar com a aparência completamente acabada. A atadura da cabeça era irritante, mas decidi deixá-la no lugar. Pelo jeito, talvez fosse a única coisa que impedia minha cabeça de se desfazer em vários pedaços diferentes.

Fui até a janela. O tempo estava nublado e, à luz cinzenta, a cidade tinha um aspecto terrível, com fuligem e cinza por toda parte. A loja do outro lado da rua fora destroçada como uma casa de bonecas sob as botas de um soldado. As pessoas se movimentavam devagar, vasculhando os destroços. As nuvens eram tão densas que não pude descobrir que horas eram.

Ouvi um sopro leve de ar quando a porta se abriu, virei-me e vi uma moça parada na soleira. Jovem, bonita, despretensiosa, o tipo de moça que sempre trabalhava naquele tipo de hospedaria: uma Nellie. Nell. O tipo de moça que passava a vida perpetuamente encolhida, porque o hospedeiro tinha o gênio forte, a língua afiada, e não tinha medo de lhe mostrar as costas da mão. Estava boquiaberta, obviamente surpresa por me ver fora da cama.

– Alguém morreu? – perguntei.

Ela abanou a cabeça:

– O menino dos Liram teve uma fratura feia no braço e umas pessoas se queimaram e tal...

Senti o corpo todo relaxar.

– O senhor não devia estar de pé. O médico disse que era provável que nem acordasse, de jeito nenhum. O senhor precisa de repouso.

– Ela... minha prima voltou à cidade? – indaguei. – A moça que esteve na fazenda dos Mauthen. Ela também está aqui?

A jovem abanou a cabeça.

– Só está o senhor.

– Que horas são?

– O jantar ainda não está pronto, senhor. Mas posso lhe trazer alguma coisa, se o senhor quiser.

Meu saco de viagem fora deixado ao lado da cama. Pendurei-o no ombro e ele me pareceu esquisito, sem nada dentro a não ser a escama e a pedra-loden. Corri os olhos em volta, procurando as botas, mas me lembrei de tê-las chutado longe na noite anterior, para obter melhor tração na corrida pelos telhados.

Saí do quarto com a moça atrás de mim e desci para o salão de hóspedes. No bar estava o mesmo sujeito de antes, ainda exibindo sua cara fechada.

Aproximei-me dele.

– Minha prima, ela está na cidade?

O homem virou a cara fechada para a porta atrás de mim, de onde surgia a moça:

– Nell, que diabo você está fazendo, deixando ele se levantar? Você não tem nem mesmo o juízo que Deus dá a um cachorro.

Então o nome dela era mesmo Nell. Era algo que eu teria achado divertido em outras circunstâncias.

O sujeito se virou para mim e deu um sorriso que, na verdade, era só um tipo diferente de cara fechada:

– Puxa, garoto, o seu rosto está doendo? Ele está de matar. – Deu uma risadinha de sua própria pilhéria.

Fuzilei-o com os olhos.

– Eu perguntei por minha prima.

Ele abanou a cabeça.

— Ela não voltou. O azar já vai tarde, é o que eu digo.
— Traga-me pão, frutas e qualquer carne que estiver pronta lá nos fundos. E uma garrafa de vinho de frutas avenense. De morango, se o tiver.

Ele se apoiou no balcão do bar e levantou uma sobrancelha. A cara amarrada remoldou-se num sorrisinho condescendente.

— Não há motivo para pressa, filho. O condestável vai querer falar com você, agora que se levantou.

Trinquei os dentes para conter as primeiras palavras que me vieram à boca e respirei fundo.

— Escute, tive uns dois dias excepcionalmente irritantes, minha cabeça está doendo de um jeito que você não tem inteligência suficiente para compreender, e tenho uma pessoa amiga que talvez esteja em apuros — disse, encarando-o, gélido em minha calma. — Não é meu desejo tornar as coisas desagradáveis. Por isso peço-lhe gentilmente que vá buscar o que eu pedi. Por favor — acrescentei, apanhando a bolsa.

Ele me olhou, a raiva borbulhando lentamente até transparecer em seu rosto:

— Seu frangote falastrão e atrevido. Se você não me tratar com respeito, eu o ponho sentado numa cadeira e o deixo amarrado até o condestável chegar.

Joguei um ocre de ferro no balcão e fiquei segurando outro na mão fechada.

Ele franziu o cenho:
— O que é isso?

Concentrei-me e senti uma friagem começar a me subir pelo braço.

— É a sua gorjeta — respondi, enquanto uma fina espiral de fumaça começava a se elevar da moeda. — Por seus serviços rápidos e gentis.

O verniz começou a empolar e carbonizar-se num círculo preto em volta do ocre de ferro. O homem o fitou mudo de pavor.

— Agora vá buscar o que eu pedi — ordenei, encarando-o. — E também um cantil de água. Caso contrário, vou incendiar este lugar até as suas orelhas e dançar entre as cinzas e os seus ossos gosmentos e carbonizados.

———

Cheguei ao alto do morro dos monólitos cinzentos com o saco de viagem carregado. Estava descalço, arquejante e com a cabeça latejando. Não vi Denna em parte alguma.

Numa busca rápida pela área encontrei todos os meus pertences dispersos onde os havia deixado. Os dois cobertores. O cantil estava quase vazio, mas, afora isso, todo o resto se encontrava lá. Denna talvez se houvesse afastado apenas para atender a um chamado da natureza.

Esperei. Esperei por mais tempo do que seria realmente sensato. Depois a chamei, primeiro baixinho, em seguida mais alto, embora minha cabeça latejasse quando eu gritava. Por fim, fiquei apenas sentado. Só conseguia pensar em Denna acordando sozinha, dolorida, sedenta e desorientada. O que devia ter pensado?

Comi um pouco, tentando imaginar o que poderia fazer a seguir. Considerei a hipótese de abrir a garrafa de vinho, mas percebi que era má ideia, já que sem dúvida eu sofrera uma pequena concussão. Lutei contra o medo irracional de que Denna tivesse vagado pela floresta em delírio e contra a ideia de que deveria procurá-la. Pensei em acender uma fogueira, para que ela a visse e voltasse...

Mas não. Eu sabia que ela simplesmente se fora. Havia acordado, descoberto que eu não estava e partido. Ela mesma o dissera, ao sairmos da hospedaria de Trebon: "Eu saio de onde não sou bem-vinda. Todo o resto posso arranjar no caminho." Teria achado que eu a abandonara?

Como quer que fosse, senti nos ossos que ela se fora dali fazia muito tempo. Guardei as coisas no saco. Depois, para o caso de estar enganado, escrevi um bilhete explicando o que havia acontecido e dizendo que a esperaria em Trebon por um dia. Usei um pedaço de carvão para escrever seu nome numa das rochas e desenhei uma seta apontando para o lugar onde deixara toda a comida que havia comprado, uma garrafa de água e um dos cobertores.

E então fui embora. Meu estado de humor não era agradável. Meus pensamentos não eram gentis nem bondosos.

———

Quando voltei a Trebon, o crepúsculo começava a envolver a cidade. Subi nos telhados com um pouco mais de cuidado que de hábito. Não poderia confiar em meu equilíbrio enquanto minha cabeça não dispusesse de uns dias para se recompor.

Mesmo assim, não foi grande proeza chegar ao telhado da hospedaria, onde recolhi minhas botas. Daquele posto de observação, à luz tênue, a cidade tinha um aspecto lúgubre. A metade frontal da igreja desabara por completo e um terço da cidade exibia as marcas dos incêndios. Alguns prédios tinham sido somente chamuscados, porém outros se resumiam a pouco mais do que borralho e cinzas. Apesar de meus melhores esforços, o fogo devia ter campeado sem controle depois de eu perder a consciência.

Olhei para o norte e vi o cume do morro dos monólitos cinzentos. Tive a esperança de ver o lampejar de uma fogueira, mas não havia nada, é claro.

Voltei ao telhado plano da prefeitura municipal e subi a escada da cisterna, cujo interior estava quase vazio. Alguns centímetros de água ondulavam no fundo, muito abaixo de onde minha faca havia prendido um sarrafo carbonizado na parede. Isso explicava o estado da cidade. Quando o nível da água descera abaixo de meu trabalho improvisado de siglística, os incêndios haviam recomeçado. Mesmo assim, ele tinha feito as coisas andarem mais devagar. Não fosse isso, talvez não restasse cidade alguma.

De volta à hospedaria, encontrei inúmeras pessoas taciturnas e sujas de fuligem que se reuniam para beber e trocar ideias. Não vi meu amigo carrancudo em parte alguma, porém havia um punhado de gente em torno do bar discutindo animadamente alguma coisa que fora vista.

O prefeito e o condestável também estavam presentes. Tão logo me avistaram, levaram-me correndo a uma sala particular para conversar.

Eu estava pouco falante e macambúzio e, depois dos acontecimentos dos dias anteriores, não tremendamente intimidado pela autoridade de dois velhos pançudos. Eles perceberam e isso os deixou nervosos. Minha cabeça doía, eu não sentia nenhuma disposição de me explicar, e ficava muito à vontade tolerando um silêncio incômodo. Por causa disso, os dois falaram um bocado e, ao formularem suas perguntas, informaram-me quase tudo o que eu queria saber.

Felizmente os estragos causados à cidade tinham sido pequenos. Graças à festa da colheita, ninguém fora apanhado dormindo. Havia muitos machucados, cabelos chamuscados e gente que tinha inalado mais fumaça do que lhe conviria, mas, à parte algumas queimaduras sérias e o sujeito cujo braço fora esmagado pela queda de um pedaço de madeira, eu é que parecia ter sofrido os piores danos.

Eles sabiam com incontestável certeza que o dracus era um demônio. Um imenso demônio negro que cuspia fogo e veneno. Se tinha havido a mais remota dúvida quanto a isso, ela fora dissipada pelo fato de a fera ter sido abatida pelo ferro do próprio Tehlu.

Havia também um consenso de que a besta demoníaca tinha sido responsável pela destruição da fazenda dos Mauthen. Era uma conclusão razoável, apesar de completamente errada. Tentar convencê-los de qualquer outra coisa seria um desperdício inútil do meu tempo.

Eu fora encontrado inconsciente em cima da roda de ferro que havia matado o demônio. O cirurgião local tinha me remendado da melhor maneira possível e, pouco familiarizado com a notável grossura do meu crânio, havia manifestado sérias dúvidas de que um dia eu viesse a despertar.

A princípio, a opinião geral tinha sido que eu fora um mero espectador azarado, ou que, de algum modo, havia arrancado a roda da igreja. Contudo, minha recuperação milagrosa, combinada com o fato de eu ter cavado a fogo um buraco no bar, estimulara as pessoas a finalmente darem ouvidos ao que um menino e uma viúva idosa tinham passado o dia inteiro dizendo: que, na hora em que o carvalho se inflamara como uma tocha, eles tinham visto alguém em pé no telhado da igreja. Esse sujeito fora iluminado pelo fogo abaixo dele. Tinha os braços levantados à frente do corpo, quase como se rezasse...

O prefeito e o condestável acabaram sem ter o que dizer para preencher o silêncio e apenas permaneceram sentados, ansiosos, olhando um para o outro e, em seguida, para mim.

Ocorreu-me que não estavam vendo um garoto esfarrapado e sem vintém à sua frente. Enxergavam uma misteriosa figura derreada que havia matado um demônio. Não vi razão para dissuadi-los. Na verdade, era mais do que hora de eu ter um pouco de sorte naquela história. Se eles me consideravam uma espécie de herói ou de santo, isso me dava uma vantagem útil.

— O que vocês fizeram com o corpo do demônio? — indaguei, e notei que ambos relaxaram. Até aquele momento eu mal havia proferido meia dúzia de palavras, respondendo à maioria de suas perguntas hesitantes com um silêncio soturno.

— Quanto a isso, o senhor não tem com que se preocupar — disse o condestável. — Sabíamos o que fazer com ele.

Senti um aperto no peito e compreendi o que tinha ocorrido antes que me contassem: eles o haviam queimado e enterrado. A criatura era uma maravilha científica e aquela gente a queimara e enterrara como se fosse lixo. Eu conhecia escribas naturalistas do Arquivo que se disporiam a decepar as próprias mãos para estudar uma criatura tão rara. E tivera até a esperança, no fundo do coração, de que levar à atenção deles essa oportunidade talvez me fizesse recuperar o acesso ao Arquivo.

E as escamas e os ossos. Centenas de quilos de ferro desnaturado, que os alquimistas teriam disputado furiosamente...

O prefeito balançou a cabeça, animado, e cantarolou:

— "De 10 por dois um buraco fazer. Para freixo, ulmo e sorveira conter." — Pigarreou e prosseguiu: — Teve que ser um buraco maior, é claro. Todos se revezaram para cavá-lo o mais depressa possível. — E levantou a mão, exibindo com orgulho um conjunto de bolhas recentes.

Fechei os olhos e reprimi a ânsia de quebrar tudo na sala e xingá-los em oito línguas diferentes. Isso explicava por que a cidade ainda se achava num estado tão lastimável. Todos haviam ficado ocupados em incendiar e sepultar uma criatura que valia o resgate de um rei.

Mas não havia nada que se pudesse fazer. Duvidei que minha nova reputação bastasse para me proteger se eles me pegassem tentando desenterrá-la.

— A moça que sobreviveu ao casamento na fazenda dos Mauthen — indaguei —, alguém a viu hoje?

O prefeito olhou para o condestável com ar questionador:

— Não que eu tenha ouvido falar. Você acha que havia alguma ligação entre ela e a fera?

— O quê? — fiz eu. A pergunta era tão absurda que, a princípio, não a compreendi. — Não! Não sejam ridículos! — repreendi-os com ar severo. A última coisa de que eu precisava era que, de algum modo, Denna fosse implicada naquilo tudo. — Ela estava me ajudando no meu trabalho — informei, tomando o cuidado de deixar as coisas vagas.

O prefeito lançou um olhar furioso para o condestável e se virou novamente para mim:

— O seu... trabalho está terminado aqui? — perguntou, cauteloso, como se temesse me ofender. — Decerto não pretendo me meter em seus assuntos... mas... — Passou a língua nos lábios, nervoso. — Por que isso aconteceu? Nós estamos em segurança?

— Vocês estão tão seguros quanto posso deixá-los — foi minha resposta ambígua. Pareceu-me uma coisa heroica a dizer. Se tudo que eu ia tirar daquela história era um pouco de fama, podia muito bem me certificar de que fosse do tipo certo.

Foi quando me ocorreu uma ideia:

— Para ter certeza da sua segurança, preciso de uma coisa — comecei. Inclinei-me para a frente na cadeira, entrelaçando os dedos. — Preciso saber o que o Mauthen desencavou no Morro dos Túmulos.

Vi os dois se entreolharem pensando: "Como ele sabe disso?"

Recostei-me na cadeira, lutando contra a vontade de rir como um gato num pombal, e acrescentei:

— Se eu souber o que o Mauthen encontrou lá, posso tomar providências para garantir que esse tipo de coisa nunca mais aconteça. Sei que era segredo, mas é fatal que alguém na cidade tenha alguma informação. Espalhem a notícia e mandem qualquer um que souber de alguma coisa conversar comigo.

Levantei-me devagar. Foi preciso um esforço consciente para não fazer uma careta, por causa das diversas fisgadas e dores.

— Mas façam-nos virem depressa. Parto amanhã à tardinha. Tenho assuntos prementes no sul.

Dito isto, abri a porta e me retirei, a capa esvoaçando dramaticamente às minhas costas. Sou artista de trupe até a medula e, uma vez montado o cenário, sei fazer uma bela saída.

———

Passei o dia seguinte comendo bem e cochilando em minha cama macia. Tomei banho, cuidei de meus vários ferimentos e, de modo geral, proporcionei-me um merecido repouso. Algumas pessoas passaram para me contar o que eu já sabia. Mauthen havia arrancado pedras de túmulos e encontrado alguma coisa enterrada lá. E o que era? Era só uma coisa. Ninguém sabia mais do que isso.

Estava sentado ao lado da cama, brincando com a ideia de compor uma canção sobre o dracus, quando ouvi uma batida tímida à porta, tão baixa que quase me passou despercebida.

– Entre.

Abriu-se uma fresta e então a porta se escancarou. Uma mocinha de uns 13 anos olhou ao redor, nervosa, entrou depressa e fechou a porta de mansinho. Tinha cabelos ondulados, de um castanho desbotado, e a tez pálida, com dois toques de cor no alto das maçãs do rosto. Os olhos eram encovados e escuros, como se ela tivesse chorado, dormido pouco, ou ambas as coisas.

– Você queria saber o que o Mauthen desenterrou? – perguntou-me, olhando para mim e desviando o rosto.

– Como é seu nome? – perguntei gentilmente.

– Verainia Greyflock – disse ela, em tom respeitoso. Depois fez uma mesura apressada, olhando para o chão.

– É um nome encantador. A verainia é uma florzinha vermelha – expliquei com um sorriso, procurando deixá-la à vontade. – Você já viu alguma?

Ela abanou a cabeça, ainda com os olhos no chão.

– Mas imagino que ninguém a chame de Verainia. Será que é Nina? – indaguei.

Ao ouvir isso, ela levantou os olhos. Um vago sorriso insinuou-se em seu rosto abatido.

– É assim que a vovó me chama.

– Venha sentar-se aqui, Nina – chamei-a, fazendo sinal para a cama, já que era o único outro lugar para alguém se sentar no quarto.

Ela sentou-se, torcendo nervosamente as mãos no colo.

– Eu vi. A coisa que eles tiraram do túmulo – disse, erguendo os olhos para mim e tornando a baixá-los para as mãos. – Foi o Jimmy que me mostrou, o filho caçula do Mauthen.

Meu coração bateu mais rápido.

– E o que era?

– Um vaso grande e bonito – respondeu ela, baixinho. – Mais ou menos dessa altura. – Levantou a mão a cerca de 1 metro do chão. A mão tremia. – Tinha uma porção de coisas escritas e imagens. Bonito mesmo. Eu nunca tinha visto cores assim. E algumas tintas brilhavam feito prata e ouro.

– E eram imagens de quê? – perguntei, fazendo força para manter a voz calma.

— Gente. A maioria era de gente. Tinha uma mulher segurando uma espada quebrada e um homem do lado de uma árvore morta, com um cachorro mordendo a perna dele... — Sua voz se extinguiu.
— Havia algum de cabelo branco e olhos negros?
Ela arregalou os olhos e assentiu com a cabeça.
— Me deixou toda arrepiada — disse, estremecendo.
O Chandriano. Tinha sido um vaso mostrando o Chandriano e seus sinais.
— Você se lembra de mais alguma coisa nas imagens? Não tenha pressa, pense bem.
Ela pensou:
— Havia um que não tinha rosto, só um capuz sem nada dentro. Aos pés dele ficava um espelho e uma porção de luas em cima. Sabe, lua cheia, meia-lua, tirinha de lua. — Baixou de novo os olhos, refletindo. — E tinha uma mulher... — ruborizou-se — ...que não usava um pedaço da roupa.
— Lembra-se de mais alguma coisa? — perguntei. Ela abanou a cabeça. — E quanto ao que estava escrito?
Nina tornou a fazer que não.
— Era tudo escrita estrangeira. Não dizia nada.
— Você acha que conseguiria desenhar alguma das coisas que viu escritas?
Ela tornou a abanar a cabeça:
— Só vi o vaso por um minuto. O Jimmy e eu, a gente sabia que ia levar uma surra se o pai dele nos pegasse — explicou. Seus olhos se encheram de lágrimas repentinas. — Os demônios também vão vir me pegar porque eu vi?
Abanei a cabeça com ar tranquilizador, mas ela desatou a chorar assim mesmo.
— Ando com muito medo desde aquilo que aconteceu na casa dos Mauthen — soluçou. — Fico tendo sonhos. Sei que eles vão vir me pegar.
Mudei-me para a cama, sentando a seu lado, e passei um braço em seus ombros, dizendo-lhe palavras consoladoras. Aos poucos os soluços diminuíram.
— Nada nem ninguém vem pegá-la — afirmei.
Nina olhou para mim. Já não estava chorando, mas vi a verdade em seus olhos. Por baixo de tudo, ela continuava aterrorizada. Não havia palavra gentil que bastasse para tranquilizá-la.
Levantei-me e fui até onde estava minha capa.
— Deixe eu lhe dar uma coisa — falei, procurando num dos bolsos. Apanhei um pedaço de lâmpada de simpatia em que estivera trabalhando na Artificiaria; era um disco de metal brilhante, coberto com intricados símbolos de siglística de um lado.
Levei-o para ela:
— Consegui este amuleto quando fui a Veloran. Muito longe daqui, do

outro lado dos Montes Tempestuosos. É um amuleto excelente contra demônios – acrescentei. Peguei a mão dela e o pus em sua palma.

Nina o fitou, depois ergueu os olhos para mim:

– Você não precisa dele?

Abanei a cabeça:

– Tenho outros meios para me manter seguro.

Ela o segurou com força, as lágrimas novamente a lhe rolar pelas faces.

– Oh, muito obrigada. Vou andar com ele o tempo todo – jurou. Os nós dos seus dedos estavam brancos de tanto apertá-lo.

Nina o perderia. Não de imediato, mas dali a um ano, dois ou 10. Fazia parte da natureza humana, e, quando acontecesse, ela ficaria ainda pior do que antes.

– Não há necessidade disso – apressei-me a dizer. – Vou mostrar-lhe como funciona. – Peguei a mão com que ela agarrava o pedaço de metal e envolvi-a com a minha. – Feche os olhos.

Nina assim fez, e recitei devagar os 10 primeiros versos de *Ve Valora Sartane*. Não era muito apropriado, a rigor, mas foi tudo em que pude pensar naquele momento. O temano é uma língua cujo som impressiona, principalmente se a pessoa tem uma boa voz dramática de barítono, o que eu tinha.

Terminei e ela abriu os olhos. Estavam cheios de reverência, não de lágrimas.

– Agora ele está em sintonia com você – expliquei. – Haja o que houver, não importa onde ele esteja, ele a protegerá e a manterá segura. Você pode até quebrar e derreter o amuleto que o encanto continuará a funcionar.

Ela atirou os braços em meu pescoço e me deu um beijo no rosto. Depois levantou-se de repente, ruborizada. Não estava mais pálida e abatida; tinha os olhos luminosos. Eu ainda não havia notado, mas Nina era linda.

Foi embora logo em seguida; passei um tempo sentado na cama, pensando.

Durante o mês anterior eu havia tirado uma mulher de um inferno de chamas. Tinha invocado o fogo e o raio contra assassinos e escapado para um local seguro. Tinha até matado uma coisa que podia ser um dragão ou um demônio, dependendo do ponto de vista.

Mas ali, naquele quarto, pela primeira vez me senti realmente uma espécie de herói. Se você está procurando uma razão para eu ser o homem em quem viria a me transformar, se está em busca de um começo, procure aí.

CAPÍTULO 83

Retorno

AO ENTARDECER DAQUELE DIA, juntei meus pertences e desci para o salão dos hóspedes. As pessoas da cidade me olharam e murmuraram entre si, agitadas. Entreouvi alguns comentários enquanto me dirigia ao bar e me dei conta de que, na véspera, a maioria deles me vira envolto em ataduras, supostamente com ferimentos terríveis por baixo. Agora as ataduras tinham sumido e tudo o que eles viram foram uns machucadinhos. Outro milagre. Fiz força para não rir.

O hospedeiro mal-encarado me disse que nem sonharia me cobrar nada, visto que toda a cidade estava em débito comigo e tudo o mais. Não, não. Absolutamente não. Nem queria ouvir falar disso. Se houvesse alguma outra coisa que ele pudesse fazer para demonstrar sua gratidão...

Assumi uma expressão pensativa. Já que ele o havia mencionado, disse-lhe que se porventura tivesse outra garrafa daquele delicioso vinho de morango...

Segui para o cais de Evesdown e arranjei um assento numa balsa que ia descer o rio. Enquanto esperava, perguntei se algum dos estivadores tinha visto uma jovem passar por ali nos últimos dois dias. Cabelos pretos, bonita...

Eles tinham. A moça passara por lá na tarde da véspera e tomara um barco para descer o rio. Senti um certo alívio ao saber que ela estava a salvo e relativamente bem. Afora isso, no entanto, fiquei sem saber o que pensar. Por que não tinha ido a Trebon? Teria achado que eu a havia abandonado? Será que se lembrava de alguma coisa do que havíamos conversado naquela noite, deitados juntos no monólito?

Aportamos em Imre horas depois do amanhecer e fui direto à casa de Devi. Após uma barganha animada, dei-lhe a pedra-loden e um único talento para quitar meu empréstimo de 20 talentos a prazo curtíssimo. Ainda me faltava pagar-lhe a dívida original, mas, depois de tudo que eu havia passado, uma dívida de quatro talentos já não me pareceu terrivelmente ameaçadora, apesar de minha bolsa estar de novo praticamente vazia.

Levei algum tempo para recompor minha vida. Eu só me ausentara por quatro dias, mas precisei pedir desculpas e dar explicações a toda sorte de pessoas. Havia faltado a um encontro com o conde Threipe, a duas reuniões com Manet e a um almoço com Feila. A Anker passara duas noites sem seu músico. Até Auri me fez uma censura delicada por não ter ido visitá-la.

Eu havia faltado a aulas de Kilvin, Elxa Dal e Arwyl. Todos aceitaram meus pedidos de desculpas com bondosa reprovação. Compreendi que, quando fosse estabelecido o valor da minha matrícula no período letivo seguinte, eu acabaria pagando por minha ausência repentina e basicamente inexplicada.

O mais importante eram Wilem e Simmon. Os dois tinham ouvido boatos sobre um estudante atacado numa viela. Dada a expressão de Ambrose nos últimos dias, mais arrogante que de hábito, eles esperavam que eu tivesse fugido da cidade ou, na pior das hipóteses, que estivesse carregado de pedras no fundo do rio Omethi.

Foram os únicos a receber uma explicação verdadeira sobre o que havia acontecido. Embora eu não lhes dissesse toda a verdade sobre a razão de me interessar pelo Chandriano, contei-lhes a história inteira e lhes mostrei a escama. Os dois ficaram apropriadamente admirados, mas me disseram sem rodeios que lhes deixasse um bilhete da próxima vez, senão eu comeria o pão que o diabo amassou.

E procurei por Denna, na esperança de dar minha explicação mais importante de todas. Mas, como sempre, procurar não adiantou nada.

CAPÍTULO 84

Uma súbita tempestade

ACABEI ENCONTRANDO DENNA como sempre a encontrava, por puro acaso.

Ia andando apressado, cheio de outras coisas na cabeça, quando dobrei uma esquina e tive que frear para não atropelá-la.

Paramos ambos por meio segundo, assustados e mudos. Apesar de eu haver passado dias procurando seu rosto em todas as sombras e janelas de carruagens, sua visão me deslumbrou. Eu guardara a lembrança do formato de seus olhos, mas não do peso deles; de sua coloração escura, mas não de sua profundidade. A proximidade de Denna tirou o fôlego de meu peito, como se de repente me houvessem jogado em águas profundas.

Eu passara longas horas pensando em como seria esse encontro, encenando-o mil vezes na cabeça. Temia que ela se mostrasse distante, alheia. Que me desdenhasse por tê-la deixado sozinha na floresta. Que ficasse calada e taciturnamente magoada. Que viesse a chorar, a me maldizer, ou a simplesmente me dar as costas e ir embora.

Denna me ofereceu um sorriso radiante.

– Kvothe! – exclamou, segurando minha mão e apertando-a entre as suas. – Senti sua falta. Por onde você andava?

Senti-me enfraquecer de alívio.

– Ah, você sabe, aqui e ali. – Fiz um gesto indolente. – Por aí.

– Você me deixou encalhada um dia desses – fez ela, fingindo um olhar zangado. – Eu esperei, mas a maré não subiu.

Eu já ia explicar a situação quando ela apontou para o homem parado a seu lado.

– Desculpem a grosseria. Kvothe, este é o Lentaren – disse. Eu nem o havia notado. – Lentaren, Kvothe.

Lentaren era alto e magro. Bem-dotado de músculos, bem-vestido e bem-criado. A linha do queixo era tão bem esquadriada que deixaria um pedreiro orgulhoso e os dentes eram um fio branco e perfeito. O homem parecia um Príncipe Encantado saído de um livro de histórias. Recendia a dinheiro.

Deu-me um sorriso amistoso e descontraído.

– É um prazer conhecê-lo, Kvothe – disse, com uma meia mesura graciosa.

Retribuí a mesura, por puro reflexo, estampando meu sorriso mais sedutor.

– Às suas ordens, Lentaren.

Voltei-me para Denna:

– Precisamos almoçar um dia desses – disse-lhe em tom alegre, arqueando muito discretamente uma sobrancelha, como quem perguntasse: esse é o Mestre Freixo? – Tenho umas histórias interessantes para você.

– Sem dúvida – fez ela, abanando de leve a cabeça para me dizer não. – Você saiu antes de poder terminar a última. Fiquei terrivelmente desapontada por ter perdido o fim. Aflita, na verdade.

– Ah, foi só o mesmo que você já ouviu centenas de vezes. O Príncipe Encantado mata o dragão, mas perde o tesouro e a mocinha.

– Ah, que tragédia – disse Denna, baixando os olhos. – Não é o fim pelo qual eu ansiava, porém não é mais do que eu teria esperado, acho.

– Seria uma tragédia se ela acabasse aí – admiti. – Mas tudo depende de como você a encara, na verdade. Prefiro pensar nela como uma história à espera de uma continuação adequadamente animadora.

Uma carruagem passou chacoalhando na rua e Lentaren se afastou para lhe dar passagem, roçando casualmente em Denna ao se mexer. Ela segurou o braço do rapaz, com ar distraído.

– Em geral, não gosto de histórias seriadas – disse-me, com a expressão momentaneamente séria e indecifrável. Depois encolheu os ombros e me deu a sugestão de um sorriso irônico. – Mas com certeza já tive ocasião de mudar de ideia sobre essas coisas. Talvez você consiga me convencer.

Indiquei o estojo do alaúde que levava pendurado no ombro.

– Eu continuo a tocar na Anker quase todas as noites, se você quiser dar uma passada por lá...

– Darei – disse ela. Deu um suspiro e olhou para Lentaren. – Já estamos atrasados, não é?

Ele semicerrou os olhos para o sol e fez que sim.

– Estamos. Mas ainda podemos alcançá-los, se andarmos depressa.

Denna tornou a se virar para mim:

– Desculpe, mas marcamos um compromisso para cavalgar.

– Eu jamais sonharia em retê-los – repliquei, afastando-me gentilmente de lado para lhes dar passagem.

Lentaren e eu trocamos acenos corteses de cabeça.

– Passarei para procurá-lo dentro em breve – disse Denna, virando-se para mim ao passar.

– Vá em frente – fiz eu, gesticulando com a cabeça na direção do rumo que eles iam tomar. – Não me deixe retardá-la.

Os dois deram as costas e se foram. Observei-os se afastarem pelo calçamento de pedra das ruas de Imre. Juntos.

———

Wilem e Simmon estavam à minha espera quando cheguei. Já haviam reivindicado um banco com uma boa vista do chafariz em frente à Eólica. A água esguichava ao redor de estátuas de ninfas perseguidas por um fauno.

Depus o estojo do alaúde junto ao banco e abri distraidamente a tampa, achando que talvez o instrumento gostasse de sentir um pouco de sol nas cordas. Se você não é músico, não espero que compreenda.

Wil me entregou uma maçã e sentei ao lado deles. O vento soprava na praça e observei os borrifos da fonte se moverem como cortinas diáfanas balançadas pela brisa. Algumas folhas vermelhas de bordo dançavam em círculos pelas pedras do calçamento. Observei-as saltarem e girarem, traçando desenhos estranhos e complexos no ar.

– Imagino que você tenha finalmente encontrado a Denna, não é? – perguntou Wilem depois de algum tempo.

Balancei a cabeça, sem desviar os olhos das folhas. Não estava realmente com vontade de explicar.

– Dá para perceber, pelo tanto que você está calado – comentou ele.

– As coisas não correram bem? – perguntou Simmon, com delicadeza.

– Não saíram como eu havia esperado.

Os dois fizeram acenos sóbrios com a cabeça e houve outro momento de silêncio.

– Andei pensando no que você nos contou – disse Wil. – A respeito do que a sua Denna lhe disse. Há um furo na história dela.

Simmon e eu o fitamos, curiosos.

– Ela disse estar procurando por seu mecenas – assinalou Wilem. – Estava viajando com você para procurá-lo. Mas depois contou que sabia que ele estava a salvo, porque... – Wil teve uma hesitação significativa – ...porque o havia encontrado quando ia voltando para a fazenda em chamas. Isso não combina. Por que ela o procuraria, se sabia que o homem estava em segurança?

Eu não tinha considerado isso. Antes que conseguisse pensar numa resposta, Simmon abanou a cabeça:

– Ela só estava inventando uma desculpa para passar algum tempo com o Kvothe – afirmou, como se fosse algo cristalinamente claro.

Wilem franziu de leve o cenho.

Simmon nos lançou olhares alternados, visivelmente surpreso por ter que se explicar.

— É óbvio que ela tem uma queda por você — disse, e começou a contar nos dedos: — Foi ao seu encontro na Anker. Foi buscá-lo naquela noite, na Eólica, quando estávamos bebendo. Inventou uma desculpa para passar dois dias perambulando com você no meio de lugar nenhum...

— Simmon — retruquei, exasperado —, se ela estivesse interessada, eu conseguiria encontrá-la mais de uma vez em um mês de buscas.

— Isso é uma falácia lógica — destacou Simmon, agitado. — Causa falsa. A única coisa que isso prova é que você é péssimo para encontrá-la, ou que ela é difícil de se achar. Não que não está interessada.

— Na verdade — assinalou Wilem, tomando o partido de Simmon —, já que ela o encontra com mais frequência, parece provável que passe um bom tempo à sua procura. Você não é fácil de se localizar. Isso indica interesse.

Pensei no bilhete que ela me deixara e, por um instante, alimentei a ideia de que talvez Simmon tivesse razão. Senti uma vaga esperança palpitar no peito, recordando a noite em que ficáramos no alto do monólito.

Depois lembrei-me de que ela estivera delirante e fora de si naquela noite. E me lembrei dela de braço dado com Lentaren. Pensei no rapaz alto, bonito e rico e em todos os outros inúmeros homens que tinham algo valioso a lhe oferecer. Algo além de uma bela voz e bravatas masculinas.

— Você sabe que eu tenho razão! — exclamou Simmon, afastando o cabelo dos olhos e dando uma risada pueril. — Não tem como argumentar para sair dessa! É óbvio que ela é abobalhada por você. E você é simplesmente abobalhado; portanto, é uma grande combinação.

Dei um suspiro.

— Fico contente por tê-la como amiga, Simmon. Ela é uma pessoa encantadora, e fico feliz por passarmos algum tempo juntos. É só isso — declarei, forçando a introdução da dose adequada de despreocupação jovial na voz, para que ele aceitasse minha palavra e desistisse do assunto, por ora.

Simmon me olhou por um instante, depois descartou a discussão com um dar de ombros.

— Se é assim — disse, gesticulando com seu pedaço de galinha —, a Feila vive falando em você o tempo todo. Acha-o um sujeito genial. E depois, tem toda aquela história de você ter salvado a vida dela. Tenho certeza de que você tem uma chance ali.

Dei de ombros, contemplando os desenhos criados pelo vento nos borrifos do chafariz.

— Você sabe o que nós devíamos... — começou Simmon, e suspendeu o pensamento a meio caminho, olhando para além de mim com uma expressão subitamente confusa.

Virei-me para ver para onde ele estava olhando e deparei com o estojo do alaúde vazio. Meu alaúde tinha sumido. Olhei em volta, aflito, pronto a me levantar de um salto e sair correndo à procura dele. Mas não houve necessidade: a poucos metros de nós estavam Ambrose e alguns de seus amigos. Ele segurava frouxamente meu alaúde com uma das mãos.

– Ah, Tehlu misericordioso – resmungou Simmon às minhas costas. Em seguida, em tom normal, disse: – Devolva-o, Ambrose.

– Quieto, E'lir – rebateu Ambrose. – Isto não é da sua conta.

Pus-me de pé, com os olhos fixados nele e em meu alaúde. Eu passara a pensar em Ambrose como alguém mais alto que eu, mas, quando me levantei, percebi que nossos olhos estavam no mesmo nível. Ele também pareceu meio surpreso.

– Dê-me o alaúde – eu disse, e estendi a mão. Fiquei surpreso ao constatar que ela não estava tremendo. Eu é que tremia por dentro: metade medo, metade fúria.

Duas partes de mim tentavam falar ao mesmo tempo. A primeira implorava: Por favor, não faça nada com ele. De novo, não. Não o quebre. Devolva-o, por favor. Não o segure pelo braço desse jeito. A outra metade entoava um estribilho: Odeio você, odeio você, odeio você, como se desse cusparadas de sangue.

Dei um passo à frente.

– Me dê o alaúde.

Minha voz soou estranha a meus próprios ouvidos, sem emoção e monocórdia. Plana como a palma de minha mão estendida. Eu tinha parado de tremer por dentro.

Ambrose parou um instante, apanhado de surpresa por alguma coisa em meu tom. Intuí seu mal-estar – eu não estava me portando como ele havia esperado. Atrás de mim, ouvi Wilem e Simmon prenderem a respiração. Atrás de Ambrose, seus amigos ficaram imóveis, subitamente inseguros.

Ambrose sorriu e enviesou uma sobrancelha.

– Escrevi uma canção para você e ela precisa de acompanhamento – disse. Segurou o alaúde com rudeza e arrastou os dedos pelas cordas, sem pensar em ritmo nem melodia. Algumas pessoas pararam para olhar enquanto ele cantava:

"*Era uma vez um tal de Kvothe, um desacerto,*
Rápido no sarcasmo, amante de piadas.
Os professores o acharam muito esperto
E o premiaram com várias chicotadas."

A essa altura um bom número de transeuntes havia parado para espiar, sorrindo e gargalhando do pequeno espetáculo de Ambrose. Incentivado, ele fez uma grande mesura.

— Todos cantando! — gritou, levantando as mãos feito um regente de orquestra e gesticulando com meu alaúde como se fosse uma batuta.

Dei outro passo à frente:

— Devolva-me o alaúde, senão eu mato você.

Naquele momento, falei com perfeita seriedade.

Tudo retornou ao silêncio. Ao ver que não obteria de mim a reação que havia esperado, Ambrose fingiu indiferença.

— Certas pessoas não têm nenhum senso de humor — disse com um suspiro. — Pegue.

E o atirou para mim. Mas os alaúdes não foram feitos para ser jogados. O instrumento rodopiou no ar, desajeitado, e quando fechei as mãos não havia nada nelas. Se ele tinha sido canhestro ou cruel, não fazia a menor diferença para mim. Meu alaúde bateu com a caixa nas pedras do chão e fez um barulho de estilhaçamento.

O som me fez lembrar o ruído terrível que fizera o alaúde de meu pai, esmagado sob o peso do meu corpo numa viela imunda de fuligem em Tarbean. Abaixei-me para apanhá-lo e ele gemeu como um animal ferido. Ambrose virou-se parcialmente para me olhar e vi os lampejos de diversão bailando em seu rosto.

Abri a boca para uivar, para gritar, para xingá-lo. Porém outra coisa se soltou da minha garganta, uma palavra que eu não conhecia e da qual não podia me lembrar.

E então tudo o que pude ouvir foi o som do vento. Ele rugiu pela praça como uma súbita tempestade. Uma carruagem próxima derrapou de lado nas pedras, os cavalos a empinaram em pânico. Uma partitura musical foi arrancada das mãos de alguém e riscou o ar à nossa volta como um estranho relâmpago. Fui empurrado um passo para a frente. Todos foram empurrados pelo vento. Todos, exceto Ambrose, que rodopiou no chão feito um cata-vento, como que golpeado pela mão de Deus.

Em seguida tudo voltou à quietude. Papéis caíram, girando como folhas de outono. As pessoas olharam em volta, confusas, com os cabelos desgrenhados e as roupas em desalinho. Várias delas ficaram trôpegas, preparando-se para enfrentar uma tempestade que já não estava presente.

Minha garganta doía. Meu alaúde estava quebrado.

Ambrose levantou-se cambaleando. Sem jeito, esticou o braço para o lado, e havia sangue escorrendo de seu couro cabeludo. O olhar desvairado e confuso de medo que me lançou foi um doce e breve prazer. Pensei em gritar de novo com ele, querendo saber o que aconteceria. O vento viria outra vez? O chão o tragaria?

Ouvi um cavalo relinchar, em pânico. Começou a sair gente da Eólica e de outros prédios em torno da praça. Os músicos olharam ao redor, confusos, e todo mundo se pôs a falar ao mesmo tempo.

– ...foi isso?

– ...notas espalhadas por toda parte. Ajude-me antes que elas...

– ...foi ele. Aquele ali, do cabelo vermelho...

– ...demônio. Um demônio do vento e...

Olhei em volta, atordoado, até que Wilem e Simmon me tiraram depressa de lá.

———

– Não sabíamos para onde levá-lo – disse Simmon a Kilvin.

– Contem-me tudo de novo – pediu Kilvin calmamente. – Mas, desta vez, apenas um fala – acrescentou, apontando para Wilem. – Tente pôr todas as palavras numa sequência bem arrumada.

Estávamos no gabinete de Kilvin, com a porta e as cortinas fechadas. Wilem começou a explicar o que havia acontecido. À medida que foi ganhando velocidade, mudou para o siaru. Kilvin acompanhou tudo movendo a cabeça com ar pensativo. Simmon escutou atentamente, interpondo uma ou outra palavra de vez em quando.

Fiquei sentado numa banqueta próxima, a cabeça num torvelinho de confusão e perguntas parcialmente formuladas. Minha garganta doía. Meu corpo estava exausto e cheio de amarga adrenalina. No meio daquilo tudo, bem no meio do meu peito, parte de mim ardia de raiva, como o carvão abanado de uma fornalha, vermelho e quente. No caminho de volta sentia um enorme torpor, como se eu estivesse lacrado num envoltório de cera com 25 centímetros de espessura. Não havia Kvothe, apenas a confusão, a raiva e o torpor que o envolviam. Eu parecia um pardal na tempestade, incapaz de encontrar um galho seguro ao qual me agarrar. Incapaz de controlar o movimento desnorteado de meu voo.

Wilem estava chegando ao fim da explicação quando Elodin entrou na sala sem bater nem se anunciar. Wilem calou-se. Dei uma olhadela de relance para o Nomeador-Mor e tornei a contemplar o alaúde destroçado em minhas mãos. Ao girá-lo, uma de suas lascas finas cortou meu dedo. Inerte, observei o sangue brotar e pingar no chão.

Elodin aproximou-se e parou bem em frente a mim, sem se dar ao trabalho de falar com mais ninguém.

– Kvothe?

— Ele não está bem, mestre – disse Simmon, com a voz estrídula de preocupação. – Ficou todo entorpecido. Não fala nada.

Embora eu ouvisse as palavras, soubesse que elas tinham um significado, soubesse até os significados que lhes eram pertinentes, não conseguia extrair delas o menor sentido.

— Acho que ele bateu com a cabeça – disse Wilem. – Ele olha para a gente, mas não há nada dentro. É como se fossem os olhos de um cachorro.

— Kvothe? – repetiu Elodin. Quando não reagi nem levantei os olhos do alaúde, ele estendeu a mão e levantou delicadamente o meu queixo até meus olhos encontrarem os seus. – Kvothe.

Pisquei.

Ele me fitou. Seus olhos escuros me equilibraram um pouco. Acalmaram a tempestade dentro de mim.

— *Aerlevsedi* – falou. – Diga-o.

— O quê? – indagou Simmon em algum lugar, num pano de fundo distante. – Vento?

— *Aerlevsedi* – repetiu Elodin pacientemente, os olhos escuros fixados em meu rosto.

— *Aerlevsedi* – enunciei, apático.

Elodin fechou os olhos por um instante, serenamente, como se tentasse captar uma vaga linha melódica bailando com suavidade na brisa. Sem poder ver seus olhos, comecei a divagar. Baixei de novo os meus para o alaúde quebrado nas mãos, mas, antes que meu olhar vagasse para muito longe, ele tornou a segurar meu queixo e inclinou meu rosto para cima.

Seus olhos captaram os meus. O torpor diminuiu, mas a tempestade continuou a rodopiar em minha cabeça. Então os olhos de Elodin se modificaram. Ele parou de dirigir o olhar para mim, dirigindo-o para dentro de mim. É só assim que sei descrevê-lo. Olhou para meu âmago, não para meus olhos, mas através de meus olhos. Seu olhar penetrou-me e se instalou solidamente em meu peito, como se suas duas mãos estivessem dentro de mim, apalpando a forma de meus pulmões, o movimento de meu coração, o ardor da minha ira, o padrão da tempestade que trovejava em meu íntimo.

Inclinou-se para a frente e seus lábios roçaram minha orelha. Senti seu hálito. Ele falou... e a tempestade acalmou-se. Encontrei um lugar em que pousar.

Há uma brincadeira que as crianças experimentam fazer de vez em quando. A gente abre os braços e vai girando sem parar, vendo o mundo se transformar num borrão. Primeiro fica desorientada, mas, se continuar girando por tempo suficiente, o mundo se dissolve e a gente para de se sentir tonta, girando com o mundo transformado num borrão ao redor. Depois a pessoa para e o mundo gira, retomando aos poucos sua forma regular. A tonteira atinge o sujeito feito um relâmpago e tudo cambaleia e se move. O mundo se inclina ao redor dele.

Foi o que aconteceu quando Elodin acalmou a tempestade na minha cabeça. De repente, com uma tonteira violenta, gritei e levantei as mãos, para não cair para o lado, para o alto, para dentro. Senti um par de braços me segurar quando meus pés se enroscaram no banco e comecei a despencar no chão.

Foi apavorante mas passou. Quando me recuperei, Elodin tinha desaparecido.

CAPÍTULO 85

Mãos contra mim

SIMMON E WILEM ME LEVARAM para meu quarto na Anker, onde caí na cama e passei 18 horas atrás das portas do sono. Ao acordar no dia seguinte, senti-me surpreendentemente bem, considerando-se que havia dormido de roupa e minha bexiga se distendera até ficar do tamanho de um melão.

A sorte me sorriu, dando-me tempo suficiente para uma refeição e um banho antes que um dos meninos de recados do Jamison me encontrasse. Precisavam de mim no Prédio dos Professores. Eu iria para o chifre dentro de meia hora.

———

Ambrose e eu nos postamos diante da mesa dos professores. Ele me havia acusado de violação das normas. Em retaliação, acusei-o de furto, destruição de propriedade e Conduta Imprópria para um Membro do Arcanum. Depois de minha experiência anterior no chifre, eu me havia familiarizado com o Rerum Codex, o regimento oficial da Universidade. Lera-o duas vezes para ter certeza de como se faziam as coisas por lá. Eu o conhecia como a palma da mão.

Infelizmente, isso significava que sabia com exatidão o quanto estava encrencado. A acusação de violação das normas era grave. Se eles me julgassem culpado de ferir Ambrose intencionalmente, eu seria açoitado e expulso da Universidade.

Não havia dúvida de que eu o tinha ferido. Ele estava machucado e capengando. Um espalhafatoso arranhão vermelho coloria sua testa. Ele também usava uma tipoia, embora eu tivesse uma boa dose de certeza de que isso era um mero toque dramático que havia acrescentado por conta própria.

O problema é que eu não fazia a mínima ideia do que de fato havia acontecido. Não tivera oportunidade de falar com ninguém. Nem mesmo de agradecer a Elodin por ter me ajudado na véspera, na oficina do Kilvin.

Os professores permitiram que cada um de nós usasse a palavra. Ambrose portou-se com o melhor de seus modos, o que significa que foi muito educado nas poucas vezes em que se manifestou. Após algum tempo comecei a desconfiar que sua morosidade talvez viesse de uma dose excessivamente liberal de analgésico. Pela expressão vidrada de seus olhos, meu palpite era o láudano.

— Lidaremos com as queixas por ordem de gravidade — disse o Reitor, depois que cada um relatou sua versão da história.

Mestre Hemme fez um gesto e o Reitor o autorizou a falar.

— Devemos reduzir as queixas antes de votarmos — disse Hemme. — As queixas do E'lir Kvothe são redundantes. Não se pode acusar um estudante de furto e de destruição da mesma propriedade; é uma coisa ou a outra.

— Por que o senhor diz isso, mestre? — indaguei polidamente.

— O furto implica a posse de propriedade alheia — respondeu Hemme tranquilamente. — Como é possível possuir uma coisa que se destruiu? Uma das duas acusações deve ser abandonada.

O Reitor olhou para mim.

— E'lir Kvothe, deseja renunciar a uma de suas queixas?

— Não, senhor.

— Nesse caso, proponho uma votação para que se deixe de lado a acusação de furto — disse Hemme.

O Reitor lançou-lhe um olhar furioso, repreendendo-o em silêncio por ter falado fora da sua vez, e tornou a se virar para mim.

— A teimosia diante da razão não é propriamente louvável, E'lir, e Mestre Hemme expôs um argumento convincente.

— Mestre Hemme expôs um argumento falho — respondi em tom firme. — O furto implica a retirada de propriedade alheia. É ridículo afirmar que não se possa destruir aquilo que se furtou.

Vi alguns professores balançarem afirmativamente a cabeça ao ouvir isso, mas Hemme persistiu:

— Mestre Lorren, qual é o castigo pelo furto?

— O estudante não pode receber mais de duas chicotadas nas costas — recitou Lorren. — E deve devolver a propriedade ou o preço da propriedade acrescido de uma multa de um talento de prata.

— E a punição por destruição de propriedade?

— O estudante deve pagar a reposição ou o conserto da propriedade.

— Estão vendo? — indagou Hemme. — Existiria a possibilidade de ele ter que pagar duas vezes pelo mesmo alaúde. Não há justiça nisso. Seria puni-lo duas vezes pela mesma coisa.

— Não, Mestre Hemme — interpus. — Seria puni-lo pelo furto e pela destruição da propriedade.

O Reitor lançou-me o mesmo olhar que Hemme havia recebido por falar fora da sua vez, mas segui em frente:

— Se eu lhe houvesse emprestado meu alaúde e ele o tivesse quebrado, isso seria uma coisa. Se ele o tivesse furtado e deixado intacto, seria outra. Não se trata de uma nem de outra. São as duas.

O Reitor bateu com os nós dos dedos na mesa para nos silenciar.

— Então entendo que você se recusa a abrir mão de uma das acusações?

— Sim, senhor.

Hemme levantou a mão e obteve a palavra:

— Proponho que se vote a exclusão da acusação de furto.

— Todos a favor? — disse o Reitor, cansado. Hemme levantou a mão, assim como Brandeur, Mandrag e Lorren. — Cinco e meio contra quatro: a acusação permanece.

O Reitor seguiu em frente antes que alguém pudesse retardar o processo:

— Quem considera o Re'lar Ambrose culpado de destruição de propriedade?

Todos levantaram as mãos, exceto Hemme e Brandeur. O Reitor olhou para mim.

— Quanto você pagou por seu alaúde?

— Nove talentos e seis — menti, sabendo tratar-se de um preço razoável.

Ambrose levantou-se diante de tal afirmação.

— Ora, vamos. Você nunca teve 10 talentos na vida.

Irritado com a interrupção, o Reitor bateu com os nós dos dedos na mesa. Mas Brandeur ergueu a mão para pedir a palavra:

— O Re'lar Ambrose está levantando uma questão interessante. Como é que um estudante que chegou a nós na miséria obtém esse dinheiro?

Alguns professores me olharam com ar especulativo. Baixei a cabeça, como se estivesse embaraçado:

— Eu o ganhei jogando quatro-cantos, senhores.

Houve um murmúrio divertido. Elodin soltou uma risada alta. O Reitor bateu na mesa.

— O Re'lar Ambrose deve ser multado em nove talentos e seis. Algum dos professores objeta a esta medida?

Hemme levantou a mão e foi derrotado nos votos.

— Quanto à acusação de furto. Número de chicotadas pretendidas?

— Nenhuma — disse eu, fazendo algumas sobrancelhas se erguerem.

— Quem considera o Re'lar Ambrose culpado de furto? — perguntou o Reitor. Hemme, Brandeur e Lorren mantiveram as mãos abaixadas. — O Re'lar Ambrose deverá ser multado em 10 talentos e seis. Algum professor objeta a esta medida?

Dessa vez Hemme manteve a mão abaixada, com ar taciturno.

O Reitor respirou fundo e soltou depressa o ar.

— Mestre Arquivista, qual é a punição por Conduta Imprópria para um Membro do Arcanum?

— O estudante pode ser multado, açoitado, suspenso do Arcanum ou expulso da Universidade, dependendo da gravidade da acusação — respondeu Lorren calmamente.

— Punição pretendida?

— Suspensão do Arcanum — respondi, como se fosse a coisa mais sensata do mundo.

Ambrose perdeu a compostura.

— O quê? — disse, incrédulo, virando-se para mim.

Hemme interveio:

— Herma, isso está ficando ridículo.

O Reitor me fitou com um toque de censura.

— Receio ter que concordar com Mestre Hemme, E'lir Kvothe. Estou longe de crer que isso constitua motivo para uma suspensão.

— Eu discordo — retruquei, tentando fazer valer toda a minha capacidade de persuasão. — Pense no que o senhor ouviu. Sem qualquer outra razão senão sua antipatia pessoal por mim, Ambrose optou por fazer chacota de mim publicamente, e depois furtar e destruir a única coisa de valor que eu possuía. É esse o tipo de comportamento que um membro do Arcanum deve exibir? — prossegui. — É essa a atitude que os senhores desejam cultivar nos demais estudantes na categoria de Re'lar? Acaso a implicância mesquinha e o rancor são características que os senhores aprovem nos alunos que querem tornar-se arcanistas? Faz 200 anos que não vemos um arcanista ser levado à fogueira. Se os senhores lograrem conceder guílderes a jovens mesquinhos como esse — e apontei para Ambrose —, essa paz e segurança de longa data estarão terminadas num escasso punhado de anos.

Isso os fez mudar de opinião. Pude percebê-lo em suas faces. Ambrose remexeu-se a meu lado, nervoso, correndo os olhos de um rosto para outro.

Passado um momento de silêncio, o Reitor convocou a votação:

— Quem é a favor da suspensão do Re'lar Ambrose?

Subiu a mão de Arwyl, seguida pelas de Lorren, Elodin, Elxa Dal... Houve um momento tenso. Olhei de Kilvin para o Reitor, na esperança de ver a mão de um deles juntar-se às demais.

O momento passou.

— Punição rejeitada — disse o Reitor. Ambrose soltou um suspiro. Fiquei apenas ligeiramente decepcionado. Na verdade, estava bastante surpreso por ter conseguido levar aquilo tão longe.

– Agora – prosseguiu o Reitor, como que se preparando para um enorme esforço –, a acusação de violação das normas contra o E'lir Kvothe.

– Quatro a 15 chicotadas e expulsão obrigatória da Universidade – recitou Lorren.

– Chicotadas pretendidas?

Ambrose virou-se para me olhar. Vi as engrenagens de seu pensamento girando, na tentativa de calcular quão pesado era o preço que poderia me fazer pagar e, ainda assim, contar com a votação dos professores a seu favor.

– Seis.

Senti um medo pesado como chumbo instalar-se na boca do estômago. Eu não dava a mínima para as chicotadas. Aceitaria 12, se isso me impedisse de ser expulso. Se eu fosse alijado da Universidade, minha vida estaria acabada.

– Senhor Reitor? – chamei-o.

Ele me dirigiu um olhar cansado e bondoso. Seus olhos me disseram que ele compreendia, mas não tinha alternativa senão conduzir o processo a seu fim natural. A piedade meiga de sua expressão me assustou. Ele sabia o que ia acontecer.

– Pois não, E'lir Kvothe?

– Posso dizer algumas coisas?

– Você já teve sua oportunidade de defesa – ele respondeu, em tom firme.

– Mas nem sequer sei o que fiz! – explodi, deixando o pânico suplantar minha compostura.

– Seis chicotadas e expulsão – prosseguiu o Reitor num tom oficial, ignorando minha explosão. – Todos a favor?

Hemme levantou a mão. Brandeur e Arwyl o seguiram. Senti uma desolação profunda ao ver o Reitor erguer a mão, depois Lorren, e Kilvin, e Mandrag, e Elxa Dal. O último de todos foi Elodin, que deu um sorriso indolente e balançou os dedos da mão erguida, como se acenasse. Todas as nove mãos contra mim. Eu seria expulso da Universidade. Minha vida estava acabada.

CAPÍTULO 86

O fogo em si

— **S**EIS CHICOTADAS E EXPULSÃO — disse o Reitor, com a voz carregada.

Expulsão, pensei, entorpecido, como se nunca tivesse ouvido essa palavra. Expulsar, expelir com violência. Senti a satisfação de Ambrose irradiar-se. Por um segundo, temi sofrer um violento acesso de vômito bem ali, na frente de todos.

— Algum professor objeta a esta medida? — perguntou o Reitor ritualisticamente, enquanto eu baixava os olhos para meus pés.

— Eu objeto.

Aquela voz emocionante só podia ser a de Elodin.

— Todos a favor de suspender a expulsão?

Tornei a erguer os olhos a tempo de ver a mão erguida de Elodin. A de Elxa Dal. As de Kilvin, Lorren e do Reitor. Todas as mãos, exceto a de Hemme. Quase caí na gargalhada, de susto e pura incredulidade. Elodin tornou a me dar seu sorriso de menino.

— Expulsão rejeitada — anunciou com firmeza o Reitor, e senti a satisfação de Ambrose vacilar e desaparecer a meu lado. — Há mais alguma questão?

Captei uma nota curiosa na voz do Reitor. Ele esperava alguma coisa.

Foi Elodin quem falou.

— Proponho que Kvothe seja elevado à categoria de Re'lar.

— Todos a favor? — Todas as mãos se ergueram num só movimento, exceto a de Hemme. — Kvothe está elevado à categoria de Re'lar, tendo Elodin por orientador, neste dia 5 do mês de alqueive. Reunião encerrada.

O reitor levantou-se da mesa e se dirigiu à porta.

— O quê?! — berrou Ambrose, olhando em volta como se não conseguisse decidir a quem dirigia a pergunta. Por fim, saiu correndo atrás de Hemme, que se retirou rapidamente atrás do Reitor e da maioria dos outros professores. Notei que nem de longe ele mancava tanto quanto antes do início do julgamento.

Perplexo, fiquei parado com ar de idiota, até que Elodin se aproximou e apertou minha mão inerme.

– Confuso? – indagou. – Venha andando comigo. Eu lhe explico.

———

O luminoso sol vespertino foi um choque depois da fria penumbra do Cavus. Desajeitado, Elodin tirou a toga de mestre pela cabeça. Embaixo dela usava uma simples camisa branca e um par de calças de aspecto bastante desonroso, amarrado por uma corda esfiapada. Pela primeira vez vi que estava descalço. O peito de seus pés exibia o mesmo bronzeado saudável dos braços e do rosto.

– Você sabe o que significa Re'lar? – perguntou-me, puxando conversa.

– Traduz-se por "orador" – respondi.

– Você sabe o que significa? – repetiu ele, enfatizando a palavra.

– Na verdade, não – admiti.

Elodin respirou fundo.

– Era uma vez uma Universidade. Ela fora erigida sobre as ruínas mortas de uma universidade mais antiga. Não era muito grande, tinha talvez umas 50 pessoas ao todo. Mas era a melhor universidade que havia em léguas e léguas, e por isso as pessoas iam para lá, aprendiam e partiam. Havia um pequeno grupo que se reunia nela. Pessoas cujo conhecimento ia além da matemática, da gramática e da retórica. Elas criaram um grupo menor dentro da Universidade – prosseguiu. – Chamaram-no de Arcanum, e era uma coisa muito pequena, muito secreta. Criaram entre si um sistema hierárquico, e a ascensão a essas categorias provinha da mestria, nada mais. A pessoa ingressava nesse grupo ao se provar capaz de enxergar as coisas como realmente eram. Tornava-se E'lir, que significa "aquele que vê". Como você acha que ela se tornava Re'lar? – perguntou, olhando para mim com ar expectante.

– Falando.

Elodin riu.

– Certo! – exclamou. Parou e se virou de frente para mim. – Falando o quê? – indagou, com um olhar vivo e arguto.

– Palavras?

– Nomes – foi a resposta agitada. – Os nomes são a forma do mundo, e o homem capaz de falá-los está a caminho do poder. Nos primórdios, o Arcanum era uma pequena coleção de homens que compreendiam coisas. Homens que sabiam nomes poderosos. Lecionavam para uns poucos estudantes, devagar, incentivando-os cuidadosamente em direção ao poder e à sabedoria. E à magia. A magia verdadeira – ressaltou. Olhou em volta para os prédios e os estudantes que circulavam. – Naqueles tempos o Arcanum era um destilado forte. Agora é um vinho aguado.

Esperei para ter certeza de que ele havia terminado.

– Mestre Elodin, o que aconteceu ontem? – indaguei, prendendo o fôlego e torcendo sem muita esperança por uma resposta inteligível.

Ele me lançou um olhar intrigado.

– Você chamou o nome do vento – disse, como se a resposta fosse óbvia.

– Mas o que significa isso? E o que o senhor quer dizer com nome? É apenas um nome, como "Kvothe" ou "Elodin", ou é algo mais próximo de "Taborlin sabia os nomes de muitas coisas"?

– Ambos – fez ele, acenando para uma moça bonita debruçada numa janela do segundo andar.

– Mas como é possível um nome fazer uma coisa daquelas? "Kvothe" e "Elodin" são apenas sons que produzimos, não têm nenhum poder em si.

Elodin ergueu as sobrancelhas ao ouvir isso.

– É mesmo? Observe. – Olhou para a rua. – Nathan! – gritou. Um menino virou-se na nossa direção. Reconheci-o como um dos garotos de recados do Jamison. – Nathan, venha cá!

O menino veio trotando e levantou a cabeça para Elodin.

– Pois não, mestre?

Elodin entregou-lhe sua toga de professor.

– Nathan, quer me fazer a gentileza de levar isto para meus aposentos?

– É claro, senhor – respondeu o garoto, pegando a toga e se afastando depressa.

O mestre virou-se para mim:

– Viu? Os nomes pelos quais chamamos uns aos outros não são Nomes. Mesmo assim, têm um certo poder.

– Isso não é magia – protestei. – Ele tinha que lhe dar ouvidos. O senhor é professor.

– E você é um Re'lar – rebateu ele, implacável. – Você chamou o vento e o vento escutou.

Batalhei com esse conceito.

– O senhor quer dizer que o vento tem vida?

Ele fez um gesto vago:

– De certo modo. A maioria das coisas tem vida, de um modo ou de outro.

Resolvi adotar uma abordagem diferente:

– Como foi que chamei o vento, se não sabia fazê-lo?

Elodin bateu palmas com força.

– Essa é uma excelente pergunta! A resposta é que cada um de nós tem duas mentes: a mente desperta e a mente adormecida. Nossa mente desperta é a que pensa, fala e raciocina. Mas a mente adormecida é mais poderosa. Enxerga fundo no cerne das coisas. É a parte de nós que sonha. Ela se lembra de tudo. Dá-nos a intuição. A mente desperta não entende a natureza dos homens. A mente adormecida, sim. Já sabe muitas coisas que a mente desperta não sabe.

Elodin me olhou:
– Lembra-se do que sentiu depois que chamou o nome do vento?
Fiz que sim, sem me comprazer com a lembrança.
– Quando o Ambrose quebrou seu alaúde, isso acordou sua mente adormecida. Como um grande urso em hibernação, cutucado com um tição em brasa, ela se empinou e rugiu. – Elodin sacudiu os braços desvairadamente, atraindo olhares de estranheza dos alunos que passavam. – Depois, sua mente recém-desperta não soube o que fazer. Ficou como um urso enfurecido.
– O que o senhor fez? Não me lembro do que sussurrou para mim.
– Foi um nome. Um nome que acalmou o urso furioso e o reconduziu mansamente ao sono. Mas agora ele não está dormindo tão pesado. Precisamos acordá-lo aos poucos e colocá-lo sob o seu controle.
– Foi por isso que o senhor propôs suspender minha expulsão?
Ele fez um gesto desdenhoso.
– Você não corria nenhum perigo real de ser expulso. Não foi o primeiro aluno a chamar o nome do vento ao sentir raiva, embora tenha sido o primeiro em vários anos. É comum uma emoção forte despertar a mente adormecida pela primeira vez – disse, e sorriu. – O nome do vento me ocorreu quando eu estava discutindo com o Elxa Dal. Quando o gritei, os braseiros dele explodiram numa nuvem de borralho ardente e cinzas. – Riu-se.
– O que ele fez para deixá-lo tão zangado?
– Recusou-se a me ensinar as conexões avançadas. Eu só tinha 14 anos e era E'lir. Ele me disse que eu teria de esperar até ser Re'lar.
– Existem conexões avançadas?
Elodin me sorriu.
– Segredos, Re'lar Kvothe. É nisso que consiste ser arcanista. Agora que é Re'lar, você está habilitado a certas coisas que antes lhe estavam vedadas. As conexões simpáticas avançadas, a natureza dos nomes. Um ligeiro conhecimento de runas dúbias, se o Kilvin achar que você está pronto.
A esperança cresceu-me no peito.
– Isso significa que agora terei acesso permitido ao Arquivo?
– Ah, não. Nem de longe. Sabe, o Arquivo é o domínio do Lorren, é seu reino. Não disponho daqueles segredos para revelá-los.
À sua menção de segredos, minha mente se deteve em um que vinha me incomodando fazia meses. O segredo que estava no coração do Arquivo.

— E a porta de pedra do Arquivo? Aquela de quatro placas. Agora que sou Re'lar, o senhor pode me dizer o que há por trás dela?

Elodin riu.

— Ah, não. Não, não. Você não almeja segredos pequenos, não é? – comentou, dando-me um tapinha nas costas, como se eu tivesse acabado de contar uma ótima piada. – Valaritas. Santo Deus! Ainda me lembro de como fiquei, parado diante daquela porta, olhando, intrigado.

Deu outra risada.

— Tehlu misericordioso, aquilo quase me matou! – disse, abanando a cabeça. – Não. Você não vai entrar na porta de quatro placas. Mas – lançou-me um olhar cúmplice –, já que você é Re'lar... – olhou de um lado para outro, como que temendo que alguém nos entreouvisse – ...já que você é Re'lar, admitirei que ela existe. – E me deu uma piscadela solene.

Por mais decepcionado que estivesse, não pude deixar de sorrir. Caminhamos em silêncio, passando pelo Magno e pela Anker.

— Mestre Elodin?

— Pois não? – fez ele. Seus olhos acompanharam um esquilo que atravessou a rua e subiu numa árvore.

— Continuo sem entender os nomes.

— Eu lhe ensinarei a entendê-los – disse ele, descontraído. – A natureza dos nomes não pode ser descrita, apenas vivenciada e compreendida.

— Por que não pode ser descrita? Quando alguém compreende uma coisa, é capaz de descrevê-la.

— Você sabe descrever todas as coisas que compreende? – perguntou ele, olhando-me de soslaio.

— É claro.

Elodin apontou alguém na rua:

— De que cor é a camisa daquele menino?

— Azul.

— O que quer dizer com azul? Descreva-o.

Esforcei-me por um momento, não consegui.

— Então azul é um nome?

— É uma palavra. As palavras são pálidas sombras de nomes esquecidos. Assim como os nomes têm poder, as palavras têm poder. Elas podem acender fogueiras na mente dos homens. As palavras podem arrancar lágrimas dos corações mais empedernidos. Existem sete palavras que farão uma pessoa amá-lo. Existem 10 palavras que dobrarão a vontade de um homem forte. Mas uma palavra não passa de uma pintura do fogo. O nome é o fogo em si.

A essa altura minha cabeça rodava.

— Ainda não compreendo.

Ele pôs a mão em meu ombro:

– Usar palavras para falar de palavras é como alguém usar um lápis para desenhar uma imagem dele mesmo nele mesmo. Impossível. Confuso. Frustrante. – Elodin ergueu as mãos para o alto, como se tentasse alcançar o céu. – Mas há outras maneiras de compreender! – gritou, rindo feito criança. Tornou a levantar os dois braços para o arco de céu sem nuvens acima de nós, ainda rindo. – Olhe! – gritou, inclinando a cabeça para trás. – Azul! Azul! Azul!

CAPÍTULO 87

Audácia

— ELE É MUITO, MUITO DOIDO — disse eu a Simmon e a Wilem horas depois, naquela tarde, na Anker.

— Ele é professor — reagiu Simmon usando de tato. — Além disso, é seu orientador. E, pelo que nos contou, é a razão de você não ter sido expulso.

— Não estou dizendo que ele não é inteligente, e já o vi fazer coisas que nem sei começar a explicar. Mas persiste o fato de que é completamente destrambelhado na cachola. Ele fala em círculos sobre nomes e palavras e poder. Soa bonito enquanto fala, mas, a rigor, não quer dizer nada.

— Pare de reclamar — disse Simmon. — Você passou à frente de nós dois ao chegar a Re'lar, mesmo que o seu orientador seja pancada. E ainda recebeu mais de 20 moedas de prata por ter quebrado o braço do Ambrose. Saiu livre feito um passarinho. Eu queria ter metade da sua sorte.

— Não exatamente livre feito um passarinho. Ainda serei açoitado.

— Como? — espantou-se Sim. — Pensei que você tinha dito que eles suspenderam isso, não foi?

— Suspenderam minha expulsão, não o açoitamento.

Simmon ficou boquiaberto.

— Meu Deus, por que não?

— Violação das normas — disse Wilem em voz baixa. — Eles não podem deixar um aluno sair livre feito um passarinho depois de o julgarem culpado de violação das normas.

— Foi o que disse o Elodin — comentei. Bebi um gole. Bebi outro.

— Não me interessa — disse Simmon, acalorado. — É uma barbaridade. — Martelou esta última palavra na mesa com o punho, virando seu copo e derramando uma poça escura de scutten em todo o tampo. — Merda! — exclamou, levantando-se atabalhoado e tentando impedir com as mãos que o vinho caísse no chão.

Ri às bandeiras despregadas até ficar com lágrimas nos olhos e a barriga doendo. Senti um peso sair do meu peito quando finalmente recobrei o fôlego.

— Eu adoro você, Simmon — declarei, falando sério. — Às vezes acho que você é a única pessoa sincera que eu conheço.

Ele me deu uma olhadela geral:

— Você está bêbado.

— Não, é verdade. Você é uma boa pessoa. Melhor do que eu jamais serei.

Simmon me olhou de um jeito que mostrou que não sabia dizer se eu estava ou não troçando dele. Uma das criadas aproximou-se com trapos molhados, limpou a mesa e teceu alguns comentários contundentes. Simmon teve a decência de parecer suficientemente constrangido por todos nós.

———

Quando cheguei de volta à Universidade, havia escurecido por completo. Dei uma passada rápida na Anker para buscar umas coisas e segui para o telhado do Magno.

Surpreendi-me ao encontrar Auri à minha espera no telhado, apesar do céu claro. Estava sentada numa chaminé baixa de tijolos, balançando ociosamente os pés descalços. Seu cabelo produzia uma nuvem diáfana em torno do corpo miúdo.

Pulou da chaminé quando cheguei mais perto e deu um meio passinho de lado, quase como uma mesura.

— Boa noite, Kvothe.

— Boa noite, Auri. Como vai você?

— Maravilhosa — disse ela, com firmeza — e está uma noite maravilhosa — completou. Levantou as duas mãos atrás das costas e ficou trocando de posição de um pé para outro.

— O que você me trouxe hoje? — indaguei.

Ela abriu seu sorriso ensolarado.

— O que você trouxe para mim?

Tirei uma garrafa estreita de baixo da capa.

— Eu lhe trouxe vinho de mel.

Ela o pegou com as duas mãos.

— Ora, esse é um presente principesco — comentou, espiando-o intrigada. — Pense em todas as abelhas meio altas. — Tirou a rolha para cheirá-lo. — O que há dentro dele?

— Luz solar. E um sorriso, e uma pergunta.

Ela encostou o bocal da garrafa no ouvido e me sorriu.

— A pergunta está no fundo — esclareci.

— Uma pergunta pesada — disse ela, e me estendeu a mão. — Eu lhe trouxe um anel.

Era de madeira lisa e morna.

– O que ele faz? – perguntei.
– Guarda segredos.
Levei-o ao ouvido.
Auri abanou a cabeça com ar sério, o cabelo rodopiando a seu redor.
– Ele não conta segredos; guarda-os – disse. Chegou perto de mim, pegou o anel e o colocou no meu dedo. – É suficiente ter um segredo – repreendeu-me gentilmente. – Qualquer coisa além disso seria ganância.
– Ele cabe – comentei, meio surpreso.
– São seus segredos – fez ela, como se explicasse algo a uma criança. – Em quem mais caberiam?
Afastou o cabelo para trás e tornou a dar seu curioso passinho de lado. Quase uma mesura, quase uma dancinha.
– Estive pensando se você gostaria de me fazer companhia hoje no jantar, Kvothe – disse-me, com o rosto sério. – Eu trouxe maçãs e ovos. Também posso oferecer um adorável vinho de mel.
– Eu adoraria compartilhar o jantar com você, Auri – respondi em tom formal. – Eu trouxe pão e queijo.
Auri desceu correndo ao pátio e em poucos minutos voltou com uma delicada xícara de chá em porcelana para mim. Serviu o vinho de mel para nós dois, bebendo o seu numa série de golinhos refinados, numa canequinha de mendicante feita de prata, pouco maior do que um dedal.
Sentei-me no telhado e compartilhamos nossa refeição. Eu tinha um pão grande e escuro de cevada e uma fatia de queijo Dalonir branco e duro. Auri tinha maçãs maduras e meia dúzia de ovos com pintas marrons que, de algum modo, tinha conseguido cozinhar. Nós os comemos com sal que tirei de um bolso da capa.
Fizemos quase toda a refeição em silêncio, simplesmente desfrutando a companhia um do outro. Auri sentou-se com as pernas cruzadas, as costas eretas e o cabelo esvoaçando por todos os lados. Como sempre, sua delicadeza cuidadosa fez essa refeição meio improvisada em cima de um telhado parecer um jantar formal no salão de um nobre.
– Ultimamente, o vento anda levando folhas para o Subterrâneo – disse Auri, em tom de conversa, ao final da refeição. – Pelos ralos e túneis. Elas se acumulam no Plumário, por isso as coisas andam todas farfalhantes por lá.
– É mesmo?
Ela fez que sim.
– E uma mãe coruja se mudou para lá. Fez o ninho bem no meio dos Doze Cinzentos, atrevida que só ela.
– Então ela é uma espécie de raridade?
Auri meneou a cabeça:

— Com certeza. As corujas são sábias. São cuidadosas e pacientes. A sabedoria impede a audácia — disse. Bebericou de sua caneca, segurando elegantemente a alça entre o polegar e o indicador. — É por isso que as corujas dão maus heróis.

A sabedoria impede a audácia. Depois de minhas recentes aventuras em Trebon, não pude deixar de concordar.

— Mas essa é aventureira? Uma exploradora?

— Ah, sim — fez Auri, de olhos arregalados. — É destemida. Tem cara de lua malvada.

Tornou a encher sua caneuinha de prata com vinho de mel e esvaziou o resto em minha xícara de chá. Depois de virar inteiramente a garrafa de cabeça para baixo, franziu os lábios e soprou forte duas vezes no gargalo, produzindo um som de pio.

— Onde está minha pergunta? — indagou.

Hesitei, sem saber ao certo como ela reagiria a meu pedido.

— Estive pensando, Auri. Você se importaria em me mostrar o Subterrâneo?

Ela desviou os olhos, subitamente tímida.

— Kvothe, pensei que você fosse um cavalheiro — disse, puxando sem jeito a blusa esfarrapada. — Curvou a cabeça, fazendo o cabelo esconder o rosto.

Prendi a respiração por um momento, escolhendo com cuidado minhas palavras seguintes para não fazê-la fugir assustada para o Subterrâneo. Enquanto eu pensava, ela me espiou pela cortina de cabelo.

— Auri — perguntei devagar —, você está brincando comigo?

Ela levantou a cabeça e sorriu.

— Sim, estou — respondeu, orgulhosa. — Não é uma maravilha?

———

Conduziu-me pela pesada grade metálica do pátio abandonado, descendo para o Subterrâneo. Peguei minha lamparina portátil para iluminar o caminho. Auri tinha sua própria luz, algo que segurava entre as mãos em concha e que emitia um brilho suave, azul-esverdeado. Fiquei curioso de saber o que estaria segurando, mas não quis forçá-la a revelar muitos segredos de uma só vez.

A princípio, o Subterrâneo era exatamente o que eu havia esperado. Túneis e encanamentos. Canos de esgoto, água, vapor e gás de carvão. Enormes canos negros de ferro-gusa em que um homem podia andar de gatinhas, pequenos canos brilhantes de bronze com circunferência não maior que a de um polegar. Havia uma vasta rede de túneis de pedra, que se ramificavam e se interligavam em ângulos estranhos. Se existia alguma ordem ou sentido naquele lugar, escapou-me por completo.

Auri me ofereceu uma turnê-relâmpago, orgulhosa como a mãe de um recém-nascido, animada como uma garotinha. Seu entusiasmo era contagiante e não tardei a me perder na empolgação do momento, ignorando minhas razões originais para querer explorar os túneis. Nada é tão deliciosamente misterioso quanto um segredo em nosso próprio quintal.

Descemos três negras escadas de ferro batido em espiral para chegar aos Doze Cinzentos. Era como ficar de pé no fundo de um despenhadeiro. Ao olhar para cima, eu via a vaga luz do luar filtrar-se por ralos de escoamento lá no alto. A mãe coruja não estava, mas Auri me mostrou o ninho.

Quanto mais descíamos, mais estranhas se tornavam as coisas. Desapareceram os túneis redondos de escoamento e os canos, substituídos por salões esquadriados e escadarias cheias de destroços. Portas de madeira podre pendiam de dobradiças enferrujadas e havia cômodos parcialmente desabados, repletos de mesas e cadeiras cobertas de mofo. Uma sala tinha um par de janelas isoladas por tijolos, apesar de estarmos, pelos meus cálculos, pelo menos 15 metros abaixo do solo.

Descendo ainda mais, chegamos ao Passa-fundo, um cômodo parecido com uma catedral, tão grande que nem a luz azul de Auri nem minha luz vermelha atingiam os picos mais altos do teto. Em toda a nossa volta havia imensas máquinas antigas, algumas em pedaços: engrenagens quebradas, mais altas que um homem, correias de couro que o tempo deixara quebradiças, enormes traves de madeira que agora eram uma explosão de fungos brancos, grandes como sebes.

Outras máquinas estavam intactas, mas desgastadas por séculos de negligência. Aproximei-me de um bloco de ferro do tamanho de uma choupana de lavrador e arranquei uma lasca de ferrugem do diâmetro de um prato raso. Embaixo dela não havia nada além de mais ferrugem. Logo adiante, três grandes pilastras cobertas de azinhavre, tão grosso que parecia musgo. Muitas dessas máquinas imensas eram impossíveis de identificar, mais parecendo derretidas que enferrujadas. Mas vi uma coisa que talvez tivesse sido uma roda hidráulica, da altura de uma construção de três andares, apoiada num canal seco que corria feito um abismo pelo meio do aposento.

Tive apenas uma ideia sumamente vaga do que qualquer daquelas máquinas poderia ter feito. Não consegui imaginar por que teriam ficado ali, por séculos incontáveis, nas profundezas subterrâneas. Não parecia...

CAPÍTULO 88

Interlúdio – Procurando

O SOM DE BOTAS PESADAS NA PEQUENA escada de madeira da entrada sobressaltou os homens sentados na Hospedaria Marco do Percurso. Kvothe levantou-se de um salto no meio da frase e já estava quase chegando ao bar quando a porta se abriu e entraram os primeiros integrantes da clientela habitual das noites do dia-da-sega.

— Tem gente com fome aqui, Kote! — gritou Cob ao abrir a porta. Shep, Jake e Graham entraram atrás dele.

— Pode ser que tenhamos uma coisinha lá nos fundos — respondeu Kote. — Posso correr para buscá-la agora mesmo, a não ser que vocês queiram as bebidas primeiro.

Houve um coro de assentimento amistoso, enquanto os homens se acomodavam em suas banquetas no balcão do bar. O diálogo tinha um jeito surrado, confortável como sapatos velhos.

O Cronista olhou para o homem ruivo atrás do bar. Nele não restava nada de Kvothe. Era apenas um taberneiro: amável, servil e tão despretensioso que chegava a ser quase invisível.

Jake tomou uma boa golada antes de notar o Cronista sentado no outro extremo do salão.

— Olha só como você anda, Kote! Um freguês novo! Raios, foi sorte a gente conseguir arranjar lugar.

Shep deu uma risadinha. Cob girou a banqueta e deu uma olhada para onde o Cronista estava sentado ao lado de Bast, com a pena ainda pousada no papel.

— Ele é escriba, ou qualquer coisa assim?

— É, sim — apressou-se a dizer Kote. — Chegou tarde à cidade, ontem à noite.

Cob estreitou os olhos para os dois:

— O que ele está escrevendo?

Kote baixou um pouco a voz, desviando a atenção dos fregueses do convidado e tornando a atraí-la para seu lado do balcão.

— Lembra-se daquela viagem que o Bast fez a Baedn? — perguntou. Os homens balançaram a cabeça, atentos. — Bom, acontece que ele levou um susto com a varíola e, desde então, tem sentido um pouco o peso dos anos. Achou melhor mandar escrever seu testamento enquanto ainda tem chance.

— Taí uma coisa sensata, hoje em dia — comentou Shep num tom lúgubre. Bebeu o que restava da cerveja e bateu com o caneco vazio. — Vou tomar outro desses.

— Qualquer dinheiro que eu tiver economizado quando morrer vai para a Viúva Sálvia — disse Bast em voz alta, do outro lado do salão. — Para ajudar a criar e a formar um dote para as três filhas dela, que logo vão estar em idade casadoura — completou. Olhou para o Cronista com ar aflito: — "Casadoura" é uma palavra?

— A Katinha bem que cresceu um bocado nesse ano que passou, não foi? — matutou Graham. Os outros balançaram a cabeça, concordando.

— Para o meu patrão deixo o meu melhor par de botas — continuou Bast, magnânimo. — E qualquer das minhas calças que servir nele.

— O garoto tem mesmo um belo par de botas — disse Cob a Kote. — É o que eu sempre achei.

— Deixo para o Pater Leoden a tarefa de distribuir na paróquia o que sobrar dos meus bens terrenos, já que, sendo uma alma imoral, não vou precisar mais deles.

— Você quer dizer imortal, não é? — perguntou o Cronista, inseguro.

Bast deu de ombros.

— É só nisso que eu consigo pensar, por enquanto.

O Cronista assentiu com a cabeça e guardou depressa o papel, as penas e a tinta na sacola achatada de couro.

— Venha pra cá, então — chamou Cob. — Não se faça de estranho.

O Cronista ficou imóvel, depois avançou lentamente para o bar.

— Como é seu nome, rapaz?

— Devan — ele respondeu. Depois pareceu abalado e pigarreou. — Desculpe-me. É Carverson. Devan Carverson.

O velho Cob fez as apresentações gerais e, em seguida, tornou a se voltar para o recém-chegado:

— De que lado você vem, Devan?

— Do lado de lá do Vau do Abade.

— Alguma novidade daquelas bandas?

Sem jeito, o Cronista remexeu-se no assento, enquanto Kote lhe lançava um olhar incisivo do outro lado do balcão.

— Bem... as estradas andam muito ruins...

Isso provocou um coro de queixas conhecidas e o Cronista relaxou. Eles ainda reclamavam quando a porta se abriu e entrou o aprendiz de ferreiro, jovial e espadaúdo, com cheiro de fumaça de carvão no cabelo. Ele manteve uma barra comprida de ferro apoiada no ombro enquanto segurava a porta para Carter entrar.

— Você está parecendo um bobo, garoto — resmungou Carter, ao passar devagar pela porta, andando com o cuidado rígido de quem se machucou há pouco tempo. — Fica arrastando esse troço por aí e o pessoal vai começar a falar de você que nem fala do Martin Maluco. Você vai virar o garoto maluco de Rannish. Vai querer escutar isso pelos próximos 50 anos?

O aprendiz de ferreiro, sem graça, mudou o jeito de segurar a barra de ferro.

— Deixa eles falarem — resmungou, com um toque de desafio. — Desde que eu saí para cuidar da Nelly, ando sonhando com aquela coisa com jeito de aranha. — Abanou a cabeça. — Diabo, achei que você ia carregar uma barra em cada mão. Aquele troço podia ter matado você.

Carter o ignorou, fechando a cara e seguindo com muita cautela para o bar.

— É bom ver você de pé, Carter — cumprimentou Shep, erguendo o caneco. — Pensei que a gente não o veria fora da cama por mais um ou dois dias.

— É preciso mais que uns pontinhos pra me deixar arriado — disse Carter.

Bast fez uma grande pantomima para oferecer seu banco ao ferido, depois foi se sentar quieto o mais longe possível do aprendiz de ferreiro. Houve um murmúrio caloroso de boas-vindas por parte de todos.

O hospedeiro sumiu no cômodo dos fundos e voltou minutos depois carregando uma bandeja cheia de pão quente e tigelas fumegantes de guisado.

Todos estavam escutando o Cronista.

— ...se bem me lembro, o Kvothe estava em Severen quando isso aconteceu. Ia andando para casa...

— Não foi em Severen — objetou o velho Cob. — Foi lá pelos lados da Universidade.

— Pode ser — admitiu o Cronista. — Enfim, ele ia andando para casa, tarde da noite, e uns bandidos o atacaram numa viela.

— Foi em plena luz do dia — afirmou Cob, impaciente. — No meio da cidade. Com tudo quanto é gente por perto para ver.

O Cronista abanou obstinadamente a cabeça:

— Eu me lembro de uma viela. Seja como for, os bandidos surpreenderam o Kvothe. Queriam seu cavalo — disse. Fez uma pausa e esfregou a testa com a ponta dos dedos. — Esperem, não é bem isso. Ele não estaria a cavalo numa viela. Vai ver que estava na estrada para Severen.

— Eu já disse que não foi em Severen! — repisou Cob, dando um tapa no balcão do bar, visivelmente irritado. — Ora, por Tehlu, pare com isso! Você misturou tudo.

O Cronista enrubesceu, envergonhado:

– Só ouvi a história uma vez, anos atrás.

Lançando-lhe um olhar sombrio, Kote baixou com estardalhaço a bandeja no bar, e a história foi momentaneamente esquecida. O velho Cob comeu tão depressa que quase se engasgou, depois regou tudo com grandes goles de cerveja, para ajudar a descer.

– Já que você ainda está aí às voltas com o seu jantar – disse ao Cronista, não por acaso limpando a boca na manga –, será que se incomoda muito se eu continuar a história? Só pro garoto poder ouvir?

– Se você tem certeza de que sabe como é... – respondeu o Cronista, hesitante.

– É claro que eu sei – afirmou Cob, girando o banco para ficar de frente para uma parte maior da plateia. – Pois muito bem. Nos tempos em que o Kvothe era só um fedelho, ele foi para a Universidade. Mas não morava na Universidade em si, sabem, porque ele era só gente comum do povo. Não podia bancar toda aquela vida de luxo que eles tinham lá.

– Como é que pode? – perguntou o aprendiz de ferreiro. – Antes você disse que o Kvothe era tão inteligente que pagaram pra ele ficar lá, mesmo ele só tendo 10 anos. Deram a ele uma bolsa cheia de ouro, um diamante do tamanho desse nó do polegar, um cavalo novinho, com sela e arreios intactos, ferraduras novas e um saco cheio de aveia, e tudo o mais.

Cob fez um aceno conciliatório.

– Verdade, é verdade. Mas isso foi um ou dois anos depois que o Kvothe ganhou aquilo tudo. E, você sabe, ele tinha dado muito daquele ouro a um pessoal pobre que tinha perdido a casa toda num incêndio.

– Incendiada no dia do casamento deles – interpôs Graham.

Cob fez que sim.

– E o Kvothe tinha que comer, pagar o aluguel do quarto e comprar mais aveia para o cavalo. Por isso o ouro já tinha sido todo gasto nessa ocasião. Por isso ele...

– E o diamante? – o garoto insistiu.

O velho Cob franziu muito de leve o cenho:

– Já que você faz questão de saber, ele deu o diamante a uma pessoa especial das relações dele. Uma amiga. Mas essa é uma história muito diferente da que estou contando agora. – Fechou a cara para o garoto, que baixou contritamente os olhos e comeu uma colherada de guisado.

Cob prosseguiu:

– Como o Kvothe não podia bancar toda aquela vida de rico na Universidade, ele ficava na cidade mais próxima, um lugar chamado Amary. – Lançou ao Cronista um olhar contundente. – O Kvothe tinha um quarto numa hospedaria onde ficava de graça, porque a viúva que era dona de lá se embeiçou por ele, e ele fazia uns servicinhos de rua pra ajudar a ganhar seu sustento.

— Ele também tocava lá — acrescentou Jake. — Era bamba que só ele no alaúde.

— Enfia o seu jantar na goela e me deixa acabar minha fala, Jacob — rebateu o velho Cob. — Todo mundo sabe que o Kvothe era bamba no alaúde. Foi por isso que a viúva se encantou com ele, pra começo de conversa, e tocar lá toda noite fazia parte das tarefas dele.

Cob bebeu um gole rápido e continuou:

— Aí, um dia o Kvothe estava fazendo uns serviços para a viúva, e um sujeito sacou uma faca e disse que, se ele não entregasse o dinheiro da viúva, ia estripar o bucho dele e espalhar tudo na rua. — Cob apontou uma faca imaginária para o garoto, com um olhar ameaçador. — Agora vocês precisam lembrar que isso foi na época em que o Kvothe era só um fedelho. Ainda não tinha espada e, mesmo que tivesse, ainda não tinha aprendido com os ademrianos a lutar direito.

— E aí, o que o Kvothe fez? — perguntou o aprendiz de ferreiro.

— Bem — disse Cob, reclinando-se —, isso foi no meio do dia, e eles estavam bem no meio da praça dessa cidade de Amary. O Kvothe já ia chamar o condestável, mas ele andava sempre de olho vivo, sabe como é. E por isso notou que o tal sujeito tinha os dentes muito, muito brancos...

Os olhos do garoto se arregalaram:

— Era um papa-doces?

Cob fez que sim.

— E, o que é pior, o sujeito estava começando a suar que nem cavalo esfalfado, com os olhos desvairados e as mãos... — Cob arregalou bem os olhos e estendeu as mãos, fazendo-as tremer. — E aí o Kvothe viu que o sujeito estava numa secura danada, e isso queria dizer que seria capaz de esfaquear a própria mãe por um vintém quebrado.

Cob tomou outro gole comprido para prolongar a tensão.

— E o que foi que ele fez? — explodiu Bast, ansioso, na outra ponta do bar, retorcendo dramaticamente as mãos. O hospedeiro olhou enfurecido para seu aluno.

Cob prosseguiu:

— Bom, primeiro ele hesitou, o homem chegou mais perto com a faca e Kvothe viu que o sujeito não ia pedir de novo. Aí, usou uma magia negra que tinha descoberto escondida num livro secreto na Universidade. Ele disse três palavras secretas terríveis e invocou um demônio...

— Um demônio? — exclamou o aprendiz, cuja voz foi quase um ganido. — Era parecido com aquele...?

Cob abanou a cabeça devagar.

– Ah, não, esse não tinha nada de aranha. Era pior. Esse era todo feito de sombras e, quando caía em cima do sujeito, mordia o peito dele, bem em cima do coração, e bebia o sangue todo, que nem a gente chupa o suco de uma ameixa.

– Pelas mãos negras, Cob! – disse Carter, com a voz carregada de censura. – Você vai fazer o garoto ter pesadelos! Ele vai passar um ano carregando essa porcaria de barra de ferro, com todas as suas besteiras enfiadas na cabeça.

– Não foi assim que eu ouvi essa história – disse Graham, devagar. – Eu soube que havia uma mulher presa numa casa em chamas, e que o Kvothe invocou um demônio pra se proteger do fogo. Depois entrou correndo, tirou a moça do incêndio e ela não se queimou nadinha.

– Olhem só pra vocês – disse Jake, enojado. – Parecem garotos no Festival do Solstício de Inverno. "Os demônios roubaram minha boneca", "Os demônios derramaram o leite". O Kvothe não se metia com demônios. Estava na Universidade aprendendo tudo quanto é tipo de nome, certo? O sujeito partiu pra cima dele com a faca e ele chamou o fogo e o raio, igualzinho ao Grande Taborlin.

– Foi um demônio, Jake – retrucou Cob, enraivecido. – Senão a história não fazia uma merreca de sentido. Foi um demônio que ele chamou, e o demônio bebeu o sangue do malandro, e todo mundo que viu ficou superabalado. Alguém contou a um pároco, e depois os padres procuraram o condestável e aí o condestável foi lá e arrancou o Kvothe da hospedaria da viúva pela janela, na mesma noite. E depois jogaram ele na cadeia, por se associar com forças obscuras e coisas que tais.

– Provavelmente o pessoal só viu o fogo e achou que era um demônio – persistiu Jake. – Você sabe como é o povo.

– Não, não sei, Jacob – redarguiu Cob, cruzando os braços no peito e se recostando no balcão do bar. – Por que você não me diz como é o povo? Por que não vai em frente e conta logo a porcaria dessa história toda, enquanto...

Cob interrompeu-se, ao som de botas pesadas batendo na escadinha de madeira do lado de fora. Depois de uma pausa, alguém mexeu no trinco.

Todos se viraram para a porta, curiosos, visto que os fregueses habituais já estavam presentes.

– Duas caras novas no mesmo dia – comentou Graham em tom gentil, ciente de estar tocando num assunto delicado. – Parece que a sua fase de vacas magras pode ter acabado, Kote.

– As estradas devem estar melhorando – disse Shep, olhando para sua bebida, com um toque de alívio na voz. – Já era tempo de a gente ter um pouco de sorte.

O trinco estalou e a porta se abriu devagar, movendo-se num arco lento até encostar na parede. Havia um homem do lado de fora, no escuro, parecendo decidir se entrava ou não.

— Seja bem-vindo à Pousada Marco do Percurso — gritou o hospedeiro de trás do balcão do bar. — Em que podemos servi-lo?

O homem entrou na claridade e a animação dos lavradores diminuiu, abafada pela visão da armadura de couro meio descascada e da espada enorme que distinguiam os mercenários. Um mercenário sozinho nunca era uma coisa tranquilizadora, nem mesmo nas melhores circunstâncias. Todos sabiam que a diferença entre um mercenário desempregado e um salteador de estrada era sobretudo uma circunstância de momento.

E mais, era óbvio que esse mercenário vinha atravessando tempos difíceis. Havia uma camada grossa de carrapichos marrons agarrada à barra de suas calças e ao couro grosseiro do cadarço das botas. A camisa era de linho fino, tingida de azul-real escuro, mas estava salpicada de lama e rasgada pela sarça. O cabelo era um emaranhado seboso. Os olhos, escuros e fundos, como se ele tivesse passado dias sem dormir. O homem deu mais uns passos para o interior da hospedaria, deixando a porta aberta às suas costas.

— Você parece ter passado um bom tempo na estrada — disse Kvothe, em tom animado. — Gostaria de uma bebida, ou um jantar? — indagou. Quando o mercenário não deu resposta, ele acrescentou: — E nenhum de nós o censuraria se quisesse dormir um pouco primeiro. Parece que você andou enfrentando uns dias ruins. — Olhou de relance para Bast, que desceu da banqueta e foi fechar a porta da hospedaria.

Depois de examinar lentamente todos os que se achavam sentados no bar, o sujeito se dirigiu ao espaço entre o Cronista e o velho Cob. Kvothe estampou seu melhor sorriso de hospedeiro, enquanto o homem se apoiava pesadamente no balcão e resmungava alguma coisa.

Do outro lado do salão, Bast ficou imóvel, com a mão na maçaneta da porta.

— Perdão, como disse? — indagou Kvothe, inclinando-se para a frente.

O homem levantou a cabeça e seus olhos encontraram os dele, depois deslocaram-se de um lado para outro, atrás do balcão. Mexiam-se com lentidão, como se ele estivesse atordoado por uma pancada na cabeça.

— *Aethin tseh cthystoi scthaiven vei* — disse o estranho.

Kvothe inclinou-se mais para a frente:

— Desculpe-me, pode repetir, por favor? — pediu. Quando nada veio do mercenário, ele correu os olhos pelos outros homens no bar. — Alguém entendeu isso?

O Cronista vinha examinando o mercenário, avaliando sua armadura, a aljava sem setas, a camisa azul de linho fino. Seu olhar era intenso, mas o sujeito não pareceu notar.

— É siaru — disse Cob, com ar entendido. — Engraçado. Ele não tem jeito de gusa.

Shep riu, abanando a cabeça.

— Que nada. Ele está é bêbado. Meu tio falava assim. — Cutucou Graham com o cotovelo. — Lembra-se do tio Tarn? Nossa, nunca vi um homem beber como aquele.

Bast fez um gesto frenético, disfarçadamente, lá do seu lugar junto à porta, mas Kvothe estava ocupado em chamar a atenção do mercenário.

— Fala aturano? — perguntou-lhe devagar. — O que você quer?

Os olhos do mercenário pousaram momentaneamente no hospedeiro.

— Avoi... — ele começou, depois fechou os olhos e inclinou a cabeça, como se escutasse. Tornou a abri-los. — Eu... quero... — recomeçou, com a voz lenta e pastosa. — Eu... procurar... — E parou, deixando os olhos vagarem a esmo pelo salão, desfocados.

— Eu o conheço — disse o Cronista.

Todos se voltaram para o escriba.

— O quê? — perguntou Shep.

A expressão do Cronista era de raiva:

— Esse sujeito e quatro comparsas dele me assaltaram faz uns cinco dias. A princípio não o reconheci. Estava com a barba escanhoada naquele dia, mas é ele.

Pelas costas do homem, Bast fez um gesto mais urgente, tentando despertar a atenção do mestre, mas Kvothe continuava atento ao homem atordoado.

— Você tem certeza?

O Cronista deu uma risada ríspida, sem humor:

— Ele está usando a minha camisa. E a destruiu, além disso. Ela me custou um talento inteiro. Nem sequer tive chance de usá-la.

— Ele estava assim antes?

O Cronista abanou a cabeça.

— De modo algum. Foi quase refinado, em matéria de salteador. Calculei que tivesse sido um oficial de baixa patente antes de desertar.

Bast desistiu de fazer sinais.

— Reshi! — chamou, com um toque de desespero na voz.

— Só um minuto, Bast — disse Kvothe, tentando captar a atenção do mercenário aturdido. Balançou a mão diante de seu rosto e estalou os dedos. — Olá?

Os olhos do homem acompanharam o movimento da mão do hospedeiro, mas pareceram alheios a tudo que era dito à sua volta.

— Eu... estou... procurar... — disse lentamente. — Eu... procuro...

— O quê? — indagou Cob, impaciente. — O que você está procurando?

— Procurando... — ecoou o mercenário, em tom vago.

— Imagino que ele esteja procurando me devolver meu cavalo — disse calmamente o Cronista, enquanto dava meio passo em direção ao homem e segurava o cabo de sua espada. Com um movimento repentino, soltou-a, ou melhor, tentou soltá-la. Em vez de deslizar facilmente para fora da bainha, ela saiu até a metade e parou.

— Não! — gritou Bast, do outro lado do salão.

O mercenário olhou com ar vago para o Cronista, mas não tentou detê-lo. Parado numa posição canhestra, ainda segurando o cabo da espada do homem, o escriba puxou com mais força e, pouco a pouco, a espada se soltou. A lâmina larga estava salpicada de manchas de sangue seco e ferrugem.

Com um passo atrás, o Cronista recuperou a compostura e apontou a espada para o sujeito:

— E o meu cavalo é só o começo — disse. — Depois, imagino que ele esteja procurando devolver meu dinheiro e ter uma conversinha gentil com o condestável.

O mercenário fitou a ponta da espada, que oscilava sem firmeza junto a seu peito. Seus olhos acompanharam demoradamente o movimento suave de oscilação.

— Deixe-o em paz! — gritou a voz de Bast, estrídula. — Por favor!

Cob acenou com a cabeça.

— O garoto tem razão, Devan. O sujeito não está bom da cachola. Não fique apontando isso pra ele. Pelo jeito, é capaz de ele desmaiar em cima da arma.

O mercenário levantou distraidamente uma das mãos.

— Eu estou procurando... — disse, empurrando a espada de lado, como se fosse um galho bloqueando sua passagem. O Cronista prendeu o fôlego e afastou a espada com um tranco quando a mão do sujeito deslizou pelo gume da lâmina e começou a sangrar.

— Viu? — disse o velho Cob. — O que é que eu lhe disse? O sujeito é um perigo pra ele mesmo.

A cabeça do mercenário inclinou-se de lado. Ele levantou a mão, examinou-a. Um vagaroso filete de sangue escuro correu para seu polegar, onde se acumulou e aumentou por um instante, antes de pingar no chão. O mercenário inspirou fundo pelo nariz e de repente seus olhos vidrados e fundos entraram num foco nítido.

Ele sorriu para o Cronista, desaparecido todo o ar vago de sua expressão.

— *Te varaiyn aroi Seathaloi vei mela* — disse, numa voz grave.

— Eu... eu não o estou entendendo — retrucou o Cronista, desconcertado.

O sorriso do sujeito se desfez. Seus olhos endureceram, ganharam fúria:
— *Te-tauren sciyrloet? Amauen.*
— Não consigo entender o que você está dizendo — declarou o Cronista. — Mas não gostei do seu tom. — E tornou a pôr a espada entre os dois, apontada para o peito do homem.

O mercenário baixou os olhos para a lâmina pesada e cheia de mossas, franzindo a testa com ar confuso. Então a compreensão súbita se espalhou em seu rosto e o sorriso largo reapareceu. Ele atirou a cabeça para trás e deu uma gargalhada.

Não foi um som humano. Foi selvagem e exultante, como o grito agudo de um gavião.

O homem levantou a mão ferida e agarrou a ponta da espada, movendo-se com uma velocidade tão súbita que o metal emitiu um som abafado ao contato. Ainda sorrindo, apertou com mais força e curvou a lâmina. O sangue brotou-lhe da mão, correu pelo fio da arma e foi pingar no chão, tamborilando.

Todos no salão ficaram com o olhar fixo, perplexos de incredulidade. O único som audível era o raspar leve dos ossos dos dedos do estranho nos gumes expostos da lâmina.

Encarando o Cronista, o mercenário torceu a mão com força e quebrou a espada, produzindo um som semelhante ao de um sino estilhaçado. Enquanto o escriba olhava pasmo para a arma destruída, o homem deu um passo à frente e pousou de leve a mão livre no ombro dele.

O Cronista soltou um grito engasgado e se afastou com um tranco, como se tivesse sido atingido por um atiçador em brasa. Num desvario, girou a espada partida, afastando a mão do outro e cravando fundo a arma em seu braço. O rosto do mercenário não exibiu dor nem medo, nem qualquer sinal de consciência de ter sido ferido.

Ainda segurando a ponta partida da espada na mão coberta de sangue, ele deu outro passo em direção ao Cronista.

Nesse momento Bast atirou-se de ombro no estranho e o atingiu com tamanha força que o corpo do homem destroçou uma das banquetas pesadas do bar antes de se chocar com o balcão de mogno. Num piscar de olhos, Bast agarrou-lhe a cabeça com as duas mãos e bateu com ela na borda do balcão. Com os lábios repuxados numa careta, bateu furiosamente com a cabeça do sujeito no mogno, uma, duas vezes...

Então, como se o ato de Bast tivesse despertado todos os presentes com um susto, irrompeu o caos no salão. O velho Cob afastou-se do bar, derrubando sua banqueta enquanto recuava. Graham começou a gritar alguma coisa sobre o condestável. Jake tentou correr para a porta e tropeçou no banco caído de Cob, esparramando-se no chão, todo enrolado. O aprendiz de ferreiro pegou sua barra de ferro e acabou derrubando-a no piso, onde ela rolou num grande arco e foi parar embaixo de uma mesa.

Bast soltou um ganido de susto e foi violentamente atirado do outro lado da sala, onde desabou numa das mesas de madeira sólida. Ela se partiu sob o seu peso e o rapaz ficou estatelado nos destroços, mole feito uma boneca de pano. O mercenário levantou-se, o sangue a correr solto pelo lado esquerdo do rosto. Parecia totalmente despreocupado ao se virar novamente para o Cronista, ainda segurando na mão ensanguentada a ponta da espada partida.

Atrás dele, Shep pegou uma faca que estava junto ao queijo parcialmente comido. Era uma simples faca de cozinha, cuja lâmina tinha cerca de um palmo de comprimento. Com a cara fechada, o lavrador chegou bem perto por trás do mercenário e o esfaqueou com força, cravando fundo toda a lâmina curta no corpo dele, no ponto em que o ombro se une ao pescoço.

Em vez de desabar, o homem girou nos calcanhares e cortou o rosto de Shep com o gume irregular da espada. O sangue espirrou e Shep levou as mãos à face. Em seguida, num movimento tão rápido que foi pouco mais que um espasmo, o mercenário brandiu o pedaço de metal pelo outro lado e o cravou no peito do lavrador. Shep cambaleou de costas contra o bar e despencou no chão, com a ponta quebrada da espada ainda se projetando entre as costelas.

O mercenário levantou a mão e tocou com curiosidade no cabo da faca alojada em seu pescoço. Com uma expressão mais intrigada do que aborrecida, puxou-a. Quando a faca não se mexeu, ele soltou outra gargalhada selvagem de ave de rapina.

Enquanto o lavrador arquejava e sangrava no chão, a atenção do mercenário pareceu divagar, como se ele houvesse esquecido o que estava fazendo. Seus olhos percorreram o cômodo lentamente, movendo-se sem pressa pelas mesas quebradas, pela lareira de pedra negra, pelos enormes barris de carvalho. Por fim, seu olhar pousou no homem ruivo atrás do balcão. Kvothe não empalideceu nem recuou quando a atenção do mercenário se fixou nele. Os olhos dos dois se encontraram.

Os do estranho voltaram a se aguçar, concentrados no hospedeiro. O sorriso largo e sem humor reapareceu, tornado macabro pelo sangue que lhe escorria pelo rosto.

— *Te aithiyn Seathaloi?* — perguntou ele. — *Te Rhintae?*

Com um gesto quase displicente, Kvothe pegou uma garrafa escura no balcão e a lançou por cima do bar. Ela atingiu o mercenário na boca e se espatifou. O ar se encheu do aroma penetrante e acre do licor de bagas de sabugueiro, que encharcou a cabeça ainda risonha e os ombros do sujeito.

Estendendo uma das mãos, Kvothe mergulhou um dedo na bebida respingada no balcão do bar. Resmungou alguma coisa entre dentes, com o cenho franzido de concentração. E olhou atentamente para o homem ensanguentado do lado oposto do bar.

Nada aconteceu.

O mercenário estendeu a mão por cima do balcão e agarrou a manga de Kvothe. O hospedeiro apenas se manteve imóvel, e em sua expressão não havia medo, raiva nem surpresa. Ele parecia apenas fatigado, apático e entristecido.

Antes que conseguisse segurar o braço de Kvothe, o mercenário cambaleou, porque Bast o atacou por trás. O rapaz conseguiu lhe dar uma gravata e, com a outra mão, começou a lhe arranhar o rosto. O homem soltou Kvothe e pôs as duas mãos no braço que lhe apertava o pescoço, na tentativa de se contorcer e se soltar. Quando as mãos do mercenário o tocaram, o rosto de Bast tornou-se uma tensa máscara de dor. Com os dentes arreganhados, ele cravou loucamente os dedos da mão livre nos olhos do estranho.

No extremo oposto do bar, o aprendiz de ferreiro finalmente recuperou sua barra de ferro embaixo da mesa e empertigou o corpo, em toda a sua altura. Investiu por cima dos bancos caídos e dos corpos espalhados no chão. Aos berros, ergueu a barra acima de um dos ombros.

Ainda agarrado ao mercenário, Bast arregalou os olhos de súbito pânico ao ver o aprendiz de ferreiro se aproximar. Soltou o estranho e recuou, enroscando os pés nos destroços da banqueta quebrada. Caindo para trás, disparou aos tropeços para longe de ambos.

O mercenário virou-se e viu o garoto alto atacar. Sorriu e estendeu a mão ensanguentada, num gesto gracioso, quase indolente.

O aprendiz de ferreiro afastou o braço com um golpe pesado. Ao ser atingido pela barra de ferro, o sorriso do mercenário desapareceu. Ele segurou o braço, sibilando e cuspindo feito um gato furioso.

O garoto tornou a girar a barra de ferro e o acertou em cheio nas costelas. A força do impacto jogou o homem longe do bar e ele caiu de quatro, berrando como um cordeiro no abate.

Mais uma vez, o aprendiz de ferreiro ergueu a barra com as duas mãos e a arriou nas costas do sujeito, como quem cortasse lenha. Ouviu-se o estalido de ossos se quebrando. A barra de ferro vibrou baixinho, como um sino distante abafado pela neblina.

Cheio de fraturas nas costas, o homem ensanguentado ainda tentou rastejar para a porta da hospedaria. Tinha agora o rosto vazio e a boca aberta num uivo baixo, tão constante e impensado quanto o som do vento por entre as árvores no inverno. O aprendiz de ferreiro o golpeou sem parar, girando de leve a barra de ferro, como um galhinho de salgueiro. Riscou um sulco profundo no piso de madeira, depois quebrou uma perna, um braço, mais costelas do estranho. Ainda assim, o mercenário continuou a rastejar em direção à porta, ganindo e gemendo, com um som mais animalesco do que humano.

Por fim, o garoto desferiu-lhe um golpe na cabeça e ele amoleceu. Houve um momento de perfeito silêncio; então o homem soltou um ruído grave e úmido de tosse e vomitou um líquido fétido, grosso como piche e negro feito tinta.

Demorou um pouco para que o garoto parasse de espancar o corpo já sem vida, e, mesmo quando parou, ficou segurando a barra pousada sobre um ombro, com a respiração entrecortada e arfante e uma expressão desvairada no olhar. Enquanto recobrava lentamente o fôlego, fez-se ouvir o som de orações murmuradas do outro lado do salão, onde o velho Cob se agachara, encostado na pedra negra da lareira.

Passados alguns minutos, até as preces cessaram, e o silêncio voltou à Pousada Marco do Percurso.

Durante as horas seguintes a pousada foi o centro das atenções da cidade. O salão ficou lotado, repleto de sussurros, perguntas cochichadas e soluços entrecortados. As pessoas com menos curiosidade ou mais decoro permaneceram do lado de fora, espiando pelas janelas largas e tagarelando sobre o que tinham ouvido.

Ainda não havia histórias, apenas uma massa agitada de rumores. O morto era um bandido que aparecera para assaltar a hospedaria. Viera em busca de vingança contra o Cronista, que havia deflorado sua irmã no Vau do Abade. Era um lenhador que contraíra hidrofobia. Era um velho conhecido do hospedeiro e chegara para cobrar uma dívida. Era um ex-militar que enlouquecera por completo ao combater os rebeldes em Resavek.

Jake e Carter destacaram o sorriso do mercenário e, embora o vício em dênera fosse um problema das cidades grandes, a população local tinha ouvido falar em papa-doces. O Tom Três-Dedos sabia dessas coisas, pois tinha servido como soldado sob o comando do antigo rei já se iam quase 30 anos. Explicou que, com 4 gramas de resina de dênera, um homem podia ter o pé amputado sem a menor fisgada de dor. Com 8 gramas, ele mesmo seria capaz de serrar o osso. Com 12, sairia para uma corrida depois disso, rindo e cantando *Latoeiro curtumeiro*.

O corpo de Shep foi embrulhado num cobertor e recebeu as orações do clérigo. Mais tarde, o condestável também o examinou, mas estava claramente perdido, examinando por achar que devia, e não por saber o que procurar.

A multidão começou a diminuir após cerca de uma hora. Os irmãos de Shep apareceram com uma carroça para buscar o corpo. Suas expressões tristonhas, de olhos vermelhos, afastaram a maioria dos espectadores que restavam rondando à toa pelo local.

No entanto, havia muito que fazer. O condestável tentou montar o quebra-cabeça do que havia acontecido com base nas testemunhas e nos espectadores mais arraigados em suas opiniões. Após horas de especulação, a história finalmente começou a se definir. Chegou-se enfim ao consenso de que o homem era um desertor viciado em dênera que tinha ido parar nessa cidadezinha justo na hora de enlouquecer.

Ficou claro para todos que o aprendiz de ferreiro tinha feito a coisa certa, a rigor um ato corajoso. Mesmo assim, a Lei Férrea exigia um julgamento, o qual ocorreria no mês seguinte, quando o tribunal bimestral passasse por essas paragens em sua ronda.

O condestável foi para casa, ao encontro da mulher e dos filhos. O pároco transportou os restos mortais do mercenário para a igreja. Bast retirou a mobília quebrada e a empilhou junto à porta da cozinha, para ser usada como lenha. O hospedeiro lavou sete vezes o piso de tábuas da hospedaria, até a água do balde não mais se tingir de vermelho quando ele enxaguava o pano. Por fim, até os curiosos mais dedicados se retiraram, deixando o grupo habitual dos dias-da-sega, com exceção de um.

Jake, Cob e os demais tiveram uma conversa reticente, falando de qualquer outra coisa que não o ocorrido e se agarrando ao consolo da companhia uns dos outros.

A exaustão os levou embora, um por um, da Marco do Percurso. Acabou sobrando apenas o aprendiz de ferreiro, com os olhos voltados para o copo em suas mãos. A barra de ferro ficou perto de seu cotovelo no balcão de mogno do bar.

Passou-se quase meia hora sem que ninguém falasse. O Cronista sentou-se a uma mesa próxima, fingindo terminar uma tigela de guisado. Kvothe e Bast rodaram para lá e para cá, tentando parecer ocupados. Uma vaga tensão foi crescendo no salão, enquanto eles se entreolhavam furtivamente, à espera de que o garoto fosse embora.

O hospedeiro se aproximou dele devagar, enxugando as mãos numa toalha limpa de linho.

— Bem, garoto, eu acho...

— Aaron — interpôs o aprendiz de ferreiro, sem levantar os olhos da bebida. — Meu nome é Aaron.

Kvothe balançou a cabeça, sério.

— Pois então é Aaron. Acho que você merece ser chamado pelo nome.

— Acho que não foi dênera — disse Aaron abruptamente.

Kvothe fez uma pausa.

— Desculpe, o que disse?

— Acho que aquele sujeito não era um papa-doces.

— Então você está com o Cob? Acha que ele estava com hidrofobia?

— Acho que ele tinha um demônio no corpo — disse o garoto, com cuidadosa deliberação, como se tivesse passado muito tempo pensando nessas palavras. — Eu não disse nada antes porque não queria o pessoal achando que eu tinha ficado totalmente ruim da bola que nem o Martin Maluco — disse e levantou os olhos. — Mas ainda acho que ele estava com o diabo no corpo.

Kvothe exibiu um sorriso gentil e fez um gesto para Bast e o Cronista.

— Você não tem medo de que nós achemos a mesma coisa?

Aaron abanou a cabeça, compenetrado.

— Vocês não são daqui. Já foram a muitos lugares. Sabem o tipo de coisa que existe no mundo. — Fixou os olhos em Kvothe. — Acho que você também sabe que aquilo era um demônio.

Bast ficou imóvel no lugar onde varria o chão, perto da lareira. Kvothe inclinou a cabeça com ar curioso, sem desviar os olhos:

— Por que você diz isso?

O aprendiz de ferreiro apontou para trás do balcão do bar.

— Eu sei que você tem um porrete grande de carvalho pra lidar com bêbados, ali embaixo do bar. E, bom... — Deixou os olhos relancearem a espada que pendia no alto, ameaçadora, atrás do balcão do bar. — Só consigo pensar numa razão pra você pegar uma garrafa em vez daquilo. Você não tava querendo quebrar os dentes daquele cara. Ia botar fogo nele. Só que não tinha fósforo e não tinha nenhuma vela por perto. A minha mãe costumava ler o *Livro do Caminho* pra mim — continuou. — Tem uma porção de demônios nele. Uns se escondem no corpo dos homens, que nem a gente se esconde embaixo de uma pele de carneiro. Acho que ele era só um sujeito comum que ficou com um demônio no corpo. É por isso que nada o machucava. Era como alguém fazendo buracos na camisa da gente. E é por isso que ele não fazia sentido. Tava falando língua de demônio.

Os olhos de Aaron resvalaram de novo para o caneco em suas mãos e ele balançou a cabeça, matutando consigo mesmo:

— Quanto mais eu penso, mais faz sentido. Ferro e fogo. Isso é pra demônios.

— Os papa-doces são mais fortes do que você imagina — disse Bast, do outro lado do salão. — Uma vez eu vi...

— Você tem razão. Era um demônio — interrompeu Kvothe.

Aaron ergueu os olhos e deparou com o olhar do hospedeiro. Assentiu com a cabeça e tornou a olhar para o caneco:

– E você não disse nada porque é novo na cidade e os negócios já andam bem fraquinhos.

Kvothe fez que sim.

– E não vai me adiantar nada contar pro pessoal, não é?

O hospedeiro respirou fundo e soltou o ar devagar.

– É provável que não.

Aaron bebeu o último gole da cerveja e empurrou o caneco vazio para longe no bar.

– Tá certo. Eu só precisava ouvir isso. Precisava saber que eu não tinha ficado maluco.

Levantou-se, pegou a pesada barra de ferro com uma das mãos e a descansou no ombro, virando-se para a porta. Ninguém falou enquanto ele atravessava o salão e saía, fechando a porta atrás de si. Suas botas pesadas fizeram um som oco nos degraus de madeira do lado de fora e, depois, nada.

– Aquele ali tem mais qualidades do que eu teria imaginado – comentou Kvothe por fim.

– É que ele é grande – disse Bast em linguagem direta, desistindo de fingir que varria o chão. – Vocês se deixam confundir facilmente pela aparência das coisas. Já faz algum tempo que estou de olho nele. Ele é mais inteligente do que o povo reconhece. Sempre olhando para as coisas e fazendo perguntas – disse, levando a vassoura de volta para o bar. – Ele me deixa nervoso.

Kvothe pareceu achar divertido.

– Nervoso? Você?

– O garoto fede a ferro. Passa o dia inteiro manejando, cozinhando o ferro, respirando sua fumaça. E aí entra aqui com um olhar inteligente – explicou Bast, com ar de profunda desaprovação. – Não é natural.

– Natural? – manifestou-se enfim o Cronista. Havia um toque de histeria em sua voz. – O que você entende de natural? Acabei de ver um demônio matar um homem; aquilo foi natural? – indagou. Virou-se para Kvothe. – Que diabo aquela coisa veio fazer aqui, afinal de contas? – questionou.

– Ele estava procurando, ao que parece. Isso foi praticamente tudo o que entendi. E você, Bast? Conseguiu compreender?

Bast abanou a cabeça.

– Reconheci mais o som do que qualquer outra coisa, Reshi. A construção das frases era muito antiga, arcaica. Para mim não tinha pé nem cabeça.

– Certo. Ele estava procurando – disse o Cronista. – Procurando o quê?

– Por mim, provavelmente – disse Kvothe, abatido.

– Reshi – advertiu-o Bast –, você só está sendo sentimental. Isso não foi culpa sua.

Kvothe lançou um olhar demorado e cansado para seu aluno:

— Você é mais esperto do que isso, Bast. Tudo isso é minha culpa. O scrael, a guerra. Tudo culpa minha.

Bast pareceu querer protestar, mas não conseguiu encontrar as palavras. Após um momento prolongado, desviou o olhar, vencido.

Kvothe apoiou os cotovelos no bar, suspirando:

— O que você acha que era, afinal?

Bast abanou a cabeça.

— Parecia um Mahael-uret, Reshi. Um troca-pele — completou, carregando o sobrolho ao falar, num tom que era tudo, menos seguro.

Kvothe levantou uma sobrancelha:

— Não era da sua espécie?

A expressão normalmente afável de Bast transformou-se num ar feroz:

— Não, não era "da minha espécie" — retrucou, indignado. — Os Mael não têm nem mesmo uma fronteira em comum conosco. Ficam tão longe quanto se pode ficar no reino das fadas.

Kvothe balançou a cabeça, sugerindo um pedido de desculpas:

— Só presumi que você sabia o que ele era. Não hesitou em atacá-lo.

— Toda cobra pica, Reshi. Não preciso conhecer o nome delas para saber que são perigosas. Reconheci que ele era um Mael. Isso bastou.

— Então provavelmente um troca-pele? — refletiu Kvothe. — Você não tinha dito que eles desapareceram há séculos?

Bast fez que sim:

— E ele pareceu meio... burro. E não tentou fugir para outro corpo — completou, dando de ombros. — Além disso, ainda estamos todos vivos. Isso parece indicar que ele era alguma outra coisa.

O Cronista observava a conversa, incrédulo:

— Quer dizer que nenhum de vocês sabia o que ele era? — perguntou e olhou para Kvothe. — Você disse ao garoto que ele era um demônio!

— Para o garoto é um demônio, porque isso é o mais fácil de ele entender e está bem perto da verdade — foi a resposta. Kvothe começou a polir lentamente o balcão do bar. — Para todas as outras pessoas da cidade é um papa-doces, porque isso os deixará dormir um pouco esta noite.

— Bem, pois então também é um demônio para mim — retrucou o Cronista com rispidez. — Porque o meu ombro parece gelo no lugar em que ele me tocou.

Bast se aproximou depressa.

— Eu tinha esquecido que ele pôs a mão em você. Deixe-me ver.

Kvothe fechou as venezianas das janelas, enquanto o Cronista tirava a camisa; havia curativos na parte posterior de seus braços, onde ele fora ferido pelo scrael, três noites antes.

Bast fez um exame detido no ombro do escriba:

— Você consegue mexê-lo?

O Cronista fez que sim, girando o ombro.

— Doeu feito 12 desgraçados quando ele me tocou, como se alguma coisa me rasgasse por dentro — disse, abanando a cabeça, irritado com sua própria descrição. — Agora está só esquisito. Insensível. Como se estivesse dormente.

Bast cutucou-lhe o ombro com um dedo, examinando-o com desconfiança.

O Cronista virou-se de novo para Kvothe:

— O garoto tinha razão sobre o fogo, não é? Até ele mencionar o assunto, eu não havia entend... aaaarggghhhh! — gritou o escriba, soltando-se de Bast com um safanão. — Que diabo foi isso, em nome de Deus?

— O nervo do seu plexo braquial, imagino — respondeu Kvothe secamente.

— Eu precisava ver a profundidade da lesão — disse Bast, sem se deixar abalar. — Reshi, pode me trazer um pouco de gordura de ganso, alho, mostarda... Temos alguma daquelas coisas verdes que têm cheiro de cebola, mas não são?

Kvothe balançou a cabeça:

— Keveral? Acho que ainda sobrou um pouco.

— Então traga-os, e uma atadura também. Preciso aplicar um unguento nisso.

Kvothe concordou e saiu pela porta atrás do bar. Assim que desapareceu de vista, Bast debruçou-se sobre o ouvido do Cronista:

— Não pergunte nada a ele sobre aquilo — sibilou em tom urgente. — Nem mencione o assunto.

O escriba fez um ar intrigado:

— Do que você está falando?

— Da garrafa. Da simpatia que ele tentou fazer.

— Ah, então ele estava mesmo tentando pôr fogo naquela coisa? E por que não funcionou? O que...

Bast apertou com mais força, cravando o polegar na depressão abaixo da clavícula do Cronista, que soltou outro grito assustado.

— Não fale disso. Não faça perguntas — Bast sibilou em seu ouvido. Segurando os dois ombros do escriba, deu-lhe uma sacudidela, como um pai zangado com um filho teimoso.

— Santo Deus, Bast, aqui dos fundos eu estou ouvindo o homem berrar — gritou Kvothe da cozinha. Bast empertigou-se e endireitou o corpo do Cronista na cadeira enquanto o hospedeiro surgia na porta. — Ora, por Tehlu! Ele está branco feito um lençol. Será que vai ficar bom?

— É tão sério quanto uma queimadura causada pelo frio — respondeu Bast, com ar de desdém. — A culpa não é minha se ele grita feito uma garotinha.

— Bem, tenha cuidado com ele — recomendou Kvothe, colocando um pote de gordura e um punhado de dentes de alho na mesa. — Ele vai precisar desse braço pelo menos por mais uns dois dias.

Kvothe descascou e triturou o alho. Bast misturou o unguento e espalhou a poção malcheirosa no ombro do escriba, envolvendo-o em seguida com uma atadura. O Cronista se manteve imóvel.

— Está disposto a escrever mais um pouco esta noite? — perguntou-lhe Kvothe depois que ele tornou a vestir a camisa. — Ainda estamos a dias de um final de verdade, mas posso pôr em ordem uns fios da meada que ficaram soltos, antes de darmos o dia por encerrado.

— Ainda posso continuar por algumas horas — disse o Cronista, abrindo a pasta depressa, sem sequer uma olhadela na direção de Bast.

— Eu também — emendou o rapaz, virando-se para Kvothe com o rosto animado e ansioso. — Quero saber o que você encontrou embaixo da Universidade.

Kvothe esboçou um sorriso:

— Imaginei que quisesse, Bast. — Aproximou-se da mesa, sentando-se. — Embaixo da Universidade encontrei o que mais queria, só que não era o que eu esperava — disse, e fez sinal para o Cronista pegar sua pena. — Como tantas vezes acontece ao realizarmos o desejo que temos no coração.

CAPÍTULO 89

Uma tarde prazerosa

NO DIA SEGUINTE FUI AÇOITADO no amplo pátio calçado de pedras que um dia se chamara Quoyan Hayel. A Casa do Vento. Pareceu-me estranhamente apropriado.

Como seria de se prever, houve um público impressionante no evento. Centenas de estudantes lotaram o pátio até transbordar. Olharam de janelas e portas. Alguns chegaram até a subir nos telhados para ter uma visão melhor. Não os censuro, na verdade. Diversão gratuita é difícil de dispensar.

Fui açoitado seis vezes nas costas, uma a uma. Não querendo decepcionar a plateia, dei-lhe algo de que falar. Uma reprise do espetáculo anterior. Não gritei, não sangrei nem desfaleci. Saí do pátio andando com meus próprios pés e de cabeça erguida.

Depois de Moula me dar 57 pontos caprichados nas costas, encontrei consolo numa ida a Imre, onde gastei o dinheiro de Ambrose num alaúde extraordinariamente requintado, duas belas mudas de roupas usadas para mim, um vidrinho com meu próprio sangue e um vestido novo e quente para Auri.

No cômputo geral, foi uma tarde muito prazerosa.

CAPÍTULO 90

Casas semiconstruídas

TODA NOITE EU EXPLORAVA O Subterrâneo com Auri. Vi muitas coisas interessantes, algumas das quais talvez possam ser mencionadas mais adiante, mas, por ora, basta dizer que ela me mostrou todos os cantos vastos e variados do Subterrâneo. Levou-me ao Plumário, aos Saltos, ao Bosque, à Fundura, ao Cricrido, à Decúria, ao Urso de Cera...

Os nomes que ela lhes dera, a princípio disparatados, caíram como uma luva quando finalmente vi o que descreviam. O Bosque não tinha a menor semelhança com uma floresta. Era apenas uma série de corredores e cômodos caindo aos pedaços, cujos tetos eram escorados por vigas de sustentação de madeira grossa. O Cricrido tinha um minúsculo filete de água fresca que escorria por uma parede. A umidade atraía os grilos, que enchiam o cômodo baixo e comprido com sua musiquinha. Os saltos eram uma passagem estreita, com três rachaduras fundas atravessando o piso. Só compreendi o nome depois de ver Auri saltar todas três em rápida sucessão para chegar ao outro lado.

Passaram-se vários dias até ela me levar ao Enfurnado, um labirinto de túneis entrecruzados. Apesar de estarmos pelo menos 30 metros abaixo do solo, neles corria um vento impetuoso e regular que recendia a poeira e couro.

O vento foi a pista de que eu precisava. Informou-me que eu estava perto de encontrar o que fora procurar ali. No entanto, incomodava-me não compreender o nome do lugar; eu tinha certeza de estar deixando escapar alguma coisa.

— Por que você chama isto aqui de Enfurnado? — perguntei a Auri.

— É o nome daqui — ela respondeu com desembaraço. O vento fazia seu cabelo fino esvoaçar-lhe às costas como uma flâmula diáfana. — A gente chama as coisas por seus nomes. É para isso que eles servem.

Sorri, a despeito de mim mesmo:

— E por que ele tem esse nome? Tudo aqui não é enfurnado?

Auri virou-se para mim, a cabeça inclinada de lado. O cabelo esvoaçou em seu rosto e ela o afastou para trás com as mãos.

– Não é enfurnado. É enfurnado – disse.

Não consegui ouvir a distinção.

– Enfartado? – perguntei estufando a barriga, como se tivesse comido demais.

Auri riu, encantada.

– Essa é ótima. Tente outra.

Procurei pensar no que mais faria sentido:

– Enfolado? – Gesticulei com os dois braços, como quem acionasse o fole de uma forja.

Auri pensou nisso por um instante, olhando para cima e inclinando a cabeça para lá e para cá.

– Essa não é tão boa. Aqui é um lugar calmo.

Estendeu a mãozinha e segurou a ponta da minha capa, puxando-a para o lado, até que o vento ameno pegou o tecido e o inflou como uma vela. Auri me olhou, sorrindo como se tivesse acabado de fazer um truque de mágica.

Enfunado. É claro. Retribuí sua expressão, rindo.

Resolvido esse pequeno mistério, Auri e eu iniciamos uma investigação meticulosa do Enfunado. Passadas várias horas, comecei a pegar o jeito do lugar e a entender em que direção precisava ir. Era só uma questão de descobrir o túnel que levava até lá.

Era de enlouquecer. Os túneis davam voltas e mais voltas e conduziam a largos desvios inúteis. Nas raras vezes em que eu achava um túnel que se mantinha fiel a seu curso, o caminho estava bloqueado. Várias passagens se erguiam na vertical ou se precipitavam para baixo, não me deixando nenhum modo de percorrê-las. Uma tinha grossas barras de ferro cravadas a fundo na pedra ao redor, bloqueando o caminho. Outra ia ficando cada vez mais estreita, até se reduzir a um mero palmo de largura. Uma terceira terminava num emaranhado de madeira e terra desabadas.

Após dias de busca, finalmente achamos uma antiga porta apodrecida. A madeira úmida desfez-se em pedaços quando tentei abri-la.

Auri franziu o nariz e abanou a cabeça:

– Vou ralar os joelhos.

Iluminando o outro lado da porta destruída com minha lamparina de simpatia, entendi o que ela queria dizer. O cômodo adiante ia se inclinando para baixo, até o teto ficar a apenas 1 metro do piso.

– Você espera por mim? – perguntei, tirando a capa e arregaçando as mangas da camisa. – Não sei se consigo encontrar o caminho para subir de novo sem você.

Auri balançou a cabeça, com ar apreensivo:

— As entradas são mais fáceis do que as saídas, você sabe. Há lugares apertados. Você pode se entalar.

Eu estava tentando não pensar nisso:

— Vou só dar uma espiada. Volto em meia hora.

Ela inclinou a cabeça:

— E se não voltar?

Sorri:

— Você terá que descer para me resgatar.

Auri fez que sim, o rosto solene como o de uma criança compenetrada.

Pus a lâmpada de simpatia na boca, usando a luz vermelha para iluminar o espaço negro como breu à minha frente. Em seguida pus-me de gatinhas e avancei, arranhando os joelhos na pedra áspera do chão.

Após várias curvas, o teto desceu ainda mais, ficando muito baixo até mesmo para se andar de quatro. Depois de um longo momento de reflexão, arriei-me de bruços e segui adiante, empurrando a lâmpada à minha frente. Cada torção do corpo repuxava as fileiras de pontos suturados em minhas costas.

Se você nunca esteve num subterrâneo profundo, duvido que possa compreender como é. A escuridão é absoluta, quase palpável. Fica espreitando a luz, pronta para invadi-la como uma inundação repentina. O ar é parado e rarefeito. Não há ruídos, exceto os que você mesmo faz. Sua respiração soa alto nos ouvidos. Seu coração palpita em baques surdos. E o tempo todo você tem a consciência esmagadora de milhares de toneladas de terra e pedras empurrando-o para baixo.

Mesmo assim, segui adiante feito uma minhoca, avançando aos centímetros. Fiquei com as mãos imundas e suor pingando nos olhos. O caminho rastejante tornou-se ainda mais estreito e cometi a tolice de deixar um dos braços prender-se na minha lateral. Fui tomado por um suor frio pelo corpo todo, em pânico. Debati-me na tentativa de esticar o braço à frente...

Passados vários minutos de pavor, consegui soltá-lo. Então, depois de permanecer imóvel por um momento, tremendo no escuro, segui em frente.

E encontrei o que procurava...

———

Depois de emergir do Subterrâneo, segui meu cauteloso percurso passando por uma janela e uma porta fechada, até entrar na ala feminina do Cercado. Bati de leve à porta de Feila, pois não queria acordar ninguém acidentalmente. Os homens não podiam entrar sem escolta na ala feminina do Cercado, sobretudo às altas horas da noite.

Bati três vezes, até ouvir um movimento suave no quarto. Passado um momento, Feila abriu a porta, com o cabelo comprido todo despenteado.

Ainda tinha os olhos semicerrados ao espiar o corredor com uma expressão intrigada. Piscou ao me ver parado ali, como se na verdade não esperasse encontrar ninguém.

Estava inequivocamente nua, com um lençol meio enrolado no corpo. Admito que a visão dela, deslumbrante e de seios fartos, seminua diante de mim, foi um dos momentos mais espantosamente eróticos de minha juventude.

– Kvothe? – disse ela, mantendo um grau admirável de compostura. Tentou cobrir-se um pouco mais, sem grande sucesso, subindo o lençol até o pescoço e, em troca, expondo um pedaço escandaloso das pernas compridas e bem torneadas. – Que horas são? Como você entrou aqui?

– Você disse que, se um dia eu precisasse de alguma coisa, poderia procurá-la para lhe pedir um favor – respondi, em tom urgente. – Estava falando sério?

– Bem, sim. É claro. Puxa, você está um desastre. O que aconteceu?

Baixei os olhos para mim e só então percebi o estado em que me encontrava. Imundo, com a frente do corpo toda suja de terra, de tanto rastejar. Tinha rasgado as calças num joelho e parecia estar sangrando por baixo. Ficara tão agitado que nem sequer me dera conta disso, nem tinha pensado em me lavar e me trocar, vestindo uma das roupas novas antes de procurá-la.

Feila deu meio passo atrás e abriu um pouco mais a porta, dando espaço para eu entrar. Ao abrir, a porta produziu um ventinho que fez o lençol grudar-se no corpo dela, delineando sua nudez num perfil momentâneo e perfeito.

– Você pode entrar? – perguntou-me.

– Não posso ficar – respondi sem pensar, lutando contra a ânsia de abrir a boca, francamente pasmo. – Preciso que você se encontre com um amigo meu no Arquivo amanhã à tardinha. Ao quinto sino, junto à porta das quatro chapas. Pode fazer isso?

– Eu tenho aula. Mas, se for importante, posso faltar.

– Obrigado – retruquei baixinho, recuando para a saída.

Diz muito sobre o que eu tinha encontrado nos túneis sob a Universidade que, só depois de percorrer metade do caminho para meu quarto na Anker, eu me apercebi de ter acabado de recusar um convite de Feila, seminua, para ficar com ela em seu quarto.

———

No dia seguinte Feila faltou à aula de Geometria Avançada e foi ao Arquivo. Desceu vários lances de escada e atravessou um labirinto de corredores e estantes, até encontrar o único pedaço de parede de pedra não recoberto de livros no prédio inteiro. Lá estava a porta das quatro chapas, silenciosa e imóvel como uma montanha: Valaritas.

Feila olhou em volta, nervosa, apoiando-se ora num pé, ora noutro.

Após alguns instantes demorados, uma figura encapuzada saiu da escuridão e apareceu à luz avermelhada da lamparina portátil que ela segurava.

Feila deu um sorriso ansioso.

— Olá — disse baixinho. — Um amigo me pediu... — Fez uma pausa, curvando um pouco a cabeça, na tentativa de vislumbrar o rosto à sombra do capuz.

É provável que você não se surpreenda ao saber quem ela viu.

— Kvothe? — exclamou, incrédula, e olhou ao redor, subitamente em pânico. — Meu Deus, o que está fazendo aqui?

— Invadindo — respondi, com ar petulante.

Ela me segurou e me puxou por um labirinto de estantes até chegarmos a uma das salinhas de leitura espalhadas por todo o Arquivo. Empurrou-me para dentro, fechou a porta com firmeza atrás de nós e se encostou nela.

— Como entrou aqui? O Lorren vai estourar uma veia! Você quer que nós dois sejamos expulsos?

— Eles não a expulsariam — respondi com desembaraço. — Você seria condenada por Conluio Voluntário, no máximo. Não podem expulsá-la por isso. É provável que se livrasse pagando uma multa, já que eles não açoitam mulheres. — Remexi um pouco os ombros, sentindo o puxão incômodo dos pontos nas costas. — O que me parece meio injusto, se você quer a minha opinião.

— Como você entrou aqui? — Feila repetiu. — Passou, pé ante pé, pela recepção?

— É melhor você não saber — esquivei-me.

Tinha sido pelo Enfunado, é claro. Depois de sentir no vento o cheiro de couro antigo e poeira, eu soubera estar perto. Escondida no labirinto de túneis havia uma porta que dava diretamente no nível mais baixo do Acervo. Ela existia para que os escribas tivessem acesso fácil ao sistema de ventilação. A porta estava trancada, é claro, mas portas trancadas nunca foram um grande estorvo para mim. É mesmo uma pena.

Mas não contei nada disso a Feila. Sabia que minha rota secreta só funcionaria enquanto permanecesse secreta. Contar a um escriba, mesmo a uma escriba que me devia um favor, simplesmente não era boa ideia.

— Escute — apressei-me a dizer —, é seguro como uma casa. Faz horas que estou aqui e ninguém sequer chegou perto de mim. Todos carregam suas próprias lâmpadas, por isso é fácil evitá-los.

— Você me deu um susto — disse Feila, afastando o cabelo escuro para trás dos ombros. — Mas tem razão, provavelmente é mais seguro aqui — concordou. Entreabriu a porta e deu uma olhadela do lado de fora, para ter certeza de que não havia perigo. — Os escribas verificam ao acaso as saletas de leitura periodicamente para se certificarem de que não há ninguém dormindo nem tendo relações sexuais.

— O quê?

— Há muitas coisas que você não sabe sobre o Arquivo — disse ela com um sorriso, enquanto abria o resto da porta.

— É por isso que preciso da sua ajuda — salientei, enquanto nos dirigíamos ao Acervo. — Não consigo entender nada neste lugar.

— O que você está procurando?

— Umas mil coisas — respondi com franqueza. — Mas podemos começar pela história dos Amyr. Ou por qualquer texto não ficcional sobre o Chandriano. Qualquer coisa sobre um ou outro, na verdade. Não consegui achar nada.

Não me dei ao trabalho de disfarçar a frustração na voz. Entrar finalmente no Arquivo, depois de tanto tempo, e não conseguir encontrar nenhuma das respostas que eu procurava era de enlouquecer.

— Pensei que as coisas fossem mais organizadas — resmunguei.

Feila deu um risinho gutural.

— E como você faria isso, exatamente? Eu me refiro a organizar tudo.

— Andei pensando nisso nas últimas horas. Seria melhor organizar tudo por assunto. Você sabe, livros de história, autobiografias, gramáticas...

Feila parou de andar e deu um longo suspiro.

— Acho que devemos acabar logo com isso — disse ela, tirando ao acaso um livro fino de uma prateleira. — Qual é o assunto deste livro?

Abri-o e dei uma espiada nas páginas. Fora escrito com a letra de um antigo escriba, cheia de rabiscos e difícil de decifrar.

— Parece um livro de memórias.

— Que tipo de livro de memórias? Como você o relacionaria com outras autobiografias?

Ainda folheando as páginas, vi um mapa cuidadosamente desenhado.

— A rigor, mais parece um livro de viagens ilustrado.

— Ótimo. E onde você o poria, na seção de autobiografias e livros de viagem?

— Eu a organizaria geograficamente — respondi, gostando da brincadeira. Folheei outras páginas. — Atur, Modeg e... Vint? — li. Franzi o cenho e examinei a lombada do livro. — Quantos anos tem isso? O Império Aturense absorveu Vint há mais de 300 anos.

— Mais de 400 anos — Feila me corrigiu. — E então, onde você põe um livro sobre viagens que se refere a um lugar que não existe mais?

— Na verdade, estaria mais para um livro de história — respondi, mais devagar.

— E se ele não for exato? — insistiu Feila. — E se for baseado em boatos e não na experiência pessoal? E se for pura ficção? Os romances sobre viagens estiveram em grande moda em Modeg, há uns 200 anos.

Fechei o livro e o repus lentamente na prateleira.

— Estou começando a perceber o problema — comentei, pensativo.

— Não, não está — objetou Feila em tom franco. — Está tendo apenas um vislumbre das bordas do problema — afirmou, apontando as estantes que nos cercavam. — Digamos que amanhã você se tornasse o Arquivista-Mor. Quanto tempo levaria para organizar tudo isto?

Olhei para as prateleiras incontáveis que desapareciam na escuridão.

— Seria um trabalho para a vida inteira.

— Os dados sugerem que leva mais do que apenas uma vida — foi a resposta seca de Feila. — Há mais de três quartos de milhão de volumes aqui, e isso nem leva em consideração as placas de cerâmica, os pergaminhos ou os fragmentos de Caluptena.

Fez um gesto desdenhoso e prosseguiu:

— Assim, você passa anos elaborando o sistema perfeito de organização, que tem até um lugar conveniente para a sua autobiografia combinada com livro de viagens histórico-ficcional. Você e os escribas passam décadas identificando, separando e reordenando lentamente dezenas de milhares de livros. — Olhou-me de frente. — E aí você morre. O que acontece depois?

Comecei a perceber aonde ela pretendia chegar.

— Bem, num mundo perfeito, o Arquivista-Mor seguinte continuaria de onde eu tivesse parado.

— Viva o mundo perfeito! — disse Feila com sarcasmo; depois virou-se e recomeçou a me conduzir por entre as estantes.

— Imagino que o novo Arquivista-Mor costume ter suas próprias ideias sobre como organizar as coisas, não é?

— Não é uma coisa costumeira — admitiu Feila. — Às vezes uma sucessão deles trabalha com vista a um mesmo sistema. Só que, mais cedo ou mais tarde, aparece alguém que diz conhecer um modo melhor de fazer as coisas, e tudo recomeça do zero.

— Quantos sistemas diferentes já houve? — perguntei, avistando uma tênue luz vermelha que balançava junto a prateleiras distantes e apontando para ela.

Feila mudou de direção para nos afastar da luz e de quem a estivesse carregando.

— Depende da maneira de contá-los — respondeu, baixinho. — Pelo menos nove, nos últimos 300 anos. O pior foi há cerca de 50 anos, quando houve quatro novos Arquivistas-Mores a intervalos de cinco anos um do outro. O resultado foram três facções diferentes entre os escribas, cada qual usando um sistema de catalogação diferente, e achando que o dela era o melhor.

— Parece uma guerra civil — comentei.

— Uma guerra santa — disse Feila. — Uma cruzada muito silenciosa e circunspecta, na qual cada lado tinha certeza de estar protegendo a alma imortal do Arquivo. Eles furtavam livros que já tinham sido catalogados nos sistemas alheios. Escondiam livros uns dos outros, ou confundiam sua ordem nas prateleiras.

– Quanto tempo isso durou?

– Quase 15 anos. Talvez ainda continuasse até hoje, se os escribas de Mestre Tolem não tivessem finalmente conseguido roubar e queimar os livros de registro do Larkin. Depois disso os adeptos de Larkin não puderam continuar.

– E a moral da história é que as pessoas tornam-se passionais quando ficam perto de livros? – perguntei, implicando de leve com ela. – Daí a necessidade das verificações aleatórias das salinhas de leitura?

Feila me mostrou a língua.

– A moral da história é que as coisas são uma bagunça aqui. Efetivamente, "perdemos" quase 200 mil livros quando o Tolem queimou os registros do Larkin. Eram os únicos registros em que esses livros podiam ser localizados. E então, cinco anos depois, o Tolem morreu. Adivinhe o que aconteceu.

– Um novo Arquivista-Mor ansioso por recomeçar do zero?

– É como uma fileira interminável de casas semiconstruídas – disse Feila, exasperada. – É fácil encontrar livros no sistema antigo; foi por isso que eles construíram o novo dessa maneira. Quem trabalha na casa nova fica roubando madeira da que tinha sido construída antes. Os antigos sistemas ainda existem, em pedaços e fragmentos dispersos. Até hoje continuamos a encontrar grupos de livros que os escribas esconderam uns dos outros anos atrás.

– Vejo que esse é um ponto sensível para você – comentei com um sorriso.

Chegamos a um lance de escadas e Feila se virou para mim:

– É um ponto sensível para todo escriba que dura mais de dois dias trabalhando no Arquivo. O pessoal dos Tomos reclama quando levamos uma hora para entregar o que eles querem. Não se apercebem de que não é simples como ir à prateleira de "*História dos Amyr*" e tirar um livro.

Deu-me as costas e começou a subir a escada. Segui-a em silêncio, apreciando essa nova perspectiva.

CAPÍTULO 91

Digna de perseguição

O PERÍODO LETIVO DE OUTONO enquadrou-se num padrão confortável depois disso. Aos poucos, Feila me apresentou ao funcionamento interno do Arquivo e eu passava as horas de que podia dispor circulando por lá tentando escavar respostas para meus milhares de perguntas.

Elodin fez algo a que seria concebível nos referirmos como "ensinar", embora, na maior parte do tempo, parecesse mais interessado em me confundir do que em realmente esclarecer a questão da "denominação". Meu progresso era tão nulo que às vezes eu me perguntava se de fato era para haver algum progresso.

O tempo que eu não gastava estudando ou no Arquivo passava-o na estrada para Imre, enfrentando o vento do inverno que se aproximava, se não buscando o seu nome. A Eólica era sempre minha melhor chance de encontrar Denna, e, à medida que o tempo foi piorando, passei a encontrá-la por lá cada vez mais. Perto de caírem as primeiras neves, eu costumava conseguir vê-la em uma de cada três viagens.

Infelizmente era raro conseguir tê-la toda para mim, já que em geral alguém a acompanhava. Como Deoch havia mencionado, ela não era do tipo que passasse muito tempo sozinha.

Mesmo assim, eu continuava a ir lá. Por quê? Porque, toda vez que ela me via, uma luz se acendia em seu interior e a fazia brilhar por um momento. Ela se levantava de um salto, corria para mim e segurava meu braço. Depois, risonha, levava-me até sua mesa e me apresentava a seu acompanhante mais recente.

Passei a conhecer a maioria deles. Nenhum era bom o bastante para Denna, donde eu os desprezava e odiava. Por sua vez, eles me odiavam e temiam.

Mas éramos gentis uns com os outros. Sempre gentis. Era uma espécie de jogo. Um deles me convidava a sentar e eu lhe oferecia uma bebida. Nós três conversávamos e os olhos do homem iam aos poucos se ensombrecendo, ao ver Denna sorrir para mim. A boca se estreitava ao ouvir o riso que saltava dela enquanto eu fazia pilhérias, contava histórias, cantava...

Eles sempre reagiam do mesmo modo, procurando comprovar a posse dela em pequenas coisas: segurando-lhe a mão, dando-lhe um beijo, acariciando-lhe um ombro com demasiada informalidade.

Agarravam-se a ela com uma determinação desesperada. Alguns meramente se ressentiam da minha presença, viam-me como um rival. Outros, porém, tinham desde o começo um saber assustado, enterrado fundo por trás dos olhos. Sabiam que ela estava partindo e não sabiam por quê. Por isso, agarravam-se a ela como marinheiros num naufrágio, segurando-se nas rochas, mesmo ao serem jogados contra elas até a morte. Eu quase chegava a sentir pena deles. Quase.

Assim, eles me odiavam, e isso transparecia em seu olhar quando Denna não estava vendo. Eu me oferecia para pagar outra rodada de bebidas, mas o homem em questão insistia em bancá-la. Eu aceitava graciosamente, lhe agradecia e sorria.

Eu a conheço há mais tempo, dizia meu sorriso. É verdade, você esteve no aconchego dos braços dela, provou sua boca, sentiu seu calor, e isso é algo que nunca tive. Mas há uma parte dela que é só minha. Você não pode tocá-la, por mais que tente. E, depois que ela o deixar, ainda estarei aqui, fazendo-a rir. Com minha luz brilhando nela. E ainda estarei aqui muito depois de ela haver esquecido o seu nome.

Os homens eram mais do que apenas alguns. Denna passava por eles como a pena correndo pelo papel molhado. Deixava-os, decepcionada. Ou então, frustrados, eles a abandonavam, magoando seu coração e a entristecendo, mas nunca a ponto de fazê-la chegar às lágrimas.

Houve lágrimas uma ou duas vezes. Mas não foram pelos homens que ela havia perdido ou pelos que abandonara. Foram lágrimas serenas por ela mesma, porque havia em Denna algo profundamente ferido. Eu não sabia o que era e não me atrevia a perguntar. Simplesmente lhe dizia que eu podia afastar a dor e a ajudava a fechar os olhos para o mundo.

———

De quando em vez eu falava de Denna com Wilem e Simmon. Como verdadeiros amigos, eles me davam conselhos sensatos e sua solidariedade compassiva, mais ou menos em doses iguais.

A compaixão eu apreciava, mas os conselhos eram mais do que inúteis. Eles me exortavam à verdade, diziam para eu abrir o coração com Denna. Persegui-la. Escrever-lhe poemas. Mandar-lhe rosas.

Rosas. Eles não a conheciam. Apesar de eu odiar os homens de Denna, eles me haviam ensinado uma lição que, de outro modo, talvez eu nunca tivesse aprendido.

– O que você não entende – expliquei a Simmon uma tarde, quando nos sentamos sob o mastro da bandeira – é que os homens vivem se apaixonando pela Denna. Sabe como é isso para ela? Sabe como é cansativo? Sou um dos poucos amigos que ela tem. Não vou correr esse risco. Não vou me atirar aos pés dela. Não é isso que ela quer. Não serei um dos 100 pretendentes de olhar assustado que saem embevecidos atrás dela, feito cordeirinhos apaixonados.

– Só não consigo entender o que você vê nela – disse Simmon, em tom cuidadoso. – Sei que ela é encantadora, fascinante e tudo o mais. Só que ela me parece bastante... – hesitou – ...cruel.

Balancei a cabeça.

– Ela é.

Simmon me observou com ar expectante e, por fim, disse:

– Como? Não vai defendê-la?

– Não. Cruel é uma boa palavra para ela. Mas acho que você diz "cruel" pensando em outra coisa. A Denna não é má, nem mesquinha, nem vingativa. É cruel.

Simmon passou um bom tempo calado antes de responder:

– Acho que talvez ela seja algumas dessas outras coisas, além de cruel.

O bom, sincero e gentil Simmon. Nunca se permitia dizer coisas desagradáveis sobre outra pessoa, apenas insinuá-las. Até isso lhe era difícil.

Levantou os olhos para mim:

– Conversei com o Sovoy, que ainda não a esqueceu. Ele a amava mesmo, sabe? Tratava-a feito uma princesa. Faria qualquer coisa por ela. Mas ela o deixou, assim mesmo, sem explicação.

– A Denna é um ser selvagem – expliquei. – Como uma gama, ou uma tempestade de verão. Quando uma tempestade derruba a sua casa ou quebra uma árvore, você não diz que ela foi mesquinha. Foi cruel. Agiu de acordo com sua natureza e, infelizmente, alguma coisa saiu machucada. Com a Denna também é assim.

– O que é gama?

– Um cervo.

– Achei que isso se chamava veado, não é?

– A gama é a fêmea do gamo. Um veado selvagem. Você sabe de que adianta perseguir um bicho selvagem? Não serve para nada. A coisa se volta contra você. Assusta a gama e a faz ir embora. Tudo que a gente pode fazer é ficar quietinho onde está e torcer para que, com o tempo, a gama se aproxime.

Simmon balançou a cabeça, mas percebi que não compreendia de verdade.

— Você sabia que isto aqui era chamado de Salão das Perguntas? – comentei, mudando incisivamente de assunto. – Os estudantes escreviam perguntas em pedacinhos de papel e deixavam o vento carregá-los. As respostas eram diferentes, dependendo de como o papel saísse da praça. – Apontei para os espaços entre os prédios cinzentos que Elodin me mostrara. – Sim. Não. Talvez. Noutro lugar. Em breve.

O sino da torre bateu e Simmon deu um suspiro, intuindo que era inútil levar a conversa adiante.

— Vamos jogar quatro-cantos logo mais?

Fiz que sim. Depois que ele foi embora, enfiei a mão num bolso da capa e tirei o bilhete que Denna havia deixado na minha janela. Tornei a lê-lo devagar. Em seguida cortei cuidadosamente a parte inferior da página, onde ela havia assinado.

Dobrei a tirinha de papel com o nome de Denna, enrolei-a e deixei o vento sempre presente no pátio arrancá-la da minha mão, fazendo-a rodopiar entre as poucas folhas de outono que restavam.

Ela dançou pelas pedras do calçamento. Girou e descreveu círculos, criando desenhos extravagantes e variados demais para que eu os entendesse. No entanto, embora eu esperasse até o céu escurecer, em momento algum o vento a levou embora. Quando saí, minha pergunta ainda rodopiava pela Casa do Vento, sem dar nenhuma resposta, insinuando muitas. Sim. Não. Talvez. Noutro lugar. Em breve.

Por último, havia minha rixa permanente com Ambrose. Eu vivia pisando em ovos todo dia, à espera da vingança dele. Mas os meses se passaram e nada aconteceu. Acabei chegando à conclusão de que ele finalmente tinha aprendido sua lição e estava mantendo uma distância segura de mim.

Estava errado, é claro. Perfeita e completamente errado. Ambrose simplesmente aprendera a aguardar o momento propício. Conseguiu sua vingança, e, quando ela veio, fui apanhado com a boca na botija e obrigado a deixar a Universidade.

Mas isso, como dizem, é história para outro dia.

CAPÍTULO 92

A música que toca

— IMAGINO QUE ISSO BASTE POR ORA — disse Kvothe, gesticulando para que o Cronista depusesse a pena. — Já temos toda a fundação. Os alicerces sobre os quais construir uma história.

Kvothe pôs-se de pé e girou os ombros, esticando as costas.

— Amanhã teremos algumas das minhas histórias favoritas. Minha viagem à corte de Alveron. A aprendizagem da luta com os ademrianos. Feluriana... — Pegou uma toalha limpa e se virou para o Cronista. — Você precisa de alguma coisa antes de se deitar?

O escriba abanou a cabeça, reconhecendo-se polidamente dispensado.

— Não, obrigado, estou ótimo — respondeu. Recolheu tudo à sacola achatada de couro e subiu para o quarto.

— Você também, Bast — disse Kvothe. — Eu cuido da limpeza. — Fez um gesto de quem pedia silêncio, para impedir o protesto do aluno. — Vá. Preciso de tempo para pensar na história de amanhã. Essas coisas não se planejam sozinhas, você sabe.

Encolhendo os ombros, Bast também subiu a escada, os passos soando alto nos degraus de madeira.

Kvothe dedicou-se a seu ritual noturno. Com a pá, tirou o borralho da enorme lareira de pedra e buscou lenha para o dia seguinte. Foi até o lado de fora apagar as lamparinas junto à tabuleta da Marco do Percurso, mas descobriu que se esquecera de acendê-las naquela noite. Trancou a hospedaria e, depois de pensar um instante, deixou a chave na porta, para que o Cronista pudesse sair caso acordasse cedo pela manhã.

Depois varreu o chão, lavou as mesas e poliu o balcão do bar, movendo-se com metódica eficiência. Por último veio o polimento das garrafas.

Enquanto seguia o protocolo, tinha o olhar distante, rememorando. Não cantarolou nem assobiou. E não cantou.

Em seu quarto, o Cronista andou de um lado para outro, inquieto; sentia-se cansado, porém muito tomado pela energia ansiosa para se deixar levar pelo sono. Tirou da sacola as páginas concluídas e as guardou em segurança na pesada cômoda de madeira. Depois limpou as pontas de todas as penas e as pôs para secar. Removeu com cuidado o curativo do ombro, jogou aquela coisa malcheirosa no urinol, fechou a tampa e lavou o ombro com água limpa da bacia.

Bocejando, foi até a janela e contemplou a cidadezinha, mas não havia nada para ver. Nenhuma luz, nenhum movimento. Abriu uma fresta para deixar entrar o ar fresco de outono. Cerrou as cortinas e se despiu para dormir, estendendo a roupa no encosto de uma cadeira. Por último, tirou do pescoço a simples roda de ferro e a colocou na mesa de cabeceira.

Ao desfazer a cama, surpreendeu-se por constatar que os lençóis tinham sido trocados em algum momento durante o dia. Estavam frescos e limpos, com um perfume agradável de alfazema.

Após um momento de hesitação, aproximou-se da porta do quarto e a trancou. Pôs a chave na mesa de cabeceira, franziu o cenho, pegou a roda de ferro estilizada e a recolocou no pescoço, antes de soprar a lamparina e se deitar.

Durante quase uma hora continuou insone no leito perfumado, rolando inquieto de um lado para outro. Por fim, com um suspiro, afastou as cobertas. Reacendeu a lamparina com um fósforo de enxofre e se levantou. Foi até a cômoda pesada, junto à janela, e a empurrou. No começo, ela não se mexeu, mas, forçando-a com as costas, o Cronista conseguiu fazê-la deslizar pelo assoalho de madeira polida.

Um minuto depois o móvel pesado encostava-se firmemente na porta do quarto. Ele tornou a se deitar, apagou a lamparina e mergulhou prontamente num sono profundo e sereno.

———

O quarto estava escuro como breu quando o Cronista acordou com alguma coisa macia a pressionar-lhe o rosto. Debateu-se com força, mais por reflexo do que numa tentativa de fugir. Seu grito assustado foi abafado pela mão que lhe cobria firmemente a boca. Passado o pânico inicial, ele ficou inerte e mole. Respirando fundo pelo nariz, permaneceu deitado, olhos arregalados na escuridão.

– Sou eu – murmurou Bast, sem retirar a mão.

O Cronista disse alguma coisa abafada.

– Precisamos conversar – disse Bast, ajoelhado junto à cama e contemplando a forma escura do escriba, enroscado nas cobertas. – Vou acender a luz e você não fará nenhum barulho, está bem?

O Cronista concordou, balançando a cabeça sob a mão do rapaz. No instante seguinte um fósforo foi riscado e inundou o quarto com um clarão vermelho e irregular, além do cheiro acre do enxofre. Depois, a luz mais suave da lamparina cresceu. Bast lambeu os dedos e apagou o fósforo entre eles.

Meio trêmulo, o Cronista sentou-se na cama e apoiou as costas na parede. Com o peito nu, juntou as cobertas na cintura, sem jeito, e deu uma olhadela na porta. A cômoda pesada continuava no lugar.

Bast acompanhou seu olhar e comentou secamente:

— Isso mostra uma certa falta de confiança. Tomara que você não tenha arranhado o chão dele. Ele fica fulo da vida com esse tipo de coisa.

— Como você entrou aqui? – indagou o Cronista.

Bast agitou freneticamente as mãos à frente da cabeça do escriba e sibilou:

— Quieto! Temos que falar baixo. Ele tem ouvidos de gavião.

— Como foi... — recomeçou o Cronista, mais baixo, e parou. — Os gaviões não têm ouvidos.

Bast lançou-lhe um olhar intrigado:

— O quê?

— Você disse que ele tem ouvidos de gavião. Isso não faz o menor sentido.

Bast franziu o cenho, com um gesto de descaso.

— Você sabe o que eu quero dizer. Ele não pode saber que estou aqui. — Sentou-se na beira da cama, alisando as calças, com ar constrangido.

O Cronista apertou as cobertas amontoadas na cintura.

— Por que você está aqui?

— Como eu disse, precisamos conversar – respondeu o outro, com um olhar sério. – Precisamos falar sobre o motivo por que você está aqui.

— É isso que eu faço – retrucou o Cronista, irritado. – Coleciono histórias. E, quando tenho a oportunidade, investigo boatos estranhos para ver se há alguma verdade neles.

— Por curiosidade, que boato foi esse?

— Ao que parece, você ficou bêbado de cair e deixou escapar alguma coisa para um carroceiro. Uma coisa muito descuidada, pensando bem.

Bast lançou-lhe um olhar de profundo desdém e disse, como se falasse com uma criança:

— Olhe para mim. Pense. Será que um tropeiro com uma carroça poderia me embriagar? A mim?

O escriba abriu a boca. Fechou-a.

— Então...?

— Foi minha mensagem na garrafa. Uma dentre muitas. Você foi apenas a primeira pessoa a encontrar uma delas e vir verificar.

O Cronista levou um bom tempo para digerir a informação.

– Pensei que vocês dois estivessem se escondendo, não é?

– Ah, estamos nos escondendo, sim – retrucou Bast com amargura. – Estamos tão bem enfurnados e seguros que ele está praticamente se dissolvendo nos móveis.

– Entendo que você se sinta meio sufocado aqui. Mas, sinceramente, não sei o que o mau humor do seu patrão tem a ver com o preço da manteiga.

Os olhos de Bast faiscaram de raiva e ele retrucou entre dentes:

– Tem tudo a ver com o preço da manteiga! E é muito mais do que mau humor, seu *anhaut-fehn* ignorante e infeliz. Este lugar o está matando.

O Cronista empalideceu diante da explosão do outro.

– Eu... Eu não estou...

Bast fechou os olhos e respirou fundo, obviamente procurando se acalmar.

– Você não entende mesmo o que está acontecendo – disse, falando tanto consigo mesmo quanto com o escriba. – Foi por isso que eu vim, para explicar. Faz meses que espero a chegada de alguém. Qualquer pessoa. Até velhos inimigos dispostos a acertar as contas seriam melhores do que vê-lo definhar desse jeito. Mas você é melhor do que eu havia esperado. É perfeito.

– Perfeito para quê? Nem sei qual é o problema.

– É como... Você já ouviu a história de Martin, o Fabricante de Máscaras?

O Cronista abanou a cabeça e Bast soltou um suspiro frustrado.

– E peças? Já viu *O fantasma e a criadora de gansos*, ou *O rei de meio-vintém*?

Franzindo o cenho, o Cronista indagou:

– É aquela em que o rei vende a coroa a um menino órfão?

Bast fez que sim.

– E o garoto se torna um rei melhor que o original. A criadora de gansos se veste de condessa e todos ficam atônitos com sua graça e seu encanto. – Bast hesitou, lutando para encontrar as palavras que buscava. – Sabe, há uma ligação fundamental entre ser e parecer. Qualquer fadinha sabe disso desde pequena, mas vocês, mortais, nunca parecem enxergar. Nós entendemos o quanto uma máscara pode ser perigosa. Todos nos transformamos naquilo que fingimos ser.

O Cronista relaxou um pouco, sentindo-se em terreno conhecido.

– Isso é psicologia elementar. Se a gente veste um mendigo com roupas finas, as pessoas o tratam como a um nobre e ele corresponde às suas expectativas.

– Essa é só a parte menor. A verdade é mais profunda. É... – Bast atrapalhou-se por um momento. – É como se todo mundo contasse uma história sobre si mesmo dentro da própria cabeça. Sempre. O tempo todo. Essa história faz o sujeito ser quem é. Nós nos construímos a partir dessa história.

De sobrolho carregado, o Cronista abriu a boca, mas Bast levantou a mão para detê-lo.

— Não. Escute. Agora eu já sei. Você conhece uma moça tímida e despretensiosa. Se lhe disser que ela é linda, a moça vai achá-lo muito gentil, mas não acreditará nas suas palavras. Ela sabe que a beleza está no seu jeito de olhá-la – disse, encolhendo os ombros a contragosto. – E, às vezes, isso é o bastante.

Seus olhos se iluminaram.

— Mas existe uma maneira melhor. Você lhe mostra que ela é linda. Faz de seus olhos um espelho, de suas mãos, uma prece no corpo dela. É difícil, dificílimo, mas, quando ela realmente acredita em você... – gesticulou, agitado – ...de repente a história que ela conta a si mesma em sua cabeça se modifica. A moça se transforma. Deixa de ser vista como bonita. Torna-se bonita ao ser vista.

— E que diabo quer dizer isso? – rebateu o Cronista. – Você só está soltando um monte de bobagens.

— Estou soltando bom senso demais para você compreender – retrucou Bast, encolerizado. – Mas você está bem perto de entender o que digo. Pense no que ele falou hoje. As pessoas o viam como um herói e ele desempenhava esse papel. Usava-o como uma máscara, mas acabou acreditando nele. O papel transformou-se na verdade. Mas agora... – Sua voz se extinguiu.

— Agora as pessoas o veem como um hospedeiro.

— Não – disse Bast, baixinho. – As pessoas o viam como hospedeiro um ano atrás. E ele tirava a máscara quando os fregueses saíam porta afora. Agora ele mesmo se vê como hospedeiro, e um hospedeiro fracassado, ainda por cima. Você o viu quando Cob e os outros chegaram ontem à noite. Viu aquela tênue sombra de homem atrás do balcão do bar. Isso costumava ser uma encenação... – Bast ergueu os olhos, animado: – Mas você é perfeito. Pode ajudá-lo a se lembrar de como era. Faz meses que não o vejo tão animado. Sei que você pode fazer isso.

O Cronista franziu de leve o cenho.

— Não tenho certeza...

— Sei que vai funcionar – insistiu Bast, ansioso. – Tentei fazer algo parecido uns dois meses atrás. Fiz com que ele começasse a escrever suas memórias.

O Cronista animou-se:

— Ele escreveu um livro de memórias?

— Começou a escrever. Ficou todo empolgado, passou dias falando nisso. Pensando em onde começar a história. Depois de escrever por algumas noites, voltou ao seu jeito de antes. Parecia estar 1 metro mais alto, com raios nos ombros. – Bast deu um suspiro. – Mas aconteceu alguma coisa. No dia seguinte ele leu o que tinha escrito e entrou num de seus estados macambúzios. Disse que a coisa toda era a pior ideia que já tivera.

— E as páginas que ele escreveu?

Bast fez um gesto de quem amassasse folhas de papel e as jogasse no lixo.

— O que elas diziam? — perguntou o Cronista.

O rapaz abanou a cabeça:

— Ele não as jogou fora. Apenas... largou-as de lado. Faz meses que estão na sua escrivaninha.

A curiosidade do escriba era quase palpável.

— Será que você não poderia... — agitou os dedos — ...sabe como é, arrumá-las?

— *Anpauen*. Não. — Bast fez um ar horrorizado — Ele ficou furioso ao lê-las — acrescentou com um leve tremor. — Você não sabe como ele é quando se zanga de verdade. Não vou aborrecê-lo com uma coisa dessas.

— Imagino que você saiba o que faz — disse o Cronista, com ar de dúvida.

Bast balançou a cabeça, enfático:

— Exatamente. Foi por isso que vim falar com você. Porque sei o que faço. Você precisa impedir que ele se concentre nas coisas sombrias. Senão... — Encolheu os ombros, repetindo o gesto de amassar e jogar fora um pedaço de papel.

— Mas estou compilando a história da vida dele. A história real — contrapôs o Cronista com um gesto de desamparo. — Sem as partes sombrias, é só uma tolice de con... — Franziu o cenho no meio da frase, desviando os olhos para o lado, nervoso.

Bast sorriu como uma criança que flagrasse um clérigo no meio de uma imprecação.

— Vá em frente — exortou, com os olhos encantados, duros, terríveis. — Fale.

— Como uma tolice de conto de fadas — concluiu o Cronista, numa voz fina e pálida como papel.

Bast abriu um sorriso largo.

— Você não sabe nada sobre seres encantados, se acha que faltam lados sombrios em nossas histórias. Mas, independentemente de tudo, este é um conto de fadas, porque você o está compilando para mim.

O Cronista engoliu em seco e pareceu recuperar um pouco da compostura:

— O que eu quero dizer é que ele está me contando uma história verdadeira, e as histórias verdadeiras têm partes desagradáveis. A dele mais do que a maioria, imagino. Elas são confusas, atrapalhadas e...

— Sei que você não pode fazer com que ele as deixe de fora. Mas pode apressá-lo. Pode ajudá-lo a se demorar nas coisas boas: suas aventuras, as mulheres, as lutas, as viagens, a música... — Bast parou abruptamente. —

Bem... a música, não. Não pergunte por isso, nem por que ele não pratica mais a magia.

O Cronista carregou o cenho:

— Por que não? A música dele parece...

— Pois não pergunte – disse Bast, com expressão sombria e tom firme. – Não são assuntos produtivos. Já o interrompi antes – deu um tapinha significativo no ombro do escriba – porque você ia perguntar-lhe o que saíra errado com a simpatia dele. Mas você não estava sabendo. Agora sabe. Concentre-se nos atos heroicos, na argúcia dele, esse tipo de coisa. – E agitou as mãos.

— Realmente não cabe a mim direcioná-lo num sentido ou noutro – retrucou o Cronista, em tom seco. – Sou um registrador. Só estou aqui pela história. É a história que importa, afinal.

— Dane-se a sua história – veio a resposta áspera. – Você vai fazer o que estou dizendo, senão eu o quebro feito um graveto seco.

O Cronista congelou.

— Então está me dizendo que eu trabalho para você?

— Estou dizendo que você me pertence – respondeu Bast, com o rosto mortalmente sério. – Até a medula dos ossos. Eu o atraí para cá para servir ao meu objetivo. Você comeu à minha mesa e eu salvei sua vida. – Apontou para o peito nu do Cronista. – São três formas pelas quais eu o possuo. Isso o torna inteiramente meu. Um instrumento do meu desejo. Você fará o que eu mandar.

O Cronista ergueu um pouco o queixo, endurecendo a expressão.

— Farei o que eu julgar conveniente – retrucou, levando a mão devagar ao pedaço de metal pousado no peito nu.

Os olhos de Bast piscaram bruscamente.

— Você acha que estou de brincadeira? – perguntou, com expressão incrédula. – Acha que o ferro o manterá a salvo?

Inclinou o corpo para a frente, afastou a mão do escriba com um tapa e agarrou o círculo de metal escuro antes que o homem pudesse mexer-se. No mesmo instante seu braço enrijeceu e seus olhos se fecharam numa careta de dor. Quando os reabriu, eles tinham um tom azul sólido, da cor das águas profundas, ou do céu ao escurecer.

Bast chegou mais para a frente, aproximando o rosto da face do Cronista. O escriba entrou em pânico e tentou debater-se para sair da cama, porém Bast o segurou pelo ombro e o imobilizou, sibilando:

— Ouça as minhas palavras, homenzinho. Não me confunda com a minha máscara. Você vê os salpicos da água e se esquece das profundezas frias e escuras lá embaixo – disse. Os tendões de sua mão rangeram quando ele apertou com mais força o círculo de ferro. – Escute. Você não pode me ferir. Não pode fugir nem se esconder. Não serei desafiado nisso.

Enquanto ele falava, seus olhos se tornaram mais claros, até assumirem o puro azul de um céu cristalino ao meio-dia:

– Juro por todo o sal que há em mim: se você contrariar o meu desejo, o resto da sua breve duração mortal será uma orquestra de sofrimentos. Juro pela pedra, pelo carvalho e pelo ulmo: farei de você um joguete. Eu o seguirei sem ser visto e sufocarei qualquer chispa de alegria que você encontrar. Você jamais conhecerá o toque de uma mulher, um suspiro de repouso, um instante de paz de espírito.

A essa altura os olhos de Bast luziam com o pálido azul esbranquiçado do relâmpago e sua voz era tensa e feroz:

– E juro pelo céu noturno e pela lua em perene movimento: se você levar meu mestre ao desespero, eu lhe abrirei as entranhas e as espalharei feito uma criança estatelada numa poça de lama. Encordoarei um violino com suas tripas e o farei tocar enquanto eu danço.

Chegou ainda mais perto, até os dois ficarem com o rosto a meros centímetros de distância, seus olhos alvos como a opala, brancos como a lua cheia:

– Você é um homem instruído. Sabe que demônios não existem. – Abriu um sorriso terrível. – Existe apenas o meu tipo – acrescentou, aproximando-se ainda mais, a ponto de o Cronista sentir o perfume de flores em seu hálito. – Você não tem juízo suficiente para me temer como devo ser temido. Não sabe a primeira nota da música que me move.

Afastou-se do Cronista e recuou vários passos da cama. Parado na fímbria da luz bruxuleante da lamparina, abriu a mão e deixou o círculo de ferro cair no assoalho de madeira com um baque surdo. Passado um momento, respirou fundo e devagar. Passou as mãos no cabelo.

O Cronista permaneceu onde estava, pálido e transpirando.

Bast curvou-se para pegar o círculo de ferro pelo cordão arrebentado, que tornou a atar com dedos ágeis.

– Escute, não há razão para não sermos amigos – disse sem sentimentalismo, virando-se e estendendo o colar para o Cronista. Seus olhos tinham voltado a um azul humano e o sorriso era caloroso, cativante. – Não há razão pela qual todos não possamos obter o que queremos. Você consegue sua história. Ele consegue contá-la. Você fica conhecendo a verdade. Ele passa a se lembrar de quem realmente é. Todos saem ganhando e cada um segue o seu caminho, alegre e contente.

O Cronista estendeu a mão meio trêmula para segurar o cordão.

– E você, o que ganha? – perguntou num sussurro seco. – O que quer tirar disso?

A pergunta pareceu apanhar Bast desprevenido. Ele ficou quieto e sem jeito por um momento, desaparecida toda a sua graça fluente. Por um instante pareceu prestes a desatar em lágrimas.

– O que eu quero? Só quero o meu Reshi de volta – disse em voz baixa e desamparada. – Quero-o de novo do jeito que ele era.

Houve um momento de silêncio constrangido. Bast esfregou o rosto com as duas mãos e engoliu com força.

– Faz muito tempo que me ausentei – disse abruptamente, dirigindo-se à janela e abrindo-a. Parou com uma perna por cima do parapeito e se voltou para o Cronista. – Posso trazer-lhe alguma coisa antes de você se deitar? Uma bebida antes de dormir? Mais cobertores?

O Cronista abanou a cabeça, zonzo, e Bast acenou para ele enquanto saía pela janela, fechando-a com delicadeza.

EPÍLOGO

Um silêncio de três partes

NOITE OUTRA VEZ. A Pousada Marco do Percurso estava em silêncio, e era um silêncio em três partes.

A parte mais óbvia era uma quietude oca e repleta de ecos, feita das coisas que faltavam. Se houvesse cavalos alojados na cocheira, eles a pisoteariam e mastigariam e a desfariam em pedaços. Se houvesse uma multidão de hóspedes, ou pelo menos um punhado de hóspedes, mesmo já recolhidos para dormir, sua respiração inquieta e a mistura de seus roncos degelariam suavemente o silêncio, como uma cálida brisa de primavera. Se houvesse música... Mas não, é claro que não havia música. Na verdade, não havia nenhuma dessas coisas, e por isso o silêncio persistia.

Dentro da pousada, um homem se encolhia em sua cama funda, de aroma adocicado. Imóvel, à espera do sono, deitava-se de olhos bem abertos na escuridão. Com isso, acrescentava um silêncio pequeno e soturno ao maior e mais oco. Eles formavam uma espécie de amálgama, uma harmonia.

O terceiro silêncio não era fácil de se notar. Se você passasse uma hora escutando, talvez começasse a senti-lo nas grossas paredes de pedra da taberna e no metal plano e cinzento da espada pendurada atrás do bar. Ele estava na tênue luz de vela que enchia de sombras dançantes um quarto do segundo andar. Estava no desenho louco de um livro de memórias amarrotado que jazia esquecido no tampo da escrivaninha. E estava nas mãos do homem ali sentado, que ignorava solenemente as páginas que havia escrito e descartado fazia muito tempo.

O homem tinha cabelos ruivos de verdade, vermelhos como a chama. Seus olhos eram escuros e distantes, e ele se movia com a serenidade cansada de quem conhece muitas coisas.

Dele era a Pousada Marco do Percurso, como dele era também o terceiro silêncio. Era apropriado que assim fosse, pois esse era o maior silêncio dos três, englobando os outros dentro de si. Era profundo e amplo como o fim do outono. Pesado como um pedregulho alisado pelo rio. Era o som paciente – som de flor colhida – do homem que espera a morte.

AGRADECIMENTOS

A...

Todos os leitores de meus primeiros manuscritos. Vocês são uma legião, numerosos demais para serem nomeados, mas não numerosos demais para serem amados. Continuei a escrever por causa de seu incentivo; continuei a progredir por causa de suas críticas. Não fossem vocês, eu não teria ganhado...

O concurso Escritores do Futuro. Não fosse o seminário deles, eu nunca teria conhecido meus maravilhosos colegas de antologia do volume 18, nem...

Kevin J. Anderson. Não fossem seus conselhos, eu nunca teria acabado encontrando...

Matt Bialer, o melhor de todos os agentes. Não fosse a orientação dele, eu nunca teria vendido o livro a...

Betsy Wolheim, querida editora e presidente da Daw. Não fosse por ela, você não estaria segurando este livro. Um livro semelhante, talvez, mas este aqui não existiria.

E por fim...

Ao Sr. Bohage, meu professor de história no ensino médio. Em 1989, eu lhe disse que o mencionaria em meu primeiro romance. Eis que cumpro minhas promessas.

NOTA DO AUTOR

CERTO DIA, ANOS E MILHAS ATRÁS, um jovem Patrick Rothfuss ouviu falar de algo chamado *Dungeons & Dragons*.

Eu estava no quinto ano e não sabia coisa alguma sobre o jogo. Mas, na hora do recreio, uns garotos da escola se juntavam num canto do ginásio. Tinham mapas, dados e umas esculturas em miniatura. Tinham livros com dragões e magos nas capas. Parecia divertido...

Eu não era um aluno popular. Nem esses garotos, na verdade. É importante destacar que isso foi em 1983. Quase ninguém conhecia *D&D*. E quem conhecia achava que as pessoas que o jogavam tinham, na melhor das hipóteses, sérias perturbações mentais. Na pior, estavam num culto satânico.

Sim. Isso mesmo. Quem acha que estou brincando, faça o favor de ver o filme *Labirintos e monstros*, de 1982, estrelado por Tom Hanks em seu primeiro grande papel. É a história comovente de um bando de garotos neuróticos e de um amigo deles, que pira completamente jogando *D&D*. O filme apresentou o jogo *Dungeons & Dragons* ao mundo e fez os jogadores de RPG parecerem desajustados da pior espécie.

Portanto, imagine o jovem Rothfuss, todo inocente e esperançoso. Como um fauno acanhado, ele se aproximou dos garotos sentados no piso de madeira do ginásio, munidos de seus livros de regras, suas folhas de papel quadriculado e seus dados de cores vivas. No futuro, eles seriam administradores de sistemas, advogados e médicos, mas, naquele momento, estavam no degrau mais baixo da hierarquia social. Eram os garotos que apanhavam dos nerds.

Porém, quando perguntei se podia jogar, eles me rejeitaram.

Era uma vez um menino que escreveu um livro.

Seu nome era Pat Rothfuss e ele tinha viajado no tempo, da maneira chata normal, até chegar aos 16 anos. Àquela altura, ele já socializava mais e, embora não fosse especialmente popular, tinha feito alguns bons amigos. Com o melhor desses amigos, jogava *Dungeons & Dragons*.

O livro que escreveu se baseou mais ou menos em suas aventuras no *D&D*. Os personagens centrais eram um anão munido de um machado, um bárbaro e um samurai que era um *werecat* (um "homem-gato"). O romance recém-escrito tinha 60 páginas, um prólogo, dois flashbacks e uma sequência onírica que também era um flashback. Na vida real, tudo que os personagens faziam era ir de um bar para outro. No segundo bar, conheceram um monge que lhes contou uma história (em flashback).

Em suma, esse livro era uma completa bagunça.

Mesmo assim, amei esse livro como se ama a um filho. Trabalhei nele durante anos, levei-o comigo para a faculdade e acabei por inscrevê-lo em um curso de escrita criativa.

O professor me respondeu (entre outras coisas) que meu livro era uma variação imitativa. Um clichê.

Fiquei magoado e com raiva, é claro. Mas nem de longe tão magoado e furioso quanto fiquei, duas semanas depois, ao me dar conta de que o professor estava 100% certo. Meu livro era um horror.

Assim, eu o abandonei. Tamanha foi minha irritação que parei inteiramente de escrever prosa e, em vez dela, deitei-me com essa rameira obscena que é a poesia.

Dois anos depois, superei meu chilique criativo e senti vontade de fazer outra tentativa. Examinei meus escritos anteriores, anotei meus erros e fiz uma lista criteriosa dos clichês da fantasia que eu queria evitar.

Passados 14 anos, publiquei um livro sobre um menino órfão que ingressa numa escola de magia. A história é praticamente um grande flashback. E eles nunca saem do bar. Além disso, ele luta com um dragão.

Nos últimos anos, *O nome do vento* foi publicado em 35 línguas. Disseram-me que vendeu mais de 10 milhões de exemplares...

Não sei se há nisso alguma lição a ser aprendida. Se existe, tenho dificuldade de ver qual é.

Quando era garoto, eu lia mais ou menos um livro por dia. Dois, se fossem curtos. Por isso, li milhares antes de completar 18 anos, quase todos de ficção científica e fantasia.

No final da maioria das obras, em geral há uma pequena biografia. Em tese, dizem alguma coisa sobre o autor, mas, na verdade, isso não acontece.

O mais comum é que falem algo como "Jane Bookington mora em Boise com quatro cachorros e o marido, com quem é casada há oito anos. Eles têm uma filha, criam abelhas e gostam de praticar espeleologia."

Essas biografias são vazias, sem alma. Li centenas ao longo dos anos e não consigo me lembrar de um único detalhe de uma só delas. Nem mesmo da que escrevi para mim. Acho que ela menciona que moro no Wisconsin e que passei nove anos num curso de graduação.

Porém, quando eu era garoto, um de meus escritores favoritos incluía uma nota do autor no fim de cada um de seus livros. Não só um mísero parágrafo, mas páginas e mais páginas. Elas contavam pequenas curiosidades ocorridas ao longo da redação do livro.

Você precisa ter em mente que isso foi antes da internet, portanto esse vislumbre da vida de um escritor era raro e maravilhoso. Sem precedentes. Por causa daquelas notas, eu tinha a sensação de conhecer o autor. Pensando bem, elas devem ter sido a *razão* para eu o considerar meu escritor favorito, na época.

Uns dois anos depois da publicação de O *nome do vento*, quando o livro estava prestes a ser lançado em brochura, perguntei a minha editora se eu poderia acrescentar uma nota do autor. Ela concordou. Depois de lê-la, a editora sugeriu que *talvez* o melhor caminho fosse descartar a ideia e deixar o livro falar por si.

Para ser sincero, não me lembro do que escrevi na ocasião, mas, considerando o que escrevi até aqui, ela devia estar certa. Não tenho ideia do que estou fazendo. Quanto mais escrevo, menos tenho certeza do que deve ser uma nota do autor.

Se uma nota do autor deve ajudar o leitor a me conhecer, suponho que eu esteja indo bem. Provavelmente este texto vai lhe deixar claro que, mesmo depois de tanto tempo, continuo sem a menor noção do que estou fazendo.

———

Comecei a escrever O *nome do vento* em 1994. Agora ele já tem mais de 20 anos. Já tem idade para beber.

Saúde, livro! Não fique todo cheio de si. Eu o conheci quando você não era mais que um neném babão. Embora seja agradável vê-lo crescido e popular, é difícil eu esquecer aqueles longos anos do seu crescimento.

Não me entenda mal, eu o amei antes de qualquer outra pessoa, antes que houvesse qualquer razão para amá-lo. E ainda amo. Você é uma enorme parte da minha vida... Mas me perdoe se não consigo propriamente sentir o respeito que outras pessoas parecem ter por você.

Sou fã de histórias. Principalmente de histórias que se revelam diferentes do que esperamos quando começamos a lê-las.

Pensando nisso, deixe-me contar uma história do menino que escreveu um livro.

Quando *O nome do vento* foi lançado, fiz alguns eventos de autógrafos. É empolgante porque vamos a uma livraria de verdade e autografamos um livro de verdade para pessoas de verdade que vão lê-lo de verdade.

Um de meus primeiros eventos foi em Chicago. Dirigi quatro horas para chegar lá. Na livraria, grande parte das estantes tinha sido afastada para um lado, a fim de criar espaço para 60 cadeiras dobráveis. Havia uma mesa e um microfone para mim. Um painel de fundo. Mais de 100 exemplares do meu livro tinham sido artisticamente dispostos. Os funcionários ficaram animados ao me ver. Ofereceram-me um café.

E ninguém apareceu. Bom... não foi bem assim. Apareceram três pessoas. Duas eram amigas minhas. A terceira foi só um cara que se sentou numa das cadeiras ao fundo, durante parte da minha "palestra", por sentir pena de mim, tenho certeza. Tudo bem, também meio que senti pena de mim.

Anos depois, quando o segundo volume foi lançado, fiz uma excursão para dar autógrafos. A primeira parada foi em Seattle, onde estiveram 600 pessoas. Elas ocuparam todos os assentos da livraria, ficaram de pé entre as estantes, sentaram-se no chão e nas escadas. Quando chegou a vez de uma garota de 15 anos, ela se aproximou aos pulos, literalmente, e explodiu numa alegria sincera, efervescente: "Este é o melhor momento da minha vida!"

Passados mais alguns anos, fui à Espanha. Compareceram mil pessoas em meu evento de autógrafos em Barcelona. No dia seguinte, fui a Madri, onde 2 mil pessoas deram as caras. Teriam sido mais se os organizadores não tivessem barrado a entrada. Dei autógrafos por mais de 12 horas seguidas. Vários leitores desataram a chorar ao me entregarem o livro. Não estou brincando.

Agora é fácil olhar para essa sequência de acontecimentos e contar uma clássica história da penúria à fortuna. Não me entenda mal: é uma boa história. A gente adora quando o oprimido sai vencedor.

E, embora esta seja bastante verdadeira, não é a única verdade...

A verdade é que, depois daquela primeira manhã de autógrafos em Chicago, assinei alegremente uma pilha de exemplares para a livraria, conversei com os funcionários e, depois, saí com meus amigos. Almoçamos e colocamos o papo em dia. Foi uma tarde agradável.

Alguns amigos também apareceram no primeiro trecho da minha excursão em Seattle, mas eles saíram antes que eu chegasse a vê-los. Isso foi bom, porque só terminei de autografar os livros à uma e meia da madrugada. Não jantei e, quando voltei para o hotel, o restaurante estava fechado. Meu cansaço era tanto que comi apenas batatas chips de uma máquina automática e fui dormir.

E, apesar de eu ter me sentido um verdadeiro astro de rock em Madri porque minha fila se estendia por vários quarteirões, aquela foi a primeira vez em que assinei tantos livros que acabei por sentir fisgadas de dor no braço. E o que mais? Acontece que é superconstrangedor quando as pessoas se empolgam tanto ao nos ver e desatam a chorar. Especialmente quando não somos fluentes na língua delas. Autografei exemplares por mais de 12 horas e só voltei ao meu quarto de hotel às quatro e meia da manhã, duas horas antes de ter que ir para o aeroporto.

Esses acontecimentos contam uma história diferente. E, mais uma vez, sou forçado a admitir que, se existe uma moral nisto, não sei direito qual é. Talvez a moral seja que lido melhor com o fracasso do que com o sucesso.

Contudo, não vou mentir: levarei comigo, pelo resto da vida, a lembrança daquela garota esfuziante de 15 anos em Seattle. Estava muito empolgada. Pensar nela sempre me faz sorrir.

Nos últimos 10 anos, minha vida mudou de um jeito que me deixa estarrecido. Quando era estudante, sempre me saía mal nas provas e levei nove anos para me formar na faculdade. Agora, sou convidado a dar palestras em universidades.

Antes de ser publicado, eu apenas sabia vagamente da existência de convenções; agora, já compareci a dezenas delas. Fui convidado a escrever para o *The New York Times*. Convidado a colaborar em revistas em quadrinhos e em videogames.

Apesar de ter sido abençoado com bons amigos durante a vida inteira, nunca fui um dos alunos populares. Mas, desde que tive livros publicados, já joguei com atores como Wil Wheaton e Felicia Day. Neil Gaiman me deu um abraço. Lin-Manuel Miranda me convidou a visitar os bastidores de suas produções.

Hoje em dia, quando peço para jogar *Dungeons & Dragons*, as pessoas costumam me aceitar.

Aliás, *O nome do vento* é mencionado na quinta edição de *D&D – Livro do Jogador*.

Não vou mentir: eu fiquei me achando.

———

Eu deveria estar falando desta edição especial, não é?

Antes de mais nada, esta é a melhor e mais impecável versão do texto que possuímos. Corrigimos alguns errinhos que fomos descobrindo ao longo dos anos. Se bem que resisti à ânsia de entrar de novo no texto e mexer na linguagem, exceto por umas palavrinhas aqui e ali, a bem da clareza. E mais algumas que introduzi para acrescentar pistas sobre o oitavo Chandriano, o verdadeiro nome da Devi e a história pregressa da Auri.

Não. Espere. Desculpe. Não devo brincar com isso. Não perca seu tempo vasculhando o texto e comparando as mudanças. Tudo isso foi mentira.

Em segundo lugar, temos ilustrações do maravilhoso Dan dos Santos. Novos mapas do meu amigo e frequente colaborador artístico Nate Taylor, que também gentilmente forneceu ilustrações para o material complementar no final do livro.

E que material é esse?, você provavelmente quer saber. Bem, para quem desejar ir muito, muito fundo na toca de coelho obsessiva e meio aloprada da minha construção de mundos, temos apêndices sobre a história do universo, o calendário e meus múltiplos sistemas monetários. Há também um guia de pronúncia de nomes e termos para aqueles que se amarram nesse tipo de coisa.

———

Uma das melhores coisas da minha nova vida é conhecer pessoas que leram e gostaram de meus livros. Na época em que eu sonhava acordado com a publicação de meus textos, nunca me ocorreu que a comunidade de leitores surgida em torno de meus livros seria tão incrível. Tão maravilhosa e gentil.

Criei um blog e dezenas de milhares de vocês apareceram para ler as historinhas que eu escrevia nele. Vocês criaram lindas *fanarts* e me mandaram cartas e presentes carinhosos. Aparecem quando vou a convenções ou quando participo de podcasts ou jogo na Twitch.

Organizei um concurso de fotografias e vocês me deixaram perplexo com sua criatividade e seu entusiasmo. Quando me juntei a um projetista de jogos para criar as regras do tak, vocês apareceram no Kickstarter para nos ajudar a produzi-lo.

E, quando criei uma organização beneficente, vocês provaram como os geeks sabem ser generosos. Através da nossa loja on-line (Worldbuilders

Market) e de vários eventos para arrecadar fundos, vocês ajudaram a levantar mais de 8 milhões de dólares, contribuindo para fazer do mundo um lugar melhor,

Será que já lhes agradeci?

Mesmo que ainda não o tenha feito, espero que saibam que tenho pensado nisso. Obrigado.

———

Patrick Rothfuss mora em Stevens Point com Sarah, sua melhor amiga, seu doce amor e sua parceira preferida de aconchego há 21 anos. Eles têm dois meninos lindos, criam abelhas e gostam de praticar espeleologia.

APÊNDICES

AS SEMENTES DO IMPÉRIO

Q UANDO COMECEI A ESCREVER *O nome do vento*, desejava que o mundo parecesse real. Mais do que isso: desejava que trouxesse a sensação de ser rico, complexo, profundo...

É difícil descrever o que eu queria, mas eu sabia o que não queria: que ele parecesse um cenário de filme, no qual, se você pegasse a direção errada, veria que a cidade nada mais era do que lonas pintadas e painéis de compensado. Eu queria que meus leitores sentissem que, para onde quer que se voltassem, seriam recebidos por ruas com calçamento de pedras, cheiro de fumaça de carvão e gente num corre-corre sereno, levando sua vida.

Em última análise, eu desejava um mundo que parecesse tão real para meus leitores quanto era a Terra-média para mim aos 12 anos. Desejava que meu mundo parecesse *verdadeiro*.

Mas aí é que está o problema: os mundos realistas são um bocado inconvenientes para a narrativa de histórias épicas. Por exemplo, se você viajasse 300 quilômetros na Europa do começo do século XVI, é bem provável que não conseguisse entender os moradores locais. Na verdade, até hoje existem cidadezinhas a 100 quilômetros de Londres com um dialeto um pouco difícil de compreender.

Quanto mais eu crescia e aprendia história, mais eu me dava conta de que a língua era apenas a ponta do iceberg. Nos tempos em que ainda não tínhamos os efeitos homogeneizadores das viagens céleres, da comunicação barata e da mídia de ampla difusão, o mundo era um lugar vasto e diversificado. Havia diferentes sistemas de pesos e medidas. Calendários diferentes. Maneiras variadas de contar as horas. Sistemas monetários distintos. Religiões. Sistemas de governo. Títulos e leis. Regras de etiqueta.

Assim, comecei a me afligir: como poderia criar um mundo realista legal em que não tivesse que criar 80 culturas diferentes e, em seguida, ver meus personagens se atrapalharem para lidar com tudo, na pior construção que já existiu?

Foi por essa razão que surgiu uma porção de atalhos estereotipados das narrativas de fantasia. O conceito de uma língua comum, falada por todos, é praticamente uma constante. Sua melhor e mais desajeitada versão é a língua de *D&D*, chamada diretamente de "Comum".

Até gente que leva a sério sua construção de mundos se apoia nisso – algo que foi feito até mesmo por Tolkien, um linguista que, na verdade, criou diversas línguas ficcionais plenamente formadas. Bilbo viaja de uma ponta a outra do mundo e, ao chegar lá, a população de Esgaroth, a Cidade do Lago, nem sequer tem um sotaque local. Duas nações diferentes de elfos, um troca-peles, anões, duendes e até as aranhas de Trevamata, todos, convenientemente, falam a mesma língua com que Bilbo cresceu no Condado.

Ora, não me entenda mal. Adoro esses livros. Por acaso a história seria melhor se Thorin tivesse emergido de seu barril e dito "Sou Thorin, filho de Thráin, filho de Thrór, Rei sob a Montanha! Estou de volta!", e as pessoas presentes olhassem ao redor, dessem de ombros e dissessem "Hoayn Metecalut, vet se serander"?

Não. Tenho plena consciência de que um livro assim seria um pesadelo para se escrever e uma leitura impossível.

Apesar disso, a situação me incomodou. Como eu poderia ter um mundo que se encaixasse de modo sensato e permitisse a um jovem herói viajar sem ter que tropeçar, a cada 100 quilômetros, em uma língua, um relógio, um calendário, uma moeda e um conjunto de convenções sociais incompreensíveis?

Resposta? Império.

Os aturenses se expandiram com muito vagar e método. Conquistavam uma pequena província e, no meio de cada cidade, erguiam uma construção de pedra. Metade dessa construção era uma igreja tehliniana que guardava o *Livro do Caminho*. A outra metade era um tribunal que guardava o *Livro da Lei Férrea*.

Os negócios da cidade se centravam no tribunal. O império exigia impostos. Mas o indivíduo também era protegido por suas leis. Se quisesse conduzir negociações, redigir contratos, comprar imóveis ou exercer cargos públicos, tudo seria possível. Bastava que *falasse aturano*.

Na outra metade do prédio, a igreja cuidava de seus assuntos. Sim, parte deles era a pregação, mas, se o indivíduo participasse, ela o alimentaria. A igreja também oferecia assistência nas calamidades e ensino público.

Em duas gerações, qualquer religião praticada ou língua usada originalmente pela cidade passavam a ser vistas, de modo geral, como constrangedoras e retrógradas. E após mais duas gerações? Eram raramente lembradas.

Dito em termos simples, o império funcionava. Oferecia paz. Viagens seguras. Assistência social e economia confiável. Sua expansão foi ponderada e metódica. E, aos poucos, foi consumindo tudo em seu caminho, por quase 400 anos.

E, então, ele fez o que os impérios costumam fazer: apodreceu por dentro e se desintegrou. Àquela altura, quase todas as suas partes mais remotas ficaram felizes por se livrar dos impostos pesados que haviam sustentado as guerras de conquista. Contudo, muitos lugares (a maior parte da República, por exemplo) tinham passado quase 200 anos sob o governo imperial. Isso corresponde a quase 10 gerações, o que é mais do que suficiente para eliminar a maioria das línguas e costumes antigos...

Ainda há diferenças regionais, é claro. Vemos isso com Schiem, o porqueiro. Mas, no cômputo geral, agora o mundo é suficientemente grande para permitir toda sorte de viagens, e parece real, e a maioria dos lugares compartilha alguns traços culturais, como a língua, a adesão ao estado de direito, os sistemas de pesos e medidas...

...e as maneiras de dividir o tempo.

Eterno Império Aturense

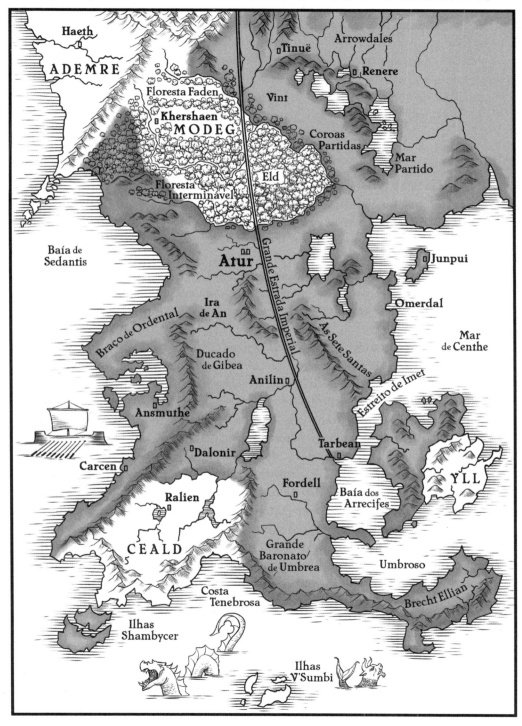

O CALENDÁRIO ATURENSE

É COMUM ME FAZEREM *MUITAS* PERGUNTAS sobre como funciona o calendário no meu mundo. Existem dias e meses, estações e anos. Os leitores sabem que uma onzena não é igual a uma semana, claro, mas nunca explicitei as coisas nos livros porque, na verdade, não faria muito sentido meus personagens saírem dizendo coisas do tipo: "Ei, sabe o que é um barato? É nós termos oito meses num ano!"

Mas, enfim, para os curiosos de plantão: o calendário aturense tem oito meses por ano. Pela ordem, são: degelo, caitelyn, equis, solaz, lanis, alqueive, ceifa e raleira.

Cada mês é formado por quatro onzenas. Cada onzena, obviamente, tem onze dias. Os dias da onzena são: luten, shuden, theden, feochen, orden, hepten, chaen, dia-da-sega, dia-do-saque, dia-da-pira e dia-do-luto.

Todos os meses têm a mesma extensão: 44 dias. (Nada da barafunda que temos em nosso mundo, ora com 30, ora 31, ora 28 dias.) Atur dispõe de um calendário muito ordeiro. Muito limpo e arrumado. E ele nos dá um ano de 352 dias.

O problema, é claro, é que o ano físico (em contraste com o ano do calendário) tem vários outros dias além desses.

O calendário aturense corrige isso, acrescentando sete dias ao término de cada ano, encerrado no solstício de inverno, o que eleva o total para 359.

Na Igreja aturense, existem os Sete Dias de Luto Fechado. Eles são muito importantes e é um período muito religioso. Há vários tipos de banquetes e jejuns. A Igreja recolhe dízimos, mas também oferece ao povo alimento e entretenimento; entre as diversões, a mais importante é o Festival do Solstício de Inverno.

Durante esses sete dias, há muitas restrições conflitantes sobre o que o fiel tehliniano tem permissão de fazer. Se bem que, como regra prática geral, qualquer tipo de trabalho é aceitável, desde que um terço do dinheiro pago por produtos ou serviços seja cedido à Igreja, a título de dízimo.

Raleira

LUTEN	1	12	23	34
SHUDEN	2	13	24	35
THEDEN	3	14	25	36
FEOCHEN	4	15	26	37
ORDEN	5	16	27	38
HEPTEN	6	17	28	39
CHAEN	7	18	29	40
DIA-DA-SEGA	8	19	30	41
DIA-DO-SAQUE	9	20	31	42
DIA-DA-PIRA	10	21	32	43
DIA-DO-LUTO	11	22	33	44

Luto Fechado

1	2	3	4	5	6	7

Além disso, de acordo com a rigorosa legislação aturense, o Luto Fechado não faz parte do ano, propriamente falando. Qualquer imposto, aluguel ou contrato que vença nesses dias é considerado um dízimo e pertence à Igreja. Como você pode imaginar, isso faz com que os contratos em Atur sejam uma espécie de pesadelo.

Para complicar ainda mais as coisas, o ano tem, na verdade, ligeiramente menos que 359 dias, o que significa que, para manter o ano do calendário sincronizado com a vida real, os Sete Dias de Luto Fechado são simplesmente retirados do calendário segundo uma tabela intermitente estabelecida pela própria Igreja.

Isso causa um enorme caos. Em parte porque a Igreja reluta em abrir mão da polpuda renda gerada durante o Luto Fechado. Além disso, as pessoas não gostam de perder seu desfile e seu banquete anuais. Mas há também mil outras complicações, como o fato de que isso dificulta a redação de contratos a longo prazo, com certo grau de exatidão, e transforma num inferno a vida dos historiadores...

Apesar de tudo, o calendário aturense ainda é melhor que o ylliano. Mas isso, como dizem, é outra história.

AS MOEDAS DE TEMERANT

ANOS ATRÁS, FIZ UMA PEQUENA LEITURA IMPROVISADA em Stevens Point, minha cidade natal. Anunciei-a no Facebook com uns 30 minutos de antecedência e fui a pé até a cafeteria local, onde encontrei cinco ou seis pessoas à minha espera. Na época, isso era uma plateia decente, especialmente levando em conta o aviso em cima da hora.

Quando pedi que fizessem perguntas, uma garota indagou:

– Como funciona o seu sistema monetário? Você tem vinténs, iotas e gusas. Como tudo isso se encaixa?

– Ah – retruquei, abanando as mãos num gesto displicente. – É bem complicado. Melhor eu nem começar.

– Estou curiosa mesmo – disse ela. – Adoraria conhecer os detalhes.

– Mas é que não é uma resposta simples. Existem uns seis sistemas monetários no meu mundo. E investi uma quantidade ridícula de reflexão no modo de funcionamento deles. Em como eles se desenvolveram ao longo do tempo. Levaria meia hora para explicar tudo.

– Por mim, tudo bem – retrucou ela.

– Até aí, tudo certo. Você pode estar interessada e *eu* posso estar interessado. Mas é provável que o resto do pessoal aqui não queira assistir a uma palestra sobre a história econômica dos Quatro Cantos.

– Na verdade, também estou curioso – disse outra pessoa.

– Muito bem. Se *todos* aqui estiverem curiosos, eu explico.

E, para minha grande surpresa, todos estavam interessados. Assim, falei dos sistemas monetários. (Demorou quase 40 minutos.)

Anos depois, aqui estou eu. Para aqueles de vocês que realmente se importam, aqui vão algumas informações sobre as moedas dos Quatro Cantos.

Quanto ao restante, os indivíduos normais e ajustados, peço a gentileza de passarem ao largo desta minha loucura particular. Por favor.

———

Moedas dos Quatro Cantos

Moedas ceáldicas

11 gusas ——— 1 ocre de ferro
10 ocres de ferro ——— 1 iota de cobre
10 iotas de cobre ——— 1 talento de prata
10 talentos de prata ——— 1 marco de ouro

Moedas da República

5 vinténs de ferro ——— 1 vintém de cobre
2 meios-vinténs ——— 1 vintém de cobre
10 vinténs de cobre ——— 1 vintém de prata
2 vinténs de prata ——— 1 moeda comum

Moedas vintasianas

2 meios-vinténs ——— 1 vintém
2 ½ vinténs ——— 1 lasca ou oitavo
2 lascas ou oitavos ——— 1 quartilasca
4 quartilascas ——— 1 rodela
10 rodelas ——— 1 régio
10 lascas ou oitavos ——— 1 meio-argento
2 meios-argentos ——— 1 nóbile
5 meios-argentos ——— 1 carretel
5 carretéis ——— 1 quinticarretel

Moedas aturenses

3 rasteurs ——— 1 elo de ferro
3 elos de ferro ——— 1 vintém mole
3 vinténs moles ——— 1 vintém sólido
7 vinténs sólidos ——— 1 bélico
12 bélicos ——— 1 lorde rosa

Taxas de câmbio

Vintas 1 meio-vintém ——— 6 ½ gusas
República 1 vintém de ferro ——— 3 gusas
Atur 1 elo de ferro ——— 4 ½ gusas

"Durante o declínio do Império Aturense, sua moeda sofreu várias depreciações, de diversas maneiras. O caos econômico resultante prejudicou a tal ponto a Igreja tehliniana que ela nunca se recuperou, além de incapacitar o governo e arruinar por completo muitas famílias antigas e poderosas de nobres em todo o império.

Como se isso não bastasse, quase dois terços de todas as casas mercantis proeminentes tornaram-se insolventes, o que por pouco não levou ao colapso de toda a economia civilizada. O comércio estagnou e as cidades grandes encheram-se rapidamente de pessoas incapazes de encontrar trabalho honesto, remuneração honesta ou alimentos que pudessem ser comprados por sua moeda, já então desprovida de valor.

Resultado? Tumultos, caos, inanição... e o completo e devastador colapso do império.

Os registros dessa época são predominantemente contestáveis, por isso muito do que dizem os historiadores é especulativo. Gaverous afirma que 250 mil pessoas perderam a vida por causa da anarquia e da fome: quase o dobro do número de soldados mortos nos dois lados do conflito, na ocasião. Vennia, sempre sensacionalista e agitador, defende uma estimativa mais alta e calcula em bem mais de 2 milhões o total das mortes de militares e civis.

Qualquer que tenha sido o caso, foi esse caos que acabou por levar ao Quiat Auriam, o tratado que deu ao governo ceáldico amplos direitos de cambiar, cunhar, emprestar e regular a moeda em todo o mundo civilizado. Mais notadamente, o Quiat Auriam concedeu-lhe o direito exclusivo de emprestar e fazer o câmbio de moedas de ouro. Direito que o povo ceáldico defende ferozmente até hoje..."

— Feratin Kan

MOEDAS CEÁLDICAS:

"– Até essa ocasião, o escambo era o método de comércio mais comum. Algumas cidades maiores cunhavam sua própria moeda, mas, fora delas, o dinheiro valia apenas o seu peso em metal. As barras de metal eram melhores para o escambo, porém era inconveniente carregar as barras inteiras.
   Ben me exibiu sua melhor expressão de aluno entediado.
   – Você não vai entrar no mérito das moedas representativas, vai?
   Respirei fundo e resolvi não atormentá-lo tanto quando ele estivesse me dando aulas.
   – Os ex-nômades, já então chamados ceáldimos, foram os primeiros a criar uma moeda padronizada. Cortando uma daquelas barras menores em cinco pedaços, obtinham-se cinco ocres. – Comecei a juntar duas fileiras de cinco ocres cada uma, para ilustrar o que dizia. Elas ficaram parecendo pequenos lingotes de metal. – Dez ocres valem o mesmo que um iota de cobre; 10 iotas..."

O governo ceáldico tem tratados com a maioria dos principais governos dos Quatro Cantos, o que lhe dá o direito de auditar, licenciar e multar qualquer um que determine o quilate de metais raros ou empreste dinheiro. Além do mais, tem o direito de policiar, submeter às leis e punir qualquer um que seja apanhado falsificando a moeda ceáldica, *onde quer que ocorra o crime.*

Isso lhe confere enorme poder e controle. Como resultado, a moeda ceáldica é quase universalmente aceita em todas as partes do mundo. Qualquer cidade de tamanho decente nos Quatro Cantos tem alguém que empresta dinheiro ceáldico; a ausência dele é uma boa indicação de que se está num buraco de fim de mundo realmente remoto.

Todas as moedas ceáldicas são trapezoidais, de modo que, dispostas em sequência, assemelham-se a um pequeno lingote de metal. As denominações são ocre de ferro, iota de cobre, talento de prata e marco de ouro.

Graças à força da moeda ceáldica, sua peça de menor valor (o ocre de ferro) ainda é bastante valiosa. Por isso, existe uma parte não oficial de seu sistema que é chamada de "gusa".

Enquanto o ocre é um aço de carbono de alta qualidade, com tamanho e peso específicos, o gusa é feito de qualquer pedaço de ferro de qualquer qualidade. Embora alguns gusas sejam cunhados como moedas de formato semelhante ao dos ocres (se bem que sempre manchadas ou marcadas numa das faces, para deixar claro que não são falsificações), qualquer pedaço pequeno de ferro pode ser usado como um gusa.

Como resultado, o que costuma ser um gusa tende a variar muito de um lugar para outro. Elos partidos de correntes ou pregos com a ponta cega são usados no mundo inteiro, assim como pedacinhos de lâminas ou ferramentas quebradas. Nas comunidades rurais, são comuns os pedaços de arado enferrujado, enquanto as regiões que dependem muito da mineração ou da forja tendem a usar raspas descartadas pelas fundições ou pedaços de lâminas de ferro fundido.

Os gusas não valem nada além de seu peso no metal de que são feitos. Por causa dessa inconsistência, é fácil considerar que 11 a 20 deles equivalem a um único ocre de ferro.

Qualquer um pode "cunhar" um gusa, sem medo das leis ceáldicas sobre falsificação. Isso é significativo, já que as penalidades previstas no Quiat Auriam são severas. A punição pela posse ou circulação de um ocre de ferro falsificado é a perda de um dedo e, a partir daí, as coisas pioram em rápida escalada.

Mesmo nas partes do mundo em que o dinheiro ceáldico não é a moeda principal, os gusas passaram a ser de uso bastante comum. E até quando essas moedas não são usadas, o termo se tornou parte da linguagem. A expressão "dar um gusa num negócio" significa aumentar um pouco o valor de um

MOEDAS CEÁLDICAS

lado da barganha para tornar as coisas mais atraentes para o outro lado. Já barganhar "até o gusa" se refere a alguém que pechincha a ponto de discutir não só o número de gusas, mas também seu formato, seu tamanho e a qualidade do ferro envolvido.

Embora se costume zombar de quem pechincha gusas, todos o fazem de vez em quando. E mais, esse é o último suspiro do sistema de permutas que ainda existe na vida de muitos cidadãos urbanos, pois os habitantes das cidades têm passado com muita firmeza para a cultura do dinheiro.

Também vale notar que "gusa" é um termo depreciativo para designar pessoas de etnia ceáldica. Dependendo da parte do mundo em que você esteja, esse uso da palavra (como em "Não tente me gusar" ou "Você é um gusa sórdido") pode criar algumas encrencas bem sérias. Com isso quero dizer que é muito provável você levar uma bela surra.

MOEDAS DA REPÚBLICA (MOEDA COMUM):

"Sim, o sistema que propomos é meio complicado. Sim, contém muito do que é meio arcaico e deixa de lado muito do que é tradicional e cômodo. Esse é o preço da coerência.

Mas será a NOSSA moeda. E, se qualquer duquezinho e barãozinho gravar seu rosto na face plana, não será perfeito? Não é esta a moeda de muitos povos diferentes que se uniram, escolhendo governar-se juntos? Finalmente livres dos grilhões do império?

Porque, isto eu lhes digo, se não tivermos nossa própria moeda, todos voltaremos a ser postos em grilhões. E, embora as correntes ceáldicas possam ser de ouro, elas se mostrarão tão fortes e frias quanto já foi o ferro de Atur."

– Da monografia de Araman Ashbride,
Grilhões do império

É notável que, embora a maior parte de *O nome do vento* se passe na República, a moeda comum não seja usada com frequência. É que cada grande cidade e província da República tem direito de cunhar a própria moeda. E, apesar de haver um conjunto de padrões do sistema monetário, com frequência essas regras são distorcidas ou desrespeitadas. O resultado é que cidades diferentes usam pesos e purezas ligeiramente distintos nos metais de sua cunhagem.

Quando você compra e vende coisas numa pequena área geográfica, isso não é problema, e muitos pequenos baronatos ou cidades enaltecem a própria moeda por uma questão de orgulho cívico. Porém, persiste o fato de

que, quanto mais a pessoa se afasta da origem das moedas, menos confiáveis elas se tornam. É por isso que quase todas as negociações feitas na Universidade (e no mundo inteiro) são conduzidas com a boa, sólida e confiável moeda ceáldica.

É interessante notar que a República, única nesse aspecto em todos os Quatro Cantos, não cunha nenhuma moeda de ouro como parte de seu sistema monetário.

MOEDAS VINTASIANAS:

"A moeda vintasiana é mais o produto de uma união infeliz entre diversas moedas correlatas obsoletas do que um sistema monetário coerente e racional.

E, como sempre acontece nos casamentos entre parentes, os filhos tendem a ser feios, deformados e interessantes apenas para quem os gerou."
— Quiat Auriam, segunda emenda
(geralmente atribuída a Velaket Faras)

Como Vintas é uma monarquia de sólido governo central, sua moeda é similarmente forte e bem regulamentada. Por isso, embora os estrangeiros possam achar meio confusas as moedas parciais e a natureza não decimal do sistema monetário, a moeda vintasiana é bastante estável e digna de confiança, o que torna Vintas menos dependente do governo ceáldico e de seus prestamistas.

Os vinténs têm sulcos profundos, para que possam ser partidos ao longo da linha divisória central, ou cortados com talhadeira ou com tesoura de ferreiro. A tradição dita que quem parte a moeda oferece à outra pessoa a escolha da metade com que ela gostaria de ficar.

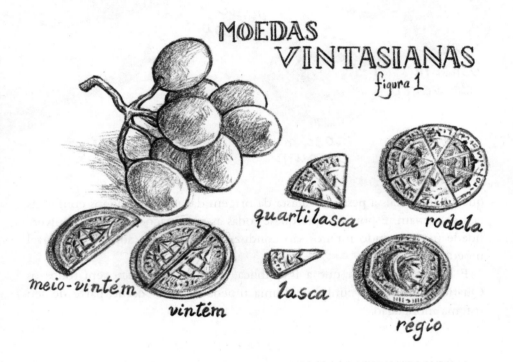

De certo modo, a rodela de prata é a moeda central do sistema monetário vintasiano. Dez delas equivalem a um régio de ouro. E, dividida, a rodela se transforma em oito lascas pequenas, que são mais adequadas para as pequenas compras.

As rodelas continuam a ser cunhadas como moedas com sulcos e podem ser manualmente cortadas ou partidas nos pedaços que as compõem. Nos tempos modernos, entretanto, muitas lascas e quartilascas são cunhadas individualmente.

O meio-argento é uma moeda de prata menos usada e incomumente grossa, com um sulco profundo. O carretel "de ouro" nada mais é que um

meio-argento com um fio de ouro de determinada espessura e comprimento encaixado no sulco. Vale notar que o quinticarretel não é cinco vezes maior que o carretel comum. Seu carretel de prata tem mais ou menos o dobro do tamanho do primeiro e o valor extra se deve à maior quantidade de fio de ouro.

MOEDAS ATURENSES:

"Estritamente falando, a moeda de penitência realmente não faz parte do sistema monetário aturense e, como tal, não é incluída no Quiat Auriam. Ou seja, ela não tem um valor cambial fixo.

Apesar disso, revela-se uma moeda de admirável estabilidade e, muitas vezes, preserva seu valor melhor do que as moedas aturenses oficiais. Isso não chega realmente a surpreender. Atur tem uma história de desvalorização de sua moeda, ao passo que a moeda de penitência sempre pode ser trocada por um pão pequeno em qualquer lugar de Atur e também em muitas cidades próximas.

Embora somente um tolo se dispusesse a entregar o controle da moeda nacional à Igreja, persiste o fato de que os tehlinianos lograram êxito onde o governo de Atur falhou com muita frequência. O tamanho e a composição do pão de penitência, às vezes chamado Pão de Piner ou Pão de Bregan, é regulado pela Igreja tehliniana, que trata com severidade qualquer pessoa que o prepare com farinha insuficiente ou de má qualidade.

Somos forçados a indagar o que aconteceria se todos os governos pensassem no estômago de seus cidadãos e se concentrassem no ouro dos campos de trigo, que cresce gratuitamente, e não na matéria fria e sem vida a que se agarram os ceáldimos gananciosos."

— Tillen Andra, *A estrada do ferro e do ouro*

O sistema aturense tem a dúbia distinção de possuir as únicas moedas comumente em circulação que não são reconhecidas pelo Quiat Auriam e, por conseguinte, não são aceitas pelos prestamistas ceáldicos.

A primeira delas é a moeda de penitência, que não é nada convencional. Produzidas pela Igreja, essas peças de latão não são trocadas por outras moedas. Mas, em todas as regiões de Atur, podem ser trocadas em qualquer igreja por um pão pequeno. Um pão de indigente, do tamanho do punho de um homem.

A outra moeda não aceita pelos prestamistas ceáldicos é o rasteur. Embora seu lugar no sistema monetário aturense implique um valor aproximadamente igual ao de um gusa e meio, essa moedinha de ferro não é aceita pelos cambistas ceáldicos, que lhe atribuem puramente o valor de seu peso em ferro, equivalente a três quartos de gusa.

Nem é preciso dizer que essa tem sido uma fonte contínua de irritação e hostilidade nas casas de câmbio aturenses nos últimos três séculos.

Casa Akomen
EMPRÉSTIMOS EM DINHEIRO   CÂMBIO DE MOEDAS
PELLBATTON LANE, 73
TARBEAN, REPÚBLICA

Recibo de Operação de Câmbio

Data _____

Transação _____

_____ trocado(s) por _____

_____ trocado(s) por _____

_____ trocado(s) por _____

_____ trocado(s) por _____

menos: *tarifa do cambista* _____

tarifa adicional _____

total _____

Assinatura e atestação _____

Recebido _____

Queira estar ciente de que estas taxas de câmbio obedecem às normas oficiais estabelecidas na 8ª Emenda do Quiat Auriam. O valor real das moedas trocadas pode ser um pouco diferente, com base na pureza, na proveniência e no peso das moedas efetivamente trocadas. Caso lhe pareça que o câmbio oferecido não é razoável, é injusto ou fica fora dos limites da lei por alguma outra razão, nós o/a incentivamos a apresentar seu protesto por escrito à embaixada ceáldica, localizada no nº 1.480 da Billi and Wash, aos cuidados do Real Embaixador e Avaliador-mor, lorde Arlait Brinke.

GUIA DE PRONÚNCIA

SEREI HONESTO COM VOCÊS: tive muitas dúvidas quanto a incluir um guia de pronúncia neste livro.

Parte da razão é que eu desejo que todos curtam o livro à sua maneira. Seu modo de visualizar a Auri é seu e apenas seu. Se for diferente do modo como seus amigos a imaginam, por mim tudo bem. Se você pensa em Tarbean como uma Londres vitoriana, e não Calcutá na década de 1700, está tudo certo para mim.

O que quero dizer é que, sim, apesar de ser eu o autor da história, também tenho plena consciência de que é você quem monta o cenário na maior parte do tempo. Não apenas aceito isso, como o encorajo ativamente com meu jeito de escrever. Assim, faz perfeito sentido que eu goste de dar às pessoas toda a liberdade possível para fazerem o que desejarem em sua mente. E isso inclui pronunciarem as coisas da maneira que as satisfizer.

Fico meio desolado quando converso com alguém numa sessão de autógrafos ou numa convenção e acontece isto:

Adorável leitor(a): "Qual é o seu personagem favorito?"

Eu: "Eu não diria favorito, mas o Elodin é muito divertido."

Adorável leitor(a) (de repente com ar desamparado): "Ah, eu achava que se dizia *E-lôu-din*. Andei falando errado."

Para começar, você não estava falando errado. Só estava falando do seu jeito. Segundo, é quase impossível desencavar uma pronúncia alternativa depois que uma se instala na sua cabeça. Meus amigos e eu ainda brigamos até hoje sobre como pronunciar o nome de Raistlin, das *Crônicas de Dragonlance*. (A propósito, é *Rêist-lin*.)

E em terceiro e último lugar? Assim como na vida real, às vezes há mais de uma pronúncia viável. Isso se aplica especialmente aos nomes de lugares. Imagino que meu jeito de falar Milwaukee, por exemplo, não seja o da maioria de vocês.

Então, o que estou querendo dizer? Muitos leitores me perguntam sobre as pronúncias do livro. A lista que faço aqui é para essas pessoas poderem satisfazer sua curiosidade... e, quem sabe, resolver uma aposta ocasional de conversa de bar.

Agora, se você já está satisfeito com o modo como o livro soa na sua cabeça, vá em frente! Sinta-se à vontade para pular esta seção.

E, se uma pessoa tentar usar esta lista para provar que você pronuncia isto ou aquilo da maneira errada, ignore-a. Melhor ainda, diga que eu falei que você pode fazer o que bem entender dentro da sua cabeça.

Exceto pelo nome de Kvothe. Não pronuncie o "e" final. Sério mesmo.

Com a chave a seguir, você aprenderá como pronunciar cada símbolo, como indicado na parte sublinhada das palavras que servem de exemplo. Os símbolos terão a mesma pronúncia toda vez que aparecerem nas transcrições fonéticas das próximas páginas.

Às vezes uma palavra é pronunciada de formas diferentes por personagens diferentes ou em diferentes partes do mundo. Nesse caso, são incluídas múltiplas pronúncias aceitáveis.

O acento de sílaba tônica precede a sílaba a que se aplica. O sinal ' (tracinho em cima) vem antes da *tônica primária*, como na primeira sílaba de 'pri-ma-ry, que é a mais forte. O sinal ˌ (tracinho embaixo) vem antes da *tônica secundária*, como na terceira sílaba de 'sec-on-ˌda-ry, que também tem força, mas não é a tônica principal.

Caso queira ter certeza do fonema que cada símbolo representa, pesquise cada palavra da chave em um dicionário eletrônico de inglês e clique no ícone de áudio para ouvir a pronúncia.

CHAVE DE PRONÚNCIA

a	r<u>o</u>t	**ə**	l<u>u</u>ck
ä	sl<u>augh</u>ter	**ər**	w<u>or</u>d, slipp<u>er</u>
ā	f<u>a</u>ble	**f**	<u>f</u>able
æ	m<u>a</u>gic	**g**	<u>g</u>arb
æw	cr<u>ow</u>n	**h**	<u>h</u>orse
b	<u>b</u>attle	**i**	w<u>i</u>tch
ch	<u>ch</u>ainmail	**ī**	fl<u>igh</u>t
d	<u>d</u>ream	**j**	<u>j</u>oust
e	br<u>e</u>ad	**k**	<u>k</u>ing
ē	qu<u>ee</u>n	**l**	<u>l</u>ady

m	mirror		th	myth
n	night		u	moon
o	robe		ü	book
oi	foil		ui	dewy
p	prophecy		v	valiant
r	rider		w	warrior
s	sword		x	Bach
sh	potion		y	yield
t	treachery		z	zigzag

PALAVRAS

Abenthy	ˈæbənˌthē		Blac	blæk
Aculeus	ˌækyuˈlāəs		Brandeur	ˈbrændür
Ademre	āˈdemrā		caitelyn	kəˈtelin
Aerlevsedi	erˈlevsədē		Caluptena	ˈkæləpˌtenə
Aerueh	ˈeruə		Cammar	ˈkæmər
Aetnia	ˈātnēə		Ceald	shald | sēld
Alar	əˈlar		*Celum Tinture*	ˈsēləm ˈtintur
Aleph	ˈālef		Centhe (mar)	ˈsenthə
Aleu	ˈālu		chaen	ˈchāin
Aloine	ˈāluˌēn		*Daeonica*	dāˈonikə
Alveron	ˈælvəran		Dalonir (queijo)	ˈdæloˌnēr
amauen	əˈmæwin		Denna	ˈdenə
Ambrose	ˈæmbroz		Deoch	ˈdēax
Amyr	ˈāmēr		Devan Lochees	ˈdāvæn ˈlakēz
Anilin	ˈænilin		Devi	ˈdevē | ˈdāvē
anpauen	ænˈpæwin		*doch*	ˈdox
Antus	ˈæntəs		draugar	ˈdrägar
Arcanum	arˈkænəm | arˈkanəm		Drossen Tor	ˈdrasin tor
			Edena Ruh	āˈdenə ru
aru	ˈaru		El'the	ˈelthə
Aryen	ˈaryin		Elodin	ˈeləˌdin
Atur	ˈātur		Elxa Dal	ˈelksə dal
Auri	ˈärē		Emlen	ˈemlin
Baedn-Bryt	ˈbādin brīt		Encanis	enˈkænis
Bast	bæst		Enlas	ˈenlis
Belen	ˈbelin		equis	ˈekwis
Biren	ˈbērin		*fehr*	fer

Feltemi Reis	fel'temē rēs	Ordal	'ordal
Feyda Calanthis	'fājə ka'lænthis	Oren Velciter	'orin 'velsitər
		Pater Leoden	'pātər 'lēodin
gea	'gāə	Peleresin	ˌpelə'resin
gilthe	'gilthə	Perial	'perēəl
Haliax	'hælēæks	Purvis	'pərvis
Hemme	hem	*quetentan*	kwā'tentin
hepten	'heptin	Quoyan Hayel	'koiən 'hāəl
Iax	'īæks	Ralien	'rālēin
Illien	'ilēin	Rannish	'rænish
Imet	'imet	Re'lar	re'lar
Imre	'imrē | 'imrā	Rengen	'rengin
Josn	'jäzin	Resavek	'räsəvik
Junpui	jun'pui	Reshi	'reshē
Keth-Selhan	keth 'sālin	Rian	'rēən
Khershaen	kər'shāin	roah	ro
Kote	kot	Samista (duquesa)	'sæmistə
Kvothe	kvoth	Savien Traliard	'sāvein 'trælēard
lacillium	lə'silēəm		
Laclith	'læklith	Schiem	shem
Lanre	'lænrā	scrael	'skrāəl
Lecelte	lə'keltə	scutten	'skətin
Lentaren	len'tarin	Selitos	'selitos
lhinsatva	lin'satvə	Semelan (fidalgo)	'semlin
Losel	'losəl	Senarin	sə'narin
Lyra	'lērə	*shaed*	shād
Maedre	'mādrə	Shald	shald
Mandrag	'mændræg	Shandi	'shændē
Manet	'manet	shuden	'shudin
Melcombe	'melkom	siaru	sē'aru
Meluan Lackless	'meluæn 'læcklis	Simmon	'simin
		sithe	sith
Menat	me'nat	Skarpi	'skarpē
Meneras	'menəras	Slyhth	slith
Modeg	'modeg	sounten	'sæwntin
Murella	mə'relə	Sovoy	sə'voi
Murilla	mə'rilə	Stanchion	'stænchən
Myr Tariniel	mēr tə'rinēel	Staup	stæwp
Omethi (rio)	o'methē	strehlaum	'strāləm
ophalum	o'fæləm	Taborlin	'tæbərˌlin

765

Tarbean	tarˈbēin	Trebon	ˈtrābin
Tarsus	ˈtarsis	Treya	ˈtrāə
Teccam	ˈtekəm	*ule*	ul
teh	tā	Valaritas	vəˈleriˌtas
Tehlu	ˈtālu	Vaulder	ˈvaldər
Teren	ˈterin	Viari	vēˈarē
theden	ˈthādin	Vintas	ˈvintas
Tinuë	ˈtinyuā	Wereth	ˈwerith
Tinusa	tiˈnuzə	Wilem	ˈwiləm
tirani	təˈranē	Yll	yil

LISTA DAS IMAGENS

p. 49:   O scrael e o escriba
p. 84:   O arcanista
p. 105: O amor dos pais de Kvothe
p. 134: Gris
p. 154: Tarbean
p. 170: O Festival do Solstício de Inverno
p. 207: Lanre amaldiçoado
p. 244: Um mar de estrelas
p. 257: O exame de admissão
p. 315: O Arquivo
p. 350: *E a pedra se quebrou*
p. 411: Tocando em busca da gaita-de-tubos
p. 474: Denna
p. 499: Feila em chamas
p. 531: Cabelos ao vento
p. 583: Entre mordidas
p. 603: O dracus
p. 650: Um demônio liquidado
p. 671: Chamando o vento
p. 689: Os Subterrâneos
p. 733: Términos e começos

CONHEÇA OS LIVROS DE PATRICK ROTHFUSS

O nome do vento

O temor do sábio

A música do silêncio

Para saber mais sobre os títulos e autores da Editora Arqueiro,
visite o nosso site e siga as nossas redes sociais.
Além de informações sobre os próximos lançamentos,
você terá acesso a conteúdos exclusivos
e poderá participar de promoções e sorteios.

editoraarqueiro.com.br